Der 1944 geborene Brasilianer João Silvério Trevisan studierte an der Katholischen Universität von São Paulo Philosophie und arbeitet heute als Journalist, Dramatiker, Essayist, Übersetzer und Roman- und Drehbuchautor. Er koordinierte außerdem Workshops für Schriftsteller, drehte einen Spiel- und einen Kurzfilm und begründete 1978 die alternative Zeitung *Lampião*. Trevisan ist einer der angesehensten Literaten seines Heimatlandes und bekam für seine Arbeit als Autor und Übersetzer bereits mehrere bedeutende Literaturpreise verliehen, darunter die höchste literarische Auszeichnung Brasiliens, den Jabuti-Preis.

BLT

Mit der Welt
auf Buchfühlung

João Silvério Trevisan

Ana in Venedig

Aus dem brasilianischen Portugiesisch von
Karin von Schweder-Schreiner

BLT

BLT
Band 92019

Den namenlosen Venetern, meinen Vorfahren,
diese Zueignung, damit der Kreis sich schließt.
Zum Gedenken an Dona Maria Carmelina Aiello,
Brasilianerin von geringer Bildung, aber großer Herzensbildung
die mir das Leben und die Literatur geschenkt hat.

Originaltitel: ANA EM VENEZA

Lizenzausgabe für BLT
BLT ist ein Imprint der Verlagsgruppe Lübbe
Printed in Germany, August 1999
Einbandgestaltung: Gisela Kullowatz unter Verwendung
eines von Moni Port bearbeiteten Photos von Tommaso Filippi
Autorenfoto: © Vincente de Mello
Satz: hanseatenSatz-bremen, Bremen
Druck und Verarbeitung: Elsnerdruck, Berlin
ISBN 3-404-92019-8

Sie finden uns im Internet unter
http://www.luebbe.de

Der Preis dieses Bandes versteht sich einschließlich
der gesetzlichen Mehrwertsteuer.

Präludium

Ein kurzer Schwatz

Der verehrte Leser möge Nachsicht üben angesichts des vielleicht nicht ganz angemessenen Tons dieser Zeilen, die sich als leidenschaftsloser Exkurs über das Ende einer Epoche und eines ihrer Repräsentanten verstehen, der einen Weg gesucht, doch, wie es scheint, erfolglos war bei dem mühsamen Unterfangen, Türen in der Geschichte aufzustoßen. Es sei jedoch eingeräumt, daß manchen der ruhmlose Auftrag beschieden ist, über gewundene Pfade einen geraden Weg zu schlagen, damit die Nachfolgenden passieren können, auch jene, die später als Helden auserkoren und gepriesen werden, ohne daß den Vorläufern dieser Helden – ihren wahren Erzeugern – auch nur ein Mindestmaß an Dank gezollt wird. Da sich nicht mit Bestimmtheit sagen läßt, wer die Rollen definiert, ist leider wenig wahrscheinlich, daß irgendwann historische Richter eingesetzt und die Verantwortlichen für jene Ungerechtigkeiten benannt werden, die das Leben begeht, wenn es die stillen Pioniere zum Vorteil ihrer lauter lärmenden Nachfolger opfert. Daher sei festgestellt, daß es weder mir – der durch diesen Bericht führt – noch irgendeinem anderen zusteht, über Scheitern oder Erfolg zu urteilen, wenn es einen Wegbereiter betrifft. Lassen wir also die Personen, um die es hier geht, die unvermeidliche, aber notwendige Tragödie durchleben, ihre eigenen Richter zu sein und sich beim Schicksal über ihre Irrwege und ihr Leid zu beklagen – das Äußerste, was uns das an unserem Streben so wenig interessierte Leben gestattet. Sollten wir uns aus Gerechtigkeitssinn mit der Tragödie nicht abfinden wollen, können wir Nemesis anrufen, die Tochter der Nacht, und sie bitten, die kosmische Ordnung wiederherzustellen und damit die Blindheit des Schicksals auszugleichen. Uns gemarterten Sterblichen bleibt nur das Vertrauen in die Poesie, Balsam für all das, was unser Verstand nicht fassen kann – und wie viel ist dies! Wenn also der geschätzte Leser sich, diesem Appell folgend, entschließt, mir seine freundlich geneigte Aufmerksamkeit zu schenken, wird es mir möglich sein, mit dem aufschlußreichen Bericht darüber fortzufahren, wie ich eines ungewissen Tages in meiner ungewissen (und so fernen) Jugend auf den wohl am tiefsten desillusionierten Mann traf, von dem ich während meines langen, nicht immer angenehmen und vielleicht gar allzu risikoreichen Lebensgeschäfts je erfahren habe.

Auch wenn mein Gedächtnis seine Dienste nicht mehr so untadelig wie einst versieht, nehme ich es zu Hilfe, während ich in der Truhe mit all dem alten Zeug wühle, das den Leser vielleicht in den Stand versetzen kann, sich ein Bild davon zu machen, welche Unterschiede, aber auch welch erstaunliche Ähnlichkeiten zwischen Zeiten der Krise bestehen. Ein gewisses Maß an Ungenauigkeit eingerechnet, bedingt durch die seither verstrichene Zeit, glaube ich sagen zu können, daß sich die im nachfolgenden berichteten Ereignisse um das Jahr 1919 zugetragen haben. Es war ein angenehm kühler Abend in Rio de Janeiro, irgendwann im April oder Mai. Tatsächlich habe ich noch sehr lebhaft in Erinnerung, daß eine köstlich leichte Meeresbrise ging, wie man sie nur im alten Rio erlebte, dem unvorstellbar beschaulichen und zugleich so betriebsamen Rio nach den großartigen, vom damaligen Bürgermeister Pereira Passos veranlaßten städtebaulichen Veränderungen, die gleich in den ersten Jahren des Jahrhunderts die seinerzeit zaghafte Hauptstadt der Republik in eine moderne, kosmopolitische Metropole verwandelten. Ehe ich fortfahre, schulde ich dem verehrten Leser eine, sagen wir, autobiographische Erklärung, die ihm meine Rolle verständlich macht. In jenen Tagen versuchte ich – mit der Selbstüberschätzung des Anfängers –, in der Profession des Journalismus Fuß zu fassen, ein Vorhaben von recht kurzer Dauer, wie ich gestehen muß. Da es sich um eine nicht sonderlich lukrative Anstellung handelte, sah ich mich gezwungen, ständig parallel dazu andere Tätigkeiten auszuüben, die sogenannten »Aushilfsbeschäftigungen«. Eine solche war der Auftrag, für die Zeitschrift *Época Teatral* eine, wenn ich mich nicht irre, heute nahezu unbekannte, damals aber recht berühmte wegbereitende Persönlichkeit zu interviewen: den Komponisten und Dirigenten Alberto Nepomuceno.

Die ehrwürdige Erscheinung dieses Mannes ist mir unvergessen. Wir hatten uns für acht Uhr abends im vielbesuchten Café-Restaurant Confeitaria Colombo in der Rua Gonçalves Dias verabredet, nach einem Konzert in dem unweit gelegenen Teatro Municipal. Ich war etwas vorzeitig da und hatte mich an einem kleinen Tisch hinten im Raum niedergelassen, überwältigt von der luxuriösen Ausstattung und dem Lärm im Lokal, zu dem sich die tönende Gelehrsamkeit der Gäste mit den Klängen eines Klaviers in meiner Nähe und den trivialen Rufen der Kellner mischte, die am Tresen Eisbecher, noch einen Humpen Bock-Ale, einen Tamarindensaft, einen doppelten Anis und dergleichen mehr abforderten. Das Café-Restaurant war voller Menschen, deren Bild bis ins Unendliche reflektiert wurde von den belgischen Spiegeln, mit denen man die Wände vom Eingang bis nach hinten und bis hinauf zur Decke ausgekleidet hatte; zudem funkelte der Salon im Schein der zu dieser Stunde vollständig eingeschalteten Kronleuchter, und ihr Licht, durch die Kristallspiegel vervielfältigt, verlieh der Atmosphäre etwas Märchenhaftes und Unwirkliches. Wie an jedem Tag nach fünf Uhr nachmittags hatten sich die Familien bereits auf den Heimweg begeben und ihre Plätze einem anderen Publikum überlassen: Dichtern, Künstlern, Intellektuellen und Bohemiens, überwiegend männlichen Geschlechts, abgesehen von ein paar Luxuskokotten, *demi-mondaines* und anderen *habituées*, die mehr am Portemonnaie der Gäste als an der Qualität ihrer Kunst interessiert waren. Während ich fasziniert in die Runde blickte, kam mir der Gedanke, daß dieses Ambiente mit den sich gegenseitig reflektierenden Spiegeln sicherlich zu erregten intellektuellen Gefechten anreizte und seinen Anteil daran hatte, daß die Confeitaria Colombo in den einzigartigen Rang erhoben worden war, den sie inzwischen einnahm. Doch an jenem Abend war ich weder in der Stimmung, den von der Crème unter Rios Intellektuellen auserkorenen Raum mit gebührendem Entzükken zu genießen, noch fühlte ich mich unbeschwert genug, daß ich in der Menge nach den Gesichtern meiner Lieblingsdichter hätte Ausschau halten wollen, dem amüsanten Martins Fontes etwa oder Bastos Tigre mit seinem mächtigen Schnauzbart, vielleicht gar nach dem schamlosen Humberto de Campos, der sich wenig später auf den Seiten der frivolen Zeitschrift *A Maçã* als großer Pornograph erweisen sollte. Ich war zu nervös wegen des Interviews, denn es hieß, der besagte Maestro sei reizbar, ungeduldig, sarkastisch und überaus launisch. Mein Blick bewachte die große Wanduhr, bis ich ihn pünktlich um acht im Eingang auftauchen sah. Nachdem er an den dampfenden Teigtaschenblechen und dem Tresen mit süßem Gebäck und Desserts vorübergegangen war, bahnte er sich zwischen den kleinen runden Tischen, an denen sich die Gäste mit ihren eleganten Panamahüten drängten, einen Weg in das Restaurant hinein. Das also ist der legendäre Alberto Nepomuceno, dachte ich mit einem Schaudern, der Mann, von dem es hieß, er habe die klassische Musik brasilianischen Ursprungs revolutioniert oder, wie andere meinten, überhaupt erst geschaffen. Doch im Gegensatz zu dem grandiosen Eindruck, den die regelmäßig in der Presse abgebildeten Fotos von ihm vermittelten, war der Mann, den ich näher kommen sah, ein Herr mittlerer Statur, der, erst wenig mehr als fünfzig Jahre alt, durch sein kränkelndes Aussehen und seine ungesunde Blässe so wirkte, als wäre er schon über die Sechzig hinaus. Zwar stammte er aus Fortaleza, doch war sein Typus eher iberisch als aus dem Nordosten, hatte vielleicht gar einen hispanisch-arabischen Einschlag. Er war ein attraktiver Mann und, wie man sagte, ein Charmeur. Apropos, einem Ondit zufolge machten gewisse Damen der Hautevolee ihm noch immer beharrlich Avancen, was Gerüchte über seine außerehelichen Aktivitäten bestätigten – wobei zu berücksichtigen war, daß er seit mehreren Jahren von seiner Frau, einer norwegischen Pianistin, getrennt lebte. Woraus der werte Leser schließen mag, daß dem unerbittlichen Nachspionieren der Schnüffler vom Dienst im Rio de Janeiro jener Tage wirklich nichts entging. Alberto Nepomucenos üppiges braunes Haar, das ein abgegriffener, aber doch eleganter Filzhut zum Teil bedeckte, war bereits graumeliert. Der schlohweiße Bart gab seinem Gesicht zusätzlich ein halb weises, halb hochbetagtes Aussehen. Bekleidet war er mit einem feierlich dunklen Kaschmirgehrock, einer Weste mit Goldkette darüber und dem unvermeidlichen bauschigen Halstuch, das ihm als prächtige, jedoch altmodische Lavallière auf die Brust fiel. Trotz des eleganten Äußeren hielt er sich ein wenig krumm, als neigte seine Gestalt zu zwanghafter Selbstbeobachtung. Zwar wahrte er seine Unnahbarkeit, doch gelang es ihm nicht, eine gewisse Befangenheit zu kaschieren – in der Öffentlichkeit erkannt zu werden, war ihm sichtlich unangenehm. Während er auf unseren Tisch hinten im Raum zusteuerte, den er selbst hatte reservieren lassen, zogen die Anwesenden den Hut und grüßten ihn in aller Förmlichkeit, worauf er fast mechanisch zurückgrüßte, nicht einmal den Blick auf sie richtete, so als wollte er sich verstecken, was ganz entschieden unmöglich war in diesem Lokal, in das wir vornehmlich auf mein Drängen hin gekommen waren (reizvoller Gedanke für einen jungen Mann, in dem Café zu verkehren, das bei den Intellektuellen am höchsten in Kurs stand), aber auch zur größeren Bequemlichkeit des Maestro selbst, lag es doch lediglich ein paar Häuserblocks vom Teatro Municipal entfernt. Während er näher kam, sah ich unter seinen buschigen dunklen Brauen tiefe Schatten um die Augen, die sein müdes, angegriffenes Aussehen gleichsam unterstrichen. Doch wenn er sich zur Seite wandte und nach rechts und links knapp zurückgrüßte, zeigte er sein strenges, aristokratisches Profil. Dieser Mann strahlte eine solche Würde aus, daß, wie ich den Eindruck hatte, das Stimmengewirr abebbte und aller Blicke sich wie magnetisch angezogen auf ihn richteten, sowie er vorüberging. Benommen von dieser Stimmung, erhob ich mich wie in Erwartung einer Majestät und streckte ihm schon von weitem die zitternde Hand entgegen. Als Alberto Nepomuceno vor mir stehenblieb, zitterte ich so sehr, daß ich nicht imstande war, mich vorzustellen. Er sprach das erste Wort:

»Sie sind sicher der Chaves von der *Época Teatral.*«

Ich war nicht Chaves, aber spielte das eine Rolle?

Kaum hatten wir uns gesetzt, erschien der Besitzer und Geschäftsführer des Colombo, uns persönlich zu bedienen, der Gipfel an Ehrbezeugung in der hierarchischen Etikette des Hauses. Es war França, ein elegant rundlicher Mann, tadellos gekleidet, im Knopfloch des Gehrocks eine goldene Auszeichnung mit Brillanten.

»Guten Abend, Maestro. Es ist uns eine große Ehre, Sie bei uns begrüßen zu dürfen«, sagte der Geschäftsführer mit ausgeprägt lusitanischem Akzent, einer Verbeugung und uneingeschränkte Freundlichkeit bekundendem Lächeln.

Befremdet auf den Mann blickend, der sich neben unserem Tisch postiert hatte und die Speisenkarte mit einer Grandezza in der Hand hielt, als trüge er ein Zepter, fragte Nepomuceno ziemlich unwirsch:

»Wo ist Lebrão? Ist Lebrão nicht da?«

Wohl wissend, daß der alte Maestro das Restaurant nicht allzu häufig besuchte, bemühte der Geschäftsführer eine Geduld, die vermutlich grenzenlos war, und erklärte:

»Senhor Lebrão wurde es in letzter Zeit etwas zuviel. Er hat sich zurückgezogen und kümmert sich jetzt um unsere Süßwarenherstellung in der Rua Treze de Maio, Maestro. Mein Name ist Antônio Ribeiro França, zu Ihren Diensten. Ich bin der neue Geschäftsführer und auch, wie soll ich sagen, mehrheitlicher Teilhaber. Sie dürfen mich gern einfach mit França ansprechen, wie es alle anderen auch tun.«

Nepomucenos Miene verzog sich kurz, doch unübersehbar zu einem Ausdruck von Mißfallen, der dem Geschäftsführer nicht entging, worauf dieser, sozusagen zur Erwiderung, weitersprach:

»Ich hoffe, mich einer ebenso freundlichen Behandlung würdig zu erweisen, wie sie Lebrão vollkommen verdientermaßen seitens des Herrn Maestro entgegengebracht wurde. Es wäre mir und dem Colombo eine große Ehre.«

Für einen kurzen Augenblick trat Schweigen ein, auf das ein beifälliges Räuspern und höfliches Lächeln des Maestro folgten:

»Nun gut. Sehr erfreut, França. So, und wie wäre es, wenn Sie uns jetzt die Karte reichten?«

Der Geschäftsführer beugte sich vor:

»Wünschen Sie eine Kleinigkeit zu essen, Maestro? Vielleicht ein paar Appetithäppchen? Kleine Teigtaschen, Pasteten, Wunderkroketten, Stockfischbällchen ...«

»Nein, nein. Nur etwas zu trinken, damit die Kehle nicht trocken bleibt.«

França schlug die umfangreiche Karte auf der Getränkeseite auf und betete, während er sie überreichte, einen bunten Rosenkranz an alkoholischen Versuchungen herunter:

»Ein Gläschen Wein? Wie sagte doch der Dichter, Wein ist das reinste Öl für die Lampe der Intelligenz, nicht wahr? Wir haben einen guten portugiesischen von der Insel Madeira. Außerdem führen wir französische, italienische, spanische und deutsche Weine. Als Aperitif können wir Ihnen Fernet, Anis und Genever anbieten. Oder vielleicht zieht der Maestro einen Sherry vor. Falls Sie wünschen, haben wir auch noch einen sehr guten Absinth ...«

Nepomuceno hatte die Karte kaum angesehen. Als wäre ihm etwas eingefallen, unterbrach er França:

»Eigentlich möchte ich ein Bier. Aber ein deutsches. Haben Sie ...«

Er brauchte nicht weiterzusprechen. França ergänzte sofort:

»... Ritter Bräu, Stout-Bier, Telles-Bier, Bav...«

»Schon gut, schon gut. Ein Glas Stout.«

Plötzlich erinnerte sich der Maestro, daß ich – der sich tatsächlich weit weg wünschte – auch noch da war:

»Und Sie, junger Mann? Was wollen Sie trinken?« Offensichtlich bemüht, eine gewisse Zwanglosigkeit herzustellen, was für mein berufliches Überleben dringend notwendig war, gestand er: »Ich verstoße gegen meine Diät. Aber ein kleines Bierchen zusätzlich wird ja wohl keinen Schaden anrichten.«

Er lächelte. Der Geschäftsführer lächelte ebenfalls. Ich grinste gezwungen. Fast erstickend bestellte ich:

»Dasselbe für mich.«

França zog sich mit einer neuerlichen Verbeugung zurück. Erst Jahre später erfuhr ich, daß er schon seit seinen Zeiten als einfacher Angestellter des Colombo bei den Intellektuellen den Spitznamen Marie Antoinette trug, weil es hieß, die Züge seines runden, feingeschnittenen Gesichts sähen den Abbildungen der erlauchten Gemahlin Ludwigs XVI. ähnlich, doch mit Sicherheit auch wegen seiner gezierten Manieren, seiner Artigkeiten und seines ständigen Lächelns, die einer Königin aus der guten alten Zeit würdig waren. Ich saß Alberto Nepomuceno stumm gegenüber. Wußte nicht, womit ich beginnen sollte. Der Maestro, dessen Platz am Tisch sich direkt gegenüber der verspiegelten Wand befand, betrachtete sich rasch und rückte sein Halstuch zurecht. Doch als er sich selbst in die Augen sah, wandte er das Gesicht sofort ab. Dann warf er mir einen verstohlenen Blick zu, konnte nicht widerstehen und betrachtete sich erneut im Spiegel, als wollte er etwas, das ihn störte, überprüfen. Verlegen, weil ich, wie mir schien, Zeuge einer intimen Beschäftigung wurde, senkte ich den Blick. Da kehrte zum Glück França an unseren Tisch zurück und brachte mit unverändert königlicher Würde die beiden Gläser Bier und einen Teller mit eingelegten Lupinenkernen als Aufmerksamkeit des Hauses. Seine verbindlichen Kommentare über das Wetter und die Stadt ließen mich vorübergehend wieder frei atmen. Doch kaum war er gegangen, sah ich mich hilflos und stotternd einer unabwendbaren Aufgabe gegenüber, die mir zudem herkulische Dimensionen zu haben schien. Vielleicht, weil auch er sich fehl am Platz fühlte, erlöste mich schließlich der – inzwischen vom Spiegel erlöste – Maestro, indem er, mit sichtlichem Vergnügen sein Bier genießend, unbeabsichtigt unser Interview einleitete:

»Ein wunderbares Konzert!«

Nur um das Schweigen zu brechen, das anschließend zwischen uns eintrat, bemerkte ich, noch immer stammelnd:

»Ja, die Symphonische Konzertvereinigung ist in letzter Zeit sehr gelobt worden. Das Orchester ...«

»Nein, nein. Ich spreche nicht von dem Konzert heute nachmittag«, fiel mir der Maestro ins Wort. »Das Orchester ist miserabel, die Musiker reines Mittelmaß. Mit Ausnahme der Solisten, versteht sich. Newton Pádua ist ein ausgezeichneter Cellist.«

Er atmete tief aus. Mein erster Interviewversuch war gescheitert. Um nicht trocken schlucken zu müssen, trank ich einen Schluck Bier, ich, der wahrhaftig kein großer Freund von Bier war. Da Nepomuceno seinen Hut abgelegt hatte, sah ich, daß sein Haar wirr zerzaust war, im Gegensatz zu den Fotografien, die ihn mit tadellos frisiertem Kopf zeigten.

»Ich meine das Konzert von dem jungen Heitor Villa-Lobos«, setzte er nach. »Haben Sie schon von ihm gehört? Wir haben heute sein *Großes Konzert für Violoncello* gespielt. Ein Jugendwerk, natürlich noch nicht ausgereift, gelegentlich unsicher, auch redundant. Aber welch ein Talent dieser Bursche hat! Die Beschäftigung mit seinem Werk ist für mich wie Labsal, ein schon bedeutendes Werk, aber noch vollkommen unbekannt. Der junge Mann muß gefördert werden, damit ihm nicht das gleiche passiert wie unserem unvergessenen, genialen und leider so wenig bekannten Glauco Velasquez nach seinem viel zu frühen Tod. Ja, Velasquez war in gewisser Weise eine *stravaganza*, stark beeinflußt von Debussy und den neuen Franzosen, übrigens im gleichen Maße wie Villa-Lobos. Aber dieser Villa-Lobos hat nicht nur eine starke moderne Persönlichkeit, sondern auch echte brasilianische Wurzeln. Wissen Sie, seit seiner Jugend spielt er in Choro-Gruppen, er hat schon ganz Brasilien mit solchen kleinen Orchestern bereist und dabei die Musik unseres Volkes erforscht. Damit hat er Erfahrungen gesammelt wie kein anderer unter uns Komponisten, er hat viel von der sehr volkstümlichen Art des Choro und der Musik aus dem Nordosten übernommen.« Bevor er weitersprach, trank er noch einen Schluck Bier: »Ein Talent sondergleichen. Man muß ihn beim breiten Publikum bekannt machen. Das ist auch der Grund, weshalb ich meinen

Verleger Sampaio Araújo von der Casa Arthur Napoleão gedrängt habe, einige seiner Kompositionen zu veröffentlichen.«

Die Klavierklänge im Hintergrund verkündeten einen unerwarteten Tango. Nepomuceno hielt einen Augenblick inne, vielleicht wollte er den überraschend beschleunigten Rhythmus in sich aufnehmen, dann erst fuhr er fort:

»Leider ist die derzeitige Situation der Musik in diesem Land be..., sagen wir, sie stinkt. Schon allein, was in unseren Konzerten auf dem Programm steht, macht meist deutlich, daß es lediglich danach zusammengestellt ist, ob es dem breiten Geschmack entgegenkommt, weil das Publikum so kleingeistig ist und von Neuem nichts wissen will. Nur Beethoven. Nicht, daß ich etwas gegen den großen Beethoven hätte, aber man muß doch auch für Abwechslung sorgen, neue Luft atmen, Herrgott noch mal. Im vergangenen Jahr haben wir in ein und demselben Programm Stücke von Debussy, Ravel und Milhaud gespielt, drei überaus wichtige junge Franzosen. Während ich dirigierte, konnte ich hören, wie im Publikum gegähnt wurde. Für heute nun ist es mir gelungen, das Konzert von Villa-Lobos aufs Programm zu setzen. Sie hätten erleben müssen, mit welch eisigem Desinteresse am Ende applaudiert wurde ... Es ist zum Auswachsen.« Der Maestro seufzte zutiefst verstimmt. »Natürlich, woran das liegt, wissen wir nur zu gut. Die Ausbildung an unseren Schulen läßt sehr zu wünschen übrig. Und was das miserable Niveau der Musiker betrifft, was erwarten Sie denn? Für nichts ist Geld da, nicht einmal für Proben. Das ist das Elend der brasilianischen Orchester.«

Ein kleiner, sehr schmächtiger Mann kam vorbei, blieb an unserem Tisch stehen und zog zum Gruß den Hut:

»Es ist mir eine große Freude, Sie zu sehen, Maestro.«

Während Nepomuceno ein paar höfliche Worte mit ihm wechselte, nutzte ich die Gelegenheit, meine erste Frage vorzubereiten, und sowie der kleine Mann wieder im dichten Rauch der Zigaretten und Zigarren untertauchte, sprach ich sie aus:

»Sie sind schon seit langem bekannt als … als ein rein brasilianischer Komponist, ein außerordentlich talentierter Kenner unserer nationalen Musik … manche sehen in Ihnen sogar den eigentlichen Begründer der Musik mit … sagen wir, rein brasilianischen Charakteristika.«

Der Ausdruck von Unbehagen, der auf sein Gesicht trat, ließ mich verstummen.

»Das ist alles völlig übertrieben«, erwiderte er sehr entschieden.

»Also, ich wollte nur gern wissen … äh, glauben Sie, daß es in Brasilien eine … eigenständige Musik gibt?«

»Aber selbstverständlich! Man braucht sich doch nur die unglaubliche Vielfalt unserer volkstümlichen Musik, unserer Folklore anzusehen, mit all ihren Elementen indianischen, iberischen und afrikanischen Ursprungs. Wir haben eine außerordentlich variantenreiche Musik, sogar mit spezifischen Ausdrucksformen. Und es fehlt uns auch nicht an einer Literatur mit authentisch brasilianischen Figuren. Denken Sie nur an das kraftvollste, bewegendste und vielleicht bedeutendste Werk unserer nationalen Literatur: *Krieg im Sertão* von Euclides da Cunha, ein unerschöpflicher Quell der Inspiration. Da finden Sie sämtliche Elemente … Leider Gottes gibt es nur wenige, die sich mit dem Bereich Musik beschäftigen, so wie die großen Folkloreforscher Sílvio Romero und Mello Moraes Filho. Deshalb plane ich, mit ein paar Freunden zusammen die Zeitschrift *Arquivos Musicais* zu gründen, um den jungen Leuten, die Musik studieren, diese Themen nahezubringen. Denn das Schlimmste an all dem ist die tiefe Kluft, die zwischen dem musikalischen Reichtum unseres Volkes und der europäischen, also sehr begrenzten Ausbildung unserer klassischen Komponisten klafft. Vielleicht liegt die Schuld hauptsächlich bei ihnen, weil sie sich weigern, ihre Musik der Zeit anzupassen. Sie müßten nur das folkloristische Erbe miteinbeziehen, dann würde sich die Starrheit lösen, die man ihnen in Europa anerzogen hat.«

Er trank noch einen Schluck Bier, legte den Kopf in den

Nacken und schob die Unterlippe vor, eine für ihn typische Gebärde, die Mißbilligung ausdrücken sollte:

»Dabei halten sie sich für die Elite der Zivilisation, diese Pedanten ... Aber es ist ein Problem, das uns alle betrifft.« Er machte eine Denkpause. »Nun ja, mag sein, daß der Grund weniger ... konkret ist. Ich meine, vielleicht ist einfach noch kein musikalisches Genie gekommen, dessen Heimatgefühl stark genug ausgeprägt ist, um eine wirklich brasilianische, der Seele unseres Volkes angemessene Musik zu schaffen.«

Alberto Nepomuceno blickte nun geistesabwesend melancholisch in den riesigen belgischen Spiegel, der die gesamte Wand ihm gegenüber bedeckte. Einen Augenblick lang betrachtete er sein Abbild im Vordergrund des Lichterlabyrinths. Dann kam er anscheinend zu sich und schrak zusammen. Nun erst sprach er weiter:

»Aber dieser Heitor Villa-Lobos, auf den muß man achtgeben. Vielleicht ist ja er das Genie, auf das wir warten. Sein Werk gewinnt Format, es wird reifer, er ist auf dem richtigen Weg. Den Burschen muß man im Auge behalten. Apropos, ich weiß nicht, ob er nachmittags noch immer hier im Colombo Klavier spielt. Abends, scheint es, spielt er im Orchester des Cinematographen Odeon als Cellist. Leicht hat er es wirklich nicht, der junge Mann ...«

»Und was ist mit Ihnen, Maestro? Könnten nicht Sie dieses so sehnlichst erwartete Genie sein?« fragte ich impulsiv, um den richtigen Ton bemüht.

»Ich?« erwiderte er ehrlich verblüfft.

Angesichts seiner ungläubigen Miene versuchte ich, die Frage abzuschwächen:

»Oder zumindest ... Sehen Sie sich nicht als Teil dieses Vorhabens?«

Er blickte mich ein paar Sekunden lang unschlüssig an, als wüßte er selbst nicht, wie er reagieren würde. Ich fürchtete, er könnte zornig werden, so deutlich stand Erschrecken in seinem Blick. Endlich lachte er kurz auf – oder vielleicht war es ein schmerzlich sarkastisches Stöhnen – und stammelte:

»Ich! ... Das ist Aufgabe der jungen Generation. Ich bin dafür zu alt.«

Dann schwieg er. Und er schwieg so beredt, daß ich mich nicht des Gefühls erwehren konnte, Alberto Nepomuceno sei so oder so davon überzeugt, daß er nie ein Genie gewesen war und es auch nie sein würde.

»Ich habe getan, was ich konnte. Aber ich gebe zu, viel war es nicht ...«, setzte er in bewegend aufrichtigem Ton nach. »In diesem Land tut man nicht immer, was man möchte, sondern was man kann. Ich zum Beispiel ...«

Nepomuceno senkte den Blick. Als er ihn hob, begegnete er abermals seinem Spiegelbild. Um sich davon abzulenken, griff er nach seinem Glas und trank noch einen Schluck, bevor er weitersprach:

»Vielleicht wissen Sie – aber ich habe auch nichts zu befürchten, wenn ich es verrate ... Ich habe sogar schon fürs Theater komponiert, ich meine, für eine Revue, die ein Freund geschrieben hat, ein sehr guter Freund. Vor noch gar nicht langer Zeit. Unter Pseudonym ... Im Grunde eine notdürftig als Operette verpackte Theaterrevue, mit italienischem Titel, Sopran- und Baritonstimmen, Chor und Orchester. Aber es kam sogar ein *cake walk* darin vor, bedenken Sie nur!« Er seufzte. »Was man aus finanzieller Not nicht alles tut, mein Lieber .. Nicht nur, daß ich im Institut, im Colégio Jacobino, im Sacré Cœur unterrichte, Privatstunden gebe, außerdem als Dirigent und Kirchenorganist arbeite, nein, um überleben zu können, mußte ich auch noch Revuekomponist werden, da sehen Sie mal.« Er lachte ironisch in sich hinein. »Arthur Azevedo und Assis Pacheco hätten es besser gemacht ... Aber geholfen hat es auch nichts. Die verflixte Revue ist beim Publikum nicht angekommen, weil sie nichts Ganzes und nichts Halbes war. Nur fauler Zauber, wie die Leute sagten. Und außerdem, Sie wissen ja, wie soll sich das Theater gegen die Konkurrenz der vielen Cinematographen überall in der Stadt behaupten? Es gibt schon kaum mehr Impresarios, und die Leute gehen immer weniger ins Theater ...«

Plötzlich nahm er wieder die Musik wahr, die auf dem Klavier gespielt wurde. Die Lippen zu einem Lächeln geformt, begann er, mit den Fingern im Rhythmus der Polka auf der marmornen Tischplatte zu trommeln. Da erst bemerkte ich an seiner rechten Hand einen schönen Ring, halb silbern, halb golden, der im Takt aufblitzte.

»Wissen Sie was?« sprach er weiter. »Der gute Ernesto Nazareth hat immer davon geträumt, ein zweiter Chopin zu werden. Im Ernst!« Entzückt über die Enthüllung schüttelte Nepomuceno den Kopf. »Das erinnert mich an eine Erzählung des großen unvergessenen Machado de Assis. Es ist die Geschichte eines Komponisten, der sich mit Mozart messen wollte. Immer wieder setzte er sich ans Klavier, um eine Sonate oder ein Requiem zu komponieren, aber, wie der große Machado schreibt: ›Er sprang in den Jordan, ohne getauft zu sein.‹« Nepomuceno lachte kurz. »Immer wenn er es versuchte, fiel ihm eine neue Polka ein, und kaum war sie veröffentlicht, fand sie beim Publikum Anklang. Die ganze Stadt spielte, tanzte und pfiff seine Polkas. Und er wurde berühmt. Aber er starb als unglücklicher Mensch, weil es ihm nicht gelungen war, etwas Seriöses zu komponieren. Bis an sein Lebensende ging es so – immer wenn er sich ans Klavier setzte, um sein Meisterwerk zu komponieren, flog ihm eine neue Polka zu und hatte mit ihrer frechen Volkstümlichkeit Erfolg.« Wieder lachte er. »Diese Figur erinnert mich stark an Nazareth. Manchmal denke ich sogar, Machado hat sich von ihm inspirieren lassen. Wegen seines Stotterns wirkte Machado zwar etwas unbeholfen, aber er war ein sehr kluger Kopf, ein genauer Beobachter ...«

Seine Finger trommelten wieder auf dem Tisch, der Kopf wiegte sich im Takt der Polka. Seine Lippen lächelten glücklich:

»Von wegen Chopin, nichts da! Hätte ich doch so eine Leichtigkeit, so eine Wahrheit, so ein Talent wie Nazareth. Ist es nicht hinreißend?« Er seufzte: »Und wissen Sie, was aus Nazareth geworden ist? Er arbeitet als Klimperer in der Casa Carlos Gomes, das heißt, er spielt die Partituren vor, die die Kundschaft kaufen will. Und unterdessen ...«

Mit etwas abschätziger Miene betrachtete der Maestro die lärmende Menge um ihn herum, als blickte er aus der Ferne von Bord eines Schiffes auf die in Nebel gehüllte Landschaft.

»... hält sich jeder hier für ein Genie. Gott allein weiß, wie viele Genies es in dieser Stadt gibt. Und allesamt verkannt, versteht sich! Ihre Genialität besteht in selten eingelösten Versprechungen. Der verstorbene Emílio de Menezes, der nichts einfach durchgehen ließ, hat einen Vierzeiler über so einen verfaßt:

›Olímpio da Guarda ist ein Genie.
Ein Genie mit einem großen G.
Er gleicht genau dem Wasserstoff,
Es gibt ihn, doch man sieht ihn nie.‹

Bei denen dreht sich alles um den Kitzel des Unveröffentlichten.«

Und sein Blick bekam etwas so ... Auch wenn ich mir die größte Mühe gäbe, nie würde es mir gelingen, dem Leser den Ausdruck dieses Gesichts angemessen zu beschreiben, mit den geblähten Nasenflügeln und einer Miene, aus der nicht bloß Ironie sprach, sondern gezügelter Zorn, als wollte er im nächsten Moment einen Bannfluch ausstoßen.

In diesem Augenblick wurde es unruhig im Lokal. Ein paar junge Burschen drängten aufgeregt an uns vorbei zu einem Tisch, der näher zum Eingang stand, und redeten laut:

»Gigantisch! Maria de Bragança ist da ... Sie wird gleich Gedichte von Guerra Duval vortragen.«

»Ich wette, das läßt sich die Parnassiens-Clique nicht einfach gefallen.«

»Angeblich soll die Sabina zur Erwiderung irgend etwas von Bilac vortragen.«

»Bist du denn sicher, daß Maria de Melo überhaupt schon zurück ist?«

Der werte Leser muß wissen: Maria de Bragança e Melo war eine damals nicht mehr ganz junge, aber noch schöne Frau, die sich als Cousine des portugiesischen Königs ausgab und zu Beginn des Jahrhunderts nach Brasilien gekommen war. Sie hatte sehr lebhafte, dunkle Augen, kleidete sich immer schwarz und trug eine tief in die Stirn gezogene, ebenfalls schwarze Baskenmütze, was sie zu einer unverwechselbaren, wenn nicht finster anmutenden Gestalt machte. In der Confeitaria Colombo hatte sie ein ganzes Heer von Verehrern, darunter ein paar leidenschaftliche, die sich nun wie schweigende Märtyrer Cupidos postierten und sie erwarteten. Maria pflegte die okkulten Wissenschaften, kannte sich in Graphologie aus und rauchte in der Öffentlichkeit. Sie ging gern zum Trinken und Polemisieren ins Colombo, wo sie als Revolutionärin galt. Für die jungen Anarchisten und Sozialisten – und davon gab es viele! – war sie eine Göttin. Sie hatte die Zeitung *A Voz do Povo*, Die Stimme des Volkes, gegründet und ein paar Volksküchen eingerichtet, die berühmt geworden waren. Nicht nur, daß sie – dem Beispiel der Terroristen vom Schlage eines Vaillant, Ravachol und Caserio folgend – den Einsatz von Dynamit und Dolchen zur Durchsetzung von sozialen Reformen guthieß, sie nahm für sich auch in Anspruch, die Künste zu revolutionieren, und schloß sich den jungen Symbolisten gegen die Vorherrschaft der konservativen Parnassiens an, die als der Vergangenheit verhaftete Dummköpfe, Simpel, Esel und Schindmähren beschimpft wurden. Als die Mode, in der Öffentlichkeit Gedichte vorzutragen, die Stadt eroberte, wurde sie zur großen Rezitatorin der waghalsigsten Gedichte, die das damalige Rio erregten. Eins davon wurde berühmt, weil es mit der schonungslosen Beschreibung des Begräbnisses der eigenen Mutter einen Skandal ausgelöst hatte:

Und in dem Sarg, in nächtlicher Finsternis,
Fiel aus deinem Mund, o Mutter, das Gebiß,
als wären es Perlen aus Ophir.

Dies also war Maria de Melo, die sich, umgeben von den Rauchschwaden der Zigarren und Zigaretten, ein paar Meter von uns entfernt befand. Sie stand auf einem der Tische mit Marmorplatte und trug mit flammender Stimme und lusitanischem Akzent Gedichte vor, lediglich unterbrochen vom Applaus und den Zurufen der jungen Literaten, die sie wie ein aufgewühltes Meer von Hüten, vornehmlich Panamas, umringten. Auf Drängen irgendeines Gastes war die Musik verstummt, und wir konnten deutlich hören:

»In der gestrigen Nacht,
Der Nachtschwärze in des Winters Weiß!
Schwarzweiß wie eine Radierung,
In der gestrigen Nacht,
Brannte meine Kerze weiß,
Und gegen Mitternacht
Kam der schwarze Tod und löschte sie.«

Alberto Nepomuceno rief den Kellner und bestellte noch ein Bier. Er verhehlte nicht, daß er gereizt war. Unser Interview, das schon mühsam genug vorankam, schien jetzt festgefahren, um nicht zu sagen, endgültig gescheitert. Ich suchte nach einer Frage, die ich ihm stellen konnte, doch hatte mich eine noch tiefere Lähmung befallen als zuvor. Sowie das Bier kam, trank er in großen Zügen, an seine Gesundheit dachte er wohl nicht mehr. Dann begann er erneut zu sprechen, wobei es seinen Blick immer wieder zum Spiegel zog:

»Vor allem sind es lauter Langweiler, diese jungen Leute. Einen gibt es da, der meint, er hätte mit ›Wundrosen ozeanischer Größe‹ den Vers seines Lebens geschrieben. Er glaubte, ein neues Meisterwerk zu schaffen, und merkte nicht, daß er lediglich seinen Herrn Papa attackierte, mag er nun Olavo Bilac heißen oder weiß der Teufel wie.« Jetzt wurde sein Atem keuchend, als schleppte er, der alte Nepomuceno, eine schwere Bürde bergauf. »Sie bekämpfen sich gegenseitig, die alten und die jungen Intellektuellen dieser Stadt. Aber woher beziehen sie ihre Ideen? Alle vom selben Zollamt, aus den Büchern, die da aus ein und derselben Stadt ankommen, Paris. Allesamt, die einen wie die anderen, imitieren sie Europa – allerdings rivalisierende Europas.« Er hielt inne und sah mich an, als wollte er die Frage direkt an mich richten: »Sollten wir in diesem Land wirklich dazu verdammt sein, daß wir immer nur den bloßen Resonanzkörper für das spielen, was in Europa gesagt und getan wird?«

Ich wollte mit Nein antworten. Oder wer weiß. Nicht nur.

Ich glaube ... Den Leser mag meine Unentschlossenheit irritieren, möglicherweise hält er sie für Dummheit. Daß ich nicht wußte, was ich antworten sollte, lag jedoch nicht an reiner, törichter Verwirrung – ehrlich gesagt genoß ich es, seinen Worten zu lauschen, die mit für mich ungewohnter Schärfe und Klarheit aus ihm herausbrachen. Daher machte ich keinerlei Anstalten, ihn zu bremsen, als er in seiner Erörterung fortfuhr:

»Hier beschießt man sich gegenseitig mit Pfeilen in Form von beleidigenden, gehässigen Vierzeilern, die um so mehr von kindischem Geist zeugen, als sie ernst genommen werden. Meiner Ansicht nach beweisen solche bösartigen Vierzeiler eine provinzielle, für meinen Geschmack reichlich primitive Mentalität. Vierzeiler zu schreiben und damit ihr kurzatmiges Talent zu beweisen, das ist der großartige Zeitvertreib dieser Leute, was anderes haben die nicht zu tun. Das ist ihre Art, die Zeit in einer Stadt totzuschlagen, in der das kulturelle Leben nur aus Kungeleien unter Freunden besteht. Und so etwas nennt sich die Hauptstadt der Republik ...«

Mir fiel auf, daß in Nepomucenos Sprache, wenn er so überaus gereizt war wie in diesen Augenblicken, unvermutet ein typischer Nordostakzent durchbrach: hier eine stärker ausgeprägte Modulation, da ein unüblicher Ausruf, zwischendurch ein länger als normal gedehnter Vokal. Sein gepreßter Atem betonte diesen Eindruck – es schien, als spreche er aus seinem tiefsten Innern. Und ich spürte Zerrissenheit in ihm, verstand aber nicht genau, warum. Nepomuceno gab mir indirekt Antwort auf meine Frage:

»Wie gut ich das alles kenne! Von innen her ... Weil ich bei dieser schäbigen Einmütigkeit, dieser Farce, selbst einmal eine Hauptrolle gespielt habe.«

Wieder zog es ihn zum Spiegel hin. Und abermals wich sein Blick aus, als fiele es ihm zu schwer, sich selbst in die Augen zu sehen. Ungehalten trank er einen Schluck Bier. Und sprach weiter:

»›Rio wird zivilisiert!‹ Mit welchem Stolz hat man dieses

Motto seit den großen Baumaßnahmen immer wieder verkündet ... Schließlich sind wir ja jetzt fortschrittlich, haben den Cinematographen, den Phonographen, das Automobil, den Aeroplan, die Elektrizität und, natürlich, das Telefon. Aber haben Sie auch schon die Sandwich-Männer in der Avenida Central gesehen, die, mit Plakaten behängt, für alles mögliche Reklame laufen? Sogar für Zigarren ... Der Mensch als wandelnde Reklame, welche Erniedrigung. Und dann die krankhafte Sensationsgier der illustrierten Zeitschriften, die unser Land überschwemmen. Das alles zusammen nennt sich moderne Zivilisation ...« Er atmete schwer. »Rio, die ›Wunderbare Stadt‹, um mit Coelho Neto zu sprechen, hält es für den Gipfel der Modernisierung, nachmittags um fünf Tee zu trinken. Und um modern zu sein, kultivieren unsere Intellektuellen die Kunst der *boutade*, der *blague*, des *mot d'esprit*, des *jeu de mots*. Je stärker französisch beeinflußt, um so erlesener der Geschmack, denn zivilisiert werden ist heutzutage gleichbedeutend mit sich französisieren.« Er machte eine Pause, um Luft zu holen, während im Hintergrund ein weiteres Gedicht das aufgewühlte Publikum des Colombo zu begeistertem Applaus und Zurufen hinriß. Fast schnaufend, die Augenbrauen zusammengekniffen und ein Funkeln im Blick, fuhr Nepomuceno fort: »Schon seit den Zeiten unseres Flugpioniers Santos Dumont hieß es immer, Europa verneige sich vor Brasilien. Unsinn, das ist eine billige, verlogene Selbstbeweihräucherung, denn Brasilien verneigt sich weiterhin ständig vor Europa. Sehen Sie sich nur unseren alten Bilac an – wie stolz war er immer, wenn er die Luft des Alten Kontinents atmete, siebzehnmal soll er da hingereist sein. In Paris war sein größtes Vergnügen, mit Nelson Líbero die Friedhöfe zu besuchen und auf den Gräbern von Guy de Maupassant, Alfred de Musset, Alphonse Daudet und all den anderen großen Leuchten der Literatur, das heißt unseren Vorbildern, Blumen niederzulegen. Also, ich bitte Sie! ... Ich habe jahrelang in Europa gelebt und gelernt, der Zivilisation nur den Wert beizumessen, den sie auch verdient. Für mich ist ein Friedhof überall ein Friedhof. Der Besuch von Gräbern als intellektuelles Vergnügen, das ist doch morbide, der reinste Totenkult, Lust am drohenden Weltuntergang. Nicht auszuhalten, so ein Provinzialismus! ... Und diesen Reiz übt Frankreich nicht erst seit heute aus. Stellen Sie sich vor, was ich neulich gehört habe: Im letzten Jahrhundert war Brasilien doch tatsächlich weltweit der zweitgrößte Importeur von französischen Parfums! Die Mode, die Ideen und sogar die Parfums ... alles französisch. Kürzlich gab es hier einen brasilianischen Film – wissen Sie noch? –, der hieß *Le Film du Diable*, genau so, mit einem französischen Titel, damit es nach etwas Besonderem klang. Der Höhepunkt war, daß auf der Leinwand eine nackte Frau gezeigt wurde, als künstlerischer Akt deklariert! Schlangen an der Kasse, Streitereien am Eingang, ein Riesenerfolg. Wie lange noch wollen wir eine derartige Mystifizierung dulden?«

Nach dem erbosten Funkeln seines Blicks zu urteilen, mußte dieser Mann seit langem das Bedürfnis haben, sich seinen Ärger von der Seele zu reden. Mag sein, daß es für ihn die Grenze des Erträglichen bedeutete, sich in einer ihm offensichtlich verhaßten Umgebung zu befinden. Ich verstand nur nicht, warum es hier und mir gegenüber aus ihm herausbrach. Vielleicht hatte ein Interview schon als Vorwand genügt – das genaugenommen gar nicht stattfand. Während ich darüber sinnierte, hörte ich mich fragen:

»Und wer, meinen Sie, ist daran schuld, Maestro?«

»Daran schuld? Die Banalität unserer Zeit«, antwortete er wie aus der Pistole geschossen. »Wir stecken bis zur Nase in Nichtigkeiten, die allerdings ›gigantisch‹ sind, wie man heutzutage bei jedem Anlaß zu sagen pflegt. Die größte Sorge der Gesellschaft von Rio ist, modisch zu sein. Diese Stutzer leiden Hunger, um sich in den schicksten Geschäften der Rua do Ouvidor einkleiden zu können. Und werfen sich sogar in schreiend bunte Gehröcke und Westen, nur damit sie in den Gesellschaftskolumnen des Herrn José Antônio José genannt werden, dieses gräßliche Klatschmaul, das nur von *up to date*, *raffiné* und *snob* zu sprechen weiß.« Seine leidenschaftlich geblähten Nasenflügel schienen wieder ihre normale Form anzunehmen, als er nach einer Pause erklärte: »Nicht, daß ich etwas gegen Eleganz hätte. Wo kämen wir auch hin ohne einen, wie soll ich sagen, gewissen guten Geschmack? Aber Stil zum höchsten Lebensinhalt zu erheben, ich bitte Sie! ...«

In der Runde, die sich zum Gedichtvortrag versammelt hatte, kam Unruhe auf. Nun hörte man eine männliche Stimme rezitieren. Ein paar Zuhörer lösten sich schon aus dem Kreis. Zwei junge Männer, vermutlich unverstandene Dichter, die sich grollend zu ihrem Tisch verzogen, gingen an uns vorbei:

»Das ist auch so ein Stümper, der nur die Franzosen nachbeten kann«, bemerkte der eine.

»Man sollte ihm eine Bombe an den Sack werfen«, antwortete der andere.

»Oder besser noch, hinten reinstecken ...«, fügte der erste hinzu.

Inzwischen ging Alberto Nepomucenos Atem gleichmäßig. Selbst seine wuchtigen Augenbrauen wirkten plötzlich locker. Der geneigte Leser wird ahnen, wie erleichtert ich war. Ich sah mich einem Mann gegenüber, der sich entspannte, nachdem er sich einer schweren Last entledigt hatte.

»Vielleicht ist es nicht anständig, so zu sprechen. Schließlich gehören diese Leute zu meinem Milieu, sind sogar meine Freunde«, fuhr Nepomuceno fast stammelnd fort. »Mit Coelho Neto habe ich viel zusammengearbeitet. Das Libretto meiner Oper *Artemis* stammt von ihm. Von Bilac habe ich Gedichte vertont, sehr geistvolle, ganz außer Frage. Mit beiden hat mir die Arbeit großes Vergnügen bereitet. Aber diese brasilianische Unsitte, unsere Literatur zum Lehen für einige wenige Beschenkte zu machen, ärgert mich. Nur als Beispiel: Bilac haben sie zum Fürsten der brasilianischen Dichter ernannt – Olavo Brás dos Guimarães Bilac, ›dessen Name allein schon ein Zehnsilber ist‹ ... Und Coelho Neto hat von der Presse den Beinamen Fürst der Prosaisten erhalten. Für mich ist das alles schlichtweg unseriös, alberner Kinderkram, ein weiterer Beweis unserer intellektuellen Oberflächlichkeit. Wissen Sie, diese nostalgische Monarchiegläubigkeit zeugt geradezu von einer Käseblatt-Mentalität. Was für Fürsten sind das denn? Im Grunde doch nur Relikte, arme Fürsten ohne Fürstentum. Als Bilac im letzten Jahr starb, sprach Coelho Neto in der Academia Brasileira de Letras, wo der Leichnam aufgebahrt war, den Nachruf. Der gute Coelho war sich der Lächerlichkeit seiner Worte mit Sicherheit nicht bewußt. Stellen Sie sich vor, junger Mann, wie er zum verblichenen Bilac sagte: ›Der Schleier der Isis bedeckt dein Antlitz‹, und dergleichen mehr. Früher hätte mir so ein stilistischer Schwulst wohl gefallen. Doch heutzutage mit einer solchen Winkeladvokatenrhetorik über den Tod zu sprechen! ... Der Tod ist der Tod, und damit basta! Alles andere ist dummes Geschwätz.« Alberto Nepomuceno zückte ein weißes Taschentuch, trocknete sich das Gesicht ab und sprach dabei fast ohne abzusetzen weiter: »Ich vermute, das alles ist das Ergebnis der intellektuellen Dekadenz, die sich hier ausbreitet. Nehmen Sie das Beispiel unseres lieben Emílio de Menezes, von dem ich übrigens auch ein Gedicht für ein Lied verwendet habe. Er war ein stürmisches, brillantes Temperament, mitunter sogar brutal, hat alles und jeden verspottet. Doch was ist mit Emílio geschehen, bevor er im vergangenen Jahr starb? Das, was uns allen am Ende des Lebens blüht – ein grausamer Verfall. Es ging so weit, daß Emílio sich gegen sich selbst gekehrt hat, wage ich zu behaupten. Er verarmte, wurde dick und krank, verlor seinen Humor. Er, der mit Kritik an Konventionen nie gespart hatte, klopfte am Ende seines Lebens bei der Academia Brasileira de Letras an. Ist das nicht traurig? Das Alter ist sehr traurig, keine Frage ...« Er hielt inne, dann wurde ihm bewußt, was er soeben gesagt hatte. »Aber nicht nur das Alter, wenn man ehrlich sein will. Sehen Sie sich diese Jugend hier an. Wissen Sie eigentlich, was die tagaus, tagein tun? Sich betrinken. Wenn sie von der Arbeit kommen – sie arbeiten alle beim Staat, versteht sich –, lädt der eine seinen Kollegen auf ein Gläschen ein. Und was sagt er? ›Komm mit, alter Junge, die Geister beleben.‹ Und so ziehen sie durch die Kneipen und Cafés und trinken bis spät in die Nacht, um weiterleben zu können. Natürlich sind sie keine Trinker. Sie sind Bohemiens, das klingt kultivierter ... Genau dieses Bohemienleben hat Emílio de Menezes und so manche andere Berühmtheit der Gesellschaft von Rio zugrunde gerichtet. Hier wird so viel getrunken, daß vor Jahren ein portugiesischer Weinexporteur der Stadt Rio einen Marmorbrunnen geschenkt hat, der jetzt im Glória-Viertel steht. Zum Dank für seinen geschäftlichen Erfolg – wußten Sie das?« Nepomuceno seufzte: »Ach, junger Mann, ein trauriges Land ist das hier, wo man nichts anderes tun kann als sich betrinken.«

Die Rezitationsrunde hatte sich langsam aufgelöst. Die unverwechselbare Baskenmütze der Maria de Melo, die matriarchalisch über den inzwischen ziemlich rar gewordenen Strohhüten aus dem Rauch geragt hatte, war nicht mehr zu sehen. Bald darauf erklang wieder das Klavier, diesmal mit einem hübschen Walzer, der mir zunehmend trübsinnig klang, je länger ich die faltige Landschaft auf Alberto Nepomucenos Gesicht musterte. Es gab zu viele Gespenster in diesen Augen, die sich regungslos leuchtend im Spiegel betrachteten, als versänken sie im Nichts. Um die Gespenster zu verscheuchen, nippte ich am Bier, doch es schmeckte allzu bitter. Ich schob es weg. Die Gespenster dräuten. In meinem Unbehagen suchte ich bei dem in Vergessenheit geratenen Interview Zuflucht und brachte eine neue Frage vor:

»Und Ihre Pläne, Maestro? Haben Sie ... etwas Neues vor? Arbeiten Sie an einer Komposition?«

»Ach so, ja«, antwortete er, als käme er wieder zu sich. Sein Blick heftete sich nicht minder schwermütig auf mich. »Eine neue Oper. Das heißt, so neu nun auch wieder nicht. Ich arbeite schon seit vielen Jahren daran. Aber ist das für Ihre Zeitschrift überhaupt interessant?«

»Natürlich, Maestro. Es wäre sehr schön, wenn ...«

»Also gut, zu dieser Oper inspiriert hat mich José de Alencar. Aber sagen Sie jetzt bitte nicht: schon wieder Alencar? Nein, nein, keine Neuauflage von *O Guarani*, um Gottes willen. Sie heißt *O Garatuja* und soll eine komische Oper werden. Ich habe das Gefühl, dieses Werk bin ich meinem

Alter schuldig. Es hat mir schon immer gefallen, dieses Büchlein von Alencar über das Rio de Janeiro der Kolonialzeit, eine amüsante Stadt, womöglich amüsanter als heute. Merkwürdig, es ist ein ganz anderer Alencar, so im hohen Alter, eher Machado de Assis ähnlich, sarkastisch, etwas skeptisch und schon ziemlich abgeklärt. Außerdem ein Alencar, der vollendet schreibt. Die Ouvertüre ist schon seit geraumer Zeit fertig. Sie ist hier sogar schon mehrmals aufgeführt worden. Diesmal habe ich mir vorgenommen, das Libretto selbst zu schreiben. Es werden drei Akte. Zur Zeit arbeite ich am ersten.« Er stockte. Lächelte über das ganze Gesicht und fuhr fort: »Sie sehen, jetzt neige ich mehr zu *O Garatuja* als zu *Iracema*.« Und er lachte kurz, als hätte er einen Witz erzählt. »Das Schwierigste ist, all die Ironie und Selbstironie des Buches in eine Opernsprache zu bringen. O ja, Selbstironie, denn Alencar schont auch sich selbst nicht. Das Volk bezeichnet er als ›nutzlosen alten Plunder‹. Heutzutage, sagt er, sind die Zeitungen das, was damals die Klatschweiber waren. Ist das nicht genial beobachtet? Und schallendes Gelächter preist er als die vernichtendste aller Revolutionen. Er ist ein Schelm. Oder besser gesagt, ein Spötter. Er findet einen Weg für die Bitterkeit des Alters – er wird bissig und spitz. Und lehrt die Kunst der Skepsis.«

Ich muß dem Leser gestehen, in diesem Augenblick schien mir deutlich, daß er sich in José de Alencar gespiegelt sehen wollte, ihn am liebsten wie ein Vampir ausgesaugt hätte, so begehrlich glänzten seine Augen, als er von der Reife des Schriftstellers Alencar sprach. Ein alter Mann, der vom Alter eines anderen lernen wollte? Mag sein.

»Selbstverständlich werden auch ziemlich ernste Dinge in dem Roman gesagt«, fügte er sehr überzeugt hinzu. »In der Oper beabsichtige ich, Alencars Ironie gegenüber der Geistlichkeit als Autorität klar herauszustellen. Aber den Schluß habe ich etwas abgeändert, denn im Buch werden anstelle der schuldigen Kleriker zwei Sklaven verurteilt. Am Ende wird das Volk durch eine Mauschelei zwischen den Richtern und dem Prälaten hinters Licht geführt. Diese Ungerechtigkeit, die widerspruchslos hingenommen wurde, habe ich korrigiert. Ich zeige lieber, daß das Volk in der Lage ist, auch ohne Kenntnis der Gesetzbücher Lektionen in Geschichte zu erteilen. Alencar spielt selbst darauf an, als er sagt, daß die Gelehrten mehr aus dem Buch des Volkes lernen können als aus sämtlichen Traktaten über Gesetzesvorschriften.« Nach Zustimmung von vermeintlichen Zuhörern heischend, sah er sich um, denn ein einziger genügte der Kraft seiner Überzeugung nicht. Dann räusperte er sich, trank einen Schluck Bier und sprach weiter: »Das Libretto ist eine Liebesgeschichte in schelmenhaft verspielter Atmosphäre, mit etwas altmodischem Unterton und eben jener gewählten Sprache, die mir im Roman so gefällt. In musikalischer Hinsicht interessiert mich diese Art von Traditionalismus beim Erforschen der Wurzeln der brasilianischen burlesken Musik. Meine Themen hole ich mir von der Straße, *Maxixes, Lundus, Chulas, Modinhas* und dergleichen, Sie verstehen. Wie übrigens unter anderem auch schon bei *Dança dos Negros* und *A Galhofeira.* In dieser Oper wird alles vom Protagonisten Ivo do Val gesteuert, einem stutzerhaften jungen Maler, den aber die Kraft seiner Jugend zu einem verwegenen und damit weisen Werkzeug der großen Geschichte macht. Zur Zeit arbeite ich an der Szene, in der Ivo sich beim Advokaten Sebastião Ferreira, einem königlichen Justizbeamten, verdingt. Ivo tritt verwirrt und schüchtern vor Sebastião, der mit seiner Gänsefeder überm Ohr und seiner griesgrämigen Art eine recht komische Figur abgeben wird. Die Musik zu diesem Auftritt will ich sehr lebhaft gestalten, um all das Bangen und die Aufregung von Ivos Mutter Rosalina, die ihm diese Anstellung mit viel List verschafft hat, deutlich zum Ausdruck zu bringen.« Jetzt blitzten Alberto Nepomucenos Augen vor Begeisterung. »Zwischen Ivos Haltung und dem Thema, an dem ich schreibe, besteht unverkennbar ein Gegensatz, doch meine ich, daß sein Auftritt lediglich zweitrangig ist. Worauf es hier ankommt, ist der Sieg, den seine Mutter mit Hilfe eines Cupido-Gemäldes errungen hat, das sie zwei Frömmlerinnen mit den Worten geschenkt hat, es sei das Jesuskind. Wegen der zweideutigen Komik meine ich, daß diese Szene gar nicht anders beschrieben werden könnte ...«

»Eine komische Oper, das klingt sehr interessant«, bemerkte ich, um ihn in seiner Begeisterung zu bestärken, vielleicht auch nur, um ihm zu versichern, daß ihm gegenüber jemand saß und zuhörte.

»Wie Sie wissen, ist in unserer, im übrigen noch so wenig erforschten Musikgeschichte von komischen Opern nichts bekannt«, fuhr Nepomuceno fort. »Apropos, ich will Ihnen etwas verraten, was Ihre Zeitschrift eventuell als Exklusivnachricht bringen kann. Ich habe die Absicht, die Oper *O Garatuja* bis 1922 fertigzustellen und sie im Rahmen der Veranstaltungen zur Hundertjahrfeier unserer Unabhängigkeit zur Uraufführung zu bringen.« Plötzlich stöhnte er, halb dem Spiegel, halb mir zugewandt. Er schwieg eine Weile, und währenddessen breitete sich auf seiner Miene Schwermut aus: »Oh, mein Gott! Manchmal denke ich, daß ich nicht mehr bis 1922 durchhalte. Das Leben ist mir eine große Last, junger Mann. Und außerdem weiß ich, daß uns alle ein trauriges, schmerzliches Ende erwartet. Vielleicht fehlt mir die Fähigkeit, über den Tod zu lachen. Deshalb habe ich Emílio de Menezes mit seinem Sinn für Humor bewundert, auch wenn ich dabei nie vergessen habe, daß er so manchem unrecht getan hat. Mein Sinn für Humor liegt schon seit langem brach ... Aber wie soll ich ohne Humor bis 1922 durchhalten? Dabei ist sogar die Unabhängigkeit unseres Landes ein Witz. Denn was war dafür ausschlaggebend? Die Verärgerung von Dom Pedro I. wegen eines Durchfalls auf seiner Reise nach São Paulo. Die berühmten Ufer des Ipiranga, an denen der Unabhängigkeitsschrei ausgestoßen wurde, waren in erster Linie die Latrine des Kaisers.«

Er sah mich mit seinen dramatisch umschatteten Augen direkt an:

»Stimmen Sie mir zu?«

Ich lächelte. Was hätte ich anderes tun können angesichts der Vorstellung, daß unsere Unabhängigkeit von Portugal das Ergebnis einer königlichen Unpäßlichkeit war?

»Man sagt, das brasilianische Volk sei fröhlich«, fuhr er im gleichen nachdenklichen Ton fort. »Unsinn! Das ist nur äußerlich! Im Grunde ist die brasilianische Seele reiner Schmerz. Ihre größte Lust ist die melancholische Sehnsucht, richtig? Und dabei müßten die Brasilianer eigentlich pausenlos lachen. Denn über die Geschichte dieses Landes kann man nur lachen. Und ich meine damit kein Lächeln. Ich meine schallendes Gelächter ... Nehmen Sie doch die großen nationalen Ereignisse: nicht nur die Unabhängigkeit, auch die Befreiung der Sklaven, die Proklamation der Republik! Alles ein Witz! Deshalb kann ich als guter Brasilianer nicht zulassen, daß meine Lachmuskeln verkümmern. Mit *O Garatuja* möchte ich dieser großen nationalen Komödie ein Echo geben. Und dafür eignet sich nichts besser als eine Opera buffa, nicht wahr?«

Alberto Nepomuceno lachte theatralisch. Doch anscheinend ging ihm der Atem aus, denn plötzlich verstummte er, senkte den Blick und verharrte eine Weile nachdenklich. Dann schüttelte er resigniert den Kopf. Als er wieder aufblickte, wirkte er wie verwandelt, ähnlich einem kleinen Jungen, der sich einen Verweis eingehandelt hat. Und seine Stimme klang kraftlos, fast kindlich, als er weitersprach oder, besser gesagt, brummelte:

»Aber was hilft es? Ich bin wirklich eine tragische Figur. Hören Sie sich doch an, was ich komponiert habe. Alles so traurig! Und damit habe ich mein Bestes gegeben, die Traurigkeit. Selbst meine *Valsas Humorísticas*, wo ich mit der *Blauen Donau* und Chopin spiele, sind in erster Linie Kinder der Nostalgie. Aber wenn Sie ein perfektes Beispiel wollen, brauchen Sie sich nur meine *Symphonie* anzuhören, um zu wissen, wie allgegenwärtig die Traurigkeit in mir ist. Und die Furcht, die Angst, die Ungewißheit. Die *Symphonie* drückt das stärker aus als alles andere, was ich geschrieben habe. Es ist der Schmerz, nach unmöglichen Definitionen zu suchen. Denn das schmerzt. Jede Bewegung, jeder Muskel, jede Sekunde. Alles schmerzt.« Wieder stockte er, bevor er, ein wenig keuchend, weitersprach: »Am meisten aber schmerzt der

Zweifel. Es wäre so schön, wenn man in allem Sicherheit haben könnte. Der Zweifel ist wirklich ein Teufelswerk, denn er bringt keinen Trost, nur neue Brüche. Deshalb schmerzt es, so zerrissen zu sein ...«

Er verstummte, saß klein und zusammengesunken da – ganz das Gegenteil des Mannes, der eben noch die Geschichte Brasiliens als Posse bezeichnet hatte und den ich schon mehrfach voller Elan und Spannung, mit zerzaustem Haar, vor Lebendigkeit sprühend, ein Orchester hatte dirigieren sehen. Ich dachte fast, er würde einschlafen, so lange verharrte er in derselben Haltung. Der Leser wird sich vorstellen können, unter welchem Druck ich stand, das Interview fortführen zu müssen. Auf ein wenig unredliche Art griff ich zu einer Schockbehandlung:

»Und Oscar Guanabarino? Stimmen Sie mir darin zu, Maestro, daß ...«

»Was ist mit Guanabarino?« fragte er, wieder zu sich gekommen, und ließ mich gar nicht erst ausreden. »Ein verdammter Kerl, dieser Guanabarino, von einer unglaublichen Dreistigkeit. Zieht über mich her, weil ihm nichts Besseres einfällt. In dieser langweiligen Hauptstadt kann man nicht viel tun, wie Sie wissen. Deshalb muß man verbreiten, daß meine Lieder prosodische Fehler enthalten, daß ich ohne Inspiration komponiere und daß ich durch die Benutzung des Portugiesischen anstelle des Italienischen den Belcanto kaputtmache. Ach, zum Teufel mit diesem Guanabarino!«

Aus seiner Schwermut erwacht, blähte er die Nasenflügel und schnaubte:

»Himmel herrje! So sieht es aus in dieser Stadt. Sobald man mal etwas anders macht, heißt es gleich: Skandal! So war es auch bei Catulo ... Sie dürften zu der Zeit ein kleiner Junge gewesen sein. Ich war damals noch Direktor des Instituto Nacional de Música und veranstaltete im Institut ein Gitarrenkonzert mit Catulo da Paixão Cearense. Du liebe Zeit, gab das eine Aufregung! Die Herren Professoren protestierten, und ein paar Kritiker bezeichneten es als einen ›Affront gegen diesen Tempel der Kunst‹. Der arme Catulo, da hatte ich ihm einen schönen Schlamassel eingebrockt...« Seine Augen funkelten nun wieder voller Energie und Kampfgeist. Nach einer kleinen Pause sprach er weiter: »Aber so ist es, die Zeit vergeht, doch im Kopf dieser Leute geschieht nichts. Nur als Beispiel, vor etwa drei Jahren wollte ich, als eine meiner letzten Amtshandlungen als Direktor des Instituts, eine neue *Harmonielehre* in den Lehrplan aufnehmen, die ein gewisser Schönberg geschrieben hat, ein wagemutiger österreichischer Komponist, der die Musik der westlichen Hemisphäre verändern wird, etwas wahrhaft Revolutionäres. Ich selbst begann, diese *Harmonielehre* aus dem Deutschen zu übersetzen, für so wichtig und dringend hielt ich sie. Schön und gut, doch der Widerstand seitens der Professoren und Studenten war derart groß, daß ich mich gezwungen sah, davon Abstand zu nehmen, sonst hätten sie mich gelyncht! Also wurde sie weggelegt, die besagte Harmonielehre... Und dabei wäre es so wichtig, wenn ein Verlag sie ins Portugiesische übersetzen ließe und hier veröffentlichte. Die brasilianische Musik muß doch den Anschluß an das zwanzigste Jahrhundert finden! Wenn es nach diesen Leuten ginge, wird das natürlich nie geschehen...«

Die Nasenflügel noch immer leidenschaftlich gebläht, lehnte der Maestro Nepomuceno sich auf seinem Rohrgeflechtstuhl zurück. Doch konnte er nicht weitersprechen. Just in diesem Augenblick wurde das Café Colombo von einer Turbulenz erfaßt, die durch den ganzen Raum lief, das Meer von Strohhüten zuerst in die eine Richtung – zum Eingang – lenkte und dann, in kreisförmigen Erregungswellen, ziellos nach allen Seiten hin, gleichzeitig brachen die Unterhaltungen ab und allgemeines Getuschel setzte sein. Einige ganz Neugierige erhoben sich sogar, um besser sehen zu können, nahmen aber auf den Protest der hinter ihnen Sitzenden hin wieder Platz. Selbst die Klaviermusik erfuhr eine leichte Störung, geriet gleichsam vor Schreck ins Stolpern. Auf die erdstoßartige Aufregung folgte fassungsloses Staunen. Denn ganz zu Recht fassungslos staunend, sahen die Gäste des Cafés durch die Rauchschwaden die strahlendste Blondine ins Colombo hineinrauschen, die je ihre Füße in diesen erlesenen Raum gesetzt hatte. Keinem der Anwesenden wäre in den Sinn gekommen, sich zu fragen, ob es sich um eine echte Blondine handelte, denn die Frage schien entbehrlich angesichts ihrer Aura von Schönheit, Eleganz und Kühnheit. Tatsächlich hätte man kaum sagen können, was an ihr schockierender war: ihre Weiblichkeit oder ihre Aufmachung. Vielleicht sollte der werte Leser an dieser Stelle bedenken, daß wir damals die Epoche unmittelbar nach dem Ersten Weltkrieg erlebten. Auf die vier Jahre blutiger Kämpfe, die die Welt gelähmt hatten, folgte ein Rausch, der alle Bereiche des gesellschaftlichen Lebens erfaßte und sich auch in der Mode niederschlug. Ziemlich verrückte Zeiten waren das, als wäre ein Kessel übergekocht. Der zweifellos frisch aus Europa angekommenen, im *dernier chic* gekleideten Blondine war deutlich anzusehen, welche Art von Umwälzung dort stattgefunden hatte. Wenn ich dem werten Leser in Erinnerung rufe, wie streng zu Beginn des Jahrhunderts noch die Damenmode war, mit langen Kleidern in matten Farben und ständig bedecktem Kopf, wird er sich ein Bild davon machen können, welch einen Schock jener triumphale Auftritt im Rauchdunst des Restaurants auslöste. Die Blondine trug ein wunderliches Kleid, das nicht nur wegen der grellen Farben des geblümten Musselins auffiel, sondern auch wegen des gewagten Dekolletés, denn dieses reichte fast bis dorthin, wo sich vermutlich Brüste befanden, was nicht ganz sicher war, da sich das Oberteil vollkommen gerade, regelrecht platt, zu der sogenannten Taille in Hüfthöhe fortsetzte, und von da ab bauschte sich das Kleid fast tonnenförmig zu den Fußgelenken – ohne die Knöchel zu bedecken! Ergänzt wurde diese Erscheinung aus einer anderen Welt durch sehr kurzes, von zwei schillernden Federn geschmücktes Haar, dazu einer dicken, fast bis zur Taille hängenden Perlenkette, einem weißen Federfächer in der einen Hand und einem geschlossenen Sonnenschirm in der anderen. Als Eskorte der Blondine ein Kavalier mit pomadisiertem Haar in weißem Leinenanzug, die Verkörperung dessen, der lediglich den Auftrag hat, die Primadonna zu ihrem Platz in der Bühnenmitte zu geleiten.

»Skandal«, bemerkte Alberto Nepomuceno, nachdem er das sensationelle Paar gemustert hatte. »Wir befinden uns im bevorzugten Element dieser Stadt – dem Skandal. Anschließend blühen natürlich die Gerüchte. Morgen werden alle mit ihren Nachbarn darüber reden. Siebenhunderttausend Klatschmäuler, das ist die Hauptstadt Brasiliens.«

França eilte mit seinen tänzelnden Schritten herbei, um das Paar zu begrüßen. Sie nahmen an einem reservierten Tisch Platz. Die Blondine setzte sich mit der für alle, die den großen Auftritt lieben, typischen geistesabwesenden Miene. Das Getuschel ebbte langsam ab, als wären die Anwesenden jetzt damit beschäftigt, ihre Fassungslosigkeit zu verdauen. Nepomuceno schnaubte, um meine noch vom Sog der neuen Mode gebannte Aufmerksamkeit auf sich zu lenken. Sowie er spürte, daß ich wieder Ohr war, äußerte er sich:

»Sie werden sich vermutlich fragen, warum Skandale mich so sehr zu irritieren vermögen. Aber ich bin selbst schon ein Opfer von Skandalen gewesen. Das heißt, vielleicht bin ich es noch immer.«

»Ja, dieser Kritiker, Oscar Guanabarino, der ...«

»Nein, nein, ich spreche nicht von Guanabarino«, erwiderte Nepomuceno, womit er abermals einem Versuch meinerseits, das Gespräch mitzubestimmen, eine Abfuhr erteilte. »Obwohl der liebend gern Skandale heraufbeschwört ... Ich spreche von meinem ... meinem Privatleben, wenn Sie gestatten.« Er stockte. Sein Gesicht nahm wieder den Ausdruck eines kleinen hilflosen Jungen an, der ihn so plötzlich schwermütig wirken ließ. »Sie können sich nicht vorstellen, wie hart es ist, ständig in der Öffentlichkeit zu stehen, wenn man ein staatliches Amt bekleidet, wie ich als langjähriger Leiter des Instituto Nacional de Música. Da ist viel Konkurrenz im Spiel, viel Neid. Die Geschichten über meine Ehe ... Aber das war nicht der Grund, warum ich mich von meiner Frau getrennt habe ...«

Mir wurde unbehaglich. Als jungem Mann war es mir ziemlich peinlich, anzuhören, wie dieser alte Herr so mir nichts, dir nichts Privates erzählte. Aber das gab sich schnell. Alberto Nepomuceno wandte den Blick von mir und richtete ihn auf den großen Wandspiegel. Es war merkwürdig, sehr merkwürdig – und mir unangenehm –, einen Mann zu betrachten, der nicht widerstehen konnte, sich selbst zu betrachten. In jenem Augenblick war mir nicht bewußt, was da geschah. Ich muß dem Leser gestehen, daß ich erst sehr viel später begriff, warum der Spiegel eine solche Anziehungskraft auf ihn ausübte – diese vom Alter gezeichnete Legende der brasilianischen Musik suchte nach einer Möglichkeit, vor sich selbst ein Geständnis abzulegen. Genauer gesagt, er suchte im Spiegel die Möglichkeit, Bilanz zu ziehen. Das Colombo bot ihm den Kristallspiegel und ich unvermutet die vielleicht lange erhoffte Gelegenheit. Da ich dies nicht begriff, reagierte ich fassungslos auf den Überschwang und die Offenheit, mit der er nun von sich selbst sprach – vor einem ihm unbekannten und, schlimmer noch, unerfahrenen Journalisten.

»Man redet über die Sängerin, die Senhora Roxy King, die Sopranistin ... Daß es ihretwegen passiert sei. Daß meine Frau sich ihretwegen von mir getrennt habe. Es stimmt zwar, daß ich Roxy schon lange kenne. Ja und? Nur weil ich ihr ein paar Stücke gewidmet habe ... und weil wir Fotos ausgetauscht haben ... Wenn sie einen Grund für Eifersucht gebraucht hätte, dann hätte sie an das Foto denken sollen, das die portugiesische Exkönigin Amélia mir 1905 geschickt hat. Jawohl, die Königin Amélia persönlich hat die Gesandtschaft beauftragt, mir in einem mit dem königlichen Siegel verschlossenen Umschlag ihr Foto zu überbringen, und ich halte es bis heute hoch in Ehren. Das Foto zeigt die Königin in ihrem privaten Schlafgemach, sie trägt ein enges, tief dekolletiertes Satinkleid und hält eine Rose in der Hand. Ein nachgerade provozierendes Foto ... Mit einer Widmung und dem königlichen Siegel: ›*Amélie, Princesse de France, Reine de Portugal*‹. Dann hätte sie auch auf die Königin eifersüchtig sein müssen.« Nepomuceno lachte donnernd: »Und warum eigentlich nicht? Ein Verhältnis mit einer Königin wäre doch eine Ehre ... Eifersucht, Blödsinn! Dann wäre sie auch auf meine Schülerinnen eifersüchtig gewesen, die privaten wie die im Institut. Ja, ich habe diese jungen Mädchen gern um mich. Welcher Mann mag das nicht? Ja, es stimmt, der einen oder anderen habe ich auch ein Lied gewidmet ... Aber ich bin kein Schwerenöter! Schließlich habe ich so vielen Menschen Werke gewidmet, verschiedenen Freunden, meinen Kindern ... Das Schlimmste dabei ist, daß ... meine Kinder ... Meine eigenen Kinder wollen mich seit der Trennung nicht mehr sehen. Sie glauben, ich sei schuld. Und auf der Straße wenden sie das Gesicht ab. Meine Kinder, die ich großgezogen habe, die ich so liebe, verleugnen ihren eigenen Vater. Bei Gott, das tut weh ... Nur Sigrid nicht. Sie betet mich an, meine kleine Sigrid. In diesem Jahr erst hat sie mir zum Geburtstag eine Ansichtskarte geschickt und geschrieben: ›Papa, Sie sind so schön wie eine Figur von El Greco.‹ Sie war nämlich in Madrid im Prado! ... Meine Kinder ... Schon erwachsene Menschen, kaum zu glauben. Und wollen mich nicht sehen ... Dahinter steckt ihre Mutter, das steht außer Frage. Sie spielt die Märtyrerin. Aber ich kenne ihr nordisches Temperament. Die Frau ist kalt und berechnend ...«

Er sah sich mit forschem Blick um, als suchte er nach eventuellen Spionen. Dann sank er noch mehr in sich zusammen, sah mich verstohlen an (welche Funktion erfüllte eigentlich ich für ihn?) und bohrte seinen Blick erneut in seinen vom Spiegel reflektierten Blick.

»Aber glauben Sie nicht, das wäre alles. Es kommt noch schlimmer, weit schlimmer. Nach der Trennung zog ich in die Rua Humaitá zu meinem Freund Luís de Castro, dem Theaterkritiker. Da behaupteten böse Zungen doch tatsächlich, ich sei nur wegen seiner Frau Dona Nini zu ihm gezogen ... Daß Dona Nini und ich ... Sie verstehen? Und daß Luís nichts dagegen habe ... Wie weit gehen solche Waschweiber eigentlich! Aber selbst dabei ließen sie es noch nicht bewenden. Dann ... man staune über diese Phantasie! Mein Gott, wer in dieser Stadt brütet eigentlich solche Gerüchte aus? Dann hieß es schließlich, daß ... daß es gar nicht um Dona Nini gehe, sondern um Luís selbst ... Daß Luís und ich ein ...« Nepomuceno runzelte die Augenbrauen, hob den Kopf und verzog das Gesicht zu einer finsteren Grimasse, wie eine gräßliche Theaterfratze mit dick aufgetragener Schminke aus einer Shakespeare-Tragödie, und diese wilde Miene schien kurz vorm Explodieren. Als ich meinte, er werde gleich mit der Faust auf den Tisch schlagen, schimpfte er lediglich: »Welch eine Niedertracht, mein Gott! Welch eine Niedertracht!«

Er saß regungslos, fast entrückt da, den Blick ins Leere gerichtet, die Lippen leicht geöffnet. Wenn der Leser das maskenhafte Gesicht eines Geisteskranken vor sich sieht, trifft er es. Da mir nichts anderes übrigblieb, betrachtete ich ihn eine ganze Weile schweigend, betäubt vom Widerhall seiner Worte und seiner Wut. Unsicher, wie ich mich verhalten sollte, nahm ich abermals die Rolle des Interviewers zu Hilfe:

»Und wann, Maestro, bekommen wir hier Ihre jüngste Oper, *Abul*, wieder zu sehen?«

Sein kampfbereiter Gesichtsausdruck zerrann mit beeindruckender Selbstverständlichkeit, an seine Stelle trat ein Blick, der sich sanft, halb wohlwollend, halb hilflos, auf mich heftete. Zu keinem Zeitpunkt wäre mir der Gedanke gekommen, daß er vielleicht Theater spielte. Im Gegenteil, gerade die Vielfalt und Wahrhaftigkeit der Mimik dieses scheinbar so beherrschten Mannes machten mich sprachlos.

»Ach, mein junger Freund, das ist eine Frage, die sich kaum zu stellen lohnt. *Abul* ... Ist diese Oper überhaupt wert, gesehen zu werden? Mitunter geschieht es, daß man beim Schreiben ein bestimmtes Ziel verfolgt, aber was dann herauskommt, ist etwas ganz anderes, etwas Uneindeutiges, verstehen Sie?« Ohne ersichtlichen Anlaß ordnete er sein Haar, strich es an den Seiten und hinten glatt, vielleicht eine bloße Angewohnheit, um seine Verlegenheit zu überspielen. »Ich glaube, das Kapitel *Abul* ist für mich abgeschlossen. Man kann einfach nicht leugnen, daß die Aufführung in Rom ein Fiasko war, auch wenn es hier heißt, ich hätte gleich nach meiner Rückkehr aus Europa das Gegenteil erklärt. Ich war dabei, habe es miterlebt. Ein Mißerfolg, hart, aber unbestreitbar. Mit solchen Dingen hat es eine eigenartige Bewandtnis. Sie lassen sich nie vorhersehen ... Das Problem bei *Abul* war schon immer der erste Akt, er ist sehr schwierig. Sowohl hier in Rio als auch in Buenos Aires und andernorts hat das Publikum auf den ersten Akt verhalten reagiert. Nicht so in Rom. Da war der erste Akt ein Überraschungserfolg. Am Schluß brach das Publikum in Ovationen aus. Da habe ich ruhig durchgeatmet und gedacht: Das Schlimmste ist vorbei. Doch was geschah dann? Nach dem zweiten Akt wurde ich nur einmal ziemlich kühl und lustlos auf die Bühne gerufen. Ich hörte sogar Pfiffe aus dem Publikum. Und nach dem dritten Akt blieb es vollkommen still. Nach dem rauschenden Erfolg im Teatro Coliseu in Buenos Aires war diese Premiere im Teatro Costanzi in Rom ein völlig unerwarteter Reinfall. Mit den italienischen Kritikern war es noch schlimmer. Sie behaupteten, im Libretto wimmele es von Fehlern. Ein Kritiker namens Franco Raineri äußerte sich ironisch. Statt von den dürftigen Abenteuern des Propheten Abul zu erzählen, schrieb er, hätte der Senhor Nepomuceno lieber das Liedgut seiner ›schönen Heimat‹ zusammenstellen und damit die glutvolle Träumerseele Brasiliens beschreiben sollen. Dieser Heuchler! Ausgerechnet der, ein schnell beleidigter Mensch, der sich keine Gelegenheit entgehen läßt, Brasilien und die Brasilianer zu attackieren! Außerdem hat er mir vorgeworfen, ich hätte nur die großen italienischen und deutschen Meister kopiert. Der hatte mit Sicherheit einen zweiten *Guarani* erwartet. Aber *Abul* ist eine Oper über die Gläubigkeit in der westlichen Welt ... Und warum zum Teufel muß ein Brasilianer vom Urwald erzählen, warum darf er nicht, wie jeder Italiener, Franzose oder Deutsche, ein universelles Thema behandeln? Verstehen Sie, was dahintersteckt? Daß nur das brasilianisch ist, was genügend exotische Elemente enthält, um Europäer angenehm zu unterhalten ... Aber, Herrgott noch mal, die Definition brasilianisch kann doch nicht ein solches Kriterium sein, wie ein Gefängnis, zu dem nur die Europäer den Schlüssel besitzen. Ich, ein alter Mann, der sein Leben lang danach gesucht hat, ich habe bis heute nicht zu entschlüsseln vermocht, was es heißt, brasilianisch zu sein, und zwar aus dem einfachen Grunde, weil ... weil die brasilianische Identität sich nicht aus einer chemischen oder mathematischen Formel ableiten läßt. Verstehen Sie, was ich meine? Und die brasilianische Musik ... also, warum darf sich die brasilianische Musik nicht von Wagner, Verdi oder weiß der Himmel wem sonst beeinflussen lassen? Darf ein Italiener etwa nicht im Stil von Wagner komponieren? Und was wäre Mozart ohne den Einfluß der italienischen Oper?«

Das normalerweise so blasse Gesicht des Maestro erinnerte jetzt an einen roten Ballon. Ich gestehe, daß diese ganze Diskussion zum damaligen Zeitpunkt einem so unerfahrenen jungen Mann wie mir unverständlich schien. Aus welchem Grund sollten die Europäer uns als Exoten betrachten, wo wir doch die gleichen Sitten und Bräuche pflegten wie sie? Schließlich war das hier weder Japan noch China, auch nicht Indien, dachte ich arglos. Nepomuceno lachte kopfschüttelnd vor sich hin, vielleicht sann er noch seinen letzten Worten nach. Dann wurde er sehr ernst:

»Aber eigentlich dürfte ich mich nicht beklagen. Immerhin wurde *Abul* von der Königlichen Oper in Rom aufgeführt, mit einem brillanten Ensemble. Allerdings unter denkbar schlechten Bedingungen. Die Premiere sollte im Februar stattfinden, wurde aber immer weiter ans Ende der Spielzeit im April verschoben, als das Publikum schon ziemlich gesättigt war. Wegen dieser Verzögerungen fand die Premiere schließlich in improvisierter Form statt. Für Proben war kaum Zeit gewesen. Ja, ich kann sagen, daß man mich als geringwertig behandelt, mich gedemütigt hat. Sicher, wer in Italien hätte einen unbekannten Brasilianer wichtig genommen? Man glaubt es kaum, doch der Mann, der am stärksten für mich hätte eintreten sollen, hat mir am meisten geschadet – mein Impresario, ein gewisser Walter Mocchi, ein Halunke, dieser Kerl! Stellen Sie sich vor, er hat den ersten und zweiten

Akt einfach gekürzt, weil er fand, die Oper sei zu lang. Als ich das erfuhr, habe ich ihm geschrieben und ihm gedroht, weil er sich nicht an den Vertrag gehalten hatte, der jeden Eingriff in das Werk ohne Einwilligung des Verfassers ausdrücklich untersagte. Wissen Sie, was dieser Mocchi mir geantwortet hat? ›Maestro, Sie haben vollkommen recht, aber ich weiß, daß Sie mich nicht verklagen können, denn Sie brauchen Geld. Ihre Oper wird entweder so, gekürzt, aufgeführt oder gar nicht.‹ Ich kann Ihnen versichern, durch diese Kürzungen ist *Abul* völlig verstümmelt worden. Das Fiasko hat er verschuldet. Dieser Halunke!«

Alberto Nepomuceno zitterte am ganzen Leib, er wirkte noch verletzlicher. Ich war wie vor den Kopf geschlagen. Fast ohne mir dessen bewußt zu sein, rief ich den Kellner. Bestellte noch ein Bier. Sagte sogar die Marke, Bock-Ale, das bekannteste. Fragte den Maestro, ob er etwas möchte. Nein. Ich dankte dem Kellner. Nepomuceno zitterte noch immer.

»Und ich weiß noch«, fuhr er zu meiner Erleichterung fort, »wie oft wir abends beim Essen im Haus meines Arztes und guten Freundes Dr. Chagas Leite in der Rua Muratori über *Abul* diskutiert haben. Jede Woche brachte ich neue Passagen mit und spielte sie auf dem Klavier vor. Luís – mein Freund Luís de Castro – und ich stritten uns entsetzlich. Er half mir bei der Bearbeitung des Librettos, konnte mich aber nicht unbedingt überzeugen. Stellen Sie sich das bildlich vor, ich verteidigte meine Ideen wie ein Löwe, und Luís redete immer eine Oktave höher dagegen. Ach, die schönen Abendessen früher mit meinen Freunden! Mit meinem lieben guten Freund Frederico Nascimento, mit Fernandes Figueira, mit meinem alten Kampfgefährten Zé Rodrigues Barbosa, und manchmal war auch Otávio Bevilacqua dabei, zwar um einiges jünger als wir, aber ein so guter Freund.« Nepomuceno verstummte, blickte ins Leere und seufzte tief. »Ich fand, daß *Abul* passende, schöne Effekte hatte. Die Instrumentierung, ja, die hätte noch einmal überarbeitet werden müssen, ich habe sogar daran gedacht, das irgendwann wirklich zu tun. Denn ich habe mich ehrlich bemüht. Deshalb dachte ich, die

Oper sei gelungen, auch wenn sie der breiten Masse nicht gefiel. Aber da habe ich mich wohl getäuscht ...«

Er verstummte und verharrte so, fast erstarrt. Wieder wallte Unruhe in mir auf, als wäre ich dafür verantwortlich, ihn in Bewegung zu halten, damit er am Leben blieb. Ungewollt hatte ich meine Rolle als Interviewer gegen die des Lebensretters eingetauscht. Und in der Absicht, ihm beizustehen, richtete ich, stimuliert vom Kellner, der gerade mein Bier brachte, eine weitere Frage an ihn:

»Maestro, haben Sie vor, noch einmal die Leitung des Instituto Nacional de Música zu übernehmen?«

Nepomuceno löste sich langsam aus seiner Erstarrung und ließ mit verdrossener Miene den Blick über mich gleiten.

»Dieses Thema würde ich lieber vergessen ...«, stieß er hervor.

Er nutzte die Gelegenheit und bestellte beim Kellner ein Bier. Dann überlegte er es sich anscheinend anders und ging doch auf meine Frage ein:

»Meine Kündigung ist nicht nur so dahingesagt. Sie ist unwiderruflich. Das habe ich mir selbst geschworen. Und wenn das Ministerium eine Ehrenerklärung für mich veröffentlicht. Ich gehe nicht zurück. Selbst wenn sie mich auf Knien bitten. Niemals. Das ist eine Frage der Ehre, der persönlichen Würde.«

Ich merkte, daß er sich bemühte, die Fassung zu wahren. Doch vergeblich. Eine Zorneswelle packte ihn, versetzte ihn in Erregung, und sein Gesicht verfärbte sich jählings wieder.

»So etwas mit mir zu machen, dazu hatte der Minister kein Recht. Er hat sich über mich als Autorität hinweggesetzt. Bevilacquas angebliche Betonungsfehler im Lateinischen waren von nebensächlicher Bedeutung, zumal er nur ein einziges Wort falsch ausgesprochen hat, das war alles. Und außerdem kommt es beim Unterrichten von Theorie und Solfeggio nicht auf die Lateinkenntnisse des Lehrers an, sondern auf seine musikalische Befähigung. Aber der Justizminister, dieser Dr. Carlos Maximiliano, hatte mir schon seit geraumer Zeit zugesetzt. Der Protest der unterlegenen Kandidatin bot ihm einen willkommenen Vorwand zum Eingreifen. Elendiger Kerl! Zu behaupten, daß wir Otávio Bevilacqua nur deshalb zum Professor berufen hätten, weil er mit dem Prüfungsausschuß befreundet sei ... So eine Dreistigkeit! Wenn es danach ginge, wäre das Auswahlverfahren nicht öffentlich, für jeden zugänglich, der bei den Prüfungen dabeisein und zuhören will. Die vorausgegangene Erfahrung mit Bevilacqua im Institut sprach ohne jeden Zweifel für ihn. Und außerdem haperte es bei dieser Weibsperson, dieser Roberta Gonçalves, offenkundig an der Theorie. Das hat der Dr. Maximiliano aber natürlich nicht gemerkt. Seine Beweggründe waren anderer Art. Nämlich politische. Und dann kommt er mir mit Betonungsfehlern in Bevilacquas Latein! ... Als Direktor des Instituts und Vorsitzender des Prüfungsausschusses konnte ich eine derartige Demütigung nicht hinnehmen, verstehen Sie? Und daß meine Kündigung schon in der Zeitung stand, bevor ich sie beim Minister eingereicht hatte, das habe ich so gewollt. Und ich würde wieder so handeln. Immerhin ging es um meine Würde. Oder besteht irgendein Zweifel daran, daß der Minister die Sache einzig dazu benutzt hat, mich aus dem Amt zu jagen? Und dann hat er noch die Unverschämtheit besessen, das Prüfungsergebnis zu annulieren. Eine Provokation, jawohl! Schließlich habe ich ein so angesehenes Amt zehn Jahre lang bekleidet, weil ich nachweislich musikalische Kompetenz besitze. Man braucht sich nur anzusehen, in wie vielen Ländern meine Werke aufgeführt wurden, und zwar mit Erfolg. Daß ein Minister mehr von Musik versteht als der Direktor des Instituts, mehr als der gesamte Prüfungsausschuß, nie und nimmer! Schuster, bleib bei deinem Leisten, ich möchte doch sehr bitten!« Nepomuceno holte Luft. »Und mich dann dem Gespött der Presse auszuliefern ... Erinnern Sie sich noch an die Schlagzeilen? ›Eine Solfeggio-Prüfung endet in Mißklang‹ ... Das bleibt für immer hängen. Eine öffentliche Demütigung, die nichts und niemand gutmachen kann! Das wird immer weh tun ...«

Der Kellner, makellos in seiner Livree aus dunkelblauem

Anzug, weißem Hemd und schwarzer Fliege, brachte das Bier und stellte es auf den Tisch. Nepomuceno schien es nicht wahrzunehmen. Ich konnte mir denken, wie sehr ihn das alles bedrückte, zumal dieser Streit ein paar Jahre zuvor die ganze Stadt beschäftigt hatte. Doch muß ich gestehen, in diesem Augenblick hatte seine Miene etwas von einem mit spitzer Schnute schmollenden Kind. Der Leser kennt dies sicherlich, daß manche alte Menschen Kindern sehr ähnlich sein können. Doch wirkte Alberto Nepomuceno deshalb nicht weniger anrührend. Sein hilfloser Ausdruck weckte in mir Mitgefühl. Dieser Mann war allein auf der Welt, fast schien er sogar von Gott verlassen.

»Aber Sie geben doch weiterhin Unterricht im Institut, nicht wahr, Maestro?« fragte ich, erneut bemüht, ihn aufzumuntern.

»Ja«, bestätigte er. »Im Institut und im Sacré Cœur. Und im Jacobina. Davon lebe ich jetzt ... Und natürlich dirigiere ich auch noch das Orchester der Symphonischen Konzertvereinigung. Reine Liebenswürdigkeit von Braga, Sie wissen, der Maestro Francisco Braga, der ihr künstlerischer Leiter und Chefdirigent ist. Er hat mich verpflichtet.« Nepomuceno starrte auf das unberührte Bier. Dann erinnerte er sich plötzlich und fügte hinzu: »Wir sind alte Freunde, Braga und ich. Er hat wie ich viele Jahre in Deutschland gelebt. Wir haben beide ein Faible für die deutsche Kultur, das hat uns nie mehr losgelassen.«

In diesem Augenblick hob Nepomuceno wie einem inneren Ruf gehorchend die Augen und begegnete erneut sich selbst im Spiegel. Ganz natürlich vertiefte er sich in den eigenen Anblick. Als wäre es zum ersten Mal, so hingebungsvoll verharrte er in der Betrachtung. Musterte seine dunklen Augenbrauen, den Jesusbart, das nicht zu bändigende widerspenstige Haar, die Schleife des Krawattentuchs, die gestärkten Hemdenmanschetten. Alles mit entschiedener Gründlichkeit, aber auch liebevoll. In seinem Blick stand keine Angst mehr – als hätte er endlich beschlossen, sich zu fügen. Ohne mich zu beachten, begann er, in einem Schwall zu sprechen, während ich zum privilegierten Zeugen seines schmerzlichen inneren Aufruhrs wurde, den der belgische Spiegel reflektierte:

»Den großen letzten Sprung hat er nicht geschafft. Alberto Nepomuceno hat es nicht geschafft. Sein Leben war das langsame Ersticken eines Zweifels. Langsam, aber auch merkwürdig. Doch glauben Sie nicht, es ginge um reine Verfolgung, wie es hier allgemein heißt. Klar, Nepo hat Feinde und Widersacher. Die gibt es, wie Guanabarino, Borgongino, Itibirê beweisen. Aber ich kann mich nicht beklagen. Guanabarino, der arme Kerl, hat mich sogar häufig gelobt. Das, was geschehen ist, hat sich subtiler abgespielt, eine Geschichte, in der die Rollen für Gut und Böse nicht klar verteilt waren. Vielmehr vermute ich zunehmend, daß Nepo sozusagen von seinen eigenen Verehrern erstickt wurde, der Claque, die auf alles, was er tat, mit Schmeicheleien reagierte. Folglich eine Art einvernehmliches Ersticken. Es mag ironisch klingen, ist aber wahr: Alberto Nepomucenos Talent hat sich verflüchtigt, weil er zu hohes Ansehen genoß. Die Anhänger der Kardec'schen Lehre, mit denen Nepo sich so ausführlich beschäftigt, sagen, daß ein Medium durch das Lob von Menschen, die einen Hang zum Mystifizieren haben, vernichtet werden kann, weil sie es mit ihrem Lob vom rechten Weg abbringen. Wenn das Medium sich hinreißen läßt und das Lob annimmt, kommt ihm irgendwann ein Teil seiner Sensibilität abhanden, weil es sich zu sehr auf sein Ego konzentriert. Seine medialen Fähigkeiten schwinden. Das Lob vernichtet sie. Das gleiche geschieht mit Nepomuceno. Das Publikum spendet mir immer lebhaft Beifall, viel zu schnell. Man braucht sich nur anzusehen, wie häufig meine Stücke auf Verlangen wiederholt werden. Wenn das Konzert zu Ende ist, schicken sie mir Blumen. Auf der Straße werde ich erkannt und gegrüßt. Zum Abschluß der Saison erhalte ich Ehrungen und Geschenke. Auf diese Weise bin ich zu diesem Ring gekommen, den ich an Konzerttagen so gern trage, ein merkwürdiger Ring aus Zinn mit einem in Gold eingelegten Violinschlüssel. Ebenso zu der Uhr mit Goldkette an meiner Weste. Man ehrt mich mit eleganten Abendessen in den besten Restaurants mit Menükarten und französischen Weinen. Unter Politikern und Intellektuellen aller Bereiche habe ich Freunde und Verehrer. Zu den Konzerten, die ich dirigiere, erscheint die Crème der hiesigen Gesellschaft, alles, was in dieser Stadt Rang und Namen hat. In der Presse werde ich oft genug als Begründer der brasilianischen Musik gefeiert... Man hat mich zum Helden gemacht. Das heißt, wer aus einem mittelmäßigen Umfeld durch ein Minimum an Fähigkeiten herausragt, wird mühelos zum Helden der Mittelmäßigkeit um ihn herum. Ich glaube, die Weichen für diese Fehlentwicklung wurden schon während meiner ersten Reise nach Europa gestellt, wo ich sieben Jahre studiert habe. Nach meinem Rom-Aufenthalt richtete ich mich auf die Rückkehr ein, doch dann errang ich beim Wettbewerb für die Nationalhymne der Republik den dritten Platz. Wissen Sie noch? Dafür gewährte mir die brasilianische Regierung eine vierjährige Rente von monatlich zweihundert Milréis, die später noch einmal um vierzehn Monate verlängert wurde. Dadurch konnte ich in Berlin und Paris studieren. Dank der brasilianischen Regierung. Damit bin ich meinem Land gegenüber eine Schuld eingegangen. Vielleicht hat das eine Rolle gespielt. Diese Schuld ist mir immer gegenwärtig gewesen. Ich wollte mein Bestes geben, um sie zu begleichen. Als ich 1895 aus Europa zurückkehrte, bot mir der damalige Präsident der Provinz Pernambuco Dr. Barbosa Lima an, das Konservatorium von Recife aufzubauen. Ich wollte lieber in Rio de Janeiro bleiben, weil ich meinte, hier könnte ich dem Land nützlicher sein. Unglaublich, welch ein Ansehen ich bereits damals genoß. Dirigent, Komponist, Pianist, Organist, Professor, verheiratet mit einer norwegischen Pianistin, mit Grieg befreundet... Bei meinem ersten Konzert gleich nach meiner Rückkehr waren der Vizestaatspräsident, Senatoren und Abgeordnete anwesend, und am Schluß wurden meine Kompositionen und ich von ihnen bejubelt. Eine wahre Weihe! ... Nun ja, in jenem Moment starb der einfache Junge aus Ceará. Und es wurde – als Frühgeburt – der große Künstler der Nation geboren. Das Land trieb seine Schulden ein. Alberto Nepomuceno wird zum Helden der Mächtigen dieses Landes. Im Gegenzug verzichtet er auf die Möglichkeit, abweichende Meinungen zu vertreten, Wege zu eröffnen – es genügte, dem natürlichen Lauf der Dinge zu folgen. Sehr verführerisch ... Sehr bequem, nicht wahr? Von da ab wurde ich zum Bestandteil des faden, provinziellen Lebens dieser fabelhaften Hauptstadt, die von sich selbst immer so überzeugt ist und sich unerschütterlich für die Vorhut und womöglich das einzige geistige Zentrum des Landes hält. Welch ein Dünkel, mein Gott! Welch eine glänzende Mittelmäßigkeit an diesem republikanischen Hof ... Ich muß, wenn auch ungern, zugeben, daß ich in allzu große Nähe der Macht geriet. Und der Kunst tut es nicht gut, wenn man fast mit der Macht paktiert. Zumindest hemmt es die Fruchtbarkeit. Nicht, daß ich dies nicht deutlich erkannt hätte. Ich habe auch mehrfach versucht, dagegen anzugehen. Aber da war es schon zu spät. Zum Beispiel, Catulo da Paixão Cearense oder João Pernambuco im Instituto Nacional de Música spielen zu lassen ... Worin bestand die schreckliche Revolution, wenn die beiden doch Hätschelkinder der ganzen Stadt waren und sogar schon im Haus unseres großen Staatsmanns Rui Barbosa den *Luar do Sertão* vorgetragen hatten? Oder, wie ich es in meiner *Galhofeira* getan habe, einen *Maxixe* zu verwenden ... Worin bestand die Kühnheit, wenn zum damaligen Zeitpunkt in den eleganten Salons der Stadt schon mit Leidenschaft *Maxixe* getanzt wurde? Sich über so etwas zu entrüsten und zu behaupten, das sei primitive Negermusik, das bringt wirklich nur ein Kretin wie Guanabarino fertig ... Nein, es hilft nichts, sich etwas vorzumachen. Tatsache ist, Nepomuceno hat zwar Formeln aufgebrochen, ist aber nicht der Revolutionär geworden, von dem er irgendwann in seiner Jugend geträumt hat. Das habe ich begriffen, als *Abul* in Rom zum Fiasko wurde. Und meine Oper *Abul* wurde zum Fiasko, weil sie nicht eindeutig war. Sie wollte das eine sein und wurde am Ende etwas anderes. Eine Wagnersche Oper mit italienischer Atmosphäre in einem nationalistischen Kontext. Bezeichnend für mein gesamtes Werk, das viel zu viele Stilformen aufweist, um das Werk eines einzigen zu sein.« Er hielt inne, Melancholie im Blick. »Ich habe das Gefühl, es ist mir nicht gelungen, meiner Idee eine klare Gestalt zu geben. Weil ich zu vieles gleichzeitig gemacht und letztlich vielleicht nichts davon gut gemacht habe. Ich war gezwungen, Organist zu werden, weil man mich im Institut über meinen Kopf hinweg für dieses Fach ernannt hatte. Und um mein Auskommen zu sichern, mußte ich ständig privaten Klavierunterricht geben. Ich glaube, das alles hat meine kompositorischen Kräfte aufgezehrt. Von da an komponierte ich in meiner Freizeit, sozusagen als Nebenbeschäftigung – technisch gute Werke, aber halbherzig inspiriert, ohne Höhenflüge. Wenn Sie genau hinhören, merken Sie, daß meine Oper *Artemis* allzu stark an Wagner erinnert. Ich fürchte, man könnte sie für einen Wagner-Abklatsch halten ... Und *Abul*, meine arme Oper *Abul*. Guanabarino ist zwar ein Stümper, aber er hat recht, wenn er sagt, daß *Abul*, eine Oper mit dem Anspruch, eine sakrale Handlung im Wagnerschen Sinne zu sein, doch genau auf das verweist, gegen das sie sich stellt, nämlich die italienische Oper. Als Bühnenwerk steht sie *Aida* näher als *Parsifal*. Weshalb ich bei Verdi eine Anleihe gemacht habe, dem wunderbaren Verdi, dessen *Falstaff* ich liebe. Aber das hat Carlos Gomes schon getan, als großer Verdi-Schüler, der er war. Was bleibt mir also? Der Ruhm, den Gesang auf portugiesisch eingeführt zu haben. Aber welch ein kümmerlicher Ruhm! ... Denn jeder durchschnittlich gebildete Mensch kennt die Wahrheit. Ja, der Gesang in portugiesischer Sprache war mir zeit meines Lebens ein Anliegen. Aber als Pionier kann man mich nicht bezeichnen. Schon Mitte des letzten Jahrhunderts hat Carlos Gomes, wie alle Welt weiß, seine Opern *Noite do Castelo* und *Joana de Flandres* in Portugiesisch geschrieben. Und selbst das war nichts Neues, denn die alte Opera Nacional hatte davor schon Kantaten verschiedener brasilianischer Komponisten auf portugiesisch aufgeführt. Was also ist von dem Mythos Alberto Nepomuceno geblieben? Sehr wenig. Eigentlich fast nichts. Wer weiß, was jene, die nach mir kommen, über mich sagen werden ... Wird von all dem, was ich komponiert habe, irgend etwas bleiben? Ich fürchte ... Ich fürchte, ein großer Teil meines Werkes wird den Motten zum Opfer fallen. Kurzlebiger Ruhm und ein gescheitertes Vorhaben. Ein gescheiterter Held ... Wie grauenhaft! Und dennoch, eins ist für mich gewiß: Die Musik ist meine Bestimmung. Vielleicht auch mein Fluch. Ohne Musik hätte ich nicht leben können. Deshalb halte ich mir dies gelegentlich vor Augen und frage mich: Was eigentlich ist ein Komponist? Jemand, der Laute artikulierend Noten auf ein Papier schreibt. Und obendrein noch ein brasilianischer: Wozu ist der gut? Vor allem: für wen? Für wen, um Himmels willen? Wen in diesem Brasilien interessiert, daß ein Mann namens Alberto Nepomuceno existiert und arbeitet? Dieses Volk, das für sein tägliches Überleben schuftet und so selbstverständlich seine eigene Musik macht, welche Bedeutung könnte meine, ihrer Welt so ferne Musik für diese Menschen haben? Ich will Ihnen sagen, was ich glaube: Für diese Menschen ist meine Musik schlicht und einfach ein Skandal, ein Übergriff, ein Auswuchs. Und wenn nicht an sie, an wen dann richtet sich meine Musik? Mit Sicherheit nicht an Schranzen der feinen Gesellschaft, die in Lokalen wie diesem Colombo verkehren! ... Die interessieren mich nicht. Und doch sind solche herumlungernden Schmarotzer mein täglicher Umgang, mein Milieu.« Wieder hielt er seufzend inne. »So steht es um mich – ich bin zwischen zwei Welten zerrissen, ich gehöre nirgendwohin. Seit ich denken kann, begleitet mich dieses eigenartige Gefühl, im Exil zu sein. Wo ist mein mütterliches Vaterland? Ich suche vergeblich nach meinem Vaterland. Ist es Brasilien? Oder ist dieses Land eher eine Stiefmutter? Ich glaube, diese Gefühle habe ich in der *Symphonie g-moll* ausgedrückt. Sie ist meine Interpretation der brasilianischen Tragödie. Ich hätte sie auch *Sehnsuchts-Symphonie* nennen können, denn in diesem Land bleibt uns nichts anderes übrig als Sehnsucht.« Fast verschämt senkte er den Blick und wandte ihn vom Spiegel ab. Jetzt sprach er noch mehr zu sich selbst. »Ach, Alberto Nepomuceno! Manchmal gehst du durch die Straßen und fragst dich unvermittelt: Wo bin ich? Wer bin ich? Ich bin Abfall, schäbiger Abfall. Was fängt man mit einem an, der sich auf seinem Weg verirrt hat?«

Der Maestro verstummte. Vermutlich bedrückt von der Härte seines Geständnisses, schien mir, daß er allzu streng über sich richtete. Heute bin ich davon fest überzeugt. Damals sah ich ihn nur mitfühlend an. In seinem Gesicht stand keine Trauer. Er wirkte noch blasser, vor Erschöpfung. Aber nein. Gleich darauf merkte ich, daß dies von innen kam – er war gewissermaßen verklärt, womöglich gar zur Ruhe gekommen, wie am Ende einer Katharsis. Vom Hochgefühl seiner eigenen Weihe getragen, zog der Maestro sich langsam vom Mittelpunkt der Bühne zurück, auf der er sich gerade seinem inneren Publikum präsentiert hatte. Wandte das Gesicht, als durchbräche er den Bann eines Magneten, endgültig von dem hohen Kristallspiegel ab und gar nicht abrupt mir zu, als wäre ich Teil jenes privilegierten Publikums, das seine vielfältige oder vielleicht auch gespaltene Seele bevölkerte.

»Ist Ihnen der Name Thomas Mann ein Begriff?« fragte er mich ruhig und direkt.

»Tomás wie?« fragte ich überrascht zurück.

Ohne meine Reaktion zu beachten, sprach Alberto Nepomuceno im selben nach innen gewandten Ton weiter:

»Wie dem auch sei. Ich glaube, Thomas Mann hat mich zu einer literarischen Figur gemacht.« Dann erst wurde ihm anscheinend meine Unwissenheit bewußt: »Machen Sie sich nichts draus. Thomas Mann ist ein sehr begabter deutscher Schriftsteller, aber hier völlig unbekannt. Ich habe ihn vor Ewigkeiten ... es ist wohl dreißig Jahre her, in Venedig kennengelernt. Wer hätte das gedacht, daß dieser schmächtige Junge eine Offenbarung der deutschen Literatur werden würde? ... Er hat eine brasilianische Mutter, dieser Thomas Mann. Wie hieß sie doch gleich? Eine schöne Frau ... Ich glaube, es war im Jahr achtzehnhundert ... Ich weiß es nicht mehr. In Venedig, dem bezaubernden Venedig. Und die alte schwarze Dona Ana war auch dabei, ich habe sie nie vergessen. Sie war von einer Lebensklugheit, wie sie sonst nur mein Lehrer Tobias Barreto besaß. Sie hat mich gelehrt, wie wichtig es ist, zu zweifeln. Ein wandelnder Zweifel zu sein, ein Leben lang ... Wie schwer das ist!« Er stockte nachdenklich. »Was wohl aus Dona Ana in Venedig geworden ist? Ach ja, damals ...«

Nepomuceno stockte. Irgend etwas hatte sich in seine Gedanken gedrängt. Ein Aufflackern in seinem Blick ließ mich begreifen und im selben Moment hören. Es war ein Walzer, der vom Klavier ertönte, einer dieser unglaublich schmachtenden brasilianischen Walzer, die von heilloser Einsamkeit sprechen, in der die Herzen wegen nichts und allem Qualen leiden, als wäre schon das bloße Dasein eine maßlose Last und die Muskeln, Knochen, Zähne, ja, selbst die Haare schmerzten allein vom Leben. Unglaublich vor allem wegen der wiederholten Synkopen, die der Melodie ihre Eigenart gaben, denn sie mischten unter all die Melancholie eine Nuance wachsender Wollust, die am Ende zu Schlußtakten von überströmendem, fast triumphalem Schmerz erblühte. Eine reine, giftige Blume der Zweideutigkeit, dieser Walzer, den ich durch Alberto Nepomucenos Blick hörte. Und in seine Klänge vertieft, sprach der Maestro weiter:

»Eine Figur von Thomas Mann, wer hätte das gedacht ... Zugehörig zu einer untergegangenen Welt, wie ihre übrigen Bewohner von allem enttäuscht, selbst vom Tod, von dem sie nichts erwarten. Sie wissen, daß der Tod nicht unerfreulicher als das Leben sein wird. Auch nicht großartiger, obwohl man das sagt. Der Tod, welch große Desillusion! Die Augen schließen sich zum letzten Mal und ... Und dann ... ist es dann wirklich vorbei? Ich meine, alles?«

Mehr noch als Beunruhigung verrieten Nepomucenos Bewegungen Aufbegehren. Er blickte in die Runde, dann fuhr er, im Zwiegespräch mit sich selbst, fort:

»Oder aber diese Figur des Künstlers, der nichts vom Leben erwartet und es lediglich als Instrument für sein Schaffen nutzt. Er hat nur das Recht, für seine Kunst zu leben. Welch ein weites Feld des Verzichts wird dann das Leben! ...«

Sekundenlang zogen sich seine Augenbrauen zusammen, als stummer Protest gegen die Vorstellung, er könnte eine unfreie Figur geworden sein, ein berechenbares Spielzeug des Schicksals, eine kraftlose Stereotype. Seinen Abwehrversuch nachempfindend, stellte ich ihm unvermittelt eine Frage:

»Glauben Sie das denn wirklich? Ich meine, daß der Künstler den Menschen töten muß?«

Ich war so aufgeregt, daß ich meine Frage ungewollt mißverständlich formuliert hatte. Der Maestro griff meine Fehlleistung wie ein Impromptu auf und wandelte sie voller Überzeugung um:

»Ja, ja. Der Künstler muß töten. Je länger ich lebe, um so klarer wird mir, daß Kunst nur Gewaltanwendung sein kann. Das heißt, sie hat es sehr schwer, denn sie muß neue Wege bahnen, erbitterten Widerstand überwinden. Denn, sehen Sie, wozu dient die Kunst in dieser Welt? Zu nichts. Kunst ist immer überflüssig, in Krisenzeiten wird sie als erste gemetzelt. Das Massaker an der Kunst wurde im Laufe der Menschheitsgeschichte so regelmäßig, so brutal verübt, daß sie einzig dank des erbitterten, kämpferischen Beharrens der Künstler überhaupt noch existiert. Künstler sein bedeutet die Fähigkeit besitzen, gegen alles und jeden Widerstand zu leisten. Und irgendwann habe ich dann festgestellt: Entgegen allgemeiner Auffassung sollten die Kunst und der Revolver sich zusammentun, damit der Künstler sich gegen das Massaker wehren kann. Genau das, junger Freund! Das Wimmern der Kunst in Verbindung mit dem Krachen des Revolvers. Kein Wunder, wenn gelegentlich einer auf der Straße um sich schießt. Das sind Künstler, die jede Hoffnung verloren haben. Manchmal jagen sie sich die Kugel auch selbst in den Kopf, versteht sich ...« Nach einer kurzen Pause setzte er, noch immer hocherregt, hinzu: »Haß! Künstler sterben an Haß, junger Freund. An schierem Haß ... Weil sie die Demütigungen leid sind. Wir sollten auf Ravachol und Princip anstoßen! Unsere Brüder, die Terroristen! ...«

Mir verschlug es die Sprache. Zwar besaß ich kaum Informationen über Alberto Nepomuceno, dennoch hätte ich niemals solch explosive Worte aus seinem Mund erwartet. Ich glaube, er merkte, wie vernichtend sie meine Erwartungen zerschlagen hatten, denn seine Miene veränderte sich, sowie er mich ansah – die Augenbrauen entspannten sich, sein Blick hellte sich auf, und die Stirnfalten verloren ihre Schärfe. Sekundenlang senkte er den Kopf, vielleicht, weil er sich seiner furiosen Empörung wegen schuldig fühlte. Als er den Kopf hob, stand auf seinem Gesicht erneut der hilflose Ausdruck des verwirrten kleinen Jungen. Er zog sein Tascheotuch, wischte sich über die Stirn. Und sofort sprach er weiter, in einem scheinbar um Entschuldigung bittenden Ton, obwohl sein Atem nach wie vor keuchend ging:

»Eigentlich hätte man erwarten können, das zwanzigste Jahrhundert würde erhabener und heiterer als das vergangene Jahrhundert. Aber was erleben wir? Trostlosigkeit. Hier in Brasilien nur Misere, unsere Schwarzen sind zu einer noch heuchlerischeren Art von Sklaverei verdammt. Und in Europa, der Wiege der Zivilisation, dieser verheerende Krieg, der alles zerstört hat ... Wie viele Tote, Herrgott! Selbst die Kunst hat dem nicht standgehalten. Stellen Sie sich vor, wegen des Kriegs hat sich der alte Saint-Saëns doch tatsächlich zu dem Vorschlag verstiegen, Wagner und die gesamte deutsche Musik zu boykottieren! Höchst bedauerlich, eines derart berühmten Mannes absolut unwürdig ...« Sein alter Nordostakzent mit den betont offenen Vokalen, der hin und wieder durchkam, klang sehr seltsam. Er seufzte. Und dann wurde er sich wieder der Klaviermusik bewußt, die vermutlich wegen der fortgeschrittenen Stunde, aber wohl auch wegen der allgemeinen Müdigkeit noch immer in klagenden Tönen spielte. Er bemerkte: »Mein Gott, die Traurigkeit in der Musik dieses Nazareth macht mich noch richtig schwermütig! ...« Er sah sich um. Das Colombo leerte sich allmählich. Der dichte Zigarettenrauch hatte sich verzogen. Nepomuceno hatte einen fast mitleidigen Blick, als er weitersprach: »Überall ist der Tod gegenwärtig. Mein Gott, diese Angst. Welch ein Grauen! Und doch muß man lernen, den Tod beim Namen zu nennen. Den Haß zu überwinden, unbedingt. Denn Hassen schmerzt zu sehr. Möge Gott mir, falls ich es verdiene, die Gnade erweisen, in Ergriffenheit vor dem Leben zu sterben. Bewegt Abschied zu nehmen. Durchdrungen von dem Licht des Adieu. Nein, ich will keine Thomas-Mann-Figur sein. Ich möchte nicht in Trostlosigkeit sterben, mein letzter Blick auf die Welt soll Entzükken, vielleicht auch Erbarmen zeigen. Denn sie ist so verletzlich, die Welt.« Er hob die rechte Hand, ein wenig resigniert, womöglich auch zum Gruß. Und mit dieser unbestimmten Handbewegung schloß er: »Nur so lernen wir, den Tod beim Namen zu nennen ...«

Sein Atem ging mühsam. Die Schatten unter seinen Augen waren noch dunkler, sein Gesicht noch blasser. Alberto Nepomuceno wirkte eindeutig erschöpft.

»Aber Sie sind doch noch ... rüstig, Maestro«, beeilte ich mich, nicht sehr überzeugt, zu sagen.

Mir saß ein Mann gegenüber, der hier, an diesem Abend, die Bilanz seines Lebens gezogen hatte und an die Grenzen tiefen Schmerzes gestoßen war, der sich in einer so natürlich wirkenden Erstarrung ausdrückte, daß seine in der Schwebe gebliebene Gebärde als vager Gruß für alle Ewigkeit hätte fortbestehen können.

»Nein, junger Mann«, erwiderte er. »Ich bin alt und krank, sehr krank. Mein Herz, das schon immer anfällig war, macht nicht mehr mit. Und nun sind es auch die Nieren. Da habe ich ständig Schmerzen, in den Nieren. Der Volksmund sagt zwar, große Ohren deuten auf ein langes Leben – und wie groß meine Ohren sind, sehen Sie ja –, aber ich weiß, für mich naht die Stunde, von der Bühne abzutreten. Alberto Nepomuceno ist ein alter Schauspieler, verschlissen von den Personen, die er hat darstellen müssen. Und er hat so viele dargestellt, daß ich mich manchmal frage, wer Alberto Nepomuceno eigentlich war. Ein großer Schauspieler? Ein Versager, ein Schmierenkomödiant? Aber selbst das spielt keine Rolle mehr. Im Leben kommt alles zu seiner Zeit. Jetzt ist es an der Zeit, sich vor dem Publikum zu verbeugen und langsam von der Bühne abzutreten. Jetzt sind andere an der Reihe.« Und als wollte er mich zu seinem Verbündeten machen, streckte er die zitternde Hand aus und legte sie mir freundschaftlich auf den Arm.

»Ich möchte singend sterben. In Frieden. Nichts wünsche ich mir so sehr in dieser Stunde wie Frieden. Und natürlich in Sehnsucht zurückdenken zu können. Mich an Erinnerungen laben zu können, denn letztlich bleiben uns nur sie. Gott sei Dank lehrt uns das Alter, von Erinnerungen zu leben.« Er sah mir fest in die Augen. Und so, in mich hineinblickend, sagte er fast heiter, wie ein alter Herr, der sich auf dem Proszenium von einem jungen Burschen verabschiedet: »Mögen die Erinnerungen uns ein Segen sein, mein Sohn.«

Sein Bier stand noch unberührt auf dem Tisch, ebenso der Teller mit den Lupinenkernen.

Nur wenig mehr als ein Jahr danach, wenn ich mich nicht irre, las ich in der Zeitung die Nachricht von seinem Tod. Alberto Nepomuceno hatte keine Zeit mehr gehabt, das große Vorhaben zu verwirklichen, das seinem schwachen, aber brennenden Herzen vorgeschwebt hatte. Das Jahr 1922 erlebte er nicht mehr.

Den Nachrufen zufolge sang er in seiner Todesstunde gregorianische Gesänge, die er so geliebt hatte. Er delirierte, denn der Arzt hatte ihm Opium verabreicht, um die Qualen der Harnvergiftung etwas zu lindern. Die ganze Nacht hindurch schrie er vor Schmerzen, und als der Tag anbrach, starb er, im Haus seines Freundes Frederico Nascimento in Santa Tereza. Der werte Leser möge sich von diesen unerfreulichen Dingen, die ihm mitzuteilen mich die Wahrheit verpflichtet, nicht allzu bedrücken lassen. Daß die Geschichte eines jeden von uns irgendwann unausweichlich, endgültig endet, dagegen bin ich machtlos. Wobei dies gar nicht so grauenhaft ist ... Man sagt, der Körper setze in der Todesstunde, gleichsam als letzte Patrone, eine Substanz frei, die ein großes Glücksgefühl auslöst, damit der Lebende in beseligtem Zustand sterben kann. Natürlich ist das reine Spekulation, bewiesen worden ist es nie.

Ist der Brasilianer Nepomuceno traurig gestorben? Heiter? Befriedet? Ist es ihm in der Todesstunde gelungen, mit seiner reinen Seele die vielen Fragen zu lösen, auf die er zu Lebzeiten keine Antworten zu geben vermochte, und so den Kosmos zu enträtseln, den manche Schicksal nennen? Vielleicht hat er, wenn auch spät, Licht jenseits des Sturms erblickt, dessen Geheimnis er mit ins Grab genommen hat? Wer weiß...

Wohl aber weiß man, daß er wenige Tage vor seinem Tod ein Lied auf die *jangada*, das Segelfloß aus seiner Heimat, komponiert hat. Er kehrte zum Anfang zurück, zum armen Kind aus Ceará, und damit schloß sich der Kreis. Er starb, wie er es sich gewünscht hatte, versunken in sehnsüchtigen Erinnerungen, ohne Harm, ein selbst im Tod integrer Gladiator.

Dem werten Leser, der mich bei einem unprätentiösen Plausch begleitet hat, muß ich sagen, daß schon geraume Zeit verstrichen ist seit jener unerwarteten Begegnung, bei der ich entdeckte, daß jedes Leben, und möge es noch so zerrissen sein, immer dramatisch und faszinierend ist. Der Bursche – ich, der falsche Chaves –, der damals einen alten Mann interviewte, ist selbst ein alter Mann geworden, dessen Knochen nun knirschen und dessen Herz erschöpft pocht. Auch ich bin erfüllt von Fragen, die ich nicht zu enträtseln vermochte. Alles deutet darauf hin, daß ich mich genau wie Alberto Nepomuceno bis an mein Lebensende mit dem Bewußtsein quälen werde, daß es für das Leben keine Lösung gibt. An dem bereits bewölkten Himmel meines Erdendaseins erahne ich das allgemeingültige, monströse, unvermeidliche: Wofür? »Wofür?« hatte Nepomuceno gedonnert. »Wofür?« schreie ich ebenso, viele Jahrzehnte später.

Das Leben, ein so strahlendes Abenteuer.

Aber auch so grausam.

Teil Eins

Lübeck, weit weg
(Larghetto lamentoso)

Wenn selbst der Sehnsucht welke Blüte
ich nicht bewahren darf,
dann, o du Herr im Himmel,
will meine Seele niemals Heil,
nimmt Zuflucht zur Erinnerung –
wird ihre Qualen leiden,
nach keinem Trost verlangen!

Afonso Celso

1. Kapitel

Ein Schrei gellte durch das Paradies. Der erhabene Blick strich forschend von einem Ende zum anderen über die Bucht, die sich tief unten in herrlicher Breite und strahlend hell wie am ersten Tag der Schöpfung abzeichnete. Ein neuerlicher Schrei verletzte den geblendeten Blick, und auf ihn folgten kurze Krächzer, durchzogen die Lüfte von Norden nach Süden wie eine unbestimmte und doch alarmierende Warnung. Das überhelle Licht ergoß sich in geradezu absurder Flut, durchströmte die ganze Landschaft vom umgebenden Gebirgszug bis zum endlos weiten Meer. Die von dort oben überblickte Weite verlieh dem Licht eine so unerträgliche Körperlichkeit, daß allein die schlichte Tatsache, sehen zu können, als ein Wunder gelten konnte. Was sich hier darbot, war kein hell erleuchtetes Schauspiel, sondern die Helligkeit selbst als unwirklich anmutendes, alles andere überlagerndes Urschauspiel – wie ein unnötiger Beweis dafür, daß er auf nichts außer Licht treffen werde, der hinunterschauende Blick, und dennoch schweifte er über die an jeder Biegung fein gegen die leuchtendblaue Luft abgezeichnete Landschaft. Doch was unten, in der Sohle der Tiefe, auszumachen war, das war kein von souveränem Blau beherrschtes Bild und schon gar nicht ein einziger Blauton, Saphyr etwa. Der alles wie ein überdimensionaler Rahmen umschließende, von der Linken her aufragende und zur Rechten sich fortsetzende Gebirgszug schimmerte grün, und er war in der Tat grün, angefangen vom Hellgrün der Bäume in nächster Nähe über das Smaragdgrün der Kaffeeplantagen, das Flaschengrün der Zuckerrohrstauden und das Moosgrün des Urwalds bis hin zum Blaugrün der höchsten und fernsten Berge, wo eine Benennung der Farben zum scheinbar eitlen Unterfangen wurde. Aber nein. Das üppig verströmende Licht, das allem Form gab wie am ersten Tag der Schöpfung, die vielleicht hier ihren Anfang genommen hatte, dieses Licht offenbarte im grünen Meer des Urwalds andersfarbige Tupfer. Es waren Baumkronen, in verschwenderische, übermütige, geradezu exhibitionistische Blüten berstend: leuchtendgelbe Kassien, Kapokbäume in warmem Rosa, im Wettstreit mit den Tibouchinen, deren diskretes Rosa sich häufig nicht schämte, purpurrot zu werden, so purpurrot, daß es dem Auge weh getan hätte, stünden nicht in der Nähe die im Duft, aber auch in der Vielfalt lieblichen Brunfelsien und milderten mit ihrer Mischung von Weiß, Rosa und Lila auf ein und demselben Baum den durch solche Farbenpracht des Tropenwaldes ausgelösten Schock. Und dann kam das Meer, oh, das Meer, dessen Salz die Sprache verstummen ließ, von solcher Majestät, daß es jede Unterscheidung zwischen schön und monströs vereitelte – was das Auge von dort oben erblickte, würde sich niemals in eine zwischen Verzücken und Erschrecken schwankende Beschreibung zwängen lassen. Und es galt auch gar nicht, Grenzen zu ziehen, denn dem Paradies ist ja eigen, daß einer seiner Wesenszüge vorherrscht, und das heißt, das Außergewöhnliche, das es allem unweigerlich beimischt, womit es alles einförmig macht. In weitem Bogen schweifte der Blick durch die Luft, gefolgt von kurzen Krächzern, die jetzt nach Einsamkeit klangen, nach Schwermut. Auch das Meer in der Tiefe bot sich unterschiedslos in Grün und Blau dar. Gelegentlich führten kleine, unter Wasser schwimmende Flecken die beiden Farben zueinander. Wenn der Blick sich auf die Meerestiefe richtete, konnte er Delphine erkennen, auf deren Rücken sich das Sonnenlicht brach, und Schwärme blitzender, aber nutzloser Meeräschen, die mit flinken Sprüngen ihren Teil des Paradieses erkundeten. Eilande unterschiedlicher Größe sprenkelten die salzigen Fluten. Kleine Flächen, bedeckt von jungfräulichem Wald, aber nicht nur – jungfräulich war auch der Starrsinn der Palmen, die auf diesen schutzlosen, wasserumschlossenen Fleckchen Erde wahre Haine bildeten. Hier und da zeichneten sich einsam auf der Meeresweite die Segel von Frachtschiffen ab, vereinzelt auch bescheidene Passagierdampfer oder kleine Fischerboote. Von irgendwoher drang der Klang einer fernen Glocke zu den

Höhen hinauf, mehrere andere schlossen sich in unterschiedlichen Tönen läutend an. Ein gedehntes Krächzen antwortete dem Läuten zu einem in jener Höhe gewiß überflüssigen Duett. Der erhabene Blick wandte sich der Richtung zu, aus der es offenbar kam, dieses Klangkonzert, so befremdlich in der polyphonen, gewaltigen und scheinbar unbewohnten Wesenseinheit aus Gebirge, Wald und Meer. Bloß scheinbar unbewohnt. In Wirklichkeit sah man von dort oben im Hintergrund der Bucht, rechterhand der kleineren Inseln, von der Umgebung abstechende, fast provozierende Farben, im Ockerton ihrer Dächer und dem Weiß oder Blau ihrer Wände schimmernd die Häuseransammlung der ehemaligen Freguezia de Nossa Senhora dos Remédios de Paraty oder schlicht Cidade de Paraty, als welche die Ortschaft sowohl am Kaiserhof von Rio de Janeiro als auch bei den reichen Fazendeiros der Provinz São Paulo und den ehemaligen Gold- und Edelsteinschürfern aus Minas Gerais eher bekannt war. Der Bahn einer absteigenden Spirale folgend, erspähte der Blick zwischen den Häusern im Kolonialstil und säuberlich gezogenen Gassen die vier Kirchen, vor allem die mächtige Hauptkirche Nossa Senhora dos Remédios, deren Türme und Mauern noch nicht ganz vollendet waren in diesem Jahr des Herrn 1858, ein Umstand, der nach Meinung der Bevölkerung auf das Versiegen eines auf der Insel Trindade entdeckten Piratenschatzes zurückzuführen war, mit dem man die kostspieligen Bauarbeiten bislang finanziert hatte. Der gesamte Distrikt Paraty umfaßte vierzehn Léguas Küste. Die nächsten Kirchspiele buchtaufwärts waren Mambucaba, Angra dos Reis und die Ilha Grande. Über den Fluß Perequê-Guaçu, der die kleine, aber blühende Stadt durchquerte, führte eine mehr als sechshundert Meter lange, sehr niedrige Brücke, unter der nur flachbödige Wasserfahrzeuge passieren konnten. Wenn der Fluß Hochwasser führte, geschah es nicht selten, daß er die auf Pfählen ruhende Brücke mitriß. Doch wurde sie unverzüglich wiederaufgebaut, denn die Bevölkerung liebte die Brücke, auf der man sich in der heißen Jahreszeit am frühen Abend versammelte, um die erfrischende Brise zu genießen und zu den Klängen der Kapelle zu tanzen, die im Musikpavillon in der Mitte der Brücke aufspielte. Diese Lustbarkeiten, vom magischen Licht unzähliger Lampions illuminiert, waren in der ganzen Region berühmt. Paraty, über sechzehntausend Seelen und eintausendzweihundert zumeist zweistöckige Häuser zählend, die sich auf die neun Straßen der Stadt verteilten, konnte sich durchaus seines Hafens rühmen, denn obwohl dort nicht mehr die Geschäftigkeit von einst herrschte, drängten sich doch immer noch – wie von oben zu sehen – Barken, Kähne, Schmacken und Prahmen, die Kaffee und Zucker für das Umland oder sogar Ausland luden und alles Erdenkliche, von lebensnotwendigen Waren wie Salz bis hin zu frisch aus Europa eingetroffenen Kostbarkeiten, etwa Klaviere, Silbergeschirr, Mobiliar und Carrara-Marmor, nach Paraty brachten, von wo sie auf dem Rücken der Packesel und Sklaven ins Quebra-Cangalha-Gebirge hinaufgelangten, um die herrschaftlichen Häuser der Kaffeebarone auf den Fazendas von São Paulo zu schmükken, oder mit Dampf- und Segelschiffen nach Rio de Janeiro weiterreisten. Durch die Stadt Paraty, sechsunddreißig Léguas von der Hauptstadt des Kaiserreichs entfernt und über die Gebirgsstraße mit dem enorm reichen Paraíba-Tal verbunden, zogen ständig beladene Eselskarawanen, was sich mit der umfangreichen einheimischen Produktion von Zukker und Zuckerrohrschnaps in etlichen Brennereien, nämlich mehr als zwanzig, und ebenso zahlreichen Kaffeefazendas im gesamten Gemeindebezirk erklärte, ganz zu schweigen vom lebhaften Handel in den Stoff- und Eisenwarengeschäften, den Krämerläden, Schlachtereien und Bäckereien, dazu zwei Töpfereien, diverse Barbiere, Goldschmiede, Schneider, Schlosserschmiede und viele andere Handwerker, die alles herstellten, von Möbeln, Schuhen, Holzpantinen und Fässern bis zu Sätteln, Zigarren, Heiligenfiguren und bengalischem Feuer, oder auf Fuhrwerke, Glaserarbeiten, Gewehre und selbst Vergoldungen spezialisiert waren. Nicht zu unterschätzen war auch der Sklavenhandel, dem, obwohl in jüngster Zeit erschwert, noch immer große Bedeutung zukam, da ja die Neger den Ort passieren mußten, bevor sie an die Fazendeiros im Binnenland verkauft wurden. Das Ansehen der Stadt ließ sich auch daran ablesen, daß es ein Armen- und Krankenhaus gab, vier Friedensrichter, eine rege Stadtverwaltung, einen Polizeikommissar, einen Notar, mehrere Advokaten und Staatsanwälte, eine Poststelle, drei Ärzte und Chirurgen, einige Apotheker, zwei Mädchenschulen, Lehrer für den Unterricht in den Grundfächern und Latein sowie Gesang und Instrumentalmusik, außerdem ein kleines Dramatisches Theater, eine Gesellschaft für Tanzvergnügungen mit eigenem Haus sowie einen Billardsalon. Dies alles krönte die ausgeprägte Präsenz der Guarda Nacional, deren Stärke im Gemeindebezirk, aktiver Dienst und Reserve zusammengenommen, sich auf insgesamt mehr als dreitausend Mann belief.

Der Blick, der all das von dort oben musterte, wanderte nochmals die geordnete Silhouette der Stadt ab. Leider waren die Tauben nicht zu sehen, sicherlich hatten sie sich vor der zu dieser Stunde allzu heißen Sonne verkrochen. Doch plötzlich wurde das langweilige Glockenläuten von einem wahrhaft fröhlichen Lärm übertönt. Ohrenbetäubend schrilles und gerade deshalb wunderschönes Gezwitscher füllte die Luft und weckte die von der mittäglichen Schläfrigkeit womöglich eingelullten Kräfte. Ein keineswegs bescheidener Papageienschwarm flog wie eine Wolke wenig tiefer vorbei und brachte die Welt um den Verstand. Solch lautes, munteres Gekreische machte es schwierig, sofort in die Wirklichkeit zurückzukehren, die sekundenlang kraft des Trägheitsgesetzes aufgehoben war, und es bestand die ziemlich reale Gefahr, durch die kurzfristige Orientierungsstörung dort oben das Gleichgewicht zu verlieren. Ja, dieser Schwarm heiterer Unruhestifter rief in Erinnerung, daß das Paradies in erster Linie von großen und kleinen Vögeln bewohnt war, abgesehen natürlich von den Greifen. Ach, welch ein Wonnegefühl, über die Welt zu fliegen, einzig dem Entzücken darüber vergleichbar, daß die Welt von reizenden gefiederten Geschöpfen bevölkert war, von all den Papageien, den blau- oder gelb- oder grünflügeligen, den schwarz- oder rotköpfigen, den himmelblauen Perikiten, und Schwalben und Spatzen und Singdrosseln und Bem-te-vis und Madenhackern und Glockenvögeln und Töpfervögeln und den Vielfarbentangaren und all ihren Tangarenbrüdern, ganz zu schweigen natürlich von den wichtigsten, die nur deshalb für den Schluß blieben, weil sie besonders hervorgehoben zu werdeo verdienten, denn die letzten werden ja die ersten sein, mit anderen Worten, die reizenden Tauben, die Juritis und Rolas, ach, die hübschen kleinen Täubchen mit schwellender Brust wie Prinzessinnen, mit ihrer immensen Vielfalt an nuancierten Schönheits- und Artenmerkmalen, weinrot oder lila-grau-bräunlich schimmerndes Gefieder, weißgeränderte Federn, die Flügel mal schwarz, mal schwarzweiß getupft, und unzählige andere Variationen noch, mit denen die Natur sich geschmückt oder, was auf dasselbe herauskommt, uns beschenkt hat.

Und da sah der rostbraun geflügelte, an der Brust bräunlichrot gestreifte Greifvogel die Stunde für seinen Mittagsschmaus gekommen – dank des vorübergeflogenen Papageienschwarms und dem Nachsinnen über dieses Ensemble appetitlicher gefiederter Wunder der Natur. Weshalb er sich ohne zu zögern nach links in den paradiesischen Himmel von Paraty neigte und zu seinem Lieblingsrastplatz flog, einer Zuckerrohrplantage auf der anderen Seite der Bucht, genau gegenüber der Stadt. Im Gleitflug schwebte der Vogel über die schlichte Kapelle Santa Luzia, schon zu den Ländereien der Fazenda gehörig, und dann über einen Anlegesteg aus Stein und Holz, an dem zwei Boote lagen. Fast dem Wasser entsteigend, denn ein kleiner Strand benetzte seine Grundmauern, erhob sich dort das weiß gekalkte Gebäude des Herrenhauses der Fazenda mit seinem rauchenden Schornstein und dem Drehrad der Zuckermühle dahinter, dann, in einiger Entfernung, der ungleichmäßig angeordnete Komplex aus Scheune, Stall und Sklavensiedlung. Der imposante Bau des Haupthauses wirkte gewissermaßen erdrückt von dem Berg, der sich gleich hinter ihm erhob. Tatsächlich aber ließ das Herrenhaus, erbaut an seinem Fuße oder vielmehr in einer weitläufigen Senke, kurz bevor der Berg seine Wurzeln ins Meer streckte, keinerlei erdrückendes Gefühl aufkommen, denn eine herrliche Zuckerrohrpflanzung überzog wie ein gleichmäßig grüner Teppich den ganzen Berghang mit den eben wegen ihrer Lage als Hangrohr bezeichneten Stauden, berühmt dafür, daß sich aus ihnen der beste Zucker sieden und der aromatischste Schnaps brennen ließ. Oberhalb davon erstreckte sich als unregelmäßiger Streifen eine Obstplantage quer über das ganze Plateau, auf dessen anderer Seite der Berg wieder steil abfiel in dichtesten Urwald, und dieser setzte sich lückenlos über den gesamten Besitz fort, bis dessen Grenzen abermals an das Meer stießen, das hier nach der Umrundung der Landzunge, in einer an Meeresbuchten überreichen Gegend eine weitere Bucht bildend, triumphierend erneut in Erscheinung trat. Nach Beute lauernd, kreiste der Raubvogel über der Obstplantage, in deren Bäumen Lekkerbissen aller Art ihren eigenen Hunger zu stillen pflegten. Sekundenlang stieß er kurze Schreie aus, vielleicht, um einen Schwarm Aasgeier zu verscheuchen, die über der Plantage schwebten. Es folgte ein langer Kampfkreischer und dann, als geschähe ein neuerliches Wunder der Mutter Natur, legte der schöne, rötlich gefiederte Raubvogel die Flügel an, verwandelte sich blitzschnell in eine Art Petarde, stürzte in rasendem freiem Fall hoch vom Himmel durch das grelle Licht fast bis zum Boden und gewann scheinbar erst wieder die Kontrolle über sich, nachdem er um den Bruchteil einer Sekunde sein Ziel verfehlt hatte – ein köstliches Täubchen mit aufgeplusterter Brust, das unseligerweise von dem Guajavenbaum davonflatterte, wo sich nun, auf der Bergkuppe oberhalb der Fazenda da Boa Vista, der enttäuschte Greif notgedrungen hungrig niederlassen mußte.

Das Mädchen, das unter dem Baum verträumt eine Guajave aß, erschrak von dem geräuschvollen Flügelschlagen und verschluckte sich fast. Im selben Augenblick, wie heimlich verabredet, um sein ohnehin schon aufgeregt klopfendes Herz noch mehr zu erschrecken, ertönte aus der Zuckerrohrpflanzung ein Ruf:

»Dodooooô!«

Das Herz der Kleinen krampfte sich zusammen. Als sie merkte, daß sich ein mächtiges, unaufhaltsames Schluchzen den Weg die Kehle hinauf bahnte, schluckte sie rasch den Guajavenrest hinunter.

»Dodoooô! Dodozinha, *minina*!«

Ja, es war sie, Dodô, nach der da gerufen wurde. Und es gefiel ihr überhaupt nicht, sie wollte es gar nicht hören, denn damit nahte der Anfang vom Ende, das wußte sie nur zu gut. Auf das Rufen reagieren und hinuntergehen bedeutete, dies alles für immer verlassen, ihren Wald, ihre Zuckerrohrpflanzung, ihre Guajavenbäume, Orangenbäume, ach, und die Pitangabäume, die Kirschmyrthenbäume, lieber Gott im Himmel, und Bananen, Ananas, Papayas, Kokosnüsse, nie wieder die kleinen Palmnüsse, nie wieder eklig riechende Brotfrucht, klebrige Macaúba und mehlige Jatobá essen, für immer fortgehen von ihrem Haus, ihrem Strand, ihrem Meer und ihren Bergen, die sich morgens in Dunst hüllten, als versteckten sie verzauberte Burgen, in denen Stiefmütter und kleine blonde Mädchen lebten, deren Mutter tot war, genau wie ihre, o weh! Von dort oben, der höchsten Stelle des Berges, dessen Hang die Zuckerrohrpflanzung bedeckte, blickte sie hinunter mit einem ihr unerklärlichen Gefühl, das sie in letzter Zeit so sehr quälte. Schmetterlinge, von ihrer eigenen Farbenpracht gleichsam betäubt, flatterten wie skurrile Fahnen, die zu keinem Land gehörten. Dodô weitete die Nasenflügel und sog die Flut von Gerüchen ein, die von allen Seiten heraufzogen – von den Früchten, dem Rauch, der Melasse und dem Schnaps, von irgendeinem Schlachtfleisch, von unterschiedlich altem Urin und Kot, die sich dort angesammelt hatten, doch besonders den Geruch des Meeres, der machtvoll alle anderen überdeckte. Sie blickte zum Himmel. Die Aasgeier kreisten wieder über der Obstplantage. Sie hatte ein wenig von der kühlen Morgenbrise im Gesicht spüren wollen, die nun der Glut der fast im Zenit stehenden Sonne gewichen war. Sicherlich war es schon nach elf. Etwas Gutes wenigstens hatte diese Tageszeit – die winzigen schmetterlingsförmigen Borrachudos waren schon fort und die Moskitos noch nicht da –, und Dodô wußte, wovon sie sprach, denn immer noch war sie hin und wieder von angeschwollenen, schmerzhaften Stichen dieser gemeinen Insekten übersät. Zu Hause hatten sie bestimmt schon zu Mittag gegessen. Dem Vater war es gleich, er hatte ja immer mit seinen Geschäften zu tun. Aber Vó, die Großmutter, war mit Sicherheit wütend, und gewiß war sie es, die Ana losgeschickt hatte, nach ihr zu suchen. Na schön, sollte sie doch rufen und kommen. Dodô zuckte die Achseln, seufzte tief bekümmert und fand es besser, die Zeit zu nutzen, so lange sie konnte. Also beschloß sie, nicht weiter nachzudenken und auf ihren Lieblingsast im Guajavenbaum zu klettern, von wo sie den Ausblick noch besser genießen konnte. Gleich bei Beginn ihres Aufstiegs hörte sie den Flügelschlag eines flüchtenden Vogels und vergewisserte sich, ob der Weg frei war. Seit damals, als sie sich an einer Feuerraupe verbrannt hatte und Maria, ihre ältere neunjährige Schwester, fast von einer Schlange gebissen worden wäre, hatte sie sich gewisse Vorsichtsmaßnahmen angewöhnt, allerdings eher, um ein reines Gewissen zu haben, als aus übergroßer Sorgfalt. Mit blitzschnellen Bewegungen, nicht mehr als ein Anlauf zweimal um den Baumstamm herum und dann mit ihrem ganzen Körperschwung hinauf, erreichte Dodô den höchsten Ast des Guajavenbaums und konnte den kurzen Jubelschrei, den sie immer ausstieß, wenn sie da oben ankam, nicht zurückhalten. Wie eine Prinzessin, die ihre Ländereien begutachtet, ließ sie den Blick schweifen. Da war die Zuckerrohrpflanzung, die den steilen Berghang hinaufwuchs. Dort unten das alte Haus im Kolonialstil, aus dem achtzehnten Jahrhundert stammend, mit seinen dicken gekalkten Mauern, seinen wunderbaren, von blauen Flechtzäunen umrahmten Terrassen – die Hauptterrasse zur Seite hin und die kleinere nach vorn, wo die Sonne prall schien –, die unzähligen Fenster rundherum, durch die das Licht hineinflutete, und der Garten mit der blütenübersäten Bougainvillealaube. Dahinter der kleine Strand, an dem sie so oft gespielt und so manches

Mal nicht gemerkt hatte, daß der Tag zur Neige ging. Und an den Strand spülend, das geliebte, beängstigende Meer. Auf der anderen Seite der Bucht verbreitete Paraty, Stadt der Feste und Musikkapellen, mit seinen Kirchen, seinen dichtgedrängten Häusern und dem belebten Hafen friedliche Stimmung. Und ganz im Hintergrund, erhaben und majestätisch wie aus der Ewigkeit geboren, zeigte die Serra do Mar ihr scharfes Profil, eine Steinmasse, die sich gegen das Licht fast vergeistigte, doch paradoxerweise als sehr konkret erwies, wenn sie die bald transparenten und gestaltlosen, bald mächtig zusammengeballten Wolken durchstieß. Aus der gezackten Gebirgskette, die sich in Schichten bis zum Horizont aufbaute, wies der Pico do Frade unerschütterlich nach oben, weshalb die schwarze Tonha Cabinda, immer zum Scherzen aufgelegt, behauptete, das sei der Finger, mit dem Gott sich hin und wieder in der Nase bohre. »Hör auf damit, Tonha«, sagte dann die Mutter. »Du bringst dem Kind nur Falsches bei. Oder hat Gott etwa eine Nase?« Hat Gott eine Nase oder nicht? Darüber unterhielt sich Dodô abends im Bett mit ihrem Bruder Nenê, wenn sie vor dem Einschlafen gar kein anderes Gesprächsthema hatten, bis Ana schimpfen kam und keinen Mucks mehr hören wollte, ist doch schon viel zu spät für die Sinhazinha, noch zu schwatzen. Dodô betrachtete zu ihren Füßen das, was für sie Unendlichkeit verkörpert hatte, doch sich ab sofort wegen des Abschieds unerklärlicherweise mit Vergänglichkeit befleckte und nur bis morgen währen würde. Einen so radikalen Einschnitt hatte sie trotz ihres Schmerzes nicht einmal empfunden, als ihre Mutter vor über einem Jahr gestorben war und ihr Leben sich so tiefgreifend verändert hatte. Sie wußte wohl, daß sie nie wieder von ihr gerufen werden würde, doch wie gern hätte sie beim Essen getrödelt oder Schabernack getrieben, nur um noch einmal die beruhigende Stimme der Mutter zu hören, als Gewähr dafür, daß trotz allem das Leben für immer seine Ordnung hatte. Aber nein, seit jenem Tag gab es keine Ordnung mehr, die Welt war nicht mehr die gleiche. Zwar hatte sie gemerkt, daß des Vaters Gesicht matt geworden und fast jede Lebendigkeit verloren hatte, dennoch hatte Dodô sich ein wenig an die Veränderungen gewöhnt. Doch eines schönen Tages hatte der Vater beschlossen, weit, sehr weit fortzugehen und seine Kinder mitzunehmen. Wirklich in ihr Bewußtsein war die bevorstehende Abreise erst vor einer Woche gedrungen, als die Auflösung des Haushalts begann. Da kamen Dodô die zuvor so vertrauten Räume, der fast leere Salon und das mit Möbeln vollgestapelte Eßzimmer plötzlich fremd vor. Der Großvater und die Großmutter von der Ilha Grande waren angereist, um zu helfen, auch die Onkel aus Angra dos Reis. Und es erschienen die Kaffee- und Zuckerrohrhändler, dazu Leute, die am Kauf der Fazenda oder am Hausrat interessiert waren, sie kamen aus Paraty und der ganzen Umgebung. Dodô sah verdutzt zu und begriff nicht. Sie spürte, dies war nicht mehr ihr Zuhause, womöglich hatte sie sich an einen fremden Ort verirrt. Da sie nicht wußte, wohin, flüchtete sie sich auf den Speicher, den Dachboden, Schlafstelle der Haussklaven, der für sie nie eine klare Bestimmung besessen hatte, weil er auch als Abstellraum für Gerümpel diente. Nun konnte sie nicht mehr vor diesem Schmerz davonlaufen, der in immer heftigeren Schüben hochkam, dem Schmerz, sich als Teil von etwas Zurückbleibendem zu empfinden, das sie in die Vergangenheit zog und nicht mehr frei atmen ließ. Denn seit der letzten Woche trat die Luft in ihren Brustkorb ein und setzte sich darin fest, und nachts wachte sie auf und wollte, nach Luft ringend, schreien.

»Dodoooô! Wo steckste denn bloß? Antwort mir doch, um Gotts willen, du Schlingel ...«, rief wieder Anas Stimme, jetzt schon näher, da vorn, aus einem in Aufruhr geratenen Fleck der Zuckerrohrpflanzung.

Es war nicht die Stimme der Mutter, aber nah genug, und die Kinderfrau Ana verstand es, böse zu klingen, weshalb Dodô fast mit einem einzigen Satz vom Baum herunterkam. Sie säuberte sich noch die Füße, bevor sie in die Sandalen schlüpfen wollte, da stand die energische, vom Aufstieg und dem ständigen Ausweichen vor den noch jungen, aber schon scharfkantigen Blättern der Zuckerrohrstauden schnaufende Gestalt der Schwarzen vor ihr.

»Herrje, *minina*, wo hattste dich denn bloß versteckt? ...«

Ana sah sie mit ihrem hübschen, noch jugendlichen Gesicht, in das knapp unterhalb der hohen Wangenknochen die alten Stammesabzeichen eingekerbt waren, fassungslos an und wußte kaum, was sie sagen sollte. Immer noch schnaufend, wiegte sie sich hin und her. Dann brach es aus ihr heraus:

»Ein paar hinten drauf, das hättste weiß Gott verdient! Schon bald sieben und immer noch nich vernünftig... Isses denn möglich? Dein Vater Siô Luiz wird bald verrückt, so viel hat er zu tun. Und deine Großmutter, die macht mich noch verrückt. Und warum? Wegen diesem frechen Balg Fräulein Dodô!«

Angespannte Sekunden lang starrten sie sich düster an, als wollten sie aufeinander losgehen. Dodô gab sich wild entschlossen zum Kampf. Ana ihrerseits stemmte die Hände in die Hüften, womit sie meinte, ihre Autorität zu unterstreichen, und scheuerte kurz mit den Füßen auf der Erde, um irgendeinen Dreck abzureiben, aber auch, um ihren nahezu blinden Zorn zu unterstreichen. Als Teil eines schon bekannten Rituals wandte Dodô wie beiläufig den Blick ab, dann aber drehte sie sich unvermittelt um, schoß in weitem Abstand von der sprachlosen Ana in die andere Richtung davon und verschwand in der Zuckerrohrpflanzung. Verblüfft starrte die schwarze Haussklavin auf die Sandalen am Boden, die anzuziehen Dodô nicht mehr geschafft hatte. Bevor sie kehrtmachte, raffte sie ihr ausgeblichenes Musselinkleid, damit es nicht eingerissen wurde, ergriff die Sandalen und rannte schreiend durch die Pflanzung bergab:

»Dodô, du Satansbraten. Komm sofort die Sandalen anziehen, deine Großmutter bringt mich um ...«

Und dann, gar nicht dessen bewußt, daß sie selbst barfuß lief, rief sie noch hinterher:

»Kannst doch nich mit Fußwurm ins Außenland kommen!«

Vögel schreckten aus der Pflanzung auf, als sie so Hals über Kopf den Hang hinunterstürmten. Ana erbost und pausenlos schimpfend. Dodô lachend, sie kannte das Spiel ja und wußte aus Erfahrung, bald würde auch Ana zwischen den Drohungen lachend ihre weißen Zähne zeigen:

»O warte, wenn ich dich krieg, du Schlingel!«

Es war ein großer, vielleicht gar der allerletzte glückliche Spaß für beide, die Drohungen, die Ana ausstieß, während sie zwischen dem niedrigen Blattwerk der Zuckerrohrstauden hinunterlief, über Stümpfe stolperte und immer weiter hinter dem flinken Mädchen zurückblieb. Denn in Wirklichkeit genossen sie die unausgesprochene, fast undenkbare Komplizenschaft, die sich hier zwischen einem noch nicht ganz siebenjährigen weißen Mädchen und ihrer geradezu vergötterten schwarzen Sklavin offenbarte.

2. Kapitel

Huch, was ist das?« dachte die kleine Dodô und blieb ruckartig, von der kopflosen Rennerei keuchend, stehen, als sie die Szene erblickte, die das Ende ihres kurzen Glücks bedeutete und den Alptraum zurückbrachte.

Vor dem Haus herrschte ein Getümmel von Pferden, Maultieren, vorfahrenden oder abfahrenden Kutschen, Ochsenkarren und Kabrioletts, fremde Besucher gaben Anweisungen, und ungefähr fünfzehn Schwarze hasteten hin und her, trugen Möbel nach draußen oder schleppten Kisten und Säcke auf dem Rücken, und dazwischen liefen die Hunde und bellten. Auf der Fläche zwischen dem Garten und dem Vordach standen planlos verteilt etliche Möbel, vormals vertraut, doch nun sinnlos, da sie sich fern von ihrem angestammten Platz im Herrenhaus der Familie Bruhns befanden, wo sie doch für alle Ewigkeiten hätten bleiben müssen. Gnadenlos brannte die Sommersonne auf das geflochtene Kanapee aus dem Eßzimmer mit seinen drei Lehnen und den feinen Schnitzereien; daneben der Schreibsekretär, die Fächer ebenso trübsinnig leer wie seine Schubladen, die zudem noch ohne die gewohnte Gestalt des Vaters davor schlaff wirkten, und der enorm große, für Dodô geradezu gespenstisch große Palisanderkleiderschrank, der früher die Kleider der Mutter beherbergt hatte, und dann mehrere Stühle, wie dem Haus abgerissene Gliedmaßen, und das Bett der Eltern, in seine Teile zerlegt, hier nun ganz nutzlos, das hohe Kopfteil an die Außenwand des Herrenhauses gelehnt, und, ach du lieber Gott, der wunderschöne Betthimmel, der sie immer so beeindruckt hatte mit seinem kuppelförmigen, blau ausgeschlagenen Baldachin, jetzt einsam und verlassen zwischen den von Bremsen umschwirrten Hunden. Und Tische und Tischchen, die einen rund, die anderen eckig, und der geliebte Schaukelstuhl mit seinen schwanenhalsförmigen Armlehnen, und die breiten, fein geschnitzten Flechtsitzkanapees, die im Wohnzimmer paarig gestanden hatten, etwas diabolisch anmutend mit ihren ziegenhufförmigen Füßen, und der Konsolentisch mit der rosa Marmorplatte, ein Lieblingsstück der Mutter, und die Anrichte im Stil Dom João VI. aus dem Eßzimmer, und sogar das Möbel, das für sie immer das allerschönste gewesen war, die Biedermeier-Drehspiegelkommode aus dem elterlichen Schlafzimmer mit kleinen Schubfächern rund um den großen Kristallspiegel, und überall Truhen, Kästen und sogar die Zedernholzwäschetruhe aus ihrem Zimmer und Polstersessel mit mächtigen Rückenlehnen und einzelne Tischplatten und aufgerollte Matratzen und Teile von Betten, kaum erkennbare Trümmer, über die Dodôs ungläubiger Blick widerstrebend wanderte. Mitten im Garten versuchte der Vater, João Luiz Germano Bruhns, ein hochgewachsener, energischer Deutscher, eigentlich auf den Namen Johann Ludwig Hermann getauft, das Durcheinander zu ordnen, während er gleichzeitig mit einem kleinen, vierschrötigen Herrn diskutierte. Großvater Vô Caetano bemühte sich, nützlich zu sein, wirkte jedoch in all dem Geschrei, Gewieher und Gebell sichtlich verloren. Kurz darauf war schon Ana zur Stelle. Sie blieb hinter Dodô stehen und setzte zu einer Predigt an. Doch verstummte sie schlagartig, als ihr bewußt wurde, was die Augen des Mädchens sahen: den Schmerz des Abschieds. Voller Mitgefühl, aber auch unsicher und hilflos angesichts der vollendeten Tatsachen, denn der Lauf der Dinge war ja nicht mehr aufzuhalten, streckte Ana eine Hand aus und wollte dem kleinen Mädchen über das blonde Haar streichen, eben jenes Haar, auf das sie so oft mit Wonne Stunden verwandt hatte, um es auf Wickler zu drehen, damit es noch lockiger fiel und sie vor Eitelkeit platzte, ihre kleine Nhanhã, die einzige von den fünf Geschwistern, die das goldblonde Lockenhaar des deutschen Vaters geerbt hatte – und mit bewußtem Stolz trug. Aber Ana blieb nicht einmal die Zeit, es auch nur zu berühren. Dodô holte nur einmal tief Luft und setzte resolut ihre wilde Jagd fort, nun auf das Haus zu. Sie rannte unter der roten Bougainvilleenpracht der Laube hindurch und, von Empörung und Zorn gepackt, quer über die Blumenbeete, auf denen, umrahmt von Azaleenbüschen, Rosen, Geranien und Margeriten blühten. Sie nahm nicht einmal die gereizte Stimmung ihres Vaters wahr, als sie an ihm vorbeilief.

»Nein, nein und nochmals nein!« schrie João Luiz Bruhns den kleinen Mann mit Hakennase an, dem vor lauter Eifer, das Geschäft doch zum Abschluß zu bringen, Schweißperlen über das harte Gesicht liefen. »Ich kann Jordão nicht verkaufen, aus dem einfachen Grunde, weil meine Sklaven freigelassen werden, Seo Matias. Und zwar alle! Das habe ich ihnen versprochen, und was ich versprochen habe, das halte ich auch. Das habe ich Ihnen längst gesagt, und ich wiederhole es noch einmal: nein! Oder sind Sie taub? *Agora*, Schluß!« Damit drehte er dem kleinen Mann den Rücken zu und sein Blick fiel auf einen baumlangen Schwarzen, der gerade einen Spiegel vorbeischleppte. »Vorsichtig damit, Pedro. Wenn der nur den kleinsten Kratzer hat, bringt der Coronel ihn zurück«, rief er mit seinem harten deutschen Akzent; dann machte er sich auf den Weg zum hinteren Teil des Hauses, wo nicht weniger Hektik herrschte.

Dodô erreichte, noch immer laufend, das letzte Gartenstück und hüpfte in waghalsigen Sätzen die Steintreppe hinunter zum ebenen Gelände, auf dem das Haus stand. Doch statt sich nach links zum Anleger hin zu wenden, wo zwei Boote ihre Möbelfracht entgegennahmen, schlug sie die entgegengesetzte Richtung ein, ließ die Kokospalmen hinter sich und rannte an der Frontseite des Gebäudes entlang, dessen Erdgeschoß die Schnapsbrennerei beherbergte. Sowie sie die drei Zwergpalmen passiert hatte, die wie Wachtposten stramm vor dem Haus standen, sah sie direkt vor sich den kleinen Strand, wo sich schon ein paar Negerkinder versammelt hatten, als hätten sie sich verabredet – was eigentlich so verwunderlich nicht war, denn die Kinderschar hielt sich fast immer dort auf. Von allen Plätzen, an denen man sich zum Spielen treffen konnte, war dies der schönste – ihr geliebter kleiner Strand. Dodô blickte auf die sanften, silbrigen, warmen Wellen, die ihr Tag für Tag, in unerschütterlicher Treue, die Füße umspielen kamen. Und sie vergewisserte sich, ja, ihre wichtigsten Abenteuerspielgefährten waren da – Tião, Pitoco und Queta, diese mit ihrer unvermeidlichen Knoblauchzehenkette um den Hals, zum Schutz vor Würmern. Was wollte sie mehr? Sie mußte lachen über das, was ihr wie eine gerechte Rache der Beständigkeit gegenüber der Vergänglichkeit schien. Schon waren die bösen Fallen vergessen, die das Leben manchmal stellt, und sie tauchte ein in die herrliche Selbstverständlichkeit ihres Alltags mit einer so laut gerufenen Aufforderung, daß sie eher nach einem Kriegsschrei klang:

»Wer will *Maria Madeira* spielen?«

Eine Diskussion war nicht nötig, sofort herrschte Einigkeit. Kaum hatten sie sich versammelt, rief Dodô schlau:

»Ich bin die erste!«

Wie schon unzählige Male zuvor, legten Tião und Pitoco einander die rechte Hand auf den Unterarm, so daß sie einen Tragsitz formten, und Dodô setzte sich darauf. Mehr bedurfte es nicht, der Spaß konnte losgehen, alle vier fingen wie aus einem Mund an zu singen:

»Wo will Maria Madeira hin? Läßt auf ihrem Stuhl sich tragen. Spinnt den feinen Baumwollfaden. Will zum Hauptmann hin ...«

Während alle sangen, gingen die beiden Jungen tiefer ins Wasser hinein, wobei sie unentwegt die Arme im Rhythmus des Liedes wiegten und Dodô, die Arme um den Hals der Jungen gelegt, das Gleichgewicht hielt.

»Der Hauptmann aber ist nicht da. Also werfen wir sie ab, also werfen wir sie ab ...«

Voller Vorfreude, anschließend selbst auf dem Tragstuhl der Jungen sitzen zu dürfen, kam die kleine Mulattin Queta – sehr niedlich mit ihren Flechtzöpfchen rund um den Kopf und einer Lücke zwischen den Vorderzähnen – dicht hinter ihnen her und klatschte fröhlich die Hände aufs Wasser, so daß es nach allen Seiten spritzte. Und sie sangen:

»Es geht tri-tra-tro. Es geht tri-tra-trott. Es ist kunterbunt, limonengrün. Es geht rundherum, du lie-ber Gooooottt!«

Im selben Moment nahmen die beiden Jungen mit ihren Armen kräftig Schwung und warfen Dodô ins Meer. Allgemeines Geschrei. Dodô tauchte prustend und strampelnd wieder auf. Aber sie lachte und klatschte vor Glück in die Hände. Sie war – obwohl klitschnaß – die unangefochtene Meeresprinzessin von Paraty.

»Jetzt bin ich dran, jetzt bin ich dran«, rief Queta aufgeregt.

Dann kam also Queta dran. Kurz darauf bahnte sich zwischen den Jungen ein kleines Gerangel an. Sie beschlossen, etwas anderes zu spielen.

Sie entschieden sich für Verstecken, doch das hielt auch nicht lange an, denn der Strand bot kaum gute Versteckmöglichkeiten. Dann versuchten sie es mit Ringlein, Ringlein, du mußt wandern, da aber Tião steif und fest behauptete, »das macht keinen Spaß«, probierten sie es mit dem Spiel vom Ende-der-Welt.

»Auf heute kommt morgen, eine Pfeife besorgen. Pfeife geht verloren, ein Kind wird geboren ...«

Die Kinder schlugen ihre erhobenen Handflächen gegeneinander, bewegten sich dazu wie in einem Tanz, dessen rhythmischer Akzent jeweils auf das betonte Ende eines Verses fiel:

»Die Menschen sind schwach, fallen in das Loch. Wer hinunterfällt, der verläßt die Welt.«

Nachdem die Welt verlassen war, schlug Dodô ein Kreisspiel vor, aber die Jungen waren nicht einverstanden – »so was ist Mädchenkram«. »Himmel und Hölle« wurde auch noch vorgeschlagen, stieß aber auf wenig Begeisterung. Dann wollten sie wetten, wer am meisten Muscheln und Austern von den Felsen klauben kann, doch die Flut stieg schon höher. Da fiel ihnen etwas wirklich Aufregendes ein:

»Eier sammeln!«

Das allgemeine Geschrei war eine Art Zustimmung per Akklamation. Alle rannten zurück zum Haus, dessen kompakte Außenwände im Erdgeschoß, aus Steinen mit Mörtel auf Walfischölbasis gemauert, einen idealen Platz für die Nester von Eidechsen und Schlangen boten, die dort in den Ritzen ihre weichen Eier ablegten – winzig klein die der Eidechsen, etwas größer die der Schlangen. Obwohl ihr der Spaß nicht so ganz behagte, fiel Dodô in das Begeisterungsgeschrei mit ein. Eigentlich war ihr dieses Vergnügen nämlich ziemlich unangenehm – die kleine Dodô, die jüngste in der Kinderschar, fand die Eier wegen ihrer weichen Konsistenz eklig, vor allem, wenn sie von den Jungen zerquetscht wurden, was trotz Dodôs Protest unweigerlich geschah. Eine ganze Weile suchten sie die Ritzen und Vertiefungen in den Mauern ab. Als sie schon meinten, alles Suchen sei vergeblich, stieß Tião den rettenden Schrei aus:

»Ich hab eins!«

Flugs rannten sie zu ihm – es war ein kostbares Schlangenei, schimmernd wie ein Juwel. Nach kurzem Begutachten machte Tião Anstalten, es zu zerquetschen. Doch Pitoco war dagegen.

»Aber wieso denn nicht?« fragte Tião.

»Was ist, wenn die Mutter von dem Ei hier irgendwo lauert?« fragte Pitoco zurück.

Diese beängstigende Möglichkeit ließ die Kinder fast die Flucht ergreifen. Doch war weit und breit keine Schlange zu sehen, weshalb sie sich schnell wieder beruhigten. Tião nahm einen neuen Anlauf:

»Ohne Zerquetschen macht es aber keinen Spaß.«

Pitoco hatte sich vor dem Nest postiert, das rührte keiner mehr an.

»Doch. So 'ne Quälerei is überhaupt nich nötig.«

»Quälerei? Is doch bloß 'n Schlangenei!« protestierte Tião, noch immer verwundert. »Und außerdem, das darf da nich im Nest bleiben.«

»Das brütet die Schlange sonst aus!« fügte Queta, noch zwischen den beiden Parteien schwankend, zur Erklärung hinzu.

Pitoco dachte kurz nach, kratzte sich etwas verunsichert den Kopf und gestand schließlich:

»Ich mein das ja nur, weil Dodozinha es nich will.«

Na gut, das war tatsächlich ein ernst zu nehmender Grund. Denn Dodô war nicht nur die Sinhazinha der Fazenda, sie war auch bei ihnen allen sehr beliebt. Trotzdem gab Tião sich noch nicht geschlagen. Ohne weiter zu diskutieren, stürzte er sich auf Pitoco, um sich Zugang zum Zankei zu verschaffen. Pitoco stieß ihn zurück.

»Räudiger Hund!« schrie Tião aus voller Kehle.

»Verlauster Affe!« gab Pitoco zurück.

Zwar wußte Dodô, daß sie den Anlaß zum Streit gegeben hatte, doch bei diesen bösen Ausdrücken hielt es sie nicht:

»Das sag ich alles meiner Mutter ...«

Sie brach mitten im Satz ab, als hätte sie selbst gerade ein schlimmes Wort ausgesprochen. Aber da war es zu spät – als sie sich besann, hatte sie schon den schmerzenden Stich der Erinnerung verspürt. Mama würde nichts hören, auch nichts sagen, schon gar nicht böse werden über so ein schlechtes Benehmen – weil Mama nicht mehr da war. Dodô verharrte einen Augenblick fassungslos über ihren Versprecher und wußte nicht, wie sie die unerträgliche Bemerkung abändern sollte. Wem sonst konnte sie das alles sagen? Sie dachte erst an Tonha Cabinda, dann an Ana. Als spräche sie zu sich selbst, setzte sie laut nach:

»Dann sag ich's eben Ana!«

Aber es half nichts mehr. Ein unsichtbarer Schatten hatte sich auf ihr Gesicht gelegt. Das Spiel war verdorben, sie hatte jeden Spaß daran verloren. Sie stand nur noch da, von der Erinnerung gelähmt, als plötzlich Anas Stimme vom Balkon direkt über ihnen eingriff und sie rettete:

»Dodô, komm sofort her. Sonst hol ich deine Großmutter!«

Das genügte. Ohne ein Wort zu ihren Spielkameraden rannte Dodô los. Während sie über die Rampe neben der Brennerei in Richtung der Siedlung der Schwarzen davonlief, hörte sie noch Ana rufen:

»Komm sofort her, du Schlawiner!«

Sowie sie oben angelangt war, durchquerte sie schnell den Gemüsegarten mit den Salat- und Kohlbeeten, auch kräftige Maniokstauden wuchsen dort. Mit einem kurzen Blick stellte sie fest, daß der Himmel sich verdunkelte, als würde es bald regnen. In unvermindertem Tempo näherte sie sich der Scheune, von wo ihr ein monotoner, von kräftigem Stampfen begleiteter mehrstimmiger Wechselsingsang entgegenkam:

»Das Rohr ist zu Ende ...«

»Die Mühle steht still ...«

»Im nächsten Jahr wieder ...«

»So Gott es denn will.«

Sie näherte sich einer Gruppe von einem halben Dutzend Negern, die, sich zum Gesang wiegend, auf einem präparierten Platz neben der Scheune Bohnenschoten droschen, um die Kerne zu enthülsen. Jeweils drei standen sich gegenüber, jeder mit einer langen Bambusstange, und droschen abwechselnd, immer im Rhythmus ihres Gesangs, die auf dem Boden ausgebreiteten Bohnenschoten. Verzaubert von der Musik und dem fast tanzenden Wiegen der Sklaven lief Dodô näher heran.

»*Eh, bango!*« sang eine Dreiergruppe und schlug mit den Stöcken auf die Bohnen.

»*Bango, eh!*« antwortete die andere Gruppe, bevor sie mit ihren Stöcken drosch.

»*Caxinguelê!*« sang die erste.

»Frißt vom Baum die Kokosnuß!« erwiderte die zweite.

Wie gebannt sah Dodô mit offenem Mund zu und ließ sich keine einzige Bewegung, keine einzige Silbe entgehen.

»*Tango, arirá*«, sang die erste Gruppe und ließ den Stock niedersausen.

»*Tango, arirá*«, antwortete die zweite und hob ihre Bambusstecken.

Dodô, mit dem Ritual vertraut, wartete die Pause ab. Tatsächlich, gleich darauf brachen sie den rhythmischen Wechselgesang abrupt mit gemeinsam gesungenen Einsilbern ab:

»*Eh ... ah!*«

Dann erst, als sie zu einer kurzen Ruhepause innehielten, wandten sich die Neger mit leichter Verbeugung Dodô zu:

»*Sus Quisto*, Nhanhã!«

»*Sus Quisto*, Sinhazinha!«

Einer nach dem anderen sprach diesen eigenartigen Gruß und lächelte dabei dem kleinen Mädchen zu. Die von allen geliebte Dodô wußte, dies war die höchst respektvolle Art der Schwarzen, einen anderen zu begrüßen, eine merkwürdige Verkürzung der langen Grußformel »Gelobt sei Unser Herr Jesus Christus«.

»Dodozinha also weggehen ...«, bemerkte einer.

Dodô erwachte aus ihrem Zauberbann, als hätte die Erinnerung ihr einen neuen Stich versetzt. Sie schob sich einen Finger in den Mund. Die Neger sahen sie mitleidig an.

»Will die kleine Herrin vielleicht 'ne Kokosnuß? Ganz frisch gepflückt ...«, fragte Pedro Angola mit dem stillen Einverständnis der anderen.

Sie wußten, daß Dodô für ihr Leben gern das Wasser der Kokosnuß trank. Pedro Angola – der Böttcher der Fazenda, so geschickt, daß er aus der ganzen Region zum Reparieren jeder Art von Fässern geholt wurde – wischte sich den Schweiß von der Stirn und traf schon Anstalten, dem Mädchen die Freude zu bereiten. Doch ehe er sich an die Arbeit machen und das Loch in die Kokosnuß bohren konnte, um die schmackhafte Flüssigkeit herauszuholen und sie ihr in seinem Becher zu servieren, wie es zu dem für diesen Kinderbesuch typischen Ritual gehörte, verzog Dodô ungewohnt ablehnend das Gesicht. Zwar war es ihr nicht bewußt, doch traf es zu, daß sie nicht schon im voraus von der Sehnsucht geplagt werden wollte. Deshalb drehte sie den Schwarzen den Rücken zu und trottete weiter, setzte entschlossen ihren letzten Rundgang durch ihr Reich fort.

Aasgeier. An dem regendunklen Himmel sah Dodô ganz in der Nähe Aasgeier fliegen, sie erzeugten ein seltsames Rauschen, wenn sie mit ihren mächtigen schwarzen Flügeln vorübersegelten. Es gab keinen Zweifel – ganz bestimmt nahmen die Sklavinnen gerade ein Tier aus, das sie für das Abendessen im Herrenhaus geschlachtet hatten, und die Aasgeier gierten schon. Dodô watete durch den schmalen Fluß und genoß das kühle Wasser, das ihr an manchen Stellen fast bis zu den Knien reichte. Sie hatte immer davon geträumt, den Fluß hinunterzufahren. Als sie auf der anderen Seite ankam, blieb sie stehen und sah sich selbst in einem Bottich als Boot mitten in der Strömung; als Ruder einer der großen Holzlöffel, mit denen das Guajavenmus im Kessel gerührt wurde. Und fertig! So ruderte Dodô zielsicher dahin, während ihr von den Ufern die Aasgeier ernst nachblickten, in seltsam majestätischer Haltung, nach Blutgemetzel stinkend, mal über den schlammigen Boden hüpfend, mal auf Büschen hockend, und sie ruderte, und die Aasgeier blieben zurück mit ihren Hautlappen an der Kehle und ihren merkwürdigen Hälsen, die an die Kapuze eines immer sehr ernsten Henkers erinnerten. Die Aasgeier waren wohl die merkwürdigsten Tiere, die sie kannte! Oder waren das die Pinselohräffchen? Oder vielleicht die Tukane? Oder die Aras? Nein, die Aras waren nicht merkwürdig; schön waren sie, das ja. Blau, gelb, rot, mit unglaublich blauen Schwänzen, die vor lauter Farben Funken sprühten. Plötzlich hallte ein Donner in den Bergen. Dodô wachte aus ihrer Träumerei von schwimmenden Bottichen, Rudern zum Rühren von Guajavenmus und Aasgeiern mit überraschend blauen Flügeln auf und setzte ihren Weg über die Weide fort, wo ein paar Kühe in aller Seelenruhe unentwegt kauend zu Mittag speisten. Bald darauf tauchten die Palmhütten der Negersiedlung auf.

»Sieh mal an, wer da kommt!«

»Oh, Sinhazinha Dodô!«

»*Sus Quisto*, Iaiá!«

Unter den Frauen auf dem großen Erdplatz vor den Hütten erhob sich allgemeine Freude. Trällernd und schwatzend, manche ein Tuch um den Kopf, andere den Rock gerafft, aber alle mit bloßen Füßen, waren die Negerinnen damit beschäftigt, ein schon entschwartetes und ausgenommenes Schwein zu zerlegen, dessen durchdringender Geruch außer den Aasgeiern auch noch eine Meute Hunde angelockt hatte, die nun, gierig die Lefzen leckend, um den Schlachtplatz lungerten und überall die Schnauze hinsteckten. Über einem Feuer auf der Platzmitte hingen an primitiven Eisendreifüßen zwei Henkelkessel, darin kochte weithin duftend der Speck, den die Sklaven besonders gern aßen. Einige Frauen unterbrachen ihre Arbeit, scharten sich, erfreut über ihren Besuch, um Dodô und tätschelten ihr fast um die Wette das Gesicht und das goldblonde Haar. Ihre Liebkosungen, herzlicher als sonst, verrieten eher, als daß sie darüber hinwegtäuschten, eine bedrückte Stimmung, vielleicht gar großen Kummer, weil die Abreise für Nhanhã bevorstand, die Abreise ihrer vom Tod der Mutter schon so schwer getroffenen, ihrer so geliebten Nhanhã.

»Reist nu wirklich ab, die Dodozinha ...«, bemerkte Tereza, eine Schwarze mit ungemein funkelnden Augen und langen Wimpern, und blickte betrübt auf die Kleine.

»Jesses, is doch gar nich zu glauben«, setzte eine andere nach.

»So was aber auch, mein Gott!« murmelte eine dritte und machte schon Anstalten, sich mit dem Ärmel ihrer groben, schmutzigen Baumwollbluse die Augen zu wischen.

Neben einer Hütte saßen auf einem Maisstrohhaufen Dodôs Freundinnen, die beiden jungen Mulatinnen Delaide und

Leocádia. Die eine hatte ihren Kopf in den Schoß der anderen gelegt und ließ sich sorgfältig das Haar nach Läusen absuchen. Statt ihre Spielfreundin wie sonst immer lautstark zu begrüßen, senkten die beiden Mädchen schweigend den Blick. Dodô hatte es gern, wenn Ana so kaum verhohlen dieses *cafuné* bei ihr machte und immer schimpfte, wenn sie eine Laus im ihrem Haar fand. Doch aus unerklärlichem Grund kam ihr das alles nun sehr fremd vor. Um die plötzlich betretene Stimmung, als wären alle vor Ergriffenheit gelähmt, ein wenig aufzulockern, versuchte es die schlaue Tereza mit etwas Praktischerem:

»Hat die Siazinha schon gegessen?«

Andere Frauen wurden gleich lebhafter:

»Will Nhanhã knusprige Schwarte, ja?«

»Es gibt schwarzweißen Bohnentopf ...«

»Und auch Marinblau. Letztes Mal hat's Dodozinha gut geschmeckt«, bemerkte ein wenig spöttisch die bei all ihrem Fett ziemlich kecke und agile Nega Catarina.

Dodô verzog voll Abscheu das Gesicht:

»Hat mir gar nicht geschmeckt!«

Wenn der Aasgeier der merkwürdigste aller Vögel war, so war Marinblau das merkwürdigste Gericht, das sie je gegessen hatte: Fisch mit noch unreifer Banane gekocht, was dem fertigen Eintopf eine unglaublich blaue Farbe gab und das Gericht, das die Neger in dieser Gegend so liebten, weil es einfach und leicht zu bereiten war, für Gegner der Farbe Blau in der Küchenkunst wenig reizvoll machte.

»Ist Maismehlkuchen da?« fragte Dodô, an ihrem Trostfinger lutschend.

Dann ließ sie fast ein Lächeln erstrahlen. Denn sie liebte den Trubel, der hier in der Sklavensiedlung immer herrschte. Und außerdem bekam sie da die köstlichsten Leckereien der Welt.

»Is noch zu früh dafür, Iaiá«, entgegnete sichtlich bedauernd die schwarze Olímpia, Mutter von Pitoco, die manchmal im Herrenhaus arbeitete und niemals ihre Tonpfeife aus dem Mund nahm. Mit einer Kopfbewegung zu dem fast wie etwas Nutzloses in einer Ecke stehenden Ofen erklärte sie: »Muß man bis Johanni warten, bis man den benutzen kann.« Und ergänzte: »Aber *pé-de-moleque* is da ... will Iaiá einen?«

Dodô nickte, lutschte weiter an ihrem Finger und beobachtete ganz genau, wie das Schwein auf einem primitiven alten Holztisch zerlegt wurde. Hin und wieder wurde ein besonders frecher Hund mit einem Fußtritt verscheucht, rannte jaulend davon und schlich sich wenig später wieder heran.

Die unablässig paffende Olímpia nahm sie zu ihrem Häuschen mit, eine der fast zwanzig Hütten aus Lehm und Knüppelholz, mit rissigem Verputz, das Dach mit Schilf oder einfach nur Palmwedeln abgedeckt. Von den übrigen Hütten unterschied sie sich einzig darin, daß sie Fenster besaß – wenn auch bloße rechteckige Öffnungen in den Wänden, ohne Einfassung – und einen kleinen Anbau als Küche, im Grunde nur eine Fläche mit einer Umzäunung aus Bambusstäben, die einfach dicht an dicht im Boden steckten, ohne Verputz, so daß der Rauch des primitiven Steinherdes durch die Ritzen entweichen konnte. Ein paar Töpfe und von langem Gebrauch dunkel verfärbte Tonmulden standen auf einem sehr rustikalen Tisch, das übrige Küchengerät hing an der Wand, desgleichen die Lampen, schlichte Tonschalen mit Walfischöl und einem Baumwolldocht. Hier bereitete Olímpia abends aus der monatlichen Proviantzuteilung von der Fazenda und selbst angebautem Gemüse das Essen für ihre Familie – und Gott sei Dank, daß es unter der Woche das Mittagessen auf dem Feld gab, das machte es leichter. Den anderen Raum, der als Wohn- und Schlafzimmer diente, füllte fast ganz eine Pritsche aus, eigentlich eine mit Maisstroh bedeckte Bretterfläche auf vier in den Boden gerammten Pflöcken, wo Olímpia, ihr Mann und der kleinere Sohn schliefen. Pitoco, der ältere Sohn, schlief in einer Hängematte aus Palmfasern, von ihnen *timba* genannt, die tagsüber zusammengerollt in einer Ecke lag. Sonst standen nur noch eine notdürftig aus Ästen zusammengebundene Sitzbank und eine schon recht mitgenommene Ledertruhe auf dem – der größeren Festigkeit wegen – mit Asche gestampften Erdboden.

»Mal sehen, ob er Siazinha schmeckt«, sagte Olímpia, holte aus einem Beutel einen saftigen *pé-de-moleque*, nur aus Maniokmehl, Sirup und geraspeltem Ingwer gebacken, und reichte ihn der Kleinen.

Dodô verspeiste mit Genuß den weichen Kuchen und beobachtete, wie eine Glucke draußen ihre piepsende Kükenschar vorbeiführte. Als sie den *pé-de-moleque* aufgegessen hatte und hinausging, sah Olímpia ihr zufrieden paffend nach. Mühsam seine krummen Beine und großen schrundigen Füße schleppend, kam, auf einen knorrigen Stock gestützt, der alte Damião daher, ein Afrika-Neger, der nicht mehr auf dem Feld arbeiten konnte. Damião, von den Sklaven Babá Og genannt, galt als unwirsch, was sicherlich darauf zurückzuführen war, daß er als ihr Medizinmann, der mit Kräutern heilte und mit den Ahngeistern Zwiesprache hielt, übernatürliche Kräfte besaß und folglich zwar große Autorität genoß, aber gleichzeitig auch gefährlich werden konnte, weshalb sie ihn etwas mieden. Der alte Damião hatte Dodô sehr gern.

»Sinhazinha geht weg ... Deshalb alter Neger bringt Geschenk, das versprochen.«

Und er reichte ihr einen verschrumpelten Gürteltierschwanz, bis ans äußerste Ende mit immer enger werdenden Ringen besetzt. Dodôs Augen leuchteten vor Freude, schon lange hatte sie sich diesen Gürteltierschwanz gewünscht – die Ringe ließen sich alle einzeln ablösen, eine unglaubliche Anzahl in unterschiedlicher Größe, für jeden Finger, vielfach zu kombinieren.

»Ist für Dodozinha, zum Schmuck, damit hübsches Mädchen ist im Außenland.«

Dodô preßte den Gürteltierschwanz an die Brust und rannte glücklich davon. Bahnte sich den Weg zwischen einer Schar von Hennen, jungen Hähnen und Perlhühnern, die unablässig auf dem Erdboden pickten, und lief an den letzten Hütten vorbei in Richtung Wald, der gleich hinter der Siedlung begann. Als sie ein Bananenbüschel entdeckte, das zum Reifen an einen Zaun gebunden hing, suchte sie die gelbsten aus, schürzte ihren Rock und legte sie hinein. Der Himmel wurde immer dunkler, Blitze warfen plötzliche, wenn auch nur schwache Schlaglichter. Dodô meinte, jemand rufe nach ihr, vielleicht eine ängstliche Schwarze, aber sie drehte sich nicht um. Sie wußte, daß sie Prügel riskierte, wenn sie allein in den Wald ging, wo es gefährliche Tiere gab. Aber das konnte sie nicht abhalten. Über einen schmalen Pfad stapfte sie in das Dickicht hinein, bis zu einer Lichtung, die sie schon kannte. Sie blieb stehen, blickte zu den höchsten Bäumen hinauf und wartete. Sie war sicher, daß sie kommen würden, vor dem drohenden Regen Schutz suchend, aber auch, weil sie sehr schnell den Bananenduft riechen würden. Zuerst hörte sie ein fernes Kreischen. Dann noch eins, schon näher, und noch eins und noch eins, und dann, ganz in der Nähe, viele durcheinander. Und plötzlich sah sie, wie es in den Bäumen lebendig wurde, Pinselohräffchen sprangen von Ast zu Ast, kreischten ängstlich oder vielleicht auch nur aufgeregt wegen des drohenden Regens, den die nun rasch aufeinanderfolgenden Blitze ankündigten. Dodô blickte staunend hinauf zu den pelzigen Äffchen – ihr Glück war so groß, daß sie wirklich den Mund weit aufreißen mußte. Und lachen, denn daß sie gekommen waren, kam einem Zaubertrick gleich, den sie allein zu beherrschen glaubte und sorgfältigst als ihr Geheimnis hütete. Die Äffchenschar rückte immer näher, immer unruhiger zusammen. Da legte Dodô die Bananen zwischen den aus dem Erdreich ragenden Wurzeln des Baums ab, in dessen Ästen die Äffchen hingen, und trat ein Stück in die Mitte der Lichtung zurück. Kreischend kletterten vier oder fünf noch etwas zögerlich den Baum hinunter. Blieben auf den unteren Ästen schaukelnd hocken, bis die mutigsten sich ein Herz faßten und mit einem rasend flinken Satz nach vorn die Bananen ergriffen, herumwirbelten, anschließend einen Satz zurück machten und unter großem Geschrei, begleitet von krachendem Donnern, in die Baumkronen flüchteten. Dann suchten sie, immer noch kreischend, das Weite und verteilten sich im Labyrinth des dichten Urwalds. Dodô fiel ein, daß sie zurückgehen mußte, bevor der Regen einsetzte, und drehte sich um. Da erstarrte sie vor Schreck. Ein schwarzer Mann kam humpelnd auf die Lichtung hinaus, auf einen Astknüppel als Gehstock gestützt, daß es fast schien, er schleifte über den Boden. Aber dieser Schwarze, der da in zerlumpter, vor Schmutz schon steifer Kleidung vor ihr stand, wirkte nicht wie ein richtiger Mensch. Das vorzeitig gealterte Gesicht war oben von wirr zerzaustem Kraushaar umrahmt und unten von einem derart struppigen Bart, daß er dikke Zotteln bildete. Zwischen den Lumpen, die er sich um die Hände und Füße gewickelt hatte, aber auch unter den zahllosen Rissen seiner Bekleidung klafften auf dem ganzen Körper weißliche Eiterwunden in der dunklen Haut, wie Schmarotzerblüten an einem modrigen Stamm. Dodôs Muskeln waren steif vor Angst. Der Schwarze, genauso erschrocken wie das Mädchen, machte Anstalten zu gehen. Doch als er merkte, daß sie sich nicht vom Fleck rührte, versuchte er, sie zu beruhigen:

»Muß nich Angst haben, Sinhazinha.«

In ihrer Todesangst hatte Dodô nicht gleich erkannt, daß es Tibério war, der leprakranke Sklave, der in einer verfallenen Hütte in der Nähe lebte. Da er eine Tochter auf der Fazenda hatte und sich deshalb weigerte, in eine Anstalt für Leprakranke zu gehen, hatte man ihn hier im Wald abgesondert, damit er nicht die anderen Neger ansteckte. Einmal im Monat stellte jemand in der Nähe seiner Hütte seine Ration Kaffee, Zucker, Reis und Bohnen ab, die er sich dann selbst zubereitete. Tibério war immer nur von weitem zu sehen. Wenn es länger dauerte, bis er den Proviant abholte, ging ein Schwarzer nachsehen. Manchmal lag er geschwächt und vor Schmerzen wimmernd in seiner Hütte. Dann wurden ihm Kräftigungsmittel und Salben gebracht und auch trockenes Holz, damit er sich sein Essen kochen konnte. Er tat allen leid, aber niemand wußte, wie man ihm helfen konnte.

»Schwarzer gleich in Busch schlagen«, versicherte er noch einmal dem erstarrten Mädchen.

Und zog sich ein Stück zurück, um der Sinhazinha den Weg freizumachen. Doch da noch immer nichts geschah, wurde er sichtlich besorgt.

»Besser, Iaiá schnell losgehen ...«, sagte er nach langem Zögern mit Nachdruck. »Gibt Regen.«

Dodô starrte Tibério mit so großen Augen an, als stünde der Leibhaftige vor ihr. Wie gern hätte sie den heiligen Lazarus angerufen, aber sie brachte es nicht fertig, und sie hörte auch nicht, wie der Schwarze auf einen vermeintlichen Gruß antwortete, bevor er sich humpelnd durch das Urwalddikkicht davonmachte:

»Gelobt sei er in alle Ewigkeit!«

Da krachte ein mächtiger Donnerschlag. Und wie vom Donner gerührt, kam Dodô zur Besinnung und gab ihrem Körper einen solchen Ruck, daß sie mit riesigen, rasend schnellen Sätzen, die sie sich nie im Leben zugetraut hätte, über die Lichtung und durch das Waldstück zurückjagte und dann, ohne stehenzubleiben, vorbei an der Sklavensiedlung, der Weide, dem Gemüsegarten, der Scheune und dem Dreschplatz, wo die Neger die enthülsten Bohnen zusammenkehrten. Als sie, inzwischen völlig atemlos, nach einer Rekordzeit ihr Haus erblickte, merkte sie gar nicht, daß sie unterwegs den kostbaren Gürteltierschwanz verloren hatte. In diesem Augenblick fielen die ersten Tropfen – schwerer Regen, halb Fluch, halb Segen, erfüllte die Welt mit dem Geruch von nasser Erde und trommelte lauter als die Neger bei ihren nächtlichen Beschwörungszeremonien, wenn sie auf dem Fell ihrer großen Caxambu trommelten, die Marimba mit den Daumen anschlugen, die Rasseln schüttelten und den Berimbau zupften, dessen über den Bogen gespannter Draht einen eigenartig rhythmischen Klang erzeugte, Sohn der Blitze, Bruder des Donners.

3. Kapitel

Hals über Kopf stürzte Dodô auf die mit blauen portugiesischen Blumenmotiv-Azulejos hübsch ausgekleidete Veranda. Ihren geliebten Jasmin, der an einer der Säulen des Vorbaus hinaufkletterte, das ganze Dach mit zierlichen weißen Blüten übersäte und jeden Eintretenden mit seinem Duft begrüßte, würdigte sie keines Blicks. Um ein Haar stieß sie mit Vô Caetano zusammen, und gerade im letzten Moment konnte sie noch den hohen geblümten Vasen und dem auf dem Fußboden aufgetürmten Hausrat ausweichen. Die kleinen Singvögel, schon vom Regen und der ungewohnten Umzugshektik nervös, flatterten aufgeregt gegen das Weidengitter ihrer Bauer, in denen sie sonst lange, melodiöse Arien zwitscherten, als wollten sie sich in ihrer Sangeskunst messen. Nur der Papagei bemerkte offenbar nichts Außergewöhnliches. Auf seiner Zinkblechstange an der Verandawand balancierend, wiegte er sich in ungelenken Tanzschritten und verkündete, den grüngelben Hals schräg geneigt, mit schrillem Krächzen:

»Heute gibt's Maisrolle! Heute gibt's Maisrolle!«

Dann schaukelte er wieder hin und her, neigte erneute den Hals und kreischte:

»Gott behüt dich, Nenê!«

Oder aber, im gleichen schrillen Ton:

»Guten Tag, Dodô!«

Und zum Schluß den Satz, der Höhepunkt und Ende eines kurzen Zyklus bildete, ein fast gotteslästerlicher Segensspruch, so gleichgültig und monoton plapperte der Papagei ihn mehrmals nacheinander:

»Gelobt sei der Herr! Gelobt sei der Herr! Gelobt sei der Herr!«

Dodô ließ die Veranda hinter sich und stürmte weiter, hinein in den großen Salon, ohne den Papagei Currupaco zu beachten, ihren Liebling unter all den Haustieren, der jedoch auch Anlaß für so manchen Streit gab, wenn sein Dauergeschrei bei mindestens acht der zehn Hausdienstboten – darunter auch ihre geliebte Ana – Mordgelüste weckte und sie dann laut davon träumten, wie sie geschmortes Lori-Fleisch verzehrten, ein bißchen zäh zwar, doch in herrlicher, wohlverdienter Stille genossen, Gott sei's gedankt. Dodô schlug einen Bogen um den einsamen Flügel im Salon, einen Raum, dessen Leere ohne die französische Standuhr in der

Ecke noch schrecklicher gewesen wäre. Und als sie dann nach rechts, zum ersten Schlafzimmer hin, abbog, stieß sie auf den Menschen, den sie am meisten fürchtete: die Großmutter. Wie immer innerhalb des Hauses nachlässig mit einem gürtellosen Kittel und einer Kattunbluse bekleidet, stand die dicke Vó Sinhá plötzlich vor ihr, schüttelte den Kopf mit den beiden grauen Zöpfen, die ihr bis zur Taille reichten, und schaute streng mit ihrem dichten, furchteinflößenden Damenbärtchen, fast schon ein Schnurrbart, bestens dazu angetan, ihre trotz des äußeren Scheins weibliche Autorität zu unterstreichen. Wie Dodôs Mutter Maria Senhorinha hatte auch die Großmutter von der Ilha Grande ausgeprägt portugiesische Züge und zudem fast den gleichen Namen, Senhorinha Maria – davon abgeleitet Dona Sinhá, wie sie allgemein sehr respektvoll angesprochen wurde. Doch im Gegensatz zur Tochter war sie der Schrecken des Hauses, sowohl für die Familie als auch für die Sklaven, die lieber jede Strafe über sich ergehen ließen als einen Schrei dieser hexenähnlichen Herrin. Mit einem Blick auf Dodôs schmutziges Gesicht und ihren keuchenden Brustkorb begann sie in scharfem Ton:

»Darf man fragen, wo du dich herumgetrieben hast? Du siehst ja aus wie ein Waldschrat!«

Dodô schluckte trocken. So unvernünftig, etwas zu antworten, war sie nicht, sie wußte ja genau, daß dies keine richtige Frage war, sondern eine tückische Falle und bereits sämtliche möglichen Antworten enthielt, weshalb sich jede Reaktion erübrigte. Mit der Großmutter diskutierte man nicht – davon war selbst Vô Caetano überzeugt. Also hielt Dodô die Luft an und bereitete sich auf eine Flucht vor, was zwar keineswegs einfach, aber unter den gegebenen Umständen die klügste, um nicht zu sagen, die einzige Alternative war. Da die alte Dame inzwischen aber auch schon die schlauen Tricks ihrer Enkelin kannte, hob sie wie beiläufig die Hand, als wollte sie sich den Schnurrbart streichen, ließ den Arm ein paar Sekunden in der Schwebe, und dann setzte sie, der gewieften Kleinen zuvorkommend, zu einer treffsicheren Attacke an, nach deren Ende Dodô am Ohr gepackt dastand.

»Oh, du verflixter Dickschädel! Habe ich nicht gesagt, daß die Mittagsmahlzeit heilig ist?«

Dodô hielt tapfer stand und gab keinen Mucks von sich, die Freude wollte sie der Großmutter nicht machen.

»Kannst du denn nicht einmal so kurz vor der Abreise Ruhe geben?«

Das Ohr fest in Großmutters Griff, wurde Dodô in Richtung Küche gezogen. Da half auch nicht, daß nun vom Dachboden her Musik erklang – nach den häufigen Proben in den letzten Jahren eigentlich auch nichts Ungewöhnliches mehr. Doch unter diesen ungünstigen Umständen war das kleine Orchester kaum zu hören, und nicht nur wegen des Regens, der auf das Dach prasselte. Tatsächlich verstummte nahezu jeder andere Laut, sobald die Stimme der Großmutter dröhnte:

»Wann nimmst du nur endlich etwas Vernunft an? Schon tausendmal habe ich dir gesagt, du sollst nicht allein losziehen, das ist gefährlich, wo jetzt diese Neger im Wald hausen und fremde Felder und sogar Obstplantagen überfallen. Du weißt genau, erst in der letzten Woche sind sie auf die Fazenda des Coronel Euclides eingedrungen und haben schreckliche Sachen angestellt. Mit entlaufenden Sklaven spaßt man nicht, Kind! Die sind böse, ein Mörderpack sind die.« Die alte Dame marschierte energisch in ihren alten, ausgetretenen Schlappen, holte in einer kaum spürbaren Pause Luft und fuhr fort: »Oder kann man ausgerissenen Negern etwa trauen?«

So durchquerten sie, die Schleppende und die Geschleppte, den großzügigen, durch die hohen Fenster rundherum hellen Salon, von dem Türen zu den verschiedenen Terrassen und in die wichtigsten Räume des Hauses führten. Als sie an der Schlafkammer der Jungen vorbeikamen, erhaschte Dodô einen Blick auf ihre beiden Brüder Maneco und Luiz, die zwei Negerinnen beim Einpacken der Wäsche halfen. In einer Ecke des fast leeren Raums nahm Luiz, der kleine Luizito, ein scheuer, knapp achtjähriger Junge, Handtücher aus einer Truhe und legte sie auf ein Tischchen, auf dem bereits hübsch bestickte Zierdecken für Hocker, fransenbesetzte Büfettdecken und frisch gewaschene und gebügelte grüne Seidenvorhänge lagen. In der Schlafkammer der Mädchen faltete ihre Schwester Maria ein blütenweißes Leinenlaken zusammen und lachte über irgend etwas. Dodô wollte sie daran erinnern, ihre Spitzenbettdecke, die sie sorgfältig tief in der Truhe aufbewahrte, nicht zu vergessen. Doch die Stimme der Großmutter rief sie in die harte Wirklichkeit zurück:

»Aber es nützt ja alles nichts. Du hörst nicht auf mich. Du treibst dich lieber bei dem Negervolk herum und läßt dir deren Trockenfleisch schmecken, so ist es doch.«

Dodô kümmerte sich nicht um Großmutters Wortschwall. Schon etwas an den Schmerz gewöhnt – vielleicht waren Großmutters Finger auch nur müde geworden und hatten den Griff ein wenig gelockert –, bekam sie leise Sehnsucht nach ihrem Bruder Paulinho, der, da er der Jüngste war, Nenê genannt wurde. Wo mochte er stecken, so klein und noch so knuddelig mit seinen fünf Jahren? Bestimmt wiegte ihn jetzt die schwarze Tonha nach dem Essen im Nähzimmer in den Schlaf. Dodô drehte vorsichtig den Kopf und hielt nach dem Kleinen Ausschau, doch war niemand außer Maneco zu sehen, ihr großer, zehn Jahre alter Bruder, der in der Kammertür stand, ihr eine Fratze zog und sich noch dazu einen Nachttopf über den Kopf stülpte, den er sicherlich aus dem Klosett stibitzt hatte. Und das alles nur, um sie zu ärgern, denn damit spielte er auf die Zeit an, als sie noch ins Bett gemacht hatte. Da dies Manecos Lieblingshänselei war und für Dodô die schlimmste überhaupt, streckte sie ihm die Zunge heraus, denn hinter ihm herlaufen und ihn beschimpfen wie sonst konnte sie ja nicht.

Anschließend durchquerten sie das Eßzimmer, das nun erschrekkend groß wirkte, denn bis auf den schweren Mahagonitisch mit ovaler Platte, den Geschirrschrank und ein Dutzend »österreichische« Stühle aus Bugholz mit geflochtenen

Sitzen und Rückenlehnen, die noch für das Abschiedsessen dort standen, war es praktisch leergeräumt. Kaum hatten sie die in Dampf gehüllte Küche betreten, in der rege Geschäftigkeit herrschte, bereitete die Großmutter für sie einen Teller mit Fleisch, schwarzen Bohnen und geröstetem Maniokmehl, wobei sie pausenlos weitersprach:

»Du kannst dich doch nicht immer noch aufführen, als hättest du keinen Verstand im Kopf. Herr im Himmel, jetzt, wo du in ein zivilisiertes Land kommst, mußt du endlich etwas lernen, wie man sich benimmt ...«

Die alte Frau machte eine Pause, um Luft zu holen. Sie stellte den fertigen Teller vor Dodô, die sich widerstrebend an den Tisch gesetzt hatte:

»Iß jetzt. Und wehe, ich erwische dich noch einmal dabei, daß du mit den Negerbengeln spielst! ... Dann kannst du aber was erleben!«

Weil sie noch viel zu erledigen hatte, ging Dona Sinhá aus der Küche und überließ die Kleine der Obhut der beiden Köchinnen Rita und Justina, die dort mit drei weiteren Hilfen arbeiteten.

»Ich will bei Nenê essen«, sagte Dodô, sowie die Großmutter ihrem Blickfeld entschwunden war.

Und ohne weitere Erklärungen nahm sie Teller und Löffel in die Hand und machte sich auf den Weg zum Nähzimmer. Emsig mit den Vorbereitungen für das Abschiedsessen beschäftigt, zu dem am Abend zahlreiche Gäste aus Paraty und der Nachbarschaft kommen sollten, konzentrierten Rita, Justina und ihre Helferinnen all ihre Aufmerksamkeit auf den Backofen draußen im Freien und den langen Küchenherd, auf dessen heißem Holzfeuer es in großen Brätern brutzelte; aus den Töpfen und Kasserollen, in denen das Fleisch und Gemüse garte, zischte es unentwegt, während Reiben, Stößel und Mörser darauf warteten, daß der Knoblauch gestampft und die übrigen Würzmischungen zubereitet wurden. Als die Köchinnen durch den Dampf und Rauch zum Tisch sahen, war Dodô schon verschwunden, und sie hätten sie auch nicht aufhalten können, wenn sie es versucht hätten.

Auf dem Weg zurück durch das Eßzimmer lauschte Dodô den Orchesterklängen, die nun, nachdem der Sommerregen nachgelassen hatte, deutlicher vom Dachboden nach unten drangen. Augenblicklich fühlte sie sich getröstet, denn dies bedeutete, daß es eine musikalische Darbietung geben würde. Dodô hing gern Träumen nach, wenn Tião Francisco, der älteste Neger auf der Fazenda und ehemaliger Schüler des unvergessenen Kapellmeisters am Kaiserhof, Padre José Maurício Nunes Garcia, feierlich das kleine Orchester dirigierte, dessen Gründung João Luiz Bruhns nicht aus Prunksucht, sondern aus echter Freude an der Kunst gleich nach dem Erwerb der Fazenda Boa Vista und dem Umzug dorthin vor nun schon vier Jahren veranlaßt hatte. Als leidenschaftlicher Liebhaber klassischer Musik, insbesondere Haydns, hatte der Deutsche Bruhns den alten Maestro Francisco José da Luz aus Rio de Janeiro geholt, einen freigegebenen Schwarzen von ziemlich bunt gemischtem Musikgeschmack, der sich rühmte, im Gegensatz zu den Negersklaven niemals barfuß gegangen zu sein, und seinen Stand als Freigegebener durch peinlichst gepflegte Stiefeletten demonstrierte. Trotz aller Geduld und Hingabe war es dem alten Neger leider nicht gelungen, Dodô, die – nach der geachteten Meinung des Maestro – von allen Kindern das musikalischste Gehör besaß, auch darin nach dem Vater geschlagen, dazu zu bewegen, die Klavierstunden fortzusetzen. Doch stellte sich überraschend heraus, daß Dodô zwar an Noten kein Interesse hatte, dafür jedoch um so größeres an Buchstaben. Sie blätterte so wißbegierig in Zeitungen, Illustrierten und Almanachen, daß der alte Maestro auf ihre Neigung zur Lektüre aufmerksam wurde. Von da an bedurfte es keiner großen Bemühungen des Negers, er begann, sie zwanglos, aber gezielt zu unterrichten. Dodô fand daran solch großen Gefallen, daß sie schon vor Vollendung ihres sechsten Lebensjahres ihren Namen schreiben konnte und binnen kurzer Zeit Lesen und Schreiben lernte. Stundenlang saß sie auf der überdachten Veranda und schrieb ihr Heft mit den Lektionen voll, die der Neger ihr aufgab. Und je mehr sie lernte, um so mehr Spaß fand sie offenbar daran. Unterdessen stand der schöne Broadwood-Flügel die meiste Zeit geschlossen im Salon, und der alte Francisco – oder Tião Francisco, wie die jüngeren Neger ihn nannten – fühlte sich verpflichtet, wenn er nicht gerade für die gelegentlichen Konzerte probte, hier und da im Haus mit anzufassen, womit er sozusagen die Stellung eines Faktotums einnahm. Und noch etwas zeichnete ihn aus: Seit seiner Ankunft auf der Fazenda war seine offizielle Aufgabe, den Schnupftabak für Nhô Luiz herzustellen – oder »Herr Luiz«, wie er den Patron in besonders feierlichen Momenten auch gern nannte. Nur er kannte das Geheimnis, wußte, welche Tabakblätter gepflückt, wie sie vorbereitet und am besten getrocknet werden mußten; sorgfältig breitete er sie auf der Herdplatte aus und nahm sie genau im richtigen Moment herunter, damit der fertige Tabak nach dem Zerstampfen in einem eigens dafür vorgesehenen Marmormörser unvermindert aufregend duftete. Jeder Versuch, ihm den nach üblicher Art getrockneten aufzudrängen, verlief ergebnislos, in seiner hornförmigen Tabakdose akzeptierte Nhô Luiz nur den Tabak des Negers Francisco, der sich als Ehre anrechnete, sogar die verstorbene Dona Maria Senhorinha in die Kunst des Schnupfens eingeführt zu haben, mit Billigung und Einverständnis von Nhô Luiz, der seiner Gemahlin – Gott hab sie selig! – zudem noch eine silberne Tabakdose geschenkt hatte, auf deren Deckel ihr in Gold eingelegtes Monogramm glänzte. Mit anderen Worten, die Anwesenheit des Maestro auf der Fazenda hatte sich als sehr nützlich erwiesen. Schon allein deshalb, weil er die Neger des Orchesters systematisch das Spielen der verschiedensten Instrumente lehrte und mit ihnen anhand seiner Sammlung von Partituren probte, die er vom Kaiserhof mitgebracht hatte, eigenhändige Abschriften aus der Bibliothek seines Lehrers Padre José Maurício, der größten und bestsortierten des ganzen Landes. Doch empfand er das Dirigieren immer als etwas lästig und sah sich in seiner vormals am Hof in Rio de Janeiro so hochgelobten Befähigung zum Pädagogen gescheitert. Im

Grunde wußte er, daß er niemals die Vollkommenheit erreichen würde, die er sich wünschte, schließlich war es ja nur ein kleines Fazenda-Orchester, das er leitete, bestehend aus Musikern, die nicht einmal das Alphabet kannten. Daß es ihn hierher verschlagen hatte, verdankte er einer Reihe verzwickter Umstände, die mit besserem Lohn, seiner Gesundheit und auch politischen Querelen zusammenhingen. Fern des betriebsamen Lebens in der Hauptstadt, wo er aufgewachsen war und studiert hatte, blieb ihm nichts anderes übrig, als aus der Friedlichkeit und mitunter nachgerade Eintönigkeit des Provinzlebens das Beste zu machen. Und nun dieses völlig unerwartete und bedrückende Ereignis: die Auflösung der Fazenda da Boa Vista und damit der Verlust seiner Stelle, wodurch die Beständigkeit und Sicherheit, die er sich so sehnlichst fürs Alter erhofft hatte, gefährdet schienen. Ja, daß der Siô Bruhns fortzog, betrübte ihn tief, aber den Schreck über dieses in mancherlei, insbesondere finanzieller Hinsicht mißliche Ende zu verwinden, war ihm ebenfalls äußerst schwergefallen. Inzwischen war er wieder zuversichtlicher, hatte er doch das Amt des Kantors in der Hauptkirche des Kirchspiels Campos erhalten, weshalb er nun, durchaus seinem kultivierten Wesen angemessen, seine Dankbarkeit gegenüber dem Herrn mit einem – im Rahmen des Möglichen – erstklassigen Abschiedskonzert zum Ausdruck zu bringen gedachte und dafür in der letzten Zeit eisern geprobt hatte. Die Klänge dieses Konzerts also hörte und genoß Dodô, als sie durch das Eßzimmer zurückging, dann nach links abbog und das Nähzimmer betrat.

Auch hier sah es fremd aus, weil die Möbel fehlten. In dem alten, so vertrauten, früher gemütlichen Raum, in dem immer reges Leben mit dem Kommen und Gehen der nähenden, stopfenden, stickenden und bügelnden Negerinnen geherrscht hatte, befanden sich lediglich die schwarze Tonha und die Hängematte mit Nenê, dazu der kleine Hausaltar und übriggebliebener Hausrat, wie einige Henkelkörbe und alter Kram. Auf den breiten Fußbodendielen sah man, an welchen Stellen die Möbel gestanden hatten. Alles war fort, auch die Tischkommode, in der die aus dem Ausland stammende Maschine geruht hatte, die niemand außer der Mutter zu bedienen wußte und die – zum grenzenlosen Staunen aller im Haus – allein nähen konnte. Nur in der Ecke, in einem fast separaten, »Zimmer des Heiligen« genannten Erker, stand noch, jetzt geradezu wie verloren, der schrankförmige Hausaltar, dessen meisterhaft geschnitzte Türen beim Öffnen den Blick auf eine kleine Statue von Dodôs Taufheiligen freigaben, die wunderschöne Nossa Senhora da Conceição, mit Silber und Aquamarinen bekrönt und sehr sinnlich mit ihren Armreifen, Halsketten und Ohrringen, ganz zu schweigen von dem hauchdünnen Schleier, den bunten Bändern und frischen Blumen, an denen es die Mutter als ebenfalls glühende Verehrerin der Heiligen nie hatte fehlen lassen. Hier hatte sie täglich um elf die Familie und die Dienstboten zum Gebet vor dem Mittagessen versammelt. Sogar die Kniebank, auf der Mutter immer so gern gekniet hatte, war verschwunden. Zu den überall im Haus wahrnehmbaren Klängen des Orchesters gesellte sich ganz aus der Nähe Tonhas unverwechselbare tiefe Stimme, das bekannte Lied summend, das Dodô jeden Morgen entzückte, wenn die Neger, breite Hüte auf dem Kopf, Bambustragkörbe auf dem Rücken und Sicheln, Hakken und Buschmesser in der Hand, am Haus vorbei aufs Feld zogen:

»*Eparrei, acueto!* Hahn hat schon gekräht, re, re. Kikerikeki. Sonne ging schon auf, re, re. Hahn hat schon gekräht ...«

In der mit den Jahren ausgebleichten Hängematte erahnte Dodô die Gestalt ihres schlafenden Brüderchens. Der Mischling Leão, Nenês Lieblingshund, lag eifersüchtig wachend unter der Hängematte, eine ganz neue Angewohnheit, seit er die bevorstehende Abreise gerochen hatte, und fletschte vor jedem die Zähne, der sich dem Kleinen näherte. Daneben, auf einem aus dem Leim gegangenen Flechtstuhl, der, so alt, wie er schon war, vermutlich hier stehenbleiben würde, saß Tonha Cabinda. Sie stopfte einen Baumwollstrumpf, der wohl auf die Reise mitgenommen werden sollte, schaukelte in regelmäßigen Abständen die Hängematte und summte die ganze Zeit das Lied, mit dem sie Nenê in den Schlaf gewiegt hatte. Dodô mochte Tonha Cabinda sehr gern, sie war die lustigste Sklavin auf der Fazenda, und vor allem nahm Tonha sie, wann immer nötig, bedingungslos in Schutz.

»Schläft er?« fragte Dodô überflüssigerweise, denn die Antwort kannte sie ja.

»Psst!« machte Tonha, in ihre Stopfarbeit vertieft.

»Ist es nicht Zeit, daß er aufwacht?« fragte Dodô weiter, denn ohne eine klare Antwort gab sie sich selten zufrieden.

»Nein, noch nich, Nhonhô Paulo hat nämlich Bauchweh. Und sprich nich so laut, damit er nich aufwacht …«

Tonha Cabinda strahlte sie mit einem breiten, offenen Lächeln ihres fast zahnlosen Mundes an. Doch Dodô ließ sich nicht beirren:

»Aber heute muß er nicht schlafen, weil …«

»Nich so laut, Siazinha, hat gedauert, bis er eingeschlafen ist.«

Da die alte Tonha wenig zum Schwatzen aufgelegt schien, ging Dodô ziellos durch den Raum. Ohne das drohende Knurren des spät zum Wachhund gewordenen Leão zu beachten, trat sie an die Hängematte, fand bestätigt, daß ihr Bruder etwas unruhig schlief, und sah dann Tonha bei ihrer Arbeit zu; den fast unberührten Teller in ihrer Hand hatte sie längst vergessen. Komisch, ging das Ei, das Tonha zum Strümpfestopfen benutzte, eigentlich nie kaputt? Da sie sich nicht an das dafür vorgesehene Holzei hatte gewöhnen können, stopfte die alte Negerin nach wie vor mit einem gekochten, vom Alter schon gelblichgrau verfärbten Entenei. Mit offenem Mund beobachtete Dodô die flinken Bewegungen der Mulattin, die noch immer sang:

»*Ai, senhê, ai senhê. Dô imbanda, fura buraquim, senhê …*«

Dann brach Tonha ihren Singsang ab und fing an zu schwatzen:

»Siazinha Julia hat gar nich vom guten Fleisch gegessen, auch kein Häppchen Bohnen?«

Dodô schüttelte den Kopf und rieb sich mit der freien Hand gedankenverloren die Nase. Tonha Cabinda war die einzige auf der ganzen Fazenda, die sie mit ihrem Taufnamen Julia ansprach, auch das zeichnete sie in ihren Augen vor den anderen Schwarzen aus.

»So kann Siazinha aber nich wachsen, damit sie hübsches großes Mädchen wird, wenn sie im Fremdenland wohnt ...«

Worauf Dodô protestierte:

»Stimmt gar nicht. Ich mach nur eine Reise in ein fremdes Land. Nachher komm ich zurück und wohn in Paraty.«

Aber sie wußte, daß es nicht so war. Sie brauchte sich nur den trostlosen Raum anzusehen und schon verlor ihr Einwand unwiderruflich jede Überzeugungskraft. Halb nachdenklich, halb bekümmert stand sie da und kratzte sich den Kopf. Das bemerkte Tonha, worauf sie, um Dodô von ihren bösen Gedanken abzulenken, mit ihrem schönsten verschmitzten Blick dazwischenwarf:

»O je, hat Siazinha Julia wieder Läuse! Is auch kein Wunder, spielt ja den ganzen Tag mit Negerkindern von der Siedlung ...« Dann lachte sie mit ihrer tiefen Stimme und neckte Dodô weiter: »So was aber auch, Siazinha kommt im Fremdenland an und hat Kopf voll Läuse! So eine Schande!«

Dodô hörte scheinbar nicht zu. Tonha redete unermüdlich weiter, bis sie den wunden Punkt des Mädchens traf:

»Tja, dann muß sie wohl ihr schönes Haar abschneiden, so golden, wie's der Herrgott geschenkt hat ...«

Sie konnte kaum zu Ende sprechen. Vor Entsetzen über eine so finstere Aussicht war Dodô plötzlich wie verwandelt – sie pflanzte sich vor der alten Schwarzen auf, blitzte sie mordlustig an und schleuderte ihr die schlimmste Beschimpfung ins Gesicht, zu der sie fähig war:

»Dummkopf!«

Tonha lachte schallend los, sie war froh, denn sie hatte ihr Ziel erreicht. Fest entschlossen, sich nicht unterkriegen zu lassen, streckte Dodô ihr noch so weit, wie es irgend ging, die Zunge heraus. Zufrieden mit ihrem Auftritt verließ sie den Raum.

In dem kleinen Flur mischte sich die Musik des Orchesters deutlicher mit dem letzten Echo von Tonhas Lachen. Dodô ging ziellos weiter, zurück in Richtung Eßzimmer. Es roch leicht nach gesiedetem Zuckerrohrsaft. Die Schnapsbrennerei unten im Haus fiel ihr ein. Stand die womöglich auch still und leer? Nachdem sie ihren unberührten Teller abgestellt hatte, holte sie sich einen Hocker und stieg drauf, so daß sie an das kleine Fenster reichte, von wo man direkt auf die Schnapsbrennerei im ebenerdigen Teil des Herrenhauses und auf die Treppe blickte, die von dort zum Eßzimmer hinaufführte. Von diesem Fenster aus überwachte der Vater an Tagen, an denen es besonders viel zu tun gab, die Arbeit der Sklaven, wenn er zum Mittagessen nach oben kam und der Aufseher auf den Feldern das Zuckerrohrschneiden beaufsichtigte. Dodô atmete tief die Geruchsmischung aus Schnaps, Sirup und Schimmel ein, die in den Mauersteinen hing und durch das kleine offene Fensterviereck hereinströmte. Als sie den Hals reckte, konnte sie die lange Holztreppe sehen, auf die das Sonnenlicht durch das Gittergemäuer fiel, und ganz unten die Mühle mit dem Göpelwerk und seinen kreisenden Stangen, die Kübel, aus denen der Saft des ausgepreßten Zuckerrohrs schon so oft übergelaufen war, den riesigen Topf auf dem jetzt leeren Ofen, den Kessel der Destillieranlage und eins der mächtigen Eichenfässer, in denen der Branntwein zu reifen begann, bevor er ins Lager im Keller nebenan kam. Mit Ausnahme eines Negers, der Reste von ausgepreßtem Zuckerrohr zusammenkehrte, war dort, wo sonst immer reges Treiben herrschte, kein Mensch mehr zu sehen, als wäre der Platz jetzt von Gespenstern heimgesucht. Die Mühlräder standen schon lange still, die Maultiere waren verschwunden, und das Wasserrad drehte und drehte sich nur noch sinnlos. Denn die Zeit fürs Zuckerrohrpressen lag schon eine Weile zurück, die aufregende Zeit nach der Ernte, wenn es auf der Fazenda Feste gab, die Zeit der Zukkerrohrschnitze zum Auslutschen, die Dodô sich in die Taschen ihres Kittelkleidchens steckte, der knarrend kreisenden Mühlräder, der lauten Rufe und Schreie, der Arbeitsgesänge der Neger, und immer wieder das köstliche Lutschen am Rohr, literweise Zuckerrohrsaft zum Trinken und mit Zukkerrohrsaft aufgegossener Kaffee, den die Erwachsenen am liebsten schon frühmorgens tranken, dann der herrliche Duft vom gesiedeten Saft, aber vor allem: der allgegenwärtige, unvergleichliche Sirup, dessentwegen die Kinder mindestens zweimal am Tag umgezogen werden mußten und die Wäscherinnen sich über zuviel Arbeit beklagten. Das war die Zeit des Sirups, den Dodô mit Wonnen zu jeder Mahlzeit aß und für ihr Leben gern vor allem mit Maisbrei, zur Krönung ihres privaten Festes. Bei der Erinnerung daran mußte sie schlucken. Resigniert ließ sie von dem nun nutzlosen Fenster ab, stieg vom Hocker und vergaß ganz, den Teller mit ihrem Essen wieder mitzunehmen, er blieb für einen neugierigen Hund stehen. Aus Angst, in der Nähe der Küche erneut der Großmutter in die Arme zu laufen, schlich Dodô sich vorsichtig durch den großen Salon. Als sie aufmerkte, befand sie sich vor dem elterlichen Schlafzimmer. Langsam ging sie näher, angelockt von dem Raum, der einmal das geweihte, verbotene Heiligtum, das Allerheiligste der ganzen Fazenda da Boa Vista gewesen war, der Ort, wo Vater und Mutter den geheimnisvollsten Teil ihres Lebens verbrachten. Vor der Tür stockte sie und dachte, daß nun dies alles offenstand. Sekundenlang verharrte sie starr vor Aufregung, dann beschloß sie, über die Schwelle zu treten. Mit angehaltenem Atem zögerte sie noch kurz, vielleicht von einer uralten Furcht zurückgehalten. Doch ihre Neugier war stärker und trieb sie vorwärts. Schritt für Schritt drang sie in das einstmals vollkommen abgeschirmte Reich ein und schärfte ihre Sinne, um auch all die geheimen Gerüche, deren Geist noch im Dämmerlicht zu spüren war, in sich aufzusaugen. Es herrschte Stille – schwere, seltsame Stille, eine Stille wie aus einer anderen Zeit, auch der Raum schien an einen anderen Ort versetzt. Ein Gefühl, das stärker war als alle Erinnerungen, Ängste, Sehnsüchte, und nicht zu verstehen, sondern dazu bestimmt, es einfach nur als überwältigend hinzunehmen. Deshalb strahlte Dodô vor Glück, als sie behutsam das vollkommen leere Schlafzimmer betrat. Nach und nach wurden ihre Augen immer größer, ihre Pupillen weiteten sich vor Aufregung, bis sie ganz genau das Ausmaß ihres Entzückens erreicht hatten, und das war so maßlos groß, daß es ihr fast das Herz sprengte. Und ihre Augen hatten sich so riesengroß geweitet, daß der Raum sich von neuem füllte. Nun machte es nichts mehr, daß der ganze Haushalt fortgeschafft wurde. Dodô sah alles wieder an seinem Platz. Beinah wäre sie an die beiden Truhen gleich neben der Tür gestoßen. Da vorn der Sessel des Vaters. Nicht weit davon der Schaukelstuhl der Mutter. An den Fenstern die gehäkelten Gardinen mit Engels- und Tiermotiven. Nahezu über die ganze hintere Wand der schwarze Palisanderkleiderschrank mit einem Spiegel in der Mitte, rechts und links von Türen eingerahmt, hinter denen sich die Gehröcke des Vaters und die eleganten Kleider der Mutter verbargen, darüber, im oberen Fach, ihre Hüte und im unteren die Schuhe. An der anderen Wand der Waschtisch mit Marmorplatte und Porzellanschüssel, daneben eine Kanne, immer mit frischem Wasser gefüllt. An der letzten Wand die prächtige Frisierkommode aus gemustertem Palisander mit dem gepolsterten Bänkchen, auf dem die Mutter immer saß, wenn sie sich vor dem Spiegel kämmte. Und schließlich in der Mitte des Raums – dem einzigen seiner Erhabenheit würdigen Platz – Vaters und Mutters märchenhaftes Himmelbett mit dem blauen Satinbaldachin und den goldenen Fransen, wie eine weihevolle Kirchenkuppel, und Moskitonetze aus weißem Tüll, die zu allen Seiten herabhingen und geheimnisvoll halb verhüllten, was sich dahinter verbarg, so daß man die Überdecke und die Kopfkissen, ebenfalls aus blauem Satin, alles makellos ordentlich, wie der Vater es liebte, fast nur erahnte. Dodô bewegte sich sehr langsam, schob die Füße über den Boden zum Bett hin. Sie trat auf den weichen Teppich vor dem Ehebett. Da sah sie Vater und Mutter darin liegen. Vater schlief schon. Mutter mit einer Betthaube. Wie schön sie ist, meine Mutter. Ganz langsam rutschte Dodô weiter, immer näher an das geheime Zentrum heran, wie ein Engel, der gleich das Antlitz seines Schöpfers enthüllen wird. Mutter lächelte nicht, schien ihr. Denn Mutter lächelte sonst immer. Wie schön sie ist, meine Mutter. Das schwarze offene Haar mit Blumen geschmückt. Überall Blumen, auf dem ganzen Körper, in allen Farben, da auf dem Bett. So schön hat meine Mutter noch nie ausgesehen. Ich liebte es, wenn sie mich morgens wecken kam und mich nach dem Waschen abtrocknete – auch wenn Ana in der Nähe war –, und mich »meine Dodozinha« nannte, und sie machte wunderbares Guajavenmus, meine Mutter. Mutter, die dann und wann heimlich weinte, die nicht wollte, daß Sklaven ausgepeitscht wurden, Mutter, die von allen geliebt wurde und sich damals um den jungen Schwarzen, der vom Balken des Mühlwerks eingequetscht worden war, persönlich gekümmert, sich sogar aus *Medicina Popular* von Buchanan Rat geholt und ihn verbunden hatte, als wäre er ihr eigenes Kind. Auf dem Traumgewebe des Teppichs stehend, spürte Dodô den Tüll an der Wange, den ein unmerklicher Lufthauch im schummrigen Raum bewegte. Fest entschlossen, bei dieser Gelegenheit, die ja einzig war, alles genau zu ergründen, blickte sie näher hin. Und dann, durch den Tüll des Moskitonetzes hindurch, sah Dodô: ihren ganzen Schmerz. Vielleicht undeutlich in den Farben und verschwommen in den Konturen, aber eindeutig Schmerz, in seinem ganzen Ausmaß. Dort im Bett lag Mutter und schlief für immer, wie Vater gesagt hatte. Sie war unglaublich bleich. Und hatte die Augen auf so endgültige Art geschlossen, das geliebte Antlitz der Mutter – daß ihre sonst so warmen Augen nicht zu sehen waren, das allein schon nährte den Verdacht, daß etwas ganz Schreckliches geschehen war. Sie hatten sich gesträubt, doch der Vater hatte Dodô und Nenê, jeden an einer Hand, hineingeführt, damit sie die Mutter ansahen. Ihnen fiel die Bürde des Abschieds zu, denn die drei älteren Geschwister hatten, als Internatsschüler in Rio de Janeiro, nicht rechtzeitig nach Hause kommen können. Vater war ernster als sonst und sehr schweigsam, so schweigsam, wie man ihn nie zuvor erlebt hatte. Mutter schlief und würde nie mehr aufwachen, hatte er gesagt, denn sie sei nun im Himmel. Schlafen. Aufwachen, nie mehr, kein einziges Mal mehr. Mutter lag dort im Bett und hielt in den blumengeschmückten Armen das kleine Geschwisterchen, das tot geboren war und sie mitgenommen hatte. Wohin? In den Himmel, hieß es. Aber wo war der Himmel? Das wußte niemand, kein Mensch. Um noch näher heranzukommen, vielleicht, um glauben zu können, was sie nicht zu ergründen vermochte, schob Dodô die Füße vorwärts auf ihrem bedächtigen Gang in die Erinnerung, die nun mit ihrem ganzen Gewicht über sie kam, damit sie den großen Schmerz noch einmal durchleben konnte. Kerzenlicht schien, vier hohe dicke Trauerkerzen waren aufgestellt, an jeder Ecke des Betts eine, sie leuchteten auf Mutter, konnten sie aber nicht wärmen, sie blieb starr und kalt. Mutter mit offenem schwarzen, glatten Haar, darin überall Blumen, war nicht schön. So kalt und starr, als wäre es gar nicht mehr ihre Mutter. Denn warum sonst konnte sie sich nicht mehr bewegen, nichts mehr hören, nicht mehr sprechen? Nein, da lag etwas anderes, eine plumpe Nachbildung, die man an Stelle der Mutter dort hingelegt hatte, und Mutter war fortgegangen. Wie hatte sie nur so plötzlich gehen können, meine geliebte Mutter, ohne zu sagen, wohin? Würde Mutter irgendwann wiederkommen? Anfangs hatte Dodô geglaubt, es würde etwas dauern, aber irgendwann, ganz unverhofft, wäre sie wieder da und würde ihr ein Küßchen geben oder sie trösten, weil die Mücken sie gestochen hatten, und ihr vor dem Einschlafen die Geschichte von dem blonden Mädchen erzählen, das bei lebendigem Leib von der Stiefmutter begraben, aber noch rechtzeitig gefunden worden war, und dann würde Mutter den Refrain singen: »Negerknabe meines Vaters, schneid mir nicht die Haare ab, meine Mutter kämmte mich ...«, denn die Mutter des blonden Mädchens war gestorben, aber ihre Mutter würde eines Tages zurückkommen, es würde etwas dauern, aber sie würde zurückkommen, ja, ganz bestimmt. Mit der Zeit begriff Dodô, daß sie nicht zurückkommen würde. Obwohl sie ihr so schrecklich fehlte, würde Mutter nie mehr zurückkommen, denn das kleine blonde Mädchen war wirklich mutterlos geworden. Und dann lernte Dodô etwas Neues, etwas Schreckliches und Neues: die Bedeutung des Wortes Tod. Nicht, daß sie sich erklären konnte, was der Tod war. Aber

sie mußte begreifen – denn anders ging es nicht –, was geschehen war. Und das war dies: Mutter, die geliebte Mutter, war für immer tot, das heißt, verschwunden, das heißt, zu nichts geworden, so, ganz plötzlich, als hätte es sie nie gegeben. Dodô konnte nur mühsam einen Entsetzensschrei zurückhalten. Da das Licht der Kerzen ihr in den Augen brannte, wandte sie das Gesicht ab. Sie schaute nicht einmal zum Vater, ob er weinte, sie lief hinaus, rannte durch den Salon, den Flur und das Empfangszimmer, nur fort von dem unerträglich leblosen Schlafzimmer, dem fast leeren Haus.
Draußen hatte der Regen inzwischen aufgehört, und das erbarmungslose Licht der Sonne im Vorhof tat ihr ebenfalls in den Augen weh. Ein paar unzulänglich abgedeckte Möbel waren naß geworden. Dodô klopfte das Herz noch immer bis zum Hals, da sah sie, wie die wunderschöne Biedermeierfrisierkommode, auf einem Ochsenkarren festgezurrt, an ihr vorüberholperte und mit anderem Hausrat das Grundstück verließ. Die Holzräder des Ochsenkarrens wimmerten, im großen Spiegel der Biedermeierfrisierkommode reflektierte sich die Landschaft am Meer. Wie von Sinnen schaukelte die zuvor so friedliche Landschaft im Spiegel hin und her, im Rhythmus des kläglich jaulenden Ochsenwagens, der davonrollte, weiß der Himmel wohin.

4. Kapitel

Guten Abend, Dr. Joaquim«, sagte Luiz Bruhns auf der Veranda, wo nun ein paar Stühle aufgestellt und quer durch den Raum mehrere weiße, mit langen Spitzenfransen besetzte Hängematten gespannt waren, denen noch der Geruch von der langen Ruhezeit in den Truhen anhaftete, wo sie nur an besonderen Tagen wie diesem herausgeholt wurden.

Als erster der zum Abendessen geladenen Gäste war Dr. José Joaquim Pereira de Souza, Arzt in Paraty und Impfbeauftragter der städtischen Verwaltung, eingetroffen und betrat nun, nachdem er seinen Fuchs einem Sklaven übergeben hatte, das Haus. Dr. Pereira de Souza, ein ernster Mann, rieb seine Stiefelsohlen auf dem Boden, um sie zu säubern, legte das eingestaubte Cape ab, nahm den unvermeidlichen breitkrempigen Filzhut in die eine Hand und streckte die andere dem Hausherrn und Gastgeber entgegen.

»Wie geht es Ihnen, Sior Bruhnes?«

Senhor Bruhns – oder Siô Luiz Alemão, wie das einfache Volk ihn nannte – hatte sich längst daran gewöhnt, daß sein Nachname auf die abenteuerlichsten Arten abgewandelt wurde, weshalb er schon sehr früh seine deutschen Vornamen Johann Ludwig Hermann gegen die brasilianischen Entsprechungen João Luiz Germano eingetauscht hatte und seitdem selbst Dokumente so unterschrieb. Als praktischer und ziemlich aufgeschlossener Mann wußte er, daß man es den Brasilianern, im allgemeinen sehr schlichte, gutherzige Menschen, einfach machen mußte. Er hatte sie recht gut kennengelernt, seit er mit siebzehn Jahren in den Dreißigern nach Brasilien gekommen war, um hier sein Glück zu versuchen, und kurz darauf in der Stadt São Paulo eine Kaffeehandels- und Exportfirma gegründet hatte. In der Zwischenzeit war er so manches Mal angeeckt und hatte Wertvolles über Land und Leute gelernt. So hatte er zum Beispiel festgestellt, daß die Großzügigkeit der Brasilianer weitgehend davon abhing, daß man sich mit ihnen identifizierte und deutlich Verständnis für sie zeigte, was sie dann entsprechend honorierten. Aus dieser Einsicht heraus hatte sich Bruhns dem Katholizismus zugewandt und sogar katholisch trauen lassen, er, der aus der tief vom Geist der lutherischen Reformation geprägten Hansestadt Lübeck stammte. Er hatte eine ganze Reihe von Freundschaften geschlossen, und das verdankte er einer der erstaunlichsten Eigenarten der Brasilianer – sie liebten Ausländer und behandelten sie mit besonderer Zuvorkommenheit, und zwar allein deshalb, weil sie Ausländer waren. Dies zeigte sich überall, in den höchsten Regierungsstellen ebenso wie bei den einfachsten Leuten aus dem Volk, vielleicht lag es daran, daß sie die Sympathie des Fremden gewinnen wollten. Auf diese Weise hatte Luiz Bruhns den Kaiser Dom Pedro II. kennengelernt. Breitschultrig, hochgewachsen und blond wie er war, mit langem Bart und schon leicht schütterem Haupthaar, wodurch seine Stirn an Höhe gewann, wurde Luiz Bruhns bei seinen Reisen in die Hauptstadt Rio de Janeiro häufig mit dem Kaiser verwechselt. Nachdem es einmal während der Anwesenheit des Beinahe-Doppelgängers in der Hauptstadt unter ausgesprochen komischen Umständen zu einem Zwischenfall mit der Nationalgarde gekommen war, hatte der Monarch höchstpersönlich sein Interesse bekundet, ihn kennenzulernen. Da sie beide aufgeschlossene Menschen und sehr gebildet waren und Dom Pedro gern seine Deutschkenntnisse praktisch anwendete, entwickelte sich daraus eine gewisse nähere Bekanntschaft. Selbst Bruhns' Freunde zogen ihren Nutzen daraus und erzählten die Geschichte immer wieder amüsiert, ohne zu verhehlen, wie stolz sie waren, privaten Umgang mit dem falschen Kaiser zu pflegen.

»Ich hoffe, es macht Ihnen nichts aus, wenn wir hier auf der Veranda bleiben. Das Haus ist fast leer«, sagte Luiz Bruhns in seinem korrekten Portugiesisch, wenn auch mit deutlichem Akzent bei den R-Lauten, und bot dem Gast einen Stuhl an. »Oder möchten Sie es sich vielleicht lieber in der Hängematte bequem machen, Doktor? Hier läßt sich die abendliche Kühle genießen.«

Etwas improvisiert ließen sie sich nieder, was aber nicht so ungemütlich war, wie es den Anschein haben könnte, zumal auch gleich darauf die Negerinnen einen köstlichen Ananassaft servierten, damit der Gast seinen Durst löschen konnte. Sie unterhielten sich über die Geschäfte des Senhor Bruhns, glücklicherweise hatte er inzwischen nahezu sämtliche schwierigeren Probleme bewältigt, insbesondere den Verkauf seiner Ländereien. Während der Sonnenuntergang den Himmel von Paraty mit grandiosen Farben überzog und in der Bucht eine überwältigende, fast dramatische Stimmung schuf, trafen nach und nach die übrigen Gäste ein, manche allein zu Pferd, andere mit Begleitung in einem

Fahrzeug. Vielleicht, um ihre bedeutende Stellung in der Lokalpolitik herauszustreichen – was eigentlich überflüssig war, denn niemand hegte daran Zweifel –, kamen der Coronel José Luís Moraes do Amaral und seine Gattin in ihrer prächtigen zweispännigen Viktoria, vorn auf dem Bock ein eleganter Kutscher und hinten ein Lakai in Livree. Diese Viktoria des Coronel – das luxuriöseste Gefährt des ganzen Bezirks – erregte nicht nur überall andächtiges Staunen, sondern bot auch Anlaß zu spitzen Kommentaren hinter vorgehaltener Hand, waren doch die Landstraßen in dieser Gegend nicht gerade geeignet für ein so niedriges und elegantes, eher für gemächliche Spazierfahrten durch Ortschaften mit ordentlich gepflasterten Straßen geschaffenes Fahrzeug. Die feurigen, mit Hafer gefütterten und an zivilisiertere Sitten gewöhnten Pferde, hieß es, erstickten fast am Staub der hiesigen Straßen, und die armen Dienstboten, Kutscher und Lakaien, sähen immer aus, als zögen sie zum Karneval, so extravagant bunt waren sie gekleidet. Oder sollten sie vielleicht ein passendes Pendant zu ihrer Herrin, Dona Alice Moraes do Amaral, bilden? Man mußte sich nur ansehen, wie sie vor der Veranda aus der Viktoria stieg, eine wandelnde Schatztruhe, derart mit Juwelen behängt, an Ohren, Fingern, Armen, Busen und sogar dem Kopf, denn auf dem Haar, das ihr in Korkenzieherlocken auf die Schultern und den Busen fiel, thronte eine altmodische, aus Silberfäden gewirkte, mit Rubinen und silbernen Fransen besetzte Kappe, und dies alles funkelte über einem chamoisfarbenen Atlaskleid – mit viereckigem Dekolleté, um das Brillantenkollier zur Geltung zu bringen –, ausgesprochen ungünstig mit seinem üppigen Besatz an roten Schleifen, Rüschen und Tüllrosetten, unter denen Dona Alices blasse, dünne Gestalt fast verschwand oder allenfalls wie eine weitere Verzierung ihres bizarr pompösen Gewands wirkte. Obwohl sie fast gestolpert wäre, als ihr ebenfalls aus Silberfäden gewirktes Handtäschchen und der Elfenbeinfächer sich in den Schleifen des Kleides verfingen, setzte Dona Alice ein breites Lächeln auf, ganz ihrer übertriebenen Aufmachung angemessen, aber auch aus Gewohnheit als Frau des mächtigsten Lokalpolitikers, die allen mit größter Freundlichkeit zu begegnen hatte. Tatsächlich hatte sich der Coronel José Luís Moraes do Amaral eine stattliche, weise auf die zwei Pfeiler politische und militärische Macht gestützte Karriere aufgebaut. Als Kommandeur der Nationalgarde in Paraty hatte er nach und nach seinen Einfluß ausgedehnt, der ihm sehr bezeichnend mit dem Titel »Ritter des Kaiserlichen Ordens« und einer nicht unerheblichen Sammlung von Auszeichnungen versüßt worden war, die er nicht nur Tapferkeit und Verdiensten, sondern zweifellos engen Beziehungen zu wichtigen Politikern bei Hof zu verdanken hatte. Als gegenwärtiger Präsident des Stadtrats von Paraty vereinigte er in seiner Hand die Ämter des stellvertretenden Richters und Polizeichefs sowie das Amt des Regierungsstatthalters im Kirchspiel Nossa Senhora dos Remédios. Er selbst indes brüstete sich gern damit, er verdanke seinen Lebensunterhalt dem Umstand, daß er – bescheiden, aber nicht ohne Fleiß und Geschick – der größte Stoff- und Eisenwarenhändler am Ort war, seit vielen Jahren in der Rua do Comércio ansässig und nun gerade – höchst erfolgreich – im Begriff, seine Geschäfte auf den Handel mit Kaffee und Tabak auszuweiten, gemeinsam mit seinem Sohn, dem Leutnant Manoel Luís Moraes do Amaral, vormals Friedensrichter und Unterpolizeichef von Paraty, der gegenwärtig in der Hauptstadt diente, was sich auch für den Vater als sehr nützlich erwiesen hatte, wenn man bedachte, in welchem Maße sich das Vermögen der Familie in den letzten Jahren gemehrt hatte. All dies waren, versteht sich, Ergänzungen, denn der Kern der Macht des Coronels lag in seiner Hartnäckigkeit und vor allem in dem Ruf, er habe ein autoritäres Wesen, den er mit seiner lakonischen Sprechweise durchaus pflegte, das heißt, mit seiner Eigenart, sich fast ausschließlich durch Räuspern zu äußern – ganz recht, der Coronel gehörte zu jenen Menschen, die das Räuspern zu einem Dialekt erhoben und es als Machtmittel benutzten, mit dem sie sich sowohl bei ihren Angehörigen als auch bei ihren Untergebenen und Sklaven Respekt verschafften. Einmal räuspern bedeutete Zustimmung, zweimal räuspern Mißbilligung, dreimaliges kurzes Räuspern hieß, die Entscheidung wird vertagt, und so weiter und so fort, ohne daß es weiterer Erklärungen bedurfte. Trotz der durch so viele Titel und Ämter bezeugten Wichtigkeit des Coronel Moraes war der eigentliche Grund für seine Anwesenheit bei diesem Abendessen ein ganz unmittelbarer: Er hatte Luiz Bruhns die Fazenda da Boa Vista abgekauft und war auf Drängen des gewissenhaften deutschen Fazendeiro gekommen, um die letzten Einzelheiten zu vereinbaren. Da ihm das autoritäre Naturell des Coronel sehr wohl bekannt war, wollte Senhor Bruhns mit allen ihm zur Verfügung stehenden Mitteln seine ehemaligen Sklaven beruhigen, die das Gerücht, ein solcher Mann werde ihr neuer Herr, tief erschreckt hatte. Zwar hatte er sehr klare rechtliche Vorkehrungen getroffen, was die Freilassung der Neger betraf; doch zusätzlich zu diesen Maßnahmen schien ihm klug, ein paar praktische Dinge zu fordern, die das Wohlergehen seiner Leute sicherstellten.

Noch vor Einbruch der Dunkelheit fuhr in einem Kabriolett, kutschiert von dem ihn ständig begleitenden schwarzen Martinho, Pater Joaquim vor, Hilfsvikar an der Hauptkirche von Paraty und Freund der Familie – deren Kinder er fast alle getauft hatte; sein pompöser Name Manoel Joaquim Xavier Valadão Balieiro stand auch in den Protokollen der Stadtratssitzungen vermerkt, als einer der aktivsten Verordneten, vermutlich dank seines in der Kirche wie auch andernorts bewiesenen Talents, Reden zu halten – auch dies eine Eigenart der Brasilianer, über die Luiz Bruhns noch immer staunte. Oh, diese Brasilianer, sie waren ja nachgerade zum Advokatenberuf bestimmt und wußten sehr wohl aus ihrem Redetalent Nutzen zu ziehen, auch wenn sie nichts zu sagen hatten, hatte Bruhns in den vielen Jahren in Brasilien so manches Mal bei sich gedacht. Dann kam Senhor Teodoro Luís Gomes an, ein Fazendeiro aus der Umgebung, der Luiz Bruhns den Betrag von zweihundert Milréis schuldete, die er mit angemessenen Zinsen und entsprechenden Unterlagen an Bruhns' Schwiegervater Manoel Caetano da Silva zahlen sollte, der bereits darüber unterrichtet war, auf welchem Wege er die Summe an seinen Schwiegersohn in Deutschland weiterleiten konnte. Als letzter fuhr der Deutsche Frederico Jork vor, ein wohlhabender Kaffeepflanzer aus Paraty Merim, der ebenfalls mit Luiz Bruhns Geschäfte machte. Er kam in Begleitung seiner Frau Ida, einer aus Sachsen gebürtigen, sehr korpulenten und ungepflegten Rothaarigen, sowie seiner Tochter, nur wenig älter als Julia, namens Ursula – rothaarig auch sie, mit sommersprossigem Gesicht, das noch befremdlicher wirkte wegen der dicken Brillengläser, hinter denen die Augen unablässig blinzelten, immer ordentlich gekleidet und sehr schüchtern, vielleicht, weil sie, da fast ausschließlich mit den Eltern zusammen, ein ziemlich fehlerhaftes Portugiesisch sprach und sich deshalb nur wenig mit anderen Kindern aus der Umgebung verständigen konnte.

Auf der kühlen, vom blühenden Jasmin duftenden Veranda bildete sich alsbald eine angeregt plaudernde Runde, zu der sich neben den kurz zuvor eingetroffenen Gästen auch die Verwandten der verstorbenen Senhora Bruhns gesellt hatten, die sich schon seit mehreren Tagen auf der Fazenda da Boa Vista aufhielten. In den blütenweißen Hängematten liegend oder auf den Stühlen sitzend, ruhten die Gäste von der Anreise aus und sprachen abwechselnd dem Ananassaft, den die Negerinnen ständig neu servierten, und dem Schnupftabak zu, den der Gastgeber aus seiner goldenen, hornförmigen Tabakdose in der Runde anbot, begleitet von den Schnupfgeräuschen und den sich anschließenden – mit großem Beifall bedachten – Niesern, die der Tabak sogleich auslöste.

»Zwar mag es sein, daß ich diese grandiose Episode Seo Luiz Bruhns bereits erzählt habe«, sagte Pater Joaquim, über den Saft und seine eigenen Worte genüßlich mit der Zunge schnalzend. »Indes scheint mir die Angelegenheit so bemerkenswert, daß sie unbedingt auch den übrigen Anwesenden zur Kenntnis gebracht werden sollte. Handelt es sich doch um den Umstand, daß der berühmte französische Maler Debret auf eben dieser Fazenda hier zu Gast war, als er vor gut zwanzig Jahren unserer Stadt einen Besuch abstattete. Bezeugt wird dies durch ein Ölgemälde, nämlich eine Darstellung von Paraty, die der illustre Künstler hinterlassen hat. Sollte irgend jemand dies in Abrede stellen, genügt ein Blick auf besagtes Gemälde, um sich zu überzeugen: Paraty ist aus exakt demselben Blickwinkel dargestellt, aus dem wir es in diesem Augenblick auf der anderen Seite der Bucht sehen, allenfalls vielleicht aus einer etwas höheren Perspektive, vom Berg her.«

»Man hatte mir bereits von dieser denkwürdigen Tatsache berichtet«, bemerkte der junge Dr. João Caetano da Silva, Schwager von Luiz Bruhns und Advokat in Angra dos Reis, brach dann aber ab, was nach dem Anfang einer längeren Rede geklungen hatte, um eine Prise des dunklen Tabaks, die er zuvor sorgfältig mit Daumen und Zeigefinger der Dose entnommen hatte, an die Nase zu führen, worauf er ein kräftiges Niesen von sich gab und sich anschließend nicht weniger geräuschvoll in ein gelbes Taschentuch schneuzte, das bereits von vorausgegangenen Exerzitien zur Nasensäuberung dunkle Flekken aufwies.

Derart mit neuer Energie gestärkt, berichtete der junge Anwalt nun, daß der noble französische Reisende Jean-Baptiste Debret längst vorher schon – und ohne die schöne Stadt Paraty in irgendeiner Weise herabwürdigen zu wollen – etliche Zeit in Angra dos Reis zugebracht hatte, wo man ihm jede gebührende Ehre erwiesen habe. An diesem Punkt befürchtete Luiz Bruhns, es könnte ein hitziger Streit zwischen den beiden Städten entbrennen, und beeilte sich, seine Gäste aufzufordern, nach hinten in den Salon zu gehen, wo sogleich das Abendessen serviert und zur Begleitung ein Konzert stattfinden werde. Also begab sich die Gesellschaft ins Haus, inzwischen erhellt von unzähligen Kerzenleuchtern und Öllampen, die teils an den Wänden befestigt waren, teils an wunderschön geschnitzten Leuchterhaken aus Sassafrasholz schaukelten und die Ecken der Räume schmückten. Doch entging keinem der Gäste die melancholische, um nicht zu sagen bedrückende Stimmung, die all diese Lichter schufen, denn sie enthüllten nicht nur, sondern klagten eher noch die schreckliche Leere im Herrenhaus an, das durch die Geisterschatten des bevorstehenden Abschieds fast wie verlassen anmutete. Dieser Eindruck wurde durch die Klänge einer schmachtenden Violinphantasie von Allard, deren erste Töne in diesem Augenblick im Eßzimmer einsetzten, vielleicht noch unmerklich unterstrichen. Als die Gäste den Raum betraten, stand dort schon der Maestro Francisco bereit, sehr elegant in seinem tabakbraunen Frack über schwarzen Lille-Wollehosen und den blank geputzten Stiefeletten, und schwang eifrig seinen Taktstock vor dem kleinen, etwa zehnköpfigen Orchester von Negern in Festtagslivree aus hellen Grobleinenjacketts, roten Wollgürteln um die Hosen und weißen Baumwollhemden mit blauen Streifen – aber allesamt mit bloßen Füßen. Luiz Bruhns wies jedem Gast seinen Platz an der Tafel an, so daß sich die Gesellschaft an dem großen ovalen Tisch – der bereits mit chinesischem Tafelgeschirr, einem grünlasierten Service mit Pfauenmuster, altem portugiesischen Silberbesteck und geschliffenen rosa Kristallgläsern aus Frankreich eingedeckt war – wie folgt auf den zwölf Stühlen verteilte: der Gastgeber Luiz Bruhns an dem Ende, das am nächsten zur Küche lag; zu seiner Rechten der Coronel José Luís Moraes do Amaral, neben dem dessen Gattin Senhora Alice Moraes do Amaral Platz genommen hatte; an ihrer Seite Bruhns' Schwiegermutter Dona Senhorinha Maria da Silva und anschließend ihr Mann, Senhor Manoel Caetano da Silva; neben ihm saß seine Tochter Dona Maria Antônia da Silva, Witwe und Kaffeeplantagenbesitzerin aus Angra dos Reis. An dem der Küche gegenüber liegenden Kopf der Tafel nahm Hochwürden Pater Joaquim Xavier Platz, zu dessen Rechter Dr. José Joaquim Pereira de Souza, praktischer und Impfarzt; dann kam der junge Advokat und Schwager von Luiz Bruhns, João Caetano da Silva, dem die Ehre zuteil wurde, an der Seite der Senhora Ida Jork zu sitzen, die ihren Mann Senhor Frederico Jork neben sich hatte, dessen anderer

Nachbar der zur Linken des Gastgebers plazierte Fazendeiro Senhor Teodoro Luís Gomes war.

Zwei farbenfroh gekleidete Neger traten mit Kanne und Schüssel aus Zinn an die Tafel und boten den Gästen Wasser an, damit sie sich die Hände waschen und anschließend an einem weißen, nach Kölnisch Wasser duftenden Leinentuch abtrocknen konnten. Gleichzeitig stellten sich in die Ecken des Raums sowie zu beiden Seiten des Tischs jeweils ein schwarzer Junge, in der Hand eine lange Bambusstange, an deren Ende ein Stoffwedel oder eine Handvoll schmaler Streifen Zeitungspapier hingen, und schwenkte sie unablässig, um eventuelle Moskitos und andere lästige nächtliche Insekten zu verscheuchen. Das Rascheln der Papierstreifen und Schnalzen der Stoffwedel setzten einen ständigen Kontrapunkt zu der angeregten Unterhaltung und dem Orchester, das jetzt *andante* eine Pastorale von Reichert für Flöte und Streicher spielte.

»Auch wenn die Frage vielleicht unziemlich ist, Seo Brunles«, erkundigte sich leise der Coronel Moraes, wobei er sich fast unmerklich dem Ohr von Luiz Bruhns zuneigte. »Sind die Sachen hier auf dem Tisch schon vergeben?«

»Ja, Coronel«, antwortete der Gastgeber, spürbar unangenehm berührt. »Das geht alles an meine Verwandten Silva. Die Familie meiner seligen Frau, wie Sie wissen.«

Der Coronel lehnte sich wieder auf seinem Stuhl zurück und gab ein längeres Räuspern des Bedauerns von sich – offenkundig nicht, weil der Name der Verstorbenen gefallen war, sondern wegen der Aussichtslosigkeit, den Glanz seines eigenen Tischs mit dem Erwerb dieses fabelhaften Tafelgeschirrs aufpolieren zu können. Dona Alice, immer eine aufmerksame Beobachterin ihres Mannes, reckte den Hals zum Hausherrn hin, ließ die Locken wie ein stummes Glockenspiel schaukeln und fragte, offenbar in der Absicht, ein Gespräch fortzusetzen, dessen Thema zu erhaschen ihr nicht gestattet gewesen war:

»Wie lange dauert die Reise nach Paris, Seo Brunles?«

»Paris, Dona Alice? Aber ich reise nicht nach Paris!«

»Ach nein, natürlich nicht«, überspielte sie ihren Lapsus. Dann leiser, zu ihrem Mann und sich selbst: »Siehst du? Das habe ich doch Dona Gabriela die ganze Zeit gesagt ...«

Worauf Senhor Frederico, der Dona Alice gegenübersaß und das Gespräch mitgehört hatte, ungeniert mit einem ironischen Lächeln einwarf:

»So ist das hier in Brasilien. Wenn einer ins Ausland reist, kann es ja nur nach Paris sein ...«

Dona Ida, zweifellos wenig erfreut über die ihrer Meinung nach taktlose Bemerkung ihres Mannes, stieß ihm den Ellbogen in die Seite. In diesem Augenblick trugen die Serviernegerinnen in blitzsauberen Röcken und weißen Turbanen die ersten dampfenden Speisen herein – eine große Fayenceplatte voller Reis und eine ausgesucht schöne, längliche Porzellanterrine, die beim Abheben des Deckels eine duftende Fischpfanne in Kokosmilch offenbarte. Wie als Choreographie einstudiert, derart gleichzeitig und gleichförmig zogen alle rasch ihre Servietten aus den silbernen Ringen und steckten sie sich – so die einen – am Kragen fest, während andere, vornehmlich die Damen, sie einfach auf dem Schoß ausbreiteten. Gleich darauf wurde eine portugiesische Fayenceterrine aufgetragen, die den köstlichen Duft von Huhn in Blutsauce verströmte. Weitere Speisen hielten triumphalen Einzug. Unverwechselbare Wohlgerüche kündigten einen im Ofen gegarten ganzen Schinken an, der appetitlich angerichtet auf einer enorm großen Fayenceplatte kam und vor Begeisterung und Erregung mit allgemeinem »Aah!« begrüßt wurde, womit unmißverständlich klar war, daß die einhellige Vorliebe dem Schweinebraten und dieser als kulinarischer Höhepunkt des Abends galt. Es folgten die übrigen Köstlichkeiten: Reis in Tomatensauce, gekochte Süßkartoffeln, schwarze Bohnen, in Fischsud bereiteter Maniokbrei, Palmitosalat, französischer Langustensalat, geröstetes Maismehl, geröstetes Maniokmehl und diverse Pfeffersaucen, angefangen vom aromatischen roten Cumari bis hin zum scharfen schwarzen Malagueta, in chinesischen Porzellansaucieren.

»Diese brasilianische Üppigkeit wird Ihnen sicherlich fehlen, Seo Luiz«, bemerkte der Pater von der anderen Seite der Tafel her mit modulierter Stimme und theatralischem Lächeln.

Kaum hatte das Klappern von Besteck und herumgereichten Tellern eingesetzt, erschienen die Negerinnen mit verschiedenen portugiesischen und französischen Weinen sowie Krügen mit kühlem Wasser. Die angeregte Stimmung, noch verstärkt durch einen Marsch von Meyerbeer, den das Orchester nun spielte, schwoll derart an, daß selbst die Kinder, die in der Küche aßen, von ihren Hockern stiegen und sich zur Eßzimmertür vorwagten, um zu sehen, was da drinnen geschah. Luiz Bruhns präsentierte die Weine:

»Bitte bedienen Sie sich. Wir haben den weißen Lisboa und den Moscatel aus Setúbal. Und zweierlei Burgunder: Chambertin und Clos-Vougeot.«

Der Coronel setzte eine Kennermiene auf und musterte jede Flasche einzeln. Dann schenkte er seiner Frau und sich von einem Roten ein. Dona Alice sah sich das Etikett der ihr am nächsten stehenden Flasche an und konnte sich, als spräche sie wie eine Bauchrednerin für ihren Mann, nicht die Bemerkung verkneifen:

»Hm! Aus dem Weindepot Schaeffer in Rio de Janeiro! Dann müssen sie wirklich sehr gut sein ...« Sie trank einen Schluck, verzog etwas erschrocken über den kräftigen Geschmack das Gesicht, gab sich aber nicht geschlagen: »Köstlich!«

»Von wo reisen Sie ab, Seo Luiz?« fragte der Pater, während er sich zwei Hühnerschlegel auflegte und reichlich von der Blutsauce über seinen Reis verteilte.

»Von Rio de Janeiro natürlich.«

»Aber in die Hauptstadt, meine ich, wie kommen Sie dahin?«

»Direkt von hier. Ich habe ein privates Dampfschiff gemietet, es ist zwar etwas klein, aber wir kommen schon zurecht«, antwortete Luiz Bruhns und nahm sich von der Fischpfanne. »Das ist mir lieber als mit dem Liniendampfer von Santos nach Rio. Damit wäre die Reise zu kompliziert, wegen des Gepäcks, es kostet mehr und dauert länger aufgrund der Zwischenaufenthalte«, ergänzte er und schob sich anschließend den von Kokosmilch durchtränkten Fischhappen in den Mund.

Frederico Jork, der immer sehr genau zuhörte, als fürchtete er, ihm könnte ein portugiesisches Wort entgehen, wischte sich mit der Serviette die Saucentropfen vom Schnurrbart, bevor er sich einmischte:

»Herr Bruhns, ich habe schon lange nicht mehr mit den Vertretungen in Rio gesprochen. Was kostet die Überfahrt nach Deutschland?«

Geduldig und ohne sich den Appetit verderben zu lassen, antwortete Luiz Bruhns:

»Nun ja, mein Schiff, der Dampfer *Ville Riche*, geht nach Frankreich.«

»Ach, dann fahren Sie also doch nach Frankreich!« rief begeistert Dona Alice.

»Ja, nach Le Havre. Dort steigen wir um auf einen anderen Dampfer nach Deutschland.«

»Und wie lange dauert es bis Frankreich?« fragte blitzschnell die nicht zu bremsende Dona Alice.

»Zwei Monate auf See.«

»Mein Gott, nur zwei Monate?«

»Aber für die Kinder kann das lang werden«, mischte sich ernst Dona Sinhá ein, jetzt in ein dunkelgraues Seidenkleid für besondere Anlässe gezwängt, dessen knappe Eleganz durchaus ihr herrschsüchtiges Naturell verriet, womöglich noch betont durch die strengen Haarschnecken, die das Gesicht der alten Dame einrahmten, ohne jedoch die Ungepflegtheit ihrer Hausfrauenzöpfe zu kaschieren. Und als spräche sie eine Warnung aus, fuhr sie fort: »Gebe Gott, daß sie sich schnell an das Schiff gewöhnen und nicht seekrank werden!«

»Und was kostet nun die Überfahrt, Herr Bruhns?« hakte Senhor Frederico Jork nach.

»Erheblich mehr als früher. Aber es gibt unterschiedliche

Preise, wie Sie wissen, je nach Lage. Die Kabinen im Vorschiff sind billiger, und auf meinen früheren Reisen waren sie immer durchaus passabel. Damit Sie sich eine Vorstellung machen können, Manoel und Maria, die ja schon älter als acht sind, zahlen zwanzig Pfund pro Nase. Luiz, Julia und Nenê jeweils zehn Pfund. Ich bin der teuerste, vierzig Pfund. Und Ana kostet einundzwanzig Pfund.«

»Aber das ist dann erster Klasse ...«, unterbrach ihn ungeduldig Senhor Jork.

»Selbstverständlich«, bestätigte Luiz Bruhns, ob der eigentlich überflüssigen Frage ein wenig verdutzt. Als er die Weinflasche anhob, um sein Glas zu füllen, fiel ihm ein: »Trotzdem ist es nicht gestattet, Wein und Mineralwasser mitzunehmen. Hoffentlich sind die Preise an Bord noch akzeptabel. So lange abstinent zu sein wäre mir unerträglich.«

Die Gäste lachten. Wenig später, als wie bei allen guten Mahlzeiten der Gaumen unverkennbar die Dominanz über die anderen Sinne errungen hatte, flaute die Unterhaltung ab und überließ die akustische Herrschaft dem Geklapper von Gabeln, Tellern und Messern, das auch Tião Franciscos bemühtes Orchester, inzwischen mit einem Walzer beschäftigt, nicht zu übertönen vermochte.

»Wunderbar, die Musik!« bemerkte der schweigsame Dr. Pereira, ohne sich bewußt zu sein, daß er in Wirklichkeit den Genuß meinte, den ihm der Schinkenbraten bereitete.

»Ja, himmlisch!« stimmte der Pater an seiner Seite in das verdiente Kompliment für den ausgezeichneten Braten ein.

Die kleine, unablässig blinzelnde Ursula kam halb hilflos, halb gelangweilt quer durch das Eßzimmer. Neben dem Stuhl der Mutter blieb sie stehen. Gleich hinter ihr erschien in der Küchentür ein zweites Mädchen, auf dessen Miene schiere Neugier stand. Nur ein geschärfter Blick konnte feststellen, daß es Dodô war, fast nicht wiederzuerkennen in einem reich mit Rüschen besetzten grünen Popelinkleidchen, aber auch wegen des Umstands, daß ihr Haar sorgfältig gekämmt und ihr Gesicht sauber war, nachdem Ana sie ausgiebig in einem Zuber gebadet hatte. Am Türrahmen lehnend, sah Dodô sich aufmerksam das Fest im Eßzimmer an. Es war offensichtlich, daß sie nicht verstand, wieso man einen Abschied feiern konnte, der ihr das Herz so schwer machte – denn das einzige, was Abschiede uns bescheren, ist doch ein schmerzlicher Druck auf dem Herzen, oder? Dodô steckte den Finger in den Mund, vielleicht, damit er ihr den Entschluß erleichterte, dann näherte sie sich langsam der lärmenden Tafel und blieb schließlich neben Vô Caetano stehen, der sie an sich drückte.

»Hat meine Dodô ordentlich gegessen?« fragte er.

Das Mädchen nickte bestätigend. Sah sich das Bankett noch etwas näher an und ließ bedächtig den Blick kreisen, um zu beobachten, wie die Leute aßen. Auf der kleinen Ursula, die neben der Mutter stand und unaufhörlich blinzelte, blieb ihr Blick hängen. Sie nuckelte noch kurz am Finger, dann fragte sie ganz leise:

»Opa, sind da im Außenland, in Deutscheland, wo ich hinfahr ...«

»Deutschland ...«, korrigierte der Großvater.

»... sehen da alle so aus wie Ursula?«

»Wie meinst du das, Kindchen?«

»So ... so komisch! Mit roten Haaren und Punkten im Gesicht.«

»In Deutschland haben die Menschen solche Haare wie du und dein Vater. Aber manche haben auch rote Haare.«

»Und blinzeln die auch dauernd, so wie Ursula?«

Die Frage blieb im Raum stehen, denn der Großvater hatte sich dem Pater zugewandt, der sich nach den politischen Verhältnissen auf der Ilha Grande erkundigt hatte.

Dodô wartete eine Weile auf eine Antwort, doch es kam keine. Da ging sie zum anderen Tischende, an dem der Vater saß, und näherte sich ihm zögernd.

»Aber das ist schon so im Grundbuch eingetragen«, sagte Luiz Bruhns energisch. »Ihr Besitz ist an der Frontseite zweihundertachtzig Klafter breit, Coronel. Den Schwarzen habe ich nur zweiundzwanzig Klafter Breite nach vorn vermacht, nach hinten geht es bis zum Fuß des Berges, das heißt etwa hundert Klafter Tiefe.«

»Aber Ihr jetziger Grundbesitz ist größer«, beharrte ein wenig nervös der Coronel.

»Selbstverständlich, doch das habe ich Ihnen von Anfang an gesagt. Heute mißt er insgesamt dreihundertzwei Klafter an der Frontseite«, bestätigte Bruhns in beherrschtem Ton, aber schon so gereizt, daß er schwitzte. »Die Schwarzen bekommen das Gelände von vorn bis an den Fuß des Berges. Von da ab ist Ihr Besitz nach wie vor dreihundertzwei Klafter breit, bis zur anderen Seite am Meer. Daran wird niemand rühren.«

Der Coronel trank einen Schluck Wein und holte tief Luft. Dann räusperte er sich und fuhr noch immer ungehalten fort:

»Mit anderen Worten, dann habe ich das Negervolk auf meinem Grund und Boden!«

»Nein, nicht auf Ihrem Grund und Boden, denn der Teil gehört ihnen«, erwiderte Bruhns gereizt. »Und der Zaun wird sofort gezogen, sowie der Eintrag ins Grundbuch stattgefunden hat. Die Schwarzen haben die Pfähle schon vorbereitet. Nur daß Sie das wissen.«

Der Coronel schien ebenfalls gereizt. Er kaute einen Bissen Schinken zu Ende. Dann schob er ein Stück Kartoffel in den Mund. Noch mit vollem Mund legte er erneut los:

»Aber was ich nicht begreife, Seo Brunles, warum geben Sie dem Negervolk Land? Schwarze sind für Landwirtschaft zu blöd.«

»Also, bitte, Coronel, wie können Sie so etwas sagen!« protestierte Luiz Bruhns.

»Jeder weiß, daß Schwarze schwer von Begriff sind. Und außerdem wollen sie nicht auf dem Land bleiben. Die gehen lieber in die Stadt, weil sie sich da mit Betteln durchschlagen können, ohne zu arbeiten. Die freigelassenen Neger in Paraty lungern nur herum und trinken. Von den Frauen wollen wir lieber gar nicht erst reden. Alles nur leichte Mädchen.«

Dona Alice, die bisher alles, was ihr Mann sagte, mit Kopfnicken bestätigt hatte, platzte heraus:

»Das stimmt. Der Polizeikommissar müßte etwas unternehmen, um diesen schamlosen Negerinnen den Garaus zu machen, denn sonst ...«

»Schämen sollten sich ihre Besitzer, die ihre Einnahmen um ein Vielfaches steigern, indem sie die Frauen zwingen, auf den Strich zu gehen. Das nämlich ist eine Schande«, fiel ihr Luiz Bruhns nun vollends gereizt ins Wort. »Wäre es nicht besser, man ließe sie einen anständigen Beruf ausüben? Diese freigelassenen Sklaven fristen ihr Leben bei Brot und Bananen, weil sie niemals einen Beruf erlernen konnten. Daß sie nichts können, daran sind doch nicht sie schuld ...«

»Aber ihre Herren auch nicht«, erwiderte der Coronel harsch und wischte sich die Lippen mit der Serviette ab. »Wir kaufen die Neger von ehrlich und im Schweiße unseres Angesichts verdientem Geld. Wir sorgen dafür, daß sie gut zu essen haben, und das kostet. Wir bezahlen die Sterbeversicherung für Sklaven. Und jetzt noch mehr ausgeben, damit die Schwarzen zur Schule gehen können, das fehlte gerade noch. Es reicht ja schon kaum für die eigenen Kinder ...«

»Ich kann verstehen, was der Coronel sagt«, bemerkte der Fazendeiro Teodoro Gomes, zu Bruhns' Linker sitzend. »Ich kenne Leute, die sich keine Sklaven mehr kaufen können, weil die Preise für Afrikaner so gestiegen sind. Das ist doch unerhört! Heutzutage müssen sie sich für die Kaffee-Ernte Schwarze aus der Hauptstadt mieten. Früher war so etwas unvorstellbar, da waren Schwarze billig. Jetzt, wo es diese Gesellschaften zur Befreiung gibt, da wird es immer schlimmer. Die bezahlen dem Negervolk sogar ihre Freibriefe. Wo haben solche Leute nur ihren Kopf? Entschuldigen Sie, Sior Luiz, ich weiß, Sie geben Ihre Schwarzen frei. Aber damit lassen Sie sich viel Geld entgehen, wenn man bedenkt, was die heutzutage wert sind. Und außerdem hat der Coronel recht. Neger wissen als Freie nichts mit sich anzufangen. Die enden alle bei der Flasche, wie der Coronel gesagt hat.«

»Das ist so nicht richtig. Und es hilft nichts, daß man sich etwas vormacht«, erwiderte Luiz Bruhns mühsam beherrscht. »Die Sklavenbefreiung ist ein Problem, mit dem sich dieses Land früher oder später wird auseinandersetzen müssen. Diese Verantwortung trifft alle Brasilianer.«

Die übrigen Gäste verfolgten gespannt die Diskussion, insbesondere, weil es ein Ausländer wagte, ihnen zu sagen, was sie zu tun hatten. Von der anderen Tischseite warf der junge Advokat Silva ein:

»Es ist mehr als Verantwortung, es ist ein Verhängnis! Dieses Land weiß schlicht und einfach nicht, was es mit den Negern anfangen soll, die es aus Afrika hergeholt hat. Die Lage wird sich noch zuspitzen, vor allem nun, da der Kaiser Anreize für die Einwanderung von Europäern bietet ...« Er blickte in die Runde, als gälte es, eine deutliche Botschaft zu verkünden: »Und mit eingewanderten Siedlern ist nicht zu spaßen. Die erhalten Lohn und stellen Forderungen. Wir wissen doch genau, wozu die in der Lage sind ...«

Ja, das wußten sie alle. Als sprengte das Ausmaß des Problems den Rahmen der Gelegenheit, verstummten sie und wandten sich wieder ihrer erheblich vergnüglicheren kulinarischen Beschäftigung zu. Luiz Bruhns atmete erleichtert auf, die Diskussion hatte sich einem Terrain genähert, das für ein Abschiedsessen allzu heikel war. Und die angespannte Atmosphäre hätte zu direkten Mißfallensäußerungen über seine Einstellung und sein praktisches Verhalten führen können. Tatsächlich hatte er vor einigen Jahren, als er erfuhr, daß eingewanderte Landarbeiter ungerecht behandelt worden waren, den Aufstand der deutschen Siedler auf der Fazenda des Dr. José Cardoso de Menezes in Bananal Novo unterstützt und sogar fast dreißig Landarbeiterfrauen Obdach gegeben, was ihm eine Anzeige und Beschwerden bei Gericht eingebracht hatte, er hetze zu Gehorsamsverweigerung auf. Zwar war die ganze Sache im Sande verlaufen, doch hatte er sich damit den Unwillen, wenn nicht die offene Feindschaft vieler Fazendeiros aus der Umgebung zugezogen. Dies war einer der Gründe, weshalb Luiz Bruhns die Glut unter der Asche lieber nicht neu schüren wollte. Kurzes Auflachen in einer Ecke des Raums unterbrach das allgemeine Schweigen. Es war Dodô, sie hatte den kleinen schwarzen Pitoco bei seinem

Auftrag, mit der zerschnittenen Zeitung zu wedeln, abgelöst. Beide kicherten begeistert. Dona Sinhá wandte den Kopf, und als sie sah, was da geschehen war, rief sie:

»Hör sofort damit auf, Kind!«

Da die Großmutter Anstalten machte, sich zu erheben, reichte Dodô dem Bengel die Bambusstange zurück. Von den Gesprächen der Erwachsenen gelangweilt, blieb sie vor dem Orchester stehen und sah, in der Nase bohrend, hingerissen zu, wie die Neger spielten. Dann machte sie sich auf den Weg in die Küche. Dort hatte sich, wie sie gleich beim Eintreten feststellte, nicht viel geändert. Zwischen den pausenlos hin- und herlaufenden Dienstboten unterhielten sich ihre drei älteren Geschwister auf französisch, und als sie Dodô hereinkommen sahen, redeten sie, eindeutig in der Absicht, Dodô zu ärgern, noch lauter und vehementer.

»*Vous ne pouvez pas faire comme ça! Il faut commencer par la viande*«, sagte Manoel.

»*Mais non*«, erwiderte Maria. »*C'est une erreur, parce que la pêche doit venir en avance.*«

»*Oh, mais ça c'est pas possible*, Nhanhã. *On dit pas ›pêche‹. C'est ›poisson‹. Je vois que dans votre Collège il n'a pas aussi un bon maître de français! Monsieur Stoll a dit ...*«

Dodô hörte mit offenem Mund zu und verstand nichts.

»*Assez avec ce monsieur Stoll, Maneco*«, warf Maria ein. »*La ville entière sait que le Collège Stoll est en décadence. J'ai entendu papa dire ça. Et Luizito aussi m'a dit ça ...*«

Manoel sah den schweigenden Luiz an seiner Seite an:

»*C'est vrai ça, Luiz?*«

»*Non, je vous assure que non*«, antwortete Luiz schnell, aus Angst vor der Reaktion des älteren Bruders.

»*Alors, mademoiselle Maria, il faut vous rappeler que notre Collège est dans Botafogo, vous savez? Ce n'est pas comme le vôtre que ...*«

»Ist ja gut, Maneco, hör auf!« fiel Maria, plötzlich verärgert, dem Bruder ins Wort. »Ich hab keine Lust mehr, in dieser blöden Sprache zu reden ...«

Dodô seufzte. Wenn die Geschwister zu den Ferien auf der

Fazenda waren, endeten ihre Unterhaltungen immer damit, daß Maneco und Maria sich stritten. Gerade wollte sie sich an den Tisch setzen, um auf das Dessert zu warten, da brachen die Hunde draußen in ein wahres Höllengebell aus. Wer mochte um diese Zeit kommen? Oder war es vielleicht ein wildes Tier? Dodô wollte schon durch die Küchentür nach draußen gehen und nachsehen, aber der Gedanke an die Dunkelheit hielt sie zurück. Also lief sie ins Eßzimmer, gerade rechtzeitig, um mitzuerleben, wie der Neger Afonso hereingehastet kam und dem Vater etwas ins Ohr flüsterte.

»Meine Damen und Herren, Sie entschuldigen mich bitte einen Moment. Ich muß nur kurz etwas erledigen«, sagte Luiz Bruhns, nahm die Serviette von der Brust und erhob sich.

Dann verließ er unter den neugierigen Blicken seiner Gäste den Raum, durchquerte das düstere Haus und trat hinaus auf die überdachte Veranda, wo Afonso Congo ihn schon mit einer brennenden Öllampe erwartete.

»Da hinten sind sie, Nhô Luiz«, sagte Afonso und wies auf einen Punkt in der Dunkelheit, von wo das Gebell herkam.

Luiz Bruhns scheuchte energisch die Hunde weg und ging, die Öllampe in der Hand, die eine matte Lichtbahn ins Dunkel schnitt, unter der Bougainvillealaube hindurch in den Garten. Als er sich der Gartenpforte näherte, sah er vage die Gestalten zweier aufgeregter Negerinnen, die, sowie sie ihn erkannt hatten, sofort herbeigelaufen kamen und ihm die Hand küßten.

»Ihr Segen, Nhô Luiz, Ihr Segen.«

»Was, um Gottes willen, wollt ihr um diese Zeit?« fragte Luiz Bruhns sofort.

»Euer Gnaden vergeben, Senhor, daß wir jetzt kommen«, erklärte die weniger Verschüchterte der beiden. »Aber ist einzige Zeit, wo wir heimlich wegkönnen.«

Es waren zwei Sklavinnen von der Nachbarfazenda, dem Besitz von Manoel Fernandes.

»Is nämlich, daß die Dasdor vor paar Tage ein Kind gekriegt«, fuhr sie fort, »und das solln die nich haben. Hat

Angst, daß sie Kind quälen. Nhô Luiz weiß, auf Fazenda von Seu Mané sind alles böse Leute, schlechte Menschen.«

»Ganz schlecht, Sinhô«, ergänzte Dasdor, nahm all ihren Mut zusammen und kam näher. »Wegen jede Kleinigkeit peitschen Neger Rücken blutig. Gibt für Neger fast kein Essen. Und wenn krank, keiner hilft. Da haben gesagt, Nhô Luiz weggehen. Und hab ich gedacht, ich bring Kind zu Nhô Luiz, weil Nhô Luiz ist guter Herr, behandelt Sklave gut.«

Die Schwarze streckte die Arme vor. Luiz Bruhns hob die Öllampe. Aus dem Stoffbündel, das sie ihm entgegenhielt, sahen zwei Ärmchen hervor und bewegten sich unzufrieden.

»Nehmen Sie, Nhô Luiz. In Namen von Herrgott im Himmel, nehmen Sie.«

Luiz Bruhns stand einen Moment sprachlos und unentschlossen da, dann wich er erschrocken zurück. Er wußte, daß der Fazendeiro, sein Nachbar, völlig zu Recht in dem Ruf stand, despotisch und brutal zu sein. Die Neger der Umgebung fürchteten nichts mehr, als an ihn verkauft zu werden. Schon allein die Androhung bewirkte mehr als jede Strafe. Wenn er das Kind aufnahm, riskierte er, auch wenn er das Land verließ, den Haß dieses bösartigen Mannes für immer auf sich zu ziehen, und mit Sicherheit würde er seinen Zorn an Luiz Bruhns' ehemaligen Sklaven auslassen und sie auf gemeinste Art schikanieren. Die Schwarze, die da vor ihm stand und ihm noch immer den Säugling auf den Armen entgegenstreckte, hatte offenbar seine Gedanken erraten:

»Nhô Mané Fernandes, der erfährt das nich. Wir sagen, Kind is tot. Und fertig.«

Luiz Bruhns schwankte erneut – vielleicht konnte er das Kind kaufen. Trotzdem fürchtete er, solch eine Absicht würde zumindest als sehr merkwürdig und schlimmstenfalls als Dreistigkeit aufgenommen. Seit dem unerklärlichen Brand auf der Nachbarfazenda im letzten Jahr, den gelegt zu haben Luiz Bruhns namentlich verdächtigt worden war, hatte Mané Fernandes es auf ihn abgesehen. Zur Vergeltung konnte er sich an der Mutter rächen und würde womöglich nicht einmal das Kind verschonen. Und außerdem, wo sollte er, schon mit fünf mutterlosen Kindern belastet, so kurz vor der Abreise aus dem Land mit einem Säugling hin? Das wäre der Gipfel an Unvernunft.

»Nein, das wäre eine Dummheit«, sagte Bruhns entschieden. »Das bringt uns allen nur Scherereien ein. Ich kann nicht.«

»Bitte, Nhô Luiz, für schwarze Dasdor. Bitte, in Namen von Gott«, bedrängte ihn die Frau und streckte ihm das Kind noch entschlossener entgegen.

In diesem Augenblick sah Luiz Bruhns unvermittelt das Antlitz seiner verstorbenen Frau vor sich. Er betrachtete sich nicht als sentimentalen Menschen und betonte dies immer gern, wenn er die unerträgliche Gefühlsduselei der Brasilianer kritisierte. Aber zweifellos wußte er sie von wahrer Barmherzigkeit zu unterscheiden, wie er sie nur zu gut im Verhalten seiner geliebten Maria Senhorinha kennengelernt hatte. Als hätte das eine das andere nach sich gezogen, fiel ihm die Sklavin Leocádia ein, die erst in der letzten Woche ihr Baby verloren hatte. Und damit schloß sich der Kreis wie von selbst.

»Afonso!« rief er.

Afonso war sofort zur Stelle.

»Weint Leocádia noch immer über ihr totes Kind?«

»Ja, Sinhô, weiß sich gar kein Trost. War ja auch ihr erstes, nich?«

»Also gut«, sagte Luiz Bruhns, hob das Baby von Dasdors Armen und reichte es dem Schwarzen. »Bring es Leocádia, als Geschenk.«

Dem stattlichen deutschen Fazendeiro, der dort in der Dunkelheit stand, das Gesicht vom flackernden Licht der Öllampe kaum beleuchtet, war nicht ganz wohl in seiner Haut, weil er so selbstverständlich etwas tat, das seiner Auffassung nach einzig Gott zustand – dem Herrn über alles Leben, der Ehefrauen zu sich ruft, Kinder nimmt und ... auch Kinder schenkt und Mütter besorgt. Ihm war, als sei dies sein wahrer Abschied von Brasilien, aber auch eine Art Taufe, durch die sein Wesen für immer von diesem Land geprägt bleiben würde, in dem ein Mensch so überraschend und im Handumdrehen zu Gott werden konnte.

»Ist das in Ordnung?« fragte er, einigermaßen beruhigt, die Negerin. »Ich bin sicher, daß Leocádia deinem Kind eine gute Mutter sein wird.«

Statt einer Antwort fiel Dasdor weinend auf die Knie und küßte ihm die Hände. Dann stand sie auf und verschwand, von ihrer Freundin begleitet, im Dunkel. Afonso Congo mit seinen Katzenaugen war, Leocádias neues Kind behutsam auf den Armen, längst verschwunden. Luiz Bruhns zückte sein Taschentuch, wischte sich den Schweiß von der Stirn und begab sich, von der schwanzwedelnden, jaulenden Hundemeute umringt, zurück zum Haus. Wie einem Ruf gehorchend, wanderte sein Blick suchend über den herrlichen Himmel von Paraty, dessen Sterne – Tausende von hell leuchtenden kleinen Augen – nicht müde wurden, hinabzublicken auf die Menschen und ihre selbst nach so vielen Jahrhunderten noch immer unveränderte Fassungslosigkeit angesichts der unermeßlichen Größe des Mysteriums, aber auch des Schmerzes. Gleich unterhalb des Hauses sah er die Konturen des Meeres, ein immenser Spiegel, über den das Firmament sich neigte und der Mond Silberflecken warf. Im Hintergrund hörte er die Musik des Orchesters, das er gegründet hatte, damit es schwierige Zeiten erheiterte; nun spielte es ganz ohne Frage sein letztes Konzert. Sie muteten fremd an inmitten des nächtlichen Grillengezirpes, diese Klänge, die in Fetzen herüberwehten, Klänge aus einem so manches Mal tragischen, aber auch wunderschönen Leben, und wieder schloß sich ein Zyklus, und das Leben öffnete sich den Launen der Zukunft, diesem undurchdringlichen, furchterregenden Ozean der Ungewißheiten. Luiz Bruhns atmete tief ein. Die saubere Luft stärkte ihm die Lungen.

Als er das Eßzimmer betrat, erzählte der Pater gerade eine amüsante Geschichte, und die versammelte Tischrunde lauschte ihm.

»Da fanden wir also im *Jornal do Comércio* besagte Anzeige von einem französischen Musiker, der Klavierunterricht anbot. Nach vielem Hin und Her entschloß sich der Stadtrat, unseren Schulmeister João Rodarte – übrigens auch ein Nachbar von Seo Luiz – in die Hauptstadt zu schicken. João fragte den Franzosen sofort, ob er jenes kürzlich erfundene Instrument, das Saxophon, kenne. Der Franzose bejahte. Besaß das Saxophon möglicherweise mehr Klangfülle als die Posaune? Der Mann bestätigte, deshalb hätten die französischen Militärkapellen es sofort übernommen. Wäre er dann vielleicht bereit, der Bevölkerung von Paraty Saxophon-Unterricht zu geben? Da der Mann nicht gerade begeistert reagierte, bot João ihm eine Teilhaberschaft in dem Bohnenhandel seines Schwiegersohns an. Nichts. Der Mann wirkte zögerlich und argwöhnisch. Warum war den Leuten in Paraty so sehr daran gelegen, Saxophon spielen zu lernen? Da beschloß João, das Geheimnis um das Saxophon zu lüften und ihm von dem Plan zu erzählen, den ich Ihnen, meine Herrschaften, nun aus erster Hand wiedergebe. Alle Anwesenden erinnern sich wohl noch an das Posaunenständchen, das die Leute aus Mangaratiba vor ungefähr einem Monat hier in Paraty einer ihrer jungen Damen gebracht haben, die sich mit einem der unseren vermählt hat. Nun dauerte dieses Ständchen aber die ganze Nacht – und für unsere Leute war es die reinste Demütigung, die ganze Nacht hindurch zehn Posaunen zu hören! Es heißt, die Geschichte sei inzwischen zu einem Witz über Paraty geworden und die Leute aus Mangaratiba lachten noch heute über uns. Das konnten wir, eine Stadt mit zweihundertjähriger Geschichte und glorreicher Vergangenheit, nicht auf uns sitzen lassen! Wir luden zu einer Sondersitzung des Stadtrats mit ein paar Honoratioren der Stadt ein, darunter der stellvertretende Polizeichef Dr. Mateur Firme und der Friedensrichter Senhor Dr. Domingos de Araújo, um die Angelegenheit zu besprechen, schließlich ging es um unsere Würde als Paratienser. Zunächst galt es, ein Instrument zu wählen, das die Posaune an Klangfülle und Lautstärke übertrifft. Einer der Anwesenden schlug das Saxophon vor, über das man, obwohl es noch neu ist, schon viel gehört hatte. Und wir faßten folgenden Beschluß: So wie Mangaratiba einen Deutschen hat, der ihnen die Posaune beibringt, brauchen wir jemanden, der unserer Jugend das Saxophon beibringt. Dann könnte Paraty demnächst einer der unseren, die in Mangaratiba verheiratet ist, einen Besuch abstatten und ihr eine ganze Nacht lang ein Ständchen bringen. Mit Saxophonen, Senhoras und Senhores, mit Saxophonen! Damit Mangaratiba unter unserer musikalischen Überlegenheit im Boden versinkt.«

«Bravo!« rief Dr. Pereira, schon ein wenig angeheitert. »Dr. Mateus hatte mir bereits davon berichtet. Bravo!«

»Eine ausgezeichnete Idee!« sagte Senhor Teodoro Gomes. »Ich stelle meine Söhne zur Verfügung. Die patriotische Begeisterung unserer Jugend müßte wahrhaftig etwas geschürt werden.«

»Ich hoffe, nicht nur die jungen Leute dürfen ihren Patriotismus unter Beweis stellen«, rief Dona Alice Moraes, auch sie schon etwas beschwipst, und hob das Glas. »Ich stelle mich ebenfalls zur Verfügung, in dem Orchester mitzuspielen!«

Eine Frau in der Kapelle – eine derart abwegige Vorstellung löste allgemein fassungsloses Schweigen aus, worauf eine ganze Reihe ungehaltener Räuspertöne des Coronel folgten.

»Und hat der französische Musiker denn nun eingewilligt?« fragte etwas ungeduldig der junge Advokat Silva aus Angra dos Reis.

»Das ist ja das Problem. Nein, zu unserem Leidwesen hat er abgelehnt«, antwortete bekümmert der Pater.

»Ach!« Dona Alice war schockiert.

Senhor Teodoro und Dr. Pereira blickten enttäuscht, während der Coronel Moraes seine Mißbilligung über die abschlägige Antwort des französischen Musikers mit einer neuerlichen Räusperfolge äußerte.

»Abgelehnt ... Hatte ich es mir doch gedacht!« warf der

junge Advokat aus Angra in nahezu triumphierendem Ton ein. »Aber vielleicht ist das auch besser so.« Er stockte, lachte kurz, schenkte sich absichtlich sehr langsam Rotwein ein und fuhr, verschmitzt lächelnd, fort: »Nun stellen Sie sich vor, die Bürger von Mangaratiba revanchierten sich für die Saxophone mit Trommeln, Pistolen oder gar Kanonen? Ich meine nur, weil die noch lauter sind ...«

»Oh, dann gäbe es Krieg!« rief Dona Alice aufgeregt, denn die Ironie des jungen Mannes war ihr entgangen.

Sehr wohl verstanden hatte sie hingegen ihr Mann, der Coronel, der sich noch heftiger und offenkundig unangenehm berührt räusperte und alle anderen ansteckte, denn nun folgte betretenes Schweigen, das nur deshalb nicht vollends unerträglich wurde, weil der Maestro Francisco und sein Orchester unbeirrt eine Arie aus Bellinis *Norma* in der Instrumentalversion spielten. Wie dem auch sei, Luiz Bruhns spürte offenbar wenig Neigung, die Dinge ins Lot zu bringen. Seine Gedanken kreisten noch um die Begegnung mit den beiden Negerinnen, und die Verantwortung, die er auf sich geladen hatte, nagte in ihm. Dona Alice war es, die naiv die Situation zu retten versuchte:

»Kann man denn keinen anderen Lehrer finden?«

Pater Joaquim wollte zu einer Antwort ansetzen. Doch blieb für Mutmaßungen keine Zeit, denn in diesem Augenblick trugen die Dienerinnen die Platten mit den Süßspeisen herein. Und da man sich hier im Reich der Gaumenfreuden befand, verblaßte alles, was nicht zum Magen sprach, und wie durch Magie stellte sich wieder die gleiche Hochstimmung wie zu Beginn des Abends ein.

»Der Herrgott sei gelobt!« rief strahlend Pater Joaquim, und die Augen gingen ihm über angesichts der Vielfalt an Dessertspeisen, die an ihm vorüberzogen, bevor sie ihren Platz auf der Tafel einnahmen. »Bei dieser Pracht kommt mir der Verdacht, daß Seo Luiz' Köchinnen *Die perfekte Süßspeisen-Köchin* zu Rate gezogen haben.«

»Wie sollten sie denn?« gab Dona Alice zurück, inzwischen von ihrer Enttäuschung, daß es keinen Saxophon-Krieg geben würde, ein wenig erholt. »Die können doch gar nicht lesen!«

Allgemeines Gelächter.

»Aber besser kochen als so mancher belesene Mensch«, mischte sich der alte Manoel Caetano ein, der bislang geschwiegen hatte. »Das kann ich Ihnen garantieren!«

»Ich bin mir nicht sicher, ob sie besser kochen können oder besser süße Köstlichkeiten fabrizieren«, erwiderte der junge Advokat, und sein Blick verlor sich in den zahllosen Desserts in den verschiedensten Farbtönen. »Nun sehen Sie sich das an!«

In der Tat, der Tisch war reich, ja geradezu fürstlich mit Süßspeisen bedeckt, für jeden Geschmack etwas. Da gab es den im Ofen gegarten, bereits fertig geschnittenen kuchenähnlichen *manuê*, aber nicht mit Maismehl noch mit Maniokmehl oder Reismehl bereitet, auch nicht mit Käse, sondern den echten aus Paraty, aus Weizenmehl, Sirup und Eiern – etwas mächtig allerdings, wenn der Bauch schon ziemlich gefüllt ist. Dann gab es auch in eleganten grünen Kristallkompottschüsseln den duftenden »Jungmädchenspeichel« ...

»... der im Kaiserpalast nie fehlen darf, wie man sich erzählt«, bemerkte der unermüdliche Advokat aus Angra mit bereits gezuckertem Blick.

Und mit diesen Worten tauchte er den Löffel in die kräftig gelb leuchtende Crème, die gemahlener Zimt wie ein Sprühregen von verführerischen, unaussprechlichen Verheißungen besprenkelte. Dona Ida Jork neben ihm biß schon in einen kleinen Kuchen aus einer Art Marzipan und lobte mit einem langgezogenen – und wenig germanischen – Wonneseufzer den betörenden Geschmack der gebackenen Mischung aus Kokos und Ei, die sie mit ihrer Tochter Ursula teilte.

»Mein Gott, wie bringen die Brasilianer bloß all dieses süße Zeug herunter?« platzte – auf deutsch – Frederico Jork heraus.

Sekundenlang richtete er sich steif auf, voller Verachtung für die Lust der Brasilianer an übertrieben Süßem. Dann verschaffte er sich mißtrauischen Blicks eine Übersicht über die vor ihm leuchtenden Leckereien. Wenige Minuten später ließ auch er sich vom allgemeinen Genießen verführen. Sein kritischer Verstand hatte ihn nicht daran hindern können, nach einem Mãe-Benta-Küchlein zu greifen und kurz entschlossen wie ein williger Sünder hineinzubeißen. Teodoro Gomes an seiner Seite entschied sich lieber für eine Kokosmakrone, eine jener saftigen, die den Speichel aus den Mundwinkeln rinnen lassen. Luiz Bruhns am Kopf der Tafel kratzte sich noch etwas in Gedanken den Bart. Doch plötzlich trat in seinen geistesabwesenden Blick ein sehr gegenwärtiges Glänzen, denn er hatte die Kollektion von Kompottschüsseln wahrgenommen, die keinen Meter von seiner Nase und seinem Gaumen entfernt ihre Schätze feilboten.

»Hmm. Caju. Banane. Guajave«, stellte er, von seiner eigenen Begehrlichkeit fast überwältigt, nach Besichtigung ihres Inhalts fest. »Das sind meine Lieblingskompotte!«

Und legte sich mit geradezu kindlicher Freude auf, vielleicht, weil es das letzte Mal war.

Während sich leises lustvolles Stöhnen, Rufen und Seufzen mit den zarten, melodiösen Klängen eines Fast-Menuetts von Gluck mischten, das Tião Franciscos Orchester nun spielte, betrat die ruhelose Dodô erneut das Eßzimmer und wandte sich der Seite zu, wo Dona Maria Antônia da Silva saß, die Schwester ihrer verstorbenen Mutter.

»Tante Antônia, gibt's keinen Sirup mit Maisbrei?« fragte sie, voller Sehnsucht nach ihrem Lieblingsnachtisch zur Zeit der Zuckerrohrernte.

»Der Mais ist noch nicht so weit, Dodô.«

»Dann eben Sirup mit Maniokbrei ...«

»Das gibt es auch nicht, mein Schatz. Möchtest du vielleicht ein Eierbonbon? Oder einen kleinen Zuckerkuchen? Die sind köstlich.«

Dodô drehte sich desinteressiert um.

»Dodô! Komm mal her!«

Es war der Vater, der sie rief. Dodô ging zögernd zu ihm.

»Justina, hol die anderen Kinder her«, wies Luiz Bruhns eine Negerin an. »Maestro, bitte eine kurze Pause.«

Das Orchester verstummte. Selbst die kleinen Negerjungen mit den Wedeln hielten ihre Bambusstöcke still. Manoel, Maria und Luiz kamen herein und stellten sich neben den Vater und Dodô. Nenê war natürlich nicht da – er hatte früher gegessen und träumte schon, von Ana in den Schlaf gewiegt. Es wurde feierlich. Von seinen Kindern umringt, klopfte Luiz Bruhns mit einem Löffel an ein Kristallglas, um die Aufmerksamkeit der Gäste auf sich zu lenken, und erhob sich.

»Senhoras und Senhores, wenn Sie gestatten, möchte ich ein paar Worte zu Ihnen sprechen«, begann er in einem etwas stockenden Portugiesisch mit seinem deutschen Akzent, vor allem bei den R-Lauten. »Dies ist unser erstes Fest seit dem Tod meiner geliebten Frau Maria vor zwei Jahren. Es findet gegen den Willen meiner Verwandten, der Familie Silva, statt, aber es hat, jenseits aller Traurigkeit, seinen Sinn. Ich spreche von meinen fünf Kindern. Ihretwegen verlasse ich Brasilien, damit sie nun, nachdem sie ihre Mutter verloren haben, besser umsorgt werden. In Lübeck, wohin wir gehen, habe ich meine Mutter, meine Geschwister und viele Verwandte. Dort gibt es auch ausgezeichnete Schulen. Das heutige Fest soll den Beginn dieses besseren Lebens einläuten. Ich bin sicher, daß meine selige Frau es gutgeheißen hätte. Deshalb bitte ich Sie alle, mit mir auf die, wie ich hoffe, große Zukunft meiner Kinder in Deutschland anzustoßen, und ich bin sicher, daß meine Familie sie freudigen Herzens wie ihre eigenen Kinder aufnehmen wird. Bei dieser Gelegenheit möchte ich mich auch für alles bedanken, was man für mich und meine Kinder in diesem wunderbaren, großzügigen Land getan hat.«

Die Gäste erhoben sich. Die Negerinnen servierten den alten süßen Malvasia, einen so schweren Madeirawein, daß er fast golden war. Luiz Bruhns hob das Kristallglas, die anderen taten es ihm gleich. Seine Stimme klang in der andächtigen Stille ganz besonders feierlich:

»Auf die Zukunft meiner Kinder! Auf unser aller Wohl!«

»Zum Wohl!« gaben die Gäste einstimmig zurück.

Dann, da das Abendessen beendet war, bat Luiz Bruhns seine Gäste, ihre Stühle vor dem Tisch zu gruppieren. Während die Kinder sich zerstreuten, kamen die Dienstboten erneut mit Kanne, Schüssel und Handtuch für die Waschung nach dem Mahl. Der Kaffee wurde serviert. Der Gastgeber bot den Herren Havanna-Zigarren aus einer Fünfziger-Kiste an und dazu einen Sherry. Für die Damen einen Jabuticaba-Likör. Da ergriff der Maestro Tião Francisco das Wort:

»Wenn die Herrschaften gestatten, möchte ich Ihnen nun den speziellen Teil unseres Konzerts präsentieren und unserem hochverehrten Senhor Herr João Luiz Germano Bruhns und seiner geschätzten Familie eine glückliche Reise nach Europa wünschen.«

Der Maestro dankte mit einer Verbeugung für den Applaus, drehte sich um, hob den Taktstock und gab dem Orchester den Einsatz. Da trat in einem schlichten, aber bildhübschen, in Blau und Weiß gehaltenen Musselinkleid, ein Blumenbouquet am Gürtel, die schwarze Tereza zu den Musikern. Während die Männer rauchten, die Damen am Likör nippten und die goldene Schnupftabakdose mit ihrem köstlichen Inhalt erneut die Runde machte, sang die Schwarze mit herrlicher Stimme ein paar schmachtende Romanzen des Pater José Maurício, eine Hommage des Tião Francisco für seinen Lehrer.

»... füge ich mich in mein Los, beuge mich des Schicksals Macht ...«

Alle Anwesenden lauschten verzückt der klagenden Weise über jemanden, der die Hand küßt, die ihn abweist, und deshalb für immer unglücklich bleibt.

»Daß ich so liebe, ohne geliebt zu werden«, sang die Schwarze mit ihrer gefühlvollen Stimme. »Ich bin verdammt zum Unglück auf Erden.«

Es war spät geworden. Die sentimentalen Melodien und ihr Text unterstrichen noch die wehmütige Stimmung des sich zum Ende neigenden Festes. Als allerletzte Darbietung präsentierte Tião Francisco eine kurze Symphonie von Haydn, Luiz Bruhns' Lieblingskomponist. Aber das war vielleicht keine gute Idee. Inzwischen war die kleine Ursula auf Ida Jorks Schoß eingeschlafen, und diskretes Gähnen hier und da verriet unübersehbar die Wirkung des Alkohols und der kulinarischen Genüsse. So kam es, daß sich die ermatteten Gäste, sowie die Musik verstummte, mit Dankesworten und Wünschen für eine gute Reise verabschiedeten. Nacheinander traten die Pferde und Fahrzeuge ihren Heimweg an, jedes vom hartnäckigen Gebell der Hundemeute begleitet. Die schwarzen Hausmädchen räumten die Küche und das Eßzimmer auf. Dann zogen sie sich in ihre Unterkunft auf dem Dachboden zurück. Die letzten Lichter im Herrenhaus waren gelöscht, Stille kehrte ein, nur ab und an vom Ruf einer Eule oder Husten eines Kindes unterbrochen. In ihren fast leeren Zimmern schliefen die Mitglieder der Familie Bruhns zum letzten Mal auf der Fazenda da Boa Vista und stärkten sich für die lange Reise, die vor ihnen lag. Sie schliefen und träumten, aufregende Träume vielleicht, wer weiß, bis die Feuerzunge der Morgenröte an ihren Fenstern mit den stummen Glockenschlägen der wiedererwachten Sonne verkündete, daß das Leben weiter seinen gewundenen, aber unvermeidlichen Lauf nahm.

5. Kapitel

Gott behüte dich, Mädchen«, sagte Tonha Cabinda zu Ana und reichte ihr einen Strauß voll erblühte weiße Rosen. »Denk dran, die mußt du ins Meer werfen, damit die Heilige dich beschützt. *Odoiá!*«

Ana war so beschäftigt, daß sie die Blumen nur entgegennahm, sich knapp bedankte und sofort wieder ihrer Arbeit zuwandte. Sie legte die Mützen und Mäntel der Kinder zur Seite, für den Fall, daß es auf der Reise nach Rio de Janeiro abkühlen sollte. Dann breitete sie den Reisemantel von Luiz Bruhns aus und bürstete ihn kräftig von oben bis unten. So lange hatte er im Schrank gehangen, kaum benutzt, seit er und Sinhá Maria ihn auf ihrer letzten Reise in die Hauptstadt im hocheleganten Geschäft *Aos Cem Mil Paletots* in der Rua do Ouvidor gekauft hatten. Mit flinken Händen packte sie sorgfältig, ja fast grimmig die letzten Reiseutensilien zusammen. Doch auf ihrer Miene stand, abgesehen natürlich von Unruhe, eine merkwürdige Entschlossenheit, wodurch sie gewissermaßen geistesabwesend wirkte. Ihr schönes Gesicht mit den hohen Wangenknochen und vernarbten Stammesabzeichen zeigte weit weniger Regungen als für gewöhnlich. Sie biß die Zähne zusammen, weil ihr die Schuhe, die sie hatte anziehen müssen, an den Füßen schmerzten, aber das war es nicht allein – sie biß die Zähne zusammen, um die Fassung zu bewahren. Sie versuchte zu lächeln, als sie nach ihrer rustikalen Baumwollhängematte griff, die sie herausgelegt hatte, um sie auf der Reise dabeizuhaben – um nichts in der Welt hätte sie ihre Hängematte zurückgelassen, die ihr, was immer auch geschah, wohligen Schlaf bescherte. Und während sie nun die rotgelb gestreifte Hängematte zusammenrollte, drang Ana dramatisch ins Bewußtsein, daß sie im Begriff stand, abzureisen, fortzugehen, ein neues Leben anzufangen, an einem Ort zu landen, der für sie Leere bedeutete, vollkommene Leere, einem Ort, von dem sie nicht wußte, wie es dort aussah, wie man sie behandeln, ob sie die Chance und Kraft für einen Neuanfang haben würde. Sie fürchtete sich vor dem Unbekannten und der völlig ungewissen Zukunft. Doch was sie wirklich empfand, war mehr als bloße Angst – es grenzte an Panik, denn ihr war, als bäumte ein schon lange in ihr schlummerndes Ungeheuer sich jetzt mit solcher Macht auf, daß es ihr Übelkeit verursachte – und Ana biß die Zähne auch zusammen, um nicht erbrechen zu müssen. Während sie also nun um Fassung rang und grimmig die Wäsche zusammenpackte, konnte sie doch nicht verhindern, daß sie bei der Berührung der rauhen Fasern ihrer Hängematte diese Abreise wie eine Rückkehr in ihre Kindheit erlebte. Da regten sich die Erinnerungen, drängten bedrohlich aus ihrem Bauch herauf, brachten bruchstückhaft zurück, was vermeintlich in ewiger Vergessenheit begraben lag, verpestete Überreste einer anderen Reise. Das Grauen: Was diese Frau ungewissen Alters – vielleicht dreiundzwanzig, vielleicht fünfundzwanzig – vor sich sah, war nichts als die häßliche Fratze des Grauens. Im Begriff, ihr Sklavendasein zu beenden, sah sie sich plötzlich wieder als kleines Mädchen in einem Schiffsbauch, wie sie, an der trockenen Brust der Mutter zerrend, statt Muttermilch den Fluch einsaugte. Eine andere Reise, bei der ihr alles geraubt worden und ihre Welt eingestürzt war, als sie Afrika verließ. Grauen, inmitten der verblaßten Erinnerungen, nichts als Grauen, *ni ayé atijo, ni igba lailai*, Ana erinnerte sich, schrecklicher als die schrecklichsten Es-war-einmal-Geschichten von vor so langer Zeit, als Ilê und Orun gegeneinander kämpften und dann die Flüsse versiegten und das Land austrocknete und die Brüste keine Milch mehr hatten, und sie erinnerte sich, wie die gefangenen Neger in dem von Stöhnen erfüllten Schiffsbauch immer weiter sangen und sie ganz klein dazwischen, und der Gesang schien mit dem Stöhnen zu verschmelzen, erinnerte sie sich, *o ni láti oní lô*, denn von nun an wird ein Kind, das nicht den Geschmack der Mutter gespürt hat, zu nichts im Leben taugen, *omô ti kô ba tií fénu kan lara iyáa rê*, und die Neger, fast verhungert, nachdem der Kürbisproviant zu Ende war, krank, von Krätze zerfressen, die Lippen entzündet von Durst und Fieber, vor Schwermut und Heimweh halb tot, und auch der Wasservorrat an Bord aufgebraucht, und trotzdem sangen sie, in ihren Schmerz versunken, hießen den Tod mit ihrem schwermütigen Gesang willkommen, sie hörte es noch, *omô o máa mumu lay iyáa rê*, seit jenem Tag saugten die Kinder an den Brüsten ihrer Mütter, *yiáa, yiáa*, was ist aus meiner Mutter geworden, den welken, trockenen Brüsten meiner *yiáa*, meine geliebte *yiáa*, wozu ist *yiáa* gut, wenn sie ihrer *omóbinrin* keine Milch mehr geben kann? Aber wir haben nichts anderes zu tragen als unser Schicksal, dachte Ana, die irgendwann einmal vielleicht Wurá geheißen hatte. Und alles, alles neu beginnen, mit einem neuen

Namen, denn sie hatte sogar vergessen, wie diese Ana-Wurá geheißen hatte, denn unser Schicksal ist alles, was wir zu tragen haben, und wieder auf die Reise gehen, denn Seemann ist, wer immer auf die Reise geht, erinnerte sich Ana-Wurá, und nur heimkehrt, um erneut auf die Reise zu gehen, und so immer seiner Bestimmung als Seemann folgt, das tröstet über die schwermütige Sehnsucht hinweg, hatte eine alte Negerin gesagt. Und dann die erzwungene Trennung von der fast toten Mutter und die lange Reise hier in Brasilien und der anschließende Verkauf an den Sargento Manoel Caetano da Silva von der Nationalgarde aus Angra dos Reis, der sie Ana getauft und als Geschenk für seine noch kleine Tochter gekauft hatte, als Ersatz für ihre schwarze Spielkameradin, die an Durchfall gestorben war, deshalb war Ana ein bißchen jünger als ihre Herrin Sinhá Maria Senhorinha, zu der sie große Zuneigung empfand, weil sie so gutherzig war, immer bewahrte sie von den leckersten Speisen ein bißchen für ihre Ana auf und ließ sie mit ihren Puppen spielen und protestierte, wenn die Mutter die kleine Schwarze mit dem tätowierten Gesicht ganz grundlos prügelte, Ana, deren Aufgabe es war, ihrer Nhanhã eine treue Gefährtin zu sein, und das war sie gewesen, als die Sinhazinha, noch so blutjung, den Siô Luiz Alemão heiratete, und auch später, als die fünf Kinder geboren wurden, immer war Ana da, machte Wasser heiß, wusch, bekreuzigte sich und betete zur heiligen Jungfrau der Glücklichen Geburt und der heiligen Anna um ihren Beistand, während die Glocke der Kapelle mit neun bedächtigen Schlägen die Geburt verkündete – nur nicht die der kleinen Dodô, die unterwegs mitten im Urwald geboren wurde, als sie gerade von Barra Grande nach Graúna umzogen –, und half sehr vorsichtig mit Rauchtabak nach, damit die Nabelschnur der Säuglinge abfiel, danach, als Amme, sorgte sie für jedes Kind und fütterte und badete und behütete und wiegte sie in den Schlaf, und so war es gekommen, und sie hatte akzeptiert, ihr Schicksal zu tragen und sonst nichts, denn anderes besaß sie ja nicht, bis Sinhazinha bei schwerer Geburtsarbeit starb, alles hatten sie versucht, Gebete, Beschwörungssprüche, Kräuter auf den Leib, Brühe aus dem stachligen grünen *Maxixe*-Gemüse, damit der Leib sich dehnte, und Siô Luiz ritt in furiosem Galopp in gerader Linie neben dem Haus, immer hin und her, aber das Kind kam und kam nicht und Sinhá hielt nicht durch, sie ging von ihnen, ließ die fünf Kinder zurück. Und nun wurde aus Schwermut Sehnsucht, und es kam die nächste Reise und der Seemann war bereit, den Hafen zu verlassen. Ana hielt im Einpacken inne, die Augen ganz schrecklich groß bei der Feststellung, daß sie im Begriff stand, das alles noch einmal zu erleben, die Leinen losmachen und wieder auf die Reise gehen, wieder gleich dem Seemann, der immer fortreist, und da half nichts, man mußte sein Schicksal hinnehmen und die Sehnsucht. Sie hörte die Hunde draußen bellen, und das hieß zweifellos, ihr blieb keine Zeit mehr, sie mußte dem Grauen ins Auge sehen, dem maßlosen Grauen, sich erneut zu verlieren – es war soweit.

»Ana«, fragte ungeduldig Manoel, der den Kopf in die Schlafkammertür gesteckt hatte. »Kommst du nun? Vater wird allmählich böse. Und Nenê macht schon Geschrei.«

Ana verließ auf der Stelle das Zimmer, humpelte durch die leeren Räume, so sehr drückten die Schuhe, und hatte zudem Mühe, sich in dem schönen hellgelben Seidensergekleid aus der Garderobe der verstorbenen Herrin zu bewegen, das ihr nun doch allzu unbequem schien, wegen der schweren Unterröcke, in die sie sich hatte zwängen müssen, denn bei den Damen in der Stadt waren staffierte Röcke in Mode. »Und in der Hauptstadt«, hatte die schwarze Tereza begeistert gesagt, »da setzt du dann auch noch die Seidenhaube mit Kinnband auf, bist ja jetzt keine Sklavin mehr, da mußt du wie ein schmuckes Fräulein aussehen.« So verließ Ana zum letzten Mal das Herrenhaus, die Reisekleider und ihre Hängematte noch über dem Arm und in der Hand den kleinen Strauß weißer Rosen für die Heilige. Als sie auf die jasminduftende Veranda hinaustrat, bot sich ihr ein perfektes Bild des Abschieds. Auf dem Hügel hinter dem Haus standen direkt am Hang in einer Reihe schweigend die Neger, die auf der Plantage arbeiteten, in ihren besten Kleidern, wie an einem Feiertag. Sie blickten mit ernsten Gesichtern. Hinter dem Garten, schon fast an den Steinstufen, hatten sich, ebenfalls in einer Reihe, die im Haus arbeitenden Männer und Frauen in den gestärkten, neuen Kleidern, die der Herr ihnen zum letzten Weihnachtsfest geschenkt hatte, aufgestellt. Vor ihnen stand Siô Luiz, zog aus einem Handkoffer Urkundenrollen und überreichte jedem eine, während an seiner Seite ein sehr elegant gekleideter Herr, dessen Kabriolett an einen Pfosten der Bougainvillealaube gebunden war, aufmerksam zuschaute. Daneben, in fast militärischer Haltung, beobachtete Tião Francisco bedrückt die kleine Gruppe, bestehend aus Dona Sinhá, Dona Maria Antônia da Silva und dem jungen Advokaten João Caetano da Silva sowie dem soeben dazugekommenen Manoel, dem kleinen, vor Unsicherheit blassen Luiz und der verstörten Maria, die sich die strengen Ermahnungen der Großmutter anhören mußten, sich nur ja nicht über die Schiffsreling zu beugen und immer in Vaters oder Anas Nähe zu bleiben. Neben ihnen stand Vô Caetano mit Dodô auf dem Arm, die eine Stoffpuppe mit Porzellankopf ebenso entschieden umklammerte, wie sie ihre Tränen zurückhielt. Als witterten sie Ungewöhnliches, schlichen die Hunde, heftig mit dem Schwanz wedelnd, nervös um sie herum. In der Gartenmitte brach Nenê in untröstliches Geschrei aus, während der Mischlingshund Leão ihn knurrend bewachte und vor jedem Schwarzen, der versuchte, den Jungen an die Hand zu nehmen, drohend die Zähne fletschte. Der muskulöse Jordão schleppte auf den Schultern eine kleine Truhe, die immer im Schlafzimmer der Herrschaften gestanden hatte, die Steinstufen zum Anlegeplatz hinunter. Hinter ihm mühten sich zwei Neger mit einem mächtig großen, dunklen Schiffskoffer, offenbar das letzte Gepäckstück, das für die Reise verladen wurde. Unten am Steg machte sich ein kleiner Segeldampfer zum Ablegen bereit. Ein paar Matrosen richteten die Segel, während drei Neger das Gepäck, Kabinenkoffer, Truhen und Reisetaschen, übereinanderstapelten, mit Ölzeug abdeckten und festzurrten.

»Ich habe euch alle zusammengerufen, um euch zu überreichen, was ich euch schon lange versprochen habe: euren Freibrief«, sagte Luiz Bruhns, vor den Hausdienstboten stehend, in lauterem Ton als sonst, vielleicht, damit ihn auch die anderen Schwarzen, die weiter weg oben am Hang standen, hören konnten. »An meiner Seite befindet sich der erlauchte Senhor Richter und Polizeichef des Kirchspiels Dr. Joaquim Hipólito de Almeida, um diesen Akt zu bezeugen und für gültig zu erklären und damit spätere Mißverständnissse zu vermeiden. Ich verlese nun den Wortlaut des ersten Freibriefs.« Er räusperte sich kurz, dann begann er mit fester Stimme: »›Ich, der Endunterzeichnete, Herr und rechtmäßiger Besitzer der in Leibeigenschaft gehaltenen Ana, Negerin, ungefähr dreiundzwanzig Jahre alt, verleihe ihr uneingeschränkte Freiheit, auf daß sie diese genieße, als wäre sie aus freiem Leib geboren. Und zur Bestätigung, daß ich diese Urkunde habe ausstellen lassen, unterschreibe ich mitsamt Zeugen. Paraty, den 9. März 1858.‹ Unterschrieben: ›João Luiz Germano Bruhns‹. Zeugen: ›Manoel Caetano da Silva und Dr. José Joaquim Pereira de Souza‹. Ana ist die erste, das hat sie verdient, weil sie meine Kinderschar so lange ertragen hat.« Er verstummte. Blickte zu den Negern, die ihm aufmerksam zuhörten, und fuhr fort: »Jeder von euch erhält solch ein Papier mit seinem Namen. Dies ist euer wichtigstes Dokument, und deshalb wurde es im Standesregister eingetragen, wie das Gesetz es befiehlt. Keiner braucht etwas für seinen Freibrief zu bezahlen. Und keiner von euch ist mit Schulden belastet. Nach der Bestandsaufnahme meines Besitzes habe ich verkauft, was ich verkaufen mußte, und alle meine Schulden beglichen, ihr könnt also beruhigt sein!« Luiz Bruhns machte eine merkwürdige Pause, vielleicht wollte er ein störendes Zittern in der Stimme unterdrücken. Er senkte den Kopf, räusperte sich unnötigerweise, dann blickte er wieder auf: »Ab diesem Tag, da ich mit meiner Familie das Land verlasse, soll keiner meiner Neger mehr Sklave sein. Ab heute seid ihr alle frei und könnt aus eurem Leben machen, was ihr wollt, versteht ihr?«

Anschließend teilte er die Freibriefe aus, indem er jeden namentlich aufrief:

»Tonha!«

»Rita!«

»Afonso!«

Der Reihe nach traten sie vor, nahmen ihre Rolle entgegen und küßten Luiz Bruhns die Hand.

»Justina!«

»Jordão! Wo steckt Jordão?«

Jordão kam die Steintreppe heraufgelaufen, er hatte ja noch am Anleger zu tun. Siô Luiz überreichte ihm den zusammengerollten Freibrief, und so verfuhr er mit jedem der Hausbediensteten.

»Ich habe hier auch die Freibriefe für alle, die auf der Plantage arbeiten. Jetzt reicht die Zeit nicht mehr, sie jedem einzeln zu übergeben. Deshalb habe ich Tião Francisco damit beauftragt. Habt ihr es gehört? Ihr da oben, Olímpia, Catarina, Pedro Angola, Chico Congo, Mané Congo und all meine anderen Feldarbeiter«, rief er den am Hang stehenden Negern zu, »kommt her und holt euch eure Dokumente bei Tião Francisco ab. Alles in Ordnung? Keiner fehlt. Sollte irgend etwas unklar sein, wendet euch an meinen Schwiegervater Seo Manoel Caetano. Oder notfalls an den Richter Dr. Joaquim. Hiermit seid ihr frei.«

Luiz Bruhns übergab die restlichen Rollen an Tião Francisco, während einige der bereits Bedachten vergeblich versuchten, das Geschriebene zu entziffern.

»Möge der liebe Gott uns allen seinen Segen geben!« sagte Bruhns, bemüht, seine Rührung zu verbergen.

Schweigen trat ein, vielleicht aus Unsicherheit, vielleicht auch aus dem Gefühl für den Ernst der Stunde. Im Hintergrund lediglich Nenês unaufhörliches Greinen. Ein frischer Windstoß zerrte an den Rocksäumen der stumm dreinblikkenden Frauen und zerzauste Luiz Bruhns das schon schüttere Haar. Hoch droben krächzte laut ein Greifvogel, sein einsamer Schrei gellte über den Himmel von Paraty und holte Bruhns in die Gegenwart zurück.

»Ich habe mit meinen Kindern, denen diese Ländereien auch gehörten, beratschlagt und wie folgt entschieden. Von dem Grund und Boden dieser Fazenda habe ich euch zweiundzwanzig Klafter in der Breite mal hundert in der Tiefe vermacht«, fuhr er fort, nachdem er tief Luft geholt hatte. »Viel ist es nicht für mehr als zwanzig Menschen. Aber wenigstens könnt ihr euch so eure Hütten bauen und sogar etwas Acker bestellen. Auch das ist durch eine endgültige Eintragung abgesichert. Der neue Besitzer der Fazenda da Boa Vista, Coronel Moraes do Amaral, ist von all diesen Bestimmungen in Kenntnis gesetzt und einverstanden. Wer von euch also hierbleiben will, der bleibt. Wer das nicht will, dem steht frei, woandershin zu gehen.«

In diesem Augenblick entstand eine eigenartige Unruhe. Manche flüsterten miteinander, dann wandten sich die Köpfe einer nach dem anderen dem steilen Hang hinter dem Haus zu. Dort näherte sich, in seine Lumpen gehüllt, der leprakranke, bärtige Tibério, einsam wie ein Gespenst. Ein Angstschauer schien die versammelte Dienerschar zu überlaufen, gleichzeitig trat unheilvolle Stille ein, selbst Nenê mit seinem Gejammer verstummte. Ein paar Schwarze bekreuzigten sich verstohlen. Auch Luiz Bruhns blickte hinauf, auch er ein wenig überrascht. Tibério war gekommen, um sich zu verabschieden, das war alles. Nur der Papagei Currupaco auf der Veranda wirkte unbeeindruckt von der Szene, als er in seinem geistlosen, unbeholfenen Ton schrie:

»Gelobt sei der Herr. Gelobt sei der Herr ...«

Es dauerte nicht lange, da fing Nenê wieder an zu weinen, und die Schwarzen seufzten resigniert und beruhigten sich. Da die Zeit drängte, fuhr Bruhns in seiner Ansprache fort:

»Ich habe Tião Francisco etwas Wäsche aus dem Haus übergeben, die an alle verteilt werden soll. Afonso Congo hat den Auftrag, euch euren Anteil schwarze Bohnen von der Ernte auszuhändigen, die Ernte war sehr gut. Auch den Rohrzucker habe ich nicht vergessen, ihr bekommt euren Teil für den Eigenverbrauch. Dafür ist ebenfalls Afonso zuständig. Alles liegt bei ihm.«

Luiz Bruhns überlegte. Mehr gab es wohl nicht mitzuteilen. Beiläufig blickte er zur großen Veranda, wo die Vögel sangen und der Papagei noch immer schrie. Da fiel ihm ein, daß er noch eine letzte Sache zu erledigen hatte. Kurz entschlossen ging er los. Er trat durch den Portikus, an dem sich der Jasmin zum Dach hinaufrankte und die Luft mit seinem Duft erfüllte, und begann, die Vogelbauer der Reihe nach zu öffnen. Zunächst verstummten die Singvögel nur und merkten gar nicht, daß die Türen ihrer Käfige weit offenstanden. Einzig Luiz Bruhns' Schritte auf den Holzdielen des Fußbodens waren zu hören. Die kleinen Vögel hüpften und äugten neugierig und verwundert. Da er nicht mehr viel Zeit hatte, begann Luiz Bruhns, sie hinauszuscheuchen. Sch, machte er, hinaus mit euch! Ja, er war wie besessen, aber egal, er hatte es eilig, sie freizulassen, nichts durfte unerledigt zurückbleiben. Nun gab es Geflatter und große Aufregung. Die graugrünen und die eher gelblichen Kanarienvögel, die Prachtfinken, die zierlichen Stieglitze und der Zaunkönig, der immer singt, damit der Regen aufhört, schwirrten ein paar Augenblicke freiheitsblind umher, stießen fast gegeneinander, vielleicht halb benommen vom ersten Flügelschlag, vielleicht mußten sie sich auch erst erneut an der Bewegungsfreiheit laben und Kraft sammeln, bevor sie im flachen Flug davonzogen und sich endgültig in den weiten Himmel und das schützende Dickicht der Wälder aufschwangen. Luiz Bruhns atmete zufrieden auf. Als er die Veranda verließ, wurde er sich des anhaltenden Weinens seines Jüngsten, im Verein mit Leãos verzweifeltem Bellen, bewußt. Gereizt drehte er sich zur Seite:

»Herrgott noch mal, kann denn niemand diesen Hund einsperren? Und du, hör mit deinem Heulen auf. Es ist Zeit, daß wir an Bord gehen.«

Damit war das Zeichen zum Aufbruch gegeben. Zwei Neger fingen Leão mit dem Lasso ein und banden ihn an, worauf der Hund empört kläffend an der Leine hin und her rannte. Ana nahm den strampelnden Nenê auf den Arm und trieb die anderen Kinder zusammen. Fast alle Dienstboten begannen nun, Abschied zu nehmen. Tief bekümmert drückten sie Ana in ihre Arme und streichelten den Sinhazinhas und Nhanhôs über den Kopf. Zum letzten Mal baten sie Siô Luiz Alemão um seinen Segen. Auf ihren Gesichtern stand Sprachlosigkeit. Gleich dem Tod beraubt auch der Abschied uns der Worte und hinterläßt in den Augen die Spuren eines Bruchs, die sich zu Rötung und übermäßigem Glanz wandeln. Dann begaben sich alle zu den Steinstufen, ein ganzes Gefolge von Menschen mit glänzenden Augen. Kleine Gebärden, viele davon verstohlen und nicht zu Ende geführt, liehen mit ihrer Beredsamkeit den innersten Gefühlen Ausdruck. Hände rieben Gesichter, andere Hände kneteten sich oder allerlei Tücher, Finger wischten leise über Augen, Kehlen schluckten trocken und gaben phantasielos beschönigende Räusperlaute von sich. Nur die Silvas stiegen die Stufen mit hinunter und begleiteten die Reisenden an den Dampfer. Die stummen Steine spürten die Füße und geleiteten jeden einzelnen Schritt zum Schiff hin wie zu einem Galgen, an dem lang gehegte Hoffnungen sterben mußten. Aber was konnten die Steine anderes tun, als den Gang zur Abreise registrieren, ohne den Schmerz teilen zu können? Nenê führte am deutlichsten das Wort des Bruchs im Mund: Unaufhörlich schrie er nach Leão, wollte zu seinem Leão, verlangte, Leão müsse mitfahren. Dodô, noch immer auf Vô Caetanos Armen, trug auf ihrem verkrampften Gesicht das Abbild ihres Herzleids. Sie litt, weil sie vieles zurücklassen mußte, doch hätte sie eine Auswahl treffen müssen, dann hätte die Trennung vom Papagei Currupaco als schmerzlichste an erster Stelle gestanden. Natürlich hätte auch sie gern ihren Anspruch erhoben, doch Nenês Geschrei machte sie beklommen, und da sie schon ein großes Mädchen war, gab sie sich allergrößte Mühe, Tränen und Jammern zu unterdrücken. Schon allein deshalb, weil sie den Eindruck gehabt hatte – was sie sich nur widerstrebend eingestand, denn es quälte sie ein bißchen –, daß ihre Abreise Currupaco überhaupt nichts ausmachte, denn er schrie noch immer wie ein Blöder auf der Veranda:

»Heute gibt's Maisrolle! Heute gibt's Maisrolle!«

Luiz trottete stolpernd in seinen neuen Stiefelchen, blaß wie immer, an Anas Rock geklammert. Den Blick in die Ferne gerichtet, als befände er sich schon auf hoher See, vielleicht wollte er schnell in Deutschland ankommen, damit das Leben bald wieder neu anfangen konnte und dieser ganze Schrecken ein Ende hatte. In der Hand den Rosenstrauß, den Ana an sie weitergegeben hatte, ging gleich hinter ihm Maria und bemühte sich vergeblich, ihre Hilflosigkeit zu überspielen. Sie blieb kurz stehen und drehte sich um. Sie sah die vertrauten Gesichter der Schwarzen, die sie an Naschwerk, Späße, zahllose Liebkosungen erinnerten. Sie winkte mit dem Strauß in der Hand – auf Wiedersehen, ihr Lieben, bis bald, ich fahre wieder nach Rio de Janeiro und dann, das weiß nur Gott.

»Das reicht jetzt, Nhanhã«, wies Maneco, der dicht hinter ihr kam, sie zurecht.

Maria ging weiter. Auch Maneco, der den Handkoffer seines Vaters trug, fühlte den stechenden Abschiedsschmerz und konnte nicht widerstehen – auch er warf einen Blick zurück, wollte wissen, wie sich die Dinge verhielten, wenn sie in die Ferne rückten, wenn man sie für immer zurückließ. Bruchstücke von Bildern schossen ihm durch den Kopf. Er sah sich zum ersten Mal nach Boa Vista kommen, vor ein paar Jahren, als er noch nicht das Internat in Rio de Janeiro besuchte. Er erinnerte sich, wie erschrocken er über das mächtige Herrenhaus gewesen war, verglichen mit dem viel bescheideneren Haus in Rio Pequeno. Sah die besorgte Mutter mit zwei Kleinkindern vor sich und den Vater, der voller Energie die Sklaven zur Arbeit einteilte und ständig hin und her lief. Erinnerte sich aber auch an die Freude darüber, das Meer zum Baden gleich vor dem Haus zu haben, an die Streifzüge durch das weite Gelände, die Kriegsspiele mit den Negerjungen, deren Waffen die Zwille und das Gewehr aus Stengeln der Bananenstaude waren, und an die aufregenden Abenteuer, die er hier erlebt hatte, wie damals, als sie einem echten Ozelot begegnet waren, und an die

Kletterpartien um die Wette die Bäume hinauf, höher, immer höher, bis zum letzten Ast. Aber jetzt war keine Zeit mehr. Die Großmutter hatte Manoel für einen Abschiedskuß in die Arme geschlossen. Da sah er, daß schon fast alle an Bord waren. Er beeilte sich.

Als sich der kleine Dampfer in Bewegung setzte, hatte Ana sich bereits, von den Kindern umringt, an Deck unter einem Sonnensegel auf einer Holzbank niedergelassen. Kaum hatte sie die unbequemen Schuhe abgestreift, war ihr, als stürzte sie dieser Augenblick des Abschieds in einen tiefen Abgrund – da saß sie, hilflos angesichts der Trennung, ziellos, machtlos. Und dennoch, sie mußte irgendwie reagieren, denn dies würde nur so lange anhalten, wie sie den Zurückbleibenden zuwinkten und stammelnd einander zuriefen, was offenkundig war – daß sie sich wohl nie wiedersehen würden und daß es hart würde und daß ... daß Gott sich unserer erbarmen möge. Die Augen von Tränen überschwemmt, war Ana auch nur imstande, das Offenkundige zu tun – winken und winken, verzweifelt winken, denn der Augenblick des Abschieds würde so grausam vergehen, wie er gekommen war, und man mußte etwas tun, denn danach – nie mehr, nie wieder. Auf dem Anleger rannte Leão hin und her und bellte, als gälte es sein Leben. Die Dienstboten und die Familie Silva winkten mit Händen und Taschentüchern und riefen ihnen nach:

»Adieu!«

»Gott behüte euch!«

»Den Segen, Sinhô!«

»Auf Wiedersehen!«

Hilflos, mit angehaltenem Atem winkten die Kinder von Luiz Bruhns zurück, ohne recht zu begreifen, daß sie die Hauptpersonen eines derart bedrückenden Ereignisses waren. Wie Marionetten, die eine unsichtbare Kraft in Bewegung hält, ließen sie die Hände erst sinken, als das Haus weit in den Hintergrund gerückt war, viel zu klein und unbedeutend für diese dramatische Situation sah es nun aus. Während das Schiff den Besitz umrundete, erschienen immer wieder

Plantagenarbeiter auf den Berghängen und Felsklippen und winkten ihnen nach. Auf der höchsten Klippe stand einsam Tibério, seine Lumpen flatterten im Wind. Die Neger sangen. Es war ein schwermütiger Gesang in wechselnden Tonlagen, bei dem einer vorsang und die anderen im Chor erwiderten. Das Meer war ruhig, und das Schiff segelte dicht vor der Küste, so daß die Passagiere sehr deutlich den sich unendlich wiederholenden Gesang hören konnten, den der Wind in Wellen zu ihnen herübertrug.

»Eeeeé, ah, ê, ô! Ke ôooôô!« trug der Solist mit sehr klarer Stimme die Melodie vor.

»Agbá ijená, akpá k'omó re i vá«, antworteten die anderen vielstimmig, unablässig winkend.

»Eeeeé, ah, ê, ô!« setzte der Solist erneut ein.

Das Gesicht vom Salz ihres Schmerzes benetzt, murmelte Ana ein paar Worte vor sich hin und legte eine Hand aufs Herz. Diesen Gesang, mit dem das Bergvolk den Hüter der Wege um Wohlergehen für seine Kinder bittet, kannte sie nur zu gut. Es war ein Segensgruß der Bleibenden. Dankbar warf sie die Rosen ins Wasser. Auf der letzten Klippe liefen winkend ein paar Mulattenjungen und versuchten, mit dem Schiff mitzuhalten.

»Da, das ist ja Pitoco!« schrie Dodô aufgeregt. »Auf Wiedersehen, Pitoco!«

»Und Delaide!« rief Maneco. »Behüte dich Gott!«

Das waren die letzten Bilder von ihrem Festland, dann wurde es rasch klein und fern. Das Herrenhaus war schon hinter einer Biegung verschwunden. Das Schiff drehte nach links ab. Nenê schniefte auf Anas Schoß, als sie die Insel Bexiga mit ihrem grünen Waldmassiv passierten. Auf der anderen Seite der Bucht lag im Hintergrund, kaum mehr im Grün der Natur auszumachen, Paraty mit seinen ankernden Schiffen und der noch unfertigen, aber trotzdem erhabenen Gestalt der Hauptkirche Nossa Senhora dos Remédios, und in einer Ecke, beinah schon auf dem Sandstrand, leuchtete weiß, ganz weiß, der Turm der Kapelle Nossa Senhora das Dores mit seinem Wetterhahn. Dann, auf einer hochgelegenen Landspitze, das Fort Tapera, sein zerfallenes Gemäuer zwischen dem wilden Gestrüpp noch deutlich zu erkennen. Der Dampfer umschiffte Eilande voller Königs- und Kokospalmen, überall sprossen sie, malten in die Landschaft ihre unverwechselbare, unveränderbare Silhouette, immer elegant in der stolzen Haltung des Stammes, der sich in die Höhe reckt, bis er sich in der Krone zu einem riesenhaften Büschel gespreizter Finger entfaltet, Palmen auf den Inseln und kleinen Sandbuchten in der Ferne, auch mitten im Wald, und dann ein ganzer Wald von Kokospalmen, Kokos- und Königspalmen, eintönige Wiederholung, bei der alles zuviel wurde, zu ermüdend, von allem zuviel, bis sich Widerwillen regte gegen ihre ewig grünen Wedel, überall, auf dem Meer wie an Land, dieses Grün, das dann immer dunkler und dunkler wurde und schließlich weit hinten an den Bergen in Blau überging, der majestätischen Bergkette der Serra do Mar, so mächtig, daß sie fast banal wirkte, und der Blick wurde gezwungen, sich an ihre plötzlichen Einschnitte zu gewöhnen, manchmal klare weiche Rundungen, mitunter Fluchtlinien, die gewölbt zum Meer hin abstürzten und gleich darauf wieder wie eine Rakete aufschossen, ganz einfach so, ohne jeden Grund, allein aus der Lust, wie ein Kind Wellenlinien zu zeichnen, und der Blick gewöhnte sich sogar an den deutlicher sichtbar werdenden Pico do Frade, seinen nun scharf umrissenen Finger, der in den dunstig himmelblauen Hintergrund aufragte, verwunschene Berge, die von sämtlichen Seiten zusammendrängten, eine Herde von Bergen wie durchgegangene Maultiere, doch letztlich alles zum Gähnen, nicht endende Langweiligkeit in all der Pracht, denn irgendwann nahm der Blick die Großartigkeit nicht mehr wahr, trotz des Wölkchens, das einsam über all dem schwebte, ganz sinnlos, und den Augen unverhüllt die Sinnlosigkeit ihres Schauens vorführte, den Augen, die bleiern auf das bleierne Meer blickten, das schläfrige Meer, das die Reisenden zu einem fernen Land hin trug, in dem die Zukunft lag, sie unbekannt und furchteinflößend erwartete, bereit, alles zu verschlingen, und nichts von dem hier würde übrigbleiben. Dodô stand an den Takelbaum geklammert und schauderte. Sie betete zur Nossa Senhora da Conceição um Beistand. Und begehrte in ihrem Herzen auf. So hatte sie sich im Katechismusunterricht immer die ersten Tage der Schöpfung vorgestellt, wie diese Landschaft. Nein, sie wollte nicht für immer verlieren, was sie über alles liebte! Sie fühlte mit solcher Macht, daß ihr etwas entrissen wurde, daß sie sekundenlang den Drang verspürte, sich ins Meer zu stürzen, für immer unterzutauchen, nie mehr fortreisen zu müssen, in dieses Deutschland, so weit weg, daß es auf den Landkarten des Vaters gar nicht verzeichnet war. In ihrer Hilflosigkeit angesichts des großen Verlusts fing Dodô leise zu weinen an und schluchzte ein einziges Mal jämmerlich auf. Luiz Bruhns, die Kinder ständig im Auge, sah, daß die Brust seiner Kleinen bebte, und ging zu ihr. Nahm sie auf den Arm und drückte sie an sich. Er wußte, wie sie litt, sie war sensibler als alle ihre Geschwister, selbst als der kleine Luizito mit seinem schwermütigen Naturell, aber er hatte Möglichkeiten, sich zu schützen. Dank ihrer übergroßen Sensibilität konnte seine Dodô schon lesen und schreiben, obwohl sie noch so klein war. Den zarten Körper seiner Tochter in den Armen, überkam ihn wieder Rührung, als er an den Abschiedsbrief dachte, den sie für ihren geliebten Großvater hinterlassen hatte: »Für meinen Großvater dies zur Erinnerung an seine liebe kleine Enkelin Julia.« Darunter ein Selbstbildnis, in unbeholfenen Strichen gezeichnet. Luiz Bruhns drückte sie fest an sich und drängte die Tränen zurück. Besorgt betrachtete er seine anderen Kinder. Hoffentlich ging alles gut und sie erholten sich bald von dem Schock, den die Veränderung für sie bedeuten würde. Er hatte die Abreise aus Brasilien eigens auf den Sommer gelegt, diesen brasilianischen Spätsommer 1858, damit sie in Lübeck mitten im Frühling ankamen, so daß die Kinder Zeit hatten, sich an das neue Land zu gewöhnen, bevor der strenge norddeutsche Winter einkehrte. Er vertraute auf Gott, daß seine Kinder sich einleben und den Trennungsschmerz überwinden würden. Oh, ja, auch er selbst litt. Er

ließ den Blick schweifen. Obwohl er das alles zum wer weiß wie vielten Male betrachtete, konnte er sich noch immer nicht sattsehen an dieser Landschaft, wollte sie sich für immer einprägen, im Herzen und im Blick, denn sie wiederholte sich nur scheinbar, in Wirklichkeit war es eine Vielfalt ständig neuer, unerschöpflicher Schönheiten. Seufzend dachte er, ja, mein Gott, wenn es auf Erden ein Paradies gäbe, dann sähe es nicht sehr viel anders aus. Und plötzlich gab es ihm einen Stich, denn was er empfand, war genau dies: Er und seine Kinder ... sie alle wurden aus dem Paradies vertrieben. Um diesen Gedanken zu verscheuchen, der ja eine unerträgliche Bestrafung in sich barg, richtete Bruhns den Blick auf das Schiffsdeck. Unter dem Sonnensegel saß noch immer Ana, den inzwischen still gewordenen Nenê auf dem Schoß, während Luiz, auf dem Boden sitzend, den Kopf an den Rock der Amme lehnte. Neben ihr unterhielten sich Manoel und Maria auf französisch. Bruhns wandte den Blick Ana zu. Was mochte jetzt die treue Ana empfinden, die auf der Stelle bereit gewesen war, mit ihm nach Deutschland zu gehen? Er konnte nicht ahnen, daß Ana selbst sich gerade fragte, was in ihrem Innern vorging. An Nenê geklammert, horchte sie in sich hinein, versuchte, die Gründe für ihre Verletzlichkeit und Schwäche zu erkennen, die sie wie den Schmerz einer pochenden Wunde empfand – aber was für ein Schmerz, mit welchem Mittel zu lindern, welcher Natur war dieser Schmerz? Die Negerin tastete den Schmerz ab, tastete sich soweit wie möglich vor und stellte fest, daß es Sehnsucht war. Ach, Ana sehnte sich schon zurück. Wieviel, welch eine unendlich große Sehnsucht, mein Gott, hatte Platz in diesem Herzen!
Der kleine Dampfer fuhr stetig weiter. Sein Tuckern wurde vom plötzlichen Geschrei einer Möwenschar übertönt, die in flinkem Flug über das Schiff hinwegschoß. Fast die Masten streifend, flog ein Greifvogel vorüber und stieß einen Krächzer aus, worauf die gesamte Besatzung zu ihm hochblickte. Doch blieb ihnen keine Zeit, die Färbung seines Gefieders zu erkennen. Der Vogel schwang sich schon wieder krächzend

und kreischend in den blauen Himmel hinauf, als flöge er der Ewigkeit entgegen. Die Sonne tauchte die Bucht noch immer in gleißendes Licht. Der Greifvogel neigte sich nach Süden hin und flog davon, ohne sich weiter um das Schiff zu kümmern, das mit der Familie an Bord nordwärts durch die Bucht segelte, Angra dos Reis, Rio de Janeiro und ihrem Schicksal entgegen.

6. Kapitel

Allein. Sie ist allein, mutterseelenallein auf der Welt. Das Schiff schaukelt, ganz von selbst, und offenbar ist es auch allein auf dem blauen Ozean, so weit das Auge reicht. Aber nein, es ist nicht nur allein – es ist verlassen, das Schiff. Und treibt steuerlos dahin. Sie an Bord, sonst niemand, zu keiner Bewegung, keinem Laut fähig, ihre Augen so groß wie die Welt. Blau, Blau, tiefes Blau, wohin sie auch schaut. Wie ein riesiger Fleck, als wäre Farbe ausgelaufen. Noch schöner als das Saphirblau des Ozeans. Metallisch glänzend. Es formt sich zu ganz runden, weichen Bögen in Blau. In Bewegungen, die zugleich Stillstand sind. Wunderschön rund und so glatt, daß sie glänzen, formen die Wellen viel zu runde, überrunde Bögen. Aber trotz ihrer Schönheit beängstigend. Denn sie bauen sich auf, viel zu rund in dieser stehenden Bewegung, und wachsen an, bis sie eine Innenkurve bilden, die das Schiff zu verschlingen droht in der Höhle ihrer starren, wie aus Stein gemeißelten Wölbung, denn sie ist viel höher als das hilflos rollende, schlingernde Schiff. Und sie, zu keinem Schrei fähig, sieht es mit aufgerissenen Augen. Ein Alptraum. Hinter dem Schiff bedeckt der Urwald die Berge, gekräuselt wie grünes Kraushaar. Und am Himmel die Möwenschwärme, die verzweifelt rufend über dem Schiff kreisen. Als ahnten sie etwas und wollten sie warnen: DO-DOOOO. DO-DOOOOO.

Dodozinha hört es, kann aber nicht sprechen. Denn ringsum, o weh, das Licht ringsum, was bedeutet das? Lichtsegen überall, jedes Teilchen funkelt. Umflutet und erfüllt vom unerwünschten Segen des Lichts, denn nun besagt er: Unsegen. Segen in solcher Fülle ist Verdammung. Zu viel Licht, Dodô, überhelles, blendendes Licht, es tut weh mit seinem aufdringlichen, gemeinen, schädlichen Übermaß. *Das habe ich nicht gewollt*. Sie will es nicht, Dodô. Und die Einsamkeit. Kilometer und Kilometer flüssige Einsamkeit. Kein Mensch. Allein auf der Welt, auf der Reise ins Unbekannte. Vielleicht nirgendwohin. Hin und wieder die leuchtenden Segel eines anderen verirrten Schiffs, die gegen den unheilvollen Wind flattern und schlagen. Sie segeln dicht vorbei. Dann hört man, wie jemand, vielleicht noch einsamer als sie, singt. Eine traurige, schleppende Weise. »Negerknabe meines Vaters, schneid mir nicht mein Haar, meine Stiefmutter hat mich begraben.« Und dann kamen ihr die Tränen, denn der Vater wußte nicht, daß die Stiefmutter sie mißhandelte. Und die Mutter war nicht da, um sie zu retten. Und dann singen alle zusammen. Es ist eine ganze Gruppe, die da singt, »Negerknabe meines Vaters, schneid mir nicht mein Haar.« Eigentlich wäre sie nun nicht mehr allein. Aber es ist noch viel schlimmer. Es ist vielfache Einsamkeit. Die Gruppe singt für sie. Umringt sie. *Aber es sind Tote, Ana. Sie sind tot. Ach, Ana, alle kalt und tot.* Die Vögel schwirren schreiend im Tiefflug, dicht über ihrem Kopf. *Ana, Ana. Rette mich. Ich schreie. Im Traum habe ich das Gefühl, daß ich nicht schreien kann, Ana. Aber dann wache ich immer schreiend auf. Jedesmal wache ich so auf. Schreiend. Und Ana kommt zu mir, streichelt mich. Ich weine. Bis ich weinend auf Anas Schoß einschlafe. Jedesmal ist es so. Ich muß so viel weinen, Ana. Du sagst, das ist vor Angst und Kummer. Weil ich wohl nicht mehr die Dodozinha aus Paraty bin.*

*

Wo bin ich? Warum versteht niemand, was ich sage? Warum starren sie mich immer so an und schütteln den Kopf? Wo sind wir hier bloß? Was für eine seltsame Stadt ist das? Warum sehen die Häuser so ganz anders aus? Die ganze Vorderseite aus Ziegeln und oben wie ein gezackter Scherenschnitt. Warum wirkt alles so alt und riecht muffig? Und mein Pai, mein Vater, warum spricht der mit mir nur in dieser schrecklichen Sprache? Und Paraty, was ist aus Paraty geworden? Was ist mit den Musikkapellen? Wo ist der Pico do Frade? Werde ich die Berge je wiedersehen? Und das Guajavenmus, das Mutter immer für mich gemacht hat? Und Pitoco, wo ist der jetzt? Und Queta? Und der Schwanz vom Gürteltier, wo hab ich den gelassen? Ob mein Currupaco noch lebt? Und Trockenfleisch, warum gibt es das nicht? Und auch keine schwarzen Bohnen mehr? Ob es wohl in Paraty regnet? Ist der Turm von der Hauptkirche schon fertig? Und wann finden die Feste statt? Ob Vô Caetano zu Johanni wieder Feuerwerk abbrennt? Gibt es einen großen Feuerhaufen? Tänze der Neger? Ist Großvaters Ilha Grande mit den Kaffee- und Bananenpflanzungen noch da? Zuckerrohr zum Auslutschen, gibt's das hier? Zuckerrohrsaft? Sirup? Nie mehr Maisbrei mit Sirup? Und was ist wohl aus Tonha geworden? Und die Schwarzen aus der Siedlung, wo sind die hin? Und Kokosnußwasser gibt es auch nicht mehr? Die Boote in Paraty, sind die untergegangen? Gibt es jetzt etwa nur noch solche Schiffe, so groß wie Häuser und noch größer? Und diese Melodie, die die Kirchenglocke spielt, wo kommt die her? Warum muß eine Glocke Musik machen? Und warum ist die Kirche hier so leer, daß man vor Angst frieren kann? Warum gibt es keine Heiligenfiguren in der Kirche? Und auch sonst nichts? Ist die Kirche hier ärmer? Warum machen die Wagen so einen Lärm, wenn sie mit den merkwürdigen Pferden vorbeifahren? Und warum tuten die Schiffe so viel? Und warum riecht es nach ... nach ... nach allem möglichen? Und dann diese fremde Großmutter. Warum mag sie nicht, daß ich Vovó *zu ihr sage? Ist sie denn nicht meine* Vovó? *Und all diese Leute, die ich nicht kenne. Warum ist dieses Haus nicht so wie ein richtiges Haus? Und ich? Bin ich vielleicht auch nicht mehr die Dodozinha aus Paraty?*

*

Ana, Ana, wo bin ich. Ich hab Angst, Ana. Ich bin von einem Geräusch aufgewacht, ich glaub, das war der Teufel. Hast du es auch gehört?

Ana, niemand redet mit uns, nicht mal Pai. Jetzt spricht er nur noch diese Sprache, die keiner versteht. Wenn ich etwas frage, antwortet er nur in dieser blöden Sprache, damit ich mich dran gewöhne, sagt er. Aber ich will mich nicht gewöhnen. Weil wir ja wieder nach Paraty zurückfahren, stimmt doch, oder?

Wo sind wir hier eigentlich, Ana? Weißt du das? Die Stadt hat einen merkwürdigen Namen. Alles hier ist so merkwürdig. Die Leute sind merkwürdig gekleidet. Die Frauen, die auf der Straße und auf dem Markt Sachen verkaufen, alle in dunklen Kleidern und merkwürdigen Hüten. Alles ist merkwürdig. Weißt du noch, die Pferde, die wir gesehen haben, aus dem Fenster vom ... wie sagen sie doch dazu? Ach ja, Tsuque, und der hat so viel Rauch ausgestoßen, daß Luizito dauernd husten mußte, Ana. Mana Maria hat gesagt, das ist ... Ist das wirklich ein trem, *Ana? Aus dem* trem *haben wir die Pferde mit den dicken Beinen gesehen und dann hier auch, vor den Kutschen und Fuhrwerken. In Paraty, da gab's wenigstens normale Pferde. Aber die hier, du liebe Zeit! Und dann die Tiere mit dem dicken Fell, eigentlich richtig hübsch, so kuschelig, aber auch sehr merkwürdig, wie sie gebrüllt haben, fast wie Ziegen. Als der* trem *vorbeifuhr und seine dicken Rauchwolken ausstieß. Pai hat zu Maria gesagt, das sind Tiere, von denen man Kleider für die Kälte macht. Wie schrecklich, Ana, hast du gewußt, daß es Tiere gibt, aus denen man Kleider macht? Pferde oder Kühe waren es nicht, natürlich nicht, aber auch keine Ziegen. Ich hab Pai gefragt, wie die heißen, und er hat etwas geantwortet, was ich nicht verstanden hab. Und dann die Häuser. Sehr merk-*

würdige Häuser gibt es hier, findest du nicht, Ana? Mit lauter spitzen Dächern. Maria sagt, das heißt cumeeira, *die Vorderseite mit den Zacken bis oben hin, wie eine Treppe. Die sehen gar nicht echt aus. Und alle so dunkel. Wie Hexenhäuser. Warum ist hier alles dunkel, Ana? So merkwürdig. Und die vielen Menschen, als wir ankamen, unser Wagen konnte kaum weiterfahren. Vollbeladen mit unserem Reisegepäck, und es sah fast so aus, als ob sogar die Pferde sich wunderten und bocken wollten. Und die Leute blieben stehen und zeigten mit dem Finger auf uns, aber hauptsächlich auf dich, Ana. Als hätten sie noch nie eine Schwarze gesehen. Sie standen an den Ecken und starrten uns an. Mit offenem Mund. Manche lachten auch. Und die Straßenjungen riefen etwas. Als kämen wir von einem anderen Stern. Und dann redeten alle so komisch, o Gott. Es klingt wie eine Strafe vom Himmel. Mana Maria fragte sogar Pai: Ist das eine richtige Sprache, Pai? Und du, Ana, du hast die Augen aufgerissen, weil du fürchterliche Angst hattest, und konntest nur sagen, ja, aber von Menschen, die nicht ganz richtig im Kopf sind. Wo man so spricht, können die Leute nicht ganz richtig im Kopf sein, hast du gesagt. Aber Pai sagte, das ist ihre Sprache, so spricht man in Deutschland. Daß jedes Land seine Sprache hat. Bei uns ist es Portugiesisch. Bei ihnen Deutsch. Die Welt ist wirklich verrückt, hast du gesagt. Jeder spricht eine andere Sprache, so was Blödes. Wie soll man sich denn da verstehen?*

Und jetzt hab ich diesen Traum gehabt, Ana.

*

Man war an alles gewöhnt. Und plötzlich muß man es sich abgewöhnen. Das ganze Leben. Und dann an ein anderes Leben gewöhnen. Alles, was man sieht und denkt, heißt jetzt anders, als wäre es nicht mehr dasselbe. Eu, *Dodô, bin ab jetzt nicht mehr* eu. Eu *bin jetzt* ich. *So sagen sie doch alle hier, oder? Und wie soll es weitergehen? Eu ich muß mich jetzt an ein anderes Leben gewöhnen, mit einer anderen Mutter an-*

deren Großmutter anderen Tanten und Onkeln und ... und einem anderen Gott und muß in die Schule gehen und mein Pai, ob der auch anders wird, weiß ich nicht, er will mit mir nicht mehr in unserer Sprache sprechen, jetzt spricht er nur noch diesen Mist und deshalb heißt er auch nicht mehr mein Pai, jetzt heißt er Vater. Alles heißt jetzt anders, rio *heißt Fluß und* mato *heißt Wald und* homem *heißt Mann und* mulher *heißt Frau und* mãe *Mutter und* avó *Großmutter, nichts heißt mehr so wie früher. Zu meiner* avó *Marie Luise aus Deutschland sage ich Großmãe. Und* tio *Eduard heißt Onkel Eduard. Und Manoel und Luiz und Nenê, die sind nicht mehr meine* irmãos, *sondern meine Brüder. Und* Deus *heißt Gott. Aber manches kann man nicht ändern, zum Beispiel* Mana. Mana *Maria bleibt immer* Mana. *Denn was sollte ich aus* Mana *machen? Schwesterchen, das paßt nicht, sie ist ja nicht meine kleine, sondern meine große Schwester.* Mana *bleibt immer* Mana, *auch wenn sie in Deutschland anders ist, Deutschland ist nicht Brasil. Für die Leute hier klingt Mana anders, niemals so wie für mich. Und dann erst Ana. Auf deutsch kann man nicht Ana auf dieselbe Art sagen, auch wenn Ana hier* Dienstmagd *geworden ist und zum Einkaufen eine Schürze umbinden und auf dem Kopf eine Haube und am Arm immer einen Weidenkorb tragen muß, damit sie wie eine richtige Dienstmagd aussieht. Sie sagen, in Alemanha, das ist Deutschland, gibt es keine Schwarzen. Aber was wollen sie dann mit Ana machen, wie soll sie Dienstmagd sein, wenn sie sich nicht umgewöhnen kann, wenn sie nur eine Schwarze sein kann? Mit Mana ist es anders, Mana spricht Französisch, und das verstehen sie manchmal. Aber ich möchte, daß Mana immer Mana bleibt und Ana immer dieselbe Ana, und daß* rio *nur* rio *heißt und alles so wie früher. Und daß die Stadt dieselbe Stadt ist. Aber Paraty ist nicht wie dieses Lubeque. Hier tuten so viele Schiffe und überhaupt gibt es so viele Schiffe und einen Ort, wo sie Schiffe bauen, und viel mehr Leute und Wagen und einen Bahnhof, und casa heißt hier Haus und* vestido *Kleid und* brinquedo *Spielzeug. Als wir in Hamburg ankamen, hat Pai gesagt, ich müßte ein neues Kleid* bekommen, die anderen, die wir aus meinem Land Brasil mitgebracht haben, meins aus blauer Seide und Manas aus schwarzem Damast, die würden bald zu kurz, weil wir ja wachsen, und sie wären für Deutschland nicht geeignet, hat Pai gesagt, deshalb haben wir neue Kleider gekauft, eins aus gelber Seide für mich und für Mana auch eins, aber trotzdem fallen wir auf, wenn wir mit unseren Panamahüten aus Rio de Janeiro spazierengehen, weil wir eine andere Hautfarbe haben als die Leute hier, Ana vor allem, also, wenn wir aus dem Haus gehen, laufen die Kinder immer hinter uns her und rufen und schreien, bis Ana ihnen Bonbons hinwirft, damit sie in Ruhe gelassen wird. Aber Pai hat in Hamburg auch Spielzeug gekauft, einen Aufziehhasen, das ist ein coelho mecânico, der bewegt sich auf Rollen und trommelt und wackelt mit den Ohren, richtig niedlich, und einen burrico mit Sattel und allem, und wenn man ihn in die Hand nimmt, schüttelt er den Kopf, und der burrico heißt Esel. Esel ist mein Lieblingsspielzeug, aber jetzt schüttelt er den Kopf nicht mehr so oft wie am Anfang, Pai hat gesagt, da hat er uns boas-vindas gewünscht, das heißt hier willkommen, aber ich glaube, er ist jetzt kaputt. Aber so kann es doch nicht gehen, ich sage das zu keinem, nicht zu Mana Maria oder Ana und auch nicht zu Nenê, der versteht überhaupt nichts und weint nur, aber ich meine, man kann doch nicht sagen, das ist ein Hund, wenn man einen cachorro sieht, es kann doch nicht auf einmal alles ganz anders sein als zu Hause? Mesa heißt hier Tisch, aber für mich bleibt mesa immer mesa. Und Deus muß doch immer Deus heißen und nicht Gott! Und eu. Eu heißt nicht ich.

*

Wieder derselbe Traum, Ana. Von damals, als ich noch ganz klein war und mit den Schwarzen auf die Ilha Grande gefahren bin, wo Großmutter und Vô Caetano wohnten und es die Zuckerrohrpflanzung und Kaffeeplantage gab. Und eine Menge Sklaven, die da arbeiteten. Großmutter war böse, aber Vô Caetano feierte gern und zündete Johanni-

Feuerwerk an und die Raketen explodierten am Himmel und alles wurde ganz hell, das Haus, das Meer, die Plantage, wie im Märchen. Und einmal kam Pai mich besuchen und nahm mich auf den Arm. Und gleich vor dem Haus stand ein Orangenbaum, der war voller Blüten und duftete, so einen Duft gibt es nirgends sonst, Ana. Und die Ananaspflanzung, lauter gerade Reihen, und wenn die Ananas reif waren, schnitten die Schwarzen sie ab und wir aßen sie, das erfrischte in der Hitze. Und einmal, da lag mitten auf dem Weg eine Schlange, ich war allein und lief vor Angst nach Hause und schrie die ganze Zeit, weil es eine Boa war und ich dachte, sie käme hinter mir her und wollte mich auffressen. Aber das ist noch nicht mein Traum, Ana. Ich träume, daß ich von der Ilha Grande abfahre, es ist ganz früh morgens und noch ziemlich dunkel. Vó und Vô Caetano bringen mich zum Strand. Da wartet ein Boot. Sie umarmen mich und übergeben mich dem schwarzen Jordão, und er trägt mich zum Boot. Die Wellen reichen fast bis zu mir hoch, und Jordão rutscht auf den Steinen aus, aber ich habe keine Angst. Und dann schaukelt das Boot die ganze Zeit und Jordão und die anderen Schwarzen rudern. Und die Insel rückt immer weiter weg. Aber ich bin nicht traurig. Es ist schön, Ana. Die Vögel freuen sich am frühen Morgen, und als die Sonne aufgeht, wird alles hell, und die Schwarzen singen und lachen und freuen sich, daß sie nach Paraty zurückkehren. Und ich finde alles so wunderbar und lutsche Zuckerrohr, bis unsere Fazenda da Boa Vista auftaucht, und inzwischen ist es schon Tag, alles ist so schön, der Geruch vom Meer und Mutter kommt mir entgegen und gibt mir einen Kuß. Und dann. Wenn ich aufwache, weine ich nicht, Ana. Das ist der einzige Traum, bei dem ich nicht weinen muß. Weil ich ihn schön finde, und deshalb wünsche ich mir immer, wenn ich zum Einschlafen die Augen zumache, daß ich ihn träume.

*

Alles so merkwürdig hier, als wäre das Ausland eine andere Welt. Ich bin aus Paraty weggefahren und ins Ausland gekommen, und alles ist anders. Ich fürchte mich etwas in diesem Lubeque, wenn ich mit meinem Onkel durch die Straßen gehe oder wie neulich, als Großmãe mir erlaubt hat, mit Ana zum Einkaufen zum mercado *zu gehen, der hier Marktplatz heißt, wo so ein Lärm herrscht, oder wenn wir zum Fischkaufen an die Obertrave gehen, Trave heißt nämlich der Fluß hier, und dahin geht Ana nur mit Gemurre, weil sie ja auch nichts versteht. Hier ist alles irgendwie viel enger als in Paraty, und man kann gar nichts richtig sehen, selbst wenn die Sonne scheint, hat man das Gefühl, daß zwischen den Augen und den Dingen, die man sieht, irgend etwas stört. So als wäre alles immer von einer Gardine verdeckt, zwar nur eine ganz dünne Gardine, wie Tüll, aber doch eine Gardine. Nicht so wie in Paraty, wo es überhaupt keine Gardinen gab. Deswegen bekommt man hier Angst, weil man immer das Gefühl hat, daß sich hinter dieser Gardine etwas versteckt und vielleicht der Teufel plötzlich von irgendwo hervorkommt. In diesem Lubeque komme ich mir vor wie in den Geschichten, die Mutter immer erzählt hat, Gruselgeschichten mit Hexen und Drachen, ich habe auch immer das Gefühl, als ob hinter jeder Ecke etwas Böses lauert. Ana hat auf der Straße die Augen immer vor Schreck weit aufgerissen und sagt ständig, Herr steh uns bei. Dann kommt das Heimweh und die* saudade *nach Paraty, aber es ist auch noch eine andere Sehnsucht, wonach, weiß ich gar nicht genau. Hier gibt es nämlich sehr merkwürdige Sitten. Pai und die Onkel und alle Männer lesen dauernd Zeitung und sagen, sie lesen, damit sie wissen, was in der Welt passiert und wie die Geschäfte gehen, aber ich verstehe diese Zeitungen nicht. Wenn man die Dienstboten rufen will, muß man an einem bestickten Band ziehen und dann klingelt eine Glocke, wozu das gut ist, weiß ich nicht, wenn wir in Paraty die Hausmädchen brauchten, mußten wir nur rufen, aber Pai sagt, das ist hier nicht Sitte. Und in den Häusern gibt es Lampen, die verbreiten sehr helles Licht und werden* mit einem Streichholz an einer Öffnung angezündet und dann zischen sie leise, und Mana sagt, da muß man sehr aufpassen, und Ana traut sich nicht, vor Angst, daß sie beim Anzünden explodieren, und die Lampen riechen gar nicht gut, finde ich. Überhaupt riecht alles anders als in Paraty. Überall duftet es hier nach Äpfeln, vor allem im Haus, wenn ich reinkomme, schlägt einem gleich der Apfelduft entgegen, überall im Haus liegen Äpfel, und wenn ich diesen Apfelduft rieche, muß ich immer daran denken, daß ich in Lubeque bin und nicht mehr in Paraty, ich hab sogar schon einen Apfelbaum gesehen, der ist schön, aber überhaupt nicht wie Papayabäume oder Ananaspflanzen oder Bananenstauden. Im Haus riecht es auch nach Essen und dem merkwürdigen Brot, das wird hier ganz dunkel gebacken, fast schwarz, und schmeckt so, daß es mir beinah hochkommt, und im ganzen Haus riecht es dumpf, als würde nie gelüftet, so hat es in Paraty im Haus nie gerochen. Ein Geruch nach Ausland, so riecht es auch immer, wenn ich an der padaria vorbeigehe, das ist die Bäckerei von Johannes Schabbel in der rua Mengstraße, nicht weit von dem anderen Geschäft, wo es Fisch gibt und nach Fisch riecht, aber anders, der Fisch da ist nämlich hart und verdirbt nicht und schmeckt anders, richtig lekker, der heißt hier Rauchfisch. Aber besonders gern rieche ich den Duft von Schokolade, so wie aus dem Geschäft, wo es Süßigkeiten gibt, das riecht ganz anders als unser Zuckerrohr und Zuckerrohrsaft und Sirup, weil es Schokolade ist. Wenn wir auf der Straße Damen begegnen, die mit Hut und schönem Seidenkleid spazieren, dann duftet es nach, wie sagt Mana doch, nach Patschuli. Das gab's in Paraty nicht. Und dann gibt es die Lagerhäuser am Fluß für, nein, nicht schwarze Bohnen und auch nicht Mais oder Reis, aber so ähnlich wie Reis, und da riecht es nach alten Sachen, ähnlich wie in unserer Scheune, aber das hier ist keine Scheune, das sind ganz große Lagerhäuser. Und der Lärm erst! Hier ist viel mehr Lärm, finde ich, du liebe Zeit, Ana kann manchmal gar nicht schlafen, so viele Wagen fahren durch die Straße, wo Großmãe wohnt, in der Parade, du heilige Jungfrau, *so ein Geratter auf dem Pflaster und Pferdehufe, aber auch das Geschrei von den Verkäufern, die verkaufen hier alles mögliche, ich meine, in Paraty gab's das auch, aber anders, auch laut, aber man konnte verstehen, was die Schwarzen riefen, und außerdem sangen sie fast und wir kannten den Gesang von jedem auswendig und erkannten schon am Gesang, wer da was verkaufte, aber hier schreien sie und lachen immer so grob, schrecklich. Durch die Straßen fahren Kutschen, Pferdewagen und Fuhrwerke, aber was für Fuhrwerke, du liebe Zeit, vollbeladen mit Säcken, auf denen Namen draufstehen, und dann noch Fässer, riesengroß sind die, Mana sagt, daß ist keine* cachaça, *sondern* cerveja, *Bier heißt das hier, und die großen zotteligen Pferde mit langer weißer Mähne, die sind so dick, haben so dicke Beine, daß sie wie Spielzeug aussehen, die schlafen fast, so langsam trotten sie, und die Hufe machen klack, klack, klack, schon frühmorgens, und davon wachen wir auf. Es gibt auch Leute, die verkaufen mit Karren und schreien und schieben den Karren durch die Straßen, und der ist bis obenhin voll mit Gemüse und Salat. Oder Brennholz, das verkaufen sie frühmorgens und hacken es vor der Haustür mit einem Beil klein. Und dann die Milchfrau, die hat eine komische Stange, wie ein Baumstamm, über den Schultern, und am einen Ende hängt ein Gefäß mit Milch, mit einem Zapfhahn dran, und am anderen Ende ein Korb mit Flaschen für die Milch, und sie ruft die ganze Zeit. Wenn man das so erzählt, klingt es nach nichts, aber das geht den ganzen Tag, und auch das Geschrei der Matrosen am Hafen, wenn man da vorbeigeht, und den ganzen Tag fahren Schiffe auf der Trave und tuten, fahren immer hin und her und tuten. Und dann klappen sie den Bauch auf und packen die Säcke und Kisten und Fässer hinein, die sie von den Fuhrwerken im Hafen abladen, und dann fahren sie damit, heißt es, weit weg, nach Rússia und Dinamarca. Einmal sind wir schnell hingelaufen, die ganze Stadt hatte davon gehört, und da kamen ein Bär und ein Tiger in einem Käfig aus Hamburg an, die sollten in einen Zoo nach Dinamarca, so was hab* eu *Dodô noch nie gesehen, und*

Ana hat nur gestottert, weil die so, so … Schön waren sie, aber wie der Tiger gebrüllt hat! Zum Fürchten. Und der Bär war nicht so wie der Tanzbär, den ich einmal auf dem Marktplatz beim Rathaus gesehen habe, der Mann blies Horn und schlug mit dem Fuß eine Pauke und der Bär brüllte und tanzte, ein alter Bär, armes Tier, anders als der, der nach Dinamarca sollte. Aber am rio Trave ist schrecklicher Lärm. Das Schlimmste ist da nämlich das Geschrei von den Möwen, auch wenn Mana steif und fest behauptet, das sind keine Möwen, weil die nicht so schreien, sie wirken auch nicht so, eher wie wilde Tiere, sie schreien nämlich so böse, daß man meint, sie wollen angreifen, aber es sind doch Möwen, genau wie in Paraty, das heißt, nur schreien die da nicht so, man kriegt fast Mitleid, als ob sie sich über ihr Leben beschweren und jammern, vor allem, wenn die Sonne sich versteckt, dann schreien sie wie nichts. Als ob die Schreie von weit weg kämen, als ob sie um Hilfe schreien, so klingt das wirklich, allmächtiger Himmel. Ana hat gesagt, es klingt wie Schreie von Büßerseelen. Und die Stimmung wird immer ganz traurig, wenn die Sonne sich versteckt, weil die Möwen dann so schreien, heilige Jungfrau! Und wenn man denkt, daß man nun etwas Ruhe hat, dann rattert ein Wagen wie verrückt vorbei, voll von Männern mit Helmen, und eine Glocke bimmelt, und andere Männer laufen hinter dem Wagen her und die Pferde rasen im Galopp, und dann heißt es, daß sie ein Feuer löschen, aber wozu so viele Männer und so eine Aufregung nur wegen eines Feuers, das verstehe ich nicht. So was brauchte man in Paraty nicht, wenn es in Paraty brannte, hatte man so viel Wasser zum Löschen, das ganze Meer. Wenn man das alles zusammennimmt, denkt man wirklich, das hier ist ein anderes Land. Manchmal glaubt man, daß man verrückt wird vor lauter Lärm und so vielen Unterschieden, weil wir ja nicht weglaufen können und hier leben müssen, und Ana sagt, um Gottes willen, ich halt das nicht aus. Und dann die Kirchen, die den ganzen Tag läuten, bei einer, der Marienkirche, das ist die Igreja de Nossa Senhora, da spielen die Glocken sogar eine

Melodie, so was aber auch, Glocken, die Musik machen, aber man kann sie nicht richtig hören, die Melodie ist zu unsauber, und da gibt es auch eine große Glocke und noch eine kleine, die schlagen an der Kirche die Stunde. Kirche, na ja, eigentlich sieht sie nicht danach aus. Neulich war Großmãe mit uns, Mana, Manoel, Luiz und mir, in der Marienkirche, ich war auch schon im Dom, das ist die matriz, die Hauptkirche, aber mehr noch, eher eine catedral, sagt Mana, und alle sind gleich, ich meine, so leer, daß es einem vor Furcht kalt über den Rücken läuft, als gäb's da Gespenster, ich verstehe nicht, wieso Gott in so einem Haus voller Gespenster wohnt, man friert richtig, so dunkel ist es da, wenn keine Öllampen brennen. Oder vielleicht ist der Gott hier strenger und deshalb gibt es nichts in seinem Haus, wie bei Leuten, die sich nichts aus Schmuck und solchen Sachen machen. Aber ist Gott nicht überall ein und derselbe, wie es im Katechismus heißt? Also! Am merkwürdigsten ist, daß es in den Kirchen keine Heiligenfiguren gibt, wirklich keine einzige, was haben die hier wohl mit den Heiligen gemacht, nur ein paar Engel und die bleiche Jungfrau Maria, aber zu wem beten sie dann und wen haben sie als Schutzheilige? Die Religion hier ist nämlich anders und heißt luteranismo, und uns nennen sie papista, sie haben nämlich keinen Papst und mögen unseren Papst nicht. Das hat jedenfalls Manoel gesagt, der lernt schon ihre Religion, ich glaube, er will zu der gehören, wie schrecklich. Das einzige, was in ihrer Kirche schön ist, das ist die Musik. Wirklich wunderschön ist die Musik, die sie auf der Orgel spielen, die ist so ähnlich wie ein Klavier, nur viel größer, und hat silberne Stangen, wie ein Haufen Flöten nebeneinander, da kommt der Ton raus, hat Pai gesagt, aber es klingt anders, wenn sie anfängt, kriege ich eine richtige Gänsehaut und muß fast weinen, weil es so klingt, als käme diese Musik wirklich vom Himmel, und sie geht einem durch und durch, und man fühlt sich ganz anders und die Kirche wird größer und immer mächtiger und ich weiß nicht mehr, wo ich bin, weit weg von zu Hause, ja, aber auch irgendwie näher, und die Kirche wird so groß, das kann ich gar nicht beschreiben, und auch voller und fröhlicher und wärmer, und ich denke nicht mehr daran, daß ich hier in diesem Lubeque gelandet bin und daß daß daß ... und Großmãe wird ganz ernst, aber mein Pai, mein Pai weint heimlich, hier weint nämlich niemand, ich merke es genau, weil er glänzende Augen bekommt und viel blinzelt und sie sich heimlich abwischt, ich glaube, er hat saudade nach Brasil, aber ich weine nicht, warum, weiß ich gar nicht, ich habe das Gefühl, ich werde schon groß, und hier sind viele Leute, die ich nicht kenne, und so viel ist anders und die Orgelmusik, die sie hier erfunden haben, die klingt wie eine Menge Schrecken auf einmal und dann kriegt man eine Gänsehaut, aber nicht vor Schreck, das wäre anders, hier kommt die Gänsehaut davon, daß man sich in diesem Alemanha bei dieser Musik immer so merkwürdig fühlt, manchmal spielt sie ganz sanft, und dann braust sie plötzlich, daß einem fast die Ohren platzen, merkwürdig, wie diese Leute sind, daß sie so eine Musik machen, und ich bin immer mehr verwirrt und bekomme Herzklopfen und bin mit dem Kopf ganz weit weg, als wäre es gar nicht mein Kopf, und hab einen seltsamen Geschmack im Mund, wie im Meer, wenn man plötzlich keinen Boden mehr unter den Füßen hat und immer tiefer sinkt und keine Luft mehr bekommt, genauso ist es, und die Orgel spielt in hohen und tiefen Tönen, und ich fühle mich so fremd, ja, wirklich, so ähnlich wie die Leute hier, ich meine, wenn ich die Musik von dieser Orgel in ihrer Kirche höre, dann werde ich irgendwie ganz anders, ich habe schon den Verdacht, daß – ich glaube, ich werde fremdländisch.

*

Erzähl, Ana, erzähl noch mal, wie ging die Geschichte noch, Mutter hat sie immer erzählt und dann den Vers gesungen, Negerknabe meines Vaters, schneid mir nicht mein Haar, meine Mutter hat mich gekämmt, meine Stiefmutter hat mich begraben. Die Geschichte vom Feigenbaum, Ana. Aber du *mußt mich dabei kämmen, sonst gilt es nicht. Also, es war einmal. Ein verwitweter Herr, der hatte eine wunderschöne Tochter mit langem, goldblondem Haar. Das bin ich, stimmt's, Ana? Ich hab goldenes Haar, aber Mana sagt, daß mein Haar jetzt dunkler wird, bis es so dunkel ist wie ihrs, das stimmt aber nicht, Ana, das ist nur Neid. Findest du auch, daß es dunkler wird? Mana sagt, mit der Zeit. Also, die Mutter kämmte dem Mädchen das Haar, als wären es lauter Goldfäden, so schön und so kostbar, das heißt, als die Mutter noch lebte, denn später starb sie und der Vater wurde Witwer. Wie bei mir mit meinem Pai und meiner Mutter, Ana. Weißt du noch, wie gern sie mir immer das Haar gekämmt hat? Findest du mein Haar schön, Ana? Und dann? Dann kam die Stiefmutter. In der Nachbarschaft lebte eine junge Frau, die wollte den Vater des Mädchens heiraten, deshalb war sie immer sehr lieb zu dem Mädchen, aber das Mädchen war sehr einfältig und ging zum Vater und sagte, Vater, heirate doch die Nachbarin, sie ist so lieb zu mir. Jeden Tag, wenn ich zu ihr gehe, gibt sie mir Honigbrot. Und der Vater antwortete, mein Kind, wenn sie erst einmal mit mir verheiratet ist, gönnt sie dir kaum das – wie hieß das noch mal, Ana? Gnadenbrot, glaube ich, oder? Das Mädchen glaubte ihm nicht, also heiratete der Vater die Nachbarin. Nach der Hochzeit fing die Stiefmutter dann an, das Mädchen zu schlagen, wegen jeder Kleinigkeit wurde das arme Mädchen bestraft. Im Garten vor dem Haus stand ein großer Feigenbaum, den mußte das Mädchen den ganzen Tag bewachen, damit die Vögel nicht die Feigen fraßen, denn sonst schlug die Stiefmutter sie mit der Peitsche. Eines Tages mußte der Vater verreisen. Da wurde das Mädchen müde und nickte ein, und die Vögel fraßen die Feigen auf. Zur Strafe begrub die Stiefmutter das Mädchen hinten im Garten, wie in einem richtigen Grab. Als der Vater zurückkam, fragte er nach seiner Tochter, da sagte die Stiefmutter, sie wäre verschwunden. Der Vater weinte. Doch als der Negerknabe im Garten Gras mähen ging, um das Pferd zu füttern, und mit der Sichel über das Gras schnitt, hörte er diesen traurigen Gesang. Und dann sang Mutter im-*

mer. Sing mit mir, Ana. Negerknabe meines Vaters, schneid mir nicht mein Haar, meine Mutter hat mich gekämmt, meine Stiefmutter hat mich begraben, weil die Vögel die Feigen gefressen haben. Weg da, ihr Vögel, von meines Vaters Feigenbaum. Weg da, ihr Vögel. Nachher singen wir das noch mal, ja, Ana? Ich finde es so schön. Negerknabe meines Vaters. Findest du nicht auch, daß Mutter schön singen konnte? So, jetzt erzähl weiter, wie der Negerknabe zum Herrn ging und ihm berichtete, was er gehört hatte. Der Vater ging in den Garten und befahl dem Negerknaben, noch einmal mit der Sichel über das Gras zu mähen, und da hörten sie wieder den Gesang. Der Vater erkannte die Stimme seiner Tochter. Aufgeregt befahl der Vater dem Negerknaben, so lange zu graben, bis er das Mädchen gefunden hatte. Sie lebte noch. Er trug sie ins Haus und jagte die Stiefmutter davon. Seit diesem Tag kümmerte er sich nur noch um seine Tochter, und sie waren für alle Zeiten glücklich. Durch die eine Tür hinein, durch die andere hinaus, die nächste Geschichte erzählt der König, diese ist jetzt aus. Noch eine, Ana. Erzähl noch eine, Ana, ich kann noch nicht schlafen, warum, weiß ich nicht. Ich hab hier so ein Gefühl. Ich glaube, das ist Sehnsucht nach Mutter, Ana. Ist Mutter jetzt in Paraty? Erzähl noch eine Geschichte, Ana. Die von der bösen Cuca. Nein, doch nicht, lieber die vom Saci-Pererê, Ana, die mag ich lieber, Pitoco hat den Saci-Pererê immer nachgemacht, ist wie er auf einem Bein gehüpft und hat zum Schluß immer Quetas Rock hochgehoben, ich weiß, das durfte er nicht, aber du kennst ja Pitoco, hat der Saci wirklich eine rote Pudelmütze, Ana? Und raucht er immer Pfeife? Und warum ist er schwarz, Ana? Der treibt wirklich gern Schabernack, stimmt's, Ana? Macht Pferden Knoten in den Schwanz, schlägt Tontöpfe kaputt und bringt nachts die Küche durcheinander, löscht die Öllampe aus, erschreckt die Kühe und jagt die Pferde nachts herum, damit sie tagsüber müde sind. Erschreckt die Menschen nachts auf der Landstraße. Und was noch? Erzähl noch mehr, ich kann nicht einschlafen, ich glaube, weil ich morgen dahin soll. Oh, ich weiß schon. Wir sagen das Wunschgebet der Jungfern auf. Ich weiß, ich bin noch klein, aber bald, ganz bald bin ich ein junges Mädchen, stimmt doch, Ana, oder? Und deshalb muß ich jetzt schon mit dem Beten anfangen. Die schwarzen Köchinnen haben es immer aufgesagt, von ihnen hab ich's gelernt, jeden Morgen und jeden Abend, ich bin immer vorm Schlafengehen zu ihnen nach oben auf den Dachboden gegangen, weißt du noch, Ana, du hast dann immer geschimpft. Also, mal sehen, das ist nämlich ziemlich schwierig.

Heiliger Bartholomäus, hört mich an, gebt mir einen Ehemann.

Heiliger Ludwig, sucht einen reichen Mann für mich.

Heiliger Nikolaus, sucht mir keinen Schlechten aus.

Heiliger Bento mein, schön soll er sein. Ach, hoffentlich bekomme ich wirklich einen schönen Mann, Ana.

Heiliger Vincentius, seid beschwört, daß er weiß, was sich gehört.

Heiliger Sebastian, macht, daß er mir zieht ein Tanzkleid an.

Heilige Felicitas, seid so gut, macht, daß er meinen Willen tut.

Heiliger Benjamin, gebt, daß er mich sehr liebt. Er soll mich wirklich sehr, sehr lieben, Ana.

Heiliger Andreas, versprecht, Tabak schnupfen wird er nicht. Damit er nicht stinkt, oder? Aber mich stört das nicht. Bei Pai.

Heiliger Silvinus, macht, daß er kein Narr ist.

Heiliger Gabriel, macht, daß er mir die Treue hält. Sonst würde ich ihn umbringen, Ana. Das schwöre ich.

Heiliger Anicetus, daß er nie stampft mit dem Fuß.

Heiliger Michael, laßt uns scheinen die Sonne hell.

Heiliger Benedikt, keinen Eifersüchtigen mir schickt. Bloß nicht, oder, Ana? Aber warum soll er auch eifersüchtig sein, wenn ich ihn doch mein ganzes Leben lang liebe?

Heilige Margareta, entscheidet, daß er mich schön kleidet.

Heilige Dreieinigkeit, gebt mir Glück und Zufriedenheit.

Glück und Zufriedenheit, Ana. Glück und Zufriedenheit, Allerheiligste Dreieinigkeit. Denn morgen, Ana, morgen, wie schrecklich, da fährt Pai mit uns zum Pensionat, damit wir es kennenlernen, weil wir dann da wohnen sollen, Gott behüt mich. Mana hat gesagt, ein Pensionat ist das Schlimmste, was es gibt, die Lehrer sind streng und die Mädchen zänkisch, sie sagt, es dauert, aber man gewöhnt sich dran, und wir müssen dahin, damit wir viel lernen und Mädchen der guten Gesellschaft werden. Sie sagt nämlich, daß wir hier zur feinen Gesellschaft gehören, aus einem Patrizierhaus. Aber ich nicht. Mana darf das nicht hören, das bleibt unter uns, Ana. Wenn Pai mich doch richtig lieb hätte, so wie das ausgegrabene Mädchen mit dem goldenen Haar, aber nein, er will mich da, in dem gräßlichen Pensionat, wirklich begraben. Ich sag das nur dir, Ana. Ich möchte lieber sterben, bevor ich in das schreckliche Pensionat gehe, da werden sie mich schlagen und mißhandeln, lieber Gott, steh mir bei. Du darfst es keinem erzählen, Ana, aber ich mache noch irgend etwas Schlimmes, nur damit Pai weiß, wie unglücklich ich bin, ich will lieber sterben, als so unglücklich sein.

7. Kapitel

Hanna. Ana. Hanna. A-na. Han-na. A-na.

Therese.

Eduard.

Theodor.

Onkel Theodor.

Ludwig. Johann Ludwig. Und auch noch Hermann. Pai sagt, daß er jetzt nicht mehr João Luiz Germano heißt, sondern wieder Johann Ludwig Hermann. Germano ist ganz anders als Hermann. Und Luiz ist ganz, ganz anders als Ludwig. Ludwig. Komisch.

Großmãe. Marie. Vovó Marie Luise. Ma-rie Lu-i-se. Marie. Maria. Marie. Mana Maria. Meine Mutter hieß auch Maria.

Aber diese hier, die heißt Therese. Therese. Sie hat einen

Buckel, Ana. Mitten auf dem Rücken, Ana. The-re-se. The Re Se, so spricht man das. Sehr merkwürdig, dieser Name. Ana, wie kann man nur so heißen? Mana sagt, das kommt aus dem Französischen. Wenn es wenigstens Tereza wäre. Tereza heißt es richtig, Ana. Aber Therese? Der Name ist verkehrt. Vielleicht, weil sie bucklig ist? Sie ist ganz klein und hat einen Buckel. Sie hat gesagt, jetzt wird sie meine zweite Mutter. Ich dachte schon, Stiefmutter, und bekam einen Schreck, aber Mana sagt, sie wird nur wie eine Mutter für uns sorgen. Aber ich will das nicht. Meine Mutter ist gestorben. Vor langer Zeit, in Paraty. In dem Land, wo ich geboren bin. Das ist weit weg. Vater ist mit Mana Maria und mir zu dem Pensionat gefahren, damit wir Fräulein Therese kennenlernen. Sie sieht wie eine Ameise aus, Ana, so klein, wie ein Kind. Ist sie aber nicht. Sie hat sogar weißes Haar. Eher Großmãe ähnlich, weil sie auch so eine Haube mit einem grünen Satinband trägt, das unterm Kinn zu einer Schleife gebunden ist und auf den Busen fällt, aber die Haube ist nicht aus Spitzen wie bei Großmãe und auch nicht gestärkt, weißt du, Ana, ich glaube, diese Therese ist nicht sehr reich, aber sie hat das Mädchenpensionat. Und Pai hat gesagt, daß Mana und ich jetzt da wohnen sollen. Ich will nicht, Ana. Ich will bei dir bleiben, ich will nicht weg aus der Parade, ich will ins Gartenhaus von Großmãe am Stadttor fahren, wo es so viel Platz gibt, da kann man Reiffangen spielen und Federball und Theater und ich kann mich als camponesa verkleiden und alle Früchte essen, die es da im Garten gibt, aber ich weiß, die gibt es nur im verão, wenn es warm ist, danach wird es kalt, sagen sie, magst du das Obst von hier nicht, Stachelbeeren, Johannisbeeren, Kirschen, Pflaumen, Äpfel, die heißen für uns maçã, und was es noch alles gibt? Aber Pai hat gesagt, ich muß ins Pensionat, damit ich eine vornehme moça werde und eine gute Erziehung bekomme und mich auf eine gute Heirat vorbereite und daß die Pension von Fräulein Therese – sie heißt Therese ich weiß nicht wie weiter, aber ich muß sie mit Fräulein anreden, weil sie nicht verheiratet ist. Und die Mutter von Fräulein ist auch da, die heißt Madame und ist schon ziemlich alt und hustet immer und ist anscheinend nicht sehr freundlich und die Schwester, die hat keinen Buckel und heißt Fräulein Emmy. Dann haben wir gesehen, wie es drinnen aussieht, da gibt es Schlafräume mit vielen Betten und außerdem die Klassenzimmer und einen hübschen Garten vorm Haus. Aber am besten von allem hat mir der kleine Hund von Fräulein gefallen, er heißt Bobby und ist sehr lustig. Und unsere Pension, sagt Pai, ist die beste von Lubeque, obwohl sie am Stadtrand liegt, aber es ist ruhig da, und ich soll bei Fräulein Therese Deutsch lernen, sogar auf deutsch Lesen und Schreiben soll ich lernen, aber nicht nur. Da lernt man eine Menge Sachen, Ana, damit man vornehm wird, Mana sagt, das bedeutet wohlerzogen und gebildet, als Vorbereitung auf eine gute Heirat. Pai sagt, er schickt auch die Jungen in eine Knabenpension, aber etwas an dieser Pension ist schlecht, nämlich, daß Mana und ich nur alle vierzehn Tage am Sonntag nach Hause dürfen, und ich habe zu Pai gesagt, daß ich nicht will, und hab nur geweint, und da hat er geschimpft, Ana, und gesagt, daß ich undankbar bin, weil ich nicht sehe, welche Mühe er sich gibt, damit wir moças distintas werden, er sagt dazu vornehm, und daß ich verzogen bin und daß meine Launen sich bessern müssen, und er hat gesagt, ich muß dahin gehen, damit ich alles lerne, was ich lernen muß, damit ich ein vornehmes, kultiviertes Mädchen werde, und hat versprochen, daß er uns immer besuchen kommt, aber ich weiß, er kommt nicht, weil er immer arbeitet, und er hat gesagt, daß du uns Marzipan bringen wirst und daß ja auch der Bobby da ist, so ein kuscheliger Hund, und außerdem werden eine Menge andere Mädchen dasein, manche wohnen dann auch da, und daß ich viele neue Freundinnen haben kann. Aber was soll ich machen, wenn ich nicht diese Sprache spreche, dieses Deutsch, das so verdreht ist? Pai hat gesagt, das ist das erste, was ich lernen werde, das Deutsch bei Fräulein Therese, weil sie Lehrerin ist und sehr feines Deutsch spricht, und dann kann ich mich mit Mädchen aus den besten Familien von hier anfreunden, das sind die alten

Familien, Patrizierfamilien heißen die. Aber ich will überhaupt nicht, Ana. Auch wenn der Bobby da ist, will ich lieber tot sein als in dem merkwürdigen Haus wohnen, in dieser Pension von einer Fräulein, die meine zweite Mutter sein will und außerdem noch einen Buckel hat.

*

Ana, such Läuse auf meinem Kopf, ich meine, spiel das nur, hier gibt es ja keine Läuse, und dann mach mir Zöpfe, ja?

Ich hab schon viel gelernt, Ana. Ich kann meinen Namen schreiben.

Ich heiße Julia. Das bedeutet eu chamo-me Júlia. *Wußtest du das, Ana?*

Und Sie? Ich heiße Therese. Therese Bousset, hat sie gesagt. Dann hat sie es geschrieben und ich hab es abgeschrieben. Ein schwieriger Name, B-O-U-S-S-E-T.

Lehrerin. Lehrer. Das heißt professora, professor.

Ich bin die Lehrerin. Nein, Sie sind die Lehrerin. Ich bin die Schülerin. Wenn man das schreibt, muß man die beiden Pünktchen da drübersetzen, Ana.

Beim ersten Mal hab ich auf dem Fußboden gesessen, weil ich vorher ziemlich gezappelt hatte, ich wollte ja weg, wie soll ich denn mit einer Frau sprechen, die mich nicht versteht? Und ich hab die ganze Zeit gesagt, eu quero ir embora, *ich will weg, aber sie verstand nichts und sprach weiter, ich verstand auch nichts und sagte nur, sie soll weggehen,* vai embora, vai embora. *Dann hat sie mir ein Bilderbuch gezeigt und bei jedem Bild gefragt, was es ist. Dann sollte ich es aufschreiben, und jetzt habe ich drei Hefte, Ana, und drei Stifte.*

Was ist das? Das ist ein Mädchen. Und das? Das ist ein Hund. Ich habe immer geantwortet und geschrieben.

Da hat sie mir dann leckere Bonbons geschenkt.

Dann kam: Guten Tag. Wie geht es Ihnen? Danke, gut. Wußtest du, daß man sich so begrüßt, Ana? Man sagt nicht bom dia, *sondern guten Tag.*

Woher kommen Sie? Ich komme aus Brasilien. Denn ich

bin brasileira. *Ich habe in Paraty gewohnt, aber ich war* brasileira.

Dann habe ich zu ihr gesagt, vem cá, *und sie hat mich verstanden und ist gekommen.*

Aber neulich habe ich mich richtig beschwert, Ana. Diese Sprache ist wirklich merkwürdig. Ich bin so nervös geworden, daß ich nur noch schreien konnte. Stell dir vor, porta *heißt Tür und außerdem DIE, genau wie* A porta *auf portugiesisch, die ganze Zeit DIE, also kann es doch nicht DER sein, sonst wird es* O porta. *Ich habe also ein paar Sätze gesagt. Und da sagt sie plötzlich zu mir: Der Schirm steht hinter DER Tür. Nein, Fräulein, das ist nicht richtig, habe ich gesagt. Aber sie sagte, doch, so ist es richtig. Was? Sonst war es immer DIE Tür, und jetzt ist es auf einmal DER Tür?! Entweder DIE oder DER. Beides kann doch nicht sein, dachte ich. Da wurde ich so nervös, daß ich das Buch und das Heft und den Stift weggeschleudert habe, ich hielt es nicht mehr aus mit dieser Sprache, wo sich so viel ändert, und mußte weinen. Und weißt du, was Fräulein da gesagt hat? Sie hat geschimpft, ich wär hysterisch, Mana sagt, das ist ein sehr häßliches Wort, und dann hat sie mich mit der Hand geschlagen, aber das tat gar nicht weh, recht geschieht's ihr, sie hat so kleine Hände, dieses bucklige Fräulein, aber sie hat auch gedroht, daß sie mich das nächste Mal zur Strafe in einen Schrank sperrt. Mir ist das egal.*

Bobby ist jetzt mein Freund. Er erkennt mich zwischen all den anderen Mädchen und bellt mir zu, wedelt immer mit dem Schwanz und kommt zu mir gelaufen. Er ist so süß, Ana.

Aber ich war im Unterricht immer still, ich konnte ja nicht viel verstehen und deshalb saß ich in meiner Ecke und war still, Ana. Und hab immerzu auf das Gesicht der Lehrerin gesehen, das ist Fräulein Minna, die hat ein niedliches Gesicht, wie ein kleiner Vogel. Neulich hat sie mich plötzlich gefragt, warum ich sie immerfort ansehe. Vor Schreck war ich erst einmal still, aber dann habe ich geantwortet: Du aussiehst wie ein klein Vogel. Da hat Fräulein Minna gelacht, sie hat nämlich wirklich ein Gesicht wie ein kleiner Vogel, und die Mäd-

chen haben auch alle gelacht, sie finden, daß es lustig klingt, wie ich spreche, Ana.

Fräulein Therese hat mir gratuliert, weil das mein erster Satz auf deutsch war, sie sagt, so fängt man immer an, mit einem kleinen Satz, das ist wie ein kleiner Ziegelstein.

Ich bin stolz auf meinen ersten deutschen Satz, Ana.

Jetzt habe ich auch die anderen Mädchen im Pensionat kennengelernt, Ana. Manche mag ich besonders, die Miete, weißt du, Ana, die ist eine richtige Comtesse, noch so klein und schon Comtesse, das sieht man ihr gar nicht an, Miete ist bei allen beliebt, sie ist sehr lieb und still und distinta wie eine Comtesse, sie mag Religion gern und hat schwache Lungen, haben die anderen gesagt. Und ich habe Josefa kennengelernt, Ana, sie kommt wie ich von weit weg, nur daß Josefa aus Mexiko ist, ich mag sie sehr gern. Wir unterhalten uns viel, weil man ihre Sprache leicht verstehen kann, und Mexiko ist auch so weit weg wie Brasilien, Ana. Sie ist meine amiga mexicana. Dann gibt es noch Maria und Elisabeth, das sind Schwestern, und Toni, sie ist die Klügste in der Klasse und schreibt Gedichte. Ein Mädchen mag ich überhaupt nicht, das ist die dicke Jenny, nur weil ihr Vater Deputierter ist, bildet sie sich was ein.

Es gibt Lehrerin und Lehrer, die geben uns Unterricht, am liebsten mag ich Fräulein Minna. Du weißt doch, was Lehrerin ist, oder? Das ist eine professora.

Fräulein Emmy hat gefragt, ob ich gern Klavier spiele, sie spielt nämlich gern, aber ich habe nicht geantwortet, weil ich es nicht weiß, früher hat es mir keinen Spaß gemacht, wenn ich auch gern spiele, hat sie gesagt, kann ich hier bei Fräulein Marie Klavier lernen, Fräulein Marie ist professora de música, und wenn ich schon etwas mehr kann, dann kann ich später bei dem Klavierlehrer Senhor Pape Unterricht haben. Fräulein Emmy ist die Schwester von Fräulein Therese, aber sie ist älter. Fräulein Emmy ist ziemlich alt, aber nicht so alt wie ihre Mutter, die Madame, Madame lutscht immer Hustenbonbons und manchmal schenkt sie uns einen, die schmecken gut, schön scharf.

Weißt du, Ana, ich lerne auch desenhar, *die Stunde heißt Zeichnen, das macht viel Spaß, und eine andere Stunde heißt Aufsatz, das kann ich nicht, aber da lernt man* redação, *die Lehrerin ist Fräulein Minna, aber leider gibt es auch Rechnen, Mana sagt, das heißt* matemática, *das ist schwierig, und wie! und man wird müde, weil man in Rechnen nur Zahlen lernen muß und zusammenziehen und lauter solche Sachen, die ich nicht mag, zum Glück ist der* professor *Herr Waak, das ist der Vater von Fräulein Minna, er ist sehr nett, denn er denkt, ich bin nur faul, und dann gibt es auch noch Bibelgeschichten, bei Herrn Hagen. Neulich hat er mir eine Frage gestellt und ich habe zufällig richtig geantwortet, Ana, weil es um eine Hanna aus der Bibel ging, da mußte ich an dich denken und bekam große* saudade.

Warum muß ich immer da bleiben, wenn andere Mädchen jeden Tag nach Hause gehen dürfen, Ana? Pai hat gesagt, damit ich besser Deutsch lerne, soll ich mehr Zeit bei Fräulein Therese und den anderen professores *sein.*

Erzähl es nicht Pai, aber ich habe schon die erste Strafe bekommen, das heißt, die ganze Klasse, aber es war sehr lustig, nur Fräulein Therese fand es gar nicht lustig, denn als sie ausgerechnet zur Stunde Gute Manieren hereinkam, das ist boas maneiras, *sagt Mana, wurde die Klasse nicht still, und deshalb mußten wir alle zur Strafe fünfmal nacheinander aufstehen und hinsetzen, ich verstehe nicht, warum die anderen Mädchen ernst geworden sind, ich fand es lustig, so ohne Pause dazwischen immer hoch und runter, für mich war das keine Strafe und deshalb mußte ich lachen, aber Fräulein wurde böse und ich mußte zur Strafe die ganze Stunde vor den anderen Mädchen stehen. So eine Schande, Gott behüte mich vor den Stunden Gute Manieren.*

Aber am meisten mag ich den Unterricht in dança, *Ana, die* professora *hat gesagt, ich kann sehr schön tanzen, weißt du was, Ana, wenn ich groß bin, will ich Tänzerin werden. Es macht so viel Spaß, auf den Zehenspitzen zu stehen und sich immer nur zu drehen, Ana, das finde ich wunderbar.*

Und bald, Ana, lerne ich auch Sticken und Stricken, ich

kann es gar nicht abwarten, Ana, ich werde jetzt groß, Ana, Madame hat gesagt, nächste Woche gibt sie mir Unterricht. Neulich, Ana, bin ich ganz leise in ihr Wohnzimmer gegangen und Madame hat mich nicht gesehen und da hat sie eine Prise Schnupftabak genommen und als sie mich sah, wurde sie verlegen, weißt du, wenn sie verlegen ist, macht sie so eine Schnute, daß man lachen muß. Madame ist wirklich schon ziemlich alt.

Im Pensionat gibt es die Großen und die Kleinen. Deshalb gibt es zwei große Räume mit den Betten, der eine ist für die Kleinen, der andere für die Großen, Mana ist schon bei den Großen, Ana.

Ich bin bei den Kleinen. Ich bin die Kleinste von allen, Ana.

Und das Essen ist nicht so wie deins, Ana. Fräulein Therese sagt, ich muß Fleisch essen, damit ich gesund bleibe und tüchtig wachse, aber ich mag Fleisch nicht so gern, Ana. Hier schmeckt es nicht wie carne seca, *das Trockenfleisch, das wir in Boa Vista hatten, hier gibt es Braten, und den mag ich nicht, deshalb macht Fräulein Fleischbällchen mit viel Brot drin, die mag ich nämlich, sie nennt sie Dodos Bällchen, so sprechen sie meinen Namen aus.*

Am liebsten mag ich weiße Bohnen. Die schmecken anders als feijão, *unsere schwarzen Bohnen, aber ähnlich.*

Nichts ist so wie bei uns.

Sehe ich jetzt hübsch aus mit den Zöpfen?

Ana, ist es jetzt in Paraty schon dunkel?

Bald kommt die kalte Zeit, Ana, haben sie gesagt.

Dann fängt die Nacht hier in Lubeque viel früher an. Kannst du dir das vorstellen? Alles dunkel, nur die Laternen auf der Straße?

Bald bringt Pai mich zurück, Ana. In die Pension.

Da krieg ich bestimmt saudade.

Pai hat gesagt, er läßt mir zu Weihnachten ein neues Kleid nähen. Suchst du es mit aus, Ana?

Du mußt meine Freundinnen kennenlernen. Ich meine …

Es wird schon dunkel, Ana.

So, jetzt ist meine Tasche gepackt, Ana. Zum Gehen.

Ich mag mich nicht von Nenê verabschieden, er weint immer. Dann werde ich traurig.

Manoel sagt, er will luterano *werden.*

Auf Wiedersehen, Ana.

*

Und dann, Mana, waren wir beim Zahnarzt, du hast gesagt, in unserer Sprache bedeutet das dentista, *er heißt Herr Brecht und wohnt in der Mühlenstraße. Du glaubst nicht, was für eine Überraschung es da gibt, ich hatte den wackligen Zahn und Luiz mit seinen Zähnen, bei denen immer alles so kompliziert ist, hatte einen entzündeten, meiner war schon fast rausgefallen. Onkel Eduard ist mit uns hingegangen, und ich hatte schreckliche Angst, weil meiner gezogen werden sollte und es bei diesem Zahnarzt so weh tut, Tio Eduard hat gesagt, er geht da auch nicht gern hin, aber Großmãe hat ihn mit uns losgeschickt, sie wollte nicht, daß uns ein Hausmädchen hinbringt. Und als wir da ins Wartezimmer kamen, das errätst du nie, was da war, Mana. Ein Papagei. Ein Papagei, Mana, genau wie mein Currupaco, ich hab mich ja so gefreut, aber auch solche Sehnsucht gekriegt. Stell dir vor, hier in Lubeque ein Papagei, natürlich sieht er nicht genauso aus, aber sehr ähnlich, ganz bunt und wie er den Kopf nach allen Seiten dreht, nur, der hier spricht Deutsch. Er ist sehr klug, und wenn man hereinkommt, sagt er gleich: »Nehmen Sie bitte Platz ... Einen Momang.« Er heißt Josephus und ist schon ziemlich alt und etwas gerupft, aber trotzdem ist er sehr lustig. Dann machte der Herr Brecht die Tür vom Behandlungszimmer auf und da roch es nach Medizin und ich bekam Angst und er rief uns herein, mit einem Gesicht, Gott bewahr mich, ich war schon ganz verschwitzt vor Angst, aber als wir gerade hineingingen, sagte der Papagei mit der gleichen Stimme wie Herr Brecht noch einmal »Bitte« und ich fand das sehr lustig und dann mußte ich mich auf den hohen Stuhl setzen, wo man solche Angst bekommen kann, aber ich mußte lachen und dann hatte ich fast keine Angst mehr, nicht wie Luizito, der zappelte nur und schrie und wollte partout nicht den Mund aufmachen. Und dann mußte ich noch mehr lachen, und weißt du, warum, Mana? Weil der Herr Brecht genauso aussieht wie sein Papagei, mit seiner spitzen Hakennase, die ist so lang, daß man seinen schmalen Schnurrbart kaum sieht. Und wenn er dir im Mund herumstochert, verzieht er selbst den Mund. Weh getan hat es, ja, und mir wurde jedesmal schlecht, wenn ich in das blaue Becken Blut spucken mußte, aber dann mußte ich wieder lachen, weil ich daran dachte, daß der Besitzer vom Papagei genauso aussieht wie sein Papagei, ist das nicht lustig, Mana? Und der Josephus ist ganz zahm und spricht Deutsch, stell dir vor, Currupaco würde Deutsch sprechen, er war doch so frech und so hübsch. Das nächste Mal gehe ich deshalb allein hin, ich hab schon gesagt, daß ich keine Angst habe, und Onkel Eduard wollte es nicht glauben, aber es stimmt, es hat fast gar nicht weh getan, der Zahn hat ja auch schon gewackelt, ich habe ihn aufbewahrt. Onkel Eduard hat gesagt, daß ich tapfer bin, aber er hat vor Angst geschwitzt und weggesehen, als Herr Brecht mir mit der Zange in den Mund gegriffen hat. Ich finde Josephus süß, stell dir vor, er sagt »Nehmen Sie Platz, bitte. Einen Momang, bitte.«*

Jetzt habe ich eine amiga *Josefa und einen* amigo *Josephus, ist das nicht lustig?*

Ich möchte wieder da hin und mit Josephus spielen, Mana. Jetzt habe ich nämlich solche saudade *nach Currupaco bekommen und nicht nur nach ihm, auch nach Mutter und Boa Vista und Paraty, vor lauter Sehnsucht hat sich mir der Magen umgedreht. Fräulein Therese hat gefragt, was mir fehlt, und Fräulein Emmy hat gefühlt, ob ich von dem Zahn Fieber habe, hatte ich aber nicht, du weißt das ja, manchmal krieg ich nur so großes Heimweh nach Boa Vista, dann möchte ich nur da sein und wieder über den Strand laufen, da gibt es nicht so einen kalten Wind wie jetzt hier, da konnte ich so schön spielen und hatte solchen Spaß mit Pitoco und Queta und Tião.*

Weißt du, Mana, du warst damals nicht mit auf der Ilha

Grande, ich hatte Vô Caetano so lieb, wie schade, daß wir hier keinen Opa haben, ich meine, wir haben Großmãe, die spielt auch viel mit uns, aber richtig schön war es, wenn Vô Caetano mit mir gespielt hat, er gab mir Papier und brachte mir bei, wie man die Namen der Tiere schreibt, Huhn, Schlange, Pferd, Hund, Kuh, und als ich damals auf der Ilha Grande war, da hat er zu Johanni Feuerwerk abgebrannt, alle Negerkinder waren da, das war ein Spaß, es sah so schön aus, wenn die Raketen nach dem Explodieren in den Himmel hochschossen und das ganze Meer beleuchteten, das war beim ersten Mal, aber später gab es die Johannifeste auf Boa Vista, weißt du noch, Mana? Wenn die Kaffee-Ernte auf der Ilha Grande vorüber war und die Sklaven, die Pai an Vô ausgeliehen hatte, nach Hause kamen, das war eine Freude, sie feierten, wer mehr Kaffee gepflückt hatte, als er mußte, und deshalb mehr verdient hatte, als erstes bauten sie dann den Johannibaum auf dem Vorplatz auf. Weißt du noch, der große Tisch, der draußen vor dem Haus stand, voll mit Essen, es gab Fleisch und Reis und schwarze Bohnen und Maniokbrei und die Süßspeisen, den in Milch gekochten frischen Mais, den mochte ich für mein Leben gern, und Süßkartoffelkompott und Guajavenmus und Sirup? Weißt du noch, wie die Neger in Festtagskleidung kamen, mit Hut oder einem alten Zylinder, und die Negerinnen machten sich richtig hübsch, wie für ein großes Fest, Kleider in allen Farben, nicht grau wie hier, wirklich in allen Farben, und ich fand das immer so schön! Du nicht, Mana? Tereza zog sich immer am schönsten an, bunt wie ein Regenbogen, blaues Kleid, grüner Gürtel und roter Turban auf dem Kopf, und sie sang so gern. Und wie hübsch sah es draußen mit den vielen bunten Lampions aus, die Mutter bastelte, die hatte sie am liebsten, die Lampions ... Und dann wurde es kühl, aber angenehm, nicht so wie der eisige Wind hier, und dann zündeten sie die Feuer an und die Schwarzen machten Musik und tanzten, weißt du noch, wie gut Pitoco Batuque *tanzen konnte, am besten von allen, und sie tanzten bis spät in die Nacht, am nächsten Tag war ja Johanni und da mußte niemand arbeiten. Und sie ließen Pai hochleben, alle redeten ihn zwar mit Luíz an, aber mit zweitem Namen heißt er João, deswegen war São João, das Johannifest, auch sein Namenstag, und wenn es Mitternacht wurde, gingen alle zum Wasserhahn und holten sich vom schlafenden Wasser, in der Johanninacht schläft das Wasser nämlich, hat Tonha gesagt, und dann ist es ein Wundermittel und heilt alles. Und was für einen Spaß alle beim Feuerwerk hatten, ich auch, du nicht, Mana? Raketen und Knallfrösche und Böller, das war immer so aufregend, ich lief zwischen allen herum und Mutter rief mich und schickte Ana hinter mir her, weil Maneco sich schon einmal verbrannt hatte, du hast es wohl vergessen, weil du schon in Rio de Janeiro im Pensionat warst, so wie hier, und dann kam das Wichtigste überhaupt, darauf wartete ich immer das ganze Jahr, wenn nämlich die schwarze Leocádia, erinnerst du dich an sie?, mit geschlossenen Augen und dazu noch barfuß über die Feuerglut ging, Mana, als ob sie überhaupt nichts spürte, so langsam ging sie drüber, und die Neger trommelten noch lauter und tanzten und brannten Feuerwerk ab und der Himmel war voll von den Feuerwerkssternen und Leocádia ging über die Glut vom Feuerhaufen, wie hat sie das nur ausgehalten, ich konnte es immer gar nicht fassen und wollte ganz dicht daneben stehen, damit ich es sehen konnte, mir kam das wie ein richtiges Wunder vor, ich weiß bis heute nicht, wie sie das gemacht hat, weißt du das, Mana, wie man über Glut gehen kann? Glaubst du, das war ein Wunder? Tonha hat immer gesagt, an Johanni verbrennt man sich nicht am Feuer, deshalb. Meinst du, das stimmt, Mana?*

Aber hier gibt es kein Johanni, wenn sie keine Heiligen haben, gibt es auch keinen São João und kein Fest, das finde ich schade, Mana.

Und wenn das Feuer schon fast ausgegangen war, haben wir immer Yamswurzeln und Kartoffeln in die Glut gelegt. Und uns Glutstücke zum Aufbewahren geholt, Holzkohle vom Johannifeuer war nämlich geweiht, wer ein Stück davon hatte, lebte noch ein Jahr, erinnerst du dich, Mana? Zum

Schluß blieb nur der Johannibaum übrig mit der Fahne obendrauf und den Maiskolben, die an ihm hingen.

Ach, wie gut schmeckten die Kartoffeln aus der Glut, Mana.

*

Ana, Ana, ich kann schon stricken, Madame ist wirklich sehr nett, obwohl sie so alt ist und so viel hustet. Sie steht hinter mir und hält meine Hände mit den Nadeln und zeigt mir, wie ich die Maschen stricken muß, und neulich hat sie mir ein Bild gezeigt, das heißt »Großmutter, die Enkelin stricken lehrend«, da bringt wirklich eine Großmutter ihrer kleinen Enkelin das Stricken bei, die sehen ganz genau wie wir aus, sie ist sehr nett, manchmal erschrecke ich sie zum Spaß, wenn ich mit den Schulaufgaben fertig bin, gehe ich ganz langsam nach oben in das Wohnzimmer, wo Madame weiße Strümpfe strickt, die sind für mich, hat sie gesagt, für den Winter, dann verstecke ich mich hinter dem Vorhang und beobachte sie, wie sie mit ihrer Brille dasitzt und hin und wieder etwas Tabak schnupft, und dann schleiche ich mich leise hinter dem Vorhang hervor und stehe plötzlich vor ihrem Sofa und dann stößt sie einen Schrei aus, aber nur, weil sie gern Spaß hat, und dann fängt sie an zu lachen und hört gar nicht mehr auf, und ich bekomme immer einen Bonbon oder ein Scheibchen von der Birne, die sie gerade ißt, und sie lacht weiter und sagt, daß ich ein palhacinho *bin, es klingt so lustig, wenn sie sagt, »Chott, Kind, du bist doch ein Närrchen«, verstehst du, Ana? Jetzt kann ich also schon stricken, es klappt noch nicht so ganz richtig, aber ich mache ein ... das darf ich nicht sagen, es ist eine Überraschung, aber ich habe die Farbe und alles selbst ausgesucht.*

Wenn Madame Bousset mir das Stricken beibringt, ist sie wie meine Großmutter.

Ana, du mußt einmal Josephus sehen. Er ist nur ein bißchen älter, aber sonst genau wie Currupaco, erinnerst du dich?

*

Ana hat einen schlimmen Zahn, Mana muß mit Pai sprechen und mit Großmãe, damit sie zum Zahnarzt geht, Ana muß Josephus kennenlernen.

*

Ana, es wird wirklich kalt. Man kann sich nirgends verstekken, überall ist es immer kalt. Wenn man so viel anziehen muß, kann man sich gar nicht mehr bewegen.

Ana, hast du gesehen, wie gelb die Bäume werden? Die Blätter fallen fast alle ab und der Boden ist voll Laub. Glaubst du, die Bäume sterben?

Es sieht aus, als ob alles stirbt, Ana.

Alles wird hier sterben, Ana.

Was soll aus uns werden, wenn es hier jetzt so kalt wird? Gott steh uns bei.

*

Und Ana geht für Großmãe auf dem Markt einkaufen und der Wind ist so kalt, als ob er einem das Gesicht zerschneidet, sogar wenn die Sonne ein bißchen scheint und noch schlimmer, wenn es dunkel wird und jetzt wird es viel früher dunkel, es hilft nichts, wenn man sich schützen will, er dringt in die Kleider und sogar ins Haus und dann

*

Wo kommt nur dieser Wind her, Ana? Kann man denn gar nichts dagegen tun, daß der Wind so kalt wird, Ana? Himmel.

In Paraty gab es das nicht.

Nur hier im Ausland.

*

Meinst du, Ana geht noch in der Trave Wäsche waschen, Mana? Ana trägt das Wäschebündel auf dem Kopf, so wie in

Paraty, und alle sehen aus dem Fenster, wenn Ana vorbeigeht. Dann wäscht sie die Wäsche und breitet sie auf dem Ufer der Trave aus, später sammelt sie die Wäsche ein und abends bügelt sie, die Ana. Meinst du, jetzt auch noch? Bei dieser Kälte, Mana?

*

Immer wenn Ana nach draußen geht, um etwas zu erledigen, laufen die Straßenjungen hinter ihr her und sind frech und gröhlen und rufen hinter ihr her Affe, Affe, das bedeutet macaco, macaco, *sie denken, daß Ana. Warum? Nur weil Ana schwarz ist, denken sie, sie wäre ein Affe, und lachen, weil sie Narben im Gesicht hat und hier auffällt, und sie glauben, Ana wäre ein Kind wie sie, aber die verstehen gar nichts, diese dummen Straßenjungen, Ana weiß nämlich einiges, sie kennt Geschichten und Beschwörungen und Litaneien und Lieder und kann auch gesund machen, die denken aber, daß sie. Ana ist kein Affe. Meine Ana. Das muß sehr schlimm für sie sein, neulich habe ich gehört, wie Pai zu Großmãe gesagt hat, daß er mit dem Senator Polizeichef sprechen will, weil er diese Geschichte leid ist, und einmal ist Ana weinend nach Hause gekommen, die Ärmste kann den Straßenjungen ja noch nicht mal auf portugiesisch antworten, die verspotten sie nur, hoffentlich erreicht Pai etwas, ich an ihrer Stelle würde das nicht aushalten, wie ein Straßenköter. Ich habe Angst, daß Ana wegen der Kälte und wegen der Straßenkinder, daß Ana, Ana ist kein Affe und auch kein Kind oder Hund. Ana ist nicht von hier. Ana ist Ana.*

8. Kapitel

Zucker. Alles mit Zucker bestreut. Die ganze Welt nur Zucker, nicht der dunkle, den die Schwarzen immer bekamen, sondern weißer, ganz weiß, strahlend weiß, ohne einen Fleck.

Als ich das erste Mal hinausgeschaut habe, wollte ich es nicht glauben, es war früh am Morgen, zuerst war es hart, zum Frühstück aufzustehen, die anderen Mädchen waren schon alle auf, nur ich nicht, aber dann beeilte ich mich. Ich hatte wegen der Gardinen gar nichts gemerkt, aber dann, als das Zimmermädchen, die empregada, die unser Zimmer sauberhält, die Gardinen aufzog, konnte ich nichts richtig sehen, weil die Scheiben beschlagen waren, aber dann machte sie die Fenster zum Lüften auf und da drehte ich mich gerade um und dann sah ich es plötzlich. Auf einmal hatte sich die Welt verändert, ich war an einem anderen Ort, das heißt, es war immer noch dasselbe Pensionat in Lubeque, aber dann auch wieder nicht, alles sah ganz anders aus und ich schrie açucar. Ich lief schnell aus dem Zimmer und rief nach Mana, ich darf ja nicht in das Zimmer der Großen, deshalb rief ich vom Flur aus und fragte, was das ist, und Mana sagte, ich sollte nicht so schreien, sonst bekämen wir eine Strafe, also ging ich zum Frühstück, aber ich wollte unbedingt wissen, woher das kam, und die anderen Mädchen verstanden nicht, wieso ich das Zucker nannte, stell dir vor, alles weiß, ganz weiß, als hätte eine Zuckermühle das ganze Jahr gearbeitet und dann den feinen Zucker überall drübergeschüttet, über die Bäume und die Häuser und die ganze Welt, sie sah gar nicht mehr wie gestern abend aus, und Jenny lachte mich aus, die dicke Jenny, die Mädchen freuten sich auch alle und waren aufgeregt, weil es der erste Schnee im Jahr war, sagten sie. Im Unterricht konnte ich es gar nicht abwarten, ausgerechnet da hatten wir Rechnen, Himmel, erst nach dem Mittagessen durften wir in den Garten, und da liefen Mana und ich mit den anderen Mädchen hinaus, um uns das anzusehen. Wie kalt dieser Zucker war, aber dann probierten wir ihn und er schmeckte nach nichts, schon gar nicht nach Zucker, und die

Mädchen lachten und Madame Bousset lachte später auch, als die anderen erzählten, daß Mana und ich geglaubt hatten, es wäre Zucker, dieser Schnee, der die ganze Welt weiß bedeckte und alles so wunderschön machte wie. Wie ich weiß gar nicht was. Und wir spielten alle und bewarfen uns mit dem Schnee.

*

Das war so wunderschön, Ana, und dann haben wir einen Schneemann gebaut und im Kreis um ihn herum getanzt, mir war fast gar nicht kalt, und am Nachmittag, bevor es dunkel wurde, fiel noch mehr Schnee vom Himmel, so schön war das, Ana, als ob es Zucker regnet, und die Mädchen riefen, es schneit es schneit, und alle freuten sich, wie aus einer anderen Welt sah alles aus, ganz ähnlich wie Regen, nur daß es feines weißes Pulver regnete, Ana.

Magst du den Schnee nicht, Ana?

Einen Schneemann bauen und mit Schneebällen werfen macht dir keinen Spaß, Ana?

Aber mit wem sollst du auch spielen, Nenê ist noch so klein und weint immer so viel. Onkel Theodor ist sehr streng und Onkel Eduard ist immer auf Reisen.

An diesem Abend konnte ich fast nicht einschlafen vor lauter. Ich mußte mich immerzu im Bett hin und her drehen und wollte den Schnee sehen, Ana.

Schnee.

Ein richtiges Wunder.

Schnee. Mana hat gesagt, in der Sprache von Brasilien heißt es neve.

Ist das nicht das Schönste, was es auf der Welt gibt, Ana?

*

Weihnacht.

Natal, *oh,* Natal. *Das Weihnachtsfest dürfte nie zu Ende gehen, in meiner Klasse haben wir vorher einen Kalender mit Abreißblättern gemacht, jede hat eines gemalt, für jeden Tag* *bis zum Weihnachtstag, da war dann ein gezeichneter Weihnachtsbaum drauf, jeden Tag haben wir ein Blatt abgerissen und ungeduldig darauf gewartet, daß es Weihnacht wurde, und es war eine solche Fröhlichkeit,`daß ich mich richtig freute, daß ich in der Pension bei Fräulein Therese bin. Und alles fängt mit dem Marzipan und den braunen Kuchen an, die sind ganz dunkel und werden zum Kaffee gereicht, und ich finde schon alle Tage vor Weihnacht wunderschön.*

Aber die Hauptsache ist die árvore de Natal, *der Weihnachtsbaum, so einen schönen habe ich noch nie gesehen, mit wunderschönen Zweigen, die schaukeln und werden zur Spitze hin immer kürzer, wunderschön, das ist der einzige Baum, der hier im kalten Winter grün bleibt, und er duftet herrlich. Wir alle haben Fräulein Therese und Fräulein Emmy beim Schmükken des Weihnachtsbaums, der hier Tannenbaum heißt, geholfen, und zum Schluß sah er so hübsch aus mit all dem Schmuck und den Bonbons und den aufgehängten Süßigkeiten und den Kerzen, ich bin alle Augenblicke in das Wohnzimmer gegangen, nur um den geschmückten Tannenbaum anzusehen, und Fräulein wurde böse und hat mich zurückgeschickt, ich sollte meine Aufgaben machen und für die Prüfungsarbeiten lernen, und jetzt kommt die Weihnachtsfeier und dann fahren wir am Weihnachtsabend nach Hause, ich kann es gar nicht abwarten, die* Noite de Natal, *dann schlafen wir im Haus von Großmãe, oh, wie schön, Manu und Luizito kommen auch, und Ana ist da, ich muß das Geschenk fertig machen, den Schal für Ana, damit sie ihre Schultern in der Kälte wärmen kann, hübsch wird sie damit aussehen, er ist zweifarbig, weil ich weiß, daß Ana das liebt, hier bekommen alle Geschenke, aber besonders die Kinder, was bekomme ich wohl von Pai geschenkt? Von Großmãe habe ich mir eine französische Wachspuppe gewünscht, die habe ich in einem Geschäft gesehen, sie hatte kleine Augen aus Glas, einen Sonnenschirm und zwei Schleifen im Haar, und es gab auch eine mit Strohhut, aber ich möchte eine mit blauen Augen und Spitzenkleid.*

*

Welche Bäume für mich die schönsten auf der Welt sind, das weiß ich jetzt. Das sind die Kokospalme aus Paraty und der Tannenbaum do Natal.

*

Die schöne Weihnacht ist gekommen, und so schnell war sie schon wieder vorbei.

Wie schade.

Nie mehr werde ich das vergessen. Draußen sah alles anders aus, ganz weiß vom Schnee, und auf dem Marktplatz gab es den Weihnachtsmarkt rund um den Brunnen und überall Bäume zum Verkauf, und die Frauen wärmten sich die Füße an Kohleöfchen und riefen laut den Fisch aus, den sie verkauften, und auch die Puter für Weihnacht, und der Schnee fiel immer noch vom Himmel wie ein Segen Gottes. Und es gab Drehorgelmänner, Pai hat gesagt, das sind Italiener, die kommen zum Spielen hierher, und einer, der hübscheste von allen, hatte ein trauriges Gesicht, aber plötzlich hat er mich angelächelt. Und wie hübsch die Geschäfte waren, und alles war mit Lampions hell erleuchtet und überall duftete es besonders, das ist der Weihnachtsduft.

Es gab zwei Feste, eins bei Großmãe und das andere im Pensionat.

Der Baum bei Großmãe war noch schöner als der im Pensionat. Der Tannenbaum im Saal reichte bis an die Decke und war geschmückt mit Goldflitter und weißen Lilien und vielen Kerzen, die wie kleine Sterne flimmerten und die Tannenzweige ein wenig ansengten und den Raum mit dem herrlichen Duft vom Weihnachtsfest erfüllten, und oben an der Spitze schwebte ein Engel, und der Saal war durch den Baum noch heller erleuchtet als sonst. Gleich unter dem Baum die Krippe mit einem Jesuskind aus Wachs, so etwas Hübsches. Und auf dem Tisch daneben standen andere Bäumchen, mit Mandeln und kleinen Kerzen geschmückt und den Geschenken, nur die großen Geschenke lagen auf dem Fußboden. Dann gab es noch einen Tisch mit den Geschenken für die Dienstboten und

Armen, Großmãe hat viele Sachen für die Armen gestrickt, die unter der Kälte leiden. Am späten Nachmittag, als wir immerzu hinauf und hinunter liefen, alle schon fein angezogen, wurde plötzlich verkündet, daß ein alter Mann mit den Kindern sprechen wolle, das war eine Riesenüberraschung, als dann der alte Mann in einem langen Pelzmantel und einer Zipfelmütze auf dem Kopf mit müden Schritten hereinkam, er hatte Schneeflocken und Goldflitter auf dem Mantel und einen weißen Bart und dicke weiße Augenbrauen. Dann sagte er, daß er auf der linken Schulter einen Sack mit Äpfeln und Nüssen für die braven Kinder trägt, und auf der rechten Schulter eine Rute, mit der er die ungehorsamen Kinder bestrafen wollte, und da bekam Nenê Angst und fing an zu weinen. Das war der Knecht Ruprecht, der alte Mann, der immer am Weihnachtsabend kommt, hatten die Mädchen in der Pension erzählt, das stimmt natürlich nicht, da hat sich nur einer als Knecht Ruprecht verkleidet. Und das war Onkel Eduard, das habe ich gleich gemerkt, weil er nicht da war, nur Onkel Theodor und Tante Johanna, eine Tante, die wir nicht kennen, verheiratet mit Onkel Rodde, sie heißt Maria, so wie Mana, aber sie heißt Maria Johanna, sie wohnen auf einem Gut Castorf, Fräulein Therese hat gesagt, das ist sehr schön, und Tante Johanna hat einen hübschen kleinen Sohn, er heißt Peter und sieht genau wie das Jesuskind aus, hellblond, er ist sehr lustig, mein kleiner Vetter, mein priminho. *Und dann am Abend wurde alles still, von draußen kam der Gesang der Knaben vom Domchor und die Drehorgelmusik der Italiener, die sich ein Geschenk abholen wollten, dann sangen wir zuerst »Stille Nacht, heilige Nacht« im Salon und Großmãe las die Stelle über die Geburt des Jesuskinds vor, und dann gingen wir alle »O Tannenbaum« singend in den Saal, es kribbelte vor Feierlichkeit im Bauch, daß es fast weh tat, als dann alle singend den Saal betraten, war er von den Kandelabern hell erleuchtet und die Gaslampen wurden angezündet. Und da waren dann die Geschenke und das Essen und die Süßigkeiten. Mana und ich bekamen so viele Geschenke, daß man gar nicht alles auf einmal ansehen kann, ein Puppenservice und Kommoden für ... für ... für die Puppen mit drei Schubladen und Bücherschränkchen mit Glastür und silberne Serviettenringe mit unserem Namen und sechs Mark Weihnachtstaschengeld, aber das schönste Geschenk war meine Puppe mit blauen Augen, wie ich sie mir gewünscht habe, sie hat einen kleinen Strohhut mit weißem Seidenband und ein spitzenbesetztes Kleid, wie ich es wollte, aber am schönsten finde ich an ihr die großen blauen Augen und die Augenbrauen, die sind dick aufgemalt, man sieht jeden Strich, und besonders hübsch ist das Näschen und ihr Mund, der ist rot und herzförmig, ich habe sie Minna getauft, wegen meiner Lehrerin, die wie ein Vögelchen aussieht, jetzt habe ich zwei Minnas. Alle bekamen Geschenke und freuten sich, Luizito bekam einen Trommler aus Messing, wenn er ihn aufzieht, trommelt er, Nenê bekam eine Menge Sachen, aber das Schönste war eine kleine Ente aus Blech, wenn man sie aufzieht, watschelt sie, und Manu bekam fast kein Spielzeug, er ist ja schon groß, deshalb bekam er eine Taschenuhr mit einer Goldkette, aber auch ein Buch mit den Märchen der Gebrüder Grimm und ein Puppentheater, wunderschön, aber das ist für uns alle, Manu wird darauf aufpassen, und Ana sah sehr schön aus mit dem Schal, den ich ihr geschenkt habe, er ist blau und weiß, ich wollte rot und weinrot, aber Madame hat gesagt, solche auffälligen Farben machen sich nicht gut für eine Frau. Du liebe Zeit! Was es alles zu essen gab, dieser köstliche Fisch, Karpfen mit Butter, und Onkel Eduard hat gesagt, man muß ein paar Schuppen ins Portemonnaie stecken, damit das ganze Jahr über das Geld darin nicht ausgeht, und dann kam der* peru, *der Puter, mit allerhand gefüllt, Pai hat gesagt, mit Maronen und Rosinen, das ist* uva-passa, *sehr merkwürdig, und Apfel, ich weiß nicht, besser haben mir die gebratenen Kartoffeln geschmeckt, aber das Allerbeste war ein merkwürdiges, ganz kaltes Dessert, das heißt Eis und schmilzt im Mund und war mit Schokolade gefüllt, es tat an den Zähnen weh, hat aber lecker geschmeckt. Und zum Schluß sprach Großmãe zu allen über Großpai, der schon tot ist, aber daß der Herrgott gut ist, weil er zwar ihn genommen, ihr dafür aber die Kinder gebracht hat, und dann bedankte sie sich dafür, daß mein Pai aus Brasil gekommen ist, und die Erwachsenen tranken Wein und ich stieß mit meinem Glas mit allen an, aber natürlich nicht mit Wein. Und ich glaube, ich habe zuviel gegessen, denn nachher bekam ich Bauchweh und mußte vor dem Schlafengehen Natron mit Wasser schlucken, es schmeckt genau wie* bicarbonato, *aber Mana und Manoel mußten das auch wegen Bauchweh, Manu ist schon richtig groß und sehr hübsch mit dem schwarzen Haar, genau wie Mana, ich möchte, daß meins auch so wird, wenn ich groß bin, ganz schwarz.*

Am nächsten Tag gab es noch eine Feier im Pensionat, die war nicht so schön, aber ich habe Spaß gehabt. Es waren nur ein paar Mädchen da, die immer dort wohnen, ich bekam von Fräulein Therese ein Nadelkissen, Mana bekam ein altes Buch mit Gedichten, aber ich bekam noch von Madame Bousset weiße Wollstrümpfe, die hat sie für mich gestrickt, nur ich bekam ein Geschenk von ihr, und Fräulein Therese servierte uns ihr rotes Erfrischungsgetränk, das sie Bischof nennt und nur zu Festtagen macht, hat sie gesagt, es schmeckt köstlich, ich hab viel zu viel davon getrunken und vom Ingwerkuchen gegessen, den Fräulein Therese backt, auch lecker, aber das Beste war, als mitten in der Bescherung der Tannenbaum plötzlich umfiel und Fräulein einen furchtbaren Schreck bekam und einen Riesensatz machte, und alle lachten, nur Mana und ich nicht, aus Angst, daß wir eine Strafe bekommen. Als wir zu Hause waren, gingen Mana und ich mit dem Puppenhaus spielen und unterhielten uns über Weihnacht und im Bett mußten wir noch über das Fest bei Fräulein lachen, Mana schlief dann gleich ein, ich aber nicht, ich stand leise auf und ging noch einmal in den Saal, da war niemand und alles war dunkel, ich sah nur den gelöschten Tannenbaum mit den weißen Lilien und es duftete so nach Weihnacht, daß ich mit geschlossenen Augen dastand und nur den schönen Weihnachtsduft atmete und mir wünschte, daß Weihnacht nie zu Ende ist und draußen alles weiß, ganz weiß.

Und dann gab es bald darauf auch noch die Hochzeit von Onkel Eduard mit einem großen Fest, das war so schön, und jetzt habe ich noch eine Tia, sie heißt Tante Emma und ist seine Frau.

Aber das Schönste, das war wirklich Weihnacht.

Ach, Weihnacht, das vergesse ich nie.

9. Kapitel

Dann er.

Dann mein Pai.

Dann Pai.

Ana, gefällt dir der Schal?

Mana hätte fast meine Puppe kaputtgemacht, Ana.

Fräulein Therese ist sehr erkältet.

Und Madame Bousset hat einen Hustenanfall gehabt, Ana.

Der Arzt hat gesagt, sie darf keinen Tabak mehr schnupfen, aber sie hat gesagt, alles andere, aber das nicht, ihren Tabak, den kann ihr keiner.

Pai fährt wirklich weg, Ana? Hat er selbst das gesagt? Hast du nicht das Deutsch, das sie reden, falsch verstanden? Du kannst kein Deutsch, Ana, meinst du nicht, Ana, daß er nur eine kurze Reise macht? Ist es nicht vielleicht nur so?

Mana glaubt, du.

Dann habe ich überlegt.

Warum sollte er es uns nicht sagen, Ana?

Mein Pai fährt doch nicht heimlich weg und verläßt uns.

Du sagst, er fährt weg und kommt bald wieder.

Dann macht er nur eine kurze Reise, Ana. Nach Hamburg.

Das glaube ich nicht, Ana.

Mein Pai.

Wenn wir meinen Pai nicht mehr haben.

Was soll aus Dodozinha werden?

Du lügst, Ana.

*

Mein Pai ist weg.

Ana hatte nicht gelogen.

Pai war sehr böse auf sie, weil sie es uns erzählt hat, Ana hat geweint, weil sie wußte, wie traurig wir würden, deshalb hat sie alles erzählt und dabei geweint, Pai hatte ihr nämlich von der Reise erzählt, aber sie sollte nichts weitersagen, weil wir dann sehr traurig würden, hat Pai gesagt. Pai war sehr böse auf Ana und hat sie angeschrien.

Mein Pai, mein lieber Pai ist weggefahren, nach Brasilien, er muß sich da noch um Geschäfte kümmern, hat er gesagt, und daß er sich hier in Lübeck nicht eingewöhnt hat und daß Vô Caetano ihn braucht, Pai ist Mitbesitzer von der Kaffeeplantage auf der Ilha Grande und Vô Caetano ist krank geworden und Vó Sinhá schafft es nicht allein, deshalb hat er nur Weihnacht abgewartet, hat Pai gesagt, damit wir nicht furchtbar traurig werden, aber trotzdem haben wir sehr geweint, vor allem Nenê, weil er am meisten Zeit mit Pai zusammen war. Er wollte sich nicht von uns verabschieden, hat Pai gesagt, damit es nicht noch mehr weh tut, aber da half nun nichts, Gott bewahre, wenn mein Pai abgefahren wäre und seiner Dodozinha kein Wort gesagt hätte.

Mein Pai fährt über das ganze weite Meer, und wenn ich jetzt meinen Pai sehen will, muß ich nicht nur zur Parade, sondern über das ganze Meer, wann wird das bloß mal sein, er bleibt nicht lange weg, hat er gesagt, und daß er uns Briefe schreiben wird, Mana hat auch heimlich geweint und Luiz kann nichts mehr essen, der arme Luiz.

Was wird aus mir ohne meinen Pai, ganz allein, auch wenn Großmãe noch da ist, aber sie ist schon alt, Ana hat gesagt, sie ist ja noch da und auch Fräulein, aber das ist nicht dasselbe. Ana wollte nicht mit Pai mitfahren, aber Pai glaubt, daß Ana hier sehr leidet, besonders bei dieser Kälte, sie hat oft Kopfschmerzen und muß hier Schuhe tragen, daran ist sie nicht gewöhnt, die Füße tun ihr weh, und sie kann sich mit niemandem unterhalten und auf der Straße wird sie gehänselt, aber Ana hat gesagt, sie will bei uns bleiben, damit sie uns wenigstens zweimal im Monat bei Großmãe sieht, aber sie kommt während der Woche immer hierher ins Pensionat, weil sie Sehnsucht nach uns hat, und bringt uns Sachen, und ich frage immer, ob ein Brief von Pai gekommen ist, aber sie sagt nein, dazu ist es noch zu früh, Pai ist noch unterwegs, aber ich soll nicht traurig sein, Pai kommt bald zurück.

Mana sagt, es stimmt nicht, was Ana sagt. Pai kommt nie mehr zurück.

Pai, mein Pai.

Was wird bloß aus deiner Dodô?

*

Wie traurig. Weihnacht ist wirklich vorbei, Mana.

Jetzt kann man nicht mehr im Garten vom Pensionat spielen. Der neve *schmilzt, auf der Erde ist nur Matsch und der* neve *ist nicht mehr weiß und an den Straßenrändern liegen Haufen von schmutzigem* neve *und werden braun wie Lehm, wenn man draußen spaziert, ist alles naß und von den Häusergiebeln tropft das Wasser vom schmelzenden* neve *und man kann kaum gehen, Mana, weil auf der Erde nur Eis ist, das geschmolzene Wasser wird zu* gelo, *schmutziges* gelo *auf der Erde, man rutscht die ganze Zeit, ich verstehe nicht, wie die Leute das aushalten, ich will hier nicht mehr bleiben, ich will weg, das hier ist kein schönes Leben, Mana.*

*

Hier riecht es jetzt so, Ana.

Ähnlich, aber nicht genauso wie in Paraty, weißt du noch?

Ich wußte das nicht, aber Mana sagt, das kommt von einer Fabrik, wo sie hier ihren Zucker machen, deshalb riecht es ähnlich, aber doch anders als in Boa Vista. Hier gibt es kein Zuckerrohr, der Zucker hier schmeckt gar nicht, deshalb riecht es eklig nach Medizinsaft, nicht wie in Boa Vista, Ana.

Weißt du noch?

Weißt du noch, das Fest, das es immer gab, wenn die Zuckerrohrernte anfing und das Rohr ausgepreßt wurde? Sogar für die Schweine war es ein Fest, sie fraßen die Bagasse und wurden dick und rund.

Glaubst du, Pai ist schon angekommen?

Das Fest, weißt du noch? Es fing damit an, daß sie das beste Zuckerrohr, das längste, von der Pflanzung holten und auf die Veranda legten, und da blieb es liegen, bis alles andere ausgepreßt war, meine Güte, wie lang es war, viel länger als ich, dann segnete der Vikar die Zuckermühle, und abends feierten die Schwarzen ein Fest, sie sangen das cana-verde-*Lied und tanzten zu acht dazu, weißt du noch, Ana? Sie stellten sich im Kreis auf und tippten mit den Füßen nach rechts und nach links. Wie ging das Lied noch, Ana?* Caninha-verde, ó minha caninha-verde, por causa da cana-verde que é meu triste padecer. *Und weiter?* Cana-verde, cana-verde, cana do canavial, eu já fui mestre de açucar, hoje sou oficial. *Das sangen die Schwarzen den ganzen Tag, auch beim Zuckerrohrschneiden, es klang so hübsch von weitem, da wußte man, daß es ein Fest gab. Dann kamen die Schwarzen mit dem Ochsenkarren oder mit den Maultieren, voll beladen mit Zuckerrohr. Ach, war das schön, den ganzen Tag konnte man Zuckerrohr lutschen, die Neger putzten das Rohr und schnitten es zurecht, und alle Kinder lutschten, weißt du noch, Ana? Dann stellte Pai weiter oben noch eine Presse auf und es wurde Tag und Nacht gearbeitet, alle tranken schon früh am Morgen* garapa, *den Zuckerrohrsaft, manchmal sogar mit Kaffee gemischt, weißt du noch? Wann trinken wir mal wieder* garapa, *Ana? Dann kam der* melado, *der Zuckersirup, der schmeckte so gut, am besten mit frischem Mais in Milch gekocht, du hast immer geschimpft, weil ich soviel kleckerte und dann die Kakerlaken kamen, ach, wie gut schmeckte der* melado, *aber ich fand es auch schön, wenn die Zuckerblöcke, die* rapadura, *zum Rohzucker für die Schwarzen gemahlen wurde, das mochte ich am liebsten, Ana, wenn der Zucker für die Schwarzen auf der Matte vor dem Haus trocknete, und alle freuten sich, die Hunde leckten dran und alle Kinder stibitzten sich* rapadura-*Stückchen und naschten so viel davon, bis sie Durchfall bekamen, weißt du noch, Ana, wie ich mir damals in die Hose gemacht habe? Aber das war nicht meine Schuld, das kam alles nur vom Zuckerrohrsaft, glaub mir.*

Ich kann wirklich nichts dafür, Ana.

Jetzt mache ich nur etwas Pipi. Ins Bett. Fräulein Therese hat mich bestraft. Aber es ist nicht meine Schuld, es läuft einfach. In der Nacht träume ich, und wenn ich aufwache, dann.

Schon zweimal. Fräulein sagt, sie will es Großmãe sagen, aber das will ich nicht, weil es dann Onkel Theodor erfährt und mich nur auslacht.

Und Mana hat auch mit mir geschimpft, ich bin für so was schon zu groß, hat sie gesagt. Aber ich kann nichts dafür, Ana.

Und dann noch das Stottern. Warum das jetzt angefangen hat, weiß ich nicht, Ana. Wenn ich in der Stunde etwas sagen soll, muß ich stottern. Ich habe Angst, als ob ich keine Luft mehr bekomme, und dann stottere ich. Ich bleibe einfach an dem einen Wort hängen und kann nicht weitersprechen. Die Mädchen lachen. Fräulein wird böse. Dann wird es nur noch schlimmer, ich gebe mir Mühe, aber es geht nicht. Ich bleib dran hängen, Ana.

Was soll ich bloß tun?

Jeden Abend vorm Einschlafen bete ich und morgens auch, aber es hilft nichts.

Glaubst du, ich bin krank, Ana?

Glaubst du, ich muß sterben?

Aber das Allerschönste in Boa Vista war der Duft, Ana, wie es Tag und Nacht geduftet hat, überall. Ein Festduft. Es duftete nach Fest, Ana. Nicht so wie dieser eklige Geruch hier.

Glaubst du, es duftet in Boa Vista noch immer nach Fest?

Glaubst du, daß Pai bald schreibt?

Versprich mir, daß ihm das niemand erzählt, Ana.

*

Weißt du noch? Erinnerst du dich noch an das Schiff? Das Schiff hat mir keine Angst gemacht, Mana. Dir? Weißt du noch, wie lange die Reise dauerte? Wie am Anfang alle seekrank waren? Du auch, nur Manu nicht. Das Schiff schaukel-

te so stark. Aber dann gewöhnten wir uns daran. Erinnerst du dich noch an die Haie im Wasser und an den Wal mit der Fontäne auf dem Kopf? Und an den Schwertfisch, den die Matrosen gefangen haben? Und wie Nenê von einer haushohen Welle fast über Bord gespült worden wäre, wenn nicht der Matrose ihn am Jackenkragen festgehalten hätte, weißt du das noch? Und wie nett der Kapitän war, Mana, er hat uns immer Zwieback und Schokoladenbonbons geschenkt. Und weißt du noch, wie wir getauft wurden, als wir über den Äquator fuhren? Ana hielt Pais großen Reisemantel über uns, der hatte eine kleine Kette mit Schließen, und dann wurden wir mit Wasser bespritzt. Die Matrosen hatten sich verkleidet, einer sogar als Affe, der lief hinter allen her und bespritzte sie mit Wasser, und alle liefen weg und versteckten sich, aber er fand sie doch und spritzte alle naß, und weißt du noch, wie Nenê ganz weiß war, weil er sich in einem Mehlfaß versteckt hatte? Erinnerst du dich auch noch, daß man im Schiffsschatten die Gottesmutter erkennen mußte, damit das Schiff auf der Reise nicht unterging? Ich hab sie gesehen, du nicht. Weißt du das noch? Eines Tages kam in weiter Ferne Land in Sicht, das war Frankreich, erinnerst du dich? Und da waren wir angekommen. Ich weiß noch alles, Mana. Alles.

*

Und zur Strafe griff sie das Mädchen und begrub sie tief in der Erde richtig tief in der Erde und das Mädchen bekam keine Luft mehr unter der Erde um Gottes willen und dann wuchsen ihre Haare und wurden zu Gras und da kam der Negerknabe der für den Garten sorgte und wollte das Gras für das Pferd mähen aber da bekam er einen Riesenschrecken weil er die Stimme von dem armen kleinen Mädchen singen hörte meine Stiefmutter hat mich begraben schneid mir nicht mein Haar und da lief der Bursche verängstigt los und sagte dem Vater Bescheid und der Vater kam und holte das Mädchen aus der Erde und sie lebte noch sie war ganz schmutzig aber Gott sei Dank lebte sie noch.

Und dann?

Dann. Dann fuhr der Vater weg und das kleine blonde Mädchen war ganz allein auf der Welt. Das kleine Mädchen, du weißt schon.

10. Kapitel

Du meinst also, Mana, diese Bucklige kann das einfach so mit mir machen? Ich weiß, daß du es richtig findest, weil du zu den Großen gehörst, und daß es keinen Zweck hat, mit Großmãe zu sprechen, und erst recht nicht, Pai zu schreiben, weil sie dieser Hexe Fräulein Therese recht geben werden, ich kann sie wirklich nicht leiden, überleg mal, die will unsere Mutter sein, für wen hält sie sich eigentlich? Unsere Mutter hätte sowas nie getan, eine Mutter ist ja auch keine Stiefmutter, na gut, der Sand zum Tintetrocknen ist nicht aus Versehen auf Jenny gefallen, ja, ich hab ihn geworfen, aber warum mußte mich die Dicke denn auch als blöde Papistin beschimpfen? Warum bin nur ich bestraft worden? Und dann die Sache mit der Tasse. Es war nicht meine Schuld, daß die Tasse kaputtgegangen ist, warum sollte ich mich dann entschuldigen? Das tue ich nicht, nein, ganz bestimmt nicht. Da hat Fräulein mich so schrecklich bestraft, nur wegen so einer Kleinigkeit, doch, das war nur eine Kleinigkeit, diese blöde Tasse aus ihrer Sammlung, dabei war es gar keine Sammeltasse. War das nötig, Mana? Mußte sie mich eine ganze Stunde in der Speisekammer einsperren? Eine ganze Stunde einsperren, unerhört! Ich habe mich so geschämt wie noch nie, Mana, ich wollte im Erdboden versinken, die anderen Mädchen gingen durch den Flur und konnten mich durch das Drahtgitter sehen und lachten über mich. Vorher hatte die Hexe mich schon geschlagen, nur weil ich heimlich Süßigkeiten gekauft hatte, die hatte ich von meinem Geld gekauft, von dem Taschengeld, das Pai für uns dagelassen hat, damit wir jeden Monat etwas bekommen, deshalb gehört das Taschengeld doch mir oder etwa nicht? Und niemand verteidigt mich, nicht mal du, weil du zur anderen Klasse gehörst.

Fräulein ist nicht nur bucklig, sie ist auch keine Patrizierin, ich weiß, daß sie aus einer armen Familie kommt.

Sie macht das alles nur, weil sie weiß, daß Pai nicht hier ist, wenn mein Pai hier wäre, dann würde sie etwas erleben.

Und dann auch noch diese blöde Religion, ich will keine andere Religion, Manu, der wollte das, mich haben sie gar nicht erst gefragt, nur weil Manoel der Älteste ist, müssen wir alle zu dieser langweiligen Religion übertreten, du weißt doch, wie ihre Kirchen aussehen, oder nicht? Nichts gibt es da, nur einen Altar ohne Heilige, eine Orgel und die bunten Fenster. Was ist an einer Religion dran, die keine Heiligen hat und auch sonst nichts? Nein, das ist keine Religion. Ach, wenn Pai hier wäre ... Mein Pai.

Mana, wo ist Pai jetzt wohl?
Auf der Plantage?
Beim Mittagsschlaf in der Hängematte?
Was glaubst du ... wo?

*

Ich soll nicht mehr católica *sein, Ana, sie haben Manu gefragt, ob er* evangélico *werden will, und Manoel hat ja gesagt, und weil er der Älteste ist, sollen wir Geschwister alle das auch werden, Mana hat gesagt, sie heißen nicht nur* evangélicos, *sondern auch* luteranos, *Mana sagt, sie haben nicht einmal Unsere Liebe Frau. Du liebe Zeit, Ana, was soll ich dann ohne meine Nossa Senhora da Conceição machen?*

*

Jetzt darf man mir keine Zöpfe mehr machen, Josefa. Großmãe hat geschimpft und gesagt, Ana soll mir nicht mehr das Haar zu Zöpfen flechten, wie heißt Zopf in deiner Sprache,

Josefa?, weil es mein Haar kaputtmacht und Ana anderes zu tun hat. Verstehst du, Josefa?

Zöpfe machen mein Haar überhaupt nicht kaputt.

Und dann ist der Onkel Theodor da, Josefa, der mag mich nicht, und er hat mich angeschrien, nur weil ich im hinteren Salon, wo er arbeitet, gespielt habe, und er hat gesagt, ich hätte alles durcheinandergebracht, Großmãe hat zu ihm gesagt, er soll mit dem Schreien aufhören, aber er hat nicht aufgehört, da habe ich ihm die Zunge gezeigt und er ist hinter mir hergelaufen und hat mich gepackt und mich geschlagen und »arrogantes Negerkind« zu mir gesagt, stell dir das vor, und zu Großmãe hat er gesagt, daß ich eine übertriebene Art zu gehen und zu lachen und zu sprechen habe und daß ich »übergeschnappt« bin, das kommt vom schlechten Einfluß der Neger in Brasilien, sagt er, und daß ich immer so sein werde. Da habe ich geweint, Josefa, vor Wut.

Und dann dieses Pensionat, Josefa, ich will nichts mehr von »Grammatik« hören, auch nicht »Was ist das und das?«, kein »Zeichnen« oder »Musik«, das ist alles Mist, irgendwann werfe ich noch alle Bücher in die Trave, Schluß, aus. Kannst du das verstehen, Josefa?

Und dann die Sache mit dem Übertreten zur anderen Religion, du mußtest das ja auch. Ich will aber nicht, Josefa, ich will meine Nossa Senhora da Conceição behalten.

Ich will, daß Ana mir immer Geschichten erzählt und mir das Haar zu Zöpfen flicht.

Ich will weg von hier, ganz weit weg.

Ich will meinen Pai, Josefa.

*

Damit es alle wirklich wissen und traurig werden und mich beweinen, wenn ich tot bin, und alle sollen Mitleid bekommen, weil weil ich ich. Ich will lieber sterben, als ohne meinen Pai sein. Ich will weg, zu meinem Pai. Dann werden alle es erfahren. Gestern habe ich es schon gemacht und das mache ich jetzt jeden Abend vor dem Einschlafen, ich gehe auf die

Veranda in die Kälte und den neve, *vielleicht werde ich dann. Dann werden sie mich nach Brasil schicken müssen, zu meinem Pai, auch wenn ich dann sterbe, aber hier, ohne meinen Pai, nein, ich ohne meinen Pai, nein, ich will weg zu meinem Pai. Nach Paraty.*

*

Dann bekamen Mana und ich Religionsunterricht, Ana. Ich glaube, Manu und Luizito auch, aber in ihrem Pensionat. Onkel Eduard hat gesagt, das hat Pai angeordnet, weil Pai möchte, daß seine Kinder Deutsche und evangélicos *werden.*

Ana, weißt du, daß die evangélicos *nicht an unseren Papst glauben? Und Unsere Liebe Frau haben sie tatsächlich auch nicht, das heißt, es gibt nur die Mutter von Jesus, die Jungfrau Maria, aber Nossa Senhora darf man nicht sagen, ich darf nicht mehr zu meiner Nossa Senhora da Conceição beten, wie soll denn das werden? Es gibt keine Unsere Liebe Frau mehr und auch keine Heiligen, Ana, überhaupt keine Heiligen, sie sagen, alle Christen sind auch Heilige. Und daß der Glaube an Heilige Aberglaube ist, Ana. Fräulein Therese hat gesagt, so etwas ist typisch für rückständige Länder wie Brasilien. Findest du das auch? Wir werden nicht neu getauft, weil es nur eine Taufe gibt, sie hat gesagt, die Taufe aus Paraty gilt, deshalb sollte ich die Papiere, die Pai aus Paraty mitgebracht hat, ins Deutsche übersetzen, zum Glück versteht der Neffe von Pastor Kölling etwas Portugiesisch, er kann* bom dia *und* obrigado *sagen, also hat er sie übersetzt, und in meinem Taufschein steht, daß meine Schutzheilige Nossa Senhora da Conceição ist. Sie sagen, es ist Aberglauben, aber wenn die Taufe gilt, kann ich weiter zu meiner Schutzheiligen beten, weil ich nicht neu getauft werden muß, verstehst du, Ana, erst wenn ich ein junges Mädchen bin, habe ich Konfirmation, dann bestätigt man den Glauben* luterano *und wird erwachsen, und dann gibt es ein Fest. Und weißt du, Ana, daß der Pastor heiraten kann? Ich wollte es nicht glauben, als Mana das gesagt hat, bis ich zwei Söhne von Pastor Kölling kennengelernt habe, da habe ich gestaunt. So was.*

Am Palmsonntag, so heißt hier der Domingo de Ramos, *ist Großmãe mit uns in die Kirche gegangen, und der Pastor hat uns gesegnet und gesagt, von nun an sind wir* evangélicos. *Jetzt bin ich nicht mehr* papista *und Jenny kann mich nicht mehr beleidigen, und ich muß jetzt anders beten. Nur mit meinem Glauben, Ana.*

Dich, Ana, hat dich niemand gefragt, ob du evangélica *werden willst?*

Die Mädchen aus dem Pensionat sagen, du brauchst das nicht, weil Neger keine Seele haben, aber das glaube ich nicht.

Es ist auch besser, nicht, Ana? So kannst du noch zum heiligen Bartholomäus und Nikolaus und Benedikt und Vincentius und Sebastian und Bento beten und zu all den anderen Heiligen aus der Litanei der Jungfrauen und zur heiligen Lucia und Philomena und Anna und Margarete und zu wem du willst. Ist das nicht schön, Ana?

Weißt du, Ana, ich habe drei Tage im Bett gelegen, Dr. Grabow hat gesagt, ich hätte fast eine Lungenentzündung bekommen. Alle haben sich um mich gekümmert. Fast eine Lungenentzündung, Ana! Stell dir vor!

*

Ich werde sagen, daß ich wieder Zahnschmerzen habe. Nur damit ich bei Dr. Brecht Josephus sehen kann.

*

Weißt du was, Josefa, ich war wirklich bei Fräulein Therese, weil ich doch die Erste Kommunion feiern will, es ist schon an der Zeit, Josefa. Aber in dieser Religion hier gibt es die nicht, so eine Mistreligion, ich wollte ein schönes Kleid haben, Josefa, mit einer langen Schleppe, als ob ich heirate, es ist ja auch eine Heirat mit Jesus, oder nicht? So wie Mana in Paraty, Mana hat die Erste Kommunion in der Kirche von Paraty gefeiert, das, ja, das ist eine richtige Kirche, oh, wie schön war die! Mana hatte sich darauf vorbereitet, und dann kam der Tag, ich will das auch, aber hier haben sie das nicht, nur diese blöde Konfirmation, wenn ich ein junges Mädchen bin, Fräulein hat gesagt, das ist das gleiche und noch wichtiger, weil man seine Taufe bestätigt und dann empfängt man zum ersten Mal die Kommunion. Aber das ist anders, sie glauben zwar an die Kommunion, aber nur ein bißchen, Josefa, deshalb gilt das nicht, entweder man glaubt richtig daran oder gar nicht. Ich werde mit Großmãe sprechen und sagen, daß ich es so nicht will.

Das hier ist wirklich ein país estrangeiro, *nicht wahr, Josefa? Du und ich, wir sind in ein Fremdenland gekommen.*

Josefa, wollen wir heimlich die Erste Kommunion feiern? Nur wir beide, Josefa, wir schwören ewige Liebe zu Jesus, und das wird unser größtes Geheimnis. Ja? Ich und du, meine beste Freundin. Josefa.

*

Mana, hast du bei der Predigt des Pastors gut aufgepaßt? Was wird, wenn wir vor Fräulein Therese nichts sagen können? An manchen Tagen fragt sie nicht, aber vielleicht will sie gerade heute wissen, was Pastor Kölling gesagt hat, dann müssen wir es wissen, gerade heute, wo ich so müde war und fast eingeschlafen bin, als er gepredigt hat, Mana, der Pastor hat über die Sache mit dem Glauben gesprochen, aber ich weiß nichts mehr. Wer Glauben hat, wird erlöst, wer keinen Glauben hat, wird verdammt, das ist es, nur der Glaube kann uns erlösen, Mana, Gottes Gerechtigkeit wird allen zuteil, die Glauben haben. Aber wir sind alle Sünder und unrein. Die Reinheit kommt nur durch den Glauben, Mana. Und dann? Unsere Herzen müssen rein sein. Vor Gott, denn Gott sieht alles und nur Er kann uns von der Sünde erlösen. Deshalb muß man vor allem Glauben haben, nicht wahr? Der Pastor hat gesagt, das steht im Neuen Testament, erinnerst du dich, wo, Mana? Es war der Heilige, der ein Schwert hat, nein, man sagt nicht der heilige Paulus, nur Apostel Paulus, Heilige gibt es nicht mehr, Mana. Aber ich weiß nicht mehr, in welchem Buch er das geschrieben hat, glaubst du, Fräulein gibt uns eine schlechte Note, wenn wir das nicht mehr wissen?

Mana, wenn man ein guter Christ sein will, muß man Glauben an Gott haben und glauben, daß Jesus der Sohn Gottes ist, der gekommen ist, um uns zu erlösen, aber wie macht man das, Mana, daß man Glauben hat? In Paraty kam mir der Glaube, wenn ich bei der Novene den Rosenkranz gebetet habe, aber hier gibt es keinen Rosenkranz und keine Novene, und an die Heiligen, warum darf man nicht an die Heiligen glauben, Mana, meinst du, daß ich viele Sünden habe?

*

Es ist dunkel ich kann fast nichts sehen hin und wieder beleuchtet eine Laterne die Straße aber es ist eine Gasse da kann man Angst bekommen mein Gott wie bin ich nur hierher geraten ich muß den Weg finden und gehe unter den Bambusbögen hindurch es gibt auch Bögen mit bemaltem Papier überall liegt Laub von Mangobäumen auf der Erde und die Fenster sind mit Damastdecken geschmückt und dann sehe ich jemanden den ich kenne aber ich kann mich nicht erinnern und plötzlich fängt der Lärm an Gott behüte mich ich habe Angst ich will meine Mutter und Ana wo ist Ana und dieses schreckliche Getrommel so ein Lärm daß man verrückt wird und Glöckchen viele Glöckchen woher weiß ich nicht Hilfe der Lärm wird immer lauter und jetzt blasen Hörner eine ganze Musikkapelle spielt zuerst kommt eine Karnevalsgruppe die macht diesen Lärm und schreit und hüpft und singt »Ein Hoch auf den Zé-Pereira, der tut keinem etwas zuleide« dann höre ich das laute Tuten von einem Schiff und da kommen die Kostümierten in einer Prozession und schreien und tanzen und da sind Dominos in allen Farben mit Tunika und Kapuze als Verkleidung und an ihren Kostümen die Glöckchen tausend Glöckchen die so bimmeln dann Kostüme von indischen Zigeunerinnen und ein Haufen kleiner Teufel in schwarzen Kostümen mit Hörnern und rotem Schwanz und sie pieksen mit ihren Spießen und zie-

hen Grimassen und dann kommt ein ganzer Trupp Trompeter und alle schreien und rufen weil jetzt viele Wagen angefahren kommen und da drauf steht ein Kaiser mit einem Zepter ein Türke mit Ohrring und ein Drache der mit dem Schwanz wackelt ich will mich verstecken aber sie lachen und werfen Kichererbsen und glasierte Bohnen in allen Farben und Knallerbsen die krachen und ich erschrecke mich das ist nicht wie zu Johanni auf der Ilha Grande es ist zum Fürchten weil es dunkel ist und fremd anders als in Paraty ich glaube so groß wie Rio de Janeiro das ich damals gesehen habe und dann die verkleideten Frauen die torkeln und schaukeln so merkwürdig sie sind bunt geschminkt da kommt eine Mohrin dicht zu mir in ganz kurzem Kleid in Rot und Grün und stellt einen Fuß auf einen Stein um den Schuh zuzubinden und hebt den Rock und zieht die Unterröcke zurecht und da sehe ich die behaarten Beine Gott steh mir bei ich bekomm einen Schreck sie streckt mir die Zunge raus und geht weiter die Mohrin tanzt so komisch dann kommen die Maskierten ein alter Mann eine Fledermaus ein Totenschädel zum Fürchten eine große Nase mit Brille und ein Schweinskopf ein Hundegesicht und ein Krokodil manche Köpfe bewegen das Kinn und reißen den Mund auf und ein Papageiengesicht schreit die ganze Zeit auf portugiesisch Onde está Dodô? *und plötzlich auf deutsch* Wo ist Dodo? *da sehe ich das ist Currupaco mit einem riesigen Kopf aber ich weiß nicht ich glaube eher das ist Josephus der* Ich heiße Dodo *sagt ich will mich verstecken da kommt eine Militärkapelle und spielt traurige Musik Männer tragen brennende Fackeln und lachen laut und ein ziemlich großer Judas mit sehr häßlich bemalter Fratze und die Maskierten schlitzen den Judas auf und reißen ihm den Kopf ab und schlagen ihn bis Judas aufplatzt und die Heufüllung herausquillt und nichts bleibt übrig vom Judas und da merke ich etwas und sie kommen näher und werfen etwas was ich zuerst nicht erkenne und ich werde naß die kleinen Riechorangen in allen Farben sind aus Wachs und mit Wasser gefüllt sie platzen auf mir und machen mich naß ich rieche Zimt Rosen Nelken aber hauptsächlich Patschuli und sie zerplatzen mir auf dem Gesicht auf dem Rücken und ein Beutel knallt an ein Fen-*

ster und zerbricht die Scheibe ich habe Angst nein das war nicht meine Schuld bestimmt nicht da kommen die Maskierten mit Spritztuben in allen Größen und wollen zustechen ich schreie sie spritzen Wasser aus den Spritztuben ich bin schon klitschnaß mein Gott ich fange an zu weinen und rufe nach Mutter aber niemand ist am Fenster aus Eimern und Schüsseln kippt Wasser über mich mir brennen die Augen ich schreie weil alles beschlagen ist sie schütten feines Maniokmehl und Rougepuder und schwarzes Pulver und ich werde klebrig und bunt und dann singen sie ein Hoch auf den Zé-Pereira der tut keinem was zuleide oh doch die kleinen Teufel kichern und das Papageiengesicht ist Currupaco er plappert auf deutsch Ich heiße Dodo *dann riecht es nicht gut weil sie Dreckwasser auf mich schütten und wieder das Tuten vom Schiff das vorbeifährt und das Krachen vom bengalischen Feuer alles wird taghell die Negerinnen mit Bauchladen voll Riechwasserbeuteln und ein Mann mit seinem Negerburschen der trägt den Korb mit Spritztube und Wachsorangen und auf dem Balkon von einem Haus die Frauen die kann ich in der Helligkeit erkennen da steht Mutter und Ana und Fräulein Therese sie sehen vom Balkon auf mich und ich rufe Hilfe da lachen sie mich aus. Mutter. Ana. Und Fräulein. Lachen weil ich Pipi mache.*

Dann wache ich auf und merke. Naß alles ganz naß ...

11. Kapitel

Stell dir vor, Ana. Pai hat geschrieben. Ich glaub es nicht.

*

Josefa, mein Papa hat mir einen Brief geschickt, er schreibt, er zieht nach Rio de Janeiro.

*

Ich will den Brief noch einmal lesen, Mana. Noch einmal und noch einmal. Immer wieder.

*

Fräulein, Fräulein, stellen Sie sich vor, mein lieber Pai hat mir uma carta *geschrieben.* Uma carta, *Fräulein Therese.*

*

Meu querido Pai:

Ich habe mich sehr über Deinen Brief gefreut, daß die Reise gut ging.

Fräulein Therese ist eine gute professora *und hilft mir viel. Sie hat gesagt, ich lern schnell Deutsch sprechen und schreiben.*

Findest Du meine Schrift schön? Die professores *sagen das.*

Das Pensionat ist gut. Ich habe gute Freundinnen, Miete, Josefa, Toni. Miete ist Comtesse.

Nachdem Du fortgereist bist, ist Tio Eduard mit Mana und mir zum Burgfeld gegangen, damit wir Spaß haben, aber ist nicht einfach. Muß man merkwürdig Schuhe an Füße binden, damit auf dem Eis rutschen kann. Es gab Musik und viel Leute. Mana konnte nicht stehen. Ich rutsche ein bißchen, dann umfallt. Onkel Eduard viel lacht.

Neulich ich gehe zum Zahnarzt in der Rua Mühlen, Josephus sehen. Er ist sehr drollig.

Hier ist es kalt. Der Neve hat schon geschmelzt. Jetzt die Pflanzen bekommen Knospen. Das sieht schön aus. Ist in Brasil heiß?

Gehen Vovô und Vovó gut?

Großmãe und Tio Theodor und Tio Eduard geht alle gut.

Jetzt Du ziehst nach Rio de Janeiro. Das ist schön. Da besuche ich Dich.

Viele Grüße an Vovô und Vovó.

Bitte Dein Segen. Deine Tochter, die Dich lieb hat. Dodô.

*

Ich weiß nicht, warum, Ana. Aber dann wache ich schreiend auf, manchmal weine ich auch. Ich bekomme große Angst, Ana, ach, wenn du doch da wärst, in der Pension, ich glaube, das kommt von dem Gedicht mit dem Buckligen, das ich in dem Buch gelesen habe, ich will nicht mehr in Des Knaben Wunderhorn *lesen, der Bucklige ist böse, der macht alles kaputt, ißt den Brei auf, stiehlt das Brennholz, hält das Spinnrad an und lacht alle aus. Aber zum Schluß bittet er, daß alle für ihn beten, er macht das alles gar nicht, weil er böse ist, was meinst du, Ana?, denn zum Schluß bittet er, daß wir für ihn beten. Ich glaube, der Bucklige ist sehr allein, er ist traurig, deshalb wird er böse, bestimmt ist es so, Ana, meinst du nicht? Weißt du was, Ana? Stell dir vor, ich lerne jetzt Klavier. Am Anfang ist es schwer, aber dann fühlt man sich wie im Himmel, Ana, wie schön es ist, wenn man gelernt hat, Musik zu spielen. Wir sind jetzt auch im Chor, Mana und ich. Wir sind die besten, Ana, Fräulein Marie hat gesagt, wir singen sehr gut und so sauber wie keine sonst. Ich glaube, das kommt, weil wir in Paraty immer gesungen haben, meinst du nicht, Ana?*

*

Nicht nur Fußweh wegen der Schuhe. Ana hat auch seit langem Kopfweh und klagt immer, Mana, was kann das nur sein? Von der Kälte wird es schlimmer, sagt sie. Arme Ana, obendrein ärgern die Straßenjungen sie, Großmãe hat gesagt, neulich haben Betrunkene Ana auf der Straße umzingelt und sie belästigt, also ich an ihrer Stelle hätte die ordentlich beschimpft.

Aber wie soll Ana das, wo sie ja kein Deutsch spricht? Was wird bloß aus Ana?

*

Mir ist egal, daß alle ihr Essen mögen, ich finde es schrecklich, Josefa, verglichen mit dem Essen, das meine Ana kocht, ist das

Essen im Pensionat Mist. Weil Fräulein weiß, daß mir das Fleisch hier nicht schmeckt, macht sie Frikadellen mit wenig Fleisch und viel Brot und verziert die Frikadellen auch noch, damit ich sie esse, aber ich esse nur ein bißchen, sie nennt sie sogar Dodo-Kuchen, damit ich mehr esse, weiße Bohnen, die schmecken mir richtig gut, aber die kocht sie nicht oft, nur Bohnen essen ist nicht gesund, sagt sie. Neulich hat sie gesagt, daß sie nicht meine richtige Mutter ist, nur meine Pflegemama, aber wenn ich will, kann ich Mama zu ihr sagen, wie findest du das, Josefa? Diese Bucklige, meine Mutter! Aber manchmal sage ich Mama zu ihr, wenn ich etwas haben will, dann freut sie sich und gibt mir einen Schmatzkuß, daß man ganz feucht wird, schrecklich, und dann darf ich mir Süßigkeiten kaufen. Wie will sie denn meine Mutter sein, sie ist ja viel zu alt und hat nie geheiratet, das ist das Schlimmste, was es gibt, Josefa, eine solteirona, *alt und nie verheiratet, ich will lieber sterben, als eine alte Jungfer werden, so wie Fräulein Therese.* Solteirona, *Gott bewahre.*

*

Ana, wie heißt doch der Vogel mit große Schnabel lang und gelb? Ist mehr groß als die Vögel hier und schwarz, aber der Bauch hat andere Farbe, sieht so lustig aus. Ach ja, Tukan. Plötzlich ich hatte solche saudade, *Ana, hier es gibt nicht Tukan. Und der Specht, weißt du noch, wie laut er immer tock-tock-tock gehämmert hat und Löcher gebohrt in Baum und Würmer gesucht? Gab so viele lustige Vögel und schöne, wie der* beija-flor, *heißt hier Kolibri, Ana, die ich hatte so gern, schwirrten immer im Orangenbaum von Vó Sinhá auf der Ilha Grande und im Garten von Boa Vista, weißt du noch? Ein Vogel aussah ähnlich wie ein Papagei, ganz bunt, gab viele, die aussahen genau wie Papageien, aber dieser nicht, der hatte langen Schwanz und viele Farben, grün, manchmal blau und rot. Die* Jandaia. *Ach, Ana, war so hübsch, die* Jandaia. *Und die Tiere, weißt du noch? Der* Gambá, *o je, wie der gestunken hat, stimmt es, Ana, daß er verspritzt Gestank, damit andere weg-*

laufen? Und das Capivara, *das Wasserschwein, das Fleisch vom* Capivara *mochte ich nicht, Ana, das schmeckte scheußlich. Und die* Sagüis, *die Pinselohräffchen, erinnerst du dich noch an die Pinselohräffchen, die in den Bäumen kletterten? Die waren so niedlich, aber war am lustigsten der* Tamanduá, *der Ameisenbär mit dickem Schwanz, und wie er immer lange Zunge hat ganz schnell rausgestoßen, um die Ameisen zu fressen, einmal ich hab einen gesehen, war aber nicht lustig, weil* Tamanduá *kann sich an Mensch klammern und töten, stimmt doch, Ana, oder? Und weißt du noch, das Tier, das einmal in einem Baum ganz nah an unserm Haus am Ast hing, wie eine kuschelige Kugel, rührte sich nicht vom Fleck, so ein Faulenzer, das Faultier, bewegt sich kaum. Und Jaguare, Gott bewahre, Maneco hat einmal eine* Jaguatirica *gesehen. Und der andere, so ähnlich wie Jaguar, der andere, Ana, der immer gefressen hat die Hühner aus dem Hühnerstall, wie hieß der noch? Nicht mehr mir einfällt, Ana.*

*

Mein lieber Pai,

Hoffentlich es geht allen gut.

Mana war erkältet, aber schon gesund und Nenê hatte auch Zahnweh. Ana hat viel Kopfweh. Mir geht gut. Ich hatte Grippe, aber schon vorbei. Hatte auch gastrisch Fieber nach schlimme Magenverstimmung, da ich mußte Arznei nehmen. Hat Großmãe erzählt, daß mein Stottern besser?

Die große Neuigkeit, wir sind jetzt Religion luterana. *Am Palmsonntag bekamen Segen von Pastor Kölling. Vorher wir hatten Religionsunterricht. Ich möchte noch immer zu* Nossa Senhora da Conceição *beten. Aber das geht nicht mehr. Zu* Páscoa, *das ist hier Ostersonntag, wir bekommen von Großmãe Eier und Hasen aus Marzipan, zum Feiern von unsere neue Religion.*

Lieber Pai, wir verbringen schönen Sonntag bei Großmãe, weil Wetter jetzt schon besser ist. Wir im Garten gespielt, zum ersten Mal in diesem Frühling. Die Bäume sind voll mit neue

Blätter. Bobby, der Hund von Fräulein Therese, war zum fim
de semana *bei uns, ganzes Wochenende. Ist sehr brav, aber
Onkel Theodor* gostou *nicht, weil er macht in Wohnzimmer
Pipi.*

*Lieber Pai, wir spielen Reiffangen und Federball, Verstek-
ken und Wettlauf. Dann Großmãe ist mit uns auf den Spei-
cher gegangen,* trapeira *heißt hier so, und wir spielen mit
Theater von Manu. Großmãe hat viel alte Sachen, Straußen-
feder gelbe und weiße, Kostüm für Bauer und Bäuerin und
viele andere Sachen sehr lustig. Da wir haben verkleidet und
getanzt und Großmãe auf Klavier gespielt. Dann sollte Nenê
Bonbons kaufen und wir haben Lotterie gespielt.*

*Tio Theodor schimpft, weil ich Kompott auf Kleid geklek-
kert, aber das war nicht Absicht. Manu und Luiz sind sehr
grande. Mana und ich auch. Nenê noch immer sehr weiner-
lich.*

Fräulein Therese schickt Empfehlung.

Ist alles für heute.

Lieber Pai, ich wäre jetzt so gern bei Dir.

Bitte den Segen. Mit Sehnsucht. Deine liebe Tochter, Dodô.

*

*Ein Geräusch. Ein schreckliches Geräusch, Dodô. Du hast
Angst,* muito medo. *Du weiß nicht warum, aber das Geräusch
ist wirklich zum Fürchten, es klingt, als käme gleich ein gräßli-
ches Untier und die ganze Welt ginge unter. Dodô läuft aus
dem Haus und will sich verstecken, weil das Untier, vielleicht
ist es der Teufel, hinter ihr herrennt, ist ein seltsam Haus, ich
nicht weiß, ob das Haus von Boa Vista oder ein anderes, es ist
dunkel dunkel dunkel. Und so kalt. Ich laufe, Dodô. Ich Dodô
laufe schnell vor dem Untier weg, in die Scheune, aber ist eine
andere Scheune, eher wie die Lagerkammer im Haus von
Großmãe am Burgtor, ich bin hier oben, die Scheune unten,
Dodô hat Angst, aber ich muß hinunterspringen, mich vor dem
Teufelsuntier retten. Ich sehe durch ein offenes Fenster in
Scheune, sie ist bis oben hin voll mit Heu oder ist vielleicht*

Maisstroh? Ich muß auf diesen Haufen springen, um mich vor dem Untier zu retten und mich verstecken, aber Dodozinha hat so große Angst vorm Springen. Weil ich nicht weiß, wo ich bin, wo bin ich nur. Ich weiß nur, daß ich muß schnell springen, mein Gott, aber ich schaffe nicht, da das Untier kommt, ich höre sein Schnaufen, ist so schrecklich, daß man bekommt Herzklopfen. Plötzlich erscheint ein Baby, ein Baby ganz klein, kann schon laufen und trägt eine Haube auf dem Kopf, wie ein lächelnder kleiner Engel aussieht. Aber so merkwürdig. Ist kein Baby, ist die Haube von Fräulein Therese mit grünem Band, das unter dem Kinn gebunden ist zu einer Schleife, da merke ich, daß. Ja, das Baby in der Haube mit grünem Band ist Fräulein Therese, es sagt nichts, aber ich weiß. Das Baby ist stärker als ich und schubst mich ich kann gar nicht nachdenken da schubst mich schon hinunter und ich falle auf den Haufen Heu oder Maisstroh, ganz tief nach unten, und jetzt ich bin in der Scheune richtig gut versteckt, kein Ungeheuer kann mich hier finden, so gut versteckt in der warmen Scheune, ich bin gerettet, Fräulein hat mich gerettet, sie das Baby hat mich gerettet, Dodô hat es mollig warm. In ihrer Scheune. Sie leuchtet und duftet, meine Scheune.

*

Als ich hier ankam, Fräulein, da wußte ich gar nichts. Ich war ein Dummchen, Fräulein. Pai hatte gesagt, Lübeck ist die Stadt des Marzipans, ich verstand nicht, ich dachte, es ist massapão, *Fräulein,* massapão *heißt eine Süßigkeit bei uns zu Hause und* pão *allein heißt Brot, deshalb habe ich mich hier auf* massapão *gefreut und hab Pai gefragt, ob er mir etwas gibt, aber Pai hat verstanden, gib mir ein Stück Brot, aber ich mag das Brot hier nicht, es ist zu dunkel, das Brot von hier, Fräulein, ich bin zu Ana gegangen, Fräulein weiß, wer Ana ist, aber Ana weiß es auch nicht und sagt, sie ekelt sich vor dem Brot von hier. Anfangs habe ich das Brot hier Marzipan genannt. Ich war so dumm, Fräulein, erst später habe ich alles verstanden, und Fräulein weiß, daß ich richtig Marzipan für mein Leben gern esse, manchmal ich werde fast krank, so viel esse ich. Ich war wirklich dumm, Fräulein. Stellen Sie vor, Fräulein, als ich hier herkomm, ich einmal allein oben im Gartenhaus von Großmãe am Burgtor gespielt und konnte überhaupt kein Deutsch und da hör ich Klopfen und weiß nicht, woher. Ich hab gefürchtet und denke, ist der Teufel. Und fang an zu schreien, auf portugiesisch, Fräulein, weil ich nur Portugiesisch konnte, die Sprache aus meinem Land:* É o diabo, é o diabo. *Alle kommen gelaufen und mein Tio Eduard weiß nicht, was ist passiert, und fragt und ich kann nicht antworten, nur schreien,* o diabo, o diabo. *Genau so, auf portugiesisch. Bis er mir gibt plötzlich eine Ohrfeige, und trotzdem ist der Onkel, den ich am liebsten habe, Tio Eduard.*

Sehen Sie, wie dumm ich bin?

*

Mana, was soll mit Ana sein? Daß Ana einen Freund hat? Heimlich, Mana? Wer hat das gesagt? Wer redet darüber, Mana? Das glaube ich nicht. Meine Ana.

*

Dr. Grabow sagt, was ich habe, ist »Pavor nocturnus«, Fräulein. »Pavor nocturnus«. Das heißt Angst in der Nacht, stimmt's? Und viel Alptraum. Er hat gesagt, ich soll jeden Tag Saft von den kleinen Beeren trinken, Heidelbeere heißen die, aber hilft nicht. Kann man davon sterben, Fräulein? Jetzt ich hab das fast jede Nacht, ich aufwecke alle Mädchen, aber ich kann nichts dafür, Fräulein. Die Mädchen sagen, ich rufe um Hilfe und bin naß von Schweiß und fuchtel mit Händen, aber ich kann nicht erinnern. Ich kann nicht an die schlimmen Träume erinnern, die ich habe, Fräulein. Nur ein paar.

Bin ich sehr krank, Fräulein? Kann sein, daß ich nie gesund werde, Fräulein?

*

Tio Theodor ist böse mit Ana, aber kümmer dich nicht, Ana, nur wegen der Geschichte mit Donner und Blitz, ich weiß, war nur Spaß, aber ich auch Spaß macht, neulich, als geregnet. Weißt du noch, Ana, da in Paraty du hast gesagt, wenn im Himmel nur Donner, also trovão, *dann kommt das, weil das Herz von Gott kalt schlägt, weißt du noch?, aber wenn blitzt, dann kommt das, weil das Herz von Gott warm schlägt. Erinnerst du noch, Ana? Ich war ganz klein und fand das schön, die Geschichte, deshalb ich hab nie vergessen. Aber Tio Theodor gefiel nicht und hat gesagt, das ist Unsinn, er sagt, du mir beibring falsche Sachen, mit dir unterhalten ist schlecht für Kinder. Ich soll nicht mehr mit dir unterhalten, Ana. Großmãe hat gesagt nichts. Aber ich tue es doch. Ich kann dich sehen nur alle zwei Wochen, wenn ich herkomme, jetzt darfst nicht mehr Sachen in Pension bringen, sie sagen, du redest nur Portugiesisch mit mir und das ist schlecht, weil ich soll* alemão *lernen, aber ich lerne ja, Ana. Mit dir sprechen, das höre ich nie auf, meine Ana. Mana hat gesagt, du mußt* alemão *lernen, Ana, dann können wir reden und keiner schimpft.*

Ana, willst du Deutsch lernen? Ich bring dir bei. Ich jetzt lese ein hübsch Buch mit Gedichten und Geschichten, dann ich dir beibring, was jedes Wort bedeutet. Die von dem Buckligen, kennst du? Geht so:

Der Mond der scheint,
Das Kindlein weint,
Die Glock' schlägt zwölf,
Daß Gott doch allen Kranken helf!

Du mußt nachsprechen alle Wörter, Ana.

Der Mond.

Der Mond bedeutet a lua.

Ana, in Deutsch ist lua *der und nicht die, das bedeutet* o lua, *ist das nicht merkwürdig, Ana? Ich weiß, ist ziemlich schwierig, findest du auch?*

12. Kapitel

Es ist nicht immer ein Alptraum, was ich träume, Fräulein. Einmal habe ich von meinem Zuhause geträumt, das Meer da ist sehr groß und nachts ganz dunkel. Und da habe ich davon geträumt, wie ich einmal auf die Insel zu meinem Großvater gefahren bin, Fräulein, das war eine Insel weit weg von meinem Zuhause, und da gibt es Pflanzungen, wissen Sie, woraus man Zucker macht, und auch für Kaffee, den man trinkt, aber der Zucker war anders als hier. Mein Großvater hat immer gern ein Fest gefeiert, das es da gibt, und er brennt viel Feuerwerk ab, das knallt, und vor dem Haus steht ein Orangenbaum, der duftet so süß, wissen Sie, Fräulein, der schönste Orangenbaum mit dem schönsten Duft, den ich kenne. Und es gibt auch viel Ananas, die kann man essen, kennt Fräulein Ananas? Die schmeckt so gut, Fräulein, da ist es nämlich sehr heiß, und dann schneiden die Sklaven die Ananas und wir essen sie. Und da ist es gefährlich, wirklich sehr gefährlich, Fräulein Therese, einmal hat mich beinah eine große Schlange gebissen, eine richtig große, nein, nicht gebissen, verschluckt, Fräulein, war nämlich eine Schlange, die Menschen verschlingt, können Sie sich das vorstellen, Fräulein, wenn man im Bauch von einer Schlange landet? Dann träume ich, daß ich zum Haus von meinem Pai zurückfahre, das heißt Boa Vista, Fräulein, in Paraty, das ist eine Stadt wie Lübeck, aber ohne einen so großen Fluß wie die Trave, da gibt es Meer und Schiffe, aber ich weiß nicht wieso, Fräulein, alles ist anders. Dann trägt mich ein Sklave zu einem Boot, durch die starken Wellen, die sind nämlich sehr hoch, Fräulein, und der schwarze Sklave kämpft, damit die Wellen mich nicht wegreißen, er ist stark, dann erreichen er und die anderen Neger das Boot und setzen mich hinein. Ich habe gar keine Angst, Fräulein. Überhaupt nicht. Dann rudern die Neger und die Insel von meinem Großvater bleibt immer weiter zurück, und dann wird es hell, Fräulein, und so viele hübsche Vögel fliegen vorbei und die Sonne geht auf und es gibt Möwen, aber andere als hier. Und die Sklaven geben mir etwas zum Auslutschen, wissen Sie, was, Fräulein Therese? Zuckerrohr geben sie mir, daraus wird da bei uns Zucker gemacht. Gleich früh am Morgen lutsche ich das, bis unser Haus in Sicht ist. Unser Haus ist sehr groß, Fräulein, oben auf einem Hügel, weit oben, und wenn man dahin will, muß man eine Treppe hochsteigen, aber eine richtig lange Treppe mit ich weiß nicht wie vielen Stufen, eine ganze Menge. Mutter und mein Pai holen mich am Strand ab. Da war meine Mutter nämlich noch nicht gestorben. Und als mein Pai, jetzt wohnt mein Pai nicht mehr hier in Lübeck. Als mein Vater in Paraty gewohnt hat, so heißt die Stadt, Fräulein, wo ich zu Hause bin. Aber jetzt weine ich nicht mehr, Fräulein. Wirklich nicht.

*

Mein lieber Pai,

ich hoffe, Dir geht es gut.

Wir haben Deinen Brief bekommen und freuen uns über die guten Nachrichten. Besonders, daß Vô Caetano gesund.

Lieber Pai, jetzt ich lerne Klavier. Ich kann schon einen Walzer. Fräulein Emmy ist zufrieden, ich übe nämlich länger am Klavier, als die Lehrerin sagt. Ich bin eine gute Schülerin, findet sie. Ich habe auch Unterricht in Gute Manieren und Handarbeit. Fräulein Therese sagt, bald ich bin ein sehr anstellig jung Mädchen und vornehm, muito distinta.

Lieber Pai, jetzt ich lerne viele Sachen. Ein neues Wort, die Mädchen immer das sagen, das heißt tipptopp. Es bedeutet, wenn etwas muito bem feito *ist, dann ist tipptopp.*

Ich habe saudade *nach Pai. Großmãe erzählt, als Du Kind, Du gern viel geredet hat und Äpfel gegessen. Aber alles falsch geredet. Sie macht das nach. Wir viel gelacht. Sie zeigt Nähtisch, wo Du gebissen und ist noch zu sehen.*

Lieber Pai, Großmãe erzählt, was ich in Bett gemacht. Aber jetzt nicht mehr, bestimmt nicht. Jetzt ich bin groß.

*

Ana hat viel geweint, ich auch, ich wollte nicht, daß sie weggeht.

Aber Ana ist weg, nach Brasilien zurück, sagen sie.

Schon vor einiger Zeit hat Ana geweint und gesagt, sie will zurück nach Paraty, sie wartete nur auf das Geld, das Pai für ihre Reise schicken soll. Aber ich hab's nicht geglaubt, Mana auch nicht. Ana ist hier nicht froh, sie hat Kopfschmerzen und kann mit Schuhen nicht richtig gehen, immer klagt sie, daß die Füße weh tun, und humpelt. Sie hält es draußen auch nicht mehr aus, die Straßenjungen, die Betrunkenen. Meine Ana konnte mit keinem Menschen sprechen.

Ich dachte, Ana würde uns nie verlassen, aber nein.

Ana ist weg.

Kann das wirklich sein? Weg.

Aber warum? Warum mußte Ana mich verlassen?

Zuerst die Geschichte mit dem Freund, daß Ana mit einem Mann von hier geht, ein Trinker, der alle auf der Straße anschreit und verrückt ist, er arbeitet nicht, liegt nur auf der faulen Haut, sagt Großmãe. Alle Leute reden, ein Skandal, schrecklich. Da hat Ana gestern ihre Sachen gepackt und ist weg, Großmãe sagt, sie hat sehr geweint, aber wollte sich nicht von mir verabschieden, auch nicht von Mana, das hätte sie nicht ertragen.

Ich glaube, sie hat es nicht mehr ausgehalten.

Bald ist meine Ana auf dem Schiff und fährt nach Paraty.

Und ich hier allein, ohne meine Ana, was soll aus mir werden?

*

Lieber Pai, Ana ist weg. Ana auch, Pai.

*

Mana, Mana, was soll aus uns werden?

*

So ein Heimweh, Josefa. Ganz Paraty wurde mit bunten Fahnen und Bambusbögen geschmückt, unter denen dann der Divino und der Imperador do Divino hindurchzogen, Josefa. Und es gab eine Musikkapelle, die Folia, die zog überall durch die Gegend, nicht nur durch die Stadt, auch auf dem Land, und sammelte Geschenke, vorneweg die Fahne des Divino, und die Fahne hatte eine aufgestickte Taube und dann oben drauf noch eine Taube, verstehst du, Josefa, die Taube war der Divino Espírito Santo, der Göttliche Heilige Geist, und es gab die Musikanten und die Sänger, ganz in Weiß, mit lauter bunten Bändern am Hut, und dahinter kamen die Esel, schon vollbepackt mit Geschenken und milden Gaben. Das war dann eine Freude, weil nämlich die Folia überall, wohin sie kommt, Krankheit und Seuchen vertreibt. Und es gab sogar Fandango, damals, als sie nach Boa Vista kamen, da sollte nämlich mein Pai der Imperador sein, die Festleitung hatte ihn dazu gewählt, weißt du, Josefa, mein Pai sah nämlich genauso aus wie der Kaiser in Rio de Janeiro. In dem Jahr wurde er dann Imperador do Divino, mein Pai, er war so schön, Josefa, als wäre er wirklich der Kaiser vom ganzen Land. Am Samstag fuhren wir dann nach Paraty, wir sollten nämlich alle Untertanen vom Imperador sein, nur Nenê nicht, der war noch ganz klein und blieb bei Mutter auf dem Arm, meine Mutter war damals noch nicht tot, Josefa, wie schön es ist, wenn man eine Mutter hat, nicht? Dann wurde Essen auf der Straße verteilt und alle aßen, und die Kinder, in deiner Sprache los niños, Josefa, die bekamen Süßigkeiten, und abends gab's die Versteigerung auf dem Kirchplatz, das war lustig, wie der Mann im Musikpavillon Hühner und Puter und Enten und alles, was man essen kann, versteigerte, und dann kam der Moment, wo der Boi losgelassen wurde, das ist der Ochse, und die Miota, die läuft auf der Straße hinter den Kindern her, hinter los niños, Josefa, es war zum Fürchten, aber auch lustig, und so viele Leute liefen hinter ihnen, der Boi hatte einen richtigen Ochsenkopf und war mächtig dick, die Miota war eine ganz große spindeldürre Frau. Und dann, Josefa, dann kam das Ständchen am Sonntagmorgen, und da geht mein Pai als Imperador los und ich halte die Schleppe von sei-

nem Umhang, er hat nämlich einen Königsumhang, und neben ihm gehen Mana und Luiz und Manoel und tragen das Zepter und die Krone, ach, ist das hübsch, Josefa, die Bruderschaft mit den Fackeln geht voran und rings um uns die kleinen Engel und dann die Festleitung mit all den Fahnen und dann kommt die Musikkapelle, die Kirchenglocken läuten auch und die Böller krachen, aber natürlich ist mein Pai nicht in Wirklichkeit Kaiser, nur zu dem Fest, Josefa, aber ich war noch ganz klein und deshalb war mein Pai für mich ein echter Kaiser. Stell dir vor, dein Vater ist Kaiser. Dann setzt sich Pai nach der Messe im Musikpavillon auf dem Kirchplatz auf den Thron und sieht den Tänzen zu, und nach einer Weile setze ich mich auf seinen Schoß, wie schön das alles ist, der Tanz der Alten ist so lustig, Josefa, alle als alte Leute verkleidet, sind sie natürlich nicht, alle nur verkleidet, aber der schönste Tanz ist Marrá Paiá, *Josefa, mit den Glöckchentänzern, alles nur Schwarze, und da gibt es den König und die Königin vom Congo und sie schlagen beim Tanzen mit Stöcken und spielen Ziehharmonika und Gitarre, das klingt so schön, Josefa. Dann geht mein Pai ins Gefängnis und läßt einen Gefangenen frei, einen Neger, der zuviel Schnaps trinkt, Josefa. Aber damit ist noch nicht Schluß, nein, dann kommen die Wettspiele, das Klettern auf den Festbaum, da hängt nämlich oben Geld, aber keiner schafft es bis ganz oben. Und zum Schluß das Schönste, das bengalische Feuer und überall steigen Sterne auf und sie funkeln und blitzen und drehen sich und fliegen weg, die meisten sind silbern oder golden, manche auch rot, und die Glocken läuten mittendrin, o weh, ich bekomme Angst, aber wieso. Ich weiß nicht, wieso ich Angst bekomme, meine Mutter ist ja da und Pai auch, mein Pai der Kaiser und Ana.*

Meine Ana, Josefa.

*

Fräulein, Fräulein, meine Ana voltou. *Sie ist wieder da.*

*

Hat so geweint wie noch nie, meine Ana, und Großmãe hat zu Mana gesagt, sie wollte sich in die Trave werfen, meine Ana wollte sterben vor lauter Kummer, ihr Leben ist nichts wert, hat sie gesagt, ist aber auch kein Wunder. Ausgeraubt. Alles haben sie ihr weggenommen, da in Hamburg, Ana fällt ja überall auf, eine Bande hat sie abends umringt und ihr alles gestohlen und dann haben sie meine Ana noch geschlagen, aber warum? Mit zerfetztem Kleid und barfuß ist sie nach Lübeck zurückgekommen und hat nur geweint vor lauter Unglück und wollte sich in die Trave werfen, meine Ana, Tio Eduard hat sie zurückgehalten, wie traurig muß sie jetzt sein, nun kann sie nicht mehr nach Brasilien, hat ja kein Geld mehr, gar nichts mehr, ich habe mit Mana gesprochen, wir wollen gut auf unsere Ana aufpassen und ihr Deutsch beibringen und und und

*

Ana ist wieder da, lieber Pai. Ich bin so froh. Als sie weg war, ich ohne Appetit. Jetzt sie ist traurig, weil nie mehr nach Brasil kann.

Lieber Pai, bald ist Sommer. Ich kann's nicht abwarten. Großmãe hat gesagt, wir fahren nach Castorf zu Onkel und Tante Rodde. Wenn wir haben gute Noten, wir fahren für restliche Ferien an Strand nach Travemünde. Also wir fahren, denn Mana und ich sind sehr gut in Noten. Wo Manoel und Luiz die Ferien verbringen, ich weiß nicht.

Lieber Pai, jetzt ich lerne Tanz. Wenn ich groß bin, ich will Tänzerin werden.

*

Fräulein hat gesagt, wenn ich Tänzerin werden will, bricht das Pai das Herz, weil Tänzerin nicht vornehm ist, dann will ich nicht Tänzerin werden, wenn ich groß bin, will ich, wer mag der Mann sein, mit dem Ana sich trifft, Großmãe hat es verboten, weil sonst die Leute, aber Ana, Ana, die

Leute werden sagen, daß Ana nichts taugt, ich glaube, er hat gesagt, daß Ana weggehen soll, Ana hätte uns nie allein gelassen, oder vielleicht hat Ana uns nicht mehr lieb, sonst wäre sie nicht weggegangen, aber die arme Ana, schuld ist dieser Mann, Ana kennt hier ja sonst niemanden in Lübeck, Gott bewahre, ins Gerede kommen, alle Leute sehen dich an, das ist dasselbe wie eine alte Jungfer sein, nein, viel schlimmer, genau, also, wenn ich groß bin, dann werde ich, glaube ich

13. Kapitel

Ach, Fräulein Therese, ich hatte ja solche Sehnsucht. Es war schön da bei Onkel und Tante Rodde auf Castorf, dem Gut von den Stolterfohts, wissen Sie, Mana hat es auch gut gefallen, nur nicht das Unterbett, das war mit Federn gefüllt, da schläft man schlecht, wir sind auf Ponys geritten, die waren ganz zahm und hübsch, aber ich konnte es gar nicht abwarten, wieder zurückzufahren, ich hatte Sehnsucht nach dem Pensionat, den Mädchen und vor allem nach Fräulein. Wie schön, daß wir drei zusammen nach Travemünde fahren. Fräulein, das Schicksal soll uns nie trennen.

*

Lieber Pai, die Ferien hier in Travemünde am Strand gefallen uns sehr gut. Nur eins ist nicht gut, das Wasser im Meer ist sehr kalt. Mana und ich stehen ganz früh auf. Schon vor sechs Uhr gehen wir zum Baden an den Strand. Dann ist fast kein Mensch da. Ein Kahn bringt uns auf das Wasser hinaus zum Badekarren. Wenn wir im Meer gebadet haben, läuten wir mit einer Glocke, die am Karren hängt. Dann kommt uns der Bootsmann wieder abholen. Wenn es stürmt, liegt der Karren näher am Strand. Dann sind die Wellen sehr hoch und der

Karren schaukelt schön. Die alte Badefrau Kramern paßt auf den Karren auf. Sie ist sehr nett.

Lieber Pai, mach Dir keine Sorgen. Wir gehen immer gleich nach Hause. Dann frühstücken wir mit Fräulein Therese. Danach gehen wir in die Anlagen und hören dem Konzert im coreto *zu, es fängt immer mit einem Choral an. Dabei machen wir* trabalhos de mão, *ich kann schon gut stricken und Mana häkelt. Da gibt es eine Glocke, wenn sie läutet, ist es Essenszeit im Hotel Kurhaus. Wir lesen auch Geschichten. Wenn wir nach Hause kommen, machen wir die Schularbeiten, die Fräulein Therese uns aufgibt, damit wir den Unterricht nicht vergessen. Danach essen wir zu Mittag. Danach hüpfen wir Seil und machen Ballspiele. Danach schreiben wir Briefe. Mana schreibt auf französisch an Mademoiselle Suzette, die* professora *für Französisch, sie wohnt in Lausanne. Mademoiselle Suzette ist sehr lustig. Sie ist mondsüchtig. Sie hat eine spitze Stimme und geht mit Trippelschritten. Im Pensionat wacht sie nachts auf und schreit, daß ein Dieb da ist. Aber das träumt sie nur.*

An meinem Geburtstag sind wir auf dem Esel geritten. Die Esel gehen nicht vom Fleck. Mana rutscht vom Sattel und fällt. Ich fall kein Mal. Wir lachen viel.

Lieber Pai, hast Du vielleicht ein Geschenk zu meinem Geburtstag geschickt? Hoffentlich das Kleid, das ich mir gewünscht habe. Großmãe schenkt mir eine Spieluhr, sehr hübsch. Fräulein Therese schenkt mir ein Buch mit Gedichten.

*

Ana, da gibt es einen gelben Leuchtturm, damit die Schiffe nicht auf Grund laufen. Es ist so schön, es riecht genau wie in Paraty, und es gibt auch Männer mit Netzen, wie in Paraty. Aber in Travemünde sind viele Badegäste, das sind die veranistas, *die wohnen im Hotel Kurhaus und gehen an den Strand, sie kommen von vielen Orten, und Fräulein hat gesagt, manche kommen von sehr weit her, sogar aus England, Holland und* Russia. *Weißt du, Ana, es macht so einen*

Spaß, im Meer zu baden, auch wenn das Wasser kalt ist, wir ziehen das Badekostüm aus Flanell an, das du genäht hast. Am Strand hat jeder eine Hütte, da steht eine neben der andern, alle in einer Reihe dicht am Meer, und alle haben Stühle, da können die veranistas sich hinsetzen, das hättest du sehen müssen, so allerliebst. Fräulein Therese hatte immer einen Schirm, zum Schutz vor der Sonne, Mana und ich haben die großen Strohhüte aufgesetzt, die Tia Johanna Rodde uns gegeben hat. Wir haben Sandburgen gebaut, Ana, einmal habe ich eine gebaut, und Fräulein hat gesagt, sie ist sehr schön, aber dann kam gleich eine Welle und hat sie weggespült. Und wenn ein Schiff vorüberfährt, winken wir zum Abschied. Weißt du, Ana, manchmal war der Strand frühmorgens voll mit Muscheln, da haben Mana und ich Muscheln in verschiedenen Farben gesammelt, die waren sehr hübsch. Aber das ist noch nicht alles, wir spazieren auch im Kurgarten, das ist ein jardim voll mit mit mit also mit Rosen und dann spielen wir auf dem Kinderspielplatz, da gibt es eine Schaukel und, wie heißt das noch, eine gangorra, eine Wippe, danach gehen wir immer in eine Konditorei zum Eisessen, du weißt schon, Ana, das ist so eine kalte Süßigkeit, aber da gab es auch Gebäck und Fräulein trinkt dazu Kaffee. Aber wir haben nicht im Kurhaus gewohnt, Ana, sondern in einem Privathaus, bei uns im Zimmer hängt eine Kuckucksuhr, die Besitzer sagen zu Fräulein Therese Mademoiselle, das war lustig, und wir machen immer einen Spaziergang zum Kurhaus, da in der Nähe ist der Park und der Stall, wo die Pferde, Esel und Kühe stehen, da holen wir am Nachmittag die frische Milch. Ana, wir haben auch einen Bootsausflug auf der Trave gemacht. Aber am letzten Tag, Ana, da hat es geregnet und es war fast niemand am Strand, aber ich will nicht, daß die Ferien zu Ende gehen, und weißt du, Ana, auf der Rückfahrt hierher wir haben die Männer geseht, wie sie Netze reparieren und Kinder sind barfuß hinter der Kutsche gelaufen, weißt du, Ana, da war ich so traurig und habe die Staßenkinder beneidet, weil die niemals von da wegmüssen. Ich mußte an

Paraty denken, ich will immer in Paraty sein, wo es Meer gibt, nicht in Lübeck.

Jetzt erst wieder im nächsten Jahr. Kutscher August sagt, wir sollen nicht traurig sein, ein Jahr vergeht schnell, dann können wir wieder die Badekostüme anziehen, aber im nächsten Jahr sind wir größer, Ana, dann mußt du neue Badekostüme für Mana und mich nähen.

*

Mana, wie schrecklich, alle Leute reden. Das hat mir die Dienstfrau erzählt, die bei Großmãe Mamsell ist, die Sophie. Er heißt Gustav, hat sie gesagt. Obwohl er ihr so viel Schlechtes angetan hat, ist Ana zu ihm zurückgegangen, Mana, er ist ein Mann, der solche Bilder malt, die nichts taugen, sagt Großmãe, er malt das Gesicht von Leuten auf das Bild oder so ähnlich, jedenfalls hat er Ana mitgenommen, um sie zu malen, und so hat es angefangen, Mana. Wie schrecklich, alle Leute in der Stadt reden darüber, er ist immer betrunken und außerdem ist Ana schwarz und hat die Narben im Gesicht, Mana, deshalb reden alle Leute. Ana muß damit aufhören. Mana, der Zirkus ist in der Stadt. Ich will in den Zirkus, Mana.

*

Unter Affen und Papageien, *Ana. Verstehst du?*

Pai hat gesagt: Unter Affen und Papageien.

Du mußt das endlich lernen.

Você se chama Ana. *Du heißt Ana.*

Und ich heiße Julia. Eu me chamo Julia.

Nein, eu me chamo Dodô.

Nein, mein Name ist Julia. Dodô ist mein Spitzname, das bedeutet, das bedeutet, was bedeutet das noch mal? Apelido! *Dodô ist mein Spitzname. Meu* apelido, *Ana! Julia ist mein Vorname.*

Familienname: da Silva Bruhns. Sobrenome: *da Silva Bruhns. Hast du einen Familiennamen, Ana?*

Ich heiße Julia da Silva Bruhns.

Dodô oder Dodo?

Alle sagen Dodo zu mir, Ana. Warum können sie nicht Dodô sagen? Und zu dir sagen sie Hanna. Das geht doch nicht! Hanna! Du heißt Ana.

Aber Pai hat geschrieben, daß ich unter Affen und Papageien geboren bin, und das hat er nicht in brasilianischer Sprache geschrieben, weil ich Deutsch lernen soll. Also mußt du das auch. Was ist das? Einmal hab ich einen Hammel gesehen, als wir hier angekommen sind, weißt du noch? Was ist ein Hammel, Ana? Du weißt gar nichts, Ana. Das ist ein carneiro, *hat Pai gesagt. Weißt du noch? Wir haben eine Hammelherde gesehen. Oder Widder? Mana sagt, es heißt Widder. Aber Pai hat gesagt, es ist Hammel. Ich glaube, es heißt Schaf, Fräulein Therese sagt, es heißt Schaf. Fräulein Therese weiß mehr als alle anderen, Ana. Weil sie Lehrerin ist –* professora, *so heißt das doch auf* brasileiro, *oder? Aber jetzt bist du in Lübeck, Ana, nicht mehr in Paraty, deshalb mußt du Lehrerin sagen, nicht* professora. *Darum glaube ich wirklich, es heißt Schaf. Ich liebe die Schaf. Nein, ich glaube, es heißt das Schaf.* Você entende, *Ana?* Isso *ist Deutsch. Ich spreche Deutsch, das bedeutet* alemão, *damit du lernst, ich mußte auch lernen, aber glaub nicht, ich wollte. Ich wollte gar nicht. Aber im Brief schreibt Pai, ich muß, weil ich jetzt in* Alemanha *lebe, das ist Deutschland. Fräulein Therese sagt auch, ich muß.*

Mana Maria kann viel mehr alemão. *Es klingt lustig, wie sie spricht. Bei mir auch, aber bei ihr noch mehr. Die Mädchen im Pensionat, du weißt ja, die haben gelacht, als sie zuerst gesprochen hat. Ich auch. Da war Mana böse auf mich. Aber ich kann nicht dafür. Vorher haben sie auch über mich gelacht, aber nicht so viel. Jetzt sprechen wir fast wie die anderen, Ana. Aber wir müssen lernen, unbedingt. Das sagt Pai. Im Brief sagt Pai, ich bin unter Affen und Papageien geboren. Weißt du wirklich nicht, was das bedeutet? Natürlich weißt du, Ana, du warst dabei und hast gesehen, als ich geboren wurde:* no meio de macacos e papagaios, *Mutter und Pai waren unterwegs, da bin ich im Urwald geboren, weil wir beim*

Umzug waren. Pai sagt, du warst dabei, weißt du noch, Ana, wie ich geboren? Unter Affen und Papageien. Nicht Papagaien, sondern Papageien, denn Fräulein Therese ... Früher fand ich das merkwürdig, weil es in Paraty, ich mein, in unserm Land Teresa heißt, so wie die schwarze Tereza, aber nun ist hier nicht mehr unser Land, hier ist jetzt Alemanha. *Ja, ja,* eu sou do Brasil. *Aber jetzt bin ich Deutsche, deshalb muß ich das. Warum verstehst du nicht, Ana? Ich bin in Brasil geboren, aber jetzt bin ich* alemã, *deshalb muß ich Deutschsein lernen, Fräulein Therese sagt, wenn ich schon einen Satz in Deutsch kann, ist es sehr gut, mit einem Satz fängt man an, das ist so, als ob man ein Haus baut, Ana, das ist der erste Ziegelstein, Ana,* om primeiro tijolinho. *Du mußt auch lernen. Fräulein Therese sagt, ich muß fleißig sein und viel üben, damit ich gut sprechen lerne, ich kann schon sprechen, aber ich muß noch viel mehr lernen, Ana. Sie sagt: »Übung macht den Meister.« Verstehst du, Ana.* É preciso muito exercício para ser um mestre. *Viel üben, so lernt man Deutschsein, mit viel Übung. Und immer gut zuhören, überall sehr gut zuhören und alles auf deutsch denken, jede kleine Kleinigkeit, alles um mich herum, angefangen bei mir selbst,* você entende, *Ana? Also, was habe ich an der Hand, Ana? Nein, das heißt nicht* dedo. *Was ich an der Hand habe, heißt Finger. Ab jetzt heißt es: Ich habe Finger, Ana. Das ist meine Hand.* É a minha mão. *Dies sind meine Finger. Gut zuhören und nicht vergessen, sagt Fräulein Therese.* Prestar atenção e não esquecer. *Stell das Bügeleisen weg, Ana, und hör zu. Du mußt gut zuhören, sagt Fräulein Therese, und auf deutsch denken. Denkst du noch nicht auf deutsch, Ana? Ich glaube, ich denke auf deutsch, neulich hatte ich einen ... einen Traum, wie sagt man das, wenn man schläft und ...* um sonho! *Also, neulich hatte ich einen* sonho *auf deutsch, wenn man auf deutsch träumt, ist das ein Traum. Jetzt hör mir zu –* em alemão, *auf deutsch, ich hatte einen Traum. Jetzt bin ich Deutsche und muß Deutschsein lernen.* Mas você também, *aber du auch, du mußt eine Deutsche werden. Deshalb sagt Fräulein Therese, auf deutsch träumen ist gut, das bedeutet, daß ich lerne. Auf deutsch, Gott sei Dank! Das hat Fräulein Therese zu mir gesagt,* ela me disse. *Verstehst du, Ana?*

*

Mein lieber, lieber Pai,

ich hoffe, Dir geht es gut.

Unser Unterricht schon hat angefangen. Ich hatte Sehnsucht nach den Mädchen und Bobby. Ich lerne viele Sachen. Und noch mehr, wenn ich groß bin. Immer mehr. Bis nichts mehr in meinen Kopf paßt. Mana lernt Französisch bei Mademoiselle Suzette. Und hat Mythologie, auch Astronomie, das ist, damit man nachts Sterne studieren kann, und Geschichte, also história antiga. *Es gibt auch Geographie. Aber Mana mag nicht* história de hoje, *das ist neuere Geschichte.*

Lieber Pai, ein Zirkus ist in der Stadt. Großmãe sagt, ich darf gehen. Ich freue mich so. Pai, gibt es da Zirkus?

*

Wozu soll man denn auch die Namen von so vielen Leuten wissen, Ana? Damit stopfen sie uns nur den Kopf voll, Ana. Das ist bloß Geschwätz. Ana, die ganze Stadt redet schon, wenn du anständig bist, mußt du damit aufhören, Ana, und du willst doch anständig sein, Ana, denn nichts ist schlimmer, als wenn die Leute über einen reden, Ana. Dann ist man nicht mehr vornehm, Ana, você entende? *Ich lerne, damit ich vornehm werde, wenn ich groß bin, Ana.* Distinta, *wirklich richtig* distinta. *Damit niemand über mich redet, sonst werde ich eine alte Jungfer.* Solteirona. *Heißt das so, Ana?*

*

Dann hat auch noch die dicke Jenny, die ich nicht ausstehen kann, mich neulich beleidigt, weil sie so eingebildet ist, wollte sie besser singen als ich bei der Theateraufführung, aber dann hat sie etwas ganz Albernes gesungen, da habe ich gesagt, das ist das Albernste, was ich kenne. Jenny hat gesagt, das ist ein schönes deutsches Lied. Deutsch, hat sie mir direkt ins Gesicht gesagt. Ihre Clique war dabei, aber ich hab keine Angst gehabt. Ich antworte, wenn das deutsch ist, dann ist es eine große deutsche Albernheit, da kommt ein Mädchen aus ihrer Clique und sagt, um mich ärgern: Das sagst du, weil du nicht von hier bist, du bist eine Brasilianerin! Jenny hat ausgenutzt, daß sie in der Gruppe waren, gegen mich allein gewinnt Jenny nicht, weil ich schon gut Deutsch sprechen kann, da hat sie gesagt: Hm, wenn sie wenigstens Brasilianerin wäre, aber sie ist gar nichts, sie kann ja nicht mal ihre eigene Sprache. Ich hab fast gesagt, kann ich wohl, aber in dem Moment wußte ich nichts mehr in der Sprache aus Brasil, warum weiß ich nicht, sonst hätte ich es ihr gezeigt. Da sieht die dicke Jenny mich an, lacht und sagt verächtlich: Seht ihr? Sie ist ... international. Und alle lachen über mich! Ich war so ... weil

*

Fräulein, ich habe solche Sehnsucht nach Travemünde, ach, daß wir bis zum nächsten Jahr warten müssen. Wissen Sie noch, als wir auf den Eseln geritten sind, auf Hinweg wollten sie nicht gehen, aber auf dem Rückweg sind sie gerannt, da sind wir fast gefallen. Das war so lustig, nicht wahr, Fräulein? Und das Meer, wie schön das Meer in Travemünde ist. Wissen Sie, Fräulein Therese, da wo ich herkomme, ist es nicht so schön wie in Travemünde, da gibt es so viele gefährliche Tiere und Schlangen und Insekten, die stechen immer, und stellen Sie sich vor, wir gehen immer barfuß, ist das nicht unhygienisch, Fräulein? Und dann ist der Strand hier größer und es sind mehr Menschen als in Paraty. Hier gibt es so viele schöne Dinge, Fräulein Therese, ach, Weihnacht, ich möchte, daß Weihnacht bald kommt, es dauert doch nicht mehr lange, Fräulein, oder? Weihnacht mit Schnee, ganz weiß, so wunderschön, und der Tannenbaum. Lübeck sieht hübsch aus wie eine Weihnachtskrippe. Und zu Weihnacht so viele Menschen an den Schaufenstern und die Konditorei von Herrn Iversen in der Mühlenstraße mit den Fruchtbonbons und dem Marzipankonfekt. Und dann der Marktplatz, was für ein schöner Platz mit dem Samstagsmarkt, ich mag das so gern, die vielen Leute mit lauten Rufen, überall Menschen unter den Arkaden vom Rathaus, wo der Bürgermeister wohnt, oder? Die Tiere, die Karren, die Buden, die Fleischer und Fischverkäuferinnen mit den Fischen, die noch lebendig sind in den Bambuskörben, die Frauen sehen lustig aus mit ihren Halstüchern und Strohhüten, einmal ist ein Fisch aus dem Eimer gesprungen, mitten auf den Platz, und ist fast in den Brunnen gefallen, Fräulein, und die Frau ist hinterher und hat unanständige Wörter gesagt, und dann die Aale, das sind zahme Schlangen, und die schwarzen Garnelen und noch so viele schöne Dinge gibt es da zu sehen auf meinem geliebten Marktplatz. Wissen Sie, ich hatte nach so vielen Dingen in Paraty Heimweh, Fräulein, hauptsächlich nach meinem Papagei Currupaco, aber hier gibt es Josephus, er gehört mir nicht, aber ich kann ihn immer besuchen, wenn ich möchte, nicht wahr? Und dann gibt es den Zirkus. Fräulein, ich freue mich so auf den Zirkus. Und das Stadttheater, Fräulein, da wird Oper gespielt, das soll wunderschön sein. Aber weil ich klein bin, kann ich nur in den Zirkus gehen.

Wenn ich groß bin, gehen Sie dann wirklich mit mir in die Oper ins Stadttheater, Fräulein? Ach, wird das schön, ich kann es gar nicht abwarten. Wenn doch schon morgen wäre. Ich bin wirklich ungeduldig, Fräulein, ich will immer alles gleich, sonst bocke ich, wie Sie sagen. Ich weiß, Fräulein, das ist häßlich. Im Gottesdienst am Sonntag hat der Pastor das gesagt, ich weiß noch, er hat gesagt, daß alles eitel ist und daß man dem Weg der Bescheidenheit folgen muß, den Jesus Christus weist. So hat er es doch gesagt, oder? Es stimmt, Fräulein, ich bin nicht nur ungeduldig, ich bin auch launisch. Ich will zu Gott beten, daß sich das ändert. Und die Mädchen sagen, ich bin sehr wankelmütig, weil ich immerzu meine Meinung ändere. Ich weiß, das ist nicht gut, Fräulein. Ich setze mich im Unterricht gern auf einen neuen Platz, das ist nicht richtig, ich weiß, jede Schülerin hat ihren festen Platz, wenn die Stunde beginnt, aber ich habe Lust dazu. Sie sagen, ich räume auch gern um, im Schlafsaal und in meinem Pult. Bedeutet das wankelmütig, Fräulein? Es macht mich nur unruhig, wenn ich immer da bin und jeden Tag dieselben Dinge am selben Platz sehe. Es kommt mir so langweilig vor, die ganze Zeit stillsitzen und nichts verändern. Es ist schön, wenn man immer etwas verändern kann.

Wenn ich groß bin, gehen wir wirklich ins Theater, ja, Fräulein?

Ich möchte so gern Schauspielerin werden. Ist das auch unanständig, Fräulein Therese?

Aber vorher möchte ich in den Zirkus.

*

Lieber Pai, ich gehe schon allein in der Stadt spazieren. Die Leute wundern sich, ich bin so klein und kenne so viele Leute. Fräulein Therese sagt, ich bin die Freundin von halb Lübeck. Sie sieht das nicht gern. Ich unterhalte mich gern mit Verkäufern. Herr Seehas, alle sagen Heine Seehas. Er verkauft Brot und ist immer angetrunken, aber er singt gern und ich finde ihn lustig. Er tut niemand etwas Böses. Herr Seehas nennt mich Mein Schätzchen und sagt immer: Du bist niedlich, Dodo. Und auch Frau Longuet, die Milchfrau. Wie kann sie nur so viel tragen. Sie ruft immer so lustig, es klingt wie ein Lied, ist es aber nicht. Sie mag mich sehr gern. Sie fragt immer über Brasil und ich erzähle, da scheint immer die Sonne. Sie sagt, da muß es schön sein, weil es so viel Kaffee gibt. Es gibt nichts Schöneres als eine gute Tasse Kaffee. Einmal hat sie für mich ein Stück Käse gebracht. Sie hat gesagt, nur für mich. Und Herr Grobleben. Er arbeitet im Hafen und hat immer eine schmutzige Nase. Er kommt jeden Tag früh vor das Pensionat, immer zur selben Zeit. Fragt, ob es Schuhe zu putzen gibt. Herr Grobleben hält gern Reden auf Festen. Er spricht lustig, fast weinerlich. Am meisten mag ich den Briefträger Herr Hansen. Er ist schon alt. Er hat einen weißen Bart und einen Ohrring, lieber Pai. Wenn er einen Brief von Pai für mich hat, kommt er und sagt: Dodo, heute schickt dir der Postdirektor ein Geschenk. Ich hab Herrn Hansen sehr gern. Lieber Pai, nur vor den zwei Verrückten fürchte ich mich, Tidelit und Mathilde Spiegel. Tidelit ist muito *warzig. Häßlich. Er geht gern zum Bahnhof und sieht zu, wie die Züge abfahren. Mathilde Spiegel trägt alte Kleider und eine Lockenfrisur. Weißt Du noch, Pai? Sie hat immer eine Hundemeute bei sich. Geht wie eine Königin. Sie ist sehr unfreundlich. Ich habe Angst vor Verrückten.*

Lieber Pai, ich habe mich sehr gefreut, was Du über meine Aufgaben sagt. Damit ich nämlich ein ein ein gutes Mädchen werde und später eine vornehm junge Dame. Ein gebildetes Mädchen muß nicht nur gut Klavier spielen. Und Fremdsprachen sprechen. Und sich hübsch kleiden. Es muß auch lernen, das Heim in Ordnung halten. Eine gute Hausfrau ist wichtiger in der Gesellschaft als hübsch sein und gut sprechen. Ich will mir Deine Worte gut merken, lieber Pai. Ich verspreche, daß ich ein gebildetes Mädchen werde. Jeden Abend bete ich dafür zu Gott. Deine gehorsame Tochter, die Dich liebhat, Dodo.

Lieber Pai, ich möchte, daß Du mir ein Andenken an Mutter schenkst. Das ist für mich das Kostbarste auf der Welt.

*

Du kannst dir das nicht vorstellen, Josefa. Zirkus ist das Schönste, was es gibt. Wir waren da. Da gibt es Tanzpferde und die Amazone, die auf ihnen reitet, sie sieht so schön aus. Und dann gibt es einen Akrobaten, Josefa, der balanciert mit einem kleinen Schirm über ein Seil. Und die Frau mit den kleinen Hunden, das mußt du sehen, wie sie durch einen Feuerreifen springen, Josefa. Glaubst du, Bobby lernt das auch? Und dann die lustigen Clowns. Sie bekommen alle Augenblicke einen Tritt von hinten und die Kapelle spielt dazu. Wir haben so gelacht. Onkel Theodor war mit Mana, Ana und mir da. Aber am meisten zum Fürchten sind der Löwe und der Tiger. Der Dompteur geht in ihren Käfig und knallt mit der Peitsche und dann richten sie sich auf einem Schemel auf, aber dann knurren sie und laufen hin und her und man hat Angst, daß sie den Dompteur fressen. Aber das tun sie nicht. Und es gibt auch einen dressierten Elefanten, den mußt du sehen. Und noch so viel anderes, Josefa. Ich möchte noch einmal dahin. Zirkus ist das Schönste, was es gibt.

*

Am meisten in Castorf habe ich vermißt, wie Sie immer den Mädchen vorm Einschlafen einen Kuß mit einem Knall geben, Fräulein. Bei den anderen müssen Sie sich auf die Zehenspitzen stellen, aber bei mir nicht, weil ich so klein bin. So schöne Küßchen! Gute Nacht, Fräulein.

*

Die Hansestadt Lübeck wurde zum ersten Mal um das Jahr 1000 n. Chr. mit dem Namen Liubice gegründet. Nachdem sie zweimal zerstört worden war, wurde sie 1159 von Heinrich dem Löwen neu gegründet. Im 14. Jahrhundert trat sie der Hanse bei. Sie ist eine reichsfreie Stadt und wird von einem Senat und einer Bürgerschaft regiert.

Die Menschen, die hier wohnen, zählen mehr als fünfzigtausend.

Durch Lübeck fließen die Trave und die Wakenitz.

Lübeck ist seit dem 14. Jahrhundert eine Handelsstadt, vor allem für Wein, Getreide, Holz und Salz. Viele Schiffe laufen den Hafen der Stadt an. Sie hat eine Werft für den Bau und die Reparatur von Schiffen.

In der Hansestadt Lübeck wird auch Marzipan hergestellt, außerdem Damenhüte, Herrenbekleidung und Räucherfisch.

Hier gibt es sechs im Mittelalter erbaute Kirchen mit sieben Türmen und spitzen Glockentürmen. Sie sind so hoch, damit der reisende Bürger schon aus der Ferne erkennen kann, daß seine geliebte Heimatstadt nicht mehr weit ist.

Lübeck hat einen Bahnhof und ein Stadttheater.

Die Spezialitäten von Lübeck sind das Marzipan, der Rotspon, das ist ein berühmter Wein, und die Specksuppe, die ich schon fast allein kochen kann, aber sie bekommt meinem Magen nicht.

Fräulein, ist mein Aufsatz gut so oder soll ich noch mehr schreiben?

Lübeck ist eine blühende Stadt, weil Gott ehrliche Arbeit segnet und belohnt.

*

Mein lieber, lieber Pai,

Siehst Du, wie gut ich schon auf deutsch schreiben kann? Du kannst stolz auf mich sein. Jetzt will ich nur noch deutsch schreiben.

Lieber Pai, ich bin doch nicht international, oder?

14. Kapitel

Um nicht zu riskieren, daß man sie sah und womöglich zurechtwies, versteckte Ana sich noch weiter hinter dem blauen Seidenvorhang und schob vorsichtig die feinen Fransen beiseite, die ihr, obwohl von der dunklen Kordel zusammengehalten, zum Teil die Sicht auf den von Gaslampen und Kerzenkandelabern strahlend hell erleuchteten Speisesaal nahmen. Während der Mahlzeit lauschte die Tischgesellschaft aufmerksam den Geschichten, die einer der Gäste erzählte, ein Dr. Robert Avé-Lallemant, kürzlich von einer Reise aus Brasilien heimgekehrt und nun endgültig zurück in seiner Heimatstadt Lübeck. Anwesend waren die verwitwete Frau Marie Luise Sievers Bruhns, die als Gastgeberin am Kopf der Tafel saß, ihre Söhne Theodor, noch unverheiratet, und Eduard mit seiner Frau Emma sowie als weitere Gäste Freunde der Familie Bruhns, nämlich: Herr Karl Hansen,

Holzgroßhändler aus Lübeck, seine Frau Inge Hansen und Herr François Knaak, der Tanz- und Anstandsunterricht erteilte, in Hamburg wohnte und sich des französischen Vornamens – wie des Französischen überhaupt – vermutlich zu dem Zweck bediente, die Gewähltheit seiner Manieren zu betonen. Die vom Gang aus lauschende Ana versteckte sich, so gut es ging, denn sie wollte sich den Reisenden genau ansehen und an seiner Kleidung, seinem Lachen, seinen Blicken, kurzum seiner ganzen Art erkunden, was es mit einem Menschen auf sich hatte, der frisch aus Brasilien gekommen war. Mein Gott, man könnte meinen, ich hätte das alles schon völlig vergessen, dachte sie. Unzufrieden reckte sie die Nase vor und schnupperte, um den Geruch eines aus Brasilien Gekommenen zu erkennen – vielleicht roch er nach Schnupftabak, vielleicht nach Zuckerrohrschnaps oder womöglich gar nach etwas, das sie nie hatte benennen können, weil es ihr viel zu vertraut war, nun aber sich als »der Geruch« jenes Landes herausstellen konnte, das viel zu rasch so fern, so fremd geworden war. Doch vergeblich. Einzig der widerwärtige Geruch des Essens, bei dessen Vorbereitung sie den ganzen Nachmittag mitgeholfen hatte, drang zu ihr, insbesondere der säuerliche Duft der Schalottensauce. Ihre neugierigen, vor Aufregung weit aufgerissenen Augen schienen die Lebhaftigkeit zurückgewonnen zu haben, die nahezu erloschen war während dieses leidensreichen, fast tödlichen Jahres – so lang, als wäre es ein ganzes Leben, heilige Jungfrau! – in der Fremde, in dem sie vor Kälte an Kopfschmerzen und ihre Füße unter den beengenden Schuhen gelitten hatten. Unruhig ging ihr Blick suchend hin und her, bis ihr auf einmal mit einem eigenartigen Stich in der Brust bewußt wurde, daß die einzige Fremdartige hier sie selbst war, die, in der Korridorbiegung kauernd, so sehnsüchtig nach möglichen Spuren Ausschau hielt, die Brasilien bei diesem Mann hinterlassen haben mochte. Scham schoß in ihr hoch. Nur wußte sie nicht, ob wegen des Umstands, daß sie dort heimlich lauschte, ob wegen des Entschlusses, den sie am folgenden Morgen in aller Frühe in die Tat umsetzen wollte, oder einfach deshalb, weil sie Brasilien auch in ihrer Kleidung völlig entfremdet war mit diesem dicken, gestreiften Rock, darüber eine große weiße, an der Brust mit einer Brosche festgesteckte Schürze, ganz zu schweigen natürlich von der gräßlichen, ebenfalls weißen Haube auf ihrem Hinterkopf, die ihr bis zum heutigen Tage Beklemmung verursachte und das Gefühl, in keiner Hinsicht hierher zu gehören, nur noch verstärkte. Aber was tun, wenn so die Livree der Dienstmädchen in diesem Hause aussah, wie übrigens im ganzen Patrizier-Lübeck?

»Zweifellos ein Fehler, doch möchte ich Sie daran erinnern, daß sowohl der Sack Kaffee als auch der Liter Schnaps, den ich mitgebracht habe, auf Ludwigs eigenem Besitz produziert wurden«, sagte Robert Avé-Lallemant, der Johann Ludwig Bruhns in Brasilien kennengelernt hatte. »Mögen Ihnen diese Geschenke Freude bereiten, insbesondere die besagte *Cachaça*, ein aus Zuckerrohr hergestellter Schnaps. Mir selbst schien er immer allzu scharf, auch wenn ich ihn durchaus ohne Mißfallen zu mir genommen habe.«

Ana musterte unermüdlich den älteren Mann mit schütterem Haar, der hochzufrieden und mit ungewöhnlichem Appetit die Kräutersuppe mit geröstetem Brot löffelte, während er sprach. Zwischen den deutschen Wörtern hatte sie ganz deutlich *cachaça* herausgehört und hoffte nun auf neue Hinweise, um zu verstehen, was der frisch aus Brasilien eingetroffene Reisende berichtete.

»Werter Dr. Lallemant, meinen Sie, daß mein Ludwig jemals in seine Heimat zurückkehren wird?« fragte die alte Frau Bruhns, nachdem sie sich die Lippen mit der blütenweißen Batistserviette abgetupft hatte.

Dr. Avé-Lallemant legte eine Pause ein, griff nach der Weißweinflasche, auf deren Etikett »Familie Bruhns« stand, zog den mit einem kleinen silbernen Hirsch geschmückten Pfropfen heraus und schenkte sich kräftig ein. Dann erst richtete er einen gewissermaßen mitfühlenden Blick auf Marie Luise Bruhns und antwortete:

»Leider, verehrte Frau Bruhns, muß ich gestehen, daß Ihr Sohn in jenem Zaubernetz, das Brasilien heißt, gefangen ist.

Bei einer unserer Begegnungen in Rio de Janeiro, bevor ich meine Reise in den Norden des Landes antrat, habe ich aus seinem eigenen Munde vernommen, daß er tatsächlich niemals in Erwägung gezogen hat, er könnte Brasilien für immer verlassen, auch nicht, als er im vergangenen Jahr hierherkam. Mir ist ganz deutlich in Erinnerung, wie er sagte: ›Jetzt bin ich wieder *João* Luiz Germano Bruhns und der möchte ich bleiben, obwohl ich als Johann Ludwig Hermann geboren bin, ein Name, den wieder anzunehmen ich mich bei der Rückkehr nach Lübeck vergeblich bemüht habe.‹« Robert Lallemant warf der alten Dame und ihren Söhnen einen noch mitfühlenderen Blick zu, dann fuhr er fort: »Ich bedauere, wenn diese Nachricht Sie betrübt, doch scheint mir, daß er vollends Luiz Bruhns geworden ist, oder Luiz Alemão, wie man ihn in Brasilien nennt.«

Ana, noch immer hinter dem Vorhang im Korridor versteckt, traf es wie ein Dolchstich, als sie den portugiesischen Namen ihres früheren Herrn hörte. An der Tafel trat ein kurzes Schweigen ein, eine Mischung aus Unbehagen und Schwermut.

»Das stimmt wohl, als er im vergangenen Jahr zurückkam, hatte er Schwierigkeiten, sich wieder bei uns einzuleben«, berichtete in fast vertraulichem Ton Frau Bruhns. »Zuerst versuchte er, sich in unseren Weinhandel einzuarbeiten. Aber dort fühlte er sich fehl am Platz und war unglücklich. Man bot ihm sogar den Posten des Direktors der Städtischen Badeanstalten an. Doch selbst das hat er abgelehnt. Er war in unserer Stadt ständig unzufrieden. Alles machte ihn nervös.«

»Das Gefühl kenne ich, verehrte Frau Bruhns. Als ich das erste Mal zurückkam, empfand ich nicht anders«, bemerkte der Arzt.

»Aber es war nicht nur das, Dr. Lallemant. Nach der langen Zeit in der Fremde kannte mein Ludwig hier ja kaum mehr jemanden. Und er sagte, hinter all den mittelalterlichen Schönheiten, die für Auswärtige so reizvoll sind, herrschten Ehrgeiz und Eitelkeiten, was zu heimlichen Intrigen führe. Ihm war das unerträglich, ständig hatte er etwas auszusetzen.«

»Einmal war Ludwig geradezu empört«, fügte der junge Eduard hinzu, »weil nach dem Weihnachtskonzert im letzten Jahr ein paar Senatoren eine Unterschriftensammlung gegen den Leiter des Städtischen Orchesters organisiert hatten. Ihrer Meinung nach hatte das Orchester die Siebte Symphonie von Beethoven zu langsam und zu langweilig gespielt. Darauf gab es einen schrecklichen Streit im Senat. Ludwig wurde furchtbar wütend, für ihn war das die reinste Ungehörigkeit.«

»Leider muß ich sagen, daß mein Ludwig unser Lübeck nicht mehr ertragen konnte. Das läßt sich nicht leugnen«, bemerkte die alte Dame.

»Wobei Sie nicht vergessen dürfen, verehrte Frau Bruhns, zu alldem kam sicherlich noch erschwerend hinzu, daß er Brasilien noch immer sehr verhaftet war. Ich betone nochmals, dieses Land besitzt Zauberkraft«, sagte Lallemant im Brustton der Überzeugung. »Und ich fürchte, wer einmal in Brasilien gelebt hat, kommt davon nie mehr los. Das weiß ich aus eigener Erfahrung.«

»In der Tat, er sprach unablässig von diesem Land«, bemerkte Theodor, der andere junge Bruhns.

»O ja, Brasilien hat eine hinreißende Natur«, sprach Lallemant, in Erinnerungen schwelgend, weiter. »Das Licht dort ist intensiver. Die Farben leuchten so kräftig wie nirgends sonst auf der Welt, soweit ich sie kenne. Selbst das Weiß ist dort weißer. Und dann die Vielfalt der Pflanzenwelt! Da gibt es die für die Tropen so typischen Bäume, die Palmen. Und die Blumen sind unbeschreiblich schön, rot, lila, gelb, weiß, ein wahrer Augenschmaus. Und die Vögel ... Oh, Brasiliens Vögel! Als hätte der Schöpfer all seinen Ehrgeiz in der Kunst der Musik auf sie verwandt ... Herrlich, wie sie singen!«

Hinter dem Vorhang horchte Ana so angestrengt auf jedes ihr verständliche Detail, daß sie gar nicht hörte, wie sie vom Ende des Korridors gerufen wurde. Line, eine der Mamsellen im Hause Bruhns, kam ungeduldig zu ihr und rüttelte sie am Arm.

»Die Teller müssen abgetragen werden. Die Teller. Abtragen. Vom Tisch abtragen«, wiederholte Line mit Zeichen und Gebärden, um sicherzugehen, daß ihr Deutsch verstanden wurde.

Die schwarze Ana schrak zusammen. Dann richtete sie sich auf, holte tief Luft und ging hinein, auf den Tisch zu.

»Sie ahnen ja nicht, was dieses Brasilien mit seinen Palmen und Singdrosseln bedeutet ...«, sagte Dr. Lallemant seufzend, den Blick zur Decke gerichtet. »Diese Drossel, die Brasilianer nennen sie *sabiá* ...«

Ana trat an den Tisch, um die ersten Teller abzuräumen. Der Gast senkte den Kopf und sein Blick traf auf Ana. Als sähe er ein Wesen von einem anderen Stern, entfuhr ihm der Ausruf:

»Oh, mein Gott!«

Ana, ganz auf ihre Aufgabe konzentriert, nahm es anscheinend nicht wahr. Lallemant sah zuerst die Mitglieder der Familie Bruhns, dann die anderen Gäste fragend an, als wollte er die ganze Runde inständig um Erklärung bitten.

»Das ist ja phantastisch! Sie haben mir gar nicht von ihr erzählt!«

Nachgerade fassungslos musterte er Ana von Kopf bis Fuß und derart eingehend, daß die junge Emma Bruhns, Eduards Frau, sich ein Lachen nicht verkneifen konnte.

»Eine Brasilianerin, nicht wahr?« fragte Lallemant, noch immer ungläubig.

»Ja. Ludwig hat sie mitgebracht«, erklärte Eduard Bruhns.

»Mein Gott!« sagte Lallemant hingerissen. »Ich sehe ein vollendetes Exemplar der schwarzen brasilianischen Rasse vor mir! Und Sie haben mir nichts davon gesagt! Wie heißt sie?«

»Ana«, sagte Eduard.

Als Ana in dem auf deutsch geführten, für sie fast völlig unverständlichen Gespräch ihren Namen hörte, drehte sie sich um.

»*Como tem passado, Senhorita?*« richtete Lallemant das Wort an sie, denn er sprach fließend Portugiesisch.

Erschrocken stammelte Ana irgend etwas und hastete, die schmutzigen Teller in der Hand, aus dem Raum. Lallemant folgte ihr mit dem Blick, bis die ein wenig unbeholfen gehende Gestalt der Negerin in der Korridorbiegung verschwand.

»*Que saudade!*« murmelte er, als könnte er sich des Eingeständnisses seiner Sehnsucht nicht erwehren.

Sowie sie sich allein in dem Korridor befand, der zu der Küche im Erdgeschoß führte, blieb Ana stehen und rang nach Luft. Sie zitterte vor Aufregung – der Mann hatte auf portugiesisch zu ihr gesprochen! Wie wunderbar, nun, da die Kinder sich mit ihr nur noch auf deutsch unterhalten durften. Fast wäre sie mit Sophie zusammengestoßen, die neue Teller für den Fischgang brachte.

»Paß doch auf, Ana. Das ist Meißener Porzellan«, rief Sophie. Und fügte in ihrer ein wenig spöttelnden Art hinzu: »Wenn das kaputtgeht, mußt du länger als fünf Jahre ohne Lohn arbeiten, bis du neues kaufen kannst.«

Gleich hinter ihr trug der Hausdiener Anton, der für das Zusammenspiel zwischen Küche und Speisesaal verantwortlich und mit dem Servieren beauftragt war, den dampfenden Fisch auf einer herrlichen Silberplatte.

»Schnell in die Küche, Ana. Trina braucht Hilfe. In die Küche, schnell.«

Dank des energischen Tons verstand Ana. Sie machte Anton Platz, ging die Treppe hinunter, durch die Anrichte hindurch und betrat die Küche, wo sie bereits ungeduldig von der Köchin erwartet wurde, einer meist schlechtgelaunten Frau von bäuerlichem Aussehen.

»Trag die restlichen sauberen Teller hinein und vergiß nicht, die Suppenterrine herzubringen«, rief Trina, mit einem Braten im Ofen neben dem Holzherd beschäftigt. Und um sicher zu sein, daß Ana verstanden hatte, wies Trina auf den kleinen Stapel auf dem Tisch: »Die Teller. Die sollst du hinauftragen, Ana.«

Ana sah nach, ob ihre Schürze noch makellos sauber war.

Sie konnte gar nicht mehr zählen, wie oft sowohl die Herrin als auch der Hausdiener Anton sie gescholten hatten, weil ihre Schürze Flecken aufwies. Daß man von ihr verlangte, benutzte Teller zu tragen, ohne sich dabei die Schürze schmutzig zu machen, war für sie, als sollte sie ein Wunder vollbringen. Folglich konnte sie allenfalls jeden Fleck sofort auswaschen, um so diese merkwürdigen Leute zufriedenzustellen, für die alles blitzblank und strahlend weiß sein mußte. Während ihr dies durch den Kopf ging, ergriff sie die restlichen sauberen Teller und begab sich auf den Weg nach oben in den Speisesaal.

Auf der Treppe begegnete ihr Sophie, die sie lächelnd ansah und bemerkte:

»Die reden von deinem Land. Der Doktor sollte lieber gleich wieder zurückfahren und da bleiben ...«

Als Ana den Raum betrat und die Teller auf einem Beistelltisch absetzte, verspeiste Robert Avé-Lallemant gerade mit Genuß den bereits servierten Fisch und erzählte gleichzeitig voller Begeisterung Geschichten aus Brasilien:

»Und dann baden sie für ihr Leben gern, diese Brasilianer. Im Norden wie im Süden. Am Rio Tocantins, wo ich mich kürzlich aufhielt, baden sie mit der gleichen Hingabe, wie sie der Faulheit frönen. Doch möchte ich fast sagen, die Mestizen sind von solcher Anmut, daß das Laster Faulheit sich bei ihnen in eine Tugend verkehrt, so wie die Tugend des Badens derart übertrieben gepflegt wird, daß sie sich praktisch in ein Laster verkehrt. Die Hängematte dient ihnen zum Ruhen nach dem ständigen Baden und zum genüßlichen Nichtstun. Ihre Freude am Baden ist in der Tat derart ausgeprägt, daß man fast sagen kann, die Menschen dort leben eigentlich im Wasser und begeben sich nur für kurze Zeit aufs Trockene. Oder besser gesagt, sie sind Amphibien.«

Anton hatte inzwischen allen am Tisch serviert und beeilte sich nun, die leeren Weingläser nachzufüllen, während die Tischrunde gebannt Dr. Lallemant lauschte, der unermüdlich weitererzählte und sich zwischendurch immer wieder einen

Happen des, wie seine verzückte Miene verriet, offensichtlich köstlichen Fischs in den Mund schob.

»Zu dieser regelrechten Manie der Brasilianer, täglich zu baden, hat mein Bruder Alexander mir eine Geschichte erzählt.«

»Herr Alexander Avé-Lallemant, der Bruder unseres Gastes«, erklärte Frau Bruhns, zum Tanzlehrer gewandt, »ist unser Konsul in Rio de Janeiro.«

»Ah, bon! Alors ça c'est merveilleux, absolument merveilleux«, gab Herr Knaak zurück und hielt mit einer geziert vornehmen Gebärde im Essen inne.

»Also«, begann Dr. Lallemant, schon im voraus über die Pointe der Geschichte lachend, »mein Bruder hat mir von einem Deutschen erzählt, der einmal in einem gepflegten brasilianischen Haus zu Gast war. Am ersten Tag bot man ihm an, ein Bad zu nehmen. Er fand dies merkwürdig, sagte aber nichts. Als es ihm am zweiten Tag abermals angeboten wurde, empfand er dies als offene Beleidigung und protestierte: ›Also wirklich, ich bin doch nicht so ein Ferkel, daß ich jeden Tag baden muß!‹«

Während die Tischrunde noch lachte, sprach Dr. Lallemant temperamentvoll weiter:

»Natürlich haben die Brasilianer auch ihre Fehler. Und da in den Tropen alles maßlos ist, sind auch die Fehler dort besonders stark ausgeprägt.«

Er unterbrach sich und betrachtete mit unverhohlenem Entzücken Ana, die am Beistelltisch hantierte und die Teller ordentlich zusammenstellte.

»Die Brasilianer sind ... äh ... unorganisiert. Sie haben kein, und zwar nicht das geringste, Gefühl für Pünktlichkeit. Anders gesagt, wer in Brasilien Pünktlichkeit beweist, gilt als Sonderling. Die Brasilianer sind über die Maßen geduldig, nachgerade schicksalsergeben. Wenn sie etwas dringend erledigen müssen, sagen sie schlicht und einfach ›Geduld‹ und warten lieber ab. Daß dies zu einer Trägheit führt, die ihrerseits Unschicklichkeit Vorschub leistet, liegt auf der Hand. Am Tocantins habe ich mich immer wieder darüber gewundert, daß die Frauen sich ohne jede Scham vor den Männern entblößten, um im Fluß zu baden. Verzeihen Sie mir die deutliche Ausdrucksweise, doch so geschieht es wahrhaftig. In den fast zwanzig Jahren, die ich in Brasilien verbracht habe, ist es mir nicht gelungen, eindeutig zu klären, ob derartiges Verhalten auf Freizügigkeit zurückzuführen ist oder auf Unbefangenheit, ich meine, ob es zunächst einmal in schierer Einfalt, ohne jeden Hintergedanken geschieht. Wie dem auch sei, so etwas kann sich in mangelnden Anstand, ja Anstößigkeit verkehren.« Dr. Lallemant warf einen verstohlenen Blick auf Ana. »Bei mehreren Anlässen habe ich unangenehme Erfahrungen mit den dort ansässigen Mulatten gemacht, denn sie können sehr arrogant sein, und ich glaube nicht, daß sie darin von den Negern, den großartigen brasilianischen Negern beeinflußt sind. Auf einer meiner letzten Reisen längs der brasilianischen Küste ...« Plötzlich besann er sich theatralisch: »Aber nein, mein Gott, ich will Sie an diesem Abend nicht über die Maßen mit meinen Geschichten langweilen!«

»Ich bitte Sie, Dr. Lallemant, fahren Sie fort«, bat Frau Bruhns aufrichtig wißbegierig.

»Im Gegenteil, Sie erzählen so interessant«, protestierte Frau Hansen.

»Das stimmt, Dr. Lallemant. Sprechen Sie weiter. Ihre Berichte sind sehr unterhaltsam und lehrreich«, bestätigte Herr Hansen und lächelte versonnen.

»Nun gut, auf einer meiner letzten Reisen längs der brasilianischen Küste«, setzte Dr. Lallemant, offensichtlich geschmeichelt, seine Erzählung fort, »hatte ich folgendes unerfreuliche Erlebnis auf dem Schiff. Daß man sich an Bord nur bis zu einem gewissen Grad an europäische Sitten und Bräuche hielt, wurde mir schon klar, als ich mich zu meiner Kabine begab, die ich mit anderen Passagieren teilte. Beim Öffnen der Kabinentür bot sich mir ein höchst ungehöriger Anblick. Auf dem Sofa saß ein Weißer, bekleidet lediglich mit – verzeihen Sie – Unterhosen. Aber damit nicht genug, in einer der Kojen lag, auf einer Flöte spielend, ein vollkommen nackter Mulatte, und er blieb ungerührt in derselben Haltung liegen, ohne seine Blöße zu bedecken. Auf meine indignierte Miene reagierte der Mulatte auch noch dreist und machte keinerlei Anstalten, eine gesittete Haltung einzunehmen. Nachdem er bereits mein Auge beleidigt hatte, beleidigte er auch noch mit ungebührlichen Worten meine Ohren und, schlimmer noch, er beleidigte meine Nase mit seinem unerträglichen Gestank, wie er schmutzigen Negern und Mulatten eigen ist. Hätten wir uns auf einem englischen Schiff befunden, wäre dieser Herr selbstverständlich festgesetzt worden. Da es sich aber um ein brasilianisches Schiff handelte, mußte ich im Salon auf einem unbequemen Bett nächtigen, denn ich hatte mich geweigert, in der verpesteten Kabine zu schlafen. Am nächsten Tag erfuhr ich, daß besagter Mulatte – man staune! – Doktor der Jurisprudenz war. Ein wahrhaftiger Amtsrichter in der Provinz Pará. Das ist Brasilien, meine Herrschaften!«

Dem Interesse der Tischgenossen nach zu urteilen, das sich in staunenden Blicken und sogar einer gewissen Verunsicherung beim Essen mitteilte, hatte die Farbigkeit des Berichts offenbar die angestrebte Wirkung erzielt. Um den ein wenig komischen, wenn nicht gar etwas peinlichen Bann zu brechen, wandte Frau Bruhns sich dem Ehepaar Hansen und Herrn Knaak zu:

»Dr. Lallemant hat kürzlich ein Buch über seine Reise nach Brasilien veröffentlicht. Nicht wahr, Herr Droktor?«

»Richtig. Der Bericht über meine Reisen durch den Süden Brasiliens ist soeben in Leipzig erschienen. Leider mit einer großen Anzahl von Druckfehlern. Zur Zeit schreibe ich an einem zweiten Band, und zwar über meine Reisen durch den nördlichen Teil des Landes.«

Ana trat an die Tafel und griff nach der Suppenterrine, nahm aber nicht wahr, daß Dr. Lallemant im Sprechen innehielt, um sie noch einmal anzusehen. Als sie sich beladen zurückzog, sah sie lediglich, daß der Fisch inzwischen fast vollständig verzehrt war. In der Korridorbiegung stieß sie abermals fast mit Sophie zusammen, die nun auch hinter dem Vorhang lauerte.

»Der Fisch ist ja gleich alle!« sagte Sophie und verzog unwirsch das Gesicht. »Du liebe Zeit, man könnte meinen, die wären kurz vorm Verhungern gewesen. Hoffentlich ist der Schinken schon fertig.«

Den Korridor entlang kam der Hausdiener Anton geeilt und spähte gleichfalls vorsichtig hinein, um zu sehen, wie es mit dem Essen stand.

»Sophie«, sagte er, »in fünf Minuten kannst du anfangen, die Teller abzutragen. In einer Viertelstunde servieren wir den Schinken.«

Tatsächlich, pünktlich fünfzehn Minuten später standen die neuen Porzellanteller mit Goldrand bereit. Dann trug Anton einen kolossalen, ziegelrot schimmernden Schinken herein, zu dem dunkle Schalottensauce, mit Sauerrahm und Kräutern abgeschmeckt, gereicht wurde. Darauf folgten Gemüse in solch riesigen Schüsseln daß eine einzige selbst dann für alle gereicht hätte, wenn in dem Maße weitergespeist worden wäre, wie Sophie es beobachtet hatte.

»Erlauben Sie mir, Dr. Lallemant, daß ich die Frage einwerfe, ob Sie die Meinung von Thomas Davatz teilen«, sagte Herr Hansen, »dem zufolge die Auswanderung in ein Land wie Brasilien ein gefährliches Abenteuer ist. Wie Sie wissen, behauptet Davatz in seinem Buch, sämtliche Bemühungen der brasilianischen Regierung in Fragen der Einwanderung seien zum Scheitern verurteilt.«

»Wenn Sie gestatten – ich denke, man sollte die Kirche im Dorf lassen. Es ist allgemein bekannt, daß Davatz viel Unbill erlitten hat und von den Fazendeiros in der Provinz São Paulo, die europäische Siedler unter Vertrag haben, sogar des Aufrührertums bezichtigt wurde. Trotzdem halte ich seine Einschätzung für überspitzt, denn er rät von der Auswanderung nach Brasilien ab und empfiehlt Auswanderungswilligen, sie sollten lieber nach Amerika gehen. Also, Brasilien ist riesengroß, enorm reich und praktisch nicht besiedelt. Aus dem gleichen Grund scheint mir ebenfalls unrealistisch und vorschnell, was ich kürzlich in den *Hamburger Nachrichten* las, daß nämlich das Königreich Bayern die Auswanderung aus seinem Hoheitsgebiet nach Brasilien verboten hat.« Dr.

Lallemant machte eine kurze Pause und sah zu, wie Anton den Schinken auf dem Tisch absetzte. Dann fuhr er fort: »Zu behaupten, daß die Lage der Einwanderer in Brasilien nicht ernst ist, wäre falsch. Das Massensterben von Siedlern aus Deutschland, der Schweiz und dem Elsaß, dessen ich in der Gegend vom Rio Mucuri in der Provinz Minas Gerais Zeuge wurde, zählt zu dem Schrecklichsten, was ich je erlebt habe. Überall verhungernde Menschen, in Lumpen am Boden liegend, vom Typhusfieber ausgezehrt, mit entzündeten Augen und, verzeihen Sie die krasse Schilderung, eitrigen Wunden an den Füßen und Beinen.«

Herr Knaak runzelte die Augenbrauen, warf angewidert den Kopf in den Nacken und tupfte sich die Lippen derart heftig an der Serviette ab, daß der dicke Ring auf seinem rechten Zeigefinger Lichtfunken sprühte. Dr. Lallemant sprach weiter:

»Am schlimmsten war, daß die Gesunden keine Hilfe von außerhalb der Fazenda holen durften und eingesperrt wurden, wenn sie zu fliehen versuchten. Die Fazendeiros führten zur Begründung an, die Siedler müßten zuerst ihre Schulden beim Laden der Fazenda begleichen. Was zur Folge hatte, daß am Ende fast alle erkrankten und ohne ärztlichen Beistand dort im Urwald umkamen. Wie die Tiere.«

»Mein Gott, wie grauenhaft! Ich kann kaum glauben, daß man unseren Landsleuten so etwas antut ...«, rief Frau Hansen schreckensbleich aus.

Sichtlich zufrieden mit der Wirkung seines Berichts, sprach Dr. Lallemant dramatisch weiter:

»Man muß die grenzenlose Gewinnsucht der brasilianischen Großgrundbesitzer anprangern. Sie sind so sehr an Sklavenarbeit gewöhnt, daß sie sich gar nicht auf freie Lohnarbeit umzustellen vermögen. Weshalb sie die Einwanderer behandeln wie früher die gewaltsam aus Afrika geholten Neger.«

»Mon Dieu, und die brasilianische Regierung unternimmt nichts dagegen?« fragte empört Herr Knaak.

»Der Kaiser ist über all dies sehr besorgt, das muß ich sagen.

Doch steht er einer höchst komplizierten Situation völlig machtlos gegenüber. Schon allein deshalb, weil die Wurzeln des Problems bereits hier in unserem Lande liegen, wo sich manche Leute darauf spezialisiert haben, die armen gutgläubigen Menschen, die nach Übersee auswandern wollen, zu betrügen.« Dr. Lallemant blickte in die Runde seiner aufmerksamen Zuhörerschaft, räusperte sich und verkündete: »Ich habe just eine Denkschrift verfaßt, die ich noch in diesem Jahr veröffentlicht zu sehen hoffe, um das Augenmerk unserer Behörden auf diesen bedauerlichen Menschenhandel zu lenken, dessen bevorzugte Opfer wir Deutschen sind, an dem wir zum Teil aber auch schuld sind.«

Davon nicht sonderlich beeindruckt schien Herr Hansen, vielleicht, weil ihm das alles nicht neu war, hatte er sich doch bereits durch die Lektüre des in Deutschland weitverbreiteten aufschlußreichen Buchs des Schweizers Thomas Davatz informiert. Er hörte zu, allerdings galt seine Konzentration vorrangig der Aufgabe, unterdessen den mächtigen geräucherten und gekochten Schinken zu tranchieren. Die Ellenbogen leicht erhoben, die ausgestreckten Zeigefinger auf den Rücken von Messer und Gabel gedrückt, schnitt er den Schinken in saftige dunkelrote Scheiben und richtete sie auf der Platte an. Unverzüglich servierte Anton die Schinkenstücke mit der Sauce und den Gemüsen und reichte die, vielleicht wegen ihres pikanten Geschmacks, »Russischer Topf« genannten konservierten Früchte nach, die Line soeben hereingebracht hatte.

»Wie dem auch sei, eines sollte man doch bedenken – so schrecklich diese Ereignisse auch sein mögen, die Auswanderung nach Brasilien darf deshalb nicht vollkommen verurteilt werden«, sagte Dr. Lallemant, wobei keine Bewegung in der Nähe des kolossalen Schinkens seinem Blick entging. »In Südbrasilien habe ich Kolonien gesehen, in denen deutsche Bürger in anständigen Verhältnissen zufrieden und in Wohlstand leben und rechtschaffen ihren Lebensunterhalt verdienen. Ja, dort herrschen andere Bedingungen. In Porto Alegre, einer Stadt im Süden, wesentlich kleiner als die unsrige, habe ich der

Theatervorführung eines Stücks von Shakespeare beigewohnt, von unseren blonden, blauäugigen Landsleuten in deutscher Sprache aufgeführt. Die Heldinnen, übrigens von Männern in Frauenkleidern sehr gut gespielt, entbehrten nicht einer gewissen Naivität. Zudem war das Theater schlicht, doch so geräumig und angenehm, daß es sich in jeder Hinsicht mit unserem alten Stadttheater hier in Lübeck messen könnte. Was beweist, daß nicht alle Einwanderer im Elend enden.«

Anton reichte Dr. Lallemant einen wohlgefüllten Teller, den dieser mit blitzenden Augen entgegennahm.

»Vollkommen richtig, was der verehrte Doktor soeben gesagt hat«, mischte sich Herr Hansen ein, nun von seiner Beschäftigung mit dem herrlichen Schinken entbunden. »Schon allein deshalb, weil wir die Auswanderung nicht einfach stoppen können. Aus einem einfachen Grund, vor dem wir Deutschen nicht die Augen verschließen dürfen – wir brauchen die Entlastung von einem Teil der Übervölkerung, weil unsere Produktionsmöglichkeiten ihr nicht gewachsen sind. Nach den katastrophalen letzten Ernten können wir nicht mehr die gesamte Bevölkerung ernähren. Das hat die Staaten des Deutschen Bunds in jüngster Zeit vor schwere Probleme gestellt.«

»Genau darauf wollte ich hinaus – daß es notwendig ist, den gegenwärtig auf uns lastenden Bevölkerungsdruck zu mindern«, stellte Dr. Lallemant fest. »Das Anliegen, einen Überschuß unserer Mitbürger loszuwerden, könnte durchaus als befremdend angesehen werden. Dennoch muß es uns keineswegs beschämen, daß wir unsere Landsleute auf den Weg schicken, um andere Länder zu besiedeln. Schließlich schenken wir der Welt das Beste, was wir besitzen: den deutschen Genius.«

Herr Hansen verspeiste bereits seine Schinkenstücke mit Gemüse. Vielleicht von der Gaumenfreude beflügelt, konnte er nicht an sich halten und erwiderte begeistert:

»Das ist ein Faktor, der ungerechterweise unterschlagen wurde, als man uns vorwarf, wir schickten nur hungerleidende Bauern und Analphabeten in die Welt hinaus. Hungerleidend hin, hungerleidend her, jedenfalls sind es Deutsche. Ich bin davon überzeugt, man kann sagen, daß den deutschen Einwanderern in diesen wenig zivilisierten Ländern mit ihrer von Natur aus trägen Bevölkerung eine ähnliche Bedeutung wie dem Salz zukommt – die Stärke unseres Charakters und die Kraft unserer Kultur werden ihrer Nationalität die Würze geben.« Herr Hansen verzehrte ein Blumenkohlröschen. »Eine wohldosierte Beimischung von deutschem Blut ist jedem Volk bekömmlich, darin wird der verehrte Doktor mir sicherlich zustimmen.«

»O ja, ganz außer Frage. Apropos, mein Freund Baron Johann Jakob von Tschudi hat auf seinen Reisen durch Brasilien bestätigt gefunden, welche Veränderung die Deutschen, obwohl erst seit kurzer Zeit dort ansässig, im Landesinnern bereits bewirkt haben. Sie müssen sich vorstellen, meine Herrschaften, daß in Gegenden, wo die Ansiedlung von Deutschen erfolgreich verlief, sogar die Ernährung der lokalen Bevölkerung sich verändert hat, denn nun nehmen sie mehr Gemüse, Milch, Butter und Honig zu sich, das heißt, eine Kost, die wesentlich gehaltvoller ist als die übliche Ernährung der Brasilianer. Sie haben völlig recht, verehrter Herr Hansen. Wir sind das Salz, das kostbare Salz, das auch dem fadesten Gericht Würze gibt.«

»Aus eben diesem Grunde scheint mir so sträflich, was mit unseren Siedlern in Brasilien geschieht«, setzte Herr Hansen nach. »Die Brasilianer mißachten einen wertvollen Bevölkerungsteil, den vielleicht kostbarsten Teil ihrer Zukunft als Volk.«

»Meine Herren«, unterbrach sie, sichtlich beunruhigt, die alte Marie Luise Bruhns, »Sie können sich gar nicht vorstellen, wie besorgt ich um meinen Ludwig bin, er hat solche finsteren Geschichten immer vor mir verheimlicht.«

»Nein, verehrte Frau Bruhns, ich glaube nicht, daß Sie Anlaß zu Besorgnis haben«, erwiderte Dr. Lallemant nachdrücklich. »Die Verhältnisse, in denen Ihr Sohn Ludwig lebt, sind unvergleichlich anders. Er ist heute ein ebenso wohlhabender Kaffeehändler wie mein Bruder Louis, der in Brasilien ein Vermögen gemacht hat und eine Exportfirma in Rio de

Janeiro besitzt, wo er eine Familie gegründet hat und nach wie vor mit allem Komfort lebt. In dieser Hinsicht können Sie beruhigt sein, Frau Bruhns.«

Eine Pause trat ein, während der alle kauten, Gaumen und Seele gänzlich dem Genuß des geräucherten Schinkens zugewandt, einem höchst konkreten Produkt des deutschen Genius.

»Gestatten Sie mir eine Bemerkung, Madame Marie Luise«, sagte Herr Knaak, der soeben einen kräftigen Schluck Wein zu sich genommen hatte. »Ihr Schinken ist unbestreitbar absolut erhaben über all das Unglück, von dem hier berichtet wurde, sowie alles Unglück, das je über uns kommen mag. C'est délicieux, absolument délicieux!«

Worauf man allgemein lachte und die Gläser spontan zu einem fröhlichen Toast erhob.

Hinter dem Vorhang im Flur wartete Ana darauf, die benutzten Teller wieder abzutragen. Sie schien noch immer etwas verwirrt, vielleicht, weil die brasilianischen Worte aus dem Munde des Reisenden ihr plötzlich so fremd geklungen hatten, diese Laute, die nun endgültig zur Vergangenheit gehörten. In ihrem Innern regte sich der vage Verdacht, daß, obwohl sie Deutsch noch nicht gelernt hatte, ihr Portugiesisch nun auch nichts mehr taugte, schon wie altes unnützes Zeug irgendwo in ihrem Gedächtnis vergraben lag, wo die Erinnerungen allmählich stockig wurden. Während sie diese Gedanken quälten, öffnete sich die Seitentür des Eßzimmers, und es erschien die zarte Gestalt des kleinen Nenê. In einem langen Nachthemd schlurfte der Kleine weinerlich herein und rieb sich erschrocken die Augen. Die ganze Tischrunde blickte halb entzückt, halb überrascht auf ihn. Marie Luise Bruhns erhob sich mühsam von ihrem hochlehnigen Stuhl und wollte zu ihm gehen, um ihn zu trösten. Doch das war nicht nötig. Da Ana wußte, daß einzig sie Nenê zu trösten vermochte, lief sie zu ihm und nahm ihn auf den Arm, nachdem er nun, beim Anblick der vielen unbekannten Menschen, in noch lauteres Weinen ausgebrochen war.

»Ist *mininінho* aufgewacht und hat sich erschreckt?« sagte

Ana und umarmte ihn liebevoll. »Muß nich weinen, Ana is ja da.«

Die alte Dame konnte gerade noch dem Enkel über das Haar streichen. Die Wange an Anas Schulter gelehnt, die Ärmchen um ihren Hals geschlungen, wurde der unaufhörlich schniefende Kleine in sein Zimmer zurückgetragen.

Eine Weile später, nachdem sie Nenê in den Schlaf gesungen hatte, erschien Ana wieder in der Küche, das Dessert war bereits serviert worden. In der Küche herrschte eine bedrückte Stimmung. Line beschwerte sich, daß Herr Hansen schon wieder versucht hatte, ihr ans Gesäß zu greifen. Sophie, ebenfalls schlechtgelaunt, richtete die Platte mit Obst, Käse und Butter an, die nach dem Dessert gereicht werden sollte, und schimpfte dabei in sich hinein:

»So ist das mit den Reichen – man könnte meinen, die müssen ihr ganzes Geld für Essen ausgeben. Viermal am Tag schlagen sie sich wie die Schweine den Bauch voll. Die hören da oben gar nicht mehr auf zu essen. Erst haben sie den Fisch und dann den ganzen Schinken verdrückt, das Gesinde kann mit den Resten vorliebnehmen. Und als hätten sie nicht schon den Plettenpudding verspeist, der mit seinen Makronen, Himbeeren, Biskuits und Eiercreme für sich allein schon fast ein ganzes Abendessen ist, stopfen sie jetzt auch noch Früchte, Käse und Brot mit Butter in sich hinein. Zum Schluß dann Kaffee, eine Zigarre und ein oder zwei, vielleicht auch drei Gläschen Likör. Und garantiert noch Wein.« Sie probierte von einem Käse. Dann stellte sie fest: »Großer Gott, das kann doch keiner aushalten!«

Anton kam in die Küche geeilt und teilte mit, man sei mit dem Dessert fertig. Noch immer brummelnd, ergriff Sophie die große Platte und begab sich über die Treppe ins obere Geschoß. Als sie den Speisesaal betrat, hatte sich die nach wie vor angeregte Unterhaltung einem anderen Thema zugewandt. Die Herren diskutierten über die Politik in Lübeck, während Frau Hansen unter dem aufmerksamen Blick von Herrn Knaak, der sich nach beiden Seiten hin bemühte, dem jeweiligen Gespräch sein Ohr zu leihen, Frau Bruhns und deren Schwiegertochter Emma erklärte, wie man am besten Karpfen in Rotwein kocht.

»Dann in gleich große Stücke zerschneiden«, sagte Frau Hansen, »mit Zwiebeln, Nelken und Zwieback in eine Kasserole geben und mit etwas Zucker und einem Löffel Butter zum Kochen aufs Feuer. Aber um Gottes willen nicht waschen, meine Lieben, auf gar keinen Fall. Alles Blut muß drinbleiben ...«

Wie die in den Kandelabern schon ziemlich weit heruntergebrannten Kerzen schien auch das Essen sich dem Ende entgegenzuneigen. Und tatsächlich verweilten die Gäste nicht mehr lange im Eßzimmer. Nach den Früchten und dem Käse erfolgte die Aufforderung, den Kaffee im angrenzenden Salon einzunehmen, wo der Kamin einladend hinter dem Eisengitter knisterte.

Als Ana zum Abräumen heraufkam, war das Eßzimmer leer, es roch nach säuerlicher Sauce, vermischt mit dem Geruch von den Gaslampen und den Kerzen in den Kandelabern. Auf der Tafel herrschte ein Durcheinander von schmutzigen Tellern und Besteck, benutzten Servietten, nicht ganz geleerten Weingläsern und Platten mit Speiseresten. Sowie sie begonnen hatte, die wie ein verlassenes Schlachtfeld anmutende Tafel zu säubern, kam Sophie mit dem langstieligen Kerzenlöscher. Zuerst schaltete sie die wenigen Gaslampen aus, ohne deren regelmäßiges Zischen der Raum fast in Stille versank. Dann streckte sie den Stab des Kerzenlöschers zu den hohen Kandelabern hinauf und ließ eine Kerze nach der anderen unter dem kleinen Metalltrichter an seiner Spitze verglimmen. Der zuvor hell erleuchtete Raum hüllte sich in Dämmerlicht, und Sophie brummelte pausenlos weiter:

»Dann werden sie vor lauter Völlerei krank und wundern sich. Besonders dieser Theodor. Herrgott noch mal, was der alles ißt! Hoffentlich muß man heute nicht wieder Dr. Grabow holen, so wie neulich.«

Sophie lachte mit theatralischem Sarkasmus, während sie in einer Ecke des Raums die nächsten Kerzen löschte.

»Und dieser Dr. Grabow, so ein Pfuscher aber auch! Der verschreibt als einzige Arznei nur noch mehr Essen.«

Sie ließ den Kerzenlöscher sinken und lehnte sich an die Wand. Als stünde sie vor Publikum, stützte sie die linke Hand in die Hüfte, hob die rechte an die Augen, rückte eine imaginäre Brille zurecht und schlurfte mühsam und sehr breitbeinig durch den Raum.

»He, Ana, sieh mal her! Kennst du den?« rief sie.

Ana hielt am anderen Ende des langgestreckten Raums im Aufräumen inne, blickte zu Sophie hinüber und mußte lachen. Selbst im schummrigen Licht erkannte sie sofort, daß Sophie den alten Dr. Grabow nachahmte, den Hausarzt der begüterten Lübecker Familien. Sophie schlurfte weiter und sprach in pedantischem Tonfall:

»Zwei Tage ein wenig Taube, mein Kind, und ein wenig Franzbrot, das genügt.« Sie verstummte, gab einen undefinierbaren Klagelaut von sich, dann sagte sie: »Seine Diät heißt immer nur ein wenig Taube, ein wenig Franzbrot. Stimmt doch, Ana, oder?« Sie blickte zu Ana hinüber, die mit ihrer Aufräumarbeit beschäftigt war, und bemerkte resigniert: »Mist, die kapiert aber auch gar nichts ...«

Im großen Raum war nur das Klappern von Tellern zu hören, die übereinandergestapelt wurden, und hin und wieder das Scharren der hochlehnigen Stühle, die Ana an den Tisch rückte. Sophie griff erneut zum Stab mit dem Kerzenlöscher und ging zum Kandelaber in der anderen Ecke des Raums. Ihre Gestalt warf tanzende Schatten auf die Möbel, während sie unablässig brummelnd die müden, runzligen Kerzen löschte.

»Ist auch egal! Eines schönen Tages wird ihnen merkwürdig, ein kleiner Schwindel, ein kurzes Stechen. Dann legen sie sich schlafen und wachen nicht mehr auf. Und die Familie weint, als hätte das Unglück sie überraschend getroffen.«

Inzwischen war der Raum nahezu vollends in Dämmerlicht getaucht. Draußen erhob sich ein pfeifender Wind, und die ersten Regentropfen klatschten an die Fensterscheiben. Sophie ging zu Ana und löschte die Kerzen des mittleren Kandelabers sowie der silbernen Leuchter auf dem Tisch.

»Gottes Wille geschehe. Wofür haben sie schließlich sonst ihr Geld. Sollen sie sich doch zu Tode essen! Und falls sie heute einen Doktor brauchen, haben sie einen gratis im Haus, diesen Reisenden, der noch mehr ißt als alle anderen. Der Herr sei gelobt!«

Sophie ließ einen einzigen Leuchter auf der Tafel brennen, damit Ana weiter aufräumen konnte, und ging hinaus. Während sie im Licht der einsam flackernden Kerze flink arbeitete, hörte Ana die Regenböen gegen die Scheiben schlagen und den Wind heulen, der draußen den Herbstbeginn verkündete. Ihr wurde ängstlich zumute, nicht nur wegen der neuerlichen Kälte, von der sie wieder Kopfschmerzen bekam, sondern auch wegen ihres Entschlusses, den sie nun in die Tat umsetzen wollte. Inzwischen hatte sie die Teller auf dem Tablett zusammengestellt. Als sie das Tischtuch abnahm, zitterten ihre Hände. Doch da ihr keine große Wahl blieb, währte ihre Unruhe nur kurz, obwohl die Regenböen weiter gegen die Scheiben schlugen und der Wind immer unheilvoller jaulte. Als sie mit dem vollbeladenen Tablett den Speisesaal verließ und der Leuchter ihr den Weg durch die tiefe Dunkelheit im Haus wies, zeigte ihr im Rhythmus der tanzenden Flamme abwechselnd beleuchtetes und umschattetes Gesicht feste Entschlossenheit und eine zwar keineswegs trostreiche, doch unerschütterliche Gewißheit: Sie war bereit, mit einer radikalen Veränderung ihres Lebens ihr Schicksal in die eigene Hand zu nehmen. Und sie würde es tun, sagten ihre im Schein der einzigen Kerze funkelnden Augen.

*

Ana stand, wie geplant, in aller Herrgottsfrühe auf. Eigentlich hatte sie nur im Halbschlaf gelegen, war unzählige Male während dieser unbequemen Nachtruhe aufgewacht, denn sie hatte sich schon fertig für die Reise gekleidet hingelegt. Ganz leise, um Line und Trina nicht zu wecken, die in den Kammern nebenan schliefen, zog sie unter dem Bett das bereits gepackte Köfferchen mit ihrer Habe hervor, ging auf Zehenspitzen zur Tür und öffnete sie langsam. Auf dem Weg über die steile Stiege zur Küche hinunter ließ sie rasch die kalten Holzkammern der Mägde hinter sich. Als sie in den Garten hinaustrat, herrschte noch tiefste Finsternis. Vorsichtig, damit sie nicht auf den Steinstufen ausrutschte, überquerte Ana den Hof und stieß behutsam das Portal auf, das sie am Abend absichtlich nicht verriegelt hatte. Sowie ihr der kalte scharfe, ihr immer fremd gebliebene Wind, der auch in der Dunkelheit ging, ins Gesicht blies, wickelte sie sich den Wollschal, das Geschenk von Dodô, um den Kopf. Obwohl es nicht mehr regnete, war die Straße noch naß, desgleichen die Backsteinmauern, die spitzen Giebel und die Dächer der alten Lübecker Häuser. Der nächtliche Regen war so heftig gewesen, daß alles wie durchtränkt schien. Das rötlichgelbe Laub der bereits halbkahlen Bäume bedeckte den Erdboden. Die Öllampen, die auf hohen Stangen brannten oder an dicken, über die Straße gespannten Ketten hingen, warfen unstetes gelbliches Licht auf die nebelumhüllten Häuser, so daß draußen eine fast gespenstische Atmosphäre herrschte. Ana eilte hinunter zur Trave, sie fürchtete, zu spät zu ihrer Verabredung zu kommen. Die Straßen lagen verlassen, nur hier und da ging ein Schauermann hustend und spuckend vorüber. Aus Furcht, selbst zu dieser Stunde aufzufallen und erkannt zu werden, zog Ana das Tuch noch tiefer ins Gesicht. Erst als sie, immer noch raschen Schritts, das imposante Holstentor, das sie mit seinem uralten Gemäuer so sehr beeindruckte, hinter sich gelassen hatte, hörte sie die ersten Hähne matt krähen. Gleich darauf sah sie die Skulpturen, Figuren aus der Mythologie, auf der Puppenbrücke nahen, dem mit Gustav vereinbarten Treffpunkt. Sowie sie den Fuß auf die Brücke gesetzt hatte, atmete Ana erleichtert auf. Ein paar Möwen flatterten schon umher und schickten die ersten Schreie durch den Nebel. Ana setzte ihren Handkoffer ab, beugte sich über das Brückengeländer und wartete darauf, daß die Kirchenglocken fünf Uhr schlugen. Unten glitt der Fluß wie immer, wie zu jeder Minute eines jeden Tages, fast geräuschlos durch den Kanal der Ostsee entgegen und zeigte dem Himmel wie den Büschen, die sich über sein träges Wasser neigten, ihr Spiegelbild. Den Blick auf die gleitende Wasserfläche gerichtet, machte Ana sich ihr Tun bewußt. Obwohl sie wieder ein neues Leben anfing, verspürte sie jetzt keine Angst, lediglich ein Stechen in der Brust, eine leise, unbestimmte Sehnsucht, aber hart wie Stahl. In den Anblick ihrer verschwommenen Silhouette auf dem unaufhörlich dahingleitenden Fluß versunken, dachte sie, irgendwann werde ihr Herz sie nicht länger ertragen, diese ständige, immer wiederkehrende, so beharrliche Sehnsucht, als gehörte sie schon ganz zu ihr, so wie die tiefschwarze Haut, mit der das Schicksal sie in erhabene Schönheit gekleidet hatte. Unvermittelt dachte sie an die Sonne. Während Ana auf den Moment zum Aufbruch wartete, führte die Sehnsucht ihr die Erinnerung an hellen Sonnenschein vor Augen. Eine goldene Scheibe, die von hoch droben die ungewissen Wege des Menschen segnet, die Sonne. In diesem Augenblick setzte das Glockenspiel von St. Marien zu seiner alten, in Ton und Rhythmus verstimmten Melodie an, und gleich darauf fielen die Glocken sämtlicher Kirchen von Lübeck mit ein und verkündeten die Vollendung der fünften Morgenstunde.

15. Kapitel

Ana ist weg Ana ist weg Ana ist weg Ana ist weg warum ist Ana weggegangen warum ist Ana weggegangen warum Ana weg Ana weg Ana ist weg Ana ist weggegangen für immer weg weg weg warum warum ist Ana weg Ana ist weggegangen Ana ist weggelaufen.

Diesmal ist Ana wirklich weg. Endgültig fortgegangen, großer Gott. Warum? Und der Schmerz, der Schmerz muß seltsame Wege gehen, um arglosen Seelen zu zeigen, daß er existiert und – schon allein, weil es ihn gibt – einen Platz braucht, wo er seinen Namen aussprechen kann, ohne Schrecken und ohne Schuldgefühl. Manchmal reicht selbst die Zeit eines ganzen Lebens nicht aus, um den Schmerz seinen Platz finden zu lassen. *Und was wird aus mir, deiner kleinen Dodô? Ich glaube, ich muß sterben.* Ja, auch dies trifft zu, daß manche Menschen im Verlauf dieser Lehre hier und da Teile ihres Seins zurücklassen und sterben – einfach deshalb, weil es so unglaublich schwer ist, den Namen des Schmerzes zu erlernen. Ach, dieser Schmerz, verloren zu haben. *Ana ist weg und ich bin daran schuld, Mana. Sie kommt nicht zurück. Ich weiß es, du brauchst gar nichts zu sagen, weil ich es weiß, und wenn du sagst, ich bin nicht schuld, glaube ich dir nicht, weil es nicht stimmt, ich weiß, es ist alles meine Schuld. Ich weiß noch, wie Ana an dem Tag zu mir kam*, langsam stieg sie die Treppe zum Dachboden hinauf, wo Dodô allein bei ihren Spielsachen saß. Ana wußte nicht, warum die Kleine an diesem Tag so still war, sie, die doch sonst immer unablässig plapperte, wenn sie den Sonntag im Haus der Großmutter an der Parade verbrachte. Wie immer in solchen Situationen setzte Ana ihr schönstes Lächeln auf und machte sich bereit, Dodô zu erschrecken. Das war ihre Art, ein ernstes Gespräch einzuleiten, mit einem kleinen Spaß. Dann würde sie sich neben Dodô setzen, und Dodô würde ihren Kopf in Anas Schoß legen. Sie würden sich unterhalten, während die schwarze Ana den Kopf ihrer Kleinen nach nicht vorhandenen Läusen absuchte. Und genau so ging Ana vor. Sie erschreckte Dodô. Doch seltsamerweise kam keine Reaktion. Dodô blieb still sitzen, mit einem Buch in der Hand, obwohl ringsum ihre Spielsachen lagen. Ana kam näher. Dicht zu ihr.

»Is Dodozinha krank, ja?« fragte sie ein wenig drängend und blickte ihrer Kleinen forschend ins Gesicht.

Dodô rührte sich nicht. Offenbar maulte sie.

»Soll Ana Läuschen suchen?«

Nichts. Dodô zeigte keine Regung.

»Soll Ana Geschichte von Saci-Pererê erzählen?«

Auch nichts. Ana wurde besorgt.

»Hat schwarze Ana was getan, was meine Dodô nich mag?«

Das Gesicht der Kleinen veränderte sich schlagartig. In wenigen Sekunden schwoll es gleichsam an und platzte gleich darauf, als zerspränge es zu tausend Scherben, mit Geschrei:

»Ja, du dumme Kuh. Hör auf mit dieser blöden Sprache!«

Ana wich verblüfft einen Schritt zurück. Dodô funkelte sie wütend an.

»Du weißt, ich will das nicht. Hab's schon tausendmal gesagt, aber du hörst ja nicht.«

Ana sah sie noch immer perplex an. Sie wußte, daß ihr verboten war, mit den Kindern Portugiesisch zu sprechen, aber nie zuvor hatte Dodô so reagiert. Im Gegenteil, sie unterhielten sich immer heimlich, und diese geheime Übereinkunft hatte ihre Beziehung noch stärker gefestigt.

»Ab heute wird nur noch Deutsch gesprochen«, schrie Dodô in befremdlich erwachsenem Ton. »Hast du gehört? Nur noch Deutsch.«

Ana starrte sie fassungslos an. Dodô begriff. In ihrer Unsicherheit schrie sie zur Erklärung:

»Ich bin Deutsche, verstehst du? Und die Deutschen sprechen Deutsch.«

Und da Ana noch immer dastand und zu verstehen versuchte, wies Dodô zornentbrannt und völlig außer sich auf die Tür:

»Und jetzt geh weg und laß mich in Ruhe! Raus!«

Ana verstand genau. Es geschah ihr nicht zum ersten Mal, daß man sie hinausjagte, auch auf deutsch. Also ging sie. Nur ihre Fassungslosigkeit hinderte sie daran, den Kopf zu senken. Langsam stieg sie die Treppe hinunter, mit erhobenem Kopf, denn sie wußte ja nicht, konnte nicht wissen, was mit ihrer geliebten kleinen Dodô geschehen war, und deshalb blickte sie nach oben, atmete tief und kräftig ein und flehte um eine Erklärung. Wie dem auch sei, sie befand sich schon zu weit weg, um zu hören, was eine Antwort hätte sein können. Mit versteinertem Gesicht, als ließe sie aufgestauten Haß aus sich heraus, murmelte Dodô mechanisch vor sich hin:

»Nicht mehr mit Mana und auch mit sonst keinem. Der Buckligen mach ich nicht mehr die Freude, daß sie mich bestrafen kann. Nie mehr soll sie mich bestrafen. *Eu não falo mais*. Nie mehr. *Só em alemão*. Nur auf deutsch. Auf deutsch. Du mußt immer Deutsch sprechen. Verstehst du?«

Zur Bekräftigung schleuderte sie das Buch, das sie in den Händen hielt, weit von sich. Noch eine ganze Weile saß sie da allein auf dem Dachboden, zwischen ihren Spielsachen, und schimpfte vor sich hin.

Seit diesem Tag konnte Ana nicht mehr mit Dodô sprechen. *Sie hatte niemanden mehr, mit dem sie sich unterhalten konnte. Alles meine Schuld, Josefa. Meine Ana ist für immer weggegangen. Jetzt ist es schon zwei Wochen her. Weißt du, was das bedeutet? Meine liebe Ana bringt mir nicht mehr Marzipan ins Pensionat, erzählt mir keine Geschichten mehr, singt mir keine Lieder mehr vor. Sie hat mich vergessen. Ich bin an allem schuld, Josefa. Ich habe sie angeschrien, sie soll nur Deutsch mit mir sprechen, verstehst du? Weil ich Deutsche bin. Ich bin doch Deutsche, Josefa, oder? Und was soll ich jetzt tun? Am liebsten möchte ich nur noch weinen. Du ahnst ja nicht, wie weh das tut*, es tut so schrecklich weh, wenn man wie ein kleines Tier leidet – die Augen weit aufgerissen, aber ohne jede Hoffnung, jemals den Schmerz zu verstehen. *Die dicke Jenny sagt noch immer, ich wäre ... du weißt schon, Mana. Weil ich nicht von hier bin. Nur deshalb sagen die Mädchen aus ihrer Clique immer, daß ich ungeduldig und launisch bin, daß Deutsche nicht so sind, und werfen mir vor, daß ich bei jeder Kleinigkeit lache, und Fräulein sagt immer, das schickt sich nicht gut für ein Mädchen aus der guten Gesellschaft und daß es als schlechte Erziehung angesehen werden kann, weil Mädchen nur im passenden Moment lachen dürfen, und hauptsächlich geht es darum, daß ich mich gern im Unterricht auf einen anderen Platz setze und immerzu die Sachen im Zimmer und in meinem Pult umräume, aber es macht ja auch keinen Spaß, wenn man immer nur auf demselben Platz sitzt und alle Sachen immer am selben Ort sind, oder? Die anderen Mädchen suchen Streit, deshalb will ich lieber in ein anderes Zimmer, aber Fräulein erlaubt das nicht, was soll ich nun mit diesen Deutschen anfangen. Daß er einen Mann umgebracht hat. Du sagst, der ... Verlobte von*

Ana, dieser Gustav, der hat einen Mann umgebracht. Daß Sophie das erzählt hat, sagst du. Daß die ganze Stadt darüber redet, daß er einen Mann umgebracht hat und geflohen ist, damit er nicht ins Gefängnis kommt, und Ana mitgenommen hat, ausgerechnet mit Ana ist er geflohen. Glaubst du das, Mana? Glaubst du, unsere Ana wäre mit diesem Trinker weggelaufen, der alle Leute auf der Straße anschreit und obendrein noch ein Mörder ist? Ich glaube das nicht, meine Ana hätte das nie getan, Mana, nein, das glaube ich nicht, aber es hilft auch nichts. Das hat Sophie sich ausgedacht, die redet über alle schlecht. Meine Ana hätte sowas nie getan, für immer weggehen und dann noch mit einem Mörder. Aber es hilft nichts, daß ich es nicht glaube. Und dann gab sie mir eine Frucht, und sie sah sehr schön aus, obwohl sie ganz weiß war. Sie gab mir eine Frucht, Josefa. Und sie sah aus wie eine Braut, ganz in Weiß. Im Traum gab meine Mutter mir eine Frucht, ich weiß nicht, ob es eine Orange oder eine Mango war, weißt du, was eine Mango ist, Josefa? Sie war so schön, ein bißchen blaß, aber so schön, meine liebe Mutter, ganz in Weiß. Dann bin ich weinend aufgewacht und kann mich nicht mehr richtig erinnern, aber die anderen Mädchen in meinem Zimmer haben gesagt, ich hätte die Arme ausgestreckt, damit meine Mutter mich umarmt, aber da war nichts, nur Leere. Von meiner Mutter umarmt werden. Das war mein größter Wunsch, Josefa. Daß meine Mutter mich noch einmal in die Arme nimmt.

*

Im Laufe der Zeit verlernte die kleine Julia ihr Portugiesisch. Ein paar wenige Wörter blieben ihr: *mãe*, *pai*, *mana*, *vovó*, *ilha*, *beija-flor*, *carne-seca* und *saudade*, Mutter, Vater, Schwesterchen, Omama, Insel, Kolibri, Trockenfleisch und Sehnsucht – denn Sehnsucht hat sie ihr Leben lang verspürt.

Einmal, schon fast als junges Mädchen, versuchte sie, sich die Litanei der Jungfrauen in Erinnerung zu rufen. Es gelang ihr nicht, was sie anfangs verstimmte. Dann fand sie, es sei nicht der Mühe wert, diese Litanei sei ein einfältiger Aberglaube aus ihrer Kindheit.

Therese Bousset ging mit ihr ins Theater, sie war entzückt von den Opern, die sie erlebte, und von den Konzerten, die sie hörte. Sie lernte Gesang und hübsche Walzer auf dem Klavier spielen. Aber vor allem begeisterte sie sich für den Ballettunterricht im Pensionat; jeden Abend vor dem Schlafengehen übte sie, und sonntags nach dem Abendessen gab sie Darbietungen ihrer Kunst, bei denen sie auf den Spitzen tanzte und mit einer Schärpe in den Händen graziös die Arme bewegte. Trotzdem liebte sie nach wie vor die Picknickausflüge nach Israelsdorf und in den Schwartauer Forst, die Ausflüge zum Obstgarten vom Lehrer Waak, die Fahrten zur Lachswehr und zum »Fischerbuden« an der Wakenitz.

Eines Tages, nach der Hochzeit von Onkel Theodor, erlebte Julia großen Kummer, als ihr Bruder Manoel, inzwischen ein hübscher brünetter junger Mann von sechzehn Jahren, zurück nach Rio de Janeiro reiste, um beim Vater zu leben. Bald darauf noch ein Schicksalsschlag: Großmãe erkrankte schwer und starb nach wenigen Wochen. Ihr bleiches Totengesicht mit der gebogenen Nase und die Hände, die wie aus Wachs schienen, fügten sich zu den schmerzlichen Erinnerungen an Julias verstorbene Mutter. Damals setzte die schreckliche Angst ein, die sie nie mehr loslassen sollte – die Angst, lebendig begraben zu werden.

Als sie heranwuchs, wurde ihr Haar immer dunkler, so daß sie es nicht mehr in Öl tränken mußte, damit es fast so schwarz wurde wie das Haar ihrer Schwester Maria. Als Fünfzehnjährige wurde Julia nach langem Religionsunterricht endlich im lutherischen Glauben konfirmiert. Die sehnsüchtig erwartete Zeremonie, die ja ihren Eintritt ins Leben der Erwachsenen bedeutete, fand am Palmsonntag des Jahres 1867 statt und wurde von allen gefeiert.

Mit diesem Ereignis wurde aus Julia Bruhns, einstmals als da Silva eingetragen, ein vornehmes deutsches junges Mädchen.

Und Ana?

Was mochte aus Ana geworden sein?

Teil Zwei
Unterwegs nach Rom
(Andante appassionato)

Was ist die Gegenwart? – Ein Augenblick
voll Kummer oder Ungemach
oder auch Glück, rascher verweht,
als ein kurzer Gedanke vergeht.
Was bleibt zurück? – Nur Sehnsucht.

Gonçalves Dias

Der erste Blick auf die Guanabara-Bucht prägt sich dem Ankömmling für alle Zeiten ins Gedächtnis ein – so wie dir vor drei Jahren. Schon so mancher Reisende hat das einzigartig grandiose Panorama beschrieben, zu dem sich Himmel, Meer, Berge, Urwald und Stadt in verschwenderischer Schönheit zusammenfügen. Man weiß, daß der Schweizer Zoologe Louis Agassiz die Guanabara-Bucht geliebt hat, der französische Journalist Charles Ribeyrolles verglich sie mit einem Triumphbogen, der auf nur einem Pfeiler (dem Zuckerhut) ruht, die deutsche Erzieherin Ina von Binzer meinte, bei ihrer Ankunft in der Guanabara-Bucht von Rio de Janeiro ein Feenmärchen zu erblicken. Wer jedoch abreist, so wie nun du nach Europa, dem kann es bei dem herrlichen Anblick die Kehle zuschnüren und das Herz schier brechen. Und nicht nur dies. Alles begann, als die Schiffsglocke zum letzten Mal bimmelte und deine Freunde von Bord schickte – die Bernardellis, Diana, Maria Esther, Alfredo, Miguez, Zé Rodrigues, nur Frederico Nascimento war aus gesundheitlichen Gründen nicht gekommen. Denn sowie du allein dort standest, den Blick vom Schiffsdeck auf die Hauptstadt des Kaiserreichs gerichtet, die sich riesengroß und ungeordnet an Land abzeichnete, bekamst du keine Luft mehr. Deine Freunde entfernten sich in dem Boot, das sie zurück zum Pharoux-Kai trug. Hinter dir begannen die Maschinen furios zu arbeiten und drehten das Spill, das den Anker einholte. Vom lauten Quietschen der Eisenwinde war dir, als würden dir deine Wurzeln bei lebendigem Leib aus den Lungen gerissen. Als die Adria *ihre Fahrt begann und ein langgedehntes Tuten ausstieß, fast wie zum Zeichen, daß nun das überraschende Schauspiel beginnen könne, gesellte sich zum trockenen Mund noch ein leichtes Schwindelgefühl. Man konnte meinen, es sei gar nicht der Dampfer, der sich in Bewegung setzte. Denn wie durch Magie löste sich das Panorama gleichsam aus der Erstarrung. Während du aufgeregt zitternd den Freunden winktest, erwachte das Szenarium: Rund um die Ilha das Cobras – deren Festungsanlagen scheinbar immer noch die Stadt bewachten – und bis hin zum Pharoux-Kai, umrahmt von den großen Docks von Alfândega mit ihrem rauchenden Schlot, sahst du ein ganzes Meer von Booten, Masten und Schiffen der unterschiedlichsten Typen, Größen und Flaggen schaukeln und wogen. Während das Schiff sich zunächst gemächlich von der Reede entfernte, konntest du noch auf dem Largo do Paço an dem von Mestre Valentim erbauten Brunnen eine fröhlich trommelnde und tanzende Runde von Negern ausmachen. Es war ein flüchtiger Anblick, mit einem Hauch Rätselhaftigkeit, gleich darauf zogen sie zum Markt an der Candelária. Im Hintergrund schlugen die allerletzten Sonnenstrahlen Funken auf der Kuppel der Candelária-Kirche, um die herum sich, hier weiß gekalkt, dort hellblau oder rosa getüncht, die Häusermassen des Zentrums gruppierten und die übrige Stadt sich mit ihren Straßen und Gassen, ihren Plätzen und Märkten, eingezwängt zwischen dem Ufer der Meeresbucht und den vier umliegenden Hügeln als natürlicher Begrenzung, hartnäckig ausstreckte. Als die Maschinen an Kraft zulegten und das Schiff Fahrt aufnahm, verschwand rechterhand hinter der Ilha das Cobras der prächtige Kolonialbau des Benediktinerklosters, der den gesamten Hang des Morro de São Bento hinunter bis ans Wasser kletterte. Dein Auge betrachtete aus den verschiedenen Blickwinkeln das majestätische Bauwerk der Casa do Bispo, welches im Hintergrund eitel wie ein Juwel vorüberzog, von überall her sichtbar hoch oben auf dem Morro da Conceição thronend, der höchsten der vier Erhebungen, die das Zentrum von Rio de Janeiro umklammern. Das Schiff fuhr weiter, und ins Blickfeld drängte sich der Morro do Castelo, auf seiner Kuppe erhoben sich stolz das Kolleg und die Kirche der Jesuiten, als wetteiferten sie mit dem imposanten Priesterseminar São José an seinem Hang. Dahinter erhaschte das Auge den weißen Fleck des Gebäudekomplexes aus Kon-*

vent und Kirchen auf dem Morro de Santo Antônio. Am Fuß des Morro do Castelo erstreckte sich ins Meer hinein die Landzunge Calabouço, ein flaches Gelände, auf dem, vom Sonnenuntergang in rotgoldenes Licht gehüllt, die Arsenalgebäude der Kriegsmarine vorüberzogen. Gleich nach der Kirche Santa Luzia tauchte, wegen seiner fast störend massiven Bauweise ein wenig unvermittelt, das zweigeschossige Convento da Ajuda auf, hinter welchem sich die andere Seite des Morro do Castelo erhob. Das Schiff zog weiter, ließ den Hafen hinter sich, während die Sonne mit geheimnisvollen Farbtönen die Bäume des Passeio Público umspielte, an dessen Marmorterrassen sich die gischtigen Wellen des angrenzenden Santa-Luzia-Strandes brachen. Den Hintergrund der Kulisse beherrschte der erhabene Morro de Nova Cintra, und gleich unterhalb davon erblicktest du den Morro de Santa Teresa, dir so wohlvertraut, schließlich hast du in den letzten drei Jahren dort gewohnt. An seinen steilen Hängen waren – abgesehen von den im Gesamtbild kaum zu erahnenden, von einem oder zwei Maultieren gezogenen Straßenbahnen – Landgüter mit üppigen Obstgärten und zahlreiche elegante Chalets zu erkennen, deren gepflegte Parkanlagen sich in Terrassen hangabwärts erstreckten. Von dort kam auch das Aquädukt, es neigte sich steil hinab, vorbei am Konvent Santa Teresa, und mündete schließlich in die schönen Bögen der Arcos da Carioca, welche, das Tal überspannend, am Fuße des Morro de Santo Antônio endeten und die Grenze zwischen dem Stadtzentrum auf der einen Seite und dem Stadtteil Lapa auf der anderen markierten, mit seinem Platz Largo da Lapa und der mächtigen Kirche, deren Türme sich aus dem Gewühl der alten, niedrigen Häuser emporreckten. Während der Dampfer die Fluten der Meeresbucht durchpflügte, sahest du dann die Anhöhe des Outeiro da Glória vorübergleiten, bekrönt von der Kirche Nossa Senhora und Königspalmen in Reih und Glied, an ihrem Fuß das Klärwerk der City Improvements, das sich mit seinem hochragenden Schornstein bis ans Ufer der Bucht hinzog, wo die kleinen Wellen an der Kaimauer des Largo da Glória auf liefen – jenes Platzes, dessen Maultierstraßenbahn, dein tägliches Transportmittel, du so gut kanntest. Während der Dampfer immer mehr Fahrt zulegte, rückte Glória in der vermeintlich beweglichen Kulisse rasch in die Ferne. Zu deiner Linken sahest du von deinem Platz auf dem Achterdeck aus, wie die neuen Stadtteile sich der Reihe nach ins Bild schoben: Flamengo, dessen erste Häuser nicht weit vom Strand standen und sich, von Palmen überschattet, im Hintergrund bis nach Catete hinzogen, wo man zwischen dem Häusermeer und Baumbestand den Palast Nova Friburgo ausmachen konnte, so prächtig, daß man ihn schon mit den venezianischen Fürstenpalais verglichen hat; und schließlich Botafogo mit dem schönsten Strand von Rio de Janeiro, auf den Villen und Stadtpalais blickten, in denen das Highlife *der kaiserlichen Hauptstadt residierte, um dem Lärm in den Vierteln des Zentrums zu entfliehen. Bald darauf tauchte das grandiose Bauwerk der Irrenanstalt Hospício Dom Pedro II. an der Praia da Saudade auf, dem Strand der Sehnsucht – und dieser war,* nomen est omen, *der letzte Strand der Hauptstadt. Da aber die* Adria *unermüdlich weitersegelte, blieben bald auch diese Stadtteile immer weiter zurück. Dein Auge schweifte über die gleitende Kulisse. Sie versank in der Lichtflut des Sonnenuntergangs, das herrliche Binnenmeer weitete sich, während Rio de Janeiro auf der anderen Seite der Guanabara-Bucht in die Ferne rückte. Welch übergroße Zärtlichkeit empfandest du für all dies, was nun Vergangenheit wurde. Rot und Gold rangen miteinander vor deinen Augen, die, obwohl weit aufgerissen, zu klein schienen, all die Herrlichkeit auf einmal zu erfassen. Du erkanntest, daß schon alles Erinnerung war und folglich nicht mehr zu ändern. Das Kielwasser des Schiffes bewies, daß die Taue gekappt waren – die Sehnsucht, unlösbar mit Rios Panorama verquickt, nahm bereits von dir Besitz. Die* Adria *tutete erneut, tutete mehrmals, bahnte sich den Weg zur Mündung der Bucht in den Ozean. Sie verabschiedete sich. Schwang Freudigkeit oder Melancholie in diesem Adieu? Du wußtest es nicht – all dies schuf in dir große Ver-*

wirrung. Vor deinem geweiteten Blick überzog die Abendsonne nun mit märchenhaftem Purpur das Wasser wie auch, im Hintergrund des Bildes, das schemenhafte, fast in den Fluten versunkene Häusermeer von Rio de Janeiro, das sich dort in vergeblichem Kampf gegen die erdrückenden Berge mondsichelförmig dehnte. Von deinem privilegierten Ausblickspunkt am Heck des Dampfers betrachtet, mutete die Hauptstadt des Kaiserreichs – die dir wenige Jahre zuvor bei deiner Ankunft so beängstigend erschien – nahezu fragil an, weckte nachgerade Mitleid. Dir war, als bildete die Stadt den letzten festen Punkt vor diesem Sprung, den du in das Nichts gewagt hattest. Bang angesichts all des Neuen, das auf dich zukam, standest du an Deck, die Hände um die Reling geklammert, und dein Blick wanderte über den Horizont, suchte nach Halt an den vertrauten Fixpunkten von früher. Doch dort vom Heck aus boten sich dir die Berge – Dona Marta, Dois Irmãos, der Gávea-Felsen, der Corcovado, die Serra dos Orgãos – in ganz anderer Gestalt dar als von Land aus gesehen, vielleicht genossen sie die eigenartige Beweglichkeit, die der fahrende Dampfer ihnen verlieh. Ein kräftiger Wind ging und veranlaßte dich, zur Vorsicht den Hut abzunehmen. Die übrigen Passagiere hatten sich schon in die Kabinen begeben, um ihr Gepäck unterzubringen und sich für das Abendessen umzukleiden. Doch du standest reglos da, dem Abschied treu. Dein Atem ging noch immer schwer, gebannt von der überwältigenden Landschaft, dem vielfachen Adieu und nun dem Unwohlsein wegen des zunehmend heftigen Schaukelns des Dampfers, da dieser sich der offenen See näherte. Als säßest du im Sattel auf einem ausschlagenden Pferd, so rüttelte das stählerne Untier, auf dem du fast einen Monat verbringen solltest. Du warst in Sorge. Mit deinen vierundzwanzig Jahren empfandest du den provisorischen Zustand des Reisenden als Verunsicherung, diesen Zustand, wenn man weder das eine noch das andere ist – gleichsam im Zustand einer Kaulquappe. Und als so verunsichernd empfandest du ihn, weil er, wie jede Uneindeutigkeit, Faszination auf dich ausübte. Deine Be-

sorgnis rührte folglich daher, daß du nicht wußtest, wo das Reizvolle endete und die Angst vor dem Unbekannten einsetzte. Weit hinten in der dunkelnden Bucht drohte Rio de Janeiro zu deinem Entsetzen am Horizont zu verschwinden. Glücklicherweise flammten die ersten Lichter in der Stadt auf, sie säumten die Ufer von Botafogo bis zur Landspitze von Calabouço, kletterten in geschlängelten Perlenketten die Hänge des Morro de Santa Teresa hinauf und sprenkelten die Flanken der Morros da Glória und do Castelo, die du gerade noch ausmachen konntest. Dieses zarte, im Wasser der Bucht gespiegelte Spitzenwerk schuf ein Schauspiel von solcher Schönheit, daß es wie der Höhepunkt eines Bühneneffekts anmutete – es versetzte dich in genau jenes Sein-Nichtsein, wie du es erlebt hattest, wenn die Zeit sich in der unendlichen Weite des Ozeans auflöste, ein dir von früheren Reisen bekanntes Gefühl, deren keine jedoch so einschneidend gewesen wie diese, die dich weit fort von Brasilien führte. Zwei Jahre in der Fremde würden es vielleicht ... Dein Blick bewahrte noch sorgfältig das letzte lebendige Bild, das dir vom Festland geblieben war – die trommelnden und tanzenden Neger neben dem Markt an der Candelária. Nun ließ dir das Getrommel keine Ruhe. Was mochte sie veranlaßt haben, an einem hellichten Mittwoch zu tanzen? Am vergangenen Sonntag nicht ausgelebte Fröhlichkeit? Oder war es, obwohl schon August, noch ein Nachhall der Sklavenbefreiung, die das ganze Land seit dem Mai feierte, insbesondere die Neger, die in ihrer arglosen Freude nicht erkannten, in welch heimtückische Falle man sie gestoßen hatte? Vielleicht aber hatten diese Schwarzen mit ihrer großherzigen Einstellung zum Leben dir ganz einfach nur Musik und Fröhlichkeit dieses Landes zum Geschenk gemacht, wo man auch ohne Anlaß tanzt und singt ... Wie dem auch sei, du warst dankbar. Denn du hattest die Gewißheit, daß dieses allerletzte Bild von Brasilien dich auf deiner Pilgerfahrt durch Europa wie ein Segen begleiten würde. Und du blicktest bewegt zurück, während der Dampfer die Guanabara-Bucht verließ. Tatsächlich passierte er bereits den

Meeresschlund zwischen den Festungen Santa Cruz und São João und lief aus in die grenzenlose, im Purpur der ersterbenden Abendsonne noch phantastischer anmutende Weite des Atlantischen Ozeans. Als der mächtige Felsen des Zukkerhuts, schroff aufragend wie ein einsamer, massiger Wachposten und so nah, als wollte er dich erschlagen, an dir vorüberglitt, erkanntest du, daß der Abschied von Rio de Janeiro auch einen Lebensabschnitt beschloß, der dich in Neuland geführt, dir etliche Freundschaften geschenkt und zahllose Entdeckungen beschert hatte. Eine Frage quälte dich – wohin solltest du gehen, falls Europa sich als ein Trugbild erwies? Wie hilfesuchend schautest du hinauf zu dem sich ständig verändernden Profil des spitzen Corcovado-Felsens in der Ferne und dann unwillkürlich zum Himmel, an dem die ersten Sterne blinkten. Wo stand das Kreuz des Südens, Brasiliens Himmelssymbol? Solltest du es wahrhaftig all diese Jahre nicht mehr erblicken dürfen? Ich, ein Brasilianer – stammelte deine Seele fast wimmernd. Mit plötzlicher Gewißheit, die nur wenige Sekunden währte, wußtest du, daß du verrückt warst. Wohin, Alberto Nepomuceno, wenn du nicht einmal mit Sicherheit wußtest, woher du kamst? Dort auf dem Achterdeck stehend, brachst du in haltloses Weinen aus, während das Schiff durch das Wasser pflügte und mit mächtiger Dampfkraft die Täler und Berge der Wellen überwand. Als du erneut zurückblicktest, leuchteten am Horizont, durch die Brechung in deinen Tränen glitzernd, die letzten Lichter von Rio de Janeiro. Das war alles, was dir von der Guanabara-Bucht blieb. Erst später, als die Dunkelheit vollends hereingebrochen war und der Dampfer auf hoher See ruhiger fuhr, trockneten deine Tränen. Nun denn, du warst abgereist! Noch nicht zufrieden mit der Dunkelheit, in die ständig Lichtfunken aus dem Schornstein sprühten, preßtest du beide Augen mit aller Kraft zusammen, um dir das Datum genau einzuprägen: den 8. August 1888, wie durch Magie aus so vielen Achten zusammengesetzt, in der Esoterik die Zahl der Totalität, in der Mathematik das Symbol für unendlich, linsenförmige

Gestalt der Vollkommenheit, Zeichen des ewigen Kreislaufs. Mehrmals hörtest du den Gong zum Abendessen rufen. Da versuchtest du, Hoffnung zu schöpfen. Wie beängstigend – und wie reich an guten Vorzeichen –, dieser Tag deines Eintritts in die große Welt ...

Bordtagebuch, 9. August 1888

Diese *Adria* ist nicht nur ein Frachter, sondern auch ein Seelenverkäufer. Jetzt verstehe ich, warum das Billet billiger war. Es gibt noch keine elektrische Beleuchtung wie auf den englischen Liniendampfern, auf denen im übrigen, anders als hier, selbst in der dritten Klasse Wein serviert wird. Abgesehen vom Essen, das in maßlosen Mengen aufgetischt wird, Salonspielen, Spaziergängen längs der Reling und unverbindlicher Plauderei mit fremden Leuten auf dem Oberdeck gibt es nicht viel mehr, womit man sich die Zeit vertreiben kann. Deshalb habe ich beschlossen, ein Tagebuch zu führen. Da ich nicht genug Papier mitgenommen habe, benutze ich meine Notenhefte. Auf der einen Seite will ich die tausend Dinge niederschreiben, die mir durch den Kopf gehen. Auf der anderen komponiere ich, um all dem Ausdruck zu geben, was nur die Seele erfassen kann. Aber das sind vorläufig Pläne. Da das Schiff so schaukelt, ist mir pausenlos schlecht, ich muß mich ständig übergeben, zu anderem bin ich nicht in der Lage. Viele Passagiere sind seekrank und füttern die Fische. Man fühlt sich dabei grauenhaft. Ich glaube, ich habe Fieber.

*

Ich sollte mich schämen, daß ich gestern, als Rio de Janeiro am Horizont verschwand, so geweint habe. Wie ein Kind habe ich geweint, genau wie seinerzeit, als ich aus Fortaleza und Recife wegging. Es hilft nichts, ich bin wirklich ein sentimentaler Mensch.

*

Nachts finde ich kaum Schlaf. Nicht nur, weil das Bett zu schmal ist, man wird auch die ganze Zeit vom stampfenden Schiff hin- und hergerollt, wenn die See aufgewühlt ist. Ganz abgesehen vom Höllenlärm, den die Maschinen machen. Gebe Gott, daß ich mich daran gewöhne.

*

Die *Adria* hat eine ganze Reihe von Passagieren und eine Unmenge von Kaffeesäcken an Bord. Wir führen Brasiliens Schatz mit uns (um damit einen Teil unserer kolossalen Auslandsverschuldung zu begleichen). Der ranzige Geruch von verschimmeltem Kaffee ist schier unerträglich. Zu dem Gestank kommt noch die Übelkeit, die das Schaukeln des Schiffs verursacht. Ich habe das Gefühl, daß ich nie wieder Lust haben werde, Kaffee zu trinken. Im Gespräch mit dem Kapitän Romanelli, einem sehr zuvorkommenden Mann, erfahre ich, daß unser Dampfer – oder *piròscafo*, wie er sagt – längst sein Soll erfüllt hat. Er ist sogar schon überholt worden und steht kurz vor der Pensionierung. Ich reise auf einem alten Kahn. Hoffentlich erreichen wir Italien ohne Zwischenfall.

*

Heute abend gab es im Salon ein Begrüßungsfest für die Passagiere, die sich in Rio de Janeiro eingeschifft haben, insgesamt etwa hundertfünfzig. Ich habe als einziger die erste Klasse nach Europa gebucht. Die anderen sind entweder Transitpassagiere oder reisen dritter Klasse, insgesamt etwa hundert. Natürlich herrscht in der dritten Klasse viel mehr Stimmung – ich habe mir bereits da unten ihre köstlichen Wettgesänge angehört und mich an einem Pfänderspiel beteiligt. Im Verlaufe des Begrüßungsfestes hat man mich genötigt, Klavier zu spielen, wenn die kleine Bordkapelle Pause machte. Ich habe eine Auswahl der schwungvollsten Salonmusik von Reichert, Callado und Xisto Bahia gespielt, vom letzteren ein paar *Lundus*, außerdem einige Polkas von Chiquinha Gonzaga, die von Artur Napoleão protegiert worden ist. Der Höhepunkt des Abends war der Auftritt einer sehr temperamentvollen Negerin, die mit wunderschöner Stimme die Lieder von Xisto Bahia gesungen hat, besonders das herrliche *Iaiá, você quer morrer*. Es war eine hinreißende Mischung aus schelmischer Durchtriebenheit des Komponisten und Koketterie der Sängerin. Einige Leute rümpften die Nase wegen der Negerin, sie reist in der dritten Klasse. Ihr selbst machte das offenbar nichts aus. Eine Frohnatur. Sie sang und erntete Beifall. Sie heißt Carlota.

*

Auf diesem Frachter zu schreiben ist tollkühn. Häufig wird man schon allein davon seekrank, daß man beim Schreiben den Blick auf das Papier senkt. Ebensowenig ratsam ist es, in der Kabine aus dem Bullauge zu schauen, denn der Anblick des schwankenden Horizonts bewirkt noch Schlimmeres. Um das Kunststück fertigzubringen, über das Oberdeck zu spazieren, bedarf es fast der Geschicklichkeit eines Akrobaten, schlimmer, als unter Schwindelanfällen einen Berg zu erklimmen. Und eine Treppe hinunterzugehen scheint nachgerade ein Ding der Unmöglichkeit, denn sie hebt und senkt sich ganz absurd unter den Füßen. Was also tun? Bleibt nur, in der Kabine zu liegen, aufzupassen, daß man nicht aus dem Bett geworfen wird, und zu beobachten, wie die Koffer hin- und hertanzen, während das Schiff, in den Fugen krachend, der See trotzt. Sollte mir je ein Mensch unter die Augen kommen, der die Atlantiküberfahrt als romantisches Erlebnis preist, könnte es sein, daß ich den Elendigen umbringe.

Bordtagebuch, 10. August 1888

Unglaublich, was heute mit der schwarzen Carlota vorgefallen ist. Einerseits ernüchternd, weil es deutlich macht, daß die Sklavenbefreiung nur eine bloße Formalität ohne jede Auswirkung auf das Leben in unserem Land ist. Andererseits jedoch ermutigend, denn es zeigt, daß unsere Neger Würde besitzen. Der ganze Dampfer ist in Aufruhr. Carlota do Bom Jesus – so lautet ihr Name – hat fast eine Revolution an Bord ausgelöst. Und ich war ungewollt ein wenig daran beteiligt, weil ich sie, nachdem wir uns kennengelernt und etwas unterhalten hatten, dazu aufgefordert habe, gestern abend zu singen. Carlota dürfte noch keine Dreißig sein. Sie ist in Rio an Bord gekommen und reist zurück nach Bahia, wo sie lebt. Sie hat mir erzählt, daß sie auch nach der Sklavenbefreiung weiterhin ihr Geld mit dem Verkauf von Früchten auf der Straße verdient, da sie nie habe ertragen können, in einem Haushalt zu arbeiten und sich von einer anderen Frau kommandieren zu lassen. Als echte junge Afrika-Negerin, die nicht nur sehr hübsch ist, besitzt sie auch Stolz und Selbstbewußtsein. Ihre mächtig tiefe, etwas heisere Stimme wirkt nur deshalb nicht befremdlich, weil sie zwischendurch immer wieder in warmen, vollen Tönen lacht. Ihr Gesicht ist auf beiden Wangen mit Kerben bedeckt, den Stammeszeichen ihres Volkes. Ihre große, kräftige, sehr elegant gekleidete Gestalt bewegt sich in aristokratischer Haltung. Alle blicken ihr nach, wenn sie an Deck spazierengeht, ganz in Weiß, mit bestickter Bluse, den Rock mit Rüschen besetzt, um den Kopf einen Musselinturban und um die Taille eine leuchtendrote Schärpe, die ihr fast bis zu den Füßen reicht. Ihre nackten Arme schmücken Reifen und Bänder aller Art. Eine verführerische Erscheinung, mit ihren bräunlichen, fast honiggelben Augen. Carlotas ständiger Begleiter ist ein französischer Reisender, ebenfalls ein Transitpassagier; heute hat er sie zum Mittagessen in die erste Klasse eingeladen. Es gab viele mißbilligende Blicke, doch ein portugiesischer Trockenfleischhändler und ein Fazendeiro aus Bahia, beide von sehr schlechten Manieren, beschlossen, sich gegen die Anwesenheit einer Person aus der dritten Klasse zu wehren, die sich, wie sie behaupteten, als ungebetener Gast eingeschlichen habe. Das Problem war natürlich ein anderes – Carlotas Hautfarbe. Sie beschwerten sich so lange, bis der Franzose, obwohl er sich energisch dagegen verwahrte, nicht mehr verhindern konnte, daß Carlota gehen mußte. Als der Portugiese und der Fazendeiro später den Speisesaal verließen, trat ihnen draußen Carlota entgegen und verlangte kühn eine Entschuldigung. Der Portugiese, ein schmächtiges Männchen, erwiderte lachend, nie werde er sich bei einer ehemaligen Sklavin entschuldigen. Der Franzose wollte eingreifen, doch Carlota bedeutete ihm, sich herauszuhalten. Dann ging sie auf den Portugiesen zu und versetzte ihm mit all ihrer Kraft eine schallende Ohrfeige. Worauf er sie eine Hündin nannte. Sie revanchierte sich, indem sie ihn einen Flegel schimpfte, sie werde ihn noch lehren, einer Frau mit Respekt zu begegnen. Mit diesen Worten stürzte sie sich auf ihn, packte ihn, hob ihn hoch, schleifte ihn an die Reling und drohte, ihn ins Meer zu werfen. Dem Portugiesen trat das blanke Entsetzen ins Gesicht. Der Fazendeiro aus Bahia verdrückte sich ängstlich. Ein paar Matrosen mischten sich ein, vergeblich. Carlota ließ von dem dreisten Männchen erst ab, nachdem er sich tatsächlich entschuldigt hatte. Anschließend reichte sie ihm den Arm. Schweißgebadet und fassungslos gehorchte der Portugiese, und so, Arm in Arm, spazierten sie, den treuen Franzosen im Schlepptau, in den Speisesaal, wo Carlota endlich das Mittagessen einnehmen konnte. Ringsum großes Staunen. Manch einer der Gäste konnte sich ein Lachen nicht verkneifen. Ich jubelte innerlich, erfüllt von wahrhaftem Stolz. Es gibt noch Hoffnung für dieses Land.

*

Schon vorher hatten sich andere Passagiere, vor allem Ausländer, über den mangelnden Anstand und die schlechten Manieren der beiden beschwert, die Carlota in die Schranken gewiesen hat. Es sind Männer jenen Schlags, die auf den Fußboden spucken, sich mit der Hand schneuzen und, was das Schlimmste ist, bei Tisch nach der Mahlzeit rücksichtslos rülpsen. Kurzum, Ferkel. Damit nicht genug, gestern beim Kartenspiel auf dem Oberdeck hat der Portugiese einen geräuschvollen Furz fahren lassen und noch zufrieden darüber gegrinst. Ich war so empört, daß ich bereits beschlossen hatte, ihn aus meinem Tagebuch zu verbannen, wäre Carlota mir nicht mit noch drastischeren Maßnahmen zuvorgekommen und hätte ihn um ein Haar über Bord geprügelt.

*

Dein Paß ist so groß, daß er mit seinen etwa fünfzig mal zwanzig Zentimetern fast wie eine Landkarte anmutet. Jedesmal wenn du ihn vor einer Amtsperson aufschlagen mußtest, hattest du das Gefühl, eine Karte deiner selbst zu entfalten, gezeichnet von der Kaiserlichen Polizeibehörde Rio de Janeiro. Der darin enthaltenen Beschreibung zufolge hast du eine normale Statur, ovales Gesicht, weiße Hautfarbe, braune Augen und ebensolches Haar. Beruf: Künstler. Immer wenn du dies liest, kommt es dir zuerst absurd vor, dann zitterst du vor Angst – du bist Künstler *geworden. Du weißt nicht, ob dieses Wort dir gefällt, denn du bist nicht sicher, ob es das Richtige aussagt. Was eigentlich ist ein Künstler? Ein Mensch, der sich über die Trivialität des Alltäglichen erhebt und – wie, weiß niemand – mit Erhabenem in Berührung kommt? Oder umgekehrt jemand, der die sogenannte Kunst zu seinem Broterwerb macht, genauso wie der Neger, der auf der Straße Hühner verkauft? Ja, denn Hühner verkaufen erfordert auch eine gewisse Kunst (die Aufzucht und das Anpreisen, zum Beispiel), nur ist sie prosaischer. War Bach ein Künstler? Mit anderen Worten, wußte er, daß er Kunst erzeugte, oder produzierte er einfach nur Musik, wie man eine Arbeit erledigt, und zwar so gut wie möglich, gemessen an den eigenen Maßstäben? Dieses Genie hatte fast fünfzehn Kinder zu ernähren, und seine Kunst diente zweifellos diesem Zweck. Doch wie dem auch sei, Bach produzierte seine Musik in einem Umfeld, in dem sie etwas bedeutete und zudem aufgrund strenger Verträge verlangt wurde. Das ist der Kern der Sache, der dich immer wieder zwingt, dir die Frage zu stellen: wofür? In einem Land, dessen Bevölkerung im Elend lebt, wo so viele jüngst aus der Sklaverei entlassene Menschen kein Ziel kennen und den Rest ihres Lebens dafür werden kämpfen müs-*

sen, sich selbst durchzubringen, nachdem sie sich dafür geschunden haben, andere durchzubringen, kommst du (der Künstler) dir sinnlos vor, wie ein Nichtsnutz, ein Schmarotzer. Richtig, der Unterricht an der Academia de Música hat dich zermürbt, jeden Tag morgens um sieben Uhr dreißig am Klavier sitzen, alle halbe Stunde eine neue Schülerin, bis elf, wie von einer Stechuhr zugeteilt. Doch im Grunde ist das nichts, verglichen mit der irrsinnigen Schufterei dieser Neger, die Brasilien drei Jahrhunderte lang bereichert, alles, aber auch alles getan, sogar die Tonnen mit den Exkrementen der Weißen ins Meer entleert haben. Und was hat man ihnen dafür zugestanden? Ihre gloriose Freiheit, aber weder ein Stückchen Land zur Entschädigung noch irgendeinen Ausbildungsplan, um sie darauf vorzubereiten, wie sie ihren Lebensunterhalt verdienen können. Statt dessen wurden sie in einen unmoralischen Zustand der Verwahrlosung verstoßen, und zwar von einer Nation, die sich diese Millionen Unglücklicher nur vom Hals hatte schaffen wollen, aber jegliche Verantwortung für ihr weiteres Los von sich wies. Während die europäischen Einwanderer jede Art von Unterstützung erhalten, damit sie das Land bestellen, mußten die Neger in den Städten Zuflucht suchen, nachdem ihre ehemaligen Herren sie ihrem Schicksal überlassen hatten. Welch eine Grausamkeit gegenüber einem ganzen Volk von fleißigen Arbeitern! Und wie führen sich unterdessen die Sklavenhalter auf, die an ihrem Elend und ihrer mangelnden Bildung schuld sind? Bis zum letzten Moment gieren sie nach Profit. Die vor ein paar Jahren von den Zeitungen angeprangerten Betrügereien sind berühmt geworden. In der Provinz Espírito Santo gab es den Fall, daß zwei Sklaven, neunundsechzig und siebzig Jahre alt, ihren Besitzern von einer Abolitionisten-Gesellschaft zum Preis von fünfhundert Milréis abgekauft wurden, ein kleines Vermögen (weit mehr, als meine Schiffspassage gekostet hat). Wer hat den Nutzen davon gehabt? Nicht etwa die beiden armen Neger, die mußten seitdem betteln gehen, da sie, entkräftet und schon dem Tode nahe, nicht mehr arbeiten konnten. Mit Sicherheit haben ihre Herren das Geld eingesteckt und sich ins Fäustchen gelacht. Fälle wie diesen gab es zu Tausenden. Womöglich waren sie sogar die Regel, denn der brasilianische Staat sah alljährlich in seinem Haushalt einen Fonds für den Freikauf von entlaufenen Sklaven vor, die sich nach ihrer Flucht in der Obhut der Abolitionisten-Gesellschaften befanden. Ein anderer berühmter Fall: Ein Fazendeiro aus der Provinz Minas Gerais, der eine zweiundsiebzigjährige Negerin besaß, veranlaßte sie zur Heirat mit einem fünfundsiebzigjährigen Freigegebenen. Gestützt auf das Gesetz, daß Verheiratete beim Freikauf Vorrang genießen, meldete der Besitzer persönlich die Frischvermählten beim Fonds für Sklavenbefreiung an und verlangte für ihre Freiheit die alles andere als bescheidene Summe von eintausend Milréis! Anstandslos wurde ihm dieses Vermögen im Namen des Gesetzes ausgezahlt ... Auch mit tuberkulosekranken Sklaven wurden solche Geschäfte gemacht, man ließ sie sich noch kurz vor ihrem Tod zu einem guten Preis abkaufen. Und in extremen Fällen kam es sogar vor, daß bereits verstorbene Sklaven noch auf den Listen der Abolitionisten standen und ihre ehemaligen Herren die Freikaufsumme einstrichen. Oh, wie du dich für diese Farce einer Sklavenbefreiung schämst, die in Brasilien stattgefunden hat! Nachdem wir so sehr dafür gekämpft und am 13. Mai zur Hymne der Sklavenbefreiung vor Freude Quadrille getanzt haben, ist dies ein himmelschreiender Skandal. Wie sollen wir je die Riesenschuld begleichen, die wir den Schwarzen gegenüber für alle Zeiten haben? Wenn du darüber nachdenkst, empfindest du als dir aus dem Herzen gesprochen, was Araripe Junior in A Semana schrieb: »Brasilien, das Reich der Bagatellen, im Norden durch Kleinmut begrenzt, im Osten durch Faulheit und im Süden durch Großspurigkeit. Regierungsform ist eine repräsentative, durch Spott gemäßigte Monarchie. Unterschiedliches Klima. Haupterzeugnisse: Kaffee und Reden.« Offenbar ist unser Schicksal unabänderlich. Deshalb fühlst du dich als Künstler so anfechtbar und möchtest am liebsten lachen, wenn in Brasilien von Kunst die Rede ist. In unserer Situation ist der Künstler, da isoliert und deplaciert, wie eine alte Henne; und *die Kunst dank zu vieler feierlicher Absichten ein Nest mit faulen Eiern. Im Grunde hast du dein musikalisches Schaffen nur weiterbetreiben können, weil du eine Richtung ahnst, die das genaue Gegenteil ihrer selbst ist – die Ziellosigkeit, die für dein ganzes Leben bezeichnend ist. Vielleicht fühlst du dich diesen armseligen Negern gerade in der Perspektivlosigkeit ihres Lebens verbunden? Zumindest ist euch gemeinsam, daß du wie sie aus der Bahn geworfen bist, auch wenn deine Auflehnung ihnen gar nichts nützt. So gesehen ist die Situation des Künstlers unter Umständen viel einfacher, womit ich meine: Vermutlich wurde Bach zu einem Genie, weil seine Zielsetzung bescheiden war. Bach war zuallererst Bach treu. Vergiß das nicht, Alberto Nepomuceno.*

*

Gestern vormittag, nach der Bouillon, von den Stewards in makellos weißen Jacketts mit Serviette überm Arm serviert, wurden wir aufgefordert, uns mit Paß und Billett im Vorschiff an Deck zu versammeln, wo sich die Rettungsboote befinden. Es war eine Übung, für den Fall, daß der Dampfer in Seenot gerät. Jedes Boot hat seinen Vormann. Unserer, ein Offizier der Schiffsbesatzung, gab die entsprechenden Erklärungen, wie Panik zu vermeiden ist, und ließ uns dann, fortwährend lächelnd, in das winzige Boot steigen, das über eine Winde ins Meer hinuntergelassen wird, wenn wir gerettet werden müssen, das heißt, wenn auf dem Schiff Feuer ausbricht oder Untergang droht. Am liebsten hätte ich gefragt: Und was machen wir dann? Klar, sobald wir im Boot sitzen, geben wir unsere Anschriften an, und der Bootsmann bringt jeden Schiffbrüchigen einzeln nach Hause ... Etwas makaber für meinen Geschmack, diese Übung.

*

Ich bemühe mich, Italienisch zu lernen. Vielleicht ergibt sich die Möglichkeit, es mit einigen *oriundi*, die aus Montevideo und Buenos Aires nach Italien zurückkehren, oder Mitgliedern der Schiffsbesatzung ein wenig zu praktizieren.

*

Dennoch ist mir etwas bang zumute. Wie mag es in Rom werden? Wird mein Italienisch ausreichen, um den Unterricht im Konservatorium zu verstehen? Was für ein Mensch ist wohl dieser Brasilianer Pedro Weingartner, ein Bekannter von Henrique, der auf Staatskosten in Rom Malerei studiert? Werde ich mich in Italien einleben? Und an die Kälte gewöhnen? Wird es diesem Esel aus Ceará gelingen, sich in einen europäischen Bären zu verwandeln? Dabei ist es ja nicht das erste Mal, daß ich mir einen Ortswechsel verschreibe. Ähnliche Ängste hatte ich, als ich in die Hauptstadt des Kaiserreichs zog.

*

So war es bei der Ankunft in Rio de Janeiro im September 1885: Du warst baff vor Staunen – und weiß Gott nicht zum letzten Mal – angesichts dieses Kolosses mit seinen knapp fünfhunderttausend Einwohnern, den qualmenden Lokomotiven auf den Schienen, den Telegrafen- und Telefondrähten quer über den Straßen, dem Postdienst, der dreimal täglich die Briefkästen leerte, die zu Dutzenden in der ganzen Kaiserstadt verteilt standen, aus den Schornsteinen der Stoff-, Tabak-, Eis- und Brotfabriken strömten Gerüche und Rauchwolken, und die elektrische Beleuchtung tauchte die ersten Plätze in taghelles Licht – du konntest dich davon überzeugen, daß jenes Licht tatsächlich eine Helligkeit wie die Sonne verbreitet, so weiß und intensiv, daß es im häuslichen Gebrauch allzu stark blenden und für die Augen schädlich sein könnte, wie in jüngster Zeit gewarnt wird. Auf den Jüngling, der bis dahin nur die bescheidenen Hauptstädte der nördlichen Provinzen kennengelernt hatte, übten die Pracht und Eleganz der Kaiserstadt mit Furcht gepaarte Faszination aus. Was du nie hättest erwarten können, trat ein. Diese Stadt wurde dir auf Anhieb von allen liebgewonnenen die liebste. Nicht, daß es dir in der Hauptstadt allzu leicht gemacht worden wäre. Doch boten sich hier weit mehr Möglichkeiten, ein intensives Kulturleben, Soireen, Theater, Orchester und eine beträchtliche Anzahl von Musikschulen, in denen du Unterricht geben konntest, wie es dann ja tatsächlich geschah. So kam es, daß du mit deinen einundzwanzig Jahren, lediglich siebzig Milréis und keinerlei Empfehlungsschreiben in der Tasche, eine Unterkunft im sogenannten »Schiff von Lapa« fandest, dank eines beiläufigen Hinweises deines Cearenser Freundes João Lopes, der dort Bekanntschaften geknüpft hatte. Ein Haus am Largo da Lapa, halb verfallen und vom Holzwurm zerfressen, das den Beinamen »Schiff« wegen des ständigen Schwankens seines wurmstichigen Fußbodens trug. In den Fensterrahmen fehlten die Scheiben, durch das Dach regnete es an etlichen Stellen durch, und die Haustür besaß weder Schloß noch Schlüssel – der lockere Holzriegel wurde schlicht mit einer alten Krawatte festgezurrt. Dort wohnten junge Poeten, die praktisch keinen roten Heller besaßen, sowie Bohemiens und Revolutionäre, die dich anfangs mit ihrem Leichtsinn ein wenig schreckten – so mancher entpuppte sich dann als verwöhnter junger Mann, der nur gegen seine reiche Familie rebellierte. Die skurrilste Figur jedoch war der Hausdiener, ein junger Mulatte, vielleicht neunzehn oder zwanzig Jahre alt, niemand wußte, wie er richtig hieß, aber er hörte auf den Spitznamen Salome. Er bereitete die Morgenmahlzeit, wenn es denn eine gab, und hielt das Haus sauber, dieser Salome, ausnahmslos in Frauenkleidern und das Gesicht geschminkt, als befände er sich auf dem Weg zu einer Soiree. Er verbreitete ständig Feststimmung im Haus. Wenn er, den Besen in der Hand, treppauf, treppab scharwenzelte, trällerte er im Falsett die Couplets der Cocota, einer in jenem Jahr sehr erfolgreichen Revue, besonders aber glänzte er, wenn er »La donna è mobile« schmetterte (in Wirklichkeit ein unverständliches Kauderwelsch, das nur wie Italienisch klang), die vorzutragen er immer gebeten wurde, sobald sich Besuch im Haus befand. Salome empfand sich als Teil der Besatzung (wie sich die Hausbewohner nannten). Das hinderte ihn aber nicht am Intrigieren. Er machte spitze Bemerkungen über unsere unmodische Kleidung, warf (ganz unverblümt) schmachtende Blicke auf entblößte Muskeln und stöhnte, bis ihm fast die Luft wegblieb, wenn ihm jemand in Unterhosen begegnete. Ohne jede Scheu mischte er sich ungefragt in Unterhaltungen ein und äußerte seine Ansichten völlig unpassend in vermeintlich gewählten Worten. Wann immer möglich, fügte er ein »inklusive« (das er für sehr gebildet hielt) ein, übersetzte es jedoch auf seine Art, so daß am Ende immer ein »inkursiv« herauskam. Als er eines Tages aus Rache (oder purem Versehen, wie er behauptete) das gesamte handgeschriebene Werk eines Dichterlings des Hauses, der ihn zuvor als Nichtsnutz bezeichnet hatte, in den Müll warf, wurde er vor die Tür gesetzt. Er schwor Vergeltung, und eines Nachts legte er im Schutz der Dunkelheit Feuer, worauf das »Schiff« um ein Haar abgebrannt wäre. Daß dies nicht geschah, war der Feuerwehr zu verdanken, die mit bimmelnden Glocken und zischenden Ventilen in großem Stil erschien. Mit Eisenleitern und dicken Wasserschläuchen gerüstet, brachte sie das Feuer schnell unter Kontrolle und vernichtete durch gründliche Wässerung die gesamte im Haus vorhandene Literatur, Manuskripte ebenso wie gedruckte Bücher, ohne jeden Unterschied, mochten es alte Meisterwerke sein oder Elaborate jugendlicher Dichterlinge. Man sagt, Salome habe verstohlen an einer Ecke gestanden und triumphierend grinsend alles mitangesehen. Es war ein Lebensabschnitt voller Aufregungen, aber auch reich an Erfahrungen, denn für dich hatte alles die Farbe des Neuen. Hätte diese Zeit länger angehalten, wäre es unerfreulich geworden. Gleich zu Beginn fandest du Arbeit im Curso Santa Cecília des Professors Izidro Terra, allerdings bei sehr schlechter Bezahlung. Wenig später hattest du die Fortüne, Felix Bernardelli zu begegnen, der ein Konzert seiner Geigenschüler organisierte. Durch ihn fandest du Arbeit als Pianist im angesehenen Club Beethoven, in dessen Streichquartett Felix die zweite Geige spielte, bevor er Brasilien verließ. Und von da an fügte sich alles. Das geräumige Haus mit der Nummer 62 in der Rua da Glória, in dem der Club untergebracht ist, wurde für dich zur Wiege schöner Freundschaften. Dort trafst du auf Leopoldo Miguez – der kurz zuvor aus Europa zurückgekehrt war, ein bedingungsloser Fürsprecher der Musik der Zukunft, wie Wagner, Liszt und Berlioz. Auch Frederico Nascimento, Artur Napoleão und Alfredo Bevilacqua lerntest du dort kennen, ganz abgesehen von den anderen beiden Bernardelli-Brüdern, mit denen Felix dich bekanntmachte und die dann zu deinen engen Freunden Zé Rodolfo und Henrique wurden, beide kürzlich von einem ausgedehnten Europa-Aufenthalt heimgekehrt, wo sie Bildhauerei beziehungsweise Malerei studiert hatten. Der Club Beethoven erwies sich als ein wahrer Quell für Entdeckungen vielerlei Art. Wenn es irgendwo in Rio de Janeiro einen Ort gab, wo du das Gefühl hattest, du reistest durch die Welt, dann dort. Sowie man den Fuß durch die Gitterpforte an der Straße und das von einem kleinen Bogen bekrönte Gußeisenportal – wodurch das Gebäude mit seinen schüchternen griechischen Säulen im Vestibül fast an Herrenhäuser in der Provinz erinnerte – gesetzt hatte, traf man auf eine vollkommen kosmopolitische Atmosphäre. Mit seinen fünfhundert Mitgliedern (sämtlich männlichen Geschlechts – den Damen wird der Zutritt einzig zum großen Jahreskonzert im Cassino Fluminense gestattet) veranstaltet der Club Beethoven jeden Monat zwei Kammermusikkonzerte, zwei Matineen sowie ein oder zwei große Symphoniekonzerte, dazu jährlich zwei Turniere für Schach und Billard. Der Club Beethoven hat täglich von elf Uhr vormittags bis nachts um eins geöffnet und trägt unbestreitbar in erheblichem Maße zu dem intensiven gesellschaftlichen Leben in der Hauptstadt bei. Zwar gelten seine Aktivitäten vorrangig der deutschen Kultur, organisiert ist er jedoch nach englischem Vorbild unter der Leitung des gestrengen Maestro Kinsmann Benja-

min, der, mit einigen Abstechern nach Deutschland, seine Jugend in London verbracht hat. Das diplomatische Corps der Stadt, ja selbst die Offiziere der Schiffe aus fremden Ländern, die Rio de Janeiro anlaufen, haben ihren obligatorischen Treffpunkt im Club Beethoven, in seinem Fechtsaal, seinem Billardzimmer, seinem Spielsalon – wo man sich bei einer Partie Backgammon, Schach oder Whist entspannt – oder auch im Lesesaal, wo ihnen täglich achtzig der wichtigsten europäischen Zeitungen zur Verfügung stehen. Du hast im Club Beethoven dein Deutsch geübt, nicht nur durch die Lektüre von Berliner Zeitschriften, auch in der Konversation mit dem Geiger Otto Beck und dem Klavierlehrer Herrn Faulhaber. Gern hast du auch die exzellente Bibliothek aufgesucht, hast sie immer in großer Erregung, fast auf Zehenspitzen, betreten, die Nasenflügel bebten dir von der so eigenen Geruchsmischung aus Muff und Wissen – Berge von Wissen und Schönheit, aufgereiht in den Regalen, für dich greifbar, unabsehbare Emotionen, verborgen in jedem dieser sorgfältigst gebundenen Exemplare, in denen du gründlich wie ein wissensdurstiger Student blättertest. Neben den signierten Büchern berühmter Autoren studiertest du auch mit Freuden die große Anzahl der dort vorhandenen Partituren (die Sammlung zählt zu den größten der Hauptstadt), immer unterstützt durch einen förmlichen, aber zuvorkommenden Bibliothekar, den bekannten Schriftsteller Machado de Assis, Verfasser amüsanter Zeitungskolumnen, in der Ausübung seines Amtes aber ziemlich wortkarg. Alles ging so schnell, daß du bereits Ende Oktober, keine zwei Monate nach deiner Ankunft in Rio, dein erstes Konzert im Salon des Club Beethoven geben konntest. Das Lob (des Publikums wie der Kritiker) für dein Spiel überraschte dich nicht, denn du hattest dich sehr gut vorbereitet, und die Stücke waren nicht schwierig. Dennoch warst du recht erleichtert. Insbesondere für deine neuen Freunde kam dies einer Weihe gleich und wurde mit einem Trinkgelage in der Confeitaria Castelões gefeiert. Der Abend endete mit Gespött über die gleisnerische Kritik in der Gazeta de Notícias aus der Feder *eines jener Dinosaurier, die Musik als Märchenstunde verstehen und die portugiesische Sprache drechseln, als wachte noch Camões über sie; zuerst bezeichnete er dich als »talentiert und bescheiden«, wobei niemand herausbekam, woran man bei einer musikalischen Darbietung die Tugend Bescheidenheit erkennen kann; dann nannte er den Club Beethoven einen »Tempel der höheren Musik« – vielleicht, weil sich der Konzertsaal im Obergeschoß des Hauses befindet; und schließlich sprach er den Wunsch aus, der Club möge seine Türen auch in Zukunft für Talente wie dich offenhalten, »die der Berührung durch die großen Göttinnen bedürfen, um ihren eigenen und des Vaterlandes Ruhm zu mehren«. Das Bild von den großen Göttinnen löste endlose Witzeleien und erheitertes Gelächter aus. Zé Rodolfo, der ein unbezahlbares Komikertalent besitzt, imitierte anschließend den Schauspieler Vasquez aus der musikalischen Revue* Die Mann-Frau, *und das kann er perfekt; er hängte sich eine Tischdecke des Restaurants um, bekränzte sein Haupt mit Korianderzweigen und spazierte als die Göttin Athene – die »Schreckliche« von Rio de Janeiro, wie er sagte – um uns herum und besprengte uns die Köpfe mit Zuckerrohrschnaps. Zum Schluß waren alle betrunken und deklamierten liederliche Gedichte von Bernardo Guimarães, unter der Hand verbreitet, da sie als nicht salonfähig galten, doch alle Literaten der Hauptstadt kannten sie auswendig. Natürlich war es Zé Rodolfo, der, noch immer als Mann-Frau, die Darbietung dirigierte, nun in der Rolle der lüstern klagenden Venus:*

»Ach! Einen Monat nicht ficken! Welch grausame Qual
In elender Einsamkeit.
Was soll sie nur tun, diese dürstende Fotze,
In all der langen Zeit?«

Das ganze Lokal lachte. Wenige Tage nach diesem Gelage bot dir die Familie Bernardelli an, zu ihnen nach Santa Teresa zu ziehen. Zwar ist die Rua Senador Cassiano eine etwas einsame und schlecht gepflasterte Straße zwischen unbenutztem Gelände und kleinen Bananenpflanzungen mit viel Wild-

wuchs drumherum, doch das Haus ist ein großer, luftiger zweigeschossiger Bau und hat eine Terrasse, von der man einen herrlichen Blick über Rio de Janeiro genießen kann. In Santa Teresa zu wohnen, hat den Vorteil, daß man der Hektik im Stadtzentrum entflieht, zugleich aber auch Botafogo vermeidet, das neuerdings in Mode gekommene ruhige Viertel von Rio de Janeiro, wo man jedoch ständig auf hochnäsige Geldleute trifft. Aber es hat auch seine Nachteile. Zwar gibt es als öffentliches Transportmittel die Seilbahn bis zum Largo dos Guimarães, von wo es nicht mehr weit zu den Bernardellis ist, doch die höher gelegenen Gegenden des Viertels sind nur mit der Maultierbahn zu erreichen, bergauf im Schneckentempo und bergab viel zu schnell – dein Herz raste immer, wenn der Schaffner, nachdem er die Zugtiere ausgespannt hatte, den Wagen kraft der Erdanziehung hinunterrattern ließ und sich verzweifelt mühte, ihn mit der Handbremse unter Kontrolle zu halten, wobei die Fahrgäste vor Aufregung oder auch Vergnügen laut schrien, als säßen sie im Circo do Pontes bei einem dieser schrecklichen Stierkämpfe. Während der drei Jahre, die du in Rio de Janeiro verbracht und bei ihnen gewohnt hast, haben sie alle dich wie ein neues Familienmitglied behandelt und dir beständig ihre Zuneigung bewiesen. Die drei Söhne teilten alles mit dir, selbst ihre Kleider. Dona Celestina, die französische Mutter mit dem vielfarbigen Akzent, einer Mischung aus dem Italienisch und Spanisch der vielen Länder, in denen sie gelebt hat, nannte dich liebevoll »mein vierter Sohn«, kultivierte als ehemalige Ballettänzerin (über lange Jahre hatte sie noch eine Ballettschule in der Stadt unterhalten) ihre aufrechte Haltung und seufzte so manches Mal voller Bedauern, daß ihre Fanny (die einzige Tochter der Bernardellis) im fernen Mexiko lebte und die gute Partie verpaßte, die du in ihren Augen warst. Selbst der Vater, der kürzlich verstorbene Geiger Oscar Barnardelli, so streng mit seinen Söhnen, daß er mit Zé Rodolfo ständig im Streit lag, behandelte dich in seinen letzten Lebensmonaten voller Nachsicht, als wärest du sein jüngster Sohn – und dabei ist Félix jünger als du ... Mit der gesamten Familie hast du aller-

dings nicht sehr lange zusammengelebt. Nach dem Tod von Seu Oscar im Jahre 1886 traten Félix und Dona Celestina noch am Ende desselben Jahres die Reise nach Mexiko an und zogen zu Fanny Bernardelli, die sie zuletzt als Kind gesehen und erst kurz zuvor wieder ausfindig gemacht hatten. So kam es, daß du das große Haus in Santa Teresa bis zum Tag deiner Abreise nur noch mit Zé Rodolfo und Henrique teiltest. Eins der Probleme, über die du dich anfangs mit der Familie Bernardelli auseinandersetzen mußtest, waren deine republikanischen und Sklavenbefreiungs-Ideale, da Seu Oscar und Dona Celestina als ehemalige Erzieher der Prinzessinnen den Hoheiten strikt die Treue hielten und wie alle anderen Familienmitglieder eingefleischte Monarchisten waren. Du hingegen nahmst sofort Kontakt zu den Abolitionisten-Gesellschaften in der Hauptstadt auf, wo die Opposition sehr stark vertreten ist und die Presse selbst den Kaiser nicht verschont (du weißt noch, wie verblüfft du warst, als du in der Revista Ilustrada *eine Karikatur sahst, auf der Dom Pedro II. von seinen Ministern in eine Straße voller lüsterner Freudenmädchen geführt wurde). Glücklicherweise konntet ihr euch auf ein Abkommen einigen: Die Bernardellis stellten dir möglichst wenige Fragen, und du vermiedest es, allzu heikle und verfängliche Themen im Haus anzusprechen, auch wenn die ganze Stadt vor hitzigen politischen Diskussionen brodelte. Trotz dieser Differenzen waren sie deine besten Freunde, fast eine zweite Familie, deren Großzügigkeit sich in Zukunft wiederholt erweisen sollte. (O ja, du weißt sehr wohl, welch großes Glück du mit deinen Freundschaften hattest! Dies ist eine Gnade Gottes, für die zu danken du nie müde wirst.) Im Jahre 1886 nahmst du das Studium der Harmonielehre bei Professor Miguel Cardoso auf. Im selben Jahr begannst du, Klavierunterricht in der neu gegründeten Musikakademie des Club Beethoven zu geben, die in den Räumen der Escola Municipal de São José am Largo da Mãe do Bispo untergebracht war. Du mußtest hart arbeiten, ständig von Glória nach Castelo hasten und häufig genug zu den Proben zurück zum Club. Doch konntest du inzwischen wenigstens etwas Geld erübrigen und dir trotz der monatlichen Zuwendungen an deine Mutter in Ceará gelegentlich einen Theaterbesuch leisten. Der Durchbruch gelang dir im Juni desselben Jahres, beim hundersten Konzert des Club Beethoven in eben jenem Cassino Fluminense, das dich schon beim ersten Besuch dort fasziniert hatte. Du spieltest vor der kaiserlichen Familie das Dritte Klavierkonzert von Beethoven. Die Prinzessin Isabel zeigte sich beeindruckt von deinem für einen Zweiundzwanzigjährigen erstaunlich reifen Talent und ließ es sich angelegen sein, dir persönlich ihr Kompliment für deinen schönen Vortrag auszusprechen. Diese Begegnung schien dir Glück zu verheißen. Noch nährtest du den Traum, ein Stipendium zu erhalten, um in Europa, genauer gesagt, in Deutschland studieren zu können. Du hattest nicht den negativen Ausgang deiner ersten Bewerbung in Ceará vergessen, wo du einem politischen Streit zwischen der Provinzverwaltung und der Kaiserlichen Regierung zum Opfer gefallen warst. Trotz der einstimmigen Genehmigung durch die Gesetzgebende Versammlung der Provinz hatte die Kaiserliche Regierung abgelehnt, deiner Bitte um ein Stipendium für Europa zu entsprechen. Deshalb war diese Begegnung mit der Prinzessin Isabel eine ausgezeichnete Chance, den Mißerfolg auszugleichen. Dank seiner guten Beziehungen zum kaiserlichen Palast als Verleger und Lieferant von Partituren konnte es der dir gegenüber immer so großzügige Artur Napoleão arrangieren, daß du bald darauf eine Einladung zu einer der berühmten Teegesellschaften der Prinzessin Isabel erhieltest. Wie das Protokoll es verlangt, kleidetest du dich in Frack, Krawatte, Weste und Zylinder (alles von Henrique geliehen) und begabst dich nervös zum Palácio Isabel in Laranjeiras, in einer Kalesche, die du hattest mieten müssen – für einen zu hohen Preis, gemessen an dem, was anschließend geschah. Noch heute bereitet es dir Pein, wenn du an diesen verhängnisvollen Abend des 12. Oktober 1886 zurückdenkst, der ein so bedrückendes Ende nahm. Während der Teegesellschaft, an der etliche illustre Gäste teilnahmen, gestattete die Prinzessin – unerklärlicherweise und ganz wider Erwarten – dir nicht nur nicht, wie vorgesehen, deine Kompositionen auf dem Klavier zu spielen, sondern lehnte es auch ab, das Wort an dich zu richten, so daß du keine Gelegenheit zu einem persönlichen Gespräch erhieltest, in dem du dein Ansuchen hättest vorbringen können. Abermals dank Artur Napoleãos Bemühungen fandest du einige Zeit später den Grund dafür heraus. Die Prinzessin war zuvor über deine »radikalen« republikanischen und abolitionistischen Aktivitäten informiert worden, insbesondere darüber, daß du nicht mit, ihren Worten zufolge, liberalen »Falken« verkehrtest, sondern mit Revolutionären aus Ceará. Dies hatte ihr sehr mißfallen. Wenn sie von dir sprach, nannte sie dich einen »billigen Konspiranten« und äußerte mit beißender Ironie, es wäre wohl passender, wenn du die Musik aufgäbest und dich der Verbrecherbande des Antônio Bento in São Paulo anschlössest. Und verfügte kurzum, daß sie entschieden ablehne, einem »Strolch« wie dir zu helfen. Ja, das zu erfahren, hatte dich hart getroffen, denn eine Ablehnung seitens der Prinzessin versperrte jeden direkten Zugang zum Kaiser. Zudem war es ungerecht, deinen Namen mit dem Abolitionisten Antônio Bento in Verbindung zu bringen, dessen Methoden du für unangemessen hieltest. In Wirklichkeit hatten die politischen Divergenzen weniger mit dir als mit der Provinz Ceará zu tun, der die Krone niemals verziehen hat, daß sie im Alleingang auf ihrem Hoheitsgebiet die Unfreiheit der Neger abgeschafft hat. Die Bernardellis reagierten anfangs betroffen. Für manche deiner Freunde lag die Schuld einzig bei dir, weil du in deinen zu jenem Zeitpunkt recht intensiven politischen Aktivitäten zu unvorsichtig seist und dich sogar für entflohene Sklaven einsetztest. Auch du selbst dachtest anfangs: dummer Esel, das hast du von deiner Unvorsichtigkeit. Ja, doch, du warst schon immer ein störrischer Esel, und deshalb ließest du nicht den Kopf hängen. Und deine Freunde glaubten ja nach wie vor an dein Talent – Henrique tröstete dich sogar damit, daß auch er als Student der Kaiserlichen Akademie der Schönen Künste nicht den Wettbewerb um eine Europa-Reise gewonnen hatte und deshalb dann auf eigene Kosten und mit Zé Rodolfos Hilfe gereist war; und heute lehrt er an derselben Akademie als Professor für Malerei ... Es dauerte nicht lange, da war die Sache vergessen, zumindest in deinem Kreis, und man diskutierte wieder endlos über die grandiose Musik von Richard Wagner. Deine Clique junger Wagnerliebhaber hatte dem Kritiker der* Gazeta de Notícias *– dessen Name keiner Erwähnung gewürdigt wurde – noch immer nicht verziehen, daß er in der Opernsaison 1883 Lohengrin als »Fehlgeburt ohne Hand und Fuß« bezeichnet hatte. Stundenlang wurde Kritik an etlichen anderen Trampeln geübt, auch innerhalb des Kaiserlichen Konservatoriums, denen zufolge Wagner keine Musik, sondern redundanten Lärm schrieb, wie ein sich drehendes Rad, das nicht vom Fleck kommt, denn er bringe keine Melodie wirklich zum Tragen – sagten sie. Und du dachtest indigniert: armer genialer Wagner, der in diesem Land der Stümper niedergemacht wird. Damit nicht genug, du mußtest auch noch erleben, wie ein Idol deiner Jugend vom Sockel gestürzt wurde, der von dir vergötterte Carlos Gomes, dessen Oper* Salvator Rosa, *seinerzeit in Recife so von dir bewundert, sich in der letzten Saison in der Hauptstadt als Fiasko erwiesen hatte. Dieses Mal hattest du, dank größerer Distanz und tieferer Einsicht in die Wege der modernen Musik, erkannt, daß diese Oper mit billigen Effekten arbeitete und es, auch durch ein recht infantiles Libretto, in erster Linie darauf anlegte, die oberflächlichsten Gefühle des Publikums anzusprechen – was der sofortige Erfolg des Werkes auf der ganzen Welt nur bestätigte. Die guten Passagen im* Salvator *waren im Grunde nichts anderes als Kopien der in* Il Guarany *verwendeten Mittel – der kreative Einsatz der orchestralen Tutti und die lebhafte Chromatik, die einzigen Elemente, die noch vom brasilianischen Temperament des Komponisten zeugten. Längst vergangen die Zeiten, zu denen die Zeitungen den Komponisten als »weltweit illustresten Repräsentanten der brasilianischen Kultur« feierten und ganz Rio de Janeiro Hüte à la Carlos Gomes trug. Nun mußtest du einsehen, daß die Nation nicht mehr geschlossen hinter deinem großen Idol stand. Der Tropfen, der das Faß zum Überlaufen gebracht hatte, war ein* *von der Prinzessin Isabel organisiertes Konzert im besagten Cassino Fluminense, wieder einmal »zugunsten von Carlos Gomes«, der sonst keine finanziellen Möglichkeiten gehabt hätte, die Partitur seiner neuesten Oper* La Schiavo *zu Ende zu schreiben. Da soviel wohltätige Unterstützung für eine Person, über die ständig Geschichten von Verschwendung kursieren, irgendwann Widerstand erzeugt, reagierte die Allgemeinheit mit Mißbilligung. In den Cafés hieß es, Geld sei noch keine Garantie für Meisterwerke, zum großen Teil entstünden die sowieso eher bei leerem Hosensäckel und durchgescheuerten Ellbogen. Und der Dichter Paula Ney machte sich lustig: »Wir wissen nicht, an welcher Stelle die Pfunde Sterling, die dem Maestro geschickt werden, in die Partitur eingehen ...« Auch die Zeitungen lassen inzwischen die Figur Carlos Gomes nicht mehr völlig ungeschoren. Du hast noch die scharfe Kritik im Kopf, die* O País *in die Feststellung, es gebe keine echten brasilianischen Künstler, eingeflochten hat: »Es hilft auch nichts, wenn wir den Mund namens Carlos Gomes stopfen, der Italiener ist, in Italien studiert hat, zur italienischen Schule gehört und italienische Opern schreibt ...« Unter anderem aus diesem Grund meinte deine Clique, nicht ohne ein gewisses Triumphieren, Carlos Gomes' Niedergang sei ein deutliches Symptom für den Verfall der italienischen Schule. Und so, mal goldener, mal trüber und häufig sogar stürmisch, vergingen deine Tage in Rio, hier und da ein Opern- oder Theaterbesuch (ganz vortrefflich das Damen-Orchester aus New York im Teatro de Variedades!), viel Schweiß und Arbeit, Soireen und Bälle, Billardpartien bei einem Glas Wein und philosophischen Diskussionen (in der Hauptstadt wußte man zu deinem Staunen wenig über die deutschen Evolutions-Philosophen), lange, mühselige Stunden des Studiums am Klavier, vergebliche Versuche, das Rollschuhfahren zu erlernen (nie wirst du deinen Sturz im Club Rink vergessen, als deine Rollschuhe fast das Sportkostüm einer jungen Dame aus der guten Gesellschaft zerrissen hätten – welche Peinlichkeit! – und du drei Tage lang nicht sitzen konntest, für alle Zeiten davon überzeugt, daß die Fortbewe-*

gung auf Rollen gegen die menschliche Natur ist), Karnevalsvergnügen verquickt mit der Arbeit als Musiker (weißt du noch, wie du auf dem Maskenball des Club dos Democráticos gespielt hast und wie das gesamte Orchester, also auch du, im Piratenkostüm auftreten mußte?), am Wochenende mit der neuen Eisenbahnlinie, die durch den wieder aufgeforsteten Tijuca-Wald fährt, Ausflüge zum Corcovado oder das unvergeßliche Picknick auf der Insel Paquetá – oh, die Fähre voller fröhlicher Menschen und die Erinnerung an den alten Lundu, *den sie einstimmig zur Begleitung von Flöte, Gitarre und Cavaquinho sangen:*

»Stampf deinen Ärger klein, mein Schatz,
deinen Mörser hast du hier,
stoß und quetsch mich ordentlich,
zerbrich die Nase mir«,

endlose Pläne, das Musikleben in der Stadt zu verbessern, kleine Ansätze zu aussichtslosen Romanzen (manche Schülerinnen wissen genau, wie verführerisch es auf den Lehrer wirkt, wenn sie wie aus Versehen eine Handbreit ihrer Seidenstrümpfe sehen lassen oder unmißverständlich, wie zu einem Kuß auffordernd, lächeln – und man muß im Unterricht fortfahren, als wäre nichts geschehen ...), hitzige politische Versammlungen, wo die Gemüter der Sklavereigegner sich zu Recht gereizt erregten (»der brasilianische Sklave kann nur eines sein eigen nennen: den Tod«, rief Joaquim Nabuco als Präsident der Jahresversammlung der Confederação Abolicionista), und angeregte Gespräche über die jüngsten Skandale in der Stadt – der Prozeß, der wegen »ungebührlicher Sprache« bei der Aufführung von Os Sinos de Corneville *im Teatro Lucinda der Schauspielerin Hermínia gemacht wurde; oder die Affäre um die göttliche Sarah Bernhardt, die nach dem Auftritt im Teatro Lírico in ihrer Paraderolle als Phädra direkt von der Bühne auf der Wache* des 1. *Polizeireviers landete, nachdem sie und ihre Freundin Berthe Noirmont sich mit Ohrfeigen und Stockschlägen traktiert hatten, wie Rios Zeitungen ausführlich berichteten. Später kamen die hoffnungsvollen Veränderungen in der*

Leitung des Club Beethoven mit der Wahl von Ferreira Vianna zum Präsidenten, und damit fanden die republikanischen Ideale Eingang in die Club-Leitung. Wie der Zufall es wollte, war kurz zuvor der Maestro Carlos de Mesquita, ein ehemaliger Schüler von Cesar Franck, aus Paris zurückgekehrt, begeistert von der neuen französischen Schule von Massenet, Saint-Saëns, Delibes und erfüllt von kühnen Plänen. Einer nahm nach langen Kämpfen konkrete Gestalt an: die Gesellschaft für Volkskonzerte, zu deren Gründern du auch zähltest. Dahinter stand die Absicht, den symphonischen Schatz der Welt der Bevölkerung ein wenig näherzubringen und die Vorherrschaft der italienischen Oper in der Musikszene der Hauptstadt, die sich fast ausschließlich an die Elite wandte, zu brechen. Mehr noch – mit Hilfe der Gesellschaft wurde nun das Werk junger brasilianischer Komponisten bekannt gemacht, denen sonst nie eine Chance geboten wurde – auch deines, denn dort konntest du neben den Werken von Miguez und Francisco Braga deine erste symphonische Arbeit vorstellen, die *Marcha fúnebre* (keineswegs, wie du deinen Freunden versichertest, von einem morbiden Kult inspiriert, sondern einzig von deiner Begeisterung für Beethovens *Eroica*). Unterdessen reifte in deiner Gruppe eine Idee heran. Zé Rodolfo, Henrique, Frederico, Zé Barbosa, Leopoldo Miguez, Angelo Agostini, die Bevilacquas und ein relativ neuer Freund, der scharfsinnige Kritiker Luís de Castro, ebenso überzeugter Wagnerjüoger wie Miguez, vertraten einhellig die Meinung, du müssest neue Luft atmen, dich weiterbilden und vor allem deine kompositorische Begabung entfalten, die bereits greifbare Ergebnisse zeitigte und begeisterten Zuspruch fand bei allen, die dein Konzert im Club Beethoven gehört hatten, wo du deine Klavierstücke *Romança*, *Berceuse*, *Mazurca*, *Scherzo fantástico* vorgetragen hattest und das zarte *Prière* für Klavier und Violoncello, das du so gern mit deinem engen Freund Frederico Nascimento spieltest. Diesen positiven Eindruck untermauerte noch der Kritiker von *O País*, ein gewisser Oscar Guanabarino, der deine Begabung lobte

(»ein Naturtalent«), aber bemängelte, daß du dich nicht ausreichend dem Üben auf dem Klavier widmetest, woraus deine Unzulänglichkeit als Pianist resultiere. Zwar gefiel dir gar nicht, daß dieser Mensch dich öffentlich als faul bezeichnete, nur weil er einmal aus deinem Mund gehört hatte, daß es dir ein Greuel sei, täglich sechs bis acht Stunden am Klavier zu verbringen, in deinen Augen pure Zeitverschwendung in Anbetracht all der anderen Dinge, die du zu tun habest. Doch letztlich übergingst du die bissige Bemerkung und hieltest dich lieber an die geradezu hymnischen Lobesworte des Kritikers ... Von dieser Begeisterung getragen, hatten deine Freunde schon gegen Ende des Jahres 1887 den festen Entschluß gefaßt: Mochte es der Krone gefallen oder nicht, du solltest zum Studium nach Europa gehen. Zu diesem Zweck – ungeachtet dessen, daß es dir zunächst peinlich war – beschlossen sie, ein Beteiligungssystem zu organisieren, mit dem zumindest deine Schiffspassage finanziert werden konnte. Zé Rodolfo, der ein ebenso großes Herz hat, wie er als Bildhauer genial ist, setzte die Idee in die Tat um, wobei ihm sein freundliches, immer zu Späßen aufgelegtes Naturell zugute kam, doch spielte er auch sein Ansehen als Professor der Bildhauerkunst an der Kaiserlichen Akademie der Schönen Künste aus. Der Betrag, der auf diese Weise zusammenkam, erwies sich allerdings als noch nicht ausreichend – allein die Schiffspassage belief sich auf dreihundertachtzig Milréis. Da verfielst du auf die Idee, in der Sonderlotterie der Provinz Rio zu spielen, die in diesem Jahr den weiß Gott nicht zu verachtenden Hauptgewinn von vierhunderttausend Milréis verloste – eine Summe, von der man in Europa wie ein Nabob leben konnte! Du befragtest sogar das Horoskop im Laemmert-Kalender, die Sterne standen günstig. Voller Elan kauftest du mehrere Lose zu einem Milréis. Pustekuchen! Das Horoskop hatte versagt, du hast noch nie Glück im Spiel gehabt, und am Ende hattest du auch noch dein bißchen Geld sinnlos verpulvert ... Man mußte eine effektive, direkte Möglichkeit finden, deine Barschaft aufzustocken. Schließlich kam Frederico Nasci-

mento auf den Gedanken, eine Tournee durch den Norden zu organisieren, nach dem gleichen Muster wie im vergangenen Jahr nach Juiz de Fora – Frederico am Violoncello und du am Klavier. Und das klappte schneller als erwartet. So kam es, daß die Tournee schon im April in Recife begann, wo du zu deiner großen Freude José do Patrocínio kennenlerntest, der sich zufällig im Rahmen der Kampagne zur Abschaffung der Sklaverei dort aufhielt. Dein Auftritt an seiner Seite im Colégio Pedro II. erhielt viel Applaus, was schon daraus ersichtlich wird, daß das Publikum nach der Wiederholung deiner Dança dos negros *verlangte. Die nächste Station war Fortaleza. Dort spieltest du sehr erfolgreich an mehreren Abenden im Club Iracema. Eine große Freude für dich, daß du in deiner Heimat so herzlich empfangen wurdest, und vor allem, daß du deine geliebte Réria wiedersahst, mit der du dich dann offiziell verlobtest. Aber es tat dir weh zu sehen, wie sich die schreckliche Dürre auswirkt, die in diesem Jahr dein Ceará heimsuchte, die Hauptstadt quoll über von hungrigen Landflüchtigen, an jeder Ecke standen sie und bettelten. Dann folgten die Städte São Luiz und Belém do Pará, wo du im Teatro da Paz auftratest und mit den drei Sonaten von Beethoven ebenfalls gefeiert wurdest. Manaus bildete den Schlußpunkt dieser wahrhaft heroischen Tour, du warst am Ende deiner Kräfte, und kurz darauf bekamst du Probleme mit dem Herzen, die beinah ein schlimmes Ende nahmen. Nach der Rückkehr in die Hauptstadt wurde beschlossen, dein Ziel in Italien solle das Konservatorium von Neapel sein, das der Pianist, Dirigent und Komponist Giuseppe Martucci leitete, ein mit Wagners musikalischen Vorstellungen vertrauter Mann, der dessen Werk unermüdlich in Italien verbreitete. Das beflügelte dich. Du warst sogar schon im Besitz eines Empfehlungsschreibens von Leopoldo Miguez, einem Freund von Martucci. Doch im letzten Moment kam alles anders – die neapolitanischen Verwandten der Bernardellis, bei denen du wohnen solltest, zogen unerwartet nach Mailand um, womit es dir unmöglich wurde, dort Aufenthalt zu nehmen, denn bei deinen knappen Mitteln hättest du nicht für deine Unterkunft aufkommen können. Nach langen gemeinsamen Überlegungen und Diskussionen wurde beschlossen, du solltest lieber nach Rom gehen, wo andere Verwandte der Bernardellis lebten. Zumal auch Zé Rodolfo bis vor drei Jahren in Rom studiert hatte und dort noch ein kleines Atelier unterhielt, das du im Notfall benutzen konntest. In Rom solltest du an der Accadèmia Reale de Musica de Santa Cecilia studieren, »der ältesten Musikschule Italiens, 1570 von Palestrina gegründet«, wie Nascimento dir erklärte, um dich aufzumuntern. Man nahm telegrafisch Kontakt zur Akademie auf. Die positive Antwort ließ nicht lange auf sich warten, die Sache wurde also besiegelt. Du solltest tatsächlich nach Rom gehen und dich in der Harmonieklasse des berühmten Maestro Eugenio Terziani einschreiben – durch eine Laune des Schicksals derselbe, der 1870 die Uraufführung der Oper* Il Guarany *von Carlos Gomes in der Mailänder Scala dirigiert hatte. Henrique schrieb unverzüglich an einen befreundeten Maler, Pedro Weingartner, der als Stipendiat des Kaisers in Rom studierte, und bat ihn, dir nach deiner Ankunft behilflich zu sein. Henrique schmiedete bereits Pläne – er machte sich große Hoffnungen, daß er für die Pariser Weltausstellung im nächsten Jahr ausgewählt würde, dann wollte er dich besuchen kommen und mit dir nach Capri fahren, damit du die Insel kennenlernst. Zé Rodolfo seinerseits bereitete dich vor: Mach dich auf Roms Schönheit gefaßt, da gibt es herrliche Paläste, die älter sind als Brasilien – kannst du dir das vorstellen, Bebé? Alles so ganz anders als hier, es sind Jahrhunderte und Jahrhunderte von …*

Bordtagebuch, 11. August 1888

Wir liegen vor der Stadt Salvador auf der Reede. Der Anblick der Bucht Todos os Santos ist überwältigend. Obwohl ich Lust hatte, bin ich lieber nicht an Land gegangen. Wir bleiben nur wenige Stunden zum Ausschiffen und Einschiffen der Passagiere. Carlota ist fort. Schade! Ihr Lachen illuminierte den Dampfer. Mit ihr sind auch die beiden widerlichen Typen ausgestiegen. Ich hoffe, sie haben die Lektion für den Rest ihres Lebens gelernt. Unser Schiff ist von kleinen Booten umringt, die alles Erdenkliche verkaufen, hauptsächlich Früchte. Von allen Seiten Geschrei. In einem Boot bitten ein paar Schwarze um Almosen. In einem anderen singen Schwarze zu den Klängen eines Berimbau. Sie machen einen solchen Wirbel, daß ihr Boot nur wie durch ein Wunder nicht kentert. Zum Abschied habe ich ein paar Mangos gekauft, um sie nachher auszulutschen, so wie früher als Knirps. Nachdem ich sie bezahlt und oben an Bord in Empfang genommen hatte, stellte ich fest, daß sie alle schlecht waren. Meine Reklamation half nichts. Der Händler tat, als hörte er mich nicht. Ich mußte an meinen Lehrer Tobias Barreto denken, er hätte mit Sicherheit eine Schmährede über den Mangel an sittlichen Tugenden der Brasilianer gehalten. Wie man ihn übrigens schon hier auf dem Schiff feststellen kann. Die Unart, Speichel und Schleim auf den Boden zu spucken, ist kein Privileg der Herren, die Carlota in die Schranken gewiesen hat. Zwar haben die beiden es mit ihrer Arroganz als Vertreter der niederen Elite übertrieben. Doch erkennt man auch im allgemeinen Brasilianer und Portugiesen an dieser abscheulichen, unter unseren Landsleuten derart verbreiteten Unsitte, daß man meinen könnte, sie pflegten sie geradezu mit Stolz. Ich habe schon mehrfach erlebt, daß Ausländer sich darüber empörten. Ich schäme mich, demselben Volk anzugehören wie solche Leute, die nicht gelernt haben, ihren Mitmenschen mit Anstand zu begegnen.

*

Mir geht durch den Kopf, daß ein Vaterland eine schreckliche Bürde ist – nicht nur muß jeder sein eigenes unabwägbares Schicksal tragen, wir müssen auch noch das Schicksal unserer Nation tragen, die bereits eine lange Geschichte vor uns hat, eine Geschichte voller Widrigkeiten und Unarten, die gnadenlos über uns kommen, ihre Maßstäbe setzen und uns vor Fragen stellen, auf die wir keine Antworten wissen. Brasilianer sein hat somit zur Folge, daß man in eine Schablone gezwängt wird – eine Verurteilung in Abwesenheit.

Jung, arm, aus dem Norden, vom Land. Und obendrein auch noch Musiker in einem Land ohne Tradition. Es gibt so viele Möglichkeiten, im Exil zu sein. Immer wenn deine innere Welt nicht mit der großen äußeren übereinstimmt, ist die Voraussetzung dafür gegeben, daß du ein Fremder bist und, in erweitertem Sinn, im Exil. Aus reichlicher Erfahrung weißt du, daß man in Brasiliens Hauptstadt auf Schritt und Tritt ins Exil stolpert. Im Norden warst du zu jung, um bestimmte Details wahrzunehmen, auch wenn du – durch die Hintertür – Zugang zu den Salons der Landherren hattest. Doch in Rio de Janeiro wurde diese Wahrnehmung geschärft, sowie du – durch deinen Beruf – mit der kulturellen Elite der Stadt und damit des Kaiserreichs in Berührung kamst. Zugegeben, Künstler wurden in der Residenzstadt verehrt, mit einer charismatischen Aureole umgeben, auch wenn das Leben als Künstler Armut und finanzielle Schwierigkeiten mit sich brachte. Diese Verehrung begünstigte eine gewisse Überschneidung der Welt der Kunst mit der feinen Gesellschaft. In der ersten Zeit pflegten dir, dem armen Musiker, die Augen überzugehen beim Anblick von nicht einmal in deiner Phantasie je geschauten Palais (wie ärmlich erschien dir nun die Architektur des Nordens, selbst die der Reichen) oder der eleganten Kleider und des erlesenen Mobiliars der Räume, in denen du nun verkehrtest. So auch, als du, frisch in der Hauptstadt angekommen, zum ersten Mal das Cassino Fluminense betratest und den größten, schönsten und luxuriösesten Saal von ganz Südamerika erblicktest. Das war irgendwann im September des Jahres 1885. Wie hättest du das auch vergessen können? Der Anlaß war das jährliche Konzert des Club Beethoven, das beliebteste musikalische Ereignis der Hauptstadt, die Einladungen wa-

ren in der Creme der Gesellschaft höchst begehrt. Als Mitglied der Musikerschaft des Club Beethoven hattest du ein Anrecht auf eine Karte. Und da standest du, ein junger Mann aus der Provinz, an einem glühendheißen Abend um acht, und bestauntest fassungslos, was deine Augen nie zuvor erblickt hatten. Die an den Passeio Público angrenzende Straße war gestopft voll von Wagen, in so großer Zahl, daß sie bis zu zwanzig Minuten in einer langen Schlange warten mußten, ehe sie vor dem märchenhaft erleuchteten Gebäude vorfahren und ihre eleganten Insassen aussteigen lassen konnten. Kein Wunder, zweitausend Personen waren zu diesem Abend geladen! Du holtest tief Luft und begabst dich zum Eingang, nervös wegen des billigen und nicht mehr modernen Abendanzugs, den du in einem Geschäft im Zentrum geliehen hattest, aber auch, weil die viel zu hart gestärkten Manschetten, Hemdbrust und Kragen scheuerten und dich zwangen, steif wie ein Besenstiel zu gehen. Ein Portier, hochelegant in weißem Frack und Krawatte, nahm deine Karte mit behandschuhten Fingern entgegen und reichte dir ein Programm, in Wirklichkeit ein siebzigseitiges Buch mit ausführlicher Beschreibung der Werke, die beim Konzert gespielt werden sollten, einer Biographie von Beethoven und der Namensliste der knapp sechshundert Club-Mitglieder. Ängstlich wie ein unerfahrener Dieb tratest du ein. Im Vestibül blendete dich von allen Seiten strahlendes Licht. Unter dem Eindruck der prunkvollen Umgebung bewegten sich die Menschen gemessen, wechselten wohlklingende Begrüßungen und verströmten elegante Düfte, während sie auf den Einlaß nach oben zum Konzertbeginn warteten. Du sahst dich um. Das Vestibül, die Treppen und die Foyers schmückten Palmen und hübsch arrangierte Orchideen. Ein wahres Meer von hohen, seidig schimmernden Filzhüten wogte zur Garderobe hin, wo die Herren ihre Zylinder abgaben. Wie nach einem strengen Ritual empfing ein etwa dreißigköpfiges Komitee, bestehend aus Honoratioren der Stadt, die Damen und führte sie die Marmortreppen hinauf in das obere Stockwerk. Auch du begabst dich langsam nach oben und ließest dir kein einziges Detail entgehen. Im ersten Stock saßen viele Gäste auf Sofas und causeuses *in dem angenehm kühlen Foyer, auf den beiden daran angrenzenden Terrassen standen etliche Herren und rauchten im Freien ihre Zigarren. Es gab auch noch einen großzügigen (zu dieser Stunde leeren) Buffetraum, in dem Bier und deutsche Spezialitäten serviert wurden, denn die Bewirtschaftung oblag damals dem Club Germânia. Du räuspertest dich diskret, um in dem allgemeinen Konversationsgemurmel nicht unangenehm aufzufallen. Als du endlich den Konzertsaal betratest, geriet dein Herz aus dem Takt. Der Anblick des bereits vollbesetzten Raums war überwältigend. Wohin dein Auge auch sah, alles schimmerte in goldenen Tönen: die schweren, fransenumrandeten Damastportieren, der prächtige Kronleuchter mit seinen zweihundert Gaslampen ebenso wie die geschnitzten Rahmen der riesigen Spiegel, durch deren Widerschein das Ambiente noch heller erstrahlte. Rings um den großen hohen Saal verlief eine Säulenreihe, auf der eine ebenfalls von Gästen gefüllte Empore ruhte. Du konntest dich gar nicht sattsehen. In diesem atemberaubenden Saal war alles versammelt, was in der Hauptstadt Rang und Namen besaß, das Äußerste an Reichtum, Schönheit und Eleganz, was die Kaiserstadt aufzubieten vermochte: der Adel, darunter Marquis, Grafen, Viscondes, Barone, mit ihren illustren Damen, aber auch Minister und Parlamentsabgeordnete, Heeresgeneräle und hohe Marineoffiziere, Diplomaten, Finanziers, die Crème der Presse, Wissenschaften und Künste. Anders als im Teatro Imperial, wo sie eine eigene Loge hatten, saßen der Kaiser, seine Familie, Höflinge und Hofdamen mitten im Publikum, plauderten mit ihren Nachbarn – darunter der neue Präsident des Ministerrats Barão de Cotegipe – und waren gar nicht so ohne weiteres in der Menge auszumachen. Du wußtest, daß Dom Pedro seit jeher die Ansicht vertrat, eine gewisse demokratische Zwanglosigkeit passe besser zu einem modernen, mit der Zeit gehenden Monarchen (tatsächlich hatte er darauf gedrungen, daß im Kaiserpalast São Cri-*

stóvão elektrisches Licht und sogar ein amerikanisches Telefon installiert wurden). Hier jedoch mutete eigentlich alles fürstlich an. Luxuriöse Roben und Juwelen blendeten dir, dem frisch aus der Provinz Gekommenen, die Augen. Die vorschriftsmäßig, deshalb aber nicht minder elegant gekleideten Herren (mit Bärten und Schnurrbärten der verschiedensten Stile) trugen allgemein dunkle Farben oder Grau, die einen ihre Galauniformen (sofern von der Marine, ausnahmsweise weiß), blitzenden Orden und Verdienstmedaillen auf der Brust, die anderen Frack (manche, als Gipfel der Gewagtheit, mit einer Blume im Knopfloch), dazu Leinen- oder Seidenhemden (deren steifgestärkte Hemdbrust Perlmuttknöpfe auflockerten), Westen aus Samt oder Rips (die einzigen farbigen Keidungsstücke), Hosen aus englischem Kaschmir – und alle ohne Unterschied eine Krawatte sowie makellos polierte Schuhe. Die Damen – glitzernden Edelsteinschmuck im Haar oder um den Hals – waren in tief dekolletierten, auf den Hüften, der Pariser Mode entsprechend, breit gepolsterten Abendroben erschienen, über den bloßen Armen lange Handschuhe. Das Klappern der Fächer aus Lack, Elfenbein und Perlmutt begleitete wie eine unterirdische Symphonie das Rascheln der Roben, so unterschiedlich waren die Stoffe, die sich um die Körper schmiegten – spitzendurchbrochener Zephyr, mit Ottoman verzierte Seide, hauchdünner bestickter nain-sook, *in japanischem Damastmuster gewebter Atlas, satinglänzende Baumwolle, Leinen, Musselin, Samt, komponiert mit zart transparenten Gipüren, Etamin, Tüll, Rüschen, Grenadine, bestickten Musselinkragen, Fransen, Tressen, Knöpfen, Bändern, Schleifen und Schärpen in allen erdenklichen Farben. Eine Frau in der Menge, zierliche Figur, große leuchtende Augen und mattbräunlicher Teint, zog aller Aufmerksamkeit auf sich, nicht nur ihrer Schönheit und ihres kostbaren Schmucks wegen, sondern auch wegen ihres eigenwilligen Gewandes, denn sie trug über einem lockeren, blütenweißen Seidenkleid mit üppig gebauschten Ärmeln und kaum angedeuteter Taille eine exotische Tunika in abgestuften*

Blautönen wie Schmetterlingsflügel. Und als natürliche Ergänzung ihrer strahlenden Erscheinung eine verschwenderische Menge an Diamanten in Form eines Colliers, Ohrgehängen und eines zarten Diadems, das ihr schwarzes, zu einem Knoten zusammengefaßtes Haar zierte, während ein herrlicher Fächer aus ebenfalls blauen Federn an ihrem Handgelenk baumelte. Neben dieser Pracht wirkte der rotblonde Mann an ihrer Seite, vermutlich ihr Gatte, eher wie ein korrekter maître d'hôtel, der eine Diva geleitet. Erst in den Tagen darauf entnahmst du den Zeitungen, daß es sich um die berühmte Senhora Maurice Haritoff (für ihre Freunde Dona Nicota) handelte, eine mit einem russischen Aristokraten verehelichte Brasilianerin, in deren Villa in Laranjeiras die illustresten literarisch-musikalischen Soireen von Rio de Janeiro stattfanden, bekannt als die »mardis de Madame Haritoff« und vom grand-monde der Hauptstadt frequentiert. Die Poeten aus dem »Schiff von Lapa« ergingen sich übrigens in sarkastischen Bemerkungen über gewisse Kratzfuß-Künstler, deren größter Traum sei, die Gunst der schönen Dona Nicota zu erlangen, in ihren einflußreichen Kreis aufgenommen zu werden und von ihrem großzügigen Mäzenatentum zu profitieren. Die Zeitungen schrieben nachdrücklich, die Haritoff habe mit ihrem Gewand die neueste englische Mode der »vernünftigen Kleidung« im Highlife von Rio eingeführt, ergänzt durch eine kostbare Tunika, die ihr Mann ihr von einer Reise in die Türkei mitgebracht habe. Dieses Gewand, so die Presse, sei die große Sensation des Galaabends gewesen und habe mehr Aufmerksamkeit des Publikums auf sich gezogen als Beethovens Musik. Was in deinem Fall nicht zutraf. Denn für dich wurde dieser Besuch im Cassino Fluminense zu einem elementaren Erlebnis. Als dir von der überwältigenden Eleganz des grand-monde, dem dich zugehörig fühlen du weder durftest noch konntest, bereits der Kopf schwirrte, geschah die große Offenbarung des Abends, und diese stand mit dem prunkvollen Aufgebot von allem, was Dünkel, Autorität, Herrschaft, Besitz und Macht demonstrieren konn-

te, lediglich auf Grund der Umstände in Zusammenhang. O ja, die wahre Macht offenbarte sich, als Klänge ertönten, die du auf Anhieb verstandest, ohne sie je erlernt zu haben – und die das pathetische großbürgerliche Geraschel, das zuvor im Saal geherrscht hatte, erbarmungslos unter sich begruben. Zum ersten Mal in deinem Leben hörtest du Beethovens Dritte Symphonie, *dort vom Maestro Bassi dirigiert, und ihre heroische Größe schlug dein Hören, dein ganzes Wesen in den Bann. Und das Paradox fand sich bestätigt. Es hatte der Courage bedurft, diesen Tunnel an eitlen Nichtigkeiten zu durchqueren, um in Ludwig van Beethovens visionäre Erhabenheit einzutauchen, die kühn in noch unerforschte Regionen des musikalischen Ausdrucks vordrang und eine formale Komplexität schuf, wie du sie noch nie gehört hattest – nur Richard Wagners Klanguniversum sollte sie später übertreffen. Wie durch Magie verlöschte das Szenarium rings um dich, und du befandest dich an einem beliebigen, doch konkreten Ort, wo einzig diese Klänge von Leben erfüllt waren. Und es traf dich der Bann, diese Klänge nie mehr zu vergessen. Mit ihrer gewaltigen dramatischen Kraft führten sie dich zu dir selbst. Die unaufhörlichen Selbstzweifel, die Alberto Nepomuceno plagten, wurden dort vorübergehend ausgeräumt. So klingt meine Seele, dachtest du. Als hätte Beethoven dich mit all seinen Klangparadoxen entschlüsselt und urplötzlich wärest du dir selbst so klar wie nie zuvor. Du sahst dich, wenn auch nur kurz, in der Heldensymphonie verwirklicht, wo sich sämtliche Gegensatzpaare wie Spannung-Entspannung, Wohlklang-Mißklang, Stille-Ausbruch, Großartigkeit-Schlichtheit in den vielfältigen Nuancen (oder vielmehr Widersprüchen) gegenüberstehen, die menschlichem und damit auch deinem Denken und Handeln eigen sind. Du wolltest diese Musik wieder hören, immer und immer wieder, um dich mehr und mehr zu verstehen. Vor allem drückte die* Eroica *deine so zum Verzweifeln vage Vorstellung von Freiheit ganz unmißverständlich und klar aus. Sie besang den Tod, aber auch den Triumph. Und sie tat es mit einem melodischen und rhythmischen Ungestüm, das den Gesang zu einer Voraussetzung für das Leben machte, so daß du dich tief von dem Verlangen durchdrungen fühltest, zu leben und das Leben zu verstehen und es viel, viel größer zu gestalten. O ja, das war wahre Musik, denn sie sprach von Größe. Eine ganz eigene Form von Gebet, dachtest du. Als der Schlußapplaus aufbrauste, besaß nichts im Saal mehr Bedeutung, nur noch Beethovens Musik. Dann überkam dich die schmerzliche Erkenntnis, daß hierin das große Problem lag: Ob du wolltest oder nicht, diese dünkelhaften, oberflächlichen Menschen würden eines Tages das einzige mögliche Publikum für die Musik sein, an der dein ganzes Herz hing. An diesem Abend kehrtest du zu Fuß nach Hause zurück, hörtest die Hunde bellen und dachtest über die widersprüchlichen Offenbarungen des Abends nach, vielschichtiger, als zu verstehen dir möglich war in dieser Nacht, in der die Hunde der fremden brasilianischen Hauptstadt so laut bellten. Dir, dem jungen Mann aus dem Norden, aus der Provinz, war, als besuchtest du ein Land, in das du nicht gehörtest, auch wenn es dich faszinierte, weil es Schätze wie Beethoven barg. Das Fremdsein war unabänderlich in deiner Seele verankert. Das gleiche hattest du auch bei der unseligen Teegesellschaft im Palácio Isabel empfunden, und so solltest du immer empfinden, wenn du dich mit dem* Highlife *konfrontiert sahst, das dich vor nie gekannte Situationen stellte. Ein Teil von dir blieb in der Kaiserstadt immer im Exil. Kein Wunder im übrigen, daß viele deiner Freunde hier im Süden tatsächlich Fremde sind, wie Frederico Nascimento und Artur Napoleão, zwei Portugiesen, oder Joseph White, ein Kubaner, auch Miguez, der Sohn eines Spaniers, der zwar Brasilianer ist, aber bis zum Alter von einundzwanzig in Spanien und Portugal gelebt hat. Selbst im Club Beethoven pflegtest du Umgang mit den verschiedensten Ausländern sowohl unter den Mitgliedern als auch im Lehrkörper, wo du italienische und deutsche Kollegen hattest. Und nicht zu vergessen Zé Rodolfo Bernardelli, ein Mexikaner, und sein Bruder Henrique, ein Chilene, beide naturalisierte Brasilia-*

ner, doch hervorgegangen aus einer einzigartigen Mischung – die Mutter Französin (von dem napoleonischen General Thierry abstammend), und der Vater, der verstorbene Seu Oscar, Sohn eines Italieners und einer Österreicherin, war Russe gewesen. Allerdings hat dich nicht nur dies den Bernardellis nahegebracht. In erster Linie ist es eine ganz besondere Familie, ebenso eigenartig wie die Vielfalt an Akzenten, die man in ihrem Haus hört. Seu Oscar und Dona Celestina haben zwar immer engen Umgang mit der Elite gepflegt, doch waren sie nie reich, und vor allem haben sie nie die Schlichtheit der fahrenden Künstler abgelegt, als die sie in ihrer Jugend Mexiko, Argentinien und Brasilien bereist haben. Deine Situation ähnelt dieser in gewisser Weise. Zwar ist die Elite der Kaiserstadt in deinem Leben häufig präsent, doch hat sie mit deinem, durch die spärlichen Einkünfte eines Kirchenorganisten (der seine uneheliche Geburt verleugnete) und die einfachen Sitten einer Tischlerstochter geprägten Elternhaus nichts gemein. Natürlich reizten dich auch die Andersartigkeit und das Unbekannte, als fühltest du dich herausgefordert, Neuland zu erschließen, das dich einerseits abstößt, doch zugleich lockt. Selbst nun, da dir ein Kronleuchter mit zweihundert Gaslampen oder ein Seidenkleid, das achtzig Milréis gekostet hat (mehr als dein gesamtes Vermögen bei der Ankunft aus dem Norden) nicht länger die Sprache verschlagen kann, empfindest du, tief in deinem Exil, einen gewissen Widerwillen gegen diese sich respektabel gebärdende Oberflächlichkeit, die, wie du inzwischen nur zu gut weißt, lediglich als glänzende Kulisse zum Verschleiern der Beschränktheit von Rios feiner Gesellschaft dient. Das hast du in deinen wenigen Jahren in der Kaiserstadt mühelos durchschaut. Folglich nimmst du die »großen Probleme« des Bürgertums nicht mehr allzu ernst. Die Karnevalszeit, zum Beispiel. Alljährlich sagen die konservative Presse und die Politiker dem Karneval den Kampf an und fordern den Einsatz der Polizei gegen die Straßenaufläufe, wobei sie vergessen, daß der Karneval, dieses echte Volksfest, nur einmal im Jahr stattfindet und die

Spritzerei mit den Ätherlimonen und Duftwassertuben lediglich ein harmloser Ausbruch aus dem Alltag ist und nichts Schlimmeres bewirkt als fröhliches Lachen auf den Straßen und Plätzen, in den Wohnblöcken und Wirtshäusern. Genauso wird über die Langfinger, Messerstecher und Räuber gezetert, die heutzutage selbst in den Straßenbahnen stehlen und dafür verantwortlich seien, daß die Gewalt in dieser Stadt von Tag zu Tag zunimmt – und es heißt, überspitzt ausgedrückt, daß bald jeder friedliche Bürger eine Waffe bei sich tragen müsse. Die Zetermäuler machen sich nicht klar, daß den armen Leuten gar nichts anderes mehr bleibt als derlei Vergnügungen und Delikte. Die Presse feiert den Einsatz der städtischen Schutzpolizei, die vierhundert Räuber festgenommen und zur Internierung nach Mato Grosso geschickt hat, so wie sie die Kampagne zur Säuberung der Stadt von streunenden Hunden betreibt – weshalb es durchaus seine Logik hat, daß die Polizisten deines Landes verächtlich »Hundefänger« genannt werden. Und was bewirken solche Erziehungsmaßnahmen? Es ist doch bestens bekannt, daß die Polizei ihrer Aufgabe schon deshalb nicht gerecht wird, weil die Kripo sich ihre Leute aus demselben Milieu geholt hat, das sie bekämpft: Berüchtigte Räuber wie der Zacarias Sowieso, der Dario Sowieso und der Paredes, denen man Raubüberfälle und Morde nachsagt, dienen heute bei der Polizei. Mit anderen Worten, wir haben legale und illegale Banditen ... Die Zeterer von der Presse kommen aber nicht auf die Idee – und das wäre ihre eigentliche Pflicht –, die Schandtaten der Kapitalisten anzuprangern, denn die sind das wahre Kreuz Brasiliens. Wir haben uns Geld von den Engländern geliehen, um die Lage im Land zu verbessern. Die Lage ist nicht besser geworden. Wo ist das Geld geblieben? In den Händen der Mächtigen, und die sind jetzt noch mächtiger, während die Bevölkerung immer tiefer ins Elend sinkt. Zur Begleichung unserer Auslandsschulden schicken wir dieses Jahr allein an Zinsen und Tilgung über drei Millionen Pfund Sterling nach London, doppelt soviel, wie das Haushaltsdefizit des gesam-

ten Landes ausmacht, und dieses muß für die Schulden aufkommen, die von einigen wenigen gemacht wurden. Man klagt, unsere Kunst sei rückständig und unsere musikalische Produktion unbedeutend. Welch Wunder, wenn der Staat für das ganze Kaiserliche Konservatorium ebensoviel ausgibt, wie er einem einzigen Senator zahlt – wobei der Senat nicht einmal die von der Verfassung vorgeschriebene Zeit arbeitet. Die am Konservatorium Lehrenden sind zwar verknöcherte Trottel (was auch für so manchen Senator gilt), doch rechtfertigt dies nicht, daß sie die gleiche Besoldung erhalten wie der Glöckner der Kaiserlichen Kapelle, von dem als einziges verlangt wird, daß er hin und wieder auf die Uhr sieht und an einem Strick zieht ... Womit nochmals gesagt sei, was längst allgemein bekannt ist: Die Hauptstadt ist zu einem Paradies für einflußreiche Männer auf der Jagd nach leicht verdientem Geld geworden. In diesem Hort der Eitelkeiten gilt als größter Wunschtraum ein Adelstitel, und den erfüllt man sich mit seinem Geld. Du kannst dich noch gut an das meistdiskutierte Ereignis erinnern, das die Polizei im Jahr deiner Ankunft in Rio beschäftigte: Einer jener reichen, aber ungehobelten Kommendatores hatte beschlossen, sich den Titel eines Barons zu kaufen, und war in die Hände eines Betrügers gefallen, der ihm einen falschen Titel verkaufte. Als die Sache aufflog, hielt der Kommendatore aber nicht still, der Betrüger wurde verhaftet und nach einem Prozeß, der in der Öffentlichkeit großes Aufsehen erregte, am Ende freigesprochen. Es dauerte nicht lange, da brachte Artur Azevedo diese selbe Geschichte in einer Revue auf die Bühne, Rio de Janeiro strömte in hellen Scharen ins Teatro Lucinda und brüllte vor Lachen über den Schauspieler Colás in der Rolle des Betrügers. Die ganze Stadt sang das Titel-Couplet und verspottete den falschen Baron. Doch wie es scheint, hat auch dies nichts bewirkt. Trunken vor Dünkel kultiviert das Highlife *auch weiterhin mit tiefem Ernst seine Adels- oder vielmehr Ehrentitel, die mit dem Gehrock abgelegt werden – denn der Adel wird nicht auf Lebenszeit, sondern in Verbindung mit einem Amt verliehen. Dabei ist dies die einzige Einnahme des Staatssäckels, die von den Untertanen ohne Murren gezahlt wird, wie der Redakteur der Satirezeitschrift* Mequetrefe *sehr zutreffend schrieb. Ständig jammern sie über die nationale Krise, scheuen sich aber nicht, tief in die Tasche zu greifen für eine »Verleihungsurkunde«, die ihnen vermeintlich den Weg zu unsterblichem Adel ebnet, ohne sich dessen bewußt zu sein, daß sie diese Karikatur von einer Aristokratie lediglich noch lächerlicher machen. Menschen dieses Schlags waren es, denen du im Palast begegnetest, wo sie ihr Ritual frecher Kratzfüße und Bücklinge vor Ihrer Kaiserlichen Hoheit, der Prinzessin, zelebrierten. Zwar nicht die Romanfiguren Conde de Itapapá, Visconde de Seriquitó und Barão de Minhinhonhá persönlich, über die ihr Schöpfer Eça de Queiroz sich lustig gemacht hat, aber doch ihre größten Nacheiferer. Kurzum, das ganze als adlig verkleidete Pack, deren Titel wohlfeil auf dem Kaiserlichen Markt von Brasilien zu haben sind! Bleibt die Frage: Wie lange wirst du, Bebé Nepomuceno, dem Buhlen der feinen (aber maroden) Gesellschaft standhalten, auf die du dich eingelassen hast?*

*

Ich habe stundenlang am Klavier gesessen und mit nicht versiegender Begeisterung die Präludien und Fugen des *Wohltemperierten Klaviers* gespielt. Es gibt Menschen, deren Seele tatsächlich so übergroß ist, daß sie sich in Musik ergießt, um die Seelen anderer zu erhöhen. Mir scheint, der alte Bach war so einer – eine übergroße Seele. Und deshalb wird er sich über alle Jahrhunderte hinweg auch den noch kommenden Seelen mitteilen. (Oh, welch großartiges kosmisches Erlebnis: ein Wesen von solch unermeßlicher Größe, daß es mit seiner Schönheit alle Barrieren von Zeit und Raum überwindet.)

*

Und dennoch: Maß- und fassungsloses Staunen ist angebracht, so maßlos groß ist die Zahl der Gründe, den Mund vor Staunen und Ungläubigkeit aufzureißen! Denn der alte Johann Sebastian, Quell endloser Verzauberung, erlangte das Amt des Kapellmeisters in der Leipziger Hauptkirche nur, weil Georg Philip Telemann, Musikdirektor und der meistgefeierte Komponist seiner Zeit, andere Verpflichtungen hatte und das Angebot ablehnte. Johann Sebastian Bach galt als großer Organist, doch als ein wenig gebildeter Mann und nicht mehr zeitgemäßer Komponist. Einen großen Teil seines Lebens war er in Kirchen angestellt. In Leipzig, wo er bis zu seinem Tod lange Jahre lebte, mußte er komponieren, während er rüpelhafte, undisziplinierte Schüler beaufsichtigte, denen er laut Vertrag Religionsunterricht zu erteilen hatte. Ohne Genehmigung des Stadtrats durfte er die Stadt nicht verlassen. Seine eigenen Kinder (er brachte es auf zwanzig, von denen nicht alle überlebten) unterrichtete er in Musik. Zu seinen Lebzeiten wurden nur wenige seiner Kantaten verlegt. Der spärliche Ruhm des Vaters, dessen Kirchenmusikstücke nur einmal aufgeführt und dann weggelegt wurden, verblaßte im Schatten seiner Musikersöhne. Nach dem Tod des alten Bach endeten viele seine Partituren als Einwickelpapier in Fleischergeschäften. Sein Werk geriet in Vergessenheit, nur ein winziger Kreis von Getreuen hörte und genoß sie – vielleicht. Erst neunundsiebzig Jahre (fast ein ganzes Jahrhundert, meine Herrschaften!) nach seinem Tod hörte man den alten Johann Sebastian wieder, als Mendelssohn seine *Matthäuspassion* neu entdeckte und zur Aufführung brachte und das Publikum und fortan die ganze Welt ehrfürchtig über ihren sakralen Charakter und ihre Schönheit staunte. Bach, dieser unerschöpfliche Quell der Lyrik, wäre um ein Haar in den Fleischergeschäften untergegangen! (Wie viele vor Staunen offene Münder braucht es, um den Kannibalismus der Menschheit auszudrücken?)

Bordtagebuch, 12. August 1888

Bahia liegt hinter uns. Die Übelkeit hat nachgelassen. Jetzt plagt mich große Schläfrigkeit, eine regelrechte Benommenheit infolge des leisen Schaukelns des Meeres, das sich auf die Hirntätigkeit auswirkt. Vielleicht ist dies der gleiche Effekt wie beim Schaukeln einer Wiege, mit dem Mütter und Ammen den Schlaf der Kinder herbeilocken. Bebé fühlt sich wie ein Baby.

*

Ich entdecke ungeahnte Vergnügen. Zum Beispiel das morgendliche Duschbad an Bord, es ist klebrig und riecht ein wenig modrig. Ich genieße das warme Meereswasser und das prickelnde Salz auf der Haut. Die Vorstellung, den Tag über von einem winzigen Teil dieser Weite umhüllt zu sein, gefällt mir. (Soeben habe ich gelesen, was ich geschrieben habe; mein Verdacht, daß ich nicht ganz bei mir bin, hat sich bestätigt ... Hoffentlich wird mein von der Überfülle des Lebens an sich schon allzu erregtes Herz nicht in Mitleidenschaft gezogen. Aber andererseits, warum solche Besorgnis? Für den Notfall gibt es einen Arzt an Bord. Also laß es einfach sprudeln, Bebé. Du hast den ganzen Ozean vor dir.)

*

Ich habe die Arbeit an der Oper *Porangaba* wieder aufgenommen, nachdem ich sie, kaum begonnen, aus Anlaß meiner Reise durch den Norden unterbrochen hatte. Das alte Klavier im Salon leistet mir seine Dienste. Gebe Gott, daß mich die Inspiration, Alberto Nepomucenos erste Oper zu vollenden, nicht im Stich läßt.

*

Eine Herkulesarbeit, die brasilianische Musik zu erschaffen – an allen verfügbaren Fäden ziehen, auch die minimalsten

Spuren nutzen. Glücklicher Padre José Maurício, der brauchte nicht an so etwas zu denken. Er komponierte, ohne Fragen zu stellen, tat einfach, was sein Herz ihm sagte ... und der Geschmack am Hof des Königs Dom João VI. verlangte. Heute hingegen schreiben selbst die Zeitungen, daß es keine nationalen Künstler gibt, daß alles in Brasilien aus dem Ausland kommt. Nicht einmal Carlos Gomes bleibt verschont, er, der doch einst als Genie unseres Volkes galt.

... natürlich weißt du es noch genau, es war im Juni 1882. Wie ein Lauffeuer verbreitete sich die Nachricht unter der akademischen Jugend von Recife: Der größte Stolz der brasilianischen Musik werde direkt aus Europa eintreffen. Am 5. Juni warst auch du am fahnengeschmückten Kai des 22. November zur Stelle, mehrtest mit deinen Freunden die Menge, die seit dem Nachmittag den französischen Postdampfer Niger *erwartete, auf dem unser erlauchter Komponist reiste. Außer einfachen Schaulustigen waren auch die Honoratioren der Stadt als vom Provinzpräsidenten persönlich ernanntes Empfangskomitee erschienen sowie Vertreter der diversen kulturellen Vereinigungen, darunter die Ocarinistas Pernambucanos, der Club Carlos Gomes (dessen Vorstand du damals schon angehörtest) und die Gesellschaft der Bildenden und Freien Künstler, nicht zu vergessen natürlich die Mitglieder der Städtischen Musikkapelle in ihrer Galauniform. Die einen hielten Blumen in der Hand, andere hatten Raketen mitgebracht, und manche konnten ihre Ungeduld nicht bändigen und zückten schon beim kleinsten ungewöhnlichen Anzeichen am Horizont ihre Batisttaschentücher zum Winken. Alle fieberten vor Spannung – welch eine Ehre für Recife, und dies nun schon zum zweiten Mal innerhalb von zwei Jahren! Der große Augenblick kam jedoch erst am Abend. Plötzlich erscholl, in Tonfall und Lautstärke eines Opernhöhepunkts würdig, der Ruf: Der Maestro kommt! Worauf ein Beben durch die Menge ging und sie dutzendfach in alle vier Himmelsrichtungen weiter-*

gab: Der Maestro kommt, der Maestro kommt! Ein kleiner Lichtpunkt flimmerte am Horizont. Die Erregung überwältigte dich, du konntest kaum mehr atmen – zum ersten Mal solltest du mit eigenen Augen das leibhaftige Symbol der Musik erblicken, den Mann, der deine geheimsten Träume verkörperte, eines Tages womöglich ... Die Ungeduld der Menschen steigerte sich immer mehr, je näher die Lichter des Schiffs mit ihrer verheißungsvollen Aureole durch die Dunkelheit leuchteten. Als der imposante stählerne Dampfer draußen Anker warf, schien die Anspannung schier unerträglich. Und kaum war Carlos Gomes dem Boot entstiegen, das ihn an Land brachte, brach die ergriffene Menge mit Tränen in den Augen in jubelnde Hochrufe und Willkommensgrüße aus. Man schubste einander, schrie und stritt sich um die besten Plätze, alle wollten ihn sehen und, Gipfel der Wonne, ihn berühren, manche kletterten auf die Bäume oder stiegen auf die Eisenbänke am Kai. Auch du jubeltest und spürtest, daß dir die Tränen in die Augen traten. Clóvis Bevilacqua neben dir konnte sich vor Begeisterung nicht bremsen und warf laut schreiend Blumen. Und dein Lehrer Tobias Barreto, der an diesem Abend auf seine Besuche bei den leichten Mädchen am Platz verzichtet hatte, um sich nichts von dem Ereignis entgehen zu lassen, lächelte mit großen Augen. Zwar hielt er die nationale Bedeutung, die man der Oper Il Guarany *zugeschrieben hatte, für übertrieben, doch gab es nicht alle Tage Gelegenheit, dem illustren Opernkomponisten, den selbst Italien zu seinen besten zählte, die Ehre zu erweisen. Während die Kapelle musizierte und die Raketen in den Himmel schossen, ging ein Blumenregen nieder, und der Maestro, langes graumeliertes Haar, buschiger Schnauzbart und schüchternes Lächeln, fuhr in einem offenen, girlandengeschmückten und von mehreren Laternen beleuchteten Landauer langsam durch die Menge, direkt zum Teatro Santa Isabel, wo die Companhia Lírica Thomaz Passini, die zu einem Gastspiel in der Stadt weilte, zu Ehren des bedeutenden Besuchers eine unentgeltliche Vorstellung geben wollte. Das Volk lief, Taschentücher* schwenkend, hinter dem Landauer her und ließ den Maestro immer wieder hochleben. Binnen kürzester Zeit waren sämtliche Plätze im Theater besetzt, um die letzten hatten die Leute sich fast geprügelt. Sowie Carlos Gomes eingetroffen war, hob der Maestro Bernardi den Taktstock, und das Orchester stimmte die ersten Töne der Ouvertüre von Il Guarany an. Unter dem anschließenden Applaus brach das Haus fast zusammen. Die Dichter Pedro Jacques und Ciridião Durval trugen wohlgesetzte Verse vor, und diverse Studenten hielten flammende Reden zur Begrüßung unseres, wie einer der jungen Redner sich ausdrückte, »großen Königs der erhabenen Kunst Mozarts«. An den folgenden Tagen fanden unablässig neue Feste und öffentliche Ehrungen statt. Noch immer bist du ergriffen, wenn du an das großartige Schauspiel der brennenden Fackeln und bunten Lampions zurückdenkst, damals am Abend des festlichen marche aux flambeaux, der vom Largo do Arsenal da Marinha durch die Straßen von Recife zog, begleitet von mehreren Musikkapellen zur Unterhaltung der überwältigenden Menschenmenge und feierlich angeführt von den Fahnen zahlloser Studentenverbindungen, Berufsverbände und Künstlergruppen. Die Geschäfte hatten früher geschlossen, alles zu Ehren des hohen Gastes. Das Volk drängte sich in der Rua da Cruz. Mehr als zweitausend Menschen, darunter Kaufleute, Lastenträger, Straßenhändler, Hausfrauen und Ungebildete aller Art, hatten sich versammelt und feierten nicht den Musiker, denn den kannten sie nicht, aber den Helden des Vaterlands. Auf den Balkonen standen die Leute und klatschten Beifall. Aus den hohen Fenstern hingen Lampions an Stangen und bildeten einen Lichterkorridor bis zum Club Carlos Gomes, wo der große Komponist schließlich zum Publikum sprach. Nach ein paar Tagen fand die venezianische Regatta auf dem Rio Capibaribe statt – an der Spitze das Boot mit Carlos Gomes, dahinter Dutzende anderer Boote, während das Volk am Kai, an den Ufern, aus den Häusern in der Rua da Aurora und von den Brücken zuschaute und Blumen warf. Das Fest auf dem Wasser ende-

te mit einem Galadiner auf einer reich beleuchteten Barkasse, die zwischen den Brücken da Boa Vista und da Maxambomba de Caxangá Anker geworfen hatte, während bengalische Feuer, so schön, wie die Stadt sie noch nie erlebt hatte, abgebrannt wurden. An das Diner schloß sich ein musikalischer Teil an, bei dem die Gäste bis in den frühen Morgen tanzten. In der Woche darauf brachte die Companhia Lírica die Oper Salvator Rosa *zur Aufführung, der ersten in Recife, und die Damen erschienen sehr passend alle in rosa Kleidern. Du fühltest dich wie in einem Märchen. Zwischen den Akten wurde Carlos Gomes auf die Bühne gerufen, mit Reden geehrt und beschenkt. Unter den Präsenten gab es ein ganz besonderes, und zwar von dem Musikclub, der sich nach ihm benannt hatte – ein goldener Taktstock. Und du, der Jüngste im Vorstand, warst auserwählt, ihm das Geschenk zu überreichen. Als du auf der Bühne seine Hand hieltest, war dir, als berührtest du Brasilien selbst. Außerdem erhielt er einen Lorbeerkranz aus massivem Gold (ein Geschenk der Jurastudenten), eine Karte mit einer Feder, ebenfalls aus Gold, und eine Sonderausgabe der* Estação Lírica, *auf Seide gedruckt, mit verschiedenen Artikeln von ortsansässigen Literaten. Dann hielt Tobias Barreto eine Rede, die, wenn die Erinnerung dich nicht täuscht, sehr emphatisch war. »Wenn die brasilianische Oper eines Tages auf eine Geschichte zurückblicken kann, wird in der Entwicklung unserer Kultur, gleich welcher Art auch die Fortschritte sein mögen, die uns in Zukunft erwarten, der Name Carlos Gomes immer als erster genannt werden«, sagte er mit seiner so typischen Eloquenz, die ganz Recife kannte und bewunderte. Die Ehrungen jenes Abends fanden ihren krönenden Abschluß in einem höchst bewegenden Akt, als öffentlich die Freigabe zweier Negerkinder bekanntgegeben wurde. Es folgten minutenlange Ovationen und Jubelrufe der unzähligen im Saal anwesenden Abolitionisten. Als der Applaus abebbte, konnte Carlos Gomes vor Rührung kaum sprechen. Mit belegter Stimme murmelte er lediglich ein Danke, dann kehrte er in die Präsidentenloge zurück und blieb dort bis zum Ende der Aufführung. Doch der Höhepunkt seines Besuchs war die Vorstellung, die die Primadonna Líbia Drog – die Isabel in* Salvator Rosa *und der Publikumsliebling der Saison – für den Komponisten am Tag seines sechsundvierzigsten Geburtstags gab. Man spielte die* Norma *von Bellini, das Theater war ausverkauft. Zum Schluß wurde Carlos Gomes aufgefordert, die Ouvertüre von* Il Guarany *zu dirigieren. Man verlangte eine Wiederholung. Das Publikum erhob sich geschlossen von den Sitzen, um der Musik zu lauschen, die inzwischen zu unserer zweiten Nationalhymne geworden ist, so tief bewegt sie uns. Es war der 11. Juli. Für dich hatten dieses Datum und eine zufällige Gemeinsamkeit, die nur bei wenigen zutraf, mehr Bedeutung als für irgend jemanden sonst im Publikum. Kurz zuvor, am 6. Juli, hattest du dein achtzehntes Lebensjahr vollendet und warst insgeheim stolz darauf, wie dieser Mann, der für dich das große Genie der brasilianischen Musik verkörperte, unter dem Sternzeichen Krebs geboren zu sein. (Ein leidvolles Sternzeichen, aber das der Künste ... vom Schicksal ersonnen, um durch Leid die Seele des Künstlers zu läutern.) Auch nach Recife war schon das Echo der Kritik gedrungen, die sich in der Hauptstadt gegen Carlos Gomes richtete und die du später in gewisser Weise teilen solltest – er sei nicht nur europäisiert (man munkelte sogar, er habe sich in Italien naturalisieren lassen), man sagte ihm auch nach, ein leidenschaftlicher Spieler, Frauenheld und Verschwender zu sein, der in Europa auf großem Fuß lebe, und zwar auf Kosten des Kaisers und staatlicher Stipendien, die die Abgeordnetenkammer ihm bewilligt hatten. Damals jedoch konnte nichts den Glanz des genialen Komponisten trüben, der den Ruhm der brasilianischen Musik bis an die fernsten Grenzen getragen hatte. Dir wurde die Ehre zuteil, ihm dreimal zu begegnen. Abgesehen von der knappen Begrüßung auf der Bühne des Teatro Santa Isabel warst du am Abend nach dem Fackelzug im Club Carlos Gomes mit ihm zusammen. Die letzte Begegnung fand Ende Juli statt, kurz vor der Abreise des Maestro nach Belém. Es war im Haus des Coronel*

Ernesto Silva, seines pernambukanischen Gastgebers, die anderen Vorstandsmitglieder des Clubs hatten dich mitgenommen. Plötzlich sahst du Carlos Gomes direkt vor dir, ohne Rock, in einer Hängematte auf der überdachten Terrasse, seine unvermeidliche Pfeife rauchend, wie ein gewöhnlicher Sterblicher und dennoch von einer Aura umgeben, zu der seine schon angegraute Löwenmähne noch beitrug. Nachdem man dich als einen vielversprechenden jungen Musiker vorgestellt hatte, sah er dich scharf an, als wollte er dich genau mustern, und sagte trist lächelnd: »Ach, mein Junge, das ist ein langer, leidvoller Weg, den du da vor dir hast. Es gibt auch schöne Augenblicke, so wie jetzt hier. Aber mach dir keine Illusionen – es ist ein hartes Los ...« Damit du es nie vergißt, so klangen seine Worte. Die große Bürde. Und die Fragen nach dem Wofür ...

*

Ich will nicht mit dem Traum (oder der Verpflichtung), ein zweiter Carlos Gomes zu werden, nach Europa gehen. Möge der Herrgott mir diese Bürde ersparen.

*

Wie oft, wenn ich Bachs Größe spüre, treibt es mich um, weil ich mich für zu unrein halte, wahre Musik zu machen. Nie wird es mir gelingen, nie und nimmer, denke ich dann. Und dann fällt mir Mozart ein, und das tröstet mich. Mozart war alles andere als rein, sogar ziemlich verderbt. Auch wenn es seinen Verehrern nicht gefällt, Mozart schrieb mit größtem Vergnügen obszöne Briefe und fluchte viel. Angeblich hat er sogar Lieder mit schlüpfrigen Versen geschrieben. Und dennoch hat er uns eine Musik geschenkt, die den Gipfel an Genialität erreicht, dieser göttliche Mozart. Bis zum Fluchen brauche ich nicht zu gehen. Es reicht schon mit meinen Schwachsinnigkeiten. Zumal ich auch nicht den Ehrgeiz habe, ein zweiter Mozart zu werden. Aber wenn man von mir lauter Dummheiten verlangte, damit ich dem österreichischen Genie nur das Wasser reichen kann, dann würde ich sie zweifellos mit Freuden begehen.

*

Wann werde ich Kunst schaffen können? Vermutlich erst, wenn ich Lebenserfahrung habe.

*

Zwei Argentinier, die mit uns reisen, haben sich darüber gewundert, daß ich Apfelsinen spiralförmig schäle, wie es bei uns in Brasilien üblich ist, und nicht längs der Schnitze, wie man es anscheinend andernorts zu tun pflegt. Sie versuchten es auch, jedoch ohne Erfolg. Ich mußte vor ihren Augen fünf Apfelsinen schälen, und sie lachten amüsiert. Sie finden, ich sei ein Künstler, wegen der perfekt spiralförmigen Schale. Das erfüllt mich mit Stolz – wenigstens vom Apfelsinenschälen kann man sagen, daß es dafür eine rein brasilianische Art gibt ... Beim abendlichen Tanz sehe ich, wie sie halb angetrunken, die Apfelsinenschalen um den Hals gehängt, linkische Versuche machen, sich in den Hüften zu wiegen und mit der Nabelgegend ihre Partnerinnen zu berühren, wie sie es bei den Negern in der dritten Klasse gesehen haben, wenn diese zu ihren Trommeln tanzen. Es wirkt nur lächerlich, dabei meinen sie, sich wie Brasilianer zu bewegen, für sie höchst exotische Leute. Welch ein himmelweiter Unterschied zwischen Nachbarvölkern ...

*

Wenn es abends dunkelt, sitze ich gern auf dem Bugdeck, halte das Gesicht in den kühlen Wind und beobachte, wie das Schiff stolz dem Horizont entgegenfährt, der sich in allen Farben verfärbt. Mir geht so vieles und so Merkwürdiges durch den Sinn, daß mir der Kopf fast platzt. Ich muß fleißig und schnell schreiben. Ich befinde mich in einem euphorischen Erregungszustand, gleichsam eine Nuance über dem normalen Zustand. Angesichts dieses unendlich anmutenden Ozeans wird mir brennend bewußt, daß alles vergänglich und das Leben nicht mehr ist als eine kleine, darin verlorene Perle. Als wäre ich ein Betrunkener auf einem trunkenen Schiff.

Im Grunde warst du nie von sehr robuster Konstitution. Als Kind hattest du Erstickungsanfälle mit anschließender Bronchitis, die dich immer sehr schwächte; das hat sich erst sehr spät gelegt. Dessenungeachtet prahltest du damit, du wärest auf den Tod vorbereitet. Eines Tages kam er dir ohne jede Vorwarnung ganz nah, zu nah. Für Klagen, feierliche Versprechen und womit du sonst noch in einem solchen Moment hättest rechnen können, blieb keine Zeit. Du stecktest mitten in den hektischen Vorbereitungen für diese Reise, mußtest die Daten festlegen, die Schiffspassage kaufen, einen Paß beantragen, Ausbildungsbescheinigungen besorgen, die Koffer packen. Kurz zuvor erst warst du von der dreimonatigen, was das Echo in der Kritik betrifft, erfolgreichen, doch im Hinblick auf die Einnahmen lediglich einigermaßen zufriedenstellenden Tournee durch den Norden zurückgekehrt. Du warst erschöpft, ja. Doch du schwebtest in einem Zustand der Verzauberung, fast wie im Glück. Schließlich sollte es deine erste Reise nach Europa werden. Zwar war dir jämmerlich zumute, weil du deine geliebte Réria in Fortaleza zurücklassen mußtest, doch die Aussicht, in Italien zu studieren, war für dich die Erfüllung eines Traums. Und dann geschah es. Es war ein ungewöhnlich heißer, drückender Spätnachmittag, damals im Juli, als hätte der Winter eine Pause eingelegt. Du warst kreuz und quer, zu Fuß und mit der Maultierbahn, durch die Stadt gezogen, auf der Suche nach den günstigsten Preisen für Koffer, Kleidung, Tinte, Hefte und sonstige Kleinigkeiten. Und hattest genug von dem Lärm in den schmutzigen, schlecht gepflasterten Straßen im Zentrum, dem Rattern der Mietdrosch-

ken, Handkarren, Kutschen und Fuhrwerke, dazwischen das Bimmeln der Fähren am Kai und dem Anleger in Gamboa sowie das Tuten der Schiffe draußen in der Bucht und das ohrenbetäubende Geschrei, mit dem Neger und Mulatten anpriesen, was sie in Körben und Bauchläden feilboten, angefangen von Bananen, Orangen, Kokosnüssen über Kaffee, gegrillte Sardinen, Erfrischungsgetränke und Zuckerrohrschnaps bis hin zu Zigaretten, Streichhölzern, Veilchen, Zeitungen und Lotterielosen. Dann mußtest du die angrenzenden Viertel durchqueren, wo Flaschenaufkäufer, Korbmacher, Klempner, Scherenschleifer und Besenbinder ihre Dienste anboten und Straßenhändler ihre Bonbons, Gemüse, Marmeladen, Zwiebeln, Gebäck, Geflügel, Kurzwaren, Stoffe, Regenschirme und weiß der Himmel was noch, alle laut schreiend, aber in unterschiedlichem Tonfall und vielerlei verschiedenen Stimmlagen – ach ja, und natürlich nicht zu vergessen die Aufkäufer der toten Ratten, eine Kampagne, mit der das Gesundheitsamt diesen sich prächtig mehrenden Bewohnern der Hauptstadt den Garaus zu machen versucht. Auch fast drei Jahre nach deiner Ankunft in Rio de Janeiro hattest du dich noch nicht an den Trubel in der Stadt gewöhnt, immer wieder warst du davon wie betäubt, selbst auf deinen täglichen Wegen von Santa Teresa hinunter nach Glória zu den Proben im Club Beethoven und zum Castelo, für den Unterricht in der Academia de Música. Nun saßest du bei Joseph White auf der Terrasse seines Hauses in Botafogo, trankst eine Limonade und ruhtest dich aus, während du auf deine Freunde wartetest, um mit ihnen die letzten Einzelheiten der Reise zu besprechen. Du genossest den Blick auf den herrlichen Strand, wo ein paar Fischer, soeben vom Meer zurückgekommen, ihren reichen Fang aus den Booten luden. Die drückende Schwüle war einem unentschlossenen leichten Wind gewichen. Auf einmal spürtest du einen eigenartigen Druck in der Brust. Zuerst versuchtest du, tief durchzuatmen. Es ging nicht. Du strengtest dich an. Zu deinem Staunen reagierte deine Lunge offenbar nicht mehr auf äußere Reize. Dann trat plötzlich das Ohrensau-

sen auf, und gleichzeitig wurde der Druck auf der Brust immer stärker. Du nipptest erneut an der Limonade in der Annahme, das würde dir guttun. Du verschlucktest dich. Sekundenlang konntest du überhaupt nichts mehr hören, dir blieb auch keine Zeit, Fragen zu stellen, du konntest keinen klaren Gedanken fassen, so unerhört war das, was über dich gekommen war. Fast in Panik, wolltest du aufstehen. Nachdem du dich unter größter Anstrengung vom Stuhl erhoben hattest, brachst du zusammen und bliebst wie ein Häufchen Elend auf dem Boden liegen. Du spürtest nur noch, daß dir etwas über das Gesicht rann, ein Schweißtropfen vielleicht oder Blut von der aufgeschlagenen Stirn. In deinen Ohren sauste es wie wild. Vom Meer hörtest du das Rauschen der Wellen, doch es klang, als kämen sie aus dem Jenseits. Mit weit aufgerissenem Mund schnapptest du nach Luft, wie ein Fisch auf dem Trockenen. Eine ganze Weile lagst du, das Gesicht flach auf dem Boden, und sahst die Welt aus dieser ungewohnten Perspektive. Der Blick auf die Überdachung, darüber der Himmel, gleißend hell und viel zu fern, während du mit aller Kraft nach Luft schnapptest, blieb dir unvergessen. Vögel zogen, unbeeindruckt von deinem flachen Atem und deinen ohnmächtig schauenden Augen, ihre Bahn durch das Blau. Weit im Hintergrund sahst du, aus deiner Tierperspektive verzerrt, in Ausschnitten den Corcovadofelsen und den Morro Dona Marta. Du wolltest um Hilfe rufen, vielleicht war gerade ein Hausdiener in der Nähe und hörte dich, vielleicht auch White persönlich, falls er inzwischen eingetroffen war und auf die Terrasse kam, um die spätnachmittägliche Kühle zu genießen. Aber aus deinem Mund drang nur ein Atemhauch. Da zuckte dir der Gedanke durch den Kopf: Aha, so ist das also, wenn Er kommt, so macht Er es also. Gebe Gott, daß es nicht schmerzhaft wird und bald vorbei ist, dachtest du dann ganz ruhig, ohne jede Spur von Selbstmitleid oder Angst. Im nachhinein solltest du schockiert sein über deine Schicksalsergebenheit oder auch Kaltblütigkeit. Doch in jenem Augenblick dachtest du lediglich: Er ist da. Ganz ohne Großartigkeit näherte sich der

Tod. Wie aus einem Hinterhalt aufgetaucht, bemächtigte er sich für wenige Momente deines Horizonts. Doch in deinem Kopf dauerte es keineswegs nur ein paar Sekunden. In deinem Kopf war es eine eigene Zeit, fast eine Ewigkeit. Die Zeit des Todes, angesichts der alles vorläufig wird. Und wo ist der angebliche Gott? dachtest du und fühltest dich verlassen in der gestaltlosen Weite. Sollte Er tatsächlich reine Fiktion sein? Im selben Augenblick leuchtete grell wie ein Blitz die Botschaft über dein beengtes Firmament, und das Geheimnis deiner Leere offenbarte sich. Dir fehlte etwas, etwas ganz Elementares: das deutlichere Gefühl, daß es einen VATER gibt, denn dessen warst du dir nie sicher gewesen. Da dachtest du an deinen Vater, der gleich nach deinem sechzehnten Geburtstag gestorben war, und dir kam der Gedanke, du könntest zu ihm im Reich der Geister sprechen und ihn um Beistand bitten: Vater, Vater, wenn du kannst, so hilf mir, wenn meine Stunde schlägt; und vielleicht ist es jetzt schon soweit; ich, der so inständig darum gerungen hat, die Welt zu verstehen, möchte beim letzten Abschied dafür belohnt werden; daß mir zu lernen vergönnt sei, dieses schwierige Adieu auszusprechen und ich mich also mit ein wenig Erleuchtung, und sei sie noch so gering, von der Welt verabschieden kann, Vater, mein Vater. Doch weiter kamst du nicht. Dir schwanden die Sinne. Erst auf dem Kanapee im Wohnzimmer wachtest du wieder auf, Kampfergeschmack im Mund und Kompressen auf der nackten Brust. Was war geschehen? Das erklärte dir Dr. Chagas Leite, der dich in seinem Kabriolett, von einem prächtigen Schimmel gezogen, besuchen kam, derselbe Arzt, der in der ganzen Stadt mit dem Spitznamen Dr. Cyreneus bekannt war – weil er ewig lächelte, wenn er den Kranken half, ihr Kreuz zu tragen. Du warst dem Tode nahe gewesen, sagte er. Wie das? Man hatte festgestellt, daß du eine Synkope erlitten hattest, eine kurze Ohnmacht, aufgrund eines Herzfehlers, vermutlich eine alte Geschichte. War es sehr ernst? Das konnte es werden, falls nicht gewisse Vorsichtsmaßnahmen getroffen wurden. Du brauchtest einige Tage Ruhe und solltest in Zu-

kunft jede Überanstrengung vermeiden, und zwar dein Leben lang. Und die Reise, mußte sie abgesagt werden? Im Prinzip nicht, hatte der Arzt – zu deiner Erleichterung – versichert. Dann wurde dir eine Behandlung mit Kampfertropfen (»um das Herz zu stärken«) und eine Spezialdiät verschrieben, ergänzt durch Lebertran (»ein fabelhaftes Kräftigungsmittel«), täglich zwei Löffel. Seit diesem Tag ist dir deine Sterblichkeit permanent bewußt. Bei jedem Schritt, bei jedem Gedanken, in jedem Traum weißt du, daß du nicht unsterblich bist, Alberto Nepomuceno. Du reitest auf dem Tiger der Ungewißheit. Und beneidest die anderen, die Einfältigen, die nicht wissen, daß der Tod auf sie lauert. Wünschst dir sehnlichst, wie die Tiere und Pflanzen kein Bewußtsein zu haben und deshalb, allein aus Unkenntnis, unsterblich zu sein. Aber es gibt keine Rettung – wem der Tod sich einmal gezeigt, der ist für immer gezeichnet. Also versuchst du, Bebé aus Fortaleza, dich mit dem zu trösten, was du einmal irgendwo, bei einem vergessenen Autor, gelesen hast: Wenn der Tod uns gestreift hat, wird das Leben herrlich. Möge es so werden, das träge sich hinschleppende Dasein.

Bordtagebuch, 13. August 1888

Wir haben, allerdings nur für wenige Stunden, in meinem geliebten alten Recife angelegt, wo ein paar Transitpassagiere ausgestiegen sind. Ich bin an Land gegangen, um mich von meinen Freunden zu verabschieden, sie erwarteten mich bereits. Zwar habe ich sie erst kürzlich, auf meiner Tournee durch den Norden, gesehen, doch dieses Mal ist es ein richtiger Abschied. Ich hatte Esmeraldino eine Karte geschickt und meine Durchreise angekündigt. Trotz des Regens stand die ganze Abordnung da, um mir eine gute Reise zu wünschen. Selbst der alte Numa Pompílio war gekommen, er ist noch dicker geworden. Ich mußte mich beherrschen, um nicht vor Rührung und Freude zu weinen. Wie gut haben mir die liebevollen Umarmungen getan. Nur mein Lehrer Tobias Barreto war nicht erschienen, er ist bettlägerig. Er kommt nicht mehr richtig auf die Beine. Unterrichten kann er nur noch unter größter Anstrengung. Er leidet unter schweren Herzattacken. Schlimmer noch – hinter vorgehaltener Hand erzählt man sich in der Stadt, seine Herzkrankheit sei auf die Syphilis zurückzuführen. Er duldet kein Gespräch darüber und schreibt derlei Gerüchte seinen Feinden zu. Doch wie es aussieht, ist sein Zustand wohl leider sehr ernst. Ob ich meinen geliebten Lehrer Tobias je wiedersehe? Der alte Numa nannte mich beim Abschied »mein Sohn« und fing an zu weinen. Ich soll ihm ein Foto von mir schicken. Nun, nachdem Recife fast am Horizont verschwunden ist, fühle ich mich ziemlich trostlos und habe die Befürchtung, dieser so wichtige Teil von mir könnte endgültig in der Vergangenheit untergehen. Diese zwei Jahre in Europa kommen mir jetzt sinnlos und unerträglich vor. Möge der Himmel mich vor den Abgründen der Sehnsucht bewahren.

*

Nach dem Abendessen, inzwischen auf hoher See, habe ich mich auf das Oberdeck gesetzt, um mich mit dem Anblick des Sternenhimmels zu trösten. Ich glaubte, allein zu sein, doch plötzlich sagte neben mir eine mir nicht ganz unbekannte Stimme: »Sind Sie je einem glücklichen Menschen begegnet?« Es war ein Advokat mittleren Alters aus Uruguay, er hatte beim Abendessen an meinem Tisch gesessen und gierig zwei Langustenomeletts verschlungen, außerdem diverse Desserts. Er hatte sich als Alfredo Cattaneo vorgestellt. Ein eigenartiger Mensch – dick, kurzsichtig und ziemlich schwerhörig, weshalb er dazu neigt, lauter als seine Umgebung zu sprechen, er hat ständig eine Zigarre im Mund und in der rechten Hand einen Spazierstock. Er erscheint grundsätzlich als erster zu den Mahlzeiten, sowie der Gong geschlagen wird. Tagaus, tagein trägt er denselben dunklen Anzug und einen verschlissenen Hut, egal, ob es regnet oder die Sonne scheint. Häufig geht er in die dritte

Klasse. Seine Lieblingsbeschäftigung ist – außer essen, natürlich – tagsüber wie abends an Deck spazierenzugehen, auf den Stock gestützt und seine Zigarre rauchend, die mit dem Schornstein der *Adria* um die Wette qualmt. »Wenn ich zu den Sternen hinaufblicke, werde ich schwermütig, weil mir dann bewußt wird, wie klein und hilflos die Menschen sind«, sagte er. »Denn was sind wir schon, trotz all des wissenschaftlichen Fortschritts, gemessen an solcher Größe?« Und im selben Atemzug gestand er, daß er, um diese Hilflosigkeit zu überwinden, sich verzweifelt, aber vergeblich bemühe, an Gott zu glauben. Er habe es schon mit mehreren Religionen versucht, sich sogar in Indien mit einem buddhistischen Mönch getroffen. Alles vergeblich. Es sei absoluter Mangel an Glaubensfähigkeit, angefangen habe es, als er an der juristischen Fakultät studierte und sich begeistert in die Evolutionstheorien des Monismus vertiefte. Auch mit Hypnose habe er es schon versucht, um zur Gottgläubigkeit hingeführt zu werden. »Ein Fiasko«, sagte er, wobei er die Zigarre im Mundwinkel drehte, »es endete damit, daß ich monatelang Alpträume hatte. Übrigens bin ich damals Gott so nah wie nie zuvor und nie danach gewesen: Er erschien mir in meinen Träumen als scheußliches, gefräßiges, gesichtsloses Ungeheuer. Danach brauchte ich weitere Hypnosesitzungen, um die Erinnerungen aus meinem Gedächtnis zu tilgen.« Er schwieg. Als ich meinte, er wolle gehen, sprach er weiter, wieder übertrieben laut: »Wohin ich auch blicke, ich sehe nur Dunkelheit. Das Funkeln der Sterne genügt mir nicht, um an einen Vater des Universums zu glauben. Falls er existiert, hört er mich bestimmt nicht.« Er sah mich mit so irrem Blick an, daß ich zusammenzuckte, und sagte: »Jeden Abend flehe ich, irgend jemand möge mich von diesem schrecklichen Gefühl erlösen, daß ich im Universum ganz allein bin.« Dann, als wollte er sich fast auf mich stürzen, fragte er in forderndem Ton: »Wissen *Sie*, wie man zum Glauben finden kann? Wenn ja, helfen Sie mir bitte, daß ich diesem Grauen entkomme.« Worauf er sich erhob, davonging und vor sich hin brummelte: »Ach, das Leben ist hoffnungslos. Wirklich hoffnungslos ... Überall nur Jammern und Klagen.« Hinter ihm schwebte eine Rauchwolke, lang und endgültig wie ein letzter Seufzer. Ziemlich bedrückt blieb ich bis spät in die Nacht an Deck sitzen. Aus Angst, ich könnte von diesem schrecklichen Gott träumen. Ich weiß genau, wovon er spricht. Denn letztlich habe ich die vage, eher intuitive als auf philosophischer Betrachtung beruhende Vermutung, daß Gott dies ist: ein fast Alles, ein fast Nichts.

Schrecken. Es war ein Karfreitag voller Schrecken mit seinen Büßerprozessionen. Die Augen weiteten sich vor Entsetzen angesichts dieses Schauspiels, erst mit den Jahren gewöhntest du dich daran. Aber beim ersten Mal wirkte es auf dich bedrohlich. So viele Menschen waren unterwegs, daß die Mehrzahl der Gläubigen nicht in die Kirche paßte. Und trotzdem war es so still, als hinge ein Fluch über der Menge. Die Prozession kam langsam heraus, vorneweg das Kreuz und die Klapper. Es gab auch Traggerüste. Ein nackter Christus, eine tränenreiche Jungfrau Maria und vieles mehr, was im Gedächtnis nicht haftengeblieben ist. Alles von schrillem Gesang begleitet. Als die Prozession die Ufer des Capibaribe erreichte, lösten sich aus dem Buschdickicht leuchtendweiße Erscheinungen, undeutliche Flecken zunächst, die allmählich größer wurden und Konturen annahmen, bis sie zu wahren Schreckensgestalten wurden. Es waren Hunderte von Büßern, in weiße Gewänder gehüllt, das Gesicht unter Kapuzen verborgen, den Rücken entblößt. Und sich den nackten Rücken peitschend, schlossen sie sich der Prozession an. Je heftiger sie sich peitschten, um so inbrünstiger sang die Menschenmenge, bis der Gesang in Schreien überging, als aus den nackten Oberkörpern das Blut quoll und auf die weißen Gewänder spritzte. Du, gerade achtjährig, warst erst kurz zuvor nach Recife gekommen, und dieses Schauspiel wirkte auf dich noch bedrohlicher als das für sich allein schon beängstigende Antlitz der fremden Stadt. Die Stellung deines Vaters als Kirchenorganist, Geigenlehrer und Musiker der Stadtka-

pelle machte es dir sozusagen zur Pflicht, an solchen Zeremonien teilzunehmen. Das Spektakel ging auch nach Einbruch der Dunkelheit weiter. Alles Leben in der Stadt ruhte zu Ehren des toten Herrn und aller Toten überhaupt. Und dann waren es die Ohren, die sich vor Angst weiteten, als die Kapelle zur Serenade durch die Straßen zog und dem Anlaß – der Fürbitte für die Seelen – entsprechende Musik spielte, deren schluchzende Melodie (ach, wie deutlich hast du sie noch im Ohr) in f-Moll durch die Dunkelheit strömte, und dein Vater plötzlich mit der Geige in einer großen Terz einsetzte und der Kontrabaß immer wieder dieselben Phrasen brummte, als hielte er mit jedem einzelnen Ton den Sündern ihre Schuld vor. Dir lief es kalt über den Rücken, denn nun war nicht mehr auszumachen, wo die Gottesfurcht anfing und wo das Grauen vor dem Teufel. Wer schon schlief, schreckte aus dem Schlaf hoch. Du hörtest, wie Kinder in Weinen ausbrachen. Drinnen in den Häusern bekam man kaum Luft, denn es war verboten, Türen und Fenster zu öffnen – der Volksglaube sagte, Schafe hetzten in wilder Jagd durch die Straßen, und das seien die Seelen. Die Menschen beteten still im Dunkeln für die Toten und zur Buße für die eigenen Sünden. An diesem Abend konnte man meinen, ganz Recife wäre nur von Frevlern bewohnt, die um Vergebung flehten. Und so verging deine Kindheit – immer wiederkehrende Bronchitisanfälle, der erste Unterricht auf Geige und Klavier bei deinem Vater, gelegentliches Planschen in den Flutwassertümpeln, Eintönigkeit in der Schule und allgegenwärtige Gottesfurcht. Bis eines Tages das Antlitz dieses schrecklichen Gottes sehr konkret in dein Leben trat: Im Jahre 1880 starb dein Vater. Du warst sechzehn. Die erste Begegnung mit dem Tod traf dich tief. Während der folgenden Monate wandertest du wie ein Gespenst durch die Straßen von Recife, von der Wirklichkeit durch eine zwar unsichtbare, aber dennoch spürbare Mauer getrennt. Erst nach seinem Tod wurde dir bewußt, wie wichtig dein Vater für dich gewesen war. In deinem jugendlichen Gefühlsüberschwang beschlossest du, ihm nun, da er nicht mehr lebte, ein ehrendes Denkmal zu setzen – was dir heute allzu kühn und deshalb fragwürdig vorkommt. Du nahmst einen anderen Namen an. Von einem Tag auf den anderen setztest du deinem Nepomuceno ein Beriot voran. Dein Vater hatte dir, als er einmal ausnahmsweise gesprächig war, von seiner ungewissen Herkunft erzählt – er, der kaum an dieses Thema rührte. Und er hatte erwähnt, daß seine Familie vermutlich von den Beriots abstammte, einem französischen Geschlecht jüdischer Herkunft. »Zumal Geigenlehrer bei den Beriots Tradition haben«, hatte er in scherzhaftem Ton gesagt, »denn abgesehen von dem, der zu dir spricht, gibt es das bekannte und vielgerühmte Lehrmaterial des Charles Beriot ...« Vielleicht war es wirklich nur ein Scherz, aber du hattest es ernst genommen. Über mehrere Jahre nach dem Tod deines Vaters nanntest du dich stolz Alberto Beriot Nepomuceno, zu Ihren Diensten. Irgendwann mußtest du natürlich wieder deinen offiziellen Namen annehmen, wie er in deinen Papieren stand. Da versank dein Beriot, Teil des Geheimnisses um deine nicht beweisbaren Wurzeln, deine verborgene Identität, erneut im Nebel der Mutmaßungen. Zu diesem Zeitpunkt hattest du die humanistische Lehranstalt schon beendet, doch ohne deinen Vater war es dir nicht möglich, ein Studium aufzunehmen. Als einziger Mann im Haus mußtest du, obwohl noch nicht erwachsen, für deine Mutter und deine jüngere Schwester sorgen. Doch dafür reichte der Klavierunterricht, den du erteiltest, nicht aus. Dank der Beziehungen alter Freunde deines Vaters fandest du eine Anstellung in einer Druckerei. Dort knüpftest du über die Studentenzeitungen, die du drucktest, die erste Bekanntschaft mit den jungen Leuten von der juristischen Fakultät. Und die Welt breitete ihren Horizont vor dir aus. Es war eine Zeit voller Zauber, deine Wißbegier kannte keine Grenzen. In jenen Jahren setzte in Recife ein Wandel ein, das kleingeistige Städtchen, das du in deiner Kindheit kennengelernt hattest, veränderte sich. Zwar war Recife – im Unterschied zu dem kosmopolitisch anmutenden Rio de Janeiro – mit seiner ländlichen Ruhe, die nur die zahlreichen Ochsenkarren in den engen Straßen störten, noch immer eine bescheidene Provinzhauptstadt. Doch entwickelte es sich bereits zu einem bedeutenden kulturellen Zentrum, dank der Wiedereröffnung des Teatro Santa Isabel und dem landesweit wachsenden Ansehen seiner Rechtswissenschaftlichen Fakultät. Du weißt noch gut, wie hingerissen du immer bei deinen Opernbesuchen warst, ganz zu schweigen von Carlos Gomes' Besuch im Jahre 1882. In diese Epoche fiel auch die Rückkehr eines Mannes, der in der Stadt so viele Verehrer und Feinde hatte wie kein anderer seiner Zeit. Es war Tobias Barreto – Philosoph, Professor, Germanist, Bohemien und Polemiker, der kein Blatt vor den Mund nahm, dazu ein überzeugter Anhänger des von Darwin, Heckel und Noiré vertretenen Monismus –, der den Lehrstuhl für Strafprozeßrecht an der Juristischen Fakultät übernommen hatte. Du lerntest ihn über die Studenten kennen, die bei ihm hörten, und schon bald tratest du in die Gruppe ein, der er Deutschunterricht erteilte. Während die anderen dich Bebé oder Nepo nannten, sagte Tobias rätselhafterweise Neto, was im Portugiesischen ja Enkel bedeutet, zu dir – bis du schließlich herausfandest, daß »nepo« auf Latein, das ihm als Jurist durchaus vertraut war, »neto« heißt. In der Erinnerung siehst du deutlich das ärmliche Wohnzimmer des Mestre vor dir, wo ein altes Klavier zwischen Büchern verstaubte und einer Gitarre als Ständer diente. Mestre Tobias Barreto erschien regelmäßig in Hausschuhen, ohne Strümpfe und ohne Überrock, das kragenlose Hemd über der behaarten Brust offen, die bereits schüttere Mulattenkrause auf dem Kopf zerzaust, kurzum, in einem derart zwanglosen Aufzug, daß es auf jeden Besucher, der Barretos Verachtung für Konventionen nicht kannte, wie ein Affront wirken mußte. Tobias Barreto – oder der »Adler von Pernambuco«, wie er sich gern nennen ließ – stand in erster Linie in dem Ruf, voller Widersprüche zu sein, außerdem galt er als verrückt, seit er im Provinzstädtchen Escada, wo er zehn Jahre unter Bauern gelebt hatte, die Zeitschrift Deutscher Kämpfer, *vom ersten bis zum letzten Buchstaben in deutscher Sprache (von ihm) verfaßt, heraus-*

gegeben hatte. Als geselliger Mensch, der das Leben leidenschaftlich liebte, auch wenn er es verfluchte, genoß er es, mit seiner schönen Tenorstimme zu singen, Feste zu feiern, zu tanzen und unverheirateten jungen Damen den Hof zu machen (obwohl er verehelicht und Vater einer zahlreichen Nachkommenschaft war). Nach den Vorlesungen in der Fakultät flüchtete Mestre Tobias vor der heißen Mittagssonne in die Buchhandlung Quintas in der Rua Nova, wo er sich mit den Studenten traf. Du stahlst dich dann von der Arbeit in der Druckerei davon und geselltest dich zu ihnen. Was du diesem unerschrockenen Mulatten zu verdanken hast, ist unschätzbar, zum Beispiel hast du von ihm gelernt, »daß es für jeden denkenden Menschen ein ›to be or not to be‹ gibt«. Du siehst ihn noch vor dir: Tobias saß auf seinem angestammten Stuhl, den linken Arm auf den Ladentisch gestützt, und fühlte sich wie ein König, ein Philosophenkönig, reich an Ideen und arm an Einkommen. Umringt von Büchern und jungen Leuten, erklärte er Theorien, kommentierte Ereignisse, kritisierte die Regierung und machte sich mit genießerischer Grausamkeit laut lachend über seine Feinde lustig, insbesondere seine lehrenden Kollegen, für ihn hoffnungslose Nieten, mit denen er »auf Kriegsfuß stehe«, wie er zu sagen pflegte. Die jungen Leute beteten ihn an. Wenn man ihn provozieren wollte, brauchte man nur nach den »Zuckerbaronen« in Pernambuco zu fragen. Dann geriet er in Fahrt und beschimpfte den »stupiden Adel«, der die Städte zu Filialen seiner Zuckermühlen mache und sich für rechtmäßige Besitzer all derer halte, die nach ihnen gekommen waren, das heißt, das geschundene, gedemütigte, unterdrückte Volk. Was im übrigen kein spezifisches Problem von Pernambuco sei. Ihm zufolge wurde das ganze Land von einer Elite beherrscht, die unfähig sei, die Probleme einer zu neunzig Prozent aus Armen, fast Notleidenden bestehenden Bevölkerung zu begreifen, geschweige denn, sie zu lösen. Bis der Kaiser an der Spitze seiner Minister sich endlich aufraffe, die Sache anzugehen, sei längst alles verloren, soziale Unruhen würden ausbrechen und Blutbäder stattfinden. Und an dieser Stelle gab er gern einen seiner lapidaren Aussprüche zum besten, bei denen dir vor Staunen über die brillante Erfindungsgabe seines Geistes der Mund offenblieb: »Ich fürchte, unser ›Libertas quae sera tamen‹ wird überhaupt nichts bewirken. Brasilien macht schon jetzt den Eindruck eines Kindes mit weißem Haar.« Tatsächlich war Brasilien in Tobias Barretos bissigen Überlegungen das genaue Gegenteil eines vergötterten Vaterlandes. Nie hast du vergessen, was er eines Tages über seine Verbitterung als Brasilianer sagte: »In diesem Land verlangt mich einzig nach dem Recht, es zu verhöhnen.« Solche Aussagen haben die blind patriotische Mentalität, die in Brasilien so gedeiht, zweifellos immer geärgert – und deshalb ist der alte Tobias heute, wie du feststellen mußtest, als du ihn auf der Tournee in Recife besucht hast, krank und verarmt und auf das Geld angewiesen, das Freunde für ihn sammeln. O ja, dieses Land weiß wahrhaftig zu strafen, wenn es seine besten Söhne für Aufrührer hält ... In diesen nahezu sokratischen Gesprächen mit dem Mestre Tobias lerntest du so außergewöhnliche Menschen wie Esmeraldino Bandeira, Rodolfo Teófilo, Alfredo Pinto, die wie du aus Ceará stammenden Clóvis Bevilacqua und Raimundo de Farias Brito kennen und etwas später auch noch den jungen José Pereira da Graça Aranha. Und bei diesen fast täglichen Begegnungen vernahmst du auch höchst beunruhigende Gedanken über ein allzu vages Wesen wie Gott. Selbst Tobias, der Materialist und antiklerikal eingestellt war, gestand einmal ein: »Ja, ich glaube an etwas, aber leider ist mir nicht das Glück vergönnt, es definieren zu können.« Bis er eines Tages wie eine Petarde den überraschenden Gedanken in die Buchhandlung schleuderte, Gläubigkeit sei angeboren – jeder Mensch, auch der allergebildetste, erliege früher oder später dem unwiderstehlichen Verlangen, vor den Steingötzen der Unwissenden auf die Knie zu fallen und sie anzubeten. Warum? fragten die Studenten wie aus einem Mund. Tobias antwortete schlicht und einfach, der Kopf funktioniere nach einem Rhythmus, die Gefühle hingegen nach einem anderen, schon allein, weil das Herz eine Uhr sei, die ständig nachgehe. Und amüsiert setzte er nach: »Ich glaube nicht an Gott, aber daß es Ihn gibt, das stimmt.« Angesichts der entsetzten Blicke der Studenten erklärte er: »Religiosität ist wie Hämorrhoiden des Geistes; und ich komme allmählich in das Alter dafür.« Der einzige, der auf solche Eingeständnisse entzückt reagierte, war Farias Brito, für den Gott immer dann unverzichtbar wurde, wenn es galt, die Verläßlichkeit der Naturgesetze zu erklären. Dann entbrannte in der Buchhandlung eine heftige Polemik zwischen den Atheisten, die sich auf Tobias Barreto beriefen, und den Deisten, die sich ebenfalls auf ihn beriefen. Du hörtest einfach zu und folgtest, eher fasziniert als verwirrt, den Mäandern der unterschiedlichen Gedankengänge, denn dies war deine Schule des Lebens. Bis schließlich Tobias wie immer dazwischenfuhr und verkündete, als höchste Macht existiere der Hunger, und gemessen am Hunger sei selbst der Glaube zweitrangig. »Nichts ist so wenig religiös wie der Hunger«, sagte er, »denn der Bauch ist maßlos und nicht bereit, auch nur zehn Minuten Entbehrung zu leiden.« Und erneut donnerte er vor den staunenden Studenten, das große Problem im heutigen Brasilien sei weder politischer noch religiöser, sondern rein sozialer und ökonomischer Natur. »Was kümmert es den Mann aus dem Volk, wenn man ihm das Recht gibt zu wählen, wen er will, solange er nicht das Recht hat zu essen, was er will?« sagte Mestre Tobias, mit diabolischem Vergnügen Verwirrung stiftend. »Was nützt ihm die Freiheit, in die Kirche zu gehen, wann und in welche er gehen möchte, wenn es nicht in seiner Macht steht, auf den Markt zu gehen, wann es ihm beliebt, und zu kaufen, was er braucht?« Unter dem Eindruck dieser Widersprüche gewann Gott für dich eine andere Dimension – er verwandelte sich in eine konkrete, dir nahe, fast greifbare und vor allem aktualisierbare Person. Gott war sozusagen im Entstehen begriffen, und du hattest deinen Anteil an seinem Entstehen zu leisten, indem du für Gerechtigkeit kämpftest. Nach dieser Diskussion begannst du, dich aktiver politisch zu betätigen. Zumal auch deine noch immer untröstliche Mutter beschlossen hatte, mit deiner Schwester Emília nach Fortaleza zurückzuge-

hen. Du bliebst in Recife und wohntest fortan bei dem Apotheker Numa Pompílio, einem alten Freund deines Vaters und Mitstreiter in der Kampagne für die Freilassung der Sklaven. Dieser Umstand führte dich noch näher an das Zentrum der politischen Umtriebe heran. Trotzdem setztest du dein Musikstudium fort, nun unter Anleitung des Maestro Euclides Fonseca, der dich einige Male als Violonist im Orchester des Teatro Santa Isabel spielen ließ, und mit achtzehn Jahren nahm man dich in den Vorstand des Club Carlos Gomes auf, dessen musikalische Veranstaltungen du schon seit einiger Zeit mitorganisiert hattest. Doch im Grunde rückten die politischen Aktivitäten für dich in den Vordergrund. Falls du überhaupt an irgend etwas glaubtest, dann an den politischen Kampf, der dich in deiner Jugend bewegte, im Namen deiner Freiheit und der so vieler anderer Geschundenen, wie der Neger – ein Kampf, der dir dann später Schwierigkeiten einbringen sollte. Zur gleichen Zeit, während du dich als Drucker für die Verbreitung von Zeitungen und Kampfblättern einsetztest, wurdest du zum Ehrenmitglied der Sociedade Nova Emancipadora ernannt, einer Vereinigung mit abolitionistischer und republikanischer Zielsetzung. Und so fand dein Glaube darin Ausdruck, daß du dich eifrig bemühtest, deinem gegenständlichen Gott Gestalt zu geben, deinem konkreten Streben nach Freiheit. Damals war Freiheit, was du empfandest, wenn du im tropischen Licht, in dem alles vollkommen klar und frei erschien, durch die Straßen von Recife gingst. Mit dem gleichen Bedürfnis wie nach Luft, so ausgeprägt bei jedem, der lange unter Bronchitis gelitten hat, sehntest du dich, einem Blinden gleich, nach strahlender Helligkeit, damals in Recife. Unersättlich saugtest du das Licht in dich auf, so gierig, als sähest du plötzlich das ganze Leben vor dir. Wie oft genügte es, das Licht auf deinem Gesicht zu spüren, und du warst glücklich, wie befriedigt. Und dies kommt dir jetzt gar nicht so eigenartig vor. Schließlich ist, wie dein Freund Farias Brito immer sagte, Gott das Licht und deshalb …

Bordtagebuch, 14. August 1888

Das sanfte Schaukeln der *Adria* erfüllt mich mit innerem Frieden. Nur der unendliche Himmel über dem unendlichen Meer, sonst nichts. Ich empfinde mich als Mittelpunkt des Universums, näher an Gott, und alle meine Sünden sind mir vergeben.

*

Gestern, während ich im Salon am Klavier übte, kam eine junge Dame, anscheinend Engländerin (sie ist immer in Begleitung eines Ehepaares, mit dem sie sich in Englisch unterhält) herein und hörte mir schweigend zu. Als ich sie bemerkte, lächelte sie mir zu und eilte sogleich hinaus, im Raum blieb eine eigenartige Aura zurück, die ihr Parfum noch verstärkte. Es war wie eine Offenbarung. Diese Augen und dieses Lächeln haben sich mir eingeprägt. Ich verstehe nicht, warum sie mir bislang noch nicht aufgefallen ist. Sie ist zwar nicht ausgesprochen hübsch. Aber welch entzückende blaue Augen, welch ein Zauber!

*

Die *Adria* fährt in großer Entfernung am Archipel Fernando de Noronha vorbei. Wir nehmen nach Steuerbord Kurs auf die unendliche Weite. Am Horizont bleibt einsam der allerletzte Zipfel von Brasilien zurück, diese Sklavenkolonie voller Felsen, Bäume und zum Abschied winkender Menschen. Ich empfinde keine Trauer mehr. Ich lasse ein infantiles Land hinter mir, wo nichts ernst genommen wird und die Plage namens Sich-Arrangieren wie eine Seuche verbreitet ist. Große weite Welt, ich komme!

*

Beim Mittagessen habe ich herausgefunden, daß sie einen merkwürdigen Namen hat: Suzy Nightingale. Ich glaube, sie hat sich in Buenos Aires eingeschifft, denn abgesehen von dem englischen Ehepaar ist sie immer von einer Gruppe Argentinier umgeben.

*

Ein Programm: reisen. Für immer reisen. In diesem unaufhörlichen Reisen, der ungewissen Reise des Lebens, Reisen unternehmen. Die Außenansicht des Vaterlandes aufsuchen, den Heißhunger erleben, immer noch mehr kennenlernen zu wollen. Der kleine Bebé aus Ceará begibt sich in die Große Welt.

*

Wie eindrucksvoll die Einsamkeit des Ozeans ist! Meer, Meer und nur Meer, sonst nichts. Eine Wüstendurchquerung muß ähnlich sein. Bezugspunkte und Orientierungssinn gehen verloren. Das Meer wird absolut. Meer und Himmel, sonst nur Leere. Seit wir die brasilianische Küste verlassen haben, habe ich noch keinen Rauch eines anderen Schiffsschornsteins gesehen. Diese Weite ist wie der Kosmos – die Schiffe verlieren sich darin wie die Sterne am Firmament.

*

Miss Nightingale hat gemerkt, daß ich zu häufig zu ihr hinüberschaue. Hoffentlich findet sie es nicht ungehörig.

*

Aus dem Nachlaß eines Wortspielers (der unermüdlich Italienisch lernt): *Amare* ist ebenso groß wie *il mare*.

Erwiderung des (vom Schaukeln des Dampfers) trunkenen Bebé: Aber die *marés*, die Gezeiten, begünstigen manchmal *il mare* und versetzen uns auf ein *mare senza umore* und auch *amore*.

(Reiner Zeitvertreib an Bord dieses schwimmenden Pottes, wo man Gefahr läuft, an Langeweile zu ersticken – und an Erbrochenem, wenn dem Meer der Sinn danach steht.)

*

Brasilien ist weit weg, aber das Kreuz des Südens strahlt noch immer in unseren Nächten auf hoher See. Nicht einmal dieses himmlische Privileg gehört ausschließlich den Brasilianern, im Gegensatz zu dem, was unsere patriotischen Lehrbücher behaupten. Ich fühle mich betrogen.

*

Beim Spaziergang an Deck nach dem Abendessen hat Miss Nightingale meine Blicke unmißverständlich und ausgiebig erwidert. Welch tiefgründige Augen sie hat! Und welch ein Glückspilz ich bin!

*

Beim heutigen Tanzvergnügen hat Miss Nightingale viel getanzt, und zwar mit Partnern ihrer Wahl. Sie ist eine besondere Frau, sehr selbstbewußt. Die Art, wie sie blickt, spricht und sich bewegt, verrät eine ausgeprägte Persönlichkeit. Nur selten lächelt sie, aber wenn sie lächelt, wird sie faszinierend. Und noch attraktiver, o weh!

Bordtagebuch, 15. August 1888

Heute überqueren wir den Äquator. Damit treten wir in die nördliche Hemisphäre ein, und ich bin meiner Heimat ferner als je zuvor.

*

Endlich habe ich es geschafft, den Entwurf für meine Oper fertigzustellen, es soll ein knappes, dichtes Werk werden.

Nun fühle ich mich sicherer, die Komposition in Angriff zu nehmen. Die Liebesgeschichte zwischen der Indianerin Porangaba, der schönsten Blume des Stammes der Tabajara, und einem portugiesischen Abenteurer braucht die Atmosphäre einer großen Tragödie, denn der Weiße wird von dem in seiner Ehre beleidigten Ehemann, dem grimmigen Indianer Pirauá, bezwungen, und Porangaba muß für ihre Untreue dem Ritual gemäß mit dem Tod büßen. Die Geschichte einer wegen ihrer extremen Zweischneidigkeit verbotenen Liebe. Doch während das Drama eindeutig die Unmöglichkeit zeigt, beabsichtige ich, in der Musik die Verwirklichung der Utopie in Aussicht zu stellen. Ich will Themen der brasilianischen Folklore portugiesischen Ursprungs (der sehnsuchtsvolle Gesang der Floßfischer, der Singsang der Viehtreiber und die schwermütigen Weisen der Bewohner des Sertão) mit Elementen der indianisch geprägten Folklore verknüpfen (das Mysterium der Gottheit Tupã, die Gegensätze in der Flora, das Zwitschern der Vögel, das Brüllen des Jaguars, so wie dies alles in dem Beschwörungstanz Torém dargestellt wird). Ich möchte die Wurzeln unseres Volkes radikaler einbeziehen als Carlos Gomes (nachdem ich festgestellt habe, wo und warum es sie gibt). Aber nicht nur das. In erster Linie möchte ich die Oper einer verzweifelten Liebe schreiben, von ebensolcher dramatischen Intensität, wie sie die Opernwerke des großen Wagner auszeichnet, dem die künstlerische Utopie, das Universelle mit dem Nationalen zu verbinden, vollendet gelungen ist. Ich habe den ganzen Tag über, mal in der Kabine, mal am Klavier, leidenschaftlich gearbeitet. An manchen Tagen frage ich mich, so wie heute, warum ich eigentlich Musik mache. Ich glaube, um nicht den Verstand zu verlieren.

*

Auch die Uhrzeit gerät durcheinander. Allmorgendlich finden wir am schwarzen Brett im Speisesaal einen Hinweis, unsere Uhren umzustellen, jeden Tag müssen sie ein klein wenig vorgestellt werden. Am Ende der Reise wird es mehrere Stunden später sein. Während wir nordwärts fahren, dringen wir auch in die Zukunft vor, in der Europa liegt. Und Brasilien? Das bleibt immer weiter hinter uns zurück, und seine Uhren zeigen die Zeit der Vergangenheit an. Das hat unleugbar etwas Melancholisches.

*

Während für Wagner *andante* das deutsche Tempo par excellence war, scheint mir, daß *allegretto* das typische brasilianische Tempo wäre. Vielleicht auch *allegretto con variazioni* – Variationen in Laune, Lärm, Hitze, ach, wie schön, faul zu sein! (Oder müßte das brasilianische Tempo erst noch erfunden werden? Es könnte heißen: *allegro mit Schrecksekunden* oder *traurig zurückhaltend* oder *unter Lächeln weinend* oder *schmachtend trällernd* oder *sehnsüchtig seufzend* oder *schläfrig ma non troppo*. Oder ...?)

*

Die deutsche Seele, im Laufe der Jahrhunderte von einem Gemisch aus Sagen, Burgen und Kathedralen geformt, strebt nach Heldentum. Und wir? Welche ursprünglichen – wenn auch bescheidenen – Elemente an der Herausbildung der brasilianischen Seele beteiligt waren, kann ich nicht sagen. Wozu mag sie berufen sein? Ich fürchte, zur Unbestimmtheit. Brasilien ist das Land des Ich-weiß-nicht.

... warum? Warum an Erinnerungen zurückdenken, die nicht deine, sondern die der ganzen Nation sind? Vielleicht, weil in genau diesem Augenblick irgendwo auf dem Atlantischen Ozean der Weg des Kaisers den deinen kreuzt, auf der Rückreise nach Brasilien, nachdem er in Europa fast wie durch ein Wunder wieder gesundet ist. Aber es gibt noch andere Gründe, die dich zum Zurückdenken veranlassen,

dieselben, deretwegen du dich mit Fragen zu Brasilien quälst. Mitte Mai dieses Jahres 1888, als die Zeitungen die Nachricht verbreiteten, trat dir auch diese Szene der brasilianischen Mythologie vor die Augen. Dem Tode nahe auf einem Hotelbett in Mailand liegend, erhält Dom Pedro II. die Nachricht von der Abschaffung der Sklaverei in Brasilien. Apathisch und matt schlägt der alte Mann langsam die Augen auf, nachdem er vernommen, was die Kaiserin Tereza Cristina ihm soeben ins Ohr geflüstert hat, und fragt, um sich zu vergewissern: »Es gibt in Brasilien keine Sklaven mehr?« Die Kaiserin bestätigt: Die Sklaverei ist seit dem 13. Mai abgeschafft. »Oh, welch ein Trost!« sagt der Kaiser leise; und wiederholt denselben Satz mit stockendem Atem. Dann, immer noch langsam, fügt er hinzu: »Gott sei gedankt.« Er ringt nach Luft, um weitersprechen zu können: »Telegrafieren Sie unverzüglich an Isabel, daß ich meinen Segen gebe und dem ganzen Land meinen Dank sage.« In dem durchdringend nach Äther riechenden Zimmer tritt ein kurzes Schweigen ein. Den Anwesenden – Ärzte, Gefolge und Dienerschaft – wird die Gemütsbewegung schier unerträglich. Der Kaiser wirkt erregt. Er dreht sich auf die Seite, unternimmt eine übermenschliche Anstrengung und spricht, als gäbe er eine öffentliche Erklärung ab, doch seine Stimme flüstert nur: »Ein großes Volk! Ein großes Volk!« Er stockt und beginnt vollkommen lautlos zu weinen. Auch den Umstehenden treten die Tränen in die Augen. Als man die Geschichte aus den Zeitungen erfuhr, traten ganz Brasilien die Tränen in die Augen. Und du, ein überzeugter, militanter Republikaner, hast mitgeweint. Ziemlich widersprüchlich, deine Tränen, denn du denkst nicht gerade untertänig über diesen Mann, der in dem Ruf steht, umsichtig und weise zu sein, was deiner Meinung nach aber lediglich einen heillosen Hang zur Kleinmütigkeit kaschiert, mit der er letztlich während seiner über ein halbes Jahrhundert währenden Herrschaft eine Nation ganz nach seinem Bild und Ebenbild geprägt hat. Dom Pedro II. trifft niemals drastische Entscheidungen, und zwar aus dem gleichen Grund, weshalb er das staatliche Unterrichtswesen in unserem Land zu einer Farce gemacht hat, aus dem gleichen Grund, warum er uns bis heute weder Industrie noch Überlandstraßen zugestanden hat, aus dem gleichen Grund, mit dem er erklärt, warum Brasilien nicht am internationalen Leben teilnimmt, aus dem gleichen Grund, warum er das Land nicht nur am Gelbfieber hat erkranken lassen, sondern auch an den Mikroben der moralischen Pest, aus dem gleichen Grund, weshalb er die Korruption im öffentlichen Leben gefördert hat, aus dem gleichen Grund, weshalb er Abgeordnete veranlaßt, sich tagsüber im Parlament zu streiten und abends, einander Komplimente sagend und über die Wähler lachend, Arm in Arm ins Theater zu gehen oder zum Eisessen in die Confeitaria Carceler. Kurzum, es ist der gleiche Grund, der Dom Pedro II. zu einem perfekten Abbild Brasiliens macht, dieses für Heuchelei und seinem Hang zum Witzeln bekannten Landes, dessen nationales Flair nicht zuläßt, daß etwas bis in die letzte Konsequenz durchgeführt wird, so auch diese längst überfällige, halbherzige Sklavenbefreiung. Und dennoch hast du geweint, als du hörtest, daß der Kaiser – was sowieso allgemein bekannt war – kein Freund der Sklaverei war. Doch in Wirklichkeit ging es um etwas anderes. Du warst gerührt von einem heimlichen (fast komplizenhaften) Verständnis dafür, daß dieser Mann – und angesichts der schrecklichen Bürde hättest du auch sagen können, dieser arme Kerl – gut oder schlecht die Last seines Landes auf den Schultern trug und darzustellen versuchte, was ohne Bedeutung ist, etwas, das lediglich vage an eine Nation erinnert. Ja, Nepo, du weintest aus dem gleichen Grunde, aus dem der Kaiser über Brasilien geweint hatte, ein Land, das mit seiner Krankheit alle ansteckt, die es zu heilen versuchen, wie es so vielen Ausländern ergangen ist, zum Beispiel Louis Moreau Gottschalk, dem geistesverwirrten amerikanischen Komponisten, der vor Jahren in Rio de Janeiro beim Dirigieren seines Feierlichen Brasilianischen Marsches *tot umfiel. Krankheit, tödliche Krankheit im Gewand einer*

Nation. Folglich bleibt eine Frage offen: Ist dieser alte weißbärtige, krummrückige Pedro II. statt eines Unmenschen vielleicht eher ein – womöglich das große – Opfer der brasilianischen Sphinx?

*

Heute habe ich mir ein Herz gefaßt und mich Miss Suzy Nightingale genähert. Es war sehr schwierig, denn meine Englischkenntnisse sind beschränkt, und sie spricht nur ein wenig Spanisch, sie hat etwas während ihrer Ferien in Buenos Aires gelernt, soweit ich es verstanden habe. Ich glaube, wir haben uns mehr mit Gebärden und Blicken verständigt. Trotzdem klang ihre Stimme für mich schön und warmherzig. Nun weiß ich, daß Suzy ein Kosename ist, eine Art Abkürzung von Susan. Sie hat es mir auf einem Stück Papier aufgeschrieben, das ich jetzt wie eine Reliquie hüte.

*

Am Nachmittag ergab sich, daß wir ein paar Minuten allein an Deck waren. Doch ich konnte meine Angst nicht bezwingen und bekam einen Stotteranfall. Zum Glück erschien ein Trupp Spaßmacher und bespritzte uns zur Feier der Äquatorüberquerung mit Wasser und Mehl. Ich nutzte die Gelegenheit und lief wie eine verängstigte Jungfrau vor Miss Nightingale davon. Noch immer schäme ich mich so, daß ich ihr nicht wieder unter die Augen zu treten wage. Welch ein Dummkopf, dieser Alberto Nepomuceno! ...

*

Am Abend wieder ein Tanzvergnügen zur Feier der Äquatorüberquerung. Der Kapitän persönlich erschien mit falschem Bart als König Neptun verkleidet. An seinem Arm, im Kostüm der Meeresgöttin, die lachend die übrigen Passagiere mit Wasserspritzern taufte, niemand geringeres als ... Miss Suzy Nightingale. Anschließend tanzte sie Walzer, Polka und eine Quadrille – und zwar mit den unterschiedlichsten Herren, die ihr befähigt schienen. Natürlich nicht mit mir. Trotz schrecklicher Eifersucht muß ich gestehen: Sie war in ihrer Rolle als Göttin unwiderstehlich schön. Ach, himmlische Suzy ...

Bordtagebuch, 16. August 1888

Wie gut, daß die Eltern von Miss Nightingale besser Spanisch sprechen. Ich weiß noch immer nicht, ob sie Engländer oder Amerikaner sind. Aus einer Unterhaltung zwischen ihnen und den Argentiniern habe ich herausgehört, daß Suzy zwei Jahre älter ist als ich. Das hatte ich schon vermutet. Sie möchte Sängerin werden, eine reizende Neigung, wie mir scheint.

*

Im übrigen bin ich melancholisch gestimmt, was mich in gewisse Verwirrung zu stürzen droht. Um die Zeit herumzubringen, habe ich mir meine *Rapsódia Brasileira* vorgenommen, ich fand schon immer, sie bedürfe einer Überarbeitung. Nun habe ich das Fugato ans Ende gesetzt. Dann kam mir eine Idee – wie mag sie vom Bordorchester gespielt klingen? Zwar stehen nur wenige Instrumente zur Verfügung, doch würden sie ausreichen: Klavier, zwei Geigen, Bratsche und Cello. Dirigent ist der erste Geiger. Ihr Repertoire ist denkbar eingängig, den Höhepunkt bilden ein Potpourri aus *Carmen* und Ausschnitte aus *La Traviata*. Tagsüber arbeiten die Musiker als Kabinenstewards, abgesehen von den gelegentlichen Tanzabenden spielen sie nur zum Tee und nach dem Diner – und auch das nur, falls jemand anwesend ist und ihnen zuhört, was recht selten der Fall ist. Vielleicht empfänden sie meine Rhapsodie sogar als angenehme Abwechslung. Wenn sie wenigstens wie Provinzmusiker spielten, denn dann würde es eine echte *Brasilianische Rhapsodie*. Aber leider merkt man den Musikern an, daß sie, obwohl lediglich Kabinenstewards, sich gern großstädtisch geben. Das verdirbt alles, denn es nimmt der Musik die notwendige Urwüchsigkeit. Und außerdem möchte ich mich nicht zum Bordkomponisten machen. Weiß der Himmel, wie mich die Madames mit ihren Wünschen belästigen würden.

Bordtagebuch, 17. August 1888

Endlich habe ich einen guten Plan ersonnen, um den schlechten Eindruck von unserer ersten Begegnung wettzumachen. Ich bin mit Miss Suzy zum Klavier gegangen und habe ihr ein paar sehr romantische Walzer von Chopin vorgespielt. Sie war entzückt. Dann habe ich meine *Dança de Negros* gespielt. Mit dem Erfolg, daß sich noch mehr Passagiere um das Klavier scharten. Manchen gefiel es so gut, daß sie die Absicht äußerten, für einen der nächsten Abende ein Konzert von mir zu arrangieren. Ich sah mich genötigt einzuwilligen, damit ist meine Ruhe vermutlich dahin. Aber wenigstens spüre ich, daß Suzy stolz auf mich ist.

*

Ich habe Suzy angeboten, mit ihr ein paar Stimmübungen zu machen. Als sie zu singen begann, erlebte ich eine Überraschung. Sie spricht in einer eher hohen Stimmlage, wenn auch mit samtigem Unterton. Doch wenn sie singt, geht sie in eine mittlere Lage über, was ich nie vermutet hätte. Sie ist zweifellos ein Mezzosopran. Faszinierend! Wie dem auch sei, sie wird noch viel arbeiten müssen. Zum Schluß sagte sie mir, sie sei Engländerin.

*

Im Lesesalon habe ich einen Band mit Gedichten eines gewissen Aleardo Aleardi entdeckt. Ich habe ein Gedicht ausgesucht, das ich zu einem italienischen Lied vertonen will. Und ich möchte, daß Suzy es bei meinem – hoffentlich tatsächlich stattfindenden – Konzert singt. Außerdem habe ich ein Englischwörterbuch entdeckt. Mit seiner Hilfe kann ich den Graben, den das babylonische Verhängnis zwischen uns gezogen hat, ein wenig überbrücken. Welch unglaublicher Zufall: *nightingale* bedeutet im Englischen Nachtigall.

*

Mir ist merkwürdig zumute. Könnte es sein, daß ich mich verliebt habe?

*

Salve, Suzy! Salve, Tänzerin mystischer Walzer, in deren Sangeskehle die personifizierte Schönheit ruht!

Bordtagebuch, 18. August 1888

Suzy geht es schlecht. Und ihretwegen auch mir. Sie hatte schon zuvor über die Hitze in den Tropen geklagt, die Luft sei zu feucht und drückend, das bereite ihr Atemnot. Sie hofft verzweifelt, daß wir uns bald dem gemäßigten europäischen Klima nähern. Neulich hätten wir fast gestritten, als sie sagte, alles in den Tropen sei maßlos und, schlimmer noch, begünstige die Trägheit und Faulheit. Ich hielt das für eine dumme Verallgemeinerung. Nachdem Suzy nun erkrankt ist, gestehe ich als Cearenser, daß ich mich schuldig fühle. Suzy hat recht, unsere Luft ist sehr feucht und dumpf. Nieder mit den Auswüchsen der Tropen!

*

Heute hat Suzy mir zu verstehen gegeben, daß sie nicht Engländerin ist, sondern Amerikanerin, und nur vorübergehend in England lebt. Dabei ist ihr ganzes Auftreten absolut englisch-aristokratisch. Nun gut, sagen wir, sie ist aus Boston ... Außerdem habe ich erfahren, daß die Engländer, mit denen sie reist, nicht ihre Eltern sind, sondern ihre Vormunde. Sehr geheimnisvoll, diese Susan – Tochter oder Schützling eines Königs?

*

Ich arbeite unablässig an der Vertonung von Aleardis Versen, man könnte meinen, sie wären eigens für mich geschrieben: *Dimmi perché, se alla campagna io sento un canto, un suono, tu mi vieni in mente? Dimmi perché, se guardo il firmamento, in ogni stella tu mi sei presente? Dimmi perché ...* Das Lied wird auch *Perché* heißen. Es gefällt mir sehr gut, auch wenn ich mit der Silbentrennung im Italienischen Schwierigkeiten habe. Ich kann gar nicht abwarten, es von Suzys aufregender Stimme gesungen zu hören. Dieser Vertonung wegen habe ich die Arbeit an meiner Oper vorübergehend unterbrochen. Hoffentlich wird die Indianerin Porangaba nicht eifersüchtig auf die Ausländerin mit der schönen Stimme.

*

Ich denke über die Liedform der *Modinha* nach, dieses fast ununterbrochene Liebesseufzen, ein Mischmasch aus Mittelmäßigkeit und Phantasie, genau wie das Land Brasilien. Wie schmalzig sie ist, die *Modinha*, rührselig, schmachtend, uod so gräßlich schwermütig. Aber wie lieblich auch und naiv und sinnlich. In früheren Zeiten, scheint es, hat man diesen wahren Wust von Tränen, Klagen und verliebter Gefühlsduselei ernst genommen. In Dur vergnügten die Menschen sich, aber ihre Seufzer sangen sie in Moll, so pseudoaufrichtig, wie alles in den Salons zuging, und es gab Zeiten, da feierten die *Modinha*-Sänger Riesenerfolge. Die Fülle von Arpeggien und Oktavsprüngen, dazu eine eigenartige Modulationsvielfalt, das alles läßt vermuten, daß die *Modinha* von den süßlichen Arabesken des italienischen Cantabile abgeleitet und schließlich subtil mit einem geheimnisvollen brasilianischen Hauch überzogen wurde – sofern sich überhaupt definieren läßt, was das ist. Von den Salons aus eroberte sie die Straße und entwickelte sich zu einer regelrechten Landplage, eben weil sie diesem Chaos namens Brasilien so sehr ähnelt. Selbst heute, da die *Modinha*-Mode vorüber ist, bleibt ihre Macht ungebrochen, denn wir Brasilianer genießen ja unser Liebesleid – ja, das ist wirklich echt brasilianisch, ich weiß, wovon ich spreche! Wenn ich Lieder schreiben will, denke ich zwangsläufig an die *Modinha* als Spiegel unserer Art zu lieben. Und wenn Musik die Nahrung der Liebe ist, wie Shakespeare sagte, dann komponieren wir sie auch so, klagend, launisch, heillos sentimental, mit anderen Worten, nach dem Bild und Ebenbild der brasilianischen Liebe. Wie dem auch sei, die *Modinha* gehört zu uns. Wenn sie Teil unserer kargen musikalischen Vergangenheit ist, wollen wir sie genauso verwenden, wie die Schwarzen das zu ihnen gehörende Gericht, die *Feijoada*, entwickelt haben: aus den Resten, aus allem, was nichts wert war, und zwar einfach deshalb, weil es nichts anderes gab. Eine Frage des Überlebens – auf der Grundlage der Albernheiten der *Modinha* authentische Tonebenen entwickeln, die eine genaue Beschreibung einer rein brasilianischen Klangfarbe sind, und zwar mit allen im Land verfügbaren Gewürzen. Auf diese Weise (und mit der Kraft unserer Phantasien) wird ein Gewand entstehen und sich zu Recht über den Leib Brasiliens legen (dieses eigenarti-gen Gebildes mit seiner harten, so wenig von uns abhängigen Realität).

*

Ja, sie ist eine wahre Susan Nightingale, und dazu noch sehr intelligent. Inzwischen spricht sie schon ein wenig Portugiesisch, mit einem entzückenden Akzent und in welchem Tonfall ...! Sie hat gesagt, sie würde liebend gern Brasilien kennenlernen. Und ich wäre liebend gern ihr Gastgeber.

*

Suzy löst in mir ein regelrechtes Erdbeben aus, es bricht aus mir hervor. Sollte ich mich verliebt haben? Sie ist mein überquellender Ätna.

Salve, du meine Königin!

*

In meinem Innern höre ich die erhabenen Klänge der Nationalhymne der Liebe. Und welche Hymne ist das? Die Melodie, die das Herz anstimmt, wenn es seine Heimat erkennt. Folglich stehe ich vor einer unbestreitbaren Tatsache: Meine Heimat ist die Liebe. (Und ihre Hymne muß in der Tonlage des Mezzosoprans gesungen werden.) Wenn das Herz diese Hymne anstimmt, ist man dem Paradies so nahe, wie man ihm je kommen kann.

Bordtagebuch, 19. August 1888

Ich fühle mich fiebrig. Und habe wieder Übelkeitsanfälle. Ist daran allein die aufgewühlte See schuld? Oder liegt es vielleicht daran, daß ich liebestrunken bin? Ich weiß nicht, ob das, was mich peinigt, Seekrankheit ist oder die Verheißung der Liebe …

*

Keine Frage – mir schwinden vor Verliebtheit die Sinne. In welche Falle bin ich geraten?

*

Ich möchte den ganzen Tag in Frack und Zylinder verbringen. Ich fühle mich wie ein König. Diese Falle ist mein Thron.

*

Ach, Suzy, ich bin das Glück in Person, im Frack. (Auch

wenn meiner weder von Poole in London stammt noch von Raunier in der Rua do Ouvidor in Rio, sondern lediglich aus zweiter Hand und umgearbeitet ist ...)

»Diese Liebe, die mein Herz verzehrt,
Dieser Durst, der meinen Leib verbrennt,
Beides zu lindern, wenigstens für Sekunden,
Sei mir ein Schluck von deinem Badewasser vergönnt.«

(Mein Lehrer Tobias Barreto spricht mir aus der Seele. Der Vierzeiler stammt von ihm, der sich so häufig in unerreichbare Frauen verliebte. Er ist mir eben, sehr passend, eingefallen.)

*

Und Réria? Was mache ich mit meiner Verlobten in Ceará, so schön wie Iracema und mit Lippen süß wie Honig, die in immer weitere Ferne rückt? Ich liebe Réria noch immer, voller Leidenschaft und Sehnsucht. Aber das sind zwei verschiedene Dinge, zwei Verlockungen, die einander nicht ausschließen. Fürs erste will ich nicht mehr darüber nachdenken. Wenn es sein muß, bin ich bereit, Gerichtsverhandlungen, Gefängniszellen und Irrenanstalten auf mich zu nehmen.

*

Hin und wieder fliegen Möwen über unser Schiff. Ein Zeichen, daß wir uns den Kapverdischen Inseln nähern. Die Möwen folgen uns dicht hinter dem Heck. Sie fressen die Reste, die vom Schiff ins Wasser geschüttet werden. Ich sehne mich danach, festen Boden unter die Füße zu bekommen, aber der Kapitän hat bereits mitgeteilt, daß wir nicht an Land gehen können. Wegen der Gelbfieberepidemie in Rio de Janeiro unterliegen alle aus Brasilien kommenden Schiffe der Quarantäne. Übrigens weiß ich nicht, wie ich es bewerkstelligen soll, wieder auf festem Boden zu gehen. Man sagt, es dauert, bis man sich umgestellt hat, und daß man auch an Land weiterhin seekrank wird. Vor allem, wenn man verliebt ist, nehme ich an.

*

Oh, welch unbeschreibliche Lust, das Gefühl, geliebt zu werden. Eine Berührung der Geliebten macht mich zum Spiegel meiner selbst, durch die Liebe des anderen Menschen, denn sie zeigt der Welt mein Spiegelbild und hält mir vor, was ich bin. Tatsächlich sehe, entdecke, liebe ich mich in dem fremden Blick, der mich erfaßt und begehrt. In der Liebe BIN ich. Deshalb ist es so schön, geliebt zu werden. Es ist eine Entdeckung des eigenen Ich durch einen anderen Menschen.

Mein Gott, wann wird die Welt mich lieben?

*

Diese Reise kommt mir vor wie ein Feuilleton . Nur daß ich Romanfigur, Autor und Kritiker zugleich bin.

Bordtagebuch, 20. August 1888

Heute haben wir den Küsten des Kapverdischen Archipels zugewinkt, trotz des trockenen Dunstes, der über den Inseln lag und kaum etwas erkennen ließ. Kurz darauf erreichten wir die Insel São Vicente, der gegenüber wir jetzt vor Anker liegen. Wie gut, daß Gott nicht vergessen hat, das Land zu erschaffen ... Wenn alles klappt, bleiben wir hier für den Rest des Tages, um Kohle und Proviant an Bord zu nehmen. Wegen der Quarantäne ist am Mast der *Adria*, den internationalen Abkommen gemäß, die gelbe Fahne aufgezogen. Der allgemeinen Stimmung entsprechend ist auch meine Suzy verdrossen, daß wir nicht an Land gehen dürfen, zumal das Verladen der Kohle sich sehr störend auswirkt durch den Motorenlärm der Schlepper, die mit den vollbeladenen Leichtern herankommen, und der Maschinen, mit denen die Säcke an Bord gehievt werden. Damit aber nicht genug, wir mußten auch noch möglichst alles abdecken und verschließen, um es vor dem schwarzen Staub zu schützen. São Vicente besteht aus hohen schroffen Klippen und dunklen, sich in alle Richtungen hinziehenden Felsmassiven, eine eintönige Landschaft – außer dem Meer nur vulkanisches Gestein und Ödland. Trotzdem ist es eine Erleichterung, wieder Land zu sehen. (Gib es zu, Senhor Nepo, selbst die Hölle wäre an der Seite deiner Miss Nachtigall eine Wonne.)

*

Ach, Senhora, was gäbe ich nicht dafür, wenn ich der weiße Handschuh sein könnte, der deine Hand umhüllt, Sklave deiner Bewegungen und Wünsche! Was gäbe ich nicht dafür, wenn ich die Glacélederstiefelette sein könnte, die deinen Fuß umhüllt und mit der du den Boden betrittst und trittst! Was gäbe ich nicht dafür, meine Herrin, wenn ich die Seidenrose sein könnte, die sich, deine schwindelerregende Schönheit ahnend, über den Duft deines Busens neigt? Oder dafür, wenn ich nur für eine einzige Nacht deine batistbezogene Bettstatt sein und dein zartes Gewicht auf mir spüren könnte; oder vielleicht mich in das Kissen verwandeln, auf dem, das Haar gelöst, dein bezauberndes Antlitz ruht. Aber nein, all das wäre gar nicht nötig! Allein dein Spiegel sein, ja, dein Spiegel, wenn du des Abends dich betrachtest und mir deine, in meiner Phantasie so häufig ausgemalten, entblößten Reize zeigst ... Und dann, Gipfel aller Wonnen, mir am Ende des Tages deine Geheimnisse anvertraust. Aus ihm, deinem unvergleichlich süßen Munde, hören, daß ... du einen jungen, an den Gestaden des wilden Meeres von Ceará geborenen Brasilianer liebst und ihn mehr als alles in der Welt begehrst – ihn, deinen Geliebten. Aber nein, meine Herrin, ich könnte dein Spiegel nicht sein – mein armes krankes Herz würde es nicht überstehen! Deshalb gestatte mir, damit ich deine Liebe überlebe, daß ich lediglich die Luft bin, die du atmest, o du meine Königin, laß mich in deine Kehle eintreten und mit der Kraft deiner Stimme aufsteigen. Indes, wenn auch dies noch zu viel verlangt wäre, so laß mich dich treulich begleiten, ohne dir zur Last zu fallen, dergestalt, daß du dir meiner nicht einmal bewußt bist – laß mich auf ewig dein Schatten sein, meine Herrin, damit ich immer bei dir bin.

*

Eine wundervolle Begegnung mit Suzy an Deck. Ich mußte mich beherrschen. Warum dieses wahnsinnige Verlangen, vor der Geliebten auf die Knie zu fallen? Woher kommt dieser Drang, dem Anstand und der Natur zuwiderzuhandeln? Welche Macht ist dies, die meine Beine in die Knie zwingt, ohne daß ich mich dagegen wehren könnte? Ach, mich wehren ... Niemals, gestehe ich, würde ich mich wehren. Im Gegenteil, ich flehe sehnlichst, daß es geschehen möge, daß diese Macht ihre Willkür ausübt und mich, dem Schatten meiner Königin folgend, in jedem Winkel über den Boden dieses Schiffes kriechen läßt, das mit seinem Kurs über mein ungewisses Los, das Los eines Liebenden, entscheidet.

*

Heute habe ich mich lange im Spiegel betrachtet, ich wollte wissen, wie Suzy Nightingale Nepo sieht. Leider habe ich ein, wie ich finde, ziemlich gewöhnliches Gesicht. Eigentlich sehe ich noch sehr jungenhaft aus, jedenfalls nicht nach meinen vierundzwanzig Jahren. An den Augen habe ich nichts auszusetzen, obwohl sie etwas zu klein sind. Der Schnurrbart hat zu harte Haare, ich wünschte, sie wären weicher, dann könnte ich die Spitzen schön schmal zwirbeln. An meinen Haaren gefällt mir nicht, daß sie sich zu Locken wellen. Aber am schlimmsten sind meine viel zu großen Ohren, richtige Elefantenohren. Ich fürchte, sie sehen eher aus wie Fächer zu beiden Seiten des Gesichts. Ich versuche, mich damit zu trösten, daß große Ohren angeblich ein Zeichen für Musikalität sind ... Unterm Strich weiß ich nicht, ob Suzy an meinem Aussehen Gefallen finden kann.

Von meinem Körper wage ich gar nicht erst zu sprechen – viel zu schmächtig, viel zu typisch Nordbrasilianer. Und daran läßt sich nichts ändern. Schlußfolgerung: Ich glaube, ich lasse mir in Rom einen Bart wachsen. Zumindest flößt das Achtung ein. Vielleicht lockt es auch noch mehr Liebe an.

*

Paradox der Liebe: Die Frau ist Adams Rippe, Gottes Odem und die Sehnsucht nach der Schlange.

*

Nein, die Sehnsucht nach Gott, Adams Odem und die Rippe der Schlange.

Bordtagebuch, 21. August 1888

Blau. Alles, was ich sehe, ist blau. Im Meer und in deinen Augen, meine Beatrice, das ist die Farbe der Leidenschaft. Wie glücklich es mich macht, welche Unruhe es in mir weckt, dieses Blau überall, auf dem Schiff wie rund um das Schiff herum, das mich in die Tiefe zieht, immer tiefer, bis ich darin untergehe. Und du ziehst mich durch die Labyrinthe dieses meines maritimen Paradieses, Infernos und Fegefeuers und ahnst nicht, daß all das mir nichts ausmacht, solange ich bei dir bin. Oh, Suzy, meine Nachtigall, siehst du nicht, daß ich vor leidenschaftlicher Liebe zu deinen unerträglich blauen Augen ächze und mir die Sinne schwinden? Oh, meine Blume, oh, du Jelängerjelieber der Liebe, deine Brüste erst! Wäre mir doch gegeben, daß ich diese Alabasterfrüchte berühren und deiner Jungfräulichkeit bläuliche Adern entblößen dürfte. Ach, welch ein Jammer, dir nicht in gutem Portugiesisch meine ganze Liebe gestehen zu können.

Und, schlimmer noch, daß du, aufgrund der Sprachbarrieren, als leer empfindest, was ich an Poesie zu Papier bringen und dir zum Beweis meiner Liebe überreichen wollte.

*

Ganz ehrlich gesagt, komme ich mir vor wie ein Trottel ...

*

Heute abend gibt es einen Kostümball. Suzy geht als Zigeunerin. Zum ersten Mal habe ich ihr auf dem Klavier das Lied *Perché* vorgespielt. Dann konnte ich mich nicht beherrschen und bat sie, ein Stück zu singen. Zwar blieb sie ein paarmal hängen, was normal ist, aber es paßt perfekt zu ihrer Stimme. Sie vermied, sich zu äußern, gab mir jedoch zu verstehen, daß es ihr gefallen hat, was mir zu wenig schien. Ich hatte mir gewünscht, daß sie begeistert ist. Allerdings glaube ich, daß sie den Leitgedanken des Textes verstanden hat, denn sie antwortete mit reizendem Akzent auf französisch: *L'amour est un oiseau rebelle*. Ich war versucht, ihr zu erwidern, nicht nur ein widerspenstiger Vogel ist sie, sondern auch ein übermütiges Kind, ach, die Liebe! Aber wie? Ihr leuchtend blauer Blick bringt mich aus der Fassung. Suzy, Suzy, *perché* habe ich mich in dich verliebt? (Was das Lied betrifft, weiß ich selbst nicht, ob es gut geworden ist. Schließlich ist dieses Gebiet für mich Neuland.)

*

Am Nachmittag haben wir das letzte Stück der tropischen Zone durchkreuzt. Die starken Passatwinde beuteln uns. Keiner an Bord kann sich länger als zwei Minuten auf den Beinen halten. Und schreiben, nur mit Gekritzel. Unmöglich, unter solch kaum romantischen Umständen zu lieben – wohin die Windrose auch zeigt, überall wird erbrochen.

*

Die Liebe treibt nicht solches Schindluder. Schuld ist dieser alte Kahn, der unaufhörlich schlingert. Manche Passagiere kommen vor Übelkeit gar nicht mehr aus ihrer Kabine heraus. Ich habe versucht, das Lied etwas zu überarbeiten, doch das Schiff schaukelte so heftig, daß ich Gefahr lief, mit dem Kopf gegen das Klavier zu schlagen, sofern ich nicht gerade schleunigst von den Tasten aufspringen mußte. Eine absolut lächerliche Situation, in keiner Weise der erhabenen Würde meiner Liebe angemessen ...

Bordtagebuch, 22. August 1888

Verfluchtes, elendiges Geschöpf! Es hat mich verraten, das Tier der Apokalypse! Mich mit einem einzigen Verrat erledigt ... Warum hast du mich belogen, leichtfertige Schöne? Warum sinnlos meinen wilden Schmerz genährt? Du hast mir alle Hoffnung genommen. Hast die Blume der Liebe im Tempel meiner Brust zum Welken gebracht. Es ist tiefe Nacht. Ich habe noch keine Sekunde geschlafen. Meine Augen weinen heiße Tränen. Nun leuchtet nicht einmal mehr der Mond in meinen langen Nächten. Das wilde Tier hat mein Vertrauen gebrochen. Gestern abend beim Kostümball war Suzy plötzlich aus dem Salon verschwunden. Ich fand sie auf dem Oberdeck, in den Armen von Senhor Montecarlo, einem Italiener, der sich für unwiderstehlich hält, dabei reist er mit Frau und Kindern, und sie küßten sich. Ich mußte mich zusammenreißen, sonst wäre ich vor Enttäuschung ohnmächtig geworden. Dann packte mich der Zorn. Ich entschied, nun ist Schluß. Ich muß stark sein angesichts der Grausamkeiten der Welt. Zumindest bin ich aus der Illusion erwacht, mit der du mich geblendet hast, du Kokotte der Liebe. Jetzt ist alles klar. Ich habe erkannt, wer du bist. Dieses schamlose Flittchen, das nur seine Ränkespiele treibt, will ich nicht sehen. Ich befreie mich von ihrem Zauber und stelle mich der Wirklichkeit. Suzy Nightingale ist nicht besser als eine Dirne, die sich im Laster suhlt, genau das ist sie. Ich hatte schon gemerkt, es aber, von meiner Liebe geblendet, nicht wahrhaben wollen, daß sie sämtlichen Männern an Bord verführerische Blicke zuwarf. Spät, doch nicht zu spät, habe ich entschieden, daß meine Würde mehr zählt. Verdammtes Luder! ...

*

Unfaßbar, dieses Gefühl, daß die Trauben grün geblieben sind, während man darauf hoffte, sie reif ernten zu können. Der Fuchs bin natürlich ich. Aber weder alt noch klug. Nur der schlaue Fuchs aus der Geschichte mit den Trauben. Ich bekomme Mordgelüste.

*

Die Natur hat mir ein durchaus meinem Drama angemessenes apokalyptisches Schauspiel beschert. Heute morgen wälzten sich riesige, dickbäuchige Wolkenmassen über uns, man konnte meinen, der Weltuntergang stehe bevor. Der Himmel schien in Aufruhr, die schwarzen Wolken begruben die Welt hier unten fast unter sich. Aus dem Tag wurde finstere Nacht. Ich hatte das Gefühl, ich befände mich in einem jener Gemälde, auf denen das Licht sich Bahn bricht und unvorstellbare Blitzkaskaden komponiert – was bleibt, ist Verwüstung und die Angst des Winzlings angesichts der Unendlichkeit. Als wäre die Welt viel zu groß für meine Augen, als könnten sie die maßlose Großartigkeit, die sich ihnen rund um den Horizont bot, nicht erfassen. Das Schiff stampfte so heftig, daß die meisten Passagiere sich vorsichtshalber in ihre Kabinen geflüchtet hatten. Ich blieb an Deck, an einen Pfeiler geklammert. Der Regen brach prasselnd und peitschend los. Die Tropfen brannten wie Feuer auf der Gesichtshaut und hämmerten mir mit solcher Wucht auf den Schädel, daß ich vom Widerhall fast ohnmächtig wurde. Ich hatte Angst, ich könnte keine Luft mehr bekommen und ersticken. Aus der Ferne hörte ich vage, daß man nach mir rief. Ich rührte mich nicht. Ich brauchte das. Fast eine Stunde lang ließ ich mich von dem Unwetter reinwaschen. Als es vorüber war, fühlte ich mich, als hätte man mir die Absolution erteilt. Die Vergebung hatte den Klang einer Tür auf dem Deck, die hinter mir klagend klapperte. Und immer weiter klapperte, während ich weinte, denn ich bin sehr klein, und der Schmerz ist zu groß. (Ach, seltsames Land der Tränen! ...)

*

Nein, nein, das Gefährliche am Paradox der Liebe ist, daß Adam sich nicht am Apfel verschluckt hat, sondern an der eigenen Rippe. Suzy steckt mir quer im Hals.

*

Mein Gott, was ist so plötzlich aus meinen Träumen geworden?

*

Gebe Gott, daß ich nicht sterbe, ohne die Farben meiner Heimat wiederzusehen.

Die Sehnsucht nach dem wilden – und nicht nur grünen – Meer des Ceará deiner Kindheit läßt dich leiden. Im Gegensatz zu dem von José de Alencar verewigten Eindruck ist das Meer dort ein Ozean mit wechselnden Farben, fast wie ein Chamäleon. Je nach Stunde und Tag verändert es seine Farbe. Vom transparenten Grün nah am Strand geht es in ständig dunkler werdendes Smaragdgrün über, bis daraus Blau wird und dann, je weiter zum Horizont hin, schon fast Schwarzblau. Ach, welche Sehnsucht! Sehnsucht nach der Sonne im Zenit, unter der die Welt erglüht und alles träge wird, die Vögel verstummen und die Pflanzen vor Hitze lechzen. Sehnsucht nach den kühlen Spätnachmittagen, wenn du barfuß über die Dünen liefst und auf den beständig von Wellen umspülten und von der ehrwürdigen Sanftmut der Palmen überschatteten Meeressaum hinunterschautest. In der Ferne trotteten Ziegen auf der Suche nach Futter in kleinen Grüppchen hinter dem Leittier her, an dessen Hals eine Glocke bimmelte. In deinem Rücken in dem lichten Wald, der hartnäckig der Wüste ein Stück abgerungen hatte, sang kein himmelblauer Perikit im Wipfel der Karnaubapalme, sondern ein schwarzschimmernder Madenfresser auf den Zweigen eines wilden Cashewbäumchens, eher ein gedrungener Busch, der dort mitten im Sand wuchs. Doch am meisten schmerzt dich die Sehnsucht nach den Seestürmen. Nichts in dieser Zeit deiner Cearenser Kindheit übte einen solchen Zauber auf dich aus wie das Meer, wenn es sich, gekräuselt und dunkel verfärbt, mit den tief hängenden, schweren Regen verkündenden Wolken vereinigte, bis der Himmel sich in Fluten ergoß, als wäre die Welt aus dem Lot und das Chaos regierte. Dann entartete die so liebliche Welt zu einem mordenden Monster. Doch du hattest keine Angst. Im Gegenteil, dieses Wunder entzückte dich, du lachtest glücklich, während die Regenflut die Erde in Schlamm verwandelte. Du warst stolz darauf, dieses Schauspiel mitzuerleben und dabei den Elementen zu trotzen, denn du wolltest endlich erwachsen werden – und ein ganzer Kerl. Aber nicht nur das war es – unbewußt nahmst du für dich in Anspruch, Teil der ungebändigten Natur zu sein. Nichts sonst konntest du dein eigen nennen, außer diesem Land, das, auch wenn es dir nicht wirklich gehörte, so doch von Rechts wegen deins war, denn du sahst dich in ihm gespiegelt, von ihm dargestellt, so sehr mit ihm identisch, daß du selbst dich als Teil von ihm empfandest – Ceará gehörte dir, und du warst Ceará. Vielleicht empfinden die Bewohner des Sertão genau so und lieben deshalb so inbrünstig die unwirtliche Kargheit fast der gesamten Provinz, seit die große Dürre der letzten Jahre sie verwüstet. Viel mehr als nur ein Bonmot, wahrhaft glaubwürdig ist für dich der Ausspruch von Paula Ney, dem aus Ceará stammenden beliebtesten Dichter von Rio de Janeiro: »Für Brasilien könnte ich sterben; für Ceará könnte ich töten.« Auch du hast dich in der Hauptstadt in erster Li-

nie als ein Sohn der Provinz Ceará gefühlt und, wann immer möglich, Zuflucht in Cearenser Kreisen gesucht, allerdings ebenso die Beziehung zu deinen Freunden aus dem Süden gepflegt. Aus diesem Grund bist du in die Cearenser Abolitionisten-Gesellschaft in der Rua da Quitanda eingetreten – um alle Welt stolz daran zu erinnern, daß deine Provinz als erste des Kaiserreichs bereits im Jahre 1884 die Sklaverei abgeschafft hat. Ach, wie sehnst du dich nach Ceará zurück! Nach der alten verrückten Bettlerin Dona Maria Lessa, die in den Straßen von Fortaleza vor jedem, der es hören wollte, mit ihren Heldentaten als Fazendeira im Sertão prahlte, darunter auch der Mord am Coronel Abreu, ihrem Mann ... Sie war die Stimme der Stadt, denn ohne sie, ohne sie ... Oh, den Hunger mit paçoca do sertão, in Maniokmehl gewälzten Hackfleischröllchen, zu stillen, und dazu Rohzucker. Und wie köstlich der mocororó de caju schmeckt, der Trank aus der Cashewfrucht, wenn dir die Lust danach steht ... Mann Gottes, wie oft hast du nicht gedacht, du würdest alles für einen Schluck gambica geben, den Saft der Muricifrucht, weiß der Himmel, wie die Büsche ihn den Dünen abringen! Viel zu selten bist du nach Ceará zurückgefahren! Ein einziges Mal nur in diesen letzten Jahren. Auf deiner Tournee durch den Norden im April dieses Jahres hast du zwanzig Tage in Ceará verbracht. Da hast du die so schlichte Hauptstadt wiedergesehen, ihre verschlafenen Gassen im Umkreis der von dichtbelaubten Katappenbäumen und mungubeiras gesäumten Feira Nova, Fortaleza, wo das Meer allgegenwärtig ist und beständig eine köstliche Brise weht. Trotz der zahllosen Feste und des Wiedersehens mit deiner geliebten Réria gelang es dir, dich ins Landesinnere davonzustehlen und fortzusetzen, was du schon im Jahre 1884 begonnen hattest: ein paar weitere Elemente der an Formen und Klängen überreichen Musik der Sertão-Bewohner zu erforschen. Was du in Quixeramobim im Haus deiner Verwandten aufgezeichnet hast, um die exakten Nuancen des Singsangs der Viehtreiber festzuhalten, und in Acaraú, wo du den Torém-Tanz ganz aus der Nähe *sehen und hören konntest, ist endgültig in Alberto Nepomucenos Musik eingegangen – schon deshalb, weil all dies längst tief und unauslöschlich dein Fühlen geprägt hatte, als du noch ein unbekannter Knabe warst. Die Klänge des Sertão ... Wie hättest du auch den unheimlichen Gesang des falkenähnlichen* acauã *im gleißenden Sonnenlicht über der Steppe vergessen können. Oder das klagende Schreien der Esel, die dir immer wie kleine Engel vorkamen, dazu verdammt, das schwere Los des einfachen Volkes auf sich zu nehmen. Oder das nie endende Singen der Ochsenkarren mit ihren riesigen Holzrädern, ein melancholischer Kanon, der durch die karge Landschaft zieht und mit seinen knappen Modulationen eines oder zweier Molltöne wie akustisch dargestellter Stillstand klingt. Jetzt befindest du dich hier, reist über die ozeanische Weite, so unermeßlich groß, daß sie dir wie das Nichts vorkommt – ein nasses Nichts. Deinem Gefühl nach hast du den heimatlichen Boden vor langer, langer Zeit verlassen. Um die Entfernung zu mindern, versuchst du, die Klänge deiner Vergangenheit auf dem Klavier nachzuspielen. Doch stellst du fest, daß die Erinnerung den Schmerz nicht mindern kann, selbst wenn deine Musik die Heimat mit der lieblichsten Stimme der Erinnerung besänge. Sogar die Sehnsucht will sich offenbar nur widerstrebend einstellen, will dich fliehen. Vielleicht, weil sie es leid ist, sie selbst zu sein und sich mit Schmerz zu tränken, und ebenfalls zu dem zurückstrebt, dem sie gilt, zu den weißen Stränden und dem ewigen Wind. Nun bringen sie dich mit der Verweigerung der Sehnsucht um, die Seestürme deines Ceará, Siará, Ciriá!*

Bordtagebuch, 23. August 1888

In der Nacht bin ich wach geworden, weil ich kaum Luft bekam. Ich mußte zwei Kissen nehmen, um den Kopf höher zu lagern, damit ich atmen konnte. Mein armes schwaches Herz ächzt und protestiert.

*

Wasser und Sonne, Sonne und Wasser, bis zur Erschöpfung. Den Anblick der fliegenden Fische, die glitzernd aus dem Wasser schnellen, kann ich nicht mehr ertragen. Auch der vielen überwältigenden Sonnenuntergänge bin ich überdrüssig. Mich interessiert nicht, ob die Sonne aufgeht oder sich für immer versteckt. Mich interessiert weder der sinnlose helle Fleck des Mondes noch sein sich auf den Meereswellen spiegelndes Licht, das mich anfangs so bezauberte, wenn ich stundenlang unter dem Sternenhimmel an Deck saß und der Schiffsschornstein Funken spuckte. Nichts will ich mehr. Ich befinde mich auf einer anderen Reise. Ich durchquere das Land der Sehnsucht.

*

Suzy hat einen Annäherungsversuch gemacht und wollte sich unterhalten. Ich habe mich verweigert. Die gemeine Messalina hat mein Vertrauen für immer verspielt. Ich tue so, als wäre sie tot.

*

Tiefe Tristesse. Ich fühle mich trostlos wie ein betrogener Ehemann. Verbringe den Tag am Klavier. Spiele immer wieder Mozarts *Phantasie in d-Moll*, genau passend, diese Hilflosigkeit auszudrücken, unter der, wie mir scheint, nicht nur ich leide, sondern die ganze unselige, auf diesem ziellos durch das Universum treibenden Planeten verlorene Spezies Mensch. Nach größter Anstrengung kann ich endlich mit Hingabe arbeiten. Mit der Instrumentierung des Präludiums für den ersten Akt von *Porangaba* bin ich ziemlich gut vorangekommen. Habe auch schon verschiedene andere Teile entworfen. Für das Ballett habe ich zahllose Phrasen notiert, wie sie mir im Rahmen eines genau umrissenen Plans einfallen.

*

Von wegen Heimat. Die Strafe des Fegefeuers, das ist die Liebe.

Bordtagebuch, 24. August 1888

Ein großer Schreck gestern. Plötzlich ertönte das Nebelhorn. Es tutete fast die ganze Nacht und fing heute morgen wieder an, bis der dichte Nebel verschwunden war. Einen derart düsteren Ton hatte ich noch nie gehört. Wir fahren sehr langsam. Ich habe weder Lust, an der Oper zu arbeiten, noch sonst etwas zu tun, vielleicht ist die unruhige Nacht daran schuld. Die Reise kommt mir wie eine Ewigkeit vor. Ich wünschte, die schwarze Carlota wäre hier und brächte mit ihrer frechen Altstimme etwas Leben in die Monotonie an Bord.

*

Nur um mich zum Arbeiten zu zwingen, habe ich ein wenig Harmonielehre und Kontrapunkt geübt, das werde ich am Konservatorium brauchen. Ich habe verschiedene Arten von Kanons geschrieben, sogar einen rückwärts zu singenden. Dann habe ich eine Gavotte komponiert, und zwar eine, die mit Anfang und Ende zugleich beginnt. Nichts Großartiges. Melodisch, gut durchgearbeitet, fehlerfrei, aber sie gefällt mir nicht. Es ist ja auch mein erstes Stück dieser Art. Genauso uninteressant wie diese langweiligen Tage.

*

Welch ein Mysterium, hier zu sein! Oder vielmehr, welch ein Mysterium, überhaupt zu sein. Damit will ich sagen, daß es für mich ein unermeßliches Mysterium ist, diesen Augenblick des Lebens erreicht zu haben. Leben ist für mich eine unheilbare Krankheit. Ja, ich sehe ein: Ich bin unheilbar krank.

*

BESAGTE Frau versucht wieder, mit mir zu sprechen. Ich kenne sie nicht.

*

Erst jetzt fällt mir auf, daß das Kreuz des Südens nicht mehr zu sehen ist. Ein anderer Himmel dehnt sich über uns. Von nun an sind sogar die Sterne fremd. Angst! Während im Hintergrund die Klänge des kleinen Bordorchesters zu hören sind, bin ich allein an Deck, fühle mich verlassen und melancholisch, verspüre aber auch ein deutliches Bedürfnis nach Geborgenheit. Geborgenheit ist eine süße Vorstellung, denn ich möchte aller Welt zurufen: Nehmt mich in die Arme, ich will ausruhen. Trotzdem gebe ich nicht klein bei. BESAGTE Frau muß vergessen werden.

Bordtagebuch, 25. August 1888

Nun produziert Suzy sich vor mir, in Duftwasserwolken gehüllt und wie eine Prinzessin gekleidet. Sie will mich in Versuchung führen, diese schamlose Delila. Aber ich bleibe unbeugsam. Ich muß diese gefallsüchtige Person vergessen. Inzwischen arbeite ich wieder fleißig an meiner *Porangaba*. Das Ballett habe ich bereits fertiggestellt, es war schon weiter gediehen, als ich gedacht hatte. Jetzt schreibe ich das Präludium für den dritten Akt, es gefällt mir besser als das des ersten Akts. Voller Inbrunst zelebriere ich die Liebe einer schönen Indianerin zu einem weißen Mann, der sie dann verläßt. Die Umkehrung meiner Situation. Womit ich mich in Gedanken räche.

*

Heute sind wir einem anderen Schiff begegnet. Zum ersten Mal, seit wir auf hoher See sind. Es war ein englischer Dampfer, offenbar größer und schöner als unserer, mit zwei Schornsteinen. Ein großes Ereignis, wir waren alle aufgeregt. Wir haben uns zugewinkt, Gefährten in der Einsamkeit des

Meeres. Beide Schiffe haben laut getutet, als sie aneinander vorüberfuhren, gleichzeitig wurde auf beiden zum Gruß die Heckfahne gehißt, ein hübscher Brauch der Seefahrt. Als der andere Dampfer verschwunden war, kehrte die Einsamkeit zur Normalität zurück.

*

Wenn nicht ich, wer sonst wird den Himmel anrufen und um Barmherzigkeit flehen für den Menschen, dieses hilflose, jämmerliche und doch so heiß geliebte Geschöpf?

Bordtagebuch, 26. August 1888

Ich arbeite weiter an *Porangaba*. Die Instrumentierung des Präludiums für den dritten Akt ist abgeschlossen, mir scheint, sie ist sehr ausdrucksstark gelungen. Inzwischen habe ich mit dem *Marsch der Indianer* angefangen, ihn nur deshalb noch nicht fertiggeschrieben, weil ich dafür das Klavier brauche, und davor schrecke ich zurück, denn ich möchte nicht von den Offizieren und Passagieren umringt werden, sie fragen immer so viel, und ich bin nicht in der Stimmung für lange Erklärungen – schon gar nicht, wenn BESAGTE Frau in der Nähe ist und mit mir zu sprechen versucht, aber ich *denke* gar nicht daran. Denn als guter Nordbrasilianer zeige ich deutlich meinen Stolz. Nach dem Marsch will ich mit der Arbeit an einem lyrischen Stück beginnen, vielleicht das Thema für Pirauás Liebe zu Porangaba. Manchmal kommen mir Zweifel an der Qualität von Antonio Salles' Libretto. Mir wäre lieber gewesen, er hätte die Gedichte von Juvenal Galeno etwas stärker abgeändert, die häufig höchst vertrackte Struktur ist schwierig zu vertonen. Ergebnis: Das Libretto ist mit tausend Randnotizen vollgekritzelt. Ich weiß nicht, ob Ontonho damit einverstanden wäre.

*

Heute sind wir durch die Meerenge von Gibraltar gefahren. Mir klopfte das Herz. Ich hatte das Gefühl, als träte ich durch das Eingangsportal zu Europa, es ist wirklich eine Enge, nur acht Meilen breit. Aufbruchstimmung, Beginn eines neuen, unbekannten Lebens. Über der afrikanischen Seite steuerbord hängt Nebel, lediglich im Hintergrund ragen die schneebedeckten Gipfel auf. Backbord, auf der europäischen Seite, sieht man Gibraltar, eine blaue, liebliche Landschaft, durchsetzt mit dunstigen Bergen. Die Passagiere waren sehr aufgeregt. Vom Bugdeck aus sahen wir die auf einem felsigen Berg erbaute Stadt, sie wirkt sehr abweisend, vor allem wegen der Kanonen. Offenbar wissen die Engländer genau, wie sie sich ihre Besitzungen bewahren können. Trotzdem spürt man, daß hier Europa beginnt: In der Luft liegt Friedlichkeit, sanft weht die morgendliche Brise. Das Meer schimmert wie hellblaue, dann in leuchtendes, kräftiges Blau übergehende Seide, die das fahrende Schiff zerreißt.

*

Jetzt am Abend, während der Schiffsbug wie in einer Triumphbahn zwei Lichtfurchen in die ruhige Wasserfläche zieht, ist die See voll von Meeresleuchten. Der Dampfer gleitet erhaben, geradezu majestätisch voran. Die Verzauberung auf den versonnenen Gesichtern der Passagiere ist fast greifbar. Man hat das Gefühl, in viele Jahrhunderte Geschichte und Kultur vorzudringen. Zweifellos das Gegenteil von dem, was man auf Reisen durch Brasilien empfindet, wo die Natur die Gesetze diktiert. Hier in Europa hingegen sind wir jählings auf den Schauplatz der Geschichte versetzt, mitten in alle Schönheiten und Greuel, die sie hervorgebracht hat. Die Friedlichkeit ist folglich nur äußerer Schein. Die Einreise nach Europa ist wie ein Vorstoß in das Herz der Menschheit, und das löst in mir eine Spur von Angst aus. Man weiß nie, was man von der Menschheit, diesem furchterregenden, unberechenbaren Brunnen, zu erwarten hat. Ehe ich mich besinne, merke ich, daß ich bete.

Bordtagebuch, 27. August 1888

Auf dem Anschlagbrett steht die Mitteilung, wenn das Wetter ruhig bleibt und die Strömung günstig, werden wir am 29. oder 30. in Genua einlaufen. Ob die Bevilacquas mich tatsächlich im Hafen erwarten?

*

In der letzten Nacht habe ich von den Zeiten in Recife geträumt. Ich weiß nur noch, daß ich zum Abschied winkend am Kai stehe und die Wellen sich an den Steinen brechen. Im Laufe des Tages sind alte, vage, schmerzliche Erinnerungen in mir aufgestiegen. Nun, da ich in die Fremde komme, weiß ich, wie süß die Liebe zur Heimat ist. Fragt sich nur, was eigentlich Heimat ist. Wenn ich ernsthaft in mich gehe, besteht Heimat aus kleinen banalen Dingen. Heimat ist das Meer, das sich am Hafenkai von Recife bricht. Der nächtliche Anblick der Guanabara-Bucht von Rio. Die Karnaubapalme, deren Blattwedel in der Dürre von Ceará unbeirrt fächeln. Die Gebeine unserer Vorväter, mit denen sie einen vormals fremden Boden durch die Erinnerung an sie befruchtet haben. Das Größte, was das Bündnis zwischen unseren drei traurigen Rassen hervorgebracht hat, ist letztlich die Sehnsucht. Heimat ist dies: Etwas, das Sehnsucht zu wecken, mich zu dem zu machen vermag, was ich heute bin – ein Kind der Sehnsucht.

Da spürst du, Gefangener der Sehnsucht, das Verlangen zu beten, und du sprichst deine eigene Litanei:

Professor Euclides Fonseca, Lehrer, Kämpfer und Freund, der dich die Grundlagen der Harmonie und Komposition gelehrt und dir die Schönheit von Bachs Musik nahegebracht hat, dessen Wohltemperiertes Klavier *er als die Bibel aller Musiker bezeichnete. Ein geduldiger, gütiger Mann, der dich in die Geheimnisse der großen Meister der italienischen Polyphonie eingeführt hat. Professor Euclides, von dem du kämpfen und durchhalten gelernt hast, ach, SEHNSUCHT!*

Vater, Vater, oder vielmehr, Victor Augusto Nepomuceno, dem man nachsagt, er sei unehelich geboren, und von dem abzustammen du stolz bist. Geiger, Lehrer, Kapellmeister und Organist, der dich das Abc des Klaviers und der Geige gelehrt und immer hart gearbeitet hat, um seine Kinder zu ernähren. Vater, der dich so früh verlassen hat, SEHNSUCHT!

Dona Maria Virgínia de Oliveira Paiva, deine geliebte Mutter, die dich immer zur Musik angespornt hat, SEHNSUCHT!

Emília, deine Schwester Mimi, das bildhübsche Mädchen, SEHNSUCHT!

Réria, die Frau mit dem schönsten Lächeln und den so tiefgründigen schwarzen Augen, die der Himmel dir bestimmt hat, deine für die nächsten anderthalb, vielleicht gar zwei Jahre unter Schmerzen in Ceará zurückgelassene Braut, welch eine SEHNSUCHT!

Geliebter Mestre Tobias Barreto, der dich in das Studium der Philosophie, der Sprache und des Reichtums der deutschen Kultur eingeführt hat, dich unzählige Male über die Widersprüche der Welt und des menschlichen, von ihm so wunderbar verkörperten Wesens hat staunen lassen, anarchischer Geist, der die Wahrheit und die Ironie kultiviert, jetzt ans Bett gefesselt, wo seine Kraft langsam erlischt, aber nicht seine Liebe zum Leben, große SEHNSUCHT!

Alter Numa, gütiger Numa Pompílio, dein zweiter, aufopferungsvoller Vater, SEHNSUCHT!

Frederico Nascimento, großer Cellist, der Freund, den Portugal dir geschenkt hat und der, vielleicht weil er sich mit dir so sehr in Geduld üben mußte, viel zu früh sein Haar verloren hat, SEHNSUCHT!

Manoel de Oliveira Paiva, dein Onkel Maneco, unerschrockener politischer Kämpfer und faszinierender Schriftsteller, auch als Gil-Bert bekannt, mehr Bruder denn Onkel im Schlachtenlärm, heute im Cearenser Sertão im Exil, wegen des schrecklichen Lungenleidens, das ihn mit seiner Aussichtslosigkeit in die innere und äußere Isolation getrieben hat (das

Glas, aus dem er trinkt, der Sessel, auf dem er sitzt, die Bücher, die ihm in der Einsamkeit Trost spenden, das Papier und die Feder, die er benutzt – all das wird selbst von seinen Freunden gefürchtet und gemieden, denn sie sehen darin den Tod), SEHNSUCHT!

Antonio Salles, unersetzlicher Partner, begabter Schriftsteller und Kämpfer, dein lieber Ontonho, SEHNSUCHT!

Antonio Martins und João Cordeira, bewunderungswürdige Kämpfer für die Sklavenbefreiung in Ceará, SEHNSUCHT!

Zé Rodrigues Barbosa, ein so guter Freund, SEHNSUCHT!

Miguez, hochgeschätzter Leopoldo Miguez, bewunderungswürdiger Dirigent und Komponist, der dich so sehr angespornt und unterstützt hat, SEHNSUCHT!

Zé Rodolfo, großer Bildhauer, und Henrique Bernardelli, begabter Maler, ohne die dein Leben in Rio weit schwieriger gewesen wäre und so mancher Traum (auch dieser von der Reise nach Europa) unmöglich, zwei Menschen von seltener Empfindsamkeit, die dich auf alle erdenkliche Art unterstützt haben, ach, welche SEHNSUCHT!

Luís de Castro, Leopoldo Noronha, Esmeraldino Bandeira und so viele andere Freunde, Stimmen, Gebärden und Blicke, zurückgeblieben, aber niemals vergessen, denn sie sind Teil von dir – welch große, ungeheuer große, schmerzliche SEHNSUCHT!

*

Ich weiß es wohl. Die Sehnsucht ist ein schützender Trick des Gedächtnisses. Ein eitler Trick, müßte ich sagen – trotz aller Sehnsucht kehrt nichts, was vergangen ist, zurück, keine Liebe, kein Traum, auch die glanzvollsten Tage nicht. Die Sehnsucht besiegelt lediglich die Tragödie der Erinnerung.

Bordtagebuch, 28. August 1888

Heute früh haben wir Marseille erreicht. Dann geschah etwas, das mich vollkommen aus der Bahn geworfen hat. Im

Vorübergehen sah ich Suzy. Obwohl ich wußte, daß sie hier, wo wir den Rest des Tages verbringen sollen, aussteigen würde, hatte ich beschlossen, mich nicht zu äußern. Suzy, schon zum Aussteigen bereit, ließ all ihre Koffer stehen, kam auf mich zugelaufen, küßte mich auf die Wange und flüsterte mit ihrer samtigen Stimme ein Adieu. Bevor ich irgend etwas sagen konnte, eilte sie zu ihren Sachen zurück und ging die Treppe hinunter an Land. Ich blieb erstarrt stehen, bis mich die Verzweiflung übermannte. Warum mußte sie an das längst abgekühlte Pulverfaß der Liebe neuen Zunder legen? Suzy, o Suzy, angebetete Nachtigall. Werde ich dich je wiedersehen?

*

Und du, grenzenlose Einsamkeit, kehre in meine Brust zurück, zusammen mit deiner Gefährtin, der Melancholie. Komm, zerreiße wieder mein Inneres, suche wieder meine Nächte heim, wenn ich wie ein mutterloses Kalb brülle. Statt eines Kopfkissens gib mir einen Stein, damit ich in dieser Grabstätte der Ungeliebten mein Haupt darauf betten kann.

*

Sehr unglückliche Stunden. Ich will nicht glauben, daß Suzy fort ist. Vergeblich versuche ich, an *Porangaba* zu arbeiten. Auch auf das Studium des Italienischen kann ich mich nicht konzentrieren. Ich versuche, *Perché* zu singen, doch ich habe nicht ihre Stimme. Unablässig denke ich an sie und muß weinen. Wie viele Tränen birgt das Herz des Menschen?

*

Ich vergebe ihr von ganzem Herzen. Hat Christus nicht auch Magdalena vergeben?

*

Daß ich ihr vergeben habe, ist überhaupt kein Trost. Zu spät. Es ist so traurig, wie wenn man einem Toten vergibt.

*

Bordtagebuch, 29. August 1888

Der letzte Tag der Reise. Voraussichtlich morgen erreichen wir Genua. Die Italiener zeigen unverhohlen, wie sehr sie sich freuen, in die Heimat zurückzukehren. Der Himmel ist bedeckt, aber es herrscht schwüle Hitze, eine Hitze, bei der die Nerven blank liegen, als würde im nächsten Augenblick eine atmosphärische Katastrophe über uns hereinbrechen. Ich habe so stark transpiriert, daß mir die Kleider am Leib kleben. Die Schiffsbesatzung, mit dieser Schwüle wohlvertraut, stößt Verwünschungen aus, schuld daran ist, sagen sie, der Scirocco, ein heißer Wind, der aus Afrika kommt, typisch für die Jahreszeit. Ich hatte geglaubt, Europa sei angenehm kühl. Statt dessen herrscht eine starke Hitze, wie ich sie noch nie erlebt habe. Die erste Enttäuschung.

*

In der Nacht bin ich nach einem Traum aus dem Schlaf hochgeschreckt und konnte nicht wieder einschlafen. Irgend etwas störte mich. Dann stellte ich fest, daß ich auf dem Bauch ganz klebrig war. Meine Liebe ist so groß, daß sie aus mir herausbricht. Ich bin in Sorge. Wie soll ich es anstellen, einen Tag vor der Ankunft meine Wäsche zu waschen? Es war ein sehr merkwürdiger Traum. Eine Trauungszeremonie fand statt, ähnlich wie die in Wagners *Lohengrin*. Ich heiratete. Meine Braut und ich betraten sehr feierlich eine Kathedrale, die gleichzeitig wie eine sehr hohe Grotte aussah, von deren Wänden ringsum durchsichtige Schleier wie weiße Spinnweben herabhingen, und wir mußten dazwischen hindurchgehen. Meine Braut war nicht Réria, sondern die Elsa aus der Oper. Im nächsten

Augenblick war sie eine Indianerin, und ich wußte, daß es Porangaba war. Als ich sie näher ansah, hob Porangaba den Schleier, der ihr Gesicht bedeckte, und da erkannte ich mit Entzücken die Züge von Suzy Nightingale. Ich geriet in Ekstase, schwebte in höchsten Wonnen. Doch die währten nicht lange – plötzlich war Suzy mit einem zerlumpten Porangaba-Kostüm bekleidet, und ihr Federschmuck war alt und schäbig. Nichts erinnerte mehr weder an die reizvolle Indianerin aus dem Gedicht noch an die kokette junge Frau, die ich kennengelernt hatte. Vor mir stand eine dicke Wagner-Sängerin, eine Mischung aus einer lüsternen Walküre und einem Berserker, mit einer gehörnten Kappe auf dem Kopf. Gleich nach der Ekstase empfand ich Ekel. Dann wurde ich wach. Den ganzen Tag über habe ich, insbesondere beim Gehen, das Gefühl, in einem Traum zu schweben, vielleicht, weil ich mich nun auf die Fremde einlasse. Zunächst ist es so, als wäre ich in einer mir insgeheim bekannten Welt angelangt, die schon in vielem präsent war, angefangen von den Geschichtsbüchern bis hin zur Musik. Aber gleichzeitig ist es eine andere, unbekannte und unheimliche Welt. Ich bin erregt und spüre zugleich Angst, denn ich nähere mich dem Kontinent, wo Verdi lebt, wo bis vor kurzem Wagner gelebt hat und wo Mozart, Beethoven und Johann Sebastian Bach ihr unsterbliches Werk geschaffen haben.

*

Ich will den europäischen Boden nicht als jemand betreten, der einen Auftrag als Held des Vaterlandes erfüllt. Nein. Ich bin mir selbst schon Last genug, ich trage schon zu schwer an mir.

*

Nun beginnt die andere Seite meines Lebens. Die Hände zittern mir, mein Herz klopft wild. Eine jahrhundertealte Kultur harrt meiner. Gebe Gott, daß ich in sie eintauchen kann, ohne zu ertrinken.

Bordtagebuch, 30. August 1888

Am Horizont zeichnet sich immer deutlicher der Hafen von Genua ab. Möge der Himmel sich deiner erbarmen, Alberto Nepomuceno!

Teil Drei
Begegnung in Venedig
(Adagietto con variazioni)

Adieu! Diese andere Liebe wird mich noch ebenso bitter ankommen wie das im Hader geknetete, mit Tränen getränkte Brot, das man unter Fremden im Exil ißt ...

Olavo Bilac

1. Kapitel

Der Tod, der Tod.

Sollte das, was man aus dem Zugfenster sieht, wirklich der Abend sein? Die Uhren sind längst weit über den Nachmittag hinaus, doch das Licht will nicht weichen, als wäre es unbesiegbar. Oder sollte er lediglich eine nahtlose Fortsetzung des Tages sein, dieser Scheinabend, der kein Gähnen gestattet, weil man sich vorgaukeln läßt, das Leben könnte ewig währen? Und doch vergehen die Stunden, auch wenn der Abend die Zeit anzuhalten versucht. Man hüte sich, diesem ihrem Sirenengesang zu erliegen. Ebenso wie verkürzte Nächte haben meine Augen schon andere erlebt, grauenhaft in die Länge gezogene voller Melancholie und Kälte. So ist die Natur in Europa: Regelmäßig, doch ratlos läuft sie hinter den Jahreszeiten her. Zu manchen Zeiten im Jahr peitscht der Wind, daß man um Erbarmen fleht, und dann wieder prangt – wie jetzt hinter dem Fenster des Zuges – die Herrlichkeit eines fürstlichen Sommers, der sich auf seinem Thron dünkelhaft als unvergänglich gebärdet, dabei währt die Wärme nur ein paar kurze Monate.

Aber nein. Was man vom Fenster dieses Schnellzuges aus sieht, ist nicht die Landschaft, sondern ein sinnloses, allgegenwärtiges Wunder: der Tod. Wie ein unsichtbarer Jäger belauert er uns, großartiger als die Summe aller Ozeane und so zielsicher wie ein Pfeil, der, wenn er uns mit seinem Gift trifft, uns vom Leben, der Sonne und der Liebe befreit.

Der Tod. Dabei mußt du immer wieder an jenes Lied denken.

Was ist der Tod? Eine andere Seite des Lebens oder einfach nur seine Negation? Falls wir nach dem Tod in irgendeiner Form fortbestehen, woher rührt dann die Panik, die uns mit den Zähnen knirschen läßt und so überzeugend beweist, daß die Angst des Menschen beim Gedanken an den Tod unerschöpflich ist? Warum können wir uns nicht einfach damit ab-

finden, daß es ihn gibt, und unseren Weg gehen? Warum dieses Erschrecken, nachdem wir uns ein Leben lang vorgemacht haben, wir wären unsterblich? Du mußt zugeben, du bist tief beunruhigt, Alberto Nepomuceno. Du reist unter dem Zeichen des Todes durch die grünen Fluren der Toskana. Du erlebst das Gefühl der Vergänglichkeit, als bewegtest du dich am Rande des Abgrunds. Du hast Angst, ja. Denn nicht du blickst auf die Landschaft, sondern der Tod belauert dich von allen Seiten. Und mit ihm rücken die Nacht, die Dunkelheit und das Unbekannte näher.

Doch wenn der Tod schon einer Kulisse bedarf, dann eignet Italien sich vorzüglich. Alles hier ist so alt, daß die Gegenwart sich der Vergangenheit zu beugen scheint. Ruinen, Museen, Traditionen. Und die Kirchen. Du erinnerst dich noch gut an den makabren Besuch in der Chiesa San Paolo Fuori le Mura gleich nach der Ankunft in deinem geliebten Rom, das du nun hinter dir läßt. Dort weckten selbst die Mauern das Gefühl in dir, du befändest dich unter den Verstorbenen – sie waren mit römischen Grabplatten gepflastert, als hätte der Tod im Vorübergehen seine Pfeile abgeschossen. Auf einem kleinen Friedhof im Kreuzgang nebenan drängten sich die Gräber, um keinen Zweifel daran aufkommen zu lassen, daß der Tod durch jahrhundertelanges Gedenken fortwährt. Als du von dort weggingst, warst du davon überzeugt, daß das Bedürfnis, Zeichen des Todes zu setzen, auf rituelle Wiederholung, fast eine Obsession, zurückzuführen ist. Aber ist diese Obsession nicht auch ein Ultimatum an den Tod – vielleicht eine Katharsis – in Form des Versuchs, ihn durch Verewigung zu überwinden? In den zwei Jahren in Italien hast du in dieser Hinsicht vielerlei gesehen und so manches gehört. Ganz besonders anschaulich ist die Geschichte der Gemüsehändlerin, die ihr Leben lang gearbeitet hat, um sich eine große, ansehnliche Gruft, verziert mit der Skulptur einer Frau, die Gemüse verkauft, errichten lassen zu können. In diesem Circulus vitiosus hat sich ihr großer Traum verwirklicht: sich durch den Tod als Gemüsehändlerin zu verewigen – dergestalt, daß das Leben als bloße Fiktion aufgebaut wurde mit dem Ziel, eine Gruft zu errichten. Wahrhaft typisch italienisch.

Auf deinen einsamen Spaziergängen durch Rom (du bist so gern an Frühlingsnachmittagen durch die Stadt gelaufen) wurdest du dir unweigerlich der Zeit bewußt, denn in Rom sind Ruinen allgegenwärtig, sie bevölkern die Stadt mit Geistern aus verschiedenen Epochen. Selbst im Sommer, wenn überall die Tauben gurren und die Vögel zwitschern, wirken die Überreste dieser Bauwerke wie offene Wunden der Vergangenheit – das Forum Romanum, der Circus maximus, die Kaiserforen ebenso wie das Kolosseum, das Augustus-Mausoleum (das du häufig besucht hast, weil es nicht weit von der Accademia di Santa Cecilia liegt) oder die Thermen. Unmöglich, in Rom nicht wahrzunehmen, daß die Zeit existiert: Sie wird in den rissigen Mauern, den verstümmelten Säulen und den heruntergefallenen Steinen erbarmungslos vorgeführt. Rom mit seiner fragilen, einbalsamierten, toten Unvergänglichkeit ist ein einziges großes Zeugnis dafür, daß die Zeit vergeht.

Der Tod. Todeszeichen. Es geht dir nicht aus dem Kopf, dieses Lied. Dem Tod so nahe ...

Hätte es Trost geben können? Mehrfach hast du die unverzügliche Rückkehr nach Brasilien erwogen – vor allem zu Beginn des in Europa so melancholischen Herbstes oder auch, als der Winter seinen Höhepunkt erreichte mit tiefverhangenen, feuchten, eisigen Tagen, hoffnungslos, völlig ausweglos, in den Menschen nur Trostlosigkeit. Nicht einmal die Gespräche mit Pedro Weingartner schenkten dir Ruhe, zumal er als Südbrasilianer weniger unter der Kälte litt. Du träumtest von den Tropen, in deiner Phantasie waren sie gleichbedeutend mit Leben. Doch der Schmerz über den Tod deines Vaters, den Tod des alten Oscar Bernardelli und den Tod von Tobias Barreto im vergangenen Jahr pochte noch in dir. Mit der Sehnsucht stellte sich sogleich die Erinnerung an alltägliche Ereignisse ein und führte den Beweis, daß deine Phantasie nicht der Wirklichkeit entsprach – nein, auch die tropische Sonne vermag nichts gegen den Tod. Manchmal bewirkt sie sogar das Gegenteil – das maßlose Licht und die wuchernde Natur bringen den Tod. Nie hast du deine erste Berührung mit dieser tödlichen Überfülle vergessen; du warst noch ein ziemlich kleiner Junge in Ceará; ein Vogel, den du krank gefunden und in dein Herz geschlossen hattest, war in der Nacht gestorben; als du am Morgen draußen im Garten nach ihm sehen wolltest, konntest du ihn nicht einmal mehr begraben; ein Ameisenheer war dir zuvorgekommen, von deinem Vogel war nur noch die Hälfte vorhanden, das spärlich gefiederte Gerippe lag bloß; du weintest vor Empörung. Doch es half nichts. Deine Mutter erklärte dir, wie weise die Natur sei: Der Kadaver deines kleinen Vogels gebe den Ameisen Nahrung, denn das Leben müsse ja weitergehen. Da prallten zwei gegensätzliche Extreme aufeinander: das Leben und der Tod. Noch heute fällt dir schwer, dieses scheinbare Paradox hinzunehmen, daß das Leben aus der Verwesung entsteht und damit den Tod überwindet (oder ihm vielleicht sogar ein Schnippchen schlägt). Und daß die Natur, ungeachtet ihrer unterschiedlichen Gesichter in Amerika und Europa, immer grausam ist. Du würdest sagen: eher hinterlistig als weise.

Der Tod, Alberto.

Allerorten der Kampf gegen den Tod, wonach nichts bleibt als das traurige Gerippe deines kleinen Vogels. Ach, der Tod ...

Immer wieder geht dir dieses Lied durch den Kopf.

Nun, da du abreist, denkst du an die schwierigen Umstände deines Aufenthalts in Rom. Zwar hatten die Verwandten der Bernardellis, bei denen du dann gewohnt hast, dich freundlich aufgenommen, doch das Haus war eng, und du fühltest dich wie ein Eindringling, auch wenn du versuchtest, so viel wie möglich in dem Atelier zu arbeiten, das Zé Rodolfo noch in der Stadt unterhielt. Du wolltest ganz dorthin umziehen. Doch dann kam die Kälte und brachte dich von deinem Vorhaben ab; bei dem Wind, der durch die Ritzen drang, wäre wohl selbst die Seele zu Eis erstarrt, denn es gab nicht einmal einen Kamin – und hätte es einen gegeben, so hätte er nicht ausgereicht, um den ganzen Raum zu wärmen. Du hast nie verstanden, wie Zé Rodolfo dort im Winter hat arbeiten können. Du dachtest sogar daran, einen kleinen Holzofen zu erstehen, wie man sie auch zum Kochen verwendet, doch der Preis schreckte dich ab. Auch die vage Aussicht, bei Weingartner wohnen zu können, zerschlug sich. Im Haus der Bernardellis gab es wenigstens den Herd direkt unter den Schlafzimmern, viele Decken und das Kohlebecken, mit dem du die Laken vorwärmen konntest, bevor du schlafen gingst. Mit der Kälte trat auch das Problem mit deiner Nase auf. Zuerst bekamst du endlose Niesanfälle, bis du völlig erschöpft warst. Anschließend hattest du eine verstopfte Nase, so daß du zuwenig Luft bekamst, was dann deinen Erschöpfungszustand noch verschlimmerte. Danach traten unweigerlich nervöse Symptome auf: zunehmendes Stottern, Lesestörungen, wiederholte Gedächtnisausfälle und sogar Schwierigkeiten im sprachlichen Ausdruck. Dies erschreckte dich so sehr, daß du, obwohl es deine Mittel überstieg, einen Arzt aufsuchen mußtest. Und was du dort hörtest, erfreute dich gar nicht: Vermutlich hattest du dir in der Kindheit bei einem Sturz den Knorpel des Nasenrückens gebrochen, was dem Arzt zufolge Verwachsungen, die Verhärtung der Nasenschleimhaut und Druck auf die Blutgefäße nach sich gezogen hatte. Infolgedessen hatte sich ein ständiger Blutzustrom nicht nur zur Nase hin entwickelt, sondern auch zur Schädelbasis, und daher rührten die zerebralen Symptome Stottern, Lesestörung, Vergeßlichkeit und Sprechschwierigkeiten. Über kurz oder lang, sagte der Arzt, müßtest du operiert werden, woran bei deiner derzeitigen finanziellen Situation überhaupt nicht zu denken war. Fürs erste verschrieb er dir ein äußerlich anzuwendendes Mittel, das die Symptome ein wenig linderte. Zu deinem körperlichen Kränkeln gesellte sich im Winter noch eine vage Lustlosigkeit, die sich über die ganze Stadt legte und stark auf dich auswirkte. Die Menschen wurden schweigsam, trübsinnig und gereizt. Gleich in deinem ersten europäischen Herbst erlebtest du diese Stimmung, als du eines Morgens am wolkenverhangenen Himmel einen Schwarm Vögel sahst, die aus der gleichen Verzweiflung wie du laut schreiend gen Süden flohen. Tiefe Schwermut überfiel dich. Das Gefühl von Einsamkeit und Verlassensein, das die Kälte in dir auslöste, war unerträglich. Zum Glück entspann sich eine schöne Freundschaft zwischen Pedro Weingartner und dir; daß es ihn gab, war am Anfang und in schweren Stunden wie dieser eine große Hilfe.

Weingartner, ein mit Henrique Bernardelli befreundeter Maler, studierte seit 1885 in Rom. Er kannte sich bestens aus in der Stadt und machte dich mit ihren Geheimnissen und Herrlichkeiten vertraut; Rom ist für ihn die katholischste und heidnischste aller Hauptstädte der Welt. Nur allzu gut hast du dich von diesem Widerspruch überzeugen können im römischen Alltag, wo häufige Gotteslästerung aus dem Munde der Leute mit der Unmenge von Priestern und Nonnen im Straßenbild konkurriert (nie zuvor waren sie dir in so großer Zahl begegnet wie in Rom). Diese Mischung von Glaubensbekenntnissen scheint eine besondere Eigenart der Italiener allgemein zu sein, denn sie lieben Hexereien und glauben an Glückszeichen aller Art, gehen aber dennoch zur heiligen Messe und beten ihren Rosenkranz. Weingartner führte dich auch in die beliebtesten Cafés, insbesondere das Café Greco, Treffpunkt radikaler Künstler – wo du die Gruppe um Ferrari, Bertolla, die Brüder Coleman, Morani, Cabianca und andere malende Mitstreiter kennenlerntest, Freunde von Weingartner, die sich in lange Diskussionen über Ästhetik und Politik verstrickten, sofern sie sich die Zeit nicht einfach am Schachbrett vertrieben.

Bedauerlicherweise war dein Bewegungsspielraum in Rom sehr eingeschränkt – nicht nur, weil dich das Studium an der Accademia über die Maßen beanspruchte, sondern auch, weil der ständige Geldmangel dir nicht erlaubte, intensiver am gesellschaftlichen und kulturellen Leben teilzunehmen. Das Stipendium, das man dir nicht gewährt hatte, fehlte dir sehr, und so manches Mal schien es dir geradezu tollkühn, dein Studium unter solchen Umständen fortzuführen. Zwar schickte Zé Rodolfo dir regelmäßig ein paar Contos de Réis *zur Unterstützung; Henrique hatte dir, als er im vergangenen Jahr zur Pariser Weltausstellung gekommen war, persönlich einen Betrag überbracht; selbst Félix dachte hin und wieder an dich und schickte dir etwas Geld aus Mexiko, wo er noch immer mit la mamma Bernardelli lebte. Du bist ihnen allen bis heute unendlich dankbar. Aber immer hat dich die Sorge gedrückt, daß du nicht weißt, wie du es ihnen zurückzahlen kannst, und immer wieder lastete diese Großzügigkeit wie eine Demütigung auf dir; zwar waren es deine Freunde, dennoch war es nicht einfach, von der Gunst anderer zu leben, schließlich bewies sich damit ja, daß du unfähig bist, für deinen eigenen Unterhalt aufzukommen. Wie oft hast du dich als Taugenichts empfunden und daran gedacht, die Musik aufzugeben, weil sie sinnlos und überflüssig ist ...*

Deine Krise erreichte ihren Höhepunkt beim letzten Weihnachtsfest, als die brennende Sehnsucht nach Brasilien, der strenge Winter, die Probleme mit der Nase und die Enttäuschungen im Studium zusammenkamen. Wieder war es Pedro Weingartner, der sich dein Gejammer anhörte. Während des ganzen ersten Jahres hattest du große Schwierigkeiten gehabt, kreativ zu sein. Du hattest nie mehr an der Oper Porangaba *gearbeitet, für dich gehörte sie, musikalisch gesehen, inzwischen der Vergangenheit an. Du hattest angefangen, ein Quartett zu komponieren, warst aber über den ersten Satz nicht hinausgekommen. Und deine Lieder klangen dir nicht gut genug. Einerseits schien es dir sinnlos, ins Italienische übersetzte brasilianische Autoren zu vertonen (die Accademia ließ keine andere Sprache zu), andererseits sahst du dich nicht imstande, Gedichte von fremdsprachigen Dichtern zu verwenden – auch wenn sie das Genie eines Dante Alighieri, die Einfühlsamkeit eines Aleardi oder die Größe eines Heine besaßen. Nein, irgend etwas in deinen Liedern klang falsch, als hättest du sie mit dem Kopf und nicht mit dem Herzen geschrieben. Hinzu kam, daß du kein glänzendes Studienjahr erlebt hattest, was an dem großen Leistungsdruck lag, aber auch an deiner Unzufriedenheit mit der Ausbildung an der Accademia. Daß der Unterricht ganz und gar schlecht war, konnte man nicht sagen. Doch schien er dir nicht zeitgemäß, denn die neuesten musikalischen Schulen wurden übergan-*

gen, vor allem in den Harmonie- und Kompositionskursen. Dieser in gewissen Musikerkreisen Roms viel diskutierte Umstand brachte dich gelegentlich in eine peinliche Situation. Mehr als einmal kam es im Café Greco zu Streitereien mit den römischen Liszt-Anhängern, einer kleinen, aber lärmenden Gruppe, die über die Santa-Cecilia-Studenten herzogen und es wagten, sie verächtlich sorelle *zu nennen – in Anspielung auf die Nonnen, die vor längst vergangenen Zeiten in dem als Kloster errichteten Gebäude der Accademia gelebt hatten. Eben diese Liszt-Jünger hatten* L'Assedio di Firenze, *die neueste Oper deines Lehrers Eugenio Terziani, ihrer Meinung nach jedoch ein altmodischer Verdi-Abklatsch, bei der Uraufführung ausgebuht. Zwar waren diese jungen Männer und Frauen – deren eine dich unseligerweise interessierte – von einer sehr unangenehmen Arroganz, doch hatten sie vermutlich recht, denn seit Verdi hatte sich das italienische Opernschaffen kaum mehr erneuert. Verdi war gleichbedeutend mit Italien, und außer ihm gab es scheinbar kein Heil. Das war der Kern des Problems, weshalb das potentielle Objekt deiner Amouren sich nie für einen Studenten der alten Schule wie dich interessiert hätte – womit der Streit zwischen Verdi und Liszt auch deinen romantischen Träumen in Rom ein Ende setzte.*

Du tröstetest dich mit dem Gedanken, daß nicht alles in der Accademia hoffnungslos war, denn immerhin gab es Klavierklassen bei Sgambati, einem in ganz Europa gefeierten Komponisten. Nicht zufällig schien dir, deine gelungenste Komposition aus dieser Zeit sei die Zweite Mazurka, *ein kunstvoll ausgefeiltes Klavierstück, hervorgegangen aus dem direkten Kontakt mit Sgambati, einem Parteigänger der zukünftigen Musik. Was bewies, daß die Liszt-Gruppe überspitzt und ungerecht urteilte, denn in seiner Jugend war Giovanni Sgambati ein fleißiger Liszt-Schüler gewesen und später zu dessen Freund und Protegé geworden. Voller Hingabe und Verehrung widmete er sich seit Jahren der Verbreitung der deutschen Komponisten in Italien, Beethoven und Schumann ebenso wie Brahms und Wagner. Es heißt sogar, Wagner sei bei einem seiner Besuche in Rom von den Kompositionen seines italienischen Kollegen derart begeistert gewesen, daß er für ihre Veröffentlichung in Deutschland gesorgt habe. Außerdem kam Sgambati zugute, daß er kein Opernkomponist war, und das sicherte ihm in Italien Unabhängigkeit und einen eigenen Platz. Doch die jungen Liszt-Anhänger hielten an ihrer Kritik fest und behaupteten, Sgambati verwende zögerlich eine Form, die gerade modern genug sei, um die archaischen Klassikvorbilder der Accademia, an der er selbst studiert hatte, notdürftig zu kaschieren. Seine Kompositionen bauten auf der gleichen gefällig bombastischen Melodik auf, die immer noch in der italienischen Musik ihr Unwesen treibe. Und Sgambatis Verbindung zur deutschen Schule sei schiere Unterwürfigkeit, um dort, wo die italienische Oper nicht mehr so recht überzeuge – wie in Deutschland, Frankreich, England und sogar Rußland –, Ansehen zu gewinnen. Kurzum, für die Liszt-Clique war Sgambati ein alter Herr, der sich nach der neuesten Mode kleidete. Dir schien es schwierig zu entscheiden, wer recht hatte. Fest steht aber, daß diese arroganten jungen Leute, mochten sie nun ungerecht sein oder nicht, einen alten Wunsch in dir wieder hochkommen ließen: eine musikalisch modernere Atmosphäre zu atmen, und zwar vorzugsweise in Deutschland – was dir noch bis vor kurzem völlig ausgeschlossen schien.*

Und dieses Lied, mein Gott, warum läßt es dich nicht in Ruhe?

Nach dem Tod von Eugenio Terziani im Juni 1889 wurde die Situation an der Accademia besser – und schlechter. Zwar war Terziani infolge seines veralteten Harmoniebegriffs für den zweifelhaften Ruf der Accademia verantwortlich, doch er liebte Brasilien und die Brasilianer. Paradoxerweise hattest du durch seinen Hingang eine große emotionale Stütze verloren. Er war immer sehr liebenswürdig zu dir und nannte dich feierlich »Il Nepomuceno« – und mit diesem Namen, so manches Mal zu Il Nepo verkürzt, wurdest du in der ganzen Accademia bekannt. Wenn er von Brasilien sprach, erwähnte er immer voller Hochachtung Anita Garibaldi, »die Muse unse-

rer Einigung, die Jeanne d'Arc, die Brasilien Italien geschenkt hat«, wie er sagte. Im Café Cillario an der Piazza Colonna, wohin ihr so oft nach dem Unterricht gegangen seid, führtet ihr lange Gespräche über die brasilianische Musik. Es half nichts, ihm zu sagen, daß brasilianische Musik sich ausschließlich auf das beschränke, was die einfachen Leute singen, und daß die Klassikmusiker, deren intellektuelle Ausbildung sich an Europa maß, auf diese Musik verächtlich herabsähen, weshalb man in Brasilien letztlich nur europäische Musik schreibe. Terziani war anderer Meinung – es existiere eine brasilianische Musik, gleich welchen Ursprungs. »Dein Brasilien ist jung, und nichts kann Jugend so gut ausdrücken wie Musik.« Daß Terziani das Beispiel seines Freundes Carlos Gomes, den er zutiefst bewunderte, verallgemeinerte, lag auf der Hand. Anläßlich des letzten Besuchs von Kaiser Dom Pedro II. in Mailand hatte er nämlich eine Oper eines anderen brasilianischen Komponisten gehört, aber keinerlei Begeisterung geäußert – nicht einmal an den Namen konnte er sich mehr erinnern. Doch Carlos Gomes war für ihn das Beispiel eines vollendeten brasilianischen Komponisten.

Als langjähriger Orchesterdirigent des Mailänder Teatro alla Scala hatte Terziani mehrmals Il Guarany dirigiert, auch bei der Uraufführung. Er liebte diese Oper leidenschaftlich. Natürlich hörtest du ihm gern zu, wenn er – wie ein Märchenerzähler – von dem Erfolg jenes Abends schwärmte, nach dem Carlos Gomes in den Pantheon der bedeutendsten italienischen Komponisten aufgenommen worden war und sogar den Orden der italienischen Krone aus der Hand des Monarchen erhalten hatte, »in quel tempo il nostro Vittorio Emanuele II«. Bei einem Wermut, den er dir spendierte (der alte Maestro trank für sein Leben gern Wermut, die Hausmarke des Café Cillario), erzählte er – die buschigen Augenbrauen altmodisch beredt hochgezogen –, wie die Scala von Menschen überquoll, wohl zweihundert Komponisten und Dirigenten saßen im Publikum, allesamt skeptisch gegenüber diesem jungen Musiker aus dem Ausland und überzeugt, sein Vorhaben werde, wie schon bei so vielen anderen, mit einem

Fiasko enden. Indes, sowie die Aufführung begonnen hatte, trat das genaue Gegenteil ein: Begeisterter Applaus brandete an verschiedenen Stellen der Oper auf, immer wieder ertönten Bravorufe, so oft wie selten zuvor in der Scala, am Ende erhob sich das Publikum geschlossen von den Sitzen, und Carlos Gomes wurde achtzehnmal auf die Bühne gerufen. Doch ihren Höhepunkt erreichte die Schilderung, wenn der alte Terziani sich in der verräucherten Luft des Cafés räusperte, seinen Gehrock zurechtzupfte und mit verstellter Stimme den großen, ehrwürdigen Giuseppe Verdi imitierte, der nach einer weiteren gloriosen Aufführung Carlos Gomes umarmt und anschließend laut und deutlich gesagt hatte: »Questo giovane comincia lá dove finisco io!« *Du lachtest und klatschtest anhaltend Beifall, wie das Publikum in der Scala. Der alte Maestro bedankte sich, wohl wissend, daß der Applaus seiner vollendeten Nachahmung von Verdis Grandezza galt, und versprach dir zum wiederholten Male, dich seinem lieben Freund Carlos Gomes bei dessen nächstem Besuch in Rom vorzustellen. Ja, für dich wäre es zumindest kurios gewesen, ihn noch einmal zu sehen, diesen Mann, den du in Recife so entzückt willkommen geheißen hattest. Doch dann kam unerwartet Terzianis Tod, und die Begegnung fand nie statt.*

Danach wurde die Harmonieklasse Cesare de Sanctis übergeben, was für den Unterricht in der Accademia einen Fortschritt bedeutete und für dich eine gewisse Erleichterung. De Sanctis ist ein Mann von moderneren Ansichten und dem Vorzug, daß er große Lehrerfahrung besitzt, was sich in seinem an der Accademia benutzten Trattato dell'armonia *erweist, einem überaus klar und einfach aufgebauten Werk, mit Beispielen aus dem Schaffen der großen Meister von Palestrina über Bach und Händel bis zu Berlioz, Wagner und Liszt. Du warst von dem Buch so angetan, daß du es dem Instituto Nacional de Música von Rio de Janeiro für den Einsatz im Unterricht empfohlen (du würdest es sogar unentgeltlich übersetzen) und deinem engen Freund Frederico Nascimento ein Exemplar mit dem Vorschlag geschickt hast, die weniger umfassenden Lehrwerke von Durand und Richter durch de*

Sanctis zu ersetzen. Doch letztlich kam es auf die Zustimmung des Institutsdirektors Miguez an, er konnte in einzelnen Punkten Einwände haben. Selbstverständlich hat das Buch auch seine Begrenzungen durch italienischen Muff; zum Beispiel erachtet es manche Akkordumkehrungen für undenkbar, die dir ganz natürlich scheinen – man braucht sich nur in Erinnerung zu rufen, daß Wagner im »Hochzeitsmarsch« aus Lohengrin *mit der – in einem guten Teil der Lehrbücher als absurd erachteten – vierten Umkehrung der Nonenakkorde einen großartigen Effekt erzielte.*

Trotz des Unterrichts bei de Sanctis und Sgambati blieb das Musikstudium für dich unbefriedigend. Du wolltest mehr, viel mehr. Deine Frustration in Verbindung mit dem strengen europäischen Winter stellten dich vor die Entscheidung, nach Brasilien zurückzukehren. Du warst dir nicht sicher, ob es sich lohnte, weiterhin Not zu leiden, ohne viel dafür zu erhalten – auch in Anbetracht der finanziellen Belastung, die du für deine brasilianischen Freunde bedeutetest. Aber es ging nicht allein darum. Immer wenn du Nachricht aus Brasilien erhieltest, ertapptest du dich bei der Frage: »Mein Gott, was tue ich eigentlich hier?« Als im vergangenen Jahr die Republik ausgerufen wurde, erlebten die Brasilianer die Folgen eines wahren politischen Erdrutschs – eine Veränderung, für die du immer glühend gekämpft hast. Und dennoch befandest du dich hier, in Europa, so fern vom Geschehen wie die verwöhnten Söhne des Zuckeradels und der Kaffeebourgeoisie, die nur an Brasilien denken, wenn sie von dort das Geld für ihren Lebensunterhalt in Europa erhalten. Weingartner fand, du übertreibest. Doch wie oft hast du dich ausgeschlossen gefühlt nach der Lektüre der Briefe deiner Freunde, die sich mit ganzer Kraft für den Aufbau der neuen Staatsform engagierten. Leopoldo Miguez, Zé Rodrigues Barbosa und Alfredo Bevilacqua zum Beispiel hatten im Organisationskomitee des Instituto Nacional de Música in der Nachfolge des Kaiserlichen Konservatoriums mitgearbeitet und setzten umfangreiche Reformen im Musikschulwesen von Rio de Janeiro durch. In der Klavierklasse hatte Bevilacqua inzwischen die alten

Opernphantasien und Potpourris durch Sonaten von Beethoven, Chopin, Schumann und anderen, für einen gehaltvollen, modernen Unterricht obligatorischen Meistern der europäischen Klaviermusik, ersetzt. Miguez hatte sich derart engagiert, daß er schließlich zum Direktor des neuen Instituts gewählt worden war. Selbst Zé Rodolfo Bernardelli, der als überzeugter Monarchist nach der Ausrufung der Republik seine Stelle als Professor an der Kaiserlichen Akademie der Schönen Künste kündigen wollte, hatte der Bitte des Erziehungsministers Benjamin Constant nachgegeben und war nicht nur im Amt geblieben, sondern hatte sich auch mit Leib und Seele dem Aufbau der neuen Nationalen Hochschule der Schönen Künste verschrieben. Und alles deutete darauf hin, daß er zum Direktor ernannt würde. Unterdessen hast du …

Der Tod, du siehst ihn überall, wie ein Gespenst.

Im vergangenen Jahr, im Spätherbst 1889 mit den kahlen Bäumen, dem Dauerregen, der vor Kälte unwirtlich gewordenen Welt, da hast du ihn sehr deutlich in der Nähe gespürt. Du sehntest dich nach deinen Freunden, nach der Sonne. Und Réria war auch noch da. Deine Verlobte seit langer Zeit. Sie bedrängte dich ständig mit Briefen. Es war verständlich, daß sie die Trennung nicht mehr ertrug. Unschlüssig, was du tun solltest, schicktest du ihr immer seltener eine Antwort. Vergeblich. Denn da kamen noch mehr Briefe – von deiner Verlobten und ihrer Familie, und sie erbaten, sie verlangten eine Stellungnahme. Bis schließlich Réria selbst dir, eindeutig mit Zustimmung der Eltern, ein Ultimatum stellte: sie oder Europa. Folglich sagte dir alles, du müssest zurück. Oder fast alles, denn du hattest das unangenehme Gefühl, daß deine Europareise bis zu jenem Zeitpunkt noch nicht abgeschlossen oder, noch schlimmer, ein Fehlschlag geworden war. Zwar hattest du nie ein zweiter Carlos Gomes werden wollen, doch dieser Gedanke quälte dich, wie eine an Versagen grenzende Demütigung. In langen Gesprächen mit Weingartner wägtest du beide Seiten des Problems ab und gelangtest am Ende zu dem Schluß, daß dir nur der Weg zum Hafen blieb. Da, als du schon im Begriff standest, die Passage für die Rückfahrt nach

Brasilien zu kaufen, geschah etwas völlig Unerwartetes, dein Freund Zé Rodolfo hatte genau zum richtigen Zeitpunkt eingegriffen. Kurz vor der Jahreswende schickte er dir per Telegramm aus Rio de Janeiro die öffentliche Ausschreibung für die neue Hymne der Republik und schlug dir vor, dich zu beteiligen. Es gab keine Zeit zu verlieren, die Frist war sehr knapp. Weingartner drängte dich, die Herausforderung anzunehmen. Angst und Unlust quälten dich. Nachdem du deine Konzentrationsschwierigkeiten überwunden hattest, arbeitetest du, von Weingartner ständig angetrieben und gefordert, intensiv an der Vertonung des Textes von Medeiros und Albuquerque. Mit dem Erfolg, daß deine Hymne innerhalb weniger Tage fertig war und umgehend nach Brasilien geschickt wurde. Ein paar Wochen darauf kam das Ergebnis. Du hattest nicht den ersten Platz gemacht, den hatte man Miguez zugesprochen, auch nicht den zweiten, den Francisco Braga errungen hatte. Aber du hattest unter neunundzwanzig Konkurrenten die drittbeste Plazierung erreicht. Doch war dies kein einfacher Trostpreis. Tatsächlich nämlich waren damit deine Probleme in Europa gelöst: Du bekamst eine monatliche Pension von zweihundert Milréis, von der Übergangsregierung für vier Jahre gewährt, damit du deine Studien fortsetzen konntest, wo es dir beliebte. Zur Feier hast du dich bei einem Gelage mit Pedro und ein paar italienischen Freunden betrunken. Dann zogt ihr alle zusammen singend durch die Straßen. Daß du für die Singerei in der Kälte mit einem neuerlichen Niesanfall, Stottern und zehntägiger Heiserkeit bezahlen mußtest, spielte keine Rolle. Das Wesentliche war, daß du nicht offenen Auges träumtest – du konntest wirklich zum Studium in das Land von Richard Wagner gehen.

Doch in Europa bleiben, hieß zwangsläufig mit Réria brechen. Du hast dich lange gequält, bis du in der Lage warst, ihr den Brief – den letzten – zu schreiben, in dem du deinen Entschluß mitteiltest. Eine Antwort hast du nie erhalten. Deine ehemalige Verlobte hat sich vermutlich betrogen gefühlt und wird dir zweifellos nie verzeihen. Genau wie bei deiner Oper Porangaba *hast du das Gefühl, sie hinter dir gelassen zu ha-*

ben. Sie kommt dir so fern vor, deine Verbindung zu dem schlichten Mädchen aus Fortaleza ... Ja, Réria ist endgültig in die Vergangenheit gerückt.

Während du an all das zurückdenkst, Signor Nepo, wird dir klar, daß Schmerz und Glück in deinem Leben miteinander verquickt sind. So auch jetzt, da du im Begriff stehst, deinen Traum zu verwirklichen.

Der Tod. Der Abschied.

Dieses hübsche Lied, das dir nicht aus dem Sinn geht, ist leider zu deinem »Requiem« geworden. Nach dem unheilvollen Ausflug auf den Vesuv hast du begriffen, daß zu leben bedeutet, den Tod ständig neben sich zu haben. Er steckt in uns – und kann uns ganz überraschend zeigen, daß er sehr aktiv ist. Insbesondere, wenn man herzleidend ist, so wie du, und jeder Augenblick die Entscheidung bringen kann.

Im letzten Frühling in Rom keimte große Lebenslust in dir. Der Preis hatte dir enormen Auftrieb gegeben. Du warst ganz erfüllt von Liebe zur Musik, und trotz des Zeitdrucks entstand in dir der Wunsch, etwas Anheimelndes zu komponieren, das in kleinem Kreis zu spielen wäre – mochten die Liszt-Jünger Kammermusik auch als etwas Archaisches, nur von Mumien wie Brahms Kultiviertes betrachten, du wolltest just ein Kammerstück komponieren; ob alt oder neu, ob brasilianisch oder nicht (wer hätte das auch entscheiden können?), spielte keine Rolle, du wolltest ein Stück, das aus deinem beflügelten Herzen sprach. Da entstand dein erstes Quartett, in h-Moll, und du hast es sofort Miguez zur Feier seines Preises gewidmet. Daß du mit einem Allegro begannst, versteht sich, aber du mußtest es noch steigern: Allegro vivace. Und voller Begeisterung arbeitetest du in den folgenden Wochen daran. Da deine Seele angesichts der neu eröffneten Möglichkeiten ungehemmt schwelgen konnte, nahmst du dir auch vor, die Stücke für den Rubinstein-Wettbewerb zu komponieren. Doch die Belastung wurde zu groß, du standest vor dem Abschluß des Studienjahres an der Accademia, dazu kamen die Vorbereitungen für den Umzug nach Berlin, und du mußtest deine Deutschkennt-

nisse aufpolieren und verbessern. Du hattest so viel zu bedenken, daß dir dein Appetit abhanden kam und du fast zwei Monate lang so starke Schlafstörungen hattest, daß du in keiner Nacht mehr als drei Stunden Schlaf fandest. Es war eine schwierige affare, *diese Zeit. Natürlich mußtest du die Arbeit an deinem Quartett, mit dem es so gut voranging, abbrechen. Auch hattest du weder die Zeit noch die Ruhe, die für den Rubinstein-Wettbewerb, von dem du so lange geträumt hattest, erforderlichen Stücke fertigzustellen – das* Concertstück für Piano und Orchester *blieb unvollendet, ebenso die* Klaviersuite; *was die verlangte Sonate betrifft, gelangtest du nicht einmal zu der Entscheidung, ob du etwas für Klavier allein, Klavier und Geige oder Klavier und Cello komponieren wolltest. Ein Jammer. Du ahntest ja nicht, daß diese unmäßige Lebenslust dich dem Tode nahebringen würde. Du bist gegen Ende des Studiums in Rom mit deiner Gesundheit sehr unvorsichtig umgegangen. Und wie unvorsichtig! ...*

Vor der endgültigen Abreise nach Berlin wolltest du ein paar Tage auf Capri entspannen. Zé Rodolfo und Henrique hatten dir die Insel lebhaft empfohlen, sie sei ruhig und wunderschön und zudem nicht teuer. Also stiegst du an einem Sonntagabend, inzwischen war es fast Ende Mai, in Rom in den Zug und trafst am nächsten Morgen in Neapel ein. Da du dir Neapel auf der Rückreise ansehen wolltest, nahmst du sofort den Vaporetto vom Santa-Lucia-Hafen. Eine halbe Stunde später erblicktest du die schroffen Felsen der Insel und gingst an der Marina Grande an Land. Der Ort mit seinen weißen einstöckigen Häusern im arabischen Stil und seinen zweitausend Einwohnern (Kleinbauern und fröhliche Fischer) wäre ein typisches Provinzstädtchen, gäbe es dort nicht die Sommergäste, die die verschiedensten Sprachen sprechen. Morgens und am späten Nachmittag setztest du dich auf die Terrasse der Pensione Miramare, in der du abgestiegen warst, und betrachtetest die friedliche Landschaft mit ihren immergrünen Olivenhainen, Orangenbäumen und Rebstöcken. Abends konntest du vom Fenster deines Zimmers den Vesuv auf dem Festland sehen, sein Krater leuchtete sekundenlang auf, stieß Rauch und Funken aus, als rauchte der Vulkan eine Pfeife, dann verschwand er. Du hast die ganze Insel besichtigt. Hast die berühmte Blaue Grotte besucht, schon allein die Fahrt hinein war ein Abenteuer – je höher das Wasser steigt, um so enger wird der Eingang, so daß die Passagiere sich im Boot ducken müssen. Dann gelangt man auf einen kleinen eingeschlossenen See, dessen Kalksteingrund, vom Wasser gespiegelt, die ganze Höhlenkuppel in geheimnisvolles, silbriges Licht taucht, in dem die Menschen gespenstisch, fast wie lebende Leichen aussehen. Der Anblick war so makaber, daß es wie ein Hexensabbat anmutete. Und je tiefer das Boot in die Grotte hineinfuhr, um so eindrucksvoller wurde es. Die Fakkeln der Fremdenführer (es befanden sich mehrere kleine Boote darin) schufen einen erstaunlichen Effekt – als stünde das Wasser in Flammen. Selbst der Zigarettenrauch verwandelte sich in blaue Wirbel, die von leichenblassen Lippen aufstiegen. Ein Bootsführer sprang in den tiefen See, sein Körper wirkte wie ein Wesen aus dem Jenseits, als er in dem schillernden Wasser schwamm. Wie gut dir die zehn Tage auf Capri getan haben! Du kamst gar nicht auf den Gedanken, dich mit deiner Musik zu befassen, nicht einmal ausgepackt hast du die Sachen. Du hast dich nur deinem Körper und der Natur gewidmet. An manchen Tagen bist du auf mehrstündigen Ausflügen bis zu achtzehn Kilometer gelaufen, immer bergauf und bergab. Längere und steilere Strecken hast du auf dem Rücken eines gemieteten Esels zurückgelegt. Dein Appetit kehrte zurück, du konntest wieder schlafen. Doch war dir nicht bewußt, daß du dich überanstrengt hattest. Kurz darauf, beim Besteigen des Vesuvs, war das dein Fehler: Du wolltest mit dem gleichen Schwung weitermachen wie auf Capri. Und hast dann dem Tod ins Auge gesehen. Oh, ja, du kannst dich glücklich schätzen, daß nicht das Schlimmste passiert ist.

Dieses Lied ... Zum ersten Mal hast du es gehört, als du von Capri zurückkamst, gleich nach der Ankunft in Neapel, einer musikbesessenen Stadt, wo überall gesungen wird. Es entlockte dir ein breites Lächeln, dieses Funiculì-funiculà. *Sein frene-*

tischer Rhythmus weckte in dir Sehnsucht nach einem richtigen Maxixe, *bei dem die Tänzer in wirbelndem Tempo ihre Schrauben, Korkenzieher und Sensen vollführen. Du warst glücklich und beschwingt. Auf Zé Rodolfos Drängen hattest du in Neapel eine unumgängliche Pflicht: ein Besuch in dem Sonderraum des Nationalmuseums, in dem sich hinter Schloß und Riegel die obszönen Objekte befinden, die man in den Ruinen von Pompeji gefunden hat. Zu diesem Raum hatten nur Archäologen, Künstler und Kunstlehrer Zutritt, die sich als solche ausweisen konnten. Laut Zé Rodolfos Anweisung gingst du mit deinem Paß (also war die darin eingetragene Bezeichnung »Künstler« doch zu etwas nütze) und einem schriftlichen Antrag, dir den Besuch im Fegefeuer des Museums zu genehmigen, zur Museumsleitung. Während du auf die Antwort wartetest, gingst du, nur um die Zeit herumzubringen, einen Blick in die übrigen Räume werfen. Doch hatte Zé Rodolfo deine Erwartungen hinsichtlich der verbotenen Schätze von Pompeji derart hochgereizt, daß du viel zu gespannt warst, um die herrlichen Sammlungen antiker Kunst – tatsächlich die bedeutendsten der Welt – gebührend zu bewundern. Als du endlich aufgerufen und mit einer kleinen Gruppe zusammen in den verbotenen Raum geführt wurdest, widerfuhr dir das wohl extremste Erlebnis deines Lebens, eines jener, die sich für immer ins Gedächtnis eingraben. Denn dieser Raum mit seinen heiklen Exponaten war nicht, wie du gemeint hattest, das Fegefeuer des Museums, sondern seine Hölle. Die Augen gingen dir über, denn vor dir offenbarte sich eine imposante Sammlung von Statuetten, Basreliefs, Mosaiken, Malereien und Amuletten, wie sie (in unseren unzivilisierten Christenköpfen) nur der Teufel hätte ersinnen können. Für diese Heiden jedoch handelte es sich um sakrale Darstellungen – selbst der Phallus war eine Gottheit. Die Exponate – aus den unterschiedlichsten Materialien von Terrakotta bis hin zu Kupfer – zeugten von einer so ursprünglichen Lust, daß sie schon fast harmlos wirkten. Kurioserweise war der Teufel dort anscheinend ein gar nicht bösartiges Wesen, eher sogar lausbübisch, trotz seiner maßlosen Schamlosigkeit.*

Maßlos, ja, wenn man die Menge und Größe der Phallen betrachtete, mit denen die Bewohner von Pompeji ihre Häuser geschmückt hatten. Auch die alltäglichsten Gegenstände bewiesen diese wahre Phallusobsession. Öllampen, Tongeschirr, Glöckchen (die tintinnabuli*), Masken, Platten, Spiegel und sogar harmlose Taubentränken schmückten sich mit dem schwellenden männlichen Glied, hoch aufgereckt wie eine Fahnenstange, die sich selbst als Fahne hißt. Es gab Darstellungen von Priapos, Merkur, Bacchus, Pan, Narziß, von Faunen und Tänzern mit übergroßen steifen Phallen, ganz zu schweigen von den Bacchanalen und Liebesszenen: Ein aus Marmor gemeißelter Gott Pan kopulierte mit einer Ziege, und gleich darauf ließ er sich, noch immer mit lüsternem Blick, in ein Liebesspiel mit einem jungen Hirten ein. Als du gingst, warst du ziemlich aufgewühlt – wie ein Kind, das eine neue Welt entdeckt hat –, aber auch verwirrt. Du verstandest sehr wohl, warum Zé Rodolfo dich zu diesem Besuch gedrängt hatte: Es war eine Falle, bei der es um den eigentlichen Kunstbegriff ging. Waren diese Objekte, die körperliche und moralische Verbildungen zur Schau stellten, lediglich obszön? Die Frage war, kann Abartiges als Kunst definiert werden? Und die Antwort lautete für dich: Ja, dank des großartigen Entwurfs, der Schönheit und der Strenge der Linien war dies, obwohl schockierend, eindeutig Kunst. Als Kunst ungewohnt, gewiß; spöttisch, vielleicht; vielleicht sogar parodistisch, mit Sicherheit aber scherzhaft, von italienischem* umore *erfüllt. In alten Zeiten konnte Abartiges zugleich künstlerisch sein, heute ist das verboten. Und die entscheidende Frage drängte sich auf: Hat die Kunst sich verändert oder das, was als abartig gilt? Der Führer erklärte zwar (fast entschuldigend), daß diese heidnischen Objekte eine sakrale Bedeutung hatten, doch in unseren Christenaugen war das Sakrale zu Teufelswerk geworden. Aus anderer Perspektive betrachtet, erwies der Teufel sich jedoch zweifellos als sehr reizvoll – dieses Kunststück hatte das arme Christentum vollbracht.*

Am Abend hattest du kaum noch Kraft für einen Spaziergang durch die Stadt, die dir ebenso laut wie Rio de Janeiro schien. Immer wieder sahst du die Bilder all jener pompejischen Objekte vor dir, und dir wurde bewußt, wie relativ Kulturen sind – was heute versteckt und verwünscht wird, wurde damals verehrt und offen gezeigt. Was gestern als schön galt, ist heute unanständig. Macht die Menschheit tatsächlich Fortschritte, oder könnten jene – für uns als primitiv geltenden – Menschen aus grauer Vorzeit uns vielleicht eine wichtige Lektion in Zivilisation erteilen? Was du in dieser schlaflosen Nacht empfandest, hatte einen gewissen Beigeschmack von Betrug, – die christliche Welt schien dir verlogener denn je. Gleich frühmorgens machtest du dich zu Fuß auf zum Bahnhof. Du wolltest den ersten Zug zum Vesuv nehmen, den um halb neun, den Tag in Pompeji nutzen und dann im Anschluß mit der Drahtseilbahn zum Vulkan hinauffahren, ein ganz besonderes Erlebnis, wie alle dir versichert hatten. (Du ahntest ja nicht, welch schreckliche Überraschung dich erwartete.) Vor Aufregung konntest du kaum frühstükken. Nur einen Becher frisch gemolkene Milch nahmst du zu dir, von einem der vielen contadini *erstanden, die mit ihren Kühen durch das Städtchen ziehen. Da du vielleicht später Hunger bekommen würdest, kamst du noch auf die Idee, von einer Händlerin vor dem Bahnhof ein paar* pastarelle *zu kaufen, und wähltest aus ihrem großen Korb mehrere duftende, gefüllte Brioches aus. Der Kopf drehte sich dir wie eine rasende Dampfmaschine. Die ganze Fahrt über mußtest du an diese heidnische Kunst denken, die ethisch im Widerspruch zu den christlichen Werten steht und vielleicht deshalb ein ebenso intensives wie eindrucksvolles Verhältnis zum Geschlechtlichen hat.*

Deshalb wurde der Besuch von Pompeji in gewisser Weise enttäuschend – die alte Stadt wirkte auf dich wie geplündert und vor allem züchtig, trügerisch züchtig. Mehrere Stunden bist du zwischen den Ruinen umhergegangen, die Sonne brannte schon trotz der frühen Stunde, im Hintergrund allgegenwärtig der Vesuv. Wenn man bedenkt, an wie vielen Stellen noch gegraben wird, muß Pompeji eine große, lebendige Stadt gewesen sein; es gab gepflasterte Straßen, Foren, Torbö-

gen, Tempel, Theater, Brunnen, Läden, Tavernen, eine Schule für Gladiatoren und sogar eine Bäckerei mit Mühle und Ofen. Du hast den wunderschönen Circus maximus besichtigt – seine imposanten Eingänge, zahlreichen Sitzreihen und die riesige Arena erinnerten dich an das Kolosseum in Rom, und dir kam der Gedanke, daß im Altertum die Menschen ihre Vergnügungen wahrhaftig zu pflegen (und gut zu wählen) wußten. Es gab auch die Gebäude der Freudenhäuser – für deren Besichtigung man eine Sondergenehmigung braucht, du konntest sie also nicht betreten – und die weitläufigen öffentlichen Thermen (mit ihren Unterhaltungsräumen, Wasserbecken, Feuerstellen und Ruheräumen), was bestätigte, daß öffentliches Baden im Römischen Reich ein beliebter Zeitvertreib war. Auch hier wieder eine Prise Ironie, wie sie dir im Museum in Neapel aufgefallen war: Zwischen den diversen Phallen in Basreliefs zog einer deinen Blick auf sich, denn darunter stand die deutliche Inschrift »Hic habitat felicitas«. Hier wohnt das Glück ...

Doch am tiefsten beeindruckten dich in Pompeji die versteinerten Leichen. Überall steinerne Mumien von sitzenden, liegenden oder stehenden Menschen, aber immer in ihrer Privatheit überrascht vom Schicksal in Form der Lava, die sie damit unsterblich gemacht hatte – wie ein grausamer Bildhauer, der seine Modelle zum Material seiner Werke macht. Als du zwischen den Ruinen die Menschen in den ausgefallensten Sprachen reden hörtest, ging dir durch den Kopf, daß der Tod die Lebenden von überall her anlockt, als genügten nicht schon die Toten, die jede Nation in ihrer Vergangenheit birgt. Was mochte die Besonderheit der Toten von Pompeji sein, daß sie die Lebenden von so weit her anlockten? Vielleicht der Tod als Unfall, aber vor allem der sichtbare Tod, der Betrachtung zugänglich, der Tod als Schauspiel für die Ewigkeit. Dies beeindruckte dich so tief, daß du, als du unter dem Portikus der Thermen etwas ausruhtest, in deinem Tagebuch notiertest, wie eindringlich diese Überreste, diese Zeichen, noch und für immer überall Ruinen, daran erinnern, daß wir vergänglich sind. Du warst wie besessen von dem Gedanken, daß auch du vergehen würdest, so wie all dies vergangen war – einfach deshalb, weil du Teil der Welt bist und diese endlich ist. Besessen von dem – angesichts dessen, was bald darauf mit dir geschehen sollte, fast seherischen – Gedanken, daß du eine gedachte Ruine bist, eine potentielle Ruine, nur nicht gänzlich ruinenhaft, weil der Zeitpunkt noch nicht gekommen ist. Es war eine reine Frage der Zeit – tatsächlich nur eine Frage von wenigen Stunden –, dann solltest du kurz davor stehen, Teil dieser großen universellen Ruine zu werden, aus der die Geschichte besteht.

O ja, du hattest unmißverständlich eine Verabredung mit dem Tod!

Offenbar erwartete er dich oben auf dem Vesuv, in mehr als tausendzweihundert Metern Höhe über der Welt. Und du ahntest nichts, als du im Albergo del Sole bei Pompeji die Fahrt zur Drahtseilbahn vereinbartest – für zehneinhalb Lire, was du für überteuert hieltest. Und doch, so viel war dein Leben wert, als du dich auf den Weg zum Tod begabst: zehneinhalb Lire. Du wurdest in einem alten calessino (schon lange hattest du nicht mehr in einer solchen ländlichen Kutsche gesessen) nach Boscotrecase gefahren, über eine Landstraße, auf der du vor lauter Vulkanstaub kaum atmen konntest, und von dort ging es zwischen erkalteten Lavaströmen und kärglicher Vegetation auf einem Pferd weiter. Du schwitztest stark unter der glühenden Sonne, während der Führer, der zu Fuß neben dir ging, zufrieden trällerte, nachdem er seinen Lohn im voraus erhalten hatte. Der Weg dauerte knapp zwei Stunden. Doch als du, von oben bis unten mit Staub bedeckt, die schon auf dem Hang des Vesuvs gelegene Stazione Inferiore der Drahtseilbahn erreichtest, fühltest du dich wie ausgelaugt, dein Atem ging keuchend. In der Annahme, die Schwäche sei auf Hunger zurückzuführen, aßest du die pastarelle, die du aus Neapel mitgebracht hattest. Als du dich etwas säubern wolltest, mußtest du husten, was du auf den vielen Staub zurückführtest. An der kleinen Station herrschte Hochbetrieb, viele Menschen warteten ungeduldig auf die Fahrt hinauf, darun-

ter auch eine Gruppe Seminaristen oder Novizen in der Soutane, sie unterhielten sich lebhaft und stellten ihren Superioren aufgeregt Fragen. Die berühmte Drahtseilbahn (die dich einen nicht zu verachtenden Lire-Betrag gekostet hatte) erwies sich als enttäuschend – es war eine genauso wunderliche Art von Waggon wie die auf Schienen laufende Seilbahn des Plano Inclinado in Rio de Janeiro, allenfalls etwas schneller und moderner. Sie legt die Strecke bis nach oben auf den Vulkan in gut zehn Minuten zurück, wobei die Steigung erheblich steiler ist als in Santa Teresa. Dafür ist sie kleiner als unser Plano Inclinado. Als der Führer mit dem Horn das Signal zur Abfahrt gab, lief dir ein Schauer über den Rücken. Du bekamst Atemnot, was die Fahrt sehr anstrengend machte. Du mußtest husten. Konntest gar nicht die Aussicht auf den Golf von Neapel genießen, der sich unten zum Horizont hin weitete. Beim Aussteigen an der Stazione Superiore fast auf der Spitze des Vulkans wurde die Atemnot schlimmer. Trotzdem wolltest du den etwa hundert Meter höher gelegenen Krater ansehen. Also noch eine Ausgabe, der Kraterzoll, von der Gemeinde Resina erhoben und durch den Führer eingezogen. Vielleicht hättest du dir einen Tragsessel leisten sollen – doch das schien eher für Damen angebracht; oder zumindest den aiuto, *den Riemen, mit dem man aufwärts gezogen wird. Beides hätte eine weitere Ausgabe bedeutet. Du wolltest lieber zu Fuß gehen, wie übrigens die meisten Leute. Oben angelangt, konnte man zwar weder bis nach Spanien noch nach Frankreich sehen, wie es im Lied heißt, doch die Aussicht war auch so überwältigend: im Vordergrund Neapels von Grün durchflochtene, leuchtende Häusermassen; etwas weiter entfernt, verschiedene Städte, Berge und Inseln, auch Capri; und rundherum allgegenwärtig die herrlichen Fluten des Golfs wie ein goldenes Meer. Allerdings warst du durch den Husten und die Atemnot zu geschwächt, um das Panorama zu deinen Füßen ausführlich zu genießen. Oben ruhtest du ein wenig auf den Steinen aus. Und da weder starker Wind ging noch Dämpfe aufstiegen, erlaubten die Führer den Abstieg in den Krater.*

Du wolltest hinunter, wie die meisten anderen auch. Und auch dieses Mal keinen Tragsessel und keinen Riemen. Diese Anstrengung war der Tropfen, der das Faß zum Überlaufen brachte. Während du über Steine rutschend in den steilen Schlund hinunterstiegst, fing es in deinen Ohren an zu sausen. Schwindelgefühl überkam dich, der Husten wurde heftiger. Noch bevor das entscheidende Anzeichen auftrat, gerietest du in Panik. Da erst regte sich der Schmerz in der Brust, anfangs nur ein leichter Druck, doch er nahm zu, wurde stärker, dehnte sich aus, und du sahst dich mit schreckgeweiteten Augen suchend um, wolltest vor dem Abgrund fliehen, der sich zu deinen Füßen auftat. Du versuchtest, wieder nach oben zu steigen. Aber es war schon zu spät. Die Beine bewegten sich nicht, das heißt, du konntest sie nicht bewegen. Und je stärker der Druck auf der Brust wurde, um so größer die Atemnot. Wiederholte Male versuchtest du, zum Rand hinaufzuklettern, fort von dem schrecklichen Schlund dicht hinter dir. Doch was sich bewegte, war in Wirklichkeit die Welt um dich herum, erschüttert von den falschen Erdstößen deines Schwindelanfalls. Kalte Schweißtropfen liefen dir über die Stirn. Dir wurde schwarz vor Augen. In deiner Verzweiflung – denn du ahntest, wie ernst es ausgehen konnte – wolltest du strampeln und gestikulieren, doch gelang dir nichts außer einem kurzen Schlag, mit dem du unbeabsichtigt deinen Hut weit weg schleudertest. Du öffnetest den Mund, wolltest schreien, um Hilfe rufen, flehen, auf dich aufmerksam machen, aber was aus deiner Kehle drang, war nicht lauter als das Sausen in den Ohren, mit dem sich dröhnend die nahende Eruption ankündigte. Da wurde der Druck in der Brust zu Schmerz und schoß durch deinen Körper mit der Kraft einer Bombe, die alles zerfetzen will. Hoch auf dem Vesuv wolltest du den fürchterlichsten aller Schreie ausstoßen, als etwas in dir den Siedepunkt erreichte und dein Schmerz in all deine Glieder glühende Lava ergoß, all deine Knochen, Nerven, Adern, Körperzellen erfaßte, und du wurdest eins mit dem Schmerz, so stark war er, daß du nur ihn noch fühltest, und so über-

wältigend, daß du nicht mehr unterscheiden konntest, was Schmerz war und was Hingabe, Leidenschaft, fast Liebeserfüllung. Dein Schmerz schien der gleichen Quelle zu entspringen wie deine Lust. Du warst nicht mehr Herr deiner Grenzen.

Dann bist du zusammengebrochen. Im Krater des Vesuvs zusammengebrochen.

Dir war, als stürztest du in die bodenlose Tiefe des Vulkanschlundes. Doch war dies ein eigenartiger Sturz – unaufhaltsam fallend, wurde dir klar, daß in Wirklichkeit die Welt ringsum in die Tiefe stürzte, während du seltsamerweise am selben Ort verharrtest, sozusagen übererstarrt, wie in der Luft festgenagelt. Ein umgekehrtes Fallen, langsam und unerbittlich. Und dann nicht einmal mehr das, denn der lange Fall wurde unvermittelt zu einem Tunnel, der durch dich hindurchlief – rasend schnell und endlos lang. Noch seltsamer war, daß anschließend du selbst zum Tunnel wurdest, als dehntest du dich von der Krateröffnung bis zu seinem Grund, und dieser zeichnete sich schon am Ende wie ein heller werdendes Licht ab. Du warst wie eine Schleuder, deren Gummiband sich immer länger dehnte. Länger und länger und länger, jeden Moment konnte es zum unvermeidlichen Zerreißen kommen, nur wußtest du nicht, ob es am Anfang oder am Ende deines bis an seine Grenzen gedehnten Ichs geschehen würde. Du sahst den Grund größer werden, auf deine schreckgeweiteten Augen zukommen, und dann drang er in dich ein, der Grund, und es war schieres Licht; der Ausgang des Tunnels war eine große Stadt unter einer Glocke aus schierem violetten, kostbar schimmerndem Licht, es erinnerte dich an die Farbe des Amethysts. Du tratest ein in einen rund und zugleich eckig gegliederten Amethyst, und Strahlen durchdrangen dich, berührten dich geradezu zärtlich in deinem tiefsten Innern. Und was du auf dieser Reise hörtest, die Sekunden oder Tage oder Jahre währte (denn alles war von solcher Dauer, daß jedes Messen sinnlos wurde), konnte einzig und allein als Stille bezeichnet werden – eine so vollkommene, unversehrte Stille, daß alles ganz deutlich und bis ins Äußer-

ste zu hören war. Und was du während dieser – vielleicht – Ewigkeit empfandest, war der (in seinen grenzenlosen Möglichkeiten uneingeschränkt erfüllte) Wunsch, mit offenen Augen und wachen Sinnen zu schlafen, so tief war der Schlaf, daß nichts seiner Umarmung in Frieden, Ruhe, Vollkommenheit hätte widerstehen können – weder die Sonne noch die Liebe, noch das Leben hatten irgendeine Bedeutung mehr während dieser ewigen Stille, in der du schliefst, wie lange oder welchen Schlaf, wer weiß das? Du weißt nur, daß du dort durch und durch von Begierde und Befriedigung erfüllt warst. Du hattest deine geheime Mitte erreicht.

Doch diese Reise – von ganz eigener Dauer – endete abrupt, als deine Ich-Schleuder zurückschnellte und du augenblicklich zum Anfang zurückkehrtest, für dich das schmerzhafte Gegenteil des Friedens, den du nicht nur ersehnt, in der unterirdischen Stadt auch empfunden, dir als deine Rast und Ruhestatt, dein endgültiges Ende herbeigewünscht hattest, und dann hörtest du einen bekannten Klang, anschließend zu mehreren Tönen entfaltet, die sich langsam immer klarer ordneten, bis sie eine Form gewannen, die man Melodie nennen konnte, und deine Ohren nahmen fast bedauernd und unglücklich einen Refrain wahr, der dem wohlbekannten Alltag entstammte, und du hörtest, was da so diabolisch gesungen wurde: »Jammo, jammo ncoppa, jammo, jà ... jammo, jammo ncoppa, jammo, jà, funiculì-funiculà, funiculì-funiculà, ncoppa jammo, jà, funiculì-funiculà.« *In der ständigen Wiederholung, begleitet von Instrumenten, die trommelnd und schluchzend grelle Töne produzierten, war dieser störende Refrain Vorbote der Rückkehr in ein lärmendes Nichts, ein Willkommensgruß der Hölle, die so erbarmungslos wiederkehrte und in dich drang, da du gerade in der Tiefe des paradiesischen Abgrunds deines Ichs die namenlose, die unbenennbare Intensität des Alles erlebt hattest.*

Als du nach wer weiß wie langer Zeit die Augen aufmachtest, schlugen dir das Sonnenlicht und die Farben rücksichtslos grell entgegen. Ein paar verwischte Flecken rund um dich nahmen die Gestalt von Gesichtern an. Jemand reichte dir

Wasser. Eine Dame befächelte dich mit ihrem eingestaubten Hut und murmelte dazu in ihrem unverständlichen Dialekt mitleidige Worte, fast Gebete. Du saßest, am ganzen Leib schweißbedeckt, auf einer Bank in der Stazione Inferiore der Drahtseilbahn. In deinem Kopf bohrte ein stechender Schmerz, der Druck auf der Brust war noch nicht gewichen, im Mund hattest du einen sauren Geschmack. Du rangst nach Luft. Noch immer benommen, sahst du alles wie aus der Ferne, fast unwirklich. Deine Krawatte war gelockert und deine Weste, wie du mit einem kurzen Blick feststelltest, von Erbrochenem beschmutzt. Das Stimmengewirr um dich herum war dir unerträglich, ebenso der Lärm der Maschinen und der Gesang. Denn als du den Kopf ein wenig drehtest, sahst du flüchtig eine Gruppe, die bestens gelaunt in ihrer merkwürdigen neapolitanischen Mundart das Lied Funiculì-funiculà *sang. Menschen hasteten vorbei, um die Bahn nach Resina zu erreichen. Vor dir stand ein Wärter mit faltenzerfurchtem Gesicht und erzählte (nach seiner halb besorgten, halb heldenhaften Miene zu urteilen, nicht zum ersten Mal), daß die Fremdenführer oben auf dem Vesuv nach vergeblichen Versuchen, dich ins Bewußtsein zurückzuholen, einen der ebenfalls dort weilenden Priester gerufen hatten, um deine Seele Gott zu empfehlen, und dann, in dem Glauben, du wärest tot, dich mit der Drahtseilbahn hinuntergeschickt hatten, doch er, der alte Wärter, war dazugekommen und hatte dich voller Zuversicht massiert, denn er wußte, daß du noch lebtest.* »E allora, ecco ... è salvo.« *Der Mann lächelte dir mit seinem fast zahnlosen Mund strahlend zu, dann setzte er erneut, zwischen Italienisch und Neapolitanisch wechselnd, zu dem Bericht an, wie er dir das Leben gerettet hatte. Doch an deine Ohren drang vornehmlich die Tarantella, das Lied auf die Drahtseilbahn, und es klang für dich in seiner reinen Sachlichkeit makaber, anstößig, grausam – ganz das Gegenteil von dem unbeschreiblichen Abgrund, aus dem du soeben zurückgekehrt warst.*

Bald darauf nahmst du die Kleinbahn nach Resina. Beim Zwischenhalt für den Lokomotivwechsel in Eremo stiegst du für ein Weilchen aus. Du brauchtest mehr Luft. Zwischen den hin und her hastenden Reisenden standen in mehreren Grüppchen Sänger, die sich zur Begleitung von Gitarren, Kastagnetten, Tamburins und Mandolinen die Kehle aus dem Hals sangen, während Verkäufer Vesuv-Souvenirs wie in glühende Lava gedrückte Kupfermünzen oder schöne Ansichtskarten feilboten. Und da wurde dein Auge jählings mit der fernen Vergangenheit konfrontiert: Auf einem Foto war eine Gruppe im Krater des Vesuvs abgebildet, die Schriftzeile darunter vermeldete »L'Imperatore del Brasile, 16 Aprile 1888«. In der öden Lavagesteinslandschaft waren, umringt vom kaiserlichen Gefolge, von italienischen Honoratioren sowie Soldaten und Fremdenführern, deutlich Dom Pedro II. mit seinem mächtigen weißen Bart und, in einem Tragsessel sitzend, die alte Kaiserin zu erkennen, beide am Rande desselben Abgrunds, der dich vor wenigen Stunden fast verschlungen hätte. Diese unerwartete Begegnung bewirkte, daß du dich schnell in den Waggon zurückbegabst und dort leise vor dich hin weintest, warum, wußtest du selbst nicht recht – vielleicht war es aufgestaute Sehnsucht nach Brasilien, vielleicht eine Art Requiem auf eine untergegangene Welt, der auch du, ob du wolltest oder nicht, angehört hattest. Aber es gab noch einen Grund, der dir erst später klar wurde – dieses Foto hatte dir über gewundene Pfade ins Bewußtsein gerückt, daß du dem Tod ins Auge gesehen hattest. Da erst überkam dich Angst, große Angst, ein wahres Grauen. Zitternd, in dich gekehrt, zusammengekauert saßest du auf deiner Bank und dachtest, daß du eine geheime Reise hinter dir hattest, auf der dich niemand hätte begleiten können. Erst in Resina, wo du in den Schnellzug nach Neapel umsteigen mußtest, sahst du dich gezwungen, in die Welt zurückzukehren. In dein Abteil zweiter Klasse stürmten lärmend blonde junge Leute, die sich in einer fremden nordeuropäischen Sprache unterhielten. Die ganze Fahrt über lachten und sangen sie und tranken und rauchten unentwegt. Ein junger Mann beeindruckte dich besonders, denn er lutschte gierig an einer sanguinaccia, einer sizilianischen Blutorange, und der rote Saft lief ihm aus den

Mundwinkeln, doch dein entsetzter Blick sah darin weit mehr als den bloßen Saft einer Frucht. Als der Schaffner kam und nach den Fahrkarten verlangte, stellte sich beiläufig heraus, daß es Norweger waren. Das weckte in dir zunächst Unbehagen und dann Empörung. Selbst wenn ihre Fröhlichkeit auf die ansteckende Atmosphäre in Italien zurückzuführen sein sollte, hatten, wie du meintest, Nordländer nicht das Recht, so vergnügt zu sein. Es irritierte dich nicht allein, weil es im Gegensatz zu deiner verängstigten Stimmung stand. Im Grunde hattest du das Gefühl, daß diese jungen Norweger mit ihrem – für ein von Haus aus schwermütiges Volk wahrhaft unnormalen – Verhalten in eine Domäne einbrachen, die naturgemäß doch den Söhnen der Tropen, wie du es bist, gehörte, und du empfandest dich als deines glücklichen Naturells enteignet – das für dich so selbstverständlich war wie die Sonne. Du warst nicht nur irritiert, du fühltest dich gedemütigt, denn wie hättest du, den Tod noch vor Augen, an einer solchen Fröhlichkeit teilhaben können? Ach, ja, die Welt gab sich größte Mühe, feindselig und unerträglich zu sein ...

Als du in Neapel aus dem Bahnhof tratest, hatte deine Wahrnehmung sich verändert. Zu dem anhaltenden Schwindelgefühl kam noch, daß deine Umgebung höchst ungewöhnliche, erstaunliche Farbtöne annahm. Alles stellte sich so dar, als wären der Mittelpunkt, aber auch die Farben verrutscht und die Konturen der Welt verzerrt, so daß alles viel zu weit von dir fortgerückt war. In den Straßen wurde gefeiert, vermutlich ein Volksfest. Auf der Piazza Garibaldi tanzten und sangen zahllose Menschen, und plötzlich brach wieder die beliebte Tarantella los, das infernalische Funiculì-funiculà, dessen Rhythmus jeden mitriß, aber in dir von nun an tiefe Furcht auslöste. Du versuchtest, ein Stück zu gehen, um dich zu beruhigen. Doch deine Unruhe ließ sich nicht bezwingen. Du hattest Angst, große Angst. Also kehrtest du umgehend zum Bahnhof zurück und kauftest die Fahrkarte nach Rom. Im Wartesaal betrachtetest du dich flüchtig in einem Spiegel. Wie fremd du aussahst, so bleich, die Stirn vom Sturz im Krater aufgeschürft. Du, der um ein Haar vom Vulkan ver-

schlungen worden wärest, sahst dich jetzt so: ein wenig vertraut (mit einem Gesicht wie ein verängstigtes Kalb), ein wenig fremd, als wärest es du selbst und dazu noch ein anderer Alberto Nepomuceno. Du nahmst den ersten Zug. Um so schnell wie möglich zu fliehen.

Nachdem du in Rom beim Arzt gewesen warst, änderten sich deine Pläne endgültig. Abgesehen von den Arsentabletten für den Notfall brauchte dein Herz Ruhe, Ruhe und noch einmal Ruhe, und jeden Tag Siesta halten, darauf hatte der Arzt bestanden. Und angeordnet, dich so wenig wie möglich anzustrengen, damit sich eine so gefährliche Situation wie auf dem Vesuv nicht wiederholte. Was du da hörtest, war dir nicht neu: Mit dem Herzen spaßt man nicht. Ein paar Leichtsinnigkeiten, die sich summieren, und schon kann man plötzlich tot umfallen. Du sagtest mehrere, für das Ende deines Aufenthalts in Rom geplante Vorhaben ab, auch das nochmalige Kontrapunktstudium, selbst wenn damit die Prüfung an der Berliner Musikschule, bei der man dich in sämtlichen Fächern examinieren würde, in Gefahr geriet. Und du ließest das Deutschstudium langsamer angehen – schließlich blieb dir bis September genügend Zeit, deine Kenntnisse praktisch zu erproben. Die einzig konkrete Beschäftigung war der Besuch des kurzen Kirchengesangkurses an der Accademia. Ohne Weingartner wäre dein Geburtstag fast völlig unbeachtet geblieben; du begannst dein siebenundzwanzigstes Lebensjahr so bang, daß du den Tag lieber kaum erwähnen wolltest. Die Zeit verging zum größten Teil mit Ruhen (was dir bei all der Aufregung sehr schwer fiel!), deine Sachen pakken, Papiere stapeln und langsam von Rom Abschied nehmen. Dieser Weggang hatte für dich einen bitteren Beigeschmack. Aus der großen Freude darüber, daß du die Pension erhalten hattest und in Berlin studieren konntest, was du dir so sehnlichst gewünscht hattest, war eine Belastung geworden, eine Verantwortung (für dein Leben) und eine Ungewißheit (wie lange noch?). Deshalb bekam der Abschied von Rom den etwas morbiden Unterton eines Abschieds vom Leben. In der letzten Nacht in Rom hattest du einen seltsamen

Traum – du kommst per Schiff nach Italien und willst in Neapel aussteigen. Bei der Einfahrt in den Golf bietet sich deinem Auge der Anblick eines großen Unglücks: Eine riesige weiße Marmorstatue – eine Art Koloß von Rhodos, die in der Hafeneinfahrt steht – versinkt langsam und lautlos in einem fast transparenten Meer. Zu deiner Überraschung und deinem Entsetzen stellst du fest, daß dein Vater sich an sie klammert. Gleich wird er untergehen, er ruft verzweifelt um Hilfe. Die Angst schnürt dir die Kehle zu, du willst etwas tun, die Leute um Hilfe bitten oder dich ins Meer stürzen. Aber du hast Angst und hältst dich zurück, denn du weißt, daß es nichts hilft, die Statue ist dem Untergang geweiht, und wenn du versuchst, deinen Vater zu retten, wirst du mit Sicherheit mit ihm zusammen umkommen. Also siehst du – halb ohnmächtig, halb schuldbewußt – von weitem zu, wie dein Vater unweigerlich in den kristallklaren Fluten des Golfs von Neapel ertrinkt. Dieser Traum, der sich dir tief eingeprägt hat, war Teil deines stillen, bescheidenen Abschieds von Rom, ganz ohne großes Fest, wie es der Stadt eigentlich gebührt hätte.

Nun wird das alles zu Vergangenheit, und du befindest dich hier – auf der Flucht – im Zug nach Florenz oder wie auch immer die nächste Station deines ungewissen Schicksalsweges heißen mag. Es ist fast Mitte August, der Höhepunkt des italienischen Sommers, und im Waggon herrscht unerträgliche Hitze, eine typische soleone, *wie sie hier sagen. Um dein Herz nicht zu überanstrengen, hast du beschlossen, die Reise nach Berlin gemächlich zu gestalten und unterwegs Halt zu machen. Du willst ein paar Tage in Florenz verbringen und einen Freund von Miguez, den Komponisten Henrique Oswald, besuchen. Anschließend planst du einen Aufenthalt in Venedig – du könntest nicht aus Italien abreisen, ohne Venedig gesehen zu haben. Und vielleicht fährst du auch über Paris, wo du Braga wiedersehen könntest, den alten Francisco Braga, der seit Februar bei Massenet studiert, ebenfalls mit einem Stipendium der Übergangsregierung für seine Plazierung im Wettbewerb für die Hymne der Republik.*

Die Landschaft draußen im Dämmerlicht, was ist das?

Seit du deine Koffer nach Berlin abgeschickt hast, mutet Italien dich wieder fremd an, genau wie bei deiner Ankunft im September 1888. Du bist wieder der Fremde. Beharrlich begleitet dich das Gefühl, daß dein Leben zu Ende geht, sich am Rande des Abgrunds bewegt. Du leidest unter dem Bewußtsein, daß dir immer weniger Zeit bleibt – nicht nur so, wie es allen Menschen ergeht, bei dir ist es etwas Besonderes, wegen deines angegriffenen Herzens. Was du in diesen sechsundzwanzig Jahren getan hast, scheint dir zu wenig, fast nichts. Wenn du dich nicht beeilst, wird nichts von deinem Gastspiel auf Erden zeugen – seit dem unheimlichen Sturz in das Innere des Vulkans treibt es dich permanent voran. Schneller als dieser Zug.

Die Landschaft draußen hat sich verändert, dich umgeben nicht mehr die unvergleichlich lieblichen Hügel der Toskana. Es ist der Tod, der dich umgibt.

Wirst du Rom je wiedersehen? Oder mußt du wieder einmal dieses Wort sagen, das auszusprechen dein Herz längst leid ist? ADIEU! Für immer adieu! Unmöglich, all die Arten, adieu zu sagen, in einem einzigen Leben zu lernen, zu groß ist die Zahl der Abschiede, die der Mensch erfährt. Schon setzt der Sehnsuchtsschmerz ein mit seiner brasilianischen Gier, die keine Grenzen kennt. Adieu, Ewige Stadt! Es zerreißt dir das Herz, die Reste dieser uralten Schönheit, die in dein Wesen eingegangen ist, zurückzulassen. Jetzt schmerzen sie wie Glieder, die dir von der gnadenlosen Klinge namens Vergangenheit abgetrennt wurden. Wann wirst du sie wiedersehen, die Ruinen, die Pinien- und Zypressenhaine, die Paläste und Hügel? Wann wirst du wieder aus Roms kühlen Brunnen trinken und seine Luft atmen, in der alles ockerfarben und rosa und unvergleichlich anmutig wird? Adieu, ihr marmornen Treppen und Flure und Gewölbe der Accademia, Labyrinthe, durch die du in dem Bestreben geirrt bist, die Musik zu entschlüsseln. Adieu, Via dei Greci, die Gasse, die allmorgendlich deine schlaftrunkenen Schritte empfing und dir mit jedem Stein ihres Pflasters und ihrer alten, verblichen ockerfarbenen Häuser vertraut war. Adieu, geliebte Chiesa di Sant'Atanasio, wohin du dich so manches Mal zurückgezogen hast, um den feierlichen griechischen Ritus zu genießen. Adieu, Via del Babuino und Via del Corso, durch die dich dein Weg zur Accademia immer wieder führte, mit ihren an feuchten Wintertagen schon nachmittags brennenden Straßenlaternen und ihren lärmenden Kutschen, Fuhrwerken, Straßenbahnen, den Fahrrädern, hastenden Menschen, Kirchen, Cafés und eleganten Geschäften (ach, vergeblich hast du davon geträumt, dich einmal in den Magazzini Bocconi einkleiden zu können!). Dort in der Nähe hast du so bezaubernde Plätze wie die Piazza di Spagna entdeckt (deren Stufen in den Himmel führen) oder die von Niccolò Salvi erbaute Fontana di Trevi (wo du so manches Mal deinen Durst gelöscht hast, Durst nach Wasser und Schönheit). Adieu, Piazza Colonna, immer von mediterraner Lebenslust sprudelnd, adieu, Compagnia New York und ihre große Uhr (ein Meisterwerk an Pünktlichkeit), adieu, Confiserie Ronzi e Singer (mit ihren unvergleichlichen kandierten Veilchen), adieu, Maestro Vacela und seine Musiker, die zwischen den Tischchen des Café Cillario spielten, adieu, schöne Mark-Aurel-Säule, in der so viele Geschichten und etliche Segenswünsche stecken. Augustus-Mausoleum (Ort so mancher Meditation), Piazza del Popolo, uralte Engelsburg, Teatro Apollo (wo du mit Verdis Kunst näher in Berührung gekommen bist), adieu! Adieu, Roms belebte Straßen. Nie werde ich sie vergessen, die Blumenverkäuferinnen von Trinità dei Monti, die Kioske mit Süßigkeiten an der Piazza Navona, die Fischhändler auf dem Campo dei Fiori, die Künstler, Gaukler und Jongleure, die auf den Plätzen die Passanten unterhalten. Adieu, Hirten und Hirtinnen, die jeden Tag durch die Wohnviertel ziehen und mit ihren großen Hüten und bunten Tüchern der Stadt einen reizend bukolischen Anstrich geben – es wird dir fehlen, jeden Morgen hinaus auf die Straße zu gehen, den Glocken der Ziegen nach, deren leichte, nahrhafte Milch die Römer so lieben und die dich mit ihrem ländlich herben Geschmack stärkte. Adieu – ein viel zu zartes Wort, um dem furiosen Wesen des Abschieds Ausdruck zu geben. Und dennoch, adieu! Wenn Fremde fähig sind zu lieben, was nicht zu ihnen gehört, bleibt auch ihnen dieser Schmerz nicht erspart.

Der Zug eilt durch die Landschaft. Nach dem langen Sommertag ist es draußen endlich Nacht geworden. Die Dunkelheit beunruhigt dich. In diesen unbekannten Gegenden, wo der Mond sich rar macht und die Landschaft verbirgt, kannst du nur das Spiegelbild des Todes wahrnehmen. Es ist, als lauerte der Tod von allen Seiten. Aber nein, schuld an diesem schrecklichen Gefühl ist weder die Landschaft noch die mediterrane Nacht. Der Tod reist an deiner Seite. Der Tod ... in Wirklichkeit trägst du ihn in dir. Und deshalb fliehst du, jagst von einem Land ins andere, so wie jetzt. Doch vergeblich. So wie dieser Zug der nächsten Station zustrebt, läuft das Leben letztlich als beständiger Alptraum dem Ende entgegen. Der Rest sind Funken, Funken, die in der nächtlichen Luft verglimmen. Und dieser melancholische Pfiff klingt wie eine warnende Vorankündigung.

Ach, Leben, warum maskierst du dich so grausam und gibst nicht deinen wahren Namen preis, oh, Tod?

2. Kapitel

Florenz, 11. August 1890

Die Reise war ein fast neunstündiger Alptraum. Der Abschied von Rom hat tiefe Niedergeschlagenheit in mir ausgelöst. Noch immer sehe ich überall den Tod. Es ist eine wahre Obsession geworden.

*

Wird man mich beweinen, wenn ich sterbe? Ja, ich glaube, ich kenne ein paar – allerdings närrische – Seelen, die weinen werden, weil sie mich verloren haben. Dieser Gedanke tröstet mich, ach, er tröstet mich so sehr, als wäre ich nur geboren, um dieses kostbare Quentchen Liebe zu erfahren, das sie mir schenken, meine armen, innig geliebten Narren!

*

Auf der Fahrt von Rom hierher brüsteten sich ein paar Italiener aus der zweiten Klasse damit, daß es ihnen gelungen war, in der ersten Klasse zu sitzen. Temperamentvoll und gutgelaunt spotteten sie über die *contadini* in der dritten Klasse, die auf Holzbänken sitzend ihre Würste mit Brot verspeisten. Ich beobachtete sie, tief beeindruckt von ihrem reichen Gebärdenspiel. Auch nach diesen zwei Jahren in Italien staune ich immer noch über das große Repertoire an Gebärden, das die Italiener für alles haben. Es ist ein Volk von Mimen. Wie hat sich wohl diese Vielfalt von Handbewegungen entwikkelt? Und warum haben sie ein so großes Bedürfnis, mit den Händen zu sprechen? Die Italiener sind Worttänzer.

*

Der Gedanke an Rom tut noch immer weh. Ach, Leben, du Schlange, die diese Menschenaugen betört, willst du mich denn ewig mit der Sehnsucht quälen?

Damals im Spätsommer 1888 war für dich, den frisch aus Brasilien Gekommenen, alles neu, aufregend und faszinierend. Überwältigt von Roms Größe liefst du durch die Stadt. Die uralten Gassen, Paläste, Säulen schlugen dich sofort in ihren Bann. Und das allgegenwärtige Ocker ... Im Sommer, wenn das Gras und das Laub von der Hitze verbrannt sind, entdecktest du, daß Ocker die eigentliche Farbe des Erdbodens ist. Als hätte sich die Erde über die Häuser gelegt, denn auch sie sind häufig aus Ziegeln in ähnlicher Farbe gebaut. Rom verschmilzt mit der Erde und präsentiert sich bereitwillig als die Große Mutter. Doch das Ocker legt sich hier verschiedene Nuancen zu: Mal strebt es zum Rosa, Rot oder

Weinrot hin, mal zum Gelb. Bei allem Schmutz ist die Stadt ein Fest an Farben, an Rätseln.

Rom in seiner ganzen Großartigkeit zu erfassen, schien dir von vornherein unmöglich. Denn Rom ist so schön, daß es – wie eine Mutter, die ihre Kinder frißt – mit seiner Schönheit jeden, der es bewundert, verschlingt. Mitunter hast du sogar gelitten, fühltest dich beschämt und gedemütigt. Vor allem deine Kunst – wie oft kam sie dir angesichts Roms begnadeter Schönheit unbedeutend, um nicht zu sagen prätentiös vor. In jenen römischen Tagen hast du noch deutlicher erfahren, daß Kunst leiden machen kann ... Wenn man gerade aus Südamerika eingetroffen ist, fühlt man sich nicht nur angesichts Roms uralter Schönheit, sondern auch wegen des reichen Kulturlebens (die Theaterplakate auf den Mauern der Stadt gefielen dir immer so sehr!), als käme man aus tiefer Provinz, ungefähr so, als sei man aus seinem stillen Häuschen hinaus in die große Welt getreten. Ganz augenfällig wurde dies beim Besuch des deutschen Kaisers im Oktober 1888 gleich nach deiner Ankunft in Rom. Du, der junge Mann aus Ceará, standest in der Menge und bestauntest mit leuchtenden Augen den blitzblanken offenen Landauer (hinter dem fast stehenden Kutscher zwei Lakaien in Frack und Zylinder), in dem Kaiser Wilhelm II. von Deutschland und König Umberto I. von Italien auf dem Weg zum Quirinalspalast vorüberfuhren, gefolgt von einer prächtigen Kavallerieeskorte in Galauniform. Für deinen Blick, der gewöhnt war, fast gelangweilt hinzusehen, wenn Dom Pedro II. in seiner Kutsche in Rio de Janeiro durch die Straßen fuhr, waren der Prunk des Defilees, der Jubel und die Ehrfurcht der Menge, die den ganzen Weg säumte, ein überwältigendes Erlebnis. Später allerdings hast du durch Weingartner auch die Mietskasernen der Stadt, das Elendsviertel Trastevere und das widerwärtige jüdische Getto kennengelernt, mit seinen ständig vom Tiber überschwemmten Gassen, zerfallenen Häusern, dem Matsch auf schlecht gepflasterten Straßen und dem chaotischen Geschäftsleben in billigen Ladenkneipen. Doch gleichzeitig sahst du auch die

Symptome des »römischen Fiebers«, das der Minister Crispi mit der Erschließung neuer Straßen, der Errichtung mächtiger Monumente und dem Bau von öffentlichen Gebäuden und sogar Plätzen ausgelöst hat. Damit soll Roms Aura als grandiose, ewige Stadt noch bekräftigt werden, die Aura der Stadt, die Künstler, Literaten und Besucher aus dem Ausland anzieht, die Stadt, in der sich das kosmopolitische Europa trifft. Bis zum Schluß gab Rom dir das Hochgefühl, dich in der großen Welt zu befinden – wogegen Brasilien ganz anders anmutet, eher wie das Ende der Welt. Während man in Rio de Janeiro noch dem Gedanken nachhängt, den Ballon Brasil zu konstruieren, mit dem der Mensch fliegen können soll (ein hochtrabendes Projekt, aus dem nie etwas geworden ist), kann man in Rom bereits am Himmel wie am Boden den Ballon von Luigi Godard bewundern, die derzeitige Sensation in der Stadt – du hast ihn dir noch kurz vor deiner Abreise angesehen.

Mitunter bist du allerdings unerwartet auf Reminiszenzen an Brasilien gestoßen. Wenn du an die Zeit zurückdenkst, als du allmählich auch die andere, weniger erhabene, eher gewiefte Seite der Römer kennenlerntest, kommt dir als eine der ersten Erinnerungen der Blinde von der Piazza Navona in den Sinn. Immer wenn du, allein oder in Begleitung, dort in ein Café gingst, fiel dir der Alte auf, der beschämt, jedoch nicht übertrieben beschämt, sondern durchaus würdevoll zwischen den Tischen umherging, dezidiert um ein Almosen bat und dabei einen unverständlichen Satz brummelte, der lediglich den Sinn hatte, seine Bitte glaubwürdig klingen zu lassen, wie du später festgestellt hast. Etwas an ihm kam dir eigenartig vor, und das war die Art, wie er zielsicher von Tisch zu Tisch ging, ohne je irgendwo anzustoßen oder sich in der Richtung zu irren. Erst nach einiger Zeit hast du entdeckt, daß er gar nicht blind war, denn als der Zufall dich eines Tages in einen Vorort führte, begegnete dir der alte Halunke, und er spazierte ganz normal, ohne Stock, fröhlich lachend zwischen ein paar Freunden. Seitdem hast du immer amüsiert beobachtet, wie raffi-

niert und schlau er in den Cafés an der Piazza Navona vorging. Was sein Betteln zu einem regelrechten Überfall machte, war vor allem sein entschiedenes Auftreten, bewies er damit doch sehr überzeugend den sechsten Sinn der Blinden, und zwar mit Hilfe eines kleinen, von der Umgebung meist nicht wahrgenommenen Tricks: Hin und wieder richtete er den Kopf schnell nach oben und blinzelte, sozusagen aus Angewohnheit oder vielmehr wie Blinde es zu tun pflegen, zeigte kurz seine verdrehten Augen und führte das Ganze so meisterhaft aus, daß einem schwerlich der Verdacht kommen konnte, er nutze dieses sekundenlange Blinzeln, um sich zu orientieren, bevor er die Augen wieder schloß und den Kopf senkte. So steuerte der gute Mann, nachdem er sein nächstes Opfer aufs Korn genommen hatte, mit seinem Stock tastend, glaubwürdig blind, geradewegs auf sein Ziel zu. Dann blieb er vor dem Tisch stehen, nuschelte seinen unverständlichen Spruch, streckte die Hand aus, alles mit gesenktem Kopf, und verharrte eine Weile, bis man ihn bemerkte. Gab man ihm etwas, so bedankte er sich, protestierte aber auch nicht, wenn man ihn ohne Almosen wegschickte. Fast allabendlich spielte er an der Piazza Navona mit viel Talent den Blinden, den man beachtete und bedachte. Natürlich trat er nur abends auf, um seine Taktik nicht zu verraten. Nachdem du ihn enttarnt hattest, mußtest du immer lachen, wenn du ihn an der Piazza Navona betteln sahst. Mit Gaunerszenen wie dieser, die du aus Rio de Janeiro nur allzu gut kanntest, erinnerte Italien dich stark an Brasilien. Aber das waren seltene Ausnahmen.

Selbst die Wärme, nach der du dich doch sehntest, hatte immer etwas Unwirtliches, wofür du nie eine Erklärung gefunden hast. Diese soleone, eine Hitze, die dich zum Schwitzen bringt wie noch nie in deinem Leben – dich, der aus der Steppenlandschaft der Caatinga stammt, unvorstellbar! Auf deinen Wegen durch die Stadt gerietest du immer ins Schnaufen, weder in Fortaleza noch in Recife oder Rio de Janeiro hattest du das je erlebt. Anfangs fandest du sehr verwunderlich, daß nach dem Mittagessen alles zum Stillstand *kam. Du fühltest dich wie in einer Wüste. Eine Wüste, ja, dazu wurde Rom während der* pennichella, *dieser in den Landessitten tief verwurzelten Siesta. In den heißesten Stunden des Tages machen die Römer alles zu und legen ihre Lebensfreude schlafen. Erst spätnachmittags, wenn der* ponentino *seinen kühlen Hauch über die Stadt schickt und die Hitze mildert, erwacht das Leben von neuem. Und du hast wiederholt überrascht gelacht – denn in deiner Vorstellung war Europa immer viel zu streng, um eine Siesta so selbstverständlich zu gestatten. Aber hier geht es ja um Italien und insbesondere um Rom, wo sogar die Zikaden ohne Unterlaß singen. Oh,* le cigalle, *nie wirst du die Zikaden in Rom vergessen! Im Sommer brummt die Stadt von ihrem Zirpen. In jedem Baum, selbst in den belebtesten Ecken singen die Zikaden voller Glück – nur einen Ton, dazwischen kleine, nicht immer gleich lange Pausen, mit einem fast perkussionsartigen Timbre, keineswegs monoton, doch fraglos einlullend. Vor allem in den Gärten der Villa Borghese erreicht dieses Geräusch die Lautstärke einer wahren Symphonie, gespielt von zahlreichen Instrumenten, die einen massiven, vollen und absolut harmonischen Klangblock bilden, als gäbe eine einzige Riesenzikade ein Konzert. Wie gern bist du dort spazierengegangen, hast dich auf den Rasen gelegt und, von dieser kollektiven Lobpreisung des Sommers und der Lebensfreude in den Schlaf gesungen, deine Siesta gehalten. Gewiß, die römische Hitze erinnerte dich ein wenig an Brasilien, doch den Gesang der Zikaden hast du als ausgesprochen fremd empfunden, denn er war Ausdruck einer Friedlichkeit, wie es sie in der brasilianischen Natur nicht gibt. Ebenso erging es dir mit den Septemberfeigen – Früchte von einer im tropischen Brasilien unvorstellbaren Harmonie. Welch eine Wonne, als du bald nach deiner Ankunft die* settembrini *entdecktest, die kleinen weißen Feigen, die letzten der Ernte und die süßesten, weil sie mehr Sonne abbekommen hatten. Sonne im richtigen Maß, wohlgemerkt, denn eine solche Süße käme unter Brasiliens unbarmherziger Sonne nicht zustande. Roms Zikaden und die*

Septemberfeigen haben dich immer sehr deutlich spüren lassen, wie fremd du in Italien bist.

*

Nach Fiesole fahren oder nicht wird morgen entschieden. Ich bin in einer Pension. Um mich von der durchwachten Nacht zu erholen, habe ich heute nachmittag lange geschlafen. Ich habe geträumt, ich sei nach Ceará heimgekehrt. In Fortaleza fand eine Art Karneval statt, der zugleich ein kirchliches Fest war. Ich suchte vergeblich den Weg zu meinem Elternhaus. Die Menschen waren alle weiß gekleidet. In verhalten fröhlicher Stimmung schmückten sie die Straßen. Ihr Lachen hatte etwas Liebenswürdiges, Vertrauliches, als gehörten sie alle einer großen Familie an, nur ich schien davon ausgeschlossen, auch weil ich als einziger einen dunklen Anzug trug. Während ich umherirrte, begegneten mir ein paar Freunde, ich reagierte verschüchtert, vielleicht, weil mein Akzent sich verändert hatte und ich das zu verbergen suchte. Beim Aufwachen dachte ich: So ist das also? Ich komme nach Florenz und träume von Ceará. Was zum Teufel können Florenz und Ceará gemeinsam haben? Ich sehe hier partout nichts, was mich an Karnaubapalmen, blaues Meer, Dünen, die *caatinga* erinnert. Und doch weckt Florenz in mir Sehnsucht nach Ceará.

*

Um sechs Uhr nachmittags läuten in Florenz alle Glocken. Als schwebten Engel ohne Zahl in den Lüften. Wie erstarrt lauschte ich. Solche Glocken gibt es in Ceará nicht.

Fiesole, 12. August 1890

Inzwischen bin ich bei Henrique Oswald, dem mit Miguez bekannten Komponisten. Man hat mich sehr freundlich empfangen. Oswaldo wohnt mit seiner Frau, Signora Laudomia, und seinen Kindern in einem bescheidenen, aber sehr angenehmen Haus mit einem kleinen Garten voller Rosen, Hortensien und Geranien. Das Haus heißt Villino San Paolo und liegt oben auf dem Hügel, zwischen luxuriösen Villen, in denen viele wohlhabende Ausländer leben. Das Ehepaar hat vier Kinder, zwei Jungen und zwei Mädchen. Oswaldo hat darauf bestanden, sie alle beim brasilianischen Konsulat registrieren zu lassen. Die Jüngste, Nini, ist noch ein Kleinkind und kränkelt viel. Die anderen drei sind sehr aufgeweckt. Carlos und Alfredo, die beiden älteren, vergnügen sich gern mit *trampoli*, Stelzen, im Garten. Die Familie wirkt glücklich. Signora Lau ist Sängerin, Mezzosopran, allerdings leidet ihre Karriere etwas unter den häuslichen Pflichten. Sie leben von dem Klavierunterricht, den Oswaldo am Istituto Musicale in Florenz und privat erteilt. Zwar führen sie ein relativ bescheidenes Leben, doch haben sie einen erlesenen Geschmack und verkehren, soweit ich das mitbekommen habe, in den besten Kreisen der Stadt. Wie Miguez mir bereits gesagt hatte, ist Oswaldo überaus liebenswürdig. Immer lächelt er, und trotz seiner kleinen Statur hat er die Haltung eines echten Aristokraten, elegant gekleidet, goldene Brille und wohlgestutzter Bart. Selbst seine Halbglatze wirkt dandyhaft, ein Eindruck, den die bereits graumelierten Schläfen noch betonen – schließlich ist Oswaldo um die vierzig. Er will mich mit seinem Lehrer und guten Freund Giuseppe Bounamici bekanntmachen.

*

Oswaldo hat mir Fiesole gezeigt, ein kleines, sehr hübsches Städtchen an den Hängen eines Hügels, die Steinpflastergassen ziehen sich in Serpentinen bergauf, bergab. Überall blühen Blumen. Draußen vor der Stadt sieht man Olivenhaine (die Bäume tragen gerade, ein faszinierender Anblick) und wohin das Auge schaut, immer wunderschöne Zypressengruppen. Hinten im Tal liegt das irisierende Panorama von Florenz inmitten von Hügeln. Ich kann verstehen, daß ein kultivierter Mensch wie Oswaldo sich für diesen Ort entschieden hat.

*

Am Abend hat Oswaldo ein paar seiner Klavierstücke gespielt. Hochelegante, farbenprächtige Kompositionen, und fabelhaft durchgearbeitet. Außerdem spielte er Passagen aus einem fast fertigen Konzert für Klavier und Orchester. Mir scheint, es ist ein bedeutendes Werk. Doch merkt man, daß er gar nicht auf die Idee kommt, brasilianische Musik zu komponieren, was auch völlig verständlich ist. Oswaldo ist zwar in Rio de Janeiro geboren, doch schon vor vielen Jahren, als Sechzehnjähriger, nach Florenz gegangen und seitdem nie mehr in Brasilien gewesen, er hat auch nur noch wenig direkte Verbindung dorthin. Seine Erinnerungen an Brasilien stammen aus der Kindheit und einigen Jugendjahren, die er in São Paulo verbracht hat, selbst dort erhielt er eine Erziehung nach europäischem Vorbild und sprach mit den Eltern nur Italienisch oder Französisch. Hier in Europa hat Oswaldo bei großen Lehrern studiert, seine Klaviertechnik ist daher sehr ausgefeilt. Als Pianist genießt er großes Ansehen. Derzeit bereitet er sich auf ein Konzert zusammen mit seinem Schwager Guido Gasperini, einem bekannten Cellisten, vor. Sie werden eine sehr schwierige Sonate von Rubinstein spielen.

Florenz, 13. August 1890

Eine liebliche Stadt, dieses Firenze, wie die Italiener es nennen, doch finde ich, die portugiesische Form Florença, »die Blühende«, klingt sehr viel hübscher, schon allein, weil sie dem lateinischen Original Florentia näher ist.

*

Trotz der vielen Lastkähne fließt der Arno ruhig und friedenverheißend dahin. Die Berge des Apennin im Hintergrund tragen das Ihre zu diesem Bild der stillen Beständigkeit bei, das auch der Trubel in der Stadt nicht stören kann, mit den ratternden Kutschen, den von alten Gäulen gezogenen Fuhrwerken, den streunenden Hunden, und überall Fremde, die wie die Motten über alles herfallen. Zwischen Häusern, von denen der Putz blättert, und verfallenen Gebäuden durchstöbere ich die Straßen von Florenz in der Hoffnung, Spuren von Dantes Liebe zu Beatrice wiederzufinden. An welcher Ecke mag er der Geliebten begegnet sein? Mit welcher Gebärde mag er sich hilflos eingestanden haben, daß er unentrinnbar betört war? Hat er sich vielleicht mit der Linken ans Herz gegriffen, als er Cupidos Pfeil spürte? Oder an einer Mauer Halt gesucht, damit ihm nicht die Sinne schwinden bei dem schicksalhaften Anblick jener, zu der er in unsterblicher Liebe entbrannt war und die er später in seinem Werk so verewigte, als hätte er ihr einen Tempel errichtet? Auch wenn er kaum zu ihr sprechen konnte, auf diese Weise hat der häßliche Dante sich die Liebe der schönen Beatrice über alle Jahrhunderte hinweg gesichert.

*

Wie in Rom stehen auch hier überall Kirchen. Nicht nur, daß sie von Gläubigkeit zeugen und dem Auge ihre Schönheit darbieten, sie stellen auch einen unmißverständlichen Machtbeweis dar – jeder Winkel ist vom Katholizismus geprägt, vor der heiligen Kirche gibt es kein Entkommen. Entweder sie oder gar nichts.

*

Allerorten treffe ich in Florenz auf nackte Statuen, selbst auf öffentlichen Plätzen. Unmöglich, nicht zu bemerken, daß häufig die weibliche Blöße züchtiger ist, während sich die männliche Blöße in aller Pracht zeigt. Auf der Piazza della Signoria und in der Loggia dei Lanzi, mitten im Herzen der Stadt, gibt es eine Sammlung von so ostentativ Nackten, daß nicht einmal die Weinblätter verhüllen können, was dort zur Schau gestellt wird. Im Gegenteil, sie reizen noch die Phantasie. Was für eine Zeit mag das gewesen sein, als es möglich war, daß die Hände eines Cellini, eines Giambologna und eines Michelangelo Kunstwerke von solcher Radikalität schaffen konnten? Überbleibsel des heidnischen Zeitalters? Auch kann ich mich nicht der Frage erwehren, welche Auswirkungen auf die Mentalität der Bevölkerung die tägliche Begegnung mit der so unverhüllten Herrlichkeit entblößter Körper gehabt haben mag.

*

Offenbar bin ich ein Dickkopf, den es auf Gipfel treibt. Denn trotz des Herzanfalls auf dem Vesuv konnte ich nicht widerstehen und bin zu den Giardini di Boboli hinaufgestiegen, um Florenz vom Belvedere aus zu sehen. Obwohl ich kaum mehr atmen konnte, als ich oben ankam, war ich von dem Panorama der Stadt hingerissen. So majestätisch Rom ist, so lieblich ist Florenz. Die Parkanlage ist nicht unbedingt idyllisch, aber sehr groß, sorgfältig angelegt und sehr gepflegt. Da sie an einem Hang liegt, zieht sie sich in Terrassen hinunter. In den zahlreichen Alleen zwischen den Baumgruppen bilden sich schöne, angenehme Schattenstellen. Hier und da stehen elegante runde Lauben mit vielen Bänken zum Ausruhen. Zwischen den Bäumen trifft man immer wieder auf Kunstwerke: Statuen, Grotten, Brunnen, Obelisken und sogar ein Amphitheater. Auch wenn die Bäume von der Sommersonne ein wenig versengt sind, ist der Park erfrischend und ein idealer Ort für Spaziergänge, und er hat noch einen Vorteil: Es gibt dort weder Moskitos noch sonstige blutsaugende Insekten des tropischen Sommers. Irgendwann blieb ich an einem See voller Schwäne stehen. Während ich die Umgebung betrachtete, kamen mir wunderbare Ideen für mein Quartett in h-Moll, das schon so lange geruht hat. Im hinteren Teil dieses Heftes habe ich ein paar Phrasen notiert, vielleicht kann ich sie in den zweiten und dritten Satz aufnehmen. Zwar verabscheue ich Moskitos, doch habe ich Lust bekommen, ein Klangbild zu schaffen, das an die Musiker und Sänger der Serenaden erinnert. Intuitiv hatte ich das schon im ersten Satz getan, heute habe ich noch ein paar Ergänzungen geschrieben, damit er wirklich an die – halb gefühlsselige, halb schlichte – Atmosphäre melancholischer Festlichkeit in der Heimat der Moskitos erinnert.

*

Während ich die Alleen der Giardini di Boboli abwärts wandere, geht mir durch den Kopf, daß das Schauspiel des Lebens mich abstumpft, seine alltägliche Überfülle mir fast schon zur Routine wird. Die vielen Todeszeichen, die ich wahrgenommen habe, dienen just dem Zweck, meine Sinne auf dieses unübersehbare und doch unbekannte Festspiel zu lenken. Und ich entdecke, daß alles ringsum wie ein Rausch ist. Dies rüttelt mich derart auf, daß ich unbewußt in eine allumfassende Danksagung verfalle. Es wird mir zum Bedürfnis, daß ich den Vögeln danke, den Blumen, den Blättern, den Steinen, dem Geräusch meiner Schritte auf dem Erdboden. Ich danke dem Wind und dem grellen Sommerlicht und dem Duft der Pflanzen dafür, daß sie mir das Gefühl geben, lebendig zu sein. Das Lebensbewußtsein, das in mir pulsiert, erfüllt mich mit Licht und beglückt mich. Alle meine Sinne sind vollkommen freigelegt. Als könnten erst jetzt meine Augen sehen und meine Ohren hören. Die Bedrohung durch den Tod bewirkt, daß ich die Kraft des Lebens entdecke.

Gibt es ein grandioseres Schauspiel als den Frühlingsbeginn in Europa? Welch ein beseligendes Erlebnis. Du hast deinen ersten Frühling in Rom noch deutlich in Erinnerung. An einem sehr klaren Spätnachmittag befindest du dich mit ein paar Studiengefährten von der Accademia in den Gartenanlagen des Monte Pincio. Über die Wege legen sich Schatten, formen sich in der Sonne zu einem scharf umrissenen Scherenschnittmuster auf dem Erdboden. Nun, da sie den klimatischen Un-

bilden tapfer getrotzt haben, verströmen die Zypressen und Pinien einen Duft, aus dem aufgestaute Euphorie spricht, Rache an der Kälte. Die anderen Bäume, fast vollkommen kahl, überzieht ein Hauch von Hoffnung, wie er vor zwei Wochen noch undenkbar schien. Vor allem der Flieder schmückt sich mit gierigem Grün. Die Luft ist lau, so daß du schon deinen (gleich nach der Ankunft in Rom erstandenen) karierten Flanellanzug anlegen und deinen geliebten Strohhut wieder aufsetzen kannst. Vom Piazzale aus überblickt man die ganze Stadt, die dort unten gähnend aus dem Winter erwacht. Die ersten festlich gekleideten Damen und Herren treffen zu Fuß oder in Kutschen zu dem Konzert ein, das alle zwei Tage in dem zentralen Musikpavillon stattfindet. Selbst das Lachen jener, die schon ihren Platz auf den Stühlen eingenommen haben, klingt schüchtern und ihre Gespräche wie Übungen in Moll, kaum mehr als ein Flüstern aus Respekt vor dem heiligen Schauspiel des Frühlings, aber auch Exerzitien zum Klären der Kehle nach dem ausgedehnten Winterschweigen.

Von melancholischer Sehnsucht erfüllt, die sich minütlich in mehrfachem Seufzen äußert, ziehst du dich in einen ruhigeren Winkel der Grünanlage zurück, wo du dich dir selbst hingeben kannst. Du wandelst schweifenden Blicks und genießt für dich allein den Ausbruch des Frühlings, der allem sinnlich Wahrnehmbaren seinen Siegesstempel aufdrückt – mit den schwellenden Knospen, den neuen Düften, dem lobpreisenden Tirilieren der Vögel. Dann läßt du dich auf einer Bank an dem kleinen See mit der wassergetriebenen Uhr nieder. Und empfindest dich nur noch als Nase und Auge, die Nahrung für den Frühling der Seele in sich aufsaugen. Auch wenn der europäische Winter grausam, fast unerträglich ist, kannst du ihm nicht deinen Dank verweigern für diese allumfassende Wiedergeburt – kaum vorstellbar in Brasilien, wo die Klimaschwankungen die deutliche Abgrenzung zwischen den vier Jahreszeiten nicht kennen. In der Frühlingsluft liegt Dankbarkeit, und mit ihr kommt Friede, und aus dem Frieden sprießt Magie.

Dies waren deine Gedanken in jenem Frühling. Auf einer

Bank in den Pincio-Anlagen sitzend, betrachtetest du gedankenverloren die merkwürdige Wasseruhr des Pater Embriacco – nicht nur wegen ihres Mühlenwerks, durch das Wasser herabfällt und dafür sorgt, daß die Zeiger voranschreiten, wirkt sie auf dich wie ein Spielzeug, sondern vor allem durch die Eisenkonstruktion, eine naiv geschmacklose Imitation von unbearbeitetem Holz. Sollte der Erbauer nicht ganz nüchtern gewesen sein? Während du in der römischen Abenddämmerung über die verwunderliche Uhr lächelst, nehmen deine durch den Frühling mit neuer Jugendfrische getränkten Sinne Signale wahr, sie dringen in Gestalt von noch zögerndem Zwitschern zu dir, als Gebell in der Ferne, Streicheln des Windes über deine Wangen, eine Melodie von wer weiß woher, und die jungen Blätter säuseln, als ließe die Natur Glokken läuten. Mehr als dieses kleinen, fast nichtigen Anstoßes von außen bedarf es nicht, unversehens erlebst du eine Erschütterung, die dein Inneres nach außen kehrt. Dein Ich verliert seine Konturen in Zeit und Raum – du bist ebenso, was du irgendwann einmal sein wirst, wie auch das, was du einstmals warst, die Marionette der Erinnerungen, zu der du gerade wirst, überschwemmt von vagen und zugleich prägnanten Erinnerungsfetzen, die aus Ceará, Recife, Rio de Janeiro oder auch Italien stammen könnten. Vergeblich suchst du diese Signale zu ergründen, die wie Interpretationen deiner selbst über dich kommen. Du empfindest sie wie Lichter: aufflakkernde Funken deiner Unvergänglichkeit, die dich in einer nur dir gehörenden Heimat auf eine Reise durch ineinander verwobene Vergangenheit, Gegenwart und Zukunft schikken. Die magische Offenbarung geschieht so rasch wie ein Wimpernschlag – eine kurze Vision, Vorahnung und Erhellung dessen, was das grenzenlos tiefe Mysterium des Alberto Nepomuceno ausmacht. Eine Probe der Unvergänglichkeit widerfährt dir dort, in den Gärten des Monte Pincio, auf dem Weg dem Tod entgegen.

*

Wieder fällt sie, die Große Mutter, jählings über mich her. Ich war gerade aus den Giardini di Boboli hinuntergekommen. Gedankenverloren pfiff ich das Motiv des ersten Satzes meines Quartetts vor mich hin, es gefällt mir immer besser. Plötzlich stand ich vor einem Geschäft, in dessen Schaufenster bildschöne Porzellanpuppen ausgestellt waren, ihre Gesichter trugen halb menschliche, halb engelhafte Züge. Beim Blick in ihre allzu perfekten Augen überkam mich ein Gefühl von Morbidität angesichts der Vermenschlichung dieser Puppen, sie muteten mich wie Menschenduplikate an, vielleicht gar mumifizierte Leichen. Schnell ging ich weiter. Kaum war ich um die Ecke gebogen, traf ich auf einen wahrhaft makabren Geleitzug, angeführt von einem Soldaten ganz in Schwarz, mit einem Dreispitz ähnlich dem Napoleons. Hinter ihm ging etwa ein Dutzend kapuzenverhüllter Männer, bekleidet mit einer Art Militärmantel, ebenfalls schwarz, manche noch mit einem Hut über der Kapuze. Sie trugen einen offenen Sarg. Erschrocken verbarg ich mich hinter einer Säule, mein Herz pochte wild, mein armes Herz. Dann ergriff ich die Flucht. (Wie Oswaldo mir nachher erklärte, handelte es sich um die Confratelli della Misericordia, eine Bruderschaft, die sich um die Kranken und Toten der Stadt kümmert.) Ziellos lief ich weiter, und da kam ich an einem Haus vorüber, wo eine Frau im Garten seelenruhig Wäsche zum Trocknen aufhängte und dabei aus voller Lunge *L'usignuolo* schmetterte, ein hier sehr beliebtes Lied. Um mich von dem Schrecken zu erholen, blieb ich eine Weile stehen und hörte zu: *»Si diventar potessi un usignuolo, cantando le più meste mie canzone ...«* Ich versuchte gar nicht, mich zu verstecken. Sie sang weiter: *»... vorrei spiegar sul tuo bel tetto il volo, per essere con te fatto prigione.«* Den Körper zum Gesang wiegend, hängte die Frau unermüdlich ihre Wäsche auf, dann bemerkte sie mich und lächelte. Verschämt setzte ich schnell meinen Weg fort. Doch ich lächelte im Gehen, während hinter mir ihre Stimme weitersang: *»Perchè april non è april senza un fiore, perchè amore senza baci non è amore.«* Ach, der Tod, ach, das Leben, trotz alledem singen die Menschen noch. Als ich mich besann, stand ich auf einem Piazzale vor Michelangelos David (eine Bronzekopie zwar nur, dennoch genau so beeindruckend kraftvoll wie das Original). Er grüßte mich mit seiner Schönheit, die sich über die Jahrhunderte erhalten und den Tod besiegt hat. Ich seufzte erleichtert. An der Omnibushaltestelle stand ein Wagen zur Abfahrt bereit, mehrere Fahrgäste saßen schon. Ich nahm neben dem Vorhang Platz, zog ihn auf, um hinausblicken zu können, und ließ mich von den beiden alten Pferden in ihrem gemächlichen Trott durch die lieblichen, obwohl auch tückischen Straßen von Florenz fahren.

*

Ich habe mich in der berühmten Casa Ainari fotografieren lassen, sie verfügt über mehrere Ablichtungsräume, das heißt, aristokratisch ausgestattete Szenarien mit vielen Spiegeln und blühenden Gärten. Mein Gedanke war, diesen Neubeginn im Bild festzuhalten und meinen Freunden in Brasilien Abzüge zu schicken, damit sie mein neues Gesicht, das nun ein Vollbart schmückt, kennenlernen. Übrigens hatte Oswaldo, der mich nur von einem Foto kannte, auf dem ich lediglich einen Schnurrbart trage, anfangs etwas Mühe, mich zu erkennen. Er ist der Meinung, der Bart habe mich sehr verändert und verleihe mir eine gewisse Respektabilität. Dem stimme ich voll zu. Ich fühle mich sogar wohler mit einem Vollbart, schon allein, weil man mir mehr Achtung entgegenbringt. Ich bin jetzt ein »Illustrissimo Signore«.

*

Nein, was ich geschrieben habe stimmt nicht. Hin und wieder wird mir bewußt, daß ich noch immer der kleine Kerl aus Ceará bin. Dann wird mir angst. Es erschreckt mich, daß ich mich im Ausland befinde, und all die Fremden erschrecken mich auch. Ich frage mich, ob ich tatsächlich erwachsen bin und ob Erwachsene tatsächlich so große Angst haben können. Es ist, als brauchte ich noch meine Mutter.

Fiesole, 14. August 1890.

Trotz seiner finanziellen Schwierigkeiten hat Oswaldo heute seine Klavierstunden abgesagt und mich in die Galleria degli Uffizi geführt. Nachdem ich so viel von Vinci, Raffael, Michelangelo, Botticelli, Tiziano, Fra Angelico, Sodoma, Mantegna gesehen hatte, ganz zu schweigen von der holländischen, flämischen und französischen Schule, wurde mir nach einiger Zeit unwohl. Sicher, die Hitze war unerträglich. Doch Oswaldo erklärte mir den wahren Grund. Wegen der Überfülle an Kunstwerken, die in zahllosen Museen und Orten der Stadt zu sehen sind, geschieht es nicht selten, daß der Fremde, der Florenz besucht, nach einer Weile wie betäubt ist und Beklemmungen bekommt. Die eigenen Maßstäbe gehen verloren, das Übermaß an Schönheit wirkt erdrückend.

*

Nach dem Besuch gingen wir in ein Café und führten ein sehr angeregtes Gespräch. Im Beisein seiner Familie hat Oswaldo sich mit mir bislang lieber auf italienisch unterhalten, doch heute hat er nur Portugiesisch gesprochen, allerdings mit einiger Mühe. Da er es selten praktiziert, hat er viele Wörter vergessen. Vielleicht auch deshalb hat er einen starken Akzent angenommen und kann unser doppeltes R nicht mehr sprechen. Dies hat er selbst belustigt erwähnt. Dabei fiel ihm Almeida Junior ein, den er in dem Atelier kennengelernt hat, das der berühmte Maler Pedro Américo über viele Jahre hier in Florenz unterhielt. Bei Almeida Junior war genau das Gegenteil eingetreten. Während seiner Pariser Zeit hatte er sich geweigert, seinen ausgeprägten Provinzlerakzent aus dem Hinterland von São Paulo abzulegen. Es ging so weit, daß er gelegentlich statt eines L ein R sprach! Stolz, aber gleichzeitig provozierend, pflegte er zu sagen, er liebe »Brasir«. Darüber haben wir herzhaft gelacht, oder vielmehr, ich habe gelacht.

Man kann nicht behaupten, daß Oswaldo viel lacht, denn selbst sein Lachen ist beherrscht, es klingt eher wie ein geräuschvolles Lächeln. Oswaldo sprach seine finanziellen Schwierigkeiten an. Infolge der Ausrufung der Republik hat er seine Pension verloren, die ihm jahrelang vom Kaiser direkt gezahlt wurde. Ich hingegen habe meine Pension erst mit der Einsetzung der republikanischen Regierung erlangt. An diesem Punkt wurde das Gespräch für uns beide ein wenig peinlich. Ziemlich verbittert beschwerte Oswaldo sich über die Mißachtung seitens der Republikaner, sie hätten ihn behandelt, als sei er kein Brasilianer. Er gesteht, daß er sich nach den Zeiten von Dom Pedro II. zurücksehnt, vor zwei Jahren ist er ihm hier begegnet und hat ihm bei einem Konzert mehrere eigene Kompositionen vorgespielt. Oswaldo sprach von des Kaisers enormer Großzügigkeit, er zahlte aus seiner Privatschatulle Pensionen für Waisen und Witwen ebenso wie für Ingenieure und Künstler – darunter Leute wie João Gomes de Araújo, Almeida Fleming, Carlos de Mesquita, Castagnetto, Almeida Junior und viele andere, nicht zu vergessen natürlich Carlos Gomes. Almeida Junior, ein Maler, den Dom Pedro sehr bewunderte, erhielt bis zu dreihundert Goldfranken monatlich. Oswaldos Pension war um einiges bescheidener, lediglich hundert Franken, doch eine große Hilfe. Auch über den Stand der Musik in Europa haben wir uns unterhalten. Oswaldo glaubt, durch die Wagner-Schule werde sich nicht ein Weg, sondern ein Abgrund auftun. Er befürchtet, die ganze reiche Musiktradition Europas könnte untergehen. Als ich bemerkte, der musikalische Fundus so junger Nationen wie Brasilien könnten zu Hoffnungen berechtigen, lächelte er ein wenig ironisch. Ich sprach von unserem überaus reichen Repertoire an Folklore und Liedern des einfachen Volks, auf das Komponisten klassischer Musik jederzeit zurückgreifen könnten. Oswaldo wandte ein, dabei müsse man Sorgfalt walten lassen, denn Brasiliens Tradition sei noch so jung, daß man im klassischen Gesang noch nicht einmal die portugiesische Sprache verwenden könne. Ein wenig gereizt beklagte er sich, die portugiesischen Diphtonge wie *ão* klängen im lyrischen Lied viel zu schwerfällig. Ach, unser *ão* ...

*

Die Fahrt von Florenz nach Fiesole in der elektrischen Straßenbahn ist ein großes und immer wieder neues Erlebnis. Die *tranvai,* wie sie hier heißt, ist die erste elektrisch betriebene in ganz Italien und wurde kürzlich eingeweiht. Während der Fahrt fühlt man sich wie in einem Wirbelwind. Wenn sie von ganz allein den Hügel bis zu der eigentlichen Straße hinaufklettert, ist größer als das Staunen nur noch die Angst, sie könnte wieder hangabwärts stürzen. Nachdem sie die Straße erreicht hat, treibt der elektrische Strom sie in schwindelerregendem Tempo voran. Die Frauen stoßen vor Aufregung und Schreck spitze Schreie aus, während die *tranvai* über die Schienen schaukelt, und sämtliche Passagiere klammern sich an den Bänken fest, als fürchteten sie, in der nächsten Kurve hinausgeschleudert zu werden. Der Kondukteur mutet wie ein Geistesverwirrter an, der am Steuerungsmechanismus hantiert, als lenkte er Geisterpferde. Schneller noch als in Santa Teresa, wenn die Maultiere ausgespannt sind und der Wagen allein den Berg hinunterfährt, saust die Bahn hier, ihrem Schicksal überlassen, während der fünfundvierzig Minuten, die eine Fahrt dauert. Wem es gelingt, den ersten Schrecken zu überwinden, der kann den Ausblick genießen, und er ist wahrhaft grandios. Florenz und die umgebenden Hügel rücken allmählich in die Ferne, umhüllt von einem goldenen Lichtmeer, das an die verklärten Gemälde der flämischen Maler erinnert. Und währenddessen erschließt sich der Weg nach Fiesole in aller Lieblichkeit, gesäumt von Mauern und duftenden Zypressen.

*

Fiesole, 15. August 1890.

Heute reise ich nach Venedig. Vormittags bei einem Spaziergang mit Oswaldo über die Anhöhen von Fiesole bin ich heftig ins Schwitzen und Keuchen gekommen, habe von der Anstrengung beim Aufstieg fast die Besinnung verloren. Ich hatte große Angst vor einem neuerlichen Herzanfall. Warum, weiß ich nicht, doch durchströmte mich ein tief religiöses Gefühl. Mich überkam das Bedürfnis, den Duomo zu besuchen, die Kathedrale im Herzen von Fiesole. Da Oswaldo die Orgel häufig benutzt, erhielten wir mühelos die Erlaubnis zum Spielen. In dem uralten Gemäuer habe ich mich den abgründigen Klängen des alten Bach hingegeben. Ich muß wohl wie besessen gewirkt haben, denn ich habe gespielt, als hielte ich Zwiesprache mit dem Tod. Wie lange ich dort gesessen habe, der Orgel meine Stimme entlockt, sie unter dem Gewölbe der alten Kathedrale für mich habe schreien und brüllen und fauchen lassen, weiß ich nicht. Es waren meine letzten Laute, die Bitte und das Gebet eines Verzweifelten. Meine Hände flogen über die Tasten, die Grabesklänge füllten den ganzen Raum, und ich rang mit fast berstendem Herzen nach Luft. Ach, Tod, wie anders deiner dunklen Nacht entgegentreten, wenn nicht in sie eintauchen? Als ritte ich, habe ich die Pedale getreten. Ja, ich hatte das Gefühl, als liefe ich mit ausgebreiteten Armen irgend etwas entgegen, um endlich mich hinzugeben. Mochten auch Schwerter und Lanzen mich durchbohren, dies war mein Weg, mich dem Tod zu stellen: besiegt und gequält, doch mit Anstand. Durch die Klänge aus den tiefsten Tiefen meiner Angst rächte ich mich, leistete eine Art von Widerstand. Und konnte Widerstand leisten, weil ich mich hingab – das war mein Trumpf, vielleicht auch mein Triumph. Oswaldo hörte meinem entfesselten Spiel zu und begriff nichts. Nahezu schweigend gingen wir nach Hause. Ich fühlte mich gleichsam geweiht. Den restlichen Tag über blieb ich gefangen in dieser unwirklichen Atmosphäre.

*

(Im Zug, vor der Abfahrt.) Die eindringlichen Erlebnisse hatten damit noch kein Ende. Bei meiner Abreise aus Florenz ereignete sich etwas sehr Bewegendes. Es war gewissermaßen ein Abschiedsgeschenk. Am Abend kamen Oswaldo und ich auf dem Bahnhofsplatz an. Dort stand eine Drehorgel und spielte, wenn ich mich recht entsinne, gerade die letzten Töne von *Brindisi* aus *La Traviata*. In dem Augenblick, als wir den Bahnhof betreten wollten, durchfuhr mich jählings ein seltsames Gefühl, denn die Drehorgel setzte zu einer Melodie an, die mir zwar sehr vertraut klang, doch ertönte sie so unerwartet und paßte eigentlich auch so wenig zum Ort, daß ich sie nicht sofort erkannte. Oswaldo begriff nichts, als ich den Koffer fallen ließ und wie vom Schlag getroffen stehenblieb. Tatsächlich war ich vor Ungläubigkeit erstarrt. Oswaldo sah mich verwirrt an, bis ich mich gefaßt hatte und ihm stammelnd erklären konnte, daß die Drehorgel ganz zweifelsfrei das Lied *Quem sabe* von Carlos Gomes spielte, er hatte es nicht mehr in Erinnerung, aber ich …

Plötzlich stand vor dem Florentiner Bahnhof Santa Maria Novella ein Mann und weinte. Es waren stille Tränen, Tränen über die Bedeutung derart unerwarteter Überschneidungen. Auf der einen Seite die Schönheit der Stadt, die er verlassen sollte. Auf der anderen das Bild eines in der Erinnerung diffusen Brasilien. Der Mann konnte nicht verhindern, daß ihm dort in aller Öffentlichkeit die Tränen in die Augen traten. Blitzartig hatte sich ein immenses Einsamkeitsgefühl seiner bemächtigt, angesichts der Erkenntnis, daß er weder einen Bruchteil all der Schönheit ringsum noch das Rätsel seines fernen Heimatlandes je werde erfassen können. Sowie er sich in seinem Abteil eingerichtet hatte, bestürmten ihn Fragen, auf die er keine Antwort fand. Zum wiederholten Male wurde ihm offenbar, daß er nichts wußte, weder über das ihm Nächste noch über das Ferne. Er sah sich als unwiderruflich Fremden, wo immer er sich aufhalten mochte. Dieser verzweifelte Mann, der durch die Fensterscheibe in den Dampf der Lokomotive blickte und das die baldige Abfahrt ankündigende Pfeifen hörte, warst du, Alberto Nepomuceno. Innerlich so aufgewühlt, daß du dich kaum von Oswaldo verabschieden konntest. Weinend wie ein Kind bist du in den Zug gestiegen, weil alles so weit weg, so fern von dir war, und die Sehnsucht verzehrte dich, ach, bittere Qual, während Seufzer, Angst und Schmerz sich erhoben als Stimmen für ein Lied und deinem von Liebe übervollen Herzen nur das Weinen blieb. Und dann kamen dir Zeilen in den Sinn, die du irgendwo einmal gelesen hattest: »Auch das schönste fremde Land wird nie zu einer Heimat ...« Wo, in welcher vom dichten Schleier der Erinnerung umhüllten Hemisphäre wirst du deine Heimat finden?

3. Kapitel

Daß dich etwas noch tiefer würde beeindrucken können als Roms Großartigkeit, hieltest du für unvorstellbar. Dann kam Venedig. Und sprengte deine Vorstellungskraft, denn hier schien die Phantasie Wirklichkeit. Kaum hattest du den Bahnhof verlassen, umfing dich in der aufgehenden Sonne intensiver Meeresgeruch, was dich sofort veranlaßte, in Gedanken das ganze Spektrum deiner vielfältigen Meereserinnerungen zu durchlaufen. Innerhalb weniger Sekunden begabst du dich von Fortaleza nach Recife, von dort nach Rio de Janeiro und dann auf deine lange Reise, bis du erneut in Venedig landetest, an diesem 16. August 1890. Am Anleger vor dem Bahnhofsgebäude regte sich kurze Unruhe beim Anblick der schwarzen Gondeln, die wie düstere Sarkophage auf dem Wasser schaukelten. Schon wieder! dachtest du. Die Gondolieri zankten und stritten sich, bedrohlich gestikulierend, in ihrem rauhen Dialekt um die soeben eingetroffenen Fremden, während zwei Wachleute sich vergeblich mühten, für Ordnung beim Einsteigen zu sorgen. Ratlos ob der Diskussion, die dich mit ihrer Heftigkeit wie ein inszeniertes Schauspiel, vielleicht gar ein verkapptes Fest anmutete, bliebst du stehen, und schon ergriff einer der Gondolieri dich entschlossen am Arm und zog dich mit Überredungsgebärden zu seiner Gondel. Beklommen stiegst du in das kleine, glänzendschwarz lackier-

te Gefährt – ein Luxussarg. Doch als die Gondel sich in Bewegung setzte, stellte sich Frieden ein. Da legtest du deinen Mantel ab und nahmst ihn auf den Schoß. Nach der Erschöpfung von der Reise durchströmte dich wohlige Schlaffheit, du fühltest dich wie ein König auf dem niedrigen schwarzen Armstuhl, die gleichfalls schwarzen Kissen erschienen dir weicher und üppiger als alle Kissen der Welt, von einer behaglichen Morbidität. Verstohlen drehtest du dich um. Seemännisch blau gekleidet, mit einer gelben Schärpe gegürtet und einen Strohhut, der schon am Rand ausfranste, auf dem Kopf, stand der Gondoliere hinter dir. Stoßweise, von der Arbeit seiner rudernden Arme unterbrochen, murmelte er unverständliche Laute, etwas wie ein halb geflüstertes Gebet oder vielleicht ein altgewohntes Selbstgespräch. Die Gondel glitt im ebenmäßigen Rhythmus der Ruderschläge durch den Canal Grande. Langsam durchschnitt sie den salzigen Fluß – ein wahrhaft wandernder Weg – und trug dich in eine verzauberte Welt. Vor deinem noch schläfrigen Blick entfaltete sich ein nie geahntes Schauspiel. In der Morgensonne hob sich schimmernd Venedig aus dem Wasser, dem hier allgegenwärtigen, im Geruch der Seeluft noch deutlicher spürbaren Element. Dein Auge erblickte eine Wasserstadt, durchzogen nicht von Straßen, sondern Flußarmen, eigentlich kleinen, in beide Richtungen fließenden Kanälen, über die sich Brücken der verschiedensten Gestalt spannten. Hier und da polierten Gondolieri die Bugbeschläge, wuschen die Seitenwände und säuberten hingebungsvoll die Vorhänge ihrer Barken. Zu deiner Linken ließ eine Kirche ihre Marmorstufen von dem trägen Wasser belecken. Der Canal Grande, der sich wie eine Schlange durch die Stadt zieht, erwies sich als ein Korridor der Wunder, an dessen Ufern Dutzende von Palästen vorüberzogen, byzanthinische, maurische, gotische, aus der Renaissance stammende und klassizistische, auf ihren grauen Steinmauern und vielfarbigen Marmorfassaden prangten herrliche Steinmetzarbeiten und geschwungene Spitzbögen, die, mitten im Herzen des Okzidents, unübersehbar den sinnlichen Stempel des Orients trugen. Vor den Palästen waren private Anlege-

stellen an spiralförmig mit verschiedenfarbigen Streifen bemalten Pfählen zu erkennen, die am oberen Ende die Familienwappen der jeweiligen Besitzer trugen. Dein Staunen nahm keine Ende, die Augen gingen dir über von den reichverzierten Portalen, Treppen, Fenstern und Balkonen im alles vergoldenden Morgenlicht. Die tiefe Stille der Stadt umfing dich, vertieft durch das Plätschern des Wassers an den Steinen der Gebäude und gelegentliche Grüße, die sich die Gondolieri zuriefen, wenn ihre Fahrzeuge einander begegneten. Doch klangen ihre Stimmen wie aus einer unwirklichen Welt, als wäre auch sie von flüssiger Konsistenz. Und die Trauer tragenden Gondeln, die an dir vorüberfuhren, hatten nun etwas von trauernden Geigen, melodiös in der Form wie in ihrem Schweigen. Plötzlich riß dich ein Kanonenschuß aus deiner Besinnlichkeit. Er hallte von der Lagune her und hinterließ eine kleine weiße Rauchwolke am Himmel. Der Schuß verkündete die sechste Morgenstunde. Wie auf ein Losungswort setzte unmittelbar darauf das Läuten sämtlicher Glocken der Stadt ein, und es schienen Tausende zu sein, die mit ihrem Ruf zum morgendlichen Angelus die Lüfte erzittern ließen. Kähne in großer Zahl, beladen mit Vorräten für die Stadt, trafen ein und steuerten den Markt am Ufer des Canal Grande an. Als Kontrast zum lieblich-würzigen Duft von Gemüse, Weintrauben und Pfirsichen zogen andere Boote, die deine Gondel passierten, die unverwechselbaren Gerüche von Thunfisch, Tintenfisch, Schalentieren, Austern und Krebsen hinter sich her. Möwen stürzten in Schwärmen herbei. Als genügte die Pracht der Stadt noch nicht, flog zu deinem Entzücken ein halbes Dutzend, Willkommensgrüße schreiend, über deine Gondel hinweg. Gleich darauf verließ der Gondoliere den Canal Grande, bog nach links ab in ein Netz schmaler Binnenkanäle und nahm Kurs auf die Pension am Campo di Santa Maria Formosa, die Oswaldo dir empfohlen hatte. In den Häusern gingen die ersten Fenster auf, Räuspern und Husten ertönte ringsum, eine Frauenstimme fing an zu singen, und hier und dort brach ein Kind in Weinen aus. Man konnte meinen, mit deiner Ankunft erwachte der Traum namens Ve-

nedig aus dem Schlaf, während die Gondel weihevoll durch die Kanäle glitt. Du konntest dich nicht sattsehen an den farbenfrohen Häusern – Blumen rankten üppig von schmalen Balkonerkern –, auch wenn fast allen die Zeit und das Wasser arg zugesetzt hatten, der Putz von den Wänden blätterte, die Grundmauern zerfressen waren. Dein Auge konnte all das kaum erfassen, zumal das spiegelnde Naß die Pracht noch verdoppelte, indem es narzißtische Skizzen eines fließenden, silbernen Venedigs schuf. Dich überkam ein Gefühl von Privilegiertsein, fast Stolz, mit dem Anblick eines solchen Panoramas ausgezeichnet zu werden. Immer wieder drängten sich dir Fragen auf: Wer hatte als erster die Idee gehabt, diesen Traum namens Venedig zu erbauen? Was mochte einen Menschen bewogen haben, eine absolut unmögliche – und im Grunde erst nach ihrer Fertigstellung denkbare – Stadt zu entwerfen? Welche Generationen von Verrückten hatten sie, die Sereníssima, *erhaben wie eine steinerne Venus dem Meer entsteigen lassen? Und du sagtest dir, als einzig mögliche Erklärung, daß Venedig offenbar auf einen hartnäckigen – vielleicht gar besessenen – Kampf gegen jede Logik zurückzuführen war, um just die absurde Schönheit zu erschaffen. In nahezu euphorischer Stimmung, gleichsam trunken vor Verzückung, fühltest du dich als Herr über Venedig. Zumindest für ein paar Tage sollte dieser Schatz dir gehören. Du machtest dieses Idealbild des Paradieses zu deinem Eigentum.*

So sprach der gerade angekommene Alberto Nepomuceno, am Fenster seines Zimmers in der Pensione Canaletto, in der er abgestiegen war, mit sich selbst, unschlüssig, ob er ausruhen oder sich sofort in Venedigs Straßengewirr begeben sollte. In Gedanken durchlebte er noch einmal seine Ankunft an diesem milden Morgen, als er zum ersten Mal durch den Canal Grande, im Volksmund Canalazzo genannt, gefahren war, ein Meerwasserfluß von fast vier Kilometern Länge und siebzig Metern Breite, der Venedig in zwei Hälften teilt – zweifellos die schönste und eigenartigste Avenue der Welt. Noch unter dem Eindruck dieser Offenbarung las Alberto in seinem auf dem Schoß aufgeschlagenen Tagebuch, was er soeben geschrieben hatte: »Nach einer heißen, unbequemen Reise komme ich mit dem Halbsechsuhrzug an. Gerade habe ich die Augen aufgeschlagen und blicke fassungslos auf die Stadt vor mir. Es kann nicht sein. Wo bin ich? Welcher Ort ist dies, daß ich offenen Auges, allein durch Schauen, in Verzükkung gerate? Mir scheint, ich bin noch nicht ganz erwacht. In Venedig ankommen ist wie der Beginn eines Traums.«

Obwohl von der langen Reise noch müde, machte Alberto sich auf den Weg zu einer nahegelegenen Buchhandlung, die man ihm genannt hatte, und kaufte den Führer *Tre Giorni a Zig-Zag per Venezia e Isole* von Cavalier Ernesto Volpi, den Weingartner ihm als sehr viel besser empfohlen hatte als den beliebten *Guida Artìstica e Stòrica* von Fulin Molmenti. Unter dem Arm trug er sein Tagebuch, denn er hatte das geradezu zwanghafte Bedürfnis, alles aufzuschreiben, wie ein Besinnungsloser seinen Wahn dem Papier mitzuteilen, um ihn vielleicht zu verstehen. Beschwingt setzte er seinen Weg durch die Umgebung fort, bewunderte unersättlich die uralten, zu anmutigen Häusern, Straßen und Brücken verwandelten Steine. Ja, er war in ein Labyrinth der Schönheit geraten, dachte er. Vor einem kleinen Platz blieb er stehen, ringsum alte Häuser in gotischem und Renaissancestil, auf den von der Zeit ausgeblichenen Wänden in Gelb- und Ockertönen häßliche dunkle Flecken. In der Mitte dieses von den Venezianern *campiello* genannten Platzes zogen Menschen aus einem Brunnen von strenger Schönheit Wasser und füllten es in Kanister, die an den beiden Enden einer Schulterstange hingen. Im Hintergrund mündete der Platz in eine schmale Brücke über einen Kanal. Während er wie gebannt zusah, wurde Alberto bewußt, daß hier in Venedig sein Normalzustand war, offenen Mundes zu staunen. Wenn es so weitergeht, bekomme ich bald einen Krampf im Kiefer, dachte er.

Auf dem Rückweg zur Pension verirrte er sich in den verzauberten Gassen, und dennoch lächelte er glücklich und innerlich tief aufgewühlt. Da er nicht abwarten konnte, bis er sein Zimmer betreten hatte, setzte er sich auf die Stufen einer

Steinbrücke, schlug sein Heft auf den Knien auf, zückte den Bleistift und schrieb in einem Zuge: »Calle, Campo, Campiello, Sotoportego, Salizzada, Corte, Fondamenta, Ruga, Sestiere und sogar Rio, genau wie im Portugiesischen, so lauten die magischen Begriffe der hiesigen Toponomie. Die Kanäle erwecken den Eindruck, als könnte Venedig jeden Augenblick untergehen, und veranschaulichen, daß seine Schönheit um so fragiler wird, je bezaubernder sie ist. Denn hier ist alles zart und sanft. Der Wind ist sanft. Die Silhouetten der Gebäude sind zart. Sanft und zart vor allem ist dieses Weltbild, das Venedig hervorgebracht hat und in jeder Gasse zu spüren ist. Man hat das Gefühl, Venedig werde gleich versinken und mit ihm die allerschönsten Träume der Menschheit – vielleicht gar der eigentliche Schönheitsbegriff, wie er in einer langen Phase der Menschheitsgeschichte als unumstößlich gegolten hat.« Atemlos, als führte er ein höchst angeregtes Gespräch, hielt er inne. Holte tief Luft und schrieb dann weiter: »Venedig ist von so überwältigender Schönheit, daß der Besucher jeden Augenblick einen Herzanfall erleiden kann, weh mir! Kaum biegt man in diesem Labyrinth versammelter Phantasien um eine Häuserecke, trifft man auf das I-Tüpfelchen – ein stiller Campiello, eine Brücke von unvergleichlicher Lieblichkeit, eine kleine Kirche, die nichts von ihrer Anmut weiß – und schon ist es geschehen: Das Herz rast, als wollte es bersten. Venedig ist das Sinnbild des menschlichen Urmysteriums, das aus unerklärlichem Grund eine solche Stadt geschaffen hat, schön, unergründlich und gefährlich.«

Eine Katze kam dick und schmeichelnd näher. Alberto streichelte sie, schloß sein Heft und wandte sich wieder der wunderbaren Aufgabe zu, den Weg zur Pension zu finden – was ihm mit Unterstützung der hilfsbereiten Venezianer bald gelang. Nach dem Mittagessen hielt er eine ausgiebige Siesta. Schließlich durfte er die ärztliche Weisung, unbedingt mittags zu ruhen, nicht vergessen. Gestärkt und sehr gut gelaunt erwachte er. Entschlossen, den Anweisungen des Volpi-Führers zu folgen, wollte er nun kreuz und quer durch Venedig spazieren. Vielleicht schon aus Vorfreude pfiff er ein volkstümliches italienisches Lied vor sich hin. Solange Venedig nicht untergegangen ist, will ich das herrlichste Schauspiel genießen, das die menschliche Erfindungsgabe je geschaffen hat, dachte er, als ließe er einem endlosen Selbstgespräch freien Lauf. Noch in Unterhosen putzte er seine schon ziemlich alten Schuhe – neue Stiefeletten, in kaltem Klima wesentlich passender, wollte er erst in Deutschland kaufen. Er zog die baumwollenen Socken an, verdeckte ein kleines Loch, durch das seine große Zehe hätte hinausschauen können. Dann stieg er in die weiten Hosen seines erst kürzlich erstandenen hellen karierten Anzugs, zog ein leichteres weißes Hemd an, befestigte daran einen gestärkten Umschlagkragen und band darüber die dunkelblaue Krawatte mit einer einzigen, lockeren Schlinge, wie es der neuesten Mode entsprach. Er knöpfte die Hosenträger an und rückte sie zurecht. Nach kurzem Zaudern entschied er sich für die graublau karierte Weste. Dann stieg er in die Schuhe und schlüpfte zuletzt in den modisch geschnittenen, vom Bauch bis zur Brust mehrfach geknöpften Rock. Vor dem Spiegel, immer noch das italienische Lied pfeifend, kämmte er sich das Haar, ordnete die zuvor mit der Brennschere gewellte Stirntolle, trug auf die Schnurrbartspitzen Pomade auf und zwirbelte sie ganz schmal, für eine elegante Erscheinung unabdingbar. Halbwegs zufrieden mit seinem Aussehen, schloß er den Rock, allerdings nur am obersten Knopf, um es etwas luftiger zu haben, und griff nach seiner Kreissäge. Schon bereit, das Zimmer zu verlassen, kehrte er noch einmal um und notierte schnell ein paar Worte: »Wenn Venedig den Tod spiegelt, dann muß ich zugeben, daß der Tod betörend ist.«

Ein paar Wolken verdeckten die Sonne, die Temperatur war angenehm, Alberto machte sich auf den Weg. In den üblen Geruch der Kanäle mischte sich der charakteristische Duft der *frittolin*, frittierter Fisch und Meeresfrüchte, die an jeder Ecke verkauft wurden. Er spazierte durch enge Straßen und über Brücken, trug hier und da eine knappe Notiz in sein Tagebuch ein, schlug im Führer von Cavalier Volpi nach. Darauf beschloß er, sich die berühmte Rialtobrücke über dem Canal Grande anzusehen. Als er den Campo San Bartolomeo überquerte, einen von alten Gebäuden mit verwitterten Mauern umsäumten Platz, kam er an dem hübschen Café Visentini vorüber, vor dem, von einer Markise überdacht, ein paar Tische standen. Er hatte nicht vor, sich dort niederzulassen. Doch eine Schneiderei neben dem Café zog seinen Blick an, in ihrem Schaufenster war Herrenbekleidung ausgestellt. Dazwischen, offensichtlich nur zur Zierde, ein paar Masken. Alberto Nepomuceno blieb wie gebannt stehen. Es waren wunderschöne Satinmasken, und unversehens fühlte er sich zu den Karnevalsfesten von Rio de Janeiro und Recife zurückversetzt. Hinter der Tür nebenan führte eine Holztreppe zu der Schneiderei hinauf. Alberto blickte hinein. Im Halbdunkel sah er am oberen Treppenende weitere Masken hängen. Seine Neugier wurde so groß, daß er nicht lange nachdachte und die Treppe hinaufstieg. Oben angelangt, stand er vor einem Raum, darin zwei Nähmaschinen, Gipsanprobepuppen, auf Tischen Papierschnittmuster und Stoffteile und überall Stoffreste. Kein Mensch war zu sehen. Alberto trat langsam ein, stockte jedoch gleich vor einer Tür zur Linken und lächelte, als hätte er den gesuchten Schatz gefunden. Die Tür führte in ein kleines Zimmer, gerade ausreichend beleuchtet, um das höchst eigenartige Karnevalsuniversum in seinem Innern zu offenbaren. Fasziniert trat Alberto ein. Dutzende von verstaubten Masken hingen, unregelmäßig verteilt, an der Wand. Bei einigen, schon recht alten, war die Bemalung verblichen oder beschädigt. Die Masken waren unterschiedlich groß, manche melancholisch oder abweisend, andere komisch und freundlich, mit karikaturhaften Zügen und übergroßen Nasen. Es gab weibliche Masken mit fein geschwungenen Augenbrauen und weichen Lippen, und männliche, die Bärte und Schnurrbärte unterschiedlichen Stils schmückten, manche in deutlich burlesker Absicht übertrieben lang oder hochgezwirbelt. Bei mehreren steckten verschlissene, glanzlose Federn an der Stirn. Allen gemeinsam war der ins Leere gerichtete Blick, als schauten sie die Unendlichkeit.

»Oh! *Il carnevale!* Ist gefüllt das Wams, gehen wir zum Tanz ...«

Erschrocken drehte Alberto sich um, als die Baritonstimme hinter ihm erklang. In der Tür zum kleinen Nebenraum stand ein dicker, gutmütig aussehender Herr, sehr ungezwungen gekleidet, weder Weste noch Krawatte, das Hemd offen über der behaarten Brust.

»Le piace il carnevale, signore?« fragte er.

»Sì, sì. Entschuldigen Sie. In m-m-m-meinem Land ...«, antwortete Alberto auf italienisch, vor Verlegenheit stotternd, als hätte man ihn in flagranti erwischt.

»Sind Sie denn nicht von hier?« unterbrach ihn lächelnd der Mann.

»Nein. Ich ... In meinem Land ist der Ka-Karneval sehr ... sehr lu-lu-lustig ...«

»Was Sie nicht sagen! *El se cognose al tasto, non è vero?* Sie sprechen gut Italienisch. Aus welchem Land kommen Sie denn?«

»Il Brasile ...«

»Ah, il Brasile!« rief der Mann und breitete entzückt die Arme aus. »Das berühmte Land, wo Kaffee und Milch und Honig fließen. Ihre Regierung lädt unsere Leute ein, nach Brasilien auszuwandern. Weil die Lage hier so schwierig ist, ziehen tatsächlich viele weg, namenlose Veneter, die sich voller Hoffnung in die Neue Welt aufmachen. Manche gehen weg, damit andere bleiben können, das Land hier ist knapp und taugt nichts, da gibt es nicht für alle zu essen. Schön ist es, ja, aber ... Sie wissen ja, *la fortuna dà biscotti a chi non ha denti!«* Er lachte ein wenig melodramatisch, dann fuhr er fort: »Brasilien dagegen ist eine junge Nation, wo noch alles am Anfang steht. Da soll es viele Möglichkeiten und viel Land geben. Niemand leidet Hunger. Was für ein Land aber auch! Wahrhaft riesig ... Und Sie sagen, da feiert man Karneval? Das wußte ich nicht ... Mit Festen, Musik, Kostümen, Tanz und allem Drum und Dran?«

»Ja, alles ... Und es ist sehr lustig ... wirklich«, antwortete Alberto, noch immer trocken schluckend.

»Ach, die Neue Welt! Man lernt doch nie aus, *non è vero?*« bemerkte der Mann und wiegte entzückt den Kopf. »Davon kann hier nicht die Rede sein. Der Karneval von Venedig hat eine alte Tradition und ist sehr berühmt, wissen Sie. Das heißt, heute nicht mehr so. Früher maskierte sich sogar der Doge und ging sich amüsieren ... war ja auch nur ein Mensch. Aber heute ... Heute gibt es den *cavalchina*-Ball im Teatro Le Fenice, dazu noch hier und da ein Fest. Das ist alles. Was man jetzt erlebt, das ist ... *molto rumore e poca lana ...*«

Alberto, immer noch verlegen, versuchte, die Situation zu klären:

»Entschuldigen Sie, daß ich einfach hereingekommen bin. Ich ...«

»Machen Sie sich keine Sorgen, *signore. Chi cerca catta*«, antwortete der Mann mit fein ironischem Lächeln und trat endlich in den Raum ein. »Ich muß am heutigen Sonnabend noch arbeiten. Spätsommeranzüge, Sie verstehen. Und dann noch die *forestieri* ... Die lassen einem keine Ruhe. Viele kommen nur nach Venedig, um sich ihre Anzüge bei Pietro Barbaro zu bestellen!« Mit einer Gebärde deutete er eitel seine Machtlosigkeit an, dann kehrte er, abermals in entzücktem Tonfall, zum Hauptthema zurück: »Der Karneval ... Den Karneval lasse ich mir um nichts in der Welt entgehen. Jedes Jahr bin ich bei der *Mascherata dei Chioggiotti* dabei, jeder Venezianer kennt sie. Wir kostümieren uns als Fischer aus Chioggia. Wie in alten Zeiten. Wir fahren in bunten Booten, singen und verteilen Süßigkeiten. Wunderbar. Die Leute lieben das. Auf der Straße fragen sie mich: Wie steht's, Pietro, treten die *chiozzotti* dieses Jahr auf? Und ich antworte: Soweit es von mir abhängt, natürlich! Auch wenn sich die Zeiten geändert haben ... *La volpe lascia il pel ma il vizio mai! ...*«

Und er lachte scheppernd. Dann ging er in die Raummitte zu einem schmutzigen, fleckigen Tisch, auf dem mehrere verstümmelte Masken lagen, daneben Papierreste, Klebstofflaschen und diverse bekleckerte Farbtöpfe.

»Das hier ist sie, die *chiazzotta*.«

Er nahm eine Maske vom Tisch und pustete den Staub ab. Es war eine Halbmaske aus Pappmaché, sehr bunt, mit närrischem Ausdruck, großer Nase und markanten Zügen:

»*Una bella larva, non è vero?* Sie reicht nur bis zur Nase. Sehen Sie genau hin. Die habe ich selbst gemacht.«

Stolz legte er sie auf den Tisch zurück. Dann drehte er sich zur nächsten Wand.

»Und die hier ist für einen *mattacino*«, sagte er und wies auf eine ganze Maske mit Schnurrbart und buschigen Augenbrauen. »Sie müssen wissen, die *mattacini* gingen in Gruppen und bewarfen die Leute mit Eiern, in die Rosenwasser gefüllt war. Na ja ... manchmal war es auch anderes Wasser, das weit weniger angenehm duftete ...«. Er lachte schallend.

Schlagartig fiel es Alberto ein, er konnte nicht an sich halten und rief laut aus:

»Ach, unsere Ätherlimonen ...«

Der Schneider öffnete ein Fenster, um in den engen Raum etwas mehr Licht einzulassen. Dann führte er die Masken an der Wand vor, blieb manchmal stehen oder wies auf Details hin: Das hier ist ein Bote, die da ein Zuckerbäcker, die nächste ein Spanier, die da eine *moretta* (*che bella*, aus Satin, eine der wenigen schwarzen Masken!), daneben ein Türke, hier eine Pulcinella, dahinten ein Lumpensammler, die hier ein Pantalone (immer mit weißem Bart), die da in der Ecke ein Arlecchino und daneben, versteht sich, eine Colombina.

»Und die hier ist eine *gnaga*«, erklärte er und ließ sich das Wort auf der Zunge zergehen.

Alberto sah sich die Maske mit betont femininen Zügen an und verstand nicht. Noch ehe er fragen konnte, beeilte der Mann sich zu erklären:

»*Gnaga*, Sie verstehen, ein Mann in Frauenkleidern ... Die Venezianer haben sich seit jeher im Karneval gern so verkleidet, dabei geziert geredet und sich Schimpfwörter zugerufen. Nur aus Spaß, versteht sich. Aber schließlich, *chi non risega non rosega ...*«

Und dann, mit einem Eifer, als zeigte er seinen persönlichen Schatz, wies er auf die nächste Maske:

»Das da ist der Teufel mit zwei kleinen schwarzen Hörnern. Und diese ganz besondere ist ein *enfermo galico.*« Der Schneider kicherte maliziös und sah Alberto erwartungsvoll an. Alberto wußte, daß dies in Italien die volkstümliche Bezeichnung für Syphiliskranke war. »Man nennt sie auch Bernardon. Ekelhaft, mit diesen Wunden, nicht wahr? Sie muß neu bemalt werden, die *poverina* ... Die nächste hier ist der Pestdoktor. Sieht sie mit ihrer scharfen Rabennase nicht zum Fürchten aus? Ah, da ist ja der Straßenkehrer ... Haben Sie beim Karneval in Brasilien auch solche Masken? ... Die hier mit dem schwarzen Schleier ist eine Witwe. Und die hier ein Polentaverkäufer. Ah ja, die da ist ein Mörder. Gut gemalt ist sie zum Gruseln. Hier ist noch ein Satyr ... Ach, es gibt so viele, *signore*!«

Der Mann wandte sich einer anderen, verschlossenen Tür zu.

»Natürlich gehören zu den Masken sehr amüsante Kostüme ... Ich schneidere sie alle selbst, *signore.* Auf Bestellung, versteht sich, aber auch, weil es mir Spaß macht. Und immer kosten sie mich viel zuviel Zeit. Aber was soll man machen? *Chi va al molin s'infarina*!«

Wieder lachte der Mann vergnügt, während er auf dem Tisch nach dem Türschlüssel suchte. Alberto wurde unruhig. Er hatte noch ganz Venedig vor sich, und so, wie es aussah, wollte der Schneider ihm noch vieles andere mehr zeigen, womöglich Dutzende von Kostümen. Vielleicht hatte er die Not des jungen Mannes erkannt, der unablässig seinen Hut in den Händen drehte, vielleicht lag es auch an der Kirchenuhr, die dort auf dem Platz zu läuten begann, jedenfalls stellte der Schneider plötzlich fest, daß es schon spät war:

»*Va bene* ... Verlorene Zeit kehrt nicht zurück. Sie sind hier auf der Durchreise und werden so bald nicht wieder herkommen können, Brasilien ist weit. *Dal destino non si può fuggire* ... Und ich, *signore brasiliano*, muß noch zwei Gehröcke fertignähen. Ich allein, weil der elendige Gehilfe heute nicht erschienen ist. Aber wer will auch bei solcher Hitze arbeiten? Nur der verrückte Pietro, der schwimmt immer gegen den Strom. Also, gehen Sie lieber. *Chi ha pressa corra.* Sie werden sehen, Venedig hat Ihnen viel zu bieten. Die Stadt ist unerschöpflich.«

Mit diesen Worten schob der Mann den jungen Brasilianer, der angesichts des unerwarteten Rauswurfs stolpernd zurückwich, geschickt zur Tür. Alberto Nepomuceno stieg ziemlich verwirrt die wenigen Stufen hinunter, und als er durch die Haustür trat, wandte er den Kopf zu einem letzten, verlegenen Dank. Oben an der Treppe stand der Schneider, winkte zum Abschied und sagte, bevor er zu seiner Arbeit zurückging, feierlich:

»Chi tardi arriva mal allozza … Addio! E buona fortuna, signore!«

*

Durch Venedig zu laufen ist wie eine Übung auf dem Drahtseil. Du bemühtest dich, dir diese übergroße Schönheit für immer einzuprägen. Dann regte sich Unruhe, denn der Blick kann unmöglich alles erfassen. Du mochtest zwar meinen, du seist gut vorbereitet, doch in Venedig trifft man auf alles – Brücken, Kirchen, Plätze, maurische Fenster – immer dort, wo man es am wenigsten erwartet. Irgendwann dachtest du: Heute konnte ich nur ein wenig sehen, aber morgen komme ich zurück und sehe mir diesen wunderschönen Platz noch einmal in allen Details an (denn es ist schier unglaublich, aus welchen Details Venedig besteht). Doch zu deinem Staunen tauchten nacheinander zehn weitere wunderschöne Plätze auf, zu denen du morgen oder übermorgen hättest zurückkehren müssen. Nichts in dieser unbeschreiblichen Fülle ist nur eines – jedes ist die Wiederholung von anderem, und dazu noch üppig vielfältig. Nachdem du dies begriffen hattest, gabst du dich der Gefahr hin, auch wenn dabei das Risiko bestand, die Grenzen zwischen Täuschung und Wirklichkeit nicht mehr zu erkennen. Doch in diesem unablässigen Kampf zwischen alles wollen und fast nichts können stellte sich plötzlich – vielleicht aus Müdigkeit oder Erschöpfung – innerer

Frieden ein. Da hast du schließlich eingesehen, daß du nichts anderes tun kannst, als die Gunst des Augenblicks zu genießen und einfach zu schauen, ohne etwas zu entscheiden oder planen zu wollen, denn Planbarkeit ist in Venedig ein Trugschluß. Von dem Augenblick an, wo Venedig schlicht und einfach nur noch ist, dringt es endgültig in dein Herz. Jetzt ist es, in deinem Innern. Nein, doch nicht. Du, der Venedig für sich erobern wollte, wurdest in Wirklichkeit von ihm erobert. Von nun an gebietet sich nur noch der Kniefall, die einzig mögliche Haltung Venedig gegenüber: fassungslos staunend und, vor allem, seinem Zauber hörig. Venedig ist – was tun? – die Stadt der Hörigkeit. Venedig wurde erbaut, damit die Menschen die Kunst erlernen, vor dem Unvergleichlichen, das man sehen und berühren kann, auf die Knie zu fallen.

Dieser Art erregt lag Alberto Nepomuceno abends in der Pension auf seinem Bett und durchlebte noch einmal die Abenteuer des Tages. Venedig raubte ihm den Schlaf. Als er aus seinen Gedanken zu sich kam, rückte er näher an die brennende Lampe und schrieb auf dem Schoß in sein Tagebuch: »Für die Augen des Betrachters ist Venedig wahrhaft ein Rätsel. Vielleicht ist dies der Grund, warum ich unaufhörlich in Zweifel stelle, ob es existiert. Venedig bereitet mir viele Fragen. Hinter jeder Ecke trifft man auf einen anderen, aber immer überraschenden Anblick – hier monumental, da lieblich, dort ganz einfach nostalgisch.« Außer dem Haus mit den Masken hatte er an diesem Nachmittag die ungemein belebte Rialtobrücke und die Kirche Santa Maria dei Frari besichtigt und in der Scuola di San Rocco herrliche Gemälde von Tiziano, Tintoretto und Tiepolo bewundert. Auf dem Campo San Polo hatte er Straßenkünstlern zugesehen, die unzüchtige Lieder sangen und dazu dressierte kleine Hunde, mit bunten Röckchen und Haarschleifen herausstaffiert, tanzen ließen. Die zahlreichen Zuschauer klatschten Beifall und reagierten lachend mit launigen Zurufen. An einem Campiello ein Stück weiter stieß Alberto auf ein Antiquitätengeschäft, in dem eine alte Frau einsam hinter dem Ladentisch saß. Mit einer Haube auf dem Kopf und einem altmodischen schwarzen Kleid fügte sie sich so gut in ihre Umgebung, als stünde sie selbst auch zum Verkauf. Aber wer wird schon eine altmodische alte Frau kaufen? dachte Nepomuceno und lachte auf seinem Bett vor sich hin. Plötzlich sah er durch die Gardine vor dem offenen Fenster, daß der Mond schien. Er konnte nicht widerstehen, erhob sich und zog die Gardine beiseite. Wie ein barockes und zugleich futuristisches Schauspiel flutete das Mondlicht über die Dächer der Stadt. Alberto blieb am Fenster stehen und gab sich dem Anblick des überwältigenden Venedig hin. Ich könnte ewig hier bleiben und schauen, dachte er. Und er schaute so lange, bis er nicht mehr wußte, wo er stand. Da er dem unaufhörlichen Dialog in seinem Kopf nicht Einhalt gebieten konnte, vertraute er sich dem Papier an und schrieb mit fliegendem Stift fast im Dunkeln: »Venedig, Venedig, vor lauter Schauen werde ich noch blind.«

*

Am Morgen des nächsten Tages, es war Sonntag, der 17. August, erwachte Alberto mit dem Wunsch, ins Theater zu gehen. Doch die Pensionswirtin Signora Contarin, eine große Opernliebhaberin, dämpfte seine Vorfreude mit dem Hinweis, so eigenartig dies auch in einer Sommerfrische anmuten möge, in Venedig seien im Sommer nur wenige Theater geöffnet und selbst diese nur während kurzer Zeit. Wie überall dauere die Saison von Oktober bis März, weshalb das Teatro Rossini, das Goldoni und sogar das berühmte La Fenice nicht in Betrieb seien, das letzte bleibe sogar bis zum Februar des kommenden Jahres geschlossen. Ein Jammer, denn es sei nicht nur ein prunkvolles Theater, wie die Frau sagte, sondern für manche Vorstellungen lasse die Stadtverwaltung La Fenice speziell beleuchten, so daß es noch märchenhafter wirke. Die Ausnahmen seien das Politeama, in dem just heute die letzte Vorstellung von *Ernani* gegeben werde – aber die Karten seien natürlich schon ausverkauft; und das Malibran, bei dem die Saison bis zum 31. August gehe, doch am Sonntag sei es leider geschlossen. Gab es etwas von Wagner? Nein, nichts von Wagner. Trotzdem beschloß Alberto, es zu versuchen. Da sich das Liceo Benedetto Marcello im ersten Stock des La Fenice befand, konnte er vielleicht den Maestro Gian Giuseppe Bernardi besuchen, der dort unterrichtete und mit dem verstorbenen Terziani befreundet gewesen war. Auf diese Weise würde er womöglich La Fenice von innen sehen können, wenn auch im Dunkeln.

Trotz der Schwüle und der schon kräftigen Morgensonne brauchte er nicht lange, bis er die verschiedenen Inseln überquert und mit einiger Hilfe des *Zig-Zag*-Führers den kleinen Platz gefunden hatte, an dem das neoklassizistische und – wie er meinte – verhältnismäßig bescheidene Gebäude des Teatro La Fenice stand. Doch es half nichts. Das Theater war verschlossen, und das Liceo hatte Ferien. Wie es schien, befanden sich im Sommer wirklich nur Arbeiter und Fremde in Venedig. Zu seiner noch größeren Enttäuschung entnahm Alberto einem alten Plakat im Außenschaukasten, daß zuletzt ausgerechnet *Lohengrin* auf dem Programm des La Fenice gestanden hatte und bis zum März mit Vecchione, Garulli und der Meyer in den Hauptrollen gegeben worden war – zum Gedenken an Wagners siebenten Todestag. Alberto war frustriert. Immer wieder hatte er sich ausgemalt, daß er in der Stadt, in der Wagner zuletzt gelebt hatte, eine seiner Opern auf der Bühne sehen würde.

Nach einem Blick in den *Zig-Zag* beschloß er, sich mit der Besichtigung des Palazzo Vendramin-Calergi, in dem Wagner gestorben war, zu trösten. Am Canal Grande stieg er in eine Gondel, fuhr unter der Rialtobrücke hindurch, und eine Viertelstunde später stand er vor einem der schönsten Paläste des Canal Grande. Da er jedoch als Privatresidenz diente, war eine Besichtigung nicht gestattet. Alberto begnügte sich damit, die Außenansicht des zweistöckigen Gebäudes zu genießen, die vollkommene Harmonie des architektonischen Entwurfs mit den korinthischen Pilastern an der marmorverkleideten Fassade und den eleganten Doppelbogenfenstern an den Balkonen. Zur Linken der vom derzeitigen Besitzer Graf Della Grazia noch immer sehr gepflegte Garten. Lange blieb er zwischen den Pfählen des Anlegers stehen, als träumte er von den wagnerschen Geistern und hörte ihre Klänge wie eine Aura der Genialität über die ganze Umgebung schweben. Zum Abschied legte er die flache Hand auf die Gedenktafel an der Hauswand: *»A Riccardo Wagner, morto fra queste mura il 13 febbraio 1883«.* Als bäte er um seinen Segen. Ein heimlicher Glücksschauer durchlief ihn.

Vor Aufregung zitternd beschloß Alberto, in einer Osteria zu essen und den Nachmittag über ziellos umherzuschlendern, ohne jede Sorge, er könnte sich verlaufen – im Gegenteil, genau das erhoffte er sich. Trotz des Volpi-Führers schien ihm dies die beste Art, Venedig kennenzulernen. Zumal er auch schon gemerkt hatte, daß die Venezianer außerordentlich geduldig (und vielleicht sogar stolz) den Fremden den Weg durch das Labyrinth weisen, dessen Geheimnis nur sie kennen. Er wollte tun, was ihm gerade in den Sinn kam. Und das tat er.

*

Alberto geht zur Kunstakademie: »Ich gehe zur *Accademia.* Kein Glück an diesem Tag. Sie ist schon geschlossen. Sonntags ist sie nur bis zwei geöffnet. Der *Zig-Zag* hat mich getäuscht. Ich hätte vormittags herkommen sollen. Venedigs Geographie ist so verwinkelt, ich wußte nicht, daß ich mich so nah von ihr befand, als ich zum La Fenice ging. Jetzt muß ich mich mit den Tintorettos, Carpaccios, Mantegnas, Tizianos, Bellinis und anderen begnügen, die mir der Zufall in Venedigs Labyrinthgängen beschert.«

*

Im Boot zur Insel La Giudecca fand Alberto sich von Fischerfamilien umringt. Ihre schwarze Kleidung und bedrückte Stimmung ließen vermuten, daß sie von einem Begräbnis zurückkehrten. Das Schweigen wurde nur von einem alten Mann unterbrochen, der von Zeit zu Zeit einen Satz vor sich hin murmelte. Der Mann sah anders aus als die übrige Gesellschaft, verhärmtes Gesicht, sehr große Nase und so durchsichtig blaue Augen, daß man ihn für einen Blinden halten konnte. Sein welker Mund war nahezu zahnlos, bis auf einen einsamen, großen gelben Eckzahn, an dem er immer wieder ebenso ungeniert lutschte, wie er sich mit dem kleinen Finger in der Nase bohrte. Trotz der Wärme saß der Mann in einen dicken Bauernumhang gehüllt. Er schimpfte über sein Leben, mal auf italienisch, mal auf venezianisch. Soviel Alberto verstand, war er seit dem Tod seiner Frau ständig krank. Der jüngste Sohn, bei dem er lebte, behandelte ihn schlecht und drohte, ihn seinem Schicksal zu überlassen, denn er wollte nach Amerika auswandern. Ihm sei nun alles gleich, sagte der Alte trostlos. Er wolle sterben – und er preßte die Worte mühsam aus der Brust. Die anderen Fischer versuchten sogleich, ihn von diesem Gedanken abzubringen, sprachen ihm Trost zu oder hielten ihm vor, das sei eine schwere Sünde, denn das Leben liege in Gottes Hand. Eine Frau schlug in mitleidigem Ton vor, er möge sich beim Pfarrer geistigen Beistand holen. Doch der Alte schien sie nicht zu hören. Er blickte verloren in die heiße Hochsommerlandschaft, das Kinn auf einen so dicken Stock gestützt, daß man meinen konnte, er sei für ihn viel zu schwer – vielleicht sollte er ihn eher vor dem Leben schützen, als ihn stützen. Zusammengekauert saß der Mann da und sagte zweimal zu sich selbst:

»*Vogio morir. Vogio morir.*«

Dann verstummte er und schwieg für den Rest der Fahrt. Er hatte wohl seine Entscheidung getroffen. Alberto empfand tiefe Traurigkeit.

*

Auf der Fondamenta della Croce sitzend, blickt Alberto von der Insel La Giudecca aus auf Venedig: »Ich sehe von der Insel La Giudecca aus auf Venedig. Wahrlich, ein Augenpaar allein kann Venedig nicht fassen. Es ist ein Panorama, das durch seine Schönheit erhöht, aber durch seine Überfülle erniedrigt. Venedig kann nur von Menschenmengen betrachtet werden.«

*

Alberto überkommt ein angenehmes Gefühl: »Mich überkommt hier ein angenehmes Gefühl – die Gewißheit, daß unsere Augen durch Tausende von anderen Augen blicken, die schon im gleichen Maße wie unsere in Verzückung geraten sind. Auf Venedig zu blicken heißt das Gefühl zu haben, man gehöre einer großen Bruderschaft an, die in der Vergangenheit, Gegenwart und Zukunft jedes Mal wie geblendet staunt, sobald Venedig am Horizont erscheint. Wir sind eine Vielzahl von Menschen, die hier in Venedig der Illusion von Unvergänglichkeit erliegen.«

*

Alberto betrachtet die Gondolieri: »Ich betrachte die vorüberfahrenden Gondolieri. Wie sie, in der Gondel stehend, mit ihrem einzigen Ruder auf nur einer Seite rudern, erweckt es den Anschein, als tanzten sie, insbesondere, wenn sie in Eile sind.«

*

Alberto hört die Glocken von Venedig läuten: »Die Glocken von Venedig läuten. Allgegenwärtige, drängende Glocken. Welche Sprache sprechen die Glocken? Warum läuten sie so ungestüm? Was wollen die Glocken sagen?«

Alles ist Poesie. Und um es auszudrücken, kannst du nur immer wiederholen: Com'è bella, com'è bella! *Aber das besagt gar nichts. Auch die emphatischsten Wörter erweisen sich als machtlos, wenn sie beschreiben sollen, was das Auge sieht und das Herz fühlt. Von den abgegriffensten Gemeinplätzen bis hin zu den ungewöhnlichsten, gesuchtesten Ausdrucksformen, die dir in den Sinn kommen – sämtlich sind sie unfähig wiederzugeben, was die Wirklichkeit hier bedeutet und das Auge lediglich als Teil erfassen kann. Angesichts von Venedig ist es, als wäre der natürliche Zustand Trunkenheit, und dir bleibt nur, offenen Mundes zu staunen. O ja, keine Frage, die Köpfe, die Venedig planten, befanden sich ein wenig oberhalb – oder jenseits – des Normalen.*

*

In seinem Tagebuch will Alberto nicht mehr: »Nein, ich will nicht mehr fort von hier. Nie wieder nach Venedig zurückkehren, dieser Gedanke schmerzt. Ich wünschte, ich könnte für immer im Paradies leben.«

Von fern auf Venedig blickend, wird Alberto bang beim Gedanken an die Abreise – was er sieht, ist so viel, daß er nur sehr wenig wird in Erinnerung behalten können. Wie von diesem Ort sprechen? Wie ihn beschreiben? Er denkt: »Wie vieler Ausrufe bedarf es, um Venedigs Zauber auszudrükken?«

Sinnierend seufzt er. Und, sich mit dem exakten Ausdruck tröstend, denkt er: »Oh, Venedig, der deiner Schönheit am ehesten angemessene Klang ist der meines Seufzens!«

Doch nicht zufrieden, korrigiert er sich: »Oh, Venedig, der Klang, der deine Schönheit a*m besten ausdrückt,* ist mein Seufzen.«

Nein, das ist es auch noch nicht: »Oh, Venedig, der deiner Schönheit *angemessenste Ausdruck* ist mein Seufzen.«

Ein neuer Versuch, es ganz genau zu treffen: »Oh, Venedig, das deiner Schönheit angemessenste *Zeugnis* ist der Klang meines Seufzens!«

Nein, noch immer nicht. »Oh, Venedig, das *beredteste* Zeugnis deiner Schönheit ist mein Seufzen ...«

Wieder schaut er hin, schaut lange hin. So, jetzt hat er es:

»Oh, Venedig, nur mein Seufzen ist angesichts deiner Schönheit nicht machtlos.«

Wieder schaut er auf das Panorama, ringt erneut um einen Ausdruck. Also wirklich erheiternd, dieser Irrtum. Genau umgekehrt ist es: »Oh, Venedig, *nicht einmal* der Klang meines Seufzens kann deine Schönheit beschreiben.«

Er hört das Tuten der Dampfer, die vollbesetzt vorüberfahren. Und seufzt:

»Oh, Venedig, ich liege dir zu Füßen.«

4. Kapitel

An jenem Spätnachmittag des 17. August, der vom warmen Hauch des Scirocco drückend geworden war, steckte Alberto Nepomuceno den Führer *Tre Giorni a Zig-Zag* in die Tasche und begab sich zum Markusplatz, um das Herz von Venedig zu hören. »Ja, das ist der schönste und reizvollste, den man sich nur vorstellen kann«, zitierte er in Gedanken Cavalier Volpi beim Anblick des rechteckigen Platzes, der sich, zu beiden Seiten von historischen Gebäuden mit ebenmäßigen Arkaden gerahmt, auf seinen hundertfünfundsiebzig Metern Länge vor ihm dehnte und zu der Basilica di San Marco und dem fast hundert Meter hohen Campanile am anderen Ende hinführte. Zufällig, jedoch keineswegs überraschend, da ja die ganze Stadt aus Unerwartetem bestand, stellte Alberto fest, daß Venedigs Herzschlag von besonders musikalischer Art war. Außer dem Stimmengewirr der vor Begeisterung jauchzenden Fremden und der Straßenhändler, die ihre Waren abwechselnd auf italienisch und venezianisch anpriesen, drang nämlich von irgendwo auf dem Platz ein überaus lieblicher Gesang an sein Ohr. Alberto horchte. Es war eine glockenklare Stimme von fast exotischem Klang, begleitet von einem kleinen Orchester. Und sein Ohr war so in den Bann geschlagen, daß er den Platz überquerte, um dem

Ursprung der Melodie nachzugehen. Auf seinem Weg über das erst kürzlich mit Steinen aus Istria fertiggestellte Pflaster passierte er zunächst den Tombolapavillon. Der Gesang kam noch immer von weit her. Alberto spazierte vorbei an den prunkvollen Palästen – zur Linken die Alten Prokurazien mit ihren fünfzig Arkadenbögen aus der Renaissance und zur Rechten die Neuen Prokurazien mit ihren sechsunddreißig Arkadenbögen im klassizistischen Stil, darüber jeweils zwei Stockwerke mit Dutzenden von Fenstern. Die Markisen vor den elegant proportionierten Kolonnaden waren noch heruntergelassen, um die Säulengänge, in denen die Fremden gern flanierten und Einkäufe tätigten, vor der Sonne zu schützen. Dann ging er zwischen den beiden Mittelreihen der Laternenpfähle hindurch, die an langen, geschwungenen Armen Gaslampen trugen, und schlug einen Bogen um die runden Tische der zu dieser Stunde noch wenig besuchten Cafés und die vereinzelt aufgebauten Obststände. Immer noch von der nun ständig näher erklingenden Musik geleitet, bahnte er sich einen Weg zwischen den Familien, die sich angeregt in allen möglichen Sprachen unterhielten – die Damen hatten ihre Sonnenschirme aufgespannt, die Herren die Hüte in die Stirn gezogen, und die Kinder jagten hinter den Tauben an der Loggetta des Campanile her oder fütterten sie mit Mais. Sowie er die drei hohen Masten hinter sich gelassen hatte, deren Fahnen wie von der feuchten Seeluft erschlaffte Ballons herunterhingen, stand er vor der Basilica di San Marco. Ja, von dort, aus ihrem monumentalen Hauptportal drang die glockenklare, fremdartige und geradezu unwirkliche Stimme. Starr vor Staunen, wie ständig in dieser Stadt, bewunderte Alberto das phantastische Gebäude orientalischen Gepräges und zögerte ein wenig befangen, bevor er in das Portal eintrat. Scheu betrachtete er die kostbare Marmorfassade mit ihren fünf mächtigen Portalen, flankiert von Säulenblöcken, die, in zwei Etagen unterteilt, die Arkaden stützten, über denen sich die Loggia mit der stolzen, aus Konstantinopel erbeuteten Bronzequadriga erhob und, als Zeugnis des früheren venezianischen Prunks, neue Säulen, weitere Arkaden, ein grandioses Rosettenfenster, gotische Spitztürmchen, Nischen mit Gemälden, Mosaiken, ein goldenes Hochrelief des geflügelten Markuslöwen auf blauem Grund, Skulpturen von Propheten, Engeln und Heiligen – insbesondere die des Markus über dem Scheitelpunkt der Mittelarkade, hinter der fünf glitzernde Kuppeln aufragten, bekrönt von orientalischen Laternen und mehrspitzigen griechischen Kreuzen – und dazu eine unendliche Fülle von Ornamenten, in ihrer wahnwitzigen Stilvielfalt an romanischen, gotischen, byzantinischen und Renaissance-Elementen letztlich eine Gesamtheit von unvergleichlicher Harmonie, deren Erbauer die alltägliche Hartnäckigkeit und nächtliche Leidenschaft zahlreicher heute vergessener Generationen gewesen waren. Alberto wollte vor sich hin murmeln, daß er noch nie Vergleichbares gesehen habe, doch bewahrte ihn die nach wie vor lockende Musik vor der überflüssigen Bemerkung.

Also nahm er seinen Strohhut ab und trat durch die maurischen Reliefbögen, die das bronzene Hauptportal schmückten. Sowie er in der Vorhalle des Gotteshauses unter dem mit Mosaiken in Gold und verschiedenfarbigem Marmor ausgekleideten Gewölbe stand, umfing ihn eine wollüstig weihevolle Stimmung, noch betont durch den Weihrauchgeruch und die nun nahen Klänge. Er horchte. Es war zweifellos die eigenartigste Stimme, die er je gehört hatte – und so glockenklar, als hätte sie etwas Ätherisches. Er dachte, was allzu offensichtlich war: Eine solch himmlische Musik konnte nur aus einem Raum wie diesem kommen, der das Irreale verkörperte. Halb fassungslos, halb begierig stieg Alberto die Stufen des Atriums hinauf. Beim Eintreten in das weitläufige Mittelschiff traf ihn von allen Seiten ein gleichsam zu tausend Funken zerstobenes tiefgoldenes Licht, das die Dunkelheit ringsum noch verstärkte, anstatt sie zu bannen, und die Nischen in tiefste Finsternis tauchte. Er war in Gottes Höhle eingetreten. Und ein Engel sang. Die Musik kam von verschiedenen Seiten, eine betörende Mischung aus Stimme, Orgel und Streichern. Langsam ging Alberto weiter. Unzählige Male mußte er innehalten, mal von der erhabenen Herrlichkeit der byzantinischen Architektur verwirrt, dann von dem Gesang, den er nicht orten konnte. Er hob den Blick und sah auf dem Gold der hohen Kuppeln die langgestreckten Mosaikfiguren. Fast auf Zehenspitzen gehend, betrachtete er ausgiebig die goldenen Gewölbe des Atriums und der Seitenschiffe, die seltsamen Kanzeln, die Mittelbögen mit ihrer Fülle an Säulen, Kandelabern und Heiligenfiguren, hinter denen die Wände hier mit Gemälden von frommer Schönheit bedeckt waren, dort mit Marmor und Gold, Gold und Marmor überall. Das Übermaß war so selbstverständlich, daß die mit dem Auge schauende Seele sich gleichsam sträubte angesichts dieses labyrinthischen Bauwerks mit seinen wie Masken über Masken geschichteten und deshalb immer schwieriger zu entschlüsselnden Teilen. Mit einem Gefühl der Ohnmacht knetete Alberto den Hut in den Händen und senkte den Kopf. Beim Anblick des schimmernden Fußbodens reute ihn nachgerade, auf etwas zu treten, das eher geschaffen schien, Küsse zu empfangen, so kunstvoll zeichneten darauf die vielfarbigen Marmormosaiken Voluten, geometrische Figuren, Blumen und Tiere. Die Musik überflutete alles. Zerrissen zwischen der blendenden Pracht und der fast furchteinflößenden Dunkelheit, entschied Alberto: Nein, das war nicht Gottes Höhle, sondern sein Schoß, der Ursprung allen Ursprungs, einladend und schreckenerregend zugleich mit seinen runden Formen, die nur tiefste Tiefe duldeten, sei es des Lichts, sei es der Finsternis. Hier bewegte man sich mit dem Gefühl, Abgründe, aber auch einen ausgefüllten Raum zu durchmessen, während das Ohr eindeutig das Gurgeln des Schlunds wahrnahm. Perplex fragte Alberto sich mit den Worten des Dichters: »Wer soll je ausdrücken, was der Mund nicht sagt, was die Hand nicht schreibt? Wer wird die Form finden, alles auszudrücken?« Wieder lauschte er der himmlischen Musik. Es war ein außerordentlich schmuckloses Stück, mit Akkorden von fast elementarer Schlichtheit, doch gerade deshalb geheimnisvoll, denn es gab nicht preis, worin sein Zauber lag. Diesen Eindruck verstärkte noch das eigenartige Timbre der Stimme, die scheinbar mühelos von den tiefen in die höchsten

Töne wechselte, eine nicht eindeutige und zugleich glockenhelle Stimme. Gelegentlich erinnerte sie an einen Alt, dem sich ein männlicher Unterton beigemischt hatte; dann wieder verriet sie umgekehrt eine unleugbar männliche Farbe – doch wirkte sie für eine Männerstimme zu abgerundet. Zudem schwankte die so exotische Stimmlage auch noch zwischen der eines Erwachsenen und eines Kindes. Zwar war an ihrer Kraft und Klangfülle zu erkennen, daß sie aus einem voll entwickelten Brustkorb kam, doch klang sie so zart, als vibrierte sie in einer Kinderkehle. Verwirrt dachte Alberto, daß gemessen an dieser alle anderen Stimmen, die er je gehört hatte, vollkommen banal klangen. An dieser Stimme war ganz ohne Frage etwas nicht normal, aber auch rätselhaft, so als wären bestimmte Normen durchbrochen oder vielmehr umgekehrt worden – was zu einem faszinierenden Pendeln zwischen Einmaligkeit und Entartung geführt hatte. Diese Zweideutigkeit galt auch für die Musik. Das Stück bestand aus mehreren Teilen, von kurzen Pausen unterbrochen, und erinnerte mit den häufig sich kontrapunktisch umeinander windenden Instrumentalstimmen in gewisser Weise an Johann Sebastian Bach. Doch war es weit weniger komplex, dafür melodischer, zudem von einer mit dem deutschen Meister unvereinbaren Anmut, vor allem in der Art, wie die Streicher in Phrasierungen von größter Leichtigkeit geführt wurden, deren Modulationen sich ständig wiederholten. Die Handschrift des Komponisten bewies eine ähnliche Souveränität wie Mozart. Doch war das Werk zweifellos älter. Gelegentlich ging die Stimme fast ins Rezitativ über, während die Orgel und das kleine Streichorchester lediglich im Hintergrund säuselnd für die harmonische Untermalung sorgten. Dann erhob sich die Stimme in innigst flehendem Ton. In anderen Passagen jedoch brandeten Orgel und Orchester in aller Klangfülle zu wahren Voluten auf, die Stimme webte sich in sie hinein und hielt sich, gleichsam perfekt auf des Messers Schneide balancierend, volltönend im Vordergrund. Nach kurzer Pause setzte das Stück erneut mit tief gefühlvollen Harmonien in Molltönen ein, durchzogen von melancholischen Dissonanzen, als wollten sie einen allgegenwärtigen, universellen Schmerz Gott in der Höhe zu Gehör bringen. Bald fand Alberto heraus, daß die Musik überall gleich präsent war, weil das Orchester, die Orgel und die Stimme von verschiedenen Orten im Gotteshaus erklangen, sowohl von den Balkonen der seitlichen Emporen als auch von hinten aus dem Chor. Möchte es doch nie zu Ende gehen – er empfand sich als heimlich Beteiligter an einem seltenen Ereignis, bei dem die unglaubliche Verwandlungsfähigkeit, die der Mensch mitunter entwickeln kann, zum Tragen kam. So war es, wenn Schönheit gänzlich unvermutet entstand – zum Beispiel in der Äußerung eines tiefen Schmerzes. Dies stimmte ihn sehr nachdenklich. Wie konnten zwei derart gegensätzliche Ausprägungen menschlicher Erfahrung, wie es Schmerz und Schönheit sind, nicht nur nebeneinander existieren, sondern in einer Ursache-Wirkung-Beziehung stehen? Was machte dies möglich? fragte er sich, während er der in so herrliche Klänge gekleideten Klage lauschte. Doch dann eine neuerliche Umkehrung. Unvermittelt wurde das von sehr ausdrucksvoller Schlichtheit geprägte Anfangsthema wieder aufgenommen, als müßte man zur Oberfläche zurückkehren, wollte man nicht vor Schmerz vergehen. Nach einer kurzen Pause setzte die Musik wieder mit einer Einleitung ein, nur von Geigen und Bratschen gespielt, die im folgenden auf kleinen abebbenden Wellen die Stimme trugen, doch nun eher dissonant, was den Schmerz noch vertiefte. Die Stimme löste sich erneut und erreichte den Gipfel ihrer zweideutig engelhaften Brillanz. Sie erklang aus solcher Höhe und solcher Tiefe, als käme sie aus einer anderen Sphäre. Gleich darauf ertönte ein langes Amen, glockenklar von der Stimme wiederholt und begleitet vom gesamten Orchester, und die Orgel, wenngleich nur im Hintergrund, brauste gewaltig. In festem, eindringlichem Ton flehte sie: daß es so geschehe, so geschehen müsse und so geschehen werde in alle Ewigkeit. Amen. Die Musik verstummte, und die flehentliche Bitte schwebte sekundenlang still im Raum. Jählings wurde Alberto von einer dröhnenden Stimme, die vom Presbyterium her das erste glorreiche Mysterium verkündete, aus seiner Verzauberung gerissen:

»Pater Noster, qui es in coelis ...«

Er blickte zum Stirnende des Gotteshauses, wo brennende Kandelaber und die roten Lampen des Allerheiligsten flackerten. Vor dem reichverzierten venezianisch-gotischen Hauptaltar erhoben sich an die zwanzig Priester, feierlich gewandet in gestickten Chorhemden, Stolen und grünen Kaseln über den schwarzen Soutanen. Ihre Stimmen waren es, die darauf wie aus einem Munde in strengem und doch gleichmütigem Ton beteten:

»Sanctificetur nomen tuum. Adveniat regnum tuum. Fiat voluntas tua ...«

Fast im selben Augenblick schwärmten Meßdiener mit Glöckchen und rauchenden Weihrauchfässern herein. Verstohlen ließ Alberto den Blick über die Emporen längs der Seitenschiffe gleiten und suchte die Musiker auszumachen. Doch sie waren spurlos verschwunden, ebenso geheimnisvoll, wie sie musiziert hatten. Nach dem Pater Noster stimmte der Offiziant das Ave Maria an und sprach es bis zur Hälfte. Ein kleines Häufchen Gläubiger, das sich auf den Stühlen nahe dem Hauptaltar versammelt hatte, fuhr fort:

»Sancta Maria, Mater Dei, ora pro nobis peccatoribus ...«

Ihre zu den Priestern ein wenig versetzt sprechenden Stimmen klangen so schläfrig, daß Alberto dies wie eine unerträgliche Profanisierung des Gotteshauses empfand. Nun hielt ihn hier nichts mehr, weshalb er, während matt das dritte Ave Maria gebetet wurde, hinausging.

Obwohl die Sonne um diese Stunde schon an Kraft verloren hatte, blendete ihn die Helligkeit draußen. Als er sich den Hut aufsetzte, vernahm er als erstes die Stimme eines Straßenhändlers, der Wasser und Anis feilbot.

»Acqua e mistrà, acqua e mistrà«, rief der junge Mann, ein wenig gebückt vom Gewicht der beiden Fässer, die an einer Stange über seinen Schultern hingen.

Ein Taubenschwarm flog in graziösen Schwüngen über den inzwischen noch belebteren Platz. Der Sonnenuntergang verfärbte alles in eigenartigen Nuancen. Sonnenuntergang und Venedig sind nahezu gleichbedeutend, zitierte Alberto die Worte eines Dichters. Nun ließ ein lauer Wind von der Lagune her die Fahnen an den Masten flattern. In der angenehmen spätnachmittäglichen Kühle flanierten die Fremden – die Frauen hatten ihre Sonnenschirme zugeklappt – in Gruppen auf und ab, auch unter den seitlichen Säulengängen der Prokurazien, deren Markisen nun hochgezogen waren. In den Cafés herrschte Hochbetrieb. Im Hintergrund spielte die Kapelle des 36. Infanterieregiments einen für ihre Galauniformen allzu kleinmütig klingenden Marsch. Die Unruhe der Menschen neben dem Tombolapavillon zeigte an, daß bald die an den Sommerabenden übliche Auslosung beginnen würde. Am Torre dell'Orologio schlugen die beiden mechanisch bewegten Mohren mit ihren Bronzehämmern auf der großen Glocke die volle Stunde. Alberto spürte, wie ihn die Schönheit des Panoramas übermannte und die Menge ihn lockte. Anstatt zur Piazzetta zu gehen, wo um diese Zeit die Meeresbrise kräftiger wehte, begab er sich zum Café Florian linkerhand der Piazza San Marco. Von überall erscholl fröhliches Lachen. Venedig besitzt die Gabe, die Menschen heiter zu stimmen, dachte Alberto, während er seine Weste zuknöpfte und die Krawatte, die er zuvor der Hitze wegen gelockert hatte, fester zog.

An den draußen aufgestellten gußeisernen Tischen des Café Florian saßen zahlreiche Sommergäste angeregt bei Kaffee, *caffè freddo,* Limonade, Säften, einem Eis, einem Glas Wein (manche tranken auch den köstlichen weißen Prosecco aus der Region), einem Likör (besonderer Beliebtheit erfreute sich der Rosolio, in winzigen Gläsern serviert) oder ließen sich *zaletti,* süßes Gebäck, bei einem Glas Marsala schmekken. Alberto beschloß hineinzugehen. Tatsächlich befanden sich in dem eleganten Interieur des Florian nur wenige Menschen. Die verschiedenen kleinen Salons wirkten wie ein lebendiges Museum, zierliche Tische mit weißen Marmorplatten, alte samtgepolsterte Sessel und Stühle, Wände und Decken mit herrlichen Fresken und Vertäfelungen verziert, in den Ecken Statuetten aus dem italienischen Settecento, und überall Spiegel in reichgeschnitzten Rahmen. Zwar konnten die Gäste sich zugute halten, in Venedigs elegantestem Café zu sitzen, doch die frische Brise von der Lagune drang nicht hierher, und so kostbar auch die Kronleuchter waren, die Gasflammen verbreiteten eine eigenartig drückende Atmosphäre. Deshalb beschloß Alberto nach einem kurzen Rundgang und Blick auf die anheimelnden Sitzgruppen, wieder nach draußen zu gehen, wo die schlichten, schweren, runden Tische den Vorteil einer gewissen Kühle boten, und ließ sich schließlich in der Nähe des Säulengangs der Neuen Prokurazien nieder. Aus reiner Neugier bestellte er beim Kellner einen Granatapfelsaft mit Soda. Dann lehnte er sich zurück, lauschte den Klängen der Symphonie aus der Oper *I Vespri Siciliani* und gab sich dem für den italienischen Sommer charakteristischen Dolcefarniente hin. Als der *cameriere* das Getränk brachte, legte die Kapelle eine Pause ein, und Alberto hörte das vielsprachige Stimmengewirr ringsum. Er nahm einen ersten Schluck von dem rubinroten Getränk und fand es köstlich. Dann sah er sich um. Am Nachbartisch unterhielt sich laut ein deutsches Paar und lachte zwischendurch überraschend. Am Tisch vor ihm diskutierte eine elegante junge Engländerin sehr beherrscht mit ihrer Mutter oder Gouvernante. Das magische Licht der Dämmerung war inzwischen verblaßt. Die ersten Laternen wurden angezündet. Die nach und nach aufflammenden Gaslampen schufen auf der Piazza San Marco eine gespenstische Atmosphäre, in der bläulich flackernden Beleuchtung wirkte das Treiben der Menge noch erregter. Wenig später läuteten frohlockend die Glocken der Basilica. Gleich darauf trat die kleine Schar Gläubiger nach beendigter Messe aus dem Portal.

Albertos Blick fiel auf eine merkwürdige Gestalt, die sich einsam durch den Säulengang der Prokurazien näherte und die Aufmerksamkeit einiger Umstehender auf sich zog. Es war ein hochgewachsener Mann von auffällig unproportionierter Figur, mit schmalen Schultern, doch breiten Hüften, die der extravagant eng taillierte Gehrock noch betonte. Bei jedem dritten, weit ausholenden Schritt warf er den Arm, an dem er seinen Spazierstock trug, nach hinten, und sowie der Stock nach vorn schwang, stieß er ihn auf den Boden – wie ein perfekter Dandy wiederholte er diese Bewegungen im harmonischen Wechsel. Schon wegen des makellosen Schnitts, aber auch wegen der edlen Stoffe und ihrer aristokratischen Eleganz wirkte seine Kleidung der Mode voraus und zugleich hinterher, insbesondere der altmodisch überlange Gehrock mit einer weißen Nelke im Knopfloch. Dazu trug er ein helles, an Manschetten und Brust spitzenbesetztes Batisthemd, eine weiße Seidenkrawatte, zu einer eleganten Lavallière gebunden, eine bestickte Weste und graugestreifte beige Beinkleider aus feinstem Kaschmir, und sein blaßgrauer Gehrock paßte zum gleichfarbigen Zylinder. Bänder sorgten für den glatten Sitz der Hosenbeine über den Schuhen und weißen Gamaschen. Die Hände steckten in blütenweißen, für einen Mann eventuell ein wenig zu feinen Satinhandschuhen, und in der einen hielt er den Spazierstock, dessen ziselierter Goldknauf im Licht glänzte. Der Mann ging mit majestätischem Schritt und erhobenem Haupt an Alberto vorbei und zog eine exotische Duftwolke hinter sich her, als er im Säulengang verschwand. Der junge Brasilianer wandte sich wieder seinem köstlichen Erfrischungsgetränk zu und überließ sich erneut der angeregt lockeren Atmosphäre. Jetzt spielte die Kapelle die *Zweite ungarische Rhapsodie* von Liszt. Als nach der Pause ein Walzer von Tacconi erklang, zog Alberto den so wärmstens von Weingartner empfohlenen, unerschöpflichen *Tre Giorni a Zig-Zag per Venezia* aus der Tasche und blätterte darin. Dem Konzert, das mit einer Siegeshymne von Ponchielli und einer Polka von Moranzoni fortgesetzt wurde, schenkte er keine große Aufmerksamkeit. Ihm schien anregender zu erfahren, woher sich der italienische Name Venezia ableitete, und eine der möglichen Erklärungen ließ ihn entzückt lächeln – wenn ein Reisender die Stadt besucht und sie dann wieder verläßt, scheint sie ihm leise veni etiam nachzurufen, »kehret wieder …«. In die Beschreibung von Venedigs Herrlichkeiten vertieft, wurde Alberto sich seiner

Umgebung erst wieder bewußt, als die galageschmückten Musiker der Infanteriekapelle nach Beendigung der abendlichen Darbietung unter Applaus in majestätischem Laufschritt abrückten. Allem Anschein nach war einige Zeit vergangen. Und tatsächlich, die Zeiger der mit Sternkreiszeichen versehenen Uhr hatten die Halb-elf-Uhr-Position schon überschritten. Viele Cafégäste hatten sich von ihren Tischen erhoben und den Heimweg angetreten. Auch seine deutschen und englischen Nachbarn waren nicht mehr zu sehen. Da vernahm Alberto hinter sich eine Stimme, die ihn feierlich und ein wenig näselnd in makellosem Französisch fragte:

»*C'est la première fois que vous venez à Venise, monsieur?*«

Alberto Nepomuceno schrak zusammen. Ehe er ausmachen konnte, wer ihn da ansprach, wurde er mit neuerlichen Fragen in französischer Sprache überhäuft:

»*Vous n'êtes pas déçu par Venise?* Entspricht die Stadt Ihren Erwartungen? Oder ist sie weniger grandios, als Sie vermutet hatten?«

Alberto wandte den Kopf. Am Nachbartisch saß derselbe skurrile Herr, der vor einer ganzen Weile im Säulengang der Neuen Prokurazien vorbeispaziert war. Unwillkürlich hob Alberto die rechte Hand, in der er den kleinen *Zig-Zag*-Führer hielt, an den Hut. Der Mann bemerkte zwangsläufig den orangegelblichen Einband des berühmten Büchleins, erkannte das Werk und wechselte unverzüglich ins Italienische:

»*È la prima volta che visita Venezia, Signore?* Sind Sie nicht enttäuscht?«

Alberto nahm das Buch in die andere Hand, zog, gleichsam dazu gedrängt, respektvoll, aber auch schüchtern den Hut und antwortete stockend:

»Nein, Signore. Die Stadt ist ...«

»... faszinierend«, fiel ihm der Mann ganz ungezwungen ins Wort. »*Venezia la Bella, Venezia la Rossa, Venezia la Serena,* mit ihren hundertzwanzig Inseln und vierhundert Brücken. Das empfinden alle, wenn sie hierherkommen, Signore: Verzauberung. Schon der englische Dichter Walter Landor sagte: Was Shakespeare unter den Menschen war, ist

Venedig unter den Städten. Seine Schönheit übt eine wahre Tyrannei auf die Seelen seiner Besucher aus, insbesondere der Künstler, die hierherkommen. Und es waren unzählige ... Der göttliche Goethe kam zu wissenschaftlichen Studien und war hingerissen. Alfred de Musset hielt sich hier während seiner Romanze mit George Sand auf. Shelley war auch hier. Er wohnte bei seinem Freund, dem glorreichen Lord Byron, der hier jahrelang gelebt hat und über die Lagune zu schwimmen pflegte. Wußten Sie, daß der Dichter Byron trotz seines Hinkens ein hervorragender Schwimmer war? Er schlug mit seinen Gedichten alle in den Bann, aber, was nicht verschwiegen werden sollte, auch mit seiner außergewöhnlichen Schönheit! Man sagt, Herr Baedeker sei von Lord Byrons Gedichten über Venedig zu seinem ersten Reiseführer inspiriert worden ... Aber auch viele andere waren noch hier. Der zerquälte Tschaikowsky komponierte seine *Vierte Symphonie* im Hotel d'Angleterre, gleich hier an der Riva degli Schiavoni, wo er abgestiegen war. Théophile Gautier sagte von Venedig, dies sei die einzige Szenerie, die von keiner Phantasie übertroffen werden könne. Und nicht zu vergessen, Signore, der englische Dichter Robert Browning, der im vergangenen Jahr hier gestorben ist. Selbst Richard Wagner, der berüchtigte Begründer der sogenannten Musik der Zukunft, pflegte seinen Aperitif im Café Lavena zu trinken. Da drüben.« Und er wies auf die andere Seite des Platzes, fast gegenüber vom Café Florian. »Die Deutschen fühlen sich übrigens auf morbide Weise von Venedig angezogen, wie schon einer ihrer Landsleute, der Dichter und Graf August von Platen erkannte. Das geht so weit, Signore, daß dieser ... dieser Herr Wagner zum Sterben hergekommen ist. Wie Lord Byron träumen sie alle davon, in ihrem geliebten Venedig zu leben und zu sterben. Ach, Venise, Venice, Venecia, Venedig!« An dieser Stelle senkte der Mann den Blick, als ränge er um Inspiration, legte beide Hände, die eine nicht behandschuht, auf den Tisch und deklamierte mit fester Stimme:

»›*She looks a sea Cybele, fresh from Ocean,/Rising with her tiara of proud towers/ At airy distance, with majestic mo-*

tion,/A ruler of the waters and their powers.‹ Ach ja, die Dichter und ihre schönen Worte ...«

Alberto lauschte gespannt und staunend dem unerwarteten Redeschwall. Der Unbekannte machte eine Kunstpause, hob elegant das Glas und nahm einen Schluck von seinem metallischgrünen Aperitif. Da er ahnte, daß die Unterhaltung fortgeführt würde, rückte Alberto seinen Stuhl ein wenig herum und setzte sich bequemer, so daß er den Hals nicht mehr nach hinten verdrehen mußte. Er blickte in ein kleines, sehr weißes, samthäutiges Antlitz, das die zarten Züge eines Kindes besaß, doch derart unnatürlich, daß sie wie frühzeitig gealtert schienen oder, andersherum, auf eine Art Kindlichkeit hindeuteten, die sich auf dem Terrain des Alters zu behaupten suchte. Auch wenn der Mund Kerben der Bejahrtheit verriet, die Augen, deren Olivfarbe die buschigen schwarzen Brauen noch betonten, hatten sich ihren jugendlichen Blick bewahrt, lediglich eine leichte Melancholie trübte ihn. Seine Haut war nicht bloß glatt, sondern jungfräulich. Wer nach einem Barthaar suchte, hätte allenfalls etwas Flaum über den Lippen und am Kinn entdeckt. Dem Gesicht nach ließ sich kaum sagen, ob der Mann dreißig oder sechzig Jahre zählte. Diese Eigentümlichkeit unterstrich der exotische, geradezu orientalische Duft, der ihn umhüllte.

»Was mich betrifft, mich kann Venedig nicht täuschen«, fuhr der Mann, ein wenig zu Alberto geneigt, mit näselnder Stimme fort, so ungezwungen, als unterhielte er sich mit einem alten Freund. »Man hatte mir immer in höchsten Tönen von seiner Schönheit vorgeschwärmt. Doch welch eine Enttäuschung, als ich zum ersten Mal hierherkam! So viel hatte man mir erzählt, daß es nichts mehr zu entdecken gab. Schlimmer noch, das Venedig meiner Vorstellung war weit aufregender als das, was ich hier antraf: eine stinkende Stadt, streunende Katzen und freche Gondolieri. Worin angeblich seine erhabene Schönheit bestand, war nichts weiter als ein ungeordneter Haufen Paläste kurz vor dem endgültigen Verfall, die demnächst in den modrigen Kanälen versinken werden. Venedig ist dem Untergang geweiht ... Es gerät immer mehr in die Abhängigkeit der Sommergäste und Fremden. Die Geschäfte sind heute fast alle in der Hand des berüchtigten Verbrecherbundes, der Camorra. Es gibt ein regelrechtes Netz von Gondolieri, Verkäufern, falschen Vermittlern und sogar Hotelangestellten, deren einzige Aufgabe darin besteht, die Fremden übers Ohr zu hauen. Sie haben sicherlich davon gehört, Signore, denn das Büchlein eines Engländers, in dem sämtliche schmutzigen Methoden der Camorra angeprangert wurden, hat international einen Skandal ausgelöst. Das Gaunertum hat sich hier fest eingenistet. Wenn Sie in einem Geschäft etwas kaufen, achten Sie genau darauf, was Ihnen eingepackt wird, sonst jubelt man Ihnen etwas unter, das minderwertig oder sogar kaputt ist.« Er lachte kurz und hart, fast triumphierend auf, dann sprach er weiter: »Heute warnen selbst die Konsulate ihre Landsleute vor den Gefahren der Stadt.« Der Mann verstummte, griff nach seinem Glas und schwenkte es eine Weile; dann hob er es geistesabwesend an die Lippen und setzte es wieder ab. »*La Serenissima Venezia* ... Welch ein Niedergang! Charles Dickens, den hier vor vielen Jahren die außerordentliche Stille entzückte, würde heute verzweifeln, käme er wieder her. Um noch mehr Besucher anzulocken, haben sie die *vaporetti* mit ihren lärmenden Motoren hergeholt und damit vernichtet, was noch an Poesie in dieser Stadt vorhanden war. Und je stärker der Besucherstrom anschwillt, um so größer wird gleichzeitig die Zahl der Diebe, Zuhälter und Prostituierten. Heutzutage kann man nicht mehr durch Venedigs Straßen gehen, ohne von Erwachsenen und Kindern angebettelt zu werden. In den Gassen muß man aufpassen, daß man nicht überfallen wird. Viel Elend, überall. Man hat versucht, das Problem mit der Ansiedlung von Gewerbebetrieben zu lösen, was nur noch mehr Hunger leidende *contadini* aus den umliegenden Dörfern angelockt hat. Als wäre es damit nicht genug, haben sie gerade einen Bürgermeister mit revolutionären Ideen gewählt, einen gewissen Signor Selvatico – einen Dichter. Ich bitte Sie, ein sozialistisches Venedig?! Das gibt es doch nur im Kopf eines Dichters ... Arme Stadt, die einstmals die aristokratische Vermählte der Ozeane war ...!«

Der Mann verstummte. Unvermittelt, als handelte er nach mechanischer, unaufschiebbarer Gewohnheit, ordnete er seine Kleidung. Als erstes rückte er die Krawatte zurecht, wobei in der Knotenmitte eine wunderschöne graue Perle sichtbar wurde. Dann strich er über die weiße Nelke und glättete liebevoll ihre Blütenblätter. Anschließend fuhr er gemächlich mit den Fingerspitzen über die in dunklerem Grau gehaltenen Paspeln an Revers, Tascheneingriffen und Ärmeln seines Gehrocks. In diesem Augenblick trug der Windhauch wieder das seltsame, nicht unangenehme, lediglich exotische, nach Leder duftende Parfum herüber. Und plötzlich, ohne jede Erklärung, nahm er, scheinbar zu sich gekommen, in verdrossenem Ton das Gespräch wieder auf:

»Welch ein Leben, Signore! Wie viele Enttäuschungen. Schon als Knaben hat man mich von zu Hause fortgeholt, damit ich Musik studiere. Was habe ich gelitten! Doch die Padres vom Konservatorium bestanden darauf, denn Gott habe mich auserwählt, indem er mir meine Stimme gab. Und die Auserwählten müssen, wie Sie wissen, Gott nahe sein ... Von früh auf wurde ich in die Lektüre der Dichter eingeführt, von ihren großen Worten rauschte mir der Kopf. Sie haben mich gelehrt, daß Schönheit alles überragt und daß ich, wenn ich mich in ihren Dienst stellte, Gottes Ratschluß nachkäme. Ich wuchs also voller Erwartungen heran. Sehnsüchtig suchte ich nach Beweisen dafür, daß das Leben tatsächlich so großartig ist, wie man sagte. Weh mir, denn ich wußte noch nicht, daß große Schönheiten großen Schmerz erzeugen können ...« Er lachte kurz auf. Dann fuhr er fort: »Eines Tages brach in unserem Konservatorium Feuer aus. Während ich mich in meiner blauen Uniform vor dem Brand in Sicherheit brachte, jubelte ich innerlich, denn ich stellte mir vor, daß ich endlich ein grandioses Schauspiel erleben würde. Atemlos gelangte ich nach draußen und blickte auf das brennende Gebäude. Ich sah genau hin, prägte mir jede Einzelheit ein. Und empfand in meiner Sehnsucht nach Größe nur Leere: ›So ist das also, wenn ein großes Gebäude brennt? Mehr nicht?‹« Verdrossen und melancholisch machte er eine kleine Pause. »Dies war nur die erste einer ganzen Reihe von Enttäuschungen, die ich erleben mußte, Signore ...«

Wieder stockte er. Alberto hörte ihn eher gelangweilt als schmerzlich seufzen.

»Wegen meiner Stimme«, sprach der Mann weiter, »wurde ich zu einem großen Ereignis, um nicht zu sagen, einer Berühmtheit. Schon als junger Mann wurde ich in den Chor der Sixtinischen Kapelle aufgenommen, eine große Auszeichnung, die nur den Besten zuteil wird. Als Erwachsener erhielt ich Einladungen von Machthabern, Sultanen und sogar Königen. Alle wollten ein Relikt aus den goldenen Zeiten hören. Sie müssen wissen, ich bin einer der letzten jenes Schlags, bei denen die Stimme über drei Oktaven des sogenannten männlichen Registers reicht. Und natürlich ohne Falsett! Gott hat mich einfach zu einem Wunder der Natur gemacht. Ich bin ein Sopranist, ein *primo uomo,* eine *voce di testa,* wie es hier heißt.« Wieder verstummte er und lächelte halb melancholisch, halb sarkastisch, bevor er weitersprach: »Eines Tages geschah, was allen jungen Menschen widerfährt: Ich verliebte mich. Und zwar unsterblich. Natürlich ging es nicht gut. Ich litt, weil ich zu sehr liebte. Während der schlaflosen Nächte suchte ich Trost bei meinen Lieblingsdichtern. Ich las ihre wunderbaren Liebesgedichte, horchte in mich hinein und machte eine trostlose Entdekkung: ›So ist das also, wenn man aus Liebe leidet? Meine Liebe ist so groß, aber mein Liebesschmerz nur so schäbig klein? Bedeutet aus Liebe zu leiden nur so wenig?‹ Das war das erste und letzte Mal, daß ich jemanden geliebt habe!« Er brach abrupt ab und zog aus der Tasche seines Gehrocks ein Taschentuch und mit ihm einen nach Leder duftenden Parfumschwall. Sekundenlang meinte Alberto Nepomuceno, er wolle sich eine Träne abwischen. Doch statt dessen betupfte der Mann sich vollkommen gelassen Stirn und Hals mit dem parfümierten Taschentuch. Und setzte seinen Bericht in normalem Tonfall fort, auch in den Passagen, die mitleidheischend oder zumindest klagend hätten klingen können. »Ach, Signore, die göttliche Vorsehung! ... Alles fügte sich so, daß ich, der Auserwählte, mit Grandiosem der verschiedensten Art in Berührung kommen sollte. Auf meinen Reisen nach Griechenland, in die Türkei, nach Spanien, Ägypten, Rußland, Afrika und sogar Amerika habe ich die größten Herrlichkeiten gesehen. Ruinen gewaltiger heidnischer Tempel, Moscheen mit blendend schönen Minaretten, vergoldete Paläste, Feste mit Tänzern, die vom Dämon besessen schienen, Pyramiden der Pharaonen, blutige Stierkämpfe in Madrid, die Niagarafälle und beängstigende Naturschauspiele wie einen schweren Sturm auf hoher See. Alle diese Wunder habe ich mir genau angesehen, und nie empfand ich mehr als: ›Das also sind die Wunder der Erde? Mehr nicht?‹ Unweigerlich immer dasselbe Gefühl.«

Er griff nach dem Glas, nippte sichtlich verdrossen und blickte gleichgültig auf den Platz.

»Jahre später ernannte mich der Heilige Vater, der Papst, zum Chorleiter der Sixtinischen Kapelle. Eine große Ehre! Eine der größten überhaupt ... So kommt es, daß ich mich mindestens einmal im Monat mit Seiner Heiligkeit unterhalte ... Wovon Tausende von Katholiken auf der ganzen Welt träumen, ist für mich zur Alltäglichkeit geworden.«

Er hob seinen Spazierstock an und begann gedankenverloren, mit dem Rockärmel den massiven Goldknauf zu polieren, einen Engelskopf mit Edelsteinen in den Augen und um den Hals. Da erst bemerkte Alberto am kleinen Finger der nun entblößten Hand einen goldenen Ring mit einem schwarzen Diamanten. Abermals hatte es den Anschein, als besänne der Mann sich unvermittelt, denn er nahm seine Geschichte wieder auf:

»Dann wurde ich alt. Und alles wurde natürlich immer schlimmer. Sie sind noch sehr jung. Sie ahnen gar nicht, wovon ich spreche. Ach, das Altern ... Diese schreckliche Zeit, wenn sich das Leben mit Geistern füllt und aus den Ohren immer mehr Haare sprießen! ... Auch die Ungläubigkeit nimmt im Alter zu, in jeder Hinsicht, wenn ich es so ausdrükken darf.«

In diesem Augenblick ging über die leere, aber noch beleuchtete Platzmitte ein alter Priester, das Barett auf dem Kopf. Im Vorübergehen blickte er zum Café Florian und erkannte anscheinend den seltsamen, elegant gekleideten Herrn mit Zylinder, der an einem der wenigen noch besetzten Tische saß. Darauf schwenkte er nach links und kam mit ausgebreiteten Armen und strahlendem Lächeln auf ihn zu. Nach der lila Farbe seiner Stola und der Soutanenpaspel zu urteilen, war er ein Domherr.

»Oh, Signor Maestro Mustafà«, begrüßte er überschwenglich den seltsamen Mann, ohne den jungen Brasilianer neben ihm zu beachten. »*Quanto piacere, quanto piacere!* Welch herrliche Messe Sie uns beschert haben, Maestro. Ihr ›O salutaris ostia‹ ist wirklich wunderschön. Und dieses ›Stabat mater‹, großer Gott, welch ein Erlebnis! Das ganze Domkapitel war hingerissen, Signor Mustafà.«

Der seltsame Mann erhob sich ehrerbietig, zog den Hut und verbeugte sich ebenfalls, wenn auch sehr knapp.

»*Grazie,* Don Schiavon. Es war mir eine Freude. Möge Gott unsere Gebete erhören und unser lieber Freund, der Signor Patriarca Agostini, rasch von seiner Krankheit genesen.«

Im schwachen Licht der Gaslaternen stellte Nepomuceno fest, daß das Haar des Signor Mustafà von einem allzu tiefen, sehr gleichmäßigen und glanzlosen Schwarz war. Ganz zweifellos war es gefärbt.

»Nach einer so schönen, so wunderbaren Ehrung wird sich der Zustand des Signor Patriarca gewiß bessern«, antwortete der Priester, schon allein vor Begeisterung über die zufällige Begegnung aufgeregt. »Sie singen wie ein Engel, Signor Mustafà. Ich bin sicher, daß unser Flehen erhört wird. Gott kann der Schönheit Ihrer Stimme nicht widerstehen ... *E quella musica, che bella, signor maestro!*«

Der alte Domherr überbot sich mit Verbeugungen und grundlosem, vielleicht nervösem, aber auch verschwörerischem, kurzem Kichern. Der seltsame Signor Mustafà gewährte ihm ein angedeutetes Lächeln, wodurch der Priester sich in seinem Überschwang ermutigt fühlte:

»Seine Durchlaucht erwartet Sie im Palast, Signor Maestro, um sich zu verabschieden. Sie zu sehen ist ihm immer eine Freude. Ich bin sicher, er wüßte es sehr zu schätzen, wenn Sie noch einmal für ihn sängen, wie Sie es schon zu anderen Gelegenheiten getan haben, nicht wahr? Man könnte meinen, es verjüngt ihn, *il poverino ...*«

Da ließ der unbeeindruckte Signor Mustafá, noch immer stehend, mit einer knappen, unbeherrschten Handbewegung seine Ungeduld erkennen. Der alte Domherr begriff sofort, daß er nicht weiterschwatzen durfte. Er verzichtete auf alle Vertraulichkeit, auch das Kichern und Verbeugen, straffte sich und setzte nur noch hinzu:

»Eine angenehme Reise, Signor Mustafà. Beten Sie, falls es Ihnen möglich ist, für mich zu Gott, wenn Sie im Vatikan ankommen. Möge Gott uns alle segnen. *Buona sera.*«

Sowie der Priester sich umgedreht hatte, setzte der Signor Mustafà seinen Hut wieder auf, nahm Platz und nippte mit der gleichen gelangweilten Miene an seinem Glas. Alberto Nepomuceno sah ihn an, und im selben Moment spürte er, wie der magische Zirkel sich schloß – jählings wurde ihm klar, daß sein Gegenüber kein anderer war als der Maestro Domenico Mustafà, Chordirektor der Sixtinischen Kapelle, von dem es in Rom hinter vorgehaltener Hand hieß, er sei einer der letzten fabelhaften, legendären Sängerkastraten, die es noch in Europa gab. Eine ganze Weile herrschte Schweigen. Während Alberto den Blick fest auf den Mann gerichtet hielt und vergeblich das Geheimnis seiner Eigenart zu ergründen suchte, blickten die olivfarbenen Augen des Signor Mustafà verloren in die Ferne. Erst als der Priester weit hinten auf dem Platz verschwand, nahm Alberto sich ein Herz und wagte eine Bemerkung:

»Dieses ›Stabat mater‹ ist in der Tat wunderschön. Und Ihre Stimme, Signore ...«

»Oh, dann hat mir also doch noch jemand anderes zugehört, nicht nur der Klerus und das Gesindel ...«, fiel der Signor Mustafà ihm, sichtlich erfreut, ins Wort. Und bevor es zu irgendeiner Art von Annäherung, etwa in Form von gegenseitigem Vorstellen, kommen konnte, sagte er, als führte er eine Unterhaltung fort, doch nun noch emphatischer und gewählter: »O ja, daß es eine schöne Messe war, darin werden Sie mir beipflichten müssen. Es hat mich große Anstrengung gekostet, aber wie ich schon sagte, ich habe es gern getan. Und dieses Stück ›Stabat mater‹ ... welch ein Genuß! Geschrieben hat es ein zu seiner Zeit sehr berühmter, aber heute vollkommen in Vergessenheit geratener Venezianer. Selbst in Venedig spricht man nicht mehr von ihm. Er hieß Antonio Vivaldi. Angeblich war er ein virtuoser Geiger. Als Komponist jedoch läßt er ohne Frage sehr zu wünschen. Er wiederholt sich, verwendet simpelste, wenn nicht eindeutig fehlerhafte Harmonien und eine Polyphonie, die so manches Mal ungeschickt klingt, wie man den Partituren entnehmen kann. Aber sein ›Stabat mater‹ scheint mir ausnahmsweise meisterhaft. Es ist von einer tiefen, wirklich anrührenden Vergeistigung. Eine große Entdeckung! Ein Freund von Torino hat mir von einigen Manuskripten dieses Vivaldi Abschriften geschickt. Er hat nämlich viel für ... für meine Stimme geschrieben. Nun ja, zu jener Zeit war das üblich. Ich habe also dieses ›Stabat mater‹ ausgesucht und es, zusammen mit einigen eigenen Stücken, zwischen den Gebeten des Rosenkranzes für Dom Agostini vorgetragen.« Er verstummte, sein Blick schweifte wieder ziellos und nun aufrichtig mitfühlend: »*Il poverino* ... Es geht ihm gar nicht gut, dem armen Domenico. Die Diözese wollte ihm eine Freude bereiten und hat mich eingeladen, an diesem feierlichen Rosenkranz für seine Genesung teilzunehmen. Wie Sie vermutlich gesehen haben, war kaum ein Mensch in der Basilica. Eine Schande! Die Zeiten haben sich unseligerweise geändert, das Volk interessiert sich nicht mehr für seine Hirten. Schlimmer noch ist, daß nicht einmal der Bürgermeister erschienen ist. Er hatte einen Vertreter geschickt ...« Seine nervös zwischen Tisch, Glas und Stockknauf wandernden Hände verrieten mühsam unterdrückten Zorn. »Und außerdem, wozu das fröhliche Glokkengeläute bei der Segnung des Allerheiligsten? Schließlich war es ein Augenblick der Besinnung und des Gedenkens an einen Kranken. Nein, mir sah das nicht nach bloßem Zufall aus, Signore. Domenico hat viele Feinde, im Klerus wie auch sonst. So mancher wünscht ihm insgeheim den Tod. *Poverino!*« Er seufzte, nach wie vor Melancholie im Blick: »Ein lieber Freund ... Was haben wir nicht alles gemeinsam! Schon den Namen. Beide heißen wir Domenico ...«

Er stockte. Mit einer eleganten Handbewegung rief er den Kellner, der gerade einen Nachbartisch abwischte:

»*Cameriere!* Bringen Sie mir bitte noch einen Absinth.«

Und im selben Atemzug fiel er wieder in den gleichen Tonfall wie zuvor:

»Erinnerungen. Alles, was uns bleibt, sind Erinnerungen. Und Gespenster der Dichtung. Letzte Enttäuschungen, ja. Die Dichter, Signore ... Die Dichter, die haben uns mit ihren schönen Worten getäuscht. Sie sind schuld an unseren eitlen Träumen.« Nun schienen seine Augen von echtem Schmerz feucht, und die gerunzelte Stirn verriet Empörung: »Liebe, Schönheit, Kunst ... Wozu taugen solche großen Worte? Doch nur, uns zu verwirren. Bei dem Lauf, den die Dinge in dieser unruhigen Zeit zum Ende des Jahrhunderts genommen haben, ist die Kunst zu einem unbekannten, gefährlichen und unbequemen Terrain geworden, zu einer Art ... Wallfahrt auf Erbsen, wie ein gewisser deutscher Schriftsteller sagen würde. Kunst zu machen ist heutzutage genauso beschwerlich wie auf Knien über Erbsen zu rutschen, was man uns als Kindern zur Strafe auferlegte. Heute genügt nicht mehr ein Paar rote Schuhe, um wie in Andersens Märchen auf wunderbare Weise loszutanzen. Vor lauter Erfindungen und neuen Moden ist die Welt zu kompliziert, fast unverständlich geworden. Wo ist die erhabene Kunst geblieben, die unserem Leben einen Sinn gab? Die Kunst ringt mit dem Tod, Signore. Und schuld daran sind die Dichter.«

Der Kellner nahte in seiner vornehmen Livree und aristokratischen Haltung. Auf dem Tablett balancierte er ein Glas mit dem dunkelgrünen Getränk. Als er den Tisch erreichte, beschrieb er eine graziöse Pirouette, setzte fast tänzelnd das volle Glas ab und ergriff das leere. Anschließend vollführte er, noch immer wortlos, eine knappe Verbeugung und zog sich zurück. Signor Mustafà sprach, nun etwas lebhafter, weiter:

»Die Dichter haben uns nicht gesagt, daß das ganze Problem in den Anfängen liegt. Schon bei der Geburt wurden wir aus dem Paradies vertrieben, genauso wie unsere Eltern und deren Großeltern und die Urgroßeltern unserer Ururgroßeltern. Die Spezies Mensch wird sich niemals von dem nostalgischen Wissen freimachen können, daß sie einmal die Vollkommenheit gekannt hat. Unsere Unschuld haben wir für immer verloren, Signore. Und wir sehnen uns unser Leben lang nach dem Urzustand, der am Anfang unseres Exils herrschte.« Zum ersten Mal blickte er den hingerissen lauschenden Nepomuceno an: »Haben Sie nie erlebt, daß Sie ... durch Ihre Stadt gehen und sich plötzlich fragen: Wo bin ich? Welcher Ort ist das hier? Mir ist das unzählige Male widerfahren. Das Exil ... Überall begegnet man ihm. Das Exil hat jeden von uns in mehr oder weniger tiefem Maße geprägt, Signore. Und die Vertreibung aus dem Paradies ist unwiderruflich.« Mit stolzer Melancholie hob er den Blick, dann spann er den Faden weiter: »Wir sind wie Schmetterlinge, die aus dem Kokon drängen, um davonzufliegen. Doch wird es uns nie gelingen, uns zu befreien. Das ist die Tragödie des Menschen, die die Dichter hartnäckig vor uns verbergen, Signore ... wie war Ihr Name?« fragte er den jungen Mann, der ihm gegenübersaß, nun ganz direkt. Ehe Alberto Nepomuceno sich endlich vorstellen konnte, redete Domenico Mustafà weiter, als hätte er wenig Zeit, aber sehr viel zu sagen: »Sie gestatten, daß ich offen spreche. Ich bin alles, was von einem goldenen – und sündenfreien – Zeitalter geblieben ist. Was Sie heute Herrliches in der Basilica di San Marco gehört haben, geht auf eine Monstrosität zurück.« Und als hätte er etwas ungeheuer Gewagtes ausgesprochen, griff er nach seinem Glas und trank, begieriger als zuvor, einen Schluck Absinth. Da erst bemerkte Nepomuceno, daß sich an seinem Hals nicht die Spur eines Adamsapfels abzeichnete. Seine Kehle war glatt wie die eines kleinen Jungen. Signor Mustafà lachte kurz und gekünstelt auf. »Aber was wäre schließlich die Kunst ohne Morbidität? Wo schon das Leben an sich durch und durch morbide, monströs ist. Meinen Sie nicht auch, Signore? Dieser Gedanke hat mich veranlaßt, mein letztes Werk zu komponieren, ich arbeite unablässig daran: *Die Apokalypse des Johannes,* für Solostimme, Chor und Orchester. Die Rolle des Johannes, des Erzählers, ist für meine Stimme geschrieben. Es wird ein sakrales und – da der Dämon auch darin vorkommt – zugleich beängstigendes Werk. Und wie kann man in der Musik das Diabolische ausdrücken, ohne die Schönheit aus den Augen zu verlieren? Mit Hilfe des Glissando, Signore. Bedenken Sie: Das Glissando, dieses träge Gleiten der Stimme, hat etwas Barbarisches, Prämusikalisches. Es kann mitunter unmenschlich klingen. Stellen Sie sich Heulen, Winseln, Brüllen als Vokalthema vor. Genau so wird es. Gestern habe ich gerade die Passage beendet, wo die vier Würgengel ausgesandt werden. Da wird das siebente Siegel erbrochen, die Sonne wird schwarz, der Mond verblutet, und die Schiffe auf allen Weltmeeren kentern. Das Orchester setzt mit Streichern und Bläsern, vor allem Trompeten und Posaunen, zum Crescendo an, bis die Pauken in ein Tutti fortissimo ausbrechen, während meine Stimme eisig kalt im auf- und absteigenden Glissando Schrecken verbreitet. Es wird ein Schreien und zugleich schallendes Gelächter in einem Sturm. Dann folgt ein furchterregendes Solo der Pauken, bis sie allmählich leiser werden und ersterben. Anschließend singt allein der Erzähler mit hauchdünner Stimme, begleitet vom Violoncello, das sich auf dem hohen G hält und dann pianissimo verklingt. Und dann treten Dunkelheit und andächtige Stille ein. Andacht angesichts der vollkommenen Zerstörung, der Rückkehr zum Nichts. Ist die Apokalypse nicht das Testament des Universums? Denn dies soll mein Testament werden. Etwas Diabolisches. Und Grandioses.«

Er selbst verfiel in ein nachapokalyptisches Schweigen, wie seine ausdruckslose, grausam unbeteiligte Miene verriet. Alberto erschrak über die Härte, die seine Züge angenommen hatten. Auf dem menschenleeren Platz hörte man hier und da die Gaslaternen leise zischen. Plötzlich, als wäre ihm eine noch nicht geklärte Frage eingefallen, murmelte Signor Mustafà:

»*Quello* Vivaldi ...«

Dann wurde seine Stimme erregt, bekam einen unüberhörbar gereizten Ton:

»*Invece,* außer diesem Vivaldi gibt es nichts! ›Grandios!‹ Ich bitte Sie ... Das also heißt grandios sein? Immerhin sollte Grandioses für die Ewigkeit währen. Indes, wer wird sich morgen noch daran erinnern, daß er heute das ›grandiose‹ ›Stabat mater‹ des Signor Vivaldi gehört hat?«

Er verstummte, lachte kurz ironisch auf und schob zutiefst angewidert das Absinthglas weg, vielleicht, um seine Empörung, aber auch seinen Überdruß deutlich zu äußern. Alberto lehnte sich auf seinem Stuhl zurück und wußte nichts anderes zu tun, als bereitwillig weiter zu lauschen. Signor Mustafà seufzte befreit und fuhr fort:

»Man braucht wirklich viel Mut zum Leben, Signore. Weil Leben an sich schon sehr riskant ist. Womit ich sagen will: Das Leben kann in einem großen Fiasko enden.« Wieder verstummte er. In den noch melancholischen Blick trat ein herausforderndes Funkeln.

»Der Tod ... Die große Angst! Nein, die Angst, die ich habe, gilt nicht dem Tod.«

Seine Stimme senkte sich fast ehrfürchtig. Die folgenden Worte sprach er sehr deutlich artikuliert, vielleicht, um keinen Zweifel aufkommen zu lassen, denn es ging um die allerletzte Frage: »Ich erwarte ihn schon seit langem, den Tod. Ehrlich gesagt, sehne ich ihn herbei. Doch meine große Angst, Signore, ist diese. Wenn die Todesstunde – dieser grausame, grandiose, unwiderrufliche Augenblick – naht, fürchte ich, daß ich die Augen zum letzten Male aufschlage und ... und wieder diese grauenhafte Enttäuschung über mich kommt. ›Der Tod ... das also ist der Tod. Mehr nicht?‹ Nein, Signore, ich möchte nicht, daß dies meine letzten Worte sind.«

Er hob den Kopf unter so großer Anstrengung, daß es den Anschein hatte, als wöge dieser unmäßig schwer. Und während er beiläufig zum Himmel schaute, traf sein Blick überrascht auf den Mond.

»Oh, der Mond!« flüsterte er, fast wie ein seiner Brust entrissenes Stöhnen.

Alberto schaute auf. Vor sich sah er ein Panorama, das nicht nur schön, sondern so überwältigend war, daß es ihm den Atem nahm. Am sternenübersäten Himmel stand der Mond über der Basilica di San Marco, ihre fünf Kuppeln glitzerten in seinem Schein. Der Platz lag herrlich in Silberlicht getaucht, das sich über die bläuliche Beleuchtung der Gaslaternen gelegt hatte. Als wäre alles – auch sämtliche Lebewesen – unter der Zauberkraft des Mondlichtes erstarrt und der Platz hätte sich in eine Skulptur verwandelt – eine so archaische Skulptur, daß sie wie ewig anmutete. Doch die Lähmung währte nur wenige Sekunden. Als fasse er sich nach einer kurzen Verlegenheit, wiegte Signor Mustafà den Kopf und räusperte sich. Dann zog er ein paar Lire aus der Tasche und legte sie neben sein Absinthglas. Und ohne ein Wort setzte er zu seinem sorgfältigen, wenn auch automatischen Ritual an und machte sich zum Gehen bereit.

Er streifte den Handschuh über seine Rechte, zupfte an den Spitzenmanschetten, rückte den Zylinder zurecht und überprüfte, ob alle Knöpfe geschlossen waren. Worauf er den Spazierstock aufsetzte, sich straff aufrichtete und wie ein seines Amtes waltender Butler zu Nepomuceno sagte:

»*Scusimi, giovanetto,* wenn ich Ihre Zeit allzulange in Anspruch genommen habe. Es ist spät geworden. Gehaben Sie sich wohl. Morgen muß ich nach Rom zurückkehren. Dort wenigstens ...«

Ohne den Satz zu beenden, erhob sich Signor Mustafà mit einer einzigen Bewegung, deutete zum Abschied eine Verbeugung an und ging festen, vom Aufschlagen des Spazierstocks rhythmisch begleiteten Schrittes über den Markusplatz zum Uhrturm hin, unter dessen Portikus er in der Dunkelheit verschwand.

5. Kapitel

Am Morgen des 18. August erwachte Alberto Nepomuceno unter dem Eindruck eines Traumes: Er befand sich in einem Höhlengebilde, das vage an das Innere der Basilica di San Marco erinnerte, von den Wänden rann milchiges Wasser, gedämpftes Echo überkreuzte sich aus allen Richtungen, und in jener nebulösen Atmosphäre, wie sie Träumen eigen ist, rief er nach seiner Mutter. Als er wach wurde, fühlte er sich unpäßlich. Ein eigenartiger Schmerz war in ihm. Als befände er sich fern seiner Heimat. Und wäre vollkommen allein. Immer wieder kam ihm das Bild des Signor Mustafà in den Sinn, auch den exotischen Lederduft hatte er noch immer in der Nase. Die Begegnung hatte ihn tief beeindruckt. Schon auf dem Heimweg am Abend zuvor hatte er zum ersten Mal die Trostlosigkeit Venedigs wahrgenommen. Nicht nur, daß von den Mauern die Farbe blätterte und die Häuser baufällig waren, von den Kanälen stieg faulig riechender, ekliger Dunst auf. Das Plätschern des Wassers an den Steinen verkörperte das Geräusch der Zerstörung, die langsam die Grundmauern der Gebäude zerfraß. Durch die dunklen Gassen streiften hier und da gespenstisch anmutende Gestalten. Unruhe überkam Alberto. Ein Schauer lief ihm über den Rücken. Selbst der Widerhall seiner eigenen Schritte auf dem Steinpflaster erschreckte ihn. Allerorten spürte man des Todes lauernde Gegenwart, wieder schob er sich dazwischen, während er, Alberto, durch eine Stadt ging, *wo alles Jahrhunderte alt ist, wo vor dir schon Tausende von Menschen gegangen sind, wo schon andere zu Tausenden dieselben Häuser betrachtet haben, die nun du betrachtest, und deshalb bist du fraglos nur ein kleines Glied in der sich unaufhörlich fortsetzenden Kette zwischen Vergangenheit und Zukunft, denn nach dir werden zweifellos Tausende anderer kommen, die Füße auf denselben Boden setzen und dieselbe Szenerie sehen, die umgekehrt auch sie betrachten wird. Es ist, als drängte sich hier die Geschichte auf engem Raum zusammen.* Im Zimmer seiner Pension setzte Alberto sich auf den alten Stuhl, atmete tief durch und trug, verstört kritzelnd, den Wortschwall, der ihm durch den Kopf ging, in sein Tagebuch ein: »In Venedig ist die Vergangenheit so gegenwärtig, daß man meint, über Berge von Knochen zu gehen, die sich im Laufe der Jahrhunderte im Bett der engen Gassen angesammelt haben. Hier drängt sich ins Bewußtsein, daß die Lebenden von heute die Toten von morgen sind. Man hat das beständige Gefühl eines Todesritts. Eine eigenartige Stadt, in der Tat. Da nichts ewig schön ist, beweist Venedigs Schönheit ein Verlangen nach eitler Ewigkeit, das am Ende einer Einbalsamierung gleichkommt. Venedigs Existenz ist gefährdet, denn die Stadt ist in der Zeit stehengeblieben, und alles hier weist auf die Vergangenheit. Venedigs Unvergänglichkeit ist eine Lähmung, sehr ähnlich dem Nichts, dem Tod. Zudem ist es gerade infolge des Überflusses eine fragile Ewigkeit. Kein Überfluß kann sich ewig halten, ohne zu Ermüdung zu führen. In Venedig gehen Pracht und Zerbrechlichkeit Hand in Hand. Signor Mustafà mag recht haben – Venedig kann man nicht trauen.«

Alberto Nepomuceno legte das Tagebuch weg, blickte aus dem Fenster und horchte auf den seltsamen Schmerz. Das Herz war es nicht, das hatte sich, wie es schien, erholt, schon allein, weil die ebenen Straßen von Venedig gestatteten, ohne allzu große Kraftanstrengung in ihr Labyrinth einzudringen. Zwar war es ein sehr klarer Schmerz, aber kein körperlicher, lediglich ein Druck von innen aus dem Herzen, aus seinem tiefsten Innern. Ja, er wußte es. Dieser kaum beschreibbare Schmerz war Einsamkeit. Nun erst wurde ihm bewußt, daß sein Einsamkeitsgefühl sich in Venedig noch verstärkte. Hier konnte man zwar aus dem Munde der Fremden die verschiedensten Sprachen hören, doch die einheimische Bevölkerung sprach Venezianisch, für jemanden, der bloß das Italienische kannte, nahezu unverständlich. Wie es schien, verkürzten die Venezianer bekannte Wörter und stießen sie ruckweise hervor, in einer ganz eigenen melodischen Phrasierung, die in gewisser Weise ans Griechische erinnerte – oder zumindest einen eigenartigen orientalischen Einfluß verriet. Weshalb man letztlich das unbehagliche Gefühl hatte, man befände sich an einem bekannten und zugleich fremden Ort. Auch unterschied sich das Naturell der Venezianer von dem der Römer, die er gut kannte. Die Menschen in Venedig wirkten ernst, mehr in sich gekehrt. Bei der Begegnung mit dem Schneider war Alberto aufgefallen, daß diese Unterschiede selbst von den Italienern wahrgenommen wurden – anfangs hatte der Mann nicht gemerkt, daß er Ausländer war, und seinen Akzent für die Sprechweise eines Italieners aus einer anderen Gegend gehalten. Dies zeigte, daß es mit der einheitlichen Identität der sogenannten Italiener nach jahrhundertelanger Zersplitterung in autonome Kleinstaaten trotz der ihnen durch die Einigung aufgezwungenen Sprache und einer gewissen gemeinsamen Kultur nicht weit her war. Aber es kam noch etwas dazu: Venedig selbst bewirkte dieses Fremdheitsgefühl, denn die Großartigkeit seiner Schönheit hielt den Betrachter auf Distanz, verwies den Besucher auf ein Terrain, wo sein Blick ganz von allein fremd wurde.

Alberto schwirrte der Kopf vor Verwirrung und Einsamkeitsschmerz. Er versuchte, alte Erinnerungen wachzurufen. Vielleicht Meereswellen, die über den Strand spülen. Und dadurch wieder das vergessene, der Kindheit eigene Gefühl der Zugehörigkeit zu spüren. Zu einem – wenn auch unbestimmten – heimatlichen Boden zu gehören, der ihm jetzt so fehlte. Er wünschte sich Brasiliens Geruch zurück, der ganz anders, viel durchdringender war. Er brauchte ihn, und sei es nur für einige wenige Sekunden. Als er sich erhob, war er entschlossen – am Morgen wollte er das erste Boot zum nächsten Strand nehmen.

*

Der Lido, ein langer schmaler Landstreifen zwischen der Lagune von Venedig und dem Adriatischen Meer, war im Vaporetto eine knappe Viertelstunde von der Riva degli Schiavoni entfernt. Alberto stieg in dem kleinen, doch belebten Hafen aus, wo zwischen Sommergästen, die sich in allen Sprachen unterhielten, Straßenhändler auf italienisch schreiend ihre Waren feilboten. Unverzüglich nahm er in der Pferdebahn Platz, zwei Gäule zogen sie langsam die Viale Vittorio Emanuele entlang, eine von Bäumen und Chalets im Schweizer Stil gesäumte Avenue. Kurze Zeit später stieg er am Meer aus. Vor einem kleinen Platz mit einem Rosenbeet in der Mitte erhob sich ein imposanter Torbogen, der Eingang zum Stabilimento Bagni del Lido oder schlicht Bagni Fisola – eines der berühmtesten und beliebtesten Seebäder Europas, das sogar schon mit elektrischem Licht ausgestattet war. Alberto brauchte keine Eintrittskarte zu lösen, sie war schon in seinem Fahrschein für den Vaporetto enthalten. Sowie er den Torbogen, über dem die italienische Fahne flatterte, durchschritten hatte, trafen die Klänge eines Orchesters, das einen Walzer von Waldteufel spielte, auf sein Ohr und ein Luftschwall auf sein Gesicht. Entzückt sog er den Geruch der frischen Seeluft ein. Er warf einen kurzen Blick auf die Plakate, die in den Schaukästen das Kulturprogramm und die besonderen Ereignisse der Woche ankündigten. Ohne sich weiter aufzuhalten, bog er auf die zum Meer hinausführende Holzbrücke ab und stieg, noch bevor er die Einrichtungen des Stabilimento erreichte, die Stufen zum Strand hinunter. Ganze Familien von Sommergästen begaben sich lärmend nach oben, zum großen Konzertsalon hin, vielleicht auch zu einem Imbiß im Restaurant oder einem Bad in den Privatkabinen, oder einfach nur, um die Aussicht von der großen, vielbesuchten Terrasse zum Meer hin zu genießen. Als er den Strand betrat, erlebte Alberto eine schockierende Enttäuschung. Zu beiden Seiten des Gebäudes des Stabilimento erblickte er einen schmalen Sandstreifen, eingezwängt zwischen dem Meer und einer Zeile einheitlicher kleiner Holzhütten mit Walmdächern, die sich die Familien wie Hotelzimmer mieteten. Kellner mit Tabletts und nichtlivrierte Bedienstete eilten hin und her und bedienten die Kundschaft. Unter den Sonnendächern vor den Hütteneingängen saßen die Sommerfrischler in Korbsesseln oder ruhten in segeltuchbespannten Liegestühlen, lasen, erzählten sich Witze oder schwatzten ganz einfach, hier und da standen auch kleine Tische, darauf Badetücher, Obst und Bücher. Großbürgerliche Damen waren elegant nach der neuesten Strandmode gekleidet, zu der taillierte Mieder, enge Röcke mit Gesäßpolstern, üppige Schärpen um die Taille sowie allerlei Verzierungen in Form von Ankern und anderen maritimen Symbolen (auch auf den goldenen Knöpfen) gehörten, dazu so kleine Matrosenhüte – aus Stroh oder Stoff –, daß sie, obwohl mit Blumen, Federn oder Schleifen geschmückt, als Sonnenschutz vollkommen ungeeignet schienen. Die Ehemänner, fern ihrer Geschäfte von der Sorgenlast befreit, trugen modische Anzüge aus leichten Stoffen und Strohhüte anstelle der steifen Filzhüte, rauchten Zigarren, Zigaretten oder Pfeife und tranken mit der zufriedenen Miene derer, die ihre nach getaner Pflicht wohlverdienten Ferien genießen, einen Aperitif. Alberto wanderte planlos zwischen den Menschen umher. Nur die Kinder trugen zumeist gestreifte Badekostüme, an den Füßen das dazugehörige sehr leichte Schuhwerk und breitere Hüte auf dem Kopf. Einige wenige waren barfüßig. Sie tollten umher, spielten Fangen oder bauten mit ihren Schaufeln, Eimern und kleinen Schubkarren Sandburgen und zogen Gräben, etliche waren trotz der sie ständig bewachenden Kindermädchen naß und mit Matsch verschmutzt. Die älteren Kinder wagten sich dort, wo das Meer flacher war, ins Wasser und ließen Schiffchen fahren. Es gab auch Damen, die unter Sonnenschirmen plaudernd und lachend in kleinen Gruppen flanierten, immer darauf bedacht, daß die ohnehin nur leicht schwappenden Wellen ihre Schuhe und den Saum ihrer Kleider nicht benäßten. Hier und dort lagen etwas kühnere junge Damen, zumeist in schwatzenden Gruppen, ohne Sonnenhut, das Haar gelöst, auf Decken im Sand. Wie unregelmäßige Flecken in der eleganten Umgebung liefen die

Strandhändler mit Körben voller Erdbeeren, Birnen, Pfirsichen, aber auch Kuchen und Austerngebinden hin und her. Benommen von dem Lärm und Gedränge spazierte Alberto langsam weiter. Vor einer Staffelei saß sehr ernst eine junge Dame und malte das Meer. Ein zwanglos gekleideter Mann, das Haar im Winde flatternd, betrachtete konzentriert durch sein Fernrohr ein Schiff, das draußen auf dem Meer vorüberzog. Ein Stück weiter schrieb ein recht betagter Herr an einem Tischchen unter dem Sonnendach seiner Hütte einen Brief, während ihn ein Angestellter des Stabilimento bediente. Alberto schaute mit flehendem Blick. Wo waren die wilden grünen Fluten seiner Heimat, grüne Fluten, die wie flüssiger Smaragd leuchteten? Was er rings um sich sah, hatte fast nichts gemein mit den unberührten Stränden in Ceará, wo die Wellen unter dem tiefblauen Himmel heranrollten und sich, voller Sehnsucht nach dem Sturm, donnernd auf den Strand stürzten. Der Strand des Lido hingegen besaß weder Palmen noch Wellen, noch hatte sein Wasser eine bestimmte Färbung. Vielmehr erinnerte er an einen Vergnügungspark oder einen eigenartigen Markt, mit den symmetrisch aufgereihten Hütten, dem Lachen und Rufen der Sommerfrischler, den Schreien der Verkäufer und den allgegenwärtigen Orchesterklängen, die sehr deutlich an Albertos Ohr drangen. Für ihn war dies ein Fest am falschen Ort, ein unpassendes Fest, eine Entgleisung, wie sie nur in Europa denkbar war. Während er ziellos weiterging, flehte Alberto zum Himmel, daß diese Mode nicht nach Brasilien gelangen möge, obwohl er schon von den therapeutischen Seebädern in Rio de Janeiro gehört hatte, den Skandalen wegen zu knapper Bekleidung (die so viele Schaulustige anlockte) und gewissen angeblichen Erfindungen wie Badekostüme, die vor dem Ertrinken bewahren sollten, denen aber keine Zukunft beschieden war. In seinem Heimatland waren die Strände glücklicherweise noch einsam und luden zum Meditieren ein. Dort hatte er von klein auf gelernt, auf das Meer zu schauen und sich von dem warmen Wind umfangen zu lassen, der ihm Geschichten ins Ohr säuselte. Ach, die Strände von Ceará. Ach, die Freunde, die er in

Brasilien zurückgelassen hatte, meine Freunde, Menschen, die sich um mich kümmern, die an wichtigen Ereignissen in meinem Leben teilgehabt haben, dachte Alberto. Und plötzlich vermißte er sie mit einem so körperlichen Schmerz, wie ihn ein fehlendes Bein verursachen kann. Wo mochten nun der alte Numa Pompílio, Esmeraldino, Antonio Salles, Noronha, Antonio Martins sein? Und Miguez, Nascimento, Zé Rodrigues, Luís de Castro, Zé Rodolfo, Henrique – was mochten sie in diesem Augenblick tun? Ob sie wohl von Zeit zu Zeit an ihn dachten? Über Nachrichten von ihm sprachen? Oder hatten sie ihn völlig vergessen? Seit der Begegnung mit Henrique Oswald in Florenz war die Sehnsucht nach Brasilien immer quälender geworden. Bei dem Gedanken, sich auf die mehr als fünfzig Stunden dauernde Reise nach Berlin zu begeben und in einem neuen fremden Land anzukommen, wo er wieder mit allem würde von vorn beginnen müssen, überkam ihn immer so brennende Sehnsucht nach Brasilien, daß sie ihn der Wirklichkeit zu entrücken drohte, so wie hier. Nach zwei Jahren fern der Heimat wußte Alberto zwar, daß Reisen die Gefühle einem ständigen Wechselbad aussetzt – nicht unerträglich, aber spürbar. Trotzdem hatte er sich nie daran gewöhnen können. Und sehr leicht ließ er sich immer wieder in diesen Halbwahn hineinziehen, wo alles eine halbe Nuance über der Normalität schwebte und seine Stimmung auf kleinste Reize reagierte. Mitunter löste die jahrelange Abwesenheit von Brasilien eine Angst in ihm aus, die, so wie jetzt, an Panik grenzte, die Panik, ganz allein auf der Welt zu sein, irgendwo in der Verbannung, und nicht zu wissen, was aus ihm werden würde, nun, da er vom Studium in Rom erschöpft war und eine neuerliche Herzattacke sein Leben bedroht hatte. Ach, wenn er doch bald ein Fleckchen für sich fände!

Während er am Strand entlangwanderte, enttäuscht auf das wellenlose Meer des Lido blickte und die Palmen von Ceará vermißte, ließ Alberto Nepomuceno seine Gedanken vom leichten Wind in die Ferne tragen und sinnierte über *die Sehnsucht, die dich erneut heimsucht. Inzwischen wählt sie nicht mehr aus, wo sie auftritt und dir weh tut. Jetzt erscheint sie sogar an der Adria! Vielleicht, weil die Sehnsucht, wo immer du dich befindest, Sehnsucht ist – ganz einfach, weil du ihr ideales Medium bist. Zwar knechtet dich die Sehnsucht, doch nicht nur dich allein, wie du sehr wohl weißt.* Denn es lag ein anderes unterirdisches Raunen in der Luft, wie ein Zwiegespräch, an dem Alberto sich, vielleicht unbewußt, beteiligt fühlte, während er, von der Sehnsucht getrieben, über den Lido-Strand wanderte. Der Wind trug aus der Tiefe eines vom Schicksal hierher verschlagenen Herzens den gleichen, sich vor Sehnsucht verzehrenden Seelenschmerz zu ihm zurück. Sehnsucht wonach? Weiß der Himmel ... Sicher ist, daß irgendwo dort eine alte Frau am Strand lag, ganz still und stumm, damit es nicht allzusehr schmerzte. Und sie wußte, daß es keine bessere oder schlechtere Stellung gibt, denn die Sehnsucht schmerzt in jeder Stellung. Deshalb suchte die alte Frau, deren Herz in sehnsüchtigem Tamtam klopfte, keine bequemere Stellung mehr. Sie wollte lediglich still daliegen, allein mit ihrer Sehnsucht, und ahnte nicht, daß unweit von ihr der junge Alberto die Schuhe auf den fremden Sand setzte und gleichsam seinen Part in dem Zwiegespräch dachte, *denn von der Sehnsucht geknechtet zu werden ist keines einzelnen Privileg. Sich sehnen heißt in der Erinnerung gefangen sein, es beweist, daß wir etwas gewesen sind, das eines Tages zu sein aufgehört hat und nur noch in den Spuren fortlebt, die sich dem Gedächtnis dessen eingeprägt haben, der die Grausamkeiten der Zeit erlebt hat. Zwar sprechen Falten von Sehnsucht, doch gehört sie nicht zwangsläufig zum Alter. Du, der von Sehnsucht heimgesuchte Alberto Nepomuceno, bist erst sechsundzwanzig Jahre alt. Und was zählt deine Jugend, wenn das Gewicht der Erinnerungen die Tage beschwert, als wären sie Jahre, und die Jahre, als wären sie Jahrhunderte? Alberto Nepomuceno könnte jetzt sechsundzwanzig Jahrhunderte alt sein ... Jahrhunderte der Sehnsucht.* Und an demselben Strand, nicht weit von ihm, toste ein gleicher Schmerz, denn die Sehnsucht regte sich mit einer Entschiedenheit wie schon lange nicht mehr. In diesem Augenblick war sie so stark und so besinnungslos, daß die alte Frau nicht mehr wußte, wonach eigentlich sie Sehnsucht verspürte. Nach ihrer Kindheit in Afrika, ihrer Jugend in Brasilien und nach Lübeck? Nein, nach Lübeck kann man sich nicht sehnen, widersprach sie sich mit kurz aufwallendem Unwillen. O doch, Schwarze Frau, es gibt Sehnsucht selbst nach Lübeck, und du weißt, daß Lübeck auch Anlaß zu Sehnsuchtsschmerz bietet – mit dem ihr bis dahin unbekannten Schnee in jenen fernen ersten Monaten in Deutschland, als sie noch jung war, viel zu jung und noch nie Weiß in solcher Menge gesehen hatte. Sie, die pechschwarze junge Frau, fasziniert von dem Weiß, das plötzlich vom Himmel fiel und sich über die Welt legte, so gründlich, bis es eine andere Welt wurde. Und nicht weit von ihr, *o doch, es gibt noch einen anderen Grund für diesen armen einsamen Alberto, angesichts des Adriatischen Meeres von der Sehnsucht geknechtet zu werden. Du stammst aus Brasilien, dem Reich der Sehnsucht, Heimat der Menschen, die adieu sagen. Ein im Stich gelassenes Volk lebt innerhalb seiner immens großen Grenzen, auf der Suche nach einer Heimat, die sehnsüchtig daran denkt, was sie hätte sein können: Indien, für das man es anfangs gehalten hat, oder Afrika, von dem es ein Teil in der Verbannung geworden ist. In Brasilien leben heißt schon im voraus Sehnsucht haben. Deshalb stellt sich die Zukunft als ein absolutes Vielleicht dar, und die Sehnsucht ist die Schwester der Ungewißheit, wenn sie sich wie der Storch im Nest niederläßt und taube Eier ausbrütet. Und dieses, was Brasilien hätte sein können, weckt die Sehnsucht nach der Welt – Brasilianer sein heißt zwangsläufig fern der Welt sein, fern von allem.* Und dort drüben spann die andere sehnsüchtige Stimme ihren Faden weiter, denn in den Lübecker Zeiten hatte die alte Frau es genossen, sich lachend im Schnee zu wälzen und, als es noch möglich war, mit dem kleinen Mädchen zu spielen, dessen Augen nicht verbergen konnten, wie sehr dieser unendliche Kontrast es faszinierte: die pechschwarze Frau vor einem schneeweißen Hintergrund. Verflixte Farbe, dieses Weiß, das alles so anders, so schön machte! Nun ja, die Nacht ist auch schön, schwarz und schön, daran erinnerte sie sich noch gut aus ihrer Mädchenzeit in jener tagtäglich deutlicher werdenden Vergangenheit. Doch der Schnee hatte ihr, der Schwarzen, endgültig ihr Anderssein klargemacht. Und sie hatte gedacht: Sie sind anders, man braucht nur all diesen Schnee anzusehen, dann weiß man, daß die Weißen anders sind. Lübeck ... Sie hatte ihr auch die Liebe beschert, diese so fremdartige Stadt. Ein bestimmter Name und ein bestimmtes Bild, das tief im Gedächtnis schmerzte, die übermächtige Erinnerung, bei der die Sehnsucht zu einem Sturzbach anschwoll, beinah zu einer Katastrophe, so groß war das Verlangen zu weinen. Und zu sterben, denn es war fast an der Zeit. Doch bevor sie starb, schwor sich in diesem Augenblick die unwiderruflich, vor lauter Schmerz tiefschwarze Schwarze, wollte sie Sehnsucht spüren, tiefste Sehnsucht nach allem, wonach sie sich sehnen konnte, bevor sie starb. Das war ihr sehnlichster Wunsch. Und gar nicht mehr weit davon *blickst du, Alberto, auf dieses Meer, das kalt ist, im Gegensatz zu den grünen, lauen Fluten, die die Küsten deiner Heimat umspülen, und dabei fühlst du die Unermeßlichkeit der Sehnsucht in Brasiliens Herz. So unvorstellbar tief ist das brasilianische Sehnen und so übervoll von Erinnerungen, daß die Sehnsucht in deinen Gedanken zu dem Totem-Wort oder der Sphinx oder der Fahne oder jeder einzelnen ihrer Farben und dem eigentlichen Sinn und dem Gewand und der mächtigen, nahezu unendlichen Trägheit Brasiliens wird, das für ewig in seiner prächtigen Wiege ruht, und diese besteht woraus? Aus Sehnsucht, schierer Sehnsucht.*

Schon fast am Ende der Hüttenzeile angelangt, mußte Alberto nur noch zufällig den Kopf wenden, und da, mitten auf dem reizlosen Strand, erblickte er seine fleischgewordene Sehnsuchtsphantasie. So widersinnig es ihm auch schien, wenige Meter von ihm entfernt schaukelte eine baumwollene Hängematte, die einstmals rot und gelb gewesen war, eine alte, ausgefranste, vor Altersschwäche schon fast zerschlissene Hängematte zwischen dem Pfosten der letzten Hütte und einem Pfahl, an dem Boote festgemacht wurden, eine Hängematte, die aus Ceará stammen mußte, ganz bestimmt, und aus ihr ragte ein großer Strohhut, der den Kopf womöglich einer Schwarzen bedeckte, in der funkelnden Sonne war es nicht genau zu erkennen, doch, eine Schwarze, nun war er sich sicher. Alberto starrte hin, Tausende von Funken des italienischen Sommerlichts bombardierten seine Augen, so grell und hell, daß er nur verschwommen sah. Ja, es war eine Hängematte, genau wie die brasilianischen, die dort bauchig, mit einem Menschen darin, gemächlich schaukelte, als hielte der Wind sie in Bewegung. Er sah genauer hin. Ja, das war ein Strohhut, so wie ihn die Landarbeiter in Brasilien trugen. Fraglos war es eine Schwarze, so widersinnig das auch scheinen mochte – eine Schwarze, die nicht der Länge nach in der Hängematte lag, sondern, wie in Brasilien, ein wenig schräg (»um nicht Tote zu rufen«), ihr langer Rock hing über den Rand, und, ja, da ragten bloße Füße mit dicken, schrundigen Sohlen an dem einen Ende aus der Hängematte. Ja, und unter dem Strohhut trug die Schwarze einen Turban, ja, ja, obwohl in dem Licht, dem in tausend Funken zerflimmerten Licht, alles verschwamm. Und offenbar hielt sie die Augen halb geschlossen, blickte nur vage in das flimmernde Licht, die Frau. Und sie trug eine weiße, am Handgelenk geschlossene Bluse und einen hellbraunen Rock, der ein wenig über den Rand der Hängematte fiel, wie deutlich zu sehen war. Und der Wind strich über ihren Hut, ja, und ließ ihn leise erzittern, während ein Arm der Schwarzen – zweifellos eine alte Frau, oder vielleicht auch nicht so alt – über die Hängematte ragte, aber nur zum Teil, denn die Hand ruhte auf ihrem Leib, und der Wind zupfte leicht an ihrer Kleidung und dem Strohgeflecht ihres Hutes. Obwohl er sich nicht ganz sicher war, daß er nicht träumte, hastete Alberto über das Stück Strand, das ihn von der Vision trennte, und wie ein Sendbote der Sehnsucht trat er zwischen die vielleicht brasilianische Hängematte und den meeresweiten Horizont, und die tausend flimmernden Lichtfunken umhüllten ihn mit vagem, doch flammendem Leuchten.

»*Lei parla* ...«, setzte Alberto an, bemüht, nicht ins Stottern zu geraten. »Sprechen Sie ... Senhora ... oder ... oder ... *parlez-vous? ... Madame fala português?*«

Als geschähe ihr eine Offenbarung, richtete die Schwarze den Oberkörper auf. Sekundenlang sahen beide einander fassungslos an, als suchte jeder auf seine Weise zu ergründen, bis zu welchem Grad Wirklichkeit war, was sie sahen und hörten. Vor allem die Schwarze schien es nicht glauben zu wollen. Von der unwahrscheinlichen, unerklärlichen Vision wie versteinert, verharrte sie einen Augenblick in ihrer aufgerichteten Haltung. Ihre Miene hatte etwas Gespenstisches, nicht nur wegen des weit aufgerissenen Mundes, auch wegen der ungläubig starrenden Augen und der gerunzelten Stirn. Doch das währte kaum eine Sekunde. Dann gewann die Wirklichkeit die Oberhand. Nun von absolutem Glauben an das Wirkliche getrieben, sprang die alte Frau aus der Hängematte, vielleicht fiel sie auch oder stürzte zu Boden, dann kroch oder stolperte oder wälzte sie sich zu Alberto und sank vor ihm nieder und wußte nicht mehr, ob sie sich ihm zu Füßen geworfen hatte oder geworfen worden war.

»Sie sind ... *É um sinhozinho? Siozinho* ...«, flüsterte sie.

Es konnte eine Frage oder ein Ausruf sein und ebensogut ein Aufschrei oder ein Wimmern – vielleicht auch ein Stoßseufzer. Die vor Staunen geweiteten Augen ständig auf Alberto gerichtet, unschlüssig, welche der vielen Fragen Vorrang hatte, stotterte und stammelte die Frau auf deutsch:

»Sind Sie ...? Aber das war doch Portugiesisch ... Ein Brasilianer vielleicht? Das glaube ich nicht. Kommen Sie aus Brasilien? Das kann nicht sein ... Sind Sie ...? Wirklich?«

Staunen und Aufregung kämpften miteinander. Auch Alberto wußte nicht recht, was er tun oder sagen sollte, während er der alten Schwarzen aufhalf, drängte es ihn doch selbst zu sprechen, Fragen zu stellen. Mühsam stand sie auf, suchte keuchend nach dem verlorenen Bindeglied:

»*Siozinho* ... Aus Brasil? ... *O sinhozinho é brasileiro?*«

Und Alberto als Echo:

»A senhora … É brasileira, a senhora?«

Und dann geschah genau dies: Von einer höheren Kraft getrieben, fielen sie einander in die Arme, wie alte Freunde, die der Zufall zusammengeführt hat. Der junge Weiße mit einem Kloß im Hals, der ihm die Kehle sprengen wollte. Die alte Schwarze mit einer Träne im Auge – eine große Träne, uralt und namenlos. Als hätten beide den Teil Brasiliens wiedergefunden, der ihnen fehlte.

»*Muito prazer!* Alberto Nepomuceno, Ihr ergebener Diener«, sagte er und küßte der alten Frau die Hand.

»*Enchantée!* Sehr erfreut … Mein Name … *Eu chamo Ana …* Ana Brazilera«, sagte sie und revanchierte sich schwer atmend mit einem Kuß auf die Hand, die Alberto ihr reichte.

Smaragdgrün toste das wilde Meer.

*

Ein gezeichnetes Gesicht. Staunen im Blick. Oder vielmehr Entzücken. Eine alte Frau, vom Leben gezeichnet, ohne Frage. Das weiße Tuch um den Kopf umrahmte fast wie gemeißelt das schwarze, müde Gesicht, das trotz alledem nicht die Zartheit seiner Züge verleugnen konnte. Doch ein Schwarz, das ausgewaschen wirkte, mit einem ungesunden Gelbstich, matt und glanzlos war dieses Schwarz. Unter der welken, faltigen und symmetrisch vom Kinn bis zu den Schläfen narbendurchzogenen Haut ein anmutiges Ensemble, in dem die sehr runden und noch frischen Wangen den großen, mandelförmigen Augen korrespondierten. Ja, doch, die Augen waren tief umschattet, die Tränensäcke unter den Lidern ließen sie verschwollen und melancholisch wirken. Und dennoch funkelten sie liebevoll, lebhaft und energisch. Im Gegensatz dazu stand die übergroße Blässe der vollen Lippen. Doch am meisten gelitten hatten zweifellos ihre Zähne. Zwar war ihr früheres strahlendes Weiß noch zu ahnen, doch befanden sie sich in jammervollem Zustand. Auf der linken Seite fehlten mehrere, etliche andere waren verfault oder abgebrochen. Alberto stand vor einer bald sechzigjährigen Negerin. Trotz ihrer kräftigen Knochen und breiten Hüften wirkte sie sehr schmal und allzu klein. Betont wurde dieser Eindruck noch durch ihre Haltung, denn ein Buckel krümmte ihren Rücken. Die Frau war noch einfacher gekleidet als eine Dienstmagd. Die weiße Baumwollbluse wies Rostflecken auf, und der braune Rock hing glatt an ihrem Körper, ohne jedes Hüft- oder Gesäßpolster. Die einzige Extravaganz ihrer schlichten Erscheinung waren zwei Schmuckstücke. In den Ohren große goldene Ringe. Und den Blusenkragen hielt eine Elfenbeingemme zusammen, ein in Silber gefaßtes Frauenprofil. Auf dem weißen Turban ein breitkrempiger, an mehreren Stellen verschlissener Hut, auch die Seidenblumen, die ihn zierten, waren stark ausgeblichen und verknittert. Eine alte Frau, der das Leben übel mitgespielt hatte. Und er sah sie verzückt an.

*

Der Blick der alten Negerin. Überwältigt vor Aufregung musterte sie den jungen Mann, wandte, wie viele Menschen, wenn sie nach den richtigen Worten suchen, den Blick ab, bevor sie sprach. Das Orchester war inzwischen verstummt. Die menschlichen Laute, das Lachen, das Rufen und die Schreie der Strandhändler störten sie nicht. Das Meer, ja, das schien zu tosen, während sie, die sich eben erst kennengelernt hatten, im Schatten der Hütte plauderten. Ohne Unterlaß. Wie alte Freunde. Dona Anas ausdrucksvolle Augen blinzelten vor Aufregung. Etwas an ihnen war seltsam, wie Alberto erst jetzt bemerkte – sie bewegten sich so flink, daß sie scheinbar verrutschten und schielten, und zwar immer stärker, je aufgeregter sie war. Dona Ana erzählte, stellte Fragen, unterbrach. Weithin war ihr sonores Lachen zu hören, das sich in ihren temperamentvollen Redeschwall mischte, denn sie schwatzte, als hätte sie seit langer Zeit auf einen Gesprächspartner gewartet. Bebend tasteten ihre Lippen nach der exakten Form der vergessenen portugiesischen Laute. Ihr Satzbau, schon immer sehr simpel, vermengte die beiden

Sprachen, so daß gelegentlich nicht zu verstehen war, was sie ausdrücken wollte. Auch stolperte sie häufig in der Aussprache und konjugierte die Verben unbeholfen. Manchmal griff sie auf deutsche Wörter zurück und bildete eigenwillige Mischformen aus beiden Sprachen. Ihre ungeduldigen Gebärden, wenn sie sich am Kopf kratzte oder mit der Hand an die Stirn schlug, suchten ferne Wörter der vergessenen Sprache ihrer Vergangenheit aus ihm herauszuholen:

»Sie ... der Name *chama* Mann ... Haben ich hierher ... hierher mitnehmen ...«

Anfangs fiel es ihr schwer zu erzählen, daß sie mit der Familie Mann in Venedig war. Reiche Leute, die sie kaum kannte. Das heißt, sie kannte Julia, ihre Dodozinha, aber jetzt war sie nicht mehr Dodozinha. Es war ja auch schon so lange her. Aus ihrer *nhanhã* war eine Frau geworden, nicht mehr wiederzuerkennen. Jetzt hatte sie schwarzes Haar und nicht mehr blondes wie als kleines Mädchen. Sie war mit einem Kaufmann und Politiker verheiratet, einflußreiche Leute in Lübeck. Sie war reich geworden. Sehr reich.

»Ihr Haus, Sinhô müssen das sehen ... *Meu Deus!*«

Ein vornehmes Haus, sogar mit einem Billardzimmer. Sie hatte fünf Kinder, ihre Dodozinha. Genau wie ihre Mutter, das heißt, wenn man das Baby, das der Dona Senhorinha, Gott hab sie selig, bei der Geburt gestorben war, nicht mitzählte.

»*Lá numa* ... da vorn. *A casinha*. Da sie sind. Die da ...«

Sie wies auf eine Hütte unweit des Gebäudes des Stabilimento und auf die davor sitzende Familie.

»Sind zwei Mädchen, Lula und Carla. Ich gern hat, beide. Und auch ein Baby, *chama* Viktor. Hat Dodô spät bekommt. Aber Baby bleibt in Hotel in Venedig, *com* Kinderfrau. Dodô nicht erlaubt ich sehen. Und dann ist der Knabe, komisch, komisch. Geht allein hier an Strand. Immer allein. Ist der Tommy. Nicht sprecht mit niemand, der Junge. Ganz eigen. Ältester ich nicht kennt. *Ele não aqui*. Arbeitet in Deutschland.«

Eine ausholende Handbewegung, von weit her.

»Wenn ich bedenkt, daß ich bei Geburt von Dodô dabei. Da in Brasil.«

Dona Ana schaute aufs Meer. Sie atmete schwer, sie hatte Mühe, Luft zu holen. Da erst wurde Alberto gewahr, daß die seltsamen Narben, die auf Dona Anas Wangen zwischen den Falten verliefen, die alten Stammesabzeichen waren, die so viele brasilianische Sklaven noch als Hinweis auf ihre afrikanische Herkunft trugen.

*

Die Sonne brannte. Das Meer schimmerte trunken von Licht. Der Wind trug eine Frauenstimme herüber, die nach jemandem rief, vermutlich nach einem Kind.

»Schön in Brasil ist die wenig Kälte. Hier nicht. Gott bewahre! *Frio, frio.* Viel schrecklich kalt, fast das Jahr ganz. Dann ich meist leiden. In *frio* ich viel Kopfschmerz, viel Schmerz in Gelenk und dann noch ... auch die Zähne ganz schlecht.«

Sand. Anas Hand spielte mit dem gelben Sand des Lido.

»In Brasil ist anders, alles ... Der Sand. Ganz anders.«

Sie zeigte die Hand voll Sand.

»Ja, in Brasilien ist der Sand feiner und weißer«, sagte Alberto.

Und sie:

»Ja, richtig. Und alles ... *a praia*«, sie wies mit dem Arm über den ganzen Strand. »Schöner in Brasil, in Paraty.«

»Ach, Sie kennen Paraty?«

»*Sim, sim!* Ich aus Paraty weg, lange lange Zeit, verstehen Sie? In Paraty *a praia muito, muito* schön.«

»Das stimmt. Paraty soll sehr schöne Strände haben. In Ceará sind sie auch schön. Kennen Sie Ceará, Dona Ana?«

»Ce ... was?«

Alberto lächelte – er wußte es ja. Sein sehnsüchtiger Blick antwortete. Wo, die grünen wilden Fluten? Wellen tosten in seinen Augen.

*

Vom sanften Scirocco getrieben, schnitt ein Segelboot dicht vor dem Strand langsam durchs Wasser.

»Ach, *voismincê* reist nach Berlin? *Uma* groß *cidade* ...«

»Ja. Ich will dort meine Studien fortsetzen. Ich studiere Musik.«

»*É mesmo? Voismincê* estudieren *música!* ...«

»Ja, Dona Ana. Ich studiere, weil ich Musik machen möchte.«

»Und wie geht Musik machen?«

»Nun ja, man setzt sich hin, überlegt und dann schreibt man die Musik.«

»Schreiben, Musik?«

»O ja. Die Musik kommt in den Kopf, und man schreibt sie mit kleinen Zeichen auf Papier. Das sind die Noten.«

»Und warum man muß schreiben?«

»Weil der Musiker sie dann verändern kann, sooft er will. Und später kann er sie auf dem Papier an andere weitergeben.«

»Ach! Ich denke, *música* kommt im Kopf und fertig, dann man singt und gibt weiter ... Aber jetzt man schreiben Musik! Gelobt sei der Herr! Das ist der Fortschritt in Welt, jeden Tag mehr. Sie wissen, jetzt soll Apparat geben, daß man mit weit weg sprechen kann ... *Não me diga,* wir von weit weg mit Brasil sprechen! ... Bald wir sogar mit Toten sprechen. Gott bewahre! Sogar Musik jetzt ist Studium ...«

Dona Ana lachte amüsiert.

»Ich studiere auch, weil ich Maestro werden möchte, Donana.«

»*E que coisa é isso?*«

»Ich stehe vor dem Orchester, so, und dirigiere die Musiker.«

»Ach so, Dirigent. Habe ich immer in Bierpalast in Hamburg geseht. Und in Zirkus wir hatten auch unser Dirigent von Orchester. Aber er gar nicht schreiben. Nur helft Orchester spielen. Der und schreiben! Der nur trinken. *Um grosso* Säufer, Gott bewahre! Immer Flasche in der Hand. Er liebte die ... *garrafa,* verstehen Sie? Trinkt alles. Genau wie der Gustav. Ein Trinker!«

Und Donana lachte, daß ihre kaputten Zähne zu sehen waren. Dann hustete sie, hustete und hustete. Bis sie nach Luft ringen mußte.

*

Über den weiten Strand liefen Kinder. Im Hintergrund die Klänge des Orchesters. Frauen und Männer flanierten, mit Hüten und Schirmen vor der Sonne geschützt. Die Strandhändler gingen mit ihren Körben vorüber und priesen unaufhörlich ihre Waren an. Ein Junge in einem weiß und marineblau gestreiften Badeanzug kam den Strand entlang auf das Ende der Hüttenzeile zu. An einer Schnur zog er einen kleinen, sandbeladenen Karren hinter sich her.

»Ich nicht richtig erinner«, sagte Ana, in der Hängematte sitzend. »Der Name war ... Etwas zu trinken, davon man wird ... *bêbebo,* verstehen Sie? Hin und her, bis man fällt, weil so ... *bêbedo.*«

Der Junge näherte sich den beiden ins Gespräch vertieften Brasilianern.

»Ach ja, ich weiß schon. Natürlich!« sagte Alberto. »Sie meinen *cachaça*. Dann ... ja, natürlich, dieser Seo Luiz stellte *cachaça* her. Aus Zuckerrohr. Er hatte eine Zuckermühle in Paraty, nicht wahr?«

Der Junge blieb stehen. Beim Anblick der schwarzen Ana riß er den Mund auf und erstarrte. Er sah sie an, als stünde er vor einem Wunder der Natur.

»Claro, a cachaça!« rief Ana. »Wie kann ich vergessen! ... *A cachaça!* Komisch Name, mein Gott! *Ca-cha-ça* ...«

Vor Freude, das altvertraute, eigenartige Wort wiedergefunden zu haben, lachte Dona Ana. Da erst bemerkte sie den Jungen, der sie noch immer vor Schreck erstarrt ansah. Sie streckte eine Hand aus und wollte ihn streicheln. Doch der Junge wich ihr aus, ließ sein Spielzeug stehen und rannte davon. Von weitem hörten sie noch, wie er im Laufen rief:

»Mother, mother! There's a black thing over there. Have you seen it? It's all black, all over.«

Alberto überspielte mit einem Lächeln, wie peinlich es ihm war, daß der Junge Reißaus genommen hatte. Ana lachte noch immer. Anscheinend machte es ihr nichts aus.

»Haben Sie denn nie wieder Portugiesisch gesprochen?« fragte Alberto, um seine Verlegenheit zu vertreiben, aber auch, weil er manchmal kaum verstehen konnte, was sie sagte, zumal sie noch mit starkem Akzent sprach. So wie ihr Deutsch von portugiesischen Nasallauten durchsetzt war, so kehlig war ihr Portugiesisch geworden, es klang eher dem Deutschen ähnlich.

Ana lachte immer noch. Nun erst, ohne auf Albertos Frage einzugehen, kommentierte sie das Vorkommnis:

»Leute finden komisch, *eu pé no chão,* ich meine, barfuß. Schwarz und barfuß ... Aber ich gehe so gern barfuß.«

Arglos hob sie den Rocksaum und zeigte ihre Füße. An keiner anderen sichtbaren Stelle ihres Körpers hatten die Zeit und das Leben so deutliche Spuren hinterlassen wie an ihren Füßen, ihre Zehen waren verkrümmt, die Fersen aufgerissen und die Fußsohlen so dick, als wäre ihnen eine Schutzschicht wie ein Schuh gewachsen.

»Ih, ich nie an Schuh gewöhnen. Geht einfach nicht. Für mich schlimmste Strafe. Schon von früh ich immer gern barfuß, *pé no chão*. In Brasil Schwarze nicht Schuh tragen. Hier nur anzieht, wenn ich muß. Sogar im Winter, wenn kalt ist, ich nur in Pantoffel, verstehen Sie? Mit dicke Strumpf. Niemals Schuh.«

Sie lachte. Und hustete. Wieder sah sie dem davongelaufenen Jungen nach.

»Alle Leute sehen auf mich und Fuß und flüstern. Finden nicht vornehm so ... ohne Schuh. Jesses, wenn sehen, wie ich Pfeife rauchen, dann ... Ist alte Angewohnheit. Schon in Brasil Pfeife geraucht. Und dann, mein Gustav ...«

Sie stockte kurz. Dann lachte sie wieder amüsiert. Alberto fragte noch einmal:

»Sie haben wohl viele Wörter vergessen, nicht wahr, Senhora?«

»Ja, viele, viele Jahre nicht mit *brasileiro* sprechen«, antwortete Ana. »Nur einmal ein paar Portugiesen getrefft. Aber die sprechen alles anders, fast ich nicht versteht. Mit der Zeit ich alle Wörter vergessen. Manche Nacht ich ... *nem no* Traum, verstehen Sie?«

»*Sonho* ... Sie haben nicht mehr geträumt?«

»Nein. Kein Traum mehr auf portugiesisch ...«

»Ach so. Selbst geträumt haben Sie nicht mehr auf portugiesisch.«

»Richtig. *O Senhor sabe,* ich immer selbe Traum hat.«

Ein Leben lang immer wieder diesen schmerzlichen Traum. Wie sie als Kleinkind mit ihrer Mutter in Afrika geraubt worden war. Sie beide in einem Lagerraum eingesperrt. Vielleicht in einem Schiffsbauch, vielleicht in einem großen Haus auf einer Insel. In der Ferne sah man das Land. Im Obergeschoß verhandelten die Sklavenhändler mit den Käufern. Das Mädchen weinte vor Angst. Ein Traum, der die Erinnerung wachhielt.

»Das ganze Leben derselbe Traum ...«

Die Anstrengung, sich auf ihre Muttersprache zu besinnen, war so groß, daß Dona Ana schwer atmete und wieder husten mußte.

»*Quer dizer,* dieser Traum. Immer dieser. Nachher auf deutsch.«

Dann hustete sie heftig. Bis sie fast keine Luft mehr bekam. Mit einer raschen, mechanischen Handbewegung griff sie nach einem Beutel in der Hängematte, zog sehr geschickt, so daß es kaum auffiel, ein kleines Porzellangefäß heraus und spuckte hinein. Ebenso schnell legte sie Gefäß und Beutel wieder zurück, als sollte es möglichst unbemerkt bleiben. Den Blick gesenkt und sichtlich verlegen, sagte sie leise:

»Entschuldigen Sie.«

Dann zog sie, ebenso unauffällig, eine kleine Stofftasche, die ihr an einer Kordel um den Hals hing, aus dem Ausschnitt, entnahm eine Tablette und schob sie sich verstohlen in den Mund.

Auf dem Gebäude des Stabilimento begann eine Glocke zu läuten. Gleich darauf erschien das Dienstmädchen der Familie Mann, um auszurichten, daß schon alle zum Mittagessen bereit seien. Dona Ana stieg unter Mühen aus der Hängematte. Sie gab Alberto ein Zeichen, ihr zu folgen, und machte sich hinter dem vorausgeeilten Dienstmädchen auf den Weg. Die alte Ana hinkte.

*

»Oh, sehr erfreut, Herr Nepomuk«, sagte Julia Mann auf deutsch und erhob sich aus ihrem Korbsessel, um den jungen Brasilianer zu begrüßen, den Ana ihr soeben vorgestellt hatte.

Alberto verbeugte sich zum Gruß vor dem Senator und küßte Frau Mann die Hand. Etwas befangen wiederholte er, zu Julia gewandt, seinen Namen:

»Nepomuceno, Alberto Nepomuceno.«

»Ach so, Herr Nepomuceno. Ein eigenartiger Name. Er klingt gar nicht brasilianisch.«

Julia forderte ihn auf, Platz zu nehmen. Zögernd kam Alberto der Aufforderung nach, zumal Dona Ana zu den Kindern gegangen war. Bevor er auf die Holzplatte trat, die den Boden unterhalb der Hüttenmarkise bedeckte, klopfte er den Sand von den Schuhen, dann setzte er sich auf einen Segeltuchstuhl neben dem kleinen Tisch. Mehr noch als durch den Umstand, daß er Deutsch sprechen mußte, fühlte er sich durch den Senator eingeschüchtert, der, ebenfalls in einem Korbsessel, die Beine übereinandergeschlagen, ihm gegenübersaß und mit sehr förmlicher Miene die Sicherheit des Großbürgers ausstrahlte, der es gewohnt ist, jede Situation zu meistern. Die beiden tiefen Kerben zwischen seinen Brauen verrieten jedoch Verletzlichkeit. Zudem wirkte er fehl am Platz hier am Strand, so als hätte er sein Lübecker Kontor nicht verlassen. Herr Mann hielt die eine Hand auf einen Spazierstock gestützt. Mit der anderen führte er in regelmäßigen Abständen eine stark riechende, sicherlich russische Zigarette zum Mund, und zwar mit derart steifen Bewegungen, daß man meinen konnte, er setze zu einem militärischen Gruß an. Auf dem Tisch der flache Hut. Auf dem Schoß, in einer Hülle, ein geschlossenes Buch. Wortlos, keinen Muskel verziehend, blickte er in die Ferne.

»Signore, welch eine Freude, einem Brasilianer zu begegnen. Ein Landsmann ... Sie müssen wissen, ich bin auch in Brasilien geboren!« sagte Julia euphorisch. »Ich habe noch mehrere Verwandte dort, auch zwei Brüder. Sie haben da geheiratet und Familien gegründet. Kurzum, sie sind Brasilianer.«

»Sehr interessant ... Und wo ... wo in Brasilien leben sie?« fragte Alberto, bemüht, nicht zu stottern.

»Da muß ich nachdenken! ... Manu lebt in Rio de Janeiro. Nenê ... lebt in der Provinz São Paulo. Eine Kleinstadt. Ein komplizierter Name. Cons ... Consti ... tiçon...«

»Vielleicht Constituição ...«

»Ja, richtig. Constituiçon. In Santos habe ich auch Verwandte. Und noch verschiedene entfernt Verwandte in anderen Teilen des Landes. Mein Pai hat lange in Brasilien gelebt«, und seltsamerweise sagte Julia Pai und nicht das deutsche Wort Vater. »Wissen Sie, er hatte Kaffee- und Zuckerplantagen, und außerdem war er Kaufmann. Später hat er in dieser Stadt Consti ... tuçon gearbeitet, bei einer Binnenschiffahrtsgesellschaft. Er war ein bedeutender Mann. Pai hat Brasilien sehr geliebt.«

»Dona Ana hat mir erzählt ... Er hatte eine Fazenda in Paraty, nicht wahr?«

»An verschiedenen Orten. Aber vor allem dort!« rief Julia fast außer sich, als sie den Namen hörte. »Ach, ich kann mich noch so gut an vieles dort in Buona Vista erinnern. Die Palmen, das Zuckerrohr, der Strand, die Berge, der Himmel. Es war wie im Paradies.«

»Lebt Ihr Vater noch dort, ich meine, in Brasilien?« fragte Alberto, nun schon ein wenig vertraulicher.

»Nein, er ist nach Deutschland zurückgekehrt. Nach den Jahren in Brasilien ist er gereist. Schließlich hat er sich in Italien niedergelassen. Ach, mein Pai! ... Ein wundervoller Mensch. Er ist der Pate meines Sohnes Heinrich, der ihm zu Ehren auch Ludwig heißt. Inzwischen ist er ein alter Herr, mein Pai.

Jetzt ist er zur Ruhe gekommen. Aber früher war er sehr unstet. Von einem Land ins andere, von einer Stadt in die nächste, wie ein Wanderbursche, mein Pai«, sie lachte, ein metallenes, nervöses Lachen. Plötzlich straffte sich ihr Gesicht und nahm einen bedauernden, geradezu gekränkten Ausdruck an: »Dieser Wandertrieb ... Ich glaube, seinen Kindern gegenüber hat er ganz elementare Pflichten vernachlässigt. Nach dem Tod meiner Mutter hat er sich wieder verheiratet, unter für einen Christen nicht ganz üblichen Umständen. Das heißt, er hat seine eigene Schwägerin geheiratet, meine Tante Emma. Und, noch schlimmer, am Ende sein ganzes Vermögen verloren, unser Vermögen ... Ein Ölgemälde meiner geliebten Mutter, das ist alles, was mir geblieben ist.« Julia wiederholte das Wort Mutter auf portugiesisch: »Mãe. Pai hat es mir zur Hochzeit geschenkt. Weil ich darauf gedrängt habe ...«

Als sei er gewohnt, sie zu kontrollieren, blickte der Senator wachsam zu seiner Frau hinüber und nahm seine Lektüre wieder auf.

»Ich bin ein wenig nach meinem Pai geschlagen. Ich liebe Reisen«, sprach Julia Mann weiter. »Und ich ziehe gern um. Ein neuer Ort ist immer anregend. Manchmal denke ich, das kommt alles daher, daß ich auf einer Reise geboren bin, mitten im Urwald. Mein Pai hat das immer erzählt.« Sie lachte ausgelassen. »Wahrscheinlich bin ich auch zur Wanderschaft geboren ...«

Das Dienstmädchen kam mit einer der Töchter, der ältesten, vom Meer und half ihr beim Abtrocknen, wobei sie das Mädchen streng tadelte:

»Mademoiselle Lula will also mit der gleichen Hautfarbe wie die hiesigen Kinder aus dem einfachen Volk nach Lübeck zurückkehren!« Und mit einem Blick zu Julia Mann erklärte sie gereizt und vorwurfsvoll: »Sie weigert sich, den Strandhut aufzusetzen, Madame!«

Julia Mann streckte eine Hand aus und strich liebevoll über das sandige Haar ihrer schmalen, traurig dreinschauenden Tochter – ein etwa dreizehnjähriges Mädchen. Dann sagte sie, zu dem Dienstmädchen gewandt, in sprödem, gebieterischem Ton:

»*Alors, Clémentine, ça suffit!* Solch eine Aufregung wegen einer solchen Kleinigkeit ist völlig unangemessen! Das Kind braucht die Sonne ...«

Der Senator, der noch zu lesen versuchte, bewegte sich ungehalten in seinem Korbsessel. Julia seufzte verdrossen. Offenbar war die Angelegenheit für sie erledigt, als sie sich Nepomuceno zuwandte und nun in gewählten, schmeichelnden Worten fragte:

»Und was führt einen so stattlichen und so blühenden jungen Mann wie Sie, Senhor Nepomuceno, ganz allein hierher, in dieses von streikenden Arbeitern und Anarchisten erschütterte Europa?«

Alberto berichtete von seiner Arbeit und der Pension, die ihm die brasilianische Regierung gewährt hatte.

»Oh, dann sind Sie also Musiker? Ich liebe das Klavierspiel ...«

»Und jetzt gehe ich zum Studium nach Berlin«, ergänzte Alberto, worauf er sich gleich korrigierte: »Das heißt, im September will ich um meine noch ausstehende Prüfung an einem Berliner Konservatorium nachsuchen.«

»Sie werden in Berlin studieren?! Wie wunderbar!« rief Julia Mann geradezu kindlich entzückt. »Ein klassischer Komponist ... Womöglich der brasilianische Beethoven! *Mon Dieu,* wie Brasilien sich entwickelt hat! Womit ich sagen will, zu meiner Zeit gab es nichts dergleichen. Nur Kaffee, Zucker und Urwald ...«

»Heute gibt es in Brasilien große Städte mit guten Orchestern«, erwiderte Nepomuceno sichtlich unangenehm berührt. »Rio de Janeiro zum Beispiel ist eine sehr große ...«

Julia Mann wurde gewahr, welche Mißstimmung sie herbeigeführt hatte, weshalb sie mit dem gleichen nervösen Lachen wie zuvor Alberto ins Wort fiel und verlegen einwarf:

»Entschuldigen Sie! Welch einen Unsinn sage ich da. Ich war ja nur ein kleines Mädchen auf einer Fazenda ... Von Brasilien weiß ich fast gar nichts.«

Bei diesen Worten senkte Julia leicht den Kopf. Gleich darauf schaute sie wie absichtlich nahezu arrogant wieder hoch. Zwar waren schon die ersten Spuren der Zeit zu erkennen, doch besaß Frau Mann ein stolzes Profil, in dem sich fester Wille mit Zartheit verband. Im Gegensatz zu den strengen Linien von Nase und Kinn, die der untadelig frisierte Haarknoten noch unterstrich, war ihr Mund ganz reizend fein geschnitten, und ihre Augen, ebenso schwarz wie das Haar, glänzten derart leidenschaftlich, daß ihr sprühendes Funkeln allzu wenig diskret anmuten konnte. Die gereizte Stimmung des Senators, der immer wieder halb befremdet, halb verärgert zu seiner Frau blickte, bewies dies im übrigen. Doch damit nicht genug, zwei Grübchen neben den Mundwinkeln gaben ihrem strahlenden Lächeln etwas Keckes und Verführerisches.

»Aus welcher Gegend in Brasilien stammen Sie, Herr Nepomuk?« fragte sie.

Überraschenderweise mischte sich der Senator leicht gereizt in das Gespräch ein und korrigierte sie:

»Er heißt Nepomuceno, Julia. Herr Nepomuceno.«

»Ach ja, entschuldigen Sie, Herr Nepomuceno«, sagte Frau Mann in übertrieben emphatischem Ton. »Es ist mir wirklich sehr peinlich ... Wahrscheinlich verwechsele ich Ihren Namen mit einer Romanfigur. Ich lese nämlich sehr gern Romane.« Sie lachte. Ein unerwartet helles, fast metallisches Lachen, doch blieb ihr Mund geschlossen. Ihr Gesicht indes leuchtete vor scheinbar ehrlichem Entzücken: »Ich begegne fast nie Brasilianern, ich meine, Menschen aus meinem Heimatland, Sie verstehen. Die portugiesische Sprache habe ich vollkommen vergessen ... Häufig vergesse ich sogar, daß ich Brasilianerin bin ... Schließlich war ich noch klein, als ich das Land verließ ...«

Aus welchem Land sie stammt, daran braucht sie wahrhaftig nicht zu erinnern, dachte Alberto nicht ohne eine gewisse Ironie. Dieses ungezwungene Lachen, das hier, trotz des Bemühens, es zu mäßigen, übertrieben laut klang, war ihm aus Brasilien vertraut. So wie auch der feuchte Glanz ihrer Augen und die fast extravagante Gestik. Zudem ähnelte selbst das Gesicht der Julia Mann weit mehr den südländischen Zügen der Bediensteten und Händler an diesem Strand als denen der reichen, vorwiegend angelsächsischen und slawischen Sommergäste. Allerdings konnte sie unvermittelt hochmütig blikken und wahrte im Sitzen eine ausdrücklich korrekte Haltung, ganz Dame der guten Gesellschaft. Ihr leichtes, helles Wollkleid, blaugestreift und mit Spitzen verziert, der kleine Strohhut, wie es der letzten Saisonmode entsprach, und die Schuhe aus feinem, goldbraunem Leder zeugten gleichfalls von Großbürgertum. Doch mit ihrem häufigen Lachen, ihrem ständig unruhigen Blick und der lebhaften Gestik wirkte Julia ein wenig seltsam, so als stimmte etwas mit ihr nicht, als wäre etwas im wahrsten Sinne verrückt. Frau Mann stach unübersehbar von ihrer Umgebung ab – ein paar verstohlene Blicke auf sie bewiesen deutlich, daß diese Frau anders geartet, so eigenartig war, daß sie sich mitunter sogar unziemlich verhielt. Julia Mann konnte gar nicht verleugnen, daß ihr die Fremdartigkeit angeboren war. Alberto betrachtete das Ehepaar. So merkwürdig es auch scheinen mochte, Julia und ihr Mann paßten zusammen, weil sie beide, jeder auf seine Art, nicht hierher paßten.

»Nein, das stimmt nicht.«

Wieder lachte Julia ihr herzhaftes Lachen, das fast in schallendes Gelächter umgeschlagen wäre, hätte sie sich nicht bemüht, es zu unterdrücken, indem sie den Mund geschlossen hielt.

»Ich habe meine Heimat nie vergessen«, fuhr sie fort. »Meine Kinder haben brasilianische Namen, das heißt, fast alle. Nicht nur Luiz Heinrich, auch meine Lula hier, sie heißt Julia, wie ich. Und die da ...«, sie wies auf den Strand, wo Dona Ana mit einem Mädchen Muscheln sammelte, »... heißt Carla Augusta Olga Maria, meine kleine Carla.« Sie lachte amüsiert, als hätte sie eine Anekdote erzählt. »Ein paar portugiesische Wörter habe ich noch behalten. Ich weiß noch ... *beija-flor*, der Kolibri. Und *urubu*, ein großer Vogel, kennen Sie den? Und *carne-seca*, ach, wie gern habe ich immer *carne-seca* gegessen, das Trockenfleisch.« Sie seufzte. »Außerdem habe ich noch eine *berceuse* in Erinnerung, die man mir als Kind vorgesungen hat. Aber ich verstehe den Text nicht ...«

»Und wie ging diese *berceuse?*« fragte Alberto lebhaft interessiert.

»Ich habe sie auch meinen Kindern zum Einschlafen vorgesungen. Lula, erinnerst du dich noch an das Lied, daß ich immer gesungen habe, als du klein warst?«

Das Mädchen, dessen Badekostüm inzwischen getrocknet war, las, sichtlich schmollend, in einem Buch. Nicht sonderlich interessiert, schüttelte sie den Kopf. Aber Julia hatte den Blick schon abgewandt. Ein Strahlen ging über ihr Gesicht, als sie in schwerfälligem, mühsam artikuliertem Portugiesisch, doch mit zarter, ungemein lieblicher Stimme zu einer klagenden Melodie ansetzte:

»›*Molequinho do meu pai não me cortes os cabelos. Minha mãe me penteava, minha madrasta me enterrou, pelos figos da figueira que o passarinho comeu* ...‹ Weiter weiß ich es nicht mehr.«

»Ein hübsches Lied«, sagte Nepomuceno lebhaft. »Eigenartigerweise kenne ich das gleiche Lied in einer anderen Version. In Nordbrasilien heißt es nicht ›Negerknabe‹, sondern ›Gärtner meines Vaters‹. Die Melodie ist auch anders ... Aber es ist dieselbe Geschichte von dem Mädchen, das von der Stiefmutter begraben wird ...«

»... und zum Schluß entdeckt der Vater es und holt das Mädchen noch lebend heraus«, ergänzte Julia ganz begeistert. Doch gleich darauf legte sich ein Schatten auf ihr Gesicht, und sie gestand unverhohlen: »Ich habe schreckliche Angst, man könnte mich eines Tages für tot halten und bei lebendigem Leibe begraben. Das nennt man Katalepsie, nicht wahr? Ein wahrer Alptraum ...«

Es schauderte sie fast spürbar, als wollte sie einen furchtbaren Gedanken abschütteln. Sekundenlang schweifte ihr Blick melancholisch in die Ferne. Vor der benachbarten Hütte diskutierte laut eine Familie.

»Ansonsten ist meine Heimat nur noch eine ferne Erinnerung«, sprach sie weiter. »Manchmal träume ich, daß ich dort bin. Wahrscheinlich ist inzwischen alles ein Traum. Die Wolkenbrüche, die über unserem Haus niedergingen, die Sklaven, die Schlangen, die Feste. Meine Heimat ... Alles ein Traum!« Ihr Blick wurde traurig, sie atmete tief ein. Dann reagierte sie so abrupt, als wäre es Absicht. Sie hob den Kopf, streckte die rechte Hand vor, um einen Ring zu zeigen, und stellte in der Pose einer Heldin fest: »Er besteht aus fünf Reifen, dieser Ring. Für jedes meiner Kinder einer. Meine Heimat sind meine Kinder.« Sie verstummte, dann lachte sie traurig: »Natürlich hat die Mutterschaft ihren Preis. Sie muß unter steifen Korsetts verborgen werden ...«

Wahrscheinlich wünschte sie sich andächtiges Schweigen nach diesem ungewöhnlich freimütigen und – dem Rutschen des Senators auf seinem Stuhl nach zu urteilen – fast zu weit gehenden Geständnis. Doch statt dessen redeten und lachten die Nachbarn noch lauter. Julia konnte nicht an sich halten.

»Dieser Lärm ist nun wirklich unwürdig!« rief sie empört. Und zu ihrem Mann gewandt, als erwartete sie von ihm, daß er dagegen vorgehe: »So etwas kann man doch nicht dulden!«

Vom Lärm der Nachbarn ebenso unangenehm berührt wie von dem Kommentar seiner Frau, rückte sich der Senator in seinem Korbsessel zurecht und gab vor, nicht zu wissen, wovon sie sprach, und es hatte den Anschein, als gehörte dies zur Taktik im Umgang des Ehepaares miteinander.

In diesem Augenblick wies Lula zum Strand:

»Oh, da kommt Tommy!«

Julia Manns Gesicht hellte sich sofort auf.

»Tommy, mein Kind!« rief sie laut. »Komm her! Nach dem Tee gibt es eine Vorführung mit der Laterna magica. Im großen Kursaal. Und einen Zauberer!« Aufgeregt erklärte sie Nepomuceno: »Tommy liebt solche Dinge! Er schreibt Stükke für ein Puppentheater ...«

»Ich auch ... Ich möchte es auch sehen«, sagte Lula, das Buch in den Händen schwenkend und noch immer schmollend, weil sie lieber im Sand gesessen hätte.

»Natürlich kommst du auch mit, mein Schatz. Wir gehen alle zusammen«, antwortete Julia und sah angespannt zu ihrem halbwüchsigen Sohn, der ihnen im Vorübergehen kurz den Kopf zuwandte, mit einer Handbewegung lediglich einen knappen Gruß andeutete und gedankenversunken seinen Weg den Strand entlang fortsetzte.

Mit einem scharfen Blick sah Alberto den leicht gebräunten Teint des Jungen, den dunklen, ins Gesicht fallenden Haarschopf, die verschlossene Miene und das streng in die Ferne gerichtete Augenpaar. Entzückt, fast euphorisch bemerkte Julia noch einmal:

»Das ist mein Thomas. Ist er nicht schon ein richtiger junger Mann? Fünfzehn Jahre ist er alt. Gerade geworden ...« Wieder rief sie ihm nach: »Komm zum Mittagessen, Tommy!«

Doch der Junge hörte nicht hin. Er trug einen dunkelblauen Matrosenanzug mit breitem, weißgestreiftem Kragen, ein gestreiftes Hemd und Kniebundhosen – für einen Fünfzehnjährigen ein allzu kindlich anmutender Aufzug. Unter dem Arm hielt er ein Buch, als einzigen Begleiter. Als sie merkte, daß er nicht stehenblieb, wies Julia das Dienstmädchen an:

»Lauf und hol Tommy. Und sorg dafür, daß er die Mütze aufsetzt, bevor er zum Restaurant hinaufgeht. Und bring auch gleich Carla mit ... sonst verspäten wir uns noch.«

Tatsächlich zogen bereits andere Familien auf dem Weg zum Mittagessen im Stabilimento an der Hütte der Manns vorüber.

»Ach, mein Tommy«, sagte Julia, zu Nepomuceno gewandt. »Er ist ganz verbiestert, weil es ihm hier am Lido nicht gefällt. Er beklagt sich, daß es hier keine Esel zum Reiten gibt, und vermißt den Leuchtturm von Travemünde, dort hat er immer so gern Verstecken gespielt. Er wäre fraglos lieber dort im Hotel Stadt Hamburg, dabei ist es nichts im Vergleich zum Bauer-Grünwald, in dem wir in Venedig wohnen.« Sie blickte übertrieben leidend und hilflos. »Dieses Alter ist so schwierig! ... Er möchte seine Unabhängigkeit, verhält sich aber noch wie ein Kind. Er begreift gar nicht, daß er schon groß ist ... Er ist so launisch, mein Tommy ...« Sie ordnete ihr Haar, wechselte den Tonfall und wandte sich mit einer bissigen Bemerkung wieder dem Thema zu, das ihr offenbar am Herzen lag: »Ach, armseliges Travemünde ... Eintagsfliegen aus dem guten Mittelstande! ...«

Der Senator warf seiner Frau einen kurzen Blick zu, als hätte er eine verschlüsselte Botschaft aufgefangen. In diesem Augenblick erschienen Dona Ana und das Dienstmädchen mit der kleinen Carla Mann, einer Neunjährigen, die mit ihrem blonden, viel zu kurz geschnittenen Haar eher wie ein Junge aussah. Da ihr Badekostüm sehr naß und voller Sand war, trat eine gewisse Hektik ein, denn man war schon fast zu spät dran. Julia warf stumm einen grimmigen Blick in Anas Richtung, während sie der Kleinen beim Abtrocknen half. Sowie alle bereit waren, gingen das Dienstmädchen und die Kinder zum Restaurant voraus, gefolgt vom Senator. Julia wartete auf den Wärter des Stabilimento und wies ihn an, die ringsum verstreuten Utensilien einzusammeln. Dann rückte sie rasch ihren Hut zurecht, klappte den Sonnenschirm auf und erklärte, bevor sie sich daran machte, ihrer Familie nachzugehen:

»Ach, Herr Nepo! Darf ich Sie so nennen? ... Das ist einfacher ... Sie entschuldigen uns. Ana mag nicht mit den anderen zusammen essen. Doch wenn Sie möchten, wäre es uns natürlich eine Freude, wenn Sie uns Gesellschaft leisteten. Das Restaurant ist nicht nur gut, es ist auch das einzige weit und breit ...«

Alberto bemerkte Julias eigenartigen Blick, der ihm rasch auswich, als sagte sie nicht die ganze Wahrheit. Doch bevor er antworten konnte, ging sie entschlossenen Schritts über den Sand davon.

*

Dona Ana legte ihren Beutel auf das Tischchen. Alberto und sie saßen allein unter der Marquise der Mannschen Hütte. Nachdem die Sommergäste zum Mittagessen ins Stabilimento gegangen waren, lag der Strand fast verlassen da. Nur hier und da lief ein *cameriere* geschäftig hin und her und sammelte benutzte Gläser und leere Flaschen ein. Von fern erklang, vom Orchester des Restaurants gespielt, ein Menuett von Boccherini. Dona Ana holte eine Vespertasche aus ihrem Beutel, öffnete sie langsam und brachte ein Stück Schwarzbrot und eine dicke Salami zum Vorschein. Sie teilten sich den Imbiß.

*

»Donana, wann sind Sie aus Brasilien weggegangen?«

»Ach, weiß ich gar nicht. Hierher ... *Um momento!* 57, 58. Ja, 58 ich mit Kinder in Lübeck ankam. Ich war zwanzig, etwas mehr. Jetzt ich bin fast sechzig ...«

»Dann sind Sie also schon sehr lange hier ...«

»O ja! Seit 58. *Me diga, já faz ...*«

»Über dreißig Jahre ... Du liebe Zeit, Donana! Seit mehr als dreißig Jahren sind Sie schon in Deutschland.«

»So lange schon, Siozinho Alberto? Mehr als dreißig Jahr hier. Fern von Brasil. Um Gottes willen! Kann man nicht glauben.«

»Und, war es schlimm für Sie?«

»Am Anfang ich denke, ich verrückt werden. Nachher ... Also, in Brasil ist gut. Hier manches nicht gut. Aber hier gibt keine Sklaven wie in Brasil.«

»Nein, Donana. Jetzt gibt es auch in Brasilien keine Sklaven mehr. Haben Sie nicht gehört, daß die Sklaverei da abgeschafft worden ist?«

»Abgeschafft? Woher soll ich wissen? Die Leute hier wissen gar nicht, daß Brasil gibt. Also kein Sklave mehr in Brasil? Gar nicht mehr ...?«

»Nein, Donana.«

»Wer das hat gemacht?«

»Das war ein Gesetz, Donana. *A Lei Aurea.* Noch zu Zeiten des Kaisers. Denn jetzt gibt es auch keinen Kaiser mehr.«

»Und wie ist in Brasil ohne Sklaven?« fragte sie unsicher.

»Jetzt sind alle Schwarzen ihre eigenen Herren. Nun ja … Viel hat sich wohl nicht geändert. Aber das kommt noch, so Gott will. Wenigstens müssen die Schwarzen jetzt für ihre Arbeit bezahlt werden. Es war ein harter Kampf, Donana. Aber wir haben es geschafft. Sie können sich nicht vorstellen, was für ein wunderschöner Tag das war, der 13. Mai! Alle Kirchenglocken in Rio de Janeiro läuteten …«

Schon früh morgens große Aufregung. Überall bunte Papierwimpel. Auf dem Campo de Santana waren Menschen auf das Verdeck der Kutschen, die Planen der Pferdebahnen, die Dächer, die Baugerüste, die Parkzäune geklettert, selbst an den Telefonmasten und Gaslaternenpfählen hingen sie. Die Kutschen und Pferdebahnen kamen nicht mehr voran. Die Soldaten der Kavallerie konnten nur zusehen und ihre Pferde im Zaum halten. Obwohl es Sonntag war, hatte der Senat sich versammelt und mit überwältigender Mehrheit für das Gesetz gestimmt, das die Sklaverei in Brasilien beendete. Nach der öffentlichen Bekanntgabe Jubel und Hochrufe. Feuerwerk knallte. Ein Taubenschwarm flog auf. Kanonenböller von den Festungen und Schiffen. Alle waren außer Rand und Band. Neuerliches Jubelgeschrei und Hochrufe. Mit Blumen und Fahnen strömten die Leute zum Largo do Paço, wo sich schon ein Menschenmeer versammelt hatte. Als dann die Prinzessin Isabel das Gesetz gegengezeichnet hatte, kannte der Jubel keine Grenzen mehr. José do Patrocínio wurde im Triumphzug auf den Armen getragen. In der überfüllten Rua do Ouvidor spielten und tanzten Musikgruppen die Quadrille »Abolicionista« der Sklavereigegner. Serenaden auf den Plätzen. Überall Musik. Die Abolitionisten-Gesellschaften zogen mit ihren farbenprächtigen Bannern durch die ganze Stadt. Die Karnevalsklubs spielten und tanzten auf den Straßen. Allen voran Os Fenianos, die so erbittert gekämpft und für Unterstützung der Befreiung der Schwarzen geworben hatten. Das Fest dauerte bis spät in die Nacht. Negergruppen zogen musizierend durch die Straßen. Die Rhythmen ihrer Trommeln, Marimbas und Reco-Recos erfüllten die Luft mit den Klängen der Freiheit. Im letzten

Moment komponierte Lieder wurden vorgetragen. Die Schwarzen sangen Vierzeiler. »Und ohne jedes Blutvergießen, olá, olé! Hoch lebe Zé do Patrocínio! Olaré!« Welch ein Jubel an jenem 13. Mai 1888.

»Eine ganze Woche lang wurde gefeiert, Donana. Es gab eine Messe im Freien, Theateraufführungen, Wettrennen, Regatten, große Bälle für das Volk, ja sogar Stierkämpfe, alles zur Feier der Abschaffung der Knechtschaft.«

Die Sonne stand hoch am Himmel. Dona Ana hörte schweigend zu und befächelte sich mit ihrem Hut. Da es selbst im Schatten der Hütte sehr heiß war, hatte sie das weiße Tuch, das sie niemals vom Kopf nahm, ein wenig zurückgeschoben. Da sah Alberto, daß ihr ergrautes Haar am Ansatz schütter wurde. Dadurch wirkte die faltige Stirn der alten Frau sehr hoch und verlieh ihr etwas Ehrwürdiges.

»Arme Schwarze.«

So sprach Dona Ana rätselhafterweise.

Venedig, 18. August 1890

Fraglos der faszinierendste Mensch, dem ich je begegnet bin, diese Dona Ana. Ich bin dankbar, daß der Zufall sie mir zugeführt hat. Ihre Geschichte ist so außergewöhnlich, daß alles andere hier in Venedig in den Hintergrund rückt.

6. Kapitel

Am Morgen des nächsten Tages, als Alberto den Lido erreichte, roch die Luft ganz besonders intensiv nach See. Ein wenig beunruhigt, weil er Dona Ana nicht fand, ging er zu der Hütte der Familie Mann. Julia war allein, in die Lektüre von Hoffmanns Novellen vertieft.

»Oh, *buon giorno,* Signor Nepo. Sie ist da drüben«, sagte Julia Mann und wies auf den Strand, wo Ana mit ein paar Kindern Muscheln sammelte. »Ich habe sie gewarnt, daß es nicht gut ist, wenn sie sich in ihrem Zustand so anstrengt. Aber Ana war schon immer starrsinnig. Sie tut, was sie will.«

Alberto hob die Hand und winkte Dona Ana zu, sie winkte von weitem zurück.

»Arme Ana! Wir alle machen uns Sorgen um sie. Sie müssen wissen, Ana ist krank, sogar sehr krank«, sagte Julia Mann. »Sie wollte nicht zur Behandlung nach Travemünde, obwohl ich darauf gedrängt habe. Es wäre so einfach gewesen! Gleich vor den Toren von Lübeck, ein hervorragendes Kurbad, die Seeluft beschleunigt den Stoffwechsel und stärkt den Appetit. Aber statt dessen wollte sie lieber mit uns nach Venedig reisen, was, von allem anderen abgesehen, weit kostspieliger ist.« Sie verstummte und legte das Buch auf den Tisch. In ihren Blick war Wehmut getreten, als sie weitersprach: »Wie hat sie sich verändert, die liebe Ana! Ihre ganze Persönlichkeit ist hin. Nicht einmal Portugiesisch spricht sie mehr, stellen Sie sich vor! Ich frage mich, wie sie in all diesen Jahren gelebt hat ... Sie ist wohl ganz entwurzelt.« Julia Mann seufzte voller Mitgefühl. »Sie tut mir so leid, Herr Nepo.«

Da Alberto nichts antwortete, wechselte sie das Thema:

»Wir gehen heute am späten Nachmittag zum Hippodrom des Lido. Wenn es Sie interessiert, wäre es uns eine Ehre ...«

»Haben Sie Dank für die freundliche Einladung«, erwiderte Nepomuceno in dem Bewußtsein, daß er sich den Besuch eines solchen Orts gar nicht leisten könnte. »Aber ich habe vereinbart, den Nachmittag mit Dona Ana zu verbringen.«

Plötzlich fiel es Julia ein.

»Oh, Herr Nepo, das hätte ich beinah vergessen. Heute nacht habe ich von Brasilien geträumt«, erzählte sie aufgeregt. »Das heißt, ich bin nicht sicher. Es war ein seltsamer, namenloser Ort. Ich befand mich in einer sumpfigen Gegend mit exotischen Pflanzen und vielen Palmen. Auch diese schwimmende Blume gab es da, deren Blatt so groß wie eine Schüssel ist. Und eigenartige Vögel mit riesengroßen bunten Schnäbeln. Im Urwald schien mir, als lauerte eine Raubkatze.

Ich wollte weitergehen, immer weiter. Ich hatte gar keine Angst. Das, was ich empfand, heißt bei Ihnen in Brasilien ... Wenn man einen Menschen vermißt und es tut weh ... Ich weiß, daß es weh tut, aber ich kann mich nicht auf das Wort besinnen.«

Ana kam mit den Mädchen zurück.

»Das ist die *saudade*, Frau Mann«, erklärte Alberto.

»Sau ... da ... de«, wiederholte Julia mühsam auf portugiesisch. »Ja, das war es, was ich empfand. *Saudade*. Wir nennen es Sehnsucht.«

Sie schwieg. Dona Ana erschien. Strahlend zeigten Lula und Carla kleine Muscheln in den verschiedensten Farbtönen, die die Ebbe auf dem Sand zurückgelassen hatte.

»Alle beide wie Mutter«, bemerkte Dona Ana in gebrochenem Deutsch. »Als klein, Dodô auch gern Muscheln an Strand sammeln. Mit Schwester Maria. Im Travemundo. Wissen noch?«

Ana hatte zu Julia gesprochen, und Julia verbesserte sie gereizt:

»Travemünde, Ana. Travemünde.« Und dann, ungehalten: »Du mußt mehr auf deine Gesundheit achten, Ana. Du darfst dich nicht so anstrengen! Und dann ißt du auch noch kaum etwas. Du kannst dich doch nicht wie ein Kind aufführen ...«

Anas Lachen endete in einem Hustenanfall. Alle in der Hütte wechselten beunruhigte Blicke. Vor allem das Dienstmädchen geriet in Panik. Ana zog sich zurück. Alberto ging ihr nach. Sie wanderten den Strand entlang bis zum Ende der Hüttenzeile.

*

Und weil es Dona Ana über dreißig Jahre lang (genau wußte sie das nie) wie ein Stein im Leib gelegen hatte. Und weil sie alles durchgemacht hatte, ohne mit jemandem in ihrer Einsamkeit sprechen zu können. Und weil sie es genoß, sich in der Sprache ihrer Vergangenheit auszudrücken. Und weil sie schon immer gern geschwatzt hatte. Und weil das in der

Sprache ihres jetzigen Lebens zu schwierig war. Deshalb setzte Dona Ana, als sie Alberto zum Zuhörer hatte, zu ihrem Bericht an.

»An dem Tag, als ich *quase* zurück *pro* Brasil. *Eles em* Hamburg attackiert mich. Und mein Geld. Weg. Alles weg. Diese Männer, Siozinho. Ich wollte Schiff nehmen nach Brasil.«

Ana wurde in Hamburg in der Hafengegend von mehreren Männern überfallen. Vermutlich betrunkene Matrosen, sie hatte es nie im einzelnen erzählt. Sie nahmen ihr das Geld ab, das Seo Luiz Bruhns ihr für die Reise geschickt hatte, und außerdem ihre kümmerlichen Ersparnisse. Aber anscheinend war es nicht nur das gewesen.

Dona sprach nicht die ganze Wahrheit.

Denn anscheinend war da noch etwas gewesen, noch viel mehr.

Dona Ana machte Andeutungen, brachte es aber nicht über die Lippen. Alle in Lübeck redeten darüber, daß Ana nicht nur mit zerrissenen Kleidern zurückgekommen war, sondern auch mit blutendem Körper.

Ohne Geld nach Lübeck zurückzukehren war schwierig. Also ging sie zu Fuß los. Jemand sammelte die noch benommen wankende Ana auf der Landstraße auf. Wer kannte nicht die schwarze Frau aus Brasilien?

Wieder bei den Bruhns in Lübeck, rührte Ana kaum an das Thema. Sie weinte leise vor sich hin. Alle hatten Mitleid, aber keiner wußte, was man tun sollte. Manche Dienstmädchen verspotteten sie hinter ihrem Rücken. Wenn sie zum Einkaufen aus dem Haus ging, tuschelten die Leute hinter ihr. Andere warfen ihr mißbilligende Blicke zu.

Ana ging, den Kopf gesenkt, mit ihrem Einkaufskorb weiter.

Mißbilligende Blicke begleiteten die Schwarze aus Brasilien überall auf ihrem Weg. Ana merkte es. Sprach aber nicht darüber. Sie hatte niemanden, mit dem sie auf brasilianisch darüber reden konnte, Deutsch sprach sie damals noch nicht.

Zwei Tage nach ihrer Rückkehr lief sie wie von Sinnen aus dem Haus. Eduardo Bruhns lief hinterher. Er fand sie auf einer Brücke, sie wollte in die Trave springen.

Ich will sterben, ich will sterben, schrie sie.

Unten strömte die Trave gleichmütig dahin. Ganz friedlich.

Ihre Tränen vermischten sich mit dem Wasser der Trave.

Ana kam völlig aufgelöst zurück. Sie quälte sich. Was sollte bloß aus ihr werden. Kein Geld für die Rückkehr nach Brasilien, für gar nichts. In einem vollkommen fremden Land. Wie sollte sie den beiden Mädchen ins Gesicht sehen, von denen sie sich nicht einmal verabschiedet hatte. Mit Nenê war es kein Problem. Er war noch so klein, daß er nicht recht begriff. Er wußte gar nicht, daß Ana weggelaufen war. Aber wenn die Mädchen aus dem Pensionat zum Wochenende nach Hause kamen, mußte sie ihnen eine Erklärung geben. Zu ihrer Erleichterung empfingen die beiden sie voller Freude, umarmten und küßten sie. Keinerlei Vorwurf. Sie hatten ihr verziehen.

Das war Balsam für Anas Seele. Wenn auch von kurzer Dauer.

Anas Herz sehnte sich nach einem Wiedersehen mit Gustav.

»Wer war dieser Gustav, Donana?«

»Gustav? ... Gustav?! Sinhozinho weiß nicht, wer Gustav war! ... Ach, dann weiß Sinhozinho gar nichts von schwarzer Anas Leben.«

Mein Gustav. Der verrückte Maler der Stadt, mein Gustav. Jung und immer betrunken, *entende?* Der Trinker, den die ganze Stadt kannte. Ana fürchtete insgeheim, nach dem, was in Hamburg geschehen war, wolle er nichts mehr von ihr wissen. Aber nein. Es dauerte nicht lange, da stand er eines Tages bei den Bruhns vor der Tür, zum Entsetzen und allgemeinen Ärgernis der Familie. Die Dienstmädchen tuschelten und kicherten hinter den Fenstern. Ana konnte nicht mit ihm sprechen. Es wurde ihr nicht gestattet. Doch bei der erstbesten Gelegenheit schlich sie davon und traf sich mit dem Mann ihres Herzens. Er empfing sie mit Tränen in den Augen. Trinkertränen, natürlich, aber Tränen der Liebe und des Glücks. Das genügte. In diesem Augenblick erkannte Ana, daß sie ihn liebte und daß sie geliebt wurde. Was machte ihr Leben aus? Nicht viel mehr als das hier. Aber wenigstens gab es hier Liebe. Mit all der Brutalität und den üblen Seiten eines Trinkers, aber Liebe.

Verstehen Sie?

Vor allem, nachdem die Mädchen sich nach und nach von ihr zurückzogen. Was blieb ihr da noch?

Die Mädchen schimpften. Die alte Großmãe schimpfte, so ein Elend, diese Frau. Die ganze Stadt beschimpfte sie. Und Dodô, ihre geliebte Dodô wurde ihr allmählich ganz fremd. Was blieb ihr noch? Eines Tages, auf dem Heimweg vom Einkauf, traf ein Stein sie am Hinterkopf. Blutend trat sie ins Haus.

»Die Leute fanden, Ana nicht anständig.«

Und dann überstürzten sich die Ereignisse.

Gustavs bester Freund wurde ermordet aufgefunden. Der Hauptverdacht richtete sich gegen Gustav. Die Sache stand für ihn gar nicht gut, denn sie waren in der Mordnacht gemeinsam unterwegs gewesen. Es hieß, der Polizeichef wolle ihn verhaften lassen. Das konnte jeden Moment geschehen. Gustav mußte so schnell wie möglich aus der Stadt. Er bat Ana mitzukommen. Zuerst zögerte sie. Gustav flehte sie an. Ana kannte ihn nicht sehr gut und fürchtete sich vor seiner Unberechenbarkeit. Die Sache mit dem Mord hatte sie nie durchschaut. Aber sie liebte ihn ja. Also blieb ihr kaum eine Wahl. Sie entschloß sich, mit Gustav zu fliehen. So oder so, außer ihm hatte sie niemanden auf der Welt. Sie versuchte, von den Herrschaften ein Empfehlungsschreiben zu erhalten. Die alte Frau Bruhns wurde mißtrauisch und verweigerte es ihr. Trotzdem gab Ana nicht auf.

Der Zirkus rüstete sich gerade, Lübeck zu verlassen und nach Hamburg weiterzuziehen. Gustav hatte sich mit einigen Artisten angefreundet. Sie schmiedeten ihren Plan. Ana traf sich frühmorgens mit Gustav. Gemeinsam eilten sie zum Zirkus, er stand schon zur Abfahrt bereit. Sie versteckten sich in einem der bunten Zirkuswagen.

Niemand in der Stadt wußte, daß sie geflohen waren.

Von geduldigen Pferden gezogen, verläßt die Wagenkolonne Lübeck. Die Räder quietschen. Die Raubtiere in den Käfigen brüllen. Unausgeschlafene Gesichter der Zirkusleute. In den Wagen wird geredet. Geschwatzt. Gelacht. Vor dem kleinen Fenster zog draußen Lübeck vorbei. Mit seinen mittelalterlichen Häusern. Rote Backsteinfassaden, mit der Zeit gedunkelt. Schiffe auf der Trave. Das erste Tuten zu Beginn der Frühschicht im Hafen. Kaum jemand lief herbei, es war noch zu früh. Nur die Stauer, Matrosen und ein paar noch verschlafene Dienstmädchen blieben stehen und sahen ihnen nach. Schon jetzt sehnten sie ihn zurück. Der Zirkus zog davon.

So kam es, daß Ana den Zirkus Krenz kennenlernte. Er sollte in ihrem Leben noch große Bedeutung haben.

Unterwegs nach Hamburg. Gustav mit nichts als einem Rucksack. Ana mit einem Handkoffer und ihrer Hängematte. Vor ihnen dehnte sich der Rachen der weiten Welt. In dem neuen Leben wechselten schlimme Not und Streitereien mit Augenblicken tiefen Glücks. Manchmal hatte Ana große Angst. Gustav kämpfte gegen den Alkohol und die Schwermut. Kaum Arbeit. Wenig Geld. Und die Kriege. Mühsames Überleben. Mitunter hungerten sie sogar. Wie oft hatten sie morgens nur einen Kanten trockenes Brot und abends eine dünne Mehlsuppe, ohne ein Gramm Fett. So fade, die Suppe, daß sie ein wenig Zucker hineinstreuten.

»Und wovon haben Sie denn diese ganze Zeit gelebt, Dona Ana?«

»Ach, Sinhozinho, mal hier was, mal da was. Als noch jung, da war schwarze Ana hübsch und kräftig. Nicht so wie jetzt, so alt, daß ein Jammer ist. Damals schwarze Ana viel in Stoffabrik arbeitet. Dann Dienstmädchen, verstehen Sie, *nas casa de rica gente,* reiche Leute. Bügeln, putzen, kochen, viel Wäsche waschen.«

In Hamburg verdingte Ana sich als Dienstmädchen. Gustav suchte Arbeit auf dem Bau. Hamburg war von einem großen Feuer heimgesucht worden und wurde schon seit Jahren wieder aufgebaut. Die Stadt hatte den Ruf eines Paradieses für Maurer erlangt und lockte die Menschen von überall her an. Aber der Wiederaufbau war schon fast abgeschlossen. Nur mit großer Mühe fand Gustav in einer Vorstadt Arbeit, beim Bau einer Villa in Eimsbüttel. Doch das währte nicht lange, schon bald hatte die Lübecker Polizei ihn ausfindig gemacht. Und nun wurde Ana als Komplizin von Gustav Sternkopf gejagt. Wieder mußten sie Hals über Kopf fliehen.

Danach ging es kreuz und quer durch ganz Deutschland, von einer Stadt in die andere. Über die Landstraße, auf Flüssen, mit dem Zug. Wie Nomaden. Fast ohne Gepäck. Ein Koffer mit ihren wenigen Habseligkeiten und Anas Hängematte als Bündel. An Kleidung nur, was sie am Leib trug. Kleid, Jacke und das Kopftuch. Gegen die Kälte eine zerlöcherte Decke. In Krefeld arbeitete Ana als Weberin in einer Stoffabrik. Der Lohn war miserabel, drei Taler pro Woche, wenn sie die Höchstleistung erreichte, und das waren hundert Ellen Stoff. Dafür mußte sie von fünf Uhr früh bis abends um neun arbeiten. Im Winter plagten sie nicht nur die unvermeidlichen Kopfschmerzen, sie wurde krank. Sie bekam eine Lungenentzündung und wurde entlassen. Auf dem Krankenlager überkam sie tiefe Traurigkeit. Der Lebensmut verließ sie. Wo war sie? Welches Schicksal war ihr bestimmt? Gustav pflegte sie. Zu dieser Zeit hatte er glücklicherweise keine festen Arbeitszeiten. Zuvor hatte er bei einem Glaser Arbeit gefunden und dann auf eigene Rechnung weitergemacht, er zog mit seinem Glaserkasten von Haus zu Haus. Zum Glück konnte er reichlich Brennholz beschaffen und sogar Fleisch. Es dauerte, bis Ana genas. Nicht nur von der Lungenentzündung, sondern auch von dem Schmerz darüber, daß sie ein so zielloses Leben führten. Monatelang war sie geschwächt. Wollte nicht essen. Gustav gab sich mit den Mahlzeiten größte Mühe, zwang sie besorgt. Iß, Ana. Ana wimmerte den ganzen Tag. Nachts wachte sie weinend auf. Denn sie gehörte nirgendwohin. Paßte in keine Umgebung.

Konnte nirgendwohin zurückkehren, weil sie nirgendwohin gehörte. Wozu essen, wenn das Essen keinen Weg wies? Wozu schlafen, wenn es keine Träume gab? Sie war doch nur ein schwarzes Häufchen in einer Ecke, ein Lumpen des Lebens. Gustav sah sie entsetzt an. Anscheinend war es Ana gleichgültig, daß er sie liebte. Und das war das Allerschlimmste. Daß ihre Liebe fast verkam, das konnte er nicht ertragen. Eines Tages faßte Gustav einen Entschluß. Er besorgte einen Bottich, kaufte Seife und machte viel Wasser heiß. Dann steckte er Ana in den Bottich und badete sie. Er seifte sie ab. Dann rieb er sie ganz langsam mit einem Tuch trocken. Und sprach zu ihr. Als spräche er zu sich selbst. Leise, Wort für Wort, an ihrem Ohr, im Tonfall eines Kindes, das auf sein Spiegelbild einredet, und er redete auf Ana ein, die *genauso zum Exil verdammt ist wie ich, wir beide. Ich kann deinen Jammer verstehen,* und dann parfümierte er sie und legte sie zum Schlafen hin und nahm sie in den Arm und wiegte sie, bis sie seit Monaten zum ersten Mal die Nacht ganz durchschlief. Am Morgen machte er ihr das Frühstück. Und ging mit ihr im Schnee spazieren. Und während sie langsam wanderten, wies er auf die Menschen und redete und lachte ganz selbstsicher, *ja, glaubst du denn, die Leute wüßten, woher sie kommen und wohin sie gehen? Nein, Ana, sie leben im Exil und wissen es nicht, weil sie sich vor diesem Wissen fürchten, aber du weißt es, Ana, du hast deine Augen offen, du kannst sie nicht verschließen und weißt, das Exil ist überall, du kennst die Welt viel besser als sie, bist gereist, hast vieles gesehen, aber nicht nur das, Ana, dank deiner Hautfarbe hast du eine besondere Kenntnis der Welt, deshalb sind sie im Vergleich zu dir wie dumme Kinder, sie glauben noch, sie gehörten irgendwohin, zu ihren Familien, ihren Kindern, und ihnen gehörte etwas, arme Leute, die haben ja keine Ahnung, verstehst du, Ana?, die Hauptsache wissen sie nicht, daß man nämlich lernen muß, auf der Welt wie in einer Wüste zu leben, denn alles ist fremd und wüst, nur unser Herz nicht, in unserem Herzen hören wir das Echo der Welt, und die Welt kann man nur im Widerhall hören, verstehst du, die Welt spricht eine fremde Sprache, und nur unser exiliertes Herz kann sie übersetzen, und deshalb, Ana, brauchst du keine Angst vor dem Exil zu haben, im Gegenteil, du mußt es als Reichtum empfinden, daß du keine Heimat hast, manchmal muß man auf Abstand gehen, einen Ozean überqueren, damit man alles aus der Nähe sieht, Ana, und das ist die beste Art, auf der Welt zu sein, fern und doch nah, in dem Wissen, daß einem alles genommen ist, das tut weh, ich weiß, daß man unwiderruflich nichts mehr hat, es ist schrecklich, aber so gehen wir durch das Leben, nackt, wie wir geboren werden, Kleider sind Lügen, wir sind für immer arm, nie werden wir lernen, eine allen gemeinsame Sprache zu sprechen, wir versuchen es nur, unser Leben lang versuchen wir zu verstehen, Ana, verstehst du mich?* Ana blickte auf den Schnee. Nie war die Wüste so schön gewesen wie an diesem Tag.

Ana genas. Sie wünschte sich, Gustav hätte mehr Zeit und malte wieder. Die beiden zogen in eine andere Stadt. Also wieder Dienstmädchen bei einer Familie. Die Herrin zwang sie, ihr Haar abzuschneiden, aus hygienischen Gründen. Fast ratzekahl. »Zum Schutz vor Läusen«, wie die anderen Dienstmädchen sie hinterhältig aufklärten. Obwohl es Gustav nicht gefiel, trug Ana von nun an das Haar kurz. In dieser Zeit konnte sie sich ein neues Kleid kaufen. Welch ein Jubel! Doch die Stelle währte nicht lange. Die Herrin teilte ihr das Essen zu, so daß Ana fast Hunger litt. Wieder zogen sie in eine andere Stadt. Ana verdingte sich als Wäscherin in einem Hotel. Den ganzen Tag mußte sie Wäsche einseifen und scheuern. Damals begann sich ihr Buckel zu bilden. Gustav fand nur in einem Kohlebergwerk Arbeit. Schwerstarbeit für ihn. Am Wochenende schlief er nur, zum Malen blieb keine Zeit. Das trieb ihn zur Verzweiflung, und die Verzweiflung ertränkte er im Alkohol. Einmal erschien er betrunken in Anas Hotel, beschimpfte den Besitzer, schlug alles kurz und klein. Aus Eifersucht. Die Polizei wurde geholt. Ana verlor die Stelle. Sie reisten weiter. Nach Schlesien. Leinen- und Baumwollfabriken in verschiedenen Städten – Bielau, Peterswaldau, Arnsdorf und viele andere. Wo sie an Deutschlands

Leichentuch weben, wie es in einem bekannten Pamphlet von Heinrich Heine hieß, das in der Gegend verbreitet wurde. Doch dort waren die Löhne und das Elend noch schlimmer. Also nach Leipzig. Ana arbeitete wieder als Hausmädchen. Die Umstände zwangen Gustav zu einer Arbeit, die er verabscheute: Grabsteine meißeln. Dabei kam ihm die kurze, unerquickliche Lehre bei einem Bildhauer zugute, die er in seinen Pariser Zeiten absolviert hatte. Er meißelte die Daten der Toten und die Nachrufe der Lebenden. Requiem über Requiem, die ihm die Hände mit Wunden und Blasen bedeckten. Ruhe in Frieden. Kleine Blumen. Mitleidige Engel. Der Tod mit seiner Sichel. Ewiger Friede. Und betende Hände. Vielleicht fühlte er sich von der unfreiwilligen Erinnerung an Paris beflügelt, jedenfalls malte er wieder. Lange Zeit. Er meißelte die Grabtüren der Toten. Und lebte beim Malen. Große Begeisterung, am Leben zu sein. Er diskutierte über Politik. Ärgerte sich über Bismarcks galoppierenden Militarismus, der den Militärdienst von zwei auf drei Jahre verlängert hatte und ein durch ein starkes, diszipliniertes Heer vereintes Deutschland anstrebte, unter der Führung Preußens und dem Befehl des nicht weniger schrecklichen Generals von Moltke. Gustav haßte den Reichskanzler, er nannte ihn den »großen Solisten« eines Geisterorchesters, nämlich des geeinten Deutschlands. Lähmendes Entsetzen überfiel ihn 1866 nach dem Blitzkrieg, in dem Preußen im Kampf um die deutsche Vorherrschaft Österreich besiegte und nahezu alle Staaten des Deutschen Bundes annektierte. Dies alles im Namen eines schäbigen, fanatischen Nationalismus. Ausländer wurde zu einem Schimpfwort. Gustav malte und verwünschte die von Bismarck verkündete »Eisen und Blut«-Politik. All dies schien paradoxerweise seine Lebensgeister wieder zu stärken. In einem solchen Maße, daß er voller Elan malte, sobald seine Arbeit als Grabsteinmetz ihm dazu Zeit ließ. Er verkaufte sogar ein paar Bilder. Das Leben wurde etwas besser. Gustav malte mit immer größerer Begeisterung. Eine lange Zeit ohne Alkohol. An den Wochenenden malte er unermüdlich, selbst mit wundgescheuerten Händen. Er malte alles. Szenen aus dem Leben. Verschwommen, in mattem Licht, wie er es liebte. Dann lernte er plötzlich den Dresdner Kunsthändler kennen. Es gelang ihm, dem Händler einen Satz Bilder zu verkaufen. Kurz darauf noch einen. Nach langer Zeit hatten sie endlich etwas Geld. Genug, um Kleider zu kaufen. Und nach Paris zu fahren! Ana sollte Paris kennenlernen. Zum Teufel mit der Anstellung als Dienstmädchen. Gustav bestand darauf. Und fuhr mit Ana nach Paris. Frühling in Paris und die Kastanien in voller Blüte, die Künstler ... Sie war wie geblendet von der Schönheit und dem Treiben in der Stadt. Nie zuvor hatte sie so viele Lichter, so viele Wagen und feine Leute auf einmal gesehen. Sie gingen in den Anlagen, den Avenuen, am Seineufer spazieren. Besuchten die Museen. Gustav erklärte ihr mit Hingabe die Bilder. Sie saßen in den Cafés, die gerade in Mode waren. Sie waren vor Glück wie von Sinnen. Damals hatte Gustav ihr die Elfenbeingemme geschenkt. Und bedauert, daß der Frauenkopf nicht schwarz war. Leider produzieren die verflixten Elefanten nur elfenbeinfarbenes Elfenbein, hatte er lachend gesagt.

»Das hier ist sie. Die gibt schwarze Ana für nichts her. So wie meine Hängematte. Und die Pfeife.«

Das Schöne in Paris war, daß sie in der Öffentlichkeit rauchen konnte, wie ein Mann. Niemand kümmerte sich darum. Ana zog eine alte Holzpfeife aus ihrem Bündel. Eine gewöhnliche Pfeife, wie üblicherweise Männer sie rauchen. Ana hatte schon in Brasilien gern geraucht, dort hatte sie eine tönerne benutzt. Aber in Deutschland hatte sie es nur im Haus getan. Trotzdem hatte sie es aufgeben müssen, wegen der Verschlimmerung in der Brust. Es fehlte ihr sehr. Gustav und sie rauchten gemeinsam dieselbe Pfeife. Wenn sie Streit hatten, kam er mit der Friedenspfeife.

»Ach, die Sehnsucht, Sinhozinho, was hab ich für Sehnsucht!«

Über zehn Jahre waren sie zusammen. Die ungebildete Schwarze und der trinkende Maler. Ein hartes Leben. Aber schön. Die schönste Zeit in Anas Leben. Und die schlimmste. Aber die beste. Solange der Gustav lebte.

Der Gustav. Er war der Beste. *Sim, o melhor*. Liebevoll. Und der Schlimmste. *Bêbado*. Ein Trinker. Aber er war meiner. Mein Gustav. Das einzige, was Nega Ana auf der Welt hatte. Meine Sonne.

*

Eine Wolke zog heran. Sie schob sich vor die Sonne. Dann weiter. Der Himmel klarte auf, wurde blau. Sie blickten auf den Strand und unterhielten sich ohne Unterlaß. Alberto saß nun auf einem mit Segelstoff bezogenen Stuhl. Dona Ana machte es sich in einem Korbsessel bequem.

»Ach, *o circo*. Nachdem mein Gustav tot, ich ganz lang in Zirkus arbeitet.«

»In einem Zirkus? Sie haben in einem Zirkus gearbeitet, Donana?«

»Himmelherrgott! Schockschwerenot! Fast mein ganzes Leben ich in Zirkus!!! Waren wohl gut zwanzig Jahre ... Durch die Welt gereist, Jahr um Jahr. In Zirkuswagen, Sinhozinho.«

»Welcher Zirkus war das, Dona Ana?«

»Ach, Sinhozinho weiß gar nichts ... In Zirkus, der plötzlich in mein Leben kam. Zirkus Krenz. Deutsch.«

Zufällig war es derselbe Zirkus, der ihnen die Flucht aus Lübeck ermöglicht hatte. Es war nach Gustavs Tod. Ana, allein auf der Welt, zog von Stadt zu Stadt. Sie verdiente sich etwas Kleingeld, indem sie in den Straßen, auf Märkten und in Vergnügungsparks sang, nur von einem Tambourin begleitet, das sie selbst schlug. Im Winter verschlechterte sich ihre Lage. Schließlich zog sie in eine der elenden Mietskasernen am Stadtrand von Hamburg, wo sie sich mit sechs Frauen ein Zimmer teilte. Wie so viele andere auch, sammelte sie Knochen, um sie zu verkaufen. Als sie ein Mittel gegen ihre Kopfschmerzen brauchte, die in diesem Winter unerträglich geworden waren, mußte sie sich bei der Fürsorge in eine lange Schlange einreihen. Zufällig begegnete sie einem alten Freund von Gustav, der ihr eine Stelle als Sängerin in einer Matrosenkneipe, der »Seemannsbraut«, besorgte. Ana zögerte. Matrosen weckten in ihr noch immer böse Erinnerungen. Insbesondere in Hamburg. Aber am Ende willigte sie ein. Lieber das, als hungern und frieren. Zum ersten Mal trat sie vor einem richtigen Publikum auf. Doch das währte nicht lange. Sie bekam Anträge. Der Besitzer war damit nicht nur einverstanden, sondern redete Ana auch noch zu, mit den Gästen mitzugehen. Sie mochten schwarze Frauen. Doch Ana weigerte sich. Der Mann übte Druck aus. Sie blieb standhaft. Ihr einziger Freund war der Pianist, ein alter gutherziger Mann, er verteidigte sie. Der Zufall wollte es, daß er in dieser Zeit das Angebot bekam, im »Bierpalast« zu spielen, einem großen Hamburger Bierlokal. Und er nahm Ana mit. Die Attraktion dort waren ein großes Blasorchester und außerdem Cancan-Vorführungen. In den Pausen trat Ana auf und sang. Sie verdiente sehr wenig. Und das Publikum war nicht sehr begeistert von der Schwarzen, die da allein sang. Sie wollten ihr Bier bei mehr Lärm trinken. Ana verlor die Stelle. Eines Tages kam der Zirkus Krenz nach Hamburg. Als Ana wieder durch die Straßen zog und Knochen sammelte, um sie zu verkaufen, begegnete sie dem Clown Olibo, den sie noch von der Flucht her kannte. Durch ihn bekam sie Arbeit im Zirkus. Sie sollte putzen, aber nicht viel verdienen. Doch dort hatte sie Freunde, es würde zum Überleben reichen und sie wäre ständig auf Reisen, und das liebte sie. So kam es, daß sie von einem Tag auf den anderen zu der großen Truppe des Zirkus Krenz gehörte.

»Im Zirkus Menschen sind von überall. Spanien, Polen, Türkei. Nur *gente* komisch, ich meine, besonders, Monster, verstehen Sie? Und dann die Tiere. Tiger von Indien, Affen von Afrika. *Macaco,* verstehen Sie? Und viele Hund. Dressierte Hund. Woher die waren, ich weiß nicht. Jesses, war ein Durcheinander. Und war ein Löwe ...«

»*... leão.*«

»Ja, *leão.* Hieß Justus. Mich gern hat. Mir aus der Hand fressen.«

»Dann war das also ein großer Zirkus, Donana?«

»Oh, ja. Sehr groß ein Zirkus. Wir immer durch die Welt fahren.«

Und in den entlegenen Dörfern war es ein Fest. Wenn der Zirkus kam, war es so, als wäre die weite Welt ins Dorf gekommen. Und deshalb gleichbedeutend mit einem Fest. Die bunten Wagen zogen zu den fröhlichen Klängen der Kapelle in den Ort ein. Der Elefant war nach indischer Art geschmückt. Dann kamen die Käfige mit den Löwen. Alle Leute traten vor die Häuser, um der Ankündigung der verschiedenen Nummern zu lauschen und mit eigenen Augen die wilden Tiere, die Artisten in ihren Galakostümen, das ganze herrliche Spektakel zu bestaunen. Die drei russischen Jongleure. Die bedeutendste Amazone von ganz Deutschland mit ihren tanzenden Pferden. Das berühmte spanische Liliputanerpaar. Den Mann ohne Arme und Beine, ein Wunder an Treffsicherheit, der mit dem Mund einen Revolver bediente und einen Apfel auf dem Kopf seines Gegenübers traf. Und den Dompteur, der den Kopf in den Rachen des Löwen steckte. Und den balancierenden Elefanten. Und die tanzenden Hündchen.

»Und was haben Sie im Zirkus gemacht?«

»Also, von allem etwas. Im Zirkus ist so. Sie sind Künstler ... Wie heißt das, *em brasileiro?*«

»*Artistas,* Donana. *Artista de circo.*«

»Also, sind *artista* eine Weile. Dann müssen Schmutz putzen und Tiere füttern. So ist das. Alle machen alles etwas.«

Zuerst arbeitete Ana nicht als Artistin. Sie war zum Putzen eingestellt worden, aber sie half auch mit, das Fleisch zu schneiden und die Tiere zu füttern. Sie arbeitete von früh bis spät. Sehr anstrengend.

»Also ich nur das tun. Nicht singen. Ich noch jung und kräftig. *Esfrega.* Zauber, verstehen Sie? Und Futter tragen. Für Löwen, für Pferde, Hunde, Affen, Elefant. Oh, der Elefant Luang, das Luder ... *Deus me livre!*«

Doch dann nahmen die Dinge überraschend einen anderen Lauf. Bei einem Gastspiel in einer großen Stadt wurde der Zirkus Krenz von einer Pechsträhne verfolgt. Das war in Hannover. Diesen Tag sollte Ana nie mehr vergessen. Das Publikum war ungeduldig. Die Clowns konnten es nicht zum Lachen bringen. Der Löwe, ziemlich krank, rührte sich kaum, als der Dompteur ihn im Käfig reizte. Schon waren die ersten Buhrufe zu hören. Doch damit nicht genug, der Amazone, die schwanger war, wurde übel, sie verpatzte ihre ganze Nummer und wäre fast vom Pferd gefallen. Die ersten Zuschauer standen auf und beschwerten sich. Andere verlangten schreiend ihr Geld zurück. Besonders erboste schimpften laut. Da hatte der Clown Olibo einen glänzenden Einfall.

»War sein Traum, Olibo, mich in *picadeiro* sehen. Als *artista*.«

Er bat alle um Hilfe und kleidete Ana in ein improvisiertes Phantasiekostüm, einer Mischung von afrikanischen, indianischen und undefinierbar exotischen Elementen. So trat Ana zum ersten Mal in die Manege. Die Lampen am Manegenrand wurden gelöscht, das Orchester spielte ein geheimnisvolles Thema. Es war wirklich geheimnisvoll, eine lange, musikalisch fragende Pause, denn niemand wußte ja, was bei der Hektik und dem Geschrei geschehen würde. Ana ging langsam im Dämmerlicht hinein, bedeckt von Riesenfächern, die zwei als Maharadscha kostümierte Seiltänzer hielten. Als die Lampen wieder aufflammten und die Fächer weggezogen wurden, stand Ana mitten in der Manege, mit einem dunklen Trikot bekleidet, in dem sie, bis auf den Lendenschurz aus bunten Fetzen, wie nackt wirkte, einen großen Knochen an den Kopf gebunden, in den Händen Schild und Lanze, und dazu einen skandalösen Straußenfederfächer über dem Gesäß. Zuerst trat tiefverblüffte Stille ein. Vorsichtshalber war die Wilde aus Afrika gefesselt, auch wenn weder das Seil noch die Knoten den prüfenden Blikken eines guten Beobachters standgehalten hätten. Als Ana sich wie eine Kannibalin gebärdete, die Zähne fletschte, brüllte und nach allen Seiten zu hüpfen begann, geriet der ganze Zirkus in Aufruhr. Hier und da gellten Schreie verängstigter Damen. Doch nach fünf Minuten hatte Ana ihr

Repertoire an stereotypen Posen von Wilden erschöpft. Nun wußte sie nicht mehr weiter. Und kein Artist trat auf, um die Szene weiterzuführen.

»Also ich selbst entscheidet. Helf mir Gott! Warum weiß ich nich, aber hatte Lust zum Singen. Und ich gesingt. Keiner glaubt. Nicht der Publikum, nicht die Leute von Zirkus glauben. Alle Mund aufreißen, so. Und dann die Musik spielt und leise mich begleitet. Ich sing und sing. Am Schluß alle *bater palmas* ... klatschen, verstehen Sie? Alle vielen Leute, alle stehen. Bravo! Bravo! Beifall ...«

Ana klatschte zur Erklärung in die Hände.

»Großer Beifall für Dona Ana. Sie hatten also einen Riesenerfolg?!«

»So kam, ich werde Sängerin *do circo*.«

Seit jenem Tag gehörte Ana zu den Artisten des Zirkus Krenz. Auf den Plakaten hieß sie »Die schwarze Frau aus den Tropen«. Später, als ihre Nummer besser ausgestaltet wurde, noch wirkungsvoller »Das schwarze Wunder der Tropen«. Manchmal trat Ana mit der Pracht einer afrikanischen Königin auf, manchmal als Sklavin, die Gitterstäbe zerbricht, manchmal in den phantastischsten und verrücktesten exotischen Kostümen. Der Conférencier kündigte ihren Auftritt so an: »Und nun die erstaunliche Sklavin aus Brasilien, eines der wenigen Länder auf der Welt, wo es noch Sklaven gibt. Hier kommt eine echte Sklavin, schwarz wie Kaffee!«

»Dann schwarze Ana auftreten und singt. Hübsch ich war! Die Leute immer viel gefallen, überall. Mein Gott, *como gostar!*«

Es war eine sehr wichtige Zeit in Anas Leben. Sie, die jeden Tag ihren Gustav beweinte, fand wieder Freude am Leben. Begeistert arbeitete sie an ihren Kostümen und Nummern. Sie war voller Energie. Manchmal war sie sogar glücklich ... Und welch einen Spaß es ihr machte, vor dem Publikum zu singen!

»Was haben Sie denn gesungen, Dona Ana?«

»*Principal* ... ich meine, hm, vor allem Musik von Brasil.

Lieder, verstehen Sie? Weil ich sehr gut singen Musik wie *Modinha* und *Lundum.*«

»Auf portugiesisch?«

»Ja. *Quer dizer,* in Sprache von Brasil. Was ich erinnert. Manchmal auch ausdenkt.« Sie kicherte schelmisch und verdrehte dabei vor Vergnügen die Augen.

»Können Sie sich denn noch an irgendein Lied erinnern?«

»*Sim, sim.* Zum Beispiel ...«

Sie richtete sich in ihrem Korbsessel auf und sang mit schwacher, aber sauberer Stimme:

»›Wie der laue Abendwind den Duft der Blumen raubt, so hat ein Undankbarer meiner Seele die erste Liebe geraubt ...‹«

Alberto lauschte, entzückt über die ausgesprochen zarte und liebliche, sehr nostalgische, italienisch anmutende Melodie, die ein wenig an Arien von Bellini, Donizetti oder anderen aus der gleichen Zeit erinnerte. Wenn Dona Ana die höchsten Töne nicht ganz erreichte, preßte sie die Luft mühsam aus der Lunge:

»›Vergessen wie die Blume, die der Wind flink küßte, so hat der Undankbare, der mich blendete, auch mich schon längst vergessen ...‹«

Als sie endete, wirkte sie erschöpft. Alberto applaudierte begeistert:

»Das kannte ich noch gar nicht. Sehr hübsch! Wissen Sie noch eins, Dona Ana?«

Sie lächelte, sichtlich geschmeichelt.

»Ach, so viele. Das hier ...« Und sie sang: »›Könntest du hören mein sehnsüchtiges Klagen ...‹« Es war nicht zu übersehen, wie sehr sie sich anstrengte, die raschen Wechsel zwischen hohen und tiefen Tönen in Sechzehntelnoten zu bewältigen: »›... wüßtest du, ich kann das Leben ohne dich nicht ertragen ...‹«

»Ach, ist das hübsch«, rief Alberto, hingerissen von den vielen anmutigen Schleifen und der Sentimentalität, ganz nach der Art der *Modinhas.* »Und einen *Lundu,* Donana, können Sie auch noch einen *Lundu* singen?«

Ana hustete und hustete. Dann dachte sie nach, bis ihr einer einfiel. Sie straffte den Körper, als stünde sie in der Zirkusmanege, und sang:

»›Der Körper rank und schlank. Die Taille zierlich fein. Siehst du sie? Die Augen blitzend blank! Ach, der Mund so zart und fein! Und ihr reizendes Gesicht, eine Schönere gibt es nicht, laß dein Herz erbeben. Rührt sich in dir nichts? Du ... du ... ‹ Weiter weiß ich nicht mehr!«

Ana keuchte. Alberto war überwältigt.

»Das kenne ich sogar, Donana. Es ist ein alter *Lundu* aus der *Modinha*-Sammlung ›Ramalhete das Damas‹. Donnerwetter! Mir scheint, Dona Ana, Sie sind eine wahre Fundgrube für ... Daß Sie jetzt auch noch Folkloristisches singen!«

Ana holte tief Luft und lachte sehr zufrieden, aber auch ihrer Sache sicher, in sonoren Tönen, wie es für sie charakteristisch war.

»*Meu Deus,* hab ja auch in verschiedene Sprache gesingt! In Deutsch, also, das mochten die Leute sehr.«

Spontan setzte sie in hübscher Intonation zu einem deutschen Lied an:

»Auf einem Baum ein Ku-ckuck sim saladim bamba saladu saladim auf einem Baum ein Ku-ckuck saß.«

Es war ein hüpfendes, simples, spaßiges Lied mit schwierig auszusprechendem Text, fast ein Zungenbrecher, den Ana jedoch erstaunlich sicher meisterte. Alberto mußte über die Schnute lachen, mit der Ana ein Kind imitierte.

»Wenn Zirkus nach Polen und Rußland fährt, Leute freuen sich, weil ich in ihrer Sprache sing. Sie viel lachen.«

Tatsächlich schuf Ana sich mit der Zeit ein internationales Repertoire. Aber auch einen exotischen Nimbus, zu dem sich in jedem neuen Land weitere Elemente gesellten, die dann im nächsten Land bestaunt wurden.

»Ich singt auch in Sprache von Montoyas, *em espanhol, canciones* von ihnen. Die Montoyas, das waren Zwergpaar von Spanien. Gute Freunde, ich und die zwei Zwerg. Paquito und Paquita. Ein Lied war so.«

Und mit starkem Akzent im Spanischen stimmte sie eine alte Madrider Tonadilla an: »*Un canapé he comprado en esta mañana, y me ha contado todo lo que pasaba ...«* Und es klang fast wie Zwitschern, als sie, nun nicht mehr ganz sauber, schneller weitersang: *»... con su dueña primera, que era madama de cierto cortejante muy cortejada.«*

»Karamba, Sie hatten wirklich ein großes Repertoire.«

»Ah, *um grande repertório* ... ja. Jeder liebe Tag neue Nummer. Dann schwarze Ana tanzt.«

»Karamba! Sie haben auch getanzt, Dona Ana?! *Lundu?*«

»*Claro!* Schwöre ich bei meiner Seele! ... Als schwarze Ana jung, sehr gut *Lundu* tanzt. Ach, damals so eine Gesundheit, Gott sei Dank! Ich tanzt allein, manchmal mit Partner. War da ein Turco, malt sich schwarz, um mit mir tanzen. Mein Gott, viel Beifall, überall viel Beifall. Viele viele Leute, alle Beifall klatschen. Siozinho hätten sehen müssen!«

Ana tanzte *Lundu* mit gerafftem Kleid und bloßen Füßen. *Man nennt mich einen Schmetterling, weil in der Liebe ich unstet bin. Doch schuld daran ist, wer die Eisen für meinen Käfig schmiedet.* Sie hob beim Singen verführerisch die Arme und wiegte sich vor ihrem Partner in den Hüften. *Seh ich ein hübsches Mädchen, regt sich die Liebe in mir. Bin nur aus Fleisch und Knochen, was kann denn ich dafür.* Sie warf die Füße im synkopischen Rhythmus des Lundu seitwärts und stampfte genau im Takt auf den Boden. Und kokettierte. *Es gibt Mädchen, die werfen so feurige Blicke, daß dir das Herz verbrennt, zerreißt in Stücke, und mit Macht ist die Liebe entfacht.* Dann blieb sie plötzlich stehen und verstummte kurz. Und erneut erklang ihre glockenklare Stimme. *Auch wer sich für unbesiegbar hält, ob er will oder nicht, diesem Schicksal verfällt.* Nun tanzte sie weiter, bewegte die Hüften und Arme immer intensiver. *Dem Lieben, dem Stöhnen, dem Leiden.* Auf dem Höhepunkt des Tanzes näherte sie sich ihrem Partner. *Gefangen ist er doch zum Schluß. Ich glaube, daß es so kommen muß.* Dann setzten sie und ihr Partner zu dem »Nabeltanz« an, wobei sie das Becken nach vorn warfen, als wollten sie am Nabel zusammenstoßen. Als tanzten sie ein verwirrendes Beschwörungsritual. Beide drehten sich so flink und geschmeidig, daß ihre Füße kaum den Boden zu berühren schienen. Ana verzog die Lippen zu einem Kußmund, stöhnte sehnsüchtig und wiegte sich sinnlich in den Hüften. Das Publikum reagierte mit Applaus, lauten Bravorufen und trampelte vor Erregung mit den Füßen. Zwar kam es vor, daß Familien und schamvolle Damen aus Protest gegen die ihrer Meinung nach obszöne Szene den Zirkus verließen. Und aus einer Stadt, wo der Pastor ganz besonders eifrig über das Seelenheil seiner Gemeinde wachte, mußte der Zirkus Hals über Kopf abreisen, denn die Bürger drohten, das Zirkusvolk mit Steinen zu bewerfen. Doch meistens hatten sie großen Erfolg.

»Die Leute immer wollen noch einmal, Siozinho.«

Nach einiger Zeit ging Ana dazu über, beim Tanzen mit einer Schellentrommel den Rhythmus zu schlagen, was dem Orchester sehr half, denn es hatte große Mühe, sie zu begleiten. Gelegentlich tanzte sie auch auf einem Podest, und dann benutzte sie Holzschuhe, damit es ordentlich knallte, wenn sie aufstampfte. Der Zirkus tobte vor Begeisterung.

»So war das. Ich mischen alles, was ich noch von Brasil weiß. So wie diese Fandangos. Die ich kenne aus Paraty, da die Leute bei Festen Fandango tanzen. Ach, waren so schön, die großen Feste. Die Leute im Zirkus mögen das. Je mehr ich mischen, je mehr die Leute klatschen Beifall.«

Am Ende ihres Auftritts verabschiedete sie sich immer auf deutsch und auf portugiesisch. Dann fügte sie die wenigen Worte ihrer afrikanischen Sprache hinzu, an die sie sich noch erinnerte. Manchmal sprach sie mehrfach nacheinander *Eruiá-mi, Odoiá, Odô'fiabá,* während sie unter tiefen Verbeugungen abtrat. Manchmal rief sie mehrmals *Labalabá, labalabá,* was es bedeutete, hatte sie vergessen, aber es klang hübsch, meinte sie. Später setzte sie am Schluß ihrer Nummer ein *Merci, mesdames et messieurs* nach, worauf der Applaus doppelt laut brandete. Unglaublich, eine wilde Negerin, die auf deutsch sang, und damit nicht genug, auch noch Französisch sprach! Du liebe Zeit! Wirklich, ein Wunder. Staunend und dazu noch entzückt, wenn nicht geschmeichelt, stellten die Zuschauer fest, daß die Zivilisation vor ihren eigenen Augen vorangeschritten war und sich in dem Beispiel dieser Negerin verwirklicht hatte, die beinah, aber auch nur *beinah* wie sie, die Zivilisierten, singen und sprechen konnte. Vielleicht war dies der Grund, warum Ana, wo immer der Zirkus sein Zelt aufschlug, so viel Aufsehen erregte. In den größten Städten wie in den entlegensten Dörfern, alle wollten das berühmte Phänomen aus den Tropen sehen, das singende und tanzende schwarze Wunder. In jeder neuen Stadt, verkündete der Herold, wenn die Artisten durch die Straßen zogen und sich vorstellten, immer stolz: »Eine echte Negerin«. Die sich nicht anmalen muß. Alles echt, keine Täuschung. Und das hochverehrte Publikum wurde aufgefordert, sich nach der Vorstellung selbst zu überzeugen.

»Und dann sie alle kommen, nach Vorstellung. Sehr dumm, die Leute! Stehen in Schlange, damit mich sehen können, ob Haut von mir wirklich schwarz ist. Solange noch das Lämpchen glüht ... Die Leute mich anfassen, kneifen. Oder machen Finger in Mund naß und reiben auf mir, vielleicht ich verliere Farbe. Verrückte Leute! Glauben die, ich abfärben? ... Viele sich bekreuzigen, wenn mich sehen. *Um povo verructo,* wissen Sie.«

Bei der Erinnerung an diese verrückten Leute, die ihre Hautfarbe nicht für echt hielten, insbesondere im fernen Polen und Rußland, lachte Dona Ana amüsiert auf.

Eine Zeitlang war Ana eine der größten Attraktionen der Kompanie. Sie lockte so viel Publikum an, daß der Zirkus Krenz sich einen neuen Löwen kaufen konnte. Zum Dank schenkte Franz Krenz, der Zirkusdirektor, Ana ein Paar goldene Ohrringe.

»Die hier, ich noch heute tragen.«

Allerdings währte die schöne Zeit nicht lange. Die Exotikmode griff um sich, die Konkurrenz investierte kräftig. Der Zirkus Krone ließ eine Gruppe chinesischer Seiltänzer und Schlangenmenschen kommen, die mit ihrer »Teufelsgalgen« genannten menschlichen Pyramide berühmt wurden. Der Zirkus Hagenbeck holte aus Afrika Pygmäen und ließ sie Pfeile schießend auftreten. Vor allem aber der amerikanische Zirkus Barnum heimste auf seinen Europatourneen allen Ruhm ein, indem er in seiner Manege die kuriosesten Gestalten zum »größten Spektakel der Welt« auftreten ließ. Er entdeckte nicht nur eine mexikanische Mestizin namens Pepita, die schon bald darauf zu einer berühmten Tänzerin wurde, sondern brachte, ebenfalls aus Mexiko, die bärtige Frau Julia Pastrana mit, »das gräßlichste Lebewesen aller Zeiten«, die schmalzige Lieder aus ihrem Heimatland sang und die Menschen in Massen anlockte, um die »Gorilla-Frau« mit dem dichten Bart und behaartem Körper zu sehen, die dem großen Wissenschaftler Charles Darwin als das verlorene Bindeglied zwischen dem Menschen und dem Affen galt. Daß seitdem jeder Zirkus, der auf sich hielt, seine exotische Nummer haben wollte, versteht sich. Nach kurzer Zeit war die wilde schwarze Ana vom Zirkus Krenz nur noch eine Exotin unter vielen. Dennoch hätte sie mit Erfolg weiter auftreten können, wäre es nicht zu einem verhängnisvollen Zwischenfall gekommen. Der Zirkus Krenz begann, mit dramatischen Bildern und Pantomimen zu arbeiten, bei denen in der Manege aufregende Geschichten der Gegenwart dargestellt wurden, während ein Erzähler wortreich die Handlung erläuterte, zum Beispiel Szenen aus dem amerikanischen Bürgerkrieg, den Sturz von Kaiser Maximilian in Mexiko oder den preußisch-französischen Krieg. Ana spielte dabei häufig mit. Zum Beispiel war sie in der Bearbeitung des berühmten Romans *Onkel Toms Hütte* die schwarze Cassy. Doch eines Tages traf sie das Unheil. Als sie bei einer Pantomime über die Eroberung von Afrika in der Rolle der Stammeskönigin auf dem Elefanten Luang ritt, stürzte sie herunter und brach sich das linke Bein. Seitdem hinkte sie ein wenig, denn das Bein ließ sich nicht mehr richtig bewegen. Nun konnte sie kaum mehr tanzen, und damit fehlte der größte Reiz ihrer Nummern. Eines unseligen Abends, als sie einen *Lundu* tanzen wollte, stolperte sie und fiel hin. Nach lautstarkem Protest des Publikums beschloß Herr Krenz, ihren Auftritt abzusetzen.

Dona Ana seufzte.

»So ist das mit Ruhm. Vergeht schnell. Also ich wieder putzen und Tiere füttern. Traurig, sehr traurig.«

»Aber das Leben im Zirkus hat Ihnen gefallen, oder?«

»Nu ja, am Anfang war fremd. Zusammen mit so viel komisch Leute, Liliputaner, Mammutfrau, ich meine, eine Dikke, fünfmal wie ich, und dann der Halbmensch, also, ein Mann ohne Arm und Bein, verstehen Sie? Gab sogar zwei, waren wie zusammengeklebt. Zwillinge, verstehen Sie? Schlimme Zeit, damals. Böse Frauen, die zwei. Wie heißt doch Zwillinge *em brasileiro?* Wenn bei Geburt zwei auf einmal ...«

»Sie meinen ... Ach, ich weiß schon ... *Gêmeas!*«

»*Gêmeas*. Klingt komisch. Hab ich vergeßt. Also, die zwei *gêmeas* zusammen. Ganz, ganz böse. Immer zusammen getuschelt. Wenn mich sehen, immer gleich beschimpfen. Aber dauert *não muito*, Gott sei Dank! Die beide raus, *mandada embora*, verstehen Sie? Haben viel Streit gemacht. Ich war gern in Zirkus. Man gewöhnt sich, wie an alles im Leben. Ich mit der Zeit gewöhnt. Tiere, ja, die ich hatte gern. Justus, der Löwe, verstehen Sie? *O leão ...* Nur von meiner Hand essen. Die Zirkusleute auch alle meine Freunde, mich sehr gern haben. Halten gut zusammen, Zirkusleute. Zanken, aber wissen ja, sitzen alle in einem Boot. Deshalb man hilft sich viel. Hab Sehnsucht.«

Die alte Schwarze verstummte kurz.

»Wissen Sie, Siozinho, ich immer hat *saudade*. Ich meine, nie vergessen Sehnsucht. Merkwürdig! Läßt nie los, die Sehnsucht!«

»Nach wem im Zirkus haben Sie am meisten Sehnsucht, Donana?«

»Nach Freunden. Die Montoyas, *muy amigo*. Paquito und Paquita Montoya, die zwei Zwerg. So klein, kann ich auf Arm tragen. Aber ganz wild, wenn sie böse. Denkt man, sie sind dumm, sind aber nicht. Können sehr gut lesen und schreiben und rechnen. Und machen alles, denken Nummer auf Pony aus, mit Springen, sehr lustig. Viel Freude machen, alle beide. Weiß auch noch Kinder von Seiltänzer, Herr Ali

Béjaoui ... Eine ganze Familie von Arabien. Mohamed, Salim, Murad und kleiner Ahmed, immer bei mir. Alle Akrobat und Seiltänzer. Machen Menschenpyramide. Tanzen auf Seil zu arabisch Musik. Wunderbar! Ach, ich so gern haben. Schwarze Ana Kinder immer gern haben. Später groß und weg zu andere Zirkus. Erinnert auch Mammutfrau, Miss Dolly Baby. Noch nie so dicke Frau gesehen wie sie, Siozinho.« Wieder lachte Ana spitzbübisch. Für einen kurzen Augenblick verrutschten ihre Augen etwas mehr, was ihren Blick noch schalkhafter machte. »Durch die Tür sie nur von der Seite passen, wenn überhaupt. Essen wie ... für fünf. Jeden Tag drei Kilo Fleisch, zwei Kilo Kartoffeln, vier ganze Brot. Milch, also Milch nie genug, immer noch mehr. Mein Gott! Sie mehr essen als Löwe. Ganz liebe Frau. Aber wenn essen, nicht mit ihr sprechen ... Wird schrecklich böse, wenn beim Essen mit ihr sprechen.« Wieder lachte sie, dann mußte sie vor Anstrengung kurz husten. »Aber sonst sie ist sehr *engraçada*. Witzig. Macht immer Spaß. Gutes Herz, Miss Dolly ... Alles teilen mit andere. Nur Essen nicht, natürlich! Gibt auch Bajazzo Olibo, der Clown, verstehen Sie? Macht viel Witze und Leute lachen und lachen. Wie kann ich Olibo vergessen, mein Gott! War so viele Leute in allen Jahren. Kommen und gehen, so ist der Zirkus. Und ich lange Zeit in Zirkus leben. Dann schon viele Menschen zurückbleiben, ich fast vergessen. Aber Bajazzo Olibo! So ein gutes Herz. Sehr gern haben mich, armer Mensch. Tot. Auch Schwindsucht.«

»Wo war der Zirkus zu Hause, Donana?«

»Ach, Siozinho, Zirkus hat nicht Zuhause. Immer mal hier, mal da. Zuerst war von Hamburg, dann weggehen, dann wieder nach Hamburg, später in Berlin. Immer unterwegs. Überall. Meist in Deutschland. Aber auch Ausland. Oh, wir weit weg fahren. Manchmal Reise gar kein Ende nimmt. In Wagen, ich meine, *carroça*. Pferde ziehen, manchmal festfahren, auf Landstraße an Ende von Welt. Sogar in Rußland wir waren!«

Die Spuren der Räder im Straßenmatsch. Dörfer. Korn auf den Feldern. Wälder. Und wieder Landstraßen, über die rüttelnd und quietschend die Zirkuswagen zogen. Bei Sonne, Regen und Schnee. Immer unterwegs, immer weiter.

*

»Immer ohne Ziel, die schwarze Ana ...«

Ohne festes Ziel litt Ana in der ersten Zeit nach Gustavs Tod unter großer Unsicherheit. Die ganze Welt wollte erkundet werden, und sie war wieder allein. Und das erschreckte sie, die Welt war ihr viel zu fremd und deshalb beängstigend.

»Wenn ich merken, daß verzagen, ich immer sage: Ana, da ist ein Feuer in dir drin. Also du mußt pusten, immer pusten. Darf Feuer nicht verlöschen lassen, Nega Ana.«

Mit der Zeit erkannte sie, wie wunderbar es ist, auf der Welt zu sein, und sie fand sich in gewisser Weise ab:

»War in Zirkus, als wir viele Tage unterwegs. Die einen spielen Karten, andere unterhalten, andere flicken Wäsche. Ich immer aus Wagenfenster sehen, wie schön draußen, sogar vergessen, daß Hintern von lange Sitzen weh tut. Welt draußen ansehen ist immer schön. Wenn kalt, wenn regnet, egal wann ...«

Wüst und öd lag sie manchmal, die Landschaft. Aber aus einem fahrenden Wagen betrachtet, kann selbst wüste, öde Landschaft reizvoll sein. Dann zieht sie vorüber und verändert unablässig ihr Gesicht. So stellt sich die Welt vom Fenster eines Zirkuswagens aus dar: immer wieder anders. Und es war schön, wie die Welt sich draußen bewegte.

»Muß niemand fragen, warum. Bleibt immer in Bewegung. Die große, weite Welt.«

Als Ana innehielt, strahlte ihr Gesicht.

»Ach, Siozinho, großes Glück von uns Wandervolk ist, daß wir auf der Welt sind. Immer in großer Welt.«

Ja, wenn Dona Ana das alles betrachtete, fühlte sie sich wie ein winzig kleiner Teil der Welt. Wie eine menschliche Insel, von allen Seiten eingekreist, nahezu erdrückt von den unendlich vielen Gestalten, in denen die Welt – zu Wasser, an Land und in der Luft von Leben erfüllt – sich ihr, Dona Ana, präsentierte. Und ihre Rolle bei diesem Schauspiel bestand darin, ganz einfach durch ihr Schauen Zeuge dieser überwältigenden Größe zu sein. So gesellte sich mit der Zeit zu der Angst ein Gefühl von Brüderlichkeit. All das war in seiner unendlichen Vielfalt eng mit ihr verbunden, als wäre es Teil ihres Blicks, um nicht zu sagen, Teil des Wesens von Dona Ana Brazilera.

So sprach Ana an jenem Tag.

*

Jedenfalls prägte sich ihr Bericht so Alberto ins Gedächtnis ein. Derart eindrucksvoll, daß er in dieser Nacht keinen Schlaf fand, zum ersten Mal während seiner Reise. Lange Zeit lag er mit offenen Augen im Dunkeln, hörte Venedigs Katzen schreien und den Singsang der nächtlichen Gondolieri und stellte sich vor, wie wohl das Leben einer ehemaligen Sklavin aussah, ganz allein auf der Welt, mehr als dreißig Jahre fern von Brasilien.

7. Kapitel

Venedig, 20. August 1890

Heute gehen die Manns nicht an den Lido. Sie planen einen Rundgang durch Venedig, mit einem Dolmetscher vom Hotel als Führer. Ich werde die Gelegenheit nutzen und mit Dona Ana spazierengehen, ohne Führer und ohne Ziel. Sie braucht dringend einen Menschen, mit dem sie sprechen kann. Ich lausche ihren Geschichten mit einer Art von Stolz, so als ich verschaffte ich mir Genugtuung. Venedig hat mir ein unschätzbares Geschenk gemacht.

*

Dona Ana fühlte sich sehr schwach, ihre Füße waren noch

stärker geschwollen. In diesem Zustand traf Alberto sie morgens in ihrer Pension an. Sie hatte Hustenattacken gehabt und in der Nacht so stark geschwitzt, daß sie das Nachthemd hatte wechseln müssen. Alberto schlug vor, auf den Spaziergang zu verzichten, doch Dona Ana protestierte entschieden.

»Großer Gott! Nein ... Ich nicht in Bett legen und sterben! Siozinho nur muß Geduld haben und langsam gehen. *Nóis ir devagar*, verstehen Sie?«

Auf Anraten der Pensionswirtin erklärte Alberto sich bereit, Dona Ana zu einer sehr bekannten Heilbadeanstalt zu bringen, wo zwei Fachärzte für Brusterkrankungen praktizierten, Dr. Tecchio und Dr. Franchi, berühmt dafür, daß sie sogar unheilbare *ètici* behandelten, betonte die Wirtin, eine dicke Venezianerin, die Dona Ana mit Mißtrauen begegnete, denn sie hegte den Verdacht, sie hätte womöglich auch eine Schwindsüchtige unter ihren Gästen. Und als bestünde sie darauf, daß sie zum Arzt gingen, erklärte sie, die Praxis befinde sich ganz in der Nähe, auf dem Campo San Gallo, direkt auf dem Weg zur Piazza San Marco. Doch Dona Ana blieb unbeugsam. Sie zuckte die Achseln, spielte ihre Beschwerden herunter, es gehe ihr schon viel besser. Und außerdem nehme sie schon viel zu viele Medikamente, sagte sie, auf ihre Brust deutend, wo sie die Pillen in dem sehr praktischen kleinen Stoffbeutel immer bei sich hatte. Dann fügte sie in überzeugtem Ton hinzu:

»Für Badekuren gibt es das Hospital vom Lido, das kostet nichts.«

Da erst kam Alberto der Gedanke, daß Geldmangel der wahre Grund für ihre Weigerung sein konnte.

»Machen Sie sich deswegen keine Sorgen, Donana. Den Arzt kann ich bezahlen«, beeilte er sich zu sagen, denn Dona Ana verfügte sicherlich nicht über die notwendigen Mittel für eine Behandlung in einer privaten Einrichtung.

Doch Dona Ana reagierte fast beleidigt. Mit erhobener Stimme erwiderte sie:

»Ach, Siozinho! Klingt ja so, daß ich gleich sterben muß!«

Dann beruhigte sie sich und gab zu bedenken: »Wenn nötig, gibt es Arzt von Familie Mann, in ihrem Hotel. *Mas só em último caso,* aber nur in Notfall ...«

Dieses Argument konnte Alberto weder ausreichend beruhigen noch völlig überzeugen. Dennoch gingen sie los, nachdem Dona Ana ihren Beutel geholt hatte. Schweigend spazierten sie durch Venedigs verkommene Gassen. Dona Ana ging barfuß. Ihre Füße waren so geschwollen, daß sie nicht einmal die Sandalen hatte anziehen können. Alberto fiel auf, daß die alte Frau nicht nur wie üblich leicht hinkte, sondern auch noch Schwierigkeiten beim Auftreten hatte. Offenbar war es ihr unangenehm, daß sie ihren Zustand nicht verheimlichen konnte. Jedenfalls brach sie, wie um sich selbst und Alberto zu beruhigen, nach einigen Minuten das Schweigen und nahm das Thema noch einmal auf.

»Also gut! Nächste Tage ich geht zu Behandlung in Lidobadeanstalt, Himmel, Herrgott! Müssen nicht solche Sorge haben, *meu Deus!*«

*

Ana und Alberto kamen durch ein einfaches Viertel – ein *sestier,* wie die Venezianer sagten. Von allen Seiten blickten die Menschen neugierig auf die bucklige, barfüßige Schwarze mit dem weißen Turban, wiesen mit dem Finger auf sie und tuschelten, schüttelten ungläubig oder lachend den Kopf. Frauen, die, wie hier üblich, mit Eimern an einer Schulterstange Wasser vom Brunnen holten, starrten die Schwarze mit offenem Mund an. Ein paar Schritte weiter, in einer Gasse mit baufälligen Häusern, saßen Arbeiterinnen draußen vor der Tür, auf dem Schoß große Mulden voller Glasperlen aus Murano, die sie sehr geschickt zu Schnüren aufzogen. Beim Anblick von Dona Ana hielten sie zuerst vor Schreck in ihrer Arbeit inne. Dann brachen sie in lautes Lachen aus und spotteten auf venezianisch hinter ihr her. Noch schlimmer wurde es, als Alberto und Ana an einem kleinen Markt mit Straßenständen vorbeikamen. Es roch kräftig nach frittiertem Fisch.

Männer wie Frauen lachten so ungeniert, daß man ihre verfaulten Zähne sehen konnte, und witzelten über Dona Ana. Eine junge Frau sagte, sowie Ana vorbeigegangen war, tröstend zu ihrem weinenden Kind auf dem Arm:

»Hab keine Angst, Kindchen. Das ist nur eine arme Afrikanerin.«

Alberto, bislang lediglich nervös und verlegen, wurde ernsthaft bang zumute, als eine Horde von verdreckten und zerlumpten Kindern schreiend und lachend hinter ihnen herlief. Hin und wieder klang aus ihrem Geschrei ganz deutlich wie ein Refrain heraus:

»Donna scimmia!«

Oder sie riefen *gorila, gorila* und ahmten dabei Gebärden und Laute von Affen nach, aber auch den hinkenden, gebückten Gang der alten schwarzen Frau. Mehrmals unternahm Alberto vergebliche Versuche, die Kinderschar zu verscheuchen, sie machten einen solchen Lärm, als wäre der Zirkus in die Stadt gekommen. Er stützte die keuchende Dona Ana und bemühte sich, das Tempo zu beschleunigen, damit sie bald zum Campo Santi Giovanni e Paolo gelangten. Sie überquerten einen Platz, auf dem Frauen Leibwäsche und Bettücher zum Trocknen in der Sonne aufhängten. Die Kinder kamen hinterher, stießen die Wäschestangen um und ernteten wütenden Protest der Wäscherinnen. Dona Ana ging schwer atmend und kopfschüttelnd weiter. Bemüht, ihre gereizte Stimmung zu unterdrücken, knurrte sie:

»Immerzu ist so ... Ich schon viel Brot von Teufel geeßt ... verstehen Sie? Wie heißt das in Brasil?«

»Ich glaube ... *›comeu o pão que o diabo amassou.‹* Meinen Sie das?« fragte Alberto.

»Ja. Genau. Viel Böses schlucken. Gott steh mir bei!«

Als sie Albertos besorgte Miene gewahrte, beschwichtigte sie ihn:

»Ach, ich bin schon gewohnt, Siozinho. Kümmern Sie nicht. Die gar nicht wissen, wo Gott wohnt. Dumme Kinder!«

Endlich dehnte sich majestätisch vor ihnen der Platz mit

der Reiterstatue von Bartolomeu Colleoni und dem Brunnen im Hintergrund. Alberto und Ana gingen am Gebäude der ehemaligen Scuola Grande, nun Ospitale Civile, vorbei und flüchteten sich unverzüglich ins Innere der Kirche Santi Giovanni e Paolo.

Es war wie eine Erlösung. Sie betraten ein langgestrecktes, hohes, hell erleuchtetes Kirchenschiff, in das von allen Seiten durch unzählige bunte Fenster Lichtgarben strömten. Um sich auszuruhen, setzten sie sich in eine Bank und betrachteten dann staunend die gotische Architektur. Hier schien Gott unmittelbar gegenwärtig, ja, fast greifbar, als könnte man durch die Großartigkeit des Bauwerks mit ihm Zwiesprache halten. Für Alberto drängte sich der Vergleich mit der Basilica di San Marco auf. Im Gegensatz zu dem dortigen Höhlendämmerlicht mit seinem strengen, düsteren und reumütigen Gott zeigte sich hier ein strahlender, der Welt zugewandter, herrlicher Gott.

Die alte Ana schaute und schaute. Die Weite und Helligkeit, in katholischen Gotteshäusern so selten anzutreffen, erinnerten sie an die protestantischen Kirchen. Daran, wie befremdlich die Schmucklosigkeit auf sie gewirkt hatte, als sie in Lübeck zum ersten Mal eine Kirche betreten hatte.

»Ist es nicht phantastisch, Dona Ana?«

Albertos Stimme rief sie in die Gegenwart zurück.

»Fast hundert Meter lang. Eine der größten Kirchen von Venedig. Früher wurden hier die Staatsoberhäupter beigesetzt. Wir befinden uns auf einem Friedhof.«

*

Am Brunnen auf dem Campo Santi Giovanni e Paolo, allerliebst verziert mit den in Marmor geschnittenen Engeln und Girlanden, stillten sie ihren Durst. Dona Ana nutzte die Gelegenheit und nahm ihre morgendliche Arzneidosis für die Brust ein. Dann überquerten sie die Brücke über den Rio dei Mendicanti. Kaum ein Mensch war zu sehen. Nur gelegentlich störten Möwenschreie die Stille. Schließlich ließen sie sich auf den Steinen der Fondamenta Nuove am Ufer der Lagune nieder, die sich im Dunst verlor.

Und an diesem Morgen sprach Dona Ana von Gustav.

Gustav Sternkopf.

Ein Deutscher ohne Vaterland. Trinker. Der verrückte Maler der Stadt. Noch blutjung, als sie sich 1858 kennenlernten. Er, noch nicht ganz einundzwanzig. Ana etwas älter, zwischen dreiundzwanzig und fünfundzwanzig, genau wußte sie es nicht. Gustav, sehr weiß. Als Paar waren sie wie Tag und Nacht, *aber ich mag die Nacht lieber*, wie er sagte. Vielleicht konnte man ihn mit seiner linkischen Art nicht unbedingt als gutaussehend bezeichnen. Aber gerade deshalb war er eine markante Erscheinung. Sehr groß. Sehr knochig. Die vollen Lippen, die ziemlich unproportionierte Nase und die hohen, stark betonten Wangenknochen paßten eigentlich nicht zusammen. Seine empfindliche trockene Gesichtshaut wurde leicht spröde. Im Winter hatte er ständig aufgerissene Lippen. Ein gezeichnetes Gesicht, das Gesicht eines früh gealterten Kindes – scharfe Falten um die Augen machten den Blick hart. Doch ging von ihnen, Gustavs goldfarbenen Augen, auch seine ganze Ausstrahlung aus. Oh, seine schönen goldfarbenen Augen. Goldfarben und unstet.

»Gab so viel in seinen goldenen Augen, Siozinho. Gutes wie Böses …«

Als Ana ihn zum ersten Mal sah, meinte sie, seine Unbeholfenheit käme vom Trinken. Doch bald schon stellte sie fest, daß er, bis auf seine Arroganz, das gleiche Verhalten auch zeigte, wenn er nicht betrunken war. Immer wirkte er wie ein Fisch auf dem Trocknen. Überall stieß er an, wußte nie, ob er nach vorn oder nach hinten blicken, ob er vorwärts oder zurück gehen sollte. Sein Gang war ganz besonders eigenartig. Er ging mit großen Schritten und ein wenig krumm, und bei jedem Schritt warf er den Oberkörper nach vorn. Wenn er etwas aufheben wollte, holte er mit den Armen weit aus und schwenkte sie übertrieben, wie ein Jongleur. Wenn er in Gedanken versunken war, fielen ihm manchmal Sachen einfach aus der Hand. Er vergaß leicht, womit er gerade beschäftigt war, und ließ überall persönliche Dinge liegen. Im Grunde konnte man meinen, er betränke sich nur, um hochmütig und sicher auftreten zu können. Wenn er nüchtern war, wirkte er so hilflos, daß er Beschützerinstinkte weckte. Beim Sprechen blickte er zur Seite, schluckte trocken, wollte sich am liebsten verstecken. Wie ein kleiner Junge, der sich vor Strafe fürchtet. Gleichzeitig war er zerstreut. Er konnte tagelang malen und dabei seine Umgebung vergessen. Im Gespräch hörte er plötzlich mittendrin nicht mehr zu und versank in Geistesabwesenheit, bis er ebenso unvermutet wieder zum Thema zurückkehrte. Um sich zur Aufmerksamkeit zu zwingen und zu zeigen, daß er dies tat, pflegte er dann – wie ein braver Schüler oder brummiger, verkalkter Alter – die letzten Worte seines Gegenübers zu wiederholen. Und versuchte, den schlechten Eindruck, den er gemacht hatte, mit einem unvermittelten breiten Lächeln wettzumachen, das am Ende aber immer künstlich wirkte.

»*Meu Deus,* mein Gott, ist so, als ob ich ihn vor mir seh«, sagte Ana.

Wenn er nervös wurde, rieb Gustav zwanghaft Zeigefinger und Daumen aneinander, als rollte er einen Nasenpopel zusammen. Vor lauter Nervosität verlor er jedes Gefühl für sein Verhalten, aus geringstem Anlaß verlor er die Beherrschung. Zumal, wenn er sich gewandt ausdrücken wollte. Dann übermannte ihn Gereiztheit, und ein Unglück bahnte sich an. Er stolperte, stieß Sachen um, brachte kein Wort mehr heraus. Im Grunde wollte er nur gefallen und Anerkennung finden – doch sein Verhalten bewirkte das genaue Gegenteil.

»Bei Gott, war so merkwürdig, wie ich kein Mensch sonst nie gesehen.« Ana lachte melancholisch.

Obwohl aus reichem Elternhaus – der Vater war Offizier aus einer Patrizierfamilie und besaß große Ländereien –, kleidete Gustav sich nachlässig und trug alte, geflickte Anzüge, weshalb er immer ein wenig wie ein Bettler aussah. Ganz abgesehen von der unvermeidlichen Mütze auf dem Kopf und dem gewöhnlichen Tuch um den Hals, was ihm etwas Proletarisches gab. Dabei wußte er sich durchaus gut zu kleiden.

Als er mit Ana nach Paris fuhr, war er in seinen eleganten Anzügen kaum wiederzuerkennen. Doch das kam nur vor, wenn er etwas Geld hatte, und auch dann währte es nicht lange. Schon bald vernachlässigte er sich wieder und lief zerlumpt herum, selbst wenn sein Gehrock nach der neuesten Mode geschnitten war. Im alltäglichen Leben war er wie ein sanftes, liebes Kind, das jählings in ungezügelte Aggressivität verfällt. Mit seinem so ausgeprägt gewalttätigen, fast naiven Naturell war er zum Scheitern verurteilt. Er tat einfach immer nur, was ihm gerade in den Sinn kam. So brachte er es fertig, ein Speiselokal zu verlassen, ohne zu bezahlen, oder er beging kleine Diebstähle und prahlte anschließend damit. Natürlich trug der Alkohol das Seine dazu bei. Einmal schrieb er einen scharfen Artikel gegen einen Kritiker, der seine Malerei attackiert hatte. Es war eine Haßtirade, die an Mordlust grenzte. Da die Zeitung sich weigerte, den Artikel abzudrucken, stellte Gustav sich tagelang auf einen Platz in der Stadt und verlas öffentlich seine Schmähschrift, die wörtlich darin gipfelte, er werde besagten Kritiker umbringen und seine Leiche zerstückeln.

»War er so. Ein Kind, macht Fratzen, damit Leute Angst haben.«

Mehrfach kam es vor, daß er schreiend durch die Straßen lief, weil er sich verkannt fühlte, und drohte, er werde alle umbringen. Es waren nur Inszenierungen, mit denen er sich selbst besänftigte. Doch das wußten die Leute nicht. Sie nahmen es ernst. Folglich hielt man ihn für gefährlich, und deshalb geriet er in den Mordverdacht, der ihn zur Flucht aus Lübeck trieb. Gefährlich war Gustav jedoch vor allem für sich selbst. Er sprach häufig von Selbstmord. Ana war sich nicht sicher, aber anscheinend hatte er schon als Kind mehrmals versucht, sich das Leben zu nehmen.

»Ach, Siozinho, hab ich viel mitgemacht. Aber wenn nötig, ich alles noch mal machen. Schwör ich bei mein Augenlicht. Mein Gustav viele Fehler gehabt. Aber war mein Schatz. Was Piraten rauben. *Um tesouro*, ja, das war er.«

Erst lange nachdem sie schon wußte, daß in dieser unseligen Sprache das Wort Kopf dem portugiesischen *cabeça* entsprach, wurde Ana klar, daß Stern im Portugiesischen *estrela* bedeutete. Wie die Sterne am Himmel. Und daß also ihr Gustav Sternkopf vielleicht einen Stern auf dem Kopf hatte oder, wer weiß, gar die Krone eines Sterns oder aber, wie sie später herausfand, womöglich ein Anführer war, ein Erleuchteter, der den Weg weist. Und sie lernte, daß Kopf soviel wie Intelligenz bedeuten konnte. Und an jenem Tag betrachtete sie sehr zärtlich ihren im Rausch schlafenden Gustav und dachte, dies sei, trotz alledem, ihr Leitstern, ihr Licht. Zwar etwas getrübt, ihr Licht. Ein unstetes Licht. Denn ihr Gustav würde niemals schieres Licht sein können. Manches an ihm war von Finsternis umgeben, so wie seine Malerei leuchtete und zugleich von Schatten erfüllt war. Anders konnte es gar nicht sein, denn Gustav liebte die Finsternis. Er sagte immer, ohne Nacht gibt es keinen Tag, ohne Schatten kein Licht. Und Ana dachte daran, wie viele Lebensweisheiten sie von diesem zerquälten Kind gelernt hatte, dieser Sternenintelligenz. Sternenlicht. Leitstern. Erleuchteter. Leuchtfeuer. Und so vieles mehr, was ihr in den Sinn kam und was sie gern ausgesprochen hätte, während sie ihren Gustav betrachtete, der da speicheltriefend und schnarchend im Wohnzimmer schlief, schutzlos wie ein Kind, denn das war er zeit seines Lebens geblieben.

»*Uma criança,* mein Gustav.«

Ein Kind. So war Gustav. Der Gustav. Aber er haßte Kinder.

»Ich immer gelacht und sagt, er ist eifersüchtig auf Kinder, weil er selbst ein Kind.«

Aber er sagte nein, die Kinder von heute seien nur viel zu verwöhnt. Trotz Anas sehnlichem Wunsch wollte Gustav nie Kinder haben. Kein Kind sollte so leiden, wie er gelitten hatte, sagte er. Gustav hatte schrecklich unter seinem Vater, dem Offizier, gelitten, wie er gelegentlich einflocht, ohne näher darauf einzugehen. Zu Anas Enttäuschung also keine Kinder. Aber Haß. Als sie einmal in einem Gasthof zu Mittag aßen, tollte ein Kind durch den Raum, ein sehr lebhafter kleiner

Junge, er kroch unter die Tische, als spielte er mit sich selbst Verstecken. Gustavs Miene verfinsterte sich, Ana wußte, seine mahlenden Kiefermuskeln verhießen nichts Gutes. Der Junge hüpfte und quietschte und Gustavs Miene wurde immer finsterer, und Ana harrte der Dinge, und der Junge tollte und tobte, bis er an den Tisch stieß, und Gustav stand unter Hochspannung und hielt das Messer wie einen Dolch in der Hand, und das Kind kam immer näher und kroch unter ihren Tisch und rief immer lauter, und Ana war hilflos, und plötzlich sprang Gustav mit dem Messer in der Hand auf und brüllte: »Wenn dieses Kind nicht sofort aufhört, bring ich es um!« Der Junge starrte ihn zu Tode erschrocken an und fing an zu weinen. Die Gäste reagierten empört. Er sei wohl verrückt. Selbst die Wirtin verbat sich sein Benehmen, schließlich sei es ein Kind. Gustav setzte sich wieder, aß weiter und grollte, er allein gegen den Rest der Welt.

»Wie ein Kind, der Gustav.«

So war er. Ein tief verletzter Künstler. Mit offenen Wunden. Alles verletzte Gustav, jede Kleinigkeit traf ihn, als schützte ihn keine Haut. Alles Obskure zog ihn an, verzerrte Gestalten, verfließende Bilder, gegenstandslose Gedichte, abstrakte Musik, Kreationen, die nicht mehr die Sinne ansprachen, sondern sich direkt auf den Geist stürzten. In der Welt des Denkens und Fühlens Chaos anrichteten. Und.

Manchmal brüllte Gustav wie von Sinnen. Ganz plötzlich. Mit der Miene eines erzürnten Propheten. *Die Dichtung ist eine Waffe. Eine gefährliche. Sie kann töten. Seit endlosen Jahrhunderten werden Dichter umgebracht, Ana. Die Methoden wechseln, doch das Ergebnis ist immer das gleiche. Auf der Welt ist einfach kein Platz für Dichtung. Wer als Dichter überleben will, muß lernen, sich zu verteidigen. Ein Dichter muß Angst einflößen. Er muß töten, bevor man ihn tötet. Mit der Zeit sammelt sich Groll, ja. Die gesamte Geschichte der Dichtung trägt den Groll derer in sich, die ins Exil verbannt wurden, Ana. Deshalb ist Dichtung nicht bloß ein Wunder. Sondern die Frucht einer gewaltsamen Auseinandersetzung. Dichter, die sich nicht verteidigen können, müssen das Dich-*

ten aufgeben. Und selbst jene, die sich zwar verteidigen, aber schwach sind, scheitern am Ende. Unsere Antwort ist Gewalt. Um Dichter sein zu können, muß man das Töten lernen. Hörst du, Ana? Ich sage, Dichtung ist eine langsame, aber beständige Lehre im Morden.

Anschließend ging er unweigerlich weg und betrank sich. Spätnachts kam er nach Hause, trat alles, was ihm in den Weg kam, mit Füßen. Lief gröhlend durch die Stadt, beschimpfte ihre Einwohner und verwünschte jeden, der ihn zufällig hörte. *Ich trinke, damit ich euren Gestank ertragen kann. Ihr stinkt schlimmer als aller Schwefel der Hölle!* Zu Hause hockte er sich still in eine Ecke. Dann ging Ana zu ihm. Er weinte vor sich hin, der Gustav, hilflos wie ein vom Jahrhundert im Stich Gelassener. Klagte über Geldmangel. Über die täglichen Demütigungen. Daß er zur Bittstellerei genötigt war. Daß man ihn für seine Arbeit nie entlohnte. Daß er Not litt. Daß man ihn behandelte, als wäre er gestrandet. Daß. Daß. Und daß er sein Bestes gegeben und dafür nur Undankbarkeit und Verachtung und Armut geerntet habe. Daß er es leid sei. *Verstehst du, Ana? Diese Zivilisation ist es gewöhnt, ihre Besten zu martern. So ist es seit jeher, und so wird es immer sein. Dichter werden als Nichtsnutze, als Menschen zweiter Klasse bestraft und verachtet. Wir taugen allenfalls dazu, den Mächtigen, die uns mit ihren Almosen unterstützen, die Langeweile zu vertreiben. Schande, eine Schande. Aber wen wundert das? Denk an das Kreuz, das überall zu sehen ist. Was liegt der christlichen Zivilisation zugrunde? Der Mord an ihrem Besten, ihrem größten Propheten, ihrem versprochenen Messias. Das Christentum verdankt seine Entstehung dem Märtyrertod seines eigenen Gottes. Wie soll man in einer solchen Zivilisation Hoffnung haben? Da können nur Mittelmäßige überleben. Wer aus der Menge herausragt, wird ans Kreuz geschlagen.* Den Kopf an der Brust der schwarzen Ana vergraben, sprach er fast wie bei einer Beichte vor sich hin. Ein orientierungsloser Junge, der mit der Welt grollt. *Das Leben besteht für mich nur aus Schrecken. Siehst du nicht den Schrecken auf meinem Gesicht, Ana?* Und er hielt ihr sein schon welkes Gesicht mit den hohen Wangenknochen entgegen. Jung und schon welk. Und Tränen standen in den so einzigartigen goldfarbenen Augen, diesen Augen, die seine magnetische Anziehungskraft ausmachten.

Wenn Ana ihm dann einen heißen Tee brachte, versuchte er, sich zu ergründen. Er machte sie, die schwarze Analphabetin, zu seinem Spiegel. *Was ich tue, kann keine idealisierende Nachahmung des Lebens sein. Erstens, weil das Leben nicht unbedingt wert ist, nachgeahmt zu werden. Es gibt zu viel Elend im Leben. Zweitens muß die Kunst keinen Erlösungsauftrag haben. Die Kunst ist sinnlos, weil sie die Sinnlosigkeit des Lebens fortschreibt. Aber das Faszinierendste an der Kunst ist, daß sie dem Leben überlegen ist. Weil sie nicht nur die Fähigkeit besitzt, die Wirklichkeit umzugestalten, sondern dazu berufen ist, den Finger auf die Wunde zu legen – die Kunst wirft Licht auf den Schmerz im Leben, den man erkennen und verstehen muß, Ana.* Und so redete er die ganze Nacht weiter. Ein trunkener Prophet, schien es. Besessen von weiß der Himmel was. Aber fraglos besessen. Laut sprechend. Oder leise. *Ich tauge wahrlich nicht zum Künstler, der das Leben durch eine Glastür betrachtet. Damit er über das Leben sprechen kann, ohne von ihm befleckt zu werden.* Jämmerlich wimmernd. Wütend. Schreiend. Die goldfarbenen Augen funkelten. *Mein Künstler macht sich die Hände schmutzig. Nicht weil ich mich für den Schmutz entschieden hätte, sondern weil ich von Geburt an befleckt bin. Nein, ich spreche nicht von der Erbsünde, Ana. Das tut der alte Pastor Kolling in seinen Predigten zur Genüge. Ich spreche von der Sünde des Lebens. Leben ist eine scharfe Attacke gegen alles und jeden. Deshalb bin ich ein Säufer. Um mich mit dem Leben zu beschmutzen. Dem stinkenden Leben.*

Ganz zu Anfang, als sie noch nicht wußte, was er durchgemacht hatte, starrte die schwarze Ana ihn entsetzt an, diesen Mann, der sagte, er liebe sie. Gegen jede Logik. Denn wie es schien, haßte er doch vor allem, alles. Und der so beredt und sogar aggressiv zu ihr sprach, der Gustav. In einer Sprache, die sie nicht verstand. Auch nachdem sie die ersten Einblicke in die Sprache gewonnen hatte, konnte Ana die Probleme, mit denen Gustav sich quälte, kaum verstehen. Sie hatten nichts mit ihrer Wirklichkeit zu tun, der einer schwarzen Analphabetin. Einer erst vor kurzem freigelassenen Sklavin. Die keine Schuhe ertrug. Die lieber den Erdboden unter den bloßen Fußsohlen spürte. Gern ihre Pfeife rauchte. Und anderen den Kopf kraulte. Gustav erzählte soviel.

Schon als Kind aus der Schule geworfen. Er verkehrt in Malerateliers in Hamburg. Fängt früh an zu malen. Der Vater, ein Offizier, ist dagegen. Er soll in die Firma seiner Brüder eintreten. Jura studieren oder Kaufmann werden, anderes gibt es nicht. Täglich Specksuppe essen (damit er einen schönen Kaufmannswanst ansetzt). Und irgendwann Polterabend feiern und heiraten (vorzugsweise ein Mädchen mit einer ordentlichen Mitgift!). Dann Kinder und ein Vermögen machen. Ein Vermögen für die Kinder. Und die Kinder wachen über das Vermögen, das sie später an ihre Kinder weitergeben. Ein geschlossener Kreis egoistischen Denkens. Erfolgreich und glücklich sein. Nach dem Essen Billard spielen und eine gute Zigarre rauchen, schließlich braucht man auch eine Ruhepause *procul negotiis.* In den Mußestunden Sir Walter Scott lesen (»sehr erbaulich«!). Sonntags mit der Familie eine Bootsfahrt auf der Trave unternehmen, damit alle sehen, daß die Familie einig und glücklich ist. Aber nein. Als noch nicht Achtzehnjähriger reißt Gustav immer wieder nach Hamburg aus. Seine Freunde nehmen ihn in Spelunken und Freudenhäuser mit. Er holt sich seine erste Krankheit. Der Vater entdeckt es und tobt. Zur Strafe schickt er ihn für die Ferien zu Verwandten in den Norden, damit er nicht nach Hamburg kann. Es hilft nichts. Gustav malt weiter. In der Schule besteht er die allgemeine Prüfung als Bester und erhält das Reifezeugnis. Er schlägt dem Vater vor, ihn zum Studium nach Paris zu schicken. Die Mutter greift ein. Um ihn der schlechten Gesellschaft in Hamburg zu entziehen, willigt der Vater ein und schickt ihn in die Obhut eines alten Freundes der Familie, der in Paris lebt. Paris! Welch eine

Wonne! Im Vergleich dazu mutete Hamburg engelsrein an. In Paris gab es ein Mehrfaches an schlechter Gesellschaft.

Gustav sprach gern über die französische Zeit mit all ihren Aufregungen, Reizen und Entdeckungen. Seine schöne und schlimme Zeit in Paris vor noch gar nicht vielen Jahren (die ihm jetzt wie ein Jahrhundert vorkamen).

Paris! *Dort habe ich die Milch der Illusion getrunken!*

Das neue Paris der grandiosen Boulevards, mehrstöckigen Gebäude und weitläufigen Parkanlagen, das Napoleon III. und sein Architekt Haussmann – der große Zerstörer – aus dem Nichts gestampft hatten, um Frankreichs Größe auf der Weltausstellung 1855 angemessen vorzuführen. Paris, die Lichterstadt (in der Innenstadt reihten sich Tausende von Gaslaternen), die schönste Metropole der Welt, die Hauptstadt der Krinolinen, eine von der schönen Kaiserin Eugénie, ehemals spanische Gräfin, eingeführte Mode, unter den Kleidern zu tragen, damit sie noch prächtiger wirkten. Nun galt am Pariser Hof als unübertroffen *chic*, nach spanischer Musik zu Gitarrenklängen zu tanzen, sich mit spanischen Motiven zu kleiden, Interesse am Stierkampf zu bekunden. Und die prachtvollen Bälle, von der Kaiserin veranstaltet, auf denen die hinreißenden Kreationen des Schneiders Worth zu Offenbachs Liedern defilierten. Bälle, die zugleich für wichtige Begegnungen zwischen Gesandten, Politikern und hohen Würdenträgern dienten, immer unter den Augen der Kaiserin, die hinter den Kulissen geschickt die Fäden zog. Das Paris des Fortschritts und des lockeren Geldes. *L'argent, l'argent*, hieß das große Schlüsselwort. Neue Banken, neue Fabriken, der Ausbau des Eisenbahnnetzes, Verbesserung des Postwesens und Einführung des Telegraphen. Die Pariser Börse regierte im Land. Neue Reiche, neue Gauner. Nun lösten andere Dinge einen Skandal aus. Längst vergangen die Zeiten, als George Sand in Männerkleidern durch die Straßen ging, die Zigarette aufreizend zwischen den Lippen, im Schlepptau den zarten schwindsüchtigen Chopin, ihren fast gespenstischen Chopinet, den sie zugrunde gerichtet hatte. Die Skandale waren demokratisch geworden, für das einfache Volk erreichbar. Nun waren es die zahllosen Mimis, Luxus-*demi-mondaines*, Königinnen der Lust, die, alte wie neue Vermögen witternd, den Bois de Boulogne, Theater und Reitbahnen bevölkerten. Gustav saß bei Ana und dachte zurück. Den Freund der Familie in Paris hatte er nur ein einziges Mal aufgesucht. Wozu auch häufiger? Er zog lieber durch das Quartier Latin und besuchte die von der Boheme frequentierten Lokale an der Rive Gauche, wo Scharen von Künstlern (mit oder ohne Talent) sich an Drogen und Absinth berauschten und in unzähligen billigen Bordellen den Freuden mit Frauen hingaben. Überall wetteiferte man glühend um die Aura des Verfemten und kultivierte sie inbrünstig. Anfangs war Gustav ständig wie betäubt. George Sands Tollheiten mit ihren verweichlichten Liebhabern waren zwar schon Legende, doch nun erzählte man sich halb tuschelnd, halb lauthals lachend Geschichten über den Dichter Baudelaire, der sich das Haar grün färbte, und seine Liebschaft mit der schönen Mulattin Jeanne Lemmer alias Jeanne Prosper alias Jeanne Duval. Gerüchte, daß Baudelaire erneut umzog, kein Geld hatte, mit Selbstmord drohte, schon wieder, *hélas!* Ewige Diskussionen über die Kunst in den Cafés und Cabarets, wo man sich im *spleen* übte. Mit Hingabe. Wie eine Kunst. Melancholisches Seufzen. Gefolgt von provokantem Aufschrei. Aus reinem Überdruß. *Ach, diese schreckliche Bürde Zeit, die auf unseren Schultern lastet und uns zur Erde hin neigt ...* Wie Bären, die armen, sich auflehnenden Künstler. Die als Erkennungszeichen eine Baskenmütze trugen (die beste Möglichkeit, die sechzehn Francs für einen Hut zu sparen) und sich ausgefallen kleideten, um ihre Not zu verbergen. Und damit in einer nach Exzentrik lechzenden Stadt am Ende Mode machten. Damals. Provozieren. *»Le culte de la blague«*. Provozieren. Widersprüchlich sein, um Verwirrung zu stiften. Brandbomben fabrizieren und von Aufständen gegen die Vernunft träumen. Vielleicht Polizist, vielleicht Revolutionär. *Ich sage »Es lebe die Revolution«, aber ich könnte auch sagen »Es lebe die Zerstörung! Es lebe die Sühne! Es lebe die Strafe! Es lebe der Tod!«* Und Gustav schloß sich dem Chor der Haschisch- und

Opiumraucher, der Wein- und Absinthtrinker an. *Das vergossene Blut der sich empörenden Engel fließt in dem Alkohol, der uns berauscht. Also berauscht euch. An Wein, Poesie oder Tugend. Aber berauscht euch.* Und mystische Phantasien zirkulierten in den Adern, *denn der Dichter ist Ursache und Wirkung, Subjekt und Objekt, Hypnotiseur und Schlafwandler zugleich.* Geschichten darüber, daß der Geist des Gérard de Nerval, der sich erhängt hatte, ziellos durch die Trümmer des alten Paris und seine Vororte irre. *Ich bin der andere. Schreiend. Sich auf das zukünftige Leben vorbereiten, als wäre es für den Schlaf, ist das Gebot der Stunde. Alles ruht im Ende.* Der gepeinigte Nerval im eisigen Wind, ein sich nach dem Paradies sehnender, einsamer Prophet. Krieg gegen die Dämonen der übermächtigen Vernunft. Die Verkleidungen der Bourgeoisie entlarven. Die Demagogie von Napoleon III. mit den angeblich neuen Idealen, um nichts an der alten Ordnung zu ändern, die auf drei schrecklichen Pfeilern ruhte: Kirche, Heer und Polizei. Die heimtückischen Anschläge auf die Freiheit des Bürgers – Verbannungen, Morde, Zensur, willkürliche Verhaftungen –, ersonnen vom Minister Rouher und dem Herzog de Morny, Präsident der Verfassunggebenden Versammlung auf Lebenszeit. Sarkasmus gegen die Pseudofreiheit, die giftige Waffe des Sarkasmus muß eingesetzt werden. *Demokratie? Republik? Ach, wir alle haben den republikanischen Geist so im Blut wie die Syphilis in den Knochen. Herrschaften, wir sind fürstlich mit Demokratie und Syphilis infiziert.* Verhöhnung als Instrument zur Zersetzung der überlebenden Intelligenz. Plötzlich dann die Prozesse gegen Flaubert und anschließend Baudelaire. Allgemeine Empörung über den Artikel von Bourdin im *Figaro,* der *Die Blumen des Bösen* als unmoralisch anprangerte. In den Cafés gingen Abschriften der sechs aus dem Buch verbannten Gedichte um. Bei den Dichtern so heiß begehrt wie der Kartoffelvorrat für den Winter. *Und, süß taumelnder Rausch! durch diese neuen Lippen, heller und schöner leuchtende, mein Gift dir einzuflößen, meine Schwester!* Gustav verfolgte den Prozeß mit Entsetzen. Baudelaire wegen Beleidigung der öffentlichen Moral zur Zahlung von dreihundert Francs verurteilt! *Welcher der Götter wagte es, Lesbos, dein Richter zu sein? Was gelten die Gesetze uns von Recht und Unrecht?* Selbst nachdem die Strafe auf Fürsprache der Kaiserin hin herabgesetzt worden war, führten die Dichter der Stadt die Zeilen wie einen flammenden Bannspruch im Munde. *Und die Liebe wird des Himmels und der Hölle lachen!*

Ja, trotz alledem das wilde Brodeln der Künste. Paris, Weltzentrum der Malerei, von schier unerschöpflich sprudelnden neuen Ideen und Erfindungen überschäumender Kessel. Paris, auf der Suche nach dem ästhetischen Ausdruck für seine von Revolutionen und Reaktionen erschütterte Zeit. Die Begeisterung für Moreau, auch er Gustave mit Vornamen, zufällig bei einer der vielen Diskussionsrunden im Café kennengelernt. Ein Unbekannter, den die offiziellen Schulen schmähten, Moreau. Von allen abgelehnt. Für die Bourgeoisie allzu revolutionär. Für die Revolutionäre allzu altmodisch. Irreal. Nicht expressiv. Unzeitgemäß. Er war jüngst aus Italien zurückgekehrt, fasziniert von den rätselhaften Gestalten bei Raffael, Michelangelo, Tizian, Carpaccio, Botticelli. Er malte nach ihrem Vorbild. Vergeblich. Zum Überleben kopierte er berühmte Gemälde, mit denen die Bourgeoisie ihre Wände schmückte. Gustav Sternkopf war überwältigt von Gustave Moreaus gespenstischen, rauschhaften, feinsinnig diabolischen Kompositionen. Hervorgebracht von einem kranken Geist, den eigenartige Phantasien und dekadente Helden bevölkerten.

Gustavs wahre Liebe aber galt, wenn auch nur insgeheim, der zarten, verträumten Melancholie von Jean-François Millet, dessen Atelier in Barbizon, wo Millet an seinem verstörenden *Angelus* arbeitete, er einmal besucht hatte. Ein Bild, das, obwohl noch nicht vollendet, Gustav zu Tränen rührte. Mehr noch, es war ihm eine Offenbarung. Ein Wendepunkt in seinem Schaffen. Ja, sogar in seinem Leben. Denn es ging ja nicht um die Frage, ob das Bild von den beiden Bauern, die spätnachmittags auf dem weiten, leeren Feld beten, sentimental war. Was ihn so unmittelbar beeindruckte, war die Einsamkeit, die das Gemälde ausdrückte, auf dem im Gegenlicht vor dem weiten, leuchtenden Horizont zwei den Kopf senkende Bauern wie Steinbrocken gemalt waren, mit verwischten Gesichtszügen und verfließenden Konturen. Das Licht der Abenddämmerung im Hintergrund erreichte die Menschen nicht. Im Gegenteil, es überschattete, löschte sie gleichsam aus. Ein fast mystisches Licht, seltsam ähnlich dem diffusen Licht bei Moreau, als Maler das genaue Gegenteil von Millet. Gustav wußte, daß Millet zwar den Realisten und Sozialreformern der Revolution von 1848 näher stand, aber nicht an die Erlösung des Menschen glaubte. Und die Vergeblichkeit dieser Hoffnung stellte er durch das Licht und die Konturen seines *Angelus* dar. Für Gustav ein unauslöschlicher Eindruck: *Dieses Bild, Ana, sagte genau das aus, was ich immer gefühlt und nie auszudrücken vermocht hatte.* Zum ersten Mal sah der junge Gustav das Gefühl von Sinnlosigkeit direkt in der Wirklichkeit verkörpert. Vorher undefiniert beunruhigend, diese Sinnlosigkeit. Nun konkret greifbar in den Pinselstrichen von scheinbarer Lieblichkeit, dabei aber das Abbild der Ohnmacht angesichts all der Großartigkeit. *Licht gibt es im Überfluß. Unser Kampf gilt dem Streben nach Licht. Dem Licht im Überfluß. Das uns aber nicht erreicht, Ana.* Ja, die bürgerliche Kritik verabscheute Millets Malerei, weil er sich mit schäbigen Bauern beschäftigte und von den edlen Motiven der traditionellen Kunst abgewandt hatte. Aber Millet war schon ein Idol. Wenn auch anfangs nur vereinzelt, so gab es doch ein paar Kritiker, die ihn vergötterten. Laut Castagnary zeigte Millet die Wunden des sozialen Problems der Bauern in Frankreich und eröffnete der Kunst der Gegenwart neue Wege, indem er zeitgenössische Menschen abbildete. Théophile Gautier ergötzte sich diebisch an der Vorstellung, welches Entsetzen solche Bilder bei der hochnäsigen Bourgeoisie auslösen würden. Pétroz schrieb, mit ihren minderen Themen sei Millets Kunst der religiösen und Historienmalerei der Vergangenheit überlegen, gerade weil sie sich die Rückkehr zur Wahrheit zur Aufgabe mache. *Genau das. Dieses Bild sagte mir die Wahrheit, Ana. Auch wenn es schmerzte, es war die Wahrheit. Und die lautet: Hoffnung ist nicht möglich.* Ja, ein amerikanischer Millionär hatte *Angelus* in Auftrag gegeben. Ja, nun war Millet berühmt und brauchte sich wegen Geldmangels keine Sorgen mehr zu machen. Womöglich wurde er sogar bürgerlich. *Trotzdem, Ana, was der Meister Millet mich über Wahrheit gelehrt hat, werde ich nie vergessen.*

Doch, ja, parallel zur Verzauberung lernte Gustav auch die Ernüchterung kennen. Zwei Seiten derselben Medaille. Alles wurde anders, als der Vater vom Freund in Paris Nachricht erhielt. Zuerst, daß Gustav nicht studiere und seinen Monatswechsel nur verjubele. Dann kam es zum Skandal – der junge Sternkopf hatte in einem Salon ein paar Akte ausgestellt. Der Vater schrieb wutentbrannt. Untersagte ihm Akte: »Was sollen deine Schwestern und deine Mutter denken, wenn sie diese Bilder sehen?« Und Gustav fragte zurück: Hatten sie ihre fetten Gesäße etwa noch nie im Spiegel gesehen? Das Studium kümmerte ihn nach wie vor nicht. Bis der Vater eines Tages den Monatswechsel sperrte. Daß die kostbaren hundertfünfundzwanzig Francs im Monat ausblieben, wirkte sich auf sein Pariser Leben wie ein Erdbeben aus. Der zwanzigjährige Gustav mußte dem Lotterleben und all den Privilegien, die er bis dahin genossen hatte, adieu sagen. Nun konnte er nicht mehr in den Cafés verkehren, wo sich die begüterten jungen Künstler zwischen Damen der Bourgeoisie drängten, die auf ein Abenteuer mit einem jugendlichen Liebhaber aus waren. Montags ging er zwar noch in der Closerie des Lilas am Boulevard Saint-Germain im Freien Quadrille tanzen, doch nun mußte er sich mit einem Stück Gebäck und einem Teller Suppe begnügen, um seinen Hunger zu stillen. Nach wie vor frequentierte er das schmutzige Café in der Rue Saint-Jacques, aber nicht mehr zu dem Zweck, sich romantisch damit zu brüsten, daß er sich in der echtesten Spelunke der Stadt befand. Einen Absinth trank er nur, wenn einer der ewigen angeblichen Studenten, wie er selbst es gewesen war, ihn dazu einlud. Dafür mußte er sich anhören, wie sie mit ihren jüngsten Eroberungen prahlten und über ihre reichen Eltern höhnten, die sie in Bücher der Rechtswissenschaft oder Medizin vergraben wähnten. Und lachten, wie er gelacht hatte. Nun war er zu dem gleichen Elendsleben gezwungen wie die Scharen von angeblichen Schriftstellern, Malern, die nie malten, und großen Denkern, die ihre zweifelhafte Weisheit in Schweigen kleideten, einzig unterbrochen von den Rülpsern, die nach dem dutzendfachen Genuß des köstlichen Bockbiers wie tiefschürfende Gedanken aus ihnen herausdrängten. In der für ihn neuen Notlage stellte Gustav schon bald fest, daß es in Paris keine Arbeit gab für die Hunderte junger, wie er verfemter Künstler, die zwar ihr verkanntes Talent beweisen wollten, aber eine glorreiche Anonymität kultivierten, bedingt – wie sie behaupteten – einzig dadurch, daß sie nicht so einflußreiche Beziehungen hatten wie »die anderen«, die Berühmtheiten Gautier, Flaubert, Reyer und selbst besagter Baudelaire, die in den *salons chics* der Madame Sabatier verkehrten, sich in der Société des Hommes de Lettres einschmeichelten und als höchstes Ziel einen Platz in der Académie Française anstrebten. Die erste Auswirkung dieses engeren Umgangs mit so vielen »unverstandenen Genies« war das Gefühl, Teil eines sterilen Milieus zu sein. Allein auf sich gestellt in der noch unfertigen Monumentalität der Stadt, kamen Gustav die ersten Selbstzweifel. Ob er wirklich Maler war. Und sich nicht wie so viele andere nur mystifizierte. Er zeichnete Skizzen (wenn er an Papier kam). Zerriß sie. Begann zu malen (wenn er sich Farben beschaffen konnte). Kam aber nicht weiter. Dann ging er in den Louvre und verbrachte Stunden damit, daß er die großen Meister kopierte oder zuletzt, als er in größter Not lebte, nur noch ihren Stil mit Lupenaugen studierte. Er überlegte, ob Bildhauerei nicht einfacher wäre. Er fand sogar bei einem jener mittelmäßigen Bildhauer, die damals in Mode waren, Arbeit als Ateliergehilfe. Tag und Nacht mußte er schuften und erhielt dafür von dem geizigen Künstler ein paar schäbige Münzen. Eines Tages beschimpfte er den Bildhauer und ging. Dann stand er wieder auf der Straße, die Hände vom Meißel zerschunden. Er haßte die Bildhauerei.

Als er zum ersten Mal Geld brauchte, konnte er es sich von alten Freunden leihen. Das half ihm einen Monat weiter. Dann schrieb er dem Vater und erklärte seine Situation. Wochenlanges Warten, keine Antwort. Das Geld ging zu Ende, er versuchte es wieder mit Leihen. Erfolglos. Er gab nicht auf. Vergeblich. Er hatte keine Freunde mehr. Und während Gustav einsam und hungrig durch das Quartier Latin strich, kam der Winter. Abends, mit den letzten Kerzenstummeln geizend, versuchte er zu lesen, um nicht auf den eisigen Nordwind zu horchen, der durch die Ritzen seiner Mansarde pfiff. Wenn er nicht verhungern wollte, mußte er ein paar Francs beschaffen. Und da der von dem Dichter lyrisch besungene Nordwind im wahren Leben unerträglich war, gab es keinen anderen Ausweg. Gustav trug seine Möbel zu dem düsteren Mont-de-Piété, dem städtischen Pfandhaus. Ein Stück nach dem anderen. Bis nur noch das Bett und die Staffelei in der Mansarde standen. Seine Hauptmahlzeit bestand nun aus ein paar Kartoffeln, Brot und einem Stück Käse. An die Wonne, eine Pfeife zu rauchen, war gar nicht zu denken. Als der Tabak zu Ende war, verpfändete er die Pfeife und dazu seine Bücher. Dann trug er seine besten Kleidungsstükke ins Pfandhaus, zuerst die leichteren, dann die Hüte und zum Schluß die wollenen Gehröcke. Er brauchte das Geld für elementare Dinge. Essen, aber auch eine gute Kerze – oh, ja –, bei der er abends lesen oder zu arbeiten versuchen konnte, wenn er vor Kälte nicht in den Schlaf fand. Schon lange hatte er kein Holz mehr gekauft und den Ofen angezündet. Um sich zu wärmen, lag er manchmal einen guten Teil des Tages im Bett. Vom Vater hartnäckiges Schweigen. Nun schrieb Gustav an die Mutter und bat sie verzweifelt um ihre Fürsprache. Nachdem er all seine Habseligkeiten verpfändet hatte, selbst Gegenstände, die kaum etwas wert waren, kam das Schlimmste. Da er mit der Miete mehrere Monate im Rückstand war, wurde Gustav aus der Mansarde geworfen. Er zog in eine Pension, ein Hotel garni mit Schlafstellen zwischen

Verschlägen, in unangenehmer Nähe zu gestrandeten Existenzen aller Art, Dieben und Prostituierten. Dort lernte Gustav, Fallen zu bauen, mit denen er Spatzen von den Dächern fing. Dann lernte er, an welchen Ecken sich Betteln am meisten lohnte. Jeden Tag ging er zur Post. Kein Brief kam. Die Nächte in der Pension waren kaum zu ertragen. Manchmal lärmende Vergnügungen der Frauen mit ihren Freiern. Lautes Gelächter, knallende Champagnerkorken, schmatzende Küsse, Keuchen und Stöhnen der Lust, in hysterisches Geschrei umschlagende Erregung der Huren, die nach mehr, mehr verlangten, und Proteste, Beschimpfungen, Flüche. Dann wieder Streitereien, keifende Stimmen, Flaschen wurden zerbrochen, Prügeleien, Körper knallten gegen die Verschläge. Oder aber man wachte plötzlich davon auf, daß Frauen schreiend durch die Pension rannten, allgemeine Panik, Türenschlagen. Dann machte die Polizei wieder einmal eine Razzia, um nicht gemeldete Huren aufzuspüren. Sie wurden ins Gefängnis Saint-Lazare gebracht, dort wurden sie registriert, erhielten ihren Ausweis und die Auflage, sich in Zukunft regelmäßig auf einem Amt untersuchen zu lassen. Gustav fiel in Depressionen. Er empfand sich als gescheitert. Immer wieder dachte er an Selbstmord. In einer solchen Radaunacht stürmte eine Frau in sein Zimmer. Betrunken. Er auch. Sie schliefen miteinander. Vielleicht, weil sie es so wärmer hatten, schliefen sie in der nächsten Nacht wieder miteinander. Oder vielleicht, weil Sex mit Prostituierten bequem ist, zogen sie zusammen. Gustav hatte Ana nie gesagt, wie die Frau hieß. Entweder hatte er ihren Namen vergessen, oder er wollte ihn nicht erwähnen. Sie war eine unscheinbare Dirne vom Land, wie so viele junge Frauen derart heruntergekommen, daß man sie für eine Vierzigjährige halten konnte. Gustav, Sohn einer Patrizierfamilie, hätte sich durch diese ordinäre, zahnlose Frau entwürdigt fühlen können. Aber sie hatte etwas Wärme zu geben. Jedenfalls arrangierte man sich. Die Frau teilte mit Gustav das Essen, das Bett. Und das Geld, wenn sie einen Freier fand. Eine gedeihliche Entwürdigung. So manches Mal fand sie keinen, dann brachte sie altes Brot mit, und sie aßen es in Olivenöl getunkt, das eine besser gestellte Kollegin ihnen widerstrebend spendierte. Nur seine Bekannten, die verkommenen Künstler vom Quartier Latin, nahmen es ihm übel. Nun verachteten sie den deutschen Zuhälter.

Doch es ging nicht gut. Durch Kälte, Hunger und Armut mit den Nerven am Ende, gerieten sie eines Abends in Streit. Gustav schlug sie. Auf Betreiben der anderen Frauen warf die Concierge den Ausländer hinaus. Am nächsten Morgen stand Gustav auf der Straße. Der Nordwind schnitt ihm ins Gesicht. Er schützte sich mit dem, was ihm geblieben war: ein ehemals schwarzer Mantel, jetzt vor Dreck grünlich, auf den Schultern blankgewetzt, an den Ellbogen zerrissen. Eiskalte Füße. Auch mit Zeitungsresten ließen sich die Löcher in den Stiefelsohlen nicht mehr abdichten. Er schlief unter den Brücken der Seine. Wie zur Strafe träumte er von üppigen Banketten. Verschlang alles. Im Traum wurde er zum Gourmand. Auf der Post nichts. Zum Glück nahte der Frühling. Die Kastanien in den Straßen erwachten wieder zum Leben. Knospen schwollen. Gustav verließ seine notdürftige Bleibe. Abgemagert, hungrig, mit schwerem Brustkatarrh, so lief er lange am Seineufer entlang, um sich aufzuwärmen und nach etwas Eßbarem zu suchen. Er ging seine Möglichkeiten durch. Eine Arbeit suchen. Falls er eine fand, was würde er verdienen? Höchstens sechzig Francs? Das würde schon allein fürs Essen draufgehen, jeden Tag zwei Francs. Es sei denn, er aß abends nichts. Aber dann kam noch das Zimmer dazu, mindestens zwanzig Francs, außerdem Wäschekosten, Kerzen. Nein. Vielleicht ein Soldat in Napoleons Diensten werden. Tausende von Francs verdienen. Aber wie sollte man sich einen »Preußen« in Napoleons Armee vorstellen? Ihm blieb nur die Demütigung, nach Lübeck heimzukehren. Das lange Laufen und Grübeln hatte ihn ermattet, vor Schwäche schwanden ihm fast die Sinne. Niedergeschlagen suchte er Trost bei den unzähligen Buchständen längs des Seineufers. Er las, was man ihm gestattete, mal hier, mal da. Nein. Der *spleen* stand nicht mehr im Bann der Literatur. Er erlebte ihn im wirklichen Leben. Er las etwas und legte es weg. Bohemiens. Dichter. *O muse de mon cœur, die du die Schlösser liebst, wirst du ein brennendes Scheit haben, deine frostblauen Füße dran zu wärmen?* Nein, sie überzeugten ihn nicht mehr mit ihren in Liebesgedichten gerühmten Mimis und Musettes. Liebe! Er wurde zornig. Liebe ist nichts anderes als Schmutz, übertüncht mit einer ordentlichen Schicht Puder, den die Dichter herstellen. Kein trügerischer Zauber, kein Traum mehr. *Assez!* In Paris hatte er keine Zukunft, wurde ihm klar. Da erhielt er, wie von der Vorsehung gesandt, von der Mutter das Geld für die Rückfahrt. Bevor er den Zug bestieg, säuberte er seine durchlöcherten Stiefel von Schmutz und Staub. *Ihr hier in Paris seid Idioten, sogar die hartnäckigsten. Erstens, weil ihr hier bleibt. Zweitens, weil ihr meint, aus Paris könne man nicht weggehen.*

Als er nach Deutschland zurückkehrte, war er ein anderer Mensch. Gustav hatte die Gosse kennengelernt. Sein Herz war eine Höhle, in der mehr Tote ruhten als in einem Massengrab. Wenn er am grauen Himmel vergeblich den Mond suchte, fiel ihm nun der Dichter ein. *Ich bin ein Kirchhof, den zu bescheinen selbst dem Monde graust, wo wie Gewissensbisse lange Würmer kriechen ... welke Rosen, alte Liebesbriefe ... lahme Tage, wenn Langeweile das Ausmaß der Unsterblichkeit gewinnt ...* Auch wenn der Dichter ihn verfolgte, Gustav hatte zu Paris' trügerischen Verheißungen Abstand gewonnen. Für seine Malerei hatte er zwar Wertvolles gelernt. Doch damit konnte er hier nicht viel anfangen. Mit dem Lebensüberdruß seiner zwanzig Jahre fühlte er sich wie in der Verbannung in Lübeck, diesem Stadtstaat, wo die Macht stärker unterdrückte und an jeder Haustür schnüffelte, weil sie hier konzentrierter und gegenwärtiger war. Und deshalb auch eine in sich isolierte, gottverlassene Stadt. Eine Stadt, deren Kaufmannstradition schäbiges Interessendenken erzwang, das mit dem Gewinn anfing und aufhörte. Regiert von Bürgern, die feierlich in die Kirche gingen und Gott für ihren verdienten Wohlstand dankten. Und alles andere? Das interessierte nicht. Wenn er es nicht mehr aushielt, fuhr Gustav nach Hamburg, wo er in den Bordellen so manchem ehrbaren Patrizier begegnete, der insgeheim die schöne Mitgift seiner Frau Gemahlin verpraßte. So kam es, daß er sich mit dem Konsul Peter Döhlmann anfreundete, der viel in solchen Lokalen verkehrte und gern auf plattdeutsch schlüpfrige Witze erzählte. Vielleicht, um sich Gustavs Schweigen zu erkaufen, bezahlte er immer dessen Zeche und steckte ihm, wenn er in der Klemme war, ein paar Scheine in die Tasche. Esmeraldas Puff. Vor allem dieser. Den verließ Gustav immer volltrunken. Der Vater tobte. Und drängte. Er sollte die Kaufmannslaufbahn einschlagen. Gustav malte heimlich. Szenen der ungeschminkten Stadt. Arbeiter auf den Werften. Nach Schnaps und Kautabak riechend. Mit ihren abgewetzten Mützen. Stauer im Hafen. Arm und verdreckt, die unter Geschrei, in dem sich Dänisch mit dem Lübecker Platt mischte, Schiffsbäuche be- und entluden. Bauern mit zerfurchten Gesichtern. Harte, resignierte Gesichter. Holzhacker in den Straßen. Milchverkäuferinnen. Häßliche Menschen. Verwahrloste Gestalten. Strenge Züge. Matte Farben. Bis er eines Tages in einem Hamburger Salon einen Preis gewann. Ein Kritiker, der sich den Pariser Strömungen anpassen wollte, pries seinen Realismus. Auf Drängen der Mutter bewilligte der Vater Gustav ein Atelier. Für Gustav eine ungeheure Erleichterung. Nun genoß er etwas mehr Freiheit in seiner Mansarde, die ihn an Paris erinnerte – solange er nicht aus dem Fenster blickte, denn dort überragten die Zwillingstürme der Marienkirche sämtliche Dächer. Gelegentlich kam Onkel Stefan, der Ästhet der Familie, ein fähiger Verwalter, dessen gezierte Manieren und Junggesellenstand jedoch ein gewisses Mißtrauen nährten. Er sah sich Gustavs Bilder an und tadelte ihn in nachsichtig gemeintem Ton: »Die Schönheit, mein Junge! Wo bleibt die Schönheit? Darauf kommt es in erster Linie an. Die Wunden der Menschheit werden nicht geheilt, indem man sie zeigt. Wenn du am Schorf pulst, machst du dir nur die Hände schmutzig.« Wenn Gustav etwas Geld hatte, besuchte er die Bordelle in Hamburg, nun in Gesellschaft von Hans Kretzschmar, seinem einzigen Freund aus der Schulzeit, der ebenfalls aus Lübeck weggegangen und fast gezähmt zurückgekehrt war, noch ein Rebell auf dem Weg zur Reue. Doch sie entwickelten sich in unterschiedliche Richtungen. Sie diskutierten. Hans betrachtete seine Bilder und versuchte, ihn umzustimmen: »Ich sehe darin keine Poesie. Diesem sogenannten Realismus kann ich nichts abgewinnen.«

Bis eines Tages Ana in sein Leben trat. Sie begegneten sich an einem Morgen. Es war noch früh. Ana kam vom Markt, Gustav torkelte betrunken. Ihr Anblick traf ihn wie ein Schlag. Zuerst begriff er gar nichts. Wer war diese Frau, so ganz anders als alles, was man in Lübeck zu sehen bekam? Anas Erscheinung nahm ihm den Atem. Auf der Stelle schlug ihn das Rätsel um diese Schwarze, ihre schwarze Haut, ihre erschrockenen schwarzen Augen in den Bann. Ana, aus deren Gesicht eine andere Welt sprach. Eine Fremde, genau wie er. Er folgte ihr. Verfolgte sie von nun an überall. Ana ging ängstlich durch die Straßen. Und völlig unerwartet tauchte immer dieser merkwürdige junge Mann auf. Mit blutunterlaufenen Augen, fast immer angetrunken. Für Gustav gab es kein Zögern mehr. Er lud sie ein. Bedrängte sie. Er mußte dieses Geheimnis ergründen. Und dieses heidnische Idol berühren, das alle geheiligten Zeichen, auch die dionysischen, in sich trug. *Göttin, meine schwarze Göttin.*

Als Ana endlich seine Einladung annahm und ihn besuchte, erlebte sie am Eingang zu Gustavs Atelier den ersten Schrekken. Vor der Tür ein Skelett in einer alten Polizeiuniform. Und in dem großen Mansardenraum Bücher auf dem Fußboden, Kistenstapel, ein mit Farbe bekleckerter Tisch, überall unfertige Bilder, ein kaputter Ofen, und über allem eine dicke Staubschicht. Doch als sie Gustav gegenüberstand, war ihre Angst ebenso groß wie ihr Staunen. *Ich bin ... äh ... sehr erfreut ... ich meine ... äh ...* Er stand stotternd vor ihr, brachte keinen Satz zu Ende, und sein Lächeln konnte genausogut nervöses Zucken sein. Und zu den wenigen Worten gestikulierte er so heftig, daß die Situation am Ende komisch wurde. Ana konnte ein Lachen nur deshalb unterdrücken, weil sie nicht verstand, ob es sich lediglich um Schabernack handelte oder um Provokation. Oder ob er verrückt war. Ein sanfter Verrückter, natürlich. Denn er wirkte höchst merkwürdig, wirklich wie ein Verrückter, als er nicht einmal die Tür zu schließen imstande war und sich nach allen Seiten wand und die Nase und Lippen verzog und die Augen verdrehte und sich zu einer tiefen Verbeugung neigte, als stünde er vor seinem Herrgott. Aber ohne jede Eleganz. Vielmehr tolpatschig, kaum das Gleichgewicht haltend, kurz vorm Umkippen. Im Gegensatz zu seiner Dreistigkeit in betrunkenem Zustand schien Gustav nun in Panik. Er bewies ebensoviel Angst vor ihr, wie sie vor ihm hatte. Die Schwarze und der Verrückte, dachte Ana. Das machte es ihr leichter. Gustav hatte sie gebeten, ihm Modell zu stehen. Er malte sie zum ersten Mal. Das Gesicht mit den Stammesabzeichen, das Kraushaar. Purer Vorwand. Während der Arbeit redete er ohne Unterlaß, bis er fast keine Luft mehr bekam. Ana verstand kein Wort dieser Sprache, die ihr immer noch ein vollkommenes Rätsel war. Doch dann mündete der Redeschwall in den einen Satz. *Ich liebe dich. Ich liebe dich. Ich liebe dich.* Immer wieder, damit kein Zweifel blieb. Und das verstand sie. Gustav gestand ihr, daß er sie vom ersten Augenblick an geliebt hatte, ganz einfach. Danach neue Treffen. Eines Tages nahm er sie zum Schlittschuhlaufen auf dem zugefrorenen Teich am Burgfeld mit. Ana geriet in Angst und Schrekken, weil sie sich nicht auf den Füßen halten konnte. Und aller Augen auf dem seltsamen Paar.

Bei der Arbeit schalt die alte Frau Bruhns mit Ana. Doch Ana verstand kein Deutsch. Das war sehr gut.

Gustav bewies ihr unermüdlich sein Entzücken. *Dein Körper ist für mich ein so fremdes Land. Dieser mir unbekannte Leib, in Schwarz gekleidet … Aber so eigenartig es auch scheinen mag, wenn ich meinen Kopf an deine Brust lege, fühle ich mich mir selbst näher. Du, schwarzes Territorium, bist meine Heimat und mein Zuhause, meine wunderbare Ana!* Und er lieh sich Zeilen von seinen Lieblingsdichtern und formte sie für seine Liebe um. Manchmal vom Zauber überwältigt. *Ab-*

sonderliche Gottheit, braun wie die Nächte, nach Moschus duftend und Havanna-Tabak, Hexe mit ebenholzschwarzer Flanke, Kind der finstren Mitternächte. Oder von Furcht vor der Welt gepackt. *O zarte Liebe, du atmest wie ein Tag, der zur Neige geht.* In gereizter Stimmung um Selbstbeherrschung ringend. *Engel oder Sirene, gleichviel, wenn du nur die Häßlichkeit der Welt verringerst und die Last der Augenblicke leichter machst.* Oder offen versöhnlich. *Wenn ich den Duft einatme deines wärmehauchenden Busens, so seh ich glückliche Gestade sich entrollen, die von den Feuern einer ewig gleichen Sonne gleißen.*

Gustav liebte Ana auf eine vielschichtige Art, mit plötzlichen Liebeserklärungen, jähzornigen Ausbrüchen und Versöhnungen. Nachdem sie ein Paar geworden waren, veränderte sich seine Stimmung unerklärlicherweise. Immer wieder schlug seine Zärtlichkeit urplötzlich in Brutalität um. Anfangs reagierte Ana sehr verängstigt, denn sie konnte es nie voraussehen. Sie fürchtete sich. Sie wußte, was es hieß, geschlagen zu werden. Aus dem geringsten Anlaß geriet Gustav in Wut. Es schien, als ließe er all seinen Groll auf die Welt an ihr aus. Dann war kein Reden, Beschwichtigen, Argumentieren möglich. Er schrie und brüllte. Machte Schluß mit ihr. *Schluß, Schluß!* Und es war Schluß, aus und vorbei. Tagelang zürnte er ihr, als wäre sie schuld. Zog sich zurück, wie ein schmollendes Kind. Dann ging er weg. Kam nachts betrunken nach Hause. Und fast immer endete es damit, daß er Ana schlug. *Negerin, schwarz wie das Böse. Abgesandte des Teufels. Tochter der Finsternis. Schwefelstinkendes Tier.* Er genoß es, sie so zu beschimpfen, als wäre ein Teil von ihr ihm verhaßt. War er wieder nüchtern, kam er unweigerlich um Verzeihung bitten. Kniete vor ihr. Bedeckte sie mit Küssen.

»War furchtbar schwer. Wie oft ich gedenkt, halt ich nich mehr aus.«

Dann trank er wieder. Und prügelte sie wieder. Von Stadt zu Stadt, Jahr um Jahr. Noch schlimmer wurde es, wenn sie keine Arbeit hatten und Not litten. Dann trank Gustav noch mehr. Und prügelte. Nicht nur einmal verließ Ana ihn. Es half nichts. Er kam hinterher und flehte sie an, zu ihm zurückzukehren. Ana ging zurück. Eine Weile war Ruhe, dann fingen die Krisen wieder an. Und die Prügel. Bis es eines Tages zum Knall kam. Ana gab es ihm zurück. Wutentbrannt, mit der Geduld am Ende, schlug sie ihm mit einem Stock auf den Kopf, den Körper, die Beine, überall. Niemand hätte ihr Einhalt gebieten können. Weinend prügelte sie mit aller Kraft auf ihren betrunkenen Geliebten ein und schrie dabei: »Du Säufer, du Säufer«. Er reagierte nicht. Wehrte sich nicht. Und Ana entschuldigte sich nicht. Manchmal machte sie sich Vorwürfe, daß sie es nicht getan hatte. Nicht, daß Gustav es ihr jemals vorgehalten hätte. Seit dieser Nacht nämlich hatte er sie nie mehr geschlagen. Im Gegenteil. Immer wenn er betrunken nach Hause kam, flehte er Ana an, sie solle ihn schlagen, ihn beschimpfen, *Kanaille, Ausbeuter, perverser Kerl, bitte, schlag mich.* Stundenlang saß er da und flehte sie an. Sie solle ihn schlagen. Er sei eine Kanaille. Er habe es verdient. Daß sie ihn schlage. Ana hatte nie verstanden, ob Gustav sich so gegen seine eigene Aggressivität schützte oder ob er damit seine Möglichkeit gefunden hatte, sich Buße aufzuerlegen und Ruhe zu finden. Denn er war seltsam, der Gustav.

»Nie Frieden findet, mein Gustav.«

Seit Lübeck, als sie ihn kennengelernt hatte, quälte er sich mit Fragen. Marterte sich. Wo gab es Hoffnung? Warum war sie wie ein kraftvolles, aber gleichzeitig so scheues Tier, die Hoffnung? Wo sollte man in einer ewig grauen Stadt das Licht finden? Das exakte Licht. Es erträumen? Wie es in Farben auf der Leinwand umsetzen? Mit welchen Pinselstrichen? Welchen Farben? Welchen Gestalten? *Der Realismus existiert nicht. Realistisch sind zufällig vom Blick eingefangene Fragmente. Ein vergängliches Licht. Eine kaum merkliche Bewegung. Mein Gefühl, daß die Dinge vergehen. Das Objekt in den Augen des Subjekts. Das ist die reine Wirklichkeit.* Die primitiven Stauer wurden ihm langweilig. Er wollte nicht mehr den flachen Horizont, der in Lübeck gleichbedeutend mit dem Nichts war. Die unerträgliche Alltäglichkeit der mit Getreide beladenen Schiffe. Das Tuten der Dampfer, das wieder eine Ankunft, wieder eine Abfahrt ankündigte. Und das tagtägliche Leben, das sich in dem ständigen Kommen und Gehen von Waren erschöpfte. Einzig und allein zu dem Zweck, den Handel treibenden Patriziern den größtmöglichen Gewinn zu verschaffen. *Realismus? Von wegen, nichts mit Realismus. Realistisch ist der* spleen, *der wahre Überdruß. Jeden Tag dieselben Häuser sehen, durch dieselben Straßen gehen, immer vom selben Teller essen. In alle Ewigkeit dieselben sinnlosen Gespräche hören. Nein. Schluß damit. Realistisch ist die Phantasie, das, was sich hinter dem Alltag verbirgt. Ja, das interessiert mich. Die Realität hinter den Kulissen. Mit ihren Träumen. Und Gespenstern. Und Ungeheuern. Denn der Traum ist ein zweites Leben.* Dann immer häufiger im Rausch. Und immer stärker das Verlangen, die Banalität der Umgebung zu zerstören. Gustav sehnte die Barbaren herbei. An manchen Tagen stand er stundenlang am Fenster. Und dachte: *Ich warte auf die Barbaren.* Er wollte es nicht verpassen, wenn die Barbaren einfielen, der Gustav. Doch von wo, aus welcher Richtung würden die Barbaren kommen? Von Süden, von Norden, aus dem Orient? Eines Tages, nachdem ein Berliner Salon wieder einmal seine Bilder abgelehnt hatte, schlug er alles in seiner Mansarde kurz und klein. Und schrie, nun wisse er endlich, woher die Barbaren kämen. Und wer sie seien. Nicht die Sozialisten und Proletarier der gescheiterten Revolution von 1848. Die Barbaren kämen von sehr viel näher. Aus dem Innern solcher Rebellen wie ihm. *Die Barbaren sind wir und unsere Dämonen der Revolte, die das bürgerliche Jahrhundert mit seiner heuchlerischen Kargheit nicht zu bremsen vermag.* Zwar hatte Millet gesagt: *»Il faut porter le trivial au niveau du sublime«* – was in der Pariser Zeit so verlockend geklungen hatte –, doch Gustav empfand jetzt nur das Bedürfnis, in seiner Malerei das Triviale auf die Ebene des Schreckens zu bringen. *Welche Art von Kunst schaffen, Ana? Eine entstellte, verderbte Malerei, die den Pinsel wie einen scharfen Dolch in das Leben sticht und das verlogene Ordnungsprinzip zerschlägt. Mein einziger Wunsch ist, meinen Zorn herauszulassen und erschreckende*

Bilder zu malen. Und die ganze Menschheit gegen mich aufzubringen. Das wäre eine wahre Wollust, die mich für alles entschädigte. Ein Barbar zu sein.

»Grenzen sprengen, davon geredet der Gustav.«

Wer etwas Lebendiges schaffen will, muß sich in die Urtiefen hinabbegeben, wo die Kräfte des Lebens wirken, zitierte er den Philosophen. *Ja, sage ich, raus aus dem Atelier. Hinaus ins Leben.* En plein air. *Das Chaos des Lebens abbilden.* Dafür wollte er das Licht immer mehr spalten. Den flüchtigen Augenblick einfangen. Das Wirkliche und den Schein in Fragmente zerlegen. Die Ordnung auflösen. *Ein Künstler ist von Natur aus gegen jede Ordnung. Nur er verfügt kraft seiner Wahrnehmung über die notwendigen Mittel, die Ordnung zu stören. Mein Pinsel ist ein Hammer, der alles zerschlägt. Und ich.* Er hielt inne. Wurde sich seiner Hilflosigkeit bewußt. Der Schimären seines ohnmächtigen Hasses. *Ich bin ein Trinker aus Verzweiflung. Nicht viel mehr als das, meine Ana. Kaum mehr als das.* Und immer häufiger betrunken. Wenn er kein Geld hatte, trank er Arzneien und Parfums. Alles, was Alkohol enthielt. *Ich muß ständig berauscht sein. Von Wein, Poesie oder Tugend. Aber lieber nur von Wein und Poesie. Mein künstliches Paradies in einer Flasche. In einer Flasche schaffe ich mir meinen Idealzustand.* Noch so jung und schon ohne jede Hoffnung. Die Gesichtshaut aufgerissen und zerfurcht. Tiefe Falten um die verquollenen Augen. Ein alter junger Mann. Also dann nicht mehr. Schluß mit der Kunst. *Zumindest nicht für mich. Ich mag dieses Wort nicht. Künstler. Künstler sein ist nur ein romantischer Anspruch. Ich betrachte den Pinsel lieber als ein Instrument der Poesie. Vielleicht ist das genauso anmaßend. Aber für mich ergibt das mehr Sinn. Kein Künstler. Ich bin allerhöchstens einer, der seine Sinnlosigkeit umsetzt.* Dann immer befremdlichere Bilder. Harter Kontrast zwischen Hell und Dunkel, wie er ihn bei Rembrandt gesehen hatte, aber auch die Auflösung des Lichts, die Millet auf seine Art so gut wiedergab. Das Licht, das sich gegen den Schatten nicht durchsetzen konnte.

Dann Gustav besessen vom Schwarz als Summe aller Farben. Der schwarzen Ana mit ihrer dunklen Haut. Die ideale Haut. Die kein Licht reflektierte. Pures Schwarz. Purer Schatten, beweglich, lebendig. Das Problem war: wie aus dem Schwarz Licht herausholen. *Ein schwarzer Regenbogen, der alle Farben hervorbringt und sie wieder schluckt. Das Reich des Schattens. So machtvoll und allumfassend, daß es vor Licht überquillt.* Technisch verlangte ihm dieses Ziel stundenlange Versuche und Arbeit ab. Ana wurde zu seinem Dauermodell. Manchmal in voller Größe. Manchmal ein kleiner Ausschnitt. Manchmal nur die Struktur ihrer Haut. Oder der Haare. Einzig und allein die Wiedergabe von Schwarz auf der Leinwand. In seinen vielfältigen Nuancen. Oder Zusammensetzungen. Schwarz als die umfassendste Farbe. Details vom Panorama ihres Körpers. Täglich neue Entdeckungen. Eine Narbe aus der Sklavenzeit. Die Narben der Stammesabzeichen, die auf Anas Gesicht geometrische Formen bildeten. Von großer Schönheit. Die er vergrößert wiedergab. Als Reproduktion von Anas Unendlichkeit. Ana, seine unerschöpfliche Muse. Noch ein Grund, sie zu lieben. Für ihn ein Quell. Ein lebender Schatten. Der am ehesten seine Kunst der Paradoxe ausdrückte. Schwarze Venus. In dem Bestreben, die Farben des Mysteriums zu ergründen. Sicherlich war darin ein gewisses Maß an Provokation enthalten. Die fremde Schwarze beharrlich zum ausschließlichen Modell zu nehmen. Niemandem gefiel das. Schließlich gab es so viele schöne Mädchen in der Stadt. Und Gustav amüsierte sich über die Provokation. Doch er wollte mehr. Das Wagnis bis zum Äußersten treiben. Im versauerten Leib seiner Zeit ein Monstrum gebären. Ja, etwas, das sie nicht würden ertragen können. Und mit dieser Gewißheit setzte er sich an die ersten Entwürfe. Bevor er anfing, zeichnete er viel auf Papier. Mit Bleistift. Nichts. Mit Kreide. Wieder nichts. Sinnloses Zeug. Zerriß es. Las. Studierte. Tizians *Venus.* Fertigte Detailstudien in Pastellkreide an. Das funkelnde Diamantendiadem. Die Perle, vielleicht auf dem Hals. Vielleicht am Ohr. Die vollen, sinnlichen Lippen. Ein

Nuance zu viel Karmin. Er arbeitete mit seltenem Schwung. Wollte nichts essen. Trank Tee. Ana in Sorge. Drängte beharrlich. Ana kochte besonders gut. Eines Tages fing Gustav an. Ana als Modell. Wieder einmal. Jetzt endgültig. Geduldig malte er. Ana lehnte geduldig auf den Kissen, nackt. Monatelang malte Gustav an seinem Bild, von dem er wußte, daß es sein meistgeschmähtes würde. Pinselstrich um Pinselstrich. Ana stand zum Kochen auf. Hastete zurück. Stundenlang stillhalten, nackt. Das Bild nahm Gestalt an. Anas Körper mit sehr klaren Konturen. Subtile Übergänge der Farbtöne. Ansonsten fließende Pinselstriche, fast Kleckse, uneindeutige Formen. Aber reine Farben. Ungehemmte Phantasie. Ana saß ergeben Modell, stundenlang, tagelang. Zwar ermüdend, doch die größte Ehrung, und sie nahm sie bereitwillig entgegen. Als Gustav sie entließ und damit begann, die zahllosen Details des Bildhintergrundes zu malen, blieb Ana in der Nähe und versorgte ihn. Selbst wenn er die Nächte durcharbeitete, sie kam mit einem Tee. Spätnachts. Pünktlich brachte sie ihm das Essen, auch wenn er sich zu essen weigerte, wie immer, wenn er so arbeitete. Wie ein Besessener. Manchmal zwang sie ihn, indem sie es ihm bissenweise in den Mund schob. Eines Tages, Krise. Gustav ließ Anzeichen von Entmutigung erkennen und wollte abbrechen. Er war erschöpft, wieder hatte er eine ganze Nacht durchgearbeitet. Ana wurde besorgt. Sie kam mit einer Flasche Wein zurück: Mal doch noch ein bißchen. Er: Ich habe schon alle Bäume gemalt. Sie: Aber du könntest auch die Engel und die Tiere malen. Er: Das mache ich morgen. Und sie (einschmeichelnd): Mal jetzt, der Wein wird dir helfen. Er: Ich bin müde. Sie (unerbittlich): Ausgerechnet jetzt, wo du fast fertig bist? Die Pinsel sind ausgewaschen. Die Farben stehen bereit. Alles andere hast du im Kopf. Die Engel. Die Tiere. Und die Helden, die so wichtig waren. Oder sind sie weg? Davongelaufen? Haben sich in deinem Kopf in Nichts aufgelöst? Und da ging er, die klebrigen, aufgequollenen Pinsel schon bereit, fast auf sie los: Hör auf zu reden und geh schlafen, Ana, bei deinem Geschwätz kann ich nicht arbeiten.

»Ich erst schlaft, als sicher war.« Lachend warf Dona Ana Alberto einen schelmischen Blick zu.

Gustav blieb, malte abermals besessen weiter. Farbe im Haar, Finger verschmiert. Kleckse im Gesicht. Fast entrückt in seinem Kampf, dem Nichts Farbe zu entlocken. Bis er fertig war.

Und so entstand das Bildnis der schwarzen Venus: im Vordergrund, fast über die ganze Breite der Leinwand, Ana im Gras, auf Kissen liegend. Nackt und barfuß. Ein Arm ruht mit flacher Hand auf einem zartgeblümten, an den Kanten mit goldenen Fransen besetzten beige Seidenkissen. In der anderen, auf dem Unterleib liegenden Hand eine Orchidee, die schamvoll wirken könnte, verwiese nicht ihr dunkles Rot auf die Grenzen der verbotenen Tiefe. An den Ohren Perlen. Im kurzen Haar funkelt ein Diamantendiadem. Doch bei weitem nicht nur als funkelnde Fläche. Gustav hat nämlich in jedem Büschel ihres Kraushaares Lücken gefunden, durch die das Licht einfällt und zurückstrahlt, so daß Anas Kopf nicht nur von Diamanten bekrönt ist, sondern sich wie das verborgene Schwarz von Hunderten kleiner, über das ganze Haar verteilter Diamanten darstellt. Auf der Stirn schimmert das Schwarz in anderem Glanz, flächig und tief, vielleicht, weil das Licht hier auf mehr Raum trifft. Aber es gibt auch ein resolutes Schwarz, das an den Seiten wiederkehrt, gleich über den Schläfen, wo feine Härchen sich wie weiche, verspielte Büschel kräuseln. Von den Schläfen zieht sich der gekräuselte Flaum, nun schwarzwollig, in zarten Fäden bis zu den Ohren, wo die Perlen zwei weiße, scheinbar störende Flecken bilden. Aber nein. Rosiges Braun färbt die Ohrmuschel und das Labyrinth, das hier beginnt. So daß die Farben, von der Natur und dem Pinsel gepaart, sich nicht ineinanderdrängen, sondern sich gegenseitig schattieren. Das Schwarz behauptet sich wieder in den dichten Brauen, die streng den oberen Teil der Augenpartie umrahmen. Die Augen. Obwohl in den Winkeln abgeschrägt, büßen sie nichts von ihrer Maßlosigkeit ein, maßlos weiß rings um die maßlose Iris, ein schwarzes Meer, das flehentlich und zärtlich fast rote Funken sprüht. Wie von den Lippen spricht aus den Augen eine große Liebe, aber auch ein starker Lebenshunger, als drückten sie Verfügbarkeit und Entgegenkommen zugleich aus. Weil sie alles verraten, wirken sie skandalös. Und da das, was sie verraten, das Gegenteil von Engherzigkeit ist, kann es wie eine Aufforderung zur Verführung verstanden werden. Im Bereich zwischen den Augen verdichtet sich das Schwarz, aber auch der Glanz, vielleicht als Reflex des feurig leuchtenden Blicks. Von den Augen führt in matterem Ton so etwas wie ein Weg zu den Wangen hin, wo das Schwarz ins Zimtbraun spielt – vielleicht, um den Tränen klar und deutlich ihre natürliche Bahn zu weisen. Dann die schönen hohen Wangenknochen – ihr Scheitelpunkt schimmert, denn hier, wie auf der Stirn, trifft das Licht früher auf Grund und ankert im Schwarz. Diese hohen Wangenknochen verleihen der Schönheit des Gesichts etwas unleugbar Majestätisches. Doch nicht nur sie sind erhaben. Etwas weiter unten die herrlichen Lippen. Nach den Schwarznuancen der Nase, in deren Mulden eine dunkle Rinne verläuft, vertieft sich das Schwarz noch mehr in der Umrandung der Oberlippe, täuscht einen Flaum vor, der sich in Wirklichkeit zu einem festen, feinen Strich verdichtet, als klare Trennlinie vor dem großen Schauspiel. Dann öffnet sich die schwellende Knospe der Lippen. So faszinierend, daß sie den Augen die Vorherrschaft in Anas Gesicht streitig machen. Das Schwarz der Oberlippe liebkost die überraschend tiefrote Färbung der Unterlippe, die majestätisch und zunehmend scharlachrot zum Innern des Mundes aufsteigt, voller Sinnlichkeit in ihrem speichelfeuchten, von den feinen Rillen einer fast aufbrechenden Knospe akzentuierten Glanz. Dort hatten Gustavs Farben Lippen aus rubinrotem rissigem Porzellan geschaffen. Die Wangenknochen umrahmend, ziehen sich die Einkerbungen der Stammesabzeichen von den Schläfen bis zum Kinn in dunkleren symmetrischen Linien, die das einförmige Schwarz auflockern. Doch am Unterkiefer wird es wieder einförmig und setzt sich so fort über das Kinn und den Hals hinunter, hinter dem erneut gekräuselte schwarze Wollbüschel hervorlugen. Auf den makellos schwarzen Schultern liegt ein Glanz, dort, wo die Arme ansetzen, schimmert ein hellerer Lichtschein. Unterhalb der Schultern schaffen die beiden Schlüsselbeinmulden zur Tiefe hin dunkelnde Schatten, klar abgegrenzt von dem Schwarz, das den gesamten Rumpf bedeckt. Doch nicht unangefochten. Denn hier ragen mächtig und deutlich heller die Brüste auf – zwei Leuchten, die sich mit ihrer weichen, aber kraftvollen Form durchsetzen. Die hellen Brüste der Venus enden in sehr dunklen Kreisen und ebenfalls dunklen Knospen. Fraglos Leuchten mit schwarzer Flamme, ein violett schimmerndes Schwarz, von unerhörter Schönheit mit seiner vagen, geheimnisverheißenden Nuance. Hier, wo die beiden schwarzen Flammen der Brustknospen scheinbar den Kern des Schwarz bilden, ist wohl die dunkelste Stelle ihres Körpers. Der Nabel, wo das Leben seinen Anfang nimmt, ist paradoxerweise bescheiden, bloß eine winzige Vertiefung. Die Achselgegend bildet dunklere Streifen, die zu dem unerforschten Terrain unter den Armen führen. Auf ihnen ist das Schwarz sehr dicht und kompakt in seiner Gleichförmigkeit, nur in der Armbeuge leicht schattiert. Über den ganzen Arm verteilt ein zarter, krauser Flaum, Ausläufer des tiefen Schwarz. An den Händen ein natürlicher Übergang vom Schwarz ins Braun und dann, ohne Zwischennuancen, zum Rosa der Handflächen, auf denen die Linien sich wieder braun färben, wie auch die Stellen über den Fingergelenken. Doch an den Fingerspitzen dringt das Rosa endgültig ins Terrain des Schwarz ein und schimmert glänzend in den angedeuteten Fingernägeln. Wunderschön ist der Übergang vom Rosa der Handflächen zum dunklen Rot der Orchidee, die Ana in der Hand hält. Dort auf dem Leib wird das gleichförmige Schwarz unvermittelt verstärkt durch die Vertiefung zwischen den Schenkeln, ein Abgrund, dem jedes Licht verwehrt ist, so daß sie eine sehr klare Trennlinie zwischen Schwarz und Schwarz zieht, ein unglaublicher *oscuro-oscuro*-Kontrast, wie Rembrandts *chiaro-oscuro* ihn nie hätte darstellen können. Auf den gerundet aufragenden Hüften findet das Licht wieder Halt und läßt sich nieder, verstärkt die Kraft des Dunkels, bis der Blick von seiner mächtigen Schwarzheit geblendet ist. Aus dem schwarzen Meer der Schenkel tauchen als zwei dunklere Rundflächen die Knie auf, und längs der Schienbeine läuft ein leichter Schimmer bis zu den Fesseln. An den Füßen wiederholt sich der sanfte Übergang vom Schwarz zum Braun und dann unvermittelt zum Rosa, das sich über die Fußsohlen legt, hier und da von Flecken unterbrochen, fraglos Spuren aus der Sklavenzeit. Im Bildhintergrund ein eigenartiges, vollkommen irreales Panorama im Kontrast zu den scharf umrissenen Konturen der schwarzen Gestalt im Vordergrund. Es ist ein Wald, hinter dessen Bäumen seltsame Geschöpfe hervorlugen. Makabre Engel zwischen zahmen Einhörnern und Helden der Mythologie mit weiblichen Zügen. Verschwenderische Farben in klaren Tönen gegeneinandergesetzt, doch mit so winzigen Pinseltupfern aufgetragen, daß sie ein vages, fleckiges Ganzes bilden. Dagegen hebt sich der Vordergrund mit außergewöhnlichem Licht ab, das Anas schwarzen Körper umfängt und magisch von ihm auszuströmen scheint. Doch ist es kein aggressives Licht, vielmehr das Flimmern des Spätnachmittags bei Millet – fließend, in sich gekehrt, fast mystisch.

Was am Gesamtbild am meisten verblüfft, sind die unerwarteten Übergänge vom Schwarz zum Schimmern bei den kleinsten Unebenheiten, Vertiefungen wie Erhebungen. So wie sich das Schwarz in phantastischer Weise dem Licht unterwirft, so wird das Licht zu seinem untrennbaren Gegenpart. Tatsächlich gehen Dunkel und Hell auf dem ganzen Körper eine erstaunliche Verbindung ein. Die schwarze Farbe von Anas Körper leuchtet, entfaltet Schattierungen und eine Vielzahl von Schimmern, die untrennbar ineinandergreifen. Selbst dort, wo das Licht nicht direkt einfällt, entsteht ein hinreißender Einklang zwischen Schwarz und Zimtbraun. Von den Konturen der Ohren bis zu den Fußsohlen finden sich die unterschiedlichsten Braunnuancen. Manchmal ist es, als hätte das Blutrot in Kaffee gebadet und damit eine ungekünstelte Gleichförmigkeit geschaffen, in der ein

Fast-Gelb, ein Fast-Grün, ein Fast-Violett, ein Fast-Blau auftreten. Dann wieder, als hätte sich wie durch Lasur der hellste Farbton über die noch frische dunkelste Farbe gelegt und damit eine gläserne, sehr intime und romantische Tiefe geschaffen. Deshalb gibt es dort, wo das Schwarz am schwärzesten scheint, bläuliches Schimmern, aber auch ein zum Scharlachrot neigendes Braun, eine Oriflamme, die flatternd goldene Feuergluten einfach überwindet. Dem Betrachter stellt sich das Porträt als absolutes Paradox dar – das Schwarz, das sich als solches ausgibt, enthält sämtliche Möglichkeiten seiner Zusammensetzung und büßt doch nichts von seiner Schwärze ein. Beim Abbilden des Körpers seiner Geliebten hat Gustav Sternkopf das Schwarz auf die Leinwand gebannt, das alle Farben in sich trägt. Ein Regenbogen-Schwarz.

Der erste Skandal war dies, das Prinzip der Farbvermischung. Sowohl in Berlin, wo es Proteste auslöste, als auch in Hamburg, wo es aus dem Salon entfernt wurde, weckte das Bild gewisse moralische Bedenken. Bei so vielen Schwarznuancen sahen die Leute darin einen glutvollen Körper und dachten spontan, er könnte wie Kohle in Flammen auflodern. Die Empörung mancher Betrachter richtete sich gegen diese unterschwellige, fast klandestine Obszönität, die aus der unerhörten Mischung von Farben, Nuancen und Stil sprach – der Leib der im Gras auf Kissen ruhenden afrikanischen Venus bedeutete eine unmißverständliche körperliche Liebeserklärung. Gustav Sternkopfs Signatur am unteren Bildrand wurde damit zur Unterschrift des Geliebten unter einen Liebesbrief mit viel zu eindeutigen Details, um nicht zu schokkieren. Eine solch ungeheure Unanständigkeit konnte man dem Urheber nicht verzeihen. Gustav nahm das Bild wieder mit nach Hause. Anfangs schwankte er, ob er es *Verklärte Venus* oder *Goldene Venus* nennen sollte. Den ersten Titel fand er ausdrucksvoller, doch den zweiten sarkastischer. Eines Tages – es war einer der seltenen friedlichen Tage – betrachtete er das fertige Bild. Sah es lange an. Rauchte dabei Pfeife und trank Tee. Ana in seinen Armen. *Der Zufall oder auch die jahrhundertelange stumpfsinnige Beharrlichkeit haben das Gold – dieses schnöde Metall – zum Grundmaß der Zivilisation gemacht. Nicht nur des Geldwertes, Ana. Sondern des abendländischen Schönheitsideals. Schwarz, das als sein Gegenteil gilt, wurde um des Goldes willen vernachlässigt. Und du, meine Ana, hast das verhängnisvolle Schicksal, daß du in einer Zeit, der die Fähigkeit abhanden gekommen ist, die Farbe Schwarz zu bewundern, als Gegensatz von Gold geboren bist. Diese Zivilisation ist Schwarz gegenüber zutiefst feindlich eingestellt. Denn es ist die Zivilisation der Gier und des Goldes, Ana.* Und er schloß sie in die Arme, sah ihr mit seinem Prophetenblick in die Augen und küßte sie. *Ich aber sage dir, deine schwarze Hautfarbe ist das Zeichen göttlichen Segens, deine Farbe ist die Möglichkeit, die der Himmel gefunden hat, dich als seine besondere Tochter auszuzeichnen. Deine Farbe ist wie dein Schatten, sie kann nicht gelöscht werden. Sie ist ein Geschenk, das dir niemand nehmen kann. Sie verklärt dich, Ana Brazilera.*

»Deshalb blieb es bei *Verklärte Venus ...*«

Und da hatte Ana schon fast verstanden. So manches Mal hatte sie einen Blick voller Ironie und Verachtung aufgefangen. In der Stadt wurde bösartig geredet, Gustav Sternkopf wolle mit seinen ungeschönten Bildern die weniger Begüterten zu einem Aufstand aufwiegeln. Die Kritiker *(Kritiker in Lübeck? Ein Widerspruch in sich)* warfen seinen Bildern vor, das Häßliche hervorzuheben, so auch bei dieser äußerst geschmacklosen Venus. Deshalb taugten sie nichts. Denn Kunstwerke würden geschaffen, um die Schönheit im Blick zu wecken. *Sie sollen auch zu nichts taugen, und gerade deshalb sind sie besonders. Und deshalb schätzen diese Dummköpfe meine Kunst nicht, denn sie ist von keinerlei Nutzwert für ihre enge Welt.* Die Kritiker warfen Gustav auch vor, seine Bilder entbehrten jedes Nationalcharakters, sie seien bloße internationale Malerei, vor allem in der jüngsten Phase, mit den französischen Einflüssen. Gustav zuckte die Achseln, was kümmerte ihn der kürzlich gegründete Deutsche Bund, der eine politische Einigung der deutschen Staaten unter

Preußens Führung beabsichtigte. Er sagte, seine Bilder seien anderen Zielen verpflichtet, sie sollten nichts anderes darstellen als sich selbst, schon gar nicht einen vermeintlichen Nationalcharakter. Sie sollten von etwas Mysteriösem sprechen, das er selbst nicht benennen konnte, aber es sei in ihnen enthalten, ständig im Entstehen. Und warte auf Entschlüsselung. *Von wo die Poesie kommt – von innen, aus der Tiefe. Was von außen kommt, muß zuerst dieses Bad im sauren Magensaft über sich ergehen lassen. Und dann wie Erbrochenes ausgestoßen werden. Die Kraft meiner Kunst soll darin liegen, daß sie in die Eingeweide eindringt, durch Kot geht. Deshalb sage ich: Nichts ist so menschlich wie die Kunst.* Und *a negra* Ana *do Brasil* hing, die vollen Lippen halb geöffnet, denn die Laute faszinierten sie, an Gustavs ebenfalls vollen Lippen. *Denn so ist es. Nachdem sie durch Erbrochenes und Kot gegangen ist, entsteht die Kunst. Etwas Undefinierbares, das sich nicht beschreiben läßt. Aber es berührt. Die Kunst als verklärter Kot. Niemand weiß wie oder wofür. Abfall wird zur Kunst. Sprache der Götter. Magie, durch die selbst die Asche wieder in Flammen lodert.* In seine goldfarbenen Augen trat der prophetische Glanz. Die Gesichtsmuskeln schnitten Züge in den Stein, und die Wangenknochen traten stärker hervor. Und Gustavs volle Lippen sprachen leidenschaftlich weiter. *Das, was man Kunst nennt, ist sehr schmerzhaft, Ana. Es ist, als müßte man über alle hinauswachsen, auch über sich selbst. Die Ausnahme sein. Kunst verlangt, daß man sich auf die Zehenspitzen stellt und auf den Zehenspitzen geht, andere Luft atmet, die aus größerer Höhe kommt, eine von Ekstase erfüllte Luft. Sie ist die Essenz des Menschen, so als läuterte und verklärte sich das Leben, bis es über sich hinauswächst. Kunst ist die Überhöhung des Lebens, doch ohne das Leben gäbe es keine Kunst. Warum sie schmerzt? Weil man sich wie ein Blitzableiter fühlt. Etwas geht durch einen hindurch und explodiert. Sie macht den Menschen zu einem Verdammten, er empfängt den Schmerz und läßt ihn durch sich hindurch, bis er sich in schieres Licht verwandelt. In einen Blitz. Der brennt.* Dann Gustavs Blick auf Ana – von dem Modell mehr gebannt als von dem Werk. Nun das Stammeln eines Visionärs: *Wenn ich deinen Körper ansehe und dich fühle, erlebe ich die Kunst. Dein Körper schmerzt mich, wenn ich dich liebe. Du bist so sehr Kunst, Ana, daß es schmerzt.*

Ana gerührt, im Kamin des Ateliers knistert das Holz. Eine heimliche Träne.

Nach dem Skandal mit der *Verklärten Venus* schickte der Vater Gustav einen letzten warnenden Brief. Wenn er sich keine anständige Arbeit suche, sei er im elterlichen Haus nicht mehr willkommen. Gustav beugte sich nicht. Er malte weiter und führte sein eigenes Leben. Erst viel später, nach dem Tod des Vaters, erfuhr er, daß der alte Offizier es ernst gemeint hatte – bei der Testamentseröffnung erwies sich, daß Gustav enterbt worden war. Eine schmerzliche Erfahrung, doch nicht die einzige in dieser Zeit. Das Unglück gipfelte darin, daß eine Ausstellung seiner Bilder in Hamburg abgesagt wurde. Aus nie ganz geklärten Gründen. Auf dem Höhepunkt der Krise ging Gustav mit einem Messer auf seine Bilder los und beschädigte mehrere. *Alles Scheiße. Ich hasse diese Scheiße, sie ist mir im Weg, sie macht mir mein Leben zunichte und sogar meine Träume. Ich will weit weg sein von diesem Mist, den Gustav Sternkopf malt.* Zwar verhielt er sich so, als kümmerten seine Zeit und seine Umgebung ihn nicht, doch im Grunde wußte Gustav, daß Anerkennung dazu beiträgt, das Talent zu stärken. Und zwar sehr. *Ich bin es leid, Ana. Die tägliche Demütigung. Der Blick der Menschen, die mich wie einen Gescheiterten ansehen. Der Kaufmann, der sich weigert, mir die Kartoffeln auf Pump zu verkaufen. Die Mütter, die ihren Kindern das Gesicht zuhalten und auf die andere Straßenseite gehen, wenn ich ihnen entgegenkomme. Ich verachte sie alle. Und ich sitze hier und habe für nichts Geld. Nicht einmal für Farben und Leinwand. Was soll aus mir werden, Ana? Letztlich bin ich ein Fiasko, ein Mißgriff. Sonst nichts. Wenn man keine Anerkennung findet, zweifelt man irgendwann am eigenen Werk. Ich weiß. Ich weiß sehr wohl, daß ich Anerkennung brauche, auch wenn ich sie verachte.* Manchmal wollte er tagelang nichts essen. Schimpfte, *warum muß die Kunst immer mit Leiden einhergehen? Sieh dir die Geschichte an, Ana. Schon immer war es so: künstlerisches Schaffen als Resultat von Selbstquälerei, von Marter.*

Und er litt, der Gustav. Er litt an den eintönigen Vormittagen, an den perspektivlosen Nachmittagen, aber vor allem nachts. Ein Leiden, das niemand miterleben durfte, nur Ana. Ein grauenhaftes Leiden, weil namenlos. Unbeschreibbar. Ein Leiden, wie es nur einen Visionär überkommen konnte, so absurd weit gefächert waren seine Gründe: nichts Geringeres als das Leiden an der ganzen Welt und Menschheit. *Dante haben sie zu seinen Lebzeiten alles genommen. Er wurde von allem verbannt, was ihn ausmachte: aus seiner Heimat, seiner Familie, seiner Kultur. Aus Rache kämpfte er gegen seine Stadt, die ihn beispiellos bestraft hatte. In Florenz wurden Dante und seine Angehörigen zur Enthauptung verurteilt und der Besitz der Familie beschlagnahmt. Trotzdem hat er sein Werk gerettet. Stell dir diese Welt ohne Dantes Werk vor: Italien, Europa und das Abendland wären weit unbedeutender. Warum verbannt der Mensch alles, was an ihm am schönsten ist, in den Bereich des Leidens?* Gustav tastete sich, vor Grauen trunken, an den Häuserwänden der Gassen entlang. Würde irgend etwas bleiben? Würde diesen elendigen Menschen, die er so sehr haßte, für die er so großes Mitleid empfand, am Ende irgendein Trost bleiben? Weil er begriff, daß die Einsamkeit des Menschengeschlechts unheilbar und die Menschen sich selbst nicht angemessen waren, litt er. Der grundlegende Irrtum einer Spezies, die im Widerspruch zu ihren ureigensten Träumen stand und zur ewigen Wanderschaft auf der Suche nach einem Ziel verdammt war. Ach, die Suche. Er litt, der Gustav, weil er diese nie endende Suche der Menschen in sich trug. Und er wußte, daß dies ein Verhängnis war, vor dem es kein Entrinnen gibt. Und er fühlte sich viel zu klein, den Grund des unermeßlichen Brunnens zu erhellen. Der Schmerz zu wissen, daß es keine Ruhe gab. Daß man sich lustig machte, weil er elementare Fragen stellte, die niemanden interessierten. Das Wahre war, was alle taten: Geld verdienen und das Überleben sichern, egal, wie häufig sie dafür schweigen und sich blind stellen mußten. Er hingegen litt in den Nächten, wenn er sich im Namen aller die wesentlichen Fragen stellte – wesentliches dummes Zeug. Er, als Sündenbock, aufgewühlt vom Trommelfeuer des ziellosen Bewußtseins, erschrocken über seine Aufgabe und gleichzeitige Ohnmacht, das zu sein, was von ihm verlangt wurde. Wer verlangte es? Wer eigentlich? Und er marterte sich.

»Ich mitanseht, und bricht mir das Herz, Siozinho.«

Ana mitfühlend wie der Arzt, der für den Kranken im Endstadium nichts mehr tun kann. Und Gustav, der sich in den Nächten zerquälte, wenn er tief in seinem Abgrund um den Sinn rang. Und darum, ob all das, was er als sein Bestes gemalt hatte, überhaupt einen Sinn besaß. Ob die Poesie, die er als Kern seiner Suche geschaffen hatte, überdauern und zu irgend etwas nützlich sein würde. Ob er das Schöne in irgendeiner Weise erreicht hatte. Ob er damit dem denkenden Säugetier, das den Planeten bewohnte, ein klein wenig Licht gebracht hatte. Ob von dem Schmerz wenigstens der Trost bleiben würde, den Kern der Sinnlosigkeit getroffen, anders gesagt, sich mit ihr durch die verschlüsselte Berührung seiner Kunst auseinandergesetzt zu haben. Aber wäre dies Kunst, das heißt, ein Hinauswachsen, das heißt, ein kleines Licht in der endlosen Nacht? Oder hatte er – ohne sich je dessen bewußt zu sein – am Ende eine Falle geschaffen, sich etwas vorgemacht, geträumt, wie ein regelrechter Idiot, der nicht einmal weiß, daß er träumt? Hatte er das Erhabene erreicht (und herausgefordert) oder – wie der Rest der unseligen Spezies, zu der er gehörte – seine Zeit nutzlos vertan und in Besitz genommen, was ihm nicht zustand? Deshalb sah Ana so häufig in den schlaflosen Rauschnächten, wie die Arme des Malers Gustav sich gen Himmel erhoben, eine irrationale, vielleicht auch nur übertriebene Gebärde, als riefe er aus dem tiefsten Abgrund der Demütigung *Herr, o Herr im Himmel, wer, warum, wofür?* Gustav Sternkopf quälte sich mit dem, was die Essenz seiner Kunst sein sollte. Der Zweifel. *Herr, unser Herrscher … auch in der größten Niedrigkeit.* Immer und immer wieder. Doch nichts drang aus seinem von Erbrochenem triefenden Mund, ausgetrocknet vor Ohnmacht, weil er unfähig war, das Flehen zu artikulieren, das von einem dürstenden Mund zu erwarten gewesen wäre. Nicht einmal Silben entrangen sich seiner Kehle. Und wären sie gesprudelt und hätten Wörter geformt, dann hätten keine Wörter der Welt ausgereicht, seinen Fragen, seinen Hilferufen Ausdruck zu geben, so maßlos groß war sein Flehen. In diesen Nächten, in denen der Dämon der Verzweiflung umging, begleiteten einzig die Tränen des betrunkenen Malers die sinnlose Gebärde, die Arme zum Himmel zu recken und ihn aufreißen zu wollen. Verborgene Tränen. Es gab keine Antworten in diesen Nächten, wenn das Bewußtsein an die äußerste Grenze seiner selbst und damit seines Schmerzes stieß. Einzig ein Wimmern war in diesem harten Ringen Jakobs mit dem Engel zu vernehmen, Fetzen schluchzenden Weinens, die ziellos durch die Unendlichkeit des Nichts strichen. Und allein Nega Ana war Zeuge.

*

Über die Fondamenta ging ein Stuhlflechter, auf dem Kopf und den Armen Stühle balancierend. Er rief einen unverständlichen Spruch.

Eines hatte Ana nie begriffen. Die Umstände des grausamen Mordes an Hans Kretzschmar, Gustavs bestem Freund. Messerstiche am ganzen Körper und der Schädel mit einem Stein eingeschlagen. Das Verbrechen hatte ganz Lübeck erschüttert. Der Polizeichef, Senator Dr. Kremer, der eine tiefe Abneigung gegen Gustav hegte, hielt ihn für den Hauptverdächtigen. Schon allein deshalb, weil Gustav in jener verhängnisvollen Nacht als letzter mit Hans Kretzschmar zusammen gesehen worden war. Um einer Verhaftung zu entgehen, war er geflohen. Bis zuletzt hatte Gustav sich geweigert, darüber zu sprechen. Und wenn Ana mit Fragen kam, wich er aus. Ein einziges Mal, in einem so gewaltigen

Rausch, daß er fast im Hospital endete, erzählte Gustav in grausigen Einzelheiten, wie er seinen Freund umgebracht hatte und daß er ihn wieder umbringen würde und noch viele andere und wenn nötig, die ganze Menschheit ermorden würde. Ana hatte nie erfahren, wo die Grenze zwischen Wahrheit und Wahn verlief. Viele Jahre später, als der Zirkus zu einem längeren Aufenthalt nach Hamburg zurückkehrte, erfuhr sie beiläufig, daß sie nicht mehr zu fürchten brauchte, als Gustavs Komplizin verhaftet zu werden. Der wahre Mörder von Hans Kretzschmar war schon vor langer Zeit gefaßt worden und hatte die Tat gestanden. Trotzdem blieben bei Ana Zweifel zurück. Sie hätte niemals sagen können, ob Gustavs damaliges Geständnis, so spontan, heftig und glaubwürdig, auf die Wahnphantasie eines Betrunkenen zurückzuführen war. Oder ob die Lübecker Polizei den falschen Mörder, einen bloß phantasierenden Wahnsinnigen, festgesetzt hatte. Da Gustav zu diesem Zeitpunkt schon tot war, konnte sie die Frage nie genau klären.

*

Gustavs Leben war ein langsames Lernen. Unablässig hatte er mit sich selbst in der qualvollen Nacht des Lebens um ein paar kleine Lichter gekämpft. Bis die ersten Symptome auftraten. Gedächtnisschwund, zunehmende Lähmung, Geistesverwirrung.

Eines Tages, als Ana erschöpft aus der Fabrik nach Hause kam, saß Gustav regungslos und stumm an der hinteren Tür. Auf dem kleinen ungepflasterten Hof ein Aschehaufen, dazwischen etliche Holzreste. Ana kam ein furchtbarer Verdacht, sie ahnte fast, was geschehen war. Vor Entsetzen überlief sie ein kalter Schauer. Sie eilte in das kleine Atelier. Es war leer. Ein Schrei der Verzweiflung brach aus ihr heraus, als sie begriff. Gustav hatte alle seine Bilder verbrannt. Sein gesamtes Werk war zu Asche geworden. Dies war nicht nur ein bloßes Vorzeichen, es war der Anfang vom Ende. Gleichsam der Riegel, der weggeschoben war, damit die Krankheit triumphierend Einzug halten konnte. Da war nichts mehr zu machen. Gustav hatte sich aufgegeben.

»Nie ich vergessen, wie still er. Augen ganz groß, können mir glauben. Hat mir das Herz zerrissen.«

Es war im Jahr 1871. Laut Aussage des Arztes war Gustavs Leber zerstört, aber es gab auch noch Komplikationen durch andere Krankheiten, über die er sich aus Diskretion, und da nicht unbedingt notwendig, lieber nicht näher auslassen wollte. Es half sowieso nichts mehr.

Es war zum Ende des Krieges zwischen Preußen und Frankreich. Gustav litt unter der Belagerung von Paris durch die preußischen Truppen. *Verfluchter Bismarck, verfluchter von Moltke. Ach, Ana, nie wieder können wir nach Paris fahren. Jetzt werden uns die Franzosen als* boches *beschimpfen ... Großer Gott, wehe, wenn dieses Pack gegen Paris vorgeht!* Er sorgte sich wegen der Belagerung von Paris, doch er wußte, daß sein wahres Problem ein anderes war: Der Tod rückte näher. Gustav Sternkopfs Sterben zog sich hin. Er erlebte es sehr bewußt. Er beobachtete den Fortschritt der Krankheit, als wäre sein Körper eine Landkarte. Auf alles achtete er. Sprach darüber, wenn er konnte. Ging wie selten in sich. Auf seiner Reise durch sein Inneres setzte er seinen Dialog mit dem Zweifel fort. *Der Mensch strebt sein Leben lang. Er leidet, vergießt Tränen und quält sich. Und alle diese Leidenstränen gehen unwiederbringlich verloren in dem allzu kurzen Zeitraum eines Lebens. Der Tod naht, und bald wird unser Platz von einem anderen eingenommen, mitsamt den tausend vielschichtigen Problemen eines neuen Lebens. Das Leben geht über uns hinweg, unser Andenken verlöscht, denn die große Geschichte geht weiter, so wie andere Geschichten auch. In der Zeitspanne eines Lebens findet man äußerst wenige Antworten. Allerhöchstens lernt man, Fragen zu stellen. Folglich muß ich meine Fragen stellen. Warum gibt es keine Antworten? Warum hat dieser Mensch, der so intensiv gelebt hat, keinerlei Anspruch auf Antworten auf so wesentliche Fragen wie: Wer bin ich, was tue ich, wohin gehe ich? Ja, das ist schmerzlich. Aber vielleicht notwendig. Was zunächst wie*

Krumen scheinen mag, ist tatsächlich das Höchste. Wenn ich gezwungen bin, Fragen zu stellen, bedeutet dies auch, daß ich mich in einer Kunst übe. Der Kunst des Zweifelns. Und diese Kunst ist nicht eitel. Sie ist nicht nur unsere einzige Alternative, sondern auch die einzige Möglichkeit, Teil des Universums, seines Mysteriums zu werden. Wenn wir lernen, die richtigen Fragen zu stellen, gewinnen wir die Dimension des Mysteriums, das uns umgibt. Ohne je auf Antwort zu hoffen. Das ist ein großes Vorhaben für ein einziges Leben.

Damals mußte Ana ihre Arbeit in der Stoffabrik aufgeben, Gustav wollte sie immer in der Nähe haben. Ständig rief er nach ihr. Wegen des verrutschten Kopfkissens, der Schmerzen, einer unangenehmen Erinnerung, einer neuen Idee. Vor allem brauchte er jemanden bei sich. Seine geistige Klarheit grenzte an Wahn. *Wenn ich sterbe, Ana, dann bedeutet dieser Augenblick, der mein Ende bestimmt, auch den Anfang meines Weges aus mir heraus. Ist das nicht seltsam? Wenn ich sterbe, trete ich in die Weltgeschichte ein. Die anonyme Geschichte, ja. Auch wenn mir das Vergessen mit seiner Vernichtungskraft droht, kann ich doch sagen, daß ich Teil des individuellen wie kollektiven menschlichen Gedächtnisses bin, mag es noch so zufällig und fragil sein. In der Erinnerung sein, Ana, heißt unsterblich werden. Verstehst du mich? In der Erinnerung eines anderen weiterleben. Bald schon werde ich nur noch Erinnerung sein. Verstehst du mich, Ana? Der Tod verklärt mich, und damit wachse ich über mich selbst hinaus. Gesegnet sei meine Vernichtung, meine Verklärung. Welch stupider Trost für einen Sterbenden, meine Ana.* So sprach Gustav, als er ahnte, daß er sterben würde. Er sah Ana an. *Versprich mir. Versprichst du mir, daß du mich nicht vergißt? Wenn du mich vergißt, was bleibt dann von mir? Nichts, Ana. Dann habe ich umsonst gelebt.* Doch gleich darauf besann er sich. Schwer atmend rang er nach Kraft, um die Stimme zu erheben. Und widersprach sich. *Nein, so ist es auch nicht. Werden die Menschen, wenn sie sterben müssen, alle so blödsinnig? Ich rede so viel Unsinn. Ana, ich möchte, daß du mich vergißt. Das mußt du, damit du dein Leben lebst, es gehört nur dir. Mein Leben habe ich gelebt. Ein ziemlich konfuses Leben. Wie du es miterlebt hast. Niemand soll sich an mich erinnern. Der Tod ist das Zeichen des Vergessens. Das ist ganz natürlich. Deshalb mag ihn niemand, denn kein Mensch möchte vergessen werden und vergehen, als hätte er nie existiert.* Da sprach Ana von seinem Werk. Viel war es nicht. Doch das, was dem Feuer entgangen war, würde bleiben. Gustav keuchte. Gequält. *Wozu dient ein Gemälde, wenn nicht als Schmuck für Salons und Vestibüle reicher Leute? Auch die schönsten Bilder vermögen nichts über ein Leben auszusagen. Oder nur sehr wenig. Mein Leben lohnt nur wegen der anderen, die nach mir kommen werden, als ein Bindeglied wie ich. Bitte, Ana, lebe du weiter. Versprich mir das. Ich werde in dir leben, liebe Ana.* Mitunter übermannten ihn angesichts des Endes die Gefühle. *Ich weiß, wie oft du mir vergeben hast. Du bist eine barmherzige Seele. Ana, bewahre dir deine Seele, damit es etwas mehr Barmherzigkeit gibt auf dieser Welt. Ich weiß, wovon ich spreche. Wir Menschen brauchen zum Überleben die Hoffnung, aber mehr noch brauchen wir Barmherzigkeit. Ohne Barmherzigkeit gibt es auch keine Hoffnung.* Manchmal überkam ihn der Schrecken vor dem Tod. Er bäumte sich auf. Versank in leises Weinen. *Ich habe Angst, Ana. Ich fürchte mich.* Dann, als spräche er sein Testament: *Und wenn ich mich beschmutze, bevor ich sterbe, verheimliche es nicht, Ana. Erzähl allen, daß Gustav Sternkopf in sein Sterbebett geschissen hat.*

»*Que nem uma criança,* wie ein Kind, mein kleiner Gustav.«

Kurz vor dem Ende suchte ihn der Verlust jeder Hoffnung heim. Eines Morgens stammelte er, zusammengekauert in seinem Bett, immer wieder vor sich hin. *Ich bin kein Versager. Ich bin kein Versager. Ich bin kein Versager.* Stundenlang versuchte er, sich selbst davon zu überzeugen, der unglückliche Gustav. Dann ging es schnell. Die Lähmung erfaßte nahezu den ganzen Körper. In den letzten Tagen konnte er kaum mehr die Lippen bewegen. Die letzten Worte, die er noch sprechen konnte, hörte nur Ana, das Ohr dicht an seinem Mund. Und es war furchtbar. *So ist das also? Wie ein Hund ... Man stirbt also wie ein Hund.* Danach verlor er das Bewußtsein, der arme Gustav. Und der Tod kam geräuschlos. Ein stiller Vogel, der sein Nest baut. Aber grandios.

Ein Möwenschwarm flatterte ängstlich schreiend über den Kai. Dona Ana entließ einen tiefen Sehnsuchtsseufzer aus ihrer Brust.

»Mein Gustav! Ach, Siozinho, so großes Leid, als Gustav tot, weiß kein Mensch, nur Nega Ana.«

Der Riß in Anas Herz war beispiellos. Ein brutaler Schlag. Ein Dolchstoß, durch und durch. Sie suchte Trost in dem Gedanken, daß sie den Schock verwinden würde, sowie die Wunde heilte. Aber nein. Die Wunde heilte nicht. Und sollte sich nie schließen. Erst in den Monaten darauf wurde Ana bewußt, was ihr genommen worden war. Mit jedem neuen Tag wuchs die Leere in ihr. Seit dem grauenhaften Erlebnis im Hamburger Hafen in ihrer Jugend war sie nicht mehr so tief in den Abgrund gefallen. Nicht einmal, als sie Gewißheit über ihre eigene Krankheit erhielt, hatte sie so gelitten. Die schmerzlichsten Momente in ihrem Leben – der Verlust des geliebten Trinkers Gustav, ihres *querido bêbado*. Sie hatte ein Bein, einen Teil ihrer Seele verloren. Die Liebe.

Nun preßte Ana ans Herz, was ihr von ihrer Liebe geblieben war – eine Haarlocke von Gustav, die sie in dem Stoffbeutel zusammen mit den Medikamenten aufbewahrte. Ganze Tage hing sie der Erinnerung nach. Rief sich Laut für Laut einer Sprache ins Gedächtnis, die ihr immer fremd bleiben sollte. Saft einer sauren, aber notwendigen Frucht, der in der Erinnerung tropfte. Wundersamerweise kam ihr jedes Wort, das Gustav gesprochen hatte, wieder in den Sinn. Das Erlebnis damals in Paris, als sie unverhofft dem alten Baudelaire begegnet waren, der gerade aus einem Café kam, und Gustavs verwirrte Reaktion auf Baudelaire, nun selbst alt, kahlköpfig, schmächtig, *unersättlich nach dem Dunkel und der Ungewißheit dürstend, verblüffend, wie sich im Laufe des Lebens die Gesichter der Dichter immer ähnlicher werden, Ana. Als wären sie bloße Abgüsse mit ge-*

ringfügigen Abweichungen eines gleichen Gesichts, des Gesichtes des großen Dichters, der im Grunde seit Anbeginn der Welt ein einziger ist und unersättlich nach dem Dunkel und der Ungewißheit dürstet. Über die Jahrhunderte durchläuft sein Leben, so lang wie das der Menschheit, stürmische und erhabene Augenblicke (dem Dichter obliegt es, mit seiner Hand den vom Himmel gesandten Blitz zu ergreifen und allen, in ein Lied gekleidet, diese herrliche Gabe der Götter zu schenken), und seine Geschichte hat vorübergehend einen Namen: das Leben des Botticelli, arglose Stunden des Müßiggangs, das vorübergehend einen Namen hat, das Leben des Caravaggio, seine Händel und wilden Leidenschaften, das vorübergehend einen Namen hat, das Leben des Millet, seine sanften und paradoxen Farben, das vorübergehend einen Namen hat, das Leben des Goya (satanischer Alptraum, ein Fötus, den man auf dem Hexensabbat siedet), vielleicht auch die Leben des bemerkenswerten Manet und eventuell Moreau, mit seinen umherirrenden geschlagenen Helden, die vorübergehend einen Namen haben, das Leben des Baudelaire, Engel-Dämon, der haßte, was er am meisten liebte, das duftende Paradies, das er so sehr haßte, weil es so fern war, das vorübergehend einen Namen hat, Hölderlin (hast du je von Hölderlin gehört, dem vergessenen Dichter-Irren? Kein Mensch weiß, daß es Hölderlin gegeben hat), dessen Hymnen an unsere verflachte Empfindungsfähigkeit vom Licht im finstersten Schmerz sprechen und der in den Verliesen des Unverstandes zugrunde ging wie der Visionär Nerval (der sich am Gespräch mit den Wolken berauschte), um zu beweisen, daß wir letztlich recht daran taten, nicht ohne Widerstreben das zu akzeptieren, was man gemeinhin die »Größe des Verstandes« nennt (puisque vous êtes loin, paradis parfumé), *und das tröstet uns in der Stunde des Todes und schenkt uns ein wenig Frieden, weil wir trotz allen Schreckens nicht allein sind, nicht vergeblich unsere Zweifel durchleiden. Und das hatte schon der prophetische Hölderlin erkannt, als er, vermutlich vom Wahnsinn überwältigt, sich nicht mehr auf seinen eigenen*

Namen besinnen konnte und seine Gedichte hundert Jahre vor- oder zurückdatierte. Dichter: Immer wieder neue Leuchtfeuer, das beste Zeugnis, das wir von unserer Würde geben können, inbrünstig dieses Schluchzen, das sich durch die Zeiten wälzt und am Gestade der Ewigkeit erstirbt. Da wage selbst ich, mich ein wenig zu fühlen, als trüge ich sein, des ewigen Dichters, Gesicht (habe ich doch mehr Erinnerungen, als wär ich tausend Jahre alt). Sieh mich an, Ana. Kannst du in meinen Augen den Geist erkennen, der über die Jahrhunderte hinweg gegen den Wind der menschlichen Misere das rote, unglaublich blutrote Banner der Poesie schwenkt?

Dona Ana seufzte, dort auf den Steinen der Fondamenta Nuove sitzend. In ihren Augen stand blanke Sanftmut, so wie nur ganz echte Sanftmut zu sein vermag. Nach kurzem Schweigen schloß sie:

»*E é assim.* So ist die Geschichte von Nega Ana, Siozinho.«

Alberto erwiderte bewegt ihren Blick. Man sah es ihm nicht an, doch ihn beschäftigte eine Frage, die Dona Anas letzter Satz hinterlassen hatte. Meinte sie eigentlich am Ende ihres Berichts über Gustav angelangt zu sein? Oder hatte sie tatsächlich den wichtigsten Teil ihrer eigenen Geschichte abgeschlossen?

Der melancholische Schrei einer Möwe riß ihn aus seinen Gedanken.

Im hellen Sonnenlicht ragte jetzt leuchtend die Insel San Michele aus dem Wasser der Lagune, von den Venezianern auch die Toteninsel genannt, weil sie den Friedhof der Stadt beherbergte. Vom Kai aus konnte man die dunklen Gestalten der Zypressen erkennen, die über die ewige Ruhe der dort Liegenden wachten.

8. Kapitel

Venedig, 21. August 1890

Als Dona Ana und ich gestern auf dem Rückweg zum Hotel einen alten Campiello überquerten, hörten wir etwas, das uns zuerst nach dem Miauen einer Katze klang. Aber nein. Es war eine Frau, die auf einer Steintreppe hockte und verzweifelt weinte. Wir sahen wortlos zu ihr hinüber. Ich glaube, wir beide fühlten das gleiche. Unser Schmerz schien sich in dieser untröstlichen Frau zu spiegeln. Noch jetzt vor dem Einschlafen habe ich dieses Ohnmachtsgefühl. Wie kann es ein solches Ausmaß an Sinnlosigkeit auf dieser Welt geben? Tagtäglich müssen Menschen leiden – die einen schlagen, die anderen bekommen es ab, werden verraten, verlassen. Warum vergießen die Menschen im Laufe der Jahrhunderte so viele vergebliche Tränen? Nimmt unser Leid denn nie ein Ende?

*

»Sinhozinho weiß, was ist Verzweiflung?«

»Auf portugiesisch heißt das, glaube ich ... *desespero*. Ja, *desespero*.«

»Desesperero.«

»Nein, *desespero*.«

»Und Leidenschaft?«

»Leidenschaft heißt *paixão*.«

Alberto und Ana saßen auf einer Bank im Giardinetto Reale hinter der Piazza San Marco. Sie waren wieder in Venedig geblieben, denn die Familie Mann war wegen des Babys nicht zum Lido gefahren. Die kleine Anlage war angenehm und kühl, ständig wehte ein leichter Wind von der Lagune her. Von der schmiedeeisernen Pforte führte der Weg direkt zu einer großen Terrasse am Meer, von der man das ganze Bacino di San Marco überblickte. Daneben ein elegantes Café mit kleinen Tischen im Freien. Auf den baumgesäumten Wegen gingen Kindermädchen mit ihren Schützlingen spazieren. Unter dicht überrankten Lauben ruhten Besucher auf den Bänken aus, Soldaten poussierten mit schlicht gekleideten Mädchen. Die Rosenbeete verströmten ihren Duft. Bienen summten. In den Bäumen sangen die Vögel, dicke Katzen strichen gemächlich umher. Genau in der Mitte der Anlage plätscherte sanft ein Springbrunnen. Hin und wieder wurde die friedliche Stimmung vom Tuten eines Vaporetto gestört, der im Bacino vorüberfuhr oder gleich nebenan von der Riva degli Schiavoni ablegte.

Unter einer solchen Laube, durch deren Blattwerk das Sonnenlicht in Strahlen fiel, saß Dona Ana mit ihrem Tuch um den Kopf, ihr Bündel neben sich, und erzählte weiter:

»Das ist, was mein Gustav hat. *Desespero* und *paixão*. Für das Leben. Die zwei immer zusammen. War auch so bei mein Gustav. Die eine zieht ihn dahin, andere in andere Richtung, die Verzweiflung und die Leidenschaft. Aber er hat nie Zuhause gehabt. Nicht in Lübeck, nicht in Deutschland, *essa tal de Alemanha*, war nicht zu Hause. Auch in Paris nicht. Nirgendwo. Überall mein Gustav sich fühlt verloren.«

Ja, Alberto verstand. Wir sind alle verloren. Wie Meteore, die ziellos durch den unendlichen Weltraum jagen, dachte er.

»Ich weiß, was das bedeutet, sich verloren zu fühlen, Donana. Das ist hart.«

Heimatlosigkeit. Ana hatte ihn am eigenen Leib erfahren, diesen Fluch, nirgendwo hinzugehören.

»Zuerst ich geglaubt, ich nur Fremde, weil in *Alemanha* lebe.«

»Haben Sie sich denn in Deutschland immer fremd gefühlt?«

»In *Alemanha*, ja. Aber dann ich gemerkt, ich auch fremd, ich meine ... *estrangeira* in Polen, in Rußland, überall. Schwarze Ana Fremde, egal wo. Also, weil dieser Schmerz. Aber nicht nur. War im Zirkus, da ich gelernt. Zusammen mit Tieren, Liliputaner, Mann ohne Arm und Bein, dicke Miss Dolly, siamesische Zwillinge, Araber Béjaoui, der Zauberer, der einmal da war. Da ich fast mich zu Hause fühlt. *A minha casa*, verstehen Sie? Da schwarze Ana vom Leben lernt, wie schön ist allein sein, *sozinha*. Man immer träumt, daß man hat Heimat, *uma terra*, wo man Kopf zum Ruhen legen kann. *Uma* Heimat, *entende?*«

»Ja, Donana. *A pátria*.«

»Ach so, in Brasil Heimat heißt *pátria?* Also, Siozinho, die *pátria*, das ist ein Traum, haben wir alle. Und ist in uns drin, der Traum. Immer drin, niemals außen. Müssen wir Heimat in uns suchen. Das ist, was schwarze Ana denkt. Wieviel mehr drin, mehr Heimat. Das Leben zeigt schwarze Ana, nur wenn allein sein, dann nicht fremd. Trotzdem ist hart, Siozinho. Sogar für mich ich bin komisch ...«

»... *esquisita*, meinen Sie?«

»Ja, *komischo*, weil ich nicht versteht ich selbst. Sind viel böse Geister in uns, Siô Alberto. Ich lang braucht, bin viel mit Kopf gegen Wand, bis verstehen, daß ich nur nicht fremd, wenn ich einsehen, daß ich bin anders. Wenn nicht mehr Angst vor Geister in mir, dann ich bin ich. O je, wir sehr kompliziert, Nhô, wirklich! Haben in uns Leben und Tod. Das Leben hinnehmen, das ist einfach. Aber der Tod, *Deus me livre!* Der Tod steckt in Körper und in Herz von uns. Ist der Dämon, wirklich. Das ganze Leben wir haben Tod in uns ...«

Ana wurde nachdenklich. Dann sprach sie weiter:

»Ich das weiß, Siozinho, weil ich krank, sehr krank. Niemand sagt genau, aber ich merkt, wie sie sehen auf mich, haben Angst. Zuerst war so viel Husten. Ich erst gedenkt, weil ich rauche Pfeife. Aber dann so schwach in Körper und Beine besonders, verstehen Sie? Füße ganz dick in Winter, ich nicht mal kann Pantoffel anziehen. Und kalt, ich immer kalt haben. Die Leute in Zirkus sagen: Frau Ana, Sie müssen aufpassen, *toma cuidado!* Aber ich nicht hören. Dann, als schwarze Ana merkt, daß schlimme Krankheit hat ... Ist Schwindsucht, der Herr Doktor sagt. Meine Brust *complicado*. Da ich weint, ein paar Tage, Sinhô. Ganz am Boden. Nichts kein Trost für mich, als Herr Doktor das sagt. Ich nur wenig noch leben ...«

Alberto wollte sprechen. Denn er kannte das. Und nur zu gut! Lebte er nicht in der ständigen Angst, sein Herz könnte jeden Moment den letzten Schlag tun? Am liebsten hätte er Dona Ana alles erzählt über *diesen Schmerz in der Brust, der mich mitunter in Todesnähe bringt und mich erschreckt, so wie jetzt, in diesen Tagen, nach dem Anfall auf dem Vesuv, als ich wirklich große Angst hatte, geradezu Panik, weil das Leben*. Er sprach im stillen weiter, *weil das Leben ein ständiger Notstand ist, Donana. Aber man lebt immer, als währte es ewig, und merkt gar nicht, wie das Leben vergeht. Wir nehmen es so selbstverständlich hin wie die Haut, die unseren Körper umschließt. Aber jetzt nicht mehr. Jetzt fühle ich in jeder Sekunde, daß ich endlich bin. Ich weiß nicht, ob ich in einem Jahr noch lebe. Oder in einem Monat, Donana*. Alberto kannte das genau. Doch er zog es vor, die Stimme in seinem Innern zum Schweigen zu bringen, und sagte nur voll Mitgefühl:

»Ich weiß, wie das ist, Donana. Ein Onkel von mir, in Ceará, der hat es auch auf der Brust ...«

Die alte Ana hatte das Bedürfnis, alles zu erzählen. Das belebte sie.

»Im Zirkus ...«

Wenn die Zirkusartisten alt wurden oder krank, pflegten sie in ihre Heimatorte zu ihren Angehörigen zurückzukehren. Selbst Frau Rosa, die ehemalige Amazone, ging diesen Weg, als sie zum Reiten zu alt geworden war. Sie, die es verabscheute, lange Zeit an einem Ort zu bleiben, beschloß eines Tages, nach Hause zurückzugehen. Ohne eine Träne. Beim Abschied lachte sie kurz auf und bemerkte grimmig: »Zuhause ist der Ort, wohin man geht, wenn man sonst keinen Platz zum Sterben hat. Also los!«

»Diese Frau Rosa! Eine tolle Frau!« sagte Dona Ana, bei der Erinnerung liebevoll lächelnd. »Aber gibt auch solche wie ich, haben kein Zuhause zum Sterben.«

Ana war nur nach Lübeck zurückgegangen, weil ihr Zustand sich in letzter Zeit sehr verschlechtert hatte. Der Zirkus hielt sich gerade zu einem Gastspiel in Hamburg auf.

Die Leute von der Armendirektion wollten sie ins Armenhaus stecken. Ana weigerte sich. Gewappnet mit einem kleinen Betrag, den sie in den Zirkusjahren zusammengespart hatte, kehrte sie lieber nach Lübeck zurück – eine ungewisse Heimkehr in die Vergangenheit –, wo sie versuchen wollte, ihre alte Beziehung zu Dodô wiederaufzunehmen. Ein Sprung ins Dunkle, der nicht gutging, wie zu erwarten war. Aus Dodô war eine hingebungsvolle Mutter und angesehene Dame der Gesellschaft geworden. Für Ana war kein Platz mehr. Nur mit sehr viel Mühe konnte sie Lübeck als eine Art Zuhause betrachten. Als sie hörte, daß die Manns nach Venedig fahren würden, lebte sie auf. Für die Badekur am Meer, die man ihr empfohlen hatte, hätte sie nach Travemünde, ganz in der Nähe von Lübeck, gehen können. Doch sie meinte, in Italien könnte sie vielleicht etwas ähnliches wie ein Heimatgefühl finden. Vielleicht ein Zuhause.

»*Bobagem!* Unsinn! Hier ich auch nicht zu Haus. Hilft nichts. Schwarze Ana hat kein Ort zum Ruhen.«

Sie hustete. Rasch holte sie aus ihrem Bündel einen kleinen Spucknapf – aus Milchglas, wie Alberto jetzt deutlich erkennen konnte – und spuckte unauffällig hinein. Dann steckte sie ihn verstohlen und fast verschämt wieder weg. Sie schwieg eine Weile und blickte auf die Blumen. Sie wirkte sehr erschöpft. Sie atmete tief die Meeresluft ein, die der Wind zu ihnen trug, und sprach weiter:

»Ach, Siô Alberto, ist nicht gut, für kein Mensch, wenn man weiß, der Tod ist da drin. Aber niemand auf der Welt kommt davon. Der Tod ist unselige Seite von uns. *O Senhor sabe*, der Tod mich macht fremd. Wenn ich nicht Freund von Tod, ich fremd für mich. Weil ich bin nur schwarze Ana, wenn ich nicht werde fremd. *Quer dizer*, wenn Fremde in mir wird ähnlich wie ich. Ich muß hinnehmen Tod in mir, dann ich gebe ihm Hand. Dann ich bin nicht mehr fremd für mich, *entende?* Ich denk so: Meine Heimat ist der Tod. *Esquisito*, oder?«

Ana sah Alberto fragend an. Aus ihrer Lebenserfahrung

wußte sie, daß sie die Menschen verblüffen konnte. Und die bewegte Miene des jungen Mannes bewies es ihr. Sie lachte kurz und nicht ganz so sonor wie sonst.

»Müssen nicht drum kümmern. In mein Kopf dreht immer alles, Siozinho.«

Alberto konnte nicht an sich halten:

»Haben Sie denn keine Angst vor dem Tod, Donana?«

Ana senkte den Kopf und antwortete leise:

»Weiß schwarze Ana nicht.« Nach einer Weile sah sie auf. »Aber wozu will ich wissen? Sterben alle müssen. Ist nicht anders für schwarze Ana. Kann nur auf Stunde warten.«

»Aber was meinen Sie, was geschieht, wenn wir sterben?«

Ana dachte lange nach. Wandte den Blick zur Seite, wie es für sie charakteristisch war, als suchte sie nicht nur nach den passenden Worten, sondern auch nach dem eigentlichen Geheimnis, ein in sich Hineinhorchen nach dem subtilsten, umfassendsten Ausdruck. Und sagte:

»Wird ein kleines Licht sein, gemischt mit große Licht. *Grande* und unendlich. *Sem fim*, das große Licht.«

Dona Anas Augen leuchteten.

*

Die Apotheke war sehr gut sortiert. Zufällig lag sie in der Nähe. Die Gefäße aus Porzellan, Glas oder Alabaster in verschiedenen Farben und Größen standen ordentlich aufgereiht in den Regalen, beschriftet mit den Namen der Arzneien oder Zutaten für ihre Zubereitung: Opiumtinktur, Belladonna, Blei, Quecksilber, Honig. Dona Ana brauchte Kreosot, denn ihr Vorrat ging zu Ende. Und ein Fläschchen von einem Stärkungsmittel, das sie regelmäßig einnahm: Lebertran. Der Apotheker blickte mißtrauisch, bediente sie aber prompt. Alberto nutzte die Gelegenheit und kaufte das berühmte venezianische *teriaca*, ein Mittel, das bei Darmträgheit empfohlen wurde, worunter er auf Reisen litt. Als sie die Apotheke mit ihrem Äthergeruch und den alten Schaufenstern voller Wunderheilungen versprechenden Flaschen verlassen hatten, atmete Dona Ana vor Erleichterung tief auf.

*

Die Meeresbrise strich zärtlich über Venedig, der Sonnenuntergang malte die ersten dramatischen Farben an den Himmel. An den Anlegern der Riva degli Schiavoni glitten Gondeln vorüber, Boote legten an und ab, die Vaporetti für den Personentransport tuteten. Der Sommer gab all der Geschäftigkeit ein fröhliches Gepräge.

Und genau diese Stimmung empfand, wer die Musik vernahm, die plötzlich von der Piazza San Marco her erklang. Ana und Alberto sahen sich an, als kehrten sie in die Welt zurück.

»Das klingt doch nach einer Kapelle, oder?«

Alberto spitzte die Ohren.

»Ja, das ist eine Kapelle, Donana!«

»*Maravilha!* Eine Musikkapelle! ...«

»Das müssen die *bersaglieri* sein ...«

Freudig erregt machten sie sich auf, immer der Musik nach. Alberto stützte die hinkende Dona Ana, sie strahlte vor Glück. Als die beiden die Piazza San Marco erreichten, trafen sie auf eine Menschenmenge. Offenbar wurde ein Stadtfest gefeiert. Die Honoratioren der Stadt hatten sich am Tombolapavillon aufgestellt. Vor ihnen spielte die Kapelle der *bersaglieri* in ihren prächtigen Uniformen und mit langen Federn geschmückten Hüten. Während sie sich durch die Menge drängten, lachte Dona Ana, und Alberto lächelte selig. Sowie sie einen Platz in der Nähe der Scharfschützen erobert hatten, blieben sie stehen und lauschten beglückt, vielleicht auch von Heimweh erfüllt, den Klängen der Kapelle. Sie wichen nicht von der Stelle, bis die *bersaglieri* in majestätischem Laufschritt abrückten. Die Menge applaudierte. Alberto warf einen Blick auf Dona Ana. Sie weinte. Ganz still stand sie da und weinte. Ja, Gründe dafür gibt es genug, dachte Alberto. Und wie ein älterer Bruder legte er der erschöpften alten

Frau, der jüngeren Schwester, den Arm um die Schultern. Währenddessen zog ein Teil der Menschenmenge hinter den *bersaglieri* her, die mit ihren weit ausholenden Schritten schon die Piazzetta überquert hatten und nun mit ihrer Musik nach links zur Riva degli Schiavoni abbogen. Die flammende Scheibe der Sonne war am Horizont untergegangen. Hoch oben auf der Säule der Piazzetta spreizte der stolze Markuslöwe neben dem Dogenpalast seine Flügel, der Sonnenuntergang färbte das Bacino di San Marco golden und setzte das Wasser der Lagune in Brand. Die Welt verklärte sich wie ein Traum.

*

Ana und Alberto saßen auf den Treppenstufen der Riva degli Schiavoni. Mit der Dunkelheit war am Anleger Ruhe eingekehrt. Die Flut hatte das Wasser bis knapp unter ihre Füße steigen lassen. Die bunten Pfähle, an denen die Boote festmachten, ragten kaum mehr heraus. Alberto betrachtete die Sterne.

»Ist er nicht wunderschön, Donana, der Himmel von Venedig?«

Ana hob den Blick.

»Aber nicht so schön wie in Brasil, Siozinho!«

Schweigend blickten beide auf das weite, von Geheimnissen gesprenkelte Firmament. Als spräche sie zu sich selbst, bemerkte Ana:

»Mein Gustav hat ein Stern auf Kopf. Als er weg, ich Stern behalten. So war das.«

*

Revolte. Nur Revolte. Ohne Gustav tobte in Ana die Revolte gegen die unendlich große Einsamkeit. Nun konnte sie verstehen, warum Gustav manchmal alle umbringen wollte. Aus Ohnmacht. Ohne ihn war Ana zu nichts mehr imstande. Sie weinte und weinte. »Worte des Abschieds können nur von

Tränen ausgelöscht werden«, hatte Gustav einmal ein japanisches Gedicht zitiert. Aber ihre Tränen reichten dafür nicht aus. Ana hatte kaum mehr Freude am Leben. Was es so schwer macht, den geliebten Menschen zu überleben, ist ja gerade dies: daß man weiterleben muß. Der Überlebende muß für zwei weiterleben. Für Ana war dies eine furchtbare Verantwortung. Sie hatte das Gefühl, als wäre uns allen nur vergönnt, ein einziges Mal zu lieben. Und das restliche Leben beschränkte sich auf die Erinnerungen an diese Liebe. Erinnerungen, die eine schwere Bürde waren. Ana weinte viel. Und war immer traurig.

»Traurigkeit, wenn die uns einmal hat, läßt sie nie mehr los.«

Nur Erinnerungen. Und wer würde sie hören wollen? Alle Menschen können von einer vergangenen Liebe erzählen. Ana blieb gern allein in den sternklaren Sommernächten, wenn das Stimmengewirr abebbte und die Zirkusleute schlafen gingen. Hier und da war das müde Fauchen eines Löwen zu hören, das Anschlagen eines wachsamen Hundes, das begehrliche Wiehern eines Pferdes, der geheimnisvolle Schrei eines Affen. All das war Teil der nächtlichen Stille im Zirkus Krenz. Abseits von den Wohnwagen schaute Ana stundenlang zu den Sternen hinauf. Genauso einsam wie die Sterne in dem grenzenlosen Universum. Warum bringt die Einsamkeit dieses Gefühl vollkommener Ohnmacht mit sich, fragte sie sich. Manchmal fühlte sie sich so hilflos wie eine Ratte in der Falle. Um zu vergessen, sprach sie zu den Sternen. In tiefer Nacht sah sie die Sterne an und schrie ihnen herausfordernd, fast kindisch entgegen: *Doch, ich besitze etwas. Meine Liebe. Und die geb ich nicht her. Niemals. Das ist meine Antwort.* É o meu tesouro. *Mein Schatz.* O ja, mit ihrer Liebe hier unten fühlte sie sich zu einer ebensolchen Unendlichkeit fähig, wie sie dort oben existierte. Sie preßte Gustavs Haarlocke an die Brust. Nun verstand sie etwas mehr. Damals kam im Zirkus das Gerücht auf, sie sei ein bißchen verrückt, die schwarze Ana Brazilera. Mit den Sternen sprechen, hatte man so etwas je erlebt? Die dicke Miss Dolly spottete, wenn sie zu ihrem Wagen ging:

»Bleiben Sie heute nicht zu lange bei den Sternen, Frau Ana.«

Ana beachtete sie nicht. Sie wußte, was sie tat. Und es waren diese nächtlichen Gespräche ohne Sinn und Verstand, die am Ende den Schmerz über Gustavs Tod besänftigten.

*

Vor der Riva glitt eine Gondel vorüber, ihr Schwarz schimmerte im Mondlicht.

»Dona Ana, sind Sie schon mit einer Gondel gefahren?«

»Mit Gondel?«

»Ja. Sie sind heute in so guter Verfassung, daß ich ... Ich bin sicher, Sie haben das noch nie gemacht ... In Venedigs Mondschein Gondel fahren ...«

*

Die Himmelskuppel über Venedig leuchtete. Der Gondoliere ließ die Gondel mit gleichmäßigen Ruderschlägen weich durch das Wasser gleiten. Bequem auf den schwarzen Sitzkissen neben dem jungen Alberto sitzend, lachte Dona Ana über das ganze Gesicht, als sie Kinder nackt im Kanal baden sahen. Mit viel Geschrei sprangen sie abwechselnd hinein, tauchten um die Wette und amüsierten sich offensichtlich ganz prächtig.

»Dodô ist neulich böse, als die nackte Bengel gesehen«, sagte Dona Ana, begeistert über den Spaß der Kinder. »Dabei sie hat auch so gemacht, damals in Paraty ...«

Und sie lachte. Der Gondoliere wich fluchend den Kindern aus. Da erst bemerkten die Kinder die *forastieri* in der Gondel. Sowohl die Kinder am Ufer als auch die im Wasser setzten zu einer lärmenden Verfolgungsjagd an.

»Fé la carità! Fé la carità!« bettelten sie.

Der Gondoliere zuckte die Achseln und trieb die Gondel

schneller voran. Die Kinder wurden mit ihrer – vermutlich üblichen – Bettelei aufdringlicher. Doch als sie begriffen, daß sie nichts erreichen würden, gingen sie zu Beschimpfungen über:

»Peociosi! I cani dei to' morti!«

»Tasi, mona!« gab der Gondoliere gereizt zurück.

»Peociosi! Fio de putana!« erwiderten die Kinder, nun direkt auf ihn gemünzt.

Da aber der Sommer kurz war, gaben sie die Verfolgung bald auf und wandten sich wieder ihrem Vergnügen zu.

*

»Ach, Siozinho, Erinnern ist einzige Trost für Alte ...«, sagte Dona Ana.

Und da das Schaukeln der Gondel dazu angetan war, sich in Erinnerungen zu wiegen, sprach sie von jener schrecklichen Zeit und ihren Lehren.

Der Sturz vom Elefanten bedeutete für Ana den direkten Absturz vom Podest des Ruhms aufs Krankenlager. Sie konnte nicht mehr tanzen, weil sie hinkte. Die Konsequenzen glichen einem Erdbeben und zerstörten das innere Gleichgewicht, das sie durch ihre Arbeit gefunden hatte. Ihr ganzer Lebensinhalt, mühsam aufgebaut nach Gustavs Tod, wurde zum zweiten Mal und nun endgültig zerstört. Ana empfand sich als nutzlos. Als vorzeitig gealtert. Beim Zirkus bleiben konnte sie nur, wenn sie wieder die Putzarbeiten und das Füttern der Tiere übernahm. Wenn sie wegging, mußte sie sich von Stadt zu Stadt mit Betteln durchschlagen. Es war eine der schlimmsten Phasen in ihrem Leben. Tiefe Hoffnungslosigkeit, so tief, daß es angst machen konnte. Bei Gustavs Tod hatte sie sich verloren gefühlt, aber damals besaß sie noch die Kraft der Jugend, die ihr einen Neuanfang erlaubt hatte. Mit der vorherigen Strafe nicht zufrieden, hatte das Leben sie nun noch tiefer, noch härter, geradezu vernichtend stürzen lassen. Die Folge war nicht nur, daß Ana fortan hinkte. Nach den ersten Gehversuchen legte sie sich wieder hin und stand nicht mehr auf. Monatelang im Bett. Sie litt an einer seltsamen Lähmung. Lag zusammengerollt da, bewegte weder Arme noch Beine, weder Hände, Füße noch Kopf. Mußte gefüttert werden. Sprach kaum. Freunde wuschen sie. Tief innerlich begehrte sie auf, und dies war wohl ihre Form von Protest. Gegen wen? Das wußte sie nicht. Sie wußte ja auch nicht, wofür sie bestraft wurde. Und das schien ihr das Schlimmste. In Gedanken verfluchte sie das Leben, denn dies war kein Leben, nur reine, unverdiente Strafe. Auch wenn die Freunde aus dem Zirkus sich um sie kümmerten, Ana fühlte sich vollkommen allein gelassen. Der Verlust von Gustav, in den letzten Jahren zu einem eher chronischen, aber erträglichen Schmerz geworden, wurde ihr wieder doppelt schmerzhaft bewußt. Beim Einschlafen wie beim Aufwachen rief sie nach ihm. Die Liebe, die ihr vor Jahren genommen worden war, tat wieder weh und suchte ihre Nächte heim. Vielleicht, weil sie sich genau wie ihr geliebter Gustav als Versagerin empfand. An Leib und Seele erlebte sie das gleiche Drama wie der unglückliche Maler, den der Mangel an Licht gequält hatte. Sie brauchte ihren Gustav. Sie wollte bei ihm sein, ihn besser verstehen, ihm Fragen stellen, noch einen Augenblick mit ihm nutzen, wenn irgend möglich. Die Sehnsucht nach ihm war gereift, nuancenreicher geworden, wie das Bukett eines Weines nach langer Lagerung.

»Alte Ana noch viel lernt über Geheimnis vom Leben ...«

Ganz allmählich kehrte sie zur Normalität zurück. Fing auf allen vieren kriechend von vorn an. Mit viel Mühe gelang es ihr sich aufzurichten. Und langsam, über Monate hinweg, lernte sie, Schritte zu tun, bis sie am Ende gehen konnte, nun allerdings auf einem Bein hinkend. In jener Zeit entdeckte sie die Freude am Laufen. Anfangs nur um den Zirkus herum. Als dann der Frühling kam, wurden ihr Spaziergänge auf den Wegen außerhalb der Städte, in denen der Zirkus gastierte, zur lieben Gewohnheit. Frühmorgens, nachdem sie die Tiere gefüttert hatte, zog sie los. Gemächlich und staunend, als sähe sie alles zum ersten Mal. Die Vielfalt der Farben, Nuancen von Licht und Schatten. Jedes Geräusch nahm sie wahr, jeden Laut. Vögel. Insekten. Haustiere. Menschliche Stimmen. Das Quietschen der Fuhrwerke. So vieles regte und bewegte sich. Um genauer hinzuhören, schloß sie die Augen.

»Da ich erinner, was als Kind wir spielten. Wer am längsten mit Augen zu gehen kann.«

Sie schloß die Augen und zwang sich, so lange wie möglich weiterzugehen. Übte sich darin, der Dunkelheit zu trotzen. Und stellte dabei fest, daß sie etwas Neues lernte.

»Einfach nich Angst haben, Siozinho.«

Geleitet von einem nur vagen Gefühl übte Ana, Vertrauen zu haben. Mit geschlossenen Augen ließ sie sich auf das Unbekannte, das Unvorhersehbare ein. Dank dieser morgendlichen Spaziergänge kam es zu ihrer endgültigen Begegnung mit dem Mysterium. Ja, die Blinden mußten Menschen mit großem Gottvertrauen sein. Denn sie lernen, im Dunkeln zu gehen.

»Ganz ohne Licht, Sinhozinho. Nur mit viel, viel Gottvertrauen.«

Was Gustavs Liebe betraf, wurden die Erinnerungen im Laufe der Jahre klarer, leichter und schöner. Diese vermeintlich so unselige Liebe erwies sich in Wirklichkeit als ein großer, und je älter sie wurde, immer kostbarerer Schatz. Als hätte es sie vor allem deshalb gegeben, damit sie lernte, ohne sie zu leben.

»Hat Nega Ana viel im Leben gelernt, und das auch noch ...«

*

Eine Gondel mit zwei Musikanten und einem Sänger hatte sich zu ihnen gesellt und fuhr neben ihnen her. Nach dem Vorspiel von Gitarre und Mandoline erhob sich die kräftige, ein wenig schmachtende Stimme des Sängers:

»La biondina in gondoleta l'altra sera go menà: dal piacer, la povareta, la s'ha in bota indormenzà ...«

Das Lied, eine wehmütige Barkarole, hatte den gleichen Rhythmus wie die Ruderschläge der Gondolieri. Alberto lauschte, seine Augen strahlten vor Freude. Er wußte, was dies für Dona Ana bedeutete. Ihr fast ungläubiger Blick, ihre gebannte und bewegte Miene verrieten ihm, daß sie sich wie eine Prinzessin im Glück fühlte. Der in der Mitte der Gondel stehende Sänger hatte sich herausgeputzt, rote und blaue Bänder am Strohhut, weißer Matrosenanzug, eine Schärpe um die Hüften und ein gestreiftes Hemd – und alles sehr alt und abgewetzt. Dramatisch gestikulierend sang er weiter:

»La dormiva su sto brazzo. Mi ogni tanto la svegiava, ma la barca che ninava la tornava a indormenzar.«

Dona Ana lächelte, auch wenn sie nichts verstand von dieser Liebesgeschichte einer blonden Venezianerin, die der Sänger in der eigenartigen einheimischen Mundart mit opernhafter Betonung zum besten gab:

»Fra le nuvole, la luna gera in cielo mezza sconta. Gera in calma la laguna, gera el vento bonazzà.«

Als das Lied verklungen war, warf Alberto ein paar Münzen in den ausgestreckten Hut. Die Gondel mit den Musikanten bog in den nächsten Kanal ab.

*

Während die Stadt in ihrer dekadenten Schönheit vorüberglitt, sprach Dona Ana weiter:

»Ach, Siozinho. Das Glück ... Alles nur Traum, *meu Deus!*«

Dona Ana hatte entdeckt, daß es das große Glück nicht gibt. Daß nur die kleinen Dinge des Alltags sie glücklich machen konnten. Ein hübsches Lied, zufällig gehört, das prächtige Gewand, in dem sie im Zirkus aufgetreten war, oder ein roter Apfel, frisch vom Baum gepflückt, mehr brauchte es nicht. Der Wert des Lebens ergab sich aus dem Zusammenspiel solch unbedeutender Kleinigkeiten. Wenn sie weiterleben wollte, mußte sie dafür offen sein. Das Leben ging nicht einfach so vorüber, es bestand selbst aus dieser Ansammlung von Unbedeutendem. Was ihren Schmerz anbelangte, so hatte sie erkannt, daß er zu ihrem großen Lebensinhalt, ihrem wahren Daseinssinn geworden war. Alberto hörte ihr zu und sprach kein Wort. Sanft schaukelnd wie eine Wiege schnitt die Gondel durch das Wasser der venezianischen Kanäle.

Venedig, 21. August 1890
Dona Ana Brazilera weiß nur eines nicht: daß man ein solches Empfinden Poesie nennt. Ihr Leben scheint mir ein langes Gedicht, geschrieben von ihr, der Dichterin, die nicht einmal lesen kann.

9. Kapitel

Am Morgen des 22. August erschien Alberto am Badestrand des Lido und ging zur Hütte der Familie Mann, um ihnen guten Tag zu sagen, bevor er sich mit Ana traf. Doch fand er sie nicht wie üblich unter der Markise. Sie saßen davor in hohen Strandstühlen mit Sonnendach. Alberto näherte sich von hinten. Deshalb war es schon zu spät, um sich zurückzuziehen, als er die Stimmung zwischen den Eheleuten gewahr wurde.

»Nein und nochmal nein, Heinrich. Ich warte nicht ab«, sagte Julia Mann schroff. »Das muß sofort entschieden werden.«

»Und ich wiederhole: Es gibt nichts zu entscheiden«, erwiderte der Senator unwirsch. »Wir werden kein zweites Mal das Zimmer wechseln. Vorher wolltest du ein Zimmer mit Klavier. Eine reine Laune deinerseits, aber wir sind umgezogen. Jetzt aber ...«

In diesem Augenblick bemerkte Julia Alberto. Sie wandte sich ihm zu und lächelte ihn strahlend an.

»Oh, *buon giorno*, Signor Nepo.«

Alberto war verwirrt. Sich so zu nähern, war unbedacht gewesen. Er stammelte eine Entschuldigung und wollte weitergehen.

»Sie stören durchaus nicht, ich bitte Sie«, sagte Julia liebenswürdig. »Mein Mann und ich besprechen nur gerade ein kleines praktisches Problem.«

Sie bot ihm einen freien Strandstuhl neben dem ihren an. Und nahm nach der kurzen Unterbrechung ihr eheliches Gespräch wieder auf:

»Jetzt geht es um etwas weit Ernsteres, Heinrich. Ich will nicht den frechen Blicken der Bootsführer ausgesetzt sein.«

»Dann zieh die Gardinen zu«, antwortete der Senator.

»Nein, auf gar keinen Fall. Ich bin hierhergekommen, um Italiens Sonne zu genießen«, erwiderte Julia unbeugsam. »Das lasse ich mir doch nicht wegen solch frivoler, unverschämter Burschen nehmen. Wir brauchen nur in den anderen Hotelflügel umzuziehen, der nicht am Kanal liegt – außerdem stinkt der Kanal. Ich will Sonne! Ist das zuviel verlangt?«

»Sonne, Sonne!« gab der Senator mühsam beherrscht zurück und befächelte sich mit seinem Hut. »Der Mythos des sonnigen Italiens! Das hier ist nicht Europa, sondern Afrika. Dieses Klima ist, ehrlich gesagt, stumpfsinnig, Julia. Der ständig blaue Himmel ... man wird ihn geradezu leid. Und das Licht ist viel zu grell. Mir schmerzen die Augen davon. Für einen nordischen Menschen ist es eine Qual. Man kommt gar nicht zur Besinnung. Ich bin nicht einmal in der Lage, meinen Roman zu lesen ... Die Sonne!«

Julia schlug das Buch auf ihrem Schoß mit einem Knall zu und brach in hartes, nahezu theatralisches Lachen aus. Ein paar Sommergäste, die gerade vorbeispazierten, blickten erstaunt und mißbilligend herüber.

»Deinen Roman lesen?« fragte sie ironisch. »Welchen Roman, lieber Heinrich? Sag doch bitte, welchen Roman ...«

Alberto fühlte sich hilflos. Er machte Anstalten, sich zu erheben. Julia, der dies nicht entging, streckte wortlos einen Arm aus und hinderte ihn daran. Der Senator, das Buch mit der Hülle in der Hand, erstarrte vor Scham auf seinem Korbstuhl und stieß zwischen den Zähnen hervor:

»Julia, ich bitte dich!«

»Ach, Heinrich, nun sag schon, wie der Roman heißt. Es ist wirklich lächerlich, den Einband zu verstecken«, sprach sie weiter und machte ihrer ganzen Verärgerung Luft. »Nur noch zehn Jahre, dann beginnt das 20. Jahrhundert, und du beharrst auf solch antiquiertem Verhalten. Wir sind hier nicht in Lübeck, mein Guter, und niemand weiß, daß du Senator bist. Und selbst wenn sie es wüßten ... Die Welt hat sich doch geändert, Herrgott! Inzwischen haben wir elektrisches Licht, Telefon, Schnellzüge. Mach die Augen auf, Heinrich! Selbst die Frauen treiben heutzutage furchtlos Sport. Fahren sogar auf den Straßen Fahrrad! Heutzutage kann man freiheraus sagen, daß *Nana* ein Kunstwerk ist. Warum genierst du dich so?« Provozierend wiederholte sie noch lauter, fast sarkastisch: »An *Nana* ist nichts auszusetzen, mein guter Heinrich. Es ist einfach ein schöner naturalistischer Roman von Émile Zola. Zumindest sagen das die Kritiker.«

Dieses Mal erhob Alberto sich verlegen:

»Sie entschuldigen, Frau Mann. Aber Dona Ana erwartet mich. Es tut mir leid.«

»Nun gut, Herr Nepo«, antwortete Julia und nickte ihm zu, ein Lächeln auf den Lippen und so selbstverständlich, als setzte sie eine gewöhnliche Unterhaltung fort. »Sie müssen zu uns zum Tee ins Hotel kommen. Wie wäre es mit nächstem Sonntag?«

»Ich fühle mich sehr geehrt, aber leider wird das nicht möglich sein. Just am Sonntagmorgen reise ich nach Berlin ab.«

»Am Sonntag? Aber dann haben wir ja noch Zeit für ein Abendessen«, erwiderte Julia unverdrossen. »Ich möchte, daß Sie unser Gast sind. Wir geben ein Abendessen, im Bauer. Morgen abend.«

Nepomuceno deutete eine ablehnende Handbewegung an.

»Nein, seien Sie unbesorgt. Nur eine kleine, nette Runde. In einem Extraraum des Restaurants«, sagte Julia, während Alberto versuchte, sich zu verabschieden. »Unser Ehrengast, der Graf Agostino Basuccello, wird Ihnen gefallen. Er hat lange Jahre in Brasilien gelebt. Und außerdem kann man nicht nach Venedig kommen, ohne ihn kennenzulernen. Er ist eine echte venezianische Institution ...«

Alberto willigte mit einem Kopfnicken ein und verabschiedete sich.

»*A domani*, Signor Nepo«, antwortete Julia, dann wandte sie sich wieder dem Senator zu.

Während Alberto sich entfernte, schallte die Stimme der Senatorin über den noch wenig belebten Strand:

»Ich bitte dich, Heinrich, du wirst doch wohl nicht den ganzen Tag so ein Gesicht machen ...«

Alberto wanderte zum Ende der Hüttenreihe hin und atmete die frische Seeluft ein.

*

Die Krempe von Dona Anas großem Sonnenhut bog sich im Wind. Nach einem Hustenanfall sah die alte Frau geschwächt aus, ihre Lippen waren sehr blaß und die Schatten unter den Augen tiefer denn je. Doch wirkte sie zufrieden, wie sie dort in ihrer Hängematte in der Morgensonne lag.

»Meine *rede* geb ich für nix her. Ganzes Leben ich sie mitschleppt, Sinhozinho. Is wie eine Mutter, meine Hängematte. Bleibt bei mir, bis ich tot bin.«

Alberto lachte.

»Wenn ich Sie da in Ihrer Hängematte sehe, muß ich an ein Gedicht denken. Mögen Sie Gedichte, Donana?«

»Und ob! Wie heißt Gedicht?«

Alberto räusperte sich, dann setzte er feierlich an:

»›Zitternd streicht über die Hängematte der Schatten des hohen Bambus; die Mulattin im Schlaf liegt, und über dem Rand, sanft gewiegt, die Arme, weich und bloß.‹«

Alberto stockte:

»Oh, jetzt weiß ich nicht weiter ... Vielleicht doch: ›Mitunter regt sie sich, die Schöne, summt vielleicht im Traum die rhythmischen Sehnsuchtslieder, wie in der Sternennacht sie singen traurige Siedler.‹«

Donana formte Albertos Lippenbewegungen nach. Nicht nur das Gedicht, auch die portugiesische Sprache ging ihr anscheinend zu Herzen.

»*Como é bonito!* Ist so schön, Sprache aus Brasil ...«

»›Der Wind zupft an der Hängematte Saum, und sie, die Schöne, wiegt sich im Traum!‹«

Donana schloß entzückt die Augen. Wie ein Echo sprach sie nach:

»›*E a bela a sonhar ...*‹«

Alberto rezitierte langsamer:

»›In der Ferne ... in den dunklen ... dichten Wäldern ...‹«

»*Bosques ... escuros ... cerrados*«, wiederholte sie, jedes einzelne Wort genießend.

»›Klagender Wehmutsgesang ... unfreier Neger ... in der Luft.‹«

»*... os cantos magoados ... soluçam no ar*«, wiederholte Donana.

Auf ihren Lippen ein melancholisches Lächeln voller Liebe zum Leben, wie nur Kranke es zu zeigen vermögen.

*

»*Fragole! Fragole fresche! Fragole!*«

Der Erdbeerverkäufer ging mit seinem Korb vorüber. Dona Ana erzählte traurige Geschichten aus der Zirkuszeit.

Das gleiche Publikum, das die »sensationelle schwarze Sängerin aus den Tropen« mit Beifall überhäuft hatte, verlor das Interesse oder attackierte sie sogar. An dem Tag, als die hinkende Ana beim Tanz stolperte und stürzte, reagierte das Publikum beleidigt mit Zwischenrufen wie »Affe!«, »Gorilla!«, »Geh doch zurück in den Urwald!« Da entschied der Zirkusdirektor Krenz, nun müsse Schluß sein, das Ansehen des Zirkus stehe auf dem Spiel. Nicht, daß Ana nicht beliebt war. Und weil sie beliebt war, bemühte man sich in den folgenden Jahren um eine Aufgabe für sie, etwas Anspruchsvolleres als nur putzen und Tiere füttern. Nachdem sie die Lähmung überwunden hatte, sehnte auch sie sich in die Manege zurück, denn wer je dort gearbeitet hat, ist ihrem Bann verfallen. Anas Chance kam, als Herr Krenz in den achtziger Jahren einen Halbmenschen engagierte, den Russen Nicolai Kobelkoff, ein wahres Wunder.

»Kein Arm und kein Bein. Aber schießt sehr gut. Verheiratet war, hatte viele Kind, *o homem-tronco*.«

Dona Ana kicherte schelmisch.

Kobelkoff konnte mit Hilfe seines rechten Armstummels und seines Mundes schreiben, zeichnen und malen. Auch führte er vor, wie er aus einem Glas Wasser trank und sich allein kämmte. Er hopste von einem Stuhl und wieder zurück, wie ein Ball. Kletterte Leitern hinauf und hinunter. Das Publikum tobte.

»Wenn wir in Stadt, kam sogar wichtige Leute. Bürgermeister, Leute von Militär, Fabrikbesitzer, alle wollen sehen ... Einmal auch ein König, Siozinho!«

Der Höhepunkt des Auftritts kam jedoch, wenn der Halbmensch, immer liebenswürdig lächelnd, eine Pistole in den Mund nahm, sie sorgfältig lud, mit der Waffe zwischen Mund und Armstummel in Stellung ging – dann trat im Publikum immer bange Stille ein – und einem anderen Menschen einen Apfel vom Kopf schoß.

»War ich. *O homem-tronco* schießt. Ich mit Apfel auf Kopf, und er schießt auf Apfel. Immer trefft, Gott sei Dank!« So kehrte Ana in die Manege zurück. Anfangs hatte sie große Angst vor diesem menschlichen Rest, der da wie ein Topf, der sich selbst bewegen kann, auf einem Regal saß und mit der Pistole, von Mund und Armstummel gehalten, auf sie zielte. Doch schon bald gewann sie Vertrauen in ihn und fand an der Nummer Spaß. Nach der Zirkusvorstellung wurde den Zuschauern eine Fotografie zum Kauf angeboten, die sie mit Herrn Kobelkoff zeigte. Und sie freundete sich mit seiner Frau an, Anna Wilfert, eine sehr feine Person. Nega Ana liebte die Geschichte von der Trauung der beiden in Budapest: Frau Wilfert betrat, ihren zukünftigen Mann auf den Armen, die Kirche, schritt feierlich zum Altar und setzte ihn auf einem Kissen ab. Um seiner

Frau den Trauring auf den Finger zu stecken, nahm Herr Kobelkoff seinen Mund zu Hilfe. Sein Ring wurde ihm in einem kleinen Lederbeutel um den Hals gehängt. Als Herr Kobelkoff mit seiner Familie den Zirkus Krenz verließ, war Ana traurig. Die Freunde fehlten ihr, aber auch die Arbeit mit ihm in der Manege. Doch bald darauf durfte sie in einer komischen Nummer mitwirken, bei der sie als Gorilla-Frau gewissermaßen die inzwischen verstorbene Julia Pastrana sowie deren Nachfolgerin Zenora Pastrana parodierte, die damals in einem anderen Zirkus die Massen anlockte. Mit einer zottigen Perücke und falschem Bart kostümiert, trat Ana zusammen mit Clowns auf, die sich vor ihr fürchteten und sie mit Peitschen jagten. Das Hinken störte dabei nicht. Im Gegenteil, es paßte wunderbar zu dem unbeholfenen Gang, den sie als Gorilla spielen mußte. Als Zenora Pastrana nach dem Tod ihres Mannes und Impresarios nicht mehr auftrat, verlor die komische Nummer ihren Sinn. Parallel dazu eine große Tragödie: Der alte Krenz starb unerwartet. Der praktischer denkende Sohn Michael trat seine Nachfolge an. Es stand nicht gut um die Zirkusfinanzen. Die Zeiten hatten sich geändert. Ein Eisenbahnnetz durchzog ganz Deutschland, die Reisen in den Zirkuswagen waren unnütz lang und kostspielig geworden. Hinzu kam die große Zahl der Konkurrenten mit immer raffinierteren Nummern. Um die finanziellen Probleme zu lösen, verkaufte Michael Krenz den Elefanten und andere exotische Tiere – ein Kamel, zwei Zebras und einen Tiger –, mit deren Anschaffung in den letzten Jahren der alte Vater sich in der Hoffnung, sein Zirkus würde dadurch attraktiver als die Konkurrenz, stark verschuldet hatte. Doch damit war es noch nicht getan. Der neue Direktor mußte auch fast alle dressierten Araberpferde verkaufen. Zufällig gab Miss Dolly Baby zum gleichen Zeitpunkt ihr Zirkusdasein auf. Vielleicht hatte hier die Vorsehung gewirkt – Miss Dolly kostete sehr viel. Tatsächlich aber hatte Miss Dolly sich unsterblich in einen Mann verliebt, der nur schlanke Frauen schätzte. Also hielt sie eisern Diät, trank nur dünnen

Kaffee und eine Mixtur, die man ihr verschrieben hatte, und verlor innerhalb von zwei Jahren mehr als die Hälfte ihres Gewichts. Doch ihr Liebster hatte so lange nicht warten wollen und war inzwischen verschwunden. Trotzdem blieb Miss Dolly unbeirrt, wurde Wahrsagerin und zog, nun schlank, von dannen, um fortan als Madame Dolly die Zukunft aus der Kristallkugel zu lesen. Seitdem hatte niemand mehr von ihr gehört. Doch die Krise im Zirkus hielt an – vielleicht hatte Madame Dolly dies in ihrer Kristallkugel gesehen. Die nächste Maßnahme hieß unweigerlich, daß fast die Hälfte der Artisten entlassen werden mußte. Von den Clowns blieb nur Olibo. Nach dem Verlust so vieler Attraktionen stieg der Zirkus Krenz ab und gastierte nur noch auf ärmlichen Jahrmärkten, die Einnahmen wurden immer spärlicher. Daß Ana bleiben durfte, verdankte sie der Fürsprache ihrer Freunde im Zirkus, allen voran der Clown Olibo, dem ihr Schicksal naheging. Zwar taugte sie, von ihrer Krankheit schon ziemlich angeschlagen, kaum mehr zum Putzen und noch weniger zum Tragen schwerer Gegenstände, andererseits verursachte sie dem Zirkus so gut wie keine Kosten. Hin und wieder trat sie als Pausenfüller auf. Das Aufsehen, das der Europabesuch des Kaisers Dom Pedro II. erregt hatte, brachte den jungen Krenz auf eine Idee. Angeregt von den Nachrichten in den Zeitungen, dachte er sich eine neue Nummer aus. Höchst feierlich, untermalt von der Musik des verbliebenen Orchesters, wurde dem verehrten Publikum etwas ganz Besonderes, eine wahrhaftige Sensation angekündigt: die ehemalige Amme des brasilianischen Kaisers – ein großer Staatsmann, der, obwohl einem so wenig zivilisierten Lande entstammend, mehrere Sprachen spricht. Dann trat Ana, die schon recht ergrauten Haare weiß gefärbt, in die Manege und schleppte sich, auf einen Stock gestützt, zu den Klängen einer holperigen Version der brasilianischen Nationalhymne mühselig vorwärts. Sie, die schwarze ehemalige Sklavin, spielte unter Aufbietung all ihres Könnens die Hofdame, die sie angeblich einst gewesen war. In dieser Rolle mußte sie zwangsläufig die verhaßten Schuhe anziehen – wovon sie noch stärker humpelte – und, um Luxus vorzutäuschen, ein weites Kleid mit langer Schleppe, in Wirklichkeit ein ziemlich fadenscheiniges und mehrfach geändertes Gewand. Zum Beweis ihrer Echtheit sprach Ana ein paar Begrüßungsworte auf portugiesisch, anschließend erzählte sie auf deutsch, wie sie den kleinen Monarchen umsorgt hatte – ein ziemlich ungezogener, aber sehr intelligenter Knabe, so intelligent, daß er schon mit fünf Jahren Kaiser des gewaltig großen, wilden Brasiliens geworden sei, eines von Urwald bedeckten Landes, in dem es riesige Schlangen und gefährliche Kannibalen gab und wo auf unvorstellbar reichen Plantagen von Negern wie ihr der köstlichste Kaffee angebaut wurde. Zum Schluß machte Ana eine Runde durch die Manege und ließ sich von allen die Hand schütteln, denen daran gelegen war, eine so erlauchte, vom Schicksal nach Deutschland verschlagene Persönlichkeit zu berühren. Das Publikum lachte herzhaft über diese unglaubliche Lügengeschichte. Der Direktor ließ sich nicht beirren. Wer die Wahrheit überprüfen wolle, könne der ehemaligen Hofdame noch Fragen stellen, nicht nur über das Leben des jungen brasilianischen Monarchen, auch über die Raubtiere in den Wäldern rings um die brasilianische Hauptstadt, ja selbst, ob es wahr sei, daß es zu Weihnachten dort nicht nur nicht schneie, sondern so unerträglich heiß sei, daß die Menschen sich nichts überzogen, wenn sie hinausgingen, und mehrmals am Tag baden mußten. Das Publikum lachte noch lauter über soviel Unsinn. Dann klatschte es, zwar mißtrauisch, doch deutlich nachsichtig. Leider hielt sich der Kaiser nicht lange in Europa auf, und Anas letzte Zirkusnummer lockte lediglich ein paar Monate lang. Als Olibo starb, verlor Ana ihren Beschützer im Zirkus Krenz. Ehe man sie hinaussetzte, ging sie von allein. Mit ihrem hartnäckigen Husten und dem Buckel, durch den sie noch fremdartiger aussah.

*

Das fahle Schwarz von Dona Anas Gesicht glänzte in der Sonne. »Weil ... *é assim*. Diese Buckel ist gekommen nach und nach, Sinhozinho. *Entende?* Wegen Wäsche waschen und weil so kalt, *sim*, nicht nur Kopfschmerz, auch immer viel Schmerz in Gelenke, weil so kalt. Da lernt alte Ana immer mehr auf Erde sehen.«

Dona Anas Blick leuchtete, wenn auch nur schwach. Doch er flackerte hell, als sie rasch erklärte:

»*O Senhor sabe*, Nega Ana hat nich Kopf immer gesenkt, weil Weiße respektiert. *Mas* weil Leben draußen immer weniger interessant ist. Nega Ana lernt, *entende* ...«

»*Sim, aprendeu* ...«, sagte Alberto, um zu zeigen, daß er verstanden hatte.

»*Sim, aprender* ... Ich *aprende* das Wort lernen in Deutschland ... Wichtig, sehr wichtig. Da ich lernt, daß Leben ist in Herz. Das Herz wird wichtig, immer mehr wichtig, wenn wir alt sind, weil in Herz alte Mensch kann kennen alles, *tudo*. Das Herz, Siozinho, ist Welt in uns. Nega Ana immer mehr bucklig, damit sie Herz sehen kann. Immer mehr nach drin sieht.«

Dona Ana lächelte über das ganze Gesicht und zeigte ihre schlechten Zähne.

*

Sie seufzte, als sie den Namen aussprach.

»Ach, Dodô. Sie böse mit ich, weil ich *brinco* mit kleine Mädchen von ihr, *entende?* Spielen ... ich mag so gern.«

Dann schimpfte Julia Mann sie aus, es sei gefährlich, sie müsse an die Gesundheit ihrer Töchter denken, wegen der Schwindsucht.

»Aber ich ganz vorsichtig, wirklich.«

Die schwarze Ana vermied jede Berührung mit ihnen und hustete erst recht nicht in ihrer Nähe. Doch Julia sah die Gefahr und verbot Ana schließlich den Kontakt mit den Kindern.

»Sie nicht zufrieden, daß ich bin hier. Kostet zuviel.«

Ana rechtfertigte sich. Sie hatte die Fahrt von ihren kümmerlichen, im Laufe ihres Lebens zusammengetragenen Ersparnissen bezahlt und beglich alle Ausgaben selbst. Das wahre Problem war ein ganz anderes: Der Senator hatte partout nicht nach Venedig fahren wollen. Es hatte viel Streit deswegen gegeben. Bis Julia sich durchsetzte. Und nun schob sie ihr die Schuld in die Schuhe. Dona Ana sprach nicht vorwurfsvoll. Vielleicht erklärte sie es auch, weil sie unsicher war, eher sich selbst.

»Ich denk an Lied *lá do Brasil*, was Dodô immer gesingt. Manchmal man kann glauben, daß sie für immer in Erde vergraben, weit weg von zu Hause.«

Ihr Gesicht konnte einen gewissen Kummer nicht verbergen, als sie leise sagte:

»Ach, *minnha* Dodô. Ist nicht mehr mein kleine Dodô ...« Sie schaute auf das Meer, das sich zu tausend kleinen Spiegeln brach.

*

Die Wellen liefen langsam und stetig zurück. Sie strahlten Ruhe aus. Die Sonne stand inzwischen hoch. Nun saßen sie unter einem improvisierten Sonnenschutz.

»*Olha*, Sinhozinho, Nega Ana hat lernt, das Leben ist barmherzig, *entende?* Barmherzig, wie heißt in Brasil? Mein Gustav sagt, ich sehr barmherzig ... Immer helfen, immer verstehen ...«

»Sie meinen ... Ich glaube, das ist ... *misericordiosos* ...«

»Ja, ich *misericordiosa* ...«

Das Leben könne ganz unverhofft barmherzig sein, erklärte die alte Ana. Das Leben bringe einerseits Kummer und Leid und andererseits plötzlich ein Geschenk. Zum Beispiel diese dumme, fast unlogische Freude, die sie am Leben fand, einfach nur darüber, daß sie am Leben war. Denn das Leben sei wie ein Wunder und die Freude daran herrlich. Dona Ana lachte mit ihrer vollen Stimme.

»Nega Ana das auch gelernt. Von Leben für Leben, *entende?*«

Vom Lachen mußte sie husten. Sie zog rasch den Spucknapf aus ihrem Bündel, spuckte hinein und steckte ihn genauso vorsichtig und unauffällig wieder weg. Mühsam atmete sie tief aus, dann erklärte sie weiter, das Leben sei wie eine unheilbare Wunde. Deshalb vergeude man nur seine Zeit, wenn man die Wunde zu heilen versuche. Man solle lieber lernen, mit der offenen Wunde zu leben.

»Nur so wir sehen Geheimnis.«

»Welches Geheimnis, Donana? Wie findet man das Geheimnis?« fragte Alberto.

Dona Ana räusperte sich. Ihre Augen hefteten sich so fest auf den Horizont, daß sie sekundenlang wieder zu ihrem liebenswerten Schielen verrutschten.

»Nein, wir nicht finden. Er findet uns.«

Und sie sprach weiter, sagte, daß wir immer umherirrten und daß er uns folge. Daß er alles tue, um uns nicht zu verlieren. Wenn er nicht wäre, dann wäre alles am Ende. Deshalb brauchten wir die Zuversicht, damit wir nicht vergaßen:

»Er ist immer bei uns ...«

»Sprechen Sie von Gott, Donana?«

*

Dona Ana schaute. An dem strahlend klaren Himmel flog ein Vogel über ihre Köpfe hinweg. Dona Anas Miene war ängstlich:

»*Meu Deus!* Da er sagt, ich muß sterben ...«

Bei der Armendirektion hatte Dona Ana erfahren, daß sie an Tuberkulose erkrankt war. Der Arzt hatte ihr erklärt, in ihren Lungen gebe es winzig kleine Tierchen. Nur wisse niemand, wie man ihnen den Garaus machen könne. Deshalb müsse sie sehr gut aufpassen, damit sie niemanden ansteckte. Zum Beispiel beim Niesen. Unter keinen Umständen auf die Straße oder den Boden spucken. Viel Ruhe. Schlafen sei ganz wichtig. In einem gut gelüfteten und sauberen Raum. Gut essen. Auch wenn sie keinen Appetit spüre, müsse sie sich zum Essen zwingen. Und die Mittel einnehmen, sie könnten sie zwar nicht heilen, linderten aber das Leiden. Seitdem hatte Dona Ana sich in den langen einsamen Stunden ihres Alters an den Gedanken gewöhnt, daß sie ein Tier in sich hatte. Das Tier brachte sie langsam um. Und aus eben diesem Grund gehörte es inzwischen zu ihrem Organismus. Ihr Mörder war ein Teil von ihr.

»Siozinho kann sich vorstellen so etwas?« fragte sie, sehr schwach in ihrer Hängematte, und lachte.

Sie sprach zu dem Tier, als wäre es ihr zweites Ich und damit Teil ihrer selbst. Und bliebe nur am Leben, solange es sich von ihr ernährte und ihre Krankheit nährte. Am Leben bleiben bedeutete für ihr Tier, sie zu töten. Also sprach Dona Ana lange mit dem Feind, der in ihr wohnte.

»Dann ich denke: Mein Tierchen, wie geht es mein Tierchen?«

Wo steckte es? Was trieb es gerade? Eine seltsame Zwiesprache mit einem anderen und doch mit sich selbst. Feinde und doch Partner. Denn sie waren beide Teil desselben Rätsels. Des Rätsels, daß ihr Leben, das Leben einer einsam durch die Welt ziehenden Schwarzen, zu dem Leben dieses Tierchens gehörte, das auch ihr Tod war. Dona Ana dachte in den langen Stunden ihrer Einsamkeit, wenn es wirklich eine allumfassende Gemeinschaft gab, dann fand diese nun in ihrem Innern statt. Die Gemeinschaft von Leben und Tod. Dona Ana konnte leibhaftig miterleben, wie das große Mysterium sich in ihrer Brust und ihren Adern entwickelte. Das lenkte sie ab. Und erbaute sie.

Venedig, 22. August 1890

Dona Ana spricht, als empfinge sie eine Gottheit. Was sie vor allem interessiert, sind nicht Wahrheiten, sondern Lebenserfahrungen. Antworten zu finden ist ihr kein Anliegen. Wenn ich sie höre, habe ich das Gefühl, sie spricht von einem ewigen Konflikt, so als bestünden die Gegensätze nebeneinander fort. Auf diese Weise wird die Spannung des Gleichgewichts gehalten. Ich glaube, so etwas nennt man Weisheit. Ja, das ist es. Als ich diese schwarze Analphabetin kennenlernte, ist mir das Privileg zuteil geworden, einem weisen Menschen zu begegnen. Ich bin sicher, dies ist ein Segen Gottes.

10. Kapitel

Venedig, 23. August 1890

Dona Ana ist bettlägerig. Ihr Gesundheitszustand bereitet mir größte Sorge. Sie hat es nicht zugegeben, doch scheint sie in der Nacht einen kleinen Blutsturz gehabt zu haben. Wie sie auf diese zweifellos ernste Situation so ruhig reagieren kann, ist mir unbegreiflich. Als sie mich eintreten sah, setzte sie, so schwach, wie sie da lag, ein blasses, aber derart aufrichtiges Lächeln auf, daß es mich rührte. Mein Kommen bereitete ihr sichtlich Freude. Was mich am tiefsten an Dona Ana beeindruckt, ist ihre unbedingte Klarheit, die paradoxerweise ein nicht entschlüsselbares Geheimnis birgt. Das beschäftigt mich. Dona Ana besitzt ein persönliches Geheimnis, zu dem es keinen Zugang gibt. Anstatt es preiszugeben, bekräftigt sie es immer wieder aufs neue. Dona Ana ist wie ein Spiegel, der den Menschen ihre eigenen Rätsel vorhält. Deshalb nimmt sie alle für sich ein. Mir scheint, als müßte ich, um sie zu ergründen, zuerst mich selbst ergründen.

*

Es war ein mondloser Abend. Das Wasser in den Kanälen floß still und unsichtbar. Von Dunkel umhüllt, gab Venedig gerade so viel zu erkennen, daß es um so geheimnisvoller wirkte. Als Alberto den Campo San Moisè erreichte, sah er vor sich das Hotel Bauer-Grünwald, auch als Hotel d'Italie bekannt, mit seinen beiden, nur durch eine Steinbrücke verbundenen Gebäuden rechts und links vom Kanal. Sie wirkten wie hell leuchtende Flecken in der Dunkelheit, die auch die Gaslaternen in den Straßen nicht zu vertreiben vermochten. Alberto ging schneller, er fürchtete, sich zu dem Abendessen mit den Manns um acht Uhr zu verspäten. Nachdem er an dem eigentlichen Hotel vorbeigegangen war, überquerte er die Brücke zum Restaurant, wo sich auch die Bierstube befand. In Wirklichkeit war dieses, auf den ersten Blick wie eine Dependance anmutende, zweite Gebäude mit seinen Arkadentüren und den von orientalischen Kapitellen geschmückten Balkonen im Obergeschoß weit imposanter. Die Fenster erstrahlten in so hellem elektrischen Licht, daß man dahinter prunkvolle Abendgesellschaften vermuten mußte. Die Hauskapelle spielte einen Walzer. Bevor er eintrat, blieb Alberto am Haupteingang stehen, blickte besorgt auf seine alten Schuhe und suchte sich zum wiederholten Mal davon zu überzeugen, daß sie nicht allzusehr von seiner übrigen Kleidung abstachen. Schließlich war er sich dessen bewußt, daß sein bescheidener Abendanzug keinen Anspruch erhob, zu den elegantesten der Stadt zu zählen. Er rieb die Schuhe an den Hosenbeinen blank, rückte den Hut auf dem Kopf zurecht, dann erst begab er sich in die geräuschvolle Helligkeit.

*

Im Restaurant herrschte Hochbetrieb.

»Wenn es Ihnen nichts ausmacht, sprechen wir deutsch«, sagte der Senator Mann chevaleresk, nachdem die Gäste Frau Mann die Hand geküßt hatten. »Ich glaube, es ist die einzige Sprache, die wir alle sprechen.«

»Signor Nepomuceno, es ist mir eine Freude, Sie mit unserem lieben Freund Conte Agostino von Mölln Basuccello bekanntzumachen«, sagte Frau Mann mit einem Blick auf den Grafen, der sich gerade zu ihnen gesellt hatte.

Alberto war nervös und unsicher. Abgesehen von den Schuhen plagte ihn die Furcht, im Deutschen einen peinlichen Fehler zu machen. Stotternd begrüßte er den alten Grafen, eine extravagante Erscheinung.

»Und das hier ist Senhor Alberto Nepomuceno, der junge Komponist, von dem ich Ihnen erzählt habe, Signor Conte«, sagte Julia Mann.

»Ah, *il* Nepomuceno ... Ich freue mich, Sie kennenzulernen!« antwortete der Graf in stark italienischem Tonfall mit einer knappen Verbeugung zu Alberto hin.

»Er ist Brasilianer. Wie ich«, sagte Julia strahlend.

»Ja, das weiß ich doch. Oh, Brasilien!« antwortete der Graf. Und zu beider Überraschung sprach er, wenn auch langsam und mit sehr starkem Akzent, auf portugiesisch weiter: »Es ist mir eine Freude, junger Mann. Ich liebe Brasilien. Ach, waren das Zeiten!«

Alberto lachte freudig verblüfft und vergaß sekundenlang die Sorge wegen seiner alten Schuhe.

Der Maître forderte sie auf, ihm in einen gemütlichen Tea-Room zu folgen, wo, fern vom Lärm, der Aperitif gereicht werden sollte. Man ließ sich auf den komfortablen Polsterstühlen und Sesseln des luxuriösen, mit Teppichen ausgelegten, an den Wänden mit Gemälden geschmückten Salons nieder. Alberto nahm dem Grafen gegenüber Platz und sah, wie dieser seine feinen weißen Glacéhandschuhe abstreifte und sie mitsamt seinem Hut dem *cameriere* reichte. Die ungewöhnliche Erscheinung des Grafen zog Albertos Blick in den Bann, denn sie vereinigte in sich eigenartig ausgewogene Gegensätze. Der Graf war ein alter, grauhaariger, doch sichtlich noch rüstiger Herr von aristokratischer Haltung, trotz des schlaff hervorquellenden Bauches – der von Unmäßigkeit, Nachlässigkeit oder übergroßem Genuß kulinarischer Freuden zeugte. In seinem aufgedunsenen, ungleichmäßig geschnittenen Gesicht glänzten friedlich schöne blaue Augen. Der schüchtern sprießende Schnurrbart war tadellos gestutzt, gewichst und gezwirbelt, die aufstrebenden Spitzen gaben seinen Mundwinkeln eine Entschlossenheit, die ohne weiteres zu einem bissigen Ausdruck hätte geraten können. Die Kleidung des Grafen war so elegant wie extravagant. Ein ausgefallener blaßlila Seidenanzug, bestehend aus langem Rock und eher zu jugendlicher Mode passenden, oben weit geschnittenen und nach unten hin trichterförmig sich verjüngenden Beinkleidern, die ihm viel Bewegungsfreiheit ließen und in üppigen Falten auf die Gamaschen und keineswegs konventionellen, nämlich schwarzweißen, spitzen, mit Satinschleifen besetzten Schuhe fielen. Der offene Rock gab den Blick auf das rosa Hemd mit Stehkragen und goldenen Manschettenknöpfen frei. Die schwarze Krawatte ruhte in zwei breiten Enden über dem Hemd und der sehr lockeren, ebenfalls lilafarbenen, lediglich in Bauchhöhe geknöpften Weste. Aus einer Westentasche hing ein Monokel. Juwelen, für die der Graf offenbar eine Schwäche hatte, ergänzten seine Aufmachung. Abgesehen von den perlenbesetzten Manschettenknöpfen zierten ihn eine dicke, zwischen den Westentaschen schaukelnde Goldkette, ein Rubinring auf dem linken Ringfinger und ein breiter, massiver Goldring auf dem kleinen Finger der rechten Hand. Doch das faszinierendste Detail seiner Ausstattung prangte auf dem Krawattenknoten: eine bemerkenswert fein gearbeitete, mit ebenso bemerkenswerten Edelsteinen besetzte Brosche in Schmetterlingsform. Just in diesem Augenblick stellte Alberto fest, daß nicht nur ihm das schöne Schmuckstück aufgefallen war.

»Wenn Sie mir die Bemerkung gestatten, Signor Conte, Ihre Krawattennadel ist bezaubernd«, sagte Julia.

»O ja, das kann ich verstehen. Dem Reiz meiner *Hetaera Esmeralda* kann sich niemand entziehen.«

Wohl wissend, daß der Name erstauntes Nachfragen auslösen würde, zog der Graf ein weißes Seidentuch aus dem Rockärmel, tupfte sich das Gesicht ab und setzte mit Vergnügen zur Erklärung an:

»Sie ist eine meiner kostbarsten Erinnerungen an Brasilien, Frau Senatorin. Zwar wurde sie nicht in Brasilien angefertigt, denn ein solches Kunstwerk hätte dort niemand zustande gebracht. Doch die Steine habe ich selbst aus Brasilien mitgebracht. Und der echte Schmetterling, der als außerordentlich schön gilt, ist ebenfalls brasilianisch. Ein englischer Naturforscher hat ihn in Amazonien entdeckt. Im British Museum hat man ihn dann getauft – ›Hetaera‹, weil seine Flügel an das Schleiergewand einer griechischen Prostituierten erinnern, und ›Esmeralda‹ zu Ehren der verführerischen Zigeunerin aus dem ›Glöckner von Notre Dame‹, Sie erinnern sich?« Der Graf saugte vor Begeisterung an seinen Lippen und befeuchtete sie, bevor er weitersprach: »Die eigenartige Schönheit der *Hetaera* beruht darin, daß sie vollkommen durchsichtig ist, mit Ausnahme jeweils einer farbigen Ozelle auf den Flügeln.« Basuccello nahm die Krawattennadel ab und hielt sie vor einen Wandleuchter. »Die beiden Ozellen, die wie Augen aussehen, bestehen aus diesen wunderschönen Amethysten, zum Rand hin nahezu rosa, und in der Mitte schimmern sie dunkellila, wie Sie gegen das Licht sehen können. Im übrigen bestehen die Flügel aus Diamanten …«

»Quelle merveille!« rief Julia aus, erhob sich und ging zum Grafen, um sich das Schmuckstück näher anzusehen. Zarter Veilchenduft umschwebte sie.

»Wir haben alle unsere Erinnerungen an Brasilien«, bemerkte sie lachend.

Mit diesen Worten hob sie eine Hand und zeigte ihren Ring mit einem prächtigen, von kleinen Perlen umkränzten Amethyst.

»Oh, welch hübscher Zufall!« sagte der Graf, während er die Brosche wieder an der Krawatte befestigte.

Julia kehrte zu ihrem Platz zurück, und abermals zog der zarte Veilchenduft durch den Raum. Da erst stellte Alberto fest, daß Frau Mann trotz ihrer fast vierzig Jahre blendend aussah. Ihre außergewöhnlich schlanke Gestalt ließ allerdings vermuten, daß ein Korsett kaschierte, in welchem Maße die Mutterschaft ihrer Figur mitgespielt hatte. Sie trug ein Kleid aus blauem Seidenvoile, sehr gewagt, da ohne Hüftpolster, so daß es sich ungehindert an ihren Körper schmiegte. Sowohl das Oberteil, das in breiten Schleifen über den bloßen Schultern endete, als auch die gesamte Vorderpartie waren von einem matten, fast ins Grau spielenden Blau. In der Mitte des Dekolletés prangte eine große Schleife aus demselben Stoff. Das ganze Oberteil wie auch den

Saum des Kleides zierten reiche Stickereien englischer Blumenzweigmotive in hellen Blautönen. Die große Sensation der Robe war jedoch ihr *ton-sur-ton*, bewirkt durch das Petroleumblau einer Art plissierten Capes aus reiner Seide, das sich, vom Rückenausschnitt herabfallend, zu einer leichten Schleppe weitete. Die gewagt entblößten Arme schmückte jeweils ein Perlenband um das Handgelenk. In der einen Hand hielt Julia ein kleines, mit einem breiten elastischen Band am Gelenk befestigtes Bukett aus weißen Naturblumen. In der anderen ein spitzengewirktes Silberhandtäschchen sowie einen fein durchbrochenen Elfenbeinfächer, den sie bei Bedarf mit flinken Griffen handhabte. Ihr Haar, auf dem Hinterkopf zu einem weichen Knoten, einer Abwandlung des *chignon*, zusammengefaßt und von einer langen japanischen Haarnadel gehalten, zierten rundherum kleine, ebenfalls weiße, jedoch künstliche Blumen, die bei jeder ihrer Bewegungen wippten, so daß sie fast den Eindruck eines Heiligenscheins erweckten. Sanft schimmernde Ohrringe und ein dreireihiges Perlenkollier vervollständigten ihre stilvolle Erscheinung. Die Senatorin Mann paßte sich, wie es schien, nicht nur jedem Detail ihrer Toilette an, sondern hatte auch jedes unter Kontrolle, was sie zweifellos noch prächtiger wirken ließ. Der Senator Mann hingegen war zurückhaltend und vielleicht konventionell elegant, vor allem aber praktisch gekleidet: dunkler Rock, hellere Beinkleider und eine weiße Weste. Doch nichts daran deutete auf Nachlässigkeit. Im Gegenteil, welche Sorgfalt er auf sein Äußeres verwandte, bewiesen nicht nur der buschige, nach unten zu schmalen Spitzen gestutzte braune Schnauzbart und die gepflegten graumelierten Koteletten, sondern auch das streng in der Mitte gescheitelte und an den Schläfen mit der Brennschere gelockte Haar. Eitelkeit verrieten einzig eine frische Margerite im Knopfloch, eine Goldkette über der Weste sowie ein schöner Diamantring am Finger.

Der *cameriere* näherte sich mit einem Tablett und servierte den Aperitif.

»Der Signor Conte handelt mit Antiquitäten und ist uns behilflich, ein paar schöne Stücke auszuwählen, die wir nach Lübeck mitnehmen wollen«, erklärte Julia Mann, zu Alberto Nepomuceno gewandt. »Apropos, offenbar ist auch Ihr eigener Palazzo voller kostbarer Antiquitäten, nicht wahr, Signor Conte?«

»Nun ja, ich habe einige hübsche Sachen«, antwortete der Graf nach einem Schluck aus seinem Cognacglas. »Ich bedauere nur und bitte bei dieser Gelegenheit nochmals um Entschuldigung, daß mir durch diesen ärgerlichen Zwischenfall nicht das Vergnügen vergönnt ist, Sie zu einem Besuch in meinen Palazzo einzuladen. Ich hatte die Absicht, für die verehrte Frau Senatorin und den Herrn Senator ein echtes venezianisches Diner zu geben.«

»Ich bitte Sie, machen Sie sich deswegen keine Gedanken, Signor Conte«, warf der höfliche Senator Mann rasch ein.

»Und es kommen sicherlich noch weitere Reisen nach Venedig, nicht wahr, Heinrich?« sagte Julia, wandte sich Alberto zu und erklärte: »Der Signor Conte hatte in seinem Palast ein kleines Problem mit Leckagen.«

»In Wirklichkeit war das Problem nicht so klein, Frau Senatorin. Ein Teil des Dachs über der Küche ist eingestürzt. Wie Sie wissen, ist der Zustand der Gebäude in Venedig höchst prekär ...«

»Ach, du großer Gott!« sagte Julia. »Ich ahnte ja nicht, daß es so schlimm ist ...«

»Aber keine Sorge. Das wird bald behoben sein«, sagte der Graf, dem das Thema sichtlich unangenehm war. »Jetzt wollen wir uns an unserem Zusammensein erfreuen. Nach unserer letzten Begegnung in München ...«

Der Graf hob sein Glas und trank einen Schluck. Da entdeckte Alberto auf der Oberseite des Goldrings, der so groß war, daß der Graf den kleinen Finger krümmen mußte, ein eingraviertes Wappen.

»... ja, während unserer unvergeßlichen Reise im Jahr 1888«, ergänzte Julia.

»Als ich in der italienischen Gesandtschaft tätig war ... Nie hätte ich vermutet, daß unsere nächste Begegnung hier in Venedig stattfinden würde«, bemerkte der Graf.

»Ehrlich gesagt, wir auch nicht«, erklärte Julia. »Eigentlich sind wir überraschend hergekommen. Zum einen, weil unser kleiner Vicco geboren wurde. Ich brauchte Erholung fern von zu Hause, ohne mich um Dienstmädchen und Butler kümmern zu müssen. Zudem fallen mehrere Familiengeburtstage in diese Zeit. Tommy ist im Juni fünfzehn geworden. Stellen Sie sich vor, unser Tommy ist schon fünfzehn! ... Auch Lula und ich hatten in diesem Monat Geburtstag, fast am selben Tag übrigens. Und als wäre es damit noch nicht genug, gestern ist der Senator genau fünfzig Jahre alt geworden!«

»Oh, Herr Senator, meinen herzlichsten Glückwunsch!« Der Graf hob das Glas und prostete ihm zu. »Fünfzig Jahre, das ist ein Markstein im Leben. Da ist man nicht mehr jung. Ab fünfzig wird man weise!«

Er lachte, als hätte er einen guten Witz erzählt.

»Aber es gibt noch etwas anderes zu feiern, eigentlich das Wichtigste überhaupt«, fuhr Julia angeregt fort. »In diesem Jahr begehen wir das hundertjährige Bestehen unseres Handelshauses, der Firma Mann. Da es nicht alle Tage vorkommt, daß eine Firma hundert Jahre alt wird, mußte dies groß gefeiert werden. Nicht nur mit einem Fest, mit einer Reise. Es gibt doch nichts Schöneres als eine Ferienreise, nicht wahr? Wozu sich Sorgen machen? Schließlich gehen die Geschäfte nicht schlecht.« Julia stockte, um ihre Frisur zu ordnen, tatsächlich aber war dies ein bloßer Vorwand, damit sie ihrem Mann einen halb gekränkten, halb vorwurfsvollen Blick zuwerfen konnte. »Nach Travemünde zu fahren, wie in jedem Jahr, wäre einem so besonderen Datum nicht angemessen gewesen. Eine lange Reise, wie im Jahre 88, verbot mir mein Zustand. So sind wir auf Venedig gekommen, das ich schon lange kennenlernen wollte ...«

»Wir sind von der Stadt sehr angetan«, warf der Senator ein, unauffällig bestrebt, seine Frau zu unterbrechen.

»Es ist ... ein wenig heruntergekommen, unser armes Venedig«, bemerkte der Graf betrübt.

»Ich muß aber sagen, die Gegensätze hier sind beeindrukkend«, sagte Julia Mann. »Ja, Venedig wirkt ein wenig verkommen. Doch hätte ich so viel Fortschritt in einer derart ... traditionsreichen Stadt nie für möglich gehalten. Die unzähligen Reiseagenturen, wo man Auskunft erhält und ohne Umstände Geld wechseln kann. Die Dampfer verkehren regelmäßig in alle Richtungen. Und dann gibt es sogar eine fahrende Leihbibliothek, die deutschen Bücher sind allerdings schon recht alt. Und das Seebad Lido ist wirklich ausgesprochen elegant, sehr chic. Ein Jammer, daß es dort keine guten Hotels gibt ...«

»Ja, daß ein Weltbad wie der Lido nicht über erstklassige Hotels verfügt, ist in der Tat unbegreiflich«, pflichtete der Graf ihr bei. »Doch werden dazu bereits Überlegungen angestellt.«

»Hier in Venedig jedenfalls sind die Hotels erstaunlich gut ausgestattet, auch für Gäste mit ... höchsten Ansprüchen«, sagte die Senatorin aufrichtig begeistert. »Die Zimmer hier im Bauer-Grünwald sind fabelhaft, man kann jederzeit ein warmes Bad nehmen, und die Speisekarte ist erlesen. Zudem stehen den Gästen eine Reihe von Fremdenführern und Dolmetschern für mehrere Sprachen zur Verfügung. Sehr gut ausgebildete Leute, wie die Dienste des Herrn Frindenberg, der uns durch die Stadt geführt hat, bewiesen haben. Und für mein Baby bieten sie jede Hilfe an. Vielleicht hätte ich meine Kinderfrau gar nicht benötigt ...« Julia lachte etwas zu schrill, um ironisch zu klingen.

»Insbesondere hat uns überrascht, daß die Hotels elektrisches Licht haben!« sagte der Senator. »Auch am Lido. Das zeugt wahrhaft von Fortschritt.«

»Für die Augen ist es zwar etwas unangenehm, aber die Luft ist doch reiner als mit den alten Gaslampen, nicht wahr?« bemerkte Julia Mann.

»Das ist ein Problem der öffentlichen Verwaltung«, fügte der Graf Basuccello hinzu. »In ganz Italien arbeitet sie langsam, aber hier in Venedig ganz besonders. Trotz seiner großen Vergangenheit ist Venedig heute sehr arm ... Ich fürchte, es wird noch einige Zeit dauern, bis wir auf den Straßen und Plätzen elektrische Beleuchtung haben. Zumal man uns jetzt diesen sozialistischen Bürgermeister aufgehalst hat.« Der Graf rutschte unruhig in seinem Sessel. »Er ist zwar ein Dichter, dieser Ricardo Selvatico, aber der reinste Demagoge. Als typischer Sozialist neigt er zur Agitation. Schulen für Arbeiter will er einrichten! Und mit Sicherheit wird er seinen Einfluß geltend machen, um das allgemeine Wahlrecht einzuführen. Nun stellen Sie sich vor, was dabei herauskommt, wenn das ungebildete Volk wählen darf ...«

»Ja, das ist leider ein weltweites Problem«, bemerkte der Senator mit gerunzelter Stirn. »In Lübeck wird sogar der Senat demokratisiert, wie es heißt. Für mich verliert er an Niveau. Ich meine, wir sollten höhere Ansprüche stellen. Ehrlich gesagt, ich empfinde das als gewisse ... Beleidigung. Kleine Kaufleute, die man für Fischhändler halten könnte ... Überall drängen sie hinein. Das widerspricht jedem Stilgefühl. Und dann noch Arbeiter! Wer weiß, wohin das führt, wo nun allerorten anarchistische Ideen sprießen ...«

»Schlimmer noch als Anarchie ist der Geruch, Herr Senator«, erwiderte der Graf mit sarkastischem Funkeln im Blick. »Wie sagt doch ein venezianisches Sprichwort: ›*Quando la merda monta in scagno o la fa spussa o la fa danno.*‹ Wenn, verzeihen Sie den Ausdruck, Exkremente den Berg hinaufkommen, können sie Schaden anrichten, doch das weit größere Problem ist zweifellos ihr übler Geruch. Der Gestank von diesem ... Selvatico und seinem Gesindel.«

Alberto machte Anstalten, ins Gespräch einzugreifen. Er wollte zu bedenken geben, daß ... Doch er kam nicht dazu. Von dem Thema sichtlich gelangweilt, wandte Julia Mann sich ihm zu und erkundigte sich besorgt:

»Wie geht es unserer Ana?«

»Sie muß das Bett hüten«, antwortete Alberto. »Sie liegt in ihrer Pension. Heute war sie sehr schwach. Und wollte gar nichts essen.«

Julia Mann drehte sich zum Grafen um und unterbrach ihn wie selbstverständlich in seinem Gespräch mit dem Senator:

»Wir sprechen von meiner ehemaligen Kinderfrau aus Brasilien. Schon sehr betagt, die Gute ... Sie hat es auf der Brust.« Dann senkte sie die Stimme: »Schwindsucht, Sie verstehen ... Bereits in fortgeschrittenem Stadium, die Ärmste.«

»Julia, bitte!« warf der Senator verlegen ein.

»Aber dann ist sie hier ja am richtigen Ort«, bemerkte der Graf ungerührt. »Wie Sie wissen, haben wir in Venedig ausgezeichnete Einrichtungen zur Behandlung von Brustleiden, mit Trinkkuren und der modernsten Technik.«

»Das stimmt«, sagte Alberto. »Ich habe mit Dona Ana vereinbart, daß ich sie morgen früh zum Ospizio Marino am Lido bringe. Wie ich gehört habe, ist es für solche Behandlungen sehr gut ausgestattet.«

Der *cameriere* bot noch einen Aperitif an.

»Ach, übrigens, ich weiß nicht, ob Sie schon von einer schlafwandelnden Hellseherin gehört haben, die Hilfesuchende berät und heilt«, sagte der Graf und griff nach einem neuen Cognac. »Mag sein, daß Ihnen dies abwegig scheint. Wie dem auch sei ... Die Geschichte ist recht kurios. Wie man mir berichtet hat, stellt sie ihre Diagnose, indem sie das Haar des Kranken oder Ratsuchenden untersucht, und verschreibt sogar die passende Arznei.«

»Mais c'est magnifique!« rief Julia, nachdem sie nun auch an einem Aperitif genippt hatte. »Diese Frau lebt hier in Venedig?«

»Nein. Ich glaube, in Mailand«, antwortete der Graf.

Um sich Gewißheit zu verschaffen, wurde der Maître gerufen. Er bestätigte die Geschichte nicht nur, sondern kehrte gleich darauf mit der *Gazzetta di Venezia* zurück, in der eine halbseitige Anzeige einer gewissen Anna d'Amico abgedruckt stand.

»Welch ein Zufall, daß sie auch Anna heißt. Das ist ein gutes Omen«, bemerkte Julia.

Die Hellseherin hatte ihre Gesichte beim Schlafwandeln.

Tatsächlich lebte sie in Bologna. Sie konnte persönlich konsultiert werden, aber auch schriftlich. Es genügte, wenn man ihr mit der Post eine Haarsträhne sowie fünf Lire zwanzig per Postanweisung oder Einschreiben in einem Brief schickte.

»Das werden wir unverzüglich tun, nicht wahr, Signor Nepomuceno?« sagte Julia lebhaft. »Es kann für unsere arme Ana sehr wichtig sein.«

»Ich bitte dich, liebste Julia, das ist doch Scharlatanerie!« entgegnete der Senator kategorisch.

»In gewisser Hinsicht mögen Sie recht haben«, warf der Graf Basuccello ein. »Aber mindestens ebensogut kann es sich als reine Zeitungsente herausstellen. Das weiß man nie. Zeitungen sind ständig auf der Jagd nach Sensationen. Die Presse ... Wie pflegt doch der alte Verdi zu sagen: Die Presse ist die Geißel unseres Zeitalters. Andererseits ...«

»... ein Versuch schadet nichts«, ergänzte Julia. »Und dann kostet es noch so wenig ...«

»... kann es auch wahr sein«, fuhr der Graf fort. »Ich habe in den verschiedensten Ländern höchst eindrucksvolle Geschichten von Hellsehern gehört. Wer will da entscheiden? Wunder sind vielleicht wirklicher, als wir meinen ...«

»Ja, die Welt ist voller Geister«, sagte Julia Mann, erneut an ihrem Aperitif nippend, in furchtsam überzeugtem Ton.

»Ganz recht, es gibt Berichte über erstaunliche Dinge. Zum Beispiel die Materialisation von Geistern. Oder Phänomene wie Psychographie, haben Sie davon schon gehört?«

»Sie sprechen von Spiritismus?« wagte der junge Nepomuceno zu fragen, dank der entspannenden Wirkung des Cognacs inzwischen wegen seiner Schuhe nicht mehr allzu besorgt.

»Richtig. Spiritismus oder Animismus«, antwortete der Graf lebhaft. »All diese Dinge geschehen bei spiritistischen Sitzungen unter Anleitung eines Mediums, das heißt, einer Person, die die Gabe besitzt, mit den Geistern in Verbindung zu treten. Ich habe schon an mehreren teilgenommen ...«

»Ach, wie gern würde ich einmal eine Séance miterleben … Aber die Toten machen mir angst«, sagte Julia ein wenig melancholisch. »Haben Sie jemals Angst gehabt, bei lebendigem Leib begraben zu werden, Signor Conte? Eine grauenhafte Vorstellung, glauben Sie mir. Lebendig zu den Toten geschickt zu werden …«

Während der Senator die Runde mit skeptischem Blick beobachtete, trat der Maître ein und teilte mit, das Essen sei serviert.

*

Sie waren in den reservierten Salon hinübergegangen – ein behaglicher Raum neben dem Hauptspeisesaal, der eine privatere Atmosphäre fern der lauten Walzerklänge bot. Der Wein war bereits eingeschenkt, ein köstlich prickelnder Prosecco aus Conegliano. Als Vorspeise wurde Schinken aus San Daniele gereicht, dazu Feigen von der Insel Cavallino, berühmt für ihre Süße. Julia unterhielt sich angeregt mit Alberto:

»Graf Basuccello entstammt einem deutschen Adelsgeschlecht und hat mehrere Jahre als diplomatischer Vertreter Italiens in München verbracht …«

»Um ehrlich zu sein, nur im mittleren Dienst …«, stellte der Graf mit gespielter Bescheidenheit richtig. Dann sah er Alberto an, setzte ein breites Lächeln auf und sagte mit seinem starken Akzent auf portugiesisch: »Ich habe auch in Brasilien gelebt, fünf Jahre insgesamt. An der italienischen Gesandtschaft in Rio de Janeiro. Welch eine Stadt! Und die Brasilianer, was für Menschen …! Ich habe große Sehnsucht nach Brasilien …«

In diesem Augenblick erschien ein brünetter, ziemlich ernster, ja fast mürrischer Knabe in der Tür. Als er näher kam, erkannte Alberto ihn.

»Tommy, mein Schatz«, sagte Julia sichtlich erfreut. »Du kommst etwas spät!«

Der Junge trat auf den Tisch zu. Er wirkte erwachsener als

im Matrosenanzug. Nun war er mit einem braunen Sommeranzug bekleidet, dazu eine weißgepunktete blaue Krawatte und eine helle Weste, darüber eine goldene Uhrkette. Er hielt den Kopf gesenkt. Es war nicht eindeutig auszumachen, ob er sich in dem Anzug unwohl fühlte, wegen der fremden Menschen verlegen oder einfach nur widerwillig erschienen war. Der Senator stellte ihn vor:

»Das ist unser Sohn Paul Thomas.«

»Also Ihr Ältester?« fragte der Graf.

»Nein, unser Ältester ist Heinrich. Aber er ist nicht mitgekommen.«

»Unser Sohn Heinrich befindet sich in Dresden, als Lehrling in einer Buchhandlung«, erklärte Julia in unüberhörbar beunruhigtem Ton. »Er möchte Schriftsteller werden, es ist ihm damit sehr ernst. Er hat schon einiges in Zeitschriften und Zeitungen veröffentlicht. Leider hat er sein Studium aufgegeben ... dabei hätte er so viel lernen können. Aber ich tröste mich. Wie es scheint, hat mein Sohn Talent zum Schreiben!«

Der Senator warf seiner Frau stumm einen tadelnden Blick zu.

»Mein Mann ist dagegen. Er möchte, daß seine Söhne die Kaufmannslaufbahn einschlagen.« Julia blickte herausfordernd zurück. »Und er gibt sich wirklich große Mühe. Nimmt sie mit ins Kontor der Firma, inspiziert mit ihnen unsere Getreidespeicher und zeigt ihnen unsere Schiffe im Hafen ...«

»Söhne müssen zuallererst lernen, das Geld für ihren Lebensunterhalt zu verdienen«, sagte der Senator entschieden. »Man kann nicht einfach in den Tag hinein leben. Und außerdem sind große Handelsgeschäfte keine Schande. Im Gegenteil. Damit sind die Manns zu Ansehen gekommen.«

»Tatsächlich aber sind meine Söhne wie ... ich«, fuhr Julia fort. »Die Arbeit im Handel liegt ihnen einfach nicht. Sie sind so sensibel, vor allem Tommy ist sehr vielseitig begabt. Neben den Geigenstunden nimmt er jetzt auch Tanzunterricht. Und er ist der geborene Schauspieler, er liebt es, andere nachzuahmen.« Entzückt lachend sah sie ihren Sohn an: »Nicht wahr, mein Äffchen? Komm, setz dich neben deine Mutter.«

»Keine Frage, sie kommen wirklich nach der Senatorin mit ihrem künstlerischen Naturell«, stellte der Graf sehr freimütig fest.

»Einem Philosophen unseres Landes zufolge erzeugt die Mischung von deutschem Blut mit anderen Rassen Neurotiker und Künstler. Falls das wirklich zutrifft, bin ich hoffentlich die einzige Neurotikerin ... Und meine Kinder die Künstler ...«

»Julia, ich bitte dich!« Der Senator unterdrückte mühsam seine Gereiztheit. Dann wechselte er schnell das Thema und wandte sich Thomas zu: »So, und was hast du heute getrieben?«

Der Junge, nun sichtlich verstimmt, zuckte die Achseln und brummelte:

»Gelesen. Schiller. *Don Carlos*.«

»Oh, dieses Kind!« rief Julia. »Er ist ganz begeistert von Schiller, wir haben ihn ihm zu Weihnachten geschenkt. Er kann ganze Gedichte auswendig. Wie lautet doch dieses wunderschöne Gedicht über Achilles' Abschied? ...«

»Hektors ...«, korrigierte Tommy, erneut die Achseln zukkend.

»Ja, natürlich«, sagte Julia, dann rezitierte sie: »›Nach der Feldschlacht ist mein feurig Sehnen ...‹ So, sprich weiter, du kannst so schön vortragen!«

Der Knabe reagierte nicht. Noch immer schlechtgelaunt nahm er neben seiner Mutter Platz.

»Derzeit möchte Tommy Dramaturg werden, Geiger natürlich auch, versteht sich. Wer weiß, vielleicht auch Schriftsteller ...«, bemerkte Julia eine Spur provozierend.

Tommy hob die Augen, schaute mißmutig in die Runde und entfaltete widerstrebend seine Serviette. Sein breites Gesicht, das sich offenbar in jüngster Zeit rasch entwickelte, seine großen Ohren und das sorgfältig zur Seite gekämmte Haar strahlten auf den ersten Blick friedliche Gelassenheit aus. Der schmallippige, harte Mund hingegen und die sehr eng stehenden, von auffälligen Schatten und dunklen Brauen umrahmten Augen gaben seiner Miene eine Schwere, ein Wechselspiel von Melancholie, Hochmut und Verstocktheit. Tatsächlich schien sein unsteter Blick etwas verbergen zu wollen. Als machte sich der junge Thomas innerlich fortwährend heimliche Notizen.

»Ist er nicht bildhübsch, mein kleiner Prinz?« bemerkte Julia mit verliebtem Blick auf ihren Sohn. »Er erinnert mich ungemein an meine Brüder in Brasilien ...«

Tommy errötete ein wenig. Doch fing er sich schnell, richtete sich auf und blickte ziellos in den Raum, als hätte er nichts gehört.

*

Der *cameriere* trug den ersten Gang auf, einen silbernen Fisch, den die Venezianer *branzino* nannten, nach dem Weißwein duftend, in dem er gedünstet war. Dazu wurden Schwenkkartoffeln gereicht.

»Von den vielen Ausländern, die ich in Brasilien kennengelernt habe«, sagte Basuccello, »haben sich nur wenige endgültig einleben können. Nichts war ihnen recht. Die Franzosen waren die schlimmsten. Doch die sarkastischsten Kommentare habe ich von einer deutschen Dame gehört, die als Erzieherin sowohl in Rio de Janeiro als auch in São Paulo gearbeitet hat. Nach ihrer Rückkehr nach Deutschland scheint sie eine recht talentierte Schriftstellerin geworden zu sein. Ina hieß sie. Eine kenntnisreiche und intelligente Frau, aber an die Tropen konnte sie sich nicht gewöhnen. Die brasilianischen Sitten machten ihr arg zu schaffen. Alles fand sie befremdlich, von dem intensiven tropischen Licht bis hin zum brasilianischen Essen mit seinen exotischen Mischungen. Schwarze Bohnen mit Reis, der *angu* genannte Maismehlbrei, das geröstete Mais- oder Maniokmehl, das unter die Bohnen gemischt wird, alles schockierte sie. Sie hatte sich geschworen, niemals eine *Feijoada* zu essen. Ob sie ihrem Schwur treu geblieben ist, weiß ich nicht. Die Logik der *Feijoada* besteht darin, sagte sie, daß man für die Sklaven alle Essensreste in einen Topf wirft, und fertig!« Der Graf lachte. »Und vom Trockenfleisch behauptete sie, es stinke.«

»Mon Dieu, quelle bêtise!« protestierte Julia Mann. »Ich habe das Trockenfleisch damals auf Buona Vista für mein Leben gern gegessen. Und dieses Gericht, das mit grünen Bananen zubereitet wird ...«

Der Graf nutzte die Gelegenheit und aß etwas Fisch. Nach einem kräftigen Schluck Prosecco fuhr er fort:

»Die unglückliche Ina störte sich sehr an der Dreistigkeit der Männer in Rio de Janeiro. Nur weil sie ohne Begleitung auf die Straße ging, für eine Brasilianerin undenkbar, wurde sie sofort für ein leichtes Mädchen gehalten und erntete Bemerkungen, über die sie dann in Tränen ausbrach. Doch am meisten störte sie fraglos die Angewohnheit der Brasilianer, bei jedem Anlaß laut zu lachen.« Der Graf fing selbst an zu lachen, während er die Sprechweise der unglücklichen Erzieherin nachzuahmen versuchte: »›Warum, um Himmels willen, lachen diese Menschen ständig derart grundlos, bei all dem unerträglichen Elend, in dem sie leben?‹ Arme Ina! Was für viele andere ein Zeichen von freundlichem Naturell und Herzlichkeit gewesen wäre, galt in ihren Augen nur als servil, blödsinnig und übertrieben. Die spontane Lebensfreude der Brasilianer erstickte sie geradezu.« Der Graf hielt sich die Serviette vor die Lippen, um nicht mit offenem Mund zu lachen, dann sprach er weiter: »Ausgerechnet ihr widerfuhr das Pech, in ein Karnevalsvergnügen zu geraten, bei dem sie mit den Duftwasserbeuteln beworfen wurde ...«

»... den *limões-de-cheiro*«, fügte Alberto hinzu und lachte bei der Erinnerung an solche Scherze, wie er sie oft miterlebt hatte.

»... ja, genau, auf offener Straße in Rio.« Der Graf schluckte rasch sein Essen herunter, und dieses Mal konnte er nicht umhin, laut herauszulachen: »An dem Tag bekam sie fast eine Herzattacke. Sie war auf dem Weg zum Zahnarzt, um sich einen schmerzenden Zahn behandeln zu lassen, und kam dort pitschnaß an, die arme Frau ... Binzer. Ja, ich glaube, so hieß sie: Ina von Binzer. Sie hat die Brasilianer nie verstanden. Und sicherlich würde sie auch die Italiener mit ihrer eigenwilligen Lebensfreude niemals verstehen.«

»Das stimmt«, unterbrach ihn Julia Mann. »Darin sind sie den Brasilianern sehr ähnlich ...«

Nach einem weiteren Happen Fisch mit Kartoffeln tupfte sich Basuccello die Lippen ab:

»Ich gebe zu, in solchen jungen Nationen begegnet der Fremde Bräuchen, die ihm Schwierigkeiten bereiten. Ich selbst habe bei manchen seltsamen Kombinationen in der brasilianischen Küche gegen Brechreiz kämpfen müssen. Zum Beispiel mit Kokosmilch zu kochen, scheint mir schlichtweg absurd!«

»Absurd oder nicht, immerhin tut dies ein ganzes Volk«, konnte Nepomuceno, vom Wein mutig geworden, sich nicht enthalten zu erwidern. »Schließlich ist das Land noch auf der Suche nach einer eigenen Gestalt. Bedenken Sie, Signor Conte, die Verschmelzung vollzieht sich in Brasilien auf allen Ebenen. In hundert oder zweihundert Jahren wird die Welt fraglos um eine neue Kochkunst und womöglich gar eine neue Kultur reicher sein. Um die brasilianische. Zumindest hoffe ich dies.«

Der Graf wirkte ein wenig erstaunt über den entschiedenen Einspruch des jungen Brasilianers. Alberto hob, bevor er weitersprach, die Gabel mit einem Stück Fisch an:

»Sehen Sie, dieser in Wein gedünstete Fisch kann in meiner Heimat befremdlich, vielleicht gar abstoßend anmuten. Womit ich nur sagen will, daß jede Kultur ihre eigenen seltsamen Mischungen hat. Was also in der einen echt ist, gilt in der anderen nichts.«

»Mit dem Unterschied, daß Europa die Tradition auf seiner Seite hat«, stellte Julia fest.

»Was nicht immer von Vorteil ist«, gab der Graf zurück.

»Doch kann es fraglos bequemer sein. Daß wir uns hier im Herzen der Welt befinden – was seinen Vorzug hat –, macht das alte Europa pessimistisch. Die Nationen der Neuen Welt hingegen sind dank ihrer Jugend noch voller Hoffnung. Doch ein Land wie Brasilien, das keine Tradition besitzt, kann auf nichts aufbauen, und ein solcher Mangel an Erfahrung macht seine Zukunft im Konzert der Nationen sehr ungewiß.«

»Da ist noch ein anderes Problem«, sagte Alberto. »Zwar sind wir junge Länder und leben in einer anderen Welt, fern der turbulenten europäischen Geschichte. Doch unser Drama besteht darin, daß wir uns nicht entziehen können: Wir sind abhängig von Europa, dazu verurteilt, es einzubeziehen und damit in einer Form zu leben, die uns nicht eigen, lediglich auf uns gekommen ist.« Er stockte und trank einen Schluck Prosecco, um sich neuen Mut zu machen. »Wenn ein Negerorchester auf einer Fazenda irgendwo im Landesinnern zum Beispiel Gluck oder Mozart spielt, bedeutet dies eine ungeheure Anstrengung. Da treffen zwei vollkommen verschiedene, sogar gegensätzliche Welten aufeinander. Nur ein hauchdünner Faden verbindet die uralte Kultur der in der brasilianischen Fremde lebenden Afrikaner mit der hochentwickelten Kultur der modernen europäischen Nationen. Den wunderbaren Mozart zu spielen, bedeutet für diese Neger vielleicht etwas Grauenhaftes. Wir stecken zweifelsohne in einem tiefen Dilemma.«

Alberto wischte sich über die glühende Stirn. Beeindruckt von der leidenschaftlichen Rede, sah der Graf Basuccello den jungen Brasilianer aufmerksam an.

»Wenn ich an meine Musik denke, womit ich eine wirklich brasilianische Musik meine«, fuhr Nepomuceno fort, »stelle ich fest, daß sie jeder Tradition entbehrt. Dies gewährt mir zwar viel Freiheit, zwingt mich aber auch, Neues zu entwikkeln. Wie andere junge Nationen stehen auch wir Brasilianer vor der gigantischen Aufgabe, unser Brasilien fortwährend zu erfinden.«

Gelassen, als wäre ihm das Thema zu sehr vertraut, um ihn

aufrütteln zu können, bemerkte der Graf Basuccello lediglich:

»Das ist Ihr großes Drama. Sein oder nicht sein.«

*

Der *cameriere* trug auf einem Tablett Schalen mit Zitronensorbet herein und servierte sie als Zwischengang.

Angeregt und beschwingt vom Prosecco, der so listig leicht die Kehle hinunterrann, berichtete Alberto von seiner Begegnung mit Domenico Mustafà auf der Piazza San Marco. Die Sorge wegen seiner Schuhe war vergessen, Brasiliens Drama desgleichen in den Hintergrund gerückt, und Alberto erging sich in vielerlei Details, erwähnte allerdings keine Namen oder nähere Umstände, die zu Verlegenheit hätten Anlaß geben können.

»Besonders beeindruckt hat mich der kräftige Duft seines Parfums. Russisch Leder. Ich glaube, seitdem riecht Melancholie für mich wie Russisch Leder ...«

Selbst der bislang schweigsame, ernste junge Thomas stimmte in das allgemeine Lachen ein.

»Zweifellos die wunderlichste Person, der ich je begegnet bin ...«

Bei diesen Worten richtete Alberto unvermutet den Blick auf den Grafen, als spräche er in Wirklichkeit von ihm.

Basuccello, aristokratisch entrückt, ließ sich einen Löffel Zitronensorbet auf der Zunge zergehen und bemerkte in so wohlwollendem wie stolzem Ton lediglich:

»Zu Venedigs guten Seiten zählt ohne Frage, daß es die größten Exzentriker anlockt ...«

*

Der zweite Hauptgang waren *scaloppine al marsala*, dazu wurde *radicchio* gereicht, ein roter Salat aus Treviso. Während der *cameriere* von einer großen Silberplatte servierte, breitete sich der Duft der raffinierten Sauce im Raum aus.

»Zum Beispiel«, bemerkte der Graf, »diese grandiose brasilianische *saudade*.«

»Ja, unsere Sehnsucht«, warf Julia ein.

»Nein. Mir scheint, es besteht ein qualitativer Unterschied in der Empfindung«, sagte der Graf. »Die deutsche Sehnsucht besitzt eine Komponente des Sehnens nach Unendlichkeit, ein Verlangen nach etwas. Und sie ist nicht so gefühlsbetont wie die *saudade*. Darüber hinaus enthält die Sehnsucht ein Element krankhaften Selbstmitleids. Oder täusche ich mich?«

»Ich glaube, das trifft zu«, erwiderte die Senatorin und schnitt einen Happen *scaloppina* ab. »In der deutschen Sehnsucht klingt eine Erfüllung, ich würde sogar sagen, eine Art Seligkeit im Schmerz mit.«

Der *cameriere* schenkte in neue Gläser einen sehr milden Rotwein ein, der besonders Julia mundete.

»Das ist ein Bardolino, Frau Senatorin. Aus der Gegend von Verona«, erklärte Basuccello, dann nahm er das Thema wieder auf. »*Saudade* entspricht aber auch nicht einfach unserer italienischen *nostalgia*. Und sie umfaßt weit mehr als die spanische *añoranza*.«

»Die *saudade* ist kompliziert. Sie hat etwas von Gedenken und sehr viel von Einsamkeit«, sagte Alberto, der sich darin gut auskannte. »Das sind feine Nuancen, die mit dem Wesen unserer portugiesischen Sprache zusammenhängen, meinen Sie nicht auch?«

»Ja, sicher, denn die *saudade* ist eine portugiesische Erfindung, und Portugal hat sie Brasilien vermacht«, antwortete der Graf, dann führte er die Gabel zum Mund. Entzückt gab er sich ganz dem Genuß hin: »Hm, *queste scaloppine!* Einfach himmlisch! ... Als ich in Lissabon lebte, habe ich einige Zeit gebraucht, bis ich dieses für Ausländer komplizierte Gefühl verstehen konnte. Portugal war von Anfang an etwas Besonderes. Es mußte sich gegen den Druck des mächtigen Spanien behaupten, seinen Ursprung, aber auch Gegner. Spanien ist tragisch und grausam. Portugal ist lyrisch und traurig, einsam am Ende Europas, seinem äußersten Zipfel, dem Finisterre, fast ins Meer gedrängt. Man könnte meinen, die Portugiesen seien für alle Zeiten zerrissen zwischen dem Wunsch, sich abzulösen und Fremde zu werden, und der Notwendigkeit, Europäer zu bleiben. Der eine Teil empfindet *saudade* nach dem anderen.« Er hielt inne und gönnte sich einen Schluck vom rubingolden schimmernden Bardolino. »Dieser Zwiespalt hat zu einer nahezu metaphysischen Traurigkeit geführt, dergestalt, daß die *saudade* zu einer morbiden Form des Traurigseins wurde, ein Gefühl, das sich an der Betrachtung dessen labt, was man nicht mehr ist. Darin ähnelt sie wiederum der deutschen Sehnsucht, die ebenfalls etwas von Erfüllung im Schmerz hat, wie die Senatorin ganz recht bemerkte.« Der Graf legte sich eine Portion *radicchio* auf. »Doch genau wie der Drang, die Ozeane zu bezwingen, ist auch die *saudade* der Versuch, Portugals Begrenztheit und Enge zu überwinden. Die *saudade* ist die portugiesische Art, in der Phantasie zu leben.«

Die Tischrunde lauschte aufmerksam seinen Worten. Der Graf trank noch einen Schluck Wein und vergewisserte sich bei dieser Gelegenheit, daß nicht nur die köstlichen *scaloppine* seine Zuhörer entzückten.

»Als die portugiesischen Karavellen in Brasilien landeten, *ecco* ebenfalls *saudade!*« Nach einer dramatischen Gebärde kaute er einen Bissen Fleisch, dann erst sprach er weiter: »Doch zeugte es von Einfalt, wollte man leugnen, daß sich die portugiesische *saudade* zutiefst von der brasilianischen unterscheidet. In Brasilien ist die *saudade* sanft und unbefangen, in Portugal hingegen hat sie einen nahezu intellektuellen Charakter.« Pause für einen weiteren Bissen der duftenden *scaloppine*. »Die brasilianische *saudade* ist ein offenes, pulsierendes Gefühl, eng verbunden mit dem Leib. Sie hängt direkt mit Zuneigung zusammen und wird von ihr genährt. Die *saudade* ist das große, allgegenwärtige Gefühl des Nationalcharakters, fast sein Emblem. Es mag unwahrscheinlich klingen, doch Brasilianer empfinden sogar nach ihrer Zukunft *saudade*, nach dem, was nie sein wird.«

Die Tischrunde aß jetzt langsam, fasziniert von der fast eleganten Sicherheit in Basuccellos Ausdruck, auch wenn sein starker Akzent gelegentlich störend wirkte. Alberto konnte nicht eine gewisse Verwunderung über eine derart langwierige Erörterung aus dem Munde eines in lila Seide gehüllten Mannes verbergen. Das Ehepaar Mann jedoch kannte bereits das Pendeln des Grafen zwischen Dandy und Gelehrtem. Nur der junge Tommy demonstrierte Gleichgültigkeit und blickte gelangweilt, vielleicht voller Sehnsucht nach der heimischen Küche, auf seinen Teller.

»Und die Brasilianer lieben ihre *saudade!* Zärtlich wird sie gehegt ... In Brasilien ›stirbt man vor *saudade*‹.« Der Graf Basuccello seufzte, denn er hatte am eigenen Leib erfahren, was er erklärte. Vielleicht zum Trost nahm er einen kräftigen Schluck Bardolino. »Im Laufe der Jahre, die ich dort gelebt habe, ist mir dieses Paradox des Traurigseins in den Tropen aufgefallen. Die *saudade* hat offenbar ihren Keim darin, daß man sich in einem so riesigen Land verloren fühlt. So kommt es, daß unter dem brutalsten Sonnenlicht ein der Dunkelheit verwandtes Gefühl gedeiht ... Erstaunlich, nicht wahr?«

Nepomuceno verfolgte klopfenden Herzens die Erläuterungen des Grafen. Als hätte dieser seine innere Erregung erraten, richtete er sich direkt an Alberto:

»Was meinen Sie, Signor Nepomuceno ... Könnte es sein, daß das Geheimnis der brasilianischen Sanftheit in dieser Mischung aus Licht und Schmerz liegt?«

Alberto lächelte wehmütig:

»Mag sein ... Beantworten können das nur die Dichter.«

Der Graf trank noch einen Schluck. Dann wechselte er den Tonfall und deklamierte in seinem italienisch gefärbten Portugiesisch:

»›Meine Heimat, die hat Palmen, und dort singt der *sabiá* ... unser Himmel hat mehr Sterne ... und mehr Liebe unser Leben.‹«

»Gonçalves Dias«, sagte Alberto Nepomuceno, nicht wenig überrascht.

»›Lied aus der Verbannung‹, das manchen als die brasilianische Nationalhymne gilt ... unter dem Aspekt *saudade*«, fuhr der Graf selbstgefällig lächelnd fort. Er belohnte sich mit einem weiteren Bissen Fleisch und verdrehte beim Kauen vor Wonne die Augen. Dann wandte er sich abermals Alberto zu: »Übrigens, nach meinen Erfahrungen sowohl in Portugal als auch in Brasilien möchte ich behaupten, daß zwischen den beiden Ländern allem Anschein zum Trotz unvereinbare Differenzen bestehen. Geben Sie mir darin recht?«

In diesem Augenblick erschien in der Tür die schmale Gestalt der Kinderfrau in einem sehr schlichten, strengen Kleid. Sie bat um Erlaubnis, den Raum betreten zu dürfen, ging beflissen auf Julia zu und erklärte sehr ernst:

»Der kleine Vicco ist eingeschlafen, Frau Mann. Er hat nur wegen der Wärme und Übermüdung geweint. Es besteht also kein Grund zur Sorge. Haben Sie noch einen Wunsch, Frau Mann?«

»Nur, daß Sie daran denken, mir Bescheid zu geben, wenn es Zeit zum Stillen ist. Danke, Frieda.«

»Sehr wohl, Frau Mann«, antwortete die Kinderfrau, dann ging sie.

*

Der *cameriere* schenkte Bardolino nach, die Gläser waren fast sämtlich geleert. Der Graf trank genüßlich einen Schluck, dann sprach er ein neues Thema an.

»Besonders beeindruckend am brasilianischen Volk ist seine Herzlichkeit und Sinnlichkeit. Noch in keinem Land ist mir solch eine Unschuld begegnet. Verzeihen Sie mir, wenn ich riskiere, scheinbar Unschickliches auszusprechen«, sagte er und ließ den Blick in die Runde schweifen, bis er am halbwüchsigen Thomas hängenblieb, der allerdings wenig Anteilnahme an der Unterhaltung zeigte. »Denn für die Brasilianer ist Nacktheit und alles, was damit in Zusammenhang gebracht wird, ganz erstaunlich selbstverständlich. Wenn sie Verhaltensweisen an den Tag legen, die uns Europäern unzüchtig erscheinen, gelten diese in ihren Augen lediglich als großzügig. Ja, das Volk ist sehr ungebildet, gewisse Grundzüge der Zivilisation fehlen. Doch die Menschen sind unglaublich großzügig und verständnisvoll.«

»Meine brasilianische Großmutter war aber sehr streng«, bemerkte Julia Mann ein wenig neckisch. »Als kleines Mädchen fürchtete ich mich schrecklich vor ihr. Obwohl sie zur Elite der dortigen Gesellschaft zählte, hatte sie überhaupt kein Verständnis und war sehr übellaunig.«

»Das ist es ja! Sie sagen es, Frau Senatorin. Die Elite des Landes hat einen vernichtenden Einfluß«, antwortete der Graf impulsiv. »Verzeihen Sie den Ausdruck, doch diese Elite ist ein Pack von Ausbeutern, sie verhält sich wie Ausländer, die die Eingeborenen auspressen. Im Grunde beklagen sie, daß sie nicht in Europa geboren wurden. Ich habe diese Elite sehr genau kennengelernt.« Der Graf betupfte sich nervös die Lippen. »Man hat mich dort in hochnotpeinliche Unannehmlichkeiten gebracht. Ich mußte das Land überstürzt verlassen, sonst hätte es einen Skandal verheerenden Ausmaßes gegeben ...« Der Graf wurde sich seiner heftigen Erregung bewußt und stockte. Er atmete tief ein und murmelte bedrückt: »Lieber nicht daran denken. Heuchelei gibt es allerorten. Doch in Brasilien ... da gilt das Gesetz ›tue es, aber sprich nicht darüber‹. Und ich pflege mich alles andere als so zu verhalten.«

Ein zweiter *cameriere* brachte eine neue Platte *scaloppine*, und die ganze Tischrunde ließ sich mit Vergnügen nochmals auflegen.

»Die größte Ironie dabei ist, daß jene, die zur Elite zählen, bei all ihrer Heuchelei immer wieder der Sinnlichkeit des einfachen Volkes erliegen, insbesondere der Neger«, setzte der Graf nach. »Nicht von ungefähr gibt es in Brasilien so viele Mulatten ...«

Die anderen hörten ihm amüsiert zu, mit Ausnahme von Thomas, auf dessen nach wie vor verschlossener Miene Verdrossenheit stand. Von Zeit zu Zeit warf Julia einen Blick auf ihn, der mehr Besorgnis verriet, als sie dem Baby Viktor gegenüber zeigte, vielleicht, weil dazu kein Anlaß bestand, wie die Kinderfrau ihr versichert hatte. Geradezu mitleidig versuchte Julia immer wieder, Tommy in das Gespräch einzubeziehen:

»Herr Nepomuceno ist Komponist, mein Schatz.« Und zu den anderen gewandt: »Thomas liebt auch Musik. Er besucht alle Konzerte im Lübecker Stadttheater. Wer weiß, vielleicht spielt er eines Tages als Geiger in einem großen Orchester ...«

»Wunderbar!« sagte Alberto. »Ich habe als Junge auch in einem Orchester Geige gespielt ...«

»Siehst du, Tommy?« sagte Julia in beschwörendem Ton. Dann setzte sie ihr verführerisches Lächeln auf und teilte ihm schmeichelnd mit: »Morgen gibt es übrigens am Lido ein Geigenkonzert. Eine junge Solistin vom Mailänder Konservatorium, sie soll schon eine wahre Virtuosin sein. Du begleitest doch deine Mama, nicht wahr, mein Engel? ...«

*

Nun wurde eine Käseplatte aufgetragen.

»Ach, Brasilien, diese riesige Insel ...«, sagte der Graf Basuccello, während er sich vom *sbrinz* aus den Alpen ein Stück abschnitt.

»In der Tat«, antwortete Alberto, »wir sind in Amerika ziemlich isoliert. Durch die Sprache, aber auch ...«

»Nein, das meine ich nicht, obwohl Sie damit durchaus recht haben«, erwiderte der Graf. »Ich spreche von einer utopischen Insel, von der eine Sage aus grauen Vorzeiten berichtet. Vielleicht ist Ihnen dies nicht bekannt, meine Herrschaften, doch der geographische Name Brasil existiert bereits seit dem Mittelalter.«

»Aber Brasilien wurde doch sehr viel später entdeckt ... Nicht wahr, Herr Nepo?« fragte Julia, mit einem köstlichen *stracchino* aus der Lombardei beschäftigt.

»Ja, doch vor dem heutigen Brasilien gab es im Mittelalter eine Insel namens Brasil«, antwortete Basuccello. »In der

Vorstellung der damaligen Menschen existierten viele mythenumwobene Inseln. Sie alle verkörperten das Paradies auf Erden, wo es weder Zwietracht noch Alter, weder Krankheit noch Tod gab. Dort herrschten so paradiesische Zustände, daß ihre Bewohner nicht einmal für ihr Essen arbeiten mußten. Auf einer dieser Inseln, stellen Sie sich vor, fielen die Früchte pünktlich um neun Uhr vom Baum, um den Menschen die mühselige Pflückarbeit zu ersparen ...«

Alle lachten.

»Das war Eden, kurzum, der Garten der Lüste, von dem alle Seefahrervölker träumten, auch die Venezianer. Man glaubte, der Garten Eden befände sich auf einer jener Inseln, die ständig ihre Lage veränderten und gelegentlich auf dem Rücken eines Walfisches durch die Meere trieben.«

»*Mon Dieu*, welch ausgefallene Idee!« Julia lachte metallisch auf.

»Und eine dieser paradiesischen Inseln hieß Brasil. Auch sie änderte ständig ihre Lage. Zum ersten Mal wurde sie angeblich vor der irischen Küste ausgemacht. Man sagt, ihr Name habe seinen Ursprung in dem alten keltischen *bras* oder *bres* oder *breas-il*, was soviel wie ›große, fruchtbare, glückliche Insel‹ bedeutet. Brasil sollte die erträumte Terra Repromissionis Sanctorum sein, mit anderen Worten, das Gelobte Land. Das Verlorene Paradies, nach dem die Engländer so begierig suchten.«

Mit kindlicher, unbefangener Freude, in der jedoch auch eine gewisse Wehmut mitschwang, warf Julia ein:

»Wie hübsch, mein Gelobtes Land ist mein Verlorenes Paradies!«

Der Graf nahm sich noch ein Stück *sbrinz* und trank einen Schluck Wein.

»Sehr interessant«, sagte Alberto Nepomuceno. »Ich dachte immer, der Name Brasilien käme vom portugiesischen Wort *brasa*, also Glut, wegen der roten Farbe des Brasilholzes.«

»O nein. Der Name stammt schon aus der Zeit vor den portugiesischen Seefahrern. Manche meinen, er leite sich von dem Hindi-Wort *berzin* ab, wie das Holz hieß, das die alten Venezianer aus Indien mitbrachten und als Färbemittel benutzten.« Der Graf spülte sich erneut die Kehle und fuhr, vom allgemeinen Interesse zunehmend angeregt, in seinem Vortrag fort: »Besonders kurios daran ist jedoch, daß die Insel Brasil stetig nach Süden wanderte. Auf Karten aus dem 14. Jahrhundert erscheint sie vor der bretonischen Küste. Dann immer weiter südlich, bis sie auf manchen Karten in der Nähe der Insel Madeira oder des kurz zuvor entdeckten Azoren-Archipels angesiedelt wird.«

Der *cameriere* schenkte noch einmal Wein nach. Der Graf nutzte die Unterbrechung, legte sich einen weiteren Happen Käse auf und sprach mit unvermindertem Elan weiter:

»Dann wandert die Insel Brasil allmählich, aber stetig fort von Europa und nähert sich Amerika. Eines allerdings bleibt unverändert: Sie ist das utopische Reich der immerwährenden Glückseligkeit, der Mythos des Paradieses auf Erden.«

»Ewig diese Mythen«, seufzte der Senator Mann, deutlich mißtrauisch. »Es ist erschreckend, wie sehr sich die Menschen seit jeher von Mythen haben blenden lassen, mit anderen Worten, von der Phantasie, und das heißt, vom Nichts.«

Ohne mit der Wimper zu zucken, entgegnete der Graf:

»Entschuldigen Sie, Herr Senator, doch der Mythos ist das Nichts, das alles ist.« Die Unterbrechung hatte seine Begeisterung nicht zu dämpfen vermocht. »Die Vorstellung vom Paradies erschöpfte sich jedoch nicht darin. Als die Seefahrer das Land entdeckten, das heute das moderne Brasilien ist, waren sie überwältigt, weil sie dort Papageien vorfanden. In so großer Zahl, daß sie es anfangs ›Land der Papageien‹ nannten, wie auf mehreren Karten aus jener Zeit verzeichnet. Nun stammen einer alten, damals weithin bekannten Sage zufolge die Papageien von den Engeln ab, die anläßlich Luzifers Ungehorsam aus dem Paradies vertrieben wurden. Da sie ihrem früheren Herrn unter Zwang und nicht aus eigener Überzeugung Folge geleistet hatten, erhielten diese Engel eine minder schwere Strafe: Sie wurden in Papageiengestalt an einen Ort verbannt, wo sie die schreckliche Entbehrung erleiden sollten, nicht mehr das Antlitz Gottes schauen zu können.«

»Damit wurde das, was einstmals das Paradies war, zur Verbannung aus dem Paradies«, bemerkte Nepomuceno und erschrak gleichzeitig, weil er zu seiner eigenen Überraschung seinen Gedanken laut ausgesprochen hatte.

»Jedenfalls waren es Vögel aus dem Paradies und galten in der Vorstellung der damaligen Menschen als solche. Sie wurden als Luxusartikel nach Europa ausgeführt. Nun aber aufgepaßt: Der unglaubliche Zufall will, daß der Kreis sich ausgerechnet hier in Venedig schließt.« Der Graf brach ab, nahm sich von der Käseplatte ein Stück *asiago* und verzehrte ihn mit feierlicher Gemächlichkeit. »In der ersten Zeit nach der Entdeckung des heutigen Brasiliens verzeichneten die Karten das Gebiet unter verschiedenen Namen. Angefangen von ›Land der Papageien‹, ›Terra Vera Cruz‹ und ›Insel Vera Cruz‹ bis hin zu schlicht ›Neue Welt‹ und ›Amerika‹. Und was hat Venedig mit alldem zu tun? Das genau ist das Verblüffendste. Und herausgefunden habe ich es.« Der Graf hob erneut das Glas an den Mund. »Kürzlich erst habe ich im Antiquitätengeschäft des Signor Clerle an der Piazza San Marco eine Kostbarkeit entdeckt. Eine kleine Weltkarte, auf Pergament handgemalt, mit zahlreichen, gut erhaltenen Illuminationen verziert. Auf dem Gebiet, wo sich heute das Heimatland des Signor Nepomuceno befindet, steht, im Unterschied zu allen älteren Karten, deutlich der Name ›Brasil‹. Darüber, in einem kleinen Kästchen, der Name des Kartographen, ein gewisser Marini, sowie der Ort, wo die Karte angefertigt wurde: *Veneza*, im Jahre 1512. *Ecco!* Brasilien wurde von einem Venezianer getauft!« Der Graf hielt wieder inne, trank einen Schluck Bardolino und setzte triumphierend nach: »Doch damit nicht genug. Nach jahrhundertelanger Irrfahrt hatte die Insel Brasil zuguterletzt an einem Kontinent festgemacht und ihren endgültigen Platz gefunden. Nicht zu vergessen: durch die Hand eines Venezianers! Folglich kann man sagen, daß Brasilien dank Venedigs zu sich selbst gefunden hat.«

Einen Moment herrschte gebannte Stille im Raum, dann hielt es die Tischrunde nicht mehr, alle klatschten Beifall.

»Haben Sie diese Karte noch?« erkundigte sich Alberto, und seine Augen leuchteten vor Neugier.

»Ja, sicher verwahrt in einem Panzerschrank, in meinem alten Palazzo Puodarsi. Falls Sie sie sehen möchten ...«

»*Mais ça c'est fantastique!* Alle diese Geschichten. Sie wissen so viel, Signor Conte!«

»Ach, verehrte Frau Senatorin, wenn man in einer Gesandtschaft arbeitet, wird einem die Zeit manchmal lang. Daß ich mich solchen kleinen Studien gewidmet habe, war schierer Zeitvertreib. Überdies fasziniert mich die brasilianische Geschichte.«

»Diese Geschichte über Brasilien ist grandios«, sagte Alberto, dank des Bardolino nun endgültig gelöst. »Und sie läßt höchst interessante Schlußfolgerungen zu.«

Der Graf Basuccello nahm sich erneut vom *asiago*, kaute ein Stück und spülte es mit einem kräftigen Schluck Wein hinunter.

»Schlußfolgerungen, die womöglich in erster Linie Beunruhigung stiften, Signor Nepomuceno. Im Grunde weiß ich nicht, ob Venedig Brasilien zur Entdeckung seiner selbst verholfen oder es in den Strudel einer paradoxen Identität gestoßen hat.« Der Graf hielt inne und genoß Albertos verunsicherten Blick. »Ich frage mich, ob das Schicksal einer Nation, über deren Geburt der Stern einer so uralten Legende steht, damit nicht für alle Zeiten besiegelt sein könnte. Eine Insel zu sein und zu bleiben, will ich damit sagen. Wird Brasilien jemals zu sich selbst finden? Könnte es nicht sein, daß diese Sage wie ein Fluch auf ihm lastet? Ich meine, ein Land von den Ausmaßen eines Kontinents, und dennoch dazu verdammt, ziellos umherzuirren. Wie eine Treibinsel ...«

Alberto Nepomuceno erstarrte. Die Hand, mit der er ein Stück Brot und Käse zum Mund hatte führen wollen, stockte.

Julia und der Senator Mann bemerkten Albertos Reaktion und blickten etwas betreten. Julia ordnete ihr Haar. Der Senator räusperte sich, um das unbehagliche Schweigen zu brechen, doch schließlich machte Basuccello selbst ihm ein Ende.

»Eine umherirrende Insel ...«, sagte er. »Und vielleicht tragen wir die Schuld an diesem Schicksal. Wenn es so ist, daß Brasilien sich nach seiner eigenen Utopie sehnt, so ist doch letztlich diese Utopie aus einem Traum hervorgegangen, den Europa über viele Jahrhunderte stetig genährt hat. Auf Brasilien lastet die ganze Sehnsucht eines europäischen Traums vom Paradies.«

Alberto, noch immer regungslos, rang anscheinend um eine passende Erwiderung auf die Worte des Grafen, die ihn letzten Endes eher entwaffnet als gekränkt hatten.

»Ich hoffe, ich habe nicht etwas derart Ungehöriges gesagt, daß der junge Signor Nepomuceno sich in seinem Nationalstolz verletzt fühlt«, setzte der Graf höchst charmant nach.

Die Atmosphäre entspannte sich ein wenig. Alberto rückte sich auf seinem Stuhl zurecht und tupfte sich mechanisch die Lippen mit der Serviette ab. Da die These des Grafen zwar erschreckend, doch letzten Endes keineswegs abwegig war, ging Nepomuceno das Thema aus einem anderen Blickwinkel an:

»Nein, nein. Ich glaube, Sie haben recht. Wie alle jungen Nationen ist Brasilien auf der Suche nach sich selbst. Was zwar mühsam, doch ganz natürlich ist. Ich sehe darin gar nichts Erstaunliches. Sie haben vollkommen recht, Herr Graf.« Alberto verstummte. Plötzlich wurde sein Blick schwermütig, dann sagte er leise, fast zu sich selbst: »Eine Insel ... auf der Suche nach ihrer eigenen Identität. Brasilien ... Und eben dies hat mich nach Europa geführt ... die Suche nach der Musik meines Landes, nach meinem Land. Vielleicht nach mir selbst ...«

Julia strahlte, erfreut über die Eleganz und Aufrichtigkeit von Albertos Antwort. Der Senator deutete eine gewisse Erleichterung an und strich sich unauffällig die Schnurrbartspitzen.

»Sie haben es ganz und gar erfaßt«, erwiderte der Graf. »Die Geschicke der Völker sind sehr empfindsam. Manche Gefühle können die Seele eines Volkes charakterisieren. Brasilien ist wie seine *saudade*.«

*

Der *cameriere* trug das Dessert auf, eine große Schale *zuppa inglese*, eine Creme, hergestellt aus in Kaffee, Milch, Rum und Maraschinolikör eingeweichten Keksen.

»Auch die Wörter einer Sprache können für die nationale Identität von großer Bedeutung sein«, sagte der Graf, immer mehr in Schwung, je mehr er von dem nicht versiegenden Bardolino trank. »Wenn Sie mir gestatten, verehrte Frau Senatorin, Herr Senator, lassen Sie uns als Beispiel Deutschland nehmen. Für die wunderbare Kultur Ihres Landes ist es ganz gewiß höchst bedeutsam, daß die Sonne im Deutschen weiblich ist, im Gegensatz zu *o sol* im Portugiesischen oder *il sole* im Italienischen. Umgekehrt ist der Mond in unseren Sprachen weiblich, *a lua*, *la luna*. Auch der Tod, *a morte*, *la morte*, ist im Deutschen männlich, und dies scheint mir auf einen besonderen, harten, direkten Tod hinzuweisen. Mehr noch: eine Kultur, in der *a vida*, *la vita*, das Leben, ein Neutrum ist ... armes Leben ...«

An dieser Stelle mußten alle, nicht nur der Graf Basuccello, lachen. Denn er hatte seine Rede mit Bravour vorgetragen, subtil die Intonation variiert, Kunstpausen eingelegt und vor allem mit nuancenreicher Gestik den feinen Humor seiner Worte unterstrichen, die, für sich allein genommen, wie eine Verurteilung hätten anmuten können. Zwar lachte der Senator gewissermaßen nur aus Höflichkeit, Julia Mann hingegen wirkte ehrlich amüsiert, denn sie ließ ihr unverwechselbares, lautes Lachen erklingen. Dann sagte sie:

»Ja, das ist wirklich merkwürdig. Mehr noch, es ist morbide, Signor Conte.«

Worauf Basuccello zum *gran finale* das Glas hob und einen Trinkspruch ausbrachte:

»Auf das große deutsche Volk, auf den jungen, glorreichen Kaiser Wilhelm II. und – warum nicht? – auf den frisch entthronten Bismarck, den einzigartigen eisernen Krieger, dem wir die Einigung des geliebten deutschen Vaterlandes verdanken. *Prost!*«

Kaum hatte er sein Dessert aufgegessen, fragte Thomas, ob er aufstehen und auf sein Zimmer gehen dürfe. An der *corbeille*, die gerade mit Früchten der Saison aufgetragen worden war, hatte er zweifelsohne kein Interesse. Er müsse Briefe schreiben, sagte er verlegen. Der Senator Mann konnte seine Gereiztheit nicht unterdrücken:

»Schon wieder Briefe. Sicherlich an diesen ... diesen Armin, Armin Martens, nicht wahr? Du bist in den Ferien, Tommy. Kannst du deine Schulkameraden nicht einmal für ein paar Tage vergessen?«

Im ersten Augenblick schien des Vaters Bemerkung Tommy einzuschüchtern. Doch obwohl er zur Abwehr bereit zusammengezuckt war, blieb er aufrecht. Er sagte kein Wort, senkte aber auch nicht den Kopf und sah dem Vater direkt in die Augen, als wollte er sich, obgleich ihm unterlegen, mit ihm messen. Um die Situation zu retten, drängte Julia einschmeichelnd sanft:

»Bleib noch ein bißchen, Tommy. Du liebst doch Musik! Herr Nepomuceno wird uns gleich ein wenig auf dem Klavier vorspielen.«

Tommy blieb unbeirrbar, noch mehr Härte im Blick, die Miene noch verschlossener. Julia verstand. Sie seufzte kurz, dann entließ sie ihn mit einer knappen Kopfbewegung.

»Gute Nacht«, Thomas verabschiedete sich mit einer an alle gerichteten Verbeugung.

Dann drehte er sich entschlossen um und verließ den Raum.

*

Inzwischen hatten die letzten Gäste den großen Speisesaal des Restaurants verlassen. Vom großzügigen Trinkgeld des Senators und den Überredungskünsten der Senatorin beeindruckt, gestattete der Maître ihnen, in den Speisesaal hinüberzuwechseln und den schönen Flügel in der Orchesterekke nach Belieben zu benutzen.

»Welch ein hübscher Zufall!« rief Julia. »Ein Bechstein, genau wie meiner ...«

Während die Kellner aufräumten, Platten, Schüsseln, Gläser und Teller hinaustrugen, nahm die Runde an einem, im Gegensatz zum übrigen Restaurant, das bereits im Halbdunkel lag, hell beleuchteten Tisch in der Nähe des Flügels Platz. Sowie Kaffee und Likör serviert waren, bat Julia Nepomuceno, ihnen ein paar seiner Kompositionen vorzuspielen. Der Senator und der Graf hatten schon ihre Zigaretten angezündet, als Alberto zu seiner *Dança dos negros* ansetzte. Plötzlich überfluteten die dramatischen Rhythmen der Tropen den Raum mit ihren hübschen Schlenkern, sinnlichen Synkopen, ihren wilden Klangfarben und fremdartigen Akzentuierungen, von einem verschmitzten Pianissimo im Crescendo bis hin zu trommelndem Aufbrausen in höchster Erregung. Die Stimmung des Grafen Basuccello, den die Musik in seine brasilianische Vergangenheit zurückversetzte, erlebte offenbar einen Wandel, und dies schlug sich direkt in seiner Miene nieder. Der eben noch vor Geist sprühende, temperamentvolle Graf wirkte nun niedergeschlagen, während er, auf seiner silbernen Zigarettenspitze kauend, melancholische Rauchwolken ausstieß. Gelegentlich wie verloren an seinem Chartreuse nippend, lauschte er der mitreißenden Musik, aus der das Schnarren des *Reco-Reco*, das Hämmern der Trommelschlegel auf Marimba-Kalebassen und die jubelnden Rufe der Neger herausklangen, die diese unter sinnlichen Hüftschwüngen, Körperverbiegungen und Händeklatschen im Hochgefühl der Ausgelasseoheit dazwischenwarfen. Als Alberto endete, seufzte der Graf so tief, daß es allen auffiel. Doch keiner hörte, was er sehnsüchtig, fast wie vor Schmerz stöhnend, in sich hineinmurmelte:

»Ah, i miei negretti, i miei mulattini! ...«

Die drei Zuhörer applaudierten entzückt über den exotischen Rhythmus des Tanzes der schwarzen Brasilianer. Julia Mann hatte von der Erinnerung an ihre ferne Kindheit in den Tropen feuchte Augen, als sie zu Alberto sagte:

»Herr Nepo, Sie spielen wirklich wunderbar! Und was für eine entzückende Komposition ...«

»Bravo ...«, sagte der Graf Basuccello, von seiner Wehmut nahezu erschöpft.

Alberto strahlte. Angeregt sprach er von einem Stück, das er gerade erst zu komponieren begonnen habe, angelehnt an das Schlaflied *Gärtnerjunge meines Vaters*, jenes Lied, das Julia als *Negerjunge meines Vaters* kannte.

»Sicherlich merken Sie jetzt, daß es zwei völlig verschiedene Versionen sind, nicht wahr, Frau Mann?« fragte Alberto, während er die ersten Takte anschlug und dazu summte. »Ihre Version erinnert eher an eine *Modinha*. Diese hier, die ich aus meiner Provinz kenne, hat mittelalterliche Akzente, die im Norden Brasiliens viel stärker erhalten sind als im Süden.«

Alberto spielte eine besonders langsame Melodie, die nach einer halb klagenden, halb frechen *berceuse* klang.

»Das langsame Tempo hat mit dem Schaukeln der Hängematte zu tun. Ich habe mich von Dona Ana in ihrer Hängematte am Lido inspirieren lassen. Deshalb werde ich das Stück auch *Siesta in der Hängematte* nennen, zu Ehren von Donana.«

Alberto spielte die schmachtende, wiegende Melodie weiter.

»Ich strebe einen anderen musikalischen Ausdruck als den europäischen an. Aber natürlich werde ich auch Schumann immer lieben ...«

Julia unterbrach ihn erfreut:

»Sie mögen also auch Schumann? Das ist mein Lieblingskomponist, ich glaube, ich mag ihn noch mehr als Chopin.«

»Schumann hat das feinste Gespür für Klavier, Frau Mann.«

»Das weiß ich«, antwortete Julia. »Wissen Sie, daß er ein solcher Perfektionist war, daß er einen Apparat erfand, um den vierten Finger seiner rechten Hand zu schulen? Das Ergebnis war natürlich genau das Gegenteil, und am Ende konnte Schumann den Finger überhaupt nicht mehr bewegen. Ein Verrückter.«

»Ein genialer Verrückter«, erwiderte Nepomuceno. »Er hat wahrhaft herrliche Stücke geschrieben, von einer unendlichen Zartheit. Dies hier zum Beispiel.«

Nepomucenos Finger glitten über die Tasten.

»Ach ja, *Von fremden Ländern und Menschen* ...«, sagte Julia und summte mit.

Der Graf und der Senator hörten schweigend zu. Julia hielt es nicht mehr auf ihrem Stuhl. Sie sprang auf und tanzte ein paar Schritte.

»Es ist so bezaubernd!« rief sie. Die Mischung von Wein und Likör hatte ihre Wirkung getan. »Clara war noch fast ein Kind. Schumann, um einiges älter, war schon in sie verliebt. Damals schrieb er, an Clara denkend, diese *Kinderszenen*. Ach, die Verrücktheiten der Liebe!«

Der Senator bewegte sich sichtlich verlegen auf seinem Stuhl, während die Senatorin zum Klavier ging:

»Herr Nepo, kennen Sie die *Variationen für vierhändiges Klavier*? Ein posthumes Werk ... Von Schumann natürlich.«

Alberto wartete nicht das Ende ihrer Frage ab. Statt einer Antwort schlug er die ersten Akkorde an. Die Senatorin jubelte:

»Wie wunderbar! Das verdient es, angemessen gespielt zu werden. Schumann vierhändig! ... *Cameriere!*«

Ein Bediensteter des Hotels trat heran und brachte auf Julias Bitte nach wenigen Minuten einen zweiten Klavierschemel. Gleich darauf saßen beide am Klavier. Julia lachte mit ungehemmter Freude. Der Senator Mann betrachtete die Szene halb irritiert, halb überrascht, als hätte er seine Frau seit langer Zeit nicht mehr so glücklich gesehen.

»Vielleicht hat Schumann das geschrieben, um es mit seiner

geliebten Clara zusammen zu spielen«, sagte Julia mit verträumtem Blick. »Bevor er vor Liebe verrückt wurde ...«

*

Der Speisesaal lag im Dunkeln, nur in ihrer Ecke brannte noch Licht. Julia und Alberto hatten zusammen ein Rondo von Schubert gespielt. Dann hatte die Senatorin auf Drängen des Grafen zwei Lieder aus dem Zyklus *Myrthen* von Schumann vorgetragen. Anschließend sang sie bewegt *Sei mir gegrüßt* von Schubert. Danach blieb sie melancholisch am Klavier stehen und unterhielt sich mit Alberto. Als ein kaum verhohlenes Gähnen des Senators scheinbar das Ende des Abends einläutete, erhob sich der Graf Basuccello:

»Sie entschuldigen mich bitte einen Augenblick. Ich muß zu meiner Gondel gehen. In wenigen Minuten bin ich zurück.«

Mit diesen Worten begab er sich zum Ausgang des Restaurants.

Trotz seiner Schläfrigkeit verfolgte der Senator aufmerksam die lebhafte Unterhaltung seiner Frau mit dem jungen Brasilianer.

»Oh, die Musik! Sie sind zu beneiden, Signor Nepomuceno«, sagte Julia. »Hätte ich doch meine Gesangs- und Klavierstudien fortgesetzt ... Wer weiß, vielleicht bleibt Tommy seiner Freude an der Geige treu. Aber er ist sehr unstet, unser Tommy. Neuerdings schreibt er Stücke für Puppentheater und nennt sich ›lyrischer Dramaturg‹ ... Was soll man machen? Der Junge vergräbt sich und gibt keine Ruhe, bis er alles ausgeschöpft hat. Zur Zeit schreibt er ständig Briefe. An die frühere Kinderfrau, an Freunde, an Bekannte. Aber vor allem an diesen ... Armin, einen Kameraden vom Katharineum, seiner Schule. Jeden zweiten Tag einen Brief ... Ich halte das für etwas zwanghaft, diese Freundschaft zu seinem Schulkameraden. Neulich hat er ihm ein Gedicht geschrieben ...«

Der Senator warf ihr einen deutlich tadelnden Blick zu. Julia seufzte ein wenig bedrückt:

»Unser Thomas macht mir Sorgen. Vielleicht liegt es an seinem Alter ... Er verabscheut die Schule und geht mit den Hausaufgaben sehr nachlässig um. In der Schule ist er aufmüpfig und spöttisch. Die Lehrer klagen darüber. Er sei sehr eigenwillig, sagen sie ...«

»Du weißt sehr gut, wessen Schuld das ist«, warf der Senator ein, der sich nicht mehr zurückhalten konnte. »Du hast den Jungen viel zu sehr verwöhnt.«

In diesem Augenblick wurde das Gespräch abrupt unterbrochen. Nicht, daß sie das Thema unvermittelt beendet hätten, denn Julia machte Anstalten, sich zu verteidigen, wie sie es sicherlich schon etliche Male getan hatte. Doch war aus dem Dunkel des Saales ein geisterhaft anmutendes Geschöpf vor sie getreten, allerdings bewegte es sich und lächelte, wie es nur Lebewesen aus Fleisch und Blut zu tun pflegen.

»Mi permettano di presentar a lor signori: il signor Giovanni Giacomo Casanova de Seingalt, a loro disposizione.«

Auf den ersten Blick war er nicht zu erkennen. Doch war es tatsächlich der Graf Agostino Basuccello, der stolz im luxuriösen Gewand eines Edelmanns aus dem 18. Jahrhundert vor ihnen stand, wobei man kaum hätte sagen können, welches Detail seiner Kostümierung das ausgefallenste war: die weiße Perücke mit den doppelten Schläfenlocken auf jeder Seite, die dicke Puderschicht auf seinem Gesicht (um den Schnurrbart zu kaschieren), die karmesinroten Lippen, die bombastische Brosche auf dem Halstuch, der lange goldfarbene Seidengehrock mit Blumenmuster und großen roten Knöpfen, die Kniebundhosen, ebenso weiß wie die Strümpfe, die das restliche Bein bedeckten, der mit schwarzen Federn verzierte Dreispitz, den er unter dem rechten Arm hielt, oder – Gipfel der Kühnheit – das schwarze Schuhwerk mit roten Absätzen und diamantenbesetzten Schnallen. Julia verschlug es die Sprache. Alberto starrte die Erscheinung an und war nicht in der Lage, seinen staunenden Mund zu schließen. Nur der Senator, so bleich, als würden ihm jeden Augenblick die Sinne schwinden, kniff die Lippen zusammen. Während der Graf auf sie zutrat, lugten drei Hotelbedienstete hemmungslos lachend aus einer Seitentür. Als Basuccello sie gewahr wurde, bemerkte er, elegant und liebenswürdig wie zuvor, mit nachsichtig ironischem Lächeln:

»*Andé in mona!* Die kennen mich längst so, sie sehen mich jedes Jahr bei der *cavalchina* des La Fenice. Und lachen trotzdem noch ...« Dann, zu seinen ausländischen Freunden gewandt: »Dies, meine Herrschaften, ist eines meiner zahlreichen Karnevalskostüme. Von mir selbst geschneidert.«

Da brach Frau Senatorin in ihr metallisches Gelächter aus, womöglich das lauteste und offenste, das je in diesem ehrwürdigen Restaurant zu hören gewesen war. Alberto, noch immer unsicher, lachte ebenfalls. Angestrengt suchte der Senator Mann in seinem Repertoire nach dem am wenigsten verfänglichen Lächeln und wischte sich gleichzeitig mit seinem Batisttaschentuch die nervösen Schweißtropfen von der hohen Stirn.

»Diese Überraschung habe ich für den Schluß aufgehoben«, sagte der Graf und setzte sich unbeeindruckt zu ihnen.

Daß er nicht sein Kostüm meinte, wurde deutlich, als er unter dem linken Arm ein Päckchen hervorzog, viereckig wie eine flache Schachtel und, in Anbetracht des Kostüms banal, wenn nicht gar überflüssig anmutend.

»Ein kleines Geschenk für das verehrte Ehepaar Mann.«

Mit diesen Worten löste der Graf Basuccello die Schnur, entfernte das braune Packpapier, förderte ein kostbar gerahmtes Bild zutage und stellte es auf den Tisch, damit alle es betrachten konnten. Es war ein schönes Gemälde im Stil des 17. Jahrhunderts, eine Gesamtansicht von der Piazza San Marco aus der Perspektive der Basilica, im Vordergrund die drei roten Fahnenstangen, dahinter das berühmte Rechteck des Platzes voller Verkaufsstände und farbenfroh gekleideter Menschen, und strahlend klares Licht flutete vom blauen Himmel über die Gebäude der Prokurazien, die hier und da symmetrische Schatten warfen. Der Graf wartete die Reaktionen der Runde ab; sie schwankten zwischen erkennbarer Verblüffung beim jungen Nepomuceno, Faszination in Julia

Manns Blick und Verwirrung beim Senator, die sich in unablässigem Räuspern äußerte. Als spielte er eine gut einstudierte Szene weiter, zog der Graf aus seiner Westentasche sein golden gefaßtes Monokel und klemmte es vor sein Auge. Höchst umständlich, mit bedeutungsvollen Handbewegungen und gezierten Blicken, näherte er das Gesicht einer Ecke des Gemäldes und las in theatralischem Tonfall vor:

»Antonio Canal, genannt ›Canaletto‹, mein bevorzugter Maler.«

Die – erwartete und erwünschte – Antwort war ein dreistimmiges *Oh!*

»Saubere, kraftvolle Perspektive«, fuhr der Graf im selben erhabenen Ton fort. »Breite wie feine Farbauftragung. Zarte, exakte Linienführung. Detailreichtum. Großflächige Sonnenlicht- und Farbeindrücke, die meisterhaft die ewige Poesie der Steine von San Marco abbilden. Canaletto. Der meistbewunderte Maler von Venedig, dessen bezaubernder Stil zu seiner Zeit vielfach imitiert wurde.« Er verstummte kurz. Mit kaum verhohlener Ironie setzte er nach: »Und nicht nur damals ...«

Julia erhob sich. Aufgeregt sah sie sich das Bild näher an, um vielleicht auf diese Weise ihre Zweifel auszuräumen.

»Heinrich«, rief sie ihrem Mann überwältigt zu. »Es ist wirklich ein Canaletto, Heinrich!«

Der Senator setzte seine Brille auf und trat vorsichtig näher, wie es seinem Stil nicht nur als Getreidehändler, sondern auch als sorgfältigem Steuerverwalter des Stadtstaates Lübeck entsprach. Dann erst sah sich Alberto, ziemlich zögerlich, das Bild an. Noch immer nicht ganz überzeugt, fragte Julia Mann den Mann, dessen Gewandung sie zu plötzlich verwirrtem Stottern veranlaßte:

»Signor Conte, ich meine, Signor Casanova ...« Sie konnte ein nervöses Kichern nicht unterdrücken. »Habe ich Sie richtig verstanden, daß dies ein Geschenk für uns ist?«

»Ich bitte Sie, verehrte Frau Senatorin Mann, ich darf Ihnen versichern, daß mir unsere Freundschaft weit mehr wert ist als dies!« erwiderte der Graf feierlich. »Sie werden mir darin zustimmen, daß sich ein Canaletto, und sei er noch so schön, nicht mit der Treue unter Freunden vergleichen läßt.«

»Oh, mein Gott! Danke, tausend Dank. Heinrich, Heinrich! Ein Canaletto in unserem Haus!«

Als unterhielte er sich weiter mit der Senatorin, fügte der Graf in phlegmatisch gelassenem Ton einen kleinen Zusatz an:

»Ich hoffe, es stört Sie nicht, daß er von mir gemalt ist ...«

Julia starrte den Grafen verständnislos an. Der Senator, immer auf Vorsicht bedacht, kehrte zu seinem Platz zurück. Der junge Alberto hingegen rührte sich nicht, vielleicht wartete er, in der Vermutung, das italienisch gefärbte Deutsch des Grafen nicht richtig verstanden zu haben, auf eine Klarstellung.

»Sagen wir, es ist in erster Linie eine bescheidene Hommage an meinen Lieblingsmaler«, sprach der Graf im selben absichtlich emotionslosen Ton weiter. »Sollten Sie eines Tages meinen Palazzo Puodarsi besuchen, oder vielmehr, was von ihm übrig ist«, er lachte kurz und hart, »werden Sie zahlreiche Kunstwerke vorfinden. Vor so viel Luxus und Erlesenheit werden Ihnen erst sehr spät leise Zweifel kommen. Und ganz gewiß werden Sie bei keinem Stück sagen können, ob es echt oder falsch ist. Vielmehr, echt ist alles, im Rahmen des Möglichen und Notwendigen. Wie der von mir verehrte Ludwig II. von Bayern habe auch ich einen unwiderstehlichen Hang zu bühnenhafter Ausstattung. Mit dem Unterschied, daß ich niemanden beauftrage. Ich bin mein eigener Bühnenbildner. Und ich wäre unaufrichtig, wenn ich Ihnen nicht gestände, daß kein einziges Stück, das sich in meinem Palast befindet, fern meiner Hände entstanden ist. Abgesehen von den Canaletti habe ich zwei Guardis, einen Fontebasso, einen Carpaccio und viele namenlose Venezianer. Sicherlich, ein paar Tischdecken sind original gewebt, so wie auch die alten Münzen und Waffen meiner Sammlung echt sind. Doch die Möbel im Stil der Renaissance und des 17. Jahrhunderts (sogar ein kostbarer Tisch des großen Andrea Brustolon), die chinesischen Vasen, die Marmorbüsten, die alten Porzellanteller, die meinen Palast schmücken, sind unter meiner bescheidenen Mitarbeit entstanden. Wie gesagt, sie spiegeln meinen ausgeprägten Hang zum Theater. Und im Theater ist nicht alles, was es zu sein scheint. Dies ist der entscheidende Punkt. Ist das, was ebenso echt wie das Echte ist, weniger echt? Wäre der Palazzo Puodarsi deshalb weniger authentisch?«

Den nach wie vor blassen Gesichtern seiner Zuhörer entnahm Basuccello, daß seine Argumentation sie nicht überzeugt hatte. Da ihn dies nicht überraschte, nahm er einen kräftigen Schluck von seinem Chartreuse und fuhr neu gestärkt fort:

»Was aber, frage ich Sie, heißt eigentlich Authentizität? Was heißt Original? Was besagen diese Begriffe? Mein Canaletto ist nicht nur originalgetreu, sondern vor allem schön. Was also macht den Unterschied aus? Allein der Zauber einer Signatur? Es gab eine Zeit, da untersagte die venezianische Verwaltung prunkvolle Kleidung, worauf die alten Venezianer ihre Pracht unter schlichten Capes versteckten und damit das Gesetz umgingen. Die Bürger dieser Stadt trugen früher sechs Monate im Jahr eine Maske. In alten Zeiten begann unser Karneval im Oktober und dauerte bis zur Fastenzeit. Auf der Straße grüßte man sich lediglich mit einem *buon giorno, siora mascara, buona notte, siora mascara*. Doch die alten Venezianer trugen die Maske auch außerhalb des Karnevals, etwa bei amourösen Abenteuern, beim Glücksspiel oder bei anonymen Racheakten ... Himmlische Zeiten, damals! ...«

Der Graf Basuccello erhob sich erregt, in der einen Hand das Glas, in der anderen die Likörflasche. Er leerte das Glas auf einen Zug. Und sprach, wie auf einer Bühne stehend, weiter:

»Was wir heute hier haben, sind Ruinen. Doch Venedig, sich selbst getreu, sucht den Verfall mit maßlosem Luxus zu überdecken. Abermals greift es zur Maske. Dieses Hotel zum Beispiel. Kann einer von Ihnen sagen, ob der Kronleuchter echt ist oder falsch? Und die Vase dort? Diese Sessel? Wer will das entscheiden? ... Im Grunde sind dies nichtige Fragen. Wesentlich ist, daß es eine Atmosphäre namens Venedig gibt, die uns überall umfängt. Wenn man heute auf einem brachliegenden Grundstück dieser Stadt einen gotischen oder Renaissancepalast erbaut, wird er sogleich zu einem Teil von Venedig. Nehmen Sie den Palazzo Mocenigo, in dem Lord Byron jahrelang zu Hause war. Wie so viele venezianische Paläste besitzt er keinerlei stilistischen Wert und steht lediglich dekorativ am Canal Grande. Da jedoch das Ensemble, in das er eingefügt wurde, hinreißend schön ist, gilt auch er als echt. Deshalb ist die Frage nach der Echtheit an einem Ort wie diesem sinnlos. Die große Phantasie namens Venedig berechtigt zu jeglicher Phantasie darüber, was das echte Venedig ist. Denn Venedig, meine Herrschaften, ist in erster Linie die universelle Vorstellung von einer Schimäre Venedig, die im Laufe der Jahrhunderte konkrete Gestalt angenommen hat, um ewig zu währen, so wie das ursprüngliche Venedig aus der Phantasie seiner Begründer von einer imaginären Stadt, die sie möglich machen wollten, hervorgegangen ist. Und die mögliche Stadt ist diese, die tatsächlich existiert – mit ihren Ruinen, Lügen und ihrem Verfall.«

Die drei Zuhörer wirkten, jeder auf seine Art, wie von einem großartigen Schauspiel gebannt. Wohl wissend, daß er sein Publikum beherrschte, legte der Graf Basuccello den Casanova-Hut ab, breitete, um seine Worte zu unterstreichen, die Arme aus und verkündete sein Verdikt:

»Womit ich sagen will, daß Venedig nichts als Maske ist. Sie befinden sich in der Stadt der Masken, wo alles sein und zugleich nicht sein kann.«

An dieser Stelle konnte der Senator Mann, der unablässig gehüstelt und die Lippen zusammengekniffen hatte, als wollte er sie verschlingen, sich nicht mehr zurückhalten:

»Gestatten Sie, daß ich Sie unterbreche, Herr Graf, ich muß doch ganz entschieden widersprechen. Ich glaube, Sie gehen in Ihrer Logik zu weit. Wenn alles gilt, wo ist dann die Wahrheit?«

»Die Wahrheit! …« rief Julia Mann indigniert in ironischem Ton. »Was ist denn die Wahrheit, mein Lieber? Die Gebote der Katholiken oder die der Protestanten? Die der französischen Regierung oder die des deutschen Kaisers? Die Wahrheit existiert so, wie sie jeder für sich erlebt. Ich verstehe, was der Signor Conte sagen will. Mag sein, daß er etwas zu weit gegangen ist. Aber ich verstehe seinen Ausgangspunkt. Wir alle jagen hinter der Wahrheit her. Und sie entzieht sich wie ein Gespenst …«

Zweifellos erfreute den Grafen, welche Richtung das Streitgespräch nahm, denn er schien sehr zufrieden, als er wie ein Musketier, der den Dolch genau in die Wunde sticht, listig bemerkte:

»Nehmen wir die Deutschen, die Sie so gut kennen wie ich, denn in meinen Adern fließt deutsches Blut. Venedig übt auf die Deutschen von jeher einen morbiden Reiz aus. Seit Jahrhunderten schwärmen sie von dieser Stadt, vor allem ihre Künstler wie Goethe. Warum? werden Sie sich fragen. Und ich sage Ihnen, das hat mit der Faszination der Maske zu tun! Wohlgemerkt: Künstler sind notwendigerweise Schauspieler, folglich schillernd, von nicht eindeutiger Identität.«

»Das mag zutreffen, soweit Sie sich auf unsere Künstler beziehen. Doch sehe ich keinen Anlaß, diese Einschätzung auf das gesamte deutsche Volk zu übertragen …«, wandte der Senator Mann mühsam beherrscht ein.

»Ich denke, wir alle stimmen darin überein, daß die Deutschen nicht unbedingt die Kunst der Verstellung kultivieren …«, entgegnete der Graf. »Bismarck weiß davon ein Lied zu singen! Aber was geschieht … wenn sie ins Ausland kommen?«

»Wollen Sie damit etwa sagen, die Deutschen kämen hierher, um die Maske ablegen zu können?« fragte der Senator nahezu beleidigt.

»Ich weiß nicht. Vielleicht umgekehrt, um sie aufzusetzen …«, erwiderte der Graf diabolisch gewitzt.

Während der *cameriere* ihr Likörglas neu füllte, lachte Julia Mann auf, als hätte sie einen verborgenen Fallstrick entdeckt.

Es war offenkundig, daß der Likör sie in ihrem heimlichen Einverständnis mit dem Grafen bestärkte:

»Sie sprechen von der deutschen Identität, nicht wahr? Und Sie haben recht. Wir jagen verzweifelt hinter unserer Identität her. Deshalb pflegen wir die Tradition wie einen besonders kostbaren Schatz. Sie ist der Kitt, der das Deutschtum zusammenhält.«

Der Graf pflichtete ihr entzückt bei:

»Ich glaube, die verehrte Frau Senatorin hat genau verstanden, worauf ich hinauswill, zumal es nicht allein um die Deutschen geht.«

»Aber ein hervorragendes Beispiel sind sie ganz fraglos!« rief Julia Mann geradezu grausam.

»Ein hervorragendes Beispiel wofür?« fragte in gereiztem Ton der Senator Mann, der besorgt dem Wortgefecht, das seiner Meinung nach auf gefährliches Terrain zusteuerte, zu folgen suchte. »Es ist doch ganz natürlich, daß die Deutschen den Kern ihres Deutschtums zu ergründen suchen, auch wenn es, zugegeben, etwas manisch anmutet, wie sie in der Vergangenheit graben.«

»Heinrich, ich bitte dich! Du weißt doch, was passiert, wenn unsere Landsleute hierherkommen ... Wie anders sie sich verhalten. Gestern erst haben wir uns am Strand über das Geschrei der deutschen Familie neben uns geärgert. Du hast sogar gesagt: ›Man könnte meinen, das seien keine Deutschen!‹ Das ist die Magie, die von Venedig ausgeht. Sie hat etwas Ansteckendes. Sie bewirkt, daß die Deutschen ihren Stil und ich würde sogar sagen, ihre Persönlichkeit ändern. Warum? Weil sie hier das Gefühl haben, sich nicht nur außerhalb von Deutschland zu befinden, sondern in seinem Gegenteil. Hier lasten unsere Traditionen nicht mehr auf ihnen.«

Der Graf brach zufrieden in kräftiges Lachen aus. Julia Mann ließ sich noch einen Likör einschenken. Ihre zuvor tadellose Frisur hatte sich etwas aufgelöst, die kleinen Blumen waren verrutscht. Von ihrem fassungslosen Mann beobachtet, sprach sie so angeregt weiter, als hätte sie eine Entdekkung mitzuteilen:

»Je ordentlicher, zurückhaltender und disziplinierter zu Hause, um so hemmungsloser und verrückter in der Fremde. Als wäre Deutschland, das geliebte mütterliche Vaterland, im Grunde eine Zwangsjacke. Deshalb schlagen die Deutschen hier in Venedig derart über die Stränge. Sie haben das Reich der Phantasie betreten. Oder es gerade verlassen. In jedem Fall fühlen sie sich frei. Was meinen Sie, Conte Basuccello?«

»Ehrlich gesagt, das weiß ich nicht. Worin besteht die Verstellung: in der venezianischen Enthemmtheit der Deutschen oder in ihrer moralischen Strenge in Deutschland?«

»Vielleicht in der moralischen Strenge ...«, erwiderte Julia. »Die Deutschen sind derart puritanisch, daß die Liebe für sie nur himmlisch oder diabolisch sein kann. Zu wahrer Sinnlichkeit sind sie unfähig.« Sie warf verstohlen einen Blick auf ihren Mann. Dann lachte sie ironisch: »Lieben können sie nur im Ausland. Als würfen wir, sowie wir den heimischen Boden verlassen, die schwere Last, die diabolische Verantwortung des Deutschseins ab.«

Der Senator sah seine Frau verdutzt an:

»Aber du hast deine moralische Strenge offenkundig nicht abgeworfen. Auf unserer Gondelfahrt hast du dich über die Bengel entsetzt, die nackt im Kanal badeten.«

»Ich bitte dich, Heinrich, das war wegen der Mädchen. Vor allem, daß Lula diese nackten Jungen sah ...«

»Sehr interessant, ausgesprochen interessant!« warf der Graf ein, bemüht, zu dem Thema und dem Vergnügen, das ihm dieses bereitete, zurückzukehren. »Doch muß auch die Kehrseite bedacht werden. Vielleicht liegt es an dieser gleichsam verhängnisvollen Last, daß die deutschen Ausbrüche letztlich immer besonders heftig sind? Scheint Ihnen nicht auch, daß deutsche Rebellen noch rebellischer und Verrückte noch verrückter sind? In der Politik, der Philosophie, aber auch in der Kunst ...«

»Oh, ja«, stimmte Julia ihm zu. »Denken Sie nur an Goethe, Schiller, Bach, Beethoven ...«

»Aber das sind doch die Säulen der deutschen Kultur«,

protestierte der Senator Mann, bemüht, das Gespräch in eine vernünftige Richtung zu lenken. »Ich verstehe nicht, wie man hier von Rebellen sprechen kann.«

»Sehr verehrter Herr Mann«, erwiderte der Graf, »gerade darin liegt ja der Reichtum des großen Schmelztiegels, in dem die deutsche Geschichte entsteht. Sie gründet sich allein auf Ausbrüche, das heißt, auf den Geist der Auflehnung gegen sich selbst. Die deutsche Seele befindet sich in einem ständigen Konflikt zwischen ihrer düsteren Seite und ihrem Licht. Das ist ihre Tragödie und ihre Größe, werter Herr Senator.«

Alberto Nepomuceno hatte sehr interessiert, aber auch beunruhigt zugehört und wagte nun einen schüchternen Beitrag:

»Unter diesem Aspekt sollte man auch an Richard Wagner denken ...«

»Aber gewiß! Der große Rebell«, sagte der Graf.

»Der große Zerstörer ...«, entgegnete der Senator.

»Ach, Heinrich, sei nicht so schlechtgelaunt«, warf die Senatorin ein.

»Wagner ist keine Musik, sondern purer verbrämter Lärm ...«

»Mein Gott! Das ist nicht wahr, und du weißt es genau.« Die Senatorin konnte kaum an sich halten. »Du selbst hast in der Münchner Oper bei *Siegfried* applaudiert. Oder hast du das schon vergessen?«

»Und wirkliche Melodien, schöne, anmutige Melodien voller nachdenklicher Schwermut, wo finden sich die?« Die Stimme des Senators klang hilflos, fast kindlich kläglich.

Hitze stieg in Julia Mann hoch, sie schlug den Fächer auf, setzte ihn furios in Bewegung und sprudelte los:

»Mein lieber Heinrich, offenbar wirst du Musik nie als Kunst begreifen. Alles, woran du Gefallen findest, ist unbedeutend, bar jeden künstlerischen Werts. Dein musikalischer Geschmack geht nicht über Banales hinaus, weil du allenfalls einen faden Optimismus verlangst, wie übrigens in allem. Die Welt besteht nicht nur aus hübschen Melodien, mein Lieber ... Und Musik bedeutet mehr als ein bloßer Ohrenschmaus. Aber das wirst du nie begreifen.«

Von erschrockener Abwehr ging der Senator unmittelbar zum ungebremsten Angriff über:

»Ach, Julia, hör auf, dich mit deinen musikalischen Kenntnissen zu brüsten. Deine arrogante Art, dich aufzuspielen, kenne ich nur zu gut, meine Liebe.«

Während der Senator mit seiner Geduld offensichtlich am Ende war, verriet Julias furioser Fächer überbordende Verärgerung. Unversehens hatte sich Mißstimmung eingestellt. Graf Basuccello biß sich schweigend auf die Unterlippe. Fast mechanisch drückte er auf die elektrische Klingel, um den *cameriere* zu rufen, worauf dieser erschien und auf ein Zeichen des Grafen die Gläser neu füllte. Wohl unter dem Eindruck, er habe mit der Erwähnung Wagners den Anlaß zum ehelichen Streit gegeben, suchte Alberto nach Abhilfe und wechselte das Thema:

»Signor Conte, zu Ihrer kuriosen Auffassung von Venedig möchte ich bemerken, daß diese gewissermaßen auch auf mein Land zutrifft. Es ist eine Insel ... ich würde sogar sagen, ein ganzer Archipel, der auf einer Phantasievorstellung, nämlich seiner erträumten Identität, errichtet wird.« Er sprach hitzig, fast gehetzt: »Der Unterschied ist nur, daß wir in jeder Hinsicht aus einer Mischung hervorgehen. Das heißt, die Phantasie bewegt sich zwischen Weiß und Schwarz, zwischen wild und zivilisiert, zwischen Volkstümlichem und Gelehrsamkeit. Natürlich besteht die Gefahr, daß die Identität just bei dieser Suche verlorengeht. Daß wir, schon ehe das Bauwerk vollendet ist, vor Ruinen stehen ...«

»Dann muß Brasilien eben aus den Ruinen seiner eigenen Phantasien errichtet werden. Ein Archipel, wie Sie sagen, von höchst exotischer Mischung. Möge also diese moderne Illusion auf den archaischen Illusionen eines ursprünglichen, utopischen, paradiesischen Reiches errichtet werden. Als ein Reich ... ach nein, es ist wohl schon eine Republik, nicht wahr? ... im Zeichen der *saudade*. Und dieser Illusion gebe man den Namen Brasilien! So ist es, mein junger Freund. Und so geschehe es.«

Der Graf, dessen Züge unverkennbar Ermüdung verrieten, blickte in die Runde. Julia Mann befächelte sich noch immer gekränkt. Der Senator saß grollend in sich versunken, den Blick ins Unbestimmte gerichtet. Um die Atmosphäre ein wenig zu entspannen, hob der Graf theatralisch sein Glas und schlug übertrieben laut vor:

»Meine Herrschaften, trinken wir auf die Masken jedweder Art! Auf Venedig, die Matriarchin aller Masken. Auf Deutschland, das hinter der Maske seiner selbst herjagt. Und auf die junge Maske namens Brasilien!«

Recht lustlos kamen sie seiner Aufforderung nach. Als wollte er wenigstens sein eigenes Vergnügen an einem Abend der Skandale nicht trüben lassen, erhob sich der Graf und sagte in anzüglichem Ton:

»Die Maske ist für mich ein Lebensstil, meine Herrschaften. Wenn Sie demnächst in den Palazzo Puodarsi kommen, sofern er dann noch steht, werden Sie Gelegenheit haben, die Sammlung meiner selbstentworfenen Kostüme zu bewundern. Ich besitze mehr als fünfzig. Für jeden Karneval eines. Heute abend bin ich Casanova, ebensogut hätte ich Katharina II. von Rußland sein können oder die Reinkarnation von Lord Byrons Geist. Mein ausgesprochener Liebling jedoch ist ›La Serenissima‹, ein atemberaubendes Gewand aus dem *settecento* für ganz besondere Gelegenheiten. Ja, darin fühle ich mich meinem geliebten Venedig am nächsten.« Der Graf, längst betrunken und nun vollends enthemmt, vollführte eine Drehung: »Sie werden sagen, derart kostümiert sei ich nicht mehr ich selbst. Wer dann? Ein Plebejer, ein Patrizier? Ein Mann, eine Frau? Ein Geschöpf Gottes oder Gott? Ich weiß es nicht. Aber ich kann auch alles sein.« Schwankend leerte er noch ein Glas Likör. »In der Antike verwandelte der Priester sich beim Ritus mit Hilfe der Maske in Gott und brachte auf diese Weise den Menschen Gott näher, machte ihn ihnen erträglicher. Allein dank einer magischen Verkleidung, aber auch durch einen

Kunstgriff und eine Umkehrung kommt Gott uns nahe. Bezeichnet man nicht genau dies als ›Wunder‹?«

Der Graf hielt inne. Von seinem exzentrischen Auftritt selbst überwältigt, warf er den Kopf so heftig zur Seite, daß seine Perücke zu Boden fiel. Julia, der Senator und Alberto erstarrten. Vor ihren entsetzten Blicken verkündete die schon fast abstoßende Gestalt, halb Basuccello, halb Casanova, nahezu schreiend im leeren Restaurant des Hotels Bauer-Grünwald:

»Ja, ich kann sogar Gott sein. Denn Gott ist die Maske.«

Aus dem dunklen Hintergrund antwortete ihm nur Schweigen. Draußen miauten Katzen. Allem Anschein nach hatte das Schauspiel seinen dramatischen Höhepunkt erreicht und näherte sich dem Ende. Auf unsicheren Beinen richtete Basuccello sich auf, wie ein Schauspieler, der seine letzten, entscheidenden Sätze sprechen muß. Er lachte. Auch wenn er Gefahr lief, ausgebuht zu werden, spielte er sich selbst perfekt. Folglich lachte er. Lachte kichernd und unverfälscht, während er mit der erstaunlichen Sicherheit, zu der Alkohol befähigen kann, zu ihnen sprach:

»Man sagt, heute sei nicht mehr Venedig, sondern Paris die Hauptstadt aller Sünden und Laster. Das ist ein Irrtum. Venedig ist es nach wie vor. Zwischen dieser dekadenten Stadt und ihren Besuchern besteht eine geheime Komplizenschaft. Von überall kommen sie, um hier die Wonnen der Dekadenz zu genießen, sie dürsten nach der überhitzten Phantasie, deren Geheimnis Venedig kennt. Auch in diesem Jahr des Herrn 1890, wo das arme Jahrhundert sich seinem Untergang zuneigt, wandeln noch immer die bizarresten Gestalten über den heiligen Boden der Stadt wie auf der Suche nach ihrem Vaterland. Gestern bin ich in einer Osteria Mr. Symonds begegnet.« Er sah sein ermüdetes Publikum herausfordernd an. »Wissen Sie, wer John Addington Symonds ist? Auch so ein verrückter Engländer, den Venedig aufgenommen hat. Er haßt seine Landsleute, nennt sie ›angelsächsische Jesuiten-Spießbürger‹. Er ist verheiratet und ein liebevoller Vater. Doch in der Stadt läßt er sich von seinem Freund Fusato begleiten. Um nichts in der Welt würde Mr. Symonds auf diesen Fusato verzichten, er nimmt ihn zu Freunden und allen Festen mit. Kennen Sie Angelo Fusato? Ein junger Gondoliere, schön wie ein Gott. Oh, die jungen Gondolieri ... Allerorten trifft man sie.« Seufzend fügte sich der Graf in das Ende der – vielleicht gewonnenen, vielleicht auch nur aufgeschobenen – Schlacht: »Von allen Seiten umgibt uns Dekadenz. Ich habe mein Leben lang zwischen Ruinen gelebt und fühle mich wohl dabei. In ihrer Friedlichkeit beweisen sie eine stolze Scham, während die Zeit gnadenlos ihre Schwerter und Lanzen in sie bohrt. Trotz ihrer scheinbaren Passivität hat ihre Qual etwas von Anstand, nicht nur durch das bloße Erdulden, sondern weil die Ruinen im Schmerz eine aktive Haltung, einen greifbaren Triumph beweisen. Aus keinem anderen Grund ist Sebastian das höchste Symbol der Kunst, aller Künste. Seine Hingabe ist es, die seine Schönheit zur Geltung bringt. So auch die Ruinen dieser Stadt. Sie sind schön, von unvergleichlicher Schönheit, weil sie Ruinen sind. Mein großer, einziger Traum ist, so lange wie irgend möglich zwischen Venedigs goldenen Ruinen zu leben, mit anderen Worten, für den Rest meines Lebens.« Er verstummte und neigte sich zu einer langsamen, beredten Verbeugung. Dann sagte er, tiefe Aufrichtigkeit im glühenden Blick: »Meine Herrschaften, ich gestehe, *la verità è che mi piace la decadenza.*«

In diesem Augenblick betrat Frieda den Raum und teilte mit, es sei Zeit, den kleinen Vicco zu füttern.

*

Der Graf torkelte fast beim Verlassen des Restaurants. Sein Casanova-Kostüm war derangiert. Die Perücke saß wieder auf seinem Kopf, hing allerdings schief. Mit seinen leuchtendrot bemalten Lippen wirkte er eher komisch als lächerlich, denn trotz des übermäßigen Alkoholgenusses und der Erschöpfung nach dem prophetenhaften Vortrag wahrte er seine aristokratische Haltung und Eleganz. Alberto, Julia und der Senator traten hinter ihm aus der hell erleuchteten Saalecke hinaus in den matten Lichtschein der Straßenlaternen. Wie ein geheimnisvoller Schleier legte sich das Halbdunkel über sie. An dem kleinen Anleger neben der Treppe hinunter zum Kanal schaukelte verlassen eine Gondel. Niemand war zu sehen.

»Bepi! *Dove ti xe, fio de un can?*« rief der Graf gereizt. »Wo steckt der verdammte Kerl? Bepi!«

Ein kräftiger Bursche mit schwarzem Haar und, wie selbst im nächtlichen Licht deutlich zu sehen, sonnengebräunter Haut tauchte hinter einer Ecke auf. Spöttisch grinsend kam er gemächlich näher.

»Dove ti te ga sconto?« fragte der Graf schwankend, die Federn seines Hutes schleiften über den Boden.

»Roto in cuo!« knurrte der Bursche leise. Dann sah er seinem Herrn verächtlich ins Gesicht und setzte lauter nach: *»So qua, vecio imbriagon!«*

Der Bursche ging die Stufen zum kleinen Steinanleger hinunter, nahm seinen Platz in der Gondelspitze ein und blickte wortlos mit dreister Miene zum Grafen hinauf. Basuccello breitete zum Abschied dramatisch die Arme aus, bevor er die Stufen zum Kai hinunterging.

»Das ist meine Gondel«, erklärte er. »Ich habe sie ›Esmeralda‹ getauft. Wie die Hetaera. Und das da ist Bepi, mein Diener, Gondoliere, Koch und ... Schutzengel. *No xe vero, Bepin?*«

Diesmal warf ihm der Bursche selbstsicher wie ein Straßenbengel einen schelmischen Blick zu. Der Graf legte Alberto den Arm um die Schulter, preßte ihn fest an sich und verkündete:

»Es wird mir eine große Freude sein, Sie zu Ihrem Hotel zu bringen, Signor Nepomuceno.«

Alberto lehnte mit einer höflichen Handbewegung ab.

»Ich bestehe darauf. Nachts durch die Stadt zu gehen, ist gefährlich«, entgegnete der Graf entschieden und wies auf seine Gondel. »Steigen Sie unbesorgt ein. Haben Sie keine Angst, weil ich betrunken bin. Meine ›Esmeralda‹ ist zwar alt, aber sicher. Und Bepi ist vollkommen nüchtern. Er wird niemanden attackieren.«

An das Treppengeländer gelehnt, stand das Ehepaar Mann unter der Laterne und beobachtete die Szene. Offenbar hatte die verführerische Weinseligkeit des Abendessens endlich die gereizte Stimmung zwischen ihnen gelöst, denn der Senator und die Senatorin lächelten bewegt.

Der Graf ließ sich neben Alberto auf den schwarzen Kissen nieder, dann drehte er sich zu seinen Gastgebern um und rief zu ihnen hinauf:

»*Grazie*. Und täuschen Sie sich nicht. Ich bin zwar Italiener, aber ich könnte nie ohne Venedig leben. Ich habe Venedig im Blut.«

Dem Gondoliere Bepi war die Szene offenbar nicht neu, denn er wartete geduldig. Der Graf setzte seinen lädierten Casanova-Hut auf, rückte ihn zurecht und erklärte mit theatralischem Stolz:

»Ein Freund hat einmal gesagt, wenn es Venedig nicht gäbe, müßte man es allein für mich erschaffen.«

Er kicherte etwas überspannt, und dies war anscheinend das Zeichen zur Abfahrt. Tatsächlich setzte sich die Gondel in Bewegung. Mit erstaunlich fester Stimme rief der Graf den Manns noch zu: »Aber Venedig wäre auch nicht, was es ist, wenn es Agostino Bernardo Cirillo von Mölln, Conte Basuccello, nicht gäbe.«

Während sich die Gondel langsam vom Anleger entfernte, winkte er ihnen mit seinem karmesinrot befleckten Taschentuch und rief laut: *»Addio! Il mio commosso addio a tutti i presenti ...«*

Das Restaurantgebäude rückte immer weiter in die Ferne. Vom Geländer über dem Kanal winkten lächelnd der Senator und die Senatorin. Wie ein glückliches Paar.

11. Kapitel

Seit dem Morgen war der Tag diesig und drückend. Der Scirocco wehte warm. Nun, am Nachmittag, war es besonders schwül geworden, tiefe dunkle Wolken kündigten Ungutes an. Am Lido kam starker Wind auf.

Dona Ana und Alberto kehrten in der rüttelnden Pferdebahn von der Behandlung im Ospizio Marino zurück. Ana sprach leise und keuchend. Trotz seiner Kopfschmerzen vom übermäßigen Weingenuß am Abend zuvor hörte Alberto aufmerksam zu.

»Ist großes Haus da drin«, erzählte Ana. »Wenn Sinhozinho reinlassen, kann sehen, wie sauber ist, alles voll mit Betten, ganz weiß, nur weiß. Und so viele Kinder, alles krank. Doktor mit Apparat mein Brust abhorcht. Und viel sprecht. Alles sagen. Aber ich nur versteh, wenn ähnlich wie Sprache aus Brasil und das wenig Deutsch, was er sagt. Sagt, Sonne gut, aber nicht stark. Wasser in Meer auch. Und Luft. Besser Appetit. Soll ich ruhen, gut essen und warm trinken ich weiß nicht was ... hat schreiben hier auf Papier. Kreosot nicht taugt, soll ich aufhören damit. Und hat gegeben das hier.«

Ana zog eine kleine Rezeptschachtel aus ihrem Beutel und reichte Alberto das Papier. Der Arzt hatte verschiedene Anweisungen notiert. Warme Ziegen- oder Eselsmilch zur Unterstützung der Ernährung. Anfangs täglich ein Bad im Meer, sofern das Wasser warm ist, später zwei, dabei mit dem Kopf untertauchen. Aber nie den Körper vom Wind auskühlen lassen. Wobei er »nie« unterstrichen hatte. Hygienemaßnahmen: den Spucknapf mit Sodalauge auskochen, ebenso die Wäsche. Als Arznei hatte er Opiumräucherstäbchen verschrieben, gegen Hustenanfälle und Schlafstörung.

»Nicht zu oft, sonst macht süchtig«, ergänzte Ana.

Dann erzählte sie, daß sie in einem Raum Meerwasserdampf inhaliert hatte – Alberto hatte auch schon gehört, daß verdunstendes Meerwasser gut für die Brust sei. Nach dem Inhalieren war sie an den Strand gegangen, und eine Pflegerin hatte ihr beim Baden im Meer geholfen. Dazu hatte sie ein komisches weißes Gewand anziehen müssen.

»Ach, ich immer nur lacht, mit die Ding auf Kopf und das Kleid, Siozinho! Die andern sehen und wundern, wie ich aussehet ...«

Sie lachte verhalten, denn selbst das kostete sie offenbar zu große Anstrengung. Anschließend hatte sie sich auf den Strand legen müssen, und die Pflegerin hatte sie mit Sand bedeckt. Und da lag sie dann, nur der Kopf guckte heraus, und die Pflegerinnen kamen vorbei und sagten *Fa bene, fa bene*. Ana lachte, denn das alles kam ihr etwas unsinnig und albern vor.

»Gehen Sie morgen wieder dahin, Donana?«

Dona Ana dachte kurz nach. Dann fragte sie:

»Wozu?«

Es war nicht nur albern, es half bestimmt auch nichts.

Als die Pferdebahn sie am Eingang des Stabilimento di Bagno absetzte, war es schon recht spät. Noch immer ging kräftiger Wind, und der Himmel war dunkel verhangen.

*

Trotz des schlechten Wetters wollte Dona Ana unbedingt an den Strand gehen. Bis auf einen oder zwei letzte Händler und ein paar Bedienstete, die Stühle einsammelten, war der Strand so gut wie leer. Die wenigen Badegäste waren früher gegangen, weil im großen Saal des Stabilimento ein Konzert stattfinden sollte. Alberto folgte Ana, die zielstrebig zu ihrem gewohnten Platz am Ende der Hüttenreihe durch den Sand hinkte. Der Wind blähte die Markisen und riß manche los, so daß sie wild flatterten. Die Wellen brandeten. Über den Himmel jagten dunkle Wolken. Aus irgendeinem Grund stieg in Alberto leise Furcht vor dem heraufziehenden Unwetter hoch. Ana schimpfte über den Wind, der ihr immer unangenehm war. Sowie sie ankamen, legte sie ihren Beutel ab und wurde merkwürdig still und geistesabwesend. Trotz der Schwüle fing sie an, vor Kälte zu zittern. Deshalb war Alberto sehr erstaunt, als sie kurz darauf den Rock schürzte und ins Wasser ging, bis die Wellen ihre Knöchel umspülten. Dann verneigte sie sich mehrmals und setzte zu einer Art Ritual an. Ohne Angst vor dem aufgewühlten Meer schöpfte sie mit den Handmulden Wasser und ließ es langsam durch die Finger laufen. Oder sie tauchte die Arme bis zum Ellbogen unter und streckte sie seitwärts aus, als wollte sie das Wasser teilen. Der Wind blies wütend. Dann kehrte Dona Ana ganz langsam rückwärts gehend zu Alberto zurück. Auf dem Strand bewegte die alte Frau noch mehrfach Arme und Hände, als schöpfte sie Wasser und teilte es. Nun zitterte sie nicht mehr allein vor Kälte. Ihr ganzer Leib zitterte immer heftiger, bis er in Zuckungen verfiel, und sie stieß immer wieder hervor:

»Erúia, Odoiá ... Erúia, Odoiá ... Erúia, Odoiá ...«

Plötzlich riß sie sich das Tuch vom Kopf. Ihr graues Haar, das Alberto noch nie gesehen hatte, löste sich und breitete sich aus. Im selben Augenblick vollzog sich eine Verwandlung. Anas Gesicht wurde stolz, trotz des vagen Blicks trat Erhabenheit auf ihre Miene. Ihr Körper richtete sich mehr und mehr auf, als könnte der Buckel ganz verschwinden. Unablässig die seltsamen Worte murmelnd, reckte sie wie eine Taube die Brust und atmete tief ein. Dann beugte sie sich nach vorn und schlang die Arme um den Leib. Es waren Bewegungen voller Würde, ruhig und elegant, und sie wiederholte sie in immer schnellerem Rhythmus. Die fremden Worte, die sie dazwischen stammelte, verknüpften sich zunehmend deutlich zu einer Melodie, bis sie in gemessenen, feierlichen Gesang übergingen – ein fast schluchzender Wiegengesang, dem Anas Stimme mit ihren nuancierten Modulationen eine unendliche Sanftheit gab:

»Aragbô layôôôô, Yemoniá aragbô layô, Yemoniá.«

Während sie sang, vollführten ihre Arme und Hüften wogende Bewegungen. Als ahmten sie die Wellen nach. Nun, immer noch in stolzer Haltung, begann Ana sich zu drehen. Ihr Hinken schien verschwunden. Als das Tempo ihres Gesangs schneller und ihre Stimme kräftiger wurde, schlug Ana in die Hände und begleitete sich mit rhythmischem Klatschen im Takt, auf dessen ersten akzentuierten Schlag eine Reihe von Schlägen in kurzen Abständen folgte, dann fing das Klatschen zum hypnotischen Rhythmus ihres Gesangs von vorn an. Währenddessen wand sich ihr Körper zu den frenetischen Verdrehungen der Arme, und ihr kräftiges steifes Haar wippte im Takt.

»Aragbô layôôôô, Yemoniá aragbô layô, Yemoniá«, sang sie unaufhörlich.

Das weiße Kopftuch lag im Sand. Der Wind blies. Über den dunklen Himmel zuckten Blitze, als kündigten sie die Apokalypse an.

Alberto, zunächst starr vor Staunen angesichts dieses außergewöhnlichen Schauspiels, begann fast ungewollt, einzig von Neugier getrieben, um Ana herumzugehen. Sein unruhiger Blick suchte, er wollte verstehen, was mit der alten Negerin geschah. Nach und nach formten sich seine Schritte, wie von einem Magneten angezogen, zu einem geschlossenen Kreis. Unsicher auftretend, fast torkelnd, sich innerlich wehrend, doch schon fast nicht mehr Herr seiner selbst, folgte er dem wilden Wirbeln der alten Frau. Man hätte meinen können, ein und dieselbe Kraft triebe sie und ließe sie einen provisorisch choreographierten Tanz aus uralten Schritten aufführen. In Wirklichkeit fürchtete Alberto sich wohl nur vor dem Unbekannten, das sich in der in Trance verfallenen Ana manifestierte, er versuchte vergeblich die Flucht zu ergreifen, doch es zwang ihn immer wieder zurück. Nachdem der Wind ihm unbemerkt den Strohhut vom Kopf gerissen hatte, wußte er wahrhaftig nicht mehr zu sagen, was mit ihm geschah.

»Yemoniá ... Yemoniá«, sang Ana, nun langsamer. *»Aragbô layô, Yemoniá.«*

Ein greller Blitz in der Ferne färbte den Himmel noch bedrohlicher.

Anas Bewegungen wurden immer langsamer, doch nicht wie bei einer Maschine, der die Kraft ausgeht. Sie behielt ihre majestätische Haltung bei. Als sie ihre letzte Drehung beendete, stand sie wie eine Königin da. Und so ging sie auf Nepomuceno zu, streckte beide Hände aus, legte sie dem jungen Mann auf den Kopf und ließ sie dort eine Weile ruhen. Dann wandte sie sich erneut dem Meer zu und entbot ihm ganz offenkundig und unendlich anmutig einen ehrerbietigen Gruß: Abwechselnd legte sie die rechte Hand an die Stirn und die linke in den Nacken. Dies wiederholte sie mehrmals. Endlich hielt sie inne.

Das Meer des Lido kräuselte sich unter den Windstößen.

Ana und Alberto standen etwas benommen da, jeder für sich, mit gesenktem Kopf. Der warme Wind brauste. Die Blitze zuckten schon näher. Der Himmel türmte sich wie eine dunkle Masse.

Als das Ritual beendet schien, fiel plötzlich alle Erhabenheit von Ana ab, und sie begann zu lachen. Nicht satt und tief wie für gewöhnlich. Vielmehr kicherte sie listig und verschlagen. Dona Ana wurde zu einer anderen Ana. Sie steckte einen Finger in den Mund und verdrehte die Augen zu noch stärkerem Schielen. Dann rekelte sie sich, als wäre sie gerade aufgewacht, und rief mit hoher schriller Stimme:

»Ach, bin so faul! Conchinha mag gern schlafen, sonst schrecklich Geschrei, nich?«

Und sie kicherte so scheppernd, daß Alberto erschrocken den Kopf hob.

»Wenig Gesundheit und viel *saudade*, das is, was mein Kleine hat!« setzte sie schelmisch nach. »Gustav, der Bengel, der hat gern mit Zweifel gespielt. Hatte Courage, der Kerl. Aber immer kämpfen, weil wollte alles wissen. Kämpfen gegen dies Hilft-nu-mal-nich, daß man Mensch is und nur kriegt wenig Erklärung.«

Ana ging, sich aufreizend in den Hüften wiegend, auf und ab:

»Rrrr, mein Kleine, der Stern-Gustav konnte nich aushalten, wenn Zweifel brennt. Und Conchinha is sicher, hat ihm das Trauerkeit bracht so wie von Tod. Und dann hat Schluß macht mit Gustav. Weil das Schlimmste an Zweifel is, wenn einfach weiterbrennt. Heiß wie Feuer. Stimmt nich. Wenn bleibt wie Schmerz, und immerzu nur schmerzt. Kann Krokodil aushalten? Nee, kann nich, niemals!«

Wieder lachte sie.

»Da Conchinha ihm sagt, hilft nur hinnehmen, daß schmerzt. Boot kippt um? Laß kippen. Nur so Vertrauen kommt. Nich, mein Kleine?«

Alberto, noch immer starr vor Staunen, versuchte zu verstehen. Vertrauen? Schmerz? Wollte Ana (oder wer da sprach) damit sagen, daß ... Ja, doch, den Schmerz hinnehmen wäre zumindest ein Anfang, dachte er in stummem Zwiegespräch mit sich selbst. Sich mit dem Schmerz auseinandersetzen, daß wir nicht wissen, warum und wofür wir auf der Welt sind. Wenn ich weiß, daß ich nicht weiß, überlegte Alberto, ist dies die erste Erkenntnis: das Erkennen meiner Grenzen. Und wie ein kindliches Orakel schürte Dona Ana das Feuer:

»Hilft nich immer nur grübeln und grübeln. Hilft nur glauben, daß gibt über alles großes Geheimnis, einfach so. Und daß wir wissen nur bißchen von klein bißchen, fast nix. Der Gustav, der ist in Verzweiflung untergeht, weil Weg nicht sieht, deshalb immer trübsinnig.« Ana stockte, dann erwiderte sie einem unsichtbaren Gesprächspartner: »Ja, is ja gut, Mädchen! Is wirklich nicht einfach ... Aber gibt ein Weg, mein Süße! Wir nicht weiß, wo ist Weg. Aber gibt ein, das ja. Wir sind wie Feder in Wind. Treiben auf eine Seite. Auf andre Seite. Auf eine. Auf andre. Dies immer Hin-und-Her, das is Weg!«

Dona Ana wiegte den Körper. Vom Wind umbraust, kreischte sie:

»Ara, ara, ara! Nich wehren, das is das Geheimnis, mein Kleine. Laß Brausewind brausen. Is Teil von Geheimnis, das Brausen. Wenn wir kann aushalten, daß Zweifel brennt wie offene Wunde, dann wir kommen näher an Geheimnis, groß und tief Geheimnis wie nur was.«

Ein Donner krachte. Ana, die Augen verdreht, das Gesicht zu einer Fratze verzogen, wandte sich dem Himmel zu:

»Ja, Conchinha weiß genau, is verdammt schwer! Aber wir nich darf Angst haben, daß wir schweben in Zustand von ja und nein. Wenn ich darf fragen, mein Kleine, kann denn überhaupt anders sein? Nein. Weil, unter uns, Zweifel is ein Segen. Zweifel is, wer möglich macht, daß Vertrauen kommt. Wer kein Zweifel, kann gar nich haben Vertrauen, versteht? Weil ohne Zweifel brauch auch nich Vertrauen! Mein Kleine weiß, von was Conchinha sprechen, nich? Is richtig echt Vertrauen, stocksteif Vertrauen immer und immerzu, große, tiefe Vertrauen.«

Ana griff eine Handvoll Sand und schleuderte ihn auf einen imaginären Begleiter. Noch einmal griff sie in den Sand, warf ihn über ihrem Kopf hoch und lachte dazu wie ein Lausbube.

In diesem Augenblick sah ein Bediensteter, der noch einen letzten Stuhl eingesammelt hatte und zum Gebäude des Stabilimento zurücklief, zu ihnen herüber. Er blieb verwirrt stehen und sah genauer hin, um zu verstehen. Dann, noch immer verwirrt, rief und gestikulierte er zu ihnen herüber. Doch Ana und Alberto hörten ihn nicht. Und Ana redete mit ihrer schrillen Stimme in kindlichem Tonfall weiter, und Alberto hörte fassungslos zu:

»Is aber noch was andres: ohne Vertrauen gibt kein Zweifel, mein Kleine. Wenn kein Vertrauen wär, dann wir könnten kein einzige Minute leben, wo so viel ungewiß rings um uns rum, stimmt? Deshalb is jede klein Minute von unser Leben ein groß Moment Vertrauen. Leben is immer Zweifel haben. Kapiert, mein Kleine? Deshalb is Leben allein schon Vertrauen haben. Nur wenn viel Vertrauen, man kann leben. Is unser Amulett, Vertrauen! Sonst ... besser alle umbringen, so wie Gustav-mit-Stern-auf-Kopf wollte. Oder gleich sich umbringen, dann is die Geschichte aus und alle gehn nach Haus.«

Nun lief Ana über den Strand, getrieben von einer für ihr Alter und ihren Zustand erstaunlichen Energie. Während die

Blitze über den Himmel zuckten und der Donner die Erde erzittern ließ, schrie sie Alberto zu:

»He, dô Pai, man muß lernen die Kunst vom Zweifel, dô Pai. Was is dasselbe wie lernen die Kunst vom Leben, verstehst? Is wie ein kleine Feder flattert in ganzes großes Geheimnis. Kleine Feder allein ist schon groß Geheimnis. Du verstehst, dô Pai?«

Ana blieb stehen und kratzte sich den Kopf.

»Ach, bin ich ja soooo faul!« sagte sie gähnend. »Nu is Schluß!«

Obwohl er nicht wußte, zu wem sie sprach, konnte Alberto nicht mehr an sich halten und rief:

»Aber ich muß etwas fragen, Dona ...«

Die alte Frau hörte ihn nicht. Lachend hüpfte sie weiter und wirbelte den Sand auf. Besorgt lief Alberto hinterher. Zögernd blieb er kurz stehen. Dann nahm er allen Mut zusammen und rief laut, um den Donner zu übertönen:

»Ich muß es wissen, Donana! ... Was genau ist das Geheimnis?«

Da brach der Regen los. Ana kicherte listig und hüpfte vergnügt wie ein kleines Zicklein im prasselnden Regen. Alberto blieb eine Weile hilflos stehen, die Frage brannte ihm noch auf den Lippen. Schließlich entschied er, daß sie sich unter ein Dach begeben mußten. Er lief zu Ana und versuchte, sie an der Hand zu nehmen. Zuerst wehrte sie sich. Lachte und lachte vor Freude über den Regen. Alberto zog in die eine Richtung. Sie in die andere. Als kämpften sie miteinander.

»Kommen Sie, Donana.«

Ganz allmählich erschlaffte sie und gab nach. Schließlich ging ein Ruck durch sie, und sie kam zu sich. Alberto wickelte ihr das Tuch um den Kopf, hob seinen Strohhut auf und ergriff Dona Anas Beutel. Dann zog er seinen Gehrock aus und legte ihn ihr um die Schultern. Der Bedienstete winkte wieder eindringlich zu ihnen herüber. Das Stabilimento wollte schließen.

Als sie sich endlich auf den Weg machten, um die Pferdebahn zum Lido-Anleger zu nehmen, waren Alberto und Ana bis auf die Haut naß.

*

»Nega Ana is traurig, weil Siozinho abreisen«, sagte Dona Ana an Bord des Vaporetto.

»Ich auch, Donana.«

Der betrübte Blick der alten Frau ging Alberto zu Herzen. Er schluckte trocken, dann erklärte er:

»Eigentlich hätte ich schon abfahren müssen. Wegen meiner Examen. Die darf ich nicht verpassen. Die brasilianische Regierung gewährt mir eine Pension, verstehen Sie? Das ist für mich eine Verantwortung ...«

Dona Ana nickte zustimmend. Mehr zu sich selbst als an sie gewandt, setzte Alberto nach:

»Ich wollte nur fünf Tage hier bleiben. Nun sind es schon acht geworden ...«

Die alte Frau lächelte, noch immer tiefe Traurigkeit im Blick.

*

Als sie am Anleger Riva in Venedig ausstiegen, war es schon dunkel. Der Regen hatte aufgehört, doch die Luft war noch immer schwül. Dona Ana wirkte sehr bedrückt.

Sie überquerten den Markusplatz, das Licht der Gaslaternen spiegelte sich hier und da in großen Pfützen. Als sie an einem Blumenstand vorbeikamen, blieb Alberto kurzentschlossen stehen, kaufte einen Strauß voll erblühte weiße Rosen und überreichte sie Dona Ana. Ihr dankbares Lächeln konnte ihre Melancholie nicht verbergen.

*

Schweigend gingen sie zur Pension der alten schwarzen Ana. Von den Mauern der Gassen hallte das Echo ihrer

Schritte durch die Pfützen. Katzen miauten. Dona Ana trug an einem Arm ihren Beutel. Mit dem anderen preßte sie die Rosen an die Brust. Hinkend und schwer atmend schleppte sie sich ganz langsam voran. Sie schien in Gedanken weit weg.

*

Als die beiden kurz vor der Pension einen kleinen Platz überquerten, näherte sich von irgendwo das Läuten eines Glöckchens. Da erschien aus einer Seitenstraße eine kleine Prozession. Voran schritt ein Meßdiener, in der linken Hand eine brennende Kerze, mit der rechten schwenkte er ein silbernes Glöckchen. Dicht hinter ihm ein Priester im Ornat, in den Händen eine Monstranz mit dem Sanktissimum. Neben ihm im selben Schritt ein weiterer Meßdiener, der sich bemühte, einen weiß und golden verzierten Baldachin über den Kopf des Priesters zu halten. Es war das Viatikum, ein Hinweis darauf, daß in einem der Häuser ein Mensch im Sterben lag. Dona Ana kniete mühsam nieder und bekreuzigte sich. Alberto beugte respektvoll das Knie. Die Prozession zog an ihnen vorüber und bog um eine Ecke in die Dunkelheit. Das Läuten des Glöckchens verstummte rasch im Gewirr von Venedigs Gassen.

*

»Sie müssen vor dem Schlafen ein ordentlich warmes Fußbad nehmen, Donana«, sagte Alberto vor der Pension.

Auf seinem Gesicht stand deutlich die Sorge um die Gesundheit der alten Frau, aber auch die Beklommenheit des Abschieds.

»Versprechen Sie es?«

Dona Ana, trotz der Erschöpfung ruhig, bedeutete ihm, einen Augenblick zu warten. Sie drehte sich um und ging hinein. Wenig später kehrte sie mit einem Proviantbeutel zurück und reichte ihn Alberto:

»Ist ein *pão-de-ló*, hab ich für Siozinho gebackt. Damit Sie auf Reise essen. Und stillen *saudade* nach Brasil.«

Gerührt nahm Alberto den Biskuitkuchen entgegen. Ehe er sich versah, ergriff er die Hände der alten Frau, beugte sich über sie und küßte sie.

»Ihren Segen, Donana.«

»Gott segne dich, mein Sohn.«

Sie umarmten sich zum Abschied.

»Es war ein großes Geschenk, daß ich Ihnen begegnet bin«, sagte er. Nur mit Mühe konnte er seine Rührung unterdrücken.

Ana sah ihn mit ihren schielenden Augen an und entschuldigte sich:

»Hab keine Anschrift für Siozinho geben. Und außerdem, kann ja nich lesen und schreiben ...«

Obwohl es noch viel zu sagen gab, war es besser, sich kurz zu fassen, denn je länger der Abschied, desto größer der Schmerz. Weshalb Dona Ana verstummte und sich zum Eingang der Pension begab. Sie öffnete die Tür. Bevor sie eintrat, drehte sie sich um:

»Gott beschütze Sie, Siozinho!«

Ein letztes Mal sahen sie sich an. In diesem Augenblick flackerte ein Funken Komplizenschaft zwischen ihnen auf, eine Art glühendes Band zwischen der Alten und dem Jungen, als strebten sie unverhofft auf dasselbe Ziel zu. Es war, als vermengte sich die flüchtige Gegenwart mit der Vergangenheit und zöge Echos aus der Zukunft auf sich, so daß die Welt zu einer Einheit, etwas ganz und gar Gegenwärtigem wurde und sie sich als Reisegefährten empfanden.

Es dauerte nur einen kurzen Augenblick. Dann ging Dona Ana hinein, und Alberto machte sich auf den Weg, jeder in seine Richtung, denn so mußte es sein.

*

Wo warst du in all diesen Tagen, Alberto Nepomuceno? Was eigentlich hast du, vielleicht in Venedig, erlebt? Die Ereignis-

se hatten dir die Orientierung genommen. In deiner Erinnerung pochte ruhelos das Bild der alten Negerin, die, aus der Heimat verbannt und vom Tod umarmt, sich wie eine Feder treiben ließ. Würde sie die Flamme des Zweifels wachhalten? Die Kunst des Zweifelns betreiben? Oder einfach im Chaos untergehen? Der Gedanke, der innere Friede könne darin zu finden sein, daß man Konflikte nicht löst, sondern sie fortbestehen läßt, hatte dich geradezu betäubt. Die Spannung zwischen ewigem Kampf und bedingungsloser Kapitulation aufrechtzuerhalten schien dir ein allzu schwieriges Unterfangen. Dir klang dies nach einer erschreckenden Ausweglosigkeit: versinken müssen, ohne sich zu verlieren. Oder vielleicht schlimmer noch: seine Identität behaupten, indem man sie verliert. Wie anders als durch ein Wunder sollte das möglich sein? Während du dich zur Abreise rüstetest und im Zimmer deiner Pension den Koffer packtest, brach etwas in dir auf. Diese Ausweglosigkeit. Das also hieß den Zweifel wachhalten? Wer war Alberto Nepomuceno wirklich? Maske? Ungewißheit? Verzweiflung? Ein Sohn des Chaos ... Dir kam der Gedanke, daß du nicht mehr wußtest, wo in dir du dich befandest. Panik packte dich und das gleiche Grauen wie auf dem Vesuv, nun noch doppelt furchtbar. Als könntest du die Ungewißheit des Lebens nicht länger ertragen und deine Schutzhülle risse auf. Du versankst in einer Finsternis, aus der kein Weg herausführte. Du konntest nicht anders als um ein wenig Licht flehen, du flehtest, irgendein Licht möge dir scheinen und deine Musik möge dein Weg zum Licht sein, die Tür, die sich zum Licht des ganzen Universums öffnet, deine verlorene Identität. Vor Schwäche versagten dir die Beine, und abermals – dir unerklärlich – begannst du, wie unter Zwang die Hände zu reiben, ein seltsames Ritual – oder war es nur eine Form des Gebets? –, und du stöhntest, stöhntest zunehmend lauter, ein Klagegesang entrang sich deiner Kehle, eine übermenschliche Anstrengung, den Schmerz darüber auszutreiben, daß du so schwach, so vergänglich bist, und es war, als trügen die Brechungen deiner Stimme den Großen Schmerz und allen Schmerz der Welt zu dem sehnlichst er-

flehten (doch unbekannten) Licht des Universums und verschmölzen mit ihm. Trotz alledem galt es, das Geheimnis wachzuhalten. Würde es dir gelingen? Eine ganze Weile verharrtest du so, auf dem Fußboden deines Pensionszimmers hockend, bis du wieder ganz zur Besinnung kamst. Auf den Wangen verstohlene Tränen. Als die Signora Contarin, von den Geräuschen aufgeschreckt, sich erkundigen kam, ob dir etwas fehle, griffst du zur nächstbesten Ausrede, es spielte ja keine Rolle. Ja, du warst verwirrt, hattest keine Lösung, nicht einmal den Schutz deiner Maske. Aber das Leben kennt Barmherzigkeit. Du fühltest dich bereit zur Abreise. Du hattest Flehen gelernt. Beim Abschied von Venedig wurde dir zur Gewißheit, daß du zumindest Herr deines Schmerzes bist.

12. Kapitel

Die Tuberkulose, auch Schwindsucht, Brustleiden und weiße Pest genannt, ist über ganz Europa verbreitet, ihr Bazillus befällt die Menschen ohne Ansehen von Alter oder Stand, bevorzugt allerdings die Schwächsten und solche, die ein ausschweifendes Leben führen. Trotz aller Verheißungen, darunter wundersame »Heilungen« und viel Scharlatanerie, hat man noch immer kein Mittel gefunden, um diese verheerende Krankheit endgültig zu besiegen.

Sie beginnt mit trockenem Husten. Dann kommt es zu starkem Auswurf. Beides kann irrtümlich einer verschleppten Erkältung oder sogar dem Genuß von Tabak zugeschrieben werden. Der Kranke klagt über Müdigkeit in den Beinen, als wären sie dauernd überanstrengt, und fröstelt ständig. Dies ist in Wirklichkeit auf einen chronisch fiebrigen Zustand zurückzuführen, wobei die Temperatur vor allem am späten Nachmittag ansteigt. Dabei tritt häufig Nachtschweiß mit charakteristischem Geruch auf und als Folge anomaler Durst. Im Auswurf finden sich Blutspuren. Der Kranke verliert den Appetit und nimmt langsam, aber stetig ab. Um die Augen bilden sich rötliche Ringe, die Wangen fallen ein, die Lippen sind kalt und zittern. Das Hauptmerkmal des Tuberkulösen ist seine Blässe. Da die Füße zum Anschwellen neigen, darf er nicht lange sitzen. Der Kranke ermüdet sehr schnell und gerät schon nach kurzen Spaziergängen in Atemnot. Die zunehmende Schwäche erfaßt den ganzen Organismus. Die immer heftigeren Hustenanfälle zehren an seinen Kräften. Selbst Sprechen kostet viel Kraft. Jede größere Anstrengung der Stimme, zum Beispiel Singen, wird unmöglich. Die Krisen treten besonders in den Übergangsjahreszeiten Frühling und Herbst auf. Mit schwindender Widerstandskraft des Organismus schreitet die Krankheit weiter voran. Bis sie einen Stand erreicht, von dem es kein Zurück gibt. Das erste Alarmzeichen ist im allgemeinen Blutspucken – infolge einer Lungenblutung – bei einem heftigen Hustenanfall. Dies weist zweifelsohne darauf hin, daß sich erste Kavernen in der Lunge gebildet haben und daß große, von der Krankheit befallene Blutgefäße geplatzt sind. Starkes Blutspucken zeugt eindeutig von Zersetzung des Lungengewebes, wobei als Auslöser bereits eine größere körperliche Anstrengung genügen kann.

Doch darf nicht unerwähnt bleiben, daß es chronische und akute Kranke gibt. Bei den letzteren verläuft die Krankheit natürlich beschleunigt. Bei den ersten entwickelt sie sich langsam, manchmal über Jahre, wobei sich symptomfreie Zeiten mit plötzlichen Krisen abwechseln, wenn der Organismus dem Bazillus gegenüber aus dem Gleichgewicht gerät. Dafür genügt schon ein emotionales Problem. Dann kommt es zu kleinen Lungenblutungen und Infektionen, die nicht in direktem Zusammenhang mit der Tuberkulose stehen. In fortgeschrittenen Stadien kann die Krankheit auf andere Teile des Körpers übergreifen. Wenn der Kranke zum Beispiel zu schwach ist, um den Auswurf auszuspucken, und ihn hinunterschluckt, gelangt der Bazillus in den Darm und befällt ihn ebenfalls. Dann treten stark blutige Durchfälle auf. Bei all diesen Krisen kann der chronisch Kranke sich an öffentliche ärztliche Beratungsstellen wenden, von denen es in Europa inzwischen eine große Zahl gibt.

Die besten Behandlungsstätten sind Orte am Meer, wegen der sehr heilsamen Seeluft. Aber auch trockenes, wüstenähnliches Klima, wie in der Umgebung des Vesuv, wo die Sonneneinstrahlung besonders hoch ist. Daß der Bazillus in Kontakt mit dem Sonenlicht abstirbt, ist erwiesen. Offenbar steigt die Genesungschance des Schwindsüchtigen, je mehr Pigmente die Haut bildet. Dennoch darf sich der Kranke nur mäßig und zu geeigneter Tageszeit der Sonne aussetzen. Zur Behandlung zählen üblicherweise Meerwasserbäder, Inhalationen und bestimmte Arzneien. Großer Beliebtheit erfreuen sich derzeit Medikamente auf der Grundlage von Goldsalzen, wie Aurocarbol, oder von Kupfersalzen, wie Zyankuprein, abgesehen von den schon traditionellen auf der Grundlage von Kreosot, Belladonna, Schierling und Opium. Auch werden hustenstillende Sirupsäfte sowie eine große Zahl von Stärkungselixieren verordnet. Darüber hinaus selbstverständlich viel Ruhe und gute Kost, bestehend aus Fleisch, kräftiger Milch (insbesondere Ziegen- oder Eselsmilch) sowie frischer Butter.

Die breite Diskussion in wissenschaftlichen Kreisen ist noch nicht zu einer einhelligen Beurteilung sämtlicher Aspekte der Tuberkulose gelangt. Zwar glauben einige Gelehrte, sie sei ausschließlich vererbbar, doch gilt heute nahezu allgemein die Auffassung, daß die Schwindsucht äußerst ansteckend ist, wie mittels der Identifizierung des Erregerbazillus durch Dr. Koch bewiesen. Man ist davon so fest überzeugt, daß viele Ärzte sich aus Angst vor Ansteckung weigern, an Leichen von Schwindsüchtigen eine Autopsie vorzunehmen. Deshalb sind seit dem letzten Jahrhundert aus Vorbeugungsmaßnahmen strenge Gesetze geworden, vor allem in manchen italienischen Staaten, darunter auch die frühere Republik Venedig. Noch heute gelten sehr strikte Desinfektionsvorschriften, wie etwa in dem Erlaß formuliert, der 1872 in Neapel verkündet wurde. Danach wird der Arzt, der die Meldung eines Tuberkulosekranken unterläßt, mit einer Strafe von dreihundert Dukaten belegt, im Wiederholungsfall mit einer Verbannung für zehn Jahre. Die Verwaltung hat die Kleidung und persönliche Habe des Kranken einzuziehen. Wer sich dem widersetzt, wird zu drei Jahren Kerker verurteilt, sofern er dem unteren Stand angehört, und zu drei Jahren Festung und einer Geldstrafe in Höhe von dreihundert Dukaten, wenn er dem Adel angehört. Die möglicherweise verseuchten Gegenstände sind unmittelbar nach dem Verscheiden des Kranken zu verbrennen, auch die Möbel, Türen und Fenster des Hauses. Die Verwaltung hat dafür Sorge zu tragen, daß die Wände des Hauses, in dem der verstorbene Tuberkulosekranke gewohnt hat, abgekratzt und frisch gekalkt werden, und zwar vom Keller bis zum Dachboden. Um eine Ausbreitung zu verhindern, sind arme Kranke ins Hospiz zu verlegen. Selbst dort muß ihre Leib- und Bettwäsche separiert werden, da bekannt ist, daß Kranke, wenn sie auf engem Raum zusammenleben, sich gegenseitig anstecken.

Als private Vorbeugungsmaßnahmen empfiehlt sich, daß der Kranke in einem gut gelüfteten, sauberen Raum isoliert wird. Zum Schlafen sollten die Fenster geöffnet sein. Zur Vermeidung von Ansteckung innerhalb der Familie müssen sein Eßgeschirr und persönliche Gegenstände strikt gesondert gehalten werden, auch bei der Säuberung. In der Öffentlichkeit empfiehlt sich, daß der Kranke beim Husten ein Taschentuch vor den Mund hält. Spucken auf den Boden ist unbedingt zu vermeiden. Deshalb muß der Kranke immer sein eigenes Spuckgefäß bei sich tragen. Aus diesem Grund wurde bei den Vorbeugungskampagnen dringend angeraten, in sämtlichen Räumen im Haus jeweils ein oder zwei Spucknäpfe bereitzustellen.

Bisherige Untersuchungen zeigen, daß im allgemeinen lediglich zwanzig Prozent der Erkrankten vollkommene Heilung erlangen. Zwanzig bis dreißig Prozent können als chronisch Kranke mit gelegentlichen Anfällen lange Zeit weiterleben. Trotz aller wissenschaftlichen Bemühungen handelt es sich bei der Schwindsucht um eine verheerende

Krankheit, denn fünfzig bis sechzig Prozent der Patienten erliegen der Krankheit im zweiten Jahr. Das Ende erfolgt zumeist nach einer letzten, starken Lungenblutung, allgemein bekannt als »Blutsturz«. Ursache dafür ist das Aufplatzen von Gefäßerweiterungen in den Lungenkavernen. Bei Bluthochdruck kommt es gleichzeitig zu anhaltender Herzinsuffizienz, die den Druck auf die Gefäße der tuberkulösen Vernarbung der Lungen erhöht. In anderen Fällen wiederum kann das Platzen der erkrankten Gefäße durch starke Gemütsbewegungen ausgelöst werden. Der Blutsturz führt den Tod herbei, entweder durch akute Blutarmut, durch Erstikken infolge von Verstopfung der Bronchien durch Blutgerinnsel oder durch akuten Atemstillstand, da beim Platzen der Gefäße das ausgetretene Blut die Lungen überschwemmt hat.

Alles in allem dauert es höchstens eine Stunde und beginnt mit einem unverwechselbaren Symptom. Aufgrund der Lungenblutung fühlt sie ein Brennen in der Brust. Ihre Lippen werden lilablau. Die Lider verfärben sich granatrot. Sie argwöhnt. *Der Tod kommt von innen her, steigt zunächst wie ein sich verdichtender Verdacht auf.* Beunruhigt über die plötzliche Aufwallung preßt Ana die Hände um den weißen Rosenstrauß. *Alle Sinne überkommt ein Gefühl, das Traum sein könnte, aber nicht ist, das Bewußtloswerden sein könnte, aber nicht ist.* Aus der Ferne hört sie das Kurorchester spielen. Vom Wind zerfetzte Rufe. *Tatsächlich ist das Bewußtsein geschärft wie nie zuvor, nimmt jeden Ton, jeden Geruch, jeden Lichtfunken, jede Geschmacksnuance überdeutlich wahr. Den Geschmack, der aus tiefster Tiefe aufsteigt.* Sie spürt, wie es ihr brutal die Brust zerreißt. *Der Tod steigt als reales, klares Gefühl auf.* Töne, kräftig. Seeluft, kräftig. Im Mund. *Der Geschmack des Todes kommt nicht aus dem Magen, wie eigentlich zu vermuten wäre. Es ist eine andere Art von Erbrechen, das mit Macht hinaufdrängt und das Innere zerreißt.* Ana, auf dem Segeltuchstuhl sitzend, den Blick aufs Meer gerichtet, will schreien, doch zu spät, plötzlich bricht es heraus. *Es ergießt sich als etwas, das lediglich ausgeatmete Luft sein könnte. Aber nein. Es ist mehr, vermischt mit der Luft, die pulsierend austritt. Es ist tatsächlich etwas so Konkretes, so Pulsierendes, daß keine Luft mehr vorhanden ist. Etwas Schieres, Rotes, Flüssiges, ein Bestandteil des Ich, das plötzlich in einem Schwall herausschießt, und dann noch einer und noch einer.* Das Blut schießt wie glühende Lava aus Nase und Mund. *Und bei jedem Atemzug kommt das Ich rot herausgespritzt.* Ana will um Hilfe rufen, bringt aber keinen Laut heraus. Statt dessen schießt wieder Blut aus ihrem Mund, es spritzt weithin. *Und macht angst. Weil es erschreckend rot ist.* Auf den weißen Rosen auf ihrem Schoß dicke rote Spritzer, oder ist es vielleicht Weiß auf Rot, *denn es gibt keine Bezugspunkte mehr, im Gegensatz zu den Minuten zuvor, als jede Wahrnehmung doppelt scharf schien. Jetzt ist das Gefühl unwiderlegbar*, so wie das Weiß der Rosen unter der schleimigen Flüssigkeit fast verschwindet. Bei jedem Sprechversuch ein neuer Blutschwall. *Das Ich versinkt in Panik.* Das Blut bricht in Schüben heraus. *Das Ich entweicht unhaltbar mit den Blutschwällen, die Ana Brazilera aus dem Mund schießen, auf ihre Brust, ihr Kleid, die Rosen, den Stuhl und den Sand ringsum spritzen. Alles färbt sich rot.* Ein leuchtendes Rot, das schnell gerinnt. Doch da ist auch der Schaum des ausgestoßenen Lungensekrets. *Da versinkt Ana im Meer, dem tiefen, klaren Meer, das plötzlich in tragischen, kräftigen Tönen schillert, bis es sich blutrot verfärbt. Das Ich will sich befreien, auftauchen, doch sein neuer Ausbruch bewirkt Erschrecken, denn das Ich geht von dannen und hat sich gar nicht verabschiedet. Erinnerungen brechen wild durcheinander auf, eitle Versuche, dem Entweichen des Ich Einhalt zu gebieten.* Ana erinnert sich. *Sie ist Wurá und befindet sich auf dem Sklavenschiff und sagt etwas in ihrer afrikanischen Sprache. Nein, vielleicht ist es auch nur der Anrufungsgesang, Erúia-Odoiá, Erúia-Odoiá. Erinnerungsfetzen ohne Zusammenhang, ohne größere Bedeutung. Die Zeit im Zirkus, der Löwe Justus mit seinem zutraulichen Gesicht, der Zirkuswagen, der über die Landstraße holpert, der hoch in der Luft schwingende Rüssel des Elefanten Luang, an dem Ana hinun-*

terrutscht. Erinnerungen ohne Bedeutung, weil wahllos herausgegriffen, die kühlen Morgenstunden in Paraty, der Nebel in Lübeck, vielleicht auch Hamburg, Eindrücke von Städten in Polen, in Rußland. Oder sind diese Erinnerungen womöglich echter, gerade weil sie in einem Augenblick auftauchen, der so grandios ist, weil von solcher Panik erfüllt, von jedem Bezug gelöst. Und Gustav, mein Gustav. Ganz konkrete Phantasien. Mitten in der Zirkusmanege wird Ana mit Gustav getraut, und alle haben sich versammelt: die Liliputaner Montoya, die Mammutfrau, der liebe Clown Olibo, die Amazone, der Halbmensch, der Dompteur, die Araber Béjaoui, Salim, Murad, der kleine Ahmed, Herr Krenz, alle freuen sich, alles ist hell. Und Ana spricht fast zu sich selbst: Gustav Sternkopf, willst du mich zu deiner rechtmäßigen Ehefrau nehmen? Eine Ohrfeige. Ana ist nicht sicher, ob sie lächelt oder nicht. Sie kann sich selbst nicht mehr sagen, was Ana Brazilera tut. Wird der Gustav heute betrunken nach Hause kommen? Dann gehe ich auf ein Schiff und fahre zurück. Und was wird aus Dodô, ganz allein? Ich muß die Arznei nehmen, gestern habe ich es vergessen. Wird der Gustav nicht frieren? Wo stelle ich seine Bilder hin, meine Meisterwerke? Gustav, Gustav. Geliebter Gustav, Teil meiner Seele. Ich habe solche Sehnsucht! Das Ich ist in ihrem Innern in Aufruhr, hat Angst, sich zu verlieren. Wieder. Arzneigeruch. Alltäglicher Geruch. Gustavs Körper mit dem Geruch von Weißen. Der Geruch des Nachtschranks, noch an abgestandenen Urin im Nachttopf erinnernd, der jeden Morgen ausgeleert werden mußte. Wird sie also niemals das fröhliche Bimmeln des Glöckchens hören? Zur letzten Ölung ... Doch, es kam immer deutlicher, immer heller näher. Das Läuten. Paratys Glocken läuten. Jählings eine Überlebenshoffnung, als wäre das alles nicht wahr, nur ein böser Traum. Eine Fast-Fröhlichkeit, weil das Ich sich doch noch ordentlich beträgt, sich fügt, sanft wird und nun wieder den Tanz des Lebens tanzen will, während Ana Brazileras Brust sich hebt und senkt, sich den neuen Erfordernissen anpassen will, den Erfordernissen dieses Zustands, den sie sich nicht erklären kann – oder vielleicht weiß sie es, will es aber nicht wahrhaben, weil der Schrecken so groß ist. Der Körper will das Ich nicht entweichen lassen, er wehrt sich und kämpft in Krämpfen, ein allerletzter Versuch, die alte Ordnung aufrechtzuerhalten, vergeblich. Doch nun, wie eine Waagschale, steigt das Ich erneut auf, ein Wirbelwind erhebt sich im Innern und stürmt dem Licht entgegen, tobt in schrecklichen Zuckungen, sucht wieder den Weg hinaus, die Freiheit. Doch es ist nicht das Ich, oder vielleicht doch, aber es kommt nicht allein. Ein neuer Blutschwall schießt heraus, dann noch einer und noch einer. Und Atmen ist nicht möglich, doch nun keine Panik mehr. Der sich wehrende Körper sucht einen Ausgleich, vielleicht eine Ruhepause zu erwirken, bemüht sich, den Hauch von Luft einzuziehen, der ihn in die Normalität zurückbringen würde, in den Zustand der wenn auch nur vorläufigen Ewigkeit, der Leben heißt. Aber es ist eine bloße, unbegründete Vermutung, das Ich regt sich wieder, fast glorios in seiner Brutalität, mit der es hinausdrängt und fliehen will, und stößt einen neuen dickflüssigen Blutstrahl aus. Und es ist so viel, daß Ana Brazilera spürt, wie ihr die Sinne endgültig schwinden. In den Ohren hört sie die Schläge ihres Herzens und das Pochen der Adern, und vielleicht sind sie bejahend, vielleicht auch nicht, die allerletzten, weil schwachen Schläge, die das Ohr da drinnen auffangen will. Das ist es also. Sterben. Ein Aufschrecken, alles bäumt sich noch einmal auf, kehrt scheinbar zum Leben zurück. Denn sterben, nein, sterben, nein, sterben, nein, sterben, nein, das will ich nicht, und der Atemhauch wird immer schwächer, schon bald nicht mehr spürbar, eine sinnlose Bewegung, die alles sein kann, eine fast gerade Linie, in fast gleichförmiger Bewegung: Wohin ist mein Ich, fragt sie sich in diesem fast unhörbaren Hauchen. Ana spürt, daß ihre Hände den klebrigen Rosenstrauch nicht mehr umfassen. Rings um sich nimmt sie eine Menschenansammlung wahr, erschrockene Gesichter, erstarrte Blicke. Da schlängelt sich ein kleines Negermädchen zwischen den Menschen hindurch. Hübsch ist sie. Und weint nicht. Sie greift nach ihren Händen, die Kleine. Und küßt sie. Und Ana empfängt den Kuß, öffnet den Mund und will sagen: »Ich heiße Ana. Bin fast sechzig Jahre alt. Ich bin Brasilianerin.« Doch dann erinnert sie sich vage und gewinnt vage Gewißheit und korrigiert sich, spricht jedes Wort sorgfältig aus: »Ich heiße Ana-Wurá Brazilera.« Und als könnte sie nicht an sich halten, flüstert sie sich selbst und der Welt die letzten Worte zu: »*Saudade!* Ach, welch *saudade!*« Sie seufzt. *Im selben Augenblick regt sich ein kleines Begreifen anderer Art und gewinnt Oberhand, und jetzt ist sie doch Ana Brazilera, oder nicht? Wer eigentlich ist Ana Brazilera? Die Frage bleibt offen auf dem Höhepunkt des vergeblichen Versuchs, Atem zu holen. Aber Atmen ist auch nicht mehr nötig. Die Flucht des Ich entspricht der vollkommenen Leere, in die der Körper versinkt, und er wird leicht, seltsam leicht, ganz gewichtslos, ist schließlich nur noch leere Hülle. Und was vorher Ich war, hat seinen Sinn verloren, denn sein ganzer Sinn hat sich nach außen begeben. Was früher fremdartig und feindselig war, wird jetzt zur Heimstatt, zum wahrhaftigsten Teil, denn darin befindet sich das Ich. Und die Sinnlosigkeit, die den Körper leer hinterläßt und das Außen erfüllt, ist klar und offenkundig. Denn dort verteilt befindet sich das Ich und nicht mehr in der Nega Ana, nur noch ein Gehäuse ist es, das an die Nega Ana erinnert, die einmal die schwarze Brasilianerin war. Das Ich treibt umher, ganz nach außen gewandt, dieses Ich, das zum ersten Mal die Wirklichkeit von oben erlebt, als triebe auch sie, als hätte die Wirklichkeit sich verwandelt, dabei ist es Ana, die sich verwandelt hat, denn nun ist alles, was einmal war, bedeutungslos, Leid, Kämpfe, Sorgen, jetzt ist das Ich voll und ganz Ich selbst, Ana Brazilera viel größer, als je geahnt, wandelt tief in sich selbst, wie in einem ruhigen Meer, dessen Fluten nicht mehr fremd sind, sondern Teil des eigenen Ich. Denn genau so ist, was sie fühlt. Alles ist ich, Ana Brazilera. Ana bin Teil von allem, schwebt über allem, denn sie bin das Schweben an sich und die Luft und das Licht und der Sinn und das Nichts und die Welt und das Allergroßartigste und vielleicht ist dies die letzte, erhabenste Reise zu ihr, zum Erhabensten ihrer selbst. Der große Frieden, das große Licht, in dem sie immer tiefer versinkt, vergeht und gleichzeitig alles ist, eins nach dem anderen, grenzenlos alles umfassend, dort oben in dem vollkommen schieren Licht, von dem Ana Brazilera jetzt Teil ist, und es gibt nichts weiter zu sagen oder zu fühlen oder zu denken, denn jenes alte Ich hat ein Ende. Denn das Ich hat mit seinem Ende einen neuen Anfang genommen. Dieses Mal in Form von Vollkommenheit. Der vollkommene Frieden vom Ende vom Anfang vom Ende vom Anfang. Vom Ende und vom Anfang. Und die Glocken von Paraty, die nun zu hören sind, o ja, die Glocken von Paraty sind die vollkommenste Musik und vollkommene Stille.* Nun denn, adieu, los geht's, der Zug fährt gleich ab, sagt das hübsche kleine Negermädchen.

*

Venedig, den 26. August 1890

Hochgeehrter Herr Nepomuceno:

In Anbetracht der so aufrichtigen Freundschaft, die ich zwischen Ihnen beiden erlebte, habe ich die schmerzliche Pflicht, Ihnen mitzuteilen, daß am gestrigen 25. August, dem Tag Ihrer Abreise aus Venedig, meine frühere Amme Ana verstorben ist. Dies ist zwar traurig, kam für uns aber nicht unerwartet. Seit langem schon waren wir wegen Anas Gesundheit in Besorgnis. Gestern morgen wurde ich insbesonders besorgt, als ich sie ziemlich geschwächt, hochfiebernd und mühsam nach Luft ringend vorfand. Wie ich erfuhr, war sie am Abend zuvor in den Regen geraten, was ihren angegriffenen Gesundheitszustand verschlechtert haben dürfte. Dennoch konnte kein Argument Ana von ihrem Entschluß abbringen, mit uns an den Lido zu fahren. Den Rosenstrauß, den Sie ihr geschenkt hatten, nahm sie mit. Die armen Rosen hingen schon recht matt, doch für unsere Ana besaßen sie fraglos einen besonderen Wert.

Am Strand wollte sie unbedingt auf einem Stuhl dicht am Meer sitzen. Dann geschah alles sehr plötzlich und innerhalb weniger Minuten. Ana erbrach mehrfach nacheinander einen großen Blutschwall. Ihr ganzes Kleid wurde durchtränkt, selbst der Sand ringsum. Die Badegäste in der Nähe blickten entsetzt zu ihr. Die Frauen schlugen die Hände vors Gesicht. Mehrere Bedienstete kamen hinzu, wußten aber keinen Rat. Die Nachricht verbreitete sich wie ein Lauffeuer. Am ganzen Strand brach Panik aus. Kindermädchen brachten die Kleinen in Sicherheit. Familien packten in Eile ihre Sachen. Viele Menschen liefen schreiend davon. Die Glocke des Stabilimento läutete Alarm. Mehrere Polizisten trafen ein. Mit Pfiffen versuchten sie, für Ordnung zu sorgen, wiesen die Leute an zurückzutreten und fragten unablässig: »Ist hier irgendwo ein Arzt?«

Ich war zu Ana geeilt, wagte aber wegen der hohen Ansteckungsgefahr dieses Leidens nicht, zu nah an sie heranzutreten. Dann sah ich, wie die arme Ana das Bewußtsein verlor. Dennoch wurde ihr Körper von heftigen Krämpfen geschüttelt, gefolgt von neuen schrecklichen Blutstürzen. Die weißen Rosen waren von dem erbrochenen Rot vollkommen überdeckt. Ein schreckliches Bild.

Verzeihen Sie die vielleicht rücksichtslose Ungeschminktheit meiner Schilderung, doch so genau hat es sich zugetragen, und so werde ich es für immer in Erinnerung behalten.

Als das Ende schon nahte, sah es aus, als würde Ana aus der Bewußtlosigkeit erwachen. Ich merkte, daß sie etwas sagen wollte, die Ärmste, doch konnte man nichts verstehen, denn ihr die Stimme versagte. Ihre Lippen bewegten sich leicht, während sie um Worte rang, bis ihr der Kopf für immer auf die Brust sank. Dann rührte sie sich nicht mehr und saß da auf dem Strandstuhl am Meer, vornübergebeugt, fast rund, wegen ihres Buckels.

Es dauerte sehr lange, bis die Bediensteten vom Gesundheitsamt kamen, um den Leichnam abzutransportieren und den Platz zu säubern. Unseligerweise merkte ich erst ganz zum Schluß, daß Tommy alles mit angesehen hatte, denn er spielte, wie immer allein, nicht weit von Ana im Meer.

Doch nicht weniger bedauerlich war, was anschließend geschah. Um ein Haar mußten wir ein empfindliches Bußgeld zahlen, weil wir von Anas Krankheit nicht Meldung gemacht hatten. Auch mit der Wirtin der Pension, in der Ana abgestiegen war, kam es zu einem unerfreulichen Streit. Die Gute wollte uns für die Desinfizierung ihrer Pension ein kleines Vermögen abpressen. Es endete damit, daß wir bezahlten, was uns annehmbar schien, mit anderen Worten, lediglich die Wäsche der Pension, die Ana benutzt hatte, denn sie mußte wegen der Ansteckungsgefahr verbrannt werden.

Dies alles hat uns sehr traurig gestimmt. Wie Sie verstehen werden, sind die Ferien in Venedig für uns beendet. Die Vorkehrungen für unsere morgige Rückreise sind bereits getroffen. Ich schreibe Ihnen diesen Brief, obwohl ich nicht weiß, ob er je in Ihre Hände gelangen wird, da mir die genaue Anschrift des Konservatoriums, an dem Sie in Berlin studieren, nicht bekannt ist.

Trotz allem, was geschehen ist, kann ich sagen, daß es mir eine Freude war, Sie kennenzulernen.

Was das traurige Ereignis betrifft, müssen wir uns, meine ich, mit der Gewißheit trösten, daß unsere liebe Ana endlich ihren Weg in diesem schrecklichen Mysterium der Welt gefunden hat.

Und wir, wohin gehen wir? Ich frage mich: Wohin gehen wir, geschätzter Herr Nepomuk?

Mit vorzüglicher Hochachtung,

Julia Mann

Teil Vier

Berlin, auf der Durchreise
(Allegro barbaro)

Kühn segelt deine jangada *voran!*
Günstige Winde geleiten das mutige Floß!
Wen kümmert's, daß dein Boot bloß
ein Nichts ist auf dem Ozean ...

Tomás Lopes

1. Kapitel

Eisenbahnunglück in Bayern! Eisenbahnunglück! Zahlreiche Verletzte! Die *Vossische Zeitung* berichtet! Eisenbahnunglück! Berliner unter den Verletzten!«

Das Geschrei des jungen, ärmlich gekleideten, für die schwere, von Zeitungen überquellende Umhängetasche eigentlich viel zu schmächtigen Zeitungsverkäufers riß Alberto Nepomuceno aus seiner schläfrigen Benommenheit, als er den Askanischen Platz an der Kreuzung der Anhalter Straße mit der Königsgrätzer Straße erreichte. Die unheilvolle Nachricht jagte ihm einen Schauer über den Rücken. Weiche von mir! Hebe dich hinweg! dachte er. Alles, nur nicht ausgerechnet am heutigen Montag, den 6. Juli 1891, seinem Geburtstag. Siebenundzwanzig Jahre war er geworden. Wer hätte das gedacht! Am Morgen hatte er sich gleich nach dem Aufstehen im Spiegel betrachtet, um zu sehen, wie ein Mann von fast dreißig Jahren aussah. Er hatte nichts Besonderes entdecken können, abgesehen vielleicht von den etwas dunkleren Ringen unter den Augen. Von seiner Mutter war ein Brief mit Glückwünschen gekommen, ein weiterer von Zé Rodolfo und Henrique. Der Brief von Nascimento war sicherlich noch unterwegs. Befände er sich in Brasilien, hätte man ihn groß gefeiert. Um jeden Anflug von Schwermut zu ersticken, hatte er beschlossen, seine Ferien an diesem Tag zu beginnen. Zur Feier seines Geburtstags wollte er nach Wien reisen. Nun stand er hier, ein Selbstsicherheit ausstrahlender junger Herr, und wartete darauf, die belebte Königsgrätzer Straße überqueren zu können. Die Verwandlung seiner Erscheinung äußerte sich im feinen Kölnisch-Wasser-Duft wie auch in der auf Frisur, Bart und Schnurrbart verwandten Sorgfalt, aber vor allem in der eleganten Kleidung. Er trug einen tadellos geschnittenen, doch bei aller Korrektheit gewollt legeren hellbraunen Leinenanzug, hübsch ergänzt durch die gebauschte Lavallière und den hellen, breitkrempigen, weichen Filzhut à la Fedora, die ihm etwas von einem Galan gaben. Über dem Arm hielt er einen leichten Reisepaletot und in der Hand einen kleinen Lederkoffer mit seinem bescheidenen Gepäck. Nach so langer Zeit auf Reisen hatte er endlich gelernt, nur das Allernotwendigste mitzunehmen.

»Deutsche in Prag attackiert!« rief jetzt der schmächtige Zeitungsjunge. »Tschechische Nationalisten attackieren Deutsche. Alles darüber in der *Vossischen Zeitung*, der einzigen königlich privilegierten Berlinischen Zeitung. Lesen Sie die *Vossische Zeitung* ...«

Auf der anderen Seite des Platzes stand das imposante okkerfarbene Gebäude des Anhalter Bahnhofs, der bedeutendste unter Berlins zahlreichen Bahnhöfen und einer der größten der Welt. Seine Stirnseite von strenger Schönheit, aufgelockert durch hohe Bogenfenster und schmückende Terrakotten, erhob sich über drei Ebenen. Die höchste, seitlich von zwei kleinen Türmen verziert, beschloß die gewölbte Überdachung der riesigen, in Eisen konstruierten Halle und war bekrönt von einer Figurengruppe, die den Weltverkehr darstellte: ein Engel mit großen gespreizten Flügeln, rechts und links neben ihm zwei Jünglinge, der eine mit einer Fackel in der Hand, der andere eine Lokomotive umfangend. Die Uhr auf der Stirnseite der Eingangshalle, zwischen den beiden Statuen, welche den Tag und die Nacht darstellten, zeigte zehn Minuten vor sieben. Alberto atmete erleichtert auf, er hatte also noch Zeit. Dennoch war er ein wenig nervös. Vielleicht hätte er sich doch nicht auf dieses Interview direkt vor der Abreise einlassen sollen, dachte er bei sich. Gegen seine Ungeduld ankämpfend, wartete er darauf, daß der Schutzmann das Zeichen zum Überqueren der lärmenden Königsgrätzer Straße gab, auf der sich elektrische Straßenbahnen räderquietschend und bimmelnd den Weg freizumachen suchten, daneben rumpelten zweistöckige Pferdebahnen, im oberen Teil, wie eine rollende Aussichtsplattform, luftige, nicht überdachte Sitze, außerdem nervös hupende Kaleschen und Droschken, Lieferfuhrwerke und Milchkarren. Dazwischen beständiges Klappern von Pferdehufen auf den Pflastersteinen. Ein Würstchenverkäufer kam daher und bot seine Ware auf einem Bauchladen an. Alberto schenkte ihm keine Beachtung. Plötzlich war ihm eingefallen, daß er in der Nacht nicht einen richtigen Traum, aber die immer wiederkehrende Phantasie vor Augen gehabt hatte, wie er zum Dirigieren seines ersten Konzerts in Berlin das Podium betrat und dann zum Schluß der Beifall aufbrauste, als applaudierte die ganze Welt, und aus irgendeinem Grund hatte er das Gefühl, er spiele für die Ewigkeit, und das Publikum teilte sich zum Spalier, so weit das Auge reichte. Alberto schrak zusammen. Schrill ertönte die Trillerpfeife des Schutzmanns und brachte den dichten Verkehr zum Stehen. In Gedanken noch bei seinem Traum, überquerte Alberto die Straße. Sowie er den Askanischen Platz mit den blühenden Büschen und jungen, aber schon kräftig belaubten Bäumen erreichte, fiel sein Blick auf das schöne, erst kürzlich fertiggestellte Hotel Habsburger Hof zur Rechten. Gleich darauf erregte eine Litfaßsäule, auf der Plakate den Auftritt der Clownin Lulu und ihrer Truppe im Varietétheater Wintergarten anpriesen, seine Aufmerksamkeit. Alberto machte sich Vorwürfe. Wie hatte er das vergessen können? Die pummelige blonde Clownin war die Sensation der Stadt und gab ihre letzten Vorstellungen vor der Sommerpause. Wie es hieß, konnte man über ihre Witze zu Bismarcks Versuchen, in die Politik zurückzukehren, herzhaft lachen. Das hatte er nun also auch verpaßt... Berlin läßt einem wirklich keine Atempause, man erstickt geradezu in seiner Großstadthektik, dachte er. Doch blieb ihm zum Jammern keine Zeit. Fast hätte ihn ein Bote angefahren, der auf einem jener eigenartigen Fahrräder, einen Korb voller Pakete vor sich, an ihm vorbeisauste. Und nun konnte auch der verträumte Alberto sich nicht mehr der aufgeregten Reiseatmosphäre entziehen. Vorsichtiger geworden, bahnte er sich einen Weg zwischen den Karren, von denen Gepäck abgeladen wurde, und den in einer Reihe wartenden oder Fahrgäste absetzenden Mietdroschken. Unter den großen Seitenfenstern des Bahnhofs schwatzten livrierte Gepäckträger, Nummern auf den Mützen, neben ihren Karren und warteten auf Kundschaft. Der Zeitungsjunge auf dem Platz rief wieder:

»Der sozialistische Schriftsteller Paul Lafargue in Frankreich zu Gefängnis verurteilt! Die *Vossische Zeitung* berichtet ...«

Alberto ging durch das mächtige Portal, über dem hoch droben die beiden berühmten Statuen der *Berolina* und der *Anhaltina* wachten, die Wappenfiguren von Berlin und Anhalt, und betrat die luxuriöse, fast zwanzig Meter hohe Eingangshalle, durch deren gläserne Kuppel Licht hereinströmte und im ganzen Raum weiche, goldgetönte Helligkeit schuf. Alberto konnte sich nie sattsehen an der vielleicht etwas zu prunkvollen Schönheit dieser architektonisch von der Renaissance inspirierten Halle. Das Überwältigendste waren die beiden riesigen Bronzekronleuchter, die von der Decke bis wenige Meter über dem Fußboden gleichsam herabstürzten, als wollten sie die Reisenden unter sich begraben. Doch bewunderte er auch die Terrakotta-Reliefs ringsum an den Wänden, die Kandelaber in großen Nischen, die beiden Säulenpaare an der Aufgangstreppe sowie die kunstvollen Bodenmosaiken. Vielerlei Baustoffe, von Marmor bis Stuck, in den unterschiedlichsten Rot- und Goldtönen, dazu Weiß und Schwarz, waren miteinander kombiniert. Insgesamt ergab all diese Pracht eine Mischung verschiedener Stilformen, die nicht den Reiz des Raumes minderte, sondern vielmehr ein angenehm erregendes Gefühl bewirkte und suggerierte, daß Reisen immer ein Vergnügen ist.

Dies schlug sich deutlich in dem Gewühl nieder, das in der Eingangshalle herrschte. Trotz der noch recht frühen Stunde hasteten schon zahlreiche Reisende in offensichtlicher Ferienstimmung hin und her. Gepäckträger schoben vollbeladene Karren. Eine Gruppe gleichgekleideter Schüler stieg lärmend und schreiend die Mitteltreppe hinauf, vergeblich bemühten sich die mal hierhin, mal dorthin laufenden Betreuer, ihre Schäfchen zur Ruhe anzuhalten. Familien, die ihre Koffer nicht fremder Obhut hatten anvertrauen wollen, schleppten sich stolpernd vorwärts. Alberto wich drei Betrunkenen aus, die laut redend und lachend an ihm vorbeitorkelten, Relikte der feuchtfröhlichen Vergnügungen vom Vortag, einem schönen, warmen Sonntag. Wenn der Sommer kam, schnappten die Deutschen wirklich über. Wie sie dieses Licht liebten, das ihnen nur so wenige Monate im Jahr vergönnt war. Sobald die sehnsüchtig erwartete Sonne schien, flammte ihre Lebensfreude auf und geriet so manches Mal außer Kontrolle. Alberto beschloß, sich als erstes der Abfahrtszeit seines Zuges auf einer der Fahrplansäulen rechts und links in der Eingangshalle zu vergewissern. Dann erst stieg er die imposante Mitteltreppe zum eigentlichen Bahnhof im Obergeschoß hinauf. Als er die Halle betrat, erfaßte ihn ein wahrer Wirbel. Die riesige, auf fast zweihundert Metern Länge die Bahnsteige überdachende und bis zum First der Eisenkuppel mehr als dreißig Meter hohe Halle wirkte gespenstisch durch die Mischung aus Dampf und Qualm, die allerorten aus den Lokomotiven entwich, sich mit einem eigenartigen Licht aufblähte und in den Sonnenstrahlen, die durch die Vielzahl von Fenstern und Verglasungen hereinfielen, zu einer Art Leuchtnebel anschwoll. Inmitten des allgemeinen Durcheinanders reihten sich symmetrisch die Bahnsteige, links für die ankommenden Züge, rechts für die abfahrenden. Es herrschte ein höllischer Lärm. In das Stimmengewirr der Menschen, ihr Rufen und Lachen, mischten sich schrille Pfiffe und kaum verständliche Ansagen aus dem Sprachrohr der Perronaufseher, heisere Pfiffe und Geläute der einfahrenden Züge, das kreischende Bremsen ihrer Räder auf den Schienen und das ungeduldige Fauchen der Maschinen, die auf das Zeichen für den anstrengenden Wettlauf gegen die Zeit warteten. Aus den Waggonfenstern verabschiedeten sich die Reisenden von den Ihren, während verspätet eingetroffene Passagiere noch rasch einstiegen, bevor die Türen geschlossen wurden. Die von den schnaufenden Lokomotiven ausgestoßenen dichten Dampfwolken hüllten die Menschen in traumähnlichen Dunst, der hin und wieder den Blick auf sorgenvolle oder stille Abschiedsgrüße freigab.

Umsichtig, wie er war, wollte Alberto sich vergewissern, wo er einsteigen mußte. Während er den Kopfperron entlang zu der Seite der Abfahrtsbahnsteige ging, bereute er fast, das Interview hier vereinbart zu haben. Er hätte einen ruhigeren Ort wählen sollen, vielleicht ein Café in der Nähe. Zudem war es höchst unangenehm, mit einem Journalisten in der Nervosität zu sprechen, wie sie Menschen vor Antritt einer Reise eigen ist. Insbesondere ihm, der keine Ruhe fand, bevor er nicht auf seinem Platz im Abteil saß. Doch nun war es zu spät. Der Umstand, daß sein Gesprächspartner ein Brasilianer war, tröstete ihn ein wenig. Das heißt, trotz des seltsamen deutschen Nachnamens hoffte er, es sei ein Brasilianer, zumindest ließ dies sein Brief, in tadellosem Portugiesisch verfaßt, vermuten. Im übrigen, dachte er, wäre es der Gipfel, wenn eine brasilianische Zeitung einen Deutschen beauftragte, mit einem Brasilianer ein Interview über brasilianische Fragen zu führen. Er sah sich um. Dort war also der Perron B, Abfahrt nach Wien. Ein Trupp Postbeamte, in ihren blauen, rot paspelierten Dienstanzügen und Mützen so streng uniformiert wie Soldaten, schoben hochbeladende Paketkarren zu den Postwaggons. Kurz darauf entdeckte Alberto das Schild zu den Wartesälen, vor deren Türen sich hinein- und hinaushastende Menschen drängten, denn sowohl der Speisesaal als auch der Erfrischungsraum befanden sich in diesem Gebäudeteil. Mit großen Schritten begab Alberto sich in den hell erleuchteten, elegant in orangeocker und hellgrünen Farbtönen gestrichenen Wartesaal zweiter Klasse. Ohne die großen Landschaftsgemälde ringsum an den Wänden zu beachten, durchquerte er den Raum. Sehr zielstrebig betrat er den kleinen Speisesaal, wo der Journalist ihn bereits, wie verabredet, erwarten mußte. Er ließ den Blick suchend über die streng angeordneten Tische gleiten. Ein paar Reisende nahmen einzeln oder in kleinen Gruppen ihr Frühstück ein.

»Guten Tag. Sie sind vermutlich Alberto Nepomuceno«, hörte er hinter sich in perfektem Portugiesisch, und gleichzeitig tippte ihm jemand auf die Schulter.

Alberto drehte sich um und erblickte einen Mann mittleren Alters, hochgewachsen, Halbglatze, Haar und Schnurrbart dunkelblond, gebogene Nase, kalter Blick und ein rätselhaftes Lächeln. Nicht gerade jemand, den man als typischen Brasilianer hätte bezeichnen können. Seine Kleidung war, obwohl sorgfältig gewählt, ziemlich verknittert, als wäre er gerade von einer Reise eingetroffen.

»Guten Tag. Dann sind Sie also Seu Adriano, richtig? Entschuldigen Sie bitte diesen Treffpunkt. In der Hektik zum Ende des Studienjahres und in den Reisevorbereitungen, Sie verstehen ...«

»Ich danke Ihnen für Ihre Bereitschaft zum Gespräch«, antwortete der Journalist und suchte nach einem Tisch, an den sie sich setzen konnten. »Ich weiß, ich bringe Sie etwas in Bedrängnis, so im letzten Moment ... Trinken Sie einen Kaffee?«

Sie nahmen an einem der großen, strahlendweiß gedeckten Tische Platz. Bestellten einen Kaffee.

»Sie entschuldigen bitte, aber ich habe nicht viel Zeit«, sagte Nepomuceno. »Mein Zug nach Wien geht um acht Uhr. Anders konnte ich es nicht einrichten. Das Studienjahr hat erst gestern geendet ...«

»Ja, gut«, antwortete der Journalist. »Wie ich Ihnen in meinen Briefen erklärt habe ...«

»Entschuldigen Sie, aber ich habe nur einen Brief von Ihnen erhalten. Einen sehr knappen.«

»Tatsächlich? Ich habe Ihnen aber mehrere geschrieben und darin alles en détail erklärt. Meine Visitenkarte habe ich geschickt und zuletzt eine Postkarte, zur Bestätigung ...«, sagte der Journalist mit nicht sehr überzeugendem Blick.

»Merkwürdig, denn die Post funktioniert hier überaus pünktlich ...«, bemerkte Nepomuceno.

»Und ich glaube nicht, daß ich mich in der Anschrift vertan habe. Vielleicht liegt es an der italienischen Post. Ich habe Ihnen aus Mailand geschrieben«, sagte der Journalist und trank einen Schluck Kaffee. »Aber gleichwohl. Wie ich Ihnen geschrieben habe, bereite ich einen Artikel vor, um unsere

Leser darüber zu unterrichten, wer die jungen brasilianischen Talente sind, die in Europa studieren, insbesondere solche, die von der Regierung eine Pension erhalten.« Er stockte. Während er nach seinem Notizheft suchte, bemerkte er in resolutem und ausgesprochen arrogantem Tonfall: »Wir wollen auch in aller Objektivität und Striktheit zeigen, in welcher Form die republikanische Regierung öffentliche Gelder für den Unterhalt von Brasilianern im Ausland ausgibt. Schließlich will niemand, daß wieder Zustände wie im Kaiserreich herrschen, als Dom Pedro Pensionen vollkommen wahllos und nach Gutdünken verteilte ...«

Über diese Verallgemeinerung etwas verstimmt, setzte Alberto seine Kaffeetasse ab und sah fragend den Mann an, der da so selbstbewußt als Sittenwächter der Nation sprach. Schließlich war weithin bekannt, daß Dom Pedro sich unter anderem dadurch verdient gemacht hatte, daß er Geld aus seiner Privatschatulle nicht allein in die Kunst, sondern auch in verschiedene Wissensbereiche investiert und Ingenieuren und Ärzten das Studium im Ausland finanziert hatte. Zur Antwort bemerkte er lediglich in knappem, entschiedenem Ton:

»Ich nehme an, Ihre Zeitung widmet sich ebenso neutral und strikt der Frage, wofür unsere Parlamentarier das Geld aus dem Staatssäckel ausgeben, ich meine den Geldsegen, den die englischen Banken uns geschickt haben und der so schnell versickert ist ... Was dabei für die Künste abgefallen ist, war mit Sicherheit wie üblich nicht mehr als ein Almosen.«

Überrascht über die Schärfe dieser Worte, blickte der Journalist auf. Er räusperte sich, ließ das Thema auf sich beruhen und fuhr fort:

»Nun gut, uns interessiert zur Zeit vor allem, wie sich die jungen Künstler entwickeln, die eine Pension erhalten. Schließlich ist Brasilien mit der Abschaffung der Monarchie ein moderner Staat geworden.« Ein kurzer Seitenblick zeigte ihm, daß seine Bemerkung keine große Wirkung erzielt hatte. Dennoch sprach er weiter: »Ich habe mit Senhor Francisco Braga in Paris gesprochen. Bei dem Wettbewerb für die Nationalhymne hat er doch auch eine Pension erhalten, nicht wahr?«

»Ja. Und wie geht es dem alten Braga?«

»Gut, sehr gut. Er studiert bei Jules Massenet. Wie es scheint, ist er einer seiner besten Schüler. Nach dem, was er mir gesagt hat, beabsichtigt er, noch lange in Europa zu bleiben. Außerdem habe ich Senhor Paulo Florence interviewt, einen jungen Mann aus São Paulo, der am Leipziger Königlichen Konservatorium studiert hat. Kennen Sie ihn?«

»Nein, noch nicht. Aber ich wollte ihn immer gern kennenlernen. Er ist ein ausgezeichneter Pianist.«

»Und anscheinend auch ein guter Dirigent. Nachdem er nun sein Studium beendet hat, leitet er verschiedene deutsche Orchester«, sagte der Journalist. »Er lebt schon lange in Deutschland. Und hat sich gut akklimatisiert, wie mir schien ... Seit fast zwanzig Jahren ist er schon in Europa. Und Sie, wie lange sind Sie schon hier?«

»Seit drei Jahren. Zwei Jahre habe ich in Rom Klavier und Komposition studiert. Nach Berlin bin ich im letzten Jahr gekommen.«

»In Paris waren Sie nicht?«

»Nur kurz.«

»Dann haben Sie also den Eiffelturm gesehen. Ein großartiges Bauwerk, nicht wahr? ... Und hier in Berlin studieren Sie wo?«

»An der Hochschule für Musik, in der Meisterklasse für Komposition.«

»Donnerwetter! An der Hochschule des Kaisers ... Ein großes Konservatorium!«

»In der Tat, das Gebäude im Thiergarten ist enorm groß. Zumal sich das Konservatorium unter dem Dach der Akademie der Schönen Künste befindet«, sagte Alberto in ironischem Ton. »Doch die Professoren sind sehr anspruchsvoll, was vielleicht ein Beweis für ihr Können ist. In meiner Kompositionsklasse müssen wir kleine Klavierstücke von Schubert und Beethoven orchestrieren oder die Klavierbegleitung von Kunstliedern durch Orchesterbegleitung ersetzen.«

»Ja, die Deutschen verlangen ziemlich viel ...«, bemerkte der Journalist, während er sich Notizen machte.

»Die Schule ist sehr gut ausgestattet«, fuhr Alberto fort. »Wir haben einen Konzertsaal für tausend Personen mit einer wunderbaren Kayser-Grossheim-Orgel. Und außerdem für hauseigene Zwecke ein kleines Auditorium mit den modernsten technischen Einrichtungen.«

»Und wie lange gedenken Sie hier zu studieren?«

»Die Meisterklassen dauern nicht lange. Aber ich habe vor, meine Studien an einem anderen Konservatorium fortzusetzen. Zum Beispiel am Sternischen Konservatorium, wo Hans von Bülow, Arno Kleffel und Heinrich Ehrlich unterrichten. Es steht im Ruf, besser als die Hochschule zu sein.«

»Was bei solchen Lehrern auch kein Kunststück ist!« bemerkte der Journalist. Und dann fragte er unvermittelt: »Haben Sie vor, irgendwann nach Brasilien zurückzugehen?«

»Wie bitte?! Aber selbstverständlich gehe ich nach Brasilien zurück. Warum sollte ich nicht?«

»Hat man es hier als Musiker nicht leichter? Ich meine, hier gibt es Konservatorien, Orchester, verschiedene Richtungen, Zeitschriften. Kurzum, zivilisierte Zustände! ... Was könnten Sie denn in Brasilien anfangen?« Der Journalist musterte Nepomucenos Miene, um festzustellen, welche Reaktion seine Provokation auslöste.

»Aber ich ...«, Alberto stotterte fast. »Ja, meinen Sie denn, ich könnte ohne Brasilien leben?«

»Das haben schon viele geschafft. Senhor Henrique Oswald zum Beispiel ist praktisch zum Italiener geworden ... Und ob Paulo Florence je zurückgehen wird, wage ich zu bezweifeln. Schließlich ist Europa so schlecht nicht, und Brasilien ist auch nicht nur wunderbar.« Alberto war noch immer fassungslos. Der Journalist bemühte sich um Ausgleich: »Gut, vielleicht möchten Sie hier auf unbestimmte Zeit studieren ...«

»Solange ich noch lernen muß, ja. Wir können nun einmal unserem Schicksal nicht davonlaufen – wir sind kulturell von Europa abhängig.«

»Deshalb meine Frage. Wir sind noch immer eine europäische Kolonie ...«

»Aber wir sind nicht Europa«, entgegnete Nepomuceno leicht gereizt. »Die europäische Kultur ist uns sehr nützlich, doch können wir uns nicht darin erschöpfen. Wir sind etwas anderes. Wir müssen herausfinden, was wir Eigenes beizutragen haben. Im Grunde geht es bei der Musik darum, den gemeinsamen Nenner für die komplizierten europäischen Harmonien und die typisch brasilianischen Ausdrucksformen zu finden.«

Der Journalist schrieb zu Ende. Dann wechselte er das Thema:

»Und wie gefällt Ihnen das alte Europa?«

»Daß es faszinierend ist, läßt sich nicht leugnen. Und problematisch«, antwortete Alberto und trank einen Schluck Kaffee. »Es fängt schon beim Winter an, der für mich nahezu unerträglich ist. Der Winter löst bei mir tiefe, krankhafte Schwermut aus. Wenn es keinen Schnee gäbe ... der Schnee ist ein Balsam! Als ich Berlin zum ersten Mal verschneit gesehen habe, kam mir die Stadt wie verzaubert vor. Dazu kommt die Krisenstimmung des Fin de siècle. Es herrscht große Unruhe, in jeder Beziehung. Da ist viel in der Luft.« Er lächelte, dann fuhr er fort: »Übrigens auch wörtlich. Die Fortschritte in der Luftfahrt sind beeindrukkend. Hier in Deutschland arbeiten zahlreiche technische Anstalten emsig an der Entwicklung von lenkbaren Ballons. Ich glaube, sie werden bald Erfolg haben.«

»Und wie schlagen sich solche Fortschritte in der Kunst nieder?«

»Da gärt vieles, aber es herrscht auch große Unsicherheit. Man spürt allgemeine Skepsis, trotz der großen technischen Fortschritte. Als wären alle müde, regelrecht erschöpft. Freunde, die den literarischen Zirkeln angehören, sagen, der Naturalismus und der psychologische Roman gelten schon lange nicht mehr als große Errungenschaft. Es ist viel von Krise und Dekadenz die Rede ... Die Zivilisation steht spürbar am Rande eines Abgrunds.«

»Ja, das habe ich auch schon bemerkt«, warf der Journalist ein. »Die Menschen suchen wieder beim Spiritualismus Halt, in allen seinen Erscheinungsformen ...«

»Richtig, vom Katholizismus und Spiritismus bis hin zum Animismus und Satanskult«, bekräftigte Alberto angeregt, denn er kannte das alles gut. »Viele Leute betreiben in spiritistischen Sitzungen Materialisationsexperimente. Hier in Berlin gibt es ein berühmtes Medium, eine Frau, die allein mit der Kraft ihrer Gedanken Gegenstände von einer Stadt in die andere befördern kann. Einmal hat sie vor mehreren Augenzeugen eine Blume aus Wien hierher befördert. Angeblich kann sie auch schwerere Gegenstände über noch größere Entfernungen versetzen.«

»Und Sie glauben das?« fragte der Journalist.

»Wer will das entscheiden? Die Welt ist voller Geheimnisse. Angeblich sind diese Gegenstände sogar fotografiert worden, als wissenschaftlicher Beweis ... Aber die Zeit hat auch etwas von einem Fest, verstehen Sie? Die Menschen genießen es, zu sagen, daß wir am Ende einer Epoche stehen. Man spürt deutlich eine gewisse Lust am Untergang. Unter Künstlern gilt es heutzutage als chic, neurotisch zu sein. Man singt das Hohelied der Nervenzerrüttung. Preist die Vernichtung und Selbstzerstörung.«

»Und wie sieht es in der Musik aus?«

»Da ist für die Zukunft gar nichts abzusehen. Was nach dem Orkan kommen kann, den Richard Wagner und die ganze neue deutsche Schule bewirkt haben, weiß niemand. Ganz abgesehen von seinen fanatischen Anhängern, die eine Rückkehr zur Vergangenheit nicht dulden werden. Übrigens habe ich einen Freund, der Wagner so fanatisch verehrt, daß er unbedingt Kinder haben will, damit er sie nach seinen Opernfiguren taufen kann ...«

»Typisch brasilianisch ...«, sagte der Journalist lachend.

»Ich glaube nicht«, widersprach Alberto sehr überzeugt. »Im Ausland kann man kaum ermessen, welche Bedeutung Wagners Werk für die Deutschen hat. Er hat den alten deutschen Heldensagen mit seiner Musik Sinnlichkeit verliehen.

Damit hat er sie sozusagen entweiht. Das heißt, nichts ist so deutsch und anti-deutsch wie er. Die Deutschen lieben Wagner und hassen ihn zugleich ... Das ist hier sehr ausgeprägt.«

»Und Sie, ein waschechter Brasilianer, das heißt, einer aus dem Nordosten, wie empfinden Sie eine so fremde Kultur?«

»Es ist nicht so einfach, diesen großen Umbruch in der deutschen Kultur zu verstehen. Aber ich glaube, die Deutschen empfinden genauso uns gegenüber, denn die Unterschiede sind klar. Als ich ins Konservatorium kam, spürte ich rings um mich Enttäuschung. Sie hatten einen Indianer erwartet! Sie glauben immer noch, Brasilien sei wie eine große Szene aus der Oper *Il Guarany* von Carlos Gomes. Für die Deutschen sind wir Exoten, und das allein interessiert. Da ihnen das Märchenhafte inzwischen abhanden gekommen ist, stellen sie sich unsere Wirklichkeit als Märchen vor, weil sie meinen, daß wir in ferner Vergangenheit leben. Für sie ist alles Irrationale und Archaische märchenhaft. Sie begreifen nicht, daß das Märchenhafte im Gegenteil in der Zukunft liegt. Deshalb ist Wagner so faszinierend. Er ist das Märchen der Zukunft.« Alberto sprach mit der Überzeugung eines intimen Kenners der Thematik. Der Journalist machte sich abwechselnd Notizen und sah ihn mit kaum verhohlenem Staunen an. Alberto sprach weiter: »Im vergangenen Monat habe ich meine *Dança dos Negros* als Orchesterversion unter dem Titel *Batuque* aufgeführt. Eine sehr reizvolle Aufgabe, obwohl es nur eine Übung war. Das Publikum reagierte vollkommen gebannt, fast schockiert, vor allem, weil ich ein *Reco-Reco* ins Orchester mit aufgenommen hatte!«

»Und wie sind Sie in Berlin an ein *Reco-Reco* gekommen?«

»Ich habe es selbst gemacht. Mit einem scharfen Taschenmesser Kerben in einen sehr harten Holzstab geschnitten. Das hat mir einige Blasen an der Hand eingebracht ...« Er lachte. »Die Ironie dabei ist, daß solche Reaktionen ihre Wirkung tun und man sich tatsächlich als anders, als fremdartig empfindet. Selten habe ich mich so eindeutig als Brasilianer empfunden wie an diesem Abend. Mir kamen sogar die Tränen vor Sehnsucht nach Brasilien!« Mit schelmischem Blick setzte Alberto nach: »Aber das brauchen Sie in Ihrem Interview nicht zu veröffentlichen ...«

Der Journalist schrieb zu Ende.

»Komponieren Sie zur Zeit etwas Neues?«

»Ich arbeite fast gleichzeitig an zwei Stücken. Ein Streichquartett und eine Orchestersuite. Das Quartett ist im Grunde fertig. Mit Kammermusik ist es kompliziert. Man weiß nie, wann sie fertig ist. Jetzt schreibe ich die Suite zu Ende, in die ich *Batuque* mit hineinnehmen werde. Ich mag die Suite sehr, und ich glaube, sie wird wirklich schön. Sie ist das Ergebnis all meiner Empfindungen in dieser Zeit in Europa, fern der Heimat. Ich nenne sie *Série Brasileira*. Für mich ein entscheidendes Experiment, weil ich im wesentlichen brasilianische Themen und Formen verarbeitet habe. Ich habe versucht, unseren ganzen Musikreichtum einzubeziehen.«

Vielleicht, um seine Kenntnisse zu beweisen, unterbrach der Journalist seine Notizen und warf ein:

»Dann sind Sie ja ganz auf der Höhe der neuesten Tendenzen. Sie schreiben nationalistische Musik! ...«

Ein wenig unangenehm berührt, widersprach Alberto:

»Ehrlich gesagt, ist die Sache viel simpler. Ich schreibe die Musik, die mir gefällt. In diesem Fall von Brasilien inspirierte, aber nicht nur. Mit dem einen Stück wollte ich einer außergewöhnlichen Frau, der ich begegnet bin, ein Andenken setzen.«

Die Augen des Journalisten leuchteten auf. Etwas maliziös grinsend fragte er:

»Also romantisch inspiriert?«

Alberto rückte sich auf seinem Stuhl zurecht. Etwas gereizt erklärte er:

»Nein. Keineswegs. Die Frau lag in einer Hängematte. Das Ungewöhnliche daran ist, daß es sich in Venedig zugetragen hat. Brasilianisch inspiriert ... hat mich das Schaukeln der Hängematte.«

Der Journalist sah ihn fast verständnisvoll grinsend an. Das bewog Alberto, bedächtig, aber in bestimmtem Ton weiterzusprechen:

»Die Frau war eine Schwarze. Schon betagt. Eine ehemalige Sklavin. Einer der wunderbarsten Menschen, denen ich je begegnet bin.«

Der Journalist stellte sein Grinsen ab. Er räusperte sich. Bevor er eine neue Frage formulieren konnte, fuhr Alberto fort:

»Außerdem mache ich Notizen für eine weitere Suite, vorläufig nur Notizen. Etwas recht Altmodisches. Genauer gesagt, vom alten Johann Sebastian Bach inspiriert. Vermutlich werden die Deutschen das gar nicht brasilianisch, ›zu wenig national‹ finden. Und dieses Wagnis mißbilligen. Es ist eine Übung ... Ich mache gern solche Übungen. Jetzt etwa fahre ich nach Wien, weil ...«

»Ach ja, die Hauptstadt des Walzers«, bemerkte der Journalist mit seinem rätselhaften Lächeln. »Ich habe gehört, daß Sie häufig nach Wien fahren. Mit Frau Elisabeth von Herzogenberg ...

»Ja. Wann immer ich kann, steige ich am Wochenende in den Schnellzug nach Wien, um zu erleben, wie Brahms seine eigenen Werke dirigiert. Frau von Herzogenberg, die Gattin meines Professors Heinrich von Herzogenberg, ist einige Male mit mir gereist. Sie ist nicht nur eine ausgezeichnete Pianistin, sondern auch eine sehr gute Freundin von Johannes Brahms.«

»Oh, dann sind Sie also Brahms persönlich begegnet?« fragte der Journalist, eine sensationelle Nachricht witternd.

»Ganz kurz. Ich wurde ihm nur vorgestellt. Im Gegensatz zu seinem Ruf erschien er mir sehr liebenswürdig, zumindest in privatem Kreis. Vielleicht stellt er nur zu hohe Ansprüche an die Orchester, die Musiker und sich selbst. Und gilt deswegen als unleidlich. Vielleicht ist er es auch wirklich. Aber er ist ein Genie. Das Wiener Musikleben ist sehr intensiv, ständig gibt es etwas Neues. Während der Sommerpause werden freie Kurse mit den besten Lehrern aus ganz Europa angeboten. Wenn noch Plätze frei sind, will ich mich für den

Klavierkurs bei Theodor Leschetizky einschreiben, einem der besten Pianisten der Welt.«

»Ja, ich weiß. Man sagt, er verlange von seinen Schülern zu viel und werde deshalb gefürchtet.«

»Und verehrt. Er ist ein großartiger Lehrer. Er paßt seinen Unterricht immer den Bedürfnissen seiner Schüler an. Und achtet auf jedes kleinste Detail. Mehrere meiner Kollegen haben bei ihm studiert. Aber ich weiß nicht, ob ich einen Platz bekomme, seine Kurse sind sehr beliebt, die Leute kommen von weither. Jedenfalls findet in den Ferien in Wien immer sehr viel statt. Es gibt eine Menge ausgezeichnete Konzerte. Ich hoffe nur, daß Brahms nicht auf Reisen ist. Gerüchten zufolge soll er demnächst ein neues Stück aufführen. Ich bin sehr gespannt. Bislang habe ich Wagner immer für den Größten gehalten, aber ...«

»Und er ist ohne Frage der Größte!« unterbrach ihn der Journalist so entschieden, als verkündete er ein Urteil.

»In der Tat, ohne ihn hätten die bedeutendsten Musikereignisse dieses Jahrhunderts nicht stattgefunden«, sagte Alberto lebhaft. »Doch das Problem ist, daß Wagner nicht der einzige ist. Nach allem, was ich über Brahms gehört hatte, hegte ich eine gewisse Abneigung gegen ihn. So unnachgiebig, wie er die herkömmlichen Formen der Musik und die sogenannte reine Musik verteidigt hat, das störte mich ... Aber ich ahnte ja nicht, daß er ein derart überragender Komponist ist. Nicht nur von Orchesterwerken, auch von Kammermusik und Gesangsstücken, wie zum Beispiel den *Vier ernsten Gesängen*, Liedern in schmucklosem, vollkommen neuem Stil. Erst durch meinen Kompositionslehrer Baron von Herzogenberg habe ich näheren Zugang zu seinem Werk gefunden. Herr von Herzogenberg hat mir die Augen geöffnet für Brahms' Bindung an manche archaischen Formen, zum Beispiel die alte geistliche Musik, aus der er eine Musik von ernster Schönheit und Herrlichkeit schöpft, in der das Prinzip der Polyphonie streng gegen überfärbte Modulationen steht und ihnen Einhalt gebietet.«

»Und Sie meinen, dieser Brahms ... aber wie es aussieht, gehört die Zukunft Wagner ...« Der Journalist hielt in seinen Notizen inne.

»Ja, Wagner ist der Aufbruch in die Musik der Zukunft«, stimmte Alberto ihm zu. »Doch in Brahms findet die strenge Kunst, wie Bach, Haydn und Beethoven sie betrieben haben, ihren Höhepunkt. Ich glaube, er hat eine großartige Hinwendung zum Ursprung vollzogen und damit den Kreis einer Tradition geschlossen. Sein *Deutsches Requiem* zum Beispiel ist meisterhaft. Kaum zu glauben, daß etwas so Neues und so Großartiges allein durch Anlehnung an Traditionelles entstanden sein kann. Aber genau so ist es. Wenn ich heute Brahms höre, spüre ich die Größe. Und ich sage Ihnen, es braucht Mut, sich der Größe auszusetzen. Man weiß nie, ob man sie bis zum Schluß ertragen kann ... Das ist Musik ›an sich‹, wie die Deutschen sagen. Fast eine Definition Gottes. Und weil sie in solchem Maße rein ist, ist diese Musik ganz und gar uneindeutig, das heißt, sie weckt den Zweifel. Um Brahms zu hören, muß man festen Glaubens sein!«

Der Journalist blickte auf und fragte ironisch:

»Aber finden Sie es nicht, vorsichtig ausgedrückt, ein wenig ... unbedacht, sich in der modernen Welt, die sich in solch schwindelerregender Geschwindigkeit verändert, für Traditionen einzusetzen?«

»Nun ja, zunächst einmal, Seu ... Seu ...«

»... Adriano ...«

»... Seu Adriano, meine ich, daß der Begriff Fortschritt sich nicht auf die Musik anwenden läßt. Ein Werk ist schön, ganz gleich, ob es aus der heutigen Zeit oder aus dem Mittelalter stammt«, antwortete Alberto überzeugt. »Brahms hat dieser Idee vom Fortschritt in der Musik ein Ende gesetzt. Man glaubt es kaum, doch hat er der Zukunft der Musik ebenso viele Wege eröffnet wie Wagner.«

»Dann halten Sie also Brahms für wichtiger als Wagner?«

»Nein, ich bitte Sie, es geht hier doch nicht um Flügelkämpfe! Solche Streitereien sind mir unerträglich!« antwortete Alberto ungeduldig. »Ich finde, es gibt in dieser Diskussion wesentlichere Fragen. Sagen wir ... Die Musik von Brahms beweist, daß nicht alles Alte überholt ist, so wie auch nicht alles Neue zwangsläufig revolutionär ist. Brahms hat, ausgehend von der Tradition, nicht gegen sie, sondern erneuernd gewirkt. So wie Wagner alles, was vor ihm war, zerschlagen hat, so ist Brahms letztlich umgekehrt, durch sein radikales Schöpfen aus der Tradition, zum Revolutionär geworden.«

»Es wirkt etwas überraschend, wenn ein junger Mann wie Sie so glühend für die Tradition eintritt«, bemerkte der Journalist in unüberhörbar ironischem Ton. »Oder sind Sie womöglich Parteigänger der eklektischen Strömungen, denen alles gefällt, sofern es nach Musik klingt?«

»Sagen wir, sofern es gut ist«, erwiderte Alberto trocken. »Ich finde es der Musik keineswegs abträglich, wenn sie zwischen Tradition und Neuem schwankt. Im Gegenteil, mir scheint notwendig, diese Spannung als ewig brennenden Zweifel zu erhalten. Daraus wird dann die wahre Musik der Zukunft entstehen, sich über alle Formeln hinwegsetzen und unsere bescheidenen Erwartungen übertreffen. Brahms und Wagner sind ein deutliches Beispiel für sich ergänzende Gegenpole. Und im übrigen, da es um die Deutschen geht, ist dies sogar ganz natürlich. Die Musik ist ein typisches Beispiel für den Widerspruch, mit dem sich die deutsche Seele quält.«

Der Journalist blickte wieder erstaunt auf. Ein fast peinliches Schweigen trat ein. Noch nicht zufrieden, sprach Alberto weiter:

»Vielleicht wäre sogar jemand, der mit Talent die klassischen Formen weiterpflegt, einem schlechten Wagner-Imitator vorzuziehen, wie es sie zu Hunderten gibt ...«

Der Journalist schrieb zu Ende, räusperte sich und wechselte das Thema:

»Wie ist das Leben in Berlin für einen jungen Mann wie Sie?«

»Ich glaube, Berlin kann sich durchaus mit anderen europäischen Metropolen wie Paris oder Wien messen ...«

»Berlin ist eine ernstere, härtere Variante von Paris«, warf der Journalist ein.

»Das stimmt. Die wilhelminische Architektur mit ihren mehrstöckigen Gebäuden, wie massive Blöcke, ist wuchtiger ... Aber mir gefällt an Berlin, daß es, ganz nach deutscher Art, bis zum Extrem geht. Einerseits hat es die preußische Strenge, und gleichzeitig ... wird es ständig von seinen eigenen Widersprüchen bedrängt. Die Deutschen sind Meister im Aufbauen und Zerstören.«

»Das klingt aber eher, als sprächen Sie von den Brasilianern«, unterbrach ihn der Journalist ironisch.

»Nein. Bei uns ist es anders. Wir Brasilianer wissen nicht, welchen Weg wir gehen. Hier dagegen gibt es viele verschiedene Wege. Bei den Deutschen wirkt der Widerspruch systematisch geordnet. Seltsam, nicht wahr? Er entspricht einem angeborenen Verlangen, es den Göttern gleichzutun.«

»Wie ich sehe, sind Sie von den Deutschen ziemlich fasziniert ...«

»Von Berlin, vielleicht. Berlin ist eine phantastische Stadt. Es hat ein ganz besonderes Flair«, erklärte Nepomuceno begeistert. »Wie alles in Deutschland ist es etwas und doch wieder nicht. Das heißt, es ist zwar durch und durch national und streng, aber gleichzeitig auch sehr kosmopolitisch und fortschrittlich. Wissen Sie, diese Stadt ist der Mittelpunkt von Europa, selbst Rußlands Weite mitgerechnet. In Berlin habe ich das Gefühl, mitten in der Welt zu sein. Eigenartig. Ich, der ich immer die Ruhe vorgezogen habe, fühle mich in der hiesigen Hektik ungemein wohl. Ich mag das lebhafte Treiben auf den Straßen, die Vielfalt der Geschäfte, die Wochenmärkte im Freien. Selbst die Sirenen der Fabriken und das Tuten der Frachtkähne auf der Spree geben mir ein Gefühl von Vertrautheit. Wann immer ich kann, gehe ich an den baumgesäumten Ufern der Kanäle spazieren und erfreue mich am Anblick der Angler. Ich mag die Brücken. Sie sind so seelenvoll ... Und dann bietet diese Stadt vielerlei Vergnügungen. Die zahlreichen Parkanlagen, der Zoologische Garten, die Seen, die zu Bootsfahrten einladen, insbesondere der Wannsee, wo man Picknick machen und baden kann. Die Cafés und Restaurants lassen sich gar nicht zählen. Und die Biergärten, wo man draußen im Freien sitzt, sind so angenehm, daß ich ... sogar Geschmack am Bier gefunden habe.« Alberto lachte. »Entgegen dem ersten Eindruck arbeiten die Berliner nicht nur sehr viel, sondern treiben auch sehr gern Sport. Auf den Radrennpisten herrscht Hochbetrieb. Die Regatten von Grünau sind äußerst beliebt. Und in den Forsten von Tegel und Spandau kann man jagen. Im Winter strömen die Menschen auf die Eisbahnen zum Schlittschuhlaufen. Selbst ich habe meine ersten Versuche gemacht ... Und dann das kulturelle Leben. Es ist so intensiv, daß man unmöglich über alles Neue in den Galerien, Theatern und Buchhandlungen, die übrigens ausgezeichnet sind, auf dem laufenden sein kann. Es gibt phantastische Museen. Und wunderschöne Schlösser. Und was Musik betrifft, hat man die Wahl zwischen den verschiedenen Schulen, Orchestern und Aufführungen. Ich habe hier schon wunderbare Konzerte gehört. Zum Beispiel die Klavierkonzerte des Duos Hans von Bülow und Eugène d'Albert oder die Auftritte des Geigers Sarasate. Und selbstverständlich lasse ich mir kein Sonntagskonzert der Philharmonie mit von Bülow entgehen, der auf dem Dirigentenpult ebenso glänzt wie am Klavier. Auch Hans Richter habe ich schon brillant Schumanns *Faust* dirigieren gehört. Dieses Oratorium, übrigens kaum bekannt, hat mich so tief beeindruckt, daß ich mir die Partitur gekauft habe. Genaugenommen sogar zwei Exemplare. Das eine habe ich Miguez geschickt, dem Maestro Leopoldo Miguez, Direktor des Instituto Nacional de Música. Vielleicht setzt er sich für eine Aufführung in Rio de Janeiro ein, es wäre etwas ganz Neues dort, dessen bin ich sicher ... Sie sehen, es gibt hier so viel Abwechslung, daß es einem fast die Luft nimmt!« Alberto atmete halb entzückt, halb erschöpft, tief aus. »Vor allen Dingen wird in Berlin der Grundwiderspruch der deutschen Seele beispielhaft ausgelebt. Ich meine damit den Hang zu extremer Ordnung und gleichzeitig zum großen Chaos. Das läßt sich sehr gut am Beispiel der Musik veranschaulichen. Bedenken Sie nur, dieselbe große Kultur, die Beethovens *Neunte Symphonie* hervorgebracht hat, mit der die Menschen zu allgemeiner Brüderlichkeit durch Freude aufgerufen werden, hat in ihrer Nationalhymne die patriotische Zeile *Deutschland, Deutschland über alles*«, sagte Alberto und breitete dazu beide Arme aus. »Meinen Sie nicht auch, daß ...«

In dieser Sekunde schoß ihm eine Melodie wie ein Pfeil in die Ohren. Alberto stockte und horchte. Daß seinen Ohren aber auch nichts entging! Es war ein unerwarteter, unvorhersehbarer Klang. Aber vertraut. Nur allzu vertraut. Nein, er kam nicht von innen. Alberto hörte genauer hin, um sich zu vergewissern. Keine Frage, die Melodie kam eindeutig von außen, doch er spürte sie fast greifbar in sich. Seine ausholende Gebärde, zu der er voller Schwung angesetzt hatte, blieb unvollendet. Er mußte einen eigenartigen Anblick bieten, denn der Journalist sah ihn beunruhigt an:

»Seu Nepomuceno! ...«

Alberto blickte in die Runde, versuchte noch angestrengter herauszufinden, woher die verwunderlichen Klänge kamen. Wie einem fremden Willen gehorchend, erhob er sich und durchquerte den Wartesaal. Der Journalist, der noch immer nicht begriff, blickte Alberto nach in der Annahme, er wolle vielleicht die Toilette aufsuchen. Nun waren die Töne deutlicher zu hören. Wieder dieses Lied. Alberto beschleunigte den Schritt, ging auf die hohen Fenster zu: Mein Gott, wie mich dieses Lied innerlich zerreißt. In diesem Augenblick hatte offensichtlich auch der Journalist etwas wahrgenommen, denn er reagierte ebenso verblüfft wie Alberto Nepomuceno, der inzwischen durch das Fenster auf den schmalen Seiteneingang des Bahnhofs blickte, dort allerdings nichts als einen Haufen Koffer, Kisten und Kästen sah, die aufs Verladen warteten. Von der gleichen Unruhe erfaßt wie Alberto, rief der Journalist:

»Ich glaube, das kommt nicht von draußen, Seu Nepomuceno. Das muß der Piano-Automat sein. In der ersten Klasse. Oder kommt es von unten?«

Unterdessen strömten von überall und nirgendwoher die metallisch vibrierenden Klänge, vielleicht automatisches Klavier, vielleicht Drehorgel, melancholisch beschwingt im Rhythmus eines klagenden, nach den ersten Sekunden der Verwirrung und Verwunderung unverwechselbaren Walzers: wieder Carlos Gomes. Als sängen unsichtbare Lippen durch den Fußboden oder vielleicht auch durch die Decke wortlos die von der Kurbel des Apparats betriebenen Verse:

»Wie gerne wüßte ich jetzt, ob du noch an dein Gelöbnis denkst.«

»Wo?« fragte Alberto, noch immer die Ohren spitzend, mit suchendem Blick vom Fenster her.

Und weiter drängte in Klängen die Erinnerung hervor, nicht nur von irgendwo auf dem Anhalter Bahnhof, sondern von viel, viel weiter her:

»Wer weiß, ob du beständig bist, deine Gedanken mir noch schenkst.«

Ein paar Reisende und ein Kellner warfen im Vorübergehen neugierige Blicke auf die komisch-geheimnisvolle Szene mit einer Begleitmusik als verborgener, wenn auch hörbarer Hauptfigur. Und die unsichtbaren Lippen sangen wortlos weiter:

»Und mein Herz vergeht vor Sehnsucht, Sehnsucht in bitterer Qual.«

Dann verschmolzen die Töne zu einem zart schmachtenden Schlußsatz, ja, sie schwelgten in der ungenierten Sentimentalität einer brasilianischen *Modinha*, in Stil und Klang ein Märchen aus uralter Zeit, dessen ferne Wurzeln schmerzten wie der plötzlich freigelegte Nerv eines Zahnes. Inzwischen hatte sich auch der Journalist erhoben und stand nun verwirrt neben dem Tisch, während Nepomuceno wie besinnungslos von einem Fenster zum anderen hastete und nach dem Metallschlagwerk suchte, das in ungebrochener Fröhlichkeit diesen unerträglichen Schmerz spielte. Wie ratlose Detektive muteten sie an, die beiden Brasilianer, und wieder erklang der Refrain, so beliebt geworden, daß alle Welt ihn kannte, und der Walzer drehte sich anmutig, als schlüge ein ganzes Orchester auf stählerne Tasten:

»So fern von mir, in weiter Ferne, sag, wohin du deine Gedanken lenkst.«

Und Alberto Nepomucenos Gesicht war erfüllt von Gefühl. Aber welchem? Ach ja, von der altvertrauten Sehnsucht ohne klaren Ausgangspunkt und doch so ...

»So fern von mir, in weiter Ferne«, sang wieder der verborgene deutsche Apparat in wortlosem Portugiesisch, »sag, wohin du deine Gedanken lenkst.«

Die Zentraluhr fing an zu schlagen. Wie spät mag es sein, überlegte Alberto und ließ den Blick schweifen. Ihm war, als hörte er den Perronaufseher durch sein Sprachrohr verkünden: »Die Passagiere des Schnellzugs nach Wien, Abfahrt acht Uhr, werden gebeten, ihre Plätze einzunehmen.« Er wollte auf der Stelle zum Tisch zurückkehren und das Interview abbrechen, aber dieses Lied. Nun war ihm, als ertönte der Pfiff, der langgezogene Pfiff des zur Abfahrt bereiten Zuges. Und ihm wurde merkwürdig zumute, vielleicht ein Schwindelanfall, ein stärker werdendes Rauschen im Ohr, doch er mußte zurück, Wien erwartete ihn, und vage sah er zwei Flecken, die sich vor ihm bewegten. Der Journalist versuchte ihn noch von weitem zu warnen, doch zu spät. Alberto stieß mit zwei Frauen zusammen, die soeben aus dem Damenzimmer neben dem Wartesaal kamen. Benommen schwankte er zurück zum Tisch, wo der Journalist ihn fragend ansah und zögerte, ob er ihn stützen solle. Alberto schaffte es gerade noch, sich zu setzen. Das Rauschen im Ohr wurde immer lauter.

»Seu Nepomuceno!« hörte er, die Musik ständig im Hintergrund.

Als sein Blick die beiden großen Stunden- und Minutenzeiger fand, spürte er am eigenen Leib den Sprung, den der kleine Sekundenzeiger tat. In seinen Ohren gab es einen Knall. Im selben Augenblick übersprang die Digitaluhr die Sekunde, die sie von der vollen achten Stunde trennte.

»Nepomuceno!« ruft wieder die Stimme des Journalisten. »Mist, verdammter, das hat mir gerade noch gefehlt!«

Ein Flugzeug der British Airways hat gerade gegenüber vom Fenster abgehoben. In dem Café mit Aussicht aufs Rollfeld läßt sich offensichtlich niemand mehr von donnernden Flugzeugmotoren beeindrucken. Alberto schlägt langsam die Augen auf. Wieder das Herz? Wieder so ein überraschender Anfall? Doch das Rauschen im Ohr hat aufgehört. Deutlich hört er das Stimmengewirr. Er blickt durch die Fensterfront des Cafés und sieht draußen, dort, wo sich die nackten Betonpisten erstrecken und ebenfalls nackte Flugzeuge landen, sein Jahrhundert, das Antlitz seiner Epoche mit unvollendeter Physiognomie, ohne Augen und ohne Mund. Mit welchen Worten sie beschreiben, diese Zeit der stählernen Maschinen, deren Sinn sich in ihren verheißungsvollen und zugleich starren, von ihm seit jeher als brutal empfundenen Flügeln erschöpft? Er sieht das Gesicht des Journalisten vor sich. Seine erschrockene Miene macht ihm angst. Aber nein. Es war bloß eine leichte Benommenheit vor Übermüdung. Er ist sicher, daß alles in Ordnung ist, da hört er plötzlich aus dem allgemeinen Stimmengewirr eine bekannte Stimme heraus. Als wäre sie schon immer dort gewesen, singt sie von überall her.

»*Ah, por que estou tão sozinho. Ah! Por que tudo é tão triste* ... Ach, warum bin ich so einsam. Ach! Warum ist alles so trist ...«

João Gilberto. *The girl from Ipanema*, doch im Original.

»Alles in Ordnung, Nepomuceno?«

Oh, lieber Gott, wie war es nur möglich, eine so vollkommene Stimme zu erschaffen?

»*Ah! A beleza que existe, a beleza que não é só minha, que também passa sozinha*. Ah! Die Schönheit auf der Welt, die Schönheit, die nicht nur mir gehört, auch sie geht einsam vorüber.«

Oh, wie schön ist das Leben, denkt er. Daß er dem Journalisten antworten müßte, kommt ihm gar nicht in den Sinn. Er will für alle Ewigkeit João Gilberto auf dem Weg zum Meer hin lauschen.

»*Ah, se ela soubesse que quando ela passa* ... Ach, wenn sie wüßte, daß, wenn sie vorübergeht ...«

Die Leute sollen still sein. Ihm nicht auf die Nerven gehen.

»*... o mundo sorrindo se enche de graça e fica mais lindo por causa do amor* ... die Welt verzaubert lächelt und schöner wird, allein durch die Liebe.«

Sie sollen João Gilberto, Tom Jobim und Vinícius vorbeilassen mit ihrem sanften Wiegen, das sehr wohl mehr als ein Gedicht ist.

»Können wir weitermachen?« fragt der Journalist.

Aus der Lautsprecheranlage des Flughafens hallt alles und nur das, worauf es ankommt. Der unsterbliche Refrain kehrt wieder. In der unsterblichen Stimme.

»*Olha que coisa mais linda, mais cheia de graça é ela menina que vem e que passa* ... Ist sie nicht wunderschön, voller Anmut und Zauber, das junge Mädchen, das da kommt und vorübergeht ...«

Solch ein Geschenk, aus seiner Heimat, dem kann man sich nicht entziehen. Plötzlich, hier in der Fremde, auf dem Berliner Flughafen Tegel, das Zeichen, daß er zu Hause ist: Doch, es gibt Brasilien. Alberto Nepomuceno durchströmt ein Glücksgefühl, er möchte sagen, ach, wie ist das schön. Er sieht die ganze Szene um sich herum: das Café Papillon, vollbesetzte Tische, Menschen kommen und gehen. Eine blonde Familie packt ihre Sachen zusammen. Zwei Araber schlendern laut lachend den angrenzenden Gang entlang. Die Kellnerin, eine Mulattin, schiebt einen Servierwagen voller Flaschen, Tassen, Gläser und schmutziger Aschenbecher. Auf der anderen Seite, hinter der Rauchglasscheibe, das Rollfeld des Flughafens mit geparkten Flugzeugen. Auf dem Fußboden neben dem Tisch die Koffer für Kamera und Zubehör, Kabel liegen auf dem Boden. Vor ihm der Journalist, dunkelblond, gebogene Nase, hohe Stirn, noch betont durch seine frühzeitige Halbglatze. Hinter ihm der Kameramann, die Betacam auf der Schulter. Und der mißtrauisch äugende Wachmann vom Flughafen.

»Ja ... ja«, stottert Alberto endlich. »War nur ein ... ein leichtes Unwohlsein.«

»Wollen Sie noch einen Kaffee?«

»Danke, ich habe noch.«

Nepomuceno trinkt einen Schluck. Der Kaffee ist zwar kalt, wirkt aber belebend. Der Journalist überprüft, ob das angesteckte Mikrophon noch richtig sitzt. Dann fragt er auf deutsch den Kameramann:

»Peter, ist das Mikro gut so?« Da dieser es bestätigt, wendet er sich wieder Nepomuceno zu: »Gut, dann machen wir weiter. Sie sprachen gerade von Berlin, Sie erinnern sich? Ton ab! Interview mit Alberto Nepomuceno, Flughafen Tegel in Berlin, 6. Juli 1991.«

Großaufnahme von Nepomucenos Gesicht.

NEPOMUCENO: Ja, ich sprach von dem Widerspruch in der deutschen Seele, die zwischen dem Verlangen nach Ordnung und dem Bedürfnis nach Chaos hin- und hergerissen ist. Das heißt, dieselbe Kultur, die Beethovens *Neunte Symphonie* hervorgebracht hat, hat auch die Konzentrationslager der Nazis hervorgebracht. Berlin führt diese Zerrissenheit deutlich vor Augen. Berlin ist eine Weltstadt. Auf den Plätzen, den Straßen, in der U-Bahn begegnet man Menschen aus aller Welt. Die ausgefallensten Typen, alternative Künstler, Punks, Drogensüchtige. Berlin ist eine offene Stadt. Sie treffen hier auf Schwarze, Koreaner, Russen, Rumänen, Ungarn.

JOURNALIST *(wirft ein):* Und auch viele Brasilianer.

NEPOMUCENO *(nickt):* Selbstverständlich, heute sind Brasilianer überall.

Kamera fährt langsam zurück.

NEPOMUCENO: Das ist die kosmopolitische Seite der Stadt. Aber neben diesem Flair von Gemeinsamkeit und Miteinander herrscht gleichzeitig eine sehr aggressive Stimmung in der Stadt. Nach dem Zusammenbruch des Kommunismus kehrt das Problem des Nationalismus mit aller Macht zurück. Neonazis sind eine Realität. Sie haben vor allem in den Ländern des ehemaligen kommunistischen Deutschlands Zulauf, die meisten Überfälle auf Ausländer finden dort statt. Die Skinheads fackeln da nicht lange. Und wenn es noch so ironisch klingt: Das ist das Erbe von vierzig Jahren Kommunismus. Ausländer ist heutzutage in Deutschland ein Schimpfwort. Und wenn man dann auch noch etwas dunkler ist, dann ist Vorsicht angebracht. Nachts über den Alexanderplatz im ehemaligen Ostberlin zu gehen, ist für jeden gefährlich ... Denn trotz des Mauerfalls ist die Stadt nach wie vor klar geteilt. Die Unterschiede springen ins Auge. Man braucht nur an einer U-Bahn-Station im ehemaligen Ostberlin auszusteigen, und sofort hat man das Gefühl, als wäre die Zeit stehengeblieben, die Lautsprecher baumeln herunter, die Gebäude sind in erbärmlichem Zustand, alles verkommt. Die Deutschen aus dem ehemals kommunistischen Deutschland erleben eine traumatische Situation. Statistiken belegen, daß die Selbstmordrate um tausend Prozent gestiegen ist. Sie gelten als Deutsche zweiter Klasse, dazu gehört auch, daß sie viel weniger verdienen. Sofern sie in der glücklichen Lage sind, überhaupt noch Arbeit zu haben. Denn die Arbeitslosigkeit treibt die Leute buchstäblich zur Verzweiflung. Vor allem jetzt, wo sie den Verlockungen des – zumindest theoretisch allen zugänglichen – Konsums des Kapitalismus ausgesetzt sind. Da sind es in ihren Augen natürlich die Ausländer, die ihnen die Arbeit wegnehmen ...

Zoom auf Albertos Hände, die nervös mit der Kaffeetasse hantieren.

NEPOMUCENO: Ich kenne mehrere Menschen, die auf der Straße zusammengeschlagen wurden. Ein befreundetes Ehepaar, Deutsche, die eine schwarze brasilianische Haushilfe haben, lassen sie unter keinen Umständen allein zum Alexanderplatz gehen, aus Angst, sie würde dort überfallen.

Zoom fährt wieder zurück und richtet sich auf Alberto.

NEPOMUCENO: Man befürchtet hier sehr, daß der Ansturm der Flüchtlinge aus dem ehemaligen Ostblock zum Hauptproblem Europas im Jahre 2000 wird. In Berlin ist das schon deutlich zu spüren. Die russische Mafia zum Beispiel, die als die brutalste der Welt gilt, ist bereits nach Berlin vorgedrungen. Ich bin neulich nachts von Schüssen einer Maschinenpistole in meiner Straße aufgewacht. Am Morgen lag ein Russe auf der Straße. Ein Streit unter russischen Mafiosi. Meine Berliner Freunde waren entsetzt. So etwas hatten sie noch nie erlebt. Viele öffentliche Plätze sind zu wahren Basaren geworden. Da gibt es alles. Rumänen verdienen sich ihr Geld mit Gaunereien wie dem Hütchenspiel, bei dem man raten muß, unter welchem Karton Münzen liegen. Natürlich alles nur fauler Schwindel, um Gutgläubige reinzulegen. Die Zeitungen berichten, daß die meisten Opfer Deutsche aus dem ehemaligen Ostberlin sind. Sie sind von einer unglaublichen Naivität ... Das Symbol der Freiheit ist für die ehemaligen Ostdeutschen der Verzehr von Bananen, selbst die waren in der kommunistischen Welt offenbar ein Luxusartikel. Wenn Sie mit der U-Bahn durch das ehemalige Ostberlin fahren, sehen Sie auch mitten im Winter immer irgendeinen spießig gekleideten Menschen feierlich eine Banane essen. Für uns Brasilianer einfach lachhaft, aber wahr. Wenn Sie in eins der neuen Kaufhäuser in der Osthälfte der Stadt gehen, werden Sie staunen, wie viele Menschen dort unterwegs sind. Sie stehen geradezu unter Konsumzwang. Das ist richtig bedrückend.

Von links her kommt ein beladener Gepäckwagen ins Bild, geschoben von einem blonden Mann in bunten Bermudas, einen Stoffhut auf dem Kopf. In einer Hand hält er eine Bierflasche und ein Glas. Der Kameramann Peter macht einen leichten Schwenk nach rechts und zoomt gleichzeitig auf Alberto zu. Aber es hilft nichts. Der Gepäckwagen schiebt sich immer noch ins Bild.

Schnitt. Der Journalist geht zu dem Mann, der bereits Anstalten macht, sich neben Alberto niederzulassen. Er erklärt ihm die Situation und bittet ihn weiterzugehen. Der Mann greift sichtlich widerstrebend nach seiner Bierflasche und schiebt seinen Wagen wortlos weiter.

Kamera richtet sich auf die Aufschrift »Berlin-Tegel« auf einem Ziehharmonika-Flugsteig, der hinter dem Café auf das Rollfeld hinausführt, beschreibt einen Schwenk rundum, korrigiert die Bildschärfe und endet in Großaufnahme von Nepomuceno.

NEPOMUCENO: Kann ich weitersprechen? Also ... Natürlich hat Berlin auch viele sehr reizvolle Seiten. Man trifft immer wieder auf Überraschungen. Im Winter, wenn alles grau ist und die Stimmung gedrückt, freut man sich, wenn plötzlich so ein Doppeldeckerbus vorbeifährt, auf dem in Riesenbuchstaben »Guten Tag, Berlin!« steht. Dieser anonyme Gruß ist eine Art ... Freudenschrei in all der Kälte. Und der Winter hier ist wirklich kalt!

Zoom fährt noch etwas näher an Alberto heran.

NEPOMUCENO *(lächelt):* Berlin hat dieses sehr Widersprüchliche. Eine Stadt, die zwischen Chaos und Ordnung schwankt.

Schnitt. Der Kameramann geht zum Koffer, die Batterie wechseln.

Nepomuceno blickt unruhig zu den Monitoren am Ausgang, auf denen die nächsten Abflüge angezeigt werden.

»Entschuldigen Sie, aber ich habe vergessen ... Adriano war doch Ihr Name, richtig? Hören Sie, Adriano, ich darf meinen Flug nicht verpassen!«

»Wann geht er denn?«

»Um neun Uhr zwanzig. Aber ich muß ziemlich bald einchecken.«

»Sie fliegen nach Genf, nicht wahr?«

»Nein, nach Zürich. Von da fahre ich mit dem Zug weiter nach Montreux.«

»Nach Montreux? Dann fahren Sie also zum Jazz-Festival?«

»Ja, zur Brasilianischen Nacht. Morgen abend.«

»Um ein Haar hätten wir von da berichtet. Dieses Jahr tritt doch Caymmi da auf, oder?«

»Sogar die ganze Familie. Der alte Dorival Caymmi mit seinen Kindern. Der Tochter Nana und den beiden Söhnen Dori und Danilo. Und Milton Nascimento, Gal Costa und Chico Buarque treten auch auf. Ich hoffe ...«

Der Kameramann, mit der neuen Batterie zurück, stellt sich in einem anderen Winkel zu Nepomuceno in Positur. Es kann weitergehen.

Großaufnahme von Alberto, der auf seine Armbanduhr blickt.

JOURNALIST: Haben Sie keine Lust, in Europa zu bleiben?

NEPOMUCENO: Das haben Sie mich schon einmal gefragt.

JOURNALIST *(mit seinem rätselhaften Lächeln):* Sie haben also nie daran gedacht, das Stipendium zu nutzen und hierzubleiben?

Großaufnahme von Alberto.

NEPOMUCENO (runzelt leicht gereizt die Stirn): Sie meinen, ganz hier zu bleiben? ...

JOURNALIST *(suggestiv):* Ja. Schließlich ist Kultur in Brasilien, so wie die Dinge stehen, zum Luxusartikel geworden. Was können Sie als Komponist denn da machen? Denn daß es da Störfaktoren und zuviel Lärm gibt, können Sie nicht leugnen. Ich meine, wie kann man ein Kunstwerk komponieren, wenn draußen gerade jemand Ihr Auto klaut, Bettler vor Ihrer Tür stehen, Taschendiebe Ihre Straße unsicher machen, Obergauner Ihr Geld einstreichen, korrupte Politiker krumme Geschäfte machen und die Inflation bald galoppiert? Und vergessen Sie nicht, daß die neue Regierung das Kultusministerium, das Filminstitut, die Stiftung zur Förderung der Kunst usw. aufgelöst hat ...

NEPOMUCENO *(unterbricht ihn):* Ich weiß. Um das Haushaltsdefizit zu reduzieren. Aber für Kultur wurde in Brasilien schon immer verschwindend wenig ausgegeben.

JOURNALIST *(weiter in eindringlichem Ton):* Ja, daß dies hohles Gerede ist, das wissen alle. Der Präsident will, daß in Brasilien bessere Autos gebaut werden, nicht mehr solche Karren, wie er sie nennt. Er ist sportlich und schwärmt für schnelle Autos ... Und trotzdem wollen Sie ...

NEPOMUCENO: ... Ich weiß, der schert sich einen Dreck um miserable Orchester, schlecht bezahlte Musiker, das ganze brasilianische Musikleben ... Nur ist das in Brasilien nichts Neues. Kunst hat die brasilianische Elite traditionell nie interessiert, ausgenommen dann, wenn sie daraus Vorteile für den Stimmenfang beim Wählervolk ziehen konnte. Für diese Karikatur von einer Elite wie unsere hat Kunst immer eine sehr begrenzte Bedeutung gehabt. Ein Konzert des Symphonieorchesters von weiß der Himmel wo zu besuchen, ist lediglich schick, eine Chance, in die Gesellschaftskolumnen zu kommen, auch wenn man während des Konzerts schnarcht oder an der falschen Stelle klatscht. Deshalb halte ich das für nichts Neues. Wir müssen uns mit dieser Elite abfinden ...

JOURNALIST: Und glauben Sie nicht, daß in Anbetracht all dessen Kunst im heutigen Brasilien jeden Sinn verloren hat?

NEPOMUCENO: Genau das ist die Frage. Ich weiß nicht, wieso oder warum, aber fest steht, daß es in Brasilien viele

Menschen gibt, die sich künstlerisch betätigen ... Gegen jede Logik. Ich spreche gar nicht von den großen Namen, ich meine die Tausenden von Namenlosen. Vielleicht, weil ... Wissen Sie, ich glaube, das ist das wahre brasilianische Wunder: trotz all dieser Störfaktoren und dieses Lärms Poesie zu schaffen. Man muß sich unbeirrbar seine tägliche Ration Poesie sichern. Denn Poesie ist so lebensnotwendig wie unser täglich Brot.

JOURNALIST *(noch eindringlicher, nimmt seine Rolle als Provokateur ernst):* Aber da gibt es noch ein konkretes Problem. Auch Poeten brauchen ihre tägliche Ration Reis mit Bohnen. Und in Brasilien gehen Künstler am Bettelstab. Sehen Sie sich doch den brasilianischen Film an. Aus und vorbei. Denken Sie an den Regisseur Babenco, die Schauspielerin Sônia Braga, unsere besten Fotografen. Alle gehen ins Ausland. Wozu auch zurückkommen? Von billigem Nationalismus wird niemand satt.

Zoom zieht ein Stück auf.

NEPOMUCENO *(gerunzelte Stirn, Funkeln im Blick, spürbar empört):* Nein, zurückzugehen ist für mich keine Frage von billigem Nationalismus. Die Sache ist einfacher. Manche halten es in Brasilien nicht mehr aus und gehen weg. Andere gehen zurück, und zwar einfach deshalb, weil es für sie eine Notwendigkeit ist. Diese Menschen stehen in krankhafter Abhängigkeit von Brasilien. Ich glaube, ich bin so einer, vielleicht unseligerweise, aber ich bin so: brasilienkrank. Zurückkehren ist ...

JOURNALIST *(unterbricht ihn, kaum verhohlen zynisch):* Das heißt, für Sie hat das mit dem Vaterland noch eine Funktion? Solche Sachen wie die Fahne tragen, die Nationalhymne singen usw. ...

Zoom fährt ganz zurück. Kamera schwenkt in der Totalen

über das sterile Ambiente des Cafés – ein mittelgroßer kreisrunder Raum. Wände in Rot und Blau. Ebenfalls blau die Tische in nichtssagendem Snackbar-Stil, die Stuhlsitze und der mit Meterware ausgelegte Fußboden. Kamera bleibt in Lokalmitte auf der Skulptur eines neongrünen Schmetterlings stehen. Fährt weiter auf einen Minigarten mit einem winzigen, vielleicht echten Bäumchen. Zoomt auf die Rückwand des Cafés, die an einen Warteraum angrenzt. Ein Zigarettenautomat. Toiletten. Kamera geht über die Rauchglaswände am Eingang des Cafés in die Totale, zeigt dahinter den Hauptflur. Macht eine Kreisbewegung. Zeigt den Selfservice-Tresen mit den Speisen. Die Espressomaschine. Die Kassiererin, die einem Mann in Sportkleidung das Wechselgeld aushändigt. Kamera bleibt auf die Gäste gerichtet stehen. Ein Tisch mit ein paar Geschäftsleuten und fast einem halben Dutzend leerer Bierflaschen neben einer kleinen Vase mit einer weißen Blume. Auf dem Fußboden Koffer und Reisetaschen. Eine Frau mit zwei blonden Kindern. Schwenk zu einem Tisch, an dem sich eine Inderin in Landestracht mit einem Mann unterhält, vermutlich ihr Ehemann. Die Frau zupft gedankenverloren an der Blume in der kleinen Vase auf dem Tisch vor sich. Kamera fährt weiter. Ein junges Mädchen mit üppigem blondem Haar trinkt Bier und wühlt in ihrem Schminktäschchen. Daneben eine Gruppe junger schwarzer Rastafari, von Koffern umringt, bei einem Imbiß. Kamera streift die Mulattin, die den Nebentisch abwischt. Zu diesen Bildern Albertos Stimme.

NEPOMUCENO *(im Off, Stimme und Tonfall nicht gereizt, aber sehr überzeugt):* Wissen Sie, was ich für Brasilien empfinde, ist eine zwar nur vage Gewißheit, aber eine Gewißheit. Ich weiß noch ... Ich glaube, so müssen die Astronauten empfunden haben. Manchmal stelle ich mir vor, was sie beim Anblick der blauen Erde in der unendlichen Dunkelheit vor Augen gehabt haben. Sie müssen große Zärtlichkeit empfunden haben für dieses kleine, fragile, einsame Ding, Milliarden und aber Milliarden von Lichtjahren weit weg im Nirgendwo. Im Nirgendwo, verstehen Sie? Denn die Erde ist sich ja ihres Schicksals überhaupt nicht bewußt ... Für die Astronauten muß das ein prägendes Erlebnis gewesen sein. Verständlich, daß manche danach ihr Leben vollkommen umgekrempelt haben. Sie haben dort, wo scheinbar überhaupt keine Hoffnung möglich war, die Erfahrung absoluter Hoffnung gemacht, verstehen Sie? Hoffnung als Folge einer entscheidenden Begegnung mit der Relativität, der Fragilität, kurzum, mit dem Nichts. Mitten im Nichts war die armselige Erde aber auch der wunderschöne blaue Planet, mit dem sich alle ihre Erinnerungen, Freundschaften und Lieben verbanden, der Punkt, auf den sich alle ihre Pläne richteten, mochten sie noch so vage und kurzlebig sein. Sie hatten Sehnsucht nach ihr, dort im Unendlichen, und träumten von der Rückkehr, denn sie wußten, daß sie auf der Erde ihr Haupt zur Ruhe betten konnten. Sie wußten, wohin sie zurückkehren konnten, sie waren keine Abenteurer ohne Ziel. Der Planet Erde war ihr absoluter Bezugspunkt. Und ich frage mich: Ist nicht dies genau das, was man für gewöhnlich – und vielleicht gar fälschlich – als »Vaterland« bezeichnet?

Kamera geht über den zahlreichen Fensterscheiben mit Ausblick auf das Rollfeld in die Totale und bleibt dann groß auf Albertos erregtem Gesicht stehen.

JOURNALIST: Aber mal unter uns gesagt, Nepomuceno, sein Haupt in Brasilien zur Ruhe betten ... Brasilien ist erledigt, Mann! Das haben Sie selbst gesagt. Die Orchester da sind Mist. Die Musiker sind Mist. Was an E-Musik produziert wird, ist nichts als verwässertes Zeug ...

NEPOMUCENO: Aber immerhin mein Mist, mein Lieber. Der Mist, den ich von klein auf kenne.

JOURNALIST *(in provokativem Ton):* Sie haben Angst vor dem Exil, stimmt's?

NEPOMUCENO: Also, Angst trifft es wohl nicht genau. Ich glaube, wir leben permanent im Exil. Mir ist unbehaglich zumute ...

JOURNALIST *(noch immer provozierend):* Ist das der Grund, warum Sie so verzweifelt nach einem Vaterland suchen?

NEPOMUCENO: Ja. Weil ich das verzweifelte Gefühl habe, im Exil zu leben. Das Exil ist überall, auch in Brasilien ...

JOURNALIST *(unterdrückt mit Mühe seine Gereiztheit):* Und warum wollen Sie dann dahin zurück?

NEPOMUCENO: Ich glaube, Brasilien ist ein Teil meines Mysteriums ...

JOURNALIST *(geht auf die Antwort nicht ein):* Wenn Brasilien für Sie eine so große Rolle spielt, warum sind Sie dann nach Europa gegangen? Warum sind Sie nicht da geblieben, haben da studiert und sich durchgeschlagen?

NEPOMUCENO *(sehr überzeugt):* Ich bin weggegangen, um zurückkehren zu können, wie Gilberto Gil in seinem Lied gesagt hat. Und das Komischste ist, daß ich hier in Europa ständig Brasilien entdeckt habe. Ich glaube, wenn man zu nah an den Dingen dran ist, verschwimmt der Blick, und am Ende sieht man gar nichts mehr. Also muß man manchmal zehntausend Kilometer weit reisen, um etwas zu entdecken, das man immer direkt vor der Nase gehabt hat. Genau so ist es. Ich mußte Distanz zu Brasilien schaffen, um klarer zu sehen. Dazu mußte ich einen ganzen Ozean zwischen uns bringen. Ich glaube, ungefähr so ist es auch den Astronauten gegangen ...

Pause. Großaufnahme von Alberto. Die Kamera wackelt.

NEPOMUCENO *(halb fragend, halb gereizt):* Übrigens, wissen Sie, welchen Eindruck ich habe? Das hier ist kein Interview. Es klingt mir eher nach einem Verhör.

JOURNALIST *(erklärt wenig überzeugend):* Na ja, ich bemühe mich, Sie ordentlich in die Mangel zu nehmen, damit richtig was rüberkommt. Okay?

Aus dem Lautsprecher ertönt das elektronische Signal für die Ankündigung eines Abflugs. Nepomuceno unterbricht den Journalisten mit einer Handbewegung und horcht.

»Abflug Lufthansa 6217 nach Frankfurt, Ausgang 9. Departure Lufthansa 6217 to Frankfurt ...«

»Okay. Das ist nicht mein Flug.«

»Keine Sorge, ich sehe auch auf die Uhr«, sagt der Journalist. »Können wir weitermachen?«

Während der Journalist seine Fragen formuliert, fährt die Kamera langsam über die Landepisten. Am Ende Überblendung in eine Großaufnahme von Nepomuceno.

JOURNALIST *(zunehmend in Fahrt):* Also gut. Ein anderes Thema. Was ist, für Sie als Künstler, heutzutage Kunst? Ich meine, in der postkommunistischen Welt ... Man spricht viel vom Ende der Ideologien, das heißt, die großen politischen Bezugspunkte existieren nicht mehr. Meinen Sie nicht, daß dies in gewisser Weise auch das Ende des bisher geltenden Kunstbegriffs bedeutet? Also der Kunst als etwas Edlen, über jeden Verdacht Erhabenen? Wir leben heute im Imperium der Kulturindustrie, und die gehorcht den Gesetzen des Marktes. Meinen Sie nicht auch, daß die Maßnahmen des Präsidenten Collor ihren Sinn haben, wenn man bedenkt, daß die Marktmechanismen nicht in der Lage sind, der Kunst den Freitisch zu erhalten, den der Staat ihr immer gewährt hat? Womit ich sagen will, daß es in Zukunft Kunst nur noch nach Maßgabe des Marktes geben kann. Mit anderen Worten: Eine neue Ära beginnt. Die

Musik muß sich wandeln, denn Beethoven ist tot. Stimmen Sie mir zu?

NEPOMUCENO *(schockiert):* Beethoven ist tot? Was wollen Sie damit sagen?

JOURNALIST *(ironisch):* Beethoven ist im Strudel der Zeit untergegangen. Das heißt, er ist überholt. Erstens, weil die zeitgenössische Musik aus der alten tonalen Musik Kleinholz gemacht hat. Damit ist Beethoven prähistorisch, nicht mehr hörbar. Was bedeutet denn Beethoven, gemessen an der Musik der Avantgarde?

NEPOMUCENO *(mühsam beherrscht):* Ich möchte lieber fragen, welche Bedeutung die Musik der Avantgarde gemessen an Beethoven hat. Und ich will Ihnen sagen, was ich denke. So wie die kommunistische hat auch die ästhetische Avantgarde dieses Jahrhunderts restlos abgewirtschaftet, es ist nur noch Schrott. Vielleicht haben wir es tatsächlich mit dem Ende der Moderne zu tun ... Die Avantgarde hat eine ungeheure Revolution in Gang gesetzt und der Kunst ein neues Gesicht gegeben. Doch ganz gleich, wie wichtig sie für jeden einzelnen von uns gewesen sein mag, Sie müssen zugeben, jetzt ist sie am Ende, ausgelaugt. Wie es scheint, ist in der Kunst schon alles dagewesen. Nachdem ich auf einer Biennale Marcel Duchamps schnurrbärtige Mona Lisa gesehen habe, war ich drei Tage lang deprimiert. Das heißt, die Avantgarde, die angetreten war, die Museen zu zerschlagen, ist am Ende selbst in die Museen eingezogen. Sie, die sich gegen die offizielle Kunst gestellt hatte, ist zur neuen offiziellen Kunst geworden.

JOURNALIST: Aber niemand kann leugnen, daß Anfang des Jahrhunderts die Avantgarde Meisterwerke von unstrittiger Bedeutung hervorgebracht hat ...

NEPOMUCENO *(unterbricht ihn in scharfem Ton):* Entschuldigen Sie, aber so unstrittig nun auch nicht, das muß doch gesagt werden. Selbst Duchamp ist heute höchst umstritten. Allmählich wird der Schleier gelüpft. Und man entdeckt die Nebeneffekte, die das starre Normensystem der Avantgarde bewirkt hat. Kunst ist nur Kunst, weil sie Grenzen überschreitet. So strikte Regeln setzen wie in der Avantgarde heißt die Phantasie abtöten, mit anderen Worten, das genaue Gegenteil dessen bewirken, was sie predigt. Ihr Anspruch, immer den anderen voraus und überlegen zu sein, hat Sektierertum, Parteilichkeit und Lobbyismus gefördert, die im Laufe von mehr als siebzig Jahren die Avantgarde zum wahren Fetisch aufgebaut haben, bis Einmütigkeit hergestellt war. Und wie sehr Einmütigkeit dazu neigt, blind auszugrenzen, das wissen wir. Um ihretwillen wurde so manches Interessante verworfen, weil es nicht den viel zu eng gefaßten Kriterien des Experimentellen entsprach. *(Nepomuceno blickt ernst in die Kamera.)* Jede Epoche hat ihre ästhetischen Ticks. Aber ich habe den Verdacht, daß unsere als diejenige mit dem Neuerungstick in die Geschichte eingehen wird. Statt Poesie wird Neuartigkeit verlangt. Dieser Zwang zu steriler Experimentiererei hat letztlich Generationen von Künstlern hervorgebracht, die sich einzig und allein nach der neuesten Mode richten. Mit dem Erfolg, daß ihre Produktion nicht nur zu endloser Wiederholung neigte, sondern auch sehr schnell veraltete. Denn Mode kommt und geht ...«

Zoom fährt langsam von Albertos Gesicht zurück, geht in die Halbtotale. Nepomuceno gestikuliert lebhaft.

NEPOMUCENO: Doch der größte Irrtum der heutigen Avantgarde besteht darin, daß sie sich verhält, als gäbe es noch die ästhetische Unschuld vom Beginn des 20. Jahrhunderts. Aber die Welt hat sich verändert. Jetzt, am Ende des Jahrhunderts, sprechen wir sogar dem Menschen das Recht ab, sich die Natur untertan zu machen, ein Grundgedanke der Moderne. Wir entdecken die Übel der Maschine: Die Barbarei unserer Zeit hält Schritt mit der technologischen Raffinesse. Das Entzücken der Avantgarde über die Technologie hat nur zu reinem Provinzialismus geführt. Haben Sie schon einmal so einen experimentellen Künstler über Computer, Laser, Holographie staunen sehen? Tut mir leid, das sagen zu müssen, aber auf mich wirken die eher, als wären sie frisch aus dem Busch in die Erste Welt gekommen ... Die begreifen nicht, daß die jüngste technologische Entwicklung bereits morgen überholt ist, so wie die von gestern heute überholt ist. Und Kunst erfordert etwas mehr als den Einsatz dieses oder jenes Instruments. In Wirklichkeit hat die Avantgarde ihre Identität verloren, und sie merkt nicht einmal, daß sie alt geworden ist. Wie ein altes Weib von siebzig Jahren, das sich als Teenager gebärdet. Als einziges verbindet sie mit der Jugend, daß die vielgepriesene Experimentiererei, die ästhetische Antriebskraft des 20. Jahrhunderts, heute auf die Sprache der Videoclips reduziert ist, mit denen der Jugend im Fernsehen Produkte verkauft werden. Das ist wahrlich kein Trost. Im Gegenteil. Wenn die Kunst als Reklamegirl des Hochkapitalismus endet, ist das ziemlich traurig. Aber dennoch, es läßt sich nicht leugnen: Avantgardistisch sein ist am Ende dieses Jahrhunderts zu einer sehr unangenehmen Form von Konventionalität geworden.

JOURNALIST *(herausfordernd):* Wenn die Avantgarde und die Moderne bankrott sind, wo sehen Sie dann einen Ausweg?

Großaufnahme von Nepomucenos nachdenklich in die Ferne blickenden Augen. Dann seine Nase, das Haar, die Ohren. Schnurrbart und Bart. Kamera bleibt auf dem leicht gespitzten Mund stehen.

NEPOMUCENO: Ich weiß es nicht. Ich habe kein Patentrezept. Vielleicht weg von den Ästhetiktheorien und zurück zum Chaos des Lebens. Nur darf man dabei nicht vergessen, daß die Kunst genauso schmutzig ist wie das Leben. Sie entsteht aus dem Leben und ist Teil des Irrsinns Leben. Aber sie kann dem Leben Kraft geben, gerade weil sie in den Kern vordringt und das Grauen erhellt. Vielleicht ist das die eigentliche Funktion der Kunst: das Grauen erhellen. Ohne ästhetische Vorgaben, denn jeder Stil hat seine Berechtigung, sofern er Poesie zum Erblühen bringt. Ich glaube, die richtige Antwort auf den Ausschließlichkeitsanspruch der Avantgarde ist Vielfalt.

JOURNALIST *(rätselhaft lächelnd):* Sehr hübsch. Ob praktikabel, weiß ich nicht, aber erbaulich. Jedenfalls ... Aber lassen wir das Thema. Unter uns gesagt, das ist ein Problem der Ersten Welt, wir Brasilianer äffen das alles ja nur nach, oder? Unsere Probleme sind viel konkreter und existentieller. *(Eindringlich)* Nehmen Sie die *Neunte Symphonie*, speziell im Fall Brasilien. Wie kann man in einem Land, wo Collor Präsident ist, wo Millionen von Kindern auf der Straße leben, wo die Korruption sprießt und eine wahre Entführungsindustrie floriert, wie kann man in einem solchen Land die *Neunte Symphonie* hören? Ist das für Sie nicht ein Widerspruch in sich?

NEPOMUCENO *(lebhaft):* Nein, überhaupt nicht. Beethovens *Neunte Symphonie* ist unvergänglich. Gerade die Ode *An die Freude ...*

JOURNALIST *(unverhohlen gereizt):* Die ist in Brasilien völlig witzlos. Wer soll denn diese Freude in Verbindung mit Metaphysischem und Erhabenem in einem Land verstehen, wo Freude nur als zynisches Gelächter Bedeutung hat?

Alberto bewegt sich nervös. Sein Gesicht rutscht aus dem Bild. Die Kamera versucht, immer noch in Großaufnahme, zu folgen. Das Bild schwankt und wird unscharf.

NEPOMUCENO *(kann sich vor Empörung kaum beherrschen):* Ich war ein überzeugter Wagner-Jünger, ich hatte immer ein Ohr für die »Musik der Zukunft«. Deshalb ist aber Beethoven für mich noch lange nicht »Musik der Vergangenheit«. Die Ode *An die Freude* entsteht nach wie vor, je nach Situation und Ohr, in jedem von uns immer wieder aufs neue. Auch inmitten von Preßlufthämmern, Autolärm und dem größten Elend klingt sie noch lebendig. Vergessen Sie nicht, Beethoven hat etliche lokal begrenzte und zwei Weltkriege überlebt. Andere Oden sind entstanden und werden weiterhin entstehen. Aber das ist keine Minderung, sondern eine Steigerung ihrer Bedeutung. Es ist an uns, Beethovens Bedeutung heute neu zu entdecken. Die Autos, von denen der brasilianische Präsident Collor träumt, können noch so modern sein, die *Neunte Symphonie* wird nie veralten, wenn Sie verstehen, was ich meine. Die Moderne der Technologie hat das Erhabene nicht töten können. Einfach deshalb, weil Moderne und Erhabenheit keinen Gegensatz bilden. Soll heißen, daß jede Epoche unter »erhaben« etwas anderes versteht. Dieses Jahrhundertende bietet uns mehrere Möglichkeiten zur Auswahl: Man kann das Erhabene bei Schönberg, Strawinsky, Bartók oder Kupper bewundern, aber ebenso bei Mahler, Reich und Glass. Wie kann man zum Beispiel von Bartóks *Musik für Saiteninstrumente, Schlagzeuge und Celesta* nicht hingerissen sein? Die Seele des 20. Jahrhunderts findet sich darin mit all ihrer düsteren Herrlichkeit, ihrer ambivalenten Schönheit und einer heillosen Verzweiflung, die musikalisch vollendet aufbricht. Doch man kann das Erhabene auch in den Anklängen an Beethoven und Wagner in Mahlers *Lied von der Erde* genießen. Man mag ihn noch so unzeitgemäß finden, doch in ihm hat sich die ganze Unentschlossenheit des Jahrhunderts niedergeschlagen, seine Originalität beruht auf seiner Uneinheitlichkeit, seinen Kontrasten, seiner musikalischen Heimatlosigkeit. Ist der eine vielleicht von größerer Erhabenheit als der andere, je nach Grad seiner Modernität? Nein. Modern bedeutet nicht, daß die Erhabenheit bei Bach, Mozart, Beethoven, Brahms getötet wäre. Wie gesagt, auf die Kunst läßt sich der Fetisch-Begriff des technologischen Fortschritts nicht anwenden, bei Kunst sollten wir lieber lediglich von Veränderung sprechen, aber nicht von Überwindung. Hier geht es nicht um die neueste Errungenschaft der Informatik, die allen Geräten von gestern überlegen ist, auch nicht um gentechnologische Erkenntnisse, die frühere wissenschaftliche Postulate widerlegen. Noch sind wir, Gott sei Dank, so ausgestattet, daß wir die Schönheit der mittelalterlichen gregorianischen Gesänge erkennen können. Wenn in Kubricks *Clockwork Orange* die Ode *An die Freude* zu einem Strafinstrument geworden ist, dann liegt das nicht daran, daß die *Neunte Symphonie* ihren Sinn verloren hätte, sondern an den Möglichkeiten der menschlichen Barbarei, denen sie ausgesetzt ist. Das moderne Gehör für die Größe der Ode *An die Freude* öffnen, das ist ein alltägliches Wunder, dessen ganzes Ausmaß zu würdigen unmöglich, aber notwendig ist. *(Nepomuceno ringt fast nach Luft.)* Der große Toscanini hat sein Leben lang Beethovens *Neunte* interpretiert. Das halbe 20. Jahrhundert ist er auf der Jagd nach der perfekten Interpretation gewesen. Vor seinem Tod hat er gesagt: »Fast habe ich es geschafft. Aber nicht ganz.« Es war eine Lebensaufgabe. Und weiß Gott keine vertane Zeit. Ich will Ihnen eins sagen: Toscanini wollte den Kampf gegen das Nichts gewinnen. Und diesen Kampf müssen wir auch heute noch führen, wo das Nichts uns von allen Seiten auflauert.

JOURNALIST *(noch immer sarkastisch provozierend):* Schön und gut. Wie gesagt, das ist alles sehr erbaulich. Aber unsere Realität ist um einiges komplexer. Das heißt, wir müssen uns an Tatsachen halten.

NEPOMUCENO *(unbeherrscht):* Tatsachen, Tatsachen ... was heißt, sich an Tatsachen halten? Ich fürchte, das ist ein Euphemismus für Mittelmäßigkeit und mangelndes Talent, sonst nichts!

JOURNALIST *(weiterhin provozierend):* Sich an Tatsachen halten, heißt realistisch sein. Der aus der Karibik stammende Schriftsteller Naipaul sagt, kolonisierte Länder haben keine Zukunft. Was natürlich auch für Brasilien gilt. Da darf man sich nichts vormachen. Angesichts unserer rasch wachsenden

Verelendung sind die Perspektiven für das 21. Jahrhundert sehr düster. Die Auffassung, daß es für Brasilien keinen Ausweg gibt, ist kein Pessimismus, sondern eine realistische Einschätzung ...

NEPOMUCENO: Ich kenne viele Leute, die in bezug auf Brasilien einen mystischen Optimismus haben ... Dazu braucht man nur einmal in einer Menschenmenge eine Fußballweltmeisterschaft mitzuerleben. Das ist Realität!

JOURNALIST: Aber sind Sie nicht auch der Meinung, daß es für das Land Brasilien schon wunderbar wäre, wenn es sich mit Samba, Forró und Lambada zufrieden gäbe? Ist es nicht schlimm, wenn wir immer nur komplizierte Sachen der Ersten Welt nachahmen?

NEPOMUCENO *(von oben herab):* Also, in den zwanziger und dreißiger Jahren wurde Pixinguinha vorgeworfen, er ahme Jazz nach. Fünfzig Jahre später zählt er zu den Klassikern der Musica Popular Brasileira. Nicht zu vergessen der Bossa Nova, mit der gleichen Begründung abgekanzelt. Trotzdem gilt er heute auf der ganzen Welt als echt brasilianische Musik. Mag sein, daß es nicht in Ihren Realitätsbegriff paßt. In meinen schon. Ahmen wir nach, oder werden wir einfach beeinflußt? Ja, wir müssen von einem Kern ausgehen, einem Kern als Nation. Aber wer definiert uns? Die Erste Welt belehrt uns ständig, was es heißt, brasilianisch zu sein. Meine Musik wird nur akzeptiert, wenn sie »nationale« Merkmale aufweist. Sonst schenkt man ihr keine Beachtung. Wieso muß die Erste Welt *für uns* definieren, was national ist? Vielleicht, damit sie weiterhin international bleibt und damit ewig, während unser Nationalsein vergeht ... Aber ist Stockhausen nicht auch national? Messiaen, Berio, Cage, sind die nicht ebenso national? Natürlich, denn sie sind in ihren jeweiligen Ländern, in einem bestimmten Umfeld, geboren. Sie sind genauso national wie wir. Und genau wie wir nehmen sie am internationalen Austausch teil. Schließlich liegt

Brasilien nicht auf dem Mars, sondern hier auf der Erde. Wie jede andere Nation ist es in die Welt eingebunden, was bedeutet, daß das Nationale ein zukünftiger Zustand ist, denn es steht mit der Welt in Verbindung und tauscht sich mit ihr aus durch ständiges Nehmen und Geben. Das Ergebnis ist Wandel. Darin besteht Geschichte. *Das* heißt, sich an Tatsachen halten.

JOURNALIST *(ziemlich gereizt):* Sie haben von Kern gesprochen. Das ist mein Problem. Wir Brasilianer werden nie einen Kern haben, einen festen Wert. Brasiliens Antlitz ist eine Maske ohne Gesicht. Damit will ich sagen, daß Brasilien die in Form einer Nation organisierte Uneindeutigkeit ist, mehr nicht!

NEPOMUCENO *(ironisch lächelnd):* Nichts ist besser für ein nicht eindeutiges Land, als eine aus Nichteindeutigkeit bestehende Musik! Sollen sich doch in unserem melodischen Schmelztiegel europäische Klänge, afrikanische Rhythmen, der karibische Stil, die Töne des Elends mischen. Wir sind eins der musikalischsten Völker des Planeten. Ob Lambada oder klassische Musik, Tatsache ist, wir sind ...

JOURNALIST *(unterbricht ihn fast beleidigt):* Tatsache, Nepomuceno, ist, daß wir eins der glücklosesten Völker der Welt sind und in heillosen Widersprüchen stecken. Wir zählen zu den acht oder zwölf größten Industriestaaten der Welt, haben aber als einzige eine hohe Analphabetenrate, Lynchmorde, Entführungen, systematische Folter auf Polizeiwachen, Straßenkinder und Rundfunkprogramme, die zu Massakern an Asozialen aufrufen ... Die schlimmsten strukturellen Probleme! Und was wir dem entgegensetzen, sind nichts als Beschwichtigungen. Entschuldigen Sie, aber es ist genau wie mit der brasilianischen Elite: Ihr Künstler lebt in einem Land des So-tun-als-ob! Denn ich frage Sie: Was vermag Poesie angesichts einer so erschreckenden Situation?

NEPOMUCENO *(explodiert):* Ich will Ihnen eins sagen, das Erschreckendste im heutigen Brasilien ist die Rolle der Medien. In einem Land mit Millionen Analphabeten hat sich eine kleine Gruppe der Medien bemächtigt und manipuliert sie auf schamloseste Weise. Junge Leute aus der Elite beschaffen sich ein Diplom, das ihnen die Türen zur Macht öffnet, übernehmen mit ihren sechsundzwanzig Jahren ewiger Arroganz die Redaktionen und unterminieren alles mit ihrem generellen Nihilismus. Mangelnde Männlichkeit und Unfähigkeit kompensieren sie durch Macht. Nicht in der Hauptstadt Brasília, auch nicht in den Banken oder in ihren Villen. Aber in den Redaktionen. Und verabreichen uns tagtäglich in homöopathischer Dosis ihre Macht in Form von neutralen »Nachrichten«. Sie wissen auf Brasiliens brutale Realität nur so zu reagieren, daß sie über alles lachen und alles zerstören, solange ihre Genialität unangefochten bleibt, versteht sich. Denn die Medien sind voll von kleinen selbstherrlichen Genies, die uns vormachen wollen, daß die Realität überhaupt nichts wäre, wenn nicht sie ihr Glanz verliehen. Aber worin, um Gottes willen, sind sie eigentlich Genies? In ihrem absolut krankhaften Narzißmus, behaupte ich. Sie demonstrieren, daß sie über der Realität stehen, und deshalb treiben sie ihren Spott mit ihr. Damit sichern sie sich ihre fünfzehn Minuten Ruhm im verlogenen Schaufenster der Medien. Indem sie die Realität und ihr eigenes Realitätsbewußtsein manipulieren. Es ist die schlimmste Diktatur des ausgehenden 20. Jahrhunderts, die in Brasilien herrscht. Und das macht mir große Angst, das sage ich Ihnen.

JOURNALIST *(überrascht und verunsichert auf deutsch zum Kameramann):* Das genügt erst mal, Peter.

Schnitt. Nepomuceno keucht fast. Die Kamera ist ausgeschaltet. Es herrscht betretenes Schweigen. Der Journalist sieht auf seine Armbanduhr. Aus dem Lautsprecher kommt wieder die samtige Frauenstimme und kündigt den nächsten Abflug an. Nepomuceno will hinhören. Doch in diesem Augenblick, ohne jede Vorwarnung, entsteht Unruhe in der Snackbar. Alberto, der Journalist und der Kameramann blikken zum Eingang. Eine bildschöne, hochgewachsene Blondine durchquert in der Attitüde einer Filmschauspielerin das Lokal. Sie balanciert majestätisch auf Bleistiftabsätzen. Ihre Augen verstecken sich hinter einer Sonnenbrille, die weiße, am oberen Rand straßbesetzte Fassung in Katzenform betont ihre geheimnisvolle, auffällige Erscheinung. Ihr seidiges Haar reicht bis zu den Ohren, an denen große goldene Kreolen baumeln. Trotz der Wärme hat sie einen langen Mantel aus Tigerfellimitat umhängen, auf dem in Höhe des Herzens ein Plüschteddy befestigt ist. Sie hält einen enorm großen Eisbecher mit Keksen in der Hand. Das ganze Café tut, als hätte man sie nicht bemerkt, beobachtet in Wirklichkeit aber jeden ihrer Schritte – so meisterhaft unauffällig, wie nur europäische Blicke es vermögen. Die Blondine stockt kurz. Sieht sich nach einem Platz um. Entdeckt schließlich den freien Platz neben Nepomuceno. Steuert darauf zu. Ein zarter Duft umschwebt sie. Bevor sie sich setzt, legt sie den Mantel ab. Eine aufregende Enthüllung. Zum Vorschein kommt ein enganliegendes Kleid, ebenfalls in Tigermuster, allerdings leuchtend rot. Der Schnitt läßt die perfekt geformten Hüften erkennen und betont durch den tiefen Ausschnitt noch die üppigen Brüste. Alberto, der Journalist und der Kameramann bringen es fertig, nur aus den Augenwinkeln hinzusehen. Mehrere goldfarbene Ketten baumeln wie beiläufig über die ganze Länge des Kleides. Reiner Modeschmuck, völlig unverbrämt. Ein schwarzer Schal schließlich, vielleicht reine Seide, vielleicht auch nicht, hängt lässig vom Hals bis zu den Knien. Die Blondine ist nicht nur schön, sondern auch verwirrend. Ihre ganze Aufmachung schwankt zwischen absolut spießig und so gewolltem, so provozierendem Kitsch, daß er schon raffiniert wirkt, im Grunde genau dazu angetan, die Aufmerksamkeit zu erregen, die ihrer Schönheit gebührt. Sie setzt sich völlig selbstverständlich. Läßt nicht erkennen, daß sie die Kamera bemerkt hat. Wirft ihren Mantel Alberto fast auf den Schoß. Und beginnt mit einer vielleicht einstudierten Wollust, ihr Eis zu verspeisen. Bei jedem Löffel deutet sie ein Lächeln an. Ihre Nachbarn rutschen verlegen auf ihren Stühlen. Das Interview ist unwiderruflich gestört.

Nach einer kleinen Weile faßt sich der Journalist ein Herz und spricht sie auf deutsch an:

»Entschuldigen Sie. Wir müssen ... ich meine ... dieser Platz ... vielleicht könnten Sie ...«

Die schöne Blondine läßt sichtlich unwillig den Löffel sinken. Dann, ohne den Journalisten anzusehen:

»*Sorry, but my German is ... how do you say that?* ... Scheiße!«

Sie lacht über ihren eigenen Witz, mit dem sie deutlich zu verstehen gegeben hat, daß sie kein Deutsch spricht und sich nicht unterhalten möchte. Schwitzend bemüht sich der Journalist zu überspielen, daß er irritiert ist. Er räuspert sich und zieht sich zurück.

Schnitt. Nepomuceno ist näher ans Fenster gerückt. Sie versuchen, das Interview fortzusetzen, ohne sich von der Blondine stören zu lassen.

JOURNALIST *(zu Nepomuceno):* Wenn Sie nun insgesamt Bilanz ziehen, wie war das 20. Jahrhundert? Positiv?

Großaufnahme von Nepomuceno. Melancholie im Blick. Schöne Lichtreflexe auf der leuchtend blauen Wand im Hintergrund schaffen einen eigenartigen Schimmer und geben Albertos Silhouette einen fast gespenstischen Rahmen.

NEPOMUCENO: Ich bin mir nicht so sicher, ob unser Vermächtnis an die Zukunft großartig ist. Das ist alles.

Nepomuceno senkt den Blick. Macht eine kurze Pause.

NEPOMUCENO *(spricht langsam, nachdenklich):* Ich habe einmal ein Foto gesehen. Als ich in Dresden war. Es geht mir nicht aus dem Kopf. Es wurde auf der Straße verkauft. Ich mußte stehenbleiben und es ansehen. Es war eine Aufnahme des ... Grauens. Ich hatte schon viele Fotos des Grauens gesehen. Leichenberge in Konzentrationslagern, die Opfer der Bombe von Hiroshima, von Napalm verbrannte Kinder in Vietnam, ausgemergelte Körper hungernder Afrikaner. Aber noch nie war mir das Grauen des 20. Jahrhunderts so deutlich, so brutal vor Augen geführt worden ... Auf dem Foto war kein einziger Mensch zu sehen. Ein anonymer Soldat hat es nach der Bombennacht 1945 vom Turm des Dresdner Rathauses aufgenommen. Ganze Straßenzüge in Schutt und Asche. Die Straßen kaum zu erkennen. Überall graue Skelette der alten Gebäude, eine Flucht von hohen Mauern, von Fensterhöhlen durchbrochen. Und das war einmal eine der schönsten Städte der Welt. Im Vordergrund, oben auf dem Rathaus, beugt sich eine Engelsstatue ein wenig vor und betrachtet die Verwüstung. Es hätte der gnadenlose Engel der Apokalypse sein können, der der Zerstörung huldigt. Aber nein. Dieser Engel ist gedemütigt. Seine Huldigung ist eine Verbeugung in Demut, denn er ist selbst beschädigt, halb verstümmelt. Er schaut scheinbar mitleidig hinunter. Dieser Engel ist vor allem machtlos. Er selbst weckt Mitleid. *(Pause. Nepomuceno seufzt.)* Dieses Foto hat sich mir für immer eingeprägt. Es ist ein Sinnbild unseres Jahrhunderts. Die Engel haben ihren Zauber verloren. Es gibt keine Engel mehr. Wir können nicht mehr von ihnen träumen. Selbst der Engel der Vernichtung ist vernichtet.

Pause. Die Kamera verändert ein wenig ihre Position, bleibt auf Albertos Gesicht. Durch die Außenverglasung fällt noch helleres Licht auf die blaue Wand und läßt Albertos Haar und Bart im Widerschein schimmern. Sein Blick ist ernst.

NEPOMUCENO *(mit brüchiger Stimme):* Was haben wir Menschen in diesem Jahrhundert getan? Unsere Zerstörungsfähigkeit hat einen solchen Grad an Perfektion erreicht, daß ... Könnte es nicht sein, daß die Menschheit selbst der Engel der Apokalypse ist?

Die schöne Blondine neben ihm läßt deutlich Gereiztheit erkennen. Offenbar kann sie ihr Eis nicht in Ruhe genießen. Sie wendet den Kopf und sieht durch die Sonnenbrille zu ihnen herüber. Dann verliert sie die Beherrschung. In etwas schrillem Ton sagt sie sehr verärgert:

»Would you just stop shouting right into my ears? I really would like to taste my last German ice-cream. Would you leave me alone! After all, this is a public place ...«

Schnitt. Der Journalist stöhnt resigniert. Na gut, die Schöne will ihr Eis essen, das Gerede stört sie, und das Lokal ist ein öffentlicher Ort. Wozu also diskutieren? Die Sache ist erledigt. Er gibt dem Kameramann ein Zeichen zum Einpakken. Dann, zu Alberto Nepomuceno gewandt:

»Ich würde gern etwas vom Flughafenambiente aufnehmen. Mit Ihnen. Da oben gibt es etwas Interessantes. Kommen Sie mit? Wir haben noch Zeit ...«

Schnitt. Nepomuceno geht den Flur entlang, vorbei an kleinen Geschäften, in denen man Blumen, T-Shirts, Postkarten, Sonnenschirme, Mützen, Bären und dergleichen kaufen kann, eine bunte Mischung Berlin-Souvenirs. Ihm voran geht der Kameramann rückwärts, die Kamera auf der Schulter. Der Journalist hält ihn am Hosenbund und bahnt ihm den Weg. Der Flughafenwachmann folgt ihnen in einigem Abstand.

Nepomuceno geht vor laufender Kamera den Gang entlang.

JOURNALIST: Aufnahme. Eine letzte Frage noch. Sie als junger Künstler, was erwarten Sie vom nächsten Jahrhundert? Schließlich sind es keine neun Jahre mehr bis dahin ... Glauben Sie, das 21. Jahrhundert wird besser? Ich meine, akzeptabel, erträglich?

NEPOMUCENO *(lächelt etwas zweifelnd):* Was ich glaube? Keine Ahnung ... Ich tauge absolut nicht zum Futurologen. Und kann man das überhaupt wissen? Vielleicht ist es notwendig, das nicht zu wissen. Keine Angst davor zu haben, daß man es nicht weiß. Vielleicht geht es darum, keine Angst zu haben. Wir stehen vor dem Chaos. Sind voller Zweifel. Also müssen wir den Zweifel leben ... Und vielleicht einfach ohne Scheu ins Dunkel eintauchen. Ins Chaos. Das Chaos akzeptieren. Schwierig, aber notwendig. Denn im Chaos liegt aller Ursprung. Mit anderen Worten, ich glaube, die neuen Alternativen und noch unbekannten Wege, wie man dem 21. Jahrhundert begegnen kann, sind im Chaos bereits vorhanden. Um sie zu entschlüsseln, muß man das Chaos von innen kennenlernen, das heißt, sich darauf einlassen. Das bedeutet ... dazu muß man selbst Teil des Chaos sein ...

JOURNALIST: Wie alt sind Sie?

NEPOMUCENO: Zufällig bin ich heute genau siebenundzwanzig geworden. Das heißt ...

In diesem Augenblick hebt ein Airbus mit solchem Dröhnen ab, daß Albertos Stimme verschluckt wird.

Schnitt. Der Kameramann schaltet die Kamera ab. Das Interview ist beendet.

Während sie die Treppe in den ersten Stock hinaufsteigen, wirkt Alberto nachdenklich. Schließlich fragt er den Journalisten:

»Warum haben Sie so darauf beharrt, daß ich aus Brasilien weggehen könnte?«

»Wegen unseres Films, ist doch klar!«

»Was hat der Film damit zu tun?«

»Der Film, den wir drehen ...«. Der Journalist stottert verlegen. »Es klingt ja, als wüßten Sie nicht Bescheid. Das Thema für die Interviews ...«

»Sie haben nur gesagt, daß Sie mich interviewen wollen ...«

»Ja, für diesen Film. Über junge Talente, die aus Brasilien weggehen ...«

»Davon wußte ich nichts.«

»Wieso nicht? Das haben wir alles im Fax geschrieben!«

»Aber ich habe gar kein Fax.«

»Dann habe ich es am Telefon gesagt. Worum es in dem Film geht.«

»Sie haben gesagt, es sei ein Interview fürs Fernsehen. Mehr nicht. Was für ein Film wird das?«

»Also, gut«, sagt der Journalist gespielt ungeduldig. »Es geht um eine Serie, die meine Firma für einen Fernsehsender in Brasilien produziert, einen großen Sender. Die Serie heißt *Bye, Bye Brazil*. Wir interviewen Stipendiaten und andere junge Leute, die Zukunft des Landes, verstehen Sie? Leute mit Talent, aus verschiedenen Bereichen, die aus Brasilien abhauen. Für immer. Weil sie die Nase voll haben. Weil aus Brasilien nichts mehr wird. Das ist alles.«

»Aber ich habe nicht vor, aus Brasilien wegzugehen.«

»Sind Sie sicher, daß Sie nie in Versuchung waren? Nicht eine Sekunde?« fragt der Journalist mit rätselhaftem Lächeln. Aus den Lautsprechern ertönt die samtige Stimme und kündigt wieder einen Abflug an. Nach London. Durch die Fensterfront sieht man draußen die kreisrunde Betonmasse des Flughafengebäudes und in der Mitte die Parkplätze unter freiem Himmel. Sie steigen noch einen Treppenabsatz hinauf.

*

»Na gut. Sie führen mich hierher, ins Obergeschoß des Flughafens. Warum? (...) Ach so, das werde ich gleich erfahren, sagen Sie. Denken Sie an meinen Flug. Ich muß aufpassen. Dauert es wirklich nicht lange? (...) Nur ein paar Einstellungen, sagen Sie. Nicht, daß ich meinen Flug verpasse. Ich muß rechtzeitig in Zürich sein, damit ich den Anschluß nach Montreux bekomme. Ist es noch weit? Gleich um die Ecke? (...) Ich sehe nichts. Wo? Auf dem Boden? (...) Merkwürdig. Eine Bronzeskulptur, am Boden befestigt. Richtig fest? (...) Tatsächlich? Mit Ketten? Wirklich merkwürdig. Ganz in glänzender Bronze. (...) Soll ich weitersprechen oder nur hinsehen? Aber nicht in die Kamera, sagen Sie. Gut. Ich sehe sie mir also an. (...) Sehr eigenartig, diese

Skulptur. Rolf Scholz heißt der Bildhauer, sagen Sie. Und die Skulptur? *Der Fall Daidalos und Ikaros* ... Interessant. Was soll ich tun? Nehmen Sie schon auf? Die Arme ausbreiten, sagen Sie. Gut. Genau wie die Skulptur, mit ausgebreiteten Armen. Komisch ... Der Bekleidung nach sieht er wie ein Flugpionier vom Anfang des Jahrhunderts aus, oder? Lederkappe, Lederanzug, schwere Lederstiefel und dunkle Brille. Wie eine Pilotenuniform aus dem Ersten Weltkrieg. (...) Ja, er sieht aus, als möchte er abheben. Schön. Die Arme haben die Form von Flügeln. Oder hat er sich künstliche Flügel an die Arme gebunden? Die Flügel spreizen sich über dem Boden, eine elegante Bewegung, wie aufgeschlagene Fächer. (...) Aber so, wie er auf dem Boden liegt, sich auf die Ellbogen und Fußspitzen stützt, sieht der Flieger aus, als strengte er sich an, um sich aufzurichten, sagen Sie. Um abzuheben, genau. (...) Und ich soll die Arme ausbreiten. Als wollte ich abheben, sagen Sie. Hören Sie, ich muß wirklich gleich abheben. Ich darf mein Flugzeug nicht verpassen. (...) War noch keine Durchsage? ... Na schön. Ist es gut so? Merkwürdig, dieser Ikaros oder Daidalos. Ikaros liegt am Boden und kommt nicht hoch. Ein bißchen morbide, so etwas auf einem Flughafen. Oder ironisch, finden Sie nicht? Gut so? (...) Lächeln. Ein echt brasilianisches Lächeln, sagen Sie.

(...) Wie meinen Sie das? ... Stimmt! Der Eisenring ist hinter Ikaros im Boden verankert, und an ihm befestigt sind ... Nein, keine Fesseln. Das ist ein Tau. Seltsam! Das eine Ende vom Tau ist am Eisenring befestigt und das andere am Rücken des Fliegers Ikaros. Das Gegenteil eines Fallschirms. (...) Statt eines Fallschirms, an dem er schweben kann, wird Ikaros mit einem Tau am Boden gehalten, sagen Sie. Was bedeutet das? (...) Und was noch? Die Hände ... Stimmt. Die Hände sind auch gefesselt. Mit einem Seil um die Gelenke. Das heißt ... er kann sich nicht erheben. (...) Und selbst wenn er es wollte, könnte er gar nicht die Flügel ausbreiten, weil seine Arme aneinandergebunden sind, sagen Sie. (...) Als Kontrast? Ich soll mich hinter Ikaros stellen und die Arme ausbreiten, sagen Sie? Was das bedeuten soll? Das ist ein armer Ikaros, oder Daidalos, der ... Nein, er ist nicht abgestürzt. Sein Absturz hat nie stattgefunden. Selbst das ist erfunden. Ganz einfach deshalb, weil Ikaros, der arme alte Ikaros, es nicht einmal zu einem Versuch gebracht hat ...

(...) Sie meinen ... Sie wollen damit sagen, daß sei alles, was wir erreicht haben? Ikaros ist niemals geflogen, sagen Sie. Er ist nie der Sonne näher gekommen als alle anderen Menschen. Sie meinen, das Ganze sei nur eine riesengroße Illusion gewesen, ja? Daß Ikaros in einer schwindelerregenden Bahn um die Erde gekreist wäre und sie von oben gesehen hätte. Und sich von der Mutter Erde gelöst hätte. Das sagen Sie. (...) Ja, ich sehe es. Ikaros strengt sich an. Er stützt die Ellbogen auf den Boden. Steht auf Zehenspitzen, nimmt Anlauf zum Fliegen. Oder um sich wenigstens zu erheben. Aber das ist unmöglich. (...) Wir gehören in die Horizontale, sagen Sie. (...) Ach so. Wir können dem Reich der alles verschlingenden Mutter Erde nicht entfliehen. Sagen Sie. Das also wäre dann uns als Menschen bestimmt: der Traum, daß wir das Erdenrund und die Stratosphäre bezwingen und dann, wenn es schon zu spät ist, erkennen, daß wir nicht einmal abgehoben haben und daß unser Versuch, der Schwerkraft – oder dem Göttlichen – zu trotzen, allenfalls in unseren schönsten Kinderträumen stattgefunden hat. (...) Sie wollen damit sagen, daß der Flug des Ikaros unmöglich ist ... Das ist Ihr Wort zum Abschied, richtig? Und Sie wollten mich überreden, Sie Versucher. Sie wollten mich während dieses ganzen Interviews in Versuchung führen. Mit anderen Worten, das Tau, das Ikaros am Boden hält, wäre danach die einzige, große metaphysische Wahrheit, die erhabene Offenbarung: daß nichts möglich ist, daß die Wirklichkeit eine Schimäre ist und das Leben, weil viel zu verletzlich, nicht mehr als ein eitler Traum.

(...) Wie war gleich Ihr Name, Sie Sohn der Hoffnungslosigkeit? (...) Adriano, natürlich, ich hatte es vergessen ... Leverkühn, sagen Sie. Adriano Leverkühn. Nun gut, Adriano

Leverkühn, ich weiß, worauf Sie hinauswollen. Auf eine Anklage. Ich stehe vor dem Ankläger, dem Großinquisitor, der nichts bestehen lassen will, keinerlei Hoffnung. (...) Ja, ich höre Ihre Worte. Sie fragen, was heutzutage Kunst ist. Eine Wallfahrt auf Erbsen, sagen Sie. Und fügen noch sarkastisch hinzu, daß zum Tanzen mehr als ein Paar rote Schuhe gehört. (...) Sie wollen mir sagen, daß die Kunst so, wie wir sie an diesem Jahrhundertende zurücklassen, keine Zukunft mehr hat. Daß es im nächsten Jahrhundert keine Rettung gibt und nichts uns erwartet, weil wir mit der Moderne, dem Ende der Avantgarde, dem Tod der Utopien in eine Sackgasse geraten sind. (...) Ganz richtig, Böser Geist! Sie haben recht: Man darf nicht vergessen, daß zu alldem noch das grausame Los hinzukommt, Brasilianer zu sein. Alles wird noch doppelt und dreifach unmöglich, wenn die Widersprüche der brasilianischen Moderne ins Spiel kommen. (...) Lach nicht, Räudiger Hund. ›Brasilianische Moderne‹ ist kein Widerspruch in sich, und zwar deshalb nicht, weil es bei dem vermeintlichen Widerspruch auf die Perspektive ankommt, und diese Begriffe wurden in einem unserer Brasilianität fremden Kontext geprägt. (...) Ob Brasilianer oder nicht, Sie sagen, uns erwarte einzig die Große Hoffnungslosigkeit und sonst nichts. Aber Sie vergessen die Grazie. Ja, ich frage Sie: Was wird mit der Grazie, die doch allenthalben existiert? (...) Klar, damit reize ich jeden, der nur ein Quentchen Intelligenz besitzt, zu schallendem Gelächter, sagen Sie. Und lachen. (...) Was ist Grazie? fragen Sie. Und ich antworte: Genau das ist Grazie. Sie ist es, die Sie lachen macht. Gäbe es nicht diese mechanische Regung, die Ihre Gesichtsmuskeln dazu bringt, das Gesicht zu lockern und zu entspannen, dann könnten Sie nicht lachen, nicht einmal grinsen. Nicht einmal leben und mich mit eitlen Interviews in Versuchung führen. Die Grazie ist weder aufgebraucht noch abgeschafft. Weil sie nämlich sogar für Ihr Lachen verantwortlich ist. Die Grazie ist die Fähigkeit des Menschen, auch unter widrigsten Umständen den Hals zu recken und die Lungen mit Luft aus der Höhe, mit reinerer Luft, zu füllen und so, auf Zehenspitzen, zu überleben. Mit anderen Worten, die Fähigkeit, aus seinem eigenen Innern Kraft zu schöpfen, ohne die geringste Aussicht auf Hoffnung. Was natürlich jeder Logik entbehrt, in kosmischem Maßstab vergleichbar dem Weg, den die Erde im Nichts blind verfolgt. Und je blinder, um so zielstrebiger ist er, ihr Lauf durch die unermeßliche Einsamkeit. Sie irren also, Sohn des Gifts! Wir sind von Angst erfüllt, ja. Wir sind von Trauer erfüllt und blicken auf den Abgrund vor uns, ja. Wir erleben das schlimmste aller Jahrhunderte, das grausamste der Menschheitsgeschichte. Wir können das Nichts vorwärts und rückwärts buchstabieren. Aber sind wir nicht schon mehrfach dem Nichts entkommen? Also gilt es noch einen Versuch. Und wenn das Paradies verriegelt ist, müssen wir von hinten her kommen und dort nach einem neuen Eingang sehen. Um in das Paradies zurückzukehren, wird Adam letztlich noch einmal die Frucht vom Baum der Erkenntnis essen müssen, und damit wird er die verlorene Unschuld wiederfinden. Sie wissen besser als jeder andere, wovon ich spreche. Von Kleists Marionette, die dadurch, daß sie vollkommen in Glieder zerlegt und damit lenkbar ist, dem Wesen eines Gottes näher kommen könnte.

(...) Und nun, Herr der Fliegen, ruft mich die Realität. Gleich geht ein Flugzeug nach Zürich, wie gerade über den Lautsprecher durchgesagt wurde. Also adieu, unseliger Adriano Leverkühn. Schließlich muß man gefährlich leben. In wenigen Minuten werde ich irgendwohin fliegen, quer über den Himmel, zu dem wir so sehr hinstreben. Ikaros muß von den Tauen befreit werden, die ihn am Boden halten. Ikaros kann fliegen, denn im Grunde gibt es nur ein Problem für die Welt, und das ist folgendes: Wie führt man den Befreiungsschlag? Wie können wir den Kokon sprengen und zu Schmetterlingen werden? Durch Grazie. Denn alles ist Grazie, Adriano Leverkühn.«

*

Die Gäste des Swissair-Fluges 591 nach Zürich werden zum Ausgang 7 gebeten. Letzter Aufruf. Departure Swissair flight number 591 to Zurich. All passengers are called to gate number 7. Last call.

2. Kapitel

Es knistert.

Habe ich das gehört?

Es knistert im silbergoldenen Stahl und knackt.

Es knistert und knackt die Angst: Der Wind des Jahrhunderts weht in Richtung Wahnsinn, Jahrhundert der Aufklärung oder Jahrhundert des Papiers?

Es knistert und knackt und hebt ab, die Nase der Sonne entgegen, während unten im Winde flatternde Fahnen zurückbleiben.

Also auf in die Unendlichkeit.

Es ist der immer aufs neue magische Augenblick, wenn das Flugzeug zur Feder wird und sich über das Elend der Welt erhebt, und ich, Alberto Nepomuceno, seufze entzückt, ja, ich lächele, ein Lächeln zum Abheben, ich, der ganz wider Erwarten immer gern abgehoben habe, glücklich vielleicht und bewußt, so bewußt glücklich, daß ich die schäbigen Dramen des Lebens vergessen und mir vorstellen könnte, daß Leben einfach nur bedeutet, nach Montreux zu reisen, um den alten Caymmi live zu erleben an diesem 6. Juli 1991, meinem siebenundzwanzigsten Geburtstag, dann kommt eine weiche Kurve in der Luft, damit ich im Flug Berlin überblikken und ihm Lebwohl sagen kann, oh, da ist es, mein geliebtes Berlin, das von Wäldern umrahmte Berlin dort unten, Türme ragen zwischen Bäumen auf, Tegel mitten im Grünen, und Häuser, freie Flächen, unbebautes Gelände und wieder Bäume, Fußballplätze und dann Rechtecke mit säuberlich unterteilten Straßenzügen, viele Häuser in Villenvierteln,

Spielzeughäuser, die Bäume werden kleiner, je erdrückender sich das Häusermeer weitet, aber auch von der Geschichte hinterlassene Narbenflecken, Berlin wirkt jetzt ziemlich gealtert und kränklich, weil allzu verändert, von der Zerstörung unwiderruflich entstellt, auch wenn man es zum Teil wieder aufgebaut und hergerichtet hat, ist es doch immer noch von ungleichmäßigen Flecken durchsetzt, ein immer noch provisorisch wirkendes Stadtgebilde voller unschöner, verblichener Farben, nicht zu kaschierende Narben, als wäre die Zeit mit der Wucht von tausend Erdbeben-Bomben über der Stadt niedergegangen, die bleiche Narbe der Mauer, eine Naht zwischen den beiden Berlins von vor ein paar Jahren, keine greifbaren Reste der Mauer mehr, aber nicht tilgbare Flecken, die auf sie hinweisen, Berlin voller Narben dort unten, und ich sehne mich sehr wohl nach dem alten, dem andersartig hektischen, einheitlicheren und klassischeren, in seiner weltstädtischen deutschen Art zutiefst klaren Berlin zurück, die Spreekanäle, ach, mit welcher Zärtlichkeit sehe ich Berlin, vom kleinen Flugzeugfenster eingerahmt, noch immer das geliebte, allem zum Trotz dasselbe Berlin, von dem ich als Junge in Recife träumte, als Tobias Barreto mir beibrachte, »Ich liebe dich« zu sagen, ein Regenbogen, Hochhäuser wie aus Plastik, die Stadt, viele Schornsteine, noch mehr unbebautes Gelände, ein Kernkraftwerk und Dampf steigt auf, viel Dampf, Flüsse, noch mehr Flüsse, und nun ein See, welcher mag das sein? wo sind wir? und kilometerweit Hochspannungsmasten, eine Landstraße da unten, und das Motorengeräusch der Fokker und wieder der Regenbogen, Narben der Geschichte, vielleicht nur eine optische Täuschung, der Regenbogen, Berlin rückt in den Hintergrund, und nun beginnen schon die bestellten Felder, Vierekke in verschiedenen Grünnuancen, aber auch gelbe, Roggen und Weizen, teilweise abgeerntet, Felder wie überall, das Flugzeug steigt höher, der Regenbogen vergeht in meinem Blick, denn die Geschichte besteht aus gegenwärtigen und zukünftigen Narben – immer neuen Narben, leb wohl, Berlin, wohin treibt die Welt? wie wird die Poesie des neuen

Jahrhunderts sein? niemand kennt den Schlüssel zu diesem und so vielen anderen Geheimnissen, und ich, der so wenig weiß, ich glaube, ich lächele, denn ich begebe mich gern in das Abenteuer der Himmelsweite, die Summe aller Möglichkeiten, so vieler, daß sie mir wie das Nichts vorkommen in diesem Bruchteil einer Sekunde, als ich begreife, das Ja und das Nein verschmelzen also, und der Himmel wird zum Himmel meiner selbst, und wir sind unterwegs.

Und was nun? Was nun? Es ist der Flugkapitän, er sagt *Meine Damen und Herren, unsere Flugzeit bis zum Züricher Flughafen Kloten wird ungefähr eine Stunde und dreißig Minuten betragen*, ich freue mich auf das Wiedersehen mit der Stadt, in der ich die Orchesterversion meines *Batuque* zum ersten Mal einem großen Publikum vorgestellt habe, ich mußte das Konzert sogar wiederholen, so groß war der Erfolg, und der Flugkapitän teilt mit, *Das Wetter in Zürich ist gut, der Himmel wolkenlos, die Temperatur beträgt sechsundzwanzig Grad*, also alles in Ordnung, ich entspanne mich und setze den Kopfhörer auf, und zu meiner Überraschung überfällt mich der alte Johann Sebastian, immer eine angenehme Überraschung, ein reißender Strom oder vielleicht auch nur ein bukolisches Bächlein von namenloser Poesie, das eigenmächtig an unverhofften, sogar ungeliebten Orten entspringt, die geliebte Poesie eines jeden Tages spielt auf einem Kanal direkt in mein Ohr, ich denke, der alte Bach hätte sich nie vorstellen können, so eng mit einem anderen Menschen verbunden zu sein, so mitreißend durch seine Ohren bis tief ins 20. Jahrhundert vorzudringen mit seiner Provinzorganistenmusik, die jetzt dem wilden Herzen dessen trotzt, was sich hochentwickelte Zivilisation nennt, ich denke, Johann Sebastian lebt noch, und das mag belanglos scheinen, kann aber sehr viel bedeuten für dieses Jahrhundert der Trümmer, diese unverbesserliche Spezies Mensch, diese Unmenschen.Und was ist das plötzlich? irgendein Radau hinten im Flugzeug, ich nehme den Kopfhörer ab, trenne mich von dem alten Musikbach, und was ich dann höre, klingt nach einem Cha-Cha-Cha oder vielmehr, einem Cancan, und mehrere Stewardessen betreten im Tanzschritt den Gang, und ich traue meinen Augen nicht ... auch Stewards, alle in Damenunterwäsche aus alter Zeit, vermutlich Ende des 18. Jahrhunderts, stilisiert, natürlich, in hochhackigen Schuhen, undurchsichtigen Strümpfen, seidenen Unterröcken, engen Korsagen und auf dem Kopf eine reizende Haube, und sie schieben einen Wagen voller altem Plunder, jedenfalls sieht es mir danach aus, die Stewards und Stewardessen setzen alle das gleiche berufsmäßige Bordlächeln auf, als wäre überhaupt nichts Ungewöhnliches, und servieren einen Likör, als aber dann der Kopilot lächelnd in einem T-Shirt mit dem Aufdruck »Kiss me Amadeus« dazukommt, dämmert es mir, und schlagartig fällt mir ein, daß wir Mozarts zweihundertstes Todesjahr schreiben, das ist es also, sie feiern das Genie Amadeus Mozart, ich werde von einer Stewardeß aus meiner Grübelei gerissen, sie serviert mir ein Glas von dem neuen Mozart-Likör, mit der Empfehlung vom Flugkapitän, und gleich werde ein Imbiß à la Mozart serviert, sagt sie, aber falls es Sie interessiert, wir haben auch die echte Wiener Mozart-Schokolade und Mozartkugeln, gefüllt mit Nougat, eine neue Kreation von Nestlé, einfach köstlich! und Filme über Mozart auf Video, erinnern Sie sich an *Amadeus*, war der nicht wunderbar? ja, und den haben wir hier, außerdem ein Mozart-Kölnischwasser für den Abend und Mozart-Sonnenschirmchen für Ihre Gattin, und hier, die seidenen Rüschenschlüpfer mit eingesticktem W.A.M.-Monogramm, ganz im Stil der damaligen Zeit, sind die nicht entzückend, aber unser *must* ist diese Mozart-Brille, gekoppelt mit einem Kopfhörer, damit können Sie, was glauben Sie wohl? die phantastische Kassette mit 180 CDs hören, das Gesamtwerk des bedeutendsten Komponisten aller Zeiten, nicht wahr? gespielt von den besten Orchestern unter den größten Dirigenten, zum Beispiel Herbert von Karajan, den kennen Sie doch sicherlich, also eine kostbare Sammlung, Sie können mit Kreditkarte zahlen, wir nehmen alle gängigen, das Ganze zum bescheidenen Preis von 2.300 Dollar, bescheiden insofern, wenn man bedenkt, daß dies einer mittelgroßen Plattensammlung entspricht, immerhin sind es 675 Werke von Mozart, 350 Musiker, 200 Stunden Musik, und sie gilt bereits jetzt als *der* große Klassikerfolg des Jahres, 20.000 Exemplare sind schon verkauft, das heißt, insgesamt 3,6 Millionen CDs, ein absoluter Rekord! also ... Da sage ich, hören Sie um Himmels willen auf! ... und bringen Sie mir, wenn's geht, nur einen gut gekühlten Rheinwein, damit ich auf den großen Österreicher trinken kann, den kleinwüchsigen Wolfgang mit dem Silberblick, der als armer Schlucker starb, er war zwar ein Verschwender, stimmt, hätte er aber nur einen winzigen Prozentsatz von diesen Tantiemen erhalten, dann ... ein Blick auf die Geschichte genügt, er war sein Leben lang in Geldnöten, klar, er war ein Verschwender, aber die Ironie des Schicksals wollte es, daß der Mann, den wir heute alle hören, um unsere Stimmung zu heben, nur an Geld dachte, um seine Schulden zu bezahlen, er, der seine ganze Seele in seine Musik legte, so arbeiten übrigens alle wahren Künstler, und das zehrt an ihren Kräften und macht sie krank und führt zu frühem Tod, ein Blick auf die Geschichte genügt, anders gesagt, Mozart starb an einer Blutung nach einem Aderlaß, mit dem sein rheumatisches Fieber infolge der Syphilis geheilt werden sollte, das heißt, Mozart starb an der Syphilis (oder war es Tuberkulose?), und Robert Schumann starb an Syphilis, das heißt, er ließ seine Syphilis mit Quecksilber behandeln, und damit wurde er vergiftet und in den Wahnsinn getrieben, und Franz Schubert starb an Syphilis, Pergolesi starb an galoppierender Schwindsucht, Rossini, Bellini, Chopin, Bizet und die Kameliendame starben an galoppierender Schwindsucht, Charles Baudelaire an Syphilis und Gustav Sternkopf an Syphilis, Augusto dos Anjos und mein Onkel Manoel de Oliveira Paiva starben an Tuberkulose und Manuel Bandeira auch um ein Haar, aber seine zerklüftete Lunge hinderte ihn nicht daran, noch mit vierundachtzig einen argentinischen Tango zu spielen, und Olavo Bilac starb an verfaulten Zähnen infolge von Syphilis, und Ernesto Nazareth wurde von der Syphilis verrückt, Torquato Neto wurde verrückt und brachte sich mit Gas um und Klaus Mann in einer Depression mit einer Kugel, desgleichen Pedro Nava, als Opfer einer Erpressung, auf einem öffentlichen Platz, und mein Lehrer Tobias Barreto starb an Aids, das heißt, an Syphilis, und ich leide, wie Machado de Assis, an Stottern, wenn ich nervös werde, und an Niesanfällen und Rhinitis und am Herzen, eines Tages werde ich sterben, doch vorläufig, wenn man mich fragt, wer eigentlich ist Alberto Nepomuceno? werde ich antworten, Verwirrung, so lautet meine Grabinschrift. Ich lasse mir noch einen Wein bringen.

Ich war ein Bauchredner. Also bin ich nicht mehr zeitgemäß. Urteil gefällt. Ich werde mir einen Mozart-Rausch antrinken.

Immer habe ich mich gefragt und frage mich erneut: Meine Musik, was habe ich aus meiner zu Klängen verarbeiteten Uneindeutigkeit gemacht? sicher, manche sagen, Alberto Nepomucenos Musik sei eine Katastrophe, eine Ansammlung von wertlosen Einflüssen, ein Fiasko, ich weiß, wer kreativ tätig ist, riskiert immer ein Fiasko, ich weiß nicht, und man behauptet, mein Eklektizismus sei das Gegenteil der vom Modernismus eingeführten Form und es habe mir an Humor gefehlt, deshalb hätte ich nie modernistisch sein können, aber irgendwann werde ich etwas Humoristisches komponieren, Walzer, die alles verspotten, was unsere Gefühlsduselei ausmacht und uns trotzdem fasziniert, Walzer, Boleros oder vielleicht sogar Rockmusik, den Müll zum Rohmaterial machen, den Ballast weglassen, den Ballast der Sehnsucht, und den nostalgischen Genuß zelebrieren, sich an diesem Fin de siècle als ziellos zu sehen, wie es Vicente Celestino mit seiner inbrünstigen Interpretation von Caetano Velosos Lied *Coração materno* getan hat, ich werde also sechs humoristische Walzer komponieren, und dann wird Mário de Andrade endlich seinen Unwillen über mich relativieren ... aber Moment mal, ich habe doch schon *Sechs Humoristische Walzer* komponiert ... ohne jeden Humor und mit viel Sehnsucht, ach, strahlender Morgen, wozu so viel Licht? letztlich stimmt das Übermaß an Licht uns in Brasilien traurig, wir sind ein Volk des Übermaßes, und das Übermaß macht uns traurig, Mário, dann habe ich mich also bestimmt wieder vertan, als ich diese melancholischen Walzer schrieb, die niemandem unvergessen bleiben werden, weil sie unbekannt sind und nie aufgenommen wurden, wie fast alles, was ich komponiert habe, ach, Alptraum, daß meine nie gedruckten Partituren in der Escola de Música von Rio de Janeiro verschimmeln oder von Motten zerfressen werden, ich weiß nicht, was von meinem Werk der Zukunft erhalten bleiben wird, ich frage mich, ob überhaupt irgend etwas von mir bleiben wird, doch, ich weiß es genau, ich spreche es als erster aus, ich Brasilianer gestehe die Fehler ein, die ich in sämtlichen Lebensbereichen begangen habe, als Bürger, Vater, Künstler, Freund und sogar Ehemann, aber schlimmer noch als Musiker, meine Musik ist ein Sammelsurium von Uneindeutigkeiten, ich weiß, ich weiß nicht, ich glaube, ich habe mein Leben lang bloße Übungsstücke komponiert, ohne mich festzulegen, ein Risiko einzugehen, auf der Flucht vor einer Definition, ein Held ohne Charakter, ja! der den Komponisten spielt, ich weiß nicht, aber wer kann das sagen? schließlich ist schon alles gesagt worden, na schön, ich glaube es, Leben tut nicht not, vieles andere tut not, zum Beispiel alles wissen und vergessen, na gut, ich weiß weder wer ich bin noch wohin ich gehe, but who knows?

Wird man mich weiterhin strafen, oder wird man mich womöglich in der Zukunft hören?

Ach, welch großmütige Seele wird ihr Leben für ein paar Augenblicke unterbrechen, um mich durch Ohr und Herz in sich aufzunehmen, und mit mir kommunizieren und den Traum des Alberto Nepomuceno verwirklichen, indem sie ein wenig von meiner Musik hört? ja, denn nichts wäre wunderbarer, als wenn jemand (in welchem Jahrhundert, weiß ich nicht, und in Anbetracht der menschlichen Vielfalt kann ich ihn mir auch nicht vorstellen) von Alberto Nepomuceno sagte: »Ich liebe dieses Quartett« oder »Der zweite Satz dieser Sinfonie geht mir zu Herzen« oder »Dieses Lied nicht unbedingt, aber das andere, das ist bezaubernd« oder »Wie schön, daß der Kerl das einmal komponiert hat«, denn dann wäre ich erlöst, und deshalb frage ich auf dieser Besinnungs-Reise, wo bist du, mein/e Hörer/in? meine Seele bedarf so dringend deiner geistigen Nähe, deiner kostbaren, bereitwilligen Einfühlsamkeit, denn das größte Glück des Dichters ist, auf der Welt zu sein und Gefährten zu haben, daraus schöpft er seinen Zauber und seine Verse, und damit strebt er nach Dauerhaftigkeit, aber ich weiß nicht, ich weiß nur, daß Mário de Andrade mich nicht mochte, weil ich in meinen Liedern angeblich grobe prosodische Fehler gemacht habe, mit Ausnahme der *Sechs Humoristischen Walzer*, die hat er gelobt, er verschmähte mich, weil ich nicht nationalistisch genug war, aber was soll ich denn tun, wenn ich da, wo du einen Revolver willst, eine Palme bin, ich bin nun mal ein Eklektiker, und ich war das Fragezeichen die Auslassung die Unbestimmtheit, und die Modernisten kannten oder verachteten womöglich das nicht Klassifizierbare schon deshalb, weil der Modernismus wie besessen darauf aus war, eine spezifische Form zu sein, seine eigene Form haben und sie mit sehr klaren und eigenständigen und logischen Merkmalen verkaufen wollte, um sich gegen andere abzugrenzen, und deshalb mußte im Modernismus alles durch und durch modern sein, seine eigene Stimme haben, im Gegensatz zu mir, der von allem ein bißchen war, ja, denn mich interessiert der Engpaß, die Krise, und ich bin stolz darauf, daß ich die gesamte westliche Musik von Bach und Brahms bis zu Richard Strauß und Debussy neu interpretiert habe, ich sage ohne Scheu, daß in mir viele Platz haben und daß ich ein offenes Projekt bin, genau wie Brasilien, und damit bin ich sehr wohl sehr nationalistisch, und wenn man mir Mittelmäßigkeit vorwerfen kann, na gut, aber einigen wir uns doch, wo du eine Palme willst, bin ich eine Pinie, ich bin das lebendige Beispiel einer uneindeutigen Kultur, einer Seefahrerkultur, genau, der Sinn der Suche nach Ithaka ist die Suche, Seefahrt tut not, wer weiß, wohin die Suche führt, plötzlich trifft sich das alte Venedig mit Amerika darin, daß es die Maske wie ein Zepter an Brasilien weiterreicht, die Maske, dieser rituelle Brauch mit magischen Eigenschaften, ein Brauch, bei dem Wahrheit und Dichtung, Ehrlichkeit und Täuschung ineinanderfließen, die Verkörperung von Macht und Autorität zugleich, wenn der Priester dem Volk ein Orakel verkündet und dazu die Maske braucht, die Maske Gottes, und die Maske stattet mich mit Göttlichkeit aus, und Göttlichkeit ist eine Maske, die der Mensch anlegt, und mit der Maske kann ich mich als Gott verkleiden, wenn man also die Tat will, bin ich der Geist, wenn man nach Licht strebt, bin ich die Sonne, und die Verkleidungsfähigkeit wurde uns von Venedig vermacht, wo man sechs Monate im Jahr Masken trug, und es war kein Zufall, daß ein venezianischer Seefahrer als erster den Namen Brasil für das verwendete, was bald darauf Brasilien werden sollte, und dann verlagerte sich der venezianische Karneval hierher, aber auch die Fähigkeit, gleichzeitig das Wahre und das Falsche, das Alte und das Neue, das Männliche und das Weibliche zu sein, o ja, wo man Fastenzeit sucht, ist Karneval, damit sprechen wir fraglos von Brasilien, denn wir sind das Archaische und das Moderne, und ich frage mich, warum der moderne Westen die Uneindeutigkeit immer so gefürchtet hat, noch mitten in der Moderne die uralte Kastrationsangst, diese Phantasie, die unsere Träume von dem Macho heimsucht, der Lust findet, wo er Schmerzen vermutet, doch wenn ich an Venedig denke, ist es plötzlich Casanova, der am Ende seines Lebens von der Rückkehr nach Venedig, dem süßesten Gefängnis, träumt, ja, es war schwierig und demütigend, doch er schaffte es unter größten Mühen, und bei der Rückkehr fuhr er schweigend auf dem Canal Grande durch Venedig, wie jemand, der als alter Mann das Heilige in seinem Herzen wiederfindet, und sein Blick berauschte sich an den alten Mauern und verfallenen Palästen seines Venedigs, morscher und ramponierter denn je, genau wie er, ein alter Mann, und selbst sein Mythos bröckelte bereits, wie bei ihm, immer wieder zieht es uns zurück nach Venedig, das auch Ithaka heißen könnte, denn so oft wir auch um die Welt reisen, Ithaka wartet immer auf uns, doch dieses Venedig, das Casanova mit so verträumtem Blick wiedersah, war das der Ausgangspunkt oder das Ziel? und Julia Mann, hat sie je nach Hause zurückkehren können? es heißt, in ihrem ehemaligen Haus in Paraty spuke es, oder ist es vielleicht ihr eigener Geist, der, endlich heimgekehrt, dort umgeht in ihrem alten Zuhause ...

Obwohl schon so alt, tut die Sehnsucht immer noch weh, ach, nie soll sie verlöschen, die Flamme der Sehnsucht, also laß den Schmerz zu, laßt mir einfach das Recht, dorthin zurückzukehren, als meinen allerletzten Versuch, Ithaka, Venedig-Fortaleza, mein tiefstes Inneres wiederzufinden und die unvergessene *caatinga*-Landschaft wiederzusehen, das Ithaka der saftigen Cajufrüchte, die mich vor Sehnsucht nach dem Durst nach *mocororó* umbringen, ach, wo in mir ist dieses auch Brasilien genannte Ithaka geblieben, ich selbst bin eine Wüste, ach, wie sehne ich mich nach der Morgenröte, deren Strahlen mich unter den Bananenstauden trafen, die keine Orangen tragen, nach den Dünen von Fortaleza und der Guanabara-Bucht, deren Licht Paul Gauguin geliebt hat – die Guanabara-Bucht, die Lévi-Strauss abstoßend wie einen zahnlosen Mund fand, aber ach, wie schön, welch eine Lust, sie anzubeten, beinah Un-Licht, Licht im Weißen, denke perfektionistisch, und ich so fremd wie der König, wenn er nackt ist, also laß den Schmerz zu, bringt mich zurück in das tiefe Loch, wo mein Wesen auf Tausenden von Menschenknochen ruht, bevorzugter Ort für der Menschheit Wohnstatt, oh, purpurweißes Land-meiner-Selbst, wo es, anders als in Brasilien, kein Sich-Arrangieren gibt, ich sehne mich nach diesem meinem Land, wo alles möglich ist, und nicht nach der falschen Insel Brasilien, die ständig ihre Besten vernichtet im Namen von von von von von von von von von.

Verhaßtes Sich-Arrangieren.

Dem auch ich zum Opfer gefallen bin. Oh, verfluchtes Land der heuchlerischen Herzlichkeit, bloßes Sich-Arrangieren, wenn in der Stunde X die Liberalen zu Konservativen werden, es gibt unendlich viele Spielarten, sich zu arrangieren, darunter auch, eine abstrakte Nationalität zu erfinden, die man als Formel einem ganzen Land überstülpen kann, und auf diese Weise hat der *Modernismo* Villa-Lobos für sich vereinnahmt und ihn zum Maßstab brasilianischer Musik gemacht, eine Form, die Unterschiede und Widersprüche innerhalb eines geschlossenen Begriffs auf einen Nenner zu bringen, sterile Rigidität der Modernisten, genau das, die jede Vielfalt vernichtet, Volkstümlichkeit um jeden Preis, und deshalb ist Mário de Andrades *Macunaíma* zu einem Flickwerk aus ethnographischen Zitaten geraten, zu einer bloßen Übung in Nationalcharakter, und siehe da, die Übung wurde zum Klassiker, wieder hat man sich arrangiert, Schluß jetzt mit dem Sich-Arrangieren, ich will das nicht mehr, es reicht, jahrhundertelanges Sich-Arrangieren in dieser aus Heucheleien gewebten und auf Mauscheleien aufgebauten brasilianischen Geschichte, ich will nicht mehr diese Heimat des Sich-Arrangierens südlich des Äquators, diese Riesenfläche Scheiße, die wir unser Heimatland nennen, das ist verlogen, mir ist die Apokalypse lieber als tröpfchenweise langsames, kaschiertes Morden, auch wenn alle Zeitungen darüber schreiben, doch die Ursache wird nicht genannt, denn in diesem Land, in dem nichts beim Namen genannt wird, herrscht ein nicht erklärter Bürgerkrieg, mach deine Betrügerei, aber rede nicht darüber, rede nicht über deine Bettaffären, sei still und rede nicht darüber, sonst bringen sie dich langsam aber sicher um, nein und noch mal nein, es reicht mit der falschen brasilianischen Herzlichkeit, mir ist die Apokalypse lieber, meine Apokalypse, ich will Apokalypsen, wo die Knochen klappern und man nach der Fortsetzung des inneren Kampfes mit Gott verlangt in der ewig offenen Wunde des Lebens.

Eine Melodie, diese Melodie, vielleicht träume ich, fange gerade an oder wache gleich auf, ich bin nämlich etwas benommen, von der Höhe oder dem Wein vielleicht, egal, aber das ist ein echter Schreck, wie kommt diese Melodie hierher? höre ich richtig? habe ich mich nicht getäuscht? über die Lautsprecher des Flugzeugs wird die brasilianische Nationalhymne gespielt, damit alle sie hören können, was macht die brasilianische Nationalhymne in einem Schweizer Flugzeug, mit dem wir Deutschland überfliegen? nein, das ist nicht die Nationalhymne, die kenne ich genau, was hier durch das Flugzeug tönt, ist das alte *Präludium* zu Carlos Gomes' *Il Guarany*, wie hochtrabend es klingt, und die dröhnenden Beckenschläge, ach du Schreck, das fehlte gerade noch, daß in mehreren Kilometern Höhe und so weit weg von Brasilien die *Hora do Brasil* anfängt, der Alptraum, eine ganze Parlamentssitzung aus Brasília anhören zu müssen und mich zu schämen, weil sich nichts geändert hat, die Herren Vertreter des brasilianischen Volkes sprechen im Jahre 1990 wie im tiefsten 19. Jahrhundert, der illustre Kollege entbietet den hochwohlverdienten Mitgliedern der Nationalversammlung seinen Gruß, nein, noch keinen Deut sind sie vom gestelzten Stil der alten Provinzpolitiker abgerückt, die damals zu neunzig Prozent Analphabeten sprachen, man könnte meinen, sie hätten noch nie etwas von elektronischen Medien gehört, noch immer das gleiche gewiefte, gefährliche, egoistische Advokatengeschwätz, schon allein ihre Wortgewandtheit wirkt verdächtig und verrät ihre Heuchelei, o ja, das ist in seiner ganzen Lächerlichkeit und Unzeitgemäßheit ein perfektes Abbild von Brasilien, dem sie nährenden Vaterland, aber nein, Gott sei Dank ist es nur die Stimme des Flugkapitäns, *Meine Damen und Herren, es ist jetzt neun Uhr vierzig*, ach so, die Zeit hier in dieser Fokker, nicht in Brasília, wie bitte? doch, ich höre richtig, *mir eine Freude, Ihnen mitzuteilen, daß wir uns auf direktem Weg zur Brasilianischen Nacht des Jazz-Festivals von Montreux befinden*, sagt der Flugkapitän in seinem gedehnten Tonfall über den Lautsprecher, wieso das? dann ... dann kommt wieder das *Präludium* zu *Il Guarany*, oder ist es vielleicht das *Virundum* von Carlos Gomes, ich meine, das Nationalpräludium, völlig unangebracht, völlig altmodisch, zur völlig falschen Zeit, selbst wenn es sieben Uhr abends wäre, doch diese vertrauten Klänge genügen dem brasilianischen Unterbewußtsein, und schon ist ringsum wie durch Magie Brasilien, alles Brasilien, wie kann man diese Ungereimtheiten im Text von Duque Estrada ernst nehmen, richtig, mein Freund, aber was soll man machen ... und wer bin ich, solche Kritik zu äußern? vergessen Sie nicht, gesungen werden darf das *Virundum* laut Gesetz 5.700 nur im Vokalarrangement von ... Alberto Nepomuceno, ausgerechnet ich, der so sehr um eine ernsthafte Definition des Nationalcharakters gekämpft hat, bin in die Falle der gesetzlich definierten Brasilianität geraten, nein, ich bin bedeutender als das, ich brauchte damals nur Geld, mein Leben lang war ich in Geldnöten, das ist nicht meine beste Seite, und wir alle geraten mal in die Klemme, jeder Künstler, und *darf ich Ihnen mitteilen, daß wir auf diesem besonderen Flug besondere Gäste an Bord haben, die zu einer ganz besonderen Nacht eingeladen sind*, sagt der Flugkapitän noch, vielleicht kommt das vom Wein, ich bin nämlich halb benommen, mir ist nicht schlecht, nur eine angenehme Benommenheit, aber es ist nicht nur der Wein, tatsächlich, alle recken den Hals, ich sehe nach vorn, und als ersten erkenne ich, Moment ... Karamba! tatsächlich Vicente Celestino, das neue Brasilien, kalabrisch gefärbt, mit Panama und perlweißem Leinenanzug, zuerst wirkt er zu Tode erschrocken, kauert sich vor Flugangst in seinen Sitz, dann steht ein João in Jeans auf, und ich erkenne eindeutig, es ist João Gilberto persönlich, das ist ja phantastisch, und gar nicht so schüchtern, wie allgemein behauptet, stellt er sich in den Gang und ... ist es die Möglichkeit, der Verrückte, der da aufsteht und João eine Fahne von der Sambaschule Mangueira wie ein Zepter in die Hand drückt, ist kein anderer als Glauber Rocha, jawohl, João steht etwas hilflos da, während Glauber ganz aus dem Häuschen ist, vielleicht ist er aber auch high, weiß der Himmel, Glauber, wie er leibt und lebt, er hebt die Arme, als hielte er eine MP in den Händen, tänzelt im Stil seiner Filmfigur Corisco und schmettert, »er hat's nicht geschafft, den edlen Pakt zwischen dem blutigen Kosmos und der reinen Seele zu besiegeln ...«, eine deutliche Allegorie auf ihn selbst, da reicht João ihm die Fahne zurück, und Glauber defiliert, verwirrt wie Antônio das Mortes, durch den Gang, und als er an mir vorbeikommt, donnert er, Brasilien hätte nicht hinnehmen dürfen, daß Sousândrade in São Luís von Straßenjungen gesteinigt wurde, was ich da sehe, ist völlig unerwartet eine regelrechte Anti-Vorführung des Cinema Novo, aber alles wird still, als João einen Fuß auf der Armlehne des nächsten Sitzes abstützt, die Gitarre zurechtrückt, zu dem langsamen, exakten Rhythmus eines Samba-Canção ansetzt und dann mit unglaublicher Sanftheit in der Stimme singt, »Ich bin zum Trinker geworden und suche im Rausch das Vergessen ...«, da steht, durch die Hommage angeregt, Celestino auf, um sich zu bedanken, und João, das Genie der brasilianischen poetischen Präzision, singt in Celestinos Stil, »... die Undankbare, die ich liebte und die mich verließ ...«, ach, ist das wunderschön, denke ich, während João singt, »... gesteinigt in den Straßen, leide ich, habe kein Heim und keine Verwandten, alles vorbei, nur in den Kneipen finde ich Zuflucht, jeder Bruder im Elend ist mir ein Freund ...«, ich sitze da und lausche, bewegt von der begnadeten Darbietung, den Blick fest auf Joãos Lippen gerichtet.

Und weil mir dies bei aller wohlwollenden Benommenheit vielleicht etwas zu pathetisch brasilianisch klingt, bin ich zuerst versucht zu fragen und frage dann auch, warum ist das nicht von dir, dieses Sinnbild des Nationalcharakters, der *Choro n°10* für Orchester und gemischten Chor von Villa-Lobos, warum hat sich deine Stimme nicht so weit durchsetzen können, wie du es dir immer erträumt hast, ach, wer weiß schon eine Antwort auf das Warum oder Warum nicht, doch im Grunde ist dir wichtiger, die Leidenschaft für das Ungewisse Unbestimmte Unklare bis zuletzt lebendig zu halten, weiß der Himmel warum, das Zweifeln, das dich immer so gelockt hat, mehr als jede hochtrabende Bestätigung, doch die Wahrheit ist, ja, seien wir Villa-Lobos gegenüber gerecht, daß er etwas geschafft hat, was ich nicht vermochte oder nicht gewagt habe oder meine Epoche nicht gestattet hat, das heißt, er hat ein eigenes Musiksystem kreiert und die höchst ausgefeilte postromantische europäische Harmonie mit der barbarischen brasilianischen Kultur auf einen Nenner gebracht und damit eine bloße Adaption vermieden, die zwei so ungleiche Dinge wie diese verzerrt hätte, Villas großer Triumph, daß er zum Symbol der nationalen Musik erhoben wurde, Villa mit seinem Weg, der zweifellos das, was du immer gesucht hast, miteinbeziehen wird, den Nationalcharakter, vielleicht, weil er privilegiert war, unser »Sonntagskind« der Musik, und du nicht, du bist an einem Mittwoch geboren, in der armen Wochenmitte, deshalb interessiert dich weniger das Ziel, auch wenn du immer nach Ithaka gesucht hast, dir ist wichtiger, weiter danach zu suchen, eine Frage des Karma vielleicht, oder weil das alles ist, was du kannst: Du fragst, bist aber sicher, denn deine Stimme klingt anders, eher wie verstimmt, auch wenn du scheinbar zustimmst, aber wer hat von verstimmt gesprochen? denke ich, als ich aus meinen gekränkten Gedanken zu mir komme, weil da etwas von »Verstimmt« anklingt, reiner Zufall garantiert, aber nanu? als ich hinsehe, steht da ganz locker Vicente Celestino, von Joãos Gitarre begleitet, und dann singt Celestino, das Genie der brasilianischen Schauspielkunst, mit seinem Heldentenor, daß die Fensterscheiben des Flugzeugs beben, »Wenn du sagst, daß ich nicht den richtigen Ton treffe, mein Schatz, dann sollst du wissen, daß mir dies schrecklich weh tut, nur Privilegierte haben ein Gehör wie du«, hingerissen lausche ich dieser Neuauflage des Bossa Nova *Desafinado*, »ich besitze nur, was Gott mir gegeben ...«, noch regelwidriger denn je, doppelt gegen die Norm, ein Vulkan, wo man eine zarte Stimme verlangt hätte, sieh mal einer an, Celestino singt à la Bossa Nova! ich weiß nicht, ob Gilda de Abreu damit einverstanden wäre, aber es ist kein wirklich antimusikalisches Verhalten, das zu behaupten wäre übertrieben, auch wenn ich lügen wollte, müßte ich argumentieren, daß dies, einen Ton daneben, in meinem Werk ganz natürlich ist, wenn ich offenbar den nationalen Ton treffe ... also überlassen wir das Treffen des richtigen Tons denen, die eine klare, viel zu klar definierte, schwere und leidende Stimme haben, denn es ist eine riesige, unerträgliche Verantwortung für einen einzigen Menschen, Brasilien im Namen eines ganzen Volkes zu beschreiben, die Definition dessen herauszufinden, was ein ganzes Volk im Laufe mehrerer Jahrhunderte blind aufbaut, klar, auch ich habe schon blindlings Geheimnisse entschlüsseln wollen, doch dabei erkannt, daß die Lebensart eines Volkes mehr Fragen aufwirft als Antworten gibt, deshalb frage ich mich, ob es Sinn hat, einem ganzen Volk eine Antwort zu geben, nach der es gar nicht verlangt, ich meine, ob es nicht ehrlicher wäre, ihm seine Fragen zurückzugeben, deshalb sage ich, daß wir an einem Kreuzweg stehen: Ist der *Choro n°10* mit seiner Mischung aus volkstümlichen Einflüssen und seinem provozierend hochtrabenden Ausdruck ein Meisterwerk der brasilianischen Eigenart oder pure Mystifizierung einer vermuteten (und willkürlichen) Definition des typisch brasilianischen Klangs, ich weiß es nicht, mit anderen Worten, ist er, wie man sagt, eines der perfektesten Werke von Villa-Lobos, sowohl unter technischem als auch ästhetischem Aspekt, oder pure Exotik für ahnungslose Touristen, damit sie über die leichtverdauliche, in bombastische Klangfarbigkeit gekleidete und mit den modischen Dissonanzen gewürzte Ursprünglichkeit staunen, das heißt, die Wiederholung einer bloßen Formel, die zur damaligen Zeit, wie Villa-Lobos festgestellt hatte, im Ausland gut ankam und ihm Ansehen und beispiellosen Erfolg einbrachte, weshalb er mit dem *Choro n°10* auch den Inbegriff des nationalen Kitsches geschaffen hat, ich weiß nicht, der Modernismus hat also, wie gesagt, an den Kreuzweg geführt: Ist aus dem, was die Musik einer Nation sein sollte, ein exhibitionistischer Wahn eines billigen Nationalismus geworden, der zum wiederholten Male in unserer Geistesgeschichte den Begriff des Nationalen prägen wollte, mit allen seinen abgegriffenen Komponenten wie bei »*macumba* für Touristen«, ein Klischee der brasilianischen Musik, ein Spleen statt eines Stils, und würde dennoch jemand sagen, nein, im Gegenteil, man kann den *Choro n°10* als ein eigentümliches Mosaik von Kreuzungen namens Nation betrachten, als die Eigentümlichkeit der Nation, die ihre Eigenart entwickelt ... ich weiß nicht, ich frage mich, was ist Eigentümlichkeit, wenn nicht im Alltag jeder Nation alles zum nationalen Gemeinplatz wird, ich weiß nicht, ich frage auch, welcher Teil einer Nation sie am vollständigsten widerspiegelt, der Landbesetzer der Großgrundbesitzer der Mann die Frau der Industrielle der Arbeiter der Indio der Goldschürfer der Reiche der Bettler der Schwarze der Weiße der Künstler der Wissenschaftler der Macho die Tunte das Gesetz die Korruption, das heißt, bei einem geschlossenen Nationalbegriff wird es immer Ausgeschlossene geben, und ich frage auch noch, was ich mit der eventuellen Eigentümlichkeit der Nation zu tun habe, wenn das, was mir wichtig ist, meine eigene Tragödie ist, großer Gott, die Tragödie, nicht zu wissen, wer ich bin und wohin ich gehe, was also von der Definition der Modernisten übriggeblieben ist ... das ist purer Klang ohne jeden Sinn, das sogenannte nationale Geräusch, womöglich der Rülpser nach einem zu üppigen Schmaus, noch ein Irrtum der Eliten, wo doch für die Kunst wesentlich und notwendig wäre, die Spannung der Frage aufrechtzuerhalten: Was ist Brasilien?

Aus dem Lautsprecher des Flugzeugs höre ich jetzt die Stimme des unverbesserlichen Celestino, und ich recke den Hals und sehe, wie er im Gang steht und die Arme ausbreitet, von Flugangst keine Spur mehr, und ein patriotisches Lied anstimmt, mit Zitaten aus der Nationalhymne, und inbrünstig, fast in Ekstase, besingt er Brasilien, das zukünftige Weltparadies, seine Ländereien bis zum Horizont, den meeresgroßen Fluß die goldene Sonne den tiefblauen Himmel und das unberührte Land, das Brasilien, dem Reich der Herrlichkeiten, den Schoß mit Früchten füllt, ich bin wirklich etwas benommen, aber die Christusstatue auf dem Corcovado wacht über der Guanabara-Bucht, dem von der Drogenmafia beherrschten Kleinod, und das Militär spielt mit, dann weiß ich nicht, ob diese Klänge, weil ich benommen bin, etwas so Endzeitliches bekommen, als wären sie ein Abgesang auf Brasilien, und bevor ich überlege, wie wohl unsere Apokalypse aussehen würde, laufen vor meinen Augen, aber sind es wirklich meine Augen? Szenen des brasilianischen Lebens ab, ich sehe das surrealistische Bild des Malers João Câmara, Masken, Knochen über Knochen, und Eier werden zerschlagen, aufgeschlagene Eier im Mixer und ein Mensch aus viel Fleisch und Knochen, wie ich auf dem surrealistischen Gemälde sehe, denn er entblößt sich oder muß es, dann Fleischwölfe und Politiker und schwarze Stiefel und schnurrbärtige Offiziere mit erhobenem Arm, wie nur Wunderprediger den Arm heben, eine von Antonio Conselheiro oben auf dem Monte Santo unsterblich gemachte Gebärde, aber auch vom frommen Sebastian, beide vom Volk als heilig verehrt, sehe ich auf Câmaras Bild und weitere seltsame Maschinen und Töpfe und Kessel für die brasilianische Alchimie, zugleich eine Vorwegnahme des Banketts oder der Anfang davon, ich bin ein bißchen benommen, und jetzt habe ich Reste des Banketts vor Augen, und Brasiliens »Führer« Getúlio Vargas und der Faschistenchef Plínio Salgado und der Kommunistenchef Luís Carlos Prestes und der General Góis Monteiro werden zu Tisch gebeten, allesamt an der Tragödie beteiligt, und sowohl der junge als auch der alte Staatspräsident Getúlio Vargas, Vaterfigur des einfachen Volkes, und ich sehe das Kind mit den überdimensional großen Händen und brasilianische Latrinen auf dem surrealistischen Bild und sogar ein dunkles brasilianisches Bidet, ein bißchen benommen, ja, ja, der Wein, und das Komischste ist, daß Getúlio keine Hände hat und barfuß ist, die Füße von einem Truthahn zerhackt, so sieht der Maler ihn, und jemand hebt den Arm, vielleicht sein Bodygard, und Getúlio hat erstaunlich nackte Füße, das Waschbecken wäscht nicht, es gehört genauso zum surrealistischen Szenarium des brasilianischen Lebens wie der Truthahn, und hinter Getúlio ein Spiegel, aber das ist der Abschied, denn nun: der tote Getúlio, tot unser Kaiser, entthront vom Tod, in den er von sich aus gegangen ist, und fertig zum Begräbnis im Mittelpunkt der brasilianischen Szenen, vorbereitet, gewaschen und sauber, nachdem er vielleicht in seine Schlafanzughose geschissen oder gepinkelt hat, als die Kugel sein Trommelfell und Gehirn zerfetzte, aber trotzdem ein unfertiger Getúlio, sein Arm liegt locker auf dem Brett, das zugleich der Foltertisch der brasilianischen Inquisition ist, richtig echt tropische Melancholie, ein bißchen benommen, ich, und João Câmara, der das alles inszeniert hat, betritt die Bühne und hebt eine

Hand wie zum Segen, und der tropische Morgen bricht an, die Tragödie, und der Maler probiert verschiedene Farbtöne aus, aber seine Segensgeste drückt vielleicht nur Unentschlossenheit oder Ohnmacht aus angesichts der Geschichte, die auch weiterhin tropisch bleibt, denn Brasiliens Tragödie ist geschehen, Brasilien verliert seinen Vater, den Großen Vater, da sind Getúlio Vargas' für immer geschlossene Augen und ein Tuch um sein Kinn, das den Unterkiefer hält, und er liegt dickbäuchig nackt, zur Besichtigung durch die Geschichte freigegeben, und der Maler-Dichter kann nichts sagen, er kann nur hinsehen und mit Zeichenkohle oder Bleistift oder Pinsel Zeugnis ablegen, getreu die Wege der brasilianischen Passion auf Getúlio Vargas' Gesicht nachzeichnen, mehr nicht, denn der Rest sind unfertige Züge, unfertige, aber feste klare Züge, und nachdem die Tragödie geschehen ist, muß man sich zur Trauerfeier bereit machen und Brasiliens Testament verlesen, die große kleine Carmen soll es lesen, sie und nur sie, die Brazilian Bombshell, die umschwärmte Miranda do Brasil, kann laut und deutlich lesen, auf ihren hohen Plateau-Sohlen, in Zweireiherkostüm, Naná-Lippenstift und Kopfputz, das heißt, Turban, und über und über mit Klunkern behängt, also: »Jeder Tropfen meines Blutes wird zu einer ewigen Flamme ... heute befreie ich mich zum ewigen Leben ... ich schenke euch jetzt meinen Tod ... ich gehe aus dem Leben und trete ein in die Geschichte«, titibum, tititibum, titibum, tititibum, in exakt 78 Umdrehungen. Und es ist, als würde ich wach, ich weiß nicht, es kann auch ein neuer Traum sein, jedenfalls überlege ich, wo Carmen Miranda ist, ich suche und suche, recke den Hals in alle Richtungen, sehe sie aber nirgends im Flugzeug, unsere Kleine Große, und ich denke, mein Gott, haben sie Carmen etwa vergessen? warum haben sie Carmen Miranda nicht mitgebracht, warum ist die große Dame der Klunker und *aiôs*, die Verkörperung der brasilianischen Maske, die sie am natürlichsten gespielt hat, das heißt, am gekünsteltsten, die Große Kleine, die sich selbst erfunden hat und damit ein unvergängliches Brasilienbild, denn seit Carmen kann die Welt sich Brasilien nicht mehr ohne die Brazilian Bombshell vorstellen – und Brasilien selbst erst recht nicht –, folglich zählt sie zu den Unvergeßlichsten der Unvergeßlichen, genau wie Charlie Chaplin und vielleicht auch, ach, wie schön wäre es, jetzt noch einmal Mira Rainhamiranda zu hören, wie sie auf ihre einzigartige Weise den Abschied singt, schwerer Abschied süßer Abschied, meisterhafter Trommelwirbel, nein, ich geh nicht weg, ach, welch eine Sehnsucht nach ihrer exotischen Stimme, und plötzlich fällt mir Paulo Abel do Nascimento ein, wo mag er sein, lebt er vielleicht immer noch in Florenz, nach seiner großartigen Karriere vom Hilfsmaurer zum Höhere-Sphären-Sänger vom Schlage eines Domenico Mustafà und so vieler anderer, genau das ist es, in Paulo Abel bricht sich das Wunder Bahn, von dem ich mein Leben lang geträumt habe, der Sertão ohne Blumigkeit überwuchert europäische Ruinen und bringt in ihnen die wilde Liane der Neuen Welt zum Sprießen und sie umrankt die klassischen Säulen und formt an den Kapitellen nie gesehene Voluten, die einzigartige Stimme des Jungen aus Fortaleza läßt eine Vergangenheit wiederauferstehen, die das Abendland längst für endgültig verloren hielt, die Stimme des Kastraten, Monstrum und Engel zugleich, oh, aber wo sie den Engel vermuten, ist er eine Frau, wo sie den Eunuchen sehen wollen, erweist er sich als Weiberheld, ach, zu gern hätte ich meine Lieder, das heißt, meine *Modinhas* von seiner einzigartigen Stimme gesungen gehört, von diesem Mann-Frau-Mann, dessen Geschlecht sich in allerklarstem Kristall in der fast ätherischen Kehle niedergeschlagen hat, aber liebend gern würde ich ihn auch »Was ist an der Bahianerin typisch brasilianisch« singen hören, ach, Mário, unpersönlich persönlich, wir müssen ihm wirklich eine Seele geben, diesem Brasilien, unserer Heimat, unserem Vaterland, aber was für ein Scheiß-Vaterland ist das eigentlich, ich meine, wie kann man ein Land Vaterland nennen, das tagtäglich seine Bürger mordet und etliche von ihnen wie Feinde behandelt, denn wir brauchen nur morgens das Fenster zu öffnen, und schon stürzt uns Brasilien auf den Kopf, es bestraft die Brasilianer an allen Ecken und Enden, angefangen mit den maroden Machthabern, die uns in der Intimität ihrer Villen, Grillparties und Stundenhotels mißregieren, während auf den Straßen Millionen obdachloser Kinder hausen, in der Mehrzahl Schwarze aller Schattierungen, denen die Brüste sprießen, die Pimmel wachsen, die ihre erste Menstruation in aller Öffentlichkeit bekommen, banale Apokalypsen in diesem Land, das noch nicht aus sich herausgekommen ist, Brasilien verzeiht uns nicht, daß wir Brasilianer sind, und will uns zu Bastarden machen, es verfolgt uns rund um die Uhr, nur weil wir zufällig an einem Ort geboren sind, der uns nicht zusteht, das heißt als Heimatlose, und das Tragische daran, daß Brasilien uns verrät, ist unser dringendes Bedürfnis nach dem, was Rilke »Heimkraft« nannte, eine Art mysteriöser Kraft, die Lebewesen und Dinge zu ihrem Ursprung zurücktreibt, zum Mutterschoß, zur nährenden Erde, und ich frage mich, wo wir von der Bahn abgekommen sind, ich weiß nicht, wann im Laufe unserer Geschichte wir den Faden verloren haben, und ich frage mich noch mehr, wie man nicht in der Fremde sein soll in einem Land, das sich selbst fremd ist, das heißt, ein aus Widersprüchen bestehendes Ganzes, das trotz aller verzweifelten Suche nie zu sich gefunden hat, vielleicht, weil es so jung oder umgekehrt, vorzeitig altersschwach ist, ach Brasilien, als Held besungen, das Land, das mit seinem heroischen Unabhängigkeitsschrei ewig in herrlicher Wiege ruht, ich frage mich, wer sind wir, wohin gehen wir, du geliebtes angebetetes Vaterland, treibende Insel, zu wem die Arme erheben, an wen uns wenden und unseren Hilferuf richten, denn ich fürchte, daß nur Gott mit unseren armen Seelen Erbarmen haben wird, mein Vaterland, sich selbst verschlingendes, selbst zerstörendes Wesen, sich selbst und seiner eigenen Wut überlassen, arme dahintreibende Insel, deshalb habe ich Verständnis für eine Bundesrepublik Pampa mit eigener Währung und Pinie als Symbol und auch für den Unabhängigen Nordosten, wo ein *jangada*-Fischer Senator, die Fahne aus Cearenser Spitzen und *Asa Branca* die Nationalhymne sein wird, ich weiß, die Idee gefällt mir nicht, aber ich kann sie verstehen, denn dieses Brasilien ist weder unser Vaterland noch Mutterland und schon gar nicht Bruderland, sondern die böse Stiefmutter, unsere Strafe, die Schwarzen können davon ein Lied singen, wir wissen es und tun so, als wäre der Fluch, mit dem Brasilien sie belegt hat, nicht brutal gewesen, und ich frage mich, ob sie sich befreit haben, ach, ich weiß, die winzige Freiheit, die Brasiliens Schwarze errungen haben, verdanken sie sich selbst und nicht der Prinzessin Isabel, Ehre wem Ehre gebührt, die Schwarzen haben sich nämlich durch ihre Musik und Spiritualität befreit, durch Lobpreisung und Erlösung, die Schwarzen singen und tanzen sogar beim Beten, wie es in ihren Stämmen und in den alten Zeiten üblich war, als das Heilige noch im Alltag der Völker präsent war, die Schwarzen haben Brasilien gratis eine ungeheuer vielseitige Musikerriege geschenkt, von Anacleto de Medeiros bis zu Jorge Ben, von Chiquinha Gonzaga bis zu Angela Maria, von Pixinguinha bis zu Gilberto Gil, von Cartola bis zu Milton Nascimento, von Elizeth Cardoso bis zu Clementina de Jesus, von Jamelão bis zu Sandra de Sá, von Agostinho dos Santos bis zu Noite Ilustrada, vom Trio Esperança bis zu Luís Melodia, von Tim Maia bis zu den Golden Boys und Nilo Amaro mit seinen Cantores de Ébano, oh, die Cantores de Ébano, wieso sind die eigentlich verschwunden, in welchen Winkel des brasilianischen Gedächtnisses hat die *saudade* sie geführt, nimm mich dorthin mit, *saudade*, denn nie werden wir den ehemaligen Sklaven und ihren Kindern und Kindeskindern genug dafür danken können, wie großzügig sie Brasilien das Elend vergolten haben, das Brasiliens Geschichte ihrem ins Getto der Favelas gesperrten, wie Vieh behandelten Volk aufgezwungen hat und noch immer aufzwingt, ich frage mich sogar, ob es in der schwarzen Kultur nicht eine besondere, viel viel ältere psychische Struktur gibt, die vielleicht besser funktioniert als unser westliches Muster und es den Afrikanern ermöglicht hat, die lange

Sklaverei von gestern und das Elend von heute zu überleben, indem sie Musik schufen und sich von Poesie nährten, damit helfen die Schwarzen Brasilien, sich auf sich selbst zu besinnen, oder vielleicht sogar dem ganzen Westen? im Grunde weiß ich nicht, was die Welt wäre ohne die herrliche Kraft der Schwarzen, ohne ihre Seelengröße und Lebensfreude, mit der sie alles wettmachen und den Westen die Kunst des Bewahrens lehren, man denke nur an den ursprünglich tiefschwarzen Rock'n Roll und an Salsa und Blues und Jazz und Merengue und Lambada, wo also wäre die moderne Musik ohne ihre afrikanischen Wurzeln, frage ich.

Und plötzlich fällt sie mir ein, wo wäre jetzt Donana?

Ich lasse mir noch einen Wein geben. Jetzt kommt João Gilberto in Stimmung und beschließt zu singen und singt einfach *»Farolito«*, und ich träume unter einer schummrigen Straßenlaterne, schmucklos, aber sentimental, wie herrlich, daß ich die Musik von Noel Rosa, Braguinha, Pixinguinha, Cartola, Isaurinha, Aracy, Dalva de Oliveira, Maísa, Elis Regina, Caetano Veloso, Milton Nascimento, Egberto Gismonti und der ganzen glorreichen Sippe von Volksbarden kenne, Ikonen des brasilianischen Lebens, sage ich, und ich frage mich, ob nicht dies der schlagendste Beweis dafür ist, daß wir als Volk gut geraten sind, wir, die Sänger im Radio auf den Straßen in den Autos unter der Dusche im Fernsehen in den Favelas am Strand im Wald, eine regelrechte Volksmenge an Talenten, ach, und Celly Campelo, in welche Ecke stellen wir diesen keineswegs stupiden Cupido, der mit seinem Pfeil ganz Brasilien ins Herz getroffen hatte und uns zum Bad im Mondschein verführte und uns mit einer unauslöschlichen Narbe gezeichnet hat, also sing ein bißchen für mich, Baby, aber ich will auch Nana Caymmi ihr *Cais* säuseln hören, immer will ich hören, ach, wenn du wüßtest, wie zärtlich ich bin, Nana, du zauberhafte Kleine mit deiner gehauchten messerscharfen rauchigen Stimme, bei der ganz Brasilien starr vor Staunen außer sich gerät, morgen werde ich dich hören, Baby, man muß aufpassen und stark sein, denn das Leben gibt keine Zugabe, das Leben ist, wie es ist und manchmal gegen den Strich, komm, stille diese Leidenschaft, oh! schiere Glut der Begierde, und ich werde glücklich sein, richtig glücklich in den Clubs an der Ecke in dem Land, wo die Rosen dir den Duft rauben, und dann werden wir lustvoll sündigen gleich nebenan unter dem Äquator, denn der Mensch ist sehr wohl zum Brillieren bestimmt, alles in Ordnung, Baby, so wie in den Lokken deines Haares zwei und zwei fünf sind, oh, schiere Glut, bildet ein Spalier für die unvergeßliche Chiquinha, die wunderbare Chiquita, dann kommt Zequinha de Abreu und spielt sein *Tico-tico no fubá*, aber eigentlich würde ich lieber *Branca* hören, aus lauter Sehnsucht nach einem Fest auf dem Land, ach, welche Sehnsucht, wie gern jetzt einen richtigen Marsch hören von einer Blaskapelle im Pavillon auf dem Hauptplatz, wo meine Kinderaugen vor Aufregung und Freude funkelten, als würde die Musik nur für mich gespielt, das ist die Musik meiner Seele, und in meiner Erinnerung ist es eine vollkommene, die ganze Welt umfassende Musik, ein kleiner Funken Herrlichkeit, der nach allen Seiten hin sprüht, diese Musik meiner Seele, und allen Raum ausfüllt, so daß nur noch die herrlichen Klänge da sind, die die Blasinstrumente in Brasiliens frühen Morgen schmettern, strahlend heller Morgen, warum so viel Licht? und ich sage mir, ja, dieses Bild ist eindeutig brasilianisch, in der Illusion meiner Erinnerung ist es der unbestreitbare Beweis dafür, daß es existiert, dieses Rätsel: Brasilien.

Schluß mit der Sehnsucht, singt nun João da vorn, ein wahrhaft fürstliches Bord-Konzert, und von dem Totem-Lied, gesungen von João, plötzlich euphorisch gestimmt, denke ich, vielleicht vielleicht haben wir aus dieser Schande schon, ohne es zu wissen, durch unseren Gesang eine Nation gemacht: Das *brasa*-Land, das Land der Glut, ist geboren, und dies ist die Musik seiner Seele.

Reichlich benommen, vielleicht zuviel Wein, abgesehen von der Schwerelosigkeit des Fluges, ich will wissen, wohin die Reise geht, eigentlich nach Montreux, aber jetzt bin ich mir nicht mehr so sicher, dieser Flug, diese Benommenheit ... aus dem Lautsprecher höre ich den Flugkapitän klar und deutlich sagen: *Mein Damen und Herren, wir fliegen jetzt mit Zeitgeschwindigkeit direkt in die Zeit, und in neun Jahren werden wir im Tiefflug im 21. Jahrhundert landen*, hoffentlich kommen wir wirklich an, denke ich, doch der Flugkapitän spricht weiter, *die dortige Temperatur dürfte stabil sein*, falls bis dahin der Treibhauseffekt sich nicht verstärkt hat und das Ozonloch nicht noch größer geworden ist, denke ich, deshalb verlieren wir jetzt an Schwerelosigkeit, und der Flugkapitän mit klarer Stimme, *Man geht davon aus, daß auch im nächsten Jahrhundert alles von neuen Ideen, neuen Kriegen, neuen Gangsterbanden in Bewegung gehalten wird und von vielen, sehr vielen neu hinzugeborenen Menschen, damit der Kapitalismus über noch mehr Konsumenten verfügt*, und plötzlich herrscht im Flugzeug beklommenes Schweigen, keine Musik mehr, nur die Motoren der Fokker sind zu hören, ja, ich glaube, alle fragen sich, wie der Eintritt in das neue Jahrtausend sein wird, ja, ein schwieriger Eintritt ins Leben, diese lange, schreckliche Lehrzeit, in der jeder einzelne von uns allmählich lernt, wie er sein aufgeklärtes Jahrhundert zu verlassen und den dornigen Boden der Realität zu betreten hat, was nicht bedeutet, sich an Tatsachen zu halten, sondern ans Chaos.

Das Chaos. Fruchtbarer Regen, Märzregen-bringt-Segen, ich weiß nicht, ich weiß, daß Brasilien eine ziellos dahintreibende Insel ist, man sagt sogar, die Tragödie der Brasilianer sei, daß wir, anstatt uns den Problemen zu stellen, immer einen Dreh finden, ihnen aus dem Weg zu gehen und sie zu rechtfertigen, ja sogar daraus Vorteil zu ziehen, ich weiß nicht, ich weiß, daß wie alle auch ich ziellos dahintreibe und dabei vor Sehnsucht nach dem Paradies umkomme und dieses Leben als nie endende Suche nach der verlorenen Zeit lebe, die Utopie wünsche ich mir nur als Urverschmelzung mit der Mutter-Brasilien, das Paradies, zu dem es uns immer wieder zurückzieht, ich weiß, es ist die Sehnsucht nach dem Verlorenen Paradies, die das Heimweh erzeugt, vielleicht ein

Versuch, zum Anfang zurückzukehren, ich weiß, und wir, die unwiderruflich Verwaisten, deren angestammte Familie der Tod ist, wir sehnen uns immer nach dem Mutterschoß zurück, ich weiß.

Im Flugzeug herrscht Stille. Nur die Motoren der Fokker.

Also Schluß mit Sehnsucht, mit Verheißungen, soll heißen, mit charismatischen Führern, und die paradiesische Insel Brasilien ist bloß eine Legende, Schluß damit, wir können nur mit diesem seit fünfhundert Jahren uneindeutigen Brasilien rechnen, Schluß mit Sehnsucht, Tatsache ist, das Paradies existiert nicht, unser Paradies ist das Jetzt, und unser großes Mysterium liegt im Tag-für-Tag, Schluß damit, Schluß mit der Sehnsucht nach der Zukunft, das Chaos ist unser möglicher Horizont und das Leben eine nie endende Übung, sich im ziellosen Strom treiben zu lassen, eine extreme Vertrauensübung, aber was macht das? ich will Brasiliens verborgenes Antlitz sehen, zeig her, Brasilien, ich will endlich die Geschichte deiner Poesie sehen, nur sie kann dich mit dem Rätsel deiner Realität konfrontieren und wenigstens deutlich machen, daß wir nicht nur aus Tragödien und auch nicht allein aus Talent für Korruption bestehen, ich weiß nicht, vielleicht spürt das kollektive brasilianische Unbewußte, daß die Krise etwas mehr mit sich bringen kann als die Reaktionen der Militärs, Politiker und Ökonomen, wir wissen inzwischen, daß die Krise nie überwunden sein wird und daß dies, was die Krise darüber hinaus mit sich bringt, die Poeten sind, Schamanen der neuen Zeiten, wenn es nicht mehr um bloße Lösungen, sondern um tiefe Gefühle geht, deshalb sollte Brasilien seine Poeten nicht wie moralisch Aussätzige behandeln, sondern sie höher achten, die Tausende namhafter wie namenloser Poeten, die für die Geburt einer Nation zwischen den Beinen unserer Schande sorgen, denn sie sind es, die den verstopften Adern des Landes Sauerstoff zuführen, deshalb frage ich, ob nicht das der Grund ist, warum das brasilianische Volk so gern singt und tanzt und beim Fußball zaubert, allein dank dieses Hangs zur Poesie auch im schäbigsten, brutalsten Alltag, ja, ich glaube wirklich, daß der Brasilianer bei seinem täglichen Glaubensbekenntnis als Homo poeticus betet: »Und mit unserem täglich Brot, Herr, gib uns unsere tägliche Poesie«, ja, unser Glück ist, daß wir ein Volk mit einer schier unerschöpflichen Poesie-Reserve sind, und das ist weit wichtiger, als unsere Philosophen, Soziologen und Anthropologen mit ihrem Theorien-Blablababel je verstehen können, ja, sie alle zusammen wiegt ein einziges Lied von Caetano Veloso auf, Caetano, einer unserer Poeten-Propheten, Urkraft in Brasiliens Lungen, und da fasse ich plötzlich einen Entschluß und stehe auf und bitte laut, João Gilberto möge Caetano singen, und zu meiner Überraschung erhebt er sich, gar nicht unwillig, und ist einverstanden, und zu meiner großen Freude intoniert er im Lärm der Fokker, die knatternd dem Chaos Brasilien entgegenfliegt, mit seinem fast begnadeten synkopischen Rhyhtmus und seiner Stimme aus der Bossa Nova-Vergangenheit, aber losgelöst von der Vergangenheit:

»Kommt, wir essen
wir essen schwarze Bohnen
kommt, wir essen
wir essen Maniokmehl
falls etwas da ist
wenn nichts da ist
dann essen wir eben Fasan
dann essen wir eben Tempura
falls etwas da ist
wenn nichts da ist
dann essen wir eben Musik
dann essen wir eben Poesie«, ganz richtig, Caetano, denn Poesie ist so notwendig wie unser täglich Brot, nicht wahr, João? auch wenn man mich unter Umständen täglich demütigt und wie einen Bettler behandelt, weil mein Kontostand keinen Kredit und keinen Anspruch auf Schecks rechtfertigt, ich bin auch ohne Schecks etwas Besonderes, selbst wenn ich in zerrissenen Schuhen laufe und nur am Wegesrand im Gasthof zum Großen Bären einkehre, wie die Vagabunden Arthur Verlaine und Paul Rimbaud. Und dann zucke ich im Flug-

zeug vor Schreck zusammen und frage mich plötzlich, ob es stimmt, was ich da vorn sehe, ein paar Sitze vor Celestino, der nun wieder singt und schon fast sein ganzes Repertoire durch hat, nur *Luar do Sertão* fehlt noch, und ich recke den Hals, nicht von ungefähr habe ich also an dieses Rimboem denken müssen, der graue Kopf da vorn, ich glaube ja, vielleicht, ja, tatsächlich, ich stehe auf und gehe, Glauber Rochas schwerfällige Dritte-Welt-Astronauten-Schritte imitierend, aber es sind meine von weiß der Himmel wem gehetzten António-das-Mortes-Stiefel, etwas benommen durch das Flugzeug, ja, dieser Reise in die Zukunft fehlt schon Schwerelosigkeit, dann komme ich an seinem Sitz vorbei und sehe verstohlen hin, ja, ja, keine Frage, er ist es, das erkenne ich am melancholischen Blick, der lügt nicht, wie mager er ist, der geliebte Rimbaud, womöglich Aids, nein nein, das Krebsgeschwür des Jahrhunderts, das hat ihn zum Inbegriff eines in der Welt Exilierten gemacht, ich weiß, er ist immer dünner geworden, schließlich bis aufs Skelett abgemagert, Essen ekelt ihn, der Unglückliche ißt nichts, welchen Schmerz und welche Zweifel muß er gelitten haben, Pest Verstopfung endlose Märsche, Auseinandersetzungen mit der Utopie, und der König Menelik (nein, der Hund Menelik) lehnte die von Rimbaud in Abessinien verkauften Produkte ab, und in Aden überwacht der größte Dichter der Moderne das Abwiegen von Kaffee, dann lebt er in Harar, wo der Typhus grassiert und die Hyänen lauern und nachts die Leichen auf der Straße fressen, Rimbaud handelt mit Elfenbein und Häuten, dann Waffenschmuggel, treibt sich am Ende der Welt herum, wohin kein Forscher je gelangt war, immer zu Fuß, dann erkrankt das Bein von der unermüdlichen Jagd nach dem Ende seines Exils, das rechte, vom Krebs befallen, wird amputiert, mit Grauen stellt er sich vor, auch das linke amputieren lassen zu müssen, und der große Dichter sieht die einfachen Leute und beneidet sie, er, das Genie-von-dem-keiner-weiß, denkt nur an die Wonne des Gehens und wünscht sich, wie die einfachsten Leute zu sein, träumt nur davon, zwei Beine zu haben und gehen zu können, will schreien, nieder mit der Poesie, es leben die banalsten Beine, und wieder Schmerzen und Morphiumspritzen, und nun sitzt er weiß der Himmel warum hier in diesem Flug zum nächsten Jahrtausend, hat er ein Holzbein oder eine Krücke? ich versuche, es im Vorbeigehen zu erkennen, aber er sitzt zusammengekauert, der arme geschundene Rimbaud, und schon sehr krank kehrt er nach Ithaka zurück, doch er hält es in Charleville nicht aus, das war nicht Ithaka, also will Rimbaud-der-Einbeinige nach Marseille zurück und erneut nach Afrika, das er so haßte und so liebte, er muß weg, er braucht den Trost der Sonne, dann, obwohl er schon berühmt und in der Hauptstadt angesehen war, fuhr der große Dichter-Visionär Arthur Rimbaud in jener verhängnisvollen Nacht des Jahres 1891 im Zug auf dem Weg nach Marseille inkognito durch Paris, und keiner wußte davon, und nun denkt er bestimmt, er hat es geschafft, er hat die Ewigkeit gefunden: Sonne und Meer zusammen, da hat Rimbaud noch einmal die Flucht ergriffen, in diesem Flugzeug, auf dem Weg wohin, ach, armer Rimbaud klein, ging allein, lieber Rimbaud, immer unterwegs, immer auf der Flucht vor dem Exil, das ihn doch überall erwartet, ich kenne diese vergebliche Flucht, es ist die ewige Zeit der Mörder, für die Poesie, der Sprache pure Alchimie, gibt es kein mögliches Ithaka, wenn Ithaka existiert, ist der Ort der Poesie naturgemäß das Exil, also how does it feel to be on your own, Herr einer poetischen, allen Sinnen zugänglichen Sprache, with no direction home, a complete unknown wie ein rolling stone, von Bob Dylan angestoßen zu deinen Ehren, einbeiniger Dichter, der den Keim zu den Rebellenträumen so vieler Generationen gelegt hat, oh, Sohn und Vorbild aller unserer Exile, sei mir gegrüßt, sei mir geküßt, ach, lieber guter Rimbaud mit der üblen Veranlagung, der seiner gallischen Vorfahren Hang zur Götzenanbetung und Liebe zum Sakrileg bewahrt hat, dabei nach Gott dürstend, ewig im Ruf des Mißratenen, behalte dein A blau E weiß, aber für den Menschen rosa, für das Blatt rubinrot, für die Rose fahl oder vielleicht auch Stahl, ich weiß, ich weiß nicht aus unserer Jugend, als wir dem Gift vertrauten und tagtäglich unser Leben hergeben konnten, wie viele Tränen und bittere Leben es uns gekostet hat, bis wir merkten, daß die Welt nicht nur um uns herum besteht, sondern auch im Herzen jedes einzelnen, in jedem von uns steckt all ihre Saat für Befreiung und Chaos, das Chaos als Kreuzweg, ich weiß, das gleiche Grauen, das mich in Venedig gepackt hatte, Angst, mich zu verlieren, wie lange hat es gedauert, bis ich begriffen habe, daß die Unordnung unseres Geistes heilig ist und das Chaos unser Erbe. Dann will ich mich setzen und rufe die Stewardeß und bestelle Toast mit Butter und warmem Schinken, rosaweißem Schinken, gewürzt mit einer Prise Knoblauch, auch wenn es noch nicht fünf Uhr nachmittags ist und wir uns nicht mehr im Cabaret Vert befinden, denn es ist ein anderes Jahrhundert, und als ich aufblicke, wen sehe ich da? die schon davongehende Stewardeß, sie schwingt ihre Jungstuten-Hüften wie ein Hollywood-Girl, aber nein, es ist die geheimnisvolle Blondine aus der Flughafen-Snackbar, ja, ich bin sicher, sie ist auch auf dem Weg in die Zukunft, nur daß sie nun endlich die Sonnenbrille abgenommen hat, und dann ... mein Gott, wieso habe ich sie nicht schon vorher erkannt? dann hebt sie kokett den Kopf, schüttelt sich als Göttin auf ihrem allgegenwärtigen Olymp und ist keine andere als Marilyn, die Monroe, ja, Norma Jean mit ihrem unverwechselbaren Duft Chanel N° 5, zwei Tropfen vor dem Schlafengehen, mehr ziehe ich nicht an, aber warum trägt sie wohl dieses Rot und nicht ein betörendes schwarzes Modell von Orry-Kelly, demjenigen, der es ordentlich heiß mochte? und plötzlich überlege ich, wenn MM tatsächlich hier ist, wo ist dann James Dean, der rebellische Kain, perfektes Abbild-dieses-Jahrhunderts, Rimbaud des Zeitalters der Bilder, selbstgeopferter Sebastian und in manchen finsteren Spelunken auch als »menschlicher Aschenbecher« bekannt, warum, frage ich mich, während ich völlig verblüfft zu meinem Platz zurückgehe, feiert er nicht mit in dieser Karawane in die Zukunft, aber nein, als ich den Hals nach hinten recke, da, plötzlich, nein ... da sieht sie nicht mehr wie MM aus, ihr Blick ist anders, verschmitzt strahlend direkt, es ist MR, ja, fast könnte ich schwören, unsere hinreißende Martha Rocha mit ihren ein paar perfekten Zentimetern zuviel, doch, das bekomme ich noch heraus, Ikone des brasilianischen Überflusses, immer ein bißchen zuviel, Schluß mit der Sehnsucht, aber was hilft es, Martha Rocha, Sehnsucht!

Dann sehe ich Glauber, der immer noch, die Kamera in der Hand, wie ein Besessener theatralisch à la Antônio Conselheiro das Mortes durch den Gang läuft, und während er näher kommt, schreit er, *Vidas Secas* sei die perfekte Wiedergabe des tropischen Lichts im Kino gewesen, doch heute würde er einen Filter benutzen, und ich frage ihn, wieso? und er antwortet: so ein schwachsinniger Optimismus, damals! ich glaubte, meine Generation wäre besser als die vor uns, aber heute weiß ich, daß es nicht stimmt, wir haben uns alle geirrt, wir sind nicht besser als die von gestern und vielleicht auch nicht besser als die von morgen, ich habe eingesehen, daß ich letztlich viel unbedeutender war, als ich sein wollte, und heute gibt mir das ein Gefühl der Ruhe, wieso das? frage ich, und er antwortet, da Künstler keiner Sache dienen, für Parteilichkeiten nicht taugen, spielt es heute kaum eine Rolle, ob man mit der Linken oder der Rechten sympathisiert, denn heute sind Abenteuer und Suche nach Neuem neutral, trotzdem ist dem gewöhnlichen Menschen Mittelmäßigkeit bestimmt, nein, man muß kein Genie sein, um glücklich zu sein, im Gegenteil, vielleicht kann man sogar durch Oberflächlichkeit Seriosität und Tiefe bewahren, und der Glauber der neunziger Jahre fragt, warum man Donna Summer in Dancing Days nicht imitieren kann, ich habe immer gern imitiert, Buñuel Eisenstein John Ford Rossellini, aber die brasilianische Elite muß aufpassen, denn sie zieht Generationen von Mördern und Selbstmördern heran, weil sie ihren überschüssigen Reichtum nicht hergibt, nein, Reiche kennen keinen überschüssigen Reichtum, sage ich, genau da liegt ja das Problem, antwortet er, ohne bessere Einkommensverteilung gibt es keinen größeren Markt, und nur die Expansion des Marktes kann größere kreative Kapazitäten freisetzen, sagt er emphatisch, denn jetzt befindet sich dieses Land in einer anderen

Trance, sagt Glauber Conselheiro, aber das heißt nicht, daß die Alternative Mittelmäßigkeit ist, entgegne ich, doch Glauber ist schon weitergegangen und schreit da vorn im Gang in ausgesprochen theatralischer Inszenierung, daß Torquato Neto wiederauferstanden ist, mich schüttelt es immer, wenn ein Brandstifter zum Feuerwehrmann wird, das ist grausam.

Der Zweifel.

Ja, genug der Sehnsucht, plötzlich habe ich das Gefühl, daß sich auf diesem Flug in die Zukunft ein, wie ich zugeben muß, unerwünschter, nicht dazugehöriger Passagier befindet, der Große Zweifel, ich weiß nicht, ich weiß, ich zähle zu den Postromantikern, ich gehe meinen Weg allein gegen den Wind, ach, ich weiß nicht, wo in mir das Echo meines Zeitalters des Zweifels aufbricht, vielleicht Akkorde des lonely Anka, der nach Liebe schreit, oder ist es Bob Dylan, der im Wind des Jahrhunderts seine Mundharmonika arpeggio spielt, ach, lonely Bob Bebé alone, ach, endlose Einsamkeit, deine Geschichte zieht sich schon lange hin, und du bist inzwischen müde, so oft hast du bei dem Bemühen, so vieles zu ergründen, immer dieselben in deinem müden Gesicht gespiegelten Muskeln des Herzens bewegt, und du willst fragen, wie schon so viele vor dir gefragt haben, und vielleicht auch dein anderes Ich: WARUM? WARUM? doch der Große Zweifel muß wachgehalten werden, die Frage muß als ewiges Problem unbeantwortet bleiben, also Mut haben, sich auf des Messers Schneide zu halten, ach, es ist schwierig, über so lange Zeit die Spannung dieser ungelösten Frage zu ertragen, ein Dichter hat einmal gesagt, und vielleicht hatte er recht, daß von allen Gewißheiten die größte der Zweifel ist, alles verkehrt herum, ich weiß, ich weiß nicht, ob ich deshalb der lonely Nepo Boy ohne Zuhörer bin, verloren in einem ziellosen Treibinsel-Land, das mir weder Vaterland sein noch mich anderes lehren kann als die Fassungslosigkeit darüber, daß ich immer dahintreibe, wie mein Vater und meine Mutter und meine Großeltern und alle meine Ahnen, denn das Leben muß eine offene Wunde bleiben, sage ich nochmals, dann werde ich verstehen, daß mein Mittelalter in der Zukunft liegt und daß es keine Antworten gibt, und ich habe die tausend Theorien längst aufgegeben, denk an das Ende der Utopien, denk an die banalsten Apokalypsen, denk: kann es wirklich sein? denk Individuum ohne ismus, denk, daß der König ohne Kleider am schönsten ist, denk an die Straßenkinder von Athen, denk an die Zellapotheose, diesen magischen Namen, mit dem man den Augenblick bezeichnet, wenn die Lymphozyten im Körper eines Infizierten sich gegenseitig abzutöten beginnen, und weil alle modernen Gewißheiten ausgeschöpft sind, denk an den Großen Zweifel als kosmische Apotheose.

Also zweifeln. Ja, irgend etwas sagt mir, daß wir in das gefürchtete Zeitalter des Zweifels eintreten, die apokalyptische Kali-Yuga-Zeit, bombardiert mit Fragen anstelle von Antworten, nach denen wir doch allesamt so begierig suchen, das Geheimnis dieses erschöpften Endes eines offenbar perspektivlosen Jahrhunderts besteht darin, die richtigen Fragen zu stellen, denn fragen zu lernen ist wichtiger als antworten zu können, also heißt die Frage nicht: Warum hat der Sozialismus versagt, sondern: Warum haben wir solch ein Bedürfnis nach Utopien, egal, ob in Religionen Parteien ästhetischen Sekten philosophischen Schulen verankert, und ich denke, die zwanghafte Musik des Philip Glass ist das Echo dieses Kali-Yuga-Zeitalters des Schweigens der Sprachlosigkeit und die apokalyptische Kontemplation von Philip Glass verfängt sich in den ständig wiederholten melancholischen Tönen drei Töne alles an Musik was uns von der Apokalypse geblieben ist, und plötzlich schlägt mir in diesem Flugzeug das Herz bis zum Hals und ich habe Angst, oh, ja, ich weiß nicht, ich weiß, wenn dies das schreckliche Kali-Yuga-Zeitalter des Zweifels ist, dann bin ich derjenige, der fragt, also frage ich, ob die Konflikte dieser Zeit vorüber sind oder gerade erst angefangen haben, nein, wir haben noch nichts erlebt, Vernichtungslager, Atombomben, nein, die Apokalypse ist nicht von Pappe, da überkommt mich etwas, eine Art Schaudern, als hätten mich die Flügel des Engels gestreift, des Engels der Vernichtung, ja, und es ist etwas Farbiges in der Luft in meinen Augen im Licht, nein, nichts Impressionistisches, die Farben ziehen wie zur Warnung, wie Vorboten vorüber, mein erschrockenes Herz will diese flüchtigen Farben ergründen, von welcher Farbe mag der Engel der Vernichtung sein, frage ich mich plötzlich, ist er vielleicht rot oder schwarz oder weiß oder ist er blau, der Engel der Vernichtung, aber nein, mir fällt ein, Engel gibt es ja nicht mehr, der Engel der Vernichtung ist vielleicht in den Vernichtungslagern oder auch bei der Atomexplosion dieses Virus vernichtet worden, der uns von innen her zerfrißt, unsere gesamte Widerstandskraft gerade zu dem Zeitpunkt untergräbt, als wir mit der Überheblichkeit unserer Moderne erklären, daß der Stillstand der Ewigkeit sehr nahe sei und es nur von uns abhänge, das erste Keimen und das Ende des Todes zum Ende dieses Jahrhunderts, und wir brüsteten uns mit unseren wunderbaren unbegrenzten wissenschaftlichen Möglichkeiten, und da schickte uns der Himmel einen Virus, wie ein Kind, einen kleinen Virus, und schon entdeckte unser Jahrhundertende wieder, was wir vergessen hatten, nämlich daß wir jeden Tag in jeder Hinsicht sterblich sind und daß es nur eines kleinen, wie ein Kind geschickten Virus bedarf, um die Zivilisation erdbebengleich zu erschüttern, und ganze Gesellschaften beugen sich der Kraft eines kleinen Virus und unsere Wissenschaft, unsere fabelhafte Wissenschaft, erweist sich als nutzlos wie eine welke Blüte, die vom Stengel fällt, und unsere großartige Wissenschaft wird als begrenzt und machtlos entlarvt und uns packt das Grauen wie im Mittelalter angesichts der Pest und wir kehren zurück zu der alten, für überwunden gehaltenen Gebärde des Kniefalls und unsere Knie knacken und knirschen und dieser kleine Virus führt uns zurück in dieses neue Mittelalter am Ende des Jahrtausends und die brutale Wirklichkeit heißt: Nichts Unmenschliches ist uns fremd, und der Gott, der in uns wohnt, ist der Andere, der kleine Virus, der unser Leben leben will, und alles wird in der selbst für eine Nadel undurchdringlich tiefen Finsternis versinken und es wird nicht mehr Tag noch Nacht noch Feuer noch Wind noch Wasser noch Land noch irgendeine Kraft im All geben auch keine Gerüche keinen Geschmack keinen Duft, wir werden nicht mehr wissen, was leicht ist und was schwer, was Anfang und was Ende, was rot und was blau, es wird keine Zukunft mehr geben, die Zukunft findet jetzt statt. Wieder herrscht das Chaos, der Anfang aller Dinge.

Als das Signal ertönt und eine Durchsage über den Lautsprecher ankündigt, springe ich vor Schreck fast vom Sitz auf, mein Horrorzyklus wird von der Stimme des Flugkapitäns durchbrochen, *Meine Damen und Herrn, wir befinden uns auf direktem Flug zum Rätsel Brasilien*, und damit keine Zweifel bleiben, wiederholt er, *Das Große Rätsel erwartet uns, meine Damen und Herren, das ist die allerletzte Offenbarung*, das also war es, die ganze Zeit, nur eine Ahnung des berüchtigten Rätsels, und ich fühle mich wie betäubt, mit schweren Lidern, ich weiß, ich will träumen, will aufwachen, ich weiß nicht, aber es heißt, daß unsere Träume ausgeträumt sind und daß vieles von dem, woran wir glaubten, vorbei ist, und ich muß an die Avantgarde denken, was ist aus der Avantgarde geworden? frage ich, und da sagt mir irgend etwas, daß Marcel Duchamp – wer hätte das gedacht – im Museum gelandet ist und nun, wo wir dem Großen Rätsel entgegensehen, Veraltetem offenbar besondere Bedeutung beigemessen wird, nachdem die Orientierungswerte der Modernisten ausgedient oder versagt haben oder langweilig geworden sind, ich weiß nicht, ich weiß, daß es einen Punkt gibt, von dem es kein Zurück gibt, an dem Carlos Drummond gesteht, »ich bin es leid, modern zu sein, jetzt will ich ewig sein«, ich weiß, und womöglich werden sich dann die Augen und Ohren dem gescheiterten Fin de siècle zuwenden und dort, unter all den Trümmern, in all unserer Anstrengung, einen Weg zu finden und alles zu vermischen, den Sinn des Formlosen entdecken. Das Chaos.

Da erhebt sich ein gütig wirkender alter Herr mit sanftem Blick, ein wirklich sehr betagter alter Herr, und sieht sich sanftmütig um und hat ein engelsgleiches weiches Lächeln, der alte Herr, sogar Pausbäckchen, und ich erinnere mich nicht, erkenne ihn nicht, auf den ersten Blick schien er mir bekannt, aber nein, und da kommt der alte Herr zu mir und erzählt in netter Art, daß er vor langer Zeit einen sehr verbitterten alten Herrn interviewt habe und daß ihn das Verdienst des Alten beeindruckt habe, aber auch sein Schmerz, und daß er damals habe aussprechen wollen, was er empfand, es aber nicht fertiggebracht habe, denn für den Alten wäre es kaum ein Trost gewesen, sagt der alte Herr, und erst sehr viel später habe er es sich selbst sagen können, und das sei: Ja, auch wenn dies keinerlei Trost ist, darf man nicht vergessen, daß die Große Geschichte unermüdlich fortschreitet, und darauf kommt es an, ja, sagt der alte Herr, denn bevor sie uns erreichte, gehörte die Zeit schon den Urahnen unserer Ahnen, die jetzt eine vage, kaum mehr vorstellbare Erinnerung sind, die durch uns als derzeitige Treuhänder der Gegenwart weitergeht, ja, wie fragil doch die Gegenwart ist, morgen gehört sie anderen, und dann werden wir eine vage, kaum mehr vorstellbare Erinnerung sein, und danach werden auch jene zu einer vagen Erinnerung, die sich so vage an uns erinnert haben, sagt der alte Herr, denn unablässig folgt eine Generation auf die andere, und auf den Ruinen werden neue Bauten errichtet, die morgen ebenfalls Ruinen unter anderen darüber errichteten Bauten sein werden, sagt er, denn das rasende Rad der Zeit treibt die Geschichte blind irrational und gnadenlos voran, jagt sie schonungslos über alles und jeden hinweg in diesem irrwitzigen Spiel, bei dem Anfang, Mitte und Ende keine klaren Grenzen kennen, sagt der alte Herr, auch die Arbeit der Genies bleibt nicht verschont, in diesem Krieg der Zeit gibt es weder Alarm noch Überlebende, und trotz alledem erkenne ich darin eine Selbstverständlichkeit oder fast einen Gemeinplatz, und was ich damit meine, sagt er, ist, daß es die Kontinuität der Geschichte ist, die dem Leben seinen fragilen Reiz gibt, so wie das Fahrrad sich nur im Gleichgewicht halten kann, wenn es in Bewegung bleibt, sagt der alte Herr, auch wenn dies wahrlich kein Trost ist, und lächelnd wiederholt er: Das Leben ist so grausam, aber auch ein so strahlendes Abenteuer, und er geht zu seinem Platz zurück, der wirklich betagte alte Herr. Der Phönix, also.

Der Phönix. Ich weiß nicht, ich weiß, wenn dies das Zeitalter des Todes ist, dann ahne ich, daß alles Sterben auch eine Neugeburt in sich birgt, ich ahne, daß man beim Erreichen des Endes zu einem Neuanfang zurückkehrt, und die Überlebenden des Zeitalters des Zweifels werden plötzlich vor einem neuen Goldenen Zeitalter stehen, ich ahne, daß das schreckliche Zeitalter des Zweifels auch eine Zeit der Privilegien ist und daß die Menschen sich mit dem Tod auch dem Neubeginn nähern, folglich ist die Berührung mit dem Heiligen über die Todesstraße viel einfacher und Sterben die radikalste Form, Leben zu lernen, folglich schenkt ein einziger Tag des schrecklichen Kali Yuga viel mehr Weisheit als viele Jahre in anderen Zeitaltern, wo der Schmerz nicht so groß war, glaube ich.

Und ich habe den starken Verdacht, daß sich im Chaos neue chemische Verbindungen bilden, denn man sehe sich die Geschichte an, sie ist die Geschichte von Vermischungen, es gibt kein Entrinnen vor einem langen Verschmelzungsprozeß, folglich wird nichts verhindern können, daß in diesem gestaltlosen Stoff, aus dem Kulturen bestehen, Sula Miranda mit Shakespeare vermengt wird, und die Mischung wird erlesen sein, und ich fahre fort: Denke umgekehrt, denke feine Keksmischung für den Teig, und neue Romantiker werden kommen und im Nieselregen spazierengehen und das Leben genießen, und ich kann den Kapitän des Großen Fluges verstehen und sage, daß die Stunde gekommen ist, wieder ins Chaos einzutauchen, weil es allbeherrschend und schöpferisch ist, erneut zum Anfang zurückzukehren, bei vollkommener Ungewißheit nach dem Absoluten im Unbekannten zu streben, um uns erneut einzufügen, das ist folglich unsere schwache Chance fortzubestehen, nicht nur ein Trost, anders gesagt, das Orakel des Mysteriums am Ende dieses Jahrhunderts zu befragen, wo alles wieder zu einem Mysterium wird, als senkte sich ein dichter Vorhang über die Jahrhunderte der Vernunft, womit ich nicht meine, daß der Primat der Vernunft von der Landkarte gestrichen werden müßte, ich ahne, daß das Beste an uns immer noch das Bewußtsein ist, doch können wir nicht einfach im Namen der Vernunft sprechen, ohne ihre Dämonen zu berücksichtigen, und ich meine, daß die Dämonen der Vernunft aus dem Dunkel hervortreten und an die Oberfläche kommen müssen, damit der Vernunft wieder ihre höchst relative Wahrheit beigemessen wird, denn man darf nicht vergessen, daß der Traum von der Vernunft monströse Monster hervorgebracht hat, wie uns die schokkierende *Lumpen-Venus* von Michelangelo zeigt, nein, nicht der alte, sondern ein gewisser Michelangelo Pistoletto, das heißt, wir landen als Lumpen sammelnde Venus im Museum, Berge von Lumpen in allen Farben Größen Altersklassen, zusammengetragen von der schwerverdaulichen Logik, folglich müssen wir uns fürstlich mit unseren Lumpen bedecken, sie als reine Lumpen tragen und die Adern voller verseuchtem Blut aufschneiden und verseuchte Bilder malen und die Kunst verseuchen und uns wieder über den Sinn von Museen lustig machen, ich weiß nicht.

Denn die Träume sind Werke der KUNST.

Die Indios sind Werke der KUNST.

Die Termiten sind Werke der KUNST.

Der Tod ist ein Werk der KUNST eine Flamme diese Flamme die mich langsam verzehrt und mich im großen allergrößten aller Mysterien zur Entfaltung bringen wird dem so beängstigend großen Mysterium daß alle beim Hören und Aussprechen seines Namens erzittern. Dieses Namens.

TOD.

Erschreckende Vokabel, die unsere Wörterbücher verabscheuen.

Aber Tod, tagtäglicher Gefährte, ich weiß, daß in unseren Köpfen der Tod immer verfrüht ist, doch da der Schöpfergott auch der Zerstörergott ist, denke ich, daß das Leben sich vom Tod nährt, alles Leben ist auch Verschlingen, und jedes neue Leben entsteht aus zerstörtem Leben, ich weiß, das Fortschreiten des Lebens in der Zeit ist eins mit dem Weg dem Tod entgegen, deshalb sind Leben und Tod eins, das weiß ich, folglich ist die Zeit die Herrin der Tränen, und Dionysos, der Gott des Phallus, der Asche und des Rausches, ist auch der

Gott des Todes, also wird der glückliche Tag kommen, hoffe ich, der Tag, an dem wir tief in unserem Herzen und nicht mit der brüchigen Gewißheit unserer Wissenschaft sagen können: Tod, wo ist dein Sieg? Wo dein giftiger Stachel? und das wird der Tag sein, an dem wir dem Tod ins Auge gesehen und von Angesicht zu Angesicht ihn beim Namen genannt haben und von da an wird der Tod sterben und wir werden ganz und gar er werden und dafür weder Viren noch Wissenschaften benötigen und als zutiefst wir selbst wiederauferstehen, also bin ich dankbar, denn das Nichts ist von Sinn erfüllt, und der Tod, der Tod zeigt den Beginn einer neuen Existenz in Aulis an oder woanders oder wer weiß auf welcher Ebene des Nichts.

Glauber, der erleuchtete Berauschte, diskutiert jetzt erbittert mit irgend jemandem und sagt, er führe einen heiligen Krieg gegen den Drachen der Ersten Welt und schreit, die Utopie finde jetzt statt oder nie.

Jetzt oder nie, und Glaubers Gesicht erinnert mich an etliche andere alte, tief in der Erinnerung gealterte Gesichter, deutlicher denn je scheint mir, daß wir nie allein sind und auch unser Leiden am Zweifel niemals vergeblich ist, Glaubers Gesicht ist das Gesicht vieler, ich glaube, alles ist ein Kann-alles-sein, deshalb haben die Dichter über die Jahrhunderte das gleiche Gesicht, fortgesetzt in verschiedenen, im Verlauf der Geschichte auftretenden Dichtern, doch als wären sie bloß abgewandelte Abgüsse ein und desselben Dichters, folglich weiß ich nicht, ich weiß, daß die Lösung des Rätsels heißt, das Große Rätsel zu akzeptieren, damit es lebendig bleibt, wenn also alles seinen Sinn hat, wozu dann Antworten, schon der Dichter sagte, daß die Frage die Antwort in sich birgt und daß die Suche nach Ithaka an sich schon Ithakas Sinn ist. Der Sinn des Chaos.

Oh, der Sinn, ich habe den Verdacht, daß der Anfang der Welt ein Liebesakt des Chaos mit sich selbst war, oder wie immer man diesen Anfang des Mysteriums nennen mag, aus dem eine zufällige Ordnung entsteht, ich weiß, daß viele Leute vielleicht sagen würden, ein Liebesakt Gottes mit sich selbst, doch kann ich dem Mysterium keinen Namen geben, auch nicht den Namen Gottes, ich ziehe es vor, das Rätsel namenlos zu lassen, weil das Rätsel Rätsel bleiben muß, ich weiß nicht, ich weiß, daß am Anfang der Abgrund war, dann das Land, dann die Liebe, es ist die Chaos-Liebe, die die Welt in ihren verschiedenen Äußerungsformen in Bewegung hält und den Kosmos zusammenhält und ihm im Dunkel den Weg weist, die Liebe hält die Welt selbst durch Haß in Bewegung, denn er ist nicht ihre Kehrseite, sondern ihre Bestätigung durch Nichtvorhandensein, denn die Geschichte der Geschichte hätte nie angefangen und sich fortgesetzt, wenn nicht die Chaos-Liebe sie ausgelöst hätte, ich würde sogar sagen, das Gegenteil von Liebe ist die Absurdität, doch im Grunde ist die Liebe in ihrer ganzen Unvorstellbarkeit und Unermeßlichkeit der Inbegriff der Absurdität, und weil sie absurd ist, absorbiert sie die Absurdität und macht ihr ein Ende, denn in der Liebe wird alles auf absurde Weise logisch, deshalb ist die Liebe absurd und zugleich das Ende der Absurdität, das Chaos und die Ordnung.

Und da das Urwesen der Welt höchste Liebeslust ist, kam die Freude hinzu.

Ja, Adriano Leverkühn fand, wir seien nicht reif für die Freude, doch ich sage, daß die Freude als Lebensfunken überleben und es Leverkühn nicht gelingen wird, die *Neunte Symphonie* zu vernichten, denn das Thema zur Einleitung der Freude, just zu dem Zeitpunkt komponiert, als Beethoven den Höhepunkt seiner Taubheit erlebte, ist Teil nicht nur des Kulturerbes des Abendlandes, sondern auch, meine ich, seines poetischen Unbewußten, folglich wird, wann immer ein Mensch seiner bedarf, dieses Allegro assai für ihn da sein, und ich wiederhole: Auch wenn unsere Freude eine andere Stimme und einen anderen Klang annimmt, wird diese weiterhin eine der Stimmen sein, die die Freude besingen, und ich wiederhole nochmals, daß die Hymne *An die Freude* nie gleich ist, sie verändert sich, weil unsere Art, die Freude zu besingen, sich ständig verändert, oh, wunderbarer Götterfunken, ich weiß, daß die Freude unsere immer wieder erneuerte Form der Lobpreisung des Mysteriums ist und wir immer feuertrunken ihr Heiligtum betreten, folglich ist gewiß, daß wir, selbst wenn wir scheinbar keinen Grund zur Freude haben, doch die Küsse, Düfte und den Segen der Freude empfangen können, und wenn ich es nicht schon gesagt habe, wiederhole ich: Wie der Wurm, dem Wollust gegeben ist, und der Cherub, der vor Gott steht, können auch wir Freude trinken, folglich will ich mit dem Dichter zu den Millionen sagen: Seid umschlungen, diesen Kuß der ganzen Welt, denn über den Sternen gibt es einen Sinn, ich weiß, daß der große Tod uns auflauert, daß es zwar wahrhaftig, aber dennoch grausam ist, von allen Zweifeln überwältigt vor dem Dunkel zu stehen, und doch gibt es ein Ja, ich wiederhole, es war und ist gewesen und ist und wird die Freude sein, die ihre Flügel über uns breitet, und wir lachen trotz allem und allem und allem, und folglich antworte ich mit der allerreinsten, weil undenkbaren, aller Freuden und sage, wenn einer kommt, werde ich sie verteidigen, und wenn zwei kommen, werde ich sie verteidigen, und wenn drei oder fünfhundert kommen, werde ich sie verteidigen, ich werde sie gegen alle Schrecken verteidigen, sie immer wieder verteidigen und aller Niedertracht die Freude entgegenhalten, und selbst wenn ich wie ein Hund krepiere, werde ich meine Fähigkeit verteidigen, auch über ein fast Nichts Freude zu empfinden, ich weiß nicht, wieso ich nicht weiß, doch ich weiß, daß sowohl die Würmer als auch die Cherubim sich freuen, und ich bin einer von ihnen, ich bin zu dieser Freude fähig, die aus den tiefsten Tiefen und den höchsten Höhen und von allen Seiten keimt, denn der Mittelpunkt der Welt und die Achse des Universums treffen hier zusammen, wo ich und jeder von uns der lebendige Ausdruck des Mysteriums ist, und ich bin die sichtbare Maske des Unsichtbaren und als solche bin ich von dem Großen Geheimnis umfangen und ergänze mich und bin Teil von allem und deshalb spüre ich, daß alles in gewisser Weise eine Fortsetzung meiner selbst ist, und das ist nicht bloß ein Trost.

Denn letzten Endes werde ich den Kuß empfangen, ich weiß.

Deshalb, auch wenn ich mich mit allen Uneindeutigkeiten, dieser dunklen Nacht des Daseins, quäle, sage ich immer wieder und noch einmal Dank und bin nichts als ein dankbares Geschöpf, und das ärgert mich nicht und macht mich nicht kleiner, denn was hier wie Unterordnung anmutet, ist Hingabe, um mich einzufügen und an allem teilzuhaben, was mich umgibt, und deshalb bin ich dankbar und von Glück erfüllt, wenn ich für die Luft danke, die ich atme, für den Wein, den ich hier trinke, für das schöne Gefühl, daß ich dieses Flugzeug und die Zeit, in die ich womöglich unterwegs bin, vielleicht träume, bin dankbar für das große Glück, auf der Welt zu sein, und fühle mich durch meine Dankbarkeit erhöht.

Ich schlage die Augen auf. Niemand im Flugzeug rührt sich. Glauber hat sich beruhigt. Celestino ist verstummt. Abgesehen von den Motoren, Stille. Alle warten auf die Landung. Ich rekele mich.

Ach, ist das schön, sich zu rekeln, ich frage mich, ob Macunaíma ein Anreiz sein könnte oder ob es mit diesem Helden ohne jeden Charakter vorbei ist, wir fliegen also einer neuen Heldenepoche entgegen und mit welchem neuen Charakter, Glauber? nein, nein, weder Antônio Conselheiro noch der fromme Sebastian, der Sertão ist und bleibt Sertão, und das Meer ist das Meer, da fällt mir ein, ich erinnere mich genau, eines Tages habe ich in Kristiania (oder war es Oslo?) eine ewige Liebe besiegelt, die dann zu Kindern und Überdruß führte, ich weiß, aber es heißt, die Welt habe sich sehr verändert, inzwischen soll es die Scheidung geben, es heißt, aus *Lundu* sei *Maxixe* geworden und daraus Samba und daraus ich weiß nicht was, und es heißt, der Mensch sei auf den Mond geflogen, mit anderen Worten, er hat seine lange Reise angetreten, und die brasilianischen Schwarzen seien bis heute nicht frei, ich weiß, und es heißt, der Sex Pistol John Lydon habe sich die Haare genauso grün gefärbt wie der Dichter Charles Baudelaire im vergangenen Jahrhundert, und es heißt, *Sacre du Printemps* sei das wahre Initiationsritual der modernen Musik gewesen, es heißt auch, Julia Mann habe auf dem Sterbebett wieder Portugiesisch gesprochen und Thomas Mann habe seinen Schulkameraden Armin Martens so geliebt wie nie wieder einen anderen Menschen in seinem Leben, und es heißt, Brasilien sei das Los einer Treibinsel bestimmt, ich weiß, und es heißt, demnächst werde man ein Mittel gegen Aids entdecken, aber der Mensch wird unheilbar bleiben, o ja, das weiß ich genau, er wird der Neu-Gleiche sein, und es heißt, ich werde eines Tages am Herzen sterben oder aber ... wer weiß, es heißt, Gott gebe uns nichts als Rätsel auf, aber auch, daß Gott nicht würfele, und es heißt, es gebe auf der Welt eine geheime, tief im Chaos verborgene Harmonie, die völlige, durch und durch ursächliche Unvorhersehbarkeit, aber die Harmonie hat keine Ursache, es heißt, ein einziges Elektron könne aus der Entfernung eine Katastrophe auslösen, weil alles miteinander in Verbindung stehe, ein schlichter Flügelschlag könne so viel bewirken wie die Verwandlung der Puppe zum Schmetterling, sagt man, folglich frage ich, wozu Fragen, wenn alles möglich ist und es in der logischen Welt des Zufalls keine Zufälligkeiten gibt, also bin ich derjenige, der erwacht ist, und in den Schlaf des Geheimnisses zu sinken ist meine Art, aus dem Schlaf zu erwachen, deshalb sagen sie, mein Name sei nicht Alberto Nepomuceno, auch jetzt bin ich nicht so sicher, also frage ich, und es gibt Leute, die sagen nein, mein Name sei Alberto Wer-weiß-schon-was Nordestino, ja, Irgend-Etwas Nepomuceno Carnaúba oder auch Bebé Sowieso aus den *caatingas* oder Vielleicht Nepo-Ja Vielleicht-Nein, doch sage ich Ihnen, meine Damen und Herren, mein Name könnte ebensogut Strausvinsky Viloubos Quiçá-de-Falla Peut-Debussêtre Maybritten Gustavielleicht Mahler sein, entweder ja oder nein, nicht wahr, Mário? denn wenn auch die Zuckungen der Liebe und des Todes sich durchaus ähneln, sind die Zuckungen der Liebe denen des Todes überlegen, das weiß ich, und mag ich auch alle Geheimnisse verstanden haben, wenn ich keine Liebe kenne, werde ich nichts verstanden haben, und folglich weiß ich, daß es ein JA ist, ja, heute werde ich siebenundzwanzig brasilianische Jahre alt, darauf stoßen wir an, oder sind es vielleicht fünfzig fremde oder aber ... sterben mit wie vielen Jahren? vielleicht mit sechsundfünfzig, mit sechs-und-fünf-zig Jahren, ein gutes Alter zum Sterben, sage ich als überzeugter immer fremder Brasilianer, aber nein, ich wiederhole, ab heute sind es keine neun Jahre mehr, bis ich im neuen Jahrtausend geboren werde, nur neun Jahre, es heißt, im Jahre 2001 werde ich zehn sein,

das ist gewiß so gewiß
absolut gewiß und richtig
sonst hieße ich nicht

Alberto

Beriot

Nepomuceno

Anmerkung des Verfassers

Die Protagonisten sowie andere Personen dieses Romans haben tatsächlich gelebt. Ungeachtet sorgfältiger Recherchen über ihr Leben und ihre Epoche entsprechen die hier berichteten Ereignisse nicht zwangsläufig wahren Begebenheiten. Auch die Personen sind frei gestaltet und damit zu literarischen Figuren des Autors geworden.

Danksagung

Unzählige Institutionen und Personen – Geschwister und Verwandte, Freunde und Fachleute verschiedener Gebiete – aus diversen Städten in Brasilien, Italien, Deutschland, der Schweiz, Spanien, Frankreich und den USA haben zur Entstehung dieses Romans beigetragen. Die lange Liste ihrer Namen soll dem Leser erspart bleiben. Der Autor dankt allen für ihre Hilfsbereitschaft und hofft, sie alle können sich und ihren Beitrag wiedererkennen in diesem Roman, der ohne sie niemals zustande gekommen wäre. Eine Ausnahme allerdings gebührt Sérgio Nepomuceno Alvim Corrêa, der dem Autor sein Archiv und sogar persönliche Aufzeichnungen großzügig zur Verfügung gestellt hat. Für seine unschätzbare Hilfe sei ihm besonders gedankt.

São Paulo, 1991–1994

Glossar

Almeida Júnior, Fernando Pinto de (1845–1914) Seinerzeit sehr bekannter Dichter und Dramatiker.

Antônio Conselheiro, der »Ratgeber«, eigtl. Antônio Maciel (1832– 1897) Vom Volk als Heiliger verehrter »Prophet« und Wanderprediger, begründete eine antirepublikanische Bauernbewegung im Bundesstaat Bahia, die 1897 in einem grausamen Massaker niedergeschlagen wurde (vgl. Euclides da Cunha).

Antônio das Mortes (wörtl. Todbringender Antônio) Held des gleichnamigen Films (1968) von Glauber Rocha (vgl. dort); soll im Auftrag von Feudalherren Aufständische bekämpfen, schlägt sich aber auf ihre Seite und bereitet den Feudalherren ein schreckliches Ende.

Araripe Junior (1848–1911) Jurist, Schriftsteller und vor allem herausragender Literaturkritiker, der sich intensiv für eine literarische und philosophische Erneuerung einsetzte.

Arcos da Carioca Bögen des 1750 erbauten doppelstöckigen Aquädukts im Zentrum von Rio de Janeiro.

Arthur Azevedo (1855–1908) Einflußreicher Journalist und höchst erfolgreicher Lustspielautor, führte die Vorform des Musicals in Brasilien ein.

Berimbau Musikinstrument afrik. Ursprungs; ein wie ein Flitzbogen mit einer Metallsaite bespannter Stock, an dessen unterem Drittel eine zum Körper des Spielers hin offene Kalebasse als Resonanzkörper befestigt ist. Die Saite wird mit einem Stöckchen und einer Münze angeschlagen.

Bernardo Guimarães (1825–1884) Jurist, Romancier und Lyriker; einige seiner volkstümlich romantischen Romane wurden fürs Fernsehen verfilmt.

Caatinga Trockener, lichter Buschwald, Dornbusch- und Kakteenwüste im Nordosten Brasiliens.

Cachaça Zuckerrohrschnaps.

Caetano Veloso (geb. 1942) Musiker, Sänger und Komponist aus Bahia. Mitbegründer des »Tropicalismo«, einer in den 60er Jahren entstandenen Musikrichtung, die traditionelle brasilianische Musikformen mit Pop-Elementen verbindet und den Bossa Nova ablöste. Seine Kompositionen und Texte sind ebenso sinnlich wie intellektuell anspruchsvoll.

Cafuné (aus der afrik. Sprache Kimbundu abgeleitet) Kopfkraulen bzw. Haar nach Läusen absuchen.

Callado, Joaquim Antonio da Silva (1848–1880) Komponist populärer Tanzmusik.

Camões, Luís de (1524 od. 1525–1580) Bedeutendster port. Dichter; sein Hauptwerk ist das port. Nationalepos »Die Lusiaden«.

Caninha verde Aus Nordportugal stammendes Volkslied.

Carlos Drummond de Andrade (1902–1987) Einer der wichtigsten zeitgenössischen Lyriker Brasiliens.

Carlos Gomes (1839–1896) Gilt als bedeutendster bras. Komponist, studierte in Italien, schrieb die erste bras. Oper »O Guarani«, 1870 als *Il Guarany* an der Mailänder Scala uraufgeführt. Verdi sagte von ihm: »Dieser junge Mann fängt dort an, wo ich aufgehört habe.«

Carmen Miranda (1909–1955) Legendäre Samba-Sängerin, lebte ab 1940 in den USA und drehte u.a. mit Jerry Lewis und Dean Martin Musicals und Komödien. Berühmt für ihre »exotischen« Turbane und ihren auffälligen Modeschmuck.

Caxambu Große Trommel afrik. Ursprungs.

Chico Buarque (geb. 1944) Seit mehr als 30 Jahren einer der berühmtesten bras. Komponisten, Sänger und Musiker, außerdem Schriftsteller (»Der Gejagte«, München 1994). Seine hochpoetischen Texte sind häufig politisch engagiert, weshalb er während der Militärdiktatur mit der Zensur in Konflikt geriet und für mehrere Jahre nach Italien emigrierte.

Coelho Neto (1864–1934) Seinerzeit namhafter Schriftsteller und Journalist; sein umfangreiches Werk von Erzählungen, Romanen und Theaterstücken wurde von den Modernisten als überholt abgelehnt, später jedoch rehabilitiert.

Coronel Mil. Rang: Oberst; noch heute übliche respektvolle Anrede reicher *fazendeiros* (Großgrundbesitzer), die zumeist auch politische Macht besitzen und diese notfalls mit Waffengewalt verteidigen.

Debret, Jean-Baptiste (1768–1848) Frz. Maler; kam 1816 mit einer franz. Künstlermission nach Brasilien und lehrte an der Akademie der Schönen Künste in Rio. Seine zahlreichen Stiche, auf denen er bras. Landschaften sowie Szenen des bras. Lebens darstellte, sind von unschätzbarem historischem Wert.

Dona In Verbindung mit Vornamen Anrede für sozial höherstehende Frauen.

Dorival Caymmi (geb. 1914) Komponist, Texter und Sänger, Vater einer ganzen Musikerfamilie. Grundthema seiner lyrisch-sentimentalen Kompositionen ist das Leben der Fischer in Bahia.

Eça de Queiroz bzw. Queirós, José Maria (1845–1900) Wohl der berühmteste port. Romancier, arbeitete als Journalist und Diplomat. Führte in Portugal den Realismus ein. Seine stilistisch meisterhaften Romane, vielfach Schilderungen der Lissabonner Gesellschaft, zeichnen sich durch feine Beobachtung und köstliche Ironie aus. Seine Hauptwerke wurden auch ins Deutsche übertragen.

Ernesto Nazareth bzw. Nazaré (1863–1934) Komponist und Pianist. Viele seiner Kompositionen wurden weltberühmt.

Euclides da Cunha (1866–1909) Bauingenieur, Journalist und Schriftsteller. Als Journalist war er Zeuge der Niederschlagung der Bewegung um Antônio Conselheiro (vgl. dort), schrieb seine Erlebnisse in Buchform nieder und wurde damit über Nacht berühmt: »Os Sertões« (1902, dt. »Krieg im Sertão«, Frankfurt 1994) gilt heute als bras. Nationalepos. Mário Vargas Llosas Roman »Der Krieg am Ende der Welt« (Frankfurt 1982) geht auf »Os Sertões« zurück.

Feijoada Bras. Nationalgericht, bestehend aus zahlreichen Fleischsorten und Würsten, schwarzen Bohnen und Reis sowie geröstetem Maniokmehl, je nach Gusto gemischt mit Orangenscheiben, Oliven, Bananenscheiben etc. und anderen Beilagen. Wird, da sehr mächtig, im allgemeinen nur am Wochenende gegessen.

Francisco Braga (1868–1945) Komponist und Dirigent; schrieb die Hymne auf die bras. Nationalflagge.

Gal Costa (geb. ca. 1945) Sehr bekannte Sängerin aus Bahia, stieß früh zur Bewegung »Tropicalismo« (vgl. Caetano Veloso).

Getúlio Vargas (1883–1954) Brasilianischer Staatspräsident, ab 1930 provisorisch, 1934 gewählt, 1937 bis 1945 durch Staatsstreich Diktator, 1950 erneut gewählt. Die Regierung Vargas trug in den Jahren 1930 bis 1945 durch wirtschaftliche und soziale Maßnahmen bedeutend zur Modernisierung Brasiliens bei, weshalb Vargas vom Volk tief verehrt wurde. Aufgrund der Beteiligung seiner Leibwache am Attentat auf den oppositionellen Journalisten Carlos Lacerda von der Armee zum Rücktritt gezwungen, beging er 1954 Selbstmord. Den dadurch ausgelösten Schock hat Brasilien bis heute nicht überwunden. Die Ereignisse der letzten 24 Tage seines Lebens hat der Schriftsteller Rubem Fonseca zu einem Polit-Thriller verarbeitet: dt. »Mord im August«, München 1994.

Gilberto Gil (geb. 1942) Sehr populärer Komponist, Gitarrist und Sänger, zeitweilig Kulturminister des Bundesstaates Bahia, ebenfalls zur Gruppe »Tropicalismo« zählend (vgl. Caetano Veloso).

Gilda de Abreu Sängerin und Schauspielerin, Frau von Vicente Celestino (vgl. dort).

Glauber Rocha (1938–1981) Wichtigster Filmregisseur des Cinema Novo; international preisgekrönt, Hauptwerke »Gott und der Teufel im Lande der Sonne« (1964), »Land in Trance« (1965) und »Antonio das Mortes« (1968; vgl. dort). Mußte während der Militärdiktatur wegen seines politischen Engagements Brasilien verlassen (1969).

Gonçalves Dias (1823–1864) Lyrischer Dichter, Verfasser des berühmten Gedichtes »Lied aus der Verbannung«.

Iaiá In der Sklavenzeit gebräuchliche liebevolle Anrede gegenüber Herrinnen.

Ina von Binzer (1856 – vermutl. 1916) Ging 1881 als deutsche Erzieherin nach Brasilien. Ihre erstmals 1887 als Briefroman veröffentlichten Erlebnisse und Eindrücke (»Leid und Freud einer Erzieherin in Brasilien«, zweispr.: Deutsch und Portugiesisch, Frankfurt 1994) sind ein ungemein lebendiger Bericht über das damalige Leben in Brasilien.

Iracema Indianische Heldin des gleichnamigen Romans von José de Alencar (vgl. dort); als »Jungfrau mit Honiglippen« Symbol des unberührten Nordostens Brasiliens, ihre Liebe zu einem Weißen bringt das Verderben.

Jangada Segelfloß, mit dem die Fischer im nordbras. Bundesstaat Ceará weit aufs Meer hinausfahren.

João Gilberto (geb. 1931) Komponist, Sänger und Gitarrist, einer der wichtigsten Vertreter des Bossa Nova.

José do Patrocínio (1854–1905) Journalist und Schriftsteller, maßgeblich an der Kampagne zur Sklavenbefreiung beteiligt.

José de Alencar (1829–1877) Jurist, Journalist und Romancier, wichtigster Autor der bras. Romantik; schuf mit indianistischer Thematik eine bewußt nationale Literatur, die sich zudem durch großartige Naturbeschreibungen Brasiliens charakteristischer Landschaften auszeichnet.

Leopoldo Miguez (1850–1902) Komponist und Dirigent, erster Direktor des Instituto Nacional de Música, Rio de Janeiro. Komponist der Hymne zur Ausrufung der Republik.

Machado de Assis (1839–1908) Klassiker der bras. Literatur. Schrieb Gedichte, Romane, Erzählungen sowie Theaterstükke. Seine Prosa zählt zu den Meisterwerken der bras. Literatur. Einige Romane und Erzählungen wurden ins Deutsche übersetzt.

Macumba Afro-brasilianische Kultzeremonien, bei denen den Gottheiten Opfer dargebracht werden, um sie günstig zu stimmen oder Feinden, Widersachern und Gegnern Schaden zuzufügen.

Macunaíma. Der Held ohne jeden Charakter. (dt. 1982) Titelfigur des Hauptwerkes von (vgl.) Mário de Andrade. Gargantueske Verkörperung der bras. Widersprüche und Gegensätze.

Mana Koseform von *irmã* (Schwester).

Marimba Aus Afrika stammendes »Fingerklavier«, bestehend aus unter Spannung über einem kleinen Resonanzkörper befestigten kurzen Metallstäben, die mit beiden Daumen angeschlagen werden.

Mário de Andrade (1893–1945) Schriftsteller; maßgeblich beteiligt an der »Woche der modernen Kunst« (1922), dem Ausgangspunkt des brasilianischen Modernismus. Gab der Kultur seines Landes so entscheidende Impulse wie vor ihm José de Alencar (vgl. dort) und Machado de Assis (vgl. dort).

Milton Nascimento (geb. 1942) Sehr bekannter Komponist und Sänger, stark seiner afro-bras. Herkunft verhaftet.

Mira Rainhamiranda Wortspiel; dt. etwa: Sieh mal, die Königin Miranda; Kosename für Carmen Miranda (vgl. dort).

Nhanhã vgl. *Iaiá.*

Nhô, Nhonhô In der Sklavenzeit gebräuchliche liebevolle Anrede gegenüber Herren.

Olavo Bilac (1865–1918) Dichter; Hauptvertreter des bras. Parnaß.

Paula Ney, Francisco de (1858–1897) Einflußreicher Journalist und Dichter, für Sarkasmus und Respektlosigkeit berühmt.

Pixinguinha, eigtl. Alfredo da Rocha Vianna Junior (1897–1973) Komponist, Flötist und Saxophonist, Klassiker der bras. U-Musik, verband typisch bras. Elemente mit Jazz.

Reco-Reco Perkussionsinstrument; stockförmiger Holz- oder Metallkörper mit Querkerben, die, mit einem Stab gestrichen, einen schnarrenden Klang erzeugen.

Saci-Pererê Einbeiniger schwarzer Kobold mit roter Zipfelmütze, Figur der bras. Folklore.

Senhor Herr (Anrede und in Verbindung mit Namen).

Senhora Herrin, Dame (Frau in Verbindung mit Namen).

Senhorinha Koseform von *senhora*.

Seo, Siô Phonetische Verkürzung von *senhor*.

Seu Abkürzung von *senhor*, in Verbindung mit Vornamen als Anrede gebraucht.

Siazinha vgl. *sinhazinha*.

Sinhá Verkürzte Form von *senhora*, von Sklaven benutzte Anrede ihrer Herrin bzw. der Töchter der Herrschaften.

Sinhazinha Koseform von *sinhá*.

Sinhozinho, siozinho Liebevolle Abwandlungen von *senhor*, Anrede der Sklaven gegenüber den jungen Herren.

Sônia Braga Filmstar, international bekannt geworden durch den Film »Der Kuß der Spinnenfrau«.

Tom Jobim, Antônio Carlos Jobim (1927–1995) Komponist, Gitarrist und Arrangeur, wichtiger Vertreter des Bossa Nova. Weltberühmt geworden durch seine Komposition »Girl from Ipanema«.

Torquato Neto Texter vieler Lieder des »Tropicalismo« (vgl. Caetano Veloso).

Vicente Celestino (1894–1968) Komponist und Sänger (Revue, Oper und Operette) ital. Abstammung (Kalabrien). Sein größter Erfolg war »O Ébrio« (Der Trinker).

Villa-Lobos, Heitor (1887–1959) Komponist und Dirigent, wohl der bekannteste bras. Komponist klassischer Musik. In seinem umfangreichen, alle Gattungen umfassenden Werk verbindet er impressionistische und neoklassizistische mit folkloristischen Stilelementen.

Vinicius de Moraes (1913–1980) Diplomat; berühmter Lyriker, Sänger und Komponist, schrieb den Originaltext zu »Girl from Ipanema«; zeit seines Lebens leidenschaftlicher Liebhaber der Frauen und der Liebe, Autor der wohl schönsten bras. Liebesgedichte und -lieder (Auswahl in: »Saravá«. Gedichte und Lieder, Frankfurt 1982).

Vô, Vovô Koseformen von *avô* (Großvater).

Vó, Vovó Koseformen von *avó* (Großmutter).

Nachbemerkung der Übersetzerin: Um den Umfang des Glossars in Grenzen zu halten, wurden nur die brasilianischen Personen und Begriffe aufgenommen, die zum besseren Verständnis des Textes einer Erklärung bedürfen.